I Mammut

7

Grandi Tascabili Economici

Di Poe la Newton Compton ha pubblicato
nella collana «Grandi Tascabili Economici»

Tutti i racconti del mistero, dell'incubo e del terrore

Traduzioni di D. Palladini, I. Donfrancesco, N. Rosati Bizzotto, P. Collesi,
E. Giachino, T. Pisanti, R. Reim

Ottava edizione: dicembre 2010

Roma, Casella postale 6214

ISBN 978-88-541-1400-5

www.newtoncompton.com

Finito di stampare nel dicembre 2010 presso Puntoweb s.r.l., Ariccia (Roma)
su carta PamoSuper della Cartiera Artic Paper Mochenwangen

Edgar Allan Poe

Tutti i racconti, le poesie e le «Avventure di Gordon Pym»

Racconti del mistero, dell'incubo e del terrore, racconti fantastici e grotteschi, «Gordon Pym», poesie complete e saggi sulla poesia

Introduzione di Tommaso Pisanti

Edizioni integrali

Grandi Tascabili Economici
Newton

Edgar Allan Poe «ritrovato»

Non è da molto tempo, si può dire, che si è vittoriosamente conclusa la lunga battaglia per il «recupero» di Edgar Allan Poe. Battaglia cominciata, come si sa, già all'indomani della sepoltura dell'infelice scrittore, «con l'arrivo dei primi necrologi»: tra cui quello firmato «Ludwig», pseudonimo del reverendo Rufus Wilmot Griswold, da Poe stesso scelto, per ironica e paradossale sorte, come curatore delle sue opere. E sarà lui, col suo famigerato Memoir *a distorcere ogni cosa, a diffondere l'immagine di un Poe vittima dell'alcool e della droga, strambo, fosco, monomaniaco e «satanico».*

È accaduto perciò che per un periodo abbastanza lungo la figura e l'opera di Edgar Allan Poe siano apparse, come si sa, di ardua collocazione non soltanto in un «mito» americano (e ciò potrebbe anche intendersi), ma entro una qualsiasi «linea di svolgimento» della letteratura degli Stati Uniti, di una letteratura, cioè, così spesso presentata, d'altronde, in chiave di avventurosità e di espansività orizzontale e d'esaltazione di un «new brave world» proiettato verso il futuro. Un Poe che finiva con l'apparire, insomma, ben poco «americano», «molto lontano dalle grandi correnti del pensiero americano» (Parrington).

*Perfino a un Matthiessen Poe sembrò, in qualche modo, «marginale», per quanto può riferirsi appunto a una «linea di svolgimento», serrato in quella sua oniricità totale ed assoluta, che inevitabilmente lo sequestra – a una considerazione di ricalco, diciamo, desanctisiano – da più dirette forme di partecipazione o presenza etico-civile, quando l'*American Renaissance *si poneva proprio, fondamentalmente, come una confluenza, sia pure da diversissime vie ed esperienze individuali e personali, in un quadro, in una coralità di tipo «epocale», di «civiltà americana». E Poe era invece ostile o estraneo a quel mondo americano pieno di pittoresche contraddizioni quale s'andava sviluppando, chiassoso, immediato, estroverso e alimentato, insieme, dal rigido deposito del puritanesimo: il regno della gente comune, dell'espansione democratica jacksoniana, del processo così esemplarmente descritto dal Tocqueville nel suo* De la démocratie en Amérique (1835). *Ma Poe ne vedeva invece il lato di crudezza «materialistica» e quantitativa.*

Infine, conclude il Matthiessen, «dovendo trattare di lui, la questione più interessante da studiare sarebbe quella delle conseguenze che ebbero le sue ristrette, ma dense teorie sulla natura della poesia e su quella del racconto...», per cui «il valore della sua opera non sta tanto nell'opera stessa quanto nell'influenza da essa esercitata...» [1]. *Influenza che, come tutti sanno, è stata in effetti vastissima, ha anzi costituito uno dei capitoli più fenomenali della letteratura mondiale, dei rapporti fra le letterature, attra-*

[1] F. O. MATTHIESSEN, *Rinascimento americano*, tr. it., Torino 1962, p. 9; nonché il saggio in *Sewanee Review*, LIV (1946).

verso la «riscoperta» straordinaria che del poeta americano – dopo la tragico-paradossale morte a Baltimora, nel 1849 – fecero Baudelaire e poi i simbolisti francesi. E, tuttavia, questo successo francese e poi internazionale di Poe non smosse di molto gli americani e anche gli inglesi, che spesso anzi quel successo interpretarono come il portato d'un sostanziale equivoco, magari fondato sulla stessa pur sempre inadeguata, ovviamente, ricezione linguistica presso gli ammiratori stranieri. Henry James scrisse che «un entusiasmo per Poe è il segno di uno stadio di riflessione decisamente primitivo». E a T.S. Eliot, l'intelletto di Poe sembrerà quello di una persona dotatissima, «che resti però alle soglie della pubertà».

Ma il «recupero» si realizza intanto via via che procede l'indagine stessa sul generale background *americano, aggrovigliato, come si sa, e tutt'altro che lineare e semplice, ricco anzi di lati di ombra e di inquiete ambivalenze e lacerazioni: per cui si è giustamente parlato di «una frequentazione di zone oscure» come di una connotazione stessa, e fondamentale, della letteratura nordamericana* [2]*, alle spalle e in conflitto (e in rapporto) con le altre connotazioni (di fiducia, di speranza proiettiva, di* pursuit of happiness, *di «sogno americano»). E in realtà la tradizione «nera» e «gotica» (senza dire, s'intende, della tesa drammaticità puritana) trovò subito facile cittadinanza nella letteratura americana, già con i romanzi di Charles Brockden Brown, nel quale «il genuino orrore di una sensibilità torturata» – è ancora il Matthiessen a sottolineare – con cui si riscattarono alcuni soliti espedienti del gusto gotico-preromantico, «fu qualcosa di tipicamente americano». Da un tale lato dunque, Poe veniva ancor più a rientrare, infine, in una configurazione «perfettamente americana»* [3]*: non come vittima (della famosa «barbarie illuminata a gas», di cui parlò suggestivamente Baudelaire), ma come partecipe, come si vede, a pieno titolo.*

Questo fu però soltanto il primo passo: in quanto il «gotico» di Poe s'andrà sempre più imponendo, sia pure tra riserve e contrasti forse non del tutto ancora sopiti, come un «gotico» tutto particolare rispetto anche al gotico tedesco romantico-hoffmaniano («io riaffermo che il terrore non è della Germania bensì dell'anima», si legge nella prefazione ai Tales of the Grotesque and Arabesque*). Come un aguzzo e, insieme, adeguatamente duttile strumento, appunto, di esplorazione negli umani oscuri meandri psicologici, negli orrori inquietanti di una condizione lacerata, contraddittoria, enigmatica.*

Ma non basta. Giacché sarebbe, d'altra parte, del tutto fuorviante identificare tout court *con una tale* blackness, *la posizione di Poe. Che è molto più sfumata e composita. Ha non soltanto valore di allusività analogica e simbolizzante la* blackness *di Poe, ma è altresì una vasta sineddoche, è «una parte per un tutto». Un tutto che include altre* vie *e altri strumenti. La* blackness *ha in Poe innanzi tutto, come sua base e suo vertice e contraltare, una struggente e spasmodica ricerca di assolutezze, di bellezza, di «platoniche» idealità, come di un mito di armonie remote e perdute. Un ardore di mitopoiesi classico-neoclassica, soffuso d'ombre orfico-pitagoriche, che accosta Poe persino, per certi aspetti, alla linea dei poeti del classicismo romantico (Hölderlin, Keats, Foscolo). «Helen, thy beauty is to me/like*

[2] H. LEVIN, *The Power of Blackness: Hawthorne, Poe, Melville*, New York 1958. Per un profilo della critica si veda ora: *Poe: The Critical Heritage*, a cura di I. M. WALKER, Londra 1986, e *Critical Essays on Edgar Allan Poe*, a cura di E. W. CARLSON, Boston 1987. Sul Poe «francese»: P. F. QUINN, *The French Face of Edgar Allan Poe*, Carbondale, Ill., 1957.

[3] *Op. cit.*, p. 248.

those Nicéan barks of yore...», «Elena, la tua bellezza è per me/come quei navigli nicèi di un tempo...» [4]

E produce splendidi lampeggiamenti, nelle poesie, per esempio, questa mixture *di richiami mitizzanti e d'ombre gotiche, di funerei avvolgimenti e cadenze d'immemoriali memorie: da* Serenade *a* The Lake *(Il lago), da* Eulalie *a* Romance, *fino a* Ulalume *(«The skies they were ashen and sober», «i cieli erano cinerei e mesti») e a* Annabel Lee. *Poe cominciò, del resto, come poeta. La poesia fu per lui «not a purpose, but a passion», «non un proponimento, ma una passione». Quella del poetare e quella del raccontare sono in Poe dimensioni che s'intrecciano, che reciprocamente s'influenzano (e poesie sono inserite in racconti come* Il crollo della casa Usher *e* Ligeia*), come due esemplificazioni, si può dire, di uno stesso «principio».*

Ma ancora non basta. Si sono andati sempre più sottolineando gli aspetti, in Poe, di affilata consapevolezza, d'impostazione stilistica, d'attrezzature e costruttività retorico-stilistiche. Con qualche eccesso, magari, in senso contrario: fino all'evidenziazione comunque, in Poe, di sensi lucidi, parodici, istrionici, mistificatori. Per fare delle sue «immagini losche e abbaglianti un sistema funzionale, Poe doveva costruire una retorica intimidatoria e duramente coerente» [5]. *Perché, pur immergendosi in modo così drastico nei suoi incubi e nella sua visionarietà e oniricità, Poe ne tenne, al tempo stesso, un lucido controllo di direzione, di orientamento, di «gestione» e sbocco ultimo: benché saltassero, certo, di tanto in tanto i livelli di guardia nel vissuto biografico, e andassero anche in frantumi, soprattutto negli ultimi anni, dopo la morte di Virginia Clemm, la cugina e moglie-bambina. L'alcolismo, gli squilibri sui quali barò Griswold. Ma – ha scritto poi William Carlos Williams sempre a proposito di Poe – «quel suo bere è bere per disperazione, come prova definitiva di una serietà e di una dedizione troppo perfetta»* [6]. *Vi è largo posto, s'intende, per l'indagine psicoanalitica: ma* con juicio, *quando c'è scatto e significazione, quando, a dar connotazione, sono poi infine, pur sempre, le forme dell'organizzazione, dell'organicità stilistica* [7].

«Fin da fanciullo, non fui come altri erano.» [8] *Naturalmente, vi è tutto un itinerario da ripercorrere, da ridefinire.*

Poe era nato a Boston il 19 gennaio 1809, secondogenito di due giovani attori itineranti, dalla vita stentata. Il padre, David, di famiglia d'origine irlandese, era sparito, a un certo punto, senza lasciar tracce. Più brava e più fine la madre, Elizabeth Arnold, stroncata, non ancora ventiquattrenne, da una recrudescenza della sua affezione polmonare. Un'identità divisa, in Poe, sembrerebbe, fin dall'inizio, con confusi, precoci intravvedimenti di zone-limite, di drammatici distacchi, di sfocate immagini di vita/morte. I tre piccoli Poe (oltre a Edgar, il fratello William Henry e la sorella Rosalie) erano stati collocati presso familiari (William Henry presso il nonno pa-

[4] Per le poesie, rimando a E. A. POE, *Tutte le poesie*, testo, traduzione e note a cura di T. PISANTI, Roma, Newton Compton 1990². E al mio saggio su «La poesia di Poe», in *Dalla Zattera di Huck*, Napoli 1990, pp. 121-140.

[5] Nella prefazione a *Opere scelte di E. A. Poe,* nei «Meridiani» di Mondadori, Milano 1971, p. XIII.

[6] W. C. WILLIAMS, *Nelle vene dell'America*, tr. it., Milano 1969, p. 299.

[7] Rigide e «sistematiche» le considerazioni di M. BONAPARTE, *Edgard Poe. Sa vie et son oeuvre*. Con una premessa di S. Freud, Parigi 1933.

[8] *Alone* (Solo): «From childhood's hour I have not been / as others were».

terno, il «generale» Poe, che aveva partecipato, con Washington, alla guerra dell'indipendenza) o presso altre famiglie.

Così, di Edgar avevano preso cura i coniugi Allan, di Richmond, in Virginia: John Allan, scozzese di origine, prospero mercante e uomo d'affari, e sua moglie Frances (senza che si arrivasse però mai a una vera adozione, a causa dei posteriori dissensi). E Richmond era stata lo scenario «sudista» di un'inquieta adolescenza, con l'interruzione di alcuni anni d'educazione in Inghilterra, dove la famiglia Allan s'era trasferita per qualche tempo (1815-20). E lì il giovane Poe s'era distinto in latino e in francese, aveva ben assimilato i classici (e assorbito nella memoria visioni di nebbiosi paesaggi, di castelli e houses *in rovina). L'Atlantico fu per Poe il vecchio Fiume-Oceano, non divideva con le sue «rabbiose onde», ma collegava. E la condizione americana, «spaziale»-orizzontale, poteva, per lui, ben arricchirsi di spessore «temporale», agganciarsi a un biancore di templi greci, a Platone, «to the glory that was Greece,/ and the grandeur that was Rome»* [9].

Messosi in urto con il padre adottivo, che rifiutò di pagare i debiti contratti al gioco (come avveniva, d'altronde, molto spesso tra gli studenti) mentre frequentava l'Università della Virginia a Charlottesville (la nuova Università da poco fondata da Jefferson), deluso nel contrastato amore per Sarah Elmira Royster, Poe lasciò la casa degli Allan e «ritornò» a Boston, iniziando quella sua vita di irrequieto errabondo, di passer-by, *che condurrà, tra esaltazioni e depressioni, sino alla fine. E a Boston pubblicò, con gli ultimi denari fornitigli, nascostamente, dalla signora Frances, la sua prima smilza raccolta di versi:* Tamerlane and Other Poems *(1827). Della quale, regolarmente, non s'accorse quasi nessuno.*

Ha anche lui, all'inizio, il giovane Poe, la mente colma di parole e stilemi byroniani; si vede in atteggiamento di «proud spirit», di fierezza e orgoglio contro tutta la «mediocrità» umana: come Tamerlano, appunto, il duro ed effimero conquistatore mongolo, le cui titaniche ambizioni, il cui «ferreo cuore» sono tuttavia incrinati dalla «debolezza» dell'amore. Un giovanile struggersi per la gloria che può, d'altra parte, ricordare, al di là delle stesse gonfiezze e sonorità byroniane, il giovane Leopardi chiuso laggiù, tra le placide colline marchigiane, nel suo «paterno ostello» e «disperatissimo» ("Oh giorni orrendi/in così verde etade!"). Ma Leopardi è fermo, asciutto, e tende a circoscrivere; Poe si muove ancora in una sorta di vaporosa indeterminatezza, d'incessante dilatazione, in relazione con il romanticismo (ma anche con gli arditi slanci) di Shelley e di Keats, nonché degli influssi di Blake e di Milton: come è facile riscontrare in Al Aaraaf, *l'altro e più ampio poemetto (con i suoi 422 versi), che apre la seconda raccolta di poesie, in cui ricompaiono, riveduti, parecchi* poems *già presentati nella prima.* Tamerlane *è ora quasi dimezzato.* Al Aaraaf, Tamerlane, and Minor Poems*: 1829. Poe si è trasferito a Baltimora, presso la zia paterna Maria Poe, vedova Clemm: la madre di Virginia.*

Si vanno ormai delineando e precisando i peculiari nuclei tematici di Poe, le fondamentali tensioni e connotazioni del suo «mondo poetico», della sua scrittura: con le sue particolari risonanze e «strane novità». Ma prima ancora che vi sia un più lucido e più articolato dominio complessivo, è, a colpire, la stupefacente varietà di intrecci strofici e metrici e col vivissimo senso di quanto vi è di più fluido e di più espansivamente musicale,

[9] Ancora, in *To Helen* («alla gloria che fu la Grecia/e alla maestosità che fu Roma»).

prezioso, e balenante e inafferrabile in ciò che è la poesia, la volatile «stoffa» della poesia. Così, al di là della stessa sua diffusività e dell'eccesso d'irradiazione verbale, vi è, ad attraversare Al Aaraaf, *un'ininterrotta fluidità ritmico-musicale in parallelo con gli svolgimenti «di pensiero»: una fusione, se così si vuol dire, che è e resterà una connotazione precisamente poesca.*

*Musica di parole «esotiche», di etimologie «preziose», citazioni rare (*Al Aaraaf *indica, nel Corano, una sorta di limbo di serena e calma felicità), suggestioni di un esotismo orientaleggiante che se era tanta parte dell'usuale bagaglio dei romantici (Byron, Thomas Moore, la pittura di Delacroix, ecc.), si protende, in Poe, già verso ulteriori forme e sviluppi (dai preraffaelliti a Baudelaire, appunto, ai simbolisti), con accentuazioni e tonalità sue proprie. E in un arduo disegno, qui, epico-cosmogonico (benché, qui, anche con troppi accumuli), di respiro d'«infinità di mondi» che sempre affascinerà, intensamente, la mente di Poe. Respiro di idee, di visioni del mondo, di fini ultimi e di esplorazioni «metafisiche» che ritornerà così spesso anche nei racconti (e in* Eureka, *il «poema in prosa», vent'anni dopo, nel 1848). E se, dapprima, Poe sembra sentimentalmente rimpiangere, nel sonetto* To Science, *i guasti provocati da un «progresso» che ha, leopardianamente, distrutto i vecchi miti e gli «ameni inganni», tenta anche, poi, nel sonetto* Silence, *un'analiticità rigorosa e «metafisica».*

Della scienza stessa e dello spirito analitico-matematico Poe si servirà anzi sempre più, via via che procede verso un'accentuazione loicizzante della sua macchina stilistica, verso una sempre più stretta simbiosi di visionarietà-misteriosità, da un lato, e di lucidità di metodi e procedimenti, dall'altro. E accanto alle parole dell'inquietezza e della visionarietà («dim» oscuro, fosco*; «spirit»; «soul»* anima*; «mystic»; «magic»; «dream»* sogno*; «skies»* cieli*, «al plurale, come cieli neoplatonici e alessandrini» [Cecchi]; «cold», riferito al* freddo *raggio della luna), colloca parole come «electric»; «magnetic». Il risultato è una «wild light», una «selvaggia luce» livido-magnetica, un taglio di netto rigore e, insieme, denso d'ombre: che dà un particolare risalto oggettivante e perfino, talvolta, ironico-parodico, al concitato coinvolgimento «soggettivo» (spesso in prima persona anche nei racconti) rappresentato da quella frequentazione dell'orrido, del terrorizzante, di luoghi spettrali, d'altri mondi e* altre *esperienze, lungo confini estremi di vita/morte, veglia/sonno/sogno, realtà «diurna» e «notturne» rarefazioni.*

Quella simbiosi insomma che così spesso si configura in paesaggi stregati, onirici, in baluginii di fosforescenze (la città sommersa, la «città nel mare» di The City in the Sea*; le* dim vales, *le «fosche valli» di* Fairy-Land, *la* magic solitude *di* The Valley of Unrest, *«La valle dell'inquietudine», la «selvaggia» visionarietà di* The Haunted Palace, *«Il Palazzo maledetto»), le situazioni di «doppiezza» e ambiguità angelico-demoniaca, di vampirismo, di abnormità, di mostruose minacce (*The Conqueror Worm, *«Il Verme Trionfante»), di «sogno dentro a un sogno» (*A Dream within a Dream) *più tardi, o prende configurazione nella famosa situazione rappresentata «dalla morte di una bella donna»: che è – asserisce Poe – «l'argomento più poetico del mondo»* [10]: (The Sleeper, *«La Dama che dorme»;* Lenore*; senza dire, naturalmente, dei racconti). Certo, non mancano i ristagni, gli accumuli più torbidi, un certo contorto, necromantico sado-masochismo*

[10] Nel saggio «Filosofia della composizione», tr. it., di E. CHINOL, in E. A. POE, *Opere scelte*, cit., p. 1314.

«dello spirito» e dell'immaginazione, che ha anch'esso le sue orge, non meno di quello fisico-corporeo. Ma basta poi una «correzione», uno spostamento, un balenare d'occhi, un lampeggiare d'associazioni della mente perché subentri una più sottile e variata dialetticità, quella molteplicità di direzioni di cui si è sopra discusso. Ma anche nelle situazioni più sfilacciate interviene quasi sempre un qualche elemento sul quale sembra catalizzarsi o tralucere il dato più vividamente nuovo.

Poe s'era intanto perfino arruolato nell'esercito tra il '27 e il '29, era entrato nell'Accademia militare di West Point. Ma se n'era fatto espellere, per «disobbedienza agli ordini» nel 1831. La signora Frances è intanto morta, e la rottura con John Allan diventa definitiva. Ma in quello stesso anno Poe ha pubblicato, a New York, Poems by E. A. Poe. Second Edition *(e lì appaiono alcuni dei* poems *sopra citati). E, nella prefazione, «rende omaggio al genio di Coleridge» (Quinn), con una sempre più consapevole e lucida valorizzazione, cioè, della* imagination *creativa (sulla scia delle rivendicazioni di Kant e dell'idealismo tedesco), dell'idea di poesia svincolata da ogni immediata finalità di praticismo moralistico e didatticistico (che competono invece – preciserà poi, nella* lecture *sul «principio poetico»* [The Poetic Principle] – *«al saggista e al predicatore»), svincolata dalla stessa più diretta emotività passionale-sentimentale, rigorosamente obbedendo alle ragioni stilistiche, alle ragioni di costruttività e distribuzione stilistiche (e agli elementi di risonanze fonico-musicali).*

*Si va prospettando quella teoria dell'«unità di effetto» (*unity of effect*) ormai centrale nella poetica e nell'atteggiamento critico di Poe: per cui occorre concentrare e non dilatare, dato che l'effetto di «eccitazione» (*excitement*) prodotto dalla poesia non può essere che «intenso e breve». Non può esservi perciò poesia «lunga»; e un «poema», fosse anche il* Paradiso perduto, *non è che, poeticamente parlando, un'aggregazione di singole parti poetiche: giacché «il tutto è privo, per la sua estrema lunghezza, di quell'importantissimo elemento artistico che è la totalità, o unità, d'effetto»* [11]*. E se, alla base della poesia, è la «prescienza estatica» che dà il primo scatto, è all'intelletto e alla «tecnica» che tocca poi realizzare il fattuale concentrarsi del* poem, *della poesia in quanto tale. «Non vi è errore maggiore del presupporre che la vera originalità sia semplicemente questione d'impulso e d'ispirazione. Originalità è "combinare" con attenzione, pazienza e intelligenza». Ancora una volta, Poe è insomma tutt'altro che immerso nella totalità romantica, resta anzi persino legato ad eredità settecentesche, «è un razionalista del Settecento con inclinazioni occultistiche», ha finanche scritto il Welleck* [12]*. E Poe può spingere un tale fittissimo senso della «combinazione» fino a spiegarci come e in qual modo si può «costruire» la «tetra notte», la* dreary midnight, *la fascinosa cupezza del fin troppo famoso* The Raven *(Il Corvo), che darà a Poe, nel '45, uno strepitoso ed effimero «successo»* [13].

Il poeta ha posto, alla base, il «premeditato effetto» del Nevermore *(Mai più), come un «refrain» ritornante alla fine di ciascuna strofa. Ma può, dev'esserne coinvolta anche la prosa, la prosa narrativa. Vale anche per*

[11] *Ibid.*, p. 1310.

[12] R. WELLEK, *Storia della critica moderna*, tr. it., Bologna 1969, vol. III, p. 227.

[13] «The Raven» apparve sull'*Evening Mirror* di New York il 29 gennaio 1845. Su Poe poeta: F. STOVALL, *Edgar Poe the Poet*, Charlottesville, Va., 1969.

essa l'«unità di effetto», che non può essere mantenuta a lungo. Il romanzo, che non può, certo, esser letto «in un'unica seduta», va perciò rifiutato per le medesime ragioni che rendono inaccettabile una «poesia lunga». La forma ideale e precipua della narrativa è, perciò, il racconto, non il romanzo. «Nel racconto l'autore è in grado di attuare il suo pieno intento senza interruzione. Durante l'ora in cui procede la lettura, l'animo del lettore è sottomesso al suo controllo.» Naturalmente, il racconto prende sviluppo attraverso un plot, *una «trama», un «intreccio»; ma «lo scrittore non adatta i suoi pensieri alle esigenze della trama; è dopo aver stabilito con ponderata considerazione un determinato* effetto *da conseguire, che egli inventerà, al contrario, la trama e creerà via via le situazioni che meglio possano aiutarlo a rendere quell'effetto prestabilito». È l'effetto il* prius. *«Nell'intero contesto non dovrebbe esservi una sola parola scritta che non tenda, direttamente o indirettamente, a realizzare il disegno prestabilito»* [14].

*Anni duri, per Poe, a Baltimora. Ma nel 1832 gli vengono pubblicate due «short stories» (*Metzengerstein *e* The Duke De l'Omelette*) che aveva inviato ad un premio letterario bandito dal* Philadelphia Saturday Courier*; e, l'anno successivo, al suo racconto* Il manoscritto trovato in una bottiglia *sono assegnati i 50 dollari del concorso indetto dal* Baltimore Saturday Visiter. *Inizia la stagione dei racconti, pubblicati su giornali e riviste. Poe ebbe vivo il senso di questo comunicare attraverso tali nuovi canali «di massa», come si dirà più tardi, e come egli dimostrerà, di lì a poco, con l'attivissima collaborazione al* Southern Literary Messenger, *il* magazine *fondato a Richmond, nel 1834, da Thomas W. White (e per qualche tempo diretto, di fatto, da Poe stesso), sul quale appariranno tre suoi racconti, sei* poems, *quattro saggi critici e ottantatré recensioni ferme e acute, ispirate ai criteri, appunto, di una critica rigorosa, combattiva, intransigente.*

Poe è rientrato in tal modo a Richmond. Ma John Allan, risposatosi e morto in quello stesso 1834, non fa nessuna menzione di lui nel suo testamento. A Richmond lo raggiungono la zia Maria Clemm e Virginia, la cugina ora quattordicenne, che Poe sposa nel '36. Un matrimonio «consumato»? Lawrence vede il rapporto «come un esempio di vampirismo spirituale», di «un vibrare dei nervi all'unisono», di cui Virginia resterà vittima [15]. *Edgar si è immerso a fondo, freneticamente, nel suo lavoro al giornale. Ha un suo spazio d'ascolto, è apprezzato, ma si fa anche numerosi nemici. Oserà criticare poeti allora famosi e popolari, come «il professor Longfellow». E i racconti piacciono, nel complesso, con quella loro presentazione di drammatiche tensioni e di casi straordinari e «anomali» rapportati, al tempo stesso, a correnti teorie e situazioni scientifiche e filosofiche (la metempsicosi, il mesmerismo, il magnetismo, l'ipnosi, i fenomeni «paranormali», di catalessi, i sogni) o a racconti d'esperienze in terre lontane – e rifiltrati attraverso lo sforzo logico, l'accanimento raziocinante, e collocati in ambiti e zone, apparentemente, di un «ordinario» quotidiano* [16].

[14] Nella recensione ai *Twice-Told Tales* di Hawthorne.

[15] D. H. LAWRENCE, *Classici americani*, tr. it., Milano 1948, p.78.

[16] Fra le principali caratteristiche stutturali del «racconto fantastico» Todorov indica il fatto che «il narratore dica abitualmente "io"», con riferimento a un'ordinaria realtà empirica di partenza. Con susseguente soppressione, poi, della «frontiera tra soggetto e oggetto», trasformazione della dimensione dello spazio e del tempo, moltiplicazione e disintegrazione

Apparizioni, sdoppiamenti, esperienze di paurose «surrealtà», casi «troppo orribili» (ma è il narratore stesso, spesso in prima persona, a dichiararlo) «per gli scopi di una legittima finzione»; ma anche spunti «grotteschi», paradossali, comico-satirici, di black humor. *Vi sarà insomma tutta una gamma di variazioni nei racconti, anche se sarà meno direttamente presente, rispetto alle poesie, l'ardore, in termini «classici», per la Bellezza, e più diffusa invece l'intensità visionaria.* Berenice, Morella, *e poi, sull'*American Museum *di Baltimora,* Ligeia, *e, sul* Gentleman's Magazine *di Filadelfia,* The Fall of the House of Usher. *Ancora, «la morte di una bella donna»; e* Eleonora*: la luminosa-tenebrosa magia dei nomi femminili di Poe: di donne dall'inquietante fascino, «depositarie di un sapere mistico e arcano»* [17]. *E l'ossessione di ciò che* rivive *e* ritorna, *il vampirismo, ambigue identificazioni fra atmosfere e vicende ossessivamente «corrispondenti», il «doppio» malvagio ed elusivo che è in ciascuno di noi (in* William Wilson*). Un più «puro», lineare fantastico porta «un certo Hans Pfaall» a raggiungere la luna con un pallone di sua fabbricazione (*The Adventures of One Hans Pfaall*). Con anticipazioni fantascientifiche* [18]. *Senza dire delle impressionanti intuizioni sociologico-metafisiche che sono in* The Man of the Crowd *(L'uomo della folla).*

Poe raccoglie in volume le venticinque short stories *fino ad allora pubblicate:* Tales of the Grotesque and Arabesque *(Filadelfia, 1840), con un richiamo a definizioni che Walter Scott aveva adoperato per il tedesco Hoffmann e con allusività anche ironica alle dimensioni del «mostruoso», dell'abnorme e, insieme, a quella di più liberi ed eleganti ghirigori della fantasia. Una eccentuazione in più o in meno è comunque «essenziale a un'appropriata rappresentazione della vita stessa; per cui – scrive Poe al direttore del* Southern Literary Messanger *– «il ridicolo va esasperato nel grottesco, lo spaventoso caricato nell'orribile, lo spiritoso esagerato nel burlesco, lo strano trasformato nello straordinario e nel mistico.»*

Ma restano precarie e instabili le condizioni economiche (e di salute) di Poe. Al di là dei «successi», Poe scrive al Kennedy, l'avvocato-scrittore di Filadelfia che l'ha apprezzato: «Ho lottato invano contro la malinconia. Sono in uno stato miserevole e non so perché» [19]. *Ha ripreso a bere, ha litigato con White, ha lasciato Richmond ed è passato, con Virginia e «mamma» Clemm a New York, dove completa intanto e pubblica* The Narrative of Arthur Gordon Pym *(1838), iniziato a puntate sul* Messenger. *«Resoconto» di un immaginario viaggio per mare alla ricerca del Polo Sud, fitto di «corrispondenze» e d'intensità simbologica, con quel biancore stregato di ghiacci. Un quasi-romanzo, contraddittoriamente, si direbbe: ma anch'esso affidato a una suggestività interna più che a una estensione propriamente narrativa. L'altro quasi-romanzo è* The Journal of Julius Rodman *(Il diario di J. R.), a puntate sul* Gentleman's Magazine, *e rimasto incompiuto. Anche una tragedia in versi Poe aveva lasciato incompiuta, in questo fervido periodo, dal titolo* Politian, *ambientata in una*

della personalità. Tutti temi ben riscontrabili nei racconti di Poe. (I. TODOROV, *Introduction à la littérature fantastique*, Paris 1970). Si veda G. FINK, *I testimoni dell'immaginario*, Roma 1978, pp. 249-404.

[17] R. OLIVA, introduzione a E. A. POE, *Tre donne: Berenice, Morella, Ligeia*, Milano 1980.

[18] Jules Verne dedicò a Poe un suo saggio (1864: recentemente riproposto a cura di M. di Maio, Roma 1991).

[19] *Letters*, ed. J. W. OSTROM, Cambridge, Mass., 1948.

Roma rinascimentale: ne apparve solo qualche scena, sul Messenger *(1835-36)* [20].

Poe si è spostato a Filadelfia, diventa redattore del Graham's Magazine, *sogna di fondare una propria rivista. Ma, soprattutto, moltiplica, quasi freneticamente, i suoi racconti:* The Oval Portrait *(un pittore dipinge il ritratto della moglie che adora e non s'accorge che mentre dà vita al quadro la toglie all'originale); il pauroso e mentalmente controllato* Una discesa nel Maelström*; le cupe ossessioni di* The Black Cat *(Il gatto nero), l'allucinante sincronismo in* The Pit and the Pendulum *(Il pozzo e il pendolo), il meccanismo di ossessione-confessione in* The Imp of the Perverse *(il demone della perversità) o di* The Tell-Tale Heart *(Il cuore rivelatore), l'atroce vendetta in* The Cask of Amontillado *(Il barile di Amontillado); o in Hop-Frog; la macabra visione, al colmo di una splendida festa, di* The Masque of the Red Death *(La maschera della morte rossa). Trionfo dell'orrore, spazio onirico e, insieme,* minuteness of detail. *E, ancora, il ribaltamento, accanto o subito dopo, nel satirico, nel «grottesco», nel gioco e nella beffa crudeli: in racconti come* Lionizing, Non bisogna scommettere la testa col diavolo, Gli occhiali *(«The Spectacles»), o tra grottesco, orrore e comicità, come in* Il sistema del Dr. Catrame e del Prof. Piuma. *Con sprazzi perfino più sereni, in* The Domain of Arnheim *(Le terre di Arnheim).*

Ma l'accanimento loicizzante apre anche altri peculiari «canali». The Murders of the Rue Morgue *(I delitti della Rue Morgue), sempre sul* Graham's Magazine, *crea quello che Poe stesso definisce il «racconto di raziocinio», affidato all'analisi meticolosamente dissezionante di Auguste Dupin, primo protagonista di una* detective story, *ironico e prestigioso solutore-prototipo di enigmi e misteri, che* dedurrà *infine che l'assassino è un... orangutan. Dupin ritorna come personaggio centrale in* The Mystery of Marie Rogêt *e in* The Purloined Letter *(La lettera rubata), fittamente intricato e con una sorta anche qui di finale deflazione comico-ironica. La lettera in questione è stata sempre «in evidenza», ma lì dove nessuno poteva pensare che fosse. E in* The Gold-Bug *(Lo scarabeo d'oro) il protagonista è in grado di decifrare la complicata mappa di un tesoro con le sue astruse istruzioni. E sarà da tali suggestioni d'esplorazione e di «mistero razionalizzato» che prenderanno poi anche sviluppo, se si vuole, il racconto fantascientifico, il racconto «giallo».*

Ma le cose precipitano, per Poe. Nel '42 Virginia si ammala di tisi: e ne morirà cinque anni dopo. Poe ne è sconvolto, disperato. Scrive in una lettera (del 1848): «Io attraversai esattamente lo stesso dramma... La mia costituzione è sensibile, il mio nervosismo molto al di là del normale. Diventai pazzo, con lunghi intervalli di lucidità. Durante queste crisi di completa incoscienza bevevo, Dio solo sa quanto spesso e quanto. Ovviamente, i miei nemici fecero risalire la mia pazzia all'alcool, anziché l'alcool alla mia pazzia». Per quanto vi fossero stati, nel 1845, il grande «successo» del Corvo *e la pubblicazione dei* Tales *(Racconti), bene accolti dalla critica, e di* The Raven and Other Poems, *tutto restava stentato e precario nella vita di Poe. È ora a New York, dove s'è nuovamente trasferito, in un modesto cottage, a Fordham; lì Virginia è morta nel '47. È anche lui malato, è depresso; ma continua a lavorare intensamente. Gravato di debiti, ha dovuto sospendere la pubblicazione del* Broadway Journal *rilevato*

[20] La *tragedy* sarà pubblicata solo nel 1923 (a cura di T. O. Mabbott).

grazie a un prestito. E The Stylus, *la «sua» rivista, è ormai un sogno proibito.*

Ha iniziato, per la Democratic Review, *la serie dei* Marginalia: *brevi, acute notazioni critiche su argomenti vari. Continua, fra calunnie, polemiche e sbandamenti a pubblicare articoli e racconti, nonché profili critici di letterati (*The Literate of New York); *dà forma definitiva al saggio* The Rationale of Verse *(Il fondamento logico del verso), fermo e lucido; e legge, in varie città, il suo saggio* Il principio poetico [21]. *È vivacemente attratto dalla signora Nancy Richmond (l'«Annie» delle ultime poesie). E vi è, negli ultimi* poems, *una delineazione di motivi e situazioni più asciuttamente perseguiti, più musicalmente fusi, da* Ulalume *a* Annabel Lee *fino, magari, all'eccezionale virtuosismo di* The Bells *(Le campane), mentre le ombre sembrano placarsi (proprio in* For Annie*) come in un'ardente aspirazione a una non-volontà, a una quasi schopenhaueriana liberazione della stessa «febbre che chiamano "Vita"»* (fever called «Living»). *E* Eldorado *trasforma in una struggente ricerca dell'anima la mobile avventura del «Gold Rush» di quegli anni, la corsa all'oro in California. Giacché il rapporto col* milieu *americano è in fin dei conti assai più vivo, in Poe, di quanto non si sia in genere pensato e meriterebbe forse tutta una più minuta ricerca: con quel suo vagabondare, quel suo senso del movimento, del* journey, *con la sua fantasia geografico-spaziale. Senza dire di quella vivacità di fusione tra la* mind *colta e gli «instincts of the journalist», anche in certi tagli e inflessioni del linguaggio.*

Poe si apre ancor più alle amicizie femminili. Si era infatuato della poetessa Frances Osgood. Corteggia la poetessa Sarah Helen Whitman; ma il fidanzamento è interrotto a causa delle crescenti difficoltà e sregolatezze di Edgar. Nel '48 Poe pubblica Eureka, *da lui definito un «poema in prosa». È un ambizioso e un po' confuso tentativo di dare sistematicità al suo «pensiero»: con l'indicazione di una unità originaria perduta, frantumatasi nella molteplicità, nella dolorosa inadeguatezza di ciascuna delle sue parti divise. «Ci fu un tempo nella Notte dei Tempi in cui esisteva un Essere in stato di quiete...».* Spirito e materia *sono tutt'uno, e la materia si fa spirito attraverso l'energia, l'etere, l'elettricità e il magnetismo, il pensiero, l'anima, fino a Dio. «Misticismo», scienza, senso cosmico-apocalittico: come già in alcuni racconti (in* The Colloquy of Monos and Una, *per esempio).*

Nell'estate del '49 Poe si reca a Richmond, dove tiene, con successo, una sua lecture. *Rivisita la sorella Rosalie, rivede Elmira Royster, la fiamma degli anni giovanili, ora vedova. Le propone il matrimonio. Vuole smetterla col bere, s'iscrive alla Temperance Society. Riparte per New York, fermandosi a Baltimora: e qui viene trovato, in stato di incoscienza, delirante, nei pressi di un seggio elettorale. Ricoverato, muore all'ospedale, dopo qualche giorno, per congestione cerebrale, il 7 ottobre.*

D. H. Lawrence ha scritto che Poe «finì con l'essere più scienziato che artista». Ma i congegni di Poe vogliono solo essere strumenti rigorosi: una geometria per meglio scrutare (e fissare) la morbida mobilità delle «nuove» sensazioni e situazioni («il raggio arancione dello spettro e il ronzio di un

[21] Pubblicato poi, postumo, in *The Union Magazine* (1850). Trad. it. di R. Reim, Roma 1983.

insetto... mi danno sensazioni quasi simili», si legge nei Marginalia*). Pur con tutte le sue approssimazioni (e ve ne sono, certo), Poe fu insomma scopritore – può dirsi, e concludendo, con Emilio Cecchi – «di una provincia che non è quella dell'orrido, dell'ossessivo, ma è semplicemente la nuova provincia dell'arte d'oggi»* [22]*. O, se si vuole, di una delle nuove province.*

TOMMASO PISANTI

[22] E. CECCHI, *Scrittori inglesi e americani*, Milano 1962, vol. I, p. 91.

Cronologia della vita e delle opere

1809. Poe nasce a Boston il 19 gennaio da David Poe e da Elizabeth Arnold, modesti attori itineranti.

1811. Morte della madre a soli 24 anni. Il padre sparisce senza lasciar tracce. Il piccolo Poe è accolto nella famiglia di John Allan ricco commerciante di Richmond, in Virginia. Poe premetterà perciò al suo cognome quello di Allan. Non sarà tuttavia mai adottato a causa dei posteriori dissensi.

1815-1820. John Allan si trasferisce in Inghilterra, dove Poe segue, brillantemente, i suoi studi. Ritorno in America, a Richmond.

1821-1825. Incontro con Jane Stanard, che muore nel 1824. Ispirerà a Poe la poesia *To Helen.*

1826. Si iscrive all'Università di Virginia. John Allan si rifiuta di pagare i suoi debiti di gioco. Deve abbandonare l'Università. Si innamora di Elmira Royster, che sposerà un altro, per imposizione della famiglia. Rottura con John Allan.

1827-1829. «Fuga» a Boston. Pubblica *Tamerlane and Other Poems.* Si arruola nell'esercito. Si congeda. Pubblica *Al Aaraaf, Tamerlane and Minor Poems.* Muore la signora Frances Allan.

1830-1831. Entra nell'Accademia militare di West Point, aiutato poco e malvolentieri dall'Allan, ne è espulso. Pubblica i *Poems.* Va a vivere a Baltimore, presso una zia paterna rimasta vedova, Maria Clemm.

1833. Vince un premio con il racconto *Ms. Found in a Bottle* (Manoscritto trovato in una bottiglia). Inizia un'intensa attività giornalistica, anche se mal ricompensata.

1834. Muore John Allan, senza menzionare Poe nel suo testamento.

1835. Diventa vicedirettore del *Southern Literary Messenger* di Richmond. Pubblica vari racconti, tra cui *Berenice* e *Morella*, e saggi e recensioni.

1836. Sposa la cugina Virginia Clemm, quattordicenne figlia di Maria Clemm.

1837-1839. In disaccordo con il direttore della rivista, si trasferisce a New York e poi a Filadelfia, dove diventerà redattore del *Gentleman's Magazine.* Precarietà, tuttavia, di condizioni economiche e di salute. Pubblica racconti come *The Fall of the House of Usher* e *Williams Wilson.* Esce (1838) *The Narrative of Arthur Gordon Pym.* Pubblica «Ligeia» su *The American Museum of Literature and the Arts.*

1840. Esce la sua prima raccolta di racconti, *Tales of the Grotesque and Arabesque.* Pensa a una «sua» rivista letteraria.

1841. Diventa redattore del *Graham's Magazine.* Pubblica, tra l'altro, *The Murders in the Rue Morgue* (I delitti della via Morgue), che inaugura, si può dire, il «genere poliziesco».

1842-1843. Malattia di Virginia, che morirà nel 1847. Stato di profondo malessere. Poe abusa dell'alcool. Scrive tuttavia alcuni dei racconti più significativi, come *The Pit and the Pendulum* (Il pozzo e il pendolo), *The Oval Portrait* (Il ritratto ovale), *The Tell-Tale Heart* (Il cuore rivelatore), *The Black Cat* (Il gatto nero), *The Gold Bug* (Lo scarabeo d'oro).

1844. Ancora a New York. Esce, sulla *Democratic Review*, il primo inserto del «Marginalia».

1845. Pubblica la sua poesia più famosa, «The Raven» (Il Corvo), sull'*Evening Mirror.* Escono, nello stesso anno, i *Tales* (Racconti) e *The Raven and Other Poems.* Periodo di «successo». Diventa redattore del *Broadway Journal*, che cessa però le pubblicazioni l'anno successivo.

1846. Poe si trasferisce a Fordham, presso New York. Condizioni economiche e di salute sempre più precarie. Pubblica, sul *Graham's Magazine*, il saggio «Philosophy of Composition».

1847-1848. Prostrazione dopo la morte di Virginia. Improbabili relazioni con la poetessa Sarah Whitman, cui propone di sposarlo, con Annie Richmond e con Elmira Royster, la «fiamma» degli anni giovanili, ora vedova. Pubblica il saggio *The Rationale of Verse* (Il fondamento logico del verso), a Richmond, dove è ritornato per breve tempo.

Conferenza su *The Poetic Principle.* Poe sottolinea, acutamente, non solo il principio dell'autonomia e specificità dell'arte, ma anche i procedimenti di lucida costruttività di cui essa è il frutto. Legge *Eureka* «poema in prosa», di carattere filosofico.

1849. Poe riparte per Filadelfia. È trovato in stato d'incoscienza presso un seggio elettorale a Baltimora. Ricoverato, muore in ospedale, il 7 ottobre.

T.P.

Nota bibliografica

TESTI

Works of Edgar Allan Poe, with Notices of his Life and Genius, a cura di R. W. GRISWOLD, 4 voll., New York 1850-56; *The Complete Works of Edgar Allan Poe*, a cura di JAMES A. HARRISON, 17 voll., ivi 1902; *Poems*, a cura di F. STOVALL, Charlottesville 1965; *The Letters of Edgar Allan Poe*, a cura di JOHN W. OSTROM, ivi 1966; *Collected Works of Edgar Allan Poe*, a cura di T. O. MABBOTT, 3 voll., Cambridge, Mass. 1969-1978; *Edgar Allan Poe: Poetry and Tales*, a cura di PATRICK F. QUINN, New York 1984; *Edgar Allan Poe: Essays and Reviews*, a cura di G. R. THOMPSON, ivi 1984; *The Collected Writings of Edgar Allan Poe*, a cura di BURTON R. POLLIN (1992).

BIOGRAFIE, STUDI CRITICI

Fu BAUDELAIRE, com'è noto, a «riscoprire» l'opera di E. A. Poe e ad inserirla in una nuova e più vasta circolazione. Il suo primo saggio sul poeta americano apparve nel 1852 sulla «Revue de Paris». Seguirono le famose traduzioni dei racconti (1856 e 1857), con le relative introduzioni. MALLARMÉ tradusse poi, in prosa, le poesie (*Les Poèmes d'Edgar Poe*, Bruxelles 1888). Riserve e diffidenze (di carattere moralistico, nonché di valutazione critica) perdureranno invece, tenacemente, sia in America che in Inghilterra. Si devono all'inglese J. INGRAM una prima biografia del Poe (1880) e i primi tentativi di una raccolta completa delle opere (4 voll., Edimburgo 1874-75), cui seguiranno l'ed. a cura di R.H. STODDARD (6 voll., New York 1884) e l'ed. a cura di E. C. STEDMAN e G. E. WOODBERRY (10 voll., Chicago 1894-95). G. E. WOODBERRY scrisse anche una biografia di Poe (New York, 1885 e 1909).
Il rapporto con i simbolisti francesi fu già approfondito da L. SEYLAZ (*Edgar Allan Poe et les premiers symbolistes français*, Lausanne 1923). Su tali aspetti il libro più articolato è ora quello di P. F. QUINN, *The French Face of E. A. Poe*, Carbondale, Ill. 1957. La presa di posizione di D. H. LAWRENCE (*Studies in Classic American Literature*, 1924) provocò le «difese» di W. C. WILLIAMS (in *In the American Grain*, Norfolk, Conn. 1925; trad. it., *Nelle vene dell'America*, Milano 1969) e di E. WILSON (ora in *The Shores of Light*, New York 1952; tr. ital. in *Saggi letterari*, Milano 1969). Agli anni Venti e ai primi anni Trenta risalgono anche i tentativi d'approccio psicoanalitico: W. C. KRUTCH, *E. A. Poe: A Study in Genius*, New York 1926; M. BONAPARTE, *Edgar A. Poe. Sa vie et son oeuvre*, con prefazione di S. Freud, Parigi 1933.
Molto materiale, a livello biografico, fu raccolto e riordinato da M. E PHILLIPS, *E. A. Poe: The Man*, Chicago 1926. A. HUXLEY espresse le sue riserve nel saggio *Vulgarity in Literature* (1930), poi in *Collected Essays*, New York 1959, mentre per T. S. ELIOT gli elementi di «incantation» che sono da riconoscere alla poesia di Poe non riescono a portarsi al di là di un «primitive level» (in *From Poe to Valéry*, New York 1948). Si veda anche l'«Introduction» di W. H. AUDEN a Poe: *Selected Prose and Poetry*, New York 1950. Un integrale «attacco» è quello di Y. WINTERS, *Poe: A Crisis in the History of American Obscurantism* (1937), poi in *In Defense of Reason*, Denver 1947. Ma il fitto lavorio di ricerca e di rielaborazione critica ha via via condotto ad aperture di carattere sempre più rivalutativo. Si citano qui: M. ALTERTON, *Origins of Poeś Critical Theory*, Iowa City 1925; H. ALLEN, *Israfel: The Life and Times of E. A. Poe*, New York 1926 e 1934; K. CAMPBELL, *The Mind of Poe and Other Studies*, Cambridge, Mass. 1933 (e New York 1962); A. H. QUINN, *E. A. Poe: A Critical Biography*, New York e Londra 1941; N. B. FAGIN, *The Hystrionic Mr. Poe*, Baltimora 1949; C. FEIDERLSON, in *Symbolism and Ameri-*

can Literature, Chicago 1953; J. CHIARI, *Symbolism from Poe to Mallarmé,* Londra 1956; P. MILLER, in *The Raven and the Whale,* New York 1956; A. TATE, «Our Cousin, Mr. Poe e The Angelic Imagination», in *The Man of Letters in the Modern World,* New York 1955, trad. it., Roma 1957; E. H. DAVIDSON, *Poe: A Critical Study,* Cambridge, Mass. 1957; H. LEVIN, *The Power of Blackness: Hawthorne, Poe, Melville,* New York 1958; F. WINWAR, *The Haunted Palace: A Life of E. A. Poe,* New York 1959; L. FIEDLER, in *Love and Death in the American Novel,* New York 1960 (trad. it., *Amore e morte nel romanzo americano,* Milano 1963); R. H. PEARCE, in *The Countinuity of American Poetry,* Princeton 1961; E. WAGENKNECHT, *E. A. Poe: The Man Behind the Legend,* New York 1963; V. BURANELLI, *Edgar Allan Poe,* New York 1961; E. W. PARK, *E. A. Poe as a Literary Critic,* Athens, Ge., 1964; R. D. JACOB, *Poe: Journalist and Critic,* New York 1969; F. STOVALL, *Edgar Poe the Poet,* Charlottesville 1969; R. ASSELINEAU, *E. A. Poe,* Minneapolis 1970; D. HOFFMANN *Poe Poe Poe,* New York 1972; S. LEVINE, *Poe: Seer and Craftsman,* New York 1972; D. HALLIBURTON, *E. A. Poe: A Phenomenological View,* Princeton 1973; R. M. FLETCHER, *The Stylistic Development in E. A. Poe,* L'Aia 1973; G. R. THOMPSON, *Poe's Fiction,* Madison 1973; M. DUBANTON, «L'ovale du portrait. La fonction de l'écriture chez E. A. Poe», in «Poétique», 27 (febb. 1979); C. RICHARDS, *E. A. Poe journaliste et critique,* Parigi 1978; C. MILLER, *Building Poe's Biography,* Baton Rouge 1977; J. LACAN, *Scritti* (il seminario su «La lettera rubata»), a cura di G. Contri, Torino 1974; G. POULET, *Le metamorfosi del cerchio* (il capitolo su Poe), trad. it., Milano 1971, D. KETTERER, *The Rationale of Deception in Poe,* Baton Rouge 1979; J. SYMONDS, *The Tell-Tale Heart,* Londra 1978; il «profilo» di D. SINCLAIR, Londra 1977; D. B. STAUFFER, *The Merry Mood: Poe's Use of Humor,* Baltimore 1982; A. R. LEE (a cura di), *E. A. Poe: The Design of Order,* New York 1987; J. G. KENNEDY, *Poe, Death and the Life of Writing,* New Haven 1987; M. J. S. WILLIAMS, *A World of Words. Language and Displacement in the Fiction of E. A. Poe,* Madison 1988. Dal 1968 escono a Pullman, Wa., i «Poe Studies»; K. SILVERMAN, *Edgar A. Poe,* New York 1991.
Due antologie di saggi critici: l'una a cura di R. REGAN, Englewood Cliffs, N. J. (1967), l'altra a cura di R. P. VELER (1972). *The Recognition of E. A. Poe,* a cura di E. W. CARLSON (Ann Arbor 1970) raccoglie i fondamentali saggi intorno a Poe; *Poe: The Critical Heritage,* a cura di I. M. WALKER, Londra 1986. Inoltre: E. F. HYNEMAN, *E. A. Poe: an Annotated Bibliography of Books and Articles in English: 1827-1973,* Boston 1974; D. R. HAMMOND, *An E. A. Poe Companion,* Londra 1981; D. THOMAS-D. K. JACKSON, *The Poet Log,* Boston 1987; J. DAYAN, *Fables of Mind: An Inquiry into Poe's Fiction,* New York 1987; J. P. MULLER-W. J. RICHARDSON, *The Purloined Poe: Lacan, Derrida, and Psychoanalytic Reading,* Baltimore 1988; *New Essays on Poe's Major Tales,* Cambridge University Press, 1993; S. ROSENHEIM-S. RACHMAN, *The American Face of E. A. Poe,* New York 1995 e *The Poe Encyclopedia,* 1997; G. DURAND, *Le strutture antropologiche dell'immaginario,* trad. it., Bari 1996; J. J. WUNENBURGER, *Filosofia delle immagini,* trad. it., Torino 1999.

CONTRIBUTI ITALIANI

Vivace risonanza ebbe anche in Italia l'opera di Poe, sulla scia, dapprima, del «successo» francese, e poi con caratteri propri e autonomi, nel quadro delle esperienze della «scapigliatura» e poi del decadentismo e delle prime innovazioni novecentesche: nonché in quello delle ricerche teoriche sull'arte e sulla poesia. Per gli influssi sul Pascoli si veda G. GETTO, «Pascoli e l'America», in *Carducci e Pascoli,* Bologna 1957. Per un più generale quadro: F. DONINI, *Edgar Allan Poe e la letteratura italiana,* in «Maestrale», 12 (1941-42); A. GIACCARI, *Poe nella critica italiana* e *La fortuna di E. A. Poe in Italia,* in «Studi americani», 5 (1959); A. CECCARONI, *Poe in edizione italiana,* in «Il lettore di provincia», 33 (lug. 1978); *Repertorio bibliografico della letteratura americana in Italia,* a cura di B. TEDESCHINI LALLI, Roma 1966.
Una traduzione di racconti anonima apparve già nel 1858, a Torino, col titolo di *Storie orribili*; poi, *Storie incredibili,* a cura di B. E. MAINERI, Milano 1869. Qualche poesia o parti di poesie apparvero citate in conferenze e articoli, come nell'articolo su Poe di G. TIRINELLI, in «Nuova Antologia», apr. 1877. *Il Corvo* fu tradotto nel 1881 da S. SALVOTTI. Nel 1896 apparvero le prime «versioni ritmiche» di A. E. RAGAZZONI, ripubblicate poi, con l'aggiunta di altre poesie, nel 1927. L'intero *corpus* poetico di Poe (quale era stato fissato nelle edd. Ingram o Stedman-Woodberry) è tradotto da U. ORTENSI (Lanciano 1892; Torino-Roma 1902; Lanciano 1915) e da F. OLIVERO (Bari 1912 e 1939). Una nuova traduzione sia delle

poesie che dei racconti: a cura di C. IZZO (*Tutti i racconti e le poesie*, Roma 1953). Infine, *Poe: Opere scelte*, a cura di G. MANGANELLI, Milano 1971 (con traduzioni di G. BALDINI, E. CHINOL, D. CINELLI, T. GIGLIO, V. MANTOVANI, E. VITTORINI). Inoltre: *Il Corvo e tutte le poesie*, a cura di T. PISANTI, Roma 1982; *Racconti*, trad. di G. MANGANELLI, Torino 1983; *Racconti del terrore*, introd. di A. BRILLI, trad. di M. GALLONE, Milano 1990; *Racconti*, cura e trad. di M. MANCUSO, Milano 1998; *Misteri*, trad. e introd. di B. DELL'AGNESE, Milano 2006.

Spesso rilevanti i contributi critici. E. NENCIONI scrisse su Poe in «Nuova Antologia» (1885), poi in *Saggi critici di letteratura inglese*, con prefazione di G. Carducci, Firenze 1897; P. JANNACCONE si occupò dell'«estetica di Edgard Poe», già nel 1895 (in «Nuova Antologia», lug.-ag.). Il saggio di G. PAPINI, *Edgardo Poe*, è del 1908. Si vedano: F. OLIVERO, *Edgar Allan Poe*, Torino 1932; M. PRAZ, in *Studi e svaghi inglesi*, Roma 1933 e in *Cronache letterarie anglosassoni*, Roma 1966, IV; E. CECCHI, in *Scrittori inglesi e americani*, Milano 1947 e 1962; L. ANCESCHI, in *Autonomia ed eteronomia dell'arte*, Firenze 1936 (e 1959); G. MACCHIA, in *Baudelaire critico*, Firenze 1939; S. ROSATI, in «Parallelo», 2 (1943) e nel vol. coll. *Il simbolismo nella letteratura americana*, Firenze 1965; E. CHINOL, introduzione ai *Tre saggi sulla poesia*, Padova 1946; B. CROCE, in *Letture di poeti*, Bari 1950; G. BALDINI, *E. A. Poe*, Brescia 1947; C. IZZO, Introduzione alle citate traduz. e in *Civiltà americana*, Roma 1967, I; N. D'AGOSTINO, *Poe, Withman, Dickinson*, in «Belfagor», 5 (1953); A. GUIDI, in *Occasioni americane*, Roma 1958; S. ROSSI, *E. A. Poe e la Scapigliatura lombarda*, in «Studi americani», 5 (1959); ancora, in «Studi americani»: L. WAINSTEIN, *La situazione limite di E. A. Poe*, (1960); M. BULGHERONI, *Poe e il demone americano*, 9 (1964); M. BIGNAMI, *E. A. Poe di fronte alla natura*, 11 (1965); R. BIANCHI, *Il problema dell'arte e dell'artista in Poe, Hawthorne e Melville*, 18 (1972); E. MENASCÉ, *E. A. Poe e i suoi contemporanei*, 19-20 (1973-74); A. PORTELLI, *E. A. Poe e due canzoni femministe dell'Ottocento*, 23-24 (1977-78); G. FINK, in *I testimoni dell'immaginario*, Roma 1978; *E. A. Poe dal gotico alla fantascienza*, a cura di R. BIANCHI, Milano 1978; C. G. MASTRODONATO sul «Paradosso del narrare»: 25-26 (1979-80); C. GIORCELLI, in E. ZOLLA (a cura di), *L'esotismo nella letteratura angloamericana*, II, Roma 1979; O. RISTIVO, sulla «Riflessione estetica di Poe», Palermo 1981; G. GIORELLO, introd. a *Eureka* (trad. A. Quadrino), Roma 1982; G. BALESTRA, su «scrittura e magia», Milano 1983; C. GORLIER, introd. a *Racconti*, Novara 1983; C. ROMEO, su «fantastico e raziocinio in Poe», in B. PISAPIA, *I piaceri dell'immaginazione*, Roma 1984; S. PEROSA, introd. a *Racconti*, Milano 1985; R. CAGLIERO (su *Eureka*) in «Quaderni di lingua e letteratura dell'Università di Verona» (1987 e 1989); N. FUSINI, in introd. a *Stravaganze*, Roma 1987; L. MARCHETTI, *E. A. Poe: la scrittura eterogenea*, Ravenna 1988; M. PAGNINI, *Semiosi*, Bologna 1988; R. CAGLIERO, *Poe e Freud*, Verona 1990; le pagine su Poe in in T. PISANTI, *Le Muse erranti, Cultura e poesia in America*, Napoli 1991; S. PEROSA, *Poetica di Poe*, Bologna 1994; P.M. DE DONNO, *L'estetica giovanile di Poe*, Galatina 1996; in L. BUDD-E. LADY (a cura di), *On Poe*, Durham 1995; F. PISELLI, *Interpretazioni di Mallarmé e Poe*, Napoli 2000; T. PISANTI, *La poesia in America (1650-2000)*, Napoli 2002; J. CORTAZAR, *Vita di Edgar Allan Poe*, Firenze 2004.

T.P.

TUTTI I RACCONTI DEL MISTERO, DELL'INCUBO E DEL TERRORE

Nella pagina precedente: Aubrey Beardsley, *La maschera della morte rossa*, illustrazione per i racconti di E. A. Poe.

Il gatto nero (Titolo originale: «The Black Cat»); *Il barile di Amontillado* (Titolo originale: «The Cask of Amontillado»); *Il genio della perversione* (Titolo originale: «The Imp of the Perverse»); *Hop-Frog* (Titolo originale: «Hop-Frog»); *La sfinge* (Titolo originale: «The Sphinx»); *Il ritratto ovale* (Titolo originale: «The Oval Portrait»); *William Wilson* (Titolo originale: «William Wilson»); *Rivelazione mesmerica* (Titolo originale: «Mesmeric Revelation»); *La mascherata della Morte Rossa* (Titolo originale: «The Masque of the Red Death»); *L'isola della fata* (Titolo originale: «The Island of the Fay»); *Un racconto delle Ragged Mountains* (Titolo originale: «A Tale of the Ragged Mountains»); *Metzengerstein* (Titolo originale: «Metzengerstein»); *L'uomo della folla* (Titolo originale: «The Man of the Crowd»); *Il silenzio. Una favola* (Titolo originale: «Silence-A Fable»); *L'ombra. Una parabola* (Titolo originale: «Shadow-A Parable»); *Eleonora* (Titolo originale: «Eleonora»); *Ligeia* (Titolo originale: «Ligeia»); *La caduta della Casa Usher* (Titolo originale: «The Fall of the House of Usher»); *L'appuntamento* (Titolo originale: «The Assignation»); *La verità della vicenda del signor Valdemar* (Titolo originale: «The Fact in the Case of M. Valdemar»); *Il colloquio di Monos e Una* (Titolo originale: «The Colloquy of Monos and Una»); *Conversazione tra Eiros e Charmion* (Titolo originale: «The Conversation of Eiros and Charmion»); *I delitti della Rue Morgue* (Titolo originale: «The Murders in the Rue Morgue»); *Lo scarabeo d'oro* (Titolo originale: «The Gold-Bug»); *Il cuore rivelatore* (Titolo originale: «The Tell-Tale Heart»); *Il mistero di Marie Rogêt* (Titolo originale: «The Mystery of Marie Rogêt»); *La lettera rubata* (Titolo originale: «The Purloined Letter»); *Una discesa nel Maelström* (Titolo originale: «A Descent into the Maelström»); *Il manoscritto trovato in una bottiglia* (Titolo originale: «MS. Found in a Bottle»); *Il pozzo e il pendolo* (Titolo originale: «The Pit and the Pendulum»).
Traduzioni di Daniela Palladini

Sei tu il colpevole (Titolo originale: «Thou Art the Man»); *La cassa oblunga* (Titolo originale: «The Oblong Box»); *Re Peste. Racconto contenente un'allegoria* (Titolo originale: «King Pest»); *Perdita di fiato* (Titolo originale: «Loss of Breath»); *Berenice* (Titolo originale: «Berenice»); *Morella* (Titolo originale: «Morella»); *La sepoltura prematura* (Titolo originale: «The Premature Burial»).
Traduzioni di Isabella Donfrancesco

Il gatto nero

Per il più folle e insieme più semplice racconto che mi accingo a scrivere, non mi aspetto né sollecito credito alcuno. Sarei matto ad aspettarmelo in un caso in cui i miei stessi sensi respingono quanto hanno direttamente sperimentato. Matto non sono e certamente non sto sognando, ma domani morirò e oggi voglio liberarmi l'anima. Il mio scopo immediato è quello di esporre al mondo pianamente e succintamente una serie di semplici eventi domestici, senza commentarli. Le loro conseguenze mi hanno terrorizzato, torturato, distrutto, ma non tenterò di spiegarli. Per me hanno significato nient'altro che orrore, ma per molti sembreranno meno terribili che barocchi. Si potrà, forse, trovare qualche intelletto che ridurrà il mio fantasma ad un luogo comune – qualche intelletto più calmo, più logico e molto meno eccitabile del mio che possa cogliere nelle circostanze che io evoco con timore, nient'altro che una normale successione di cause ed effetti naturalissimi.

Fin dall'infanzia ero noto per la docilità e l'umanità del mio carattere. Ero così tenero di cuore da diventare quasi lo zimbello dei compagni. Ero particolarmente affezionato agli animali e i miei genitori mi concedevano di tenere una grande quantità di animaletti domestici. Con essi passavo gran parte del mio tempo e niente mi rendeva più felice del nutrire e carezzare le bestiole. Questa mia tendenza crebbe con gli anni ed anche quando divenni adulto trassi da essi il massimo diletto. Tutti coloro che hanno provato affetto per un cane fedele e intelligente comprenderanno facilmente la natura e l'intensità del piacere che se ne può trarre. C'è qualcosa, nell'amore disinteressato e capace di sacrifici di una bestiola, che va direttamente al cuore di chi ha avuto frequenti occasioni di mettere alla prova la gretta amicizia e l'evanescente fedeltà del semplice *Uomo*.

Mi sposai presto e fui felice di trovare in mia moglie una disposizione analoga alla mia. Avendo notato la mia passione per gli animali domestici, non tralasciò occasione per procurarmene delle specie più gradevoli. Avevamo uccelli, pesci rossi, un grazioso cane, dei conigli, una scimmietta ed *un gatto*.

Quest'ultimo era un animale grande e molto bello, tutto nero, e intelligente al massimo grado. Parlando della sua intelligenza mia moglie, non aliena da una certa superstizione, faceva frequenti allusioni all'antica credenza popolare che vedeva i gatti neri come delle streghe travestite. Non che fosse una cosa *seria* per lei; del resto io ne parlo solo perché proprio ora me ne sono ricordato.

Plutone – questo è il nome del gatto – era il mio animale preferito ed il mio compagno di giochi. Solo io gli davo da mangiare, mi aspettava quando tornavo a casa e a fatica potevo impedire che mi seguisse nella strada.

La nostra amicizia durò così per molti anni, durante i quali il mio carattere ed i miei modi, per l'azione di una diabolica intemperanza, subirono (arrossisco nel dirlo) una radicale trasformazione in peggio. Divenni giorno dopo giorno più strambo, irritabile, meno rispettoso dei sentimenti altrui. Mi permisi di usare un linguaggio irriguardoso con mia moglie; alla fine arrivai con lei alla violenza. Le mie bestiole sentirono senz'altro il cambiamento dei miei modi. Non solo li trascuravo, ma li maltrattavo. Per Plutone, tuttavia, avevo ancora un certo riguardo che mi impediva di maltrattarlo, mentre non mi facevo scrupolo di maltrattare i conigli, la scimmietta e perfino il cane, quando per caso o per affetto attraversava la mia strada. Ma il mio malessere cresceva – che razza di malattia è l'Alcool! – ed alla fine anche Plutone, ora divenuto vecchio e conseguentemente un po' più irritabile – persino Plutone, cominciò a provare gli effetti del peggioramento del mio carattere.

Una notte, tornando a casa ubriaco fradicio, da uno dei miei soliti giri per le bettole della città, mi sembrò che il gatto evitasse la mia presenza. Lo afferrai e quello, impaurito dalla mia violenza, mi fece con i denti una piccola ferita sulla mano. La furia di un demonio si impossessò di me rendendomi irriconoscibile perfino a me stesso. Mi sembrò che la mia anima originale fosse volata via dal mio corpo ed una cattiveria feroce, alimentata dal gin, invase tutte le fibre del mio corpo. Presi dalla tasca un temperino, lo aprii, strinsi la povera bestiola alla gola e deliberatamente gli cavai un occhio dall'orbita! Arrossisco, brucio, rabbrividisco nello scrivere di questa dannata atrocità.

Quando mi tornò la ragione al mattino – sbolliti nel sonno i fumi dell'orgia notturna – provai un senso per metà di orrore e per metà di rimorso per il crimine che avevo commesso; ma fu solo un sentimento superficiale ed equivoco, l'anima non ne fu toccata. Mi tuffai di nuovo negli eccessi ed affogai nel vino tutti i ricordi del fatto.

Frattanto il gatto lentamente si era ripreso; l'orbita vuota dell'occhio aveva un aspetto pauroso, ma sembrava che egli non sentisse più dolore. Girava come sempre per casa ma, come era facile attendersi, filava via atterrito appena mi avvicinavo. Mi era rimasto abbastanza del mio vecchio cuore da provare un certo dolore per l'evidente antipatia da parte della creatura che una volta mi aveva amato. Questo sentimento si trasformò presto in irritazione ed infine, come un irrevocabile ribaltamento, comparve lo spirito della PERVERSITÀ. Di questo spirito la filosofia non tiene conto; ma io non sono tanto sicuro dell'esistenza della mia anima, quanto lo sono del fatto che questa forma di malvagità perversa è uno degli impulsi primordiali del cuore umano – una di quelle inscindibili facoltà primarie, o sentimenti, che governano il carattere dell'Uomo. Chi non si è trovato centinaia di volte a compiere un'azione vile o stupida, per nessuna altra ragione di quella che *non* doveva farlo? Non abbiamo forse una perpetua inclinazione a violare, a dispetto dei nostri migliori intendimenti, quella che è la *Legge*, soltanto perché comprendiamo che di questa si tratta? Questo spirito di perversità causò la mia completa rovina. Fu questa insondabile propensione dell'anima *a torturare se stessa* – a fare violenza alla propria natura – a compiere il male per il piacere di farlo – che mi spinse a continuare e portare a termine l'offesa che avevo inflitto all'inoffensiva bestiola. Una mattina, a sangue freddo, feci scorrere un cappio intorno al suo collo e l'impiccai al ramo di un albero; l'impiccai mentre le lacrime mi cadevano dagli occhi ed il più atroce rimorso tormentava il mio cuore. L'impiccai *perché* sapevo che mi aveva amato e *perché* non mi aveva dato alcun motivo di sentirmi offeso – l'impiccai *perché* sapevo che così facendo commettevo un peccato – un peccato mortale che avrebbe messo in pericolo la mia anima immortale così da porla se ciò fosse possibile al di fuori persino dalla portata della infinita misericordia del Dio Più Misericordioso e Terribile.

Nella notte che seguì al giorno in cui avevo compiuto quella crudele azione, fui svegliato dal grido «Al fuoco». Le cortine del mio letto erano in fiamme, l'intera casa bruciava. Con grande difficoltà mia moglie, una serva ed io stesso riuscimmo a sfuggire all'incendio. La distruzione fu così completa che tutto il mio patrimonio venne divorato dalle fiamme e da allora mi ritrovai ridotto alla disperazione.

Non ho la debolezza di cercare di stabilire un nesso di causa ed effetto, tra il disastro e le atrocità commesse, ma sto descrivendo una sequela di fatti e non voglio tralasciare alcun legame tra di loro. Il giorno successivo all'incendio andai a vedere le rovine. Le pareti, con una sola eccezione, erano crollate. L'eccezione era costituita da una parete divisoria, posta all'incirca al centro della casa, contro la quale prima dell'incendio era stata appoggiata la testa del mio letto. L'intonaco aveva qui resistito, in larga misura, all'azione del fuoco – un fatto che attribuii alla circostanza che era stato rifatto da poco. Di fronte a questa parete si era radunata una densa folla e molte persone sembrava stessero esaminando con grande attenzione una particolare zona di essa. Le parole «Strano!» «Singolare!» ed altre espressioni simili eccitarono la mia curiosità. Mi avvicinai e vidi, come scolpita in bassorilievo sulla parete bianca la figura di un gigantesco *gatto*. L'immagine era di una esattezza sorprendente. Attorno al collo dell'animale c'era una corda.

Quando vidi la prima volta questa apparizione – non posso classificarla diversamente – la mia meraviglia e il mio terrore furono enormi; ma successivamente la riflessione mi venne in aiuto. Ricordai che il gatto era stato impiccato in un giardino adiacente alla casa. Dopo l'allarme per l'incendio, quel giardino si era immediatamente riempito di folla – qualcuno doveva aver staccato l'animale dall'albero e averlo lanciato, attraverso una finestra aperta, dentro la mia camera. Questo gesto era stato compiuto probabilmente con l'intento di svegliarmi. La caduta delle altre pareti aveva compresso la vittima della mia crudeltà dentro l'intonaco ancora fresco, la cui calce con le fiamme e l'*ammoniaca* della carcassa, aveva poi composto l'immagine come la vedevo.

Sebbene io spiegassi così alla mia ragione, se non completamente alla coscienza, l'evento che ho illustrato, esso non mancò di impressionare profondamente la mia fantasia. Per mesi non riuscii a liberarmi del fantasma del gatto e durante tale periodo affiorò nel mio animo un mezzo sentimento che sembrava ma non era rimorso. Arrivai a dolermi a tal punto della perdita dell'animale da mettermi a cercare, nei ritrovi malfamati che ora frequentavo abitualmente, un'altra bestiola della stessa specie ed in qualche modo simile all'aspetto, in grado di prenderne il posto.

Una notte, mentre giacevo in una taverna più che malfamata, mezzo intontito, la mia attenzione fu attratta all'improvviso da qualcosa di nero che riposava sulla sommità di una delle enormi botti di gin e di rum, che costituivano l'arredamento principale del locale. Stavo guardando da molto tempo e, con mia sorpresa, non riuscivo a capire di che cosa si trattasse. Mi avvicinai a toccarlo con una mano. Si trattava di un gattone nero, della stessa taglia di Plutone, somigliante a lui sotto ogni aspetto, ad eccezione di uno. Plutone non aveva un solo pelo bianco in tutto il mantello, mentre questo gatto aveva una macchia bianca di contorno indefinito che gli copriva quasi interamente il petto.

Appena lo ebbi toccato, si alzò immediatamente, fece le fusa, si strofinò alla mia mano, felice del mio interessamento. Era proprio la creatura che stavo cercando, quindi proposi al padrone del locale di comprarlo: ma questi non ne rivendicò il possesso – non lo conosceva affatto – non l'aveva mai visto prima. Continuai ad accarezzarlo e quando mi apprestai a tornare a casa, l'animale mostrò l'intenzione di accompagnarmi. Glielo permisi ed ogni tanto lungo la via mi fermavo per accarezzarlo. Quando giunse a casa si trovò subito a suo agio e divenne immediatamente il beniamino di mia moglie.

Da parte mia, invece, sentii subito sorgere dentro di me una cupa antipatia per l'animale. Era proprio il contrario di quello che avevo previsto, ma – non so come e perché – la sua evidente predilezione per me, mi procurava piuttosto fastidio e disgusto. Poi, piano piano, l'avversione ed il fastidio sfociarono nell'amarezza dell'odio. Evitavo l'animale, ma un certo senso di vergogna e il ricordo del mio precedente atto di crudeltà, mi impedivano di maltrattarlo. Per molte settimane non lo picchiai né gli usai altre forme di violenza, ma, gradualmente, arrivai a guardarlo con insopprimibile ripugnanza e a sfuggire la sua odiosa presenza come la peste.

Quello che, senza dubbio, aumentò il mio odio per la bestia, fu la scoperta, fatta il mattino dopo il suo arrivo in casa, che anche lui era privo di un occhio come Plutone. Questa circostanza lo rese, invece, più caro a mia moglie, che, come ho già detto, possedeva in alto grado quell'umanità di sentimenti che una volta erano una mia peculiare caratteristica nonché la fonte dei miei più semplici e più puri piaceri.

Ma la predilezione del gatto nei miei confronti sembrava crescere con la mia avversione. Seguiva ogni mio passo con una tenacia che è difficile far comprendere al lettore. Quando sedevo, si accucciava sotto la mia sedia o saltava sulle mie ginocchia coprendomi di odiose moine. Se mi alzavo, mi si metteva tra i piedi a rischio di farmi cadere o piantava i suoi lunghi aguzzi artigli nelle mie vesti per arrampicarmisi fino al petto. Mi veniva allora voglia di distruggerlo con un colpo, ma mi tratteneva dal farlo il ricordo del mio precedente delitto e ancor più – lasciatemelo confessare – il cieco *terrore* che mi ispirava la bestia.

Non era esattamente un terrore fisico, anche se ho difficoltà a definirlo diversamente. Quasi mi vergogno a confessare – sì anche in questa cella di delinquenti, quasi mi vergogno a confessare – che il terrore e l'orrore che l'animale mi ispirava è stato alimentato da una specie di chimera tra le più difficili da concepire. Mia moglie aveva richiamato la mia attenzione, più di una volta, sulla conformazione della macchia bianca, della quale vi ho parlato, e che costituiva la sola visibile differenza tra questa strana bestia e quella che io avevo distrutto. Il lettore ricorderà che questa macchia era sì grande, ma aveva originariamente contorni indefiniti. Ora a grado a grado, quasi impercettibilmente, anche se la mia ragione si sforzava di respingere la cosa come assolutamente fantastica, la macchia aveva finito per assumere una forma ben precisa e distinta. Essa era la precisa rappresentazione di un oggetto che rabbrividisco solo a nominare – e per questo, soprattutto, avevo ripugnanza e paura del mostro, del quale avrei voluto liberarmi *se ne avessi avuto il coraggio* – era adesso, dico, l'immagine di una cosa orribile, spaventosa, la FORCA – oh! la lugubre, terribile macchina dell'Orrore e del Crimine, dell'Agonia e della Morte!

E ora io ero veramente misero al di là della peggiore miseria dell'Umanità. *Una bestia bruta* – quella della quale avevo sprezzantemente distrutto il compagno – *una bestia bruta* causava a me – a me, uomo creato a immagine e somiglianza d'Iddio – un così insopportabile dolore! Ahimè! Né di giorno, né di notte ebbi più il conforto del riposo! Durante il giorno la creatura non mi lasciava solo un istante, e durante la notte, ad ogni ora, mi destavo da sogni di inesprimibile orrore, per trovarmi il fiato caldo della *cosa* sul volto ed il suo enorme peso – come di un fantasma notturno incarnato che non ero in grado di scrollare via – eternamente incombente sul *cuore*.

Sotto la pressione di tali tormenti, quel poco di buono che c'era ancora in me scomparve del tutto. Pensieri malvagi, i più neri e i più malvagi dei pensieri, divennero i miei soli padroni. La rudezza abituale del mio carattere divenne odio per tutte le cose, per tutta l'umanità, così che degli improvvisi, frequenti e incontrollabili scoppi di una furia alla quale ciecamente mi abbandonavo, divenne vittima sempre più frequentemente, ahimè!, la mia povera moglie, che, paziente, sopportava tutto senza lamenti.

Un giorno ella mi accompagnò, per una qualche faccenda domestica da sbrigare, nella cantina del vecchio edificio nel quale la nostra povertà ci costringeva ad abitare ed il gatto, seguendomi giù per la scala, mi fece quasi ruzzolare a capofitto, irritandomi fino all'esasperazione. Afferrata un'ascia, dimenticando, nella mia furia, la paura infantile che aveva sempre trattenuto la mia mano, vibrai all'animale un colpo che, se fosse disceso su di lui come volevo, sarebbe risultato mortale. Ma il colpo venne fermato dalla mano di mia moglie. Il suo intervento mi trascinò in una furia ancora più demoniaca; svincolai il braccio dalla sua stretta e le affondai la scure nel cervello. Ella cadde senza vita sul posto senza emettere un lamento.

Compiuto l'orrendo delitto, mi accinsi con grande determinazione al compito di nascondere il corpo. Sapevo di non poterlo rimuovere dall'edificio, né di giorno né di notte, senza correre il rischio di essere scorto dai vicini. Mi vennero in mente tanti progetti. Per un momento pensai di tagliare il corpo in tanti pezzi e di distruggerlo con il fuoco, poi di scavare una fossa nel pavimento e seppellirvelo, e ancora di gettarlo nel pozzo del cortile – di chiuderlo in una cassa, camuffandola come se contenesse della merce e incaricando poi un facchino di portarla via. Infine scelsi quello che mi sembrò l'espediente migliore tra tutti quelli pensati. Decisi di murare il cadavere in una parete della cantina, come si legge facessero i monaci del Medio-Evo con le loro vittime.

La cantina sembrava particolarmente adatta a tale scopo. Le sue pareti erano state costruite alla buona e intonacate da poco con una malta grossolana che non si era indurita per effetto dell'umidità dell'ambiente. Inoltre in una delle pareti c'era una sporgenza dovuta forse a un falso caminetto o focolare, che era poi stato riempito e reso somigliante al resto della cantina. Non avevo dubbi di poter estrarre facilmente i mattoni, inserire il cadavere, e murare di nuovo in modo che nessuno potesse mai scoprire qualcosa di sospetto. Non avevo sbagliato i calcoli. Rimossi con una leva i mattoni, deposi poi con cura il corpo puntellandolo contro la parete interna e con poca fatica ricostruii la struttura del muro tale e quale era prima. Mi procurai calce e sabbia e con ogni possibile precauzione preparai un intonaco che non poteva assolutamente essere distinto dal vecchio e lo distesi con ogni cura sulla nuova parete di mattoni. Alla fine fui molto soddisfatto del lavoro. Tutto quadrava, la parete non presentava la minima traccia di manomissione. Asportai con la massima attenzione tutti i detriti dal pavimento e mi guardai intorno trionfante, dicendomi: «Qui almeno il mio lavoro non è stato inutile».

Il mio successivo atto fu quello di ricercare la bestia che era stata causa di tanto grave sciagura, perché avevo deciso di metterla a morte. Se ci fossi riuscito in quel momento, non vi sarebbe stato alcun dubbio sulla sua sorte; e invece l'astuto animale, allarmato dalla violenza della mia collera, evitò di comparirmi davanti. È impossibile descrivere il profondo senso di sollievo che mi pervase per l'assenza della odiata creatura. Non si fece vivo neanche durante la notte e quindi almeno per una volta, da quando si era introdotto in casa mia, dormii profondamente e tranquillamente; sì, *dormii* perfino col peso del delitto sulla coscienza!

Passarono il secondo e il terzo giorno senza che il mio tormentatore tornasse. Respiravo di nuovo come un uomo libero. Il mostro, terrorizzato, era fuggito via per sempre e non lo avrei più visto! La mia felicità era al culmine! La colpa del mio tenebroso misfatto non mi turbava più di tanto. Mi avevano rivolto domande alle quali avevo risposto con disinvoltura. Perfino le indagini avviate, non avevano dato alcun esito ed io guardavo ormai con sicurezza alla mia futura felicità.

Il quarto giorno dopo l'assassinio, una squadra della polizia irruppe inaspettatamente nella mia casa per eseguire una rigorosa ispezione. Ciò nonostante mi sentivo sicuro del nascondiglio scelto e non mostrai il benché minimo imbarazzo. Gli agenti chiesero che li accompagnassi nella loro ispezione, che non lasciò inesplorato né un angolo né un cantuccio. Alla fine discesero per la terza o la quarta volta nella cantina. Non un muscolo mi tremò; il mio cuore batteva calmo come quello di chi dorme innocente. Passeggiavo su e giù per la cantina, le braccia incrociate sul petto, aggirandomi qua e là. I poliziotti si mostravano del tutto soddisfatti e si preparavano ad andarsene. La gioia che mi riempiva il cuore era troppo intensa perché potessi trattenermela dentro. Bruciavo dal desiderio di dire qualcosa, di trionfare, ed anche di rendere ancora più marcata la loro convinzione della mia innocenza.

«Signori», dissi alla fine mentre la squadra saliva le scale, «sono lieto di aver dileguato i vostri sospetti. Vi auguro buona salute ed un po' più di cortesia. Tra l'altro, signori, questa – questa è proprio una casa ben costruita.» In preda alla voglia matta di dir qualcosa, non mi rendevo conto di quanto andavo blaterando... «Posso dire che questa è una casa costruita *in modo eccellente*. Queste pareti – ve ne andate, Signori? – queste pareti sono costruite solidamente.» E qui, in un eccesso di spavalderia, colpii pesantemente con un bastone che avevo in mano proprio il tratto di muro dietro il quale era celato il cadavere della sposa del mio cuore.

Possa mai Iddio proteggermi e liberarmi dalla zanna dell'arcidiavolo! – non si era ancora spenta l'eco del mio colpo di bastone, che una voce rispose dall'interno della tomba! – con un lamento, dapprima smorzato e rotto, come il pianto di un bambino, salito poi rapidamente ad un lungo, intenso, continuo urlo, assolutamente inumano, bestiale, – un ululato – un grido sconvolgente, per metà di orrore per metà di trionfo, quale avrebbe potuto venire solo dall'inferno, unitamente dalle gole dei dannati nella loro agonia e dei demoni esultanti nella dannazione.

Di quello che mi passò per la testa, sarebbe assurdo parlare. Sentendomi svenire, mi appoggiai alla parete opposta. Per un attimo i poliziotti rimasero immobili, in preda ad una sorta di irrazionale terrore. Subito dopo una dozzina di robuste braccia presero a demolire la parete, che cadde tutta insieme. Il cadavere, in avanzato stato di decomposizione, intriso di sangue rappreso, stava eretto davanti agli occhi degli spettatori. Sulla sua testa, con la rossa bocca spalancata, con l'unico occhio di fuoco, stava l'orrenda bestia la cui astuzia mi aveva portato al delitto e la cui voce rivelatrice mi aveva consegnato al boia. Avevo murato il mostro dentro la tomba.

Il barile di Amontillado

La miriade di offese di Fortunato le avevo sopportate come meglio avevo potuto, ma quando arrivò all'oltraggio giurai di vendicarmi. Voi, che ben conoscete la natura della mia anima, non supporrete che io mi sfogassi in minacce. *Finalmente* volevo vendicarmi; questo era un punto fermo, ma il modo con cui avrei attuato questo proposito escludeva ogni idea di rischio. Volevo, non soltanto, punire, ma punire rimanendo impunito. Un torto non può essere risarcito se il prezzo pagato ricade su chi si vendica. Del pari non è riparato quando il vendicatore manca di manifestarsi come tale a colui che ha fatto il torto.

Si deve sapere che, né con parole né con fatti, detti mai modo a Fortunato di dubitare della mia benevolenza. Continuai, come volevo, a sorridergli ed egli non si accorgeva che il mio sorriso *ora* era suscitato dal pensiero che sarebbe stato immolato.

Aveva un punto debole – questo Fortunato – anche se per altri aspetti era un uomo da rispettare e perfino da temere. Si vantava di essere grande conoscitore di vini. Pochi italiani sono veri virtuosi in materia. Per la maggior parte il loro entusiasmo serve solo per trovare tempo ed opportunità per imbrogliare i milionari inglesi e austriaci. Per i quadri e i gioielli, Fortunato, come i suoi compatrioti, era un ciarlatano, ma in materia di vecchi vini non mentiva. Sotto questo aspetto io non differivo molto da lui; ero esperto di annate italiane di vini e ne compravo largamente ogni volta che potevo.

Era quasi buio, quella sera, al colmo delle follie di Carnevale, quando incontrai il mio amico. Mi si avvicinò con un calore eccessivo perché aveva bevuto molto. L'uomo era in maschera. Aveva un abito attillato, a strisce, e in capo un cappello a cono con campanellini. Fui così contento di vederlo che pensavo che non avrei più smesso di stringergli forte la mano.

«Mio caro Fortunato», gli dissi, «sono felice di averla incontrata. Quanto sta bene oggi! Ma ho ricevuto un barile di qualcosa che passa per Amontillado, ma ho i miei dubbi.»

«Come?», disse lui, «Amontillado? Un barile? Impossibile! E nel bel mezzo del Carnevale!»

«Ho i miei dubbi», replicai, «e sono stato così sciocco da pagare il pieno prezzo dell'Amontillado senza consultarla in proposito. Lei non era reperibile ed avevo paura di perdere un affare.»

«Amontillado!»

«Ho i miei dubbi.»

«Amontillado!»

«Debbo chiarirli.»

«Amontillado!»

«Dato che lei è occupata, sto andando da Luchesi. Se c'è uno che può dare un giudizio, questo è lui. Saprà consigliarmi.»

«Luchesi non è capace di distinguere un Amontillado da uno Sherry.»
«Eppure certi sciocchi sostengono che ha un palato che vale il suo.»
«Venga, andiamo.»
«Dove?»
«Nelle sue cantine.»
«Amico mio, proprio no; non voglio approfittare della sua cortesia. Mi rendo conto che lei ha un impegno. Luchesi...»
«Non ho impegni... Andiamo!»
«Ancora no, amico mio. Non è tanto per l'impegno, quanto per il raffreddore dal quale la vedo affetta. Le cantine sono insopportabilmente umide e incrostate di salnitro.»
«Andiamo ugualmente. Il raffreddore è proprio cosa da nulla. Amontillado! L'hanno raggirata. Per quanto riguarda Luchesi, non sa distinguere uno Sherry da un Amontillado!»
Detto questo, Fortunato si impadronì del mio braccio; misi una maschera di seta nera sul viso e, avvolto in un *roquelaire*, mi lasciai trascinare verso il mio palazzo.
Non c'erano servi in casa; s'erano tutti dileguati per godersi il Carnevale. Avevo detto loro che non sarei tornato fino al mattino e avevo esplicitamente vietato loro di allontanarsi dalla casa. Tali ordini erano sufficienti, come ben sapevo, per garantire la loro immediata scomparsa non appena avessi voltato le spalle.
Sfilai due torce dal loro sostegno e dandone una a Fortunato, lo pilotai attraverso una serie di stanze fino al passaggio a volta che immetteva nelle cantine. Scesi per una lunga scala a chiocciola, raccomandandogli di stare attento nel seguirmi. Arrivammo finalmente ai piedi della scala e ci ritrovammo insieme sul suolo umido delle catacombe dei Montresors.
L'andatura del mio amico era traballante e i campanellini del suo cappello tintinnavano mentre avanzava a grandi passi.
«Il barile?», chiese.
«E più in là», dissi, «ma guardi le bianche ragnatele come brillano sulle pareti di questa grotta!»
Si volse verso di me e mi guardò negli occhi con lo sguardo acquoso dell'ubriaco.
«Salnitro?», domandò dopo un po'.
«Salnitro», risposi, «da quanto tempo ha questa tosse?»
«Ugh! Ugh! Ugh! Ugh! Ugh! Ugh! Ugh! Ugh! Ugh! Ugh!...»
Il mio povero amico non riuscì a rispondermi per molti minuti.
«Non è niente», disse alla fine.
«Venga», dissi con decisione, «torniamo indietro, la sua salute è preziosa. Lei è ricco, rispettato, ammirato, amato; è felice come io lo ero una volta. È un uomo di cui si sentirebbe la mancanza. Io non ho problemi. Torniamo, si ammalerà e non voglio averne la responsabilità. D'altra parte c'è Luchesi...»
«Basta!», disse, «la tosse non è niente, non mi ucciderà. Non morirò certo di tosse.»
«Vero, vero», risposi, «ed io non voglio certo allarmarla senza ragione, ma deve essere cauto. Un sorso di questo Medoc ci difenderà dall'umidità.»
A questo punto feci saltare il collo di una bottiglia che avevo preso da una lunga fila di sorelle che giacevano nella muffa.
«Beva», dissi porgendogli il vino.

Egli lo portò alle labbra con uno sguardo avido. Fece una pausa e s'inchinò familiarmente verso di me, mentre i campanellini suonavano.

«Bevo», disse, «a quanti sono sepolti intorno a noi.»

«Ed io alla sua lunga vita.»

Di nuovo mi prese il braccio ed andammo avanti.

«Queste grotte», disse, «sono estese.»

«I Montresors», risposi, «furono una grande e numerosa famiglia.»

«Ho dimenticato il suo stemma.»

«Un grande piede umano d'oro, in campo azzurro; il piede schiaccia un serpente rampante che gli morde il tallone.»

«Ed il motto?»

«*Nemo me impune lacessit.*» [1]

«Bene!», disse.

Il vino gli brillava negli occhi ed i campanelli suonavano. La mia immaginazione si scaldava con il Medoc. Dopo essere passati attraverso lunghe pareti di ossa accatastate, mescolate a barili e botti, giungemmo ai più remoti recessi delle catacombe. Mi fermai di nuovo e mi presi la libertà di afferrare Fortunato per un braccio al di sopra del gomito.

«Il salnitro!», dissi, «guardi, aumenta. Si attacca alle volte come muschio. Siamo sotto il letto del fiume. Le gocce di umidità penetrano nelle ossa. Venga, torniamo, prima che sia troppo tardi. La sua tosse...»

«Non è nulla», disse, «andiamo avanti. Ma prima un'altra sorsata di Medoc.»

Spezzai il collo a una bottiglia di De Grâve e gliela allungai. La vuotò tutta d'un fiato. I suoi occhi brillavano di una luce feroce. Rise e lanciò la bottiglia verso l'alto con gesti che io non capivo.

Lo guardai sorpreso. Ripeté il movimento – un movimento grottesco.

«Non capisce?», mi disse.

«No», risposi.

«Allora lei non è della confraternita?»

«Come?»

«Non è massone.»

«Sì, sì», dissi, «sì, sì.»

«Lei? Impossibile. Un massone?»

«Un massone», replicai.

«Il segno», disse, «un segno.»

«È questo», risposi, estraendo una cazzuola dalle pieghe del mio *roquelaire*.

«Lei scherza», disse, arretrando di qualche passo, «ma andiamo ad assaggiare l'Amontillado!»

«E sia», dissi, riponendo l'attrezzo sotto il mantello ed offrendogli di nuovo il braccio. Vi si appoggiò pesantemente. Continuammo la nostra strada in cerca dell'Amontillado.

Passammo sotto basse arcate, scendemmo, salimmo, scendemmo di nuovo fino ad arrivare a una profonda cripta nella quale l'aria viziata faceva rosseggiare più che splendere le torce.

All'estremità della cripta ne apparve un'altra ancora più angusta, le cui pareti erano tappezzate di resti umani, accatastati nella grotta alla maniera in uso delle grandi catacombe di Parigi. Tre lati di questa cripta interna erano così decorati; dalla quarta parete le ossa erano state tirate giù e

[1] Nessuno mi ha mai ferito impunemente (*N.d.T.*).

giacevano sparpagliate per terra, formando in un punto un mucchio di una certa altezza. Dentro la parete così liberata dalle ossa vedemmo una nicchia ancora più interna, o meglio un recesso profondo meno di un metro e mezzo, largo un metro e alto circa due. Non sembrava fosse stata costruita con un preciso scopo, ma che fosse piuttosto formata casualmente dall'intervallo tra due dei colossali supporti della volta delle catacombe e la parete di fondo era costituita da uno dei muri perimetrali di solido granito.

Inutilmente Fortunato, sollevando la torcia ormai fioca, tentava di esaminare il fondo di questo recesso. La debole luce ormai alla fine non ci consentiva di vedere.

«Proceda», dissi, «qui dentro c'è l'Amontillado. In quanto a Luchesi...»

«Non sa nulla», interruppe il mio amico, mentre avanzava a stento con me alle calcagna. In un istante aveva raggiunto l'estremità della nicchia e vedendosi bloccato dalla roccia, rimase lì come istupidito. Un momento più tardi io lo avevo incatenato al granito. Dalla sua superficie sporgevano due ganci di ferro distanti poco meno di mezzo metro in senso orizzontale. Da uno di essi pendeva una corta catena, dall'altro un lucchetto. Passatagli la catena attorno alla vita, serrarla fu affare di pochi secondi. Era troppo sbalordito per resistere. Girata la chiave, mi ritrassi dalla nicchia.

«Passi la mano sulla parete», dissi, «sentirà il salnitro. In verità è *molto* umido. Lasci che l'*implori* ancora di tornare indietro. No? Allora la debbo lasciare. Prima però debbo avere per lei tutte le piccole attenzioni che sono in mio potere.»

«L'Amontillado», esclamò il mio amico, non ancora ripresosi dallo stupore.

«Giusto», risposi, «l'Amontillado.»

Appena pronunciate queste parole mi detti da fare in mezzo al mucchio di ossa di cui ho parlato prima. Spostandole, trovai subito una quantità di pietre da costruzione e della calce. Con questi materiali e con l'aiuto della cazzuola, cominciai febbrilmente a murare l'entrata della nicchia.

Avevo appena completato uno strato di muratura, quando mi accorsi che l'ubriacatura di Fortunato era in gran parte passata. La prima indicazione mi venne dal pianto lamentoso che saliva dal profondo della nicchia. *Non* era il pianto di un ubriaco. Ci fu poi un lungo ostinato silenzio. Costruii un secondo, un terzo, un quarto strato di muratura e allora sentii scuotere furiosamente la catena. Il rumore durò parecchi minuti, durante i quali per poterlo sentire più distintamente e con maggior soddisfazione, smisi di lavorare e mi sedetti sopra le ossa. Quando il rumore cessò, ripresi la cazzuola e finii senza interruzioni il quinto, il sesto, il settimo strato. La parete giungeva ora all'altezza del mio petto. Di nuovo mi fermai e tenendo la torcia al di sopra della muratura, proiettai una fioca luce sulla figura che era dentro.

Una serie di strilli acuti e penetranti esplose improvvisamente dalla gola della figura incatenata e sembrò spingermi violentemente all'indietro. Per un istante esitai, tremai. Brandendo la spada cominciai a menar colpi alla cieca nel recesso; ma il ragionamento in un momento mi rassicurò. Toccai con la mano la solida struttura della catacomba e mi sentii soddisfatto. Mi riavvicinai alla parete, risposi alle sue grida. Feci loro eco, le accompagnai, le accompagnai, le superai in volume e in potenza e allora l'altro si calmò.

Era ora mezzanotte ed il mio disegno era quasi compiuto. Avevo terminato l'ottavo, il nono ed il decimo strato; avevo completato anche una parte dell'undicesimo strato, rimaneva solo una pietra da incastrare e murare. Facendo uno sforzo dato il suo peso, la sistemai quasi nella sua posizione definitiva. Ora dalla nicchia arrivava una leggera risata che mi fece rizzare i capelli in testa. Seguì una voce roca che stentavo a riconoscere per quella del nobile Fortunato. La voce diceva:

«Ah! Ah! Ah! Eh! Eh! Eh! un ottimo scherzo, proprio un eccellente giochetto. Ci faremo un sacco di risate a palazzo – Eh! Eh! Eh! – sul nostro vino – Eh! Eh! Eh!».

«L'Amontillado», dissi.

«Eh! Eh! Eh! Eh! Eh! – sì, l'Amontillado. Ma non si sta facendo troppo tardi? Non ci staranno aspettando a palazzo, Lady Fortunato e gli altri? Dobbiamo andare.»

«Sì», dissi, «andiamo.»

«*Per l'amore di Iddio, Montresors*!»

«Sì», dissi, «per l'amore d'Iddio!»

A queste parole, attesi invano una risposta. Divenni impaziente. Chiamai ad alta voce:

«Fortunato!».

Nessuna risposta. Chiamai di nuovo:

«Fortunato!».

Ancora nessuna risposta. Spinsi la torcia attraverso la piccola apertura rimasta e la lasciai cadere dentro. In risposta venne solo un tintinnio dei campanelli. Sentii male al cuore, a causa dell'umidità delle catacombe. Mi affrettai a terminare il mio lavoro. Incastrai l'ultima pietra nella sua sede, la murai. Contro la nuova parete costruita rialzai uno schermo di ossa. Per mezzo secolo nessun mortale le ha disturbate. *In pace requiescat*!

Il genio della perversione

Nel considerare le facoltà e gli impulsi – dei *prima mobilia* dell'animo umano – i frenologi hanno trascurato di trovare posto per una propensione che, sebbene ovviamente esistente come sentimento primario, primordiale e irrinunciabile, è stata del pari ignorata dai moralisti che li hanno preceduti. Anche noi l'abbiamo trascurata per la pura arroganza della ragione. Abbiamo permesso che la sua esistenza sfuggisse ai nostri sensi solamente per mancanza di convinzione – di fede – che si tratti di fede nella Rivelazione o nella Cabala. L'idea di essa non c'è mai venuta per la sua stessa evidenza. Non abbiamo realizzato *il bisogno* dell'impulso alla propensione. Non potevamo apprezzarne la necessità. Non potevamo capire, cioè non avremmo potuto capire, ove mai la nozione di questo *primum mobile* ci si fosse affacciata, – non avremmo capito in qual modo avrebbe potuto favorire gli obiettivi dell'umanità, sia temporali sia eterni. Non si può negare che la frenologia e, in larga misura, ogni tipo di metafisica sono state concertate *a priori*. L'intellettuale o l'uomo logico, più che l'uomo comprensivo o l'osservatore, si è applicato a immaginare grandi disegni – a suggerire scopi a Dio. Dopo aver scandagliato, con sua soddisfazione, gli intenti di Jehovah, sulla base di tali intenzioni ha costruito i suoi innumerevoli sistemi mentali. In base ai princìpi della frenologia, per esempio, abbiamo in primo luogo stabilito, abbastanza naturalmente, che per un disegno della divinità un uomo deve nutrirsi. Abbiamo quindi attribuito all'uomo un organo di alimentazione ed è questo organo il flagello con il quale la divinità costringe gli uomini, volenti o nolenti, a mangiare. In secondo luogo, avendo stabilito che è volere di Dio che l'uomo continui la sua specie, abbiamo subito scoperto un organo dell'amore. E così per la combattività, l'idealità, la causalità, la costruttività..., così, in poche parole, con ogni organo purché rappresenti una inclinazione, un sentimento morale o una facoltà del puro intelletto. Con questi arrangiamenti dei *principia* dell'azione umana gli Spurzheimiti, a torto o a ragione, in tutto o in parte, hanno seguito le orme dei loro predecessori; deducendo e stabilendo ogni cosa sulla base della predestinazione dell'uomo, secondo i propositi del suo creatore.

Sarebbe stato più saggio, più sicuro classificare (se dobbiamo classificare) sulla base di quello che l'uomo normalmente e occasionalmente ha fatto, e sempre occasionalmente continua a fare, piuttosto che sulla base di quanto considerava sottinteso che la divinità intendeva facesse. Se non possiamo comprendere Iddio nelle sue azioni visibili, come potremmo mai intendere i suoi insondabili pensieri che le mettono in essere? Se non possiamo comprenderlo nelle sue creature oggettive, come potremmo intenderlo negli aspetti soggettivi e nelle fasi della creazione?

L'induzione *a posteriori* avrebbe condotto la frenologia ad ammettere, come innato e primordiale principio delle azioni umane, un qualcosa di paradossale che possiamo chiamare *perversione*, in mancanza di un termine più specifico, nel senso che intendo io, cioè di fatto un *mobile* senza movente, un motivo non *motiviert*. Per effetto dei suoi impulsi noi agiamo senza uno scopo comprensibile; oppure, se ciò può sembrare una contraddizione in termini, possiamo modificare la proposizione e affermare che, a causa di questi impulsi, noi agiamo per la ragione che *non* dovremmo. In teoria non c'è ragione più irragionevole, ma, di fatto, non ce n'è una più forte e, per alcune menti, in determinate condizioni, essa diventa assolutamente irresistibile. Non sono più sicuro di respirare di quanto non lo sia del fatto che la certezza del torto o dell'errore di una qualche azione è spesso un'invincibile *forza* che ci sospinge, e sola ci spinge verso il compimento di tale azione. Né questa incontenibile tendenza a fare il male per il gusto di farlo, ammette altri elementi di analisi o di soluzioni: è un impulso radicale primordiale, elementare. Si dirà, ne sono certo, che quando persistiamo in certe azioni perché sentiamo che *non* dovremmo farlo, la nostra condotta non è che una variante di quella che ordinariamente scaturisce dalla *combattività* dei frenologi; ma una breve argomentazione basterà a mostrare la fallacia di questa idea. La combattività della frenologia ha la sua essenza nella necessità di auto-difesa, è la salvaguardia contro l'offesa, il suo principio riguarda il nostro benessere e quindi il desiderio di star bene viene eccitato insieme al suo svilupparsi. Ne consegue che il desiderio di star bene non può che crescere simultaneamente ad ogni principio che sia una semplice variante della combattività mentre nel caso di quella che io chiamo *perversione*, non solo non sorge il desiderio di star bene, ma esiste un sentimento fortemente antagonistico.

Un appello al proprio cuore è, dopo tutto, la migliore risposta al sofisma ora riportato. Nessuno che consulti lealmente e interroghi a fondo la propria anima, sarà disposto a negare la radicalità della propensione di cui parliamo. Essa è tanto incomprensibile quanto spiccata. Non esiste tra i viventi un uomo che in qualche momento non sia stato tormentato, per esempio, da un forte desiderio di sottoporre a un supplizio di Tantalo l'ascoltatore usando lunghe circonlocuzioni. Chi parla si rende conto di essere spiacevole; eppure ha tutta l'intenzione di piacere. È di solito conciso, incisivo, chiaro; la sua lingua lotta a fondo per conservare un linguaggio laconico, luminoso; soltanto con difficoltà si vieta di lasciar fluire le parole, teme e depreca la collera di colui al quale si rivolge; tuttavia lo colpisce il pensiero, che si possa provocare questa collera con certe involuzioni e parentesi: questo solo pensiero è sufficiente per lui. L'impulso diventa volontà, la volontà desiderio e questo si trasforma in un incontrollabile anelito, anelito a cui egli soggiace (con suo dispiacere o mortificazione a dispetto di tutte le possibili conseguenze).

Abbiamo di fronte un compito cui dobbiamo rapidamente adempiere, sappiamo che sarebbe rovinoso ritardarlo, la più importante crisi della nostra vita ci sprona, con squillo di tromba, a una energica, immediata azione. Bruciamo, siamo consumati dall'impazienza di cominciare il lavoro, nella previsione di un favorevole risultato, tutto il nostro animo è in fiamme. È necessario cominciare oggi e tuttavia rimandiamo tutto a domani... perché? Non c'è risposta, se non quella che ci sentiamo *perversi*, usando questa parola senza comprenderne il principio. Arriva l'indomani e con esso un'ansietà ancor più impaziente di fare il nostro dovere, ma con il crescere di questa ansietà arriva anche una esigenza di ritardare, oscura, decisamente paurosa in quanto insondabile, una esigenza che acquista forza man mano che gli attimi volano via. L'ultima ora per agire è vicina. Tremiamo per la violenza del conflitto che è dentro di noi – del definito con l'indefinito – della sostanza con le ombre, ma se la contesa è arrivata così avanti è l'ombra che prevale – invano lottiamo; scocca l'ora ed è il rintocco funebre del nostro benessere, allo stesso tempo il canto del gallo per il fantasma che ci ha così a lungo atterriti. Esso fugge via – sparisce – siamo liberi, ritorna l'antica energia. Lavoreremo *ora*, ma, ahimè!, è *troppo tardi*!

Siamo ritti sull'orlo di un precipizio, guardiamo giù nell'abisso, ci sentiamo sofferenti e storditi. Il primo impulso è quello di sfuggire al pericolo, ma inspiegabilmente restiamo. A poco a poco il nostro malessere, lo stordimento, l'orrore si confondono in una nube di sensazioni indefinite. Gradualmente, sempre più impercettibilmente, questa nuvola prende forma come il vapore che usciva dalla bottiglia e da cui prendeva forma il genio nelle *Mille e una Notte*. Ma la *nostra* nuvola sull'orlo del precipizio, diventa una forma palpabile, molto più terribile di qualsiasi genio o demonio dei racconti, nonostante sia solo un pensiero, anche se spaventoso e tale da farci gelare fino al midollo delle ossa con il fascino feroce del suo orrore. È soltanto l'idea di quello che realmente sentiremmo nella rovinosa caduta da tanta altezza. Questo precipitare – questo travolgente annullarsi – proprio perché suscita le più odiose e spaventose tra tutte le odiose e spaventose immagini della morte e della sofferenza che si siano mai affacciate alla nostra immaginazione – proprio per questo preciso motivo noi lo desideriamo più intensamente. Poiché la ragione cerca con ogni mezzo di tenerci lontani dal precipizio, *proprio per questo* noi inesorabilmente ci avviciniamo ad esso. Non c'è in natura una passione più diabolicamente impaziente di quella di colui che, tremando sull'orlo di un precipizio, medita di gettarvisi. Se indulgiamo per un istante ad un qualsiasi tentativo di *pensare* siamo perduti; perché la riflessione ci spinge ad astenerci e *proprio per questo*, ripeto, *non lo possiamo*. Se non c'è un braccio amico che ci arresti o se non siamo in grado di tirarci indietro dall'abisso, ci lanciamo a capofitto e siamo distrutti.

Se esaminiamo queste azioni ed altre simili, troveremo, dovremo trovare che esse derivano soltanto dallo spirito della Perversione. Le perpetriamo solo perché sentiamo che *non* dovremmo. Al di là o al di qua di ciò non esiste spiegazione plausibile; potremmo certamente pensare che questa perversità sia una diretta istigazione dell'arcinemico, se non fosse che talvolta siamo spinti ad operare per il bene.

Ho detto tutto questo per rispondere in qualche modo alle vostre domande, – per spiegare perché sono qui, per fornirvi qualcosa che abbia la parvenza di una motivazione del fatto che sono in catene, che occupo questa cella del condannato. Se non fossi stato così prolisso, voi mi avreste frainteso o, come la plebaglia, considerato matto. Così, invece potrete facilmente comprendere che sono solo una delle molte inconsapevoli vittime del Genio della Perversione.

È impossibile che qualcuno possa avere sbagliato con maggiore determinazione. Per settimane, per mesi, ho riflettuto sui mezzi per compiere l'assassinio. Ho scartato mille schemi, perché la loro attuazione comportava il *rischio* di essere scoperto. Alla fine, leggendo alcune memorie francesi, trovai una descrizione della malattia quasi fatale che aveva colpito Madame Pilau, per l'azione di una candela accidentalmente avvelenata. L'idea colpì subito la mia fantasia. Conoscevo l'abitudine della mia vittima di leggere a letto; sapevo che la sua dimora era angusta e mal ventilata. Non voglio tediarvi con insignificanti dettagli, non ho bisogno di descrivervi il facile sotterfugio con cui sostituii una delle candele che illuminavano la sua camera da letto, con una simile fatta da me. Il mattino dopo fu trovato morto nel suo letto e il verdetto del giudice sentenziò «Morto per la punizione divina».

Avendo ereditato le sue sostanze, tutto mi andò bene per anni. L'idea che potessero scoprirmi non mi sfiorò mai la mente. Avevo personalmente e con grande cura distrutto i resti del fatale cero. Non avevo lasciato neanche l'ombra di un indizio che potesse portare, non dico a condannarmi, ma neanche a sospettarmi del delitto. È inconcepibile il senso di piena soddisfazione che mi invadeva quando riflettevo sulla mia assoluta sicurezza. Per lunghissimo tempo mi abituai a godere di questo sentimento che mi dava più gioia di tutti i vantaggi meramente materiali derivati dalla mia colpa. Arrivò tuttavia il momento nel quale questa sensazione piacevole cominciò a trasformarsi, dapprima molto lentamente, in pensiero tormentoso e ossessionante. Mi tormentava perché mi ossessionava. Non potevo liberarmene neppure per un istante. È piuttosto comune che ci si senta disturbati dall'echeggiare nelle orecchie o più precisamente nella memoria del motivo di una canzonetta o di qualche brano d'opera abbastanza banale. Non ne deriviamo un fastidio se la canzone è piacevole o l'opera di buon livello. Allo stesso modo mi ritrovavo continuamente a riflettere sulla mia immunità ed a ripetermi a bassa voce «sono al sicuro».

Un giorno, mentre andavo a zonzo per le strade, mi fermai all'improvviso mormorando a mezza voce quelle abituali sillabe. In un accesso di sfrontatezza, rimodellai la frase così: «Sono al sicuro... sono al sicuro... sì... a meno che non sia tanto matto da fare una aperta confessione!».

Non appena ebbi pronunciato queste parole, sentii scendere il gelo nel mio cuore. Avevo avuto una certa esperienza di queste crisi di perversione (della cui natura mi era difficile dare una spiegazione) e ricordavo che in nessun caso ero riuscito a resistere al loro attacco. *Ora* la mia casuale riflessione che potevo essere tanto folle da confessare il delitto del quale mi ero macchiato, mi si affacciò, come se fosse proprio il fantasma di colui che avevo ucciso, e sembrò spingermi verso la morte. Dapprima feci uno sforzo per strapparmi via dall'anima quell'incubo. Camminai più energicamente – più svelto – ancora di più – alla fine correvo. Sentivo una voglia matta di strillare. Ogni successiva ondata di questo pensiero fisso mi sommergeva con nuovo terrore, perché capivo bene, troppo bene, che il *pensare* nella mia situazione significava essere perduto. Accelerai ancor più il passo, procedevo a balzi come un forsennato per le strade affollate, tanto che la gente infine si allarmò e cominciò ad inseguirmi. Ebbi la sensazione *in quel momento* che il mio destino era compiuto. Se avessi potuto strapparmi la lingua, lo avrei fatto – ma una voce rude mi risuonava nelle orecchie – e una mano ancora più rude mi afferrava le spalle. Mi voltai – mi mancava il fiato, per un istante ebbi la sensazione di soffocare, divenni cieco, sordo, istupidito e mi parve che un nemico invisibile mi colpisse la nuca con il grosso palmo della sua mano. Dall'anima esplose il segreto che vi avevo tenuto imprigionato per tanto tempo.

Dicono che parlai con grande precisione, anche se con eccessiva enfasi ed appassionata furia, come se temessi di essere interrotto prima di concludere le brevi ma circostanziate frasi che mi hanno consegnato al boia ed all'inferno.

Quando ebbi raccontato tutto quello che era necessario per dare piena validità giuridica alla mia confessione, caddi prostrato in stato di incoscienza.

Ma perché aggiungere altro? Oggi sono in catene e sono *qui*! Domani sarò senza ceppi... *ma dove*?

Hop-Frog

Non ho mai conosciuto nessuno amante dello scherzo quanto lo era il re. Sembrava vivere solo per scherzare. Raccontargli una buona storiella spiritosa e raccontargliela bene, era il modo più sicuro per conquistarne il favore. Avvenne perciò che i suoi sette ministri fossero tutti noti per la capacità di scherzare. Somigliavano tutti al re anche nell'essere grassi, corpulenti e untuosi nonché burloni inimitabili. Se poi la gente si ingrassa perché scherza oppure c'è qualcosa nel grasso che lo predispone allo scherzo, non sono mai riuscito a capirlo, quello che è certo è che un burlone magro è una *rara avis in terris*.

Quanto alle sottigliezze o, come le chiamava, i «fantasmi» dello spirito, il re se ne preoccupava molto poco. Aveva una speciale ammirazione per gli scherzi *pesanti* e li avrebbe voluti anche *lunghi* per goderseli. Le sottigliezze lo annoiavano. Avrebbe preferito *Gargantua* di Rabelais allo *Zadig* di Voltaire, e in complesso gli scherzi materiali gli piacevano molto di più di quelli di parole.

All'epoca del mio racconto i buffoni di professione erano ancora in auge a corte. Molti «potenti» del continente avevano i loro «matti», che indossavano abiti variopinti e berretti a sonagli; da loro ci si aspettava una battuta arguta sempre pronta, in cambio delle briciole che cadevano dalla mensa del re.

Il *nostro* re aveva, ovviamente, il suo «giullare». Il fatto è che *gli occorreva* qualcosa di un po' folle – non fosse altro per controbilanciare la pesante saggezza dei sette savi che erano suoi ministri, per tacere di lui stesso.

Il suo giullare, o buffone professionista, non era tuttavia *soltanto* un giullare. Il suo valore era triplicato agli occhi del re perché era anche nano e storpio. I nani, in quei tempi, erano frequenti quanto i giullari; molti monarchi trovavano difficoltà a trascorrere le loro lunghe giornate (le giornate a corte sono più lunghe che altrove) senza avere accanto un buffone *con cui* ridere e un nano *di cui* ridere. Infine, come ho già osservato, i vostri buffoni sono novantanove volte su cento grassi, rotondi e impacciati, cosicché era una non lieve fonte di soddisfazione per il nostro re il fatto che in Hop-Frog (questo era il nome del giullare) possedeva un triplice tesoro nella stessa persona.

Penso che il nome di «Hop-Frog» *non* fosse stato imposto al nano dai padrini di battesimo, ma gli fosse stato conferito, per consenso generale dei sette ministri, in considerazione della sua incapacità di camminare come gli altri esseri umani. Infatti Hop-Frog poteva avanzare soltanto con una sorta di andatura discontinua – qualcosa di mezzo tra un saltello e una contorsione – movimento che assicurava illimitato divertimento e naturalmente consolazione al re, che, nonostante la sporgenza del ventre e una protuberanza congenita in testa, era pur sempre considerato una figura esemplare dall'intera Corte.

Sebbene Hop-Frog, a causa delle gambe storte, si potesse muovere solo con sofferenza e difficoltà per strada o su un pavimento, la prodigiosa forza muscolare, che la natura aveva dato alle sue braccia come una sorta di compensazione per la deficienza degli arti inferiori, gli consentiva di compiere azioni di grande abilità quando si trattava di alberi o funi o di qualsiasi altra cosa su cui arrampicarsi. In tali esercizi assomigliava molto più a uno scoiattolo, ad una scimmietta che non a una rana.

Non sono in grado di dire con precisione di quale paese fosse originario Hop-Frog. Era di una qualche regione barbara di cui nessuno aveva sentito parlare, lontanissima dalla Corte del nostro re. Hop-Frog ed una giovanetta appena meno nana di lui (sebbene di proporzioni squisite e meravigliosa danzatrice) erano stati portati via a forza dalle loro rispettive case in province confinanti e inviati come regali al re da uno dei suoi generali sempre vincitori.

In tali circostanze, non c'è da meravigliarsi se sorse una stretta intimità tra i due piccoli prigionieri. Ben presto divennero amici per la pelle. Hop-Frog, nonostante facesse molti esercizi sportivi, non era molto popolare e non aveva la possibilità di rendere molti servigi a Trippetta [1]; ma *lei*, in virtù delle sue grazie e della squisita bellezza (nonostante fosse nana), era ammirata e vezzeggiata da tutti; aveva perciò molta influenza e non mancò mai di usarla a beneficio di Hop-Frog ogni qual volta poté.

In una importante ricorrenza nazionale – non ricordo quale – il re decise che si tenesse una festa mascherata. Ogni volta che si teneva a Corte un ballo in maschera o qualcosa di simile, i talenti di Hop-Frog e di Trippetta erano inevitabilmente coinvolti. Hop-Frog, in special modo, aveva tale inventiva nell'ideare cortei, nel suggerire nuovi personaggi e preparare costumi per i balli mascherati, che sembrava non si potesse fare nulla senza la sua assistenza.

La notte fissata per la festa era arrivata. Sotto la sorveglianza di Trippetta era stato addobbato un fantastico padiglione con accorgimenti atti a dare ogni possibile risalto alla festa in maschera. Tutta la Corte era al colmo dell'eccitazione nell'attesa. Per quanto riguarda personaggi e maschere, c'è da credere che ognuno avesse fatto la propria scelta. Molti avevano già deciso (sul ruolo da assumere) una settimana o addirittura un mese prima. Non c'era infatti la benché minima indecisione in alcuno di loro, con l'eccezione del re e dei sette ministri. Perché *essi* esitassero non potrei dire, a meno che non lo facessero per scherzo. Più probabilmente trovavano difficoltà a decidersi per il fatto di essere così grassi. Comunque il tempo passava e, come ultima risorsa, mandarono a chiamare Trippetta e Hop-Frog.

Quando i due piccoli amici obbedirono agli ordini del re, lo trovarono che beveva vino in compagnia dei sette membri del consiglio dei ministri; ma il monarca appariva di umore nero. Sapeva che Hop-Frog non era amante del vino, perché questo eccitava il povero storpio fino alla follia e la follia non è una sensazione agevole. Ma il re amava gli scherzi pesanti e si divertiva a forzare Hop-Frog a bere e (come il re diceva) ad «essere allegro».

«Vieni qui, Hop-Frog», disse quando il buffone e la sua amica entra-

[1] In italiano nel testo (*N.d.T.*).

rono, «vuota questo bicchiere alla salute dei tuoi amici assenti» (e qui Hop-Frog sospirò) «e concedici i benefici della tua immaginazione. Vogliamo personaggi, *personaggi*, ragazzo, qualcosa di nuovo, fuori dal comune. Siamo stufi di questa eterna monotonia. Vieni, bevi! Il vino ti ravviverà l'ingegno.»

Hop-Frog si sforzò, come di consueto, di dire una battuta in risposta alle proposte del re, ma la fatica era troppo grande. Si dava il caso che fosse il compleanno del povero nano e l'ordine di bere «ai suoi amici assenti» gli aveva fatto venire le lacrime agli occhi. Molte grandi, amare gocce di pianto caddero nel calice non appena egli lo prese, umilmente, dalle mani del tiranno.

«Ah! ah! ah! ah!», tuonò questi non appena il nano riluttante ebbe vuotato la coppa, «guarda che cosa può fare un bicchiere di buon vino! Gli occhi ti brillano già!»

Pover'uomo! I suoi grandi occhi erano più *baluginanti* che brillanti perché l'effetto del vino sul suo cervello eccitabile era non meno potente che istantaneo.

Depose nervosamente il calice sulla tavola e lanciò tutt'intorno alla compagnia una occhiata quasi folle. Sembravano tutti assai divertiti per il successo dello «*scherzo*» del re.

«Ed ora al lavoro», disse il primo ministro, un uomo *molto* grasso.

«Sì», disse il re; «vieni, Hop-Frog, dacci una mano. Personaggi, mio buon amico, abbiamo bisogno di personaggi – tutti noi ah! ah! ah! ah!» e poiché questo era inteso come uno scherzo, alla sua risata si unirono quelle degli altri sette.

Hop-Frog rise anche lui, ma debolmente, quasi distrattamente.

«Forza», disse il re con impazienza, «possibile che non hai niente da suggerire?»

«Mi sto sforzando di pensare qualcosa di *nuovo*», replicò il nano, come soprappensiero, perché il vino lo aveva completamente stravolto.

«Sforzando!», gridò inferocito il tiranno, «che cosa vuoi dire con ciò? Ah! Capisco. Sei arrabbiato perché vuoi altro vino. Qua, bevi questo!», e riempì un altro bicchiere e l'offrì allo storpio, che si limitò a fissarlo, ansimando.

«Bevi, ti dico!», urlò il mostro, «per tutti i diavoli...»

Il nano esitava. Il re divenne paonazzo per la rabbia. I cortigiani sorridevano compiaciuti. Trippetta, pallida come una morta, avanzò fino al trono del re e, gettatasi in ginocchio, lo implorò di risparmiare il suo amico.

Il tiranno la guardò per qualche istante, profondamente meravigliato per la sua audacia. Sembrò quasi imbarazzato su cosa fare o dire per palesare la sua indignazione. Alla fine, senza una parola, la allontanò violentemente da sé e le scagliò in faccia il contenuto del bicchiere.

La povera ragazza si alzò come meglio poté e, senza fiatare, riassunse la sua posizione ai piedi del tavolo. Per circa mezzo minuto regnò un silenzio di morte e si sarebbe potuto sentir cadere una foglia o addirittura una piuma. Venne interrotto da un suono basso, rauco, prolungato e *stridente* che sembrò arrivare contemporaneamente da ogni angolo della stanza.

«Perché... perché... *perché* mai fai questo rumore?», domandò il re, rivolgendosi infuriato al nano.

Quest'ultimo sembrava aver superato in larga misura lo stato di ebbrezza e, guardando fissamente ma tranquillamente il tiranno in viso, esclamò semplicemente:

«Io... Io?... Come posso essere stato io?».

«Il suono sembrava venire da fuori», disse uno dei cortigiani. «Penso che possa essere stato il pappagallo alla finestra che affilava il becco sui fili di ferro della gabbia.»

«È vero», replicò il monarca come se fosse molto convinto da quel suggerimento; «ma, sul mio onore di cavaliere, avrei giurato che era il digrignare dei denti di questo vagabondo.»

Allora il nano si mise a ridere (il re era un burlone troppo inveterato per aversela a male se qualcuno rideva) e mostrò una fila di denti grossi, poderosi e ripugnanti. Si dichiarò disposto ad ingollare tutto il vino desiderato. Il monarca si placò, e, scolato un altro bicchiere senza effetti devastanti apprezzabili, Hop-Frog si immerse subito con allegria nei piani per la mascherata.

«Non posso dire quale sia stata l'associazione di idee», osservò molto tranquillamente e come se non avesse mai assaggiato vino in vita sua «ma *subito dopo* che Vostra Maestà ha colpito questa ragazza e le ha gettato il vino in faccia – *subito dopo* che Vostra Maestà ha fatto questo, mentre il pappagallo stava emettendo quello strano rumore fuori della finestra, mi è venuto in mente un gran bel passatempo, uno degli scherzi che si fanno al mio paese, spesso in uso presso di noi, nei nostri balli in maschera, ma assolutamente nuovo qui. Sfortunatamente però esso richiede un gruppo di otto persone e...»

«Ma ci *siamo*!», gridò il re ridendo per aver acutamente osservato la coincidenza. «Esattamente otto... Io ed i miei sette ministri... Orsù! Qual è il divertimento?»

«Noi lo chiamiamo», replicò lo storpio, «gli otto orangutàn incatenati ed è proprio un bel gioco se ben eseguito.»

«Lo eseguiremo bene *noi*», dichiarò il re, drizzandosi e abbassando le palpebre.

«Il bello del gioco», continuò Hop-Frog, «sta nello spavento che produce tra le donne.»

«Formidabile», tuonarono in coro il monarca ed i suoi ministri.

«Io vi trasformerò in orangutàn», proseguì il nano, «lasciate fare a me. La somiglianza sarà così grande che tutti i partecipanti al ballo mascherato vi prenderanno per autentiche bestie... e saranno senz'altro non meno stupiti che terrorizzati.»

«Oh, è magnifico!», esclamò il re, «Hop-Frog, io farò di te un uomo.»

«Le catene hanno lo scopo di aumentare la confusione con il loro sferragliare. Si deve credere che voi siate sfuggiti *in massa* ai vostri guardiani. Vostra Maestà non può immaginare l'*effetto* prodotto in un ballo in maschera da otto scimmioni incatenati che la maggior parte dei presenti crede veri e che si avventano con grida selvagge in mezzo ad una folla di uomini e donne abbigliati con delicatezza e sfarzo. Il *contrasto* è indicibile.»

«*Deve* esserlo», disse il re ed il consiglio si levò precipitosamente (si stava facendo tardi) per mettere subito in atto le proposte di Hop-Frog.

Il suo modo di mascherare la compagnia da orangutàn era molto semplice, ma abbastanza efficace per i suoi scopi. Gli animali in questione, all'epoca del mio racconto, erano stati visti molto di rado in qualsiasi parte del mondo civilizzato e poiché le imitazioni messe in atto dal nano erano abbastanza bestiali e adeguatamente orripilanti, la loro aderenza alla natura era assicurata.

Re e ministri furono in primo luogo insaccati in camicie e calzoni di maglia aderenti. Furono poi cosparsi di catrame. A questo punto qualcuno suggerì di usare delle piume, ma il suggerimento fu subito respinto dal nano, il quale convinse senza fatica gli otto, con una dimostrazione visiva, che il pelame di un bruto come l'orangutàn era più efficacemente imitato col lino. Uno spesso strato di quest'ultimo venne quindi spiaccicato sullo strato di catrame. Procurata una lunga catena, venne per prima passata intorno alla vita del re e legata; successivamente ad uno ad uno tutti i componenti del gruppo vennero alla stessa maniera incatenati e bloccati. Quando l'incatenamento fu completato, il gruppo si dispose in modo da formare un cerchio con i singoli componenti il più possibile distanziati. Per fare apparire tutto più naturale, Hop-Frog passò il resto della catena all'interno del cerchio in modo da formare due diametri perpendicolari tra loro, secondo la disposizione adottata ai giorni nostri dai cacciatori che catturano scimpanzé o altri scimmioni sull'isola di Borneo.

Il grande salone nel quale doveva aver luogo il ballo in maschera era di forma circolare con una cupola molto alta e riceveva luce da un singolo lucernario posto alla sommità. Di notte (cioè nelle ore per le quali il padiglione era stato progettato) era illuminato da un grande lampadario che, appeso con una catena al centro del lucernario, poteva essere alzato od abbassato a mezzo di appositi contrappesi. Per questioni estetiche, il sistema di contrappesi era sistemato fuori dalla cupola, sopra il tetto.

La sistemazione della sala era stata lasciata alla sovraintendenza di Trippetta, tuttavia per alcuni particolari era stata guidata dal più posato giudizio del suo amico nano. Il suo suggerimento era stato quello di rimuovere per l'occasione il grosso lampadario. Le gocce di cera (che in una stagione così calda, era difficile evitare) avrebbero danneggiato seriamente i sontuosi vestiti degli ospiti, perché a causa dell'affollamento nel salone, non *tutti* avrebbero potuto evitarne la zona centrale. Altri candelieri vennero sistemati in varie parti del salone fuori portata e una cinquantina di fiaccole, che emanavano un gradevole odore, vennero disposte sul lato destro di ciascuna delle cariatidi che si erigevano alle pareti. Gli otto scimmioni, seguendo il consiglio di Hop-Frog, attesero pazientemente la mezzanotte (quando il salone era interamente stipato di maschere) prima di fare la loro comparsa. Non appena l'orologio ebbe cessato di battere i suoi colpi, irruppero o piuttosto rotolarono dentro, per l'impaccio delle catene, tutti insieme, facendo cadere o almeno incespicare tutti i partecipanti.

L'eccitazione di tutti i mascherati fu prodigiosa e riempì di gioia il cuore del re. Come previsto, non pochi degli ospiti credettero che quelle creature feroci fossero realmente esseri bestiali di una *qualche* specie, anche se non proprio orangutàn. Molte donne svennero per lo spavento e, se il re non avesse preso la precauzione di proibire ogni tipo di arma nella sala, il suo gruppo avrebbe potuto pagare col proprio sangue lo scherzo. In questa situazione, si generò un fuggi fuggi verso le uscite che, però, il re aveva ordinato fossero immediatamente bloccate dopo il suo ingresso e le chiavi, dietro suggerimento del nano, vennero tutte consegnate al nano stesso.

Quando il tumulto raggiunse il culmine e ciascuna delle maschere pensava ormai solo alla propria salvezza (c'era, infatti, un pericolo molto *reale* per la pressione esercitata dalla folla impaurita) la catena dalla quale pendeva normalmente il lampadario e che era stata sollevata quando lo si era rimosso, fu vista scendere piano piano finché l'uncino alla sua estremità non arrivò a meno di un metro dal pavimento.

Subito dopo il re ed i suoi sette compagni, che avevano turbinato per la sala in tutte le direzioni si ritrovarono, alla fine, proprio nel centro, a contatto con la catena. Quando si trovarono in questa posizione, il nano, che li aveva tallonati da presso, incitandoli a tenere alta la baraonda, afferrò la catena all'intersezione che formavano i due diametri perpendicolari del cerchio. Con la rapidità del pensiero, vi inserì il gancio che avrebbe dovuto sostenere il candelabro; in un attimo qualcuno non visto sollevò la catena di sostegno fino ad una altezza tale che il gancio non poteva più essere raggiunto, con l'inevitabile conseguenza di trascinare gli orangutàn tutti insieme, faccia a faccia a stretto contatto l'uno con l'altro.

Tutte le maschere, a questo punto, si erano riprese, in qualche misura, dalla paura e, cominciando a considerare l'intera faccenda come uno scherzo ben concepito, scoppiarono in una grossa risata diretta agli scimmioni.

«Lasciateli a *me*!», gridava ora Hop-Frog che, con la sua voce acuta, poteva essere udito attraverso il baccano. «Lasciateli a *me*. Immagino di conoscerli. Se riesco a dar loro una buona occhiata, vi posso dire *io* subito chi sono.»

A questo punto, arrampicandosi sopra la testa della gente, raggiunse la parete e, afferrata una torcia da una delle cariatidi, ritornò, come era venuto, al centro della sala. Balzò con l'agilità di una scimmia sopra la testa del re e si arrampicò per circa un metro su per la catena, tenendo la torcia abbassata per esaminare il gruppo degli orangutàn, sempre gridando «*Io* scoprirò presto chi sono!»

Ed ora, mentre l'intera folla, scimmioni compresi, si sganasciava dalle risa, il giullare improvvisamente emise un acuto fischio. La catena fu bruscamente issata per una diecina di metri, traendosi dietro gli spaventati orangutàn che tentavano di liberarsi, tenendoli sospesi a mezz'aria tra il lucernario e il pavimento. Hop-Frog, avvinghiato alla catena mentre quella saliva mantenne la sua posizione rispetto agli otto mascherati e, come se nulla fosse, spinse ancora in basso la torcia come per cercare di scoprirne l'identità.

L'intera compagnia era talmente attonita per questa ascesa che seguì un silenzio di tomba per più di un minuto. Fu rotto solo da un basso, *stridente* e aspro suono del tutto uguale a quello che aveva prima attratto l'attenzione del re e dei suoi consiglieri, quando il primo aveva scagliato il vino sulla faccia di Trippetta. Solo che questa volta non c'era dubbio *da dove* proveniva quel suono. Veniva dai denti grossi come zanne del nano, che li arrotava e digrignava, con la bava alla bocca, mentre scrutava, con una espressione di rabbia folle, i volti del re e dei suoi sette accoliti, rivolti verso l'alto.

«Ah! Ah!», disse alfine l'inferocito giullare. «Ah! Ah! comincio ora a vedere chi *è* questa gente.» E così, con la scusa di dover vedere più da vicino il re, portò la torcia vicino al lino che lo avvolgeva e che istantaneamente prese fuoco ardendo con vivida fiamma. In meno di mezzo minuto tutti gli otto scimmioni bruciavano furiosamente tra le grida della gente che li guardava dal basso, stravolta dall'orrore e impotente a portar loro il benché minimo soccorso.

Alla fine le fiamme, che erano aumentate improvvisamente di violenza, costrinsero il giullare ad arrampicarsi più in alto sulla catena, per non esserne investito e, come ebbe compiuto questo spostamento, la folla di nuovo ammutolì per un breve istante. Il nano colse questa opportunità ed ancora una volta parlò:

«Ora vedo *chiaramente*», disse, «che razza di gente sono queste maschere. Essi sono un grande re ed i suoi sette consiglieri privati – un re che non si è fatto scrupolo di colpire una fanciulla indifesa ed i suoi sette consiglieri che si sono resi complici di questo oltraggio. Quanto a me, io sono semplicemente Hop-Frog, il buffone e *questa è la mia ultima burla*».

Per l'alta combustibilità del lino e del catrame con cui era impastato, il nano ebbe appena il tempo di finire il suo breve discorso che la sua vendetta fu compiuta. Degli otto corpi rimaneva solo un fetido, annerito, terrificante, irriconoscibile ammasso, che pendeva oscillando dalle catene che li avevano imprigionati. Lo storpio scagliò la sua torcia su di loro, si arrampicò agilmente fino al soffitto e sparì attraverso il lucernario.

Si suppone che Trippetta, stando sul tetto del salone sia stata la complice del suo amico nella feroce vendetta e che, insieme, siano fuggiti verso il loro paese: né l'uno, né l'altra sono stati visti mai più.

Sei tu il colpevole

Farò adesso la parte di Edipo, nell'enigma di Rattleborough [1]. Vi rivelerò – come solo io posso fare – il segreto meccanismo che generò il miracolo di Rattleborough, il solo, il vero, l'indiscusso e indiscutibile miracolo che pose fine certa all'incredulità tra i cittadini Rattleborough e convertì all'ortodossia delle vecchie bigotte tutte quelle menti liberali che fino ad allora si erano abbandonate allo scetticismo.

Quest'evento – che non vorrei trattare con un tono di inadeguata leggerezza – si verificò nell'estate del 18... Il signor Barnabas Shuttleworthy [2], uno dei più facoltosi e rispettabili cittadini del borgo, era scomparso da parecchi giorni da Rattleborough in circostanze che fecero sorgere sinistri sospetti. Il signor Shuttleworthy era uscito a cavallo da Rattleborough un sabato di prima mattina con la dichiarata intenzione di recarsi nella città di ... distante circa quindici miglia, e di tornare la sera dello stesso giorno. Due ore dopo la sua partenza, tuttavia, il suo cavallo tornò senza di lui e senza le bisacce che erano state fissate prima della partenza. L'animale era anche ferito e coperto di fango. Queste circostanze, naturalmente, fecero sorgere un grande allarme tra gli amici dell'uomo scomparso; e quando, la domenica mattina, si trovò che non era ancora ricomparso, tutto il paese si mosse per andare a cercare il suo corpo.

Il primo e il più energico nell'organizzare le ricerche fu l'amico intimo del signor Shuttleworthy, un certo signor Charles Goodfellow [3], o come tutti lo chiamavano Charlie Goodfellow o «il vecchio Charlie Goodfellow» [4]. Ora, se si tratti di una magnifica coincidenza, o se il nome stesso abbia davvero un impercettibile effetto sul carattere, è una cosa che non mi riuscì mai di scoprire; ma il fatto indiscutibile è che non ci fu mai nessuno chiamato Charles che non fosse uomo aperto, virile, onesto e di cuore leale, con una voce chiara e potente da far piacere ad ascoltare, e un occhio che ti guarda sempre dritto in faccia, come a dire: «Ho la coscienza pulita, non ho paura di nessuno e sono assolutamente incapace di una cattiva azione». E così, ogni figurante che interpreti un personaggio con un carattere schietto e cordiale è più che sicuro di essere chiamato Charles.

Ora, «il vecchio Charlie Goodfellow», sebbene si trovasse a Rattleborough da non più di sei mesi, e sebbene nessuno sapesse nulla di lui prima che venisse a vivere nel vicinato, non aveva trovato alcuna difficoltà al mondo nel fare la conoscenza di tutte le persone rispettabili del luogo. Non uno di questi signori che in qualsiasi momento non fosse disposto ad

[1] Rattleborough, Borgo Chiacchierone. Tutti i nomi di persone o luoghi hanno qui una funzione caricaturale (*N.d.T.*).
[2] Barnabas Shuttleworthy, alla lettera Barnaba Pendolare dell'Onore (*N.d.T.*).
[3] Charles Goodfellow, Carlo Buoncristiano o anche Buondiavolo (*N.d.T.*).
[4] Old Charlie Goodfellow, il Vecchio Carletto Buoncristiano, alla lettera (*N.d.T.*).

accettare la sua parola per un migliaio di dollari; e quanto alle donne, non si sa esattamente cosa non avrebbero dato pur di piacergli. Tutto ciò derivava dal fatto che era stato battezzato Charles e possedeva, di conseguenza, quel viso perbene che è proverbialmente «la migliore lettera di raccomandazione».

Ho già detto che il signor Shuttleworthy era uno dei più rispettabili e senza dubbio il più facoltoso abitante di Rattleborough, e che «il vecchio Charlie Goodfellow» era con lui in rapporti così intimi come se fosse stato suo fratello. I due vecchi gentiluomini erano vicini di casa e, sebbene il signor Shuttleworthy raramente, anzi, quasi mai, facesse visita al «vecchio Charlie» e mai si fosse trattenuto a pranzo in casa sua, tuttavia questo non impediva ai due amici di essere intimi come ho poc'anzi osservato; perché il «vecchio Charlie» non lasciava passare un giorno senza andare tre o quattro volte a vedere come stava il suo vicino, e spesso si fermava a colazione o a prendere il tè e quasi sempre a pranzo; e la quantità di vino che allora i due vecchi amici riuscivano a sistemare sarebbe davvero troppo difficile da stabilire. La bevanda preferita del «vecchio Charlie» era il *Château-Margaux* e sembrava proprio che giovasse al cuore del signor Shuttleworthy vedere il vecchio amico svuotarne caraffe su caraffe; cosicché, un giorno, quando il vino era *dentro* e il senno, per naturale conseguenza, era *fuori*, egli disse al suo inseparabile amico, dandogli una manata sulla spalla: «Ecco quel che ti dico, vecchio Charlie, tu sei senza dubbio il più cordiale vecchio camerata che io abbia mai incontrato dal giorno in cui sono nato, e poiché ti piace tracannare il vino a questo modo, che io sia dannato se non ti regalo una bella cassa di questo Château-Margaux. Dio mi fulmini» – (il signor Shuttleworthy aveva la brutta abitudine di bestemmiare, sebbene raramente si spingesse oltre «Dio mi fulmini» o «Perdinci» o «Perbaccolina») – «Dio mi fulmini», disse «se questo stesso pomeriggio non mando un ordine in città per una doppia cassa del migliore che vi sia, voglio fartene dono, voglio! E fammi adesso il favore di non dire una parola. *Lo voglio*, ti dico, punto e basta; sta' in guardia dunque, ti capiterà uno di questi giorni, proprio quando meno te l'aspetterai!» Accenno a questo piccolo gesto di generosità da parte del signor Shuttleworthy soltanto per mostrarvi quale intima intesa esistesse tra i due amici.

Dunque, quella domenica mattina di cui parliamo, quando fu chiaro che al signor Shuttleworthy doveva essere capitato qualche brutto scherzo, io non vidi mai nessuno così profondamente turbato come il «vecchio Charlie Goodfellow». Non appena seppe che il cavallo bianco era tornato a casa senza il suo padrone e senza le bisacce, e tutto insanguinato per un colpo di pistola che aveva trapassato da parte a parte il petto della povera bestia senza ucciderla, quando seppe tutto questo, impallidì come se lo scomparso fosse stato il suo caro fratello o il padre, e rabbrividì e tremò tutto come se avesse avuto un attacco di febbre quartana.

Dapprima apparve troppo sconvolto dal dolore per essere in grado di fare qualcosa, o di prendere decisioni su un qualsiasi piano d'azione; così per lungo tempo si sforzò di dissuadere gli altri amici del signor Shuttleworthy dal fare qualsiasi passo, ritenendo preferibile aspettare un po', diciamo una settimana o due, un mese o due, per vedere se nel frattempo qualcosa non accadesse, o se il signor Shuttleworthy non tornasse nel modo più naturale e spiegasse le ragioni per cui aveva rimandato avanti il suo cavallo. Io credo che avrete osservato questa tendenza a temporeggiare o a procrastinare nelle persone che sono provate da un dolore molto intenso. Le loro facoltà mentali sembrano intorpidite, sicché essi hanno orrore di ogni cosa che somigli all'azione e non amano nulla al mondo quanto essere lasciati quieti, a letto, «a cullare il proprio dolore», come dicono le vecchie signore, ovvero a meditare sulle proprie disgrazie.

Gli abitanti di Rattleborough avevano, in verità, una così alta opinione della saggezza e della discrezione del «vecchio Charlie», che la maggior parte di essi si sentì disposta a seguire il suo consiglio e a non fare alcuna mossa «finché qualcosa non fosse emerso», come aveva detto l'onesto vecchio gentiluomo; e io credo che, dopotutto, questa sarebbe stata la risoluzione generale, se non fosse stato per l'interferenza molto sospetta di un nipote del signor Shuttleworthy, un giovane dai costumi molto dissipati e, del resto, dal carattere piuttosto malvagio. Questo nipote, il cui nome era Pennifeather [5], non voleva sentire ragioni a proposito dello «stare quieti», ma insistette perché si avviassero immediate ricerche del «cadavere dell'uomo assassinato». Fu questa l'espressione da lui usata; e il signor Goodfellow subito rilevò acutamente che era «un'espressione *singolare*, per non dire di più». Questa osservazione del «vecchio Charlie» ebbe un grande effetto sulla folla; e uno del gruppo fu udito domandare, il che fece grande impressione, «come poteva accadere che il signor Pennifeather conoscesse così dettagliatamente tutte le circostanze connesse con la sparizione del suo ricco zio, da sentirsi autorizzato ad asserire decisamente e inequivocabilmente che lo zio *era* "un assassinato".» A questo punto ci fu uno scambio di parole alquanto vivaci tra parecchie persone della folla e in particolare tra il «vecchio Charlie» e il signor Pennifeather, sebbene quest'ultimo avvenimento non fosse in alcun modo una novità, poiché poco buon sangue era corso tra loro negli ultimi tre o quattro mesi; e le cose erano andate tanto oltre che il signor Pennifeather era arrivato a stendere con un pugno l'amico dello zio, per qualche presunta eccessiva libertà che questi si era preso nella casa dello zio, di cui il nipote era un inquilino. E si dice che in questa occasione il «vecchio Charlie» si fosse comportato con esemplare moderazione e carità cristiana. Egli si rialzò da terra, si aggiustò i vestiti e non provò neanche a reagire, limitandosi a borbottare qualche parola sul fatto che «si sarebbe vendicato sommariamente alla prima occasione favorevole» – un naturale e ovvio accesso di collera, che tuttavia non significava niente, e che senza dubbio era stato dimenticato nel momento stesso dello sfogo.

Comunque fossero andate le cose (il che non ha importanza per ciò che ora ci riguarda) è assolutamente certo che gli abitanti di Rattleborough, soprattutto grazie alla persuasione del signor Pennifeather, giunsero infine alla determinazione di sparpagliarsi per le campagne circostanti, in cerca dello scomparso signor Shuttleworthy. Voglio dire che convennero su questa decisione in un primo momento. Dopo che fu deciso all'unanimità di intraprendere le ricerche, sembrava infatti evidente che gli esploratori si dovessero sparpagliare, cioè dividersi in gruppi, per un esame più completo della regione circostante. Non ricordo tuttavia con quali ingegnosi ragionamenti il «vecchio Charlie» convinse finalmente l'assemblea che questo era il piano più campato in aria che si potesse organizzare. Riuscì

[5] Pennifeather, cioè «leggero come un soldino» (*N.d.T.*).

comunque a convincerli tutti eccetto il signor Pennifeather e, alla fine, si decise che le ricerche fossero svolte, accurate e molto approfondite, dai borghigiani in massa, guidati proprio dal «vecchio Charlie».

In effetti, non poteva esserci miglior guida del «vecchio Charlie» che tutti sapevano avere un occhio di lince; ma sebbene egli li conducesse in ogni sorta di angoli e anfratti i più remoti e fuori mano, per strade che nessuno aveva mai sospettato esistessero nelle vicinanze, e nonostante le ricerche fossero incessantemente portate avanti giorno e notte per quasi una settimana, tuttavia non si poté trovare alcuna traccia del signor Shuttleworthy. Quando dico nessuna traccia, comunque, non bisogna prendermi alla lettera, perché una traccia, in un certo senso, fu sicuramente trovata. Il cammino del povero gentiluomo era stato seguito grazie alle orme del suo cavallo (che erano inconfondibili) fino a un punto a circa tre miglia a est del paese, sulla strada principale che portava in città. Qui le tracce svoltavano per un sentiero tagliato attraverso una boscaglia; il sentiero sbucava sulla stessa strada maestra, accorciandola di circa mezzo miglio. Seguendo le orme degli zoccoli lungo questo passaggio, la compagnia giunse infine a una pozza d'acqua stagnante, mezzo nascosta dai roveti, sulla destra del sentiero; e di fronte a questa pozza le tracce si arrestavano. Sembrava tuttavia che una lotta avesse avuto luogo in quel punto e pareva come se un corpo grosso e pesante, molto più grosso e pesante di quello di un uomo, fosse stato trascinato dal sentiero fin nello stagno. Quest'ultimo fu accuratamente scandagliato due volte, ma non si trovò niente; e la gente era sul punto di andarsene, disperando di giungere a un qualche risultato, quando la Provvidenza suggerì al signor Goodfellow l'espediente di prosciugare lo stagno completamente. Questo progetto fu accolto con acclamazioni e molti vivi complimenti al «vecchio Charlie» per la sua sagacia e assennatezza. Poiché molti borghigiani avevano portato con sé delle vanghe, prevedendo forse l'eventualità di dover sotterrare un cadavere, il drenaggio fu compiuto facilmente e velocemente; e non appena il fondo fu visibile, proprio nel bel mezzo del fango rimasto, si scoprì un panciotto nero di velluto di seta; e quasi tutti i presenti lo riconobbero immediatamente come di proprietà del signor Pennifeather. Questo panciotto era tutto strappato e macchiato di sangue e parecchie persone tra i presenti ricordavano distintamente di averlo visto indosso al suo proprietario proprio il mattino della partenza del signor Shuttleworthy per la città; e altri ancora erano pronti a testimoniare sotto giuramento, se fosse stato necessario, che il signor Pennifeather *non* aveva indossato il panciotto in questione in nessun momento, durante il *resto* di quella giornata memorabile; né si poté trovare qualcuno che dicesse di averlo visto sulla persona del signor Pennifeather, nel periodo seguente alla sparizione del signor Shuttleworthy.

La faccenda stava ora prendendo una piega piuttosto seria per il signor Pennifeather e si osservò, come indubitabile conferma dei sospetti che erano sorti contro di lui, che egli si fece estremamente pallido, e che, quando gli si chiese cosa potesse dire a sua discolpa, fu del tutto incapace di profferire parola. A quel punto, i pochi amici che il suo dissoluto stile di vita gli aveva lasciato lo abbandonarono, dal primo all'ultimo, e fecero ancora più clamore dei suoi vecchi e dichiarati nemici nel reclamare il suo immediato arresto. Ma, d'altra parte, la magnanimità del signor Goodfellow brillò allora, per contrasto, di una luce ancora più accesa. Fece una calda e oltremodo eloquente difesa del signor Pennifeather, nella quale alluse più di una volta al proprio sincero perdono per quel giovanotto scapestrato, «l'erede dell'egregio signor Shuttleworthy», per l'offesa che costui (il giovane gentiluomo), senza dubbio nel vortice della passione, aveva creduto opportuno infliggere a lui (signor Goodfellow). «Egli lo perdonava», disse, «dal più profondo del suo cuore; e quanto a lui (il signor Goodfellow), lungi dallo spingere all'estremo i sospetti che, si doleva di confessare, realmente *erano* sorti contro il signor Pennifeather, avrebbe fatto ogni sforzo in suo potere, avrebbe impiegato tutta la poca eloquenza che poteva per... per... per addolcire, quanto più coscienziosamente gli era possibile, i più conturbanti aspetti di quell'affare davvero imbarazzante.»

Il signor Goodfellow continuò per quasi una mezz'ora su questo tono, a gran credito tanto della sua mente quanto del suo cuore; ma proprio le persone di buon cuore sono raramente opportune nelle loro osservazioni: esse incorrono in ogni specie di passi falsi, di contrattempi e mosse inopportune nell'ardore del loro zelo al servizio di un amico e spesso riescono così, pur con le migliori intenzioni del mondo, a produrre più danno che vantaggio alla sua causa. Così, in questo caso, andò a finire, con tutta l'eloquenza del «vecchio Charlie»; perché, per quanto si adoperasse onestamente a favore del sospettato, avvenne tuttavia, in un modo o nell'altro, che ogni sillaba pronunciata da lui, che non mirava direttamente, seppure inconsciamente, ad esaltare l'oratore agli occhi del suo uditorio, aveva l'effetto di accrescere i sospetti che già si addensavano sull'individuo di cui difendeva la causa, e di sollevargli contro la furia della gente.

Uno dei più incomprensibili errori commessi dall'oratore fu la sua allusione all'indiziato come «l'erede di quel degno vecchio gentiluomo, il signor Shuttleworthy». La gente, in verità, non ci aveva ancora pensato. Si erano soltanto ricordati di certe minacce di diseredarlo fatte uno o due anni prima dallo zio (che non aveva altri parenti in vita, oltre al nipote); perciò avevano creduto, da quel giorno, che la faccenda fosse ormai sistemata: tanto semplici di mente erano gli abitanti di Rattleborough. Ma l'osservazione del «vecchio Charlie» fece loro intravedere la possibilità che queste minacce non fossero state *altro* che minacce. E subito, di conseguenza, sorse la naturale domanda: *cui bono?* – una domanda che tendeva, più ancora del panciotto, a incolpare il giovane del terribile crimine. E qui, per evitare di essere frainteso, permettetemi una breve digressione per osservare che la frase latina estremamente breve e semplice che ho usato, è invariabilmente mal tradotta e male interpretata. «*Cui bono?*» in tutti i romanzi celebri e altrove – in quelli per esempio della signora Gore (l'autrice di *Cecil*), una signora che cita tutte le lingue dal caldeo al chickasaw ed è sostenuta nella sua cultura «quando occorre» secondo un piano sistematico, dal signor Beckford, – in *tutti* i romanzi celebri, dico, da quelli di Bulwer e Dickens a quelli di Turnapenny e Ainsworth, le due piccole parole latine *cui bono* sono interpretate come «a quale fine?» o (in luogo di *quo bono*) «a che scopo?». Il loro vero significato, nondimeno, è «a vantaggio di chi?». *Cui* a chi; *bono* è di vantaggio? È una frase strettamente legale e applicabile precisamente ai casi simili a quello che stiamo ora prendendo in considerazione, nei quali la colpevolezza dipende dalla probabilità di un vantaggio derivante, per questo o quell'individuo, dal compimento del reato. Ora, in queste circostanze, la domanda *cui bono?* indicava chiaramente il signor Pennifeather. Suo zio lo aveva minacciato, dopo aver fatto testamento in suo favore, di diseredarlo. Ma la minaccia non era stata mantenuta; il primo testamento, sembrava, non era stato modificato. Se *fosse stato* modificato, l'unico motivo plausibile per l'omicidio da parte dell'indiziato sarebbe stato quello comune della vendetta; e anche questo sarebbe stato annullato dalla speranza di rientrare nelle buone grazie dello zio. Ma il testamento inalterato e la minaccia di modificarlo sospesa sulla testa del nipote, apparivano di colpo come la più forte tentazione possibile di commettere l'atroce delitto; e così conclusero, molto sagacemente, i rispettabili cittadini del borgo di Rattle.

Il signor Pennifeather fu di conseguenza arrestato all'istante e la folla, dopo qualche altra indagine, si mosse verso casa tenendolo in custodia. Per la strada, tuttavia, un'altra circostanza giunse a confermare i precedenti sospetti. Il signor Goodfellow, che lo zelo conduceva a precedere sempre la compagnia, fu visto d'un tratto correre avanti per alcuni passi, chinarsi, e raccogliere, apparentemente tra l'erba, un piccolo oggetto. Dopo averlo velocemente esaminato, egli fu visto ancora fare come un tentativo di nasconderlo nella tasca della giacca; ma il suo gesto fu notato, come ho detto, e di conseguenza impedito, quando l'oggetto raccolto fu identificato come un pugnale spagnolo che una dozzina di persone riconobbero subito come appartenente al signor Pennifeather. Di più, le sue iniziali erano incise sull'impugnatura. La lama del pugnale era aperta e insanguinata.

Non restava più alcun dubbio ormai riguardo alla colpevolezza del nipote e, all'arrivo a Rattleborough, egli fu immediatamente condotto davanti al magistrato per l'interrogatorio.

Qui le cose presero una piega ancora più sfavorevole. Il prigioniero, quando gli fu chiesto dove fosse la mattina della scomparsa del signor Shuttleworthy, ebbe addirittura l'audacia di confessare che proprio quel mattino era fuori con la sua carabina a caccia di cervi, e proprio nelle immediate vicinanze dello stagno dove, grazie all'acume del signor Goodfellow, era stato ritrovato il panciotto insanguinato.

Questi allora si fece avanti e, con le lacrime agli occhi, chiese il permesso di deporre. Disse che un severo senso del dovere verso il Creatore, non meno che verso l'umanità, gli impediva di tacere più a lungo. Sino a quel momento, il più sincero affetto per il giovane (malgrado questi avesse maltrattato lui, signor Goodfellow) aveva indotto a formulare ogni ipotesi che l'immaginazione potesse suggerire, nel tentativo di spiegare tutto ciò che appariva sospettabile nelle circostanze che tanto gravemente deponevano contro il signor Pennifeather; ma queste circostanze erano ora assolutamente *troppo* convincenti, ora *troppo* schiaccianti: egli non avrebbe esitato più a lungo; avrebbe raccontato ciò che sapeva anche se il suo cuore (del signor Goodfellow) avesse dovuto scoppiare per lo sforzo. E continuò affermando che nel pomeriggio del giorno precedente alla partenza del signor Shuttleworthy per la città, quel vecchio signore degno di rispetto aveva detto al nipote, a *sua* (del signor Goodfellow) portata d'orecchio, che lo scopo del viaggio in città l'indomani era quello di depositare una somma di denaro eccezionalmente grande presso la «Farmers' and Mechanics' Bank», e che lo stesso signor Shuttleworthy aveva chiaramente confessato al detto nipote la propria irrevocabile determinazione di annullare il testamento fatto originariamente e di non lasciargli altro che uno scellino. Egli (il testimone) a questo punto chiamò solennemente a deporre l'accusato, perché dichiarasse se ciò che egli (il testimone) aveva esposto corrispondesse o no alla verità in ogni particolare essenziale. Con grande stupore di tutti i presenti, il signor Pennifeather ammise francamente che infatti *corrispondeva*.

Il magistrato considerò a questo punto suo dovere mandare un paio di poliziotti a perquisire la camera che l'indiziato occupava nella casa dello zio.

Da questa ricerca tornarono quasi immediatamente, con il ben noto portafogli in cuoio di Russia legato in acciaio che il vecchio gentiluomo aveva l'abitudine di portare da anni. I valori che conteneva, tuttavia, ne erano stati sottratti e invano il magistrato si sforzò di estorcere al prigioniero la confessione dell'uso che ne aveva fatto o del luogo dove li aveva nascosti. Si ostinò infatti ad affermare di non sapere nulla di tutta quella faccenda. I poliziotti scoprirono inoltre, tra il letto e il materasso di quell'infelice, una camicia e un fazzoletto con le cifre del suo nome, entrambi orribilmente imbrattati del sangue della vittima.

In quel momento giunse la notizia che il cavallo dell'uomo assassinato era appena spirato nella stalla, in seguito alle ferite ricevute e fu proposto dal signor Goodfellow di fare immediatamente un esame *post-mortem* della bestia, per vedere, se possibile, di trovare il proiettile. Cosa che fu fatta senz'altro; e quasi a dimostrare senza possibilità di dubbio la colpevolezza dell'indiziato, il signor Goodfellow, dopo minuziose ricerche nella cavità toracica, riuscì a trovare e a estrarre un proiettile di straordinarie dimensioni, che all'esame risultò corrispondere esattamente al calibro della carabina del signor Pennifeather, mentre era troppo grosso per qualsiasi altra carabina del borgo o dei dintorni. Per rendere la cosa ancor più evidente, tuttavia, si scoprì che questo proiettile aveva una specie di falla o incisione ad angolo retto con la normale linea di sutura; e gli esami rilevarono che questa incisione corrispondeva esattamente a una specie di cresta o di escrescenza accidentale in uno stampo che l'indiziato riconobbe come suo. Alla scoperta di questo proiettile, il giudice istruttore non volle ascoltare nessun'altra deposizione e immediatamente rinviò a giudizio il prigioniero, rifiutando risolutamente di accettare qualsiasi cauzione in un simile caso, nonostante il signor Goodfellow protestasse con gran foga contro tale severità e si offrisse di garantire per qualsiasi somma necessaria. Questa generosità da parte del «vecchio Charlie» era in perfetta sintonia con il tenore della sua amichevole e cavalleresca condotta durante l'intero periodo del suo soggiorno nel borgo di Rattle. Nel caso presente, il degno uomo si lasciò trasportare dall'eccessivo calore della propria simpatia così completamente, che sembrò aver del tutto dimenticato quando si offrì come garante per il giovane amico, che egli stesso (il signor Goodfellow) non possedeva di suo neanche un dollaro sulla faccia della terra.

Quel che seguì all'arresto si può facilmente prevedere. Il signor Pennifeather, tra le grida di disprezzo di tutta Rattleborough, venne processato durante la prima sessione penale, dove la catena delle prove indiziarie (aggravata com'era da parecchie circostanze schiaccianti, che la sua sensibilissima coscienza proibì al signor Goodfellow di nascondere alla Corte) fu considerata tanto completa e tanto esaurientemente conclusiva che i giurati, senza neanche abbandonare i loro seggi, espressero un immediato verdetto: «*colpevole di omicidio di primo grado*».

Subito dopo, il disgraziato ricevette la sentenza di morte e fu rimandato nella prigione della contea ad aspettare l'inesorabile vendetta della legge.

Nel frattempo, il nobile comportamento del «vecchio Charlie Goodfellow» lo aveva reso doppiamente caro agli onesti abitanti del borgo.

Egli divenne il loro beniamino dieci volte più di quanto non lo fosse mai stato; e come risultato naturale dell'ospitalità con cui veniva trattato, egli recedette quasi per forza dalle abitudini estremamente parsimoniose che per la sua povertà era stato sino ad allora costretto a osservare, e molto frequentemente teneva piccole *réunions* in casa sua, dove lo spirito e l'allegria regnavano sovrani, appena appannati, *naturalmente*, dall'occasionale ricordo dello sventurato e triste destino che attendeva il nipote del defunto amico intimo del generoso ospite.

Un bel giorno, questo magnanimo vecchio gentiluomo fu gradevolmente sorpreso nel ricevere la seguente lettera:

Egregio Signor Charles Goodfellow, Rattleborough
dalla Ditta H.F.B. & Co.
Château-Margaux - 6 dozzine di bottiglie

All'egregio Signor Charles Goodfellow:

Gentile Signore, in conformità di un ordine trasmesso alla nostra ditta circa due mesi fa dal nostro stimato cliente Signor Barnabas Shuttleworthy, abbiamo l'onore di spedire questa mattina al Suo indirizzo una doppia cassa di Château-Margaux, marca antilope, sigillo violetto. Cassa numerata e marcata come in margine.

Restiamo, Signore, suoi obbedienti servitori.

Hoggs, Frogs, Bogs & Co [6]

Città di..., lì 21 giugno 18...

P.S. *La cassa Le sarà recapitata a mezzo di un carro il giorno dopo che avrà ricevuto questa lettera. I nostri rispetti al Signor Shuttleworthy.*

H., F., B. & Co.

Il fatto è che il Signor Goodfellow, dopo la morte del signor Shuttleworty, aveva rinunciato a ogni speranza di ricevere il promesso Château-Margaux; e perciò lo accolse *ora* come una sorta di privilegio speciale della Provvidenza nei suoi riguardi. Naturalmente fu estremamente contento, e nell'esuberanza della sua gioia, invitò un gran numero di amici a un *petit souper* per l'indomani, per gustare il dono del buon signor Shuttleworthy. Non che accennasse al «buon vecchio signor Shuttleworty» quando mandò gli inviti. Il fatto è che pensò a lungo e concluse di non dire assolutamente nulla. *Non* confidò a nessuno – se ben ricordo – che aveva ricevuto *in regalo* lo Château-Margaux. Invitò soltanto i suoi amici a bere con lui un certo vino di qualità e aroma davvero ragguardevoli che aveva ordinato in città un paio di mesi prima e che gli sarebbe stato recapitato l'indomani. Mi sono spesso sforzato di immaginare *come mai* il «vecchio Charlie» fosse giunto alla conclusione di non dire che aveva ricevuto il vino in regalo dal suo vecchio amico, ma non sono riuscito a capire esattamente la ragione del suo silenzio, sebbene non vi sia dubbio che egli dovesse averne qualcuna eccellente e molto magnanima.

Giunse infine l'indomani, e con esso un folto e rispettabile gruppo di amici giunse a casa del signor Goodfellow. In verità era presente mezzo paese, e anch'io ero della compagnia, ma, a gran dispetto del padrone di casa, lo Châteu-Margaux non arrivò fino a tardi, quando alla sontuosa cena imbandita dal «vecchio Charlie» era stato fatto ampiamente onore

[6] Maiali, Ranocchi, Pantani & Co. sono i misteriosi titolari della ditta di vini (*N.d.T.*).

dagli ospiti. Ma infine arrivò; ne arrivò anzi una cassa mostruosamente grande e, siccome la compagnia era davvero di buon umore, si decise, *nemine contrario*, di metterla sul tavolo e di liberarne senz'altro il contenuto.

Detto fatto. Anche io diedi una mano e, in un attimo, la cassa fu sul tavolo in mezzo a bottiglie e bicchieri, non pochi dei quali furono rotti nella confusione.

Il «vecchio Charlie», che era piuttosto alticcio, e eccessivamente rosso in faccia, si sedette ora con aria scherzosamente dignitosa a capotavola, battendovi sopra furiosamente una caraffa e richiedendo agli amici la massima serietà «durante la cerimonia del disseppellimento del tesoro».

Dopo qualche vociferazione, si ristabilì infine una quiete perfetta e, come spesso accade in simili casi, subentrò un profondo singolare silenzio. Essendo stato pregato di schiodare il coperchio, io mi accinsi a farlo, naturalmente «col più grande piacere». Inserii uno scalpello e, dandogli alcuni colpi leggeri con il martello, il coperchio della cassa scattò di colpo e, nello stesso istante, balzò a sedere proprio di fronte all'ospite il lacero, sanguinante e quasi putrefatto cadavere dell'assassinato signor Shuttleworthy. Esso fissò per qualche istante dolorosamente con i suoi occhi putrescenti e senza luce, il viso del signor Goodfellow; pronunciò, a voce bassa ma chiara e terrificante, le parole: «Sei tu il colpevole!». E poi cadde di traverso sulla cassa quasi fosse finalmente soddisfatto, allungando sul tavolo le sue gambe tremanti.

La scena che seguì è davvero impossibile da descrivere. La fuga verso le porte e le finestre fu terrificante, e molti degli uomini più robusti nella sala caddero svenuti per l'orrore. Ma dopo il primo selvaggio, urlante scoppio di spavento, tutti gli occhi furono rivolti al signor Goodfellow. Anche se vivessi mille anni, non potrei dimenticare l'angoscia più che mortale che si dipinse su quel viso spettrale, appena un attimo prima arrossato dal trionfo e dal vino. Per alcuni momenti restò immobile come una statua di marmo; i suoi occhi sembravano, nell'intensa vacuità dello sguardo, volti all'interno e assorti nella contemplazione della propria anima miserabile e assassina. Alla fine la loro espressione sembrò all'improvviso guizzare sul mondo esterno, quando, con un salto improvviso, egli balzò dalla sedia e, cadendo pesantemente con la testa e le spalle sul tavolo, a contatto con il cadavere, pronunciò rapidamente e impetuosamente una confessione dettagliata dell'odioso delitto per cui il signor Pennifeather era stato imprigionato e condannato a morte.

Ciò che egli raccontò era sostanzialmente questo: aveva seguito la sua vittima fin nei pressi dello stagno; qui aveva colpito il cavallo con una revolverata; aveva finito il cavaliere col calcio dell'arma, si era impadronito del portafogli e, supponendo che il cavallo fosse morto, lo aveva trascinato a fatica fino ai roveti vicino allo stagno. Aveva gettato di traverso sul proprio cavallo il cadavere del signor Shuttleworthy e lo aveva portato così in un nascondiglio sicuro, molto lontano attraverso i boschi. Il panciotto, il pugnale, il portafogli e il proiettile li aveva messi lì dove erano stati rinvenuti nell'intento di vendicarsi del signor Pennifeather. E aveva anche contribuito alla scoperta del fazzoletto e della camicia macchiata di sangue.

Verso la fine dell'agghiacciante racconto, le parole dello sciagurato colpevole mancarono e si fecero confuse. Quando la confessione fu finalmente esaurita, egli si alzò, si staccò barcollando dal tavolo e cadde: *morto*.

I mezzi con cui questa confessione, giunta in un momento così opportuno, venne estorta, erano in realtà molto semplici, anche se efficaci. L'eccessiva franchezza del signor Goodfellow mi aveva disgustato e messo in sospetto sin dal principio. Ero presente quando il signor Pennifeather l'aveva colpito e l'espressione diabolica che in quel momento aveva preso il suo viso, sebbene momentanea, mi aveva reso certo che, non appena possibile, la sua minaccia di vendetta sarebbe stata rigorosamente mantenuta. Ero dunque pronto a considerare le manovre del «vecchio Charlie» sotto una luce molto diversa da quella in cui lo vedevano i bravi cittadini di Rattleborough. Mi accorsi immediatamente che tutte le scoperte incriminanti venivano, direttamente o indirettamente, da lui. Ma il fatto che mi aprì completamente gli occhi su come stavano davvero le cose fu la storia del proiettile *trovato* dal signor Goodfellow nella carcassa del cavallo. *Io* non avevo dimenticato, come *avevano* fatto gli abitanti di Rattleborough, che vi era un foro dal quale il proiettile era entrato, e un altro da cui *era uscito*. Se dunque fosse stato trovato nel corpo della bestia, mentre in realtà non vi era rimasto, sarebbe stato chiaro per me che doveva avercelo messo la stessa persona che l'avrebbe poi scoperto. La camicia e il fazzoletto insanguinati confermarono l'idea suggeritami dal proiettile; poiché il sangue esaminato si rivelò non essere altro che dell'ottimo vino rosso. Riflettendo su tutte queste cose, nonché sull'inconsueta liberalità e munificenza del signor Goodfellow negli ultimi tempi, formulai alcuni sospetti che, anche se tenuti gelosamente segreti, non erano per questo meno gravi.

Nello stesso tempo, condussi per conto mio rigorose ricerche del cadavere del signor Shuttleworthy e, per buoni motivi, esplorai in luoghi il più possibile diversi da quelli in cui il signor Goodfellow aveva condotto la sua spedizione. Il risultato fu che dopo alcuni giorni mi imbattei in un vecchio pozzo prosciugato con l'imboccatura nascosta tra i roveti; e giù nel fondo scoprii ciò che cercavo.

Ora mi era capitato di essere presente al colloquio tra i due vecchi amici, quando il signor Goodfellow era riuscito con le sue furbe moine a farsi promettere dal suo ospite una cassa di Château-Margaux. Su questo costruii la mia azione. Mi procurai una stecca di balena grossa e rigida, la cacciai giù nella gola del cadavere che adagiai in una vecchia cassa di vino, piegando con cura il corpo su se stesso in modo da piegare anche la stecca di balena. In questo modo fui obbligato a comprimere con forza il coperchio per trattenerlo mentre lo fissavo con dei chiodi; e previdi naturalmente che non appena questi fossero stati tolti, il coperchio sarebbe balzato via e il cadavere si sarebbe drizzato a sedere. Preparata così la cassa, la marcai, la numerai e la spedii nel modo che ho già detto; poi, scrivendo una lettera a nome della ditta dalla quale il signor Shuttleworthy si forniva abitualmente di vino, diedi istruzioni al mio servitore perché la trasportasse su un carretto a casa del signor Goodfellow, dopo un mio segnale. Per le parole che volevo far dire al cadavere, confidavo nelle mie capacità di ventriloquo; e quanto al loro effetto, contavo sulla coscienza del miserabile assassino.

Credo non resti altro da spiegare. Il signor Pennifeather venne immediatamente scarcerato, ereditò la fortuna dello zio, profittò delle lezioni dell'esperienza, voltò, come si suol dire, pagina, e da allora in poi visse felice ogni attimo della sua nuova vita.

La sfinge

Durante la spaventosa epidemia di colera che infierì su New York, avevo accettato l'invito di un parente a passare un paio di settimane di isolamento in un suo cottage sulle rive dell'Hudson. Disponevamo di tutto quanto normalmente può servire per le vacanze estive; eravamo attrezzati per le passeggiate e le escursioni nei boschi, per le gite in barca, per la pesca, i bagni, la musica e la lettura, avremmo potuto passare abbastanza piacevolmente il tempo se non fosse stato per le spaventose notizie che ci arrivavano tutti i giorni dalla popolosa città. Non passava giorno senza che ci portasse notizia della morte di qualche conoscente. Poi, con l'aumentare della mortalità, avevamo imparato ad aspettare l'annuncio giornaliero della morte di un amico. Finimmo così per tremare all'avvicinarsi di qualsiasi messaggero. L'aria stessa del sud ci sembrava recare odore di morte. Questo pensiero ossessionante s'impossessò a tal punto della mia anima che non riuscivo più a dire, pensare, persino sognare, altro. Il mio ospite, che era di temperamento meno eccitabile, sebbene molto depresso nello spirito, si sforzava di sollevarmi il morale. Dotato di grandi capacità speculative, non si lasciava mai influenzare da cose irreali. Era sensibile alla sostanza del terrore, ma non lo impressionavano le sue ombre.

I suoi sforzi per trarmi fuori dallo stato di anormale depressione nella quale ero caduto, erano in larga misura frustrati da certi volumi che avevo trovato nella sua biblioteca. Avevano la forza di far germogliare quei semi di atavica superstizione, latenti nel mio intimo. Avevo letto questi libri a sua insaputa e quindi egli era del tutto ignaro della profonda impressione che avevano esercitato sulla mia fantasia.

Uno dei temi da me preferiti era la credenza popolare sui presagi – una credenza che, in quel periodo della mia vita, ero disposto a difendere prendendola quasi sul serio. Su questo argomento avemmo lunghe e animate discussioni; e mentre lui sosteneva l'assoluta infondatezza delle credenze in materia, io, invece, gli obiettavo che sentimenti popolari nati con assoluta spontaneità – cioè senza apparente traccia di suggestioni – avevano in se stessi elementi inconfondibili di verità e avevano quindi diritto al massimo rispetto.

Il fatto è che dopo il mio arrivo al cottage, mi capitò un incidente del tutto inesplicabile, che aveva in sé tanti elementi prodigiosi, da giustificare la mia inclinazione a considerarlo un presagio. Mi spaventò e allo stesso tempo mi confuse e disorientò al punto che passarono molti giorni prima che mi decidessi a parlarne al mio amico.

Quasi al tramonto di un giorno eccezionalmente caldo, stavo seduto, con un libro in mano, davanti a una finestra aperta, lasciando errare il mio sguardo sul panorama lungo le rive del fiume, fino a una lontana collina, il fianco della quale, esattamente quello più vicino a me, era stato denudato della maggior parte degli alberi da una frana. I miei pensieri si erano a lungo distolti dal libro che avevo davanti per indugiare sulla tristezza e la desolazione della vicina città. Alzando gli occhi dalla pagina, mi caddero sul fianco nudo della collina, anzi furono attirati da un oggetto spaventoso, qualcosa come un mostro vivente di orribile aspetto che molto rapidamente scese giù dalla sommità alla base della collina, sparendo infine nella fitta foresta sottostante. Quando questa creatura da incubo apparve ai miei occhi, in un primo momento dubitai della mia integrità mentale o quantomeno della bontà della mia vista; passarono molti minuti prima che riuscissi a convincermi di non essere matto e di non aver fatto un sogno. Eppure, quando descriverò il mostro – che per altro ho visto distintamente e ho avuto modo di seguire con calma per tutto il tempo che ha impiegato a compiere il suo percorso – i miei lettori, temo, incontreranno più difficoltà a convincersi di questi fatti di quante non ne abbia avute io stesso.

Cercando di valutare la mole della creatura, in rapporto al diametro dei grandi alberi presso i quali passava, – i pochi giganti della foresta che erano sfuggiti alla furia della frana – conclusi che doveva essere più grande di qualsiasi nave di linea in attività. Dico nave di linea perché la sagoma del mostro ne suggeriva l'idea, – lo scafo di uno dei nostri «settantaquattro» può dare un'idea abbastanza esatta del suo profilo. La bocca dell'animale era posta all'estremità di una proboscide lunga una ventina di metri, e grossa come il corpo di un comune elefante. Vicino alla radice di questa escrescenza si vedeva un'immensa quantità di arruffati peli neri – molti più di quelli che avrebbero potuto fornirne le pelli di una mandria di bufali; da questo pelame sporgevano, sui lati all'in giù, due zanne scintillanti, non diverse da quelle di un cinghiale, solo infinitamente più grandi. Protesa, parallelamente alla proboscide e da ogni lato di essa, c'era una gigantesca asta lunga una diecina di metri, apparentemente di puro cristallo, a forma di perfetto prisma; essa rifletteva nel modo più fantastico i raggi del declinante sole. La proboscide era a forma di cuneo con il vertice diretto verso terra. Da essa si aprivano verso l'esterno due coppie di ali – ogni ala raggiungeva la lunghezza di quasi un centinaio di metri – in ogni coppia un'ala era piazzata sopra l'altra e tutte erano ricoperte da spesse scaglie di metallo; ogni scaglia aveva apparentemente un diametro di oltre tre metri. Osservai che ogni ala superiore era unita alla corrispondente inferiore da una robusta catena. Ma la peculiarità principale di questa cosa orribile, era la raffigurazione di una *Testa di Morto*, che copriva quasi interamente la superficie del suo petto, e che era tracciata con precisione in uno scintillante color bianco sul fondo nero del corpo, come se fosse stata disegnata con grande cura da un artista. Mentre guardavo il terrificante animale e più specialmente l'immagine sul suo petto, con un senso di orrore e di timore – misti a una sensazione di sciagura incombente, che mi riusciva impossibile colmare malgrado ogni sforzo della ragione, vidi le enormi mascelle all'estremità della proboscide, spalancarsi all'improvviso; ne uscì un suono così forte e pauroso, che colpì i miei nervi come un rintocco funebre. Quando il mostro scomparve ai piedi della collina, caddi svenuto al suolo. Quando mi fui ripreso, il mio primo impulso fu naturalmente quello di informare il mio amico di quanto avevo visto e udito – mi è difficile spiegare la riluttanza che, alla fine, mi impedì di farlo.

Tre o quattro giorni dopo il fatto, una sera, eravamo seduti insieme nella stanza da cui avevo visto l'apparizione; io occupavo la stessa sedia davanti alla stessa finestra, il mio amico un sofà vicino. Il ripetersi della situazione, nel tempo e nel luogo, mi diede l'estro di riferirgli il fenomeno occorso. Mi ascoltò fino alla fine – in un primo momento rise di cuore – poi, poco alla volta si fece estremamente serio, come se la mia pazzia fosse ormai fuori discussione. Fu proprio in quel momento che ebbi di nuovo la visione distinta del mostro – sul quale, con un grido di terrore, richiamai la sua attenzione. Egli guardò molto attentamente ma ripeté che non vedeva niente, nonostante gli descrivessi minutamente il percorso della creatura che discendeva verso il basso, sul pendio nudo della collina. Ora ero incontrollabilmente allarmato, e la visione mi sembrava un presagio di morte, o, peggio ancora, il sintomo di un attacco di follia. Mi ritrassi bruscamente e mi accasciai sulla sedia e per qualche momento mi nascosi il viso tra le mani. Quando mi scoprii gli occhi l'apparizione non era più visibile.

Il mio ospite aveva riacquistato un contegno assolutamente calmo e mi fece domande molto precise sull'aspetto della creatura immaginaria. Quando ebbi soddisfatto ogni sua domanda respirò profondamente, come se si fosse liberato da un peso intollerabile e cominciò a parlare, con una calma che mi sembrò crudele, di vari argomenti di filosofia speculativa, che erano già stati oggetto di discussioni tra noi due.

Ricordo la sua particolare insistenza (tra le altre cose) sull'idea che la principale fonte di errori in tutte le valutazioni umane risiede nella difficoltà di comprendere che le dimensioni di un oggetto possono essere sopravalutate o sottovalutate per una imprecisa stima della distanza a cui si trova. «Per valutare, ad esempio», disse, «l'influenza esercitata sull'umanità dal diffondersi della Democrazia, non si dovrebbe tralasciare come elemento di giudizio la distanza nel tempo in cui questa diffusione potrebbe compiersi. Eppure può citarmi il nome di un solo autore di argomenti politici che abbia considerato questo particolare aspetto della sua specializzazione, almeno, degno di essere preso in esame?»

A questo punto fece una breve pausa, si avvicinò alla libreria e ne prese uno dei trattati correnti di Storia Naturale. Mi chiese di scambiarci di posto per poter leggere meglio i minuti caratteri del volume, spostò la mia poltrona verso la finestra e, aprendo il libro, riprese il suo discorso con lo stesso tono di prima. «Se non fosse stato per la straordinaria precisione», disse, «della sua descrizione del mostro, molto probabilmente non mi sarebbe riuscito mai di dimostrarle che cosa fosse. Prima di tutto mi permetta di leggerle la descrizione a uso degli scolari del genere *Sphinx*, della famiglia delle *Crepuscolariae*, dell'ordine dei *Lepidoptera* della classe degli *Insecta*, cioè insetti. La descrizione è questa: «Quattro ali membranose coperte di piccole scaglie colorate di aspetto metallico; bocca a forma di proboscide arrotolata, creata per un allungamento delle mascelle, sui cui lati si trovano rudimentali mandibole ed appendici boccali pelose; le ali inferiori sono attaccate alle superiori da un filamento capillare rigido; le antenne hanno la forma di un bastone allungato prismatico; addome appuntito. La Sfinge Testa di Morto ha provocato un tempo molto terrore tra le genti del popolo per il grido lamentoso che emette e per i simboli della morte che porta sul corsaletto».

A questo punto chiuse il libro e si sporse in avanti sulla sedia disponendosi proprio nella posizione che io occupavo al momento di scoprire «il mostro».

«Ah! Eccolo!» – esclamò prontamente, «sta ridiscendendo il lato della collina ed è una creatura veramente notevole, lo ammetto. Soltanto, non è così gigantesca e distante quanto lei aveva immaginato; poiché sta compiendo il suo tortuoso cammino lungo un filo che qualche ragno ha teso sul telaio della finestra, ritengo che la sua lunghezza massima sia circa un millimetro e mezzo e che sia altrettanto distante dalla pupilla del mio occhio.»

Il ritratto ovale

Il castello nel quale il mio domestico aveva osato entrare con la forza, per non permettere che io, nella mia condizione di ferito grave, trascorressi una notte all'aperto, era uno di quegli edifici commisti di malinconia e splendore che così a lungo sono stati una presenza accigliata fra gli Appennini, non meno di fatto che nella fantasia della signora Radcliffe. Era stato temporaneamente e molto di recente abbandonato, a quanto si poteva vedere. Ci stabilimmo in una delle stanze più piccole e arredate meno sontuosamente. Si trovava in una remota torretta della costruzione. I suoi ornamenti erano ricchi, ma rovinati e antiquati. I muri erano rivestiti d'arazzi e decorati con trofei araldici, vari e multiformi, insieme con un numero insolitamente grande di quadri moderni molto vivaci in cornici riccamente arabescate d'oro. Per questi dipinti, che pendevano non solo dalle superfici principali dei muri ma in moltissimi recessi che l'architettura bizzarra del castello aveva inventato – per questi quadri, il mio delirio incipiente, forse, mi aveva fatto provare profondo interesse; cosicché comandai a Pedro di chiudere le pesanti imposte della stanza – poiché era già notte, – di accendere i bracci di un alto candelabro che stava al capezzale del mio letto, e aprire completamente le cortine di velluto nero ornate di frange che nascondevano il letto stesso. Desideravo tutto questo per potermi abbandonare, se non al sonno, almeno alternativamente alla contemplazione di questi quadri, e alla lettura attenta di un volumetto che avevo trovato sul guanciale, e che si proponeva di criticarli e descriverli.

A lungo lessi, – a lungo, e devotamente rimirai, devotamente. Le ore volarono rapide e splendide e venne la mezzanotte oscura. La posizione del candelabro non mi piaceva, e allungando la mano con difficoltà, piuttosto che disturbare il mio domestico addormentato, lo collocai in modo che proiettasse meglio i suoi raggi sul libro.

Ma l'azione produsse un effetto del tutto imprevisto. Le luci delle numerose candele (ce ne erano molte) ora andavano a cadere in una nicchia della stanza che fino a quel momento era stata messa in ombra profonda da una colonnina del letto. Vidi così in piena luce un quadro passato del tutto inosservato prima. Era il ritratto di una giovinetta quasi sul punto di divenire donna. Gettai uno sguardo frettoloso al quadro, e poi chiusi gli occhi. Perché lo feci non fu all'inizio chiaro neanche a me. Ma mentre le mie palpebre rimanevano chiuse, esaminai rapidamente nella mente le ragioni per cui le tenevo così chiuse. Era stato un atto impulsivo per guadagnare tempo e pensare – per esser certo che la vista non mi avesse ingannato – per calmare e dominare la mia fantasia e indurla a una contemplazione più calma e sicura. Dopo pochissimi momenti tornai a guardare di nuovo fissamente il quadro.

Che ora vedessi giusto non potevo né volevo dubitare; poiché il primo barlume delle candele su quella tela era sembrato dissipare lo stupore di sogno che aveva sorpreso i miei sensi, per riportarmi all'improvviso alla vita vigile.

Il ritratto, l'ho già detto, era quello di una ragazza. Raffigurava solo testa e spalle, in quello che è tecnicamente chiamato uno stile *vignette*; molto nello stile delle teste preferite di Sully. Le braccia, il petto, e persino le estremità dei capelli radiosi si fondevano impercettibilmente nella vaga ma profonda ombra che formava lo sfondo dell'insieme. La cornice era ovale, riccamente dorata e filigranata alla moresca. Come oggetto d'arte, niente poteva essere più mirabile del dipinto stesso. Ma non poteva essere stata né l'esecuzione del lavoro, né la bellezza immortale del volto, che mi avevano così repentinamente e violentemente commosso. Meno di tutto, poteva essere stato che la mia fantasia, scossa dal suo dormiveglia, avesse preso la testa per quella di una persona viva, capii subito che le peculiarità del disegno, della «vignettatura», e della cornice, avrebbero immediatamente dissipato una simile illusione – anzi, mi avrebbero addirittura impedito di soggiacervi anche un solo istante. Riflettendo con impegno su questi aspetti, rimasi, forse un'ora, mezzo seduto, mezzo disteso, con gli occhi fissi sul ritratto. Alla fine, soddisfatto del vero segreto del suo effetto, mi lasciai ricadere sul letto. Avevo scoperto che il fascino del quadro consisteva in un'assoluta *realistica vitalità* di espressione, che, all'inizio mi aveva stupito, infine confuso, conquistato, spaventato. Con profondo e rispettoso timore ricollocai il candelabro nella posizione precedente. Allontanata così dalla vista la causa della mia profonda agitazione, cercai ansiosamente il libro che parlava dei dipinti e della loro storia. Giunto al numero che indicava il ritratto ovale, vi lessi le parole vaghe e strane che seguono:

«Era una fanciulla di rarissima bellezza, e non meno soave che piena di gioiosità. E funesta fu l'ora in cui vide, amò, e sposò il pittore. Lui appassionato, sollecito studioso, austero, e già sposato con la sua Arte, lei una fanciulla di rarissima bellezza, e non meno soave che piena di gioiosità; tutta luce e sorrisi, e vivace come una cerbiatta; amante e appassionata di tutte le cose; odiava solo l'Arte che era la sua rivale; temeva solo la tavolozza e i pennelli e gli altri strumenti spiacevoli che la privavano della vista del suo amato. Fu dunque una cosa terribile per questa donna udire il pittore parlare del suo desiderio di ritrarre anche la sua giovane sposa. Ma era umile e obbediente, e posò per molte settimane docilmente nell'oscura e alta camera – nella torretta dove la luce scendeva sulla bianca tela solo dall'alto. Ma egli, il pittore, si gloriava solo della sua opera che procedeva di ora in ora, di giorno in giorno. Era un uomo appassionato, ombroso, e lunatico, che sognava a occhi aperti; cosicché non *voleva* accorgersi che la luce che cadeva così spettralmente in quella solitaria torretta faceva deperire la salute e la vivacità della sua sposa, che sfioriva visibilmente per tutti tranne che per lui. Tuttavia ella sorrideva ancora e sempre, senza lamentarsi, perché vedeva che il pittore (che aveva grande notorietà) traeva un piacere intenso e ardente dal suo lavoro, e lavorava notte e giorno per ritrarre lei che tanto lo amava, ma che diveniva di giorno in giorno più spenta e debole. E in verità chi contemplava il ritratto parlava della sua somiglianza in parole sommesse, come di una grandissima meraviglia, una testimonianza non meno della capacità del pittore che del suo profondo amore per colei che veniva ritraendo in modo così incomparabile. Ma alla fine, mentre l'opera si avvicinava alla conclusione, nessuno fu più ammesso nella torretta; divenuto folle nell'ardore della sua opera, il pittore distoglieva raramente gli occhi dalla tela, anche solo per osservare il volto della sposa. E non *voleva* accorgersi che i colori che stendeva sulla tela erano sottratti alle gote di lei che gli sedeva vicino. E quando molte settimane furono passate, e solo poco rimaneva da fare, una pennellata sulla bocca e una sfumatura sull'occhio, lo spirito della donna guizzò di nuovo come la fiamma nel bocciolo della lampada. E allora fu data la pennellata, e la sfumatura fu posta; e, per un attimo, il pittore rimase estasiato davanti all'opera che aveva compiuto; ma subito dopo, perso ancora nella contemplazione, divenne tremante e molto pallido, e atterrito, gridando con una voce forte, "Questa è davvero la *Vita* stessa!" si voltò improvvisamente a osservare la sua amata: *Era morta*!».

William Wilson

Che dire? che dire torva COSCIENZA,
spettro sul mio cammino?

CHAMBERLAYNE, *Pharronida*

Permettete che per il momento mi chiami William Wilson. La pagina bianca che mi si apre davanti non deve essere insudiciata dal mio vero nome. Questo è stato già fin troppo oggetto di disprezzo, disonore e odio per la mia razza. Non hanno forse i venti indignati sparso fino alle estreme regioni del globo la sua incomparabile infamia? Oh, reietto tra tutti i reietti, il più abbandonato! Non sei tu forse già morto per sempre? morto agli onori, alle bellezze, alle dorate aspirazioni? e una cupa, densa nube senza limiti non è forse eternamente sospesa tra le tue speranze ed il cielo?

Se anche lo potessi, non vorrei, narrare qui, ora, dei miei ultimi anni, densi di indicibile miseria e di imperdonabili crimini. Questo periodo – questi ultimi anni – hanno registrato una improvvisa crescita della mia malvagità, della quale mi propongo ora di descrivere soltanto l'origine. Gli uomini, di solito, vedono sviluppare per gradi la loro personalità nel bene e nel male. Dal mio essere tutte le virtù sono cadute in un solo istante, come un mantello che scivola giù dalle spalle. Da malvagità relativamente banali, sono passato con un balzo da gigante a nefandezze peggiori di quelle di Eliogabalo. Ascoltate il mio racconto di quale caso, quale specifico evento sia stato la causa di questa malvagità! La morte si avvicina, le ombre che la precedono hanno addolcito il mio spirito. Passando per questa oscura valle cerco ora l'indulgenza – vorrei quasi dire la pietà – del mio prossimo. Sarei lieto se si pensasse che io sono stato, in qualche misura, schiavo di circostanze che erano al di fuori del controllo umano. Vorrei che si cercasse per me, nei dettagli che io mi appresto a riferire, un'oasi di *fatalità* nel grande deserto dei miei errori. Vorrei che si convenisse – e non si potrà non farlo – che, sebbene una tentazione altrettanto grande possa essere esistita, nessun uomo, almeno finora, è stato tentato *in tal modo* e *in tal modo* è caduto. Esiste qualcuno che abbia sofferto tanto? oppure sono vissuto in un sogno? E ora sono vittima dell'orrore e del mistero delle più folli visioni sublunari?

Discendo da una razza caratterizzata da un temperamento fantasioso e facilmente impressionabile, e sin dalla prima infanzia ho notato chiaramente di avere ereditato tutti i caratteri della mia famiglia. Man mano che avanzavo negli anni tali caratteri si sviluppavano fortemente ed io diventavo, per varie ragioni, motivo di seria inquietudine per i miei amici e di grave danno per me stesso. Crebbi caparbio, soggetto ai più folli capricci e preda delle più sregolate passioni. I miei genitori, deboli di mente ed affetti dalle mie stesse infermità costituzionali, poterono fare ben poco per controllare le insane tendenze che mi caratterizzavano. Taluni deboli sforzi, per altro mal diretti, da parte loro, ebbero come risultato la loro completa disfatta ed il mio totale trionfo. Da allora la mia volontà divenne legge in casa mia e, all'età in cui i bambini hanno appena abbandonato le dande, io fui lasciato libero di seguire la mia sola volontà e divenni di fatto, anche se non ancora nominalmente, padrone assoluto delle mie azioni.

I miei primi ricordi di scuola sono legati ad un fabbricato elisabettiano tanto imponente quanto mal progettato, in un nebbioso villaggio inglese. C'era un gran numero di giganteschi alberi nodosi e le case erano tutte troppo vecchie. In realtà questa venerabile vecchia cittadina era un posto di sogno che leniva lo spirito. Anche ora, nella mia immaginazione, sento il gradevole fresco dei viali ombrosi, aspiro la fragranza dei mille cespugli e penso con indefinibile delizia alle profonde, sonore note della campana della chiesa che, ad ogni ora, rompeva con un cupo improvviso rintocco il silenzio della malinconica atmosfera che avvolgeva il traforato e sonnolento campanile gotico.

Indugiare nei minuti ricordi della scuola e dei suoi avvenimenti mi procura forse l'unico piacere che io possa godere oggi. Immerso nella sventura come sono – una sventura, ahimè! solo troppo reale – dovrei essere perdonato se cerco sollievo, sia pure lieve e temporaneo, nella vacuità di pochi incerti dettagli. Questi, anche se banali, perfino ridicoli in se stessi, assumono per la mia immaginazione un'importanza fondamentale perché legati ad un periodo e ad un luogo nei quali ebbi le prime ambigue premonizioni del destino che poco dopo mi ha completamente travolto. Consentitemi quindi di ricordare.

L'edificio, come ho già detto, era antico e bizzarro. I terreni su cui sorgeva erano vastissimi ed un alto e solido muro di mattoni, sormontato da un bordo di calce e cocci di vetro, li circondava interamente. Questo bastione, come quello di una prigione, costituiva il limite del nostro dominio; noi vedevamo ciò che c'era al di là tre volte la settimana – ogni sabato pomeriggio quando, accompagnati da due insegnanti, ci era permessa una breve passeggiata in gruppo attraverso i campi circostanti – e due volte la domenica quando, in parata, ci recavamo ad assistere, mattina e pomeriggio, al servizio religioso nell'unica chiesa del villaggio, di cui il direttore della nostra scuola era il pastore. Con quale meraviglia e insieme perplessità lo osservavo dal nostro lontano banco in galleria, quando con passi lenti e solenni saliva sul pulpito! Quel reverendo uomo, con quell'atteggiamento contegnosamente benevolo, paludato negli scintillanti abiti talari sacerdotalmente ondeggianti, con la parrucca accuratamente incipriata, così rigido, così imponente, poteva mai essere lo stesso che, più tardi, scuro in volto, abbigliato sommariamente, amministrava con la frusta le draconiane leggi del collegio? È un paradosso troppo grande ed astruso per avere una soluzione!

In un angolo del poderoso bastione sorgeva un'ancor più poderosa porta, ornata di borchie, chiusa da catenacci e sormontata da punte acuminate: che sensazione di timore incuteva! Non veniva mai aperta se non per le tre uscite e i relativi rientri già ricordati. E, allora, in ogni cigolio dei suoi possenti cardini faceva pensare ad una quantità di misteri, a un mondo di eventi fatali sui quali si doveva seriamente meditare.

L'ampio recinto era di forma irregolare per la presenza di numerosi ampi recessi. Di questi, tre o quattro, tra i più grandi, costituivano il campo di giochi, livellato e ricoperto di una ghiaia piccola e dura. Ricordo bene che non vi erano alberi, panchine né nulla di simile. Questo si trovava naturalmente sul retro della casa; sul davanti c'era un piccolo giardino sul quale erano piantati bosso e altri arbusti, ma in questa parte sacra raramente vi passavamo: solo nelle grandi occasioni come al primo ingresso nella scuola o alla partenza finale o, magari, quando i genitori o qualche amico di famiglia veniva a prenderci felici e contenti per condurci a casa in occasione delle festività natalizie o delle vacanze estive.

Ma la casa, questo bizzarro, antico edificio, era per me davvero una corte dei miracoli. I corridoi, le volte, le incomprensibili suddivisioni non avevano fine. Era difficile in qualsiasi momento stabilire con certezza a quale dei due piani ci si trovava. Andando da una stanza all'altra si dovevano sempre salire o discendere tre o quattro scalini. Le diramazioni erano innumerevoli, inconcepibili e ritornavano tante volte su se stesse che le nostre idee sull'intero edificio erano altrettanto oscure di quelle che avevamo sull'infinito. Durante i cinque anni della mia permanenza nella scuola non sono mai stato in grado di stabilire con precisione dove fosse ubicata la camerata che io condividevo con un'altra ventina di scolari.

L'aula delle lezioni era la stanza più vasta dell'edificio e – pensavo – forse del mondo. Era lunghissima, stretta, tetra e bassa, con le finestre gotiche ed il soffitto di legno. In un angolo remoto e terrificante c'era uno spazio chiuso di due o tre metri, che comprendeva il *sancta sanctorum* del nostro Direttore, il Reverendo Dottor Bransby, «durante le ore». Era una struttura massiccia con solide porte, e piuttosto che aprirle durante l'assenza del maestro, avremmo tutti certamente preferito morire, di *peine forte et dure*. In altri angoli avevano sede altri due piccoli recinti simili ma molto meno temuti, anche se erano pur sempre motivo di ansietà. In uno dei due era la cattedra dell'insegnante di materie classiche, nell'altro la cattedra di quello di matematica e inglese. Sparpagliati nella stanza, senza alcun ordine e orientamento preciso, c'erano innumerevoli banchi e tavolinetti, neri, vecchi, corrosi dal tempo, ingombri di pile di libri malridotti, e così costellati di incisioni, di sigle e di nomi per esteso, di figure grottesche e di altri multiformi lavori di temperino da aver perso ogni indizio della loro forma originaria, ormai così lontana nel tempo. Un enorme secchio pieno d'acqua si ergeva a una estremità della stanza, mentre all'altra c'era una pendola di stupenda fattura.

Chiuso tra le massicce pareti di questa venerabile accademia, rimasi, in verità senza sentire ancora tedio o disgusto, dai dieci ai quindici anni. Il fervido cervello dell'adolescente non richiede l'intervento di eventi esterni per occuparlo o divertirlo; la monotonia della scuola mi dava un'emozione più intensa di quella che avrei ricavato in giovinezza dai piaceri e dal crimine nella maturità. Credo anzi che il mio sviluppo mentale abbia derivato da lì quanto ha di non comune e persino di *outré*. Gli eventi importanti della prima infanzia raramente lasciano una traccia profonda nell'età matura. Tutto si diluisce in un'ombra grigia, un ricordo debole, irregolare, indistinte sensazioni di piccole gioie e fantastiche sofferenze. Per me non è così. Nell'infanzia io debbo aver assorbito, con la forza di un adulto, le sensazioni che ora sono stampate nella memoria con contorni così vividi, profondi e durevoli quasi fossero gli *exerga* delle medaglie cartaginesi.

In effetti, secondo le opinioni correnti, c'era ben poco da ricordare. La sveglia al mattino, il silenzio la sera, i brani imparati a memoria, le interrogazioni, le periodiche mezze vacanze, le passeggiate, i giochi, con gli inevitabili imbrogli, i litigi, i piccoli intrighi. Tutto questo, per effetto di una specie di stregoneria, ormai dimenticata, si risolveva in un mare di sensazioni, un mondo di eventi, un universo di emozioni che stimolavano la fantasia. «*Oh, le bon temps, que ce siècle de fer!*» L'ardore, l'entusiasmo, l'imperiosità delle mie inclinazioni, ben presto misero in risalto il mio temperamento nei confronti degli altri scolari e lentamente, per gradi, acquistai ascendente sui miei coetanei, su tutti, con una sola eccezione. Questa eccezione era un ragazzo che portava il mio stesso nome e cognome pur non avendo alcuna parentela con me. Questa circostanza in sé non è eccezionale in quanto, nonostante la nobile discendenza, il mio era uno dei nomi di cui, dal tempo dei tempi, si è impadronita la gente qualsiasi. Nel racconto mi sono attribuito il nome fittizio di William Wilson, molto lontano da quello reale. Soltanto il mio omonimo, tra quanti componevano il nostro gruppo, aveva la pretesa di competere con me nei compiti in classe, negli sport e nelle contese sul campo di gioco, di rifiutare l'adesione alle mie affermazioni nonché la sottomissione alla mia volontà interferendo, per contro, in tutti i sensi con ogni mia arbitraria posizione di piccolo despota. Se esiste un vero dispotismo nella vita, questo è quello esercitato da un'intelligenza superiore sugli spiriti più deboli degli altri compagni.

La ribellione di Wilson mi causava imbarazzo, tanto più grande in quanto, a dispetto della spavalderia con la quale in pubblico trattavo lui e le sue pretese, in segreto mi accorgevo di aver paura di lui, sentendo che la facilità con cui mi teneva testa era una prova della sua effettiva superiorità; fino al punto che dovevo continuamente lottare per non sentirmi sopraffatto. Questa superiorità – almeno questa eguaglianza – erano in realtà note soltanto a me. I nostri compagni, per una sorta di imprevedibile cecità, pareva non le sospettassero nemmeno. Invero il suo competere, la sua resistenza e specialmente l'impertinente ed ostinata interferenza con i miei propositi, avevano un carattere del tutto riservato. Non aveva assolutamente l'ambizione che mi divorava e la passionale energia mentale che mi spingeva ad eccellere. In questa nostra rivalità sembrava mosso solo dallo stravagante desiderio di contrastare, sorprendere e mortificare me. C'erano tuttavia momenti in cui non potevo fare a meno di notare, con un senso di meraviglia mista a vergogna e dispetto, che nascondeva gli attacchi, le offese ed i contrasti con una sorta di *affettuosità* di modi affatto inopportuna e certo non desiderata. Io preferivo spiegarmi tale singolare comportamento come conseguenza di una eccessiva stima di sé che gli faceva assumere toni volgari di superiorità e protezione.

Furono forse questi ultimi aspetti del contegno di Wilson, unitamente al fatto che avevamo lo stesso nome e per puro caso eravamo entrati nella scuola lo stesso giorno, che fecero correre nelle classi superiori alla nostra la voce che eravamo fratelli. Normalmente gli anziani non si interessavano molto dei compagni più giovani. Ho già detto che Wilson non aveva alcun legame di parentela con la mia famiglia. Se per assurdo *fossimo stati* fratelli, avremmo dovuto addirittura essere gemelli; infatti, dopo aver lasciato la scuola del Dr. Bransby, appresi per caso che il mio omonimo era nato il 19 gennaio del 1813, esattamente come me.

Può sembrare strano ma, nonostante la continua eccitazione che mi causava la rivalità con Wilson e il suo intollerabile spirito di contraddizione, non riuscivo a odiarlo completamente. Avevamo ogni giorno uno scontro nel quale mi contendeva pubblicamente la palma della vittoria, inducendomi a pensare che l'avesse effettivamente spuntata. Tuttavia, per orgoglio da parte mia e per una grande dignità da parte sua, mantenemmo la nostra relazione nei cosiddetti termini di «formale cortesia». D'altronde c'erano molti punti di forte congenialità nei nostri caratteri che avrebbero potuto farci stringere un'amicizia, se non ci fosse stata una pregiudiziale presa di posizione in senso contrario. È in fondo molto difficile definire, anzi addirittura descrivere, i miei reali sentimenti verso di lui. Era una multiforme, eterogenea mistura di petulante animosità, che non era ancora odio, con un pizzico di stima, un po' più di rispetto, molta paura ed una sconfinata insana curiosità. Non c'è bisogno di aggiungere, per il moralista, che Wilson ed io eravamo compagni inseparabili.

Senza dubbio, l'anomalia dei nostri rapporti fece sì che i miei attacchi contro di lui (e furono molti, palesi o nascosti) si mantennero sempre sul piano dell'ironia, dello scherzo (che faceva male anche se aveva l'aspetto di un gioco) piuttosto che sfociare in una aperta ostilità. Ma i miei sforzi in questa direzione non furono assolutamente coronati da successo, anche quando i miei piani erano architettati con il massimo dello spirito, perché il mio omonimo aveva un carattere imperturbabile ed austero e, pur divertendosi alla causticità dei propri scherzi, non rivelava alcun tallone d'Achille e non si riusciva a ridere di lui. Potei alfine trovare un solo punto debole in una sua caratteristica fisica, derivante forse da una malformazione, che sarebbe sfuggita ad un altro antagonista non ridotto agli estremi come me: il mio rivale aveva una insufficienza delle corde vocali per cui non poteva alzare la voce *al di sopra di un basso sussurro*. Su questo difetto io non mancai di prendermi le mie miserabili rivincite.

Le ritorsioni di Wilson furono tante e tra esse ce ne fu una che mi diede molto fastidio. Come mai la sua perspicacia avesse scoperto per la prima volta che una cosa da nulla mi desse tanto noia è una domanda a cui non so rispondere. Ma scopertala non mancò mai di utilizzarla per infastidirmi. Io ho sempre avuto in odio il mio cognome volgare e il mio nome di battesimo molto comune, se non plebeo. Queste due parole sono veleno per le mie orecchie e quando arrivò un secondo William Wilson all'accademia mi arrabbiai con lui perché portava quel nome, e mi sentii doppiamente disgustato perché a portarlo era un estraneo che mi avrebbe costretto a sentirlo ripetere due volte e mi sarebbe stato sempre davanti, e inevitabilmente nelle occasioni correnti della vita scolastica, per quella odiosa coincidenza, sarebbe stato confuso con me.

Questa sensazione di fastidio cresceva man mano che una qualche circostanza metteva in evidenza una rassomiglianza, morale o fisica, tra me e il mio rivale. Non avevo ancora scoperto il fatto notevole che avevamo la stessa età, ma vedevo che avevamo la stessa altezza e mi accorsi che eravamo anche singolarmente uguali nella corporatura e nella fisionomia. Fui molto irritato dalle voci di una nostra parentela che si era sparsa nei corsi superiori. In una parola niente poteva infastidirmi di più (nonostante io accuratamente nascondessi tale fastidio) di una qualsiasi allusione alla somiglianza di spirito, di aspetto fisico o di condizione sociale. In verità non ho motivo di credere che tale similarità sia stata mai oggetto di commenti o di osservazioni da parte degli allievi della scuola (se si eccettua Wilson stesso e le chiacchiere sulla nostra parentela). Il fatto che lui la notasse in tutti i suoi risvolti, con la mia stessa intensità, è evidente: ma che fosse riuscito a scoprire in queste circostanze una tale fonte di fastidio per me, è certamente un fatto da attribuire, come ho già detto, alla sua straordinaria perspicacia.

La parte che si era scelto era quella di realizzare una perfetta imitazione di me, sia negli atti che nelle parole, ed egli la svolgeva mirabilmente. Il mio modo di vestire era facile da copiare; si appropriò facilmente della mia andatura e delle mie maniere; perfino la mia voce, nonostante il suo difetto costituzionale, non gli sfuggì. I toni alti non erano alla sua portata, ma la chiave era identica: *il suo singolare bisbiglio divenne l'eco stessa delle mie parole.*

È inutile dire quanto mi irritasse questa ben riuscita imitazione, che non è però giusto definire caricatura. Ebbi la consolazione di constatare che solo io me ne ero accorto e dovetti tollerare unicamente la consapevolezza ed i sarcastici sorrisi del mio omonimo. Soddisfatto dell'effetto prodotto in me, sembrava ridacchiare in segreto della ferita infertami, evitando sorprendentemente di ricercare il pubblico applauso che avrebbe potuto facilmente procurarsi per la sua spiritosa fatica. Che la scuola non si sia accorta del suo disegno e non abbia realizzato che egli aveva raggiunto lo scopo, né abbia partecipato ai suoi sogghigni, è un rebus che io non sono in grado di risolvere. Forse la *gradualità* della sua imitazione la rese non facile da percepire o più probabilmente potei sentirmi sicuro per la magistrale abilità dell'imitatore, che disdegnando l'aspetto più formale del mio contegno, che avrebbe reso il quadro chiaro anche ad un osservatore ottuso, ne rese in pieno lo spirito, per colpire ed addolorare solo me.

Ho già più volte ricordato la disgustosa aria di protezione che palesava nei mei confronti e le sue frequenti interferenze con la mia volontà, interferenze che avevano spesso il carattere sgradito del consiglio non esplicito, diretto ma sussurrato o insinuato. Io lo recepivo con ripugnanza via via crescente man mano che gli anni passavano. A distanza di tanto tempo debbo tuttavia rendergli giustizia riconoscendo che non posso citare una sola occasione nella quale i suggerimenti del mio rivale contenessero qualcosa degli errori o delle stravaganze così peculiari di quella età immatura e della apparente inesperienza. Il suo senso morale, se non il suo ingegno e la sua sagacia, era di gran lunga più forte del mio. Potrei essere oggi un uomo migliore e quindi più felice se avessi respinto meno frequentemente i consigli insiti nei significativi sussurri che cordialmente odiavo e duramente disprezzavo.

Sia come sia, col tempo divenni insofferente al massimo grado della sua sgradita supervisione e giorno dopo giorno mi irritavo sempre più apertamente per quella che consideravo intollerabile arroganza. Ho già rilevato che nei primi anni della nostra vita in comune da scolari i miei sentimenti nei suoi confronti avrebbero potuto facilmente trasformarsi in amicizia: al contrario gli ultimi mesi della mia permanenza nel collegio, sebbene le sue intrusioni nei miei affari fossero senza dubbio diminuite, i miei sentimenti s'erano mutati in pari misura in autentico odio. Una volta, credo, se ne accorse e da allora mi evitò o fece le viste di evitarmi.

Fu all'incirca nello stesso periodo, se ben ricordo, in un violento alterco, nel quale egli chiaramente trascese i limiti del suo usuale riserbo, parlando e agendo con crudezza alquanto estranea alla sua natura, che scoprii, o mi sembrò di scoprire, nei suo accenti, nel suo contegno e nel suo aspetto generale un qualcosa che prima mi stupì e poi mi interessò profondamente riportandomi alla mente oscure immagini della mia prima infanzia, nebbiosi, confusi e affollati ricordi del tempo in cui la memoria stessa non è ancora nata. Non sono in grado di descrivere meglio tale sensazione ma mi sembrò di avere difficoltà a scacciar via la convinzione di aver già conosciuto quell'essere che mi stava innanzi, in epoche molto lontane in un punto assai remoto del mio passato. Questa impressione sparì rapidamente come era venuta e oggi la ricordo solo perché serve a caratterizzare il giorno dell'ultima conversazione avuta con il mio strano omonimo.

La tetra vecchia dimora aveva innumerevoli pareti divisorie che delimitavano un gran numero di camere comunicanti nelle quali dormiva la maggior parte degli allievi. Non potevano mancare in una costruzione così malamente pianificata angolini e recessi, i ritagli della struttura. L'ingegnosa parsimonia del Dr. Bransby li aveva fatti utilizzare come dormitori, sebbene, poiché erano veri e propri sgabuzzini, riuscissero a malapena ad accogliere una sola persona. Uno di questi bugigattoli era occupato da Wilson.

Una notte, verso la fine del mio quinto anno di corso, subito dopo la nostra lite, mentre tutti dormivano, mi levai dal letto e con una lampada in mano scivolai negli stretti passaggi dalla mia camera da letto a quella del mio rivale. Da tempo stavo studiando uno di quegli scherzi cattivi, a suo danno più volte tentati senza successo. Volevo ora metterlo in atto per fargli sperimentare tutta la profondità della mia malevolenza. Lasciai la lampada all'esterno schermandola ed entrai senza far rumore nella stanzetta. Avanzai cautamente e stetti ad ascoltare il lieve suono del suo tranquillo respiro. Constatato che dormiva, mi voltai; presi la lampada e mi avvicinai di nuovo al letto, scostai lentamente e senza rumore le cortine che lo circondavano; la luce vivida cadde sul dormiente, e il mio sguardo cadde contemporaneamente sull'espressione del suo volto. Un intorpidimento, una sensazione di gelo si impadronì subito del mio essere; cominciai ad ansimare, le ginocchia mi si piegarono; fui pervaso, sopraffatto da un indefinibile, insopportabile orrore. Con il fiato mozzo abbassai la lampada fino a sfiorare la sua faccia. Erano quelli, proprio *quelli*, i lineamenti di William Wilson? Vedevo che erano i suoi ma tremando, come per un brivido di febbre, mi venne da pensare che non lo erano. Cos'*era* che mi confondeva la mente? Lo fissavo mentre una moltitudine di pensieri sconnessi mi sconvolgeva il cervello. Nella vivacità di quando era sveglio non appariva così, certo non *così*! Lo stesso nome! la stessa figura! lo stesso giorno d'ingresso nella scuola! E poi la sua cocciuta, ottusa imitazione della mia andatura, della mia voce, dei miei abiti e dei miei modi! Era nei limiti delle umane possibilità che *quanto io ora vedevo* fosse il semplice risultato della abituale pratica di questa sarcastica imitazione? Sconvolto da un brivido di terrore spensi la lampada, scivolai via dalla stanza e fuggii subito dagli androni di quella vecchia scuola per non rientrarvi mai più.

Dopo un intervallo di alcuni mesi trascorsi a casa mia girando a vuoto, mi ritrovai studente a Eton. Questo breve intervallo fu sufficiente per affievolire il ricordo degli eventi occorsi nella scuola del Dr. Bransby o, quanto meno, per cambiare completamente il mio modo di sentire tali ricordi. Non c'era più la realtà – la tragedia – del dramma. Potevo dubitare di quanto i miei sensi avevano percepito; raramente ripensavo a quei fatti e sempre con una certa meraviglia per gli estremi a cui può giungere l'umana credulità, e sorridevo per la vivacità dell'immaginazione ereditata dai miei avi. D'altra parte la vita che conducevo a Eton non era fatta certo per diminuire tale scetticismo. Il vortice di follia spensierata nel quale mi tuffai immediatamente e completamente, spazzò via tutto tranne le frivolezze delle mie ore passate, inabissò le impressioni più solide e serie, lasciò nella memoria solo le spensieratezze della precedente esistenza.

Non me la sento di ripercorrere il corso della mia vita di depravazione, fuori dalle leggi e dal controllo delle istituzioni. Erano passati tre anni di follia durante i quali non avevo combinato nulla di buono, anzi, avevo preso radicate abitudini a tutti i peggiori vizi e appesantito il mio fisico in maniera anormale, quando organizzai una orgetta riservata nella mia camera con alcuni tra i più dissoluti studenti. Ci incontrammo a tarda ora nella notte con la precisa intenzione di fare le ore piccole sfogando la nostra depravazione. Il vino scorreva a fiumi, né mancavano altre e forse più pericolose seduzioni. Le prime luci del mattino stavano schiarendo il cielo ad oriente, quando la nostra delirante attività era arrivata al culmine. Eccitato dalle carte, dalla sbornia stavo per proporre un brindisi ancora più sboccato quando la mia attenzione fu attratta all'improvviso dal violento, anche se parziale, aprirsi della porta d'ingresso e dalla voce concitata di un servitore che giungeva dall'esterno. Diceva che qualcuno nell'ingresso insisteva per parlare con me con grande urgenza.

Per l'eccitazione dovuta all'alcool l'interruzione, anziché sorprendermi, mi fece piacere. Saltai subito fuori e pochi gradini mi portarono nel vestibolo dell'edificio. In questa piccola stanza bassa non c'era alcuna lampada e non filtrava alcuna luce, ad eccezione del debole chiarore dell'alba che entrava da una finestra semicircolare. Non appena misi piede sulla soglia la mia attenzione fu attratta dalla figura di un giovane, pressappoco della mia statura, che indossava un bianco abito da mattina di cashmeere, di taglio alla moda, identico a quello che io stesso indossavo in quel momento. Questo soltanto era quello che la debole luce mi consentiva di vedere: nulla potevo distinguere dei tratti del suo viso. Appena entrai si precipitò verso di me e, afferrandomi per le braccia con un gesto di petulante impazienza, mi sussurrò all'orecchio: «William Wilson!».

Mi sentii immediatamente sobrio.

C'era qualcosa nei gesti dello straniero e nel suo agitare il dito che io vidi controluce sollevato verso di me che mi riempì di indefinibile stupore, ma non era questo che aveva provocato in me un'emozione così forte. Era piuttosto il significato di monito solenne di quell'appello pronunciato con voce singolare, bassa, sibilante; ma soprattutto era il carattere, il tono, il *timbro* di quelle poche semplici, familiari sillabe, soltanto *sussurrate*, che portava l'eco di mille affastellati ricordi dei tempi passati e che ebbe sulla mia anima l'effetto di una scarica elettrica. Prima che fossi in grado di riprendere il controllo dei miei nervi era sparito.

L'effetto di tale avvenimento sulla mia immaginazione fu forte ma svanì al più presto. Per qualche settimana mi trovai a volte impegnato in una ricerca accurata, a volte immerso nella nebbia di una morbosa riflessione. Non pretendevo di nascondermi l'identità dell'individuo che con tanta perseveranza interveniva nei miei affari e mi irritava con i suoi consigli non richiesti. Ma chi era questo Wilson? da dove veniva? che voleva? Non potei appurare nessuno di questi punti; seppi solamente che un improvviso guaio familiare l'aveva costretto a lasciare la scuola del Dr. Bransby nel pomeriggio dello stesso giorno della mia fuga. In breve tempo smisi di pensare a lui, tutto preso dal progetto di una partenza per Oxford, dove mi trasferii poco dopo. L'insensata vanità dei miei genitori mi assicurò una dotazione ed una rendita annuale che mi avrebbero consentito di vivere nel lusso, a me così gradito, e di competere in spese con gli eredi dei più ricchi patrimoni di Gran Bretagna.

Spinto da tali disponibilità per i miei vizi, il mio temperamento esplose con raddoppiato ardore ed io superai i limiti del comune decoro nella folle infatuazione per i miei bagordi. È inutile sofferarsi sui dettagli delle mie stravaganze: basti dire che come dissipatore superai Erode e, legando il mio nome ad una quantità di nuove follie, aggiunsi una lunga appendice al vasto catalogo dei vizi peculiari della più corrotta Università d'Europa.

Si stenterà a credere che io, anche là, ero caduto così in basso dalla posizione di gentiluomo da divenire un esperto nella vile arte del giocatore d'azzardo di professione. Divenuto un adepto di questa deprecabile scienza, la praticavo abitualmente come mezzo per incrementare l'ammontare già enorme delle mie entrate a spese dei più sprovveduti dei miei colleghi di studio. Eppure questi erano i fatti. L'enormità stessa di tale spregio a tutti i sentimenti di un uomo d'onore fornì il principale se non l'unico motivo dell'impunità con la quale essa veniva consumata. Quale dei miei più depravati compagni non avrebbe dubitato dell'integrità della propria mente piuttosto che sospettare di tale attività il gioviale, il franco, il generoso William Wilson, il più nobile e liberale compagno di Oxford, quello le cui follie, a detta dei suoi parassiti, erano da addebitare alla giovinezza, alla fantasia sbrigliata, i cui errori erano capricci inimitabili ed i cui più neri vizi erano noncurante ed elegante stravaganza? Avevo per due anni tirato avanti su questa strada, quando arrivò all'università un giovane di recente nobiltà Glendinning, ricco, si diceva, come Erode Attico, di sostanze tanto rapidamente quando facilmente accumulate. Scoprii subito che era di debole intelligenza e lo scelsi immediatamente come obiettivo della mia attività. Lo invitai spesso a giocare e, con la consumata arte del giocatore d'azzardo, gli lasciai vincere considerevoli somme, metodo infallibile per metterlo in trappola. Quando ritenni arrivato il momento giusto, feci in modo di incontrarlo nell'appartamento del signor Preston, studente e amico di entrambi. Avevo la precisa intenzione di arrivare allo scontro finale e decisivo, ma è bene precisare che il signor Preston non aveva nemmeno il più lontano sospetto delle mie mire. Per colorire meglio il quadro, avevo fatto in modo che alla riunione fossero presenti altri otto o dieci compagni. Con gran cura feci in modo che l'idea di una partita a carte venisse, in modo del tutto accidentale, proposta proprio dal mio pollo. Per farla breve, non trascurai alcuna delle sottigliezze tanto consuete in simili occasioni che c'è da stupirsi che le vittime designate non ne siano al corrente. Avevamo protratto la partita fino a notte inoltrata ed alla fine avevo fatto in modo di avere solo Glendinning come antagonista. Il gioco, inoltre, era il mio favorito, l'*écarté*. Tutto il resto della compagnia, affascinato dala partita, aveva abbandonato le carte e stava intorno come spettatore. Il *parvenu*, che era stato indotto da me durante la prima parte della serata a bere abbondantemente, mescolava, distribuiva o giocava le carte con un nervosismo che l'ebbrezza poteva solo parzialmente spiegare. In poco tempo era divenuto mio debitore di ingenti somme ed allora, trangugiato un rosso bicchiere di porto, propose quello che io avevo freddamente calcolato e cioè di raddoppiare le nostre già straordinarie puntate. Feci finta di essere riluttante e non accettai la sua proposta fino a che, dopo numerosi rifiuti, egli si lasciò andare a parole aspre nei miei confronti, il che dette il carattere di una ripicca alla mia accettazione. Il risultato dimostrò fino a che punto la preda fosse ormai nelle mie mani: in meno di un'ora aveva quadruplicato il suo debito. Da qualche tempo il suo volto era andato perdendo i colori vivaci causati dal vino ma ora, con mia sorpresa, mostrava un pauroso pallore. Glendinning era risultato dalle mie accurate indagini smisuratamente ricco; le somme che aveva perduto fino ad allora, anche se cospicue in se stesse, non potevano, secondo me, preoccuparlo seriamente, molto meno comunque di quanto sembravano colpirlo. La prima spiegazione fu che fosse l'effetto del vino che aveva trangugiato. Più per salvare la mia reputazione agli occhi dei presenti che per qualsiasi altro interessato motivo, stavo per chiedere perentoriamente di smettere il gioco, quando talune frasi pronunciate dalle persone al mio fianco ed una esclamazione di violenta disperazione da parte di Glendinning mi fecero capire che avevo causato la sua totale rovina in circostanze che, rendendolo oggetto di comprensione da parte di tutti, lo avrebbero protetto perfino dai malefici di un diavolo.

È difficile dire quale avrebbe potuto essere la mia condotta. Le pietose condizioni del mio povero babbeo avevano prodotto un'atmosfera di imbarazzata tristezza per tutti; per pochi minuti venne osservato un profondo silenzio, durante il quale sentivo le mie guance formicolare sotto gli sguardi infuocati di riprovazione e disprezzo dei meno depravati dei presenti. Ammetto che l'intollerabile peso di ansia mi fu per un istante tolto dal petto per l'improvvisa e straordinaria interruzione che seguì. Le pesanti porte dell'appartamento furono spalancate con impeto talmente vigoroso e affannoso che tutte le candele che illuminavano la stanza si spensero come per incanto. La luce morente ci permise appena di vedere che era entrato un estraneo, pressapoco della mia altezza, strettamente avvolto in un mantello. Il buio era divenuto tuttavia totale, e potevamo solo *sentire* che era ritto in mezzo a noi. Prima che ci riprendessimo dal grande stupore provocato dalla sua violenza, sentimmo la voce dell'intruso.

«Signori», disse in un *bisbiglio,* ma ben chiaro, e indimenticabile, che fece correre un fremito fin nel midollo delle mie ossa, «mi scuso per questo comportamento, ma è proprio così che posso adempiere ad un preciso dovere. Voi siete, senza dubbio, ignari della vera natura dell'individuo che stanotte ha vinto ad *écarté* una forte somma di denaro a Lord Glendinning. Vi propongo perciò un sistema rapido e decisivo per ottenere le informazioni che vi sono molto necessarie. Vi prego di esaminare, con vostro comodo, la fodera interna del risvolto della sua manica sinistra ed i numerosi pacchetti che potrete trovare in talune capaci tasche della sua ricamata giacca da camera.»

Mentre parlava il silenzio era così profondo che si sarebbe potuto sentire uno spillo cadere sul pavimento. Appena ebbe terminato, se ne andò improvvisamente come era arrivato. Posso, debbo descrivere il mio stato d'animo? Debbo proprio dire che provai tutti i tormenti di un dannato? Certo ebbi pochissimo tempo per riprendermi. Molte mani mi afferrarono immediatamente con rudezza, le luci furono subito riaccese. Cominciarono a cercare. Nella fodera della mia manica furono trovate molte serie delle carte importanti per il gioco dell'*écarté,* e nelle tasche della mia giacca un certo numero di mazzi di carte del tutto simili a quelli usati nella nostra partita, con la sola differenza che i miei erano della specie che in gergo suol dirsi *arrotondata*; gli onori sono leggermente convessi alle estremità, mentre le scartine sono leggermente convesse al centro. Con tale predisposizione il pollo che tagli il mazzo, come si usa, afferrandolo per la lunghezza, invariabilmente si troverà ad assicurare al suo antagonista un onore, mentre il baro, tagliando per lunghezza, non lascerà mai al suo avversario una carta di un qualche valore.

Qualsiasi scoppio di indignazione dopo tale scoperta mi avrebbe distrutto meno del silenzio compassato, della sarcastica compostezza con cui fui accolto.

«Signor Wilson», disse il nostro ospite chinandosi per raccogliere da terra ai suoi piedi un mantello eccessivamente lussuoso di preziosa pelliccia, «signor Wilson, questo è di sua proprietà» (faceva freddo e lasciando la mia stanza mi ero messo il mantello sopra la veste da camera e lo avevo tolto mentre raggiungevo il tavolo da gioco). «Presumo sia del tutto superfluo cercare ogni (e guardava con un velenoso sorriso le pieghe del mio abito) qualsiasi altra prova della sua attività. In realtà ne abbiamo avute abbastanza. Credo, spero che lei senta la necessità di lasciare Oxford, ed in ogni caso di lasciare all'istante il mio appartamento.»

Avvilito, umiliato nella polvere come ero, è probabile che non abbia recepito questo rude discorso come una sorta di violenza personale, perché in quel momento tutta la mia attenzione era attratta da un fatto più importante. Il soprabito che avevo indossato era una pelliccia di tipo raro, quanto raro e quanto pazzescamente costoso è inutile dire. La sua foggia era una mia fantastica invenzione; io detesto al massimo grado il cattivo gusto di questa frivola materia. Pertanto, quando il signor Preston mi consegnò quello che aveva raccolto, vicino alla porta d'ingresso, fu con grande stupore, anzi con una sorta di terrore, che mi accorsi di avere già appeso al braccio il mio (dove senza dubbio io stesso l'avevo posto) e che quello che mi veniva porto ne era l'esatta copia in ogni minimo particolare. Il fatto singolare era che colui che mi aveva distrutto davanti a tutti era, ricordo, avvolto in un mantello e nessuno dei presenti ne aveva uno ad eccezione di me. Ripresa un po' di presenza di spirito, me lo gettai addosso; lasciai l'appartamento con un risoluto piglio di sfida. La mattina dopo, alle prime luci, iniziai un precipitoso viaggio da Oxford al Continente, distrutto dall'orrore e dalla vergogna.

Fuggii invano, il mio perfido destino mi perseguitava quasi con gioia, dimostrando che l'esercizio del suo misterioso dominio su di me era appena cominciato. Avevo appena messo piede a Parigi che ebbi la certezza del detestabile interesse di questo Wilson nei miei riguardi. Gli anni passavano ed io non avevo tregua. Scellerato! A Roma con quanta intempestiva e spettrale invadenza si frappose fra me e le mie ambizioni! A Vienna, e ancora a Berlino, a Mosca! Dov'è che io non abbia avuto un amaro motivo per maledirlo con tutto il cuore? Da questa imperscrutabile tirannia fuggii a lungo, in preda al panico, come da una pestilenza, e, fino agli estremi confini della terra *fuggii invano*.

E di nuovo, più volte nel segreto della mia anima, mi ponevo la domanda: «Chi è costui? Da dove viene? Qual è il suo scopo?». Ma non trovavo risposta. Allora esaminavo minutamente le forme, i metodi ed i fatti salienti della sua impertinente sorveglianza. Ma anche qui v'era ben poco per fare una congettura. È notevole, tuttavia, che in tutti i casi nei quali recentemente aveva attraversato il mio cammino, lo aveva fatto per frustrare quei piani, per disturbare quelle azioni che, se portate a compimento, avrebbero potuto causarmi gravi guai. È una giustificazione debole, in verità, per un autoritarismo così imperiosamente imposto! Un modesto indennizzo per i diritti di libera scelta così testardamente e sprezzantemente calpestati!

Debbo anche dire che il mio persecutore, per un lungo periodo di tempo (mentre con scrupolo e miracolosa abilità conservava il capriccio di vestirsi come me) si era così abilmente nascosto quando si intrometteva nei miei piani, che non riuscii mai a vederne la faccia. Qualunque cosa sia stato Wilson è certo che *questo* era il limite dell'ostentazione e della follia. Poteva mai per un istante pensare che in colui che mi aveva ammonito a Eton, distrutto il mio onore a Oxford, stroncato le mie ambizioni a Roma, la mia vendetta a Parigi, il mio amore appassionato a Napoli, o aveva falsamente chiamato la mia avarizia in Egitto, che nel mio arcinemico e genio malefico, io potessi non riconoscere il William Wilson dei giorni della scuola, l'omonimo, il compagno, il rivale, l'odiato e temuto rivale del collegio del Dottor Bransby? Impossibile! Ma lasciate che mi affretti verso l'ultima, fatidica scena del dramma!

A lungo avevo subito supinamente questo imperioso dominio. L'autentica paura con cui abitualmente guardavo al forte carattere, alla maestosa saggezza, alla apparente onnipresenza e onnipotenza di Wilson, unitamente a quel senso di terrore, che altri tratti della sua natura e del suo contegno mi ispiravano, ebbero per effetto di radicare in me l'idea di una mia estrema debolezza e disperazione e di suggerirmi una implicita, sia pure riluttante, sottomissione ai suoi arbitrari voleri. Negli ultimi giorni, però, mi ero abbandonato completamente al vizio del bere, e la sua devastante influenza sul mio ereditario temperamento mi rendeva ogni giorno più intollerante di ogni controllo. Cominciai prima a borbottare, poi ad esitare ed infine a resistere. Fu soltanto la mia fantasia a indurmi a credere che, al crescere della mia fermezza, quella del mio tormentatore sarebbe di pari passo diminuita? Sia come sia, cominciai allora a sentire il soffio di un'ardente speranza ed alla lunga nei miei pensieri segreti maturai la dura, disperata decisione di non essere mai più sottomesso o schiavizzato.

Fu a Roma, durante il carnevale del 18... che partecipai ad una festa in maschera nel palazzo del napoletano Duca di Broglio. Mi ero abbandonato più del solito agli eccessi del vino e ora l'atmosfera soffocante dei saloni affollati mi irritava oltre ogni limite. Anche la difficoltà di aprirmi una strada attraverso la folla di invitati contribuì non poco ad eccitare il mio nervosismo, perché stavo cercando ansiosamente (non vi dico per quali inconfessabili motivi) la giovane, gaia, avvenente moglie del vecchio, ricco Di Broglio. Con una imprudente confidenza mi aveva comunicato in anticipo il segreto del costume che avrebbe indossato ed ora, avendo ritrovato la sua figura, mi stavo affrettando a raggiungerla. In quel preciso momento sentii una mano leggera poggiata sulla mia spalla e l'indimenticabile basso, dannato *bisbiglio* nel mio orecchio. In un irrefrenabile parossismo di rabbia mi rivolsi di scatto verso colui che mi aveva frenato e lo afferrai violentemente per il bavero. Era abbigliato, come mi aspettavo, con una maschera del tutto simile alla mia; indossava una cappa spagnola di velluto blu, e alla vita una cintura cremisi cui era appesa una spada. Una maschera di seta nera gli copriva interamente la faccia.

«Farabutto!», lo apostrofai con voce roca e rabbiosa, mentre ogni sillaba pronunciata sembrava alimentare la mia furia «Farabutto! Impostore! Maledetto furfante! Non mi perseguiterà, *non mi perseguiterà* fino alla morte! Mi segua o la trafiggerò sul posto!» e mi avviai dalla sala delle danze verso una piccola anticamera confinante, trascinandolo impotente con me.

Appena entrato lo allontanai con furia da me; andò a sbattere contro la parete, mentre chiudevo la porta bestemmiando e gli ordinavo di sguainare la spada. Esitò un istante, quindi, con un leggero sospiro, si mise in guardia. Lo scontro fu molto breve. Io ero furioso, sotto l'effetto di ogni specie di folle eccitazione, trovai nel mio solo braccio l'energia e la potenza di una moltitudine. In pochi secondi lo costrinsi con la semplice forza contro la parete e quindi, avendolo alla mia mercé, immersi la spada, con brutale ferocia, più volte entro il suo petto.

A un certo punto qualcuno tentò di aprire la porta. Mi affrettai ad impedire l'intrusione ed immediatamente tornai al mio antagonista morente. Quale linguaggio umano potrà descrivere adeguatamente lo *stupore*, l'*orrore*, che si impadronì di me allo spettacolo che si presentò alla mia vista? I pochi momenti nei quali avevo distolto lo sguardo erano stati sufficienti a provocare, apparentemente, un cambiamento materiale nella sistemazione della parte alta o posteriore della stanza. Un grande specchio – mi sembrò in un primo momento nella mia confusione – stava ora dove prima non ne avevo scorto alcuno; e mentre avanzavo verso di esso preda del massimo terrore, la mia stessa immagine, ma con i lineamenti pallidi e insanguinati, avanzò verso di me con andatura traballante e malferma.

Così sembrava, dico, ma non era. Era Wilson, il mio antagonista che stava davanti a me nell'agonia della sua dissoluzione. La sua maschera e la cappa giacevano sul pavimento dove li aveva gettati. Non un particolare del suo abbigliamento, non un tratto di tutti i marcati e singolari lineamenti del suo viso, che non fossero, nella più assoluta identità, *i miei*.

Era Wilson; non parlava più in un bisbiglio e avrei potuto pensare che fossi io stesso a parlare quando mi disse:

«Hai vinto e io ho perso. Ma d'ora in poi anche tu sarai morto – morto al Mondo, al Cielo e alla Speranza! Tu esisti in me – e, con la mia morte, guarda con questa immagine, che è la tua, come hai definitivamente ucciso te stesso».

Rivelazione mesmerica

Quali che possano essere i dubbi che si nutrono sulla *base razionale* del mesmerismo, i suoi *fatti* sorprendenti sono ora quasi universalmente ammessi. D'altra parte quelli che dubitano di questi ultimi sono dubitatori di professione, una congrega di inutili e screditati individui. Non c'è maggiore perdita di tempo del voler dimostrare oggi, che un uomo per semplice esercizio della volontà, possa influenzare un suo simile al punto di ridurlo in uno stato anormale, nel quale si manifestano fenomeni molto vicini alla *morte*, molto più vicini di quelli di qualsiasi altra condizione normale a nostra conoscenza; che in queste condizioni, colui che è stato influenzato, utilizza con sforzo e quindi con deboli risultati, gli organi di senso esterni, mentre avverte, con raffinata ed acuta percezione e attraverso canali che si suppongono sconosciuti, cose che stanno fuori della portata degli organi fisici; che, le sue facoltà intellettive, inoltre, sono meravigliosamente accresciute; che la sua simpatia per la persona che ha esercitato su di lui la sua influenza è profonda; e, infine, la sua suscettibilità a tale influenza cresce in ragione diretta della frequenza con cui essa viene esercitata, mentre, nella stessa proporzione, i fenomeni particolari che ne derivano divengono più estesi e più *intensi*.

Affermo che sarebbe superfluo voler dimostrare queste che sono le leggi del mesmerismo in senso generale, né infliggerò ai miei lettori una dimostrazione oggi inutile. Il mio scopo è ora ben differente. Mi sento costretto, anche a dispetto dei pregiudizi del mondo, a dettagliare, senza commento, la sostanza rilevante di un colloquio avvenuto tra un ipnotizzato e me stesso.

Da lunga data avevo l'abitudine di mesmerizzare la persona in questione (il signor Vankirk) e l'usuale acuta sensibilità ed esaltazione della percezione mesmerica si era già manifestata. Da molti mesi egli era ammalato di una tisi in stadio avanzato, e gli effetti più devastanti della malattia erano stati attenuati dalle mie manipolazioni. Nella notte di mercoledì quindici corrente, fui chiamato al suo capezzale.

L'ammalato soffriva di un dolore acuto nella regione del cuore e respirava a fatica, presentando tutti i caratteristici sintomi dell'asma. Negli spasmi di questo tipo aveva di solito trovato qualche sollievo nelle applicazioni di senapismi ai centri nervosi, ma quella notte tali interventi erano risultati vani. Appena entrato nella sua stanza, mi accolse con un vivace sorriso e, sebbene sofferente di acuti dolori fisici, sembrava in buone condizioni mentali.

«Ho chiesto di lei stanotte», disse, «non tanto perché porti sollievo al mio corpo, quanto per rassicurarmi in merito a taluni turbamenti psichici che, recentemente, mi hanno causato grande ansietà mista a sorpresa. Non c'è bisogno che le dica quanto sia stato finora scettico in merito alla questione dell'immortalità dell'anima. Non posso tuttavia negare che proprio in fondo a quell'anima, che negavo di avere, c'era una confusa mezza idea della sua esistenza. In realtà questa mezza idea non è mai giunta a convinzione, con essa la mia ragione non aveva niente a che fare. Tutti i tentativi di indagine su basi logiche hanno invece avuto come risultato di lasciarmi più scettico di prima. Sono stato consigliato di studiare Cousin, e ho studiato sia i suoi lavori originali che quelli dei suoi seguaci europei e americani. Mi hanno messo, per esempio, tra le mani il *Charles Elwood* del signor Brownson e l'ho letto con grande attenzione. Nel suo complesso l'ho trovato logico, ma le parti non *puramente* logiche, erano malauguratamente le argomentazioni iniziali del miscredente protagonista del libro. Tirando le somme, mi è sembrato evidente che il pensatore non fosse riuscito nemmeno a convincere se stesso. La conclusione aveva semplicemente dimenticato l'inizio del libro, come avviene al governo di Trinculo [1]. In breve, non mi ci volle molto a comprendere che se l'uomo deve essere convinto intellettualmente della propria immortalità, non lo sarà mai per le mere astrazioni che per tanto tempo sono state in voga tra i moralisti di Inghilterra, Francia, Germania. Le astrazioni possono divertire o istruire ma non hanno presa sulla mente. Qui sulla terra, la filosofia, ne sono persuaso, ci inviterà sempre invano a considerare le qualità come cose concrete. La volontà potrà forse dichiararsi d'accordo – l'anima – l'intelletto mai.

Ripeto quindi che sono arrivato a sentire soltanto a metà, mai al convincimento intellettuale. Ultimamente c'è stato tuttavia un approfondimento di questa sensazione, al punto che mi è sembrato arrivasse quasi all'acquiescenza della ragione e non vedevo più tanta differenza tra le due. Sento di poter attribuire anche questo all'effetto dell'influenza mesmerica. Non posso spiegarmelo, se non con l'ipotesi che l'esaltazione mesmerica mi mette in condizione di percepire una sequenza logica che, nel mio stato anormale, risulta convincente ma, come tutti i fenomeni mesmerici, non dura nella condizione normale, se non per i suoi *effetti*. Nel sonno mesmerico i ragionamenti e le conclusioni – cioè la causa ed il suo effetto – sono presenti insieme, nella mia condizione naturale, la causa svanisce e rimane soltanto l'effetto e forse solo parzialmente.

Queste considerazioni mi hanno indotto a pensare che si possano ottenere buoni risultati da una serie di domande ben mirate da rivolgermi durante il sonno mesmerico. Lei ha spesso osservato la profonda conoscenza di sé che si riscontra nell'ipnotizzato... la vasta conoscenza che egli dimostra su tutti i punti relativi allo stato mesmerico stesso; da tale conoscenza di sé si possono dedurre gli spunti per una adeguata forma di interrogatorio.»

Consentii senz'altro ad effettuare l'esperimento e con poche manipolazioni il signor Vankirk cadde nel sonno mesmerico. Il suo respiro divenne immediatamente più tranquillo e sembrò non soffrire più disagi fisici.

Cominciò così la seguente conversazione. V. nel dialogo rappresenta il paziente, P. me stesso.

P. «È addormentato?»

V. «Sì... no, veramente vorrei dormire più profondamente.»

P. (*Dopo nuove manipolazioni.*) «Dorme ora?»

V. «Sì.»

P. «Come crede si risolverà la sua attuale malattia?»

[1] Personaggio della *Tempesta* di Shakespeare (*N.d.T.*).

V. (*Dopo lunga esitazione e parlando con un certo sforzo.*) «Debbo morire.»

P. «L'idea della morte la affligge?»

V. (*Prontamente.*) «No... no!»

P. «Le piace?»

V. «Se fossi sveglio preferirei morire, ma ora non importa. Lo stato di mesmerico è così vicino alla morte da bastarmi.»

P. «Desidero che si spieghi, signor Vankirk.»

V. «Vorrei farlo, ma questo richiede uno sforzo superiore alle mie forze. Lei non mi fa le domande giuste.»

P. «Cosa le debbo chiedere?»

V. «Deve cominciare dal principio.»

P. «Il principio! Ma dov'è il principio?»

V. «Sa che il principio è DIO.» (*Questo fu detto con un tono basso, esitante, mostrando chiari segni di una profonda venerazione.*)

P. «Che cos'è dunque Dio?»

V. (*Esitando per molti minuti.*) «Non sono in grado di dirlo.»

P. «Dio non è puro spirito?»

V. «Quando ero sveglio sapevo cosa intende per "spirito", ma ora mi sembra soltanto una parola... come, ad esempio, la bellezza, la verità... in sostanza una qualità.»

P. «Dio non è immateriale?»

V. «Non esiste l'immaterialità; è soltanto una parola. Quello che non è materia, non esiste e basta... a meno che le qualità siano cose.»

P. «Allora Dio è materiale?»

V. «No.» (*Questa risposta mi stupì non poco.*)

P. «Allora cos'è?»

V. (*Dopo una lunga pausa, mormorando.*) «Vedo, ma è difficile a dirsi (*un'altra lunga pausa*). Non è spirito, perché esiste. Non è materia, *nel senso che intende lei.* Ma ci sono *stadi* della materia dei quali l'uomo non sa niente; il più denso spinge il più sottile, e quest'ultimo permea il più denso. L'atmosfera, ad esempio, dà impulso all'elettricità e questa si diffonde nell'atmosfera. Questi stadi della materia sono via via più rarefatti e assottigliati finché arriviamo a una materia non particolata – indivisibile – *una*. In tale stadio la legge dell'impulso e della permeazione si modifica. La materia finale, non particolata, non solo permea di sé tutte le cose, ma dà impulso a tutte le cose e quindi *è* tutte le cose di sé. Questa meteria è Dio. Quello che gli uomini tentano di incorporare nella parola "pensiero" è questa materia in movimento.»

P. «I metafisici sostengono che tutte le azioni sono riducibili al moto ed al pensare e che il secondo è l'origine del primo.»

V. «Sì e ora vedo la confusione delle idee. Il moto è l'azione della *mente*, non del *pensare.* La materia non particolata, o Dio, in stato di quiete è (almeno per quanto possiamo capirne) quello che gli uomini chiamano mente. Il potere di auto-movimento (equivalente in effetto alla umana volizione) è, nella materia imparticolata, il risultato della sua unità e onniprevalenza; *in qual modo*, non lo so e ora vedo chiaramente che non lo saprò mai. Tuttavia la materia imparticolata, messa in moto da un principio o da una qualità che esiste in lei stessa, è il pensare.»

P. «Non può darmi un'idea più precisa di quello che intende per materia imparticolata?»

V. «Le materie di cui l'uomo ha conoscenza sfuggono alla sua percezione sensoria per gradi. Abbiamo, ad esempio, un metallo, un pezzo di legno, una goccia d'acqua, l'atmosfera, un gas, il calore, l'elettricità, l'etere luminoso. Chiamiamo tutte queste cose materia e comprendiamo tutti i materiali in questa unica definizione, eppure non esistono due concetti più nettamente distinti di quello di metallo e di etere luminoso. Quando arriviamo a quest'ultimo, abbiamo quasi la tentazione irresistibile di classificarlo come spirito, o come nulla. L'unica considerazione che ci limita è la nostra concezione della sua struttura atomica, e anche qui dobbiamo ricorrere all'ausilio della nostra nozione di atomo come di qualcosa di dimensioni infinitesime dotato tuttavia di solidità e tangibilità e peso. Se si scarta l'idea della costituzione atomica, non siamo in grado di definire l'etere come una entità o, almeno, come materia; il modo migliore per definirlo è chiamarlo Spirito. Facciamo ora un passo al di là dell'etere, cerchiamo di concepire una materia più rarefatta dell'etere di quanto questa lo è del metallo e arriveremo finalmente (a dispetto di tutti i dogmi scolastici) alla massa continua... alla materia indivisibile. Poiché nonostante si possa ammettere l'infinita piccolezza degli atomi, è assurdo che gli spazi tra loro siano infinitamente piccoli. Ci sarà un punto... un livello di rarefazione nel quale il numero degli atomi sarà sufficientemente alto da eliminare gli interspazi e la massa sarà assolutamente coalescente. Se si prescinde dalla considerazione della costituzione atomica, la natura della massa inevitabilmente scivola in quello che chiamiamo spirito. È chiaro, per contro, che essa resta pienamente materia. La verità è che è impossibile concepire lo spirito in quanto è impossibile immaginare ciò che non è. Quando ci lusinghiamo di aver formulato la sua concezione, abbiamo semplicemente ingannato la nostra intelligenza con la considerazione della materia infinitamente rarefatta.»

P. «Mi sembra ci sia una obiezione insormontabile all'idea di assoluta coalescenza; ed è la leggerissima resistenza incontrata dai corpi celesti nelle loro rivoluzioni nello spazio – una resistenza ora accertata, che esiste in *qualche* misura, anche se è così leggera da essere sfuggita del tutto perfino alla sapienza di Newton. Sappiamo che la resistenza dei corpi è sostanzialmente proporzionale alla loro densità. Coalescenza assoluta vuol dire densità massima, dove non ci sono interspazi non ci può essere permeabilità. Un etere assolutamente denso costituirebbe un ostacolo infinitamente più efficace al moto delle stelle che non un etere di diamante o di ferro.»

V. «Alla sua obiezione si può rispondere con una facilità pari alla sua apparente inconfutabilità. Per quanto riguarda il moto delle stelle, non c'è nessuna differenza se è la stella a passare attraverso l'etere o l'*etere attraverso la stella.* Non c'è errore astronomico più inspiegabile di quello che ricollega il noto ritardo delle comete all'idea di un loro passaggio attraverso un etere; perché, per rarefatto che possa essere tale etere, causerebbe comunque l'arresto di ogni rivoluzione delle stelle in un periodo di tempo assai più breve di quello che è stato ammesso dagli astronomi che si sono sforzati di sorvolare su un punto che non riuscivano a comprendere. Il ritardo effettivamente sperimentato è quello che ci si può aspettare per effetto dell'*attrito* dell'etere nel suo passaggio attraverso l'astro. In un caso la forza ritardante è momentanea e completa in sé, nell'altro è accumulativa all'infinito.»

P. «Ma in tutto ciò, nella identificazione di pura materia con Dio, non c'è un che di irriverente?» (*Fui costretto a ripetere questa domanda prima che il paziente mesmerizzato ne comprendesse pienamente il significato.*)

V. «Può dirmi *perché* la materia dovrebbe essere meno rispettata della mente? Lei dimentica che la materia di cui parlo è proprio "la mente" o "lo spirito" delle scuole, per quanto attiene le sue capacità superiori e contemporaneamente è la "materia" di queste stesse scuole. Dio, con tutti i poteri attribuiti allo spirito è in sostanza la sublimazione della materia.»

P. «Lei asserisce, dunque, che la materia imparticolata, in moto, è il pensiero?»

V. «In generale, questo moto è il pensiero universale della mente universale. Questo pensiero crea. Tutte le cose create sono quindi pensieri di Dio.»

P. «Lei dice "in generale".»

V. «Sì. La mente universale è Dio. Per nuove individualità è necessaria la *materia.*»

P. «Ma ora lei parla di "mente" e di "materia" come fanno i metafisici.»

V. «Sì... per evitare confusione. Quando dico "mente" intendo materia imparticolata, materia ultima; per "materia" intendo tutte le altre forme.»

P. «Stava dicendo "per nuove individualità è necessaria la materia".»

V. «Sì, perché la mente incorporea è semplicemente Dio. Per creare individualità, esseri pensanti, è stato necessario incarnare parti della mente divina. Così l'uomo è individualizzato. Spogliato della veste corporea, era Dio. Ora il moto particolare delle particelle incarnate della materia imparticolata è il pensiero dell'uomo; così come il moto del tutto è quello di Dio.»

P. «Dice che, spogliato del corpo, l'uomo sarà Dio?»

V. (*Dopo molta esitazione.*) «Non posso aver detto questo; è un'assurdità.»

P. (*Leggendo il contenuto dei miei appunti.*) «Lei *ha* detto che "spogliato della sua veste corporea l'uomo era Dio".»

V. «E questo è vero. L'uomo così spogliato *sarebbe* Dio... Sarebbe non individualizzato. Ma non può mai essere così spogliato... per lo meno non lo *sarà* mai... altrimenti dobbiamo immaginare un'azione di Dio che ritorna su se stessa... Un'azione senza scopo, futile. L'uomo è una creatura. Le creature sono pensieri di Dio. È la natura del pensiero che è irrevocabile.»

P. «Non capisco. Dice che l'uomo non sarà mai posto fuori dal suo corpo?»

V. «Dico che non sarà mai senza corpo.»

P. «Mi spieghi.»

V. «Vi sono due corpi... il rudimentale ed il completo, che corrispondono alle due condizioni del bruco e dalla farfalla. Quella che noi chiamiamo "morte" è soltanto la dolorosa metamorfosi. La nostra presente incarnazione è progressiva, preparatoria, temporanea. Quella futura è perfetta, definitiva, immortale. La vita ultima è il fine supremo.»

P. «Ma della metamorfosi del bruco abbiamo una conoscenza tangibile.»

V. «*Noi* certamente, ma non il bruco. La materia di cui è composto il nostro corpo rudimentale è alla portata degli organi del corpo; o, più precisamente, i nostri rudimentali organi sono adeguati alla materia di cui è formato il corpo rudimentale, ma non a quello di cui è composto il corpo finale. Il corpo definitivo quindi sfugge ai nostri sensi rudimentali e noi percepiamo solo il guscio che cade, decomponendosi, dalla sua forma interna; non la stessa forma interna; per contro questa forma interna, così come il guscio, è percepibile da coloro che hanno già raggiunto la vita finale.»

P. «Ha spesso detto che lo stato mesmerico somiglia molto alla morte. Come?»

V. «Quando dico che somiglia alla morte, intendo che assomiglia alla vita finale; perché quando sono in *trance* i sensi della mia vita rudimentale sono assenti e percepisco le cose esterne, direttamente, senza organi, attraverso un mezzo che utilizzerò nella vita finale, priva di organi.»

P. «Priva di organi?»

V. «Sì, gli organi sono strumenti per mezzo dei quali l'uomo può avere relazioni sensoriali con particolari classi e forme della materia, con l'esclusione di altre classi e forme. Gli organi dell'uomo sono adeguati alla sua condizione rudimentale e a quella soltanto. Nella sua condizione finale, essendo egli privo di organi, ha la capacità di comprendere tutto tranne la natura della volontà di Dio... cioè il moto della materia imparticolata. Avrà un'idea chiara del corpo definitivo pensandolo come fosse interamente cervello. *Non* è così; ma un concetto simile lo porterà assai vicino a comprendere che cosa esso *sia*. Un corpo luminoso trasmette vibrazioni all'etere. Tali vibrazioni ne generano altre simili entro la retina, questa comunica vibrazioni simili al nervo ottico. Il nervo ottico convoglia nel cervello simili vibrazioni e il cervello stesso le ritrasmette alla materia imparticolata di cui è permeato. Il moto di quest'ultima è il pensiero la cui prima percezione è la prima vibrazione. Questa è la modalità secondo cui la mente della vita rudimentale comunica con il mondo esterno, e questo mondo esterno è, per la vita rudimentale, limitato per la idiosincrasia dei suoi organi. Al contrario nella vita definitiva, quella organica, il mondo esterno giunge all'intero corpo (che è di una sostanza affine a quella del cervello, come ho detto) senza alcun altro intervento oltre a quello dell'etere infinitamente più rarefatto perfino dell'etere luminoso. Con questo etere... all'unisono con esso... tutto il corpo vibra, mettendo in moto la materia imparticolata che lo permea. Ed è proprio all'assenza di organi idiosincratici che dobbiamo attribuire la pressoché illimitata percezione della vita definitiva. Per gli essere rudimentali gli organi sono le gabbie necessarie per imprigionarli, finché non avranno messo le ali.»

P. «Lei parla di "esseri" rudimentali. Esistono forse altri esseri rudimentali pensanti oltre l'uomo?»

V. «Gli innumerevoli ammassi di materia rarefatta delle nebulose, dei pianeti, dei soli e di altri diversi corpi celesti, che non sono né nebulose, né soli, né pianeti, hanno l'unico scopo di fornire *pabulum* all'idiosincrasia degli organi incompleti di una infinità di esseri rudimentali. Se non fosse per le esigenze di esseri rudimentali, prima della vita finale, tali corpi non avrebbero giustificazione. In ognuno di essi, dimoravano forme diverse di creature organiche rudimentali, pensanti. Alla loro morte o metamorfosi questi esseri godono della vita definitiva – l'immortalità – arrivando alla conoscenza di tutti i segreti, ad eccezione dell'*unico* e agiscono e vanno ovunque solo per atti della volontà. E popolano non le stelle – che a noi sembrano essere le uniche presenze complete dello spazio, che anzi ci sembra creato solo per contenere le stelle – popolano lo SPAZIO stesso... questa infinità di reale sostanza che inghiotte le ombre stellari – e le cancella, come non entità, dalla percezione degli angeli.»

P. «Lei dice che “se non vi fosse questa *esigenza* della vita rudimentale” non vi sarebbero stelle. Ma perché questa esigenza?»

V. «Nella vita inorganica così come nella materia inorganica in generale, non c’è alcun ostacolo all’azione di una semplice *unica* legge – la volizione divina. La vita e le materie organiche (complesse, sostanziali, gravate di leggi) sono state create proprio per costituire questo ostacolo.»

P. «Ma perché mai si è reso necessario creare questo ostacolo?»

V. «Il risultato di una legge inviolata è la perfezione, il diritto, la felicità negativa. Se una legge viene violata si genera l’imperfezione, il torto, il dolore positivo. L’ostacolo dovuto al numero, alla complessità e alla sostanzialità delle leggi che regolano la vita degli esseri organici, rende, fino a un certo punto, praticabile la violazione della legge. Quindi il dolore, impossibile nella vita inorganica, esiste in quella organica.»

P. «Ma perché rendere possibile il dolore?»

V. «Tutte le cose sono buone o cattive solo in base ad un confronto. Un’analisi basterà a mostrare che il piacere, in ogni caso, è il contrario della pena. Il piacere *positivo* è un’astrazione, per essere felici in qualche misura bisogna aver sofferto prima in pari misura. Non soffrire significherebbe non essere stato mai felice. Poiché nella vita inorganica non è possibile il dolore, si è reso necessario creare la vita organica. Il dolore della vita primitiva sulla Terra è l’unica base per arrivare alla felicità della vita finale del Cielo.»

P. «C’è ancora una espressione che non comprendo... la vera *sostanziale* vastità dell’infinito.»

V. «Forse lei non ha un concetto abbastanza generale della parola “*sostanza*”. Non dobbiamo considerarla una qualità ma un sentimento: è la percezione da parte degli esseri pensanti dell’adattarsi della materia alla propria organicità. Ci sono molte cose della terra che sarebbero inesistenti per gli abitanti di Venere e, viceversa, cose visibili e tangibili su Venere non verrebbero considerate esistenti da noi. Per gli esseri inorganici – per gli angeli – tutta la materia imparticolata è sostanza, cioè tutto quello che noi chiamiamo “spazio” ha per loro il massimo della sostanzialità; le stelle, invece, attraverso ciò che noi consideriamo la loro materialità, sfuggono alla sensibilità angelica, proprio come la materia indivisa, attraverso quella che è da noi considerata la sua immaterialità, sfugge a quella organica.»

Mentre il mio paziente pronunciava queste ultime parole con voce flebile, osservai che il suo volto aveva una particolare espressione che mi allarmò, e mi indusse a destarlo subito. Appena lo ebbi fatto, con un sorriso smagliante che gli illuminava tutto il volto, ricadde sul guanciale e spirò. Mi accorsi che meno di un minuto dopo il suo cadavere aveva la rigidità della pietra e la sua fronte era di ghiaccio. Questo di solito avviene soltanto dopo una prolungata pressione della mano di Asraele. Il malato mi aveva forse indirizzato l’ultima parte del suo discorso dal regno delle ombre?

La mascherata della Morte Rossa

Da lungo tempo la Morte Rossa devastava il paese. Nessuna pestilenza era mai stata così fatale, così spaventosa. Il sangue era la sua manifestazione e il suo sigillo: il rosso e l'orrore del sangue. Provocava dolori acuti, improvvise vertigini, poi un abbondante sanguinare dai pori, e infine la dissoluzione. Le macchie scarlatte sul corpo e soprattutto sul volto delle vittime erano il marchio della pestilenza che le escludeva da ogni aiuto e simpatia dei loro simili. L'intero processo della malattia: l'attacco, l'avanzamento e la conclusione duravano non più di mezz'ora.

Ma il principe Prospero era felice, coraggioso e sagace. E, quando le sue terre furono per metà spopolate, egli convocò un migliaio di amici sani e spensierati, scelti fra i cavalieri e le dame della sua corte, e si ritirò con loro in totale isolamento in una delle sue roccaforti. Era una costruzione immensa, magnifica, una creazione che corrispondeva al gusto eccentrico e alla grandiosità del principe. Un muro forte ed altissimo la circondava. Nel muro le porte erano di ferro. Una volta entrati, i cortigiani presero incudini e martelli massicci e saldarono le serrature. Impedivano così ogni possibilità di entrata o di uscita, per improvvisi impulsi di disperazione o di frenesia, che potevano nascere, in chi era dentro le mura. La fortezza era ampiamente fornita di viveri. Con tutte queste precauzioni i cortigiani potevano permettersi di sfidare il contagio. Il mondo esterno provvedesse a se stesso. Era tutto sommato follia addolorarsi o pensarci troppo su. Il principe aveva pensato a tutti i divertimenti possibili. C'erano buffoni, improvvisatori [1], c'erano ballerini, musicanti, c'era la Bellezza e c'era il vino. Tutto chiuso là dentro. Fuori c'era la Morte Rossa.

Fu verso la fine del quinto o sesto mese di questo isolamento, mentre la pestilenza tutt'intorno infuriava al massimo, che il principe Prospero pensò di divertire i suoi mille amici con un ballo mascherato di un insolito splendore.

Fu una messa in scena voluttuosa, questa mascherata. Innanzitutto però, vorrei descrivere le stanze in cui si svolse. Sette stanze formavano un unico maestoso appartamento. In molti palazzi, simili fughe di stanze aprono a una veduta lunga e diritta; con le porte a due battenti che si aprono verso le pareti permettendo di vedere tutto in un solo colpo d'occhio. In questo caso invece la situazione era differente, come d'altronde ci si poteva aspettare dall'amore del principe per il bizzarro. Le camere erano disposte così irregolarmente da poter essere viste soltanto una alla volta. C'era, ogni venti o trenta metri, un'improvvisa svolta che apriva di conseguenza prospettive sempre diverse. A destra e a sinistra, nel mezzo delle pareti, un'alta e strettissima finestra gotica dava su un corridoio chiuso, che seguiva le tortuosità dell'appartamento. Queste finestre, di vetro lavo-

[1] In italiano nel testo (*N.d.T.*).

rato, variavano di colore secondo la tinta dominante delle decorazioni di ogni singola stanza. Quella situata all'estremità orientale aveva nella decorazione una forte dominante blu, e blu erano le finestre. Negli ornamenti e nelle tappezzerie della seconda stanza predominava il purpureo e purpuree erano le vetrate. Tutta verde la terza, altrettanto le finestre. La quarta era arredata in arancione e così anche illuminata dello stesso colore, la quinta di bianco e la sesta di violetto. La settima stanza invece era tutta avvolta in arazzi di velluto nero, che pendevano dal soffitto e dalle pareti, ricadendo su tappeti della stessa stoffa e colore. Era soltanto in questa stanza che il colore delle finestre non corrispondeva a quello delle decorazioni. Le vetrate erano di un colore scarlatto, di un cupo color sangue. Ebbene, nessuna delle sette stanze con le loro decorazioni, pur ricca di ornamenti d'oro, era illuminata da lampade o da candelabri. Non v'era luce di alcun genere proveniente da candele o lampadari in questo succedersi di sale. Ma nei corridoi che accompagnavano le stanze erano appoggiati pesanti tripodi che sostenevano bracieri accesi, che, proiettando la loro luce raggiante attraverso il vetro colorato, illuminavano così in modo abbagliante le sale. Questo produceva un'infinità di immagini fantastiche. Ma nella stanza nera, quella a occidente, l'effetto della luce e del fuoco che si diffondeva sui drappi neri attraverso le rosse vetrate era talmente spettrale e produceva un tale effetto irreale sulle fisionomie di chi entrava, che nessuno aveva il coraggio di mettervi piede.

In questa sala si trovava pure, appoggiato contro la parete, un gigantesco orologio d'ebano. Il suo pendolo emetteva un suono cupo e monotono e quando la lancetta dei minuti compiva il giro del quadrante e batteva l'ora, veniva fuori dai suoi polmoni di bronzo un suono chiaro, forte e profondo, straordinariamente musicale ma di una tale forza, che a ogni ora i musicisti dell'orchestra erano costretti a fermare l'esecuzione dei loro pezzi, per ascoltare quel suono; e così anche le coppie interrompevano le danze e su tutta l'allegra compagnia cadeva un velo di tristezza; e mentre l'orologio scandiva ancora i suoi rintocchi si notava che i più spensierati impallidivano e i più vecchi e sereni si passavano una mano sulla fronte in un gesto di confusa visione o di meditazione. Ma non appena questi rintocchi tacevano, tutti erano subito presi da un sottile riso; i musicanti si guardavano fra di loro e sorridevano quasi imbarazzati del proprio nervosismo, e si promettevano che il prossimo scoccare della pendola non li avrebbe più messi tanto a disagio; ma poi, dopo sessanta minuti (che sono esattamente tremilaseicento secondi del Tempo che fugge), quando tornavano a risuonare i rintocchi dell'orologio, cresceva in loro lo stesso stato di smarrimento, di tremore e meditazione.

Nonostante tutto questo, la festa era allegra e incantevole. I gusti del principe erano davvero squisiti. Aveva, in particolare, occhio per i colori e per gli effetti. Disprezzava le facili decorazioni in voga. I suoi progetti erano avventurosi e bizzarri, e la loro ideazione era illuminata da incandescenze quasi barbare. Qualcuno avrebbe potuto giudicarlo pazzo. I suoi seguaci però intuivano che non lo era affatto. Bastava stargli vicino e ascoltarlo per assicurarsi del contrario.

Era stato in gran parte lui stesso a sovrintendere alle decorazioni delle sette stanze, in occasione di questa grande festa; ed era stato senz'altro il suo gusto personale a caratterizzare le maschere dell'intera compagnia. Credete, erano davvero grottesche! Di splendore e lucentezza, di intensità e fantasticheria, ce ne era tanto quanto poi se ne sarebbe visto nell'*Ernani*.

Vi erano maschere arabesche, maschere totalmente in contrasto con i corpi che le portavano, fantasie assurde che soltanto un pazzo poteva aver inventato. Vi si trovavano in gran copia bellezza, lascivia e bizzaria, e insieme terrore, e nulla che potesse suscitare disgusto. E difatti, nelle sette stanze si muoveva una moltitudine di sogni. E questi sogni si intrecciavano, assumendo colore dalle stanze e dando la sensazione che la musica ossessionante dell'orchestra fosse soltanto l'eco dei loro passi. E poi, ancora l'orologio d'ebano, nella sala di velluto, che batte tutte le ore pietrificando per un attimo, i sogni. E cade il silenzio e l'immobilità e si sente soltanto l'orologio. Ma l'eco dei rintocchi si estingue lentamente: ancora una volta non sono durati che un istante, e un riso represso fluttua e l'insegue, mentre svaniscono. Torna la musica e i sogni riprendono vita; si incrociano e si uniscono ancora più ardentemente, illuminati dai raggi del fuoco dei tripodi, attraverso il vetro colorato. Ma verso la camera più occidentale nessuna maschera osa avventurarsi, ora che la notte avanza e dalle vetrate sanguigne viene una luce più rossiccia, e la cupezza dei drappeggi scuri spaventa più che mai. Chi posasse il piede sul tappeto nero sentirebbe il rintocco ovattato dell'orologio vicino ancora più solenne e, nello stesso tempo più vigoroso, di quanto possano sentirlo le orecchie di coloro che indugiano nei più remoti divertimenti delle altre sale.

Ma queste sale erano densamente affollate; in esse pulsava febbrile il cuore della vita. La baldoria andò avanti ancora più frenetica, finché risuonarono i primi rintocchi della mezzanotte. La musica cessò, come ho detto, i ballerini si interruppero e vi fu, come prima, una pausa generale, inquieta. Questa volta però i rintocchi erano dodici e accadde che il tempo a disposizione per lasciarsi andare a contemplazioni e pensieri fosse più lungo; e per questo forse, prima che l'ultima eco si dileguasse, più di uno della compagnia ebbe occasione di notare una figura mascherata che fino ad allora era sfuggita all'attenzione. E, quando la notizia della presenza di questo personaggio si diffuse fra i presenti, si levò un bisbiglio, un mormorio dapprima di disapprovazione e di sorpresa e alla fine di spavento, orrore e disgusto.

In una mascherata come quella appena descritta si può immaginare che non poteva essere un'apparizione normale a suscitare tutto questo trambusto. Alla fantasia e al capriccio delle maschere erano state fatte illimitate concessioni, ma la persona in questione aveva superato Erode e oltrepassato anche i limiti della stravaganza del principe. Anche nei cuori dei più sfrenati ci sono corde che non possono essere toccate senza dare forti emozioni. Persino per i più cinici, per i quali la vita e la morte sono oggetto di beffa, esistono cose su cui non si può scherzare. Era ovvio ormai che tutta la compagnia sentiva profondamente che nel costume e nel comportamento dell'individuo non vi erano né umorismo né dignità. La figura era alta e ossuta, ed era coperta dalla testa ai piedi dei vestimenti per i defunti. La maschera che portava sul viso era talmente simile all'aspetto di un cadavere irrigidito che anche l'occhio più accorto avrebbe avuto difficoltà a scoprire l'inganno. Eppure tutto questo avrebbe potuto essere sopportato, se non approvato, dai pazzi festaioli tutt'intorno. Ma l'individuo aveva avuto il coraggio di mascherarsi a guisa di Morte Rossa. Le sue vesti erano fradicie di *sangue* e anche la sua faccia dall'ampia fronte era cosparsa dell'orrore scarlatto.

Quando gli occhi del principe Prospero caddero per la prima volta su questa immagine lugubre (che solennemente, quasi a simulare il ruolo scelto, camminava maestosamente fra gli ospiti) sul suo viso sconvolto si disegnarono terrore e disgusto; subito dopo avvampò di rabbia.

«Chi osa?», domandò con voce rauca ai cortigiani più vicini, «chi osa insultarci con questa bestemmia? Prendetelo e smascheratelo, e che si sappia chi impiccheremo all'alba sui bastioni del nostro castello.»

Mentre pronunciava queste parole, il principe Prospero si trovava nella sala orientale, cioè nella sala blu e la sua voce risuonò alta e chiara per le sette sale, poiché il principe era fiero ed energico, e a un cenno della sua mano l'orchestra s'era taciuta.

Era nella stanza blu, che si trovava il principe, circondato da un gruppo di cortigiani impalliditi. Al suo parlare dapprima i cortigiani fecero l'atto di scagliarsi contro l'intruso, che in quel momento si trovava nei pressi e che ora si stava avvicinando maestosamente al principe, con passo lento e deciso. Ma per l'indicibile terrore che la folle messa in scena della maschera aveva suscitato nell'intera compagnia, nessuno osò afferrarlo, e così passò indisturbato vicino al principe. E mentre la folla si allontanava di scatto, come colta da un comune impulso, dal centro delle stanze e si appiattiva alle pareti, presa da una paura incontrollabile, costui continuò ad avanzare con quel suo passo solenne e misurato che lo aveva distinto fin dall'inizio, senza incontrare ostacoli da una sala all'altra. Attraversò la sala blu, la sala purpurea e da quella passò alla sala verde, dalla sala verde a quella arancione, e poi alla bianca, e da questa si spinse anche nella sala violetta, prima che fosse fatto un solo tentativo di arrestarlo. Fu in quel momento però, che il principe Prospero, furioso anche della propria momentanea vigliaccheria, si precipitò attraverso le sei stanze, senza che nessuno dei suoi lo seguisse, per il folle terrore che li paralizzava. Impugnava una daga e d'impeto si era avvicinato alla figura che si ritirava, ed era già a pochi passi quando questa, giunta all'estremità della stanza di velluto, si girò di scatto verso il suo inseguitore. Si sentì un grido straziante. La spada cadde scintillando sul tappeto nero, sul quale subito dopo si accasciò morto il principe Prospero. Con il coraggio della disperazione un gruppo di gaudenti si precipitò nella sala e afferrò il mascherato, la cui alta figura stava maestosamente immobile nell'ombra della pendola d'ebano; e fu allora che con un gemito d'orrore si accorsero che le vesti funerarie e la maschera di cadavere che avevano afferrato con tanta violenza, non contenevano alcuna forma tangibile.

E allora si seppe che la Morte Rossa era là, e tutti la riconobbero. Era arrivata come un ladro nella notte. Uno dopo l'altro caddero i festanti nelle sale ormai invase di sangue; morivano così, nella disperazione. E quando l'ultimo morì, anche l'orologio d'ebano tacque, e le fiamme dei tripodi si spensero. E il Buio, il Disfacimento e la Morte Rossa dominarono indisturbati su tutto.

L'isola della fata

Nullus enim locus sine genio est.[1]

SERVIUS

«*La musique*» dice Marmontel in quei *Contes Moraux*[2] che in tutte le traduzioni insistiamo a chiamare *Racconti Morali* con una specie di irrisione verso lo spirito che li anima,... «*la musique est le seul de talents qui jouit de soi même; tous les autres veulent des témoins*»[3]. Qui egli confonde il piacere che deriva da suoni gradevoli con la capacità di crearli. Il talento per la musica è, non più di altri, capace di dare una gioia completa, anche quando non vi sia alcun altro ad apprezzare l'esercizio. Ed è solo insieme ad altri talenti che è in grado di produrre *effetti* che possono essere goduti pienamente in solitudine. L'idea che il narratore non è stato capace di chiarire, o ha sacrificato nella sua espressione alla passione di tutti i suoi connazionali per il *point* è, senza dubbio, la più sostenibile, e cioè che la musica di alto livello si apprezza più completamente quando si è del tutto soli. Il concetto in questa forma troverà senz'altro il consenso di quelli che amano la lira per se stessa e per il suo uso spirituale. Esiste tuttavia un altro piacere – l'unico forse – disponibile per i comuni mortali, un piacere che permette, perfino più della musica, di goderne nella più completa solitudine. Intendo dire il piacere che si trova contemplando lo scenario della natura. In verità l'uomo che vuole contemplare interamente la gloria di Dio sulla terra deve guardare da solo questa gloria. Per me almeno, anche la presenza – non soltanto di vita umana ma di vita in qualsiasi altra forma, ad eccezione di quella degli oggetti verdi che crescono dal suolo e non hanno voce – è una macchia nel panorama – entra in contrasto col *genius loci*. Amo, invece, rimirare le vallate oscure, le rocce grigie, le acque che sorridono silenziose, le foreste che sospirano in un sonno inquieto, le vigili superbe montagne che dall'alto guardano tutto – amo considerarle come le smisurate membra di un vasto animato e sensibile insieme – un insieme la cui forma, cioè la sfera, è la più perfetta e la più onnicomprensiva; la cui orbita passa in mezzo ai pianeti; della quale è mite ancella la luna; la cui vita è l'eternità; il cui pensiero è quello di Dio; la cui gioia è il sapere; i cui destini si perdono nell'immensità; la cui conoscenza di noi è simile a quella che noi abbiamo delle *animaculae* che infestano il cervello – un essere che, di conseguenza, noi consideriamo puramente inanimato e materiale, come forse quelle *animaculae* considerano noi.

I nostri telescopi e i nostri calcoli matematici ci assicurano per ogni verso – nonostante le litanie dei più ignoranti membri del clero – che lo

[1] «Non esiste, infatti, un luogo senza il suo genio.» (*N.d.T.*)

[2] *Moraux* è qui derivato da *moeurs* ed è inteso nel senso di «costume» o, più precisamente di «comportamento».

[3] «La musica è il solo talento che diletti se stesso; tutti gli altri hanno bisogno di testimoni.» (*N.d.T.*)

spazio, e pertanto la massa godono di grande considerazione da parte dell'Onnipotente. Le orbite nelle quali si muovono le stelle sono le più adatte a permettere le evoluzioni, senza collisioni, del maggior numero di corpi celesti. Le forme di questi corpi sono tali da comprendere, entro una data superficie, con precisione la massima quantità di materia; mentre le superfici stesse sono dimensionate in modo da accogliere una popolazione più densa di quanta potrebbe accoglierne un'uguale superficie sistemata altrimenti. Né può considerarsi argomento per negare che la massa sia un oggetto di Dio, il fatto che lo spazio è infinito, perché può esservi un'infinità di materia che lo riempie. E poiché noi vediamo chiaramente che la vitalità di cui è dotata la materia è un principio – anzi per quanto possiamo giudicare, il principio *guida* nelle azioni divine –, è privo di logica immaginare che esso sia limitato alle regioni del piccolissimo in cui lo troviamo nella vita quotidiana senza estenderlo a quelle dell'immenso. Poiché troviamo che ogni ciclo si svolge entro un altro ciclo, senza fine – tutti però ruotanti intorno ad un lontanissimo centro unico che è il Dio stesso –, non possiamo supporre per analogia che, allo stesso modo, ogni vita sia dentro una vita, il più piccolo dentro il più grande, e tutto entro lo Spirito Divino? In breve commettiamo un errore insensato, per eccesso di presunzione, nel credere che l'uomo, tanto nel suo destino attuale, quanto in quello futuro, sia più importante nell'universo di quella «zolla di terra» che egli coltiva e disprezza ed alla quale nega un'anima per nessun'altra fondata ragione se non quella che non la vediamo in azione [4].

Queste fantasie ed altre simili, hanno sempre dato alle mie meditazioni tra le montagne e le foreste, in riva ai fiumi ed all'oceano, un sapore che la gente comune non mancherebbe di definire fantastico.

I miei vagabondaggi tra tali scenari sono stati numerosi, prolungati e spesso solitari e l'interesse con il quale ho vagabondato attraverso molte oscure profonde vallate e guardato il cielo riflesso in tanti laghi scintillanti, è stato un interesse grandemente approfondito dal pensiero di aver vagabondato e guardato *da solo*. Chi era quel disinvolto Francese [5] che, alludendo al ben noto lavoro di Zimmerman, disse «*la solitude est une belle chose; mais il faut quelqu'un pour vous dire que la solitude est une belle chose*!» [6]. L'epigramma non si può negare, ma tale necessità non esiste.

Fu durante i miei vagabondaggi solitari, in una lontanissima regione montuosa, chiusa tra le alture, con tristi tortuosi fiumi e malinconici laghetti dormienti, che trovai per caso un ruscello e un'isoletta. Li incontrai all'improvviso nel giugno ricco di foglie e mi gettai sull'erba, sotto i rami di un arbusto odoroso a me sconosciuto, per poter riflettere mentre rimiravo la scena. Sentivo che solo così potevo osservarla – tanto fantastico e irreale era il loro aspetto.

Da tutti i lati – salvo a occidente dove il sole era in procinto di tramontare – si elevavano le verdeggianti pareti della foresta. Il piccolo fiume che deviava bruscamente il suo corso, così che se ne perdeva immediatamente la vista, sembrava non potersi liberare dalla sua prigione ed essere assorbito dal profondo fogliame verdeggiante degli alberi a oriente... mentre nell'opposto quadrante (così mi sembrava mentre giacevo disteso, con lo

[4] Parlando delle maree Pomponius Mela, nel suo trattato *De Situ Orbis*, dice «O il mondo è un grande animale, o...» ecc.

[5] Balzac, in sostanza, ma non ricordo le parole esatte.

[6] «La solitudine è una bella cosa; ma occorre qualcuno che vi dica che la solitudine è una bella cosa!» (*N.d.T.*)

sguardo rivolto verso l'alto) si gettava silenzioso, senza interruzione giù nella valle, come una cascata d'oro e di porpora dalle crepuscolari sorgenti del cielo.

All'incirca nel mezzo del ristretto panorama che la mia sognante visione inquadrava, una piccola isola circolare, invasa dal verde, riposava nel seno della corrente.

> Tanto fuse qui rive e ombra
> che sembravano entrambe pendere dal cielo.

Tanto simile ad uno specchio era l'acqua immota che era impossibile dire a quale punto del pendio di smeraldo delle zolle cominciasse il suo cristallino dominio.

La mia posizione mi consentiva di vedere ad un tempo sia il lato est che quello ovest dell'isoletta e potevo osservare le differenze assai marcate del loro aspetto. Il secondo sembrava un raggiante harem di bellezze boschive. Risplendeva e rosseggiava sotto gli occhi del sole morente, e sorrideva dolcemente con i suoi fiori; l'erba era bassa, elastica, dolcemente profumata, disseminata di asfodeli; gli alberi svettavano snelli, allegri, brillanti, graziosi – avevano la corteccia liscia, lucida, parzialmente colorata, il fogliame e la sagoma di tipo orientale.

Sembrava che su tutto regnasse un profondo senso di vita e di gioia e, sebbene non spirasse un alito di vento dal cielo, ogni cosa si muoveva per lo svolazzare grazioso qua e là di innumerevoli farfalle, che potevano essere confuse con tulipani alati [7].

L'altra estremità dell'isola, quella orientale, era immersa nell'ombra più cupa. Una fresca caligine, tuttavia bella e piena di pace pervadeva qui ogni cosa. Gli alberi erano di colore scuro, malinconici nella forma e nell'aspetto... si contorcevano in sembianti spettrali, paurosi e solenni, tali da evocare pensieri di dolori mortali e di morte prematura. L'erba aveva la tinta cupa del cipresso e gli steli pendevano ricurvi mentre qua e là tra loro affioravano molti piccoli tumuli bassi, stretti e non molto lunghi, che avevano l'aspetto di tombe, anche se non lo erano, sebbene sopra e intorno ad essi fossero nati il rosmarino e la ruta. L'ombra degli alberi cadeva pesantemente sull'acqua e sembrava seppellirvisi dentro, impregnando le profondità di quell'elemento della sua tinta oscura. Immaginavo che ciascuna ombra, man mano che il sole scendeva più in basso, si separasse con dispiacere dal tronco che gli aveva dato vita, per essere assorbita dalla corrente, mentre altre ombre momentaneamente inviate dagli alberi prendevano il posto di quelle precedenti ora sepolte.

Questa idea, impadronitasi della mia immaginazione la eccitò intensamente e mi persi del tutto nei sogni. «Se mai vi è stata un'isola incantata», – dissi a me stesso – «è questa. Questo è il rifugio delle poche dolci Fate che sopravvivono alla distruzione della razza. Sono loro queste verdi tombe? Oppure esse perdono le loro dolci vite come gli uomini perdono le loro? Morendo non si distruggono forse con dolore, rendendo a Dio la loro vita a poco a poco come gli alberi rendono ombra dopo ombra, esaurendo così la loro materia nella dissoluzione? Quello che l'albero che si consuma è per l'acqua che assorbe la sua ombra, divenendo più scura

[7] *Florem putares per liquidum aethera* (P. Commire).

per effetto di ciò che esso perde, non potrebbe essere la vita della fata per la morte che la sommerge?»

Mentre così fantasticavo con gli occhi socchiusi, il sole rapidamente tramontava, e correnti vorticose mulinavano tutto intorno all'isola, trascinando nel loro gorgo larghe, lucenti, bianche scaglie di corteccia del sicomoro – scaglie che, assumendo le più varie posizioni sull'acqua, potevano indurre una fervida immaginazione a trovarvi tutto quello che voleva –; mentre così meditavo, mi sembrò che la figura di una di quelle Fate, delle quali stavo appunto fantasticando, avanzasse nel buio venendo dalla luce dell'estremità occidentale dell'isola. La figura stava eretta su una canoa molto fragile che ella sospingeva con un remo fantasma. Mentre era sotto l'effetto degli ultimi raggi del sole il suo atteggiamento sembrava manifestare gioia... ma il dolore sembrava trasfigurarla quando entrava nell'ombra. Lentamente scivolava sull'acqua e alla fine compì il periplo dell'isola rientrando nella zona illuminata. «La rivoluzione che è stata da poco compiuta dalla Fata», continuai pensieroso, «rappresenta il ciclo del breve anno della sua vita. Ella ha navigato attraverso il suo inverno e la sua estate, ora è di un anno più vicina alla morte; perché ho notato che non appena è entrata nella zona oscura, la sua ombra è caduta dal suo corpo ed ha volteggiato fin dentro l'acqua scura, rendendola ancora più nera.»

E di nuovo riapparvero la barca e la Fata, ma quest'ultima aveva un atteggiamento più cauto e incerto e una minore gioia estatica. Volteggiò di nuovo sull'acqua dalla piena luce fino nel buio (di momento in momento più cupo) e di nuovo la sua ombra cadde da lei entro l'acqua d'ebano e fu assorbita dalla assoluta oscurità. E ancora più e più volte compì il periplo dell'isola (mentre il sole scendeva verso il suo sonno) e ogni volta che ritornava nella luce, c'era più pena sulla sua persona, mentre ella diventava più debole, molto più diafana, più indistinta. E ad ogni passaggio nell'oscurità cadeva da lei un'ombra più scura, che veniva inghiottita nell'oscurità ancor più nera. Alla fine però, quando il sole fu definitivamente tramontato, la Fata, ora soltanto mero fantasma di se stessa, arrivò sconsolata con il suo battello nella regione dei flutti d'ebano – ma dove si diresse a quel punto non sono in grado di precisare perché l'oscurità era caduta su tutte le cose e io non scorgevo più la sua magica figura.

Un racconto delle Ragged Mountains[1]

Verso la fine dell'anno 1827, quando risiedevo a Charlottesville, in Virginia, feci casualmente la conoscenza del signor Augusto Bedloe. Questo giovane signore era sotto ogni riguardo una persona notevole e suscitava in me profondo interesse e curiosità. Ritenevo impossibile capirne le caratteristiche sia morali che fisiche. Non ero riuscito ad avere alcuna notizia chiarificatrice sulla sua famiglia, né avevo potuto accertare da dove provenisse.

Perfino circa la sua età – sebbene lo definissi un giovin signore – c'era qualcosa che mi rendeva non poco perplesso. Certamente *sembrava* giovane... ed egli si faceva un obbligo di parlare della sua giovinezza..., tuttavia c'erano momenti nei quali non avrei esitato a dargli cento anni. Ma niente era più particolare della sua figura fisica. Era altissimo e particolarmente magro, molto curvo, aveva membra troppo lunghe e lineamenti emaciati, la carnagione assolutamente esangue. La bocca era larga, mobile, i denti, sebbene sani, erano molto irregolari, non ne avevo mai visti di simili in una faccia umana. L'espressione del suo sorriso, ciò nonostante, non era assolutamente spiacevole come si potrebbe pensare, ma non cambiava mai. Aveva sempre un taglio profondamente malinconico... di una incessante, invariabile tristezza. Gli occhi grandi e rotondi, fuori misura, sembravano quelli di un gatto. Anche le pupille avevano, come quelle dei felini, contrazioni o dilatazioni a seconda dell'aumento o della diminuzione della luce. Nei momenti di eccitazione gli occhi gli brillavano con una intensità quasi incredibile e sembravano emettere raggi luminosi non riflessi, ma con una luce propria come una candela o il sole. Al contrario, in condizioni normali, quegli occhi erano tanto scialbi, smorti, velati da far pensare agli occhi di un cadavere da lungo tempo sepolto.

Queste sue caratteristiche fisiche sembravano causargli molto fastidio, tanto che alludeva ad esse sempre con una sorta di sforzo per metà esplicativo per metà di scusa, cosicché io, quando lo udii la prima volta, ne ricevetti un'impressione molto spiacevole. Tuttavia mi ci abituai ben presto e il mio disagio spariva. Sembrava che il suo intento fosse piuttosto quello di insinuare, senza affermarlo direttamente, che non sempre era stato quello che era adesso... che una lunga serie di attacchi nevralgici lo avevano ridotto da persona di aspetto insolitamente bello a quello che ora io vedevo. Per molti anni era stato curato da un medico di nome Templeton. Un vecchio gentiluomo di circa settanta anni, che aveva incontrato la prima volta a Saratoga, dove aveva ricevuto o immaginato di ricevere dalle sue cure grandi benefici. Di conseguenza Bedloe, che era ricco, aveva fatto

[1] Montagne frastagliate (*N.d.T.*).

con Templeton un accordo in base al quale dietro corresponsione di un generoso compenso annuo, questi consentiva a dedicare tutta la sua esperienza professionale e il suo tempo alla cura esclusiva dell'infermo.

Il dottor Templeton era stato da giovane un grande viaggiatore e a Parigi si era convertito interamente alla dottrina di Mesmer. Era stato proprio mediante cure magnetiche che aveva ottenuto successi nell'alleviare le acute sofferenze del suo paziente e tale successo aveva naturalmente portato quest'ultimo ad acquisire una certa fiducia nei princìpi dai quali tali rimedi erano stati derivati. Il dottore aveva tuttavia, come tutti gli entusiasti, lottato duramente per convincere pienamente il suo discepolo, ma alla fine aveva a tal punto convinto il suo paziente da indurlo a sottoporsi a numerosi esperimenti. Con frequenti ripetizioni di tali processi si era raggiunto un risultato, che oggi, essendo la pratica ormai comune, non desterebbe particolare attenzione, ma che, nel periodo di cui sto scrivendo, erano molto poco noti in America. Intendo dire che tra Templeton e Bedloe era venuto a crearsi, a poco a poco, un preciso e fortemente marcato *rapporto*, o relazione magnetica. Tuttavia non sono in grado di asserire se questo *rapporto* andasse al di là del semplice potere ipnotico, il quale aveva, comunque, raggiunto un alto grado di intensità. Il seguace di Mesmer aveva completamente fallito il primo tentativo di indurre sonnolenza magnetica nel suo paziente, e solo al quinto o sesto tentativo vi era parzialmente riuscito dopo lunghi sforzi. Il trionfo fu completo solo al dodicesimo esperimento. Dopo questo la volontà del paziente fu interamente assoggettata a quella del medico e quando ho conosciuto i due, il sonno veniva provocato quasi istantaneamente dalla semplice volontà dell'operatore, perfino quando il paziente non s'era accorto della sua presenza. Soltanto ora, nell'anno 1845, quando di simili miracoli si hanno giornalmente migliaia di testimonianze, oso registrare questa apparente impossibilità come un fatto concreto.

Il temperamento di Bedloe era in alto grado sensitivo, eccitabile, entusiastico, la sua immaginazione fervida e creativa; non c'era dubbio che gli derivasse un'ulteriore capacità dall'uso abituale della morfina, che ingeriva in grandi quantità e senza la quale gli sarebbe stato impossibile sopravvivere. Aveva l'abitudine di prenderne una forte dose ogni mattina subito dopo la prima colazione – o piuttosto immediatamente dopo una tazza di caffè forte, perché al mattino non mangiava niente –; se ne andava poi, tutto solo o in compagnia di un cane, a fare una lunga passeggiata sulla catena di colline selvagge e brulle che si estendono verso ovest e verso Charlottesville e che avevano meritato il nome di *Ragged Mountains*.

In un giorno opaco, caldo e nebbioso, verso la fine di novembre e durante lo strano interregno delle stagioni che in America viene denominato estate indiana, il signor Bedloe partì come di consueto per le colline. Passò tutto il giorno ed egli non era ancora tornato.

Erano quasi le otto di sera e, seriamente preoccupati per la sua prolungata assenza, ci accingevamo a metterci alla sua ricerca quando improvvisamente riapparve tra noi in condizioni di salute non peggiori del solito, ma molto più animato del consueto. Il resoconto che fece della sua escursione e degli eventi che gli avevano fatto ritardare il ritorno, fu veramente singolare.

«Ricorderà», disse, «che erano all'incirca le nove del mattino quando ho lasciato Charlottesville. Indirizzai subito i miei passi verso le montagne e alle dieci circa entravo in una gola che era assolutamente nuova per me.

Seguivo con grande interesse i tornanti del passo. Lo scenario che presentava da ogni lato, sebbene non potesse definirsi esattamente grandioso, aveva un'aria indescrivibile e un aspetto per me delizioso di tetra desolazione. Il luogo solitario sembrava assolutamente vergine. Mi era impossibile credere che sulle verdi zolle e sulle grigie rocce che stavo calpestando si fosse mai posato il piede umano. L'imboccatura della gola è tanto appartata e di fatto inaccessibile, se non per una serie di fatti accidentali, che non è del tutto impossibile che io fossi il primo ad avventurarmi nei suoi recessi, il primissimo ed il solo esploratore.

La spessa, particolare caligine o fumo, che caratterizza l'estate indiana e che ora gravava pesantemente su tutti gli oggetti, serviva senza dubbio ad accentuare l'impressione di vaga indeterminatezza dei loro contorni. Questa nebbia a me gradita era tuttavia così fitta che non riuscivo a distinguere al di là di una decina di metri il sentiero davanti a me. Il percorso era eccessivamente sinuoso e il sole non era visibile, così che ben presto persi l'orientamento e non sapevo più in che direzione mi muovevo. Intanto la morfina produceva il suo abituale effetto – quello cioè di conferire un interesse eccezionale a tutto ciò che formava il mondo esterno. Il tremolio di una foglia, la tinta di un ciuffo d'erba, la forma di un trifoglio, il ronzare di un'ape, il brillìo di una goccia di rugiada, il sospiro del vento, i delicati profumi che arrivavano dal bosco, suscitavano un intero universo di suggestioni – un gioioso eterogeneo seguito di pensieri rapsodici e disordinati.

Perso in essi, continuai per ore a camminare e intanto la nebbia si infittiva intorno a me al punto che alla fine fui costretto a procedere a tentoni. Un indicibile malessere si impadronì allora di me – una sorta di agitazione nervosa e di tremore. Avevo paura di camminare, nel timore di precipitare nel fondo di un abisso. Ricordavo anche le strane storie che venivano raccontate in merito alle Ragged Mountains e alle selvagge e feroci razze di uomini che avrebbero abitato le loro foreste e caverne. Migliaia di pensieri fantastici e vaghi mi opprimevano e mi sconcertavano – fantasticherie tanto più angosciose proprio perché vaghe. Tutto ad un tratto la mia attenzione fu attratta da un cupo rullare di tamburo.

La mia sorpresa fu naturalmente enorme. Un tamburo in quelle colline era un oggetto sconosciuto. Non sarei potuto rimanere più sorpreso se avessi addirittura udito la tromba dell'Arcangelo. Ma ecco una ancora più sorprendente fonte di interesse e di perplessità. Mi giunse un suono sconnesso raschiante o tintinnante, come se venisse da un grosso mazzo di chiavi agitato e nello stesso istante sbucò fuori dietro di me con un urlo un uomo dal volto scuro, seminudo. Mi arrivò così vicino che sentii il suo fiato caldo alitarmi in viso. Teneva in una mano uno strumento composto da un assieme di anelli d'acciaio e lo scuoteva energicamente mentre correva. Era appena scomparso nella nebbia che, ansimando, si precipitò dietro di lui, con la bocca spalancata e gli occhi fiammeggianti, un'enorme bestia. Non mi posso sbagliare, si trattava proprio di una iena.

La visione di questo mostro mi sollevò, invece di aumentare il mio timore – perché mi convinsi di aver sognato e tentai così di scuotermi e di tornare alla mia consapevolezza. Ripresi ad avanzare con rinnovato vigore e coraggio. Mi fregai gli occhi, chiamai ad alta voce, mi pizzicai le membra. Si presentò ai miei occhi un piccolo zampillo d'acqua sul quale mi inchinai per bagnarmi le mani, la testa, il collo. Questo sembrò dissipare le equivoche sensazioni che mi avevano fin ad allora turbato. Mi rialzai pensando di essere un altro e ripresi speditamente e serenamente per il cammino sconosciuto.

Dopo qualche tempo, piuttosto provato dallo sforzo e da una certa oppressiva pesantezza dell'atmosfera, mi sedetti sotto un albero. Poco dopo comparve un debole raggio di sole e l'ombra delle foglie si disegnò tenue ma netta sull'erba. Guardai con meraviglia per molti minuti quell'ombra. Il suo contorno mi sgomentò – guardai in alto: l'albero era una palma.

Balzai su in uno stato di terribile agitazione – perché mi resi conto che l'illusione di aver sognato non mi poteva più servire. Vedevo – sentivo di avere il perfetto controllo dei miei sensi – e questi sensi ora mi portavano nell'animo un mondo di nuove, singolari sensazioni.

D'un tratto il calore divenne insopportabile, uno strano profumo si diffuse nella brezza, un basso, continuo fruscìo, come quello causato dalla corrente d'acqua di un fiume che scorre tranquillo nel suo letto, giunse alle mie orecchie mescolato al mormorio caratteristico di una moltitudine di voci umane.

Mentre ascoltavo in un parossismo di stupore che non mi azzardo a descrivere, una violenta e breve raffica di vento spazzò via la nebbia incombente, come con un colpo di bacchetta magica.

Mi ritrovai ai piedi di un'alta montagna a osservare una vasta pianura attraversata da un imponente fiume. Ai bordi di questo fiume sorgeva una città di aspetto orientale, come quelle di cui leggiamo nelle *Mille e una Notte*, ma con caratteristiche ancora più singolari di quelle ivi descritte. Dalla mia posizione, molto più in alto rispetto alla città, potevo vederne ogni cantuccio, ogni angolo come se fosse disegnato su una mappa.

Le strade sembravano innumerevoli e si incrociavano in tutte le direzioni, ma erano piuttosto vicoli tortuosi che non vere strade, assolutamente formicolanti di abitanti. Le case erano incredibilmente pittoresche. Su ogni lato una selva di balconi, verande, minareti, templi, finestre fantasticamente intagliate! Abbondavano i bazar, nei quali erano in mostra le mercanzie più ricche in infinite varietà e profusione... sete, mussole, le coltellerie più lucenti, i più svariati gioielli, le gemme più preziose. Vicino a questi oggetti si potevano vedere ovunque flabelli, portantine, palanchini su cui giacevano maestose signore completamente velate, elefanti fastosamente bardati, idoli grottescamente intagliati, tamburi, bandiere, gong, lance, mazze d'argento e dorate. In mezzo alla folla, al clamore, alla mischia, alla confusione... in mezzo ai milioni di uomini neri e gialli, con i turbanti, le tuniche, le barbe fluenti, vagavano innumerevoli bovini parati a festa, mentre intere legioni di sudice ma sacre scimmie saltavano, con sberleffi e schiamazzi, sulle cornici delle moschee o pendevano dai minareti e dalle finestre. Dalle strade formicolanti alla riva del fiume, una innumerevole serie di scalinate discendevano fino ai luoghi delle abluzioni, mentre il fiume stesso sembrava aprirsi a fatica un passaggio attraverso la vasta flotta di battelli stracarichi, che ne solcavano la superficie in ogni direzione. Oltre i confini della città si ergevano, in frequenti, maestosi gruppi, le palme e gli alberi del cacao con altri giganteschi misterosi alberi antichissimi. Qua e là si potevano vedere una risaia, una capanna di contadini col tetto di paglia, un serbatoio, un tempio isolato, un campo di zingari, oppure una graziosa fanciulla solitaria che si dirigeva con una brocca sulla testa alle rive dello splendido fiume.

Mi dirà ora che certamente sognavo, ma non è così. Quello che vedevo, ascoltavo, sentivo, pensavo non aveva niente in sé della inconfondibile vacuità del sogno. Tutto era rigorosamente concreto. All'inizio, dubitando di essere realmente sveglio, mi ero sottoposto ad una serie di prove che mi convinsero subito di esserlo. Infatti quando uno sogna e, nel sogno, sospetta di sognare, il sospetto *non manca mai di avere conferma* e il dormiente quasi immediatamente si sveglia. Quindi Novalis non sbaglia quando afferma che «siamo vicini a svegliarci quando sogniamo di sognare». Se la visione l'avessi avuta come l'ho descritta senza sospettare di sognare, avrebbe potuto certamente essere un sogno, ma, avendola avuta ed avendo sospettato di essa, sottoponendola a prove per accertarne l'essenza, debbo senz'altro classificarla come un diverso fenomeno.»

«In questo non sono sicuro che lei abbia sbagliato», osservò il dottor Templeton. «Ma continui. Si è alzato ed è disceso in città.»

«Mi alzai», continuò Bedloe, guardando il dottore con una espressione di profondo stupore, «mi alzai come lei ha detto, e discesi in città. Sulla mia strada incontrai una gran quantità di gente che affollava ogni strada, tutti nella stessa direzione, mostrando la massima eccitazione in ogni atto. Tutto ad un tratto, per un inspiegabile impulso, mi trovai personalmente impegnato in quanto stava accadendo. Mi sembrava di dover giocare un ruolo primario senza capire esattamente di che cosa si trattava. Sentii, tuttavia, di provare un sentimento di profonda animosità contro tutta la folla che mi circondava. Sgusciai via dalla loro stretta e rapidamente, seguendo un percorso periferico, raggiunsi la città e vi entrai. Qui regnavano la più grande agitazione e la più animata disputa. Un piccolo gruppo di uomini, abbigliati in divise per metà indiane e per metà europee, e comandati da gentiluomini in uniforme parzialmente britannica, era ingaggiato, in condizioni di assoluta inferiorità, contro una moltitudine di persone infuriate. Mi unii ai più deboli e, afferrate le armi di un ufficiale caduto, presi a combattere con non so quale arrabbiata ferocia e disperazione. Fummo ben presto sopraffatti dal numero e costretti a trovare rifugio in una specie di padiglione. Ci barricamo e almeno per qualche tempo, ci sentimmo al sicuro. Da una feritoia vicina al tetto del padiglione potevo osservare una vasta folla inferocita che aveva circondato e assalito un bel palazzo che sovrastava il fiume.

In quel momento dalle finestre più alte di quel palazzo un uomo dall'aspetto effeminato stava calandosi giù usando una striscia formata con i turbanti dei suoi servi. Sulla banchina c'era pronta una barca con la quale egli fuggì sull'altra riva.

A questo punto il mio spirito si concentrò su un nuovo obiettivo. Rivolsi poche affrettate ma magiche parole ai miei compagni e, avendo guadagnato la fiducia di alcuni di loro per la mia causa, operammo una furibonda sortita dal padiglione. Ci precipitammo in mezzo alla folla che lo circondava. Gli altri da principio arretrarono davanti al nostro impeto, poi si riorganizzarono, combatterono furiosamente, si ritirarono di nuovo. Nel frattempo ci eravamo allontanati dal padiglione e ci trovavamo confusi e invischiati nelle strette strade sovrastate da alti palazzi, nei cui recessi non era mai penetrato il sole. La plebaglia ci premeva impetuosamente, minacciandoci con le lance, sommergendoci con un nugolo di frecce. Queste erano molto particolari e assomigliavano, per certi aspetti, ai kriss malesi. Erano fatte a forma di serpente, lunghe e nere, con la punta avvelenata. Una di esse mi colpì sopra la tempia destra, vacillai e caddi. Un terribile male si impadronì di me in un istante. Lottai... annaspai... morii.»

«Non potrà *ora* testardamente insistere a dire», dissi sorridendo, «che tutta la sua avventura non era un sogno. Non vorrà sostenere di essere morto?»

Dicendo queste parole, mi aspettavo in realtà una qualche vivace reazione da parte di Bedloe, ma con mia sorpresa, egli esitò, diventò paurosamente pallido e rimase silenzioso. Guardai verso Templeton. Sedeva eretto e rigido sulla sua sedia... i suoi denti battevano e gli occhi sembravano volergli uscire dalle orbite.

«Continui», intimò con voce roca a Bedloe.

«Per molti minuti», continuò quest'ultimo, «il mio unico sentimento – l'unica sensazione – fu di buio, di nullità con la consapevolezza della morte. Successivamente sembrò che la mia anima fosse scossa da una violenta, improvvisa scarica, come una scarica elettrica. Con essa arrivò il senso dell'elasticità e della luce. Quest'ultima la sentii – non la vidi. Poco dopo mi sembrò di alzarmi da terra, ma non avevo una presenza corporea, visibile, udibile o palpabile. La folla era sparita, il tumulto era cessato, la città era in relativa quiete. Al mio fianco giaceva il mio cadavere, con la freccia nella tempia, e tutta la testa molto gonfia e sfigurata. Tutte queste cose io le sentivo, non le vedevo. Non mi interessava niente, perfino il cadavere era un oggetto che non mi interessava. Non avevo alcuna volontà, mi sembrava fossi costretto a muovermi e volteggiando nell'aria veleggiai fuori della città, ripercorrendo il sentiero periferico attraverso il quale ero entrato in essa. Quando raggiunsi quel punto della gola in mezzo alle montagne, nel quale avevo incontrato la iena, sentii nuovamente una scossa elettrica; ritornarono la sensazione del peso, della volontà, dell'esistere. Tornai ad essere me stesso quale ero in origine e rivolsi i miei passi per tornare rapidamente a casa... Ma il passato non aveva affatto perduto la vividezza della realtà... e nemmeno ora posso costringermi neanche per un istante a considerarlo un sogno.»

«E non lo era», disse Templeton con aria di grande solennità, «anche se sarebbe difficile dire come possa essere definito altrimenti. Possiamo solo supporre che l'anima dell'uomo è oggi alla soglia di stupende scoperte nel campo della psiche. Contentiamoci di questa ipotesi; per il resto posso fornire una qualche spiegazione. Ho qui un acquerello che avrei dovuto mostrarvi prima; ma un comprensibile sentimento di orrore mi ha impedito finora di farlo.»

Esaminammo il quadro che ci presentava. Non vidi in esso niente di straordinario, ma l'effetto che produsse su Bedloe fu prodigioso. Nel vederlo quasi svenne. Eppure non era altro che un ritratto in miniatura – peraltro di una precisione miracolosa – che riproduceva le sue notevolissime fattezze. Almeno questo è quello che pensai guardandolo. «Potete osservare», disse Templeton, «la data di questo quadro, è qui nell'angolo, appena visibile: 1780. È questo l'anno in cui il ritratto venne eseguito. È il ritratto di un amico morto, il signor Oldeb, al quale mi ero molto legato a Calcutta durante l'amministrazione di Warren Hastings. Avevo allora solo vent'anni. Quando l'ho vista per la prima volta a Saratoga, signor Bedloe, è stata proprio la prodigiosa rassomiglianza che aveva con il ritratto che mi indusse ad avvicinarla, a ricercare la sua amicizia, e infine a stringere quegli accordi che mi hanno portato a divenire il suo costante accompagnatore. A questo compito ero spinto, almeno in parte, dal memore rimpianto per il defunto ma anche, in parte, da una inquieta curiosità nei suoi riguardi, non priva di orrore.

Nella dettagliata esposizione di ciò che lei ha visto in mezzo alle montagne, ha descritto fin nei minimi particolari la città indiana di Benares, sul Fiume Sacro. I tumulti, il combattimento, il massacro furono eventi reali dell'insurrezione di Cheyte Sing, che avvenne nel 1780, quando lo stesso Hastings venne a trovarsi in imminente pericolo di vita. L'uomo che fuggiva con la fune fatta di turbanti intrecciati era lo stesso Cheyte Sing. Il gruppo nel padiglione erano sepoy e ufficiali britannici comandati da Hastings. Io stesso facevo parte del gruppo e feci tutto quello che potei per impedire l'avventata e fatale sortita dell'ufficiale che cadde nel vicolo affollato, colpito dalla freccia avvelenata di un Bengalese. Quell'ufficiale era il mio più caro amico, era Oldeb. Può constatare da questi manoscritti» (e qui il narratore mostrò un quaderno del quale molte pagine apparivano scritte di recente) «che proprio nel momento in cui lei immaginava questi fatti in mezzo alle montagne io ero impegnato a descriverli minuziosamente sulla carta, qui a casa.»

Una settimana dopo questa conversazione, il seguente trafiletto apparve su un giornale di Charlottesville: «Abbiamo il doloroso compito di annunciare la morte del signor AUGUSTO BEDLO, un gentiluomo le cui amabili maniere e le molte virtù lo hanno reso molto caro ai cittadini di Charlottesville.

Il signor Bedlo, da alcuni anni soffriva di disturbi nervosi che spesso hanno minacciato di rivelarsi fatali; ma questa circostanza può essere considerata solo come causa indiretta del decesso. La causa diretta è stata particolarmente singolare. Qualche giorno fa, in una escursione sulle Ragged Mountains aveva preso un lieve raffreddore con febbre, seguito da un notevole afflusso di sangue alla testa. Per ridurne gli effetti, il dottor Templeton praticò un salasso locale applicando delle sanguisughe alle tempie. In un lasso di tempo terribilmente breve il paziente morì; ci si accorse allora che nel vaso contenente le sanguisughe era stata introdotta, per disgrazia, una di quelle sanguisughe vermicolari velenose che si trovano di quando in quando nei vicini stagni. Questo animaletto si era attaccato ad una piccola arteria della tempia destra e la sua stretta somiglianza con le sanguisughe ha fatto sì che ci si accorgesse del fatto quando ormai era troppo tardi.

N.B. Le sanguisughe velenose di Charlottesville possono sempre essere distinte da quelle medicinali per il colore nero e il movimento sinuoso o vermicolare che assomiglia molto a quello dei serpenti.»

Stavo parlando con il direttore del giornale in questione in merito agli aspetti di questa grave disgrazia, quando mi avvenne di domandare come mai era successo che il nome del defunto era stato scritto con la grafia Bedlo.

«Suppongo», dissi «che lei abbia fonti autorevoli per aver usato questa grafia, ma io avevo sempre ritenuto che il nome andasse scritto con una *e* finale.»

«Fonti autorevoli?... no», rispose, «è soltanto un banale errore tipografico. Il nome è proprio Bedlo con una sola *e*, non ho mai saputo in vita mia che si potesse scrivere diversamente.»

«Quindi», mormorai mentre giravo sui tacchi «capita proprio che una verità sia più strana di qualsiasi finzione... poiché Bedlo senza *e*, che cosa è se non l'inverso di Oldeb? E costui mi dice che si tratta di un errore tipografico!»

Metzengerstein

Pestis eram vivus - moriens tua mors ero.
Vivo ero peste - morendo sarò la tua morte.
MARTIN LUTERO

Orrore e fatalità hanno traversato il mondo in ogni tempo. Allora perché dare una data alla storia che devo narrare? Sarà sufficiente dire che, nel periodo di cui parlo, esisteva, all'interno dell'Ungheria, una fede radicata, benché nascosta, nelle dottrine della metempsicosi. Delle dottrine in sé – cioè, della loro falsità, o della loro probabilità – non dico nulla. Affermo, comunque, che molta della nostra incredulità (come dice La Bruyère, di tutta la nostra infelicità) «*vient de ne pouvoir être seuls*» [1].

Ma c'erano alcuni punti nella superstizione ungherese che rasentavano l'assurdità. Essi – gli Ungheresi – si differenziavano in modo sostanziale dai loro maestri orientali. Per esempio: «*L'anima*», dicevano i primi – queste le parole di un Parigino acuto e intelligente – «*ne demeure qu'une seule fois dans un corps sensible: au reste – un cheval, un chien, un homme même, n'est que la ressemblance peu tangible de ces animaux*». Le famiglie di Berlifitzing e Metzengerstein erano state in lotta per secoli. Mai prima di allora due casate, così illustri, furono tanto esacerbate da reciproca ostilità. L'origine di quest'odio sembra si trovasse nella parole di un'antica profezia: «Un nome superbo cadrà spaventosamente quando, come il cavaliere sul suo cavallo, la mortalità dei Metzengerstein trionferà sull'immortalità dei Berlifitzing».

Certo tali parole di per sé avevano poco o nessun significato. Ma cause ancora più insensate hanno dato origine – e questo non molto tempo fa – a conseguenze ugualmente importanti. Inoltre, i feudi, che erano contigui, avevano a lungo esercitato un'influenza contrastante sugli affari di un governo irrequieto. Per di più, i vicini sono di rado amici, e gli abitanti del castello di Berlifitzing potevano guardare dai loro contrafforti elevati proprio dentro le finestre del palazzo Metzengerstein.

La magnificenza più che feudale, così ostentata, non era certo capace di placare i sentimenti irritabili dei meno antichi e meno ricchi Berlifitzing. Perché meravigliarsi allora, che le parole per quanto sciocche di quella profezia, dovessero riuscire a creare e mantenere il contrasto tra due famiglie già predisposte alla lite dalla istigazione di una gelosia ereditaria? La profezia sembrava significare – se significava qualcosa – un trionfo finale della casata già più potente; ed era naturalmente ricordata con l'animosità più profonda dalla più debole e meno influente.

Guglielmo, Conte di Berlifitzing, sebbene disceso da nobile stirpe, era, all'epoca di questa narrazione, un vecchio infermo e rimbambito, senza

[1] Mercier sostiene con serietà le dottrine della metempsicosi in *L'an deux mille quatre cents quarante*, e J. D'Israeli afferma che «non esiste un sistema più semplice e poco ripugnante all'intelletto». Il colonnello Ethan Allen, «il ragazzo della Montagna Verde», sembra fosse un serio sostenitore della metempsicosi.

nulla di notevole se non un'antipatia personale, smodata e inveterata per la famiglia del suo rivale, e un amore per i cavalli e la caccia così appassionato che né l'infermità del corpo, né l'età avanzata né l'inabilità mentale, gli impedivano di esporsi quotidianamente ai pericoli della caccia.

Federico, il Barone di Metzengerstein, non era, d'altro canto, ancora maggiorenne. Il padre, il ministro G., era morto giovane. La madre, Lady Mary, lo aveva seguito presto. Frederick era, a quel tempo, nel suo diciottesimo anno. In una città, diciotto anni non sono un periodo lungo; ma in un deserto – in un deserto così sontuoso come quel vecchio principato, il pendolo oscilla con un significato più profondo.

Per alcune circostanze particolari riguardanti l'amministrazione del padre, il giovane Barone, alla morte del predecessore, entrò subito in possesso delle sue vaste proprietà. Raramente simili tenute erano state possedute prima da un nobile ungherese. I suoi castelli erano innumerevoli. Il primo in splendore e dimensioni era il «Palazzo Metzengerstein». La linea di confine dei suoi domini non fu mai tracciata chiaramente; ma il parco principale aveva un perimetro di cinquanta miglia.

Visto che a succedere nella proprietà fu uno così giovane, con un carattere ben noto e una fortuna così incomparabile, circolarono poche congetture riguardo alla sua probabile linea di condotta. E, infatti, per tre giorni, il comportamento dell'erede vinse Erode in efferatezza e corruzione e oltrepassò del tutto le attese dei suoi più entusiastici ammiratori. Orge vergognose, flagranti tradimenti, atrocità senza nome, fecero capire, in breve, ai suoi tremanti vassalli che nessuna sottomissione servile da parte loro, nessuno scrupolo di coscienza da parte sua, da allora in poi poteva offrire una qualche protezione contro le zanne senza rimorsi di un piccolo Caligola. Nella notte del quarto giorno, le scuderie del Castello di Berlifitzing furono trovate in fiamme e l'unanime opinione del vicinato aggiunse la taccia di incendiario alla lista già orribile delle colpe e mostruosità del Barone.

Ma durante il tumulto causato da questo evento, il giovane nobile sedeva apparentemente immerso nella meditazione, in una delle stanze superiori, enorme e desolata, del palazzo di famiglia dei Metzengerstein. I drappeggi della teppezzeria ricca, anche se sbiadita, che pendevano malinconicamente dai muri, rappresentavano le tenebrose e maestose forme di mille illustri antenati. *Qui*, preti riccamente rivestiti di ermellino, e dignitari pontifici, seduti familiarmente con l'autocrate e il sovrano, ponevano un veto ai voleri di un re temporale, o bloccavano con il *fiat* della supremazia papale lo scettro ribelle dell'Arcinemico. *Là*, le oscure, alte stature dei Principi Metzengerstein – i loro muscolosi corsieri gettantisi sulle carcasse degli avversari caduti – facevano sussultare i nervi più saldi con la loro espressione vigorosa; e *qui* ancora le figure voluttuose e simili a cigni delle dame dei giorni andati, fluttuavano nei labirinti di un'irreale danza sulle note di una melodia immaginaria.

Ma mentre il Barone ascoltava, o ostentava di ascoltare, il clamore che cresceva gradualmente nelle scuderie di Berlifitzing – o forse meditava su qualche nuovo atto di audacia, più brutale – i suoi occhi si volsero inconsapevolmente sull'immagine di un enorme cavallo innaturalmente colorato raffigurato nella tappezzeria come appartenente a un antenato saraceno della famiglia del suo rivale. Il cavallo, in primo piano nel disegno, stava immobile e simile a una statua – mentre, più indietro, il suo cavaliere sconfitto periva sotto la spada di un Metzengerstein.

Sulle labbra di Frederick comparve un'espressione diabolica, quando si rese conto della direzione che senza volere, aveva assunto il suo sguardo. Ma non lo distolse. Al contrario, non poteva in nessun modo spiegarsi l'ansia opprimente che come un drappo funebre sembrava scendere sui suoi sensi. Fu con difficoltà che riconciliò i suoi sentimenti di sogno, incoerenti, con la certezza di essere sveglio. Quanto più a lungo fissava lo sguardo, tanto più avvincente diventava la malìa – tanto più impossibile gli sembrava di poter mai distogliere lo sguardo dall'incanto di quella tappezzeria. Ma divenendo improvvisamente più violento il tumulto all'esterno, con uno sforzo si costrinse a dirigere l'attenzione verso il bagliore rosseggiante delle scuderie in fiamme che investiva in pieno le finestre della stanza.

Il gesto, tuttavia, fu solo momentaneo; il suo sguardo ritornò meccanicamente al muro. Con un estremo orrore e stupore, la testa del gigantesco destriero aveva, nel frattempo, mutato posizione. Il collo dell'animale, prima arcuato, come per compassione, sul corpo prostrato del padrone, era ora teso in tutta la sua lunghezza nella direzione del Barone. Gli occhi, prima invisibili, ora avevano un'energica espressione umana mentre luccicavano di un insolito rosso ardente; e le labbra dilatate del cavallo chiaramente irritato lasciavano in piena vista, sepolcrali e rivoltanti, i denti.

Sbalordito e terrificato, il giovane nobile barcollò verso la porta. Quando la aprì, un lampo di luce rossa, riversandosi nella stanza, proiettò nettamente la sua ombra contro la tappezzeria tremolante; rabbrividì nell'accorgersi che quell'ombra, mentre egli vacillava indugiando sulla soglia, assumeva l'esatta posizione, e precisamente riempiva il contorno, dello spietato e trionfante uccisore del saraceno Berlifitzing.

Per dare sollievo al suo animo, il Barone si affrettò a uscire all'aria aperta. Al portone principale del palazzo incontrò tre scudieri. Con molta difficoltà, e con imminente pericolo di vita, stavano trattenendo gli scatti convulsi di un gigantesco cavallo color fuoco.

«Di chi è il cavallo? Dove lo avete preso?», chiese il giovane, con voce querula e rauca, accorgendosi istantaneamente che il misterioso destriero nella camera tappezzata era l'esatto duplicato del furioso animale che stava dinanzi ai suoi occhi.

«È vostra proprietà, signore», rispose uno degli scudieri, «o almeno non lo reclama nessun altro proprietario. Lo abbiamo catturato mentre fuggiva, tutto fumante e schiumante rabbia, dalle scuderie in fiamme del Castello Berlifitzing. Supponendo che appartenesse all'allevamento di cavalli stranieri del vecchio Conte, glielo abbiamo riportato come fuggitivo. Ma gli stallieri là negano ogni diritto sulla creatura; il che è strano, poiché porta tracce evidenti di essere sfuggito a fatica dalle fiamme.»

«Ha anche le lettere G.V.B. marchiate molto chiaramente sulla fronte», interruppe un secondo scudiero; «ho supposto, naturalmente, che fossero le iniziali di Guglielmo Von Berlifitzing – ma tutti nel castello sono sicuri di non aver mai visto il cavallo.»

«È estremamente singolare!», disse il giovane Barone, con aria riflessiva, e evidentemente inconsapevole del significato delle proprie parole. «È, come dite, un cavallo notevole – un cavallo prodigioso! Benché, come osservate molto esattamente, sia di carattere diffidente e intrattabile; voglio che sia mio, in ogni caso», aggiunse dopo una pausa, «forse un cavaliere come Federico di Metzengerstein, potrà domare perfino il diavolo uscito dalle scuderie di Berlifitzing.»

«Siete in errore, mio signore; il cavallo, come credo di aver detto, *non* viene dalle scuderie del Conte. Se fosse stato così, avremmo saputo qual era il nostro dovere, anziché condurlo in presenza di un nobile della vostra famiglia.»

«Vero!», osservò il Barone, seccamente; e in quel momento un paggio addetto alla stanza da letto uscì dal palazzo rosso in viso a passi precipitosi. Sussurrò all'orecchio del suo signore informandolo dell'improvvisa scomparsa di una piccola parte della tappezzeria, in una sala che indicò, addentrandosi nello stesso tempo in particolari minuziosi e circostanziati; ma li riferì con un tono di voce tanto basso che nulla sfuggì, che potesse appagare la curiosità eccitata degli scudieri.

Il giovane Federico, durante il colloquio, sembrò agitato da una varietà di emozioni. Presto, in ogni caso, ritrovò la sua compostezza, e un'espressione di malignità determinata si posò sul suo volto, quando diede ordini perentori che la stanza in questione fosse immediatamente chiusa, e che gli fosse consegnata la chiave.

«Avete sentito dell'infelice morte del vecchio cacciatore, Berlifitzing?», disse uno dei suoi vassalli al Barone dopo la partenza del paggio, mentre l'enorme destriero che quel nobile aveva adottato come proprio, si impennava e corvettava con raddoppiato furore giù per il lungo viale che si stendeva dal palazzo alle scuderie di Metzengerstein.

«No!», disse il Barone, voltandosi bruscamente verso il vassallo, «morto! hai detto?»

«Proprio così, mio signore; e, per un nobile del vostro nome, sarà, immagino, una notizia non sgradita.»

Un sorriso rapido spuntò sul volto del Barone.

«Come è morto?»

«Nel tentativo temerario di salvare la parte prediletta della scuderia dei cavalli da caccia, è perito miseramente fra le fiamme.»

«D-a-v-v-e-r-o-!», esclamò il Barone, come se lentamente e deliberatamente fosse colpito dalla verità di un'idea eccitante.

«Davvero», ripeté il vassallo.

«Terribile!», disse calmo il giovane, e tornò tranquillamente nel palazzo.

Da quel giorno la condotta esteriore del giovane dissoluto Barone Federico Von Metzengerstein cambiò radicalmente. In realtà il suo contegno deluse non poco le aspettative generali e si accordò assai meno alle speranze delle mamme intraprendenti della zona; il suo abbigliamento e le sue maniere, ancor meno che in passato, somigliavano in qualche modo a quelli della locale aristocrazia. Non lo si vedeva mai fuori dei confini dei suoi domini, nella vasta società che lo circondava non aveva un compagno a meno che non si voglia riconoscere il diritto al titolo di amico a quell'innaturale, impetuoso cavallo del colore del fuoco, sul quale da quel giorno lo si vedeva sempre cavalcare.

Numerosi inviti gli pervennero a lungo periodicamente da parte dei vicini. «Vorrà il Barone onorare della sua presenza la nostra festa?»; «Vorrà il Barone unirsi a noi in una caccia al cinghiale?»; «Metzengerstein non va a caccia»; «Metzengerstein non sarà presente», erano le sprezzanti laconiche risposte.

Questi ripetuti insulti non furono tollerati a lungo dalla altezzosa nobiltà e gli inviti divennero meno cordiali... meno frequenti... e ad un certo punto cessarono del tutto. La vedova dello sfortunato Conte Berlifitzing fu sentita esprimere la speranza «che il Barone potesse trovarsi in casa quando non lo desiderava, visto che disdegnava la compagnia dei suoi pari; e potesse trovarsi a cavalcare anche quando non lo desiderava, visto che preferiva la compagnia di un cavallo.» Questa frase era certamente lo sciocco scoppio di un risentimento ereditario e prova soltanto quanto particolarmente prive di significato possano diventare le nostre frasi, quando desideriamo essere insolitamente energici.

I più comprensivi, tuttavia, attribuivano il cambiamento di condotta del giovane nobiluomo al dolore di un figliolo per la recente perdita dei suoi genitori... dimenticando, però, il suo contegno crudele e sconsiderato nel breve periodo seguito immediatamente a quelle dolorose perdite. Altri ancora attribuivano il comportamento ad eccessiva superbia e presunzione. Altri ancora (tra i quali si può citare il medico di famiglia) non esitavano a parlare di malinconia morbosa e di malattia ereditaria, mentre oscure chiacchiere di natura più equivoca circolavano tra la moltitudine.

Comunque il perverso attaccamento del Barone al destriero recentemente acquisito – un attaccamento che sembrava rafforzarsi a ogni nuovo esempio di tendenze feroci e demoniache dell'animale – alla lunga divenne agli occhi di tutti i benpensanti, una manifestazione di orribile e innaturale mania. Nel pieno splendore del mezzogiorno, nelle morte ore della notte, in salute o in malattia, nella calma come nella tempesta, il giovane Metzengerstein sembrava inchiodato alla sella del suo colossale cavallo, le cui ingovernabili audacie si accordavano così bene col suo spirito.

Si verificarono, inoltre, circostanze che, unite agli ultimi eventi, conferivano un carattere ultraterreno e portentoso all'ossessione del cavaliere ed alla capacità del destriero. Misurata accuratamente la lunghezza di un salto, si era trovato che superava di gran lunga le valutazioni più audaci dei più fantasiosi. Il Barone, dal suo canto, non aveva dato un *nome* all'animale, sebbene tutti gli altri cavalli della sua scuderia fossero distinti da uno specifico appellativo. Inoltre la sua stalla era situata in un luogo distante dalle altre e di tutto quello che si riferiva al governo della bestia, nessuno al di fuori del padrone aveva il permesso di occuparsi, e addirittura nessuno poteva entrare nel recinto particolare del cavallo. Fu anche osservato che sebbene i tre stallieri, che avevano catturato il cavallo quando filava via da Berlifitzing in fiamme, fossero riusciti ad arrestare la sua corsa mediante una briglia con un cappio, nessuno dei tre poteva affermare con sicurezza di aver messo, durante la faticosa lotta, le mani sul corpo della bestia.

Esempi di intelligenza particolare nel comportamento di un cavallo nobile e focoso non si ritiene che siano sufficienti a suscitare un irragionevole interesse; ma in questo caso vi furono circostanze che si imposero per forza anche ai più scettici e flemmatici; si diceva che talvolta l'animale costringeva ad arretrare con terrore la folla che gli stava intorno a bocca aperta con il cupo e impressionante incedere; e si diceva che, a volte, anche il giovane Metzengerstein impallidisse e si ritraesse di fronte all'espressione improvvisa e penetrante dei suoi occhi quasi umani.

Nella corte del Barone nessuno osava dubitare dell'ardore dello straordinario affetto del giovane gentiluomo per le focose qualità del suo cavallo; nessuno, tranne un insignificante piccolo paggio deforme, la cui deformità dava fastidio a tutti e le cui opinioni avevano ben poca importanza.

Questi (non so nemmeno se valga la pena di riferire le sue idee) aveva la sfrontatezza di asserire che il suo padrone non era mai balzato sulla sella senza un inavvertito, impercettibile tremore; e che quando ritornava dalle sue lunghe, continue, abituali cavalcate, aveva una espressione di malvagità che alterava tutti i muscoli del suo volto.

Una notte tempestosa Metzengerstein, svegliatosi da un sonno pesante, scese come un folle dalla sua stanza e, montando in fretta e furia sul cavallo, scomparve nei meandri della foresta. Una circostanza abbastanza abituale che non attrasse più che tanto l'attenzione; ma il suo ritorno fu atteso con grande ansia dai suoi domestici quando, dopo alcune ore di assenza, si scoprì che gli stupendi, grandiosi spalti merlati del Palazzo Metzengerstein, stavano vacillando, crepitando, dalle fondamenta in preda alla massa densa e livida di un incendio ingovernabile.

Poiché le fiamme, quando erano state scorte, avevano già compiuto un così terribile progresso che tutti gli sforzi per salvare una qualsiasi ala dell'edificio sarebbero stati inutili, gli attoniti confinanti rimasero immobili a guardare in un silenzioso anche se non indifferente stupore. Ma, un nuovo pauroso oggetto ben presto attirò l'attenzione della moltitudine, dimostrando come il turbamento di una folla nella contemplazione d'una agonia umana sia tanto più forte dell'eccitazione suscitata da uno spettacolo sia pure pauroso che riguardi materia inanimata.

In cima al lungo viale di antiche querce che portava dalla foresta all'ingresso principale del Palazzo Metzengerstein, un destriero con in groppa un cavaliere a capo scoperto e con gli abiti in disordine, galoppava con un impeto che superava anche quello del Demone della Tempesta.

Il cavaliere non era evidentemente in grado di controllare quella corsa furiosa. L'espressione angosciata, la lotta convulsa del corpo erano la prova di uno sforzo sovrumano, ma dalle sue labbra lacerate, morse a sangue per il terrore, non usciva alcun suono, ad eccezione di un solo grido. Un solo istante; poi lo scalpitio degli zoccoli risuonò chiaro e penetrante, sopra il ruggito delle fiamme e il gemito del vento... ancora un altro istante e, superato d'un solo balzo porta e fossato, il destriero si lanciò su per la vacillante scalinata del palazzo e, con il suo cavaliere, sparì tra i vortici del caotico incendio.

La furia della tempesta immediatamente si placò e seguì una calma mortale. Una bianca fiamma avviluppava ancora l'edificio come un sudario, e, fluttuando fuori nella quieta atmosfera, emanava una luce soprannaturale, mentre una nuvola di fumo sovrastava pesantemente sui bastioni formando nitidamente la figura colossale di un *cavallo*.

L'uomo della folla

Ce grand malheur de ne pouvoir être seul!
Questa gran disgrazia di non poter essere solo!
LA BRUYÈRE

È stato giustamente detto di un certo libro tedesco che *es lässt sich nicht lesen*, che non permette di essere letto. Ci sono dei segreti che non permettono di essere svelati. Uomini muoiono nella notte nei loro letti, stringendo le mani di fantomatici confessori, guardando pietosamente negli occhi, muoiono con la disperazione nel cuore e la gola serrata a causa dell'orrore dei misteri che non *permettono* di essere svelati. Talvolta, ahimè!, la coscienza dell'uomo sopporta un fardello così pesante di orrore che può essere scaricato solo nella tomba. Così l'essenza di tutti i crimini resta sconosciuta.

Non molto tempo fa, sul finire di una sera autunnale, sedevo nell'ampia veranda del caffè D. a Londra. Ero stato per alcuni mesi in cattive condizioni di salute, ma ora ero convalescente e, col ritorno delle forze, mi trovavo in uno di quegli stati d'animo felici che sono tutto il contrario dell'*ennui*, uno stato d'animo di eccitata curiosità, quando il velo che l'offusca si solleva dalla visione mentale – l'«ἀχλὺς ἥ πρὶν ἐπῆεν» – e l'intelletto elettrizzato supera ampiamente la propria condizione quotidiana, come la vivida se pur candida ragione di Leibniz supera la folle e inconsistente retorica di Gorgia. Anche respirare mi dava gioia, così come taluni motivi di pena diventavano quasi una fonte di piacere. Provavo un curioso e calmo interesse per tutte le cose. Con il sigaro in bocca ed un giornale sulle ginocchia, mi ero divertito per tutto il pomeriggio a leggere gli annunci commentandoli, a guardare con occhio critico la promiscua compagnia presente nella sala o a scrutare, attraverso i vetri appannati, la strada.

Quest'ultima è una delle principali arterie della città ed era stata affollata durante tutte il giorno. Ora si stava facendo buio e si erano accese le lampade, l'affollamento aumentava e due fitte correnti di gente passavano davanti alla porta. Non mi era mai capitato di essere in quella situazione in quel particolare momento della sera ed il tumultuoso mare di teste umane mi riempiva di una sconosciuta emozione. Alla fine trascurai completamente l'interno per concentrare la mia attenzione sull'esterno del caffè. Dapprima le mie osservazioni si limitavano ad un astratto esame generale. Vedevo la gente solo come massa di esseri associati da una relazione di vicinanza. Ben presto cominciai a guardare i dettagli, interessandomi minutamente delle innumerevoli varietà di figure, abiti, atteggiamenti, visi e fisionomie.

Per la maggior parte, quelli che passavano avevano un atteggiamento soddisfatto, da uomini d'affari e sembravano essere intenti solo ad aprirsi un varco tra la calca. Avevano la fronte accigliata, giravano gli occhi qua e là e se erano urtati dagli altri passanti, non mostravano segni di irritazione ma aggiustandosi un po' i vestiti procedevano oltre. Altri, ancora in notevole numero, si muovevano inquieti, con volti accesi, gesticolando e parlando tra sé, come se si sentissero soli nonostante la folla intorno. Quando trovavano un ostacolo al loro cammino cessavano immediatamente di borbottare, ma raddoppiavano il loro gesticolare, ed attendevano con un assente e stanco sorriso sulle labbra, che le persone sulla loro via si togliessero di mezzo. Se venivano urtati si profondevano in scuse con chi li aveva urtati, sopraffatti dalla confusione. Non c'era niente di rilevante in queste due categorie di persone al di là di quello che ho notato. I loro abiti appartenevano a quelli classificati con esattezza decenti. Indubbiamente si trattava di nobili, mercanti, avvocati, commercianti e agenti di borsa, uomini d'affari – gli Eupatridi e gli esponenti comuni della società – uomini senza impegni di lavoro e uomini impegnati invece in propri affari, direttamente gestiti. Non sollecitavano, neanche un po', la mia attenzione.

La categoria degli impiegati era riconoscibilissima e avevo individuato tra di loro due evidenti suddivisioni. Da un lato i giovani impiegati, di ditte alla moda, giovani gentiluomini con giacche attillate, scarpe lucide, capelli impomatati, sorriso arrogante. A parte una certa affettazione, che potrebbe definirsi *impiegatismo* in mancanza di un termine migliore, i modi di costoro sembravano un esatto fac-simile di quanto era stato la perfezione del *bon ton*, dodici o diciotto mesi prima. Ostentavano i vezzi ormai smessi dall'aristocrazia: questo, credo, sia il miglior modo di definire questa categoria.

Sulla categoria degli impiegati superiori delle ditte solide, quella dei «vecchi tipi solidi», non era possibile sbagliarsi. Erano riconoscibili per le giacche e i pantaloni neri o marroni, di foggia comoda, con panciotti e cravatte bianche, larghe scarpe dall'aria robusta, con ghette o calze pesanti. Avevano teste un po' calve, dalle quali l'estremità superiore dell'orecchio destro, per l'abitudine di appoggiarvi la penna, sporgeva un po' comicamente. Osservai che si toglievano e rimettevano i cappelli con entrambe le mani e portavano orologi sospesi a corte catene d'oro, di foggia antiquata. La loro era una affettazione di rispettabilità – se ci può essere affettazione così onorevole.

C'erano molti individui dall'aria elegante, che ero in grado di classificare con facilità nella razza dei borseggiatori in guanti gialli, una specie che infesta tutte le grandi città. Osservavo con molta curiosità questi individui e immaginavo che potessero essere presi per gentiluomini dai gentiluomini autentici. I voluminosi polsini e un'aria eccessivamente disinvolta, ne tradivano subito l'identità.

I giocatori professionisti che, a quanto vedevo, erano non pochi, erano ancor più facilmente riconoscibili. Vestivano in molte fogge, da quelle dei più tracotanti giocatori di bussolotti, con i panciotti di velluto, i fantasiosi fazzoletti da collo, le catene dorate, i bottoni in filigrana, a quelle degli ecclesiastici scrupolosamente prive di ornamenti e destinate ad allontanare ogni sospetto. Tutti però si distinguevano per un aspetto molle, il colorito scuro, gli occhi opachi, un certo pallore delle labbra serrate. Altri due tratti caratteristici li distinguevano: un tono di voce guardingo e dimesso ed una eccessiva estensione del pollice ad angolo retto con le altre dita. Molto spesso in loro compagnia c'erano altri in abiti diversi, tuttavia uccelli dello stesso piumaggio.

Potevano definirsi dei gentiluomini abituati a vivere di espedienti e sembrano derubare il pubblico divisi in due battaglioni: i bellimbusti ed i militari. I primi distinguibili per i lunghi capelli inanellati e i sorrisi, e i secondi per gli alamari e la grinta.

Discendendo la scala di quella che viene definita signorilità, trovai più oscuri e profondi temi di osservazione. Vidi venditori ambulanti ebrei con occhi di falco lampeggianti su volti nei quali ogni altro tratto è espressione soltanto di abietta umiltà; robusti accattoni professionisti, che squadravano aggressivi i mendicanti di migliore rango, che solo la disperazione aveva ridotto a mendicare nella notte; deboli, emaciati, invalidi, ai quali la morte aveva già messo le mani addosso, e che sfilavano, traballanti, tra la folla, guardando ognuno in faccia con occhi supplichevoli come in cerca di qualche possibilità di consolazione, di una speranza perduta; ragazze modeste, di ritorno da un lungo, duro lavoro alle loro case senza gioia, che si ritraevano più addolorate che sdegnate di fronte agli sguardi dei ruffiani, il cui diretto contatto non poteva essere evitato; donne della città, di tutti i tipi e di tutte le età, quelle di sicura bellezza dalla fiorente femminilità, che fa pensare alla statua di cui parla Luciano: con la superficie di marmo pario e l'interno pieno di sozzura – quelle sporche, cenciose, repellenti – quelle rugose, piene di fronzoli, megere protese nello sforzo di apparire più giovani – quelle ancora bambine, dalle forme immature, ma già piene di civetterie, ancora timide, ansiose di acquisire un mestire che da lungo tempo han visto esercitare da quelle più anziane nel vizio; ubriaconi innumerevoli e indescrivibili – alcuni vestiti di stracci e toppe, barcollanti, incapaci di parlare, con i visi ammaccati e gli occhi opachi, altri ancora abbigliati con qualche pretesa di eleganza, sebbene impataccati, con grosse labbra sensuali e facce rubiconde –, altri vestiti con abiti di stoffe una volta di buona qualità ancora scupolosamente spazzolati, uomini che camminavano con andamento sicuro ed elastico in contrasto con il pallore del volto e gli occhi arrossati, che afferravano con le dita tremanti qualunque oggetto a portata di mano, mentre passavano tra la folla; e ancora facchini, carbonai, gobbi, suonatori d'organetto, ammaestratori di scimmie, cantastorie, quelli che vendevano e quelli che cantavano, cenciosi artigiani, lavoratori sfiniti di tutti i tipi e tutti vocianti, disordinati che assordavano le orecchie e davano fastidio agli occhi.

Man mano che la notte calava, il mio interesse per la scena cresceva, non solo perché c'era un generale cambiamento della folla (la parte migliore andava gradualmente scomparendo, sostituita da quella più rozza, e nell'ultima ora era uscita fuori dalle sue tane tutta la feccia della città), ma anche perché la luce delle lampade a gas, dapprima debole, si era rafforzata e dava ad ogni oggetto un'illuminazione più vistosa. Tutto era di colore scuro ma splendido – come quell'ebano al quale è stato paragonato lo stile di Tertulliano.

Gli strani effetti di questa illuminazione un po' folle mi avevano indotto a esaminare le facce della gente; e, nonostante che la luce dalle finestre illuminasse solo per brevi istanti i passanti, consentendomi solo una rapida occhiata su ciascun viso, mi sembrò, tuttavia, che nel mio particolare stato mentale, anche quel rapido sguardo mi consentisse di leggere la storia di lunghi anni.

Con la fronte incollata al vetro, ero a quel modo occupato a scrutare la folla, quando all'improvviso apparve alla mia vista un volto, quello di un vecchio decrepito di sessantacinque, settant'anni – un volto sul quale subito si fermò e si concentrò tutta la mia attenzione, a causa dell'assoluta singolarità della sua espressione. Non avevo mai visto niente che potesse, anche lontanamente, somigliare a quell'espressione. Ricordo che il mio primo pensiero, dopo aver osservato costui, fu che se Retzch lo avesse visto lo avrebbe di gran lunga preferito alle proprie incarnazioni pittoriche del demonio. Mi sforzai, nel breve momento del mio primo esame, di analizzare in qualche modo le confuse e paradossali impressioni che si affollavano nella mia mente, suscitandomi insieme idee di enorme forza intellettiva, prudenza, grettezza, avarizia, freddezza, malvagità, sete di sangue, trionfo, gaiezza, eccessivo terrore e di intensa... suprema disperazione. Mi sentivo sollecitato, attratto, affascinato. «Quale folle storia», dicevo a me stesso, «è scritta dentro quel petto!» Mi venne un impellente desiderio di vedere quell'uomo... di saperne di più sul suo conto. Indossato in fretta e furia il soprabito, calzato il cappello e preso il bastone, mi precipitai in strada, facendomi largo nella folla verso la direzione che gli avevo visto prendere, in quanto ora era scomparso. Con qualche difficoltà alla fine lo ritrovai, e mi avvicinai seguendolo con prudenza per evitare di attirarne l'attenzione.

Avevo una buona opportunità di esaminarne la persona. Era di bassa statura, molto sottile, e apparentemente debole. I suoi abiti erano, in generale, sporchi e stracciati; ma quando passò sotto la luce delle lampade, mi accorsi che la biancheria, sebbene sporca, era di ottima qualità. Se la vista non mi ingannava, attraverso un'apertura del *roquelaire* strettamente abbottonato e indubbiamente di seconda mano, che lo avvolgeva, mi sembrò cogliere la vista di un diamante e di un pugnale. Queste osservazioni aumentarono la mia curiosità e decisi di seguire lo strano individuo ovunque fosse andato.

Ora s'era fatta notte e sulla città incombeva una spessa e umida nebbia che ben presto si trasformò in una fitta pioggia insistente. Il mutamento del tempo ebbe uno strano effetto sulla folla mettendola in agitazione, mentre tutti sparivano sotto un mare di ombrelli. Gli ondeggiamenti, gli spintoni, il mormorio aumentarono al massimo grado. Per parte mia non mi curai molto della pioggia... una vecchia febbre latente nel mio organismo faceva diventare l'umidità una specie di pericoloso piacere. Serrando un fazzoletto sulla bocca, tirai avanti. Per una mezz'ora il vecchio continuò il suo cammino con qualche difficoltà lungo l'arteria e io gli restai a contatto di gomito per paura di perderlo di vista. Non si girò mai e non fece caso a me. Dopo un po' prese una strada laterale ancora densamente popolata di gente ma non così affollata come la via principale. Qui cambiò contegno; camminava più lentamente, con minore determinazione, con maggiori esitazioni. Attraversò e riattraversò la strada più volte, senza uno scopo apparente; la folla era ancora così fitta, che fui costretto a seguirlo molto da vicino in ogni movimento. La strada era lunga e stretta e il percorso durò quasi un'ora, durante la quale i passanti si erano diradati riducendosi al numero che normalmente si vede a mezzogiorno a Broadway nei pressi del parco... così netta è la differenza di popolazione tra Londra e la più popolosa città americana. Una seconda svolta ci portò in una piazza, sfarzosamente illuminata e piena di vita. Il vecchio atteggiamento dell'uomo fece la sua ricomparsa. Il mento ricadde sul petto, sotto le sopracciglia aggrottate, gli occhi rotearono nervosamente in ogni direzione su quelli che lo attorniavano. Avanzava con energia e tenacia. Mi sorprese, tuttavia, osservare che, dopo aver percorso l'intero giro della piazza, egli voltasse ritornando sui propri passi ed ancor più mi sorprese vedergli ripetere lo stesso tragitto più volte – ad un certo momento quasi mi scoprì voltandosi bruscamente.

In questa attività impiegò un'altra ora, alla fine della quale avevamo meno ostacoli da parte dei passanti sempre più radi. La pioggia si era intensificata, l'aria era più fredda e la gente si rintanava nelle case. Con un gesto di impazienza, il vagabondo passò in una strada laterale relativamente deserta. Alla fine di questa, lunga più di quattrocento metri, si mosse con una rapidità che non mi sarei mai sognato di vedere in una persona così anziana e che mi creò non poche difficoltà nel seguirlo. In pochi minuti arrivammo a un vasto e affollato bazar, posto che lo sconosciuto sembrava conoscere bene e dove tornò al suo contegno originario e a muoversi avanti e indietro, senza scopo, in mezzo alla folla di venditori e compratori.

Durante l'ora e mezza all'incirca, che egli trascorse nella piazza, fu necessaria molta prudenza da parte mia, per seguirlo senza attrarne l'attenzione. Fortunatamente indossavo soprascarpe di gomma e mi potevo muovere senza far rumore, così che in nessun momento si accorse che lo osservavo. Entrò in un negozio dopo l'altro, non si interessò dei prezzi, non disse una parola, guardò tutti gli oggetti con uno strano sguardo assente e fisso. Ero molto stupito del suo comportamento e fermamente deciso a non allontanarmi da lui prima di aver capito qualcosa sul suo conto.

Un orologio batté con cupi rintocchi le undici e la gente stava lasciando il bazar. Il proprietario di una bottega, mettendo una serranda, urtò il vecchio; vidi il suo corpo percorso da un forte brivido. Si affrettò sulla strada, guardò ansiosamente intorno per un istante, poi con incredibile rapidità percorse numerosi vicoli tortuosi, solitari, fino a che non riuscì ancora una volta sulla grande strada dalla quale eravamo partiti, la strada del caffè D. Ma la strada non aveva lo stesso aspetto di prima: brillava ancora per la luce a gas, ma la pioggia cadeva abbondante e c'erano ben poche persone in vista. Lo straniero era impallidito, fece malvolentieri pochi passi nella strada prima affollata, poi, con un pesante sospiro, voltò in direzione del fiume e tuffandosi in viuzze laterali, giunse infine di fronte a uno dei principali teatri. Lo stavano chiudendo e gli spettatori si riversavano in folla dalle uscite. Vidi il vecchio respirare affannosamente, come senza fiato, mentre si mescolava alla folla, ma mi sembrò che la sofferenza sul suo volto fosse diminuita. La sua testa ricadde di nuovo sul petto, sembrò tornato quello che avevo visto all'inizio. Osservai che aveva ora preso la stessa direzione della maggior parte degli spettatori... ma dopotutto, non capivo la capricciosità delle sue azioni.

Man mano che avanzava, la folla si diradava e il vecchio aveva ripreso a muoversi con difficoltà e vacillando. Per qualche tempo seguì un gruppo di dieci o dodici persone chiassose, che a una a una lasciarono la compagnia, finché rimasero solo in tre in uno stretto, oscuro vicolo poco frequentato. Lo straniero si fermò per un istante perso nei suoi pensieri, quindi, con tutti i segni dell'agitazione, proseguì rapidamente per la sua strada e si portò nel centro della città attraverso percorsi ben diversi da quelli fino ad allora seguiti. Era il quartiere più rumoroso di Londra, dove tutto era caratterizzato da brutture, miseria e criminalità. Poche lampade, disposte a casaccio, gettavano una debole luce su fatiscenti tuguri di legno corroso dalle tarme, che traballavano e sembrava volessero cadere sui vicoli tortuosi, tra i quali era difficile distinguere un passaggio. Le pietre del selciato giacevano qua e là, divelte dalla loro sede dall'erba cresciuta malamente; un'orribile sozzura ostruiva i rigagnoli; l'atmosfera tutta emanava desolazione. Mentre procedevamo i rumori della vita umana andavano riprendendo vigore e si rividero muoversi qua e là larghe schiere di gente appartenente alla più sordida popolazione di Londra. Gli spiriti del vecchio sembrarono ravvivarsi come quelli di una lampada che sta per spegnersi. Ancora una volta riprese ad avanzare a grandi passi con andamento elastico. Girammo all'improvviso un angolo, una luce accecante colpì i nostri occhi e ci trovammo di fronte ad uno dei templi suburbani del vizio – una delle regge del demonio, il Gin.

Era quasi l'alba, eppure un buon numero di disgraziati ubriachi continuava a entrare e uscire. Con un mezzo grido di gioia il vecchio forzò il passaggio dell'ingresso, riassunse subito il suo originario portamento e si mosse avanti e indietro in mezzo alla gente, senza apparente scopo. Era appena entrato che subito un affrettarsi di tutti verso le porte fece capire che il locale stava chiudendo per la notte. Mi sembrò che qualcosa di più intenso della disperazione si scorgesse sul volto del singolare essere che avevo con tanta perseveranza seguito. Ancora una volta non esitò e si diresse con inusitata energia verso il cuore della Londra potente. Filò via senza esitazioni, mentre lo seguivo con il più insensato interessamento, risoluto a non rinunciare a una analisi nella quale trovavo sempre maggiore interesse. Il sole si levava mentre avanzavamo e, quando ancora una volta raggiungemmo il più frequentato mercato della popolosa città, la strada del caffè D. presentava un aspetto di trambusto e attività umana di poco inferiore a quella della sera precedente. Ancora una volta, in mezzo alla crescente confusione, persistetti nel mio proposito di seguire lo sconosciuto. Come sempre continuò tutto il giorno a camminare su e giù, in mezzo al trambusto di quella strada. Quando le ombre della seconda sera cominciarono a scendere, mi sentii stanco morto e, piantandomi di fronte al vagabondo, lo guardai fisso in viso. Non si accorse di me e riprese il suo solenne cammino, mentre io smettendo di seguirlo rimanevo tutto assorto in contemplazione. «Questo vecchio», dissi alla fine, «ha l'impronta e il genio del crimine. Rifiuta di essere solo. *È l'uomo della folla.*» Sarebbe inutile continuare a seguirlo perché non avrei più nulla da apprendere su di lui e sulle sue reazioni. Il peggiore cuore del mondo è un libro più grande di *Hortulus Animae* [1], e forse è una delle grandi misericordie di Dio che *«es lässt sich nicht lesen»* [2].

[1] *Hortulus Animae cum Oratiunculis Aliquibus superadditis*, di Grunninger.
[2] «che non si lasci leggere.» (*N.d.T.*)

Il silenzio. Una favola

Εὕδουσιν δ' ὀρέων κορυφαί τε καὶ φάραγγες
πρώονες καὶ χαράδραι.[1]

ALCMANE, 60, 10, 646

«Ascoltami», disse il Demone, ponendomi una mano sulla testa, «la regione di cui parlo è una tetra zona della Libia, sulle rive del fiume Zaire. Lì non c'è quiete né silenzio.

Le acque del fiume hanno un malsano colore zafferano, e non scorrono verso il mare, ma ribollono sempre sotto l'occhio infocato del sole con un moto tumultuoso e convulso. Per molti chilometri su entrambi i lati del letto melmoso del fiume si estende un pallido deserto di giganteschi gigli d'acqua. Essi sospirano l'uno nell'altro in questa solitudine e stendono verso il cielo i lunghi, sottili colli e dondolano qua e là le teste semprevive. Un indistinto mormorio esce da mezzo a loro ed è come il gorgogliare di una sorgente d'acqua sotterranea. Ed essi sospirano l'uno nell'altro.

C'è però un confine al loro regno – il limite della scura, orribile, alta foresta. Qui, come per le onde del mare presso le Ebridi, il sottobosco è continuamente agitato, ma non arriva alcun vento dal cielo. Gli alti primevi alberi ondeggiano eternamente qua e là con un poderoso assordante fracasso e dalle loro alte cime cadono in continuità, una dopo l'altra, gocce di rugiada e alle radici fiori velenosi giacciono contorti in un sonno agitato. In alto, con un sordo frusciante rumore, le nubi grigie corrono sempre verso occidente fino a riversare una cateratta sull'infocata parete dell'orizzonte. Ma non arriva alcun vento dal cielo e sulle rive del fiume Zaire non c'è quiete né silenzio.

Era notte, cadeva la pioggia e, mentre cadeva, era pioggia, ma una volta caduta era sangue. Io stavo nella palude, tra gli alti gigli e la pioggia cadeva sulla mia testa ed i gigli sospiravano uno nell'altro nella solennità della loro disperazione.

Tutto ad un tratto, sorse la luna, attraverso una leggera spettrale nebbia, ed era di color cremisi. Il mio sguardo cadde su un'enorme roccia grigia che si ergeva sulla riva del fiume ed era illuminata dalla luna. E la roccia era grigia e spaventosa e alta – la roccia era grigia. Sulla sua parete anteriore c'erano delle lettere incise nella pietra. Camminai nella palude dei gigli d'acqua fino a raggiungere la riva, in modo da poter leggere le parole sulla pietra, ma non riuscii a decifrarle. Stavo tornando indietro nella palude quando la luna s'illuminò di un rosso più vivo ed io mi voltai; e lessi ancora le lettere sulla roccia; e la parola era DESOLAZIONE.

Guardai in alto e c'era un uomo sulla sommità della roccia; mi nascosi tra i gigli d'acqua per poter spiare i gesti dell'uomo. Alto e di figura maestosa, era avvolto, dalle spalle ai piedi, nella toga dell'antica Roma. Indistinti erano i contorni della sua figura ma le sue fattezze erano quelle di una divinità poiché il mantello della notte, della bruma, della luna e della rugiada avevano lasciato scoperti i lineamenti del suo viso. La sua fronte

[1] Dormono le cime dei monti; le vallate, le rupi, le caverne sono silenti (*N.d.T.*).

era alta, pensosa, il suo sguardo tormentato, e nei solchi scavati sulle sue guance lessi storie di dolore, di tedio, di disgusto per l'umanità, e un desiderio di solitudine.

L'uomo sedette sulla roccia, poggiò il capo sulle mani e chinò lo sguardo sulla desolazione antistante. Guardò in basso l'agitato boschetto di arbusti e in alto gli alti alberi primevi e ancor più in alto nel cielo corrusco e nella rossa luna. Io ero disteso, nascosto dietro lo schermo dei gigli e osservavo le azioni dell'uomo. L'uomo tremava in solitudine; – ma la notte svaniva ed egli sedeva sulla roccia.

L'uomo distolse la sua attenzione dal cielo e guardò il tetro fiume Zaire, le gialle orrende acque, la pallida schiera dei gigli d'acqua. L'uomo ascoltava i sospiri dei gigli d'acqua e il mormorio che veniva da loro. Giacevo vicino allo schermo protettivo e osservavo le azioni dell'uomo. L'uomo tremava in solitudine; – ma la notte svaniva ed egli sedeva sulla roccia.

Tornai nei recessi della palude, avanzai a fatica nell'intreccio dei gigli, chiamai gli ippopotami che dimoravano nella melma dei recessi della palude. E gli ippopotami udirono il mio richiamo e vennero fino ai piedi della roccia e mugghiarono alte paurose grida sotto la luna. Io giacevo rinchiuso nel mio nascondiglio e osservavo i gesti dell'uomo. L'uomo tremava in solitudine; – ma la notte svaniva ed egli sedeva sulla roccia.

Allora imprecai contro gli elementi con la maledizione del tumulto, e una paurosa tempesta si scatenò nel cielo, là dove prima non c'era alito di vento. Il cielo divenne livido per la violenza della tempesta, la pioggia cadde sulla testa dell'uomo, la corrente del fiume si gonfiò, le rive furono tormentate dagli scrosci, i gigli d'acqua sghignazzavano isterici nel loro letto, la foresta crollava sotto il vento, il tuono rombava, la folgore cadeva, e la roccia oscillava sulla sua base. Io ero racchiuso nel mio nascondiglio e osservavo i gesti dell'uomo. E l'uomo tremava in solitudine; – ma la notte svaniva ed egli sedeva sulla roccia.

Allora mi infuriai e imprecai, con la maledizione del *silenzio*, contro le rive, i gigli, il vento, la foresta, il cielo, il tuono ed i sospiri dei gigli d'acqua. Furono maledetti e *tacquero*. La luna cessò di barcollare sulla sua traiettoria nel cielo – il tuono morì – il lampo non divampò – le nubi rimasero ferme – le acque sprofondarono al loro livello – gli alberi cessarono di scuotersi – i gigli d'acqua non sospirarono più – il mormorio cessò di levarsi da loro, non c'era più l'ombra di un suono in tutto lo sconfinato deserto. Io guardai le lettere incise sulla roccia ed esse erano cambiate; le lettere dicevano SILENZIO.

Il mio sguardo cadde sul volto dell'uomo ed il suo volto era pallido di terrore. Sollevò bruscamente la testa dalle mani, si levò in piedi sulla roccia e ascoltò. Ma non c'era alcuna voce in tutto lo sconfinato deserto e le lettere incise sulla roccia dicevano SILENZIO. L'uomo trasalì, volse il viso e fuggì via lontano, veloce fino a che non lo vidi più.»

Ora ci sono dei bei racconti nei volumi dei Magi – nei malinconici volumi dei Magi, rilegati di ferro. Là vi dico, ci sono storie eroiche del Cielo, della Terra, del possente mare – e dei Geni che dominarono il mare, la terra e il cielo sconfinato. Molte leggende si trovano anche nei responsi dettati dalle Sibille e molte sacre ammonizioni furono udite nell'antichità dalle foglie opache tremanti intorno a Dodona – ma, per Allah che vive, quella favola che mi ha narrato il Demone quando sedette al mio fianco nell'ombra del sepolcro, credo proprio sia la più splendida di tutte!

Quando il Demone ebbe terminato il suo racconto, ricadde nella cavità della tomba e rise. Io non potevo ridere insieme al Demone ed egli imprecò contro di me perché non potevo ridere. La lince, che dimora in eterno nella tomba, uscì da essa e si accovacciò ai piedi del Demone, e lo guardò fisso in volto.

L'ombra. Una parabola

Sì! Sebbene cammini nella valle dell'*Ombra*...
DAVID, *Salmi*, XXIII

Voi che leggete siete ancora tra i vivi, ma io che scrivo sarò andato da lungo tempo nel regno delle ombre. Poiché succederanno invero strane cose, fatti segreti saranno svelati, e molti secoli saranno trascorsi, prima che queste memorie siano conosciute dall'umanità. E quando le vedranno ci sarà chi non le crederà, chi ne dubiterà e solo pochi troveranno molta materia da meditare nelle parole qui scolpite con uno stilo d'acciaio.

L'anno era stato un anno di terrore, e di sensazioni più intense del terrore per le quali non esiste un nome sulla terra. Poiché molti prodigi e segni premonitori si erano manifestati, e in lungo e in largo, sul mare e sulla terraferma, le ali nere della Pestilenza si erano spiegate. A coloro, tuttavia, che conoscono le stelle, non era ignoto che i cieli mostravano un aspetto funesto; ed a me, il greco Oinos, tra gli altri, risultava evidente che era arrivato l'avvicendamento di quei settecentonovantaquattro anni nei quali, all'ingresso dell'Ariete, il pianeta Giove si congiunse con l'anello rosso del terribile Saturno. Il caratteristico atteggiamento dei cieli, se non mi sbaglio grossolanamente, si manifestava non soltanto nell'orbita geometrica della terra ma anche negli stati d'animo, nelle immaginazioni e nelle meditazioni del genere umano.

Intorno a delle caraffe di vino rosso di Chio, tra le mura solenni di una fosca città chiamata Tolemaide, sedevamo, una notte, in gruppo di sette. Alla nostra sala non si poteva accedere se non attraverso l'unica alta porta di bronzo; la porta stessa, foggiata dall'artigiano Corinnos, era un'opera di rara perfezione e si chiudeva dall'interno. Anche i neri drappeggi alle pareti della tetra stanza celavano alla nostra vista la luna, le infauste stelle, le strade deserte, ma non potevano escludere allo stesso modo la presenza e la memoria del Male. C'erano cose intorno a noi, delle quali non sono in grado di dare una esatta descrizione – cose materiali e spirituali – pesantezza dell'atmosfera – senso di soffocamento – ansia – e, soprattutto, quella terribile condizione che i nevrotici sperimentano quando i sensi sono acutamente desti e attivi, mentre i poteri della mente giacciono addormentati. Un peso mortale incombeva su di noi, opprimeva le nostre membra, i mobili della casa, i calici con i quali bevevamo; tutte le cose erano depresse, appiattite, a eccezione delle fiamme di sette lampade di ferro che illuminavano il nostro festino. Allungandosi in sottili alti pennelli di luce, rimanevano accese, pallide, immote e, nello specchio che illuminavano sulla rotonda tavola d'ebano intorno alla quale sedevamo, ciascuno di noi vedeva riflesso il pallore del proprio volto e l'irrequietezza negli occhi dei compagni. Ridevamo e sembravamo allegri, sebbene un po' isterici; cantavamo le liriche di Anacreonte, un po' folli, bevevamo abbondantemente sebbene il vino purpureo ci ricordasse il sangue. Poiché c'era un altro ospite nella nostra camera, nella persona del giovane Zoilo. Morto, giaceva lungo disteso, avvolto nel sudario – era il protagonista e il demone della scena. Ahimè! non era certo coinvolto nella nostra allegria, ma qualcosa del suo volto, deformato dalla peste, e i suoi occhi, nei quali la morte non aveva del tutto estinto il fuoco della malattia, sembravano partecipare alla nostra gaiezza, come può un morto, forse, partecipare alla gaiezza di chi sta per morire. Sebbene io, Oinos, sentissi gli occhi del defunto fissi su di me, mi sforzavo di non percepire l'amarezza della loro espressione e, guardando fermamente nelle profondità dello specchio d'ebano, cantavo con forte, sonora voce, i versi del figlio di Teios. Gradualmente i miei canti cessarono, la loro eco, rimbalzando sulle nere tappezzerie della stanza, divenne debole, indistinta, si dileguò nel nulla. Ed ecco da quei drappeggi neri, che avevano spento il rumore dei canti, apparve una oscura, indistinta ombra – un'ombra come quella che la luna, bassa nel cielo, può disegnare da una figura umana: ma non era l'ombra di un uomo, né di Dio, né di qualsiasi altra cosa familiare. Dopo aver indugiato un po' tra le tappezzerie della stanza, alla fine si fermò in piena vista sulla superficie della porta d'ottone. L'ombra era vaga, senza forma, indefinita e non era l'ombra di un uomo, né di un Dio, non di un Dio di Grecia, né di un Dio della Caldea e neppure di un Dio egizio. L'ombra restò sulla facciata d'ottone della porta, sotto l'architrave del suo telaio, non si mosse, non pronunciò parola, ma si fissò e rimase immobile. Se ben ricordo, la porta sulla quale restò l'ombra toccava i piedi del giovane Zoilo, avvolto nel sudario. E noi, i sette presenti, avendo visto l'ombra uscire dalla tappezzeria, non osavamo guardarla e, con gli occhi chini, guardavamo fissamente nelle profondità dello specchio d'ebano. Alla fine io, Oinos, a voce bassa, chiesi all'ombra dove dimorasse e quale fosse il suo nome. E l'ombra rispose: «Io sono OMBRA e la mia dimora è vicino alle catacombe di Tolemaide, poco lontano dai foschi piani di Helusion, che costeggiano il sudicio canale di Caronte». Noi balzammo inorriditi dalle nostre sedie e restammo tremanti, sbalorditi, atterriti, perché gli accenti della voce dell'ombra non erano quelli di un essere unico, ma di una moltitudine di esseri e, variando nella loro cadenza da sillaba a sillaba, penetravano cupi nelle nostre orecchie con le inflessioni familiari e ben presenti alla nostra memoria, di molte migliaia di nostri amici scomparsi.

La cassa oblunga

Alcuni anni fa, prenotai un passaggio da Charleston, nella Carolina meridionale, a New York sul bel postale *Indipendence*, comandato dal capitano Hardy. Avremmo dovuto salpare il 15 del mese (giugno), tempo permettendo; e il 14 salii a bordo per sistemare alcune cose nella mia cabina.

Scoprii che avremmo avuto a bordo moltissimi passeggeri, tra cui un insolito numero di signore. Nell'elenco le persone di mia conoscenza erano parecchie; e fra gli altri nomi, fui lieto di scoprire quello del signor Cornelius Wyatt, un giovane artista per il quale nutrivo sentimenti di calda amicizia. Era stato mio compagno di studi all'Università di C., dove stavamo spessissimo insieme. Aveva il temperamento tipico del genio ed era un misto di misantropia, sensibilità ed entusiasmo. A tali qualità univa poi il cuore più ardente e sincero che abbia mai battuto in un petto d'uomo.

Osservai che erano intestate a suo nome *tre* cabine: scorrendo di nuovo la lista dei passeggeri, scoprii che aveva prenotato il passaggio per sé, sua moglie e due sue sorelle. Le cabine di lusso erano sufficientemente spaziose e ognuna aveva due cuccette, una sopra l'altra. Queste cuccette, certo, erano talmente strette da non bastare per più di una persona; tuttavia non riuscivo a capire perché ci fossero *tre* cabine per quelle quattro persone. Ero, proprio in quel periodo, in uno di quegli umori bizzarri che rendono un uomo curioso di inezie: e confesso con vergogna che intorno a questa faccenda della cabina in più feci tutta una serie di indiscrete e ridicole congetture. Sicuramente non era affar mio; ma non per questo provai con minore ostinazione a risolvere l'enigma. Alla fine giunsi a una conclusione e mi meravigliai molto di non esserci arrivato prima: «Si tratta di un domestico, naturalmente», dissi, «che sciocco a non pensare prima a una soluzione così ovvia!».

Scorsi allora nuovamente l'elenco, ma vidi chiaramente che *nessun* domestico accompagnava il gruppo, sebbene, in realtà, si fosse originariamente pensato di portarne a bordo uno: infatti le parole «e domestico» erano state dapprima scritte e poi cancellate. «Oh! avranno bagagli in sovrappiù, certamente», mi dissi allora, «qualche cosa che non vorrà far mettere nella stiva – qualcosa che vorrà tenere sott'occhio; ah! ecco, ci sono! un quadro o qualche cosa di simile, e questo deve essere l'oggetto per cui è entrato in trattative con Nicolino, l'ebreo italiano.» Quest'idea mi soddisfece e, per il momento, diedi tregua alla mia curiosità.

Conoscevo benissimo le due sorelle di Wyatt, due ragazze molto affabili e intelligenti. Invece non avevo mai visto la moglie, che aveva sposato di recente. Però ne aveva parlato spesso in mia presenza e col suo abituale entusiasmo. La descriveva come una donna di straordinaria bellezza, intelligenza ed educazione. Perciò ero veramente ansioso di farne la conoscenza.

Il giorno in cui mi recai sulla nave (il 14), anche Wyatt e le sue compagne avrebbero dovuto salirvi – così mi disse il capitano – e rimasi a bordo un'ora più di quanto avevo stabilito, nella speranza di essere presentato a sua moglie; ma poi si scusarono: «La signora W.. era leggermente indisposta e non sarebbe salita a bordo fino all'indomani, all'ora di partenza».

Il giorno successivo, mi stavo recando dal mio albergo verso il molo, quando il capitano Hardy mi venne incontro e mi disse che «in quelle circostanze» (una frase stupida ma comoda), «pensava che l'*Indipendence* non sarebbe partito ancora per uno o due giorni e che, quando tutto fosse stato pronto, avrebbe mandato qualcuno ad avvertirmi». La cosa mi parve strana, perché spirava una forte brezza da sud; ma poiché non mi spiegarono quali fossero le «circostanze», per quanto cercassi di conoscerle con molta perseveranza, non mi restò altro da fare che tornarmene in albergo e smaltire tranquillamente la mia impazienza.

Non ricevetti l'atteso messaggio del capitano per circa una settimana. Finalmente giunse e immediatamente mi recai a bordo. La nave era affollata di passeggeri e ovunque regnava il trambusto che si verifica di solito in attesa di salpare.

Il gruppo di Wyatt arrivò circa dieci minuti dopo di me. C'erano le due sorelle, la moglie e l'artista, quest'ultimo in preda a una delle sue abituali crisi di misantropia, a cui ero troppo abituato per prestarvi particolare attenzione. A sua moglie neanche mi presentò – lasciando per forza questo atto di cortesia a sua sorella Marian, una ragazza assai gentile e intelligente che se la cavò con poche frettolose parole.

La signora Wyatt era fittamente velata; e quando sollevò il velo, rispondendo al mio inchino, confesso che fui profondamente sorpreso, ma lo sarei stato ancor più se una lunga esperienza non mi avesse consigliato di non credere con troppa fiducia alle descrizioni entusiastiche del mio amico artista, quando si abbandonava a commenti sul fascino femminile. Quando il tema era la bellezza, sapevo bene con quale facilità egli si librasse nelle regioni del puro idealismo.

La verità è che non potei fare a meno di considerare la signora Wyatt come una donna assolutamente banale. Se non era decisamente brutta, credo non fosse molto lontana dalla bruttezza. Vestiva però con gusto raffinato e poi, ne ero sicuro, doveva aver conquistato il cuore del mio amico con le grazie più durature dell'intelletto e dell'anima. Disse soltanto pochissime parole ed entrò subito nella sua cabina con il signor W.

La mia vecchia curiosità si ridestava. *Non* c'era domestico; *questo* era ormai assodato. Perciò mi misi in cerca dei bagagli in più. Dopo qualche tempo, giunse al molo un carro con sopra una cassa di pino oblunga, che era tutto ciò che, a quanto pareva, si stava aspettando: infatti subito dopo il suo arrivo, salpammo e in breve tempo superammo felicemente la barra e prendemmo il largo. La cassa in questione era, come ho detto, oblunga. Misurava circa un metro e ottanta in lunghezza, e ottanta centimentri in larghezza: la osservai attentamente e mi piace essere preciso. Ora, la forma era *particolare*; e appena l'ebbi vista, mi compiacqui con me stesso per l'esattezza delle mie congetture. Ero giunto alla conclusione, come si ricorderà, che il bagaglio in sovrappiù del mio amico artista doveva consistere in più quadri o, almeno, in un quadro, poiché sapevo che era stato in trattative per diverse settimane con Nicolino; e ora ecco qui una cassa che, a giudicare dalla forma, non *poteva* contenere altro che una copia dell'*Ultima Cena* di Leonardo; e sapevo che proprio una copia dell'*Ultima Cena*, fatta a Firenze da Rubini il giovane, era da qualche tempo in possesso di Nicolino. Ritenni, quindi, che questo punto fosse sufficientemente risolto. Pensando all'acume di cui avevo dato prova, sorrisi molto soddisfatto. Da che lo conoscevo, era la prima volta che Wyatt mi nascondeva un suo segreto artistico; ma stavolta era evidente che voleva a mia insaputa portare di contrabbando a New York un quadro prezioso proprio sotto il mio naso, convinto che io non ne sapessi nulla. Così risolsi di spremerlo *ben bene* di tanto in tanto.

Una cosa, tuttavia, mi imbarazzava un po'. La cassa *non* era stata introdotta nella cabina in soprannumero, ma era stata depositata nella cabina di Wyatt e, per di più, vi restava occupandone quasi per intero il pavimento – senza dubbio con enorme disagio per l'artista e sua moglie; tanto più che il catrame o il colore, con cui vi era stata tracciata sopra una scritta in grossolane lettere maiuscole, emetteva un forte, sgradevole, e, secondo *me*, disgustoso odore. Sul coperchio erano dipinte le parole: «*Signora Adelaide Curtis, Albany, New York. Mittente: Cornelius Wyatt, Esq. Lato alto. Maneggiare con cautela*».

Ora, sapevo che la signora Curtis di Albany era la madre della moglie dell'artista; ma allora considerai tutto l'indirizzo come un trucco inteso soprattutto apposta per me. Ero convinto, naturalmente, che la cassa e il suo contenuto non sarebbero mai andati più a nord dello studio del mio amico misantropo, in Chambers Street a New York.

Per i primi tre o quattro giorni il tempo fu bello, sebbene avessimo il vento decisamente in prua, perché, appena perduta di vista la costa, aveva girato a nord. I passeggeri erano quindi di ottimo umore e inclini alla socievolezza. *Devo* tuttavia fare eccezione per Wyatt e le sue sorelle che avevano un comportamento freddo e, non potei fare a meno di pensare, scortese verso il resto dei passeggeri. Al comportamento *di Wyatt* non ci badai molto: era cupo, anche più del solito, – anzi, addirittura *funebre* – ma io ero abituato alla sua eccentricità. Per le sorelle, tuttavia, non potevo trovare scuse: rimasero chiuse nelle loro cabine per la maggior parte del viaggio, e, sebbene io più volte le sollecitassi vivamente, rifiutarono ogni contatto con qualsiasi persona che fosse a bordo.

La signora Wyatt, dal canto suo, era infinitamente più affabile. Vale a dire, era *ciarliera*; e essere ciarlieri a bordo non è raccomandazione da poco. Divenne *eccessivamente* amica della maggior parte delle signore e, con mia profonda meraviglia, mostrò una inequivocabile disposizione a civettare con gli uomini. Ci divertiva tutti moltissimo. Dico «*ci divertiva*» e non so spiegarmi meglio. La verità è che presto mi accorsi che si rideva molto più *di* lei che *con* lei. Gli uomini ne parlavano poco, ma le signore, dopo breve tempo, decretarono che «era una brava donna, d'aspetto piuttosto insignificante, del tutto ignorante e decisamente volgare». Ci si meravigliava che Wyatt avesse potuto restare preso nella trappola d'un simile matrimonio. La risposta generale era la ricchezza; ma io sapevo che non era così, perché Wyatt mi aveva detto che sua moglie non gli aveva portato un soldo, né aveva alcuna speranza di riceverne da una qualsiasi fonte. «L'aveva sposata», mi disse, «per amore, soltanto per amore; e di questo amore sua moglie era più che degna.» Quando riflettevo alle espressioni usate dal mio amico, confesso che mi sentivo indicibilmente imbarazzato.

Possibile che stesse uscendo di senno? E cosa altro potevo pensare? *Lui*, così raffinato, così intelligente, così esigente, con una tale prontezza nel cogliere le imperfezioni, e con una così acuta sensibilità per la bellezza! Certamente, la signora sembrava avere per *lui* un attaccamento speciale – in particolare quando egli era assente – se si rendeva ridicola citando a ogni piè sospinto qualcosa detta dal suo «amato consorte, signor Wyatt». La parola «consorte» sembrava averla eternamente – per usare una delle sue delicate espressioni – eternamente «sulla punta della lingua». Nel frattempo, tutti a bordo osservavano che lui *la* evitava nel modo più evidente e per la maggior parte del tempo se ne stava chiuso da solo nella sua cabina dove, in realtà, si poteva dire che vivesse, lasciando alla moglie piena libertà di divertirsi come meglio credeva, in mezzo alla società che frequentava il salone centrale.

La mia conclusione, dopo quanto avevo visto e ascoltato, fu che l'artista, per qualche capriccio del destino o forse in un impeto di entusiastica e fantasiosa passione, fosse stato indotto a unirsi con una persona assolutamente inferiore a lui, e che ne fosse seguito, come naturale risultato, un totale e rapido disgusto. Lo compiangevo dal più profondo del cuore, ma non per questo potevo perdonargli la sua mancanza di confidenza riguardo all'*Ultima Cena*. Per questo decisi di prendermi la mia vendetta.

Un giorno, egli salì in coperta, e io, prendendolo sotto braccio, come ero avvezzo fare, cominciai a passeggiare con lui su e giù. Ma il suo umore tetro (che consideravo assolutamente naturale in quelle circostanze) non mi parve affatto migliorato. Parlò poco, e quel poco di malumore e con evidente sforzo. Arrischiai un paio di facezie ed egli fece un debole tentativo di sorridere. Poveretto! pensando a *sua moglie*, mi meraviglio che potesse avere cuore di fingere sia pure una parvenza di allegria. Alla fine, tentai un attacco diretto. Risolsi di cominciare con una serie di velate allusioni o insinuazioni sulla cassa oblunga, tanto per fagli capire, a poco a poco, che *non* ero proprio lo zimbello o la vittima del piccolo grazioso imbroglio. Con la mia prima osservazione scoprii le mie batterie. Dissi qualcosa sulla «forma singolare di *quella* cassa»; e, così dicendo, feci un sorriso d'intesa, ammiccai e gli puntai leggermente un dito sulle costole.

Il modo in cui Wyatt accolse questo innocuo scherzo mi convinse, di colpo, che era pazzo. Dapprima mi guardò come se trovasse impossibile comprendere lo spirito della mia osservazione; ma quando il senso delle mie parole sembrò farsi lentamente strada nel suo cervello, gli occhi parvero uscirgli dalle orbite. Poi diventò paonazzo, quindi orribilmente pallido, c infinc, come se ciò che avevo insinuato lo divertisse tremendamente, scoppiò in una fragorosa e violenta risata che, con mio grande stupore, durò, con un crescendo continuo, una decina di minuti o più. Alla fine, cadde pesantemente lungo disteso sul ponte. Quando mi precipitai per rialzarlo, apparentemente era *morto*.

Chiesi aiuto e, con molta difficoltà, riuscimmo a farlo rinvenire. Dopo essere tornato in sé per un po' andò avanti a parlare in modo incoerente. Infine gli facemmo un salasso e lo mettemmo a letto. Il mattino successivo si era completamente ripreso, per quanto riguardava la sola salute fisica. Della sua mente, naturalmente, non dico nulla. Lo evitai per tutto il resto della navigazione, su consiglio del comandante che sembrava concordare completamente sulla sua follia, ma mi suggerì di non parlarne con nessuno a bordo.

Immediatamente dopo questo attacco di Wyatt, si verificarono parecchie circostanze che contribuirono ad accentuare la curiosità di cui già ero preda. Fra le altre questa: ero stato nervoso (bevevo troppo tè verde forte che non mi lasciava dormire tranquillamente), a dire la verità per due notti non avevo chiuso occhio. Ora, la mia cabina dava sul salone centrale, o sala da pranzo, come quelle di tutti gli uomini soli che erano a bordo. Le tre cabine di Wyatt facevano parte delle cabine di poppa ed erano separate dalla sala centrale soltanto da una sottile porta scorrevole che non veniva mai chiusa, neanche di notte. Poiché procedevamo costantemente col vento in prua e il vento era non poco teso, la nave sbandava considerevolmente dal lato sottovento; e ogni volta che il fianco di tribordo si trovava sottovento, la porta scorrevole tra le cabine si apriva e restava aperta perché nessuno si prendeva la briga di chiuderla. Ma la mia cuccetta era in posizione tale che quando la porta della mia cabina era aperta, come pure la porta scorrevole di cui ho detto, (e la mia porta era *sempre* aperta per via del caldo), potevo vedere distintamente le cabine di poppa, e proprio quella parte di esse dove si trovavano le cabine del signor Wyatt. Ebbene, durante le due notti (*non* consecutive) in cui rimasi sveglio, vidi chiaramente la signora, verso le undici di ciascuna notte, uscire cautamente dalla cabina del signor W. ed entrare in quella in soprannumero, dove rimase fino allo spuntare del giorno, quando ritornò, chiamata dal marito, nella sua cabina. Che vivessero separati virtualmente era chiaro. Abitavano in camere separate senza dubbio in attesa di un divorzio più definitivo; e qui, dopo tutto, pensai, era il mistero della cabina in più.

Ci fu anche un'altra circostanza che mi interessò molto. Durante le due notti insonni di cui ho detto e immediatamente dopo la scomparsa della signora Wyatt nella cabina in soprannumero, fui attratto da certi singolari, prudenti e sommessi rumori che provenivano dalla cabina del marito. Dopo averli ascoltati per qualche tempo con le orecchie tese, riuscii, alla fine, a interpretarne il significato. Erano rumori causati dall'artista nell'aprire la cassa oblunga con una leva e un martello; la testa del martello evidentemente, per smorzare o attutire i colpi doveva essere avvolta in uno straccio di lana o cotone.

In questo modo, potei immaginare il preciso momento in cui alzava delicatamente il coperchio – credetti anche di poter distinguere quando lo toglieva del tutto e quando lo posava sulla cuccetta inferiore della cabina; riconobbi, ad esempio, quest'ultima fase dell'operazione da certi leggeri colpi che il coperchio fece urtando contro il bordo della cuccetta, mentre egli si sforzava di poggiarvelo *molto* delicatamente, non essendovi abbastanza posto sul pavimento. A questo seguì un silenzio completo, e non udii più nulla, in entrambi i casi, fino quasi all'alba; a meno di non citare un singhiozzare sommesso, o un mormorio così soffocato da essere quasi impercettibile, sempre che questo rumore non fosse piuttosto frutto della mia stessa immaginazione. Dico che *assomigliava* a un singhiozzare o a un sospirare, ma naturalmente non poteva essere né l'una né l'altra cosa. Penso che dovesse essere piuttosto il ronzio delle mie orecchie. Senza dubbio, il signor Wyatt, secondo le sue abitudini, stava abbandonandosi a una delle sue manie, lasciandosi trasportare da uno dei suoi eccessi di entusiasmo creativo. Aveva aperto la sua cassa oblunga per offrire ai propri occhi la vista del tesoro che conteneva. Non vi era nulla in questo, di che farlo *singhiozzare*. Ripeto perciò che doveva trattarsi semplicemente di uno scherzo della mia fantasia, sovraeccitata dal tè verde del buon capitano Hardy. Poco prima dell'alba, in entrambe le notti di cui parlo, udii distintamente il signor Wyatt rimettere il coperchio alla cassa oblunga e piantare i chiodi al loro posto con il martello imbottito. Fatto ciò, egli uscì dalla cabina completamente vestito e andò a chiamare la signora Wyatt fuori dalla sua stanza.

Eravamo in mare da sette giorni e ci trovavamo ormai al largo di Capo Hatteras, quando un tremendo colpo di vento ci investì da sud-ovest. Vi eravamo, tuttavia, relativamente preparati, perché il tempo, da qualche giorno, si era fatto minaccioso. Fu fatto tutto il necessario per affrontare la tempesta, sia sotto coperta che sull'alberatura; e, poiché il vento continuava a rinforzare, alla fine, restammo alla cappa con due mani di terzaruoli alla randa e alla vela di parrocchetto.

In questo assetto, restammo alla fonda abbastanza sicuri quarantotto ore: la nave si rivelò eccellente per molti aspetti e non imbarcò acqua in maniera preoccupante. Alla fine di questo periodo, tuttavia, la burrasca aveva rinforzato diventando un uragano e la nostra vela poppiera era ridotta in brandelli, il che ci portava talmente nel cavo dell'onda che imbarcammo, uno dopo l'altro, diversi enormi marosi. In questo accidente perdemmo tre uomini che finirono in mare con la cambusa e quasi tutta la murata di sinistra. Ci eravamo appena ripresi, che anche la vela di parrocchetto andò in brandelli, quando alzammo una vela di straglio, e con questa ce la cavammo abbastanza bene per alcune ore, perché la nave teneva il mare meglio di prima.

Ma la tempesta continuava e non dava segno di voler diminuire. Ci si accorse che il sartiame era disposto male e molto forzato; e il terzo giorno di vento, verso le cinque del pomeriggio, l'albero di mezzana, in una violenta rollata si abbatté sul ponte. Per un'ora o più, il fortissimo rollio della nave ci impedì di liberarcene e, prima che ci riuscissimo, il carpentiere venne ad annunciarci che nella stiva c'era più di un metro d'acqua. Per colmo di sventura, trovammo che le pompe erano ostruite e pressoché inservibili.

Tutto era adesso confusione e disperazione, ma fu fatto uno sforzo per alleggerire la nave, gettando fuoribordo tutto ciò che potemmo prendere del carico, e tagliando via i due alberi rimasti. Vi riuscimmo, infine, ma eravamo sempre nell'impossibilità di fare qualcosa con le pompe: e nel frattempo le falle imbarcavano acqua molto rapidamente.

Verso il tramonto, la violenza della tempesta era sensibilmente diminuita, e poiché anche il mare s'era un po' calmato, avevamo ancora qualche debole speranza di poterci salvare con le scialuppe. Alle otto di sera, le nubi si aprirono sopravvento e ci venne in aiuto il plenilunio una fortuna che servì splendidamente a rianimare i nostri spiriti affranti.

Con una incredibile fatica riuscimmo infine a calare in mare la lancia, senza gravi incidenti, e in questa si affollò l'intero equipaggio e la maggior parte dei passeggeri. Questo primo gruppo si allontanò immediatamente e, dopo molte sofferenze, il terzo giorno dopo il naufragio, giunse finalmente in salvo a Ocracoke Inlet.

Restavano ancora a bordo quattordici passeggeri e il capitano, che decisero di affidare la loro sorte alla scialuppa di poppa. La calammo senza difficoltà, sebbene soltanto per un miracolo le evitammo di affondare nel momento in cui toccò l'acqua. Quando fu in mare, vi presero posto il comandante e sua moglie, il signor Wyatt e i suoi, un ufficiale messicano con la moglie e quattro bambini e, infine, io e un servitore negro.

Naturalmente, non avevamo spazio per nessuna cosa, eccetto che per strumenti di primaria necessità, alcune provviste e i vestiti che avevamo indosso. Nessuno aveva pensato anche solo di tentare di portare in salvo altro. Quanto deve essere stato, allora, lo stupore di tutti, quando, appena allontanatici di pochi metri dalla nave, il signor Wyatt si alzò nello spazio poppiero e chiese freddamente al comandante di tornare indietro a prendere la sua cassa oblunga!

«Si sieda, signor Wyatt!», replicò il comandante con una certa asprezza, «ci farà ribaltare, se non si siederà tranquillo! La falchetta è quasi in acqua, ormai.»

«La cassa!», gridò il signor Wyatt, continuando a stare in piedi, «la cassa, ho detto! Capitano Hardy, lei non può, non *deve* rifiutarmelo! Pesa pochissimo, anzi, non pesa quasi nulla. Nulla! In nome della madre che le ha dato la vita, per amor del cielo, per la salvezza della sua anima, la *supplico* di tornare indietro a prendere la mia cassa!»

Il comandante, per un istante, sembrò toccato dall'ardore di quella preghiera dell'artista, ma poi riconquistò la sua severa compostezza e disse semplicemente:

«Signor Wyatt, lei è *pazzo*. Io non posso darle ascolto. Sieda, le dico, o farà ribaltare la barca! Fermo!... tenetelo!... prendetelo! Sta per buttarsi! Ecco... lo sapevo, è andato!».

Infatti, mentre il comandante pronunciava queste parole, il signor Wyatt saltò fuori dalla barca e, poiché eravamo ancora sottovento del relitto della nave, con uno sforzo quasi sovrumano, riuscì ad afferrare una cima che pendeva dalle catene di prua. Un attimo dopo, era già a bordo e si precipitava freneticamente verso la cabina.

Intanto, eravamo stati spinti verso la poppa della nave, e, non essendo più sottovento rispetto ad essa, ci trovavamo in balìa di un mare tremendo che continuava a infuriare. Facemmo uno sforzo risoluto per tornare indietro, ma la nostra barchetta era come una piuma nella violenza della tempesta. Si vide subito che il destino dell'artista sfortunato era ormai segnato.

Mentre la nostra distanza dal relitto aumentava rapidamente, il folle (perché solo così potevamo considerarlo) fu visto riemergere dal boccaporto da dove, con uno sforzo titanico, estrasse la cassa oblunga. Mentre lo guardavamo assolutamente sgomenti, passò rapidamente parecchi giri di una gomena di 6 centimetri, prima intorno alla cassa, poi intorno al proprio corpo. L'istante successivo, corpo e cassa erano in mare, scomparendo subito e per sempre.

Indugiammo tristemente qualche attimo sui remi, con gli occhi inchiodati al luogo della sua scomparsa. Poi ci allontanammo. Il silenzio durò ininterrotto per un'ora. Alla fine, azzardai una riflessione.

«Ha osservato, comandante, come sono affondati improvvisamente? Non è un fatto incredibilmente singolare? Confesso di aver avuto qualche lieve speranza che finisse col salvarsi, quando l'ho visto legare il suo corpo alla cassa e gettarsi in mare.»

«Naturalmente sono andati a fondo», rispose il comandante, «e con la rapidità di una fucilata. Torneranno presto a galla, però, *ma non prima che il sale si sia sciolto.*»

«Il sale!», esclamai.

«Zitto!», fece il comandante, indicando la moglie e le sorelle del morto, «parleremo di queste cose in un momento più opportuno.»

Soffrimmo molto, e a stento riuscimmo a salvarci; ma la fortuna non fu a *noi* meno favorevole che ai nostri compagni della lancia. Approdammo infine, più morti che vivi, dopo quattro giorni di enormi patimenti, sulla spiaggia di fronte all'isola di Roanoke. Restammo là per una settimana, non fummo troppo maltrattati dagli abitanti e, alla fine, riuscimmo a ottenere un passaggio per New York.

Circa un mese dopo la perdita dell'*Indipendence*, mi capitò di incontrare a Broadway il capitano Hardy. Naturalmente, la nostra conversazione cadde sul disastro e in particolare sulla tragica fine del povero Wyatt. Così appresi i particolari che seguono.

L'artista aveva prenotato il passaggio per sé, la moglie, le sorelle e un domestico. Sua moglie era veramente come egli l'aveva descritta, una donna bellissima e raffinatissima. La mattina del quattordici giugno (il giorno in cui avevo visitato la nave per la prima volta), la signora si era improvvisamente ammalata ed era morta. Il giovane marito era quasi impazzito dal dolore, ma un insieme di circostanze gli impedirono di differire il viaggio a New York. Era necessario portare alla madre di lei la salma dell'adorata sposa, e, d'altra parte, era ben noto il pregiudizio universale diffuso che gli avrebbe impedito di farlo apertamente: nove passeggeri su dieci avrebbero abbandonato la nave, piuttosto che fare il viaggio con un cadavere.

In questo dilemma, il capitano Hardy sistemò le cose in modo che la salma, dopo essere stata parzialmente imbalsamata e chiusa con una gran quantità di sale in una cassa di dimensioni adeguate, fosse portata a bordo come merce. Non si doveva far parola della morte della signora; e poiché si sapeva che il signor Wyatt aveva prenotato il posto anche per lei, fu necessario che una persona ne sostenesse la parte durante il viaggio, cosa che la domestica della defunta signora fu persuasa a fare senza difficoltà. La cabina in più, che originariamente era stata prenotata per la ragazza mentre la signora era ancora in vita, fu semplicemente conservata. In questa cabina, la falsa moglie dormiva, naturalmente, ogni notte. Di giorno la ragazza sosteneva, con tutta l'abilità di cui era capace, il ruolo della padrona, la cui persona, come era stato rigorosamente accertato, era sconosciuta a bordo a tutti i passeggeri.

I miei errori erano dovuti, naturalmente, al mio temperamento troppo avventato, curioso e impulsivo. Ma di recente mi accade raramente di dormire tranquillo di notte. Per quanto mi giri, c'è sempre un volto che mi perseguita. E c'è un'isterica risata che risuonerà per sempre alle mie orecchie.

Re Peste
Racconto contenente un'allegoria

Gli dèi sopportano e permettono nei re
cose che aborriscono sul cammino dei furfanti.

BUCKHURST, *Tragedia di Ferrex e Porrex*

Verso la mezzanotte di un giorno di ottobre, durante il cavalleresco regno di Edoardo III, due marinai provenienti dall'equipaggio della *Free and Easy*, una goletta mercantile che faceva la spola fra Sluys e il Tamigi, e allora all'ancora in quel fiume, furono molto stupiti di trovarsi seduti nella sala comune di una birreria della parrocchia di Sant'Andrea a Londra, una birreria che aveva per insegna il ritratto di un «Allegro Marinaio».

La sala, sebbene mal costruita, annerita dal fumo, bassa e in tutto conforme all'aspetto generale di simili luoghi in quell'epoca, era nondimeno, nell'opinione dei grotteschi gruppi di avventori sparsi qua e là al suo interno, sufficientemente adatta allo scopo.

Di questi gruppi i nostri due marinai formavano, penso, il più interessante se non il più appariscente.

Quello dei due che sembrava il più anziano e a cui il compagno si rivolgeva usando il tipico appellativo di «Legs», era, allo stesso tempo, il più alto. Misurava forse più di due metri e una posizione abitualmente curva delle spalle sembrava la naturale conseguenza di una statura così fuori del normale. La statura in eccesso era però più che scontata da deficienze di altro tipo. Era enormemente magro; e quando era ubriaco avrebbe potuto, come dicevano i suoi compagni, sostituire una fiamma di testa d'albero, o, quando era sobrio, l'asta del fiocco. Ma queste battute, e altre della stessa natura, non avevano evidentemente mai prodotto alcun effetto sui muscoli facciali del marinaio. Con quegli zigomi alti, il grosso naso aquilino, il mento sfuggente, la mascella cadente e i grossi occhi bianchi e sporgenti, l'espressione della sua fisionomia, per quanto improntata a una sorta di cocciuta indifferenza alle ragioni e alle cose in genere, era nondimeno assolutamente solenne e seria al di là di ogni possibilità di imitazione e di descrizione.

Il marinaio più giovane era, in tutto l'aspetto esteriore, l'opposto del suo compagno. Non era più alto di un metro e trenta. Un paio di gambe tozze e arcuate sosteneva il tronco goffo e tarchiato, mentre le braccia, singolarmente corte e grosse, terminanti in due pugni non comuni, oscillavano ciondoloni ai suoi fianchi come le pinne di una testuggine marina. Gli occhi piccoli e di colore incerto gli sfavillavano profondamente infossati nelle orbite. Il naso era sprofondato nella massa di carne che copriva la faccia rotonda, piena e purpurea; e il grosso labbro superiore poggiava su quello inferiore ancora più spesso con un'aria di compiaciuta soddisfazione, grandemente accresciuta dall'abitudine che aveva il loro proprietario di leccarsele ogni tanto. Evidentemente guardava il suo alto compagno con un sentimento misto di stupore, e di canzonatura; e ogni tanto lo fissava in viso, come il sole rosso al tramonto contempla le creste del Ben Nevis.

Varie e ricche di avvenimenti, però, erano state le peregrinazioni della degna coppia nelle diverse bettole dei dintorni, durante le prime ore della notte. Ma i fondi, anche i più forniti, non durano per sempre: e fu con le tasche vuote che i nostri amici si erano avventurati in quest'ultima locanda.

Nel preciso momento, poi, in cui propriamente inizia questa storia, Legs e il suo compagno, Hugh Tarpaulin, erano seduti, con i gomiti appoggiati sulla grande tavola di quercia al centro della sala e le mani sulle guance. Stavano sbirciando, da dietro un'enorme caraffa non pagata di «spaccabudella», le funeste parole «Niente gesso» [1], che, con loro indignazione e meraviglia, erano tracciate sopra l'ingresso, proprio con quel minerale di cui pretendevano la presenza. Non che il dono di decifrare i caratteri scritti – dono che la gente del popolo dell'epoca, considerava appena meno cabalistico dell'arte di scriverli – potesse, a essere giusti, venire imputato all'uno o all'altro di quei discepoli del mare; ma c'era, a dire il vero, un certo contorcimento nella conformazione delle lettere – un'indescrivibile sbandata sotto vento dell'insieme – che lasciava presagire, secondo i due marinai, un lungo periodo di tempaccio; e gli fece decidere immediatamente, secondo il linguaggio figurato di Legs, di«prosciugare la stiva, issare tutte le vele e filarsela di fronte alla tempesta col vento in poppa».

Avendo quindi liquidato quanto restava di birra e allacciati i loro corti farsetti, balzarono infine verso la strada. Sebbene Tarpaulin approdasse due volte nel camino, scambiandolo per la porta, tuttavia, alla fine, la loro fuga fu coronata dal successo e il rintocco di mezzanotte e mezza trovò i nostri eroi pronti a combinare altri guai e lanciati a gambe levate giù per un vicolo buio in direzione di St. Andrew'Stair, inseguiti rabbiosamente dalla padrona dell'«Allegro Marinaio».

All'epoca di questo avventuroso racconto e, periodicamente, nei molti anni precedenti e seguenti, tutta l'Inghilterra, ma più particolarmente la metropoli, echeggiava del terribile grido: «La Peste!». La città era in gran parte spopolata e, nelle orribili zone in prossimità del Tamigi dove, tra i vicoli e i passaggi bui, angusti e sozzi si supponeva che il Démone della Malattia avesse avuto origine, solo Spavento, Terrore e Superstizione, si aggiravano minacciosi.

Per volere del re questi quartieri erano *al bando* e a chiunque era proibito, pena la morte, di violarne la lugubre solitudine. Ma, né la legge del re, né le gigantesche barriere poste all'ingresso delle strade, né la prospettiva di quella morte disgustosa, che con assoluta certezza avrebbe sommerso i disgraziati che nessun pericolo poteva trattenere dall'avventurarvisi, valevano a impedire che le abitazioni, vuote e disabitate, venissero depredate nei saccheggi notturni, di qualsiasi oggetto di ferro, bronzo, piombo, che potesse in qualche maniera essere trasformato in soldi.

Soprattutto, quando d'inverno si effettuava l'annuale apertura delle barriere, si scopriva che serrature, catenacci e cantine segrete avevano fornito una magra difesa per quei ricchi depositi di vini e liquori che, considerato il rischio e la difficoltà del trasporto, molti dei numerosi mercanti che avevano le loro botteghe in quella zona, si erano adattati ad affidare, durante il periodo di esilio, a così insufficiente protezione.

Ma, tra la popolazione terrorizzata, ben pochi erano coloro che attribuivano queste imprese alla mano umana. I fantasmi della peste, gli spiriti

[1] «No Chalk», letteralmente «Niente gesso», significa in gergo «non si fa credito» (*N.d.T.*).

maligni della pestilenza, i demoni della febbre erano i folletti che il popolo riteneva responsabili dei misfatti; e si raccontavano continuamente storie così orripilanti, che l'intera massa degli edifici messi al bando fu infine avvolta nel terrore come in un sudario, e lo stesso saccheggiatore era non di rado atterrito e trattenuto dagli orrori che le sue stesse rapine avevano creato; così che tutta la vasta zona del quartiere proibito veniva abbandonata alle tenebre, al silenzio, alla pestilenza e alla morte.

Fu da una di queste spaventose barriere già menzionate, che indicavano la zona posta sotto il bando della peste, che Legs e il degno Hugh Tarpaulin, arrampicandosi per un vicolo, si trovarono improvvisamente la fuga sbarrata. Tornare indietro era fuori discussione e, con gli inseguitori alle calcagna, non c'era tempo da perdere. Per due esperti marinai scavalcare un'impalcatura fatta così alla buona era un'inezia; e, stravolti dall'eccitamento della corsa e dell'alcool, saltarono senza esitare dentro al recinto e, ripresa la loro corsa ebbra, urlando e vociando, si persero ben presto nei recessi fetidi e intricati della zona proibita.

Se non fossero stati abbrutiti fino a perdere ogni senso morale, i loro passi barcollanti sarebbero rimasti paralizzati dall'orrore della loro situazione. L'aria era fredda e nebbiosa. Le pietre del selciato, divelte, erano sparse in un incredibile disordine fra l'erba alta e maleodorante che arrivava fino alle caviglie. Case cadute ostruivano le strade. Ovunque regnavano le esalazioni più fetide e tossiche; e con l'aiuto di quella luce spettrale che, anche a mezzanotte, emana sempre da un'atmosfera satura di vapori pestilenziali, si potevano discernere, giacenti nei passaggi e nei vicoli, o marcenti dentro le abitazioni prive di finestre, le carcasse di molti predatori notturni, colti dalla mano del flagello proprio durante il loro saccheggio.

Ma immagini o sensazioni, o ostacoli come questi non avevano il potere di arrestare la corsa di uomini, coraggiosi per natura e, specialmente in quell'occasione poi, pieni fino all'orlo non meno di forte birra che di audacia, e avrebbero proceduto, diritti quanto lo permetteva la loro condizione, senza battere ciglio, fin dentro le fauci della morte stessa. Avanti, sempre avanti procedeva a grandi passi il lugubre Legs, facendo ripetutamente echeggiare la solenne desolazione con gridi simili al terrificante urlo di guerra degli Indiani; e avanti, sempre avanti, avanzava dondolandosi il tarchiato Tarpaulin, appeso al farsetto del suo compagno più agile, e sorpassando di gran lunga i più strenui sforzi vocali di quest'ultimo emettendo, dalla profondità dei suoi stentorei polmoni, muggiti da toro in chiave di basso.

Erano ormai evidentemente giunti alla roccaforte della peste. Il loro cammino, a ogni passo, diveniva più orribile e malsano, le viuzze più strette e intricate. Le grosse pietre e le travi che cadevano a ogni istante dai tetti in rovina sopra le loro teste evidenziavano, con il loro tonfo lugubre e pesante, l'altezza delle case circostanti; e, mentre un autentico sforzo si rendeva necessario per aprirsi un passaggio attraverso frequenti cumuli di immondizie, non era assolutamente raro che la loro mano cadesse su uno scheletro e si imbattesse in un cadavere meno spolpato.

Improvvisamente, mentre i marinai incespicavano sulla soglia di un alto e sinistro palazzo, un grido più acuto del solito uscito dalla gola dell'eccitato Legs, ricevette in risposta, dall'interno, una rapida successione di strida selvagge simili a scrosci di riso, e grida demoniache. Per nulla intimiditi da quei suoni che, per la loro natura, in un simile momento e in un simile posto, avrebbero gelato il sangue in cuori meno irreparabilmente accesi, i due ubriachi si gettarono a capofitto contro la porta, la spalancarono e piombarono in mezzo alla scena con una raffica di imprecazioni.

La stanza in cui si trovarono si rivelò essere la bottega di un impresario di pompe funebri; ma una botola, nell'angolo del pavimento accanto all'entrata, svelava una lunga serie di cantine i cui recessi, come faceva capire di tanto in tanto il rumore di bottiglie stappate, dovevano essere ben forniti del contenuto che gli si addice. In mezzo alla stanza, si ergeva una tavola, al centro della quale era una enorme tinozza piena di un liquido che sembrava essere punch. Bottiglie di vini e di svariati cordiali, insieme ad anfore, boccali e caraffe di ogni forma e qualità, erano sparse a profusione sulla tavola. Intorno ad essa, su dei catafalchi, sedeva una compagnia di sei persone. Cercherò di descriverle una a una.

Di fronte all'entrata, e leggermente al di sopra dei suoi compagni, sedeva un personaggio che pareva essere il capo della tavolata. Era alto e magro, e Legs fu stupito nel vedere un essere ancor più emaciato di lui. La sua faccia era giallo-zafferano, ma nessun tratto, eccetto uno, era sufficientemente rimarchevole da meritare una descrizione dettagliata. Questo tratto consisteva in una fronte così insolitamente e spaventosamente alta da sembrare un berretto o una corona di carne sovrapposta alla testa vera e propria. La sua bocca era contratta e raggrinzita in un'espressione di affabilità spettrale, e i suoi occhi, come del resto quelli di tutta la tavolata, avevano il vitreo splendore che danno i fumi dell'ubriachezza. Questo gentiluomo era vestito, dalla testa ai piedi, di un drappo funebre di velluto di seta nera, riccamente ricamato, che ne avvolgeva negligentemente il corpo a mo' di cappa spagnola. La sua testa era interamente adorna di piume nere da carro funebre, che egli agitava avanti e indietro con aria sbarazzina e furbesca; nella destra teneva un grosso femore umano con cui sembrava che avesse appena mandato a gambe all'aria uno dei membri della compagnia per una canzone.

Di fronte a lui, e con la schiena rivolta alla porta, sedeva una dama di non meno straordinario aspetto. Per quanto alta proprio come la persona appena descritta, non aveva nessuna ragione di lamentarsi di una pari innaturale magrezza. Era infatti chiaramente all'ultimo stadio dell'idropisia, e il suo corpo somigliava assai da vicino al gigantesco barile di birra d'ottobre che, sfondato, le stava al fianco, in un angolo della stanza. Il suo viso era eccessivamente rotondo, rubizzo e gonfio; e la stessa peculiarità, o piuttosto l'assenza di peculiarità che ho menzionato prima a proposito del capo della tavolata si ritrovava anche nella sua espressione, vale a dire che un solo tratto della sua faccia si distingueva in modo speciale: in verità, l'acuto Tarpaulin osservò immediatamente che lo stesso concetto si sarebbe potuto applicare a ciascun personaggio della tavolata; ognuno sembrava possedere il monopolio di un tratto fisionomico particolare. Nella signora in questione questa parte era la bocca. Cominciando dall'orecchio destro, essa correva fino al sinistro come una terrificante fenditura, e i corti orecchini che le ornavano i lobi ballonzolavano continuamente in questa apertura. Ella faceva, tuttavia, ogni sforzo per tenere la bocca chiusa e mantenere un'apparenza dignitosa, fasciata fino al mento in un vestito consistente in un lenzuolo funebre inamidato e stirato di fresco, terminante in un colletto pieghettato di mussolina di batista.

Alla sua destra sedeva una minuscola giovane donna che sembrava godere della sua protezione. Questa creaturina delicata, nel tremito delle dita scarne, nel colore livido delle labbra e nel lieve rossore tubercolotico che le chiazzava la carnagione grigiastra, rivelava i sintomi evidenti di una galoppante consunzione. Tuttavia, tutto il suo aspetto aveva un'aria di estremo *haut ton*; portava con stile grazioso e *dégagé* un ampio e bel lenzuolo funebre del più fine batista indiano; i capelli le ricadevano in riccioli sul collo; un sorriso lieve le aleggiava sulle labbra; ma il naso, estremamente lungo, sottile, sinuoso, flessibile e coperto di pustole, pendeva molto più in basso del suo labbro inferiore, e, a dispetto del vezzo delicato con cui ella, di quando in quando, lo spostava da un lato all'altro con la lingua, dava alla sua fisionomia un'espressione in certo qual modo equivoca.

Di fronte a lei e alla sinistra della signora idropica, sedeva un vecchietto gonfio, asmatico e gottoso, le cui guance riposavano sulle spalle, come due giganteschi otri di vino d'Oporto. Con le braccia conserte e una gamba fasciata e distesa sopra alla tavola, sembrava ritenersi in diritto di qualche speciale considerazione. Evidentemente si sentiva molto orgoglioso di ogni centimetro del suo aspetto personale, ma un più particolare diletto trovava nel richiamare l'attenzione sul proprio soprabito di colore sgargiante. Questo, a dire il vero, doveva essergli costato non poco denaro e gli stava a pennello perché era ritagliato da una di quelle gualdrappe di seta, curiosamente ricamate, appartenenti alle gloriose famiglie gentilizie e che, in Inghilterra e altrove si suole appendere bene in vista nei palazzi quando muore un membro della casata.

Vicino a lui, e alla destra del presidente, era un gentiluomo in mutande di cotone e lunghe calze bianche. Il suo corpo era scosso, in maniera ridicola, da un accesso di ciò che Tarpaulin chiamava «gli orrori». Le sue mascelle, che erano state appena rasate, erano legate da una benda di mussolina; e le braccia, strette insieme per i polsi in modo simile, gli impedivano di servirsi troppo liberamente dei liquori che erano sulla tavola; una precauzione resa necessaria, secondo Legs, dall'aspetto particolarmente inebetito della sua faccia da ubriacone. Tuttavia, un paio di orecchie prodigiose, che senza dubbio era stato impossibile arginare, si spandevano nell'atmosfera della stanza, ed erano ogni tanto contratte da uno spasmo, al rumore di un tappo che saltava.

Di fronte, sesto e ultimo, era un personaggio dalla figura singolarmente rigida che, essendo paralitico, doveva, parlando seriamente, sentirsi assai a disagio nel suo scomodo abbigliamento. Vestiva un abito più unico che raro, una nuova ed elegante cassa da morto in mogano. La sommità o il capo di questa premeva sul cranio di chi l'indossava, e si protendeva in avanti a mo' di cappuccio, conferendo all'intero viso un'aria di indescrivibile interesse. I fori per le braccia erano stati tagliati nei fianchi della cassa, tanto per eleganza che per convenienza; l'abito, nondimeno, impediva al suo proprietario di sedere eretto come i suoi commensali; e mentre egli stava addossato contro il suo catafalco formando un angolo di quarantacinque gradi, un paio di grossi occhi strabuzzati ruotavano verso il soffitto il loro spaventoso albume, assolutamente sbalorditi dalla loro stessa enormità.

Davanti a ciascun personaggio stava un pezzo di cranio che veniva usato come coppa. Sopra alla tavola era sospeso uno scheletro umano, per mezzo di una corda legata a una gamba e assicurata a un anello del soffitto. L'altra gamba, che non era assicurata da nessun legame del genere, sporgeva dal corpo ad angolo retto, facendo oscillare e ruotare tutta la snodata e scricchiolante ossatura secondo il capriccio di ogni occasionale colpo di vento che riusciva ad entrare nella sala. Il cranio del sinistro oggetto era pieno di carboni accesi, che gettavano sull'intera scena una luce vacillante ma vivida; bare e altri oggetti tipici della bottega di un imprenditore di pompe funebri erano ammonticchiati qua e là per la stanza e contro le finestre, per impedire a ogni raggio di luce di sfuggire sulla strada.

In presenza di questa straordinaria assemblea e dei suoi arnesi ancor più straordinari, i nostri due marinai non si comportavano con quel decoro che ci si sarebbe dovuto aspettare. Legs poggiandosi contro la parete presso cui si trovava, lasciò pendere giù più del solito la mandibola e spalancò gli occhi al massimo della loro grandezza; mentre Hugh Tarpaulin, chinandosi fino a portare il naso a livello della tavola, e picchiando con le mani aperte su entrambe le ginocchia, scoppiò in un lungo, alto, fragoroso uragano di risate inopportune e sfrenate.

Tuttavia, senza offendersi di una condotta così eccessivamente rude, il grosso presidente sorrise con molta grazia agli intrusi, fece loro un cenno dignitosissimo con la sua testa neropiumata e, alzatosi, li prese ciascuno per un braccio e li condusse verso una poltrona che qualcuno della compagnia aveva nel frattempo preparato per farli accomodare. Legs non oppose la minima resistenza a tutta questa cerimonia, e si sedette dove gli fu indicato; mentre il galante Hugh, spostando il suo catafalco dal posto vicino al capotavola, accanto alla fanciulla dall'aspetto tisico avvolta nel sudario, si buttò a sedere al suo fianco in grande allegria, e riempito un cranio di vino rosso, lo trangugiò d'un fiato in onore di una conoscenza più intima. A tanta arroganza il rigido signore nella cassa da morto apparve eccessivamente irritato, e serie conseguenze avrebbero potuto seguire se il presidente, picchiando sul tavolo con la sua mazza, non avesse richiamato l'attenzione di tutti i presenti con il seguente discorso:

«Nella presente felice occasione è nostro dovere...».

«Piantala!», interruppe Legs con aria molto seria, «piantala un po', e spiegaci chi diavolo siete tutti quanti, e cosa fate qui conciati come luridi demoni e tracannando buon gin che il mio onesto compagno, Will Wimble, l'impresario di pompe funebri, aveva riposto per l'inverno!»

A questo imperdonabile atto di maleducazione, tutta l'originale compagnia quasi balzò in piedi, emettendo la stessa rapida successione di gridi selvaggi e demoniaci che aveva attirato poco prima l'attenzione dei marinai. Il presidente tuttavia, fu il primo a ritrovare la compostezza e infine, volgendosi a Legs con grande dignità, riprese:

«Molto volentieri soddisferemo ogni ragionevole curiosità di ospiti tanto illustri, per quanto non invitati. Sappiate dunque che io sono il monarca di questi domini e che qui regno con autorità assoluta, con il titolo di "Re Peste I".

Questa sala, che voi senza dubbio supponete profanamente essere la bottega dell'impresario di pompe funebri Will Wimble, un uomo che noi non conosciamo e il cui nome plebeo, prima di questa notte, non aveva mai offeso le nostre auguste orecchie – questa sala, dico, è la Sala del Trono del nostro palazzo, riservata ai consigli del nostro regno e ad altri sacri ed eccelsi scopi.

La nobile dama che siede di fronte a noi è la Regina Peste, nostra Serenissima Consorte. Gli altri augusti personaggi che vedete sono tutti membri della nostra famiglia e indossano le insegne del loro sangue reale, coi titoli rispettivi di "Sua Grazia l'Arciduca Pest-Ifero", "Sua Grazia il

Duca Pest-Ilenziale", "Sua Grazia il Duca Tem-Peste", "Sua Serenissima Altezza l'Arciduchessa Ana-Peste".

Per quanto riguarda la vostra domanda relativa alla ragione per cui sediamo qui in consiglio – continuò –, ci sia perdonato se rispondiamo che ciò riguarda, e riguarda *soltanto*, il nostro privato e regale interesse, e non ha quindi alcuna importanza per nessun altro tranne noi. Ma, in considerazione di quei diritti ai quali, come ospiti e stranieri, voi potreste sentire di avere diritto, vi spiegheremo che noi siamo qui stanotte, dopo un'accurata ricerca e una profonda investigazione, per esaminare, analizzare e determinare a fondo l'indefinibile spirito, le illimitate qualità e la natura degli inestimabili tesori del palato, vini, birre e liquori, di questa bella metropoli: così facciamo prima ancora che per raggiungere i nostri scopi, per accrescere la prosperità di quella sovrana ultraterrena il cui potere ci sovrasta tutti, il cui dominio è senza confini e il cui nome è Morte».

«Il cui nome è Davy Jones! » [2], esplose Tarpaulin, versando un cranio di liquore alla dama al suo fianco, e versandone un altro per sé.

«Canaglia blasfema! », disse il presidente, volgendo la sua attenzione al degno Hugh, «sciagurato empio ed esecrabile! Noi abbiamo detto che, in considerazione di quei diritti che neppure nei confronti della tua sporca persona abbiamo intenzione di violare, consentivamo a rispondere alle tue grossolane e inopportune domande. Nondimeno, per la vostra sacrilega intrusione nel nostro consiglio, crediamo nostro dovere condannare te e il tuo compagno a un gallone a testa di Black Strap, dopo aver sorbito il quale alla prosperità del nostro regno, in un unico sorso in ginocchio, sarete liberi di continuare il vostro cammino o di rimanere per essere ammessi ai privilegi della nostra tavola, a vostro rispettivo e personale piacimento.»

«Sarebbe assolutamente impossibile», replicò Legs a cui la determinazione e la dignità di Re Peste I avevano manifestamente ispirato qualche sentimento di rispetto, e che, parlando, si era alzato e si appoggiava contro la tavola, «sarebbe, con licenza di Vostra Maestà, assolutamente impossibile caricare nella mia stiva sia pure la quarta parte del liquido di cui parla la Maestà Vostra. Per non dire di tutto il carico già preso a bordo in mattinata come zavorra, e per non ricordare la gran quantità di birra e liquori imbarcati stasera in parecchi porti, ho, nel presente momento, un grosso carico di "spaccabudella" preso e debitamente pagato all'insegna dell'"Allegro Marinaio". Voglia dunque Vostra Maestà essere così cortese da accettare la buona volontà al posto dei fatti, perché a nessun costo posso né voglio trangugiare una sola goccia, e men che mai una goccia di quella lurida brodaglia di sentina che risponde al nome di "Black Strap".»

«Ferma! », interruppe Tarpaulin, sbalordito non tanto dalla lunghezza del discorso dell'amico, quanto dalla natura del suo rifiuto. «Ferma là, marinaio d'acqua dolce! Ehi dico, Legs, basta con le tue chiacchiere. Il *mio* scafo è ancora leggero, sebbene, confesso, tu mi sembri un po' troppo pesante; e per quanto riguarda la tua parte di carico, piuttosto che scatenare una burrasca, vedrò io di ritrovare un posto nella mia stiva, ma...»

«Questa procedura», interruppe il presidente, «non è assolutamente conforme ai termini della condanna o sentenza che è, nella sua natura, saggia, inalterabile e irrevocabile. Le condizioni che abbiamo posto devono

[2] Davy Jones è, in gergo, lo spirito del Mare, una sorta di presenza diabolica e briccona che presiede anche ai riti della morte in acqua (*N.d.T.*).

essere adempiute alla lettera e senza un attimo di esitazione; in mancanza di tale adempimento, decretiamo che voi siate legati insieme per il collo e per i talloni, e debitamente annegati, come ribelli, dentro quella botte di birra d'ottobre!» «Una sentenza! Una sentenza! Una giusta e saggia sentenza! Un glorioso decreto! Una degnissima, giustissima e sacrosanta condanna!», gridò all'unisono la famiglia Peste. Il re corrugò la fronte in innumerevoli grinze, il vecchietto gottoso soffiò come un paio di mantici, la dama dal lenzuolo funebre agitò il naso avanti e indietro, il signore dalle mutande di cotone drizzò le orecchie, la dama del sudario boccheggiò come un pesce in agonia e l'uomo dalla cassa da morto, più rigido che mai, strabuzzò gli occhi.

«Uh! Uh! Uh!», ridacchiò Tarpaulin, senza badare all'eccitazione generale, «Uh! Uh! Uh! – uh! uh! uh! – uh! uh! uh! Stavo dicendo», disse, «stavo dicendo, quando il signor Re Peste ci ha messo becco, che due o tre galloni di Black Strap in più o in meno, per un battello solido come me e non troppo carico, erano una vera bazzecola; ma se si tratta di bere alla salute del Diavolo (che Dio lo assolva), e di mettermi giù in ginocchio davanti alla disgraziata maestà qui presente, che, come riconosco di essere un peccatore, so che non è altri al mondo che Tim Hurlygurly, il buffone! perché?! allora penso che sia un'altra faccenda, che supera del tutto e completamente la portata della mia capacità di comprensione.»

Non gli fu permesso di finire in pace questo discorso. Al nome di Tim Hurlygurly, l'intera assemblea balzò in piedi.

«Tradimento!», gridò Sua Maestà Re Peste I.

«Tradimento!», disse il vecchietto con la gotta.

«Tradimento!», urlò la Duchessa Ana-Peste.

«Tradimento!», borbottò il signore dalle mascelle legate.

«Tradimento!», grugnì l'uomo dalla cassa da morto.

«Tradimento! tradimento!», strillò Sua Maestà dalla gran bocca; e, afferrato per il fondo dei calzoni lo sciagurato Tarpaulin che, proprio in quel momento, aveva cominciato a versarsi un cranio di liquore, lo sollevò bene in aria e poi lo lasciò piombare giù, senza tanti complimenti, dentro l'enorme botte aperta della sua birra preferita. Dopo aver fatto su e giù per qualche secondo, come una mela in una coppa di grog, scomparve infine in un turbine di schiuma che, nel liquido già effervescente, i suoi sforzi scomposti avevano sollevato

Tuttavia, il grosso marinaio non assistette rassegnato alla fine del suo compagno. Scaraventato Re Peste dalla botola aperta, il gagliardo Legs ne chiuse violentemente il coperchio con una imprecazione, e balzò al centro della stanza. Qui, strappato lo scheletro che pendeva sopra la tavola, se ne servì come una mazza per menare colpi tutt'intorno con tanta energia e buona volontà che, mentre gli ultimi sprazzi di luce si spegnevano nella sala, egli riuscì a spappolare le cervella del vecchietto gottoso. Allora, precipitandosi con impeto contro la fatale botte piena di birra d'ottobre e di Hugh Tarpaulin, la fece ruzzolare giù in un istante. Ne scoppiò fuori un diluvio di liquido così furioso, così impetuoso, così travolgente, che la sala ne fu inondata da una parete all'altra, la tavola imbandita ne fu rovesciata, i catafalchi andarono a gambe all'aria, la tinozza di punch finì nel focolare e le dame furono colte da attacchi isterici. Cataste di oggetti funebri galleggiavano qua e là. Boccali, anfore, fiaschi, si urtavano confusamente nella *melée*, e le bottiglie impagliate cozzavano disperatamente contro quelle ricoperte di corda. L'uomo degli «orrori» annegò lì per lì, il piccolo signore paralitico andava alla deriva dentro la sua cassa da morto e il vittorioso Legs, afferrata per la vita la grassa dama nel sudario, si precipitò con lei per strada, filando in linea retta verso la *Free and Easy*, seguito, con tutte le vele al vento, dal formidabile Hugh Tarpaulin, che, avendo sternutito due o tre volte, ansimava e soffiava dietro di lui, con la Arciduchessa Ana-Peste.

Perdita di fiato

Oh, non respirare...
MOORE, *Canti*

Anche la sorte più ostinatamente avversa deve, alla fine, cedere di fronte all'irriducibile coraggio della filosofia, come la più inespugnabile fortezza davanti alla vigilanza ininterrotta del nemico. Salmanassar, come si legge nelle sacre scritture, strinse per tre anni d'assedio Samaria, che infine cadde. Sardanapalo (vedi Diodoro) resistette per ben sette anni a Ninive, ma invano. Troia cadde allo spirare del secondo lustro; e Azoto, secondo quanto afferma Aristeo sul suo onore di gentiluomo, aprì infine le porte a Psammetico, dopo avergliele precluse per un quinto di secolo.

«Carogna!... strega!... megera!», dissi a mia moglie il mattino dopo il nostro matrimonio, «Tu strega!... vecchia arpia!... sfacciata!... abisso di iniquità! mostruosa quintessenza di tutto ciò che è abominevole! tu... tu...» e qui, levandomi in punta di piedi, afferrandola alla gola, e accostando la bocca al suo orecchio, mi preparavo a scagliare un nuovo e più deciso epiteto di obbrobrio che non avrebbe potuto mancare, se lanciato, di convincerla della sua nullità, quando, con mio estremo orrore e stupore, mi accorsi che *avevo perso il fiato*.

Le frasi: «Sono rimasto senza fiato», «mi manca il fiato», ecc. ricorrono abbastanza spesso nella conversazione ordinaria; ma non avevo mai pensato che quel terribile incidente di cui parlo potesse verificarsi *bona fide* e nella realtà! Immaginate – se siete dotati di fantasia – immaginate, dico, la mia meraviglia, la mia costernazione, la mia disperazione!

C'è, tuttavia, un buon genio che non mi ha mai abbandonato del tutto. Nei momenti più incontrollabili, conservo ancora un certo senso delle convenienze, *et le chemin des passions me conduit* – come Lord Edoardo dice di sé in *Julie – à la philosophie véritable*.

Sebbene dapprima non potessi accertare fino a che punto l'incidente mi avesse colpito, decisi per ogni evenienza di tenere nascosta a mia moglie la cosa, fino a quando una ulteriore esperienza non mi avesse rivelato la portata della mia inaudita calamità. Modificando dunque, in un momento, la mia fisionomia dall'aspetto ansante e scomposto in un'espressione di maliziosa e civettuola benevolezza, diedi a mia moglie un buffetto su una guancia e un bacio sull'altra e, senza pronunciare una sola parola (dannazione! non potevo), la lasciai stupefatta per la mia bizzarria, mentre piroettavo fuori dalla stanza in un *pas de zéphir*.

Immaginatemi dunque, nascosto al sicuro nel mio *boudoir* privato, spaventoso esempio delle cattive conseguenze dell'irascibilità: vivo, con le caratteristiche di un morto – morto, con tutte le inclinazioni di un vivo – un'anomalia sulla faccia della terra – calmissimo ma senza fiato.

Sì! Senza fiato. Sono serio quando affermo che il mio fiato se n'era completamente andato. Non avrei potuto per mezzo suo spostare una piuma, anche se ne fosse dipesa la mia vita, né appannare la lucentezza di uno specchio. Duro destino! C'era tuttavia qualche sollievo al primo opprimente parossismo di dolore. Mi avvidi, alla prova, che le mie capacità di articolazione che, data la mia impossibilità a procedere nella conversazione con mia moglie, avevo concluso fossero totalmente distrutte, erano in realtà solo parzialmente impedite, e mi accorsi che se, al momento di quella interessante crisi, avessi abbassato la voce fino a un profondo tono gutturale, avrei potuto continuare a esprimerle i miei sentimenti; questo tono di voce (il gutturale) dipendeva, scoprii, non dalla corrente del respiro, ma da una certa azione spasmodica dei muscoli della gola.

Lasciatomi cadere su una sedia, restai per qualche tempo assorto in meditazione.

Le mie riflessioni, non erano certo di tipo consolatorio. Un migliaio di vaghe e lacrimevoli fantasie si impadronirono della mia anima – e persino l'idea del suicidio mi attraversò la mente; ma è caratteristico della perversità dell'umana natura respingere ciò che è ovvio e a portata di mano per ciò che è remoto ed equivoco. Così mi sentii raccapricciare di fronte al suicidio come alla più definitiva delle atrocità, mentre il mio gatto soriano faceva gagliardamente le fusa sul tappeto e il mio cane da caccia ansava ritmicamente sotto il tavolo; entrambi attribuendosi un gran merito per la forza dei propri polmoni, e ovviamente facendosi beffe dell'incapacità dei miei.

Oppresso da un tumulto di speranze vaghe e vaghi timori, alla fine udii i passi di mia moglie che scendeva le scale. Ora, rassicurato sulla sua assenza, tornai con il cuore palpitante sulla scena della mia sventura.

Chiusa accuratamente la porta dal di dentro, cominciai a svolgere energiche ricerche. Era possibile, pensavo, che nascosto in qualche angolo oscuro o celato in qualche armadio o cassetto, si trovasse l'oggetto smarrito della mia indagine. Poteva avere l'aspetto di vapore, o anche una forma tangibile. Nella maggioranza i filosofi, sono ancora tutt'altro che filosofi su molti punti della filosofia. William Godwin, tuttavia, dice nel suo *Mandeville* che «le cose invisibili sono la sola realtà», e questo, tutti ne converranno, è un esempio calzante. Vorrei che il lettore giudizioso esitasse prima di accusare tali osservazioni di eccessiva dose di assurdità. Anassagora, come si ricorderà, sosteneva che la neve è nera, e mi è in seguito capitato di constatare che era proprio così.

Continuai la ricerca a lungo e con scrupolo: ma la miserevole ricompensa di tutta la mia attività e perseveranza non fu altro che una dentiera, due paia di fianchi posticci, un occhio e un certo numero di *billets-doux* del signor Windenough [1] a mia moglie. Qui vorrei anche osservare che questa conferma della predilezione della mia signora per il signor W. mi turbò ben poco. Che la signora Lackobreath [2] dovesse ammirare una persona tanto differente da me, era un male naturale e necessario. Sono, come è noto, di aspetto robusto e corpulento, e allo stesso tempo alquanto basso di statura. Quale meraviglia allora, che l'esilità del mio conoscente magro come un chiodo e la sua altezza, che è divenuta proverbiale, avessero incontrato tutta la dovuta stima agli occhi della signora Lackobreath? Ma torniamo al punto.

I miei sforzi, come ho detto prima, risultarono vani. Armadio dopo armadio, cassetto dopo cassetto, angolo dopo angolo furono ispezionati

[1] Nome scherzoso che ha il significato di «Fiato bastante» (*N.d.T.*).
[2] Nome scherzoso per «Senzafiato» (*N.d.T.*).

senza risultato. A un certo punto, tuttavia, mi credetti sicuro della ricompensa, avendo, nel rovistare in un cestello da lavoro, rotto accidentalmente una bottiglia d'Olio degli Arcangeli di Grandjean – che mi prendo la libertà di raccomandarvi per il suo gradevole profumo.

Col cuore pesante tornai nel mio *boudoir*, per meditare su qualche metodo adatto a eludere la perspicacia di mia moglie fino a quando avessi potuto sistemare le mie cose, prima di abbandonare il paese, poiché avevo già preso questa decisione. In un paese straniero, sconosciuto, avrei potuto, con qualche probabilità di successo cercare di nascondere la mia sventurata calamità – una calamità fatta apposta, più ancora della mendicità, per alienare le simpatie della gente e per attirare sullo sciagurato la meritatissima indignazione dei virtuosi e dei felici.

Non esitati a lungo. Con la mia naturale prontezza, imparai a memoria l'intera tragedia di *Matamora*. Ebbi la fortuna di ricordarmi che nella recitazione di questo dramma, o almeno di quella parte che è assegnata all'eroe, i toni di voce dei quali mi trovavo sprovvisto erano perfettamente inutili, e che ci si aspettava che i suoni gutturali profondi vi dominassero monotonamente dal principio alla fine.

Mi esercitai per qualche tempo lungo le rive di uno stagno molto frequentato, ma senza ripetere l'analogo procedimento di Demostene, bensì secondo un progetto tutto scrupolosamente mio personale. Armato così di tutto punto, decisi di dare a credere a mia moglie di essere improvvisamente colpito da una passione per la scena. Per questo il successo fu veramente miracoloso: ad ogni domanda o insinuazione mi trovai libero di rispondere nei miei toni di voce più rauchi e sepolcrali, con qualche passaggio della tragedia, di cui ogni parte, come presto osservai con grande piacere, si poteva applicare ugualmente bene a qualsiasi particolare argomento. Non bisogna supporre, tuttavia, che nel declamare questi passi omettessi di guardare losco, digrignare i denti, piegare le ginocchia, trascinare i piedi, o alcuna di quelle altre innominabili grazie che sono oggi considerate a ragione le caratteristiche di un buon attore popolare. Non c'è dubbio che si parlò di confinarmi in una camicia di forza; ma, per Dio!, nessuno sospettò mai che avessi perduto il fiato.

Misi infine ordine nei miei affari, presi posto di buon mattino sulla diligenza per..., lasciando intendere ai miei conoscenti che affari di estrema importanza esigevano la mia immediata presenza in quella città.

La diligenza era al completo; ma nell'incerto crepuscolo non potevo distinguere le fattezze dei miei compagni di viaggio. Senza opporre resistenza, sopportai di trovarmi collocato tra due signori di dimensioni colossali; mentre un terzo, di corporatura anche maggiore, scusandosi per la libertà che stava per prendersi, mi si gettò addosso con tutta la persona e, addormentatosi all'istante, soffocò tutte le mie gutturali implorazioni di soccorso in un russare che avrebbe fatto arrossire di vergogna i muggiti del Toro di Falaride. Fortunatamente lo stato delle mie facoltà respiratorie rendeva il soffocamento un incidente assolutamente impossibile.

Quando, tuttavia, il giorno cominciò a farsi più chiaro, mentre ci si veniva avvicinando ai sobborghi della città, il mio persecutore, alzandosi e accomodandosi il colletto della camicia, mi ringraziò con tono estremamente amichevole per la mia cortesia. Vedendo che restavo immobile (avevo tutte le membra slogate e il capo torto da una parte), le sue apprensioni cominciarono a destarsi; e svegliando il resto dei passeggeri, manifestò fermamente la sua opinione che era stato «sbolognato» lì un cadavere durante la notte al posto di un viaggiatore vivo e responsabile; e qui mi diede una botta sull'occhio destro, come a dimostrare la verità della sua asserzione.

A questo punto, tutti, uno dopo l'altro (erano nove nella compagnia) si credettero in dovere di tirarmi le orecchie.

Quando anche un giovane medico, avvicinatomi uno specchietto tascabile alla bocca, mi trovò senza fiato, la dichiarazione del mio persecutore fu proclamata esatta; e tutta la compagnia espresse la determinazione di non tollerare più supinamente in futuro simili imposizioni, e di non procedere oltre, per il momento, con una carcassa del genere.

Di conseguenza, fui scaricato dalla vettura alla taverna del «Corvo» (presso cui la diligenza si trovava a passare) senza altri incidenti che la rottura delle braccia sotto la ruota posteriore sinistra del veicolo. Devo, d'altra parte, rendere giustizia al postiglione, e dichiarare che non mancò di gettarmi appresso il più grosso dei miei bauli, il quale sfortunatamente, cadendomi sulla testa, mi fratturò il cranio in un modo al contempo interessante e straordinario.

Il padrone del «Corvo», che è un uomo ospitale, scoprendo che il mio baule conteneva abbastanza da indennizzarlo per tutti i piccoli disturbi che si fosse preso a causa mia, mandò subito in caccia di un chirurgo di sua conoscenza e mi affidò alle sue cure insieme con una ricevuta per dieci dollari.

L'acquirente mi trasportò nei suoi appartamenti e cominciò immediatamente le operazioni. Avendomi tagliate le orecchie, tuttavia, scoprì dei segni di animazione. Suonò immediatamente il campanello, e mandò a chiamare un farmacista del vicinato, per consultarsi con lui in quell'emergenza. Nel caso che i suoi sospetti riguardo la mia vitalità si fossero dimostrati in ultima analisi fondati, mi praticò nel frattempo un'incisione allo stomaco, e, mi asportò buona parte delle viscere per una dissezione in privato.

Il farmacista era dell'opinione che io fossi realmente morto. Opinione che mi sforzai di confutare, tirando calci e sussultando il più possibile e dandomi ai più furiosi contorcimenti poiché le operazioni del chirurgo mi avevano, in certa misura, restituito il possesso delle mie facoltà. Ma tutto fu attribuito agli effetti di una nuova batteria galvanica con la quale il farmacista, che è realmente un uomo molto informato, eseguì parecchi curiosi esperimenti, per i quali, per la mia personale partecipazione alla loro riuscita, non potei fare a meno di provare un profondo interesse. Era tuttavia per me motivo di mortificazione il fatto che, malgrado i ripetuti sforzi per conversare, i miei poteri vocali fossero così perfettamente assenti che non riuscivo nemmeno ad aprire la bocca; e tantomeno, dunque, a replicare a certe ingegnose ma fantasiose teorie che, in tutt'altre circostanze, la mia minuziosa conoscenza della patologia ippocratica mi avrebbe permesso di confutare prontamente.

Incapaci di giungere a una conclusione, i due medici mi rimandarono a un ulteriore esame.

Venni portato in una soffitta, e, avendomi la moglie del chirurgo munito di mutandoni e calze, il chirurgo stesso mi legò le mani e mi fasciò le mascelle con un fazzoletto da tasca; quindi chiuse la porta dall'esterno e se ne andò in gran fretta a pranzo, lasciandomi solo al silenzio e alla meditazione.

Scoprii allora con immensa gioia che avrei potuto parlare se non avessi avuto la bocca legata con il fazzoletto.

Consolandomi con questa riflessione, stavo ripetendo mentalmente alcuni passaggi della *Onnipresenza della Divinità*, come è mia abitudine prima di cedere al sonno, quando due gatti di natura rapace e aggressiva, entrando da un foro nel muro, spiccarono un salto con una capriola *à la Catalani* e, piombando l'uno di fronte all'altro sul mio viso, si diedero a una indecorosa contesa che aveva come misero oggetto il mio naso.

Ma, come la perdita delle orecchie fu il mezzo per elevare al trono di Ciro il Mago o Mige-Gush di Persia, e come Zopiro entrò in possesso di Babilonia per il fatto che gli era stato tagliato il naso, la perdita di alcune once del viso si rivelò la salvezza del mio corpo. Scosso dal dolore, e acceso di indignazione, strappai con un unico sforzo i lacci e il bavaglio. Attraversando a grandi passi la stanza, gettai uno sguardo di disprezzo ai belligeranti, e spalancando la finestra, con loro estremo orrore e disappunto, mi precipitai con straordinaria destrezza di sotto.

Il brigante W., a cui rassomigliavo in modo singolare, veniva in quel momento condotto dalla prigione cittadina alla forca eretta per la sua esecuzione in periferia. L'estrema debolezza e la cattiva salute che lo affliggevano da lunga pezza gli avevano valso il privilegio di stare senza manette; e, vestito con il costume di condannato – estremamente simile al mio – giaceva disteso sul fondo del carretto del boia (che si trovava a passare proprio sotto le finestre del chirurgo al momento in cui mi lanciavo) senza altra guardia che quella del conducente, che dormiva, e di due reclute del sesto fanteria ubriache.

Come sciagura volle, approdai in piedi dentro al carretto. W., che era un individuo molto astuto, vide l'occasione favorevole. Balzando su immediatamente, si lanciò fuori e, scantonando per un viale, scomparve alla vista di un batter d'occhio. Le due reclute, svegliate dal trambusto, non afferrarono con esattezza il significato degli avvenimenti. Vedendo tuttavia un uomo, che era l'esatta copia del disgraziato, dritto in piedi nel carro, sotto i loro occhi, furono dell'opinione che quel furfante (intendendo W.) stesse certamente per darsi alla fuga (così si espressero), e, essendosi comunicata reciprocamente quella loro opinione, bevvero prima un sorso e poi mi atterrarono col calcio dei moschetti.

Non ci volle molto per arrivare a destinazione. Naturalmente non c'era nulla da dire a mia difesa. L'impiccagione era il mio inevitabile destino. E mi rassegnai con un senso metà di stupore e metà di acrimonia. Essendo piuttosto cinico, dirò che mi sentivo da cani.

Il boia, tuttavia, mi aggiustò il laccio al collo. La botola si aprì.

Mi astengo dal descrivere le mie sensazioni sulla forca: anche se, senza dubbio, potrei parlare con cognizione di causa; e si tratta di un soggetto su cui nulla è stato detto degno di nota. Infatti, per scrivere su di un simile tema è necessario essere stato impiccato. Ogni autore dovrebbe limitarsi al campo della propria esperienza. Così, ad esempio, Marco Antonio compose un trattato sull'ubriachezza.

Accennerò, tuttavia, al fatto che non morii. Il mio corpo *fu* impiccato, ma io non avevo fiato per *esserlo*; e a parte il nodo sotto l'orecchio sinistro (che mi sembrava un colletto rigido militare), oso dire di essere stato ben poco scomodato. Quanto allo strappo patito dal mio collo all'aprirsi della botola, si dimostrò semplicemente un correttivo della distorsione procuratami dal signore grasso nella diligenza.

Per buone ragioni, tuttavia, feci del mio meglio per ripagare la folla del suo disturbo. Le mie convulsioni vennero trovate straordinarie. I miei spasmi sarebbero stati difficilmente superabili. Il popolino chiedeva il bis. Parecchi signori svennero; e una quantità di signore fu portata a casa in preda a crisi isterica. Pinxit [3] si valse dell'occasione per ritoccare, in base a uno schizzo preso sul luogo, il suo ammirevole dipinto *Marsia spellato vivo*.

Appena ebbi offerto sufficiente divertimento, si ritenne opportuno togliere il mio corpo dalla forca, specialmente per il fatto che nel frattempo il vero colpevole era stato catturato e riconosciuto, cosa della quale io disgraziatamente non ero informato.

Naturalmente, si manifestò molta simpatia nei miei confronti e siccome nessuno reclamava il mio corpo, si dette ordine di seppellirlo in una fossa comune.

Qui, dopo un ragionevole intervallo, venni deposto. Il becchino se ne andò, e io restai solo. Un verso del *Malcontento* di Marston,

> La morte è un buon diavolo e tiene la casa aperta,

mi colpì in quel momento come una manifesta menzogna.

Tuttavia, feci saltare il coperchio della bara e uscii fuori. Il luogo era terribilmente umido e tetro, e mi sentii invadere dall'*ennui*. Per divertirmi, mi feci strada fra le numerose bare che erano disposte ordinatamente tutt'intorno. A una a una le tiravo giù sul pavimento e, rompendo il coperchio, mi immergevo in speculazioni sulla spoglia mortale che vi era dentro.

«Costui», monologavo, inciampando in un carcame enorme, gonfio, tondeggiante, «costui è stato senza dubbio, in ogni senso della parola, un infelice, uno sventurato. Il suo terribile destino è stato non di camminare, ma di procedere ondeggiando: ha attraversato la vita non come un essere umano, ma come un elefante, ...non come un uomo, ma come un rinoceronte. I suoi tentativi di avanzare non sono stati che degli aborti, le sue procedure per girarsi evidentissimi fiaschi. Per fare un passo avanti il disgraziato avrà dovuto farne due a destra e tre a sinistra. I suoi studi si sono limitati alla poesia di Crabbe [4]. Non ha potuto avere idea delle meraviglie di una piroetta. Per lui un *pas de papillon* è stato un'astrazione. Non è salito mai in cima a un monte, non ha mai contemplato dall'alto di un campanile le glorie di una metropoli. L'afa è stata il suo mortale nemico. Con la canicola, ha passato veramente giornate da cane: e avrà sognato allora di fiamme e di soffocamento – di montagne sovrapposte a montagne – del Pelio sovrapposto all'Ossa. Gli mancava il fiato: per dirla in una parola, gli mancava il fiato. Gli deve essere sembrato stravagante suonare degli strumenti a fiato. Sarà stato lui l'inventore di ventagli automatici, ventole e ventilatori. Avrà protetto Du Pont, il fabbricante di mantici, e sarà morto miseramente tentando di fumare un sigaro. Fu un caso il suo a cui io prendo profondo interesse, un destino per il quale provo sincera commiserazione.»

«Ma ecco qua», dissi, «ecco qua» e trassi fuori con dispetto dal suo ricettacolo una forma scarna, allungata, dall'aspetto bizzarro, il cui singo-

[3] Letteralmente «Dipinse» (*N.d.T.*).
[4] Gioco di parole: qui il nome è simile alla parola inglese *crab*, «granchio» (*N.d.T.*).

lare aspetto mi colpì con un senso di sgradevole familiarità, «qui c'è un miserabile che non ha diritto a nessuna commiserazione sulla terra.» Così dicendo, per ottenere una vista più chiara del soggetto, gli presi il naso tra il pollice e l'indice, e facendogli assumere una posizione seduta per terra, lo tenni in quel modo, a braccio teso, mentre continuavo il mio soliloquio.

«Senza diritto», ripetei, «ad alcuna commiserazione sulla terra. E chi, in verità, potrebbe pensare di avere compassione per un'ombra? D'altra parte, non ha forse avuto tutta la sua parte delle gioie della vita mortale? Da lui hanno avuto origine i monumenti elevati, le torri, i parafulmini, e i pioppi neri d'Italia. Il suo trattato *Sogni e ombre* lo ha immortalato. Ha curato con notevole abilità l'ultima edizione di *Meridione sulle ossa*. È andato anzitempo all'università, e ha studiato la pneumatica. Tornato a casa, parlava incessantemente e suonava il corno francese. Ha protetto le cornamuse. Il capitano Barclay che marciava contro il tempo non avrebbe marciato contro di *lui*. Windham e Allbreath [5] furono i suoi scrittori preferiti; il pittore che predilesse: Phiz. È morto gloriosamente nell'atto di aspirare del gas – *levique flatu corrupitur* – come la *fama pudicitiae* secondo Ieronimo [6]. Egli era senza dubbio un...»

«Come *può*? come... può?», interruppe l'oggetto della mia animosità, cercando di prendere fiato, e strappando con uno sforzo disperato la benda che gli fasciava le mascelle: «come *può*, signor Lackobreath, essere tanto infernalmente crudele da stringermi il naso a questo modo? Non ha visto come mi avevano imbavagliato? E lei *dovrebbe* sapere, seppure sa qualcosa, di quale enorme eccesso di fiato mi è dato disporre! Se tuttavia *non* lo sa, si sieda e vedrà. Nella mia situazione è veramente un gran sollievo poter finalmente aprire la bocca, potermi espandere, poter comunicare con una persona come lei che non si sente obbligato a interrompere ogni poco a un gentiluomo il filo del discorso. Le interruzioni sono seccanti e dovrebbero senza dubbio venire abolite. Non le pare? Non risponda, la prego; basta parlare uno alla volta. Io avrò presto finito, e allora potrà cominciare lei. Come diavolo mai, signore, è venuto a finire in questo luogo? Non una parola, la supplico! Sono qui da qualche tempo io stesso, un terribile incidente! Ne avrà sentito parlare, suppongo? spaventosa calamità! Passeggiando sotto le sue finestre, poco tempo fa, in quel tempo in cui andava pazzo per la scena, un orribile incidente! – ha sentito parlare di "trattenere il fiato" immagino? – silenzio, le dico! – io ho trattenuto quello di un altro! Ne ho sempre avuto troppo del mio – incontrai Blab all'angolo della strada – non mi diede modo di pronunciare una sola parola, non riuscii a insinuare una sola sillaba nemmeno di traverso, ebbi di conseguenza un attacco di epilessia, Blab fuggì, al diavolo tutti gli imbecilli! Mi credettero morto, e mi confinarono qui – bel modo di trattare! – Ho udito tutto quel che ha detto di me – ogni parola una bugia – orribile! – stupefacente! – oltraggioso! – ignobile! – incomprensibile! eccetera; eccetera, eccetera, eccetera...»

È impossibile avere idea del mio stupore a un discorso tanto inatteso, o della gioia quando mi potei a poco a poco convincere che il fiato così opportunamente acchiappato da quel signore (che riconobbi presto come il mio vicino Windenough) era in realtà quell'identica espirazione da me

[5] Scherzoso per «Sacco di vento» e «Tuttofiato» (*N.d.T.*).

[6] *Tenera res in feminis fama pudicitiae est, et qualis flos pulcherrimus, cito ad levem marcescit auram, levique flatu corrupitur, maxime, etc.* Hieronymus ad Salviniam.

smarrita durante la conversazione con mia moglie. Il tempo, il luogo e le circostanze rendevano la cosa certa al di là di ogni dubbio.

Tuttavia, non lasciai subito la presa sulla proboscide del signor Windenough, o perlomeno, non per il periodo abbastanza lungo durante il quale l'inventore dei pioppi neri d'Italia continuò a favorirmi le sue spiegazioni. A questo ero spinto da quell'abituale prudenza che è stato sempre il mio tratto più caratteristico. Riflettei che molte difficoltà potevano ancora incontrarsi sulla via della mia salvezza, e che soltanto con un estremo sforzo sarei riuscito a superarle. Molte persone, pensai, tendono a stimare i beni in loro possesso – per quanto privi di valore per il loro proprietario, per quanto imbarazzanti e magari pericolosi – in proporzione diretta ai vantaggi che altri potrebbero ricavare dall'ottenerli, o essi stessi dall'abbandonarli. Non poteva essere questo il caso del signor Windenough? Lasciandogli vedere la mia ansia per quel fiato di cui egli aveva tanta voglia di sbarazzarsi, non mi esponevo forse all'imposizione della sua avarizia? Ci sono furfanti a questo mondo, mi ricordai con un sospiro, che non avrebbero nessuno scrupolo a prendersi dei vantaggi sleali anche con il vicino di casa, e (questa osservazione è di Epitteto) è appunto quando l'uomo è più ansioso di sbarazzarsi del fardello delle proprie calamità, che è meno desideroso di alleviare le altrui.

Fu dunque sulla base di considerazioni di questo tipo e tenendo ben salda la presa sul naso del signor W., che credetti opportuno costruire la mia risposta.

«Mostro!», cominciai con accenti della più profonda indignazione. «Mostro e idiota dal fiato doppio! *tu*, che per le tue iniquità il cielo si è compiaciuto di maledire con un duplice respiro, *tu* dico, presumi di rivolgerti a me nel linguaggio familiare di un vecchio conoscente? "Io mento!" ma davvero! e "stia zitto!", ma proprio! un bel discorso, in verità, da fare a un gentiluomo con un fiato solo! e tutto questo, poi, quando è in mio potere liberarti dalla calamità che ti fa giustamente soffrire – di tagliare corto agli eccessi della tua sciagurata respirazione!»

Sull'esempio di Bruto, mi arrestai in attesa di una replica, con la quale il signor Windenough, come un ciclone, mi sopraffece immediatamente. Proteste seguirono a proteste, e scuse a scuse. Nessuna condizione che egli non fosse disposto a sottoscrivere volentieri, e nessuna da cui mancai di trarre il massimo vantaggio.

Sistemati infine i preliminari, il mio conoscente mi consegnò alla fine la mia respirazione; della quale (dopo averla esaminata con cura) gli rilasciai ricevuta.

Non mi nascondo che molti mi biasimeranno per aver parlato in modo così sommario di una transazione tanto immateriale. Si penserà che avrei dovuto addentrarmi nei più minuti particolari di un evento che, è verissimo, potrebbe gettare molta luce su un ramo altamente interessante della filosofia filosofica.

A tutto ciò sono veramente spiacente di non poter dare risposta. Un accenno è il solo chiarimento che mi sia concesso di dare. Vi furono *circostanze* – ma, credo, riflettendo, che sia molto più sicuro dire il meno possibile su un affare tanto delicato – *tanto delicato*, ripeto, e che, nello stesso tempo implica gli interessi di un terzo nei cui sulfurei risentimenti non ho il minimo desiderio, per il momento, di incorrere.

Non tardammo molto, dopo questa necessaria transazione, a fuggire dai sotterranei della tomba. La forza sommata delle nostre voci resuscitate fu a sufficienza evidente. Scissors [7], l'editore liberale, ripubblicò un trattato sulla «natura e origine dei rumori sotterranei». Una risposta, replica, confutazione e giustificazione seguì subito dalle colonne di una gazzetta democratica. Soltanto all'apertura della tomba, allo scopo di decidere la controversia, l'apparizione mia e del signor Windenough dimostrò che ambo le parti erano decisamente in errore.

Non so concludere questi particolari riguardanti alcuni singolarissimi frangenti di una vita che fu in ogni suo momento alquanto fortunosa, senza richiamare ancora una volta l'attenzione del lettore sui meriti di quella indiscriminata filosofia che è uno scudo pronto e sicuro contro gli strali di calamità che non possono essere visti, né sentiti, né compresi appieno. Fu nello spirito di questa saggezza che, tra gli antichi Ebrei, si credeva che le porte del cielo si sarebbero inevitabilmente aperte a quel peccatore o a quel santo che con buoni polmoni e implicita fiducia avesse saputo pronunciare la parola «*Amen*!». Fu nello spirito di tale saggezza che, quando una terribile pestilenza infieriva su Atene, e tutti i mezzi erano stati invano tentati per debellarla, Epimenide, come Laerzio riferisce di quel filosofo, nel suo secondo libro, consigliò l'erezione di un altare e di un tempio «al Dio più confacente».

LITTLETON BARRY [8]

[7] Letteralmente «Forbici» (*N.d.T.*).
[8] Nome col quale Poe firmò originariamente il racconto (*N.d.T.*).

Berenice

Dicebant mihi sodales, si sepulchrum amicae visitarem, curas meas aliquantulum fore levatas.
Mi dicevano i compagni che, se avessi visitato il sepolcro dell'amica, le mie sofferenze sarebbero un poco diminuite.
EBN ZAIAT

L'infelicità è molteplice. La sfortuna della terra è multiforme. Protendendosi sul vasto orizzonte come l'arcobaleno, ha sfumature di colori altrettanto diversi – e anche altrettanto definiti, eppure intimamente fusi. Si protende sul vasto orizzonte come l'arcobaleno! Come mai dalla bellezza ho tratto una simile bruttura? Dal simbolo della pace un'immagine di dolore? Ma, come nell'etica il male è conseguenza del bene, così, nella realtà, dalla gioia nasce il dolore. Sia che la memoria della passata felicità costituisca il tormento del presente, sia che le angosce che *sono* abbiano origine nelle estasi che *avrebbero potuto essere*.

Il mio nome di battesimo è Egeo; tacerò quello della mia famiglia. Eppure non vi sono in tutto il paese torri più venerabili per antichità della mia grigia e cupa dimora avita. La nostra stirpe è stata chiamata razza di visionari; e molti particolari sorprendenti – come l'aspetto della casa avita, gli affreschi della sala principale, gli arazzi delle stanze da letto, la cesellatura di alcune colonne dell'armeria, ma soprattutto la galleria di antichi dipinti, lo stile della biblioteca e infine il suo contenuto molto particolare – sono prove più che sufficienti ad avallare tale credenza.

I ricordi dei miei primi anni sono legati a quella stanza e ai suoi libri di cui non dirò altro. Qui morì mia madre. Qui sono nato io. Ma sarebbe del tutto ozioso affermare che non fossi vissuto prima di allora, che l'anima non abbia avuto una esistenza antecedente. Potete negarlo?

Non discutiamone. Io ne sono convinto, non pretendo di persuadere gli altri.

V'è tuttavia un ricordo di forme aeree, di occhi spirituali pieni di significato, di suoni melodiosi eppure mesti – un ricordo che non vuole cancellarsi, una memoria simile a un'ombra –, vaga, mutevole, indefinita, vacillante; e, come di un'ombra, mi sarà impossibile liberarmene finché vivrà in me la luce radiosa della mia ragione.

Sono nato in quella stanza. Destandomi infine dalla lunga notte di ciò che sembrava, ma non era, inesistenza, per approdare all'improvviso nella terra stessa delle fate, in un castello della fantasia, nel folle dominio del pensiero e dell'erudizione monastica, non è singolare che mi guardassi intorno con occhi febbrili e stupiti, che seppellissi la mia infanzia nei libri e dissipassi la giovinezza nelle fantasticherie; ma *è* singolare, invece, mentre gli anni fuggivano e la pienezza della virilità mi trovava ancora nella casa avita – *è* davvero singolare il ristagno che all'improvviso inaridì le sorgenti della mia vita e il capovolgimeno che stravolse il carattere dei miei più semplici pensieri. Le realtà del mondo mi apparivano come visioni e soltanto come visioni, mentre le folli idee della terra dei sogni divenivano in cambio, non la materia prima della mia vita quotidiana, ma, realmente, la mia unica intera esistenza.

Berenice e io eravamo cugini e crescemmo insieme nella mia dimora paterna.

Tuttavia, crescemmo diversamente: io cagionevole di salute e sprofondato nella malinconia, lei agile, graziosa e piena di vitalità; per lei le escursioni in montagna, per me gli studi del chiostro; io rintanato nel mio cuore, dedito anima e corpo alla più intensa e dolorosa meditazione, lei spensierata, vagante nella vita senza curarsi delle ombre disseminate lungo il suo sentiero o del volo muto delle ore dalle ali di corvo.

Berenice! Invoco il suo nome – Berenice! – e dalle grigie rovine della memoria migliaia di ricordi tumultuosi si ridestano a quel suono! Oh, la sua immagine è ora vivida davanti a me come nei primi giorni della sua spensieratezza e allegria! Oh, bellezza superba eppure fantastica! Oh, silfide tra i boschetti di Arnheim! O Naiade tra le sue fonti! E poi, poi tutto è mistero e terrore – una storia che non andrebbe raccontata. La malattia, una malattia fatale, si abbatté sul suo corpo come vento del deserto; e mentre ancora la contemplavo, lo spirito della trasformazione la travolse, pervadendone la mente, le abitudini, il temperamento e turbandone nel modo più sottile e terribile, persino la fisionomia. Ahimè, il distruttore venne e si dileguò!

E la vittima, dov'era? Io non la riconoscevo, o almeno, non la riconoscevo più come Berenice!

Nel lungo elenco di malattie che fecero seguito a quella prima e fatale che aveva così orribilmente mutato la persona fisica e morale di mia cugina, va ricordata come la più triste e ostinata, una sorta di epilessia che non di rado si risolveva in uno stato di *trance*, molto somigliante a una vera e propria dissoluzione dalla quale, in moltissimi casi, si riaveva con un risveglio sorprendentemente repentino.

Contemporaneamente, la mia malattia – perché mi è stato detto che soltanto così avrei dovuto chiamarla – la mia malattia, dicevo, crebbe rapidamente fino ad assumere il carattere di monomania, una nuova e straordinaria forma che, accrescendo di vigore di ora in ora, di attimo in attimo, finì per esercitare su di me un incontrastato dominio.

Questa monomania, se così devo chiamarla, si manifestava con un'irritabilità morbosa di quelle proprietà mentali che la metafisica definisce di *attenzione*.

È molto probabile che io non sia compreso; ma temo, in verità, che sia impossibile dare alla mente del lettore medio un'idea adeguata di quella nervosa *intensità di interesse*, con cui, nel mio caso, le facoltà di concentrazione (per non usare termini tecnici), si impegnavano e sprofondavano nella contemplazione anche dei più comuni oggetti dell'universo.

Meditare instancabilmente per lunghe ore, appuntando l'attenzione su qualche dettaglio senza importanza o nei caratteri tipografici di un libro; restarmene assorto per la maggior parte di una giornata estiva inseguendo un'ombra bizzarra proiettata di sbiego sulla tappezzeria o sul pavimento; perdermi per una intera notte a fissare la fiamma immobile di una lampada o la brace nel camino; fantasticare per giorni interi sul profumo di un fiore; o ripetermi in maniera ossessiva una parola qualsiasi, finché il suono, mille volte pronunciato, si vuotava di ogni significato; perdere ogni senso dinamico o di esistenza fisica in un'immobilità assoluta del corpo, ostinatamente prolungata; ecco alcune delle più comuni e meno dannose aberrazioni prodotte da una condizione mentale, a dire il vero non del tutto priva di precedenti, ma certamente tale da sfidare qualsiasi analisi o spiegazione.

Ma non voglio essere frainteso; l'eccessiva, assidua, morbosa attenzione così destata in me da oggetti di natura marginale, non deve essere confusa con quella tendenza a rimuginare comune a tutta l'umanità, e a cui indulgono in particolar modo le persone dotate di una fervida immaginazione.

E non era neppure, come si potrebbe supporre in un primo momento, una condizione estrema, o una esagerazione di tale tendenza, ma una cosa fondamentalmente e sostanzialmente diversa e distinta.

Nel primo caso il sognatore, o visionario, attratto da un oggetto di solito *non* futile, perde di vista, a poco a poco, l'oggetto in un mucchio di deduzioni e suggestioni che ne scaturiscono finché, al termine di un sogno a occhi aperti *spesso pieno di voluttà*, si accorge che l'*incitamentum* o causa prima delle sue meditazioni, è completamente svanito e rimosso.

Nel mio caso, il movente originario era *invariabilmente futile*, sebbene assumesse, attraverso la mia fantasia malata, un'importanza irreale e rifratta.

Venivano fatte ben poche deduzioni, seppure se ne facevano; e quelle poche tornavano immancabilmente all'oggetto originario, come a un fulcro.

Le meditazioni non erano *mai* piacevoli, e, al termine del sogno a occhi aperti, la causa prima, ben lungi dall'essere stata persa di vista, aveva raggiunto quell'esagerato interesse soprannaturale che costituiva la caratteristica dominante della malattia. In una parola, le facoltà mentali più particolarmente eccitate in me erano, come ho già detto, quelle dell'*attenzione*, mentre nel sognatore a occhi aperti, sono quelle *speculative*.

I miei libri, all'epoca, se non servivano a eccitare il mio disordine mentale, condividevano, come è facile comprendere, per il loro carattere fantastico e irrazionale, le caratteristiche qualità del disordine stesso.

Ricorderò, fra gli altri, il trattato del nobile italiano Celio Secondo Curione, *De Amplitudine Beati Regni Dei*; la grande opera di Sant'Agostino, *La Città di Dio*, e il *De Carne Christi* di Tertulliano la cui affermazione paradossale, «*Mortus est Dei Filius; credibile est quia ineptum est et sepultus resurrexit; certum est quia impossibile est*», assorbì completamente il mio tempo per parecchie settimane di laboriosa e sterile ricerca.

Apparirà quindi chiaro che, turbata nel suo equilibrio soltanto da simili inezie, la mia ragione somigliava a quello scoglio di cui dice Tolomeo Efestione, che, incrollabile agli attacchi dell'umana violenza e al furore ancor più terribile delle onde e dei venti, tremava al solo tocco del fiore chiamato Asfodelo.

Sebbene a un osservatore distratto possa sembrare indubbio che l'alterazione prodotta dalla tragica malattia nella condizione *morale* di Berenice, dovesse offrirmi parecchi argomenti su cui esercitare l'intensa e anormale capacità meditativa, di cui non senza difficoltà ho descritto la natura, tuttavia non era così. Negli intervalli lucidi del mio male, la sua sciagura mi addolorava realmente e, prendendo profondamente a cuore la rovina assoluta della sua bella e dolce esistenza, non mancavo di meditare spesso e amaramente sulle forze prodigiose e misteriose che potevano avere operato una così strana e improvvisa rivoluzione.

Ma queste riflessioni non facevano parte dell'idiosincrasia del mio male, ed erano le stesse che in simili circostanze sarebbero occorse alla maggior parte dei mortali. Fedele al suo particolare carattere, il mio disordine mentale si dilettava nei mutamenti di minore importanza, sebbene più impressionanti, avvenuti nella struttura *fisica* di Berenice, nella singolare e spaventosa distorsione della sua fisionomia.

Durante i giorni più splendidi della sua ineguagliata bellezza, certamente non l'avevo mai amata. Nella strana anomalia della mia esistenza, i miei sentimenti *non erano mai stati* del cuore, e le passioni *erano sempre state* della mia mente.

Attraverso i grigiori del primo mattino, tra le ombre intricate del bosco a mezzogiorno, nel silenzio della mia biblioteca durante la notte, mi aveva aleggiato davanti agli occhi e io l'avevo veduta, non come la Berenice viva e palpitante, bensì come la Berenice di un sogno; non come una creatura, terrestre, ma come l'astrazione di tale essere; non come una cosa da ammirare, ma da analizzare; non come un oggetto d'amore, ma come il tema della speculazione più astrusa, per quanto disordinata.

E *ora*, ora tremavo in sua presenza, impallidivo al suo avvicinarsi, e tuttavia commiserando amaramente le pietose condizioni del suo decadimento, mi ricordai che mi aveva lungamente amato, e, in un malaugurato momento, le parlai di matrimonio.

Alla fine il momento delle nostre nozze si approssimò, quando, un pomeriggio d'inverno di quell'anno – uno di quei giorni intempestivamente caldi, calmi e nebbiosi che sono la nutrice della bella Alcione [1] – sedevo (credendomi solo) nella parte più recondita della biblioteca.

Ma sollevando gli occhi, vidi Berenice dinanzi a me.

Era la mia immaginazione eccitata, o l'influenza dell'atmosfera, o l'incerta luce dello studio, o i tessuti grigi di cui era drappeggiata la sua figura, a darle un contorno così vacillante e indistinto? Non saprei.

Non disse una parola, e io – per nulla al mondo – avrei proferito una sillaba. Un brivido gelido mi percorse le membra; un senso di insopportabile angoscia mi oppresse; una curiosità devastante mi afferrò l'animo; e ricadendo sulla sedia, rimasi qualche attimo senza respiro, immoto con gli occhi fissi sulla sua figura. Ahimè! la sua magrezza era estrema, e non un segno del suo essere primitivo si scorgeva più in tutta la sua persona. Il mio sguardo febbrile si posò infine sul suo viso.

La fronte era alta, pallidissima, singolarmente serena; e i capelli un tempo neri come l'ebano, la ricoprivano in parte e ombreggiavano le tempie incavate con innumerevoli riccioli fattisi ora di un giallo acceso e spiacevolmente contrastanti nel loro carattere fantastico con la malinconia dominante del suo aspetto.

Gli occhi erano senza vita, senza splendore e parevano privi di pupille; involontariamente mi ritrassi dalla loro vitrea fissità per contemplare le labbra sottili e serrate. Queste si schiusero, e in un sorriso straordinariamente significativo, *i denti* della nuova Berenice si mostrarono lentamente alla mia vista. Volesse Iddio che non li avessi mai veduti, o che, vedutili, fossi morto!

Lo sbattersi di una porta mi scosse e, alzando lo sguardo, scoprii che mia cugina aveva abbandonato la stanza.

[1] Poiché Giove, durante l'inverno, regala due volte sette giorni di tepore, gli uomini chiamano quest'epoca mite e temperata nutrice della bella Alcione. Simonide.

Ma, ahimè, dalla stanza disordinata della mia mente, non si era allontanata e non sarebbe stato scacciato il candido e allucinante *spettro* dei suoi denti.

Non una macchia sulla loro superficie, non un'ombra sul loro smalto, o una incisione sui bordi che il breve attimo del suo sorriso non fosse bastato a imprimere nella mia memoria. Li vedevo *adesso* ancora più chiaramente di *allora*. I denti! I denti! Erano qui, e lì, e ovunque, visibili e tangibili dinanzi a me; lunghi, stretti e troppo bianchi, con le labbra esangui che vi si serravano intorno come al momento esatto del loro primo terribile apparire. Poi, sopravvenne tutta la furia della mia *monomania* e invano lottai contro il suo strano irresistibile influsso. Tra i molteplici oggetti del mondo esterno non pensavo che ai denti. Per questi provavo un desiderio febbrile.

Ogni altro oggetto, ogni diverso interesse era assorbito in quell'unica contemplazione. Essi, essi soltanto erano presenti allo sguardo della mia mente, ed essi, nella loro individualità unica diventarono l'essenza della mia vita mentale. Li vedevo in ogni luce. Li giravo in ogni posa. Ne studiavo le caratteristiche. Riflettevo sulle loro particolarità. Ne analizzavo la conformazione. Meditavo sull'alterazione della loro natura. Rabbrividivo nell'attribuirgli, nella mia immaginazione, la capacità emotiva e senziente e, anche svincolati dalle labbra, una qualche facoltà d'espressione morale.

Di Mademoiselle Salle è stato giustamente detto: «*Que tous ses pas étaient des sentiments*», e di Berenice io più seriamente pensavo *que tous ses dents étaient des idées*. *Des idées*! Ecco il folle pensiero che mi distrusse! *Des idées*!... *dunque* era questo che me li faceva desiderare con tanto ardore! Sentivo che soltanto il loro possesso avrebbe potuto farmi ritrovare la pace e restituirmi la ragione.

E la sera si chiuse su di me – poi sopraggiunsero le tenebre e indugiarono e infine si dileguarono – e il giorno sorse ancora – e le nebbie di un'altra notte si raccolsero di nuovo intorno a me – e io sedevo ancora impietrito in quella stanza solitaria, e ancora me ne stavo sprofondato nella mia meditazione, e ancora il *fantasma* dei denti mi teneva nella morsa del suo terribile potere, fluttuando con la più vivida e orrifica chiarezza tra le luci e le ombre mutevoli della stanza.

Infine un grido come di terrore e angoscia spezzò i miei sogni; a questo, dopo una pausa, seguì un suono confuso di voci turbate, miste a molti gemiti sommessi di dolore e affanno. Mi alzai dalla sedia e, spalancata una delle porte della biblioteca, vidi nell'anticamera una domestica in lacrime che mi comunicò che Berenice non era più! Era stata colta da un attacco di epilessia sul far del giorno e ora, al calare della notte, la tomba era pronta ad accoglierla e tutti i preparativi per il funerale erano terminati.

Mi ritrovai seduto nella biblioteca; di nuovo da solo. Mi sembrava di uscire allora da un incubo confuso ed eccitante. Sapevo che era mezzanotte, come sapevo che al calar del sole Berenice era stata sepolta.

Ma, del terribile periodo di tempo trascorso da allora non avevo reale o almeno precisa coscienza. Ma il ricordo era colmo d'orrore – di un orrore tanto più orribile in quanto vago, di un terrore tanto più terribile in quanto ambiguo. Era una pagina spaventosa del libro della mia vita, interamente composta di reminiscenze oscure, mostruose e incomprensibili.

Invano tentavo di decifrarle, e intanto, di quando in quando, qualcosa come la larva di un suono perduto, un grido acuto e lacerante, il grido di una voce di donna, sembrava risuonarmi nelle orecchie. Avevo commesso qualcosa, ma cosa? Me lo chiedevo ad alta voce e l'eco sussurrante della stanza mi rispondeva: «*Cosa*?».

Sul tavolo accanto a me ardeva una lampada, e vicino c'era una piccola scatola: non aveva alcun segno paticolare, l'avevo notata spesso, prima di allora, perché apparteneva al medico di famiglia. Ma come mai ora si trovava *lì*, sul mio tavolo, e perché rabbrividivo guardandola? Non c'era modo di spiegarsi tutto ciò, ma alla fine lo sguardo mi cadde sulle pagine aperte di un libro, e su una frase sottolineata.

Le parole erano quelle singolari ma semplici del poeta Ebn Zaiat: «*Dicebant mihi sodales, si sepulchrum amicae visitarem, curas meas aliquantulum fore levatas*».

Ma perché, leggendole, i capelli mi si drizzarono in testa e il sangue mi si gelò nelle vene? Sentii bussare lievemente alla porta della biblioteca e, pallido come un morto, un domestico entrò camminando in punta di piedi. Il suo sguardo era folle di terrore; egli mi parlò con voce tremante, strozzata, bassissima. Cosa diceva? Capivo soltanto brandelli di discorso.

Raccontava di un grido disumano che aveva spezzato il silenzio della notte... del radunarsi di tutta la servitù, della ricerca della provenienza del suono; e poi il tono della sua voce si fece paurosamente chiaro mentre parlava di una tomba violata... di un corpo avvolto in un sudario, sfigurato che ancora respirava... ancora palpitava..., *ancora vivo*!

Indicò i miei vestiti: erano infangati e macchiati di sangue. Non parlai ed egli mi prese delicatamente una mano: recava impressi i segni di unghie umane; volse lo sguardo a un oggetto appoggiato alla parete. Lo guardai qualche istante: era una vanga. Con un grido, mi precipitai alla tavola, afferrai la scatola che vi era posata. Ma non riuscii ad aprirla. Nel tremito mi scivolò di mano e cadde pesantemente andando in frantumi; ne ruzzolarono fuori, con rumore secco, alcuni strumenti da dentista, mischiati a trentadue minuscoli oggetti bianchi che parevano d'avorio che si sparpagliarono qua e là sul pavimento.

Eleonora

Sub conservatione formae specificae salva anima.
L'anima beata con la sua forma corporea.
RAYMOND LULLY

Vengo da una razza nota per la forza della fantasia e l'ardore della passione.

Mi hanno chiamato folle; ma non è ancora chiaro se la follia sia o meno il grado più elevato dell'intelletto, se la maggior parte di ciò che è glorioso, se tutto ciò che è profondo non nasca da una malattia della mente, da stati di *esaltazione* della mente a spese dell'intelletto in generale.

Coloro che sognano di giorno sono consapevoli di molte cose che sfuggono a coloro che sognano solo di notte. Nelle loro visioni grigie captano sprazzi d'eternità, e tremano, svegliandosi, nello scoprire di essere giunti al limite del grande segreto. In un attimo, apprendono qualcosa del discernimento del bene e qualcosa più che la pura e semplice conoscenza del male. Penetrano, senza timore né bussola nel vasto oceano della «ineffabile luce» e ancora, come gli avventurieri del geografo della Nubia, *«aggressi sunt mare tenebrarum, quid in eo esset exploraturi»* [1].

Diremo dunque, che sono pazzo.

Ammetto, almeno, che ci sono due distinte condizioni della mia esistenza psichica, l'una di lucida ragione, senza dubbi relativa al ricordo degli eventi che costituirono la prima parte della mia vita... l'altra di ombra e di dubbio, riguardante il presente, che costituisce la parte più lunga della mia esistenza.

Perciò credete pure a quanto vi dirò del primo periodo; per quanto attiene al secondo credete quel tanto che vi parrà opportuno o, se volete, dubitatene del tutto, e se non riuscite a dubitare, giocate pure come Edipo con questo enigma.

Quella che ho amato e dei ricordi della quale ora scrivo con calma e precisione, era l'unica figlia dell'unica sorella di mia madre. Eleonora era il nome di mia cugina.

Avevamo abitato sempre insieme sotto il sole tropicale, nella Valle dell'Erba dai Molti Colori. Nessuno senza guida era mai passato nella valle, che si snodava tra grandi colline, che si ergevano tutt'intorno, respingendo il sole dai più dolci recessi. Non c'erano sentieri tracciati nelle sue vicinanze e, per raggiungere la nostra felice dimora, era necessario scostare il fogliame di molte migliaia di alberi della foresta e schiacciare lo splendore di milioni di fiori odorosi.

Vivevamo soli in questa valle ignorando tutto del mondo di là da essa – io, mia cugina e sua madre.

Dalle oscure regioni, di là dalle montagne che circondavano il nostro regno, scendeva serpeggiando uno stretto, profondo fiume, più brillante di qualunque altra cosa, tranne gli occhi di Eleonora. Piegando qua e là il suo corso imprevedibile, scorreva via attraverso una gola ombrosa, tra

[1] «Hanno affrontato il mare delle tenebre e ciò che in esso vi era da esplorare» (*N.d.T.*).

colline più oscure di quella da cui scendeva. Lo chiamavano il «Fiume del Silenzio» perché sembrava che il suo corso facesse tacere i rumori. Neanche un mormorio si levava dal suo letto; scendeva tanto silenziosamente che le piccole pietre, simili a perle, che amavamo riguardare, non facevano alcun movimento e restavano nella loro antica posizione continuando a brillare, per sempre gloriosamente.

Le rive del fiume e di tutti i ruscelli che scivolavano, attraverso tortuosi percorsi, nel suo canale, così come gli spazi che si stendevano dalle rive fino alle profondità delle correnti, fino a raggiungere il letto di ciottoli del fondo – questi spazi, non meno dell'intera superficie della valle, dal fiume alle montagne che la circondavano, erano coperti da un tappeto di soffice, verde erba, folta, corta, perfettamente uniforme, profumata di vaniglia, ma tutta talmente cosparsa di gialli ranuncoli, di margherite bianche, di viole purpuree, di asfodeli rosso rubino, che la sua straordinaria bellezza parlava ai nostri cuori con toni intensi dell'amore e della gloria di Dio.

E qua e là, nei boschi sopra l'erba sorgevano, con l'impeto di un sogno, fantastici alberi, i cui alti tronchi non si ergevano dritti verso l'alto, ma si inclinavano con grazia verso la luce che penetrava, nel meriggio, nel centro della valle. La loro corteccia era screziata con lo splendore alternato dell'ebano e dell'argento ed era più liscia di qualsiasi cosa, tranne le gote di Eleonora; così che, se non fosse stato per le grandi, verdi, brillanti foglie che si aprivano alla loro sommità, tremolando e sussurrando ai giochi degli Zeffiri, si sarebbe potuto fantasticare di giganteschi serpenti di Siria, protesi a rendere omaggio al Sole loro Sovrano.

Per quindici anni, mano nella mano, vagai con Eleonora per questa valle, prima che l'amore entrasse nei nostri cuori.

Fu una sera alla fine del suo terzo lustro di vita e del mio quarto, che ci sedemmo e, abbracciati strettamente, sotto gli alberi simili a serpenti, guardammo le nostre immagini nelle acque del Fiume del Silenzio.

Non parlammo più per il resto di quel dolce giorno e anche l'indomani le nostre parole furono rare e trepidanti. Da quelle onde avevamo evocato il Dio Eros, e ora sentivamo che egli aveva acceso dentro di noi gli spiriti dei nostri antenati. Le passioni che per secoli avevano distinto la nostra razza, affluivano insieme alle fantasie per le quali essi erano conosciuti e insieme alimentavano la nostra delirante felicità attraverso la Valle dell'Erba dai Molti Colori. Avvenne un cambiamento in tutte le cose. Strani, brillanti fiori, a forma di stella, si schiusero sugli alberi dove non si erano mai visti fiori prima di allora. I colori del tappeto verde si oscurarono e quando, una dopo l'altra, le margherite caddero, al loro posto spuntarono a decine asfodeli rosso rubino. Nei nostri sentieri sorse la vita perché il lungo fenicottero mai visto prima, venne avanti a noi con il suo piumaggio scarlatto, e insieme intorno allegri, splendidi uccelli. Pesci d'oro e d'argento popolarono il fiume, dal seno del quale usciva, a poco a poco, un mormorio che crebbe fino a divenire una melodia suadente più divina di quella dell'arpa di Eolo... e più dolce di tutte le cose, tranne la voce di Eleonora. E ora, anche una voluminosa nube, che avevamo osservato a lungo nelle regioni di Espero, si mosse galleggiando, tutta fiammeggiante in rosso e oro, e, fermandosi in quiete sopra di noi, giorno dopo giorno prese a scendere sempre più in basso, finché i suoi orli riposarono sulla vetta delle montagne, cambiando tutta la loro oscurità in magnificenza, racchiudendoci, come per l'eternità, nella magica casa-prigione della grandezza e della gloria.

La bellezza di Eleonora era quella del Serafino; ma era semplice ed innocente come la breve vita che aveva trascorso tra i fiori. Nessuna astuzia mascherava il fervore dell'amore che animava il suo cuore ed ella lo esaminava fino nei più remoti recessi mentre passeggiavamo nella Valle dell'Erba dai Molti Colori e discorrevamo dei notevoli cambiamenti che ultimamente si erano ivi verificati.

Alla fine, avendo un giorno parlato in lacrime del triste ultimo cambiamento che attende l'Umanità, ella indirizzò, da allora in poi, i suoi discorsi solo su questo tema doloroso, inserendolo nelle nostre conversazioni, come nei canti del bardo di Schiraz, in guisa di ritornello che ripete le stesse immagini a ogni rilevante variazione della frase.

Aveva visto che il dito della Morte era puntato sul suo petto... che ella stessa, come l'effimera era stata creata perfetta nella bellezza, solo per morire.

Tuttavia i terrori della tomba per lei erano concentrati nella sola considerazione che mi rivelò una sera al tramonto mentre eravamo sulle rive del Fiume del Silenzio. Soffriva all'idea che, una volta sepolta nella Valle dell'Erba dai Molti Colori, io avrei lasciato per sempre i suoi felici recessi, riversando l'amore ora così appassionato per lei, su un'altra fanciulla estranea, del mondo di tutti i giorni.

Subito mi precipitai ai suoi piedi e feci voto, a lei stessa e al Cielo, che non mi sarei mai legato in matrimonio con una qualsiasi figlia di questa Terra... che non avrei mai tradito la sua cara memoria né il ricordo del devoto affetto che ella aveva nutrito per me.

Chiamai il Potente Signore dell'Universo a testimone della pia solennità del mio voto.

La maledizione che invocai su di me da *Lui*, e da lei, santa nei Campi Elisi, se avessi mai tradito questa promessa, comportava una pena talmente atroce che non mi permette di ricordarla qui. Gli occhi brillanti di Eleonora si fecero più brillanti alle mie parole; sospirò come se si fosse tolta una grossa pietra dal cuore, tremò, pianse amaramente ma accettò il voto (non era forse ancora una bambina?) e questo le fece sembrare più dolce il letto della morte.

Qualche giorno dopo, mentre dolcemente stava morendo, mi disse che, per quanto avevo fatto a conforto del suo spirito, ella avrebbe vegliato su di me, dopo la sua dipartita, e sarebbe tornata visibile a me nelle notti senza sonno, se ciò era consentito. Se, al contrario ciò fosse stato al di là del potere delle anime del Paradiso, avrebbe almeno dato segni della sua presenza, sospirando per me con le brezze della sera o riempiendo l'aria che respiravo con il profumo degli incensieri degli angeli. Con queste parole sulle labbra, ella rese al cielo la sua vita innocente, ponendo così fine al primo periodo della mia vita.

Finora il mio racconto è stato fedele, ma come passo oltre la barriera che la morte della mia amata ha eretto sul sentiero del tempo, e procedo nel secondo periodo della mia vita, sento che un'ombra incombe sul mio cervello e non sono più tanto sicuro dei miei ricordi.

Lasciate che proceda...

Gli anni si trascinarono pesantemente e io vivevo ancora nella Valle dell'Erba dai Molti Colori, ma un secondo cambiamento era avvenuto in tutte le cose. I fiori a forma di stella scomparvero dai tronchi degli alberi per non tornare mai più. I colori del verde tappeto erano appassiti e al loro posto erano nate delle violette scure, come occhi, che spuntavano stente ed erano sempre coperte di rugiada.

Anche la vita fuggiva dai nostri sentieri, perché il fenicottero slanciato non agitava più davanti ai nostri occhi il suo piumaggio scarlatto ed era volato via tristemente dalla valle verso le colline, insieme alla gaia schiera di splendidi uccelli che erano arrivati al suo seguito. E i pesci d'oro e d'argento avevano nuotato sul fondo del fiume verso i gorghi all'estremità inferiore del nostro dominio e non ornavano più il nostro dolce fiume. E la melodia rassicurante che era stata più dolce dell'arpa del vento di Eolo e più divina di tutte le cose, tranne la voce di Eleonora, morì poco per volta in mormorii sempre più bassi finché la corrente tornò, alla fine, completamente alla solennità del suo originario silenzio. E ancora, per ultima, la grande nube si levò e, abbandonando le cime delle montagne, ritornò nelle regioni dell'Espero e portò via tutte le sue splendide, dorate glorie dalla Valle dell'Erba dai Molti Colori.

Le promesse di Eleonora tuttavia non erano state dimenticate, perché potei ascoltare il tintinnare degli incensieri degli angeli; e effluvi di profumi celestiali si effondevano continuamente nella valle. Nelle ore di solitudine, quando il mio cuore sembrava di pietra, i venti che mi sfioravano la fronte erano carichi di sospiri, e mormorii indistinti riempivano spesso il silenzio della notte.

Una volta – solo una volta – fui destato da un sonno di piombo dal bacio spirituale di labbra leggere posate sulle mie.

Ma il vuoto nel mio cuore, nonostante ciò, non volle essere colmato. Desideravo l'amore di cui finora era stato colmo fino a traboccare.

Alla lunga la valle mi *fece soffrire* per il ricordo di Eleonora e la lasciai per sempre e corsi verso le vanità e i turbolenti trionfi del mondo.

Mi ritrovai in una città straniera dove tutto contribuiva a cancellare il ricordo dei dolci sogni che avevano così a lungo riempito il mio cuore nella Valle dell'Erba dai Molti Colori. La fastosità e lo sfarzo di una Corte magnificente, il folle clamore delle armi, la bellezza raggiante delle donne, stordirono e intossicarono la mia mente, ma mi mantenevo ancora fedele al giuramento fatto e i segni della presenza di Eleonora si manifestavano ancora nelle silenziose ore della notte.

Improvvisamente queste manifestazioni cessarono; il mondo divenne più oscuro davanti ai miei occhi e restai stupefatto per i pensieri brucianti e le terribili tentazioni che si impadronirono di me.

Era accaduto che, da un lontanissimo, sconosciuto paese, era arrivata alla Corte del Re, al cui servizio mi trovavo, una fanciulla alla cui bellezza il mio vile cuore si arrese subito, ai piedi del cui seggio mi inchinai senza lottare, in preda al più ardente e insieme al più abietto slancio amoroso. Cosa rappresentava mai la mia passione per la fanciulla della Valle a paragone del furore, del delirio, dell'estasi trascinante di adorazione che io riversai dalla mia anima in lacrime ai piedi dell'eterea Ermengarda? Quale fulgore emanava dalla serafica Ermengarda? e in questa consapevolezza non c'era in me più posto per alcun'altra. Oh, divino era l'angelo Ermengarda! e, se guardavo nella profondità dei suoi occhi, pensavo solo a loro, solo *a lei*.

La sposai – senza temere la maledizione che avevo invocato su di me; e la sua durezza non mi colpì.

Una volta – una sola volta nel silenzio della notte – mi arrivarono attraverso l'inferriata della finestra i dolci sospiri che mi avevano abbandonato e si modellarono nella familiare, dolce voce che disse: «Dormi in pace! perché lo Spirito dell'Amore regna e governa, e, accogliendo nel tuo cuore innamorato colei che è chiamata Ermengarda, tu sei sciolto, per ragioni che ti saranno rivelate in Cielo, dal vincolo dei tuoi voti verso Eleonora».

Ligeia

> Ed ivi giace la volontà che non muore. Chi conosce i misteri della volontà con tutta la sua forza? Perché anche Iddio è una grande volontà che riempie tutte le cose dell'essenza dei propri intendimenti. L'uomo non concede se stesso agli angeli e nemmeno interamente alla morte, se non quando s'indebolisce la sua volontà.
>
> JOSEPH GLANVILL

Non posso, per l'anima mia, ricordare come, quando e perfino dove, precisamente, io feci la conoscenza di Lady Ligeia. Ora gli anni sono passati e la mia memoria è indebolita dalle molte sofferenze o, al contrario, non sono forse in grado di riportare ora alla memoria questi punti perché, in verità, la personalità della mia adorata, la sua rara cultura, il suo singolare ma sereno tipo di bellezza, la vivace ed affascinante eloquenza del suo lento musicale modo di parlare, si fecero strada nel mio cuore così furtivamente e insieme decisamente che quasi non me ne sono reso conto.

In ogni caso credo di averla incontrata la prima volta e poi molte altre, in qualche grande antica decadente città in vicinanza del Reno.

Della sua famiglia ho certamente sentito parlare. Che essa fosse di antichissima origine, non c'è dubbio. Ligeia! Ligeia! Seppellito in studi di un genere più idoneo di ogni altro ad affievolire le sensazioni provenienti dal mondo esterno, è soltanto con questa dolce parola – Ligeia – che riesco a rievocare davanti agli occhi della mia immaginazione la visione di colei, che ora non è più. Ed ora, mentre scrivo, mi viene in mente come in un lampo, che *non ho mai saputo* il cognome di colei che fu la mia amica, la mia fidanzata, che divenne la fedele compagna dei miei studi ed infine la mia adorata sposa. È stato per una dolce pretesa della mia Ligeia? Oppure è stata una dimostrazione della forza del mio affetto il fatto che io non abbia mai indagato su questo punto? O è stato piuttosto un mio capriccio... una romantica insensata offerta sull'altare della più appassionata devozione? Se ricordo confusamente il fatto in se stesso – come meravigliarsi se ho completamente dimenticato le circostanze che lo hanno originato e nelle quali si è verificato? Se mai lo spirito che si può chiamare Fantasia, se mai lei, l'evanescente Astofet, dell'Egitto idolatra, alata di nero, presiede, come si dice, ai matrimoni sfortunati, certamente ha governato il mio.

C'è un argomento a me caro sul quale la memoria non mi tradisce ed è *la figura* di Ligeia.

Era alta di statura, piuttosto sottile, negli ultimi giorni perfino emaciata. Non riuscirò mai a descrivere la maestà, la tranquilla sicurezza del suo portamento o la incredibile leggerezza ed elasticità del suo incedere. Arrivava e si dileguava come un'ombra. Non mi accorgevo mai del suo ingresso nel mio piccolo studio se non per la cara musica della sua dolce, bassa voce, o per la diafana mano poggiata sulla mia spalla. Nessuna fanciulla aveva un volto bello come il suo. Era lo splendore di un sogno oppiaceo, una visione ariosa, capace di esaltare lo spirito, più selvaggiamente divina delle fantasie che aleggiavano intorno alle dormienti figlie di Delo.

Eppure le sue fattezze non rispondevano ai canoni dei modelli che erroneamente ci hanno insegnato ad ammirare nelle opere della classicità pagana.

«Non esiste bellezza squisita», dice Bacone, il Lord di Verulam, parlando in realtà di forme e *genera* di bellezza «senza qualche *stranezza* nelle proporzioni.» Sebbene mi rendessi conto che le fattezze di Ligeia non avevano la regolarità classica, sebbene sentissi che la sua bellezza era «squisita» e che c'erano molte «stranezze» in essa, avevo tuttavia tentato invano di scoprire le irregolarità e di approfondire la mia intuizione dello «strano».

Esaminavo il profilo della sua fronte alta e pallida, perfetta – come risulta fredda questa parola quando si riferisce alla sua maestosità quasi divina –, la pelle, che rivaleggiava con l'avorio più puro, l'aggraziata forma del capo e la regolarità delle sue movenze e ancora le chiome corvine, lucenti, naturalmente ondulate, del tutto degne dell'epiteto omerico «giacintine». Rimiravo il delicato profilo del naso e non trovavo in nessun esemplare, se non nei graziosi medaglioni degli Ebrei, una simile perfezione. C'era la stessa levigatezza sensuale della superficie, la stessa impercettibile tendenza al profilo aquilino, la stessa armoniosa curva delle narici che esprimevano libertà di spirito. Guardavo la dolce bocca. Era proprio un trionfo di bellezza celestiale – la magnifica curva del breve labbro superiore, la dolce, voluttuosa quiete di quello inferiore –, le fossette divertenti e il colore parlante, e i denti che riflettevano, con sorprendente brillantezza, ogni raggio di luce festoso che li colpiva quando ella, serena, calma, sorrideva, raggiante di gioia. Esaminavo la conformazione del mento – e anche qui ritrovavo la grazia della linea, la dolcezza, la maestà, la pienezza, la spiritualità dell'esemplare greco, quel profilo che il dio Apollo aveva rivelato, ma solo in sogno, a Cleomene, il figlio dell'Ateniese. E infine esploravo dentro i grandi occhi di Ligeia.

Sugli occhi non abbiamo modelli dall'antichità. Può darsi che proprio negli occhi della mia adorata, risiedesse il segreto cui alludeva Lord Verulam. Essi erano, debbo ritenere, molto più grandi di quanto lo siano normalmente gli occhi della nostra razza. Erano più grandi dei grandissimi occhi delle gazzelle della razza della valle di Nourjahad.

Peraltro solo a intervalli – nei momenti di intensa emozione – questa caratteristica diventava più chiaramente evidente, in Ligeia. In tali momenti la sua bellezza era – oppure appariva alla mia ardente fantasia – la bellezza di un essere che non apparteneva a questa terra – la bellezza delle favolose Urì dei Turchi. Il colore delle pupille era il nero più brillante, le ciglia lunghissime, le sopracciglia di linea lievemente irregolare, erano della stessa tinta. La «stranezza» che trovavo negli occhi, era tuttavia di natura estranea al colore o allo splendore della forma e riguardava in sostanza l'*espressione*. Parola senza senso! Dietro questa che è in larga misura un mero suono, noi nascondiamo la nostra ignoranza di tutto ciò che è spirituale. L'espressione degli occhi di Ligeia! Quante lunghe ore ho passato a riflettere su di essi! Quanto ho pensato, per tutta una notte di mezza estate per coglierne la profondità! Che cos'era – qualcosa di più profondo del pozzo di Democrito, che giaceva nel fondo delle pupille della mia amata? Che cosa *era*? Ero preda della smania di scoprirlo. Quegli occhi! Quelle grandi, brillanti, divine pupille! Esse divenivano per me le due stelle gemelle di Leda e io, di conseguenza, il più devoto degli astrologi.

Tra le molte incomprensibili anomalie delle scienze dell'intelletto, non ce n'è una più emotivamente eccitante del fatto – mai trattato, credo in alcun caso scolastico – che nei nostri sforzi per richiamare alla memoria qualcosa dimenticata da lungo tempo, spesso veniamo a trovarci *molto vicini al limite* del ricordo, senza tuttavia riuscire a ricordare effettivamente.

Quante volte nelle lunghe analisi degli occhi di Ligeia, mi sono sentito vicino alla piena conoscenza della loro espressione... l'ho sentita avvicinare... non ancora del tutto in mio possesso... e alla fine svanire interamente! E trovavo (strano, tra tutti i misteri più strani) una cerchia di analogie, con questa espressione, nei più comuni oggetti dell'universo.

Voglio dire che, essendo già la bellezza di Ligeia divenuta parte del mio spirito e in esso avendo preso dimora come su un altare, ricavai da molti oggetti e fatti del mondo materiale sensazioni del tutto simili a quelle che sempre avevano suscitato in me i suoi grandi, luminosi occhi.

Non saprei definire o analizzare e neanche capire più chiaramente queste sensazioni. Ho riconosciuto – ripeto – qualcosa di quelle espressioni, nella rapida crescita di una vite, nello scroscio di un torrente o nella visione di una falena, di una farfalla, di una crisalide. L'ho ritrovata nell'oceano, nella caduta di una meteora, negli sguardi di qualche persona molto vecchia. Ci sono una o due stelle in cielo (una di magnitudo sei, è la stella doppia della costellazione della Lira) che, scrutate al telescopio, mi hanno dato quella sensazione, così come taluni suoni tratti da strumenti a corda e, non raramente, alcuni brani di libri. Tra innumerevoli altri esempi, ricordo bene il brano di un libro di Joseph Glanvill, che (forse soltanto per la sua singolarità – chi può dirlo?) non mancava mai di ispirarmi quella sensazione: «Ed ivi giace la volontà che non muore. Chi conosce i misteri della volontà con tutta la sua forza? Perché anche Iddio è una grande volontà che riempie tutte le cose dell'essenza dei propri intendimenti. L'uomo non concede se stesso agli angeli e nemmeno interamente alla morte, se non quando si indebolisce la sua volontà».

Il trascorrere di lunghi anni e le riflessioni seguite, mi hanno consentito di ritrovare un sottile nesso tra questo passo del moralista inglese e il carattere di Ligeia. Un *fervore* di pensiero, di azione, di linguaggio era in lei il risultato, o comunque l'indice, di questa sua straordinaria volontà che, durante il nostro lungo rapporto, non dette nessun altro, più immediato, segno di esistenza.

Fra tutte le donne che ho conosciuto, lei, Ligeia, apparentemente calma e perfino placida, era quella che più violentemente cadeva preda di tumultuosi cambiamenti di umore. Di tale passionalità non potevo avere un'esatta stima, se non per il dilatarsi miracoloso di quei suoi occhi, che ad un tempo mi deliziavano e spaventavano – per la magica melodia, l'armonia, la chiarezza e la dolcezza della sua voce, e per la fiera energia (resa doppiamente efficace per il contrasto con il suo modo di esprimersi) delle concitate parole che abitualmente pronunciava.

Ho accennato alla cultura di Ligeia: era immensa, non ne avevo mai ritrovata una simile nelle donne che conoscevo. Nelle lingue classiche era così saldamente preparata che, fin dove si spingeva la mia conoscenza dei moderni dialetti europei, non sono mai riuscito a trovarla in errore. E, sui temi più in voga, semplicemente perché tra i più astrusi della vantata erudizione accademica, ho forse *mai* colto Ligeia in errore? Quanto singolarmente e acutamente, almeno negli ultimi tempi, ha attratto la mia attenzione questo particolare aspetto del carattere della mia sposa! Ho detto che la sua cultura era quale non ho mai conosciuto in una donna, ma dove esiste un uomo che abbia percorso, e con pieno successo, *tutto* il vasto cammino delle scienze morali, fisiche e matematiche?

Non ho mai compreso allora qualcosa che ora percepisco con evidenza, che in Ligeia, la preparazione era enorme, era stupefacente; eppure ero talmente conscio della sua supremazia incontestabile che mi affidavo, con la fiducia di un bambino, alla sua guida attraverso il caotico mondo degli studi sulla metafisica, ai quali mi consacrai pienamente durante i primi anni del nostro matrimonio. E allorché ella volgeva il suo delizioso sguardo su di me, assorto in studi peraltro elementari e ancora confusi e mi apriva così, passo passo, il lungo, splendido, inesplorato cammino, con quale sensazione di trionfo, con quanta vivida gioia, e con quanto di tutto ciò che di etereo vi è nella speranza, io *sentivo* di poter raggiungere la mèta di una saggezza troppo preziosa, divina per non considerarla vietata!

Con quale disperato dolore, dopo alcuni anni, vidi le mie concrete speranze prendere il volo e dileguarsi! Senza Ligeia io ero come un bambino che brancola nel buio della notte! Solo la sua presenza, i suoi suggerimenti rendevano chiari i molti misteri degli studi sulla trascendenza in cui eravamo immersi. Mancando la raggiante luce dei suoi occhi, le lettere che apparivano illuminate e auree, divennero più oscure del piombo saturnino. Ora quegli occhi brillavano di meno e più raramente sulle pagine che io ero intento a studiare. Ligeia era malata. I suoi occhi ardevano di bagliori troppo accesi; le pallide dita erano divenute trasparenti come la cera delle candele funerarie, le vene azzurre della diafana fronte si gonfiavano e si contraevano per ogni pur lieve emozione.

Vedevo che doveva morire e lottava disperatamente con tutta l'anima contro il tristo Azrael. La lotta della mia adorata sposa era, con mia grande sorpresa, perfino maggiore della mia. C'era nel suo carattere fermo qualcosa che mi aveva indotto a pensare che la morte sarebbe arrivata per lei senza timori; ma non fu così. Le parole non bastano per dare una precisa idea della piena resistenza con la quale si batté contro l'Ombra. Io gemevo angosciato di fronte al pietoso spettacolo. Avrei voluto consolare, ragionare, ma di fronte al suo disperato desiderio di vita – di vita, *solo* di vita – il conforto e il ragionamento finivano per sembrare solo la più insensata delle follie.

Eppure fino all'ultimo istante, tra le convulse agitazioni del suo spirito fiero, niente aveva scosso la calma esteriore del suo comportamento. La sua voce era divenuta più lieve, più bassa; ma io non volevo comprendere il vero significato di quelle parole pronunciate con tanta calma. Il mio cervello vacillava mentre ascoltavo, come in trance, una melodia non più terrena, e concetti e speranze sconosciuti ai comuni mortali.

Che mi amasse non avevo dubbi; potevo altresì comprendere facilmente che in un animo come il suo l'amore non avrebbe potuto esprimere una passione normale. Tuttavia solo nella morte compresi fino in fondo la profondità del suo affetto. Per lunghe ore mi tenne la mano e lasciò sgorgare dal profondo del cuore il tormento di una passione che, al di là della devozione, sfiorava l'idolatria. Come avevo potuto meritare la gioia di essere oggetto di tali confessioni? Come potevo, del pari, meritare il dolore di perdere la mia adorata nel momento stesso in cui ella me le esternava? Non voglio dilungarmi su questo argomento. Voglio solo aggiungere che scoprii in Ligeia più che un femminile abbandono a un amore, del tutto immeritato da parte mia, un disperato desiderio, un selvaggio attaccamento a quella vita che le stava rapidamente sfuggendo. Proprio questo disperato attaccamento, questo aspro e veemente desiderio di vita – *solo* di vita –, io non sono in grado di rappresentare, non sono capace di esprimere.

A tarda ora nella notte in cui ella spirò, chiamandomi con ostinazione accanto a sé, mi pregò di ripeterle alcuni versi da lei stessa composti qualche giorno prima. Obbedii. I versi erano questi:

Ascolta! È una notte di gala
dopo la malinconia degli ultimi anni!
Una folla di angeli alati,
vestiti di veli, piangenti,
siedono nel teatro, per assistere
ad una recita di speranza e di paure
mentre l'orchestra soffia negli ottoni
a tutto fiato la musica delle sfere.

Mimi, nelle vesti del Dio dei cieli,
mormorano, bisbigliano basso,
volando vicino e poi lontano...
Semplici marionette, che vanno e vengono
ad un'asta di grandi oggetti senza forma,
che scivolano sulla scena avanti e indietro,
sventolando le loro ali di Condor,
invisibile sventura!

Questo dramma multiforme! Sta certo,
non lo dimenticherai!
Con i suoi Fantasmi sempre inseguiti,
da una folla che non sa misurarli,
lungo un cerchio che sempre ritorna
all'unico, medesimo punto,
e mossa dalla Follia ma ancor più dal Peccato
e dall'Orrore è l'anima della trama.

Ma guarda, nella folla dei mimi,
s'insinua una forma strisciante,
qualcosa rosso-sangue si contorce
dall'esterno della scena deserta!
Si torce, guizza! Con spasimi di morte
i mimi diventano suo pasto,
e i serafini singhiozzano, per le zanne di bestia
macchiate di sangue umano.

Spente, spente sono le luci, tutte spente!
E sopra ciascuna forma tremante,
la cortina di un funebre drappo,
cala giù con furia di tempesta,
e gli angeli tutti, pallidi e diafani,
sollevandosi gettano i veli, sentenziano
che la rappresentazione è la tragedia «Uomo»
e che il suo eroe è il Verme Trionfante.

«Oh, Dio!», urlò quasi Ligeia, sollevandosi bruscamente e stendendo le braccia con un movimento spasmodico, non appena fui giunto alla fine dei versi, «Oh, Dio! O Padre Divino! Le cose non dovranno mai cambiare? Questo vincitore non sarà mai vinto? Non siamo noi una particella di te? Chi conosce i misteri della volontà in tutta la sua potenza? L'uomo non concede se stesso agli angeli *e nemmeno interamente alla morte,* se non quando s'indebolisce la sua volontà.»

Poi, come se fosse esausta per l'emozione, lasciò cadere le sue bianche braccia e tornò solennemente al suo letto di morte. E mentre si affannava negli ultimi sospiri, confusi con essi arrivavano lievi mormorii dalle sue labbra.

Accostai l'orecchio e riconobbi ancora le parole conclusive di quel brano di Glanvill «*L'uomo non si concede agli angeli e nemmeno interamente alla morte, se non quando si indebolisce la sua volontà*».

Ella morì ed io, distrutto dal dolore, non resistetti più a lungo nella solitaria desolazione della oscura, decadente città renana. Non mi mancavano quelle che il mondo chiama ricchezze. Ligeia mi aveva portato molto, molto di più di quanto tocchi a gran parte degli uomini.

Dopo pochi mesi di stanco vagabondare senza meta, acquistai e feci sommariamente restaurare una abbazia, che non nomino, situata in una delle più antiche e meno frequentate lande della bella Inghilterra. La tenebrosa e triste imponenza dell'edificio, l'aspetto quasi selvaggio della tenuta, le numerose malinconiche e venerate memorie che ad entrambi si accompagnavano, erano in assoluto all'unisono con i sentimenti di totale annullamento che mi avevano guidato a questa remota e solitaria regione del paese. Tuttavia, mentre apportai all'esterno dell'abbazia, con la verdeggiante decadenza pendente all'intorno, solo piccole trasformazioni, con infantile perversità e, forse, con la vaga speranza di alleviare il mio dolore, detti sfogo all'interno a una magnificenza più che regale. Anche nell'infanzia avevo nutrito una predilezione per queste follie ed ora esse riaffioravano in me come se nel dolore tornassi bambino. Sento, ahimè!, quanta incipiente follia potesse essere scoperta nelle lussuose, fantastiche tappezzerie, nelle solenni sculture egizie, nelle astruse cornici e nel mobilio incoerente, nei disegni pazzeschi dei tappeti intessuti d'oro! Ero divenuto uno schiavo prigioniero nelle pastoie dell'oppio e i miei lavori come i miei ordini prendevano i colori dei miei vaneggiamenti.

Ma non voglio indugiare oltre sui dettagli delle mie assurdità. Voglio parlare solo di una stanza, per sempre maledetta, nella quale, in un momento di alienazione mentale, condussi dall'altare come mia sposa – perché succedesse alla mia indimenticata Ligeia – la bionda, occhicerulea Lady Rowena Trevanion, di Tremaine.

Non c'è una sola parte dell'architettura e della decorazione di questa camera nuziale che non sia ora davanti ai miei occhi. Dove erano gli spiriti altezzosi della famiglia della sposa quando, per questioni di vile denaro, permisero a una fanciulla, a una figliola tanto amata di varcare la soglia di un appartamento così arredato? Ho già detto che ricordo minutamente i dettagli della camera, ma dimentico alcuni momenti cruciali; in fondo in questo quadro fantastico non c'era alcuna logica da tenere a mente. La stanza, situata in una alta torretta del castello-abbazia, era di forma pentagonale e di ampie dimensioni. L'intera parete sud del pentagono era costituita da un'unica finestra – un'immensa lastra di vetro veneziano tutta d'un pezzo, tinteggiata di un grigio piombo così che i raggi del sole o della luna, penetrando attraverso di essa, dessero agli oggetti un'aria spettrale. Sulla parte superiore dell'enorme finestra si stendeva l'intrico dei rami di un annoso rampicante che si aggrappava alle massicce mura della torretta. Il soffitto di quercia scura a volta, eccessivamente alto, era minuziosamente ornato dei più strani e grotteschi disegni tra gotici e druidici. Dall'alto, al centro di questa lugubre volta, pendeva, tenuto da un'unica catena di grandi anelli d'oro, un enorme incensiere dello stesso metallo, di foggia saracena, con molti fori, così disposti che la successione continua di mutevoli luci colorate sembrava avere la stessa capricciosa mobilità di un serpente.

Alcune ottomane, e candelabri d'oro, di foggia orientale, erano disposti qua e là; e anche il letto, il letto nuziale, di modello indiano, era basso, scolpito nel duro ebano, sovrastato da un baldacchino simile a una cortina funebre. In ciascun angolo della stanza si ergeva un gigantesco sarcofago di granito nero proveniente dalle tombe dei re presso Luxor, con i coperchi pieni di antichissime memorabili sculture. Le tappezzerie della stanza erano il capolavoro di tutta la fantasia ispiratrice. Le pareti, di altezza gigantesca – addirittura sproporzionate – erano ricoperte dalla sommità alla base di un pesante tessuto che formava ampie pieghe, di aspetto massiccio, e che era uguale a quello del tappeto sul pavimento. Lo stesso tessuto era usato come copertura per le ottomane e il letto di ebano, come baldacchino e formava le fastose volute delle tende che schermavano parzialmente la finestra. La stoffa era un ricchissimo tessuto d'oro. A intervalli irregolari vi erano ricamati, un po' dovunque, arabeschi, del diametro di circa trenta centimetri, del nero più lucente. Queste figure avevano le caratteristiche di un vero arabesco solamente se osservate da un singolo punto di vista. Grazie a un procedimento ormai consueto, che risale però a un periodo molto remoto dell'antichità, erano realizzati in modo che il loro effetto risultasse mutevole. A chi entrava nella stanza apparivano come semplici mostruosità; man mano che si avanzava questa apparenza svaniva e gradualmente, come cambiava posizione nella stanza, il visitatore si trovava circondato da una successione senza fine di forme orrende, forme care alle superstizioni dei Normanni o che si ritrovano nei sogni peccaminosi dei monaci. L'effetto fantasmagorico era largamente aumentato dall'introduzione artificiale di una corrente d'aria violenta e ininterrotta dietro la tappezzeria, che provocava una complessa e sinistra animazione dell'insieme.

In ambienti come questi, in una camera nuziale come questa, io passai con la Lady di Tremaine le ore, certo non benedette, del primo mese del nostro matrimonio; le passai senza eccessivo fastidio. Che mia moglie temesse la cupa malinconia del mio temperamento, che mi evitasse e non mi amasse granché, non potevo ignorarlo, anzi questo fatto mi procurava più piacere che altro. Io la detestavo con un odio più demoniaco che umano. La mia memoria volava via, con un rimpianto senza limiti, alla mia adorata, bella, divina Ligeia, ormai purtroppo sepolta.

Mi deliziavo nel ricordo della sua purezza, saggezza, nobiltà, della sua natura eterea, della passione e dell'amore idolatra. Ora, il mio spirito ardeva pienamente, liberamente, più caldo ancora degli ardori di Ligeia stessa.

Nell'eccitazione dei sogni dell'oppio (ricorrevo abitualmente all'uso della droga) gridavo ad alta voce il suo nome, nel silenzio della notte o nei più nascosti recessi della campagna, durante il giorno, quasi che il folle desiderio, la sfrenata passione, l'ardore struggente per colei che mi aveva lasciato, potessero farla tornare di nuovo ai suoi itinerari terreni, quelli che aveva abbandonato – poteva mai essere? –, per sempre.

Quasi all'inizio del secondo mese di matrimonio, Lady Rowena cadde preda di un'improvvisa malattia da cui si riprese molto lentamente. La febbre che l'aveva consumata rendeva difficili le sue notti. Nel suo stato agitato di semi-incoscienza, parlava di suoni, di movimenti entro ed intorno alla camera del torrione e io pensavo che avessero origine soltanto dal turbamento della sua immaginazione o, forse, dall'influenza dello stesso fantasmagorico ambiente. Ebbe una lunga convalescenza e alla fine guarì.

Non passò molto tempo, che un secondo violento disturbo la riportò nuovamente sul letto di dolore. Da questo attacco la sua fibra, da sempre fragile, non si riprese più. Le sue infermità furono, dopo tale periodo, di un genere più preoccupante e di più allarmante ricorrenza, e misero a dura prova la preparazione scientifica e l'impegno senza limiti dei suoi medici. Con il progredire della sua malattia ormai cronica, che sembrava sempre più certo non si potesse sradicare dal suo corpo con mezzi umani, osservai anche una parallela crescita degli squilibri nervosi del suo temperamento e della sua morbosa eccitabilità per ogni più banale motivo di paura. Parlava di nuovo, e ora con maggiore frequenza e fantasia, dei suoni, dei leggeri suoni e degli inconsueti movimenti tra le tappezzerie, ai quali aveva già accennato in precedenza.

Una notte, si era alla fine di settembre, ripropose alla mia attenzione, con maggiore enfasi del solito, questo stressante argomento. Si era appena svegliata da un sonno angoscioso e io ero stato a guardare, con ansietà mista a un vago terrore, le contrazioni dei suoi lineamenti disfatti.

Ero seduto dal suo lato del letto d'ebano su una delle ottomane indiane. Si sollevò appena e parlò, in un sussurro basso ma risoluto, dei suoni che lei sentiva, ma io non potevo udire, dei movimenti che lei vedeva, ma io non potevo scorgere. Il vento soffiava energicamente dietro le tappezzerie e desideravo mostrarle (ma non ci credevo del tutto, lo confesso) che questi sospiri quasi inarticolati e questi vaghi spostamenti delle figure sulle pareti erano l'effetto naturale del consueto passaggio di una corrente d'aria. Un pallore mortale, che si diffuse su tutto il suo volto, dimostrò che i miei tentativi di rassicurarla sarebbero risultati inutili. Sembrava sul punto di svenire e non c'era alcun servitore a portata di voce. Ma ricordai dove era conservata una caraffa di vino leggero, che le era stato ordinato dai medici e attraversai la stanza per andare a prenderla. Non appena arrivai vicino all'incensiere illuminato, due circostanze sorprendenti attrassero la mia attenzione. Sentii che qualcosa di palpabile, anche se invisibile, aveva sfiorato la mia persona, vidi nel bel mezzo della zona illuminata dall'incensiere, sul tappeto dorato, un'ombra evanescente, una indefinita ombra di aspetto angelico. Tale quale poteva essere immaginata l'ombra di uno spirito. Io ero sotto l'effetto eccitante di una smodata dose d'oppio ed evitai di farne parola a Rowena.

Trovato il vino, riattraversai la stanza, riempii un calice e lo portai alle labbra della donna semisvenuta. Ora si era infatti riavuta e prese lei stessa il bicchiere mentre mi lasciavo cadere su un divano lì vicino con gli occhi fissi sulla sua persona. Fu allora che sentii distintamente un leggero rumore di passi sul tappeto vicino al letto. Nel momento stesso in cui Rowena stava per portare il vino alle labbra, vidi, o può darsi che sognai di vedere, cadere dentro il calice, come se fossero schizzate da un punto qualsiasi dell'atmosfera della casa, tre o quattro gocce di un liquido colorato di un brillante rosso rubino. Se io le vidi, non altrettanto Rowena. Ella bevve il vino senza esitazioni, e io evitai di parlarle di questo evento che ritenni fosse, dopo tutto, dovuto alle suggestioni di una fervida immaginazione, stimolata morbosamente dal terrore della donna, dall'oppio e dall'ora notturna.

Non posso nascondere di aver avvertito, subito dopo la caduta delle gocce rubino, un repentino peggioramento nelle condizioni già malandate di mia moglie. Tanto che nella terza notte successiva, la servitù cominciò a prepararla per la tomba e nella quarta io sedevo solo con il suo corpo avvolto nel sudario nella fantastica camera che l'aveva accolta come sposa. Visioni folli, generate dall'oppio, svolazzavano come ombre davanti a me. Fissavo con occhi inquieti i sarcofagi agli angoli della stanza, le figure cangianti della tappezzeria, il brillio dei fuochi multicolori dell'incensiere sovrastante. I miei occhi caddero, nel momento in cui riandavo con la mente ai fatti delle notti precedenti, sul cerchio illuminato dall'incensiere dove avevo visto le tracce leggere dell'ombra. Lì, non vedevo più nulla e respirando più liberamente, volsi lo sguardo alla pallida, rigida figura che giaceva sul letto.

Mi assalirono migliaia di ricordi di Ligeia, ritornava nel mio cuore, con la violenza di un torrente in piena, tutto l'infinito timore con il quale avevo guardato «lei» avvolta nel sudario. La notte declinava e io, con il petto ancora pieno di amari pensieri dell'unica veramente adorata, rimanevo con gli occhi fissi sul corpo di Rowena.

Doveva essere passata la mezzanotte, o forse era più tardi... o più presto, in realtà non avevo più nozione del tempo, quando un singhiozzo flebile, basso ma molto distinto, mi strappò dai miei sogni... Ebbi la *sensazione* che venisse dal letto d'ebano, dal letto di morte. Rimasi in ascolto trattenendo il respiro per terrore superstizioso, ma il suono non si ripeté. Concentrai lo sguardo per scoprire qualsiasi movimento del corpo... ma non se ne notava nessuno, foss'anche appena percettibile. Eppure non mi ero ingannato. *Avevo* sentito il suono, sia pure flebile, e il mio spirito si era ridestato. Risolutamente, tenacemente concentrai la mia attenzione sul corpo. Passarono molti minuti prima che avvenisse un qualsiasi fatto capace di far luce sul mistero. Infine si vide chiaramente che un lieve, debolissimo, appena rilevabile colorito affluiva alle guance e lungo le disseccate piccole vene delle palpebre. Con una sorta di indefinibile orrore e di timore, per il quale il linguaggio dei mortali non ha espressioni abbastanza efficaci, sentii che il mio cuore cessava di battere e le membra si irrigidivano. Poi il senso del dovere mi ridette la padronanza di me stesso. Non ebbi dubbi: eravamo stati troppo frettolosi nella preparazione... perché Rowena viveva ancora. Bisognava fare subito qualcosa; ma la torre era troppo lontana dall'ala dell'abbazia assegnata ai servitori, non c'era nessuno a portata di voce, non avevo modo di invitarli ad aiutarmi senza lasciare per molti minuti la stanza... e questo non potevo arrischiarmi a farlo. Perciò concentrai i miei sforzi per richiamare indietro lo spirito che ancora aleggiava. In breve tempo fu certo tuttavia che c'era stata una ricaduta; il colorito scomparve di nuovo dalle palpebre e dalle guance, lasciandovi un pallore marmoreo. Le labbra s'erano raggrinzite e serrate in una spaventosa espressione di morte, un repellente viscido gelo si diffuse sulla superficie del corpo, e la consueta rigidità della morte sopravvenne immediatamente.

Caddi di nuovo con un brivido sul divano da cui ero stato così bruscamente strappato e di nuovo mi abbandonai alle appassionate visioni di Ligeia.

Passò così un'ora, quando (sarà mai possibile?) per una seconda volta sentii un suono vago provenire dalla zona del letto. Ascoltai, ai limiti dell'orrore. Il suono tornò... era un sospiro. Mi precipitai verso la salma e vidi... vidi distintamente un tremore sulle sue labbra. Un minuto dopo le labbra si aprirono scoprendo una linea di denti brillanti come perle. Ora lo stupore lottava nel mio petto con il timore che prima vi aveva regnato da solo. Sentivo che la mia vista si appannava, che la mia ragione vaneggiava. Fu soltanto con un violento sforzo su me stesso che riuscii a convincermi di portare a termine il compito al quale ancora una volta il dovere mi chiamava. Era di nuovo tornato un po' di colore sulla fronte, sulle guance, sulla gola; un colore appena percettibile pervadeva l'intero corpo, si avvertiva persino un leggero battito del cuore: la signora *viveva*. Con raddoppiato ardore mi accinsi ad adoperarmi per far tornare la vita. Inumidii e strofinai le tempie e le mani e misi in atto ogni accorgimento che l'esperienza e una non trascurabile conoscenza medica potevano suggerire. Fu tutto vano. Improvvisamente il colore svanì, le pulsazioni cessarono, le labbra riassunsero l'espressione della morte e qualche minuto dopo l'intero corpo divenne rigido, gelido, livido, rinsecchito e repellente come quello di chi è ormai da molti giorni nella tomba.

Di nuovo mi abbandonai alle visioni di Ligeia.. e *di nuovo* (c'è da stupirsi se rabbrividisco mentre lo scrivo?) arrivò ai miei orecchi un leggero singhiozzo proveniente dal letto d'ebano. Perché dovrei spiegare minutamente gli indicibili orrori di quella notte? A che scopo soffermarsi a descrivere come una volta dopo l'altra fino alla luce grigia dell'alba, si ripeté questo terribile dramma della reviviscenza; come ciascuna delle terrificanti ricadute portasse solo a una più dura e apparentemente irrimediabile morte; come ogni agonia avesse il carattere di una lotta contro qualche nemico invisibile e ogni lotta fosse seguita da un non so che di mutato nella fisionomia del cadavere? Lasciate che mi affretti alla conclusione.

Era trascorsa gran parte della paurosa notte quando colei che era stata una morta, ancora una volta si agitò – questa volta molto più vigorosamente di prima, sebbene risorgesse da una dissoluzione più paurosa nella sua totale disperazione, di qualsiasi altra precedente. Io avevo da parecchio tempo smesso di lottare e perfino di muovermi e rimanevo seduto rigidamente sull'ottomana, preda disperata di un turbine di violente emozioni, di cui l'estrema paura mi parve la meno terribile, la meno devastante. Il cadavere, ripeto, si muoveva e ora più energicamente di prima. I colori della vita rifluivano con insolita energia in quell'involucro, le membra si rilasciavano e, se non fosse stato per le palpebre ancora rigidamente serrate e per le bende e i drappi funebri che ancora fasciavano in forma sepolcrale il contorno della sua figura, potevo pensare che Rowena avesse scrollato via da sé definitivamente la stretta della Morte. Sebbene non fossi ancora giunto a tale completa convinzione, non potei avere più dubbi quando, sollevandosi dal letto, muovendo piccoli, malfermi passi, gli occhi ancora chiusi, alla maniera delle deliranti immagini di un incubo, la cosa, che si era liberata dal sudario, avanzò nettamente, palpabilmente fino al centro della stanza.

Non tremai... non mi agitai... per l'affollarsi di infinite fantasticherie legate all'aspetto, alla statura, al contegno della figura, che, attraversando tumultuosamente il mio cervello, mi avevano paralizzato... impietrito. Non mi mossi... guardai con attenzione l'apparizione. C'era un folle disordine nei miei pensieri... un tumulto che non aveva pace. Poteva dunque essere Rowena *viva* che mi si parava davanti? Poteva essere *proprio* Rowena, la bionda, Lady Rowena Trevanion di Tremaine dagli occhi azzurri? Perché, *perché* dovevo dubitarne? La benda le serrava pesantemente la bocca...

poteva non essere quella la bocca sospirante della Lady di Tremaine? E quelle guance... colorite del rosa della giovinezza... sì quelle erano certo le belle guance della Lady di Tremaine vivente. E il mento con le fossette di quando era in salute, poteva non essere il suo?... ma *poteva essere cresciuta di statura dopo la malattia*? Quale inesprimibile follia si impadronì di me dopo questo pensiero? Un balzo e fui ai suoi piedi. Sfuggendo al mio tocco, ella lasciò cadere dalla testa, liberandola, l'orrendo sudario che l'aveva imprigionata, e così, nell'atmosfera agitata della stanza, una grande massa di lunghi arruffati capelli precipitò come una cascata: *erano più neri delle ali corvine della notte*! E ora lentamente si aprirono *gli occhi* della figura che era di fronte a me. «Ecco, finalmente», gridai, «non posso... non posso più sbagliarmi... questi sono i grandi, neri, fulgenti occhi... del mio perduto amore, della mia Signora... di LADY LIGEIA.»

Morella

...αὐτὸ καθ᾽αὐτὸ μεθ᾽αὐτοῦ, μονοειδὲς αἰεὶ ὂν.
...esso stesso, per se stesso, con se stesso,
eternamente UNO.

PLATONE, *Simposio*

Provavo per la mia amica Morella un affetto profondo eppure singolarissimo. Entrato per caso, molti anni orsono, tra le sue conoscenze, la mia anima, fin dal primo incontro, si accese di un fuoco che mai aveva conosciuto prima; ma non il fuoco di Eros, e amara e tormentosa per il mio spirito fu la graduale convinzione che non ne avrei potuto definire l'insolito significato o controllarne la vaga intensità. Eppure ci incontrammo; e il fato ci unì sull'altare; e io non parlai mai di passione, né pensai all'amore. Ella, tuttavia, rifuggì dagli estranei e, attaccandosi solo a me, mi rese felice. È una felicità che stupisce; è una felicità sognare.

La cultura di Morella era profonda. Come è vero che spero di vivere, il suo talento era fuori del comune, le sue capacità intellettuali erano immense. Ne ero consapevole e in molte discipline, divenni suo allievo. Tuttavia, notai presto che forse a causa degli studi da lei seguiti a Presburg, mi proponeva un gran numero di quegli scritti mistici che vengono normalmente considerati mere scorie della letteratura tedesca primitiva. Per ragioni che non saprei immaginare, questi costituivano il suo studio preferito e costante, e se, col tempo, divennero anche il mio si deve attribuire al semplice ma efficace influsso dell'abitudine e dell'esempio.

In tutto ciò, se non sbaglio, la mia ragione aveva poco a che fare. Le mie convinzioni, se voglio essere onesto con me stesso, non avevano alcuna base ideale, e neppure, se non mi inganno enormemente, sarebbe stato possibile scoprire, nelle mie azioni e nei miei pensieri, alcuna traccia del misticismo delle mie letture. Persuaso di ciò, mi abbandonai incondizionatamente alla guida di mia moglie, e mi addentrai con cuore sereno nei meandri dei suoi studi. E allora, quando, meditando su pagine proibite, sentivo accendersi in me uno spirito proibito, allora, Morella posava la sua fredda mano sulla mia e dalle ceneri di una filosofia morta riesumava parole gravi, singolari, il cui strano significato mi si imprimeva indelebilmente nella memoria. Poi, per ore e ore, indugiavo accanto a lei preso dalla musica della sua voce, finché, alla fine, la sua melodia era alterata dal terrore e un'ombra cadeva sulla mia anima, e impallidivo e rabbrividivo nell'intimo a quei suoni troppo sovrumani. E così la gioia scivolava improvvisamente nell'orrore e il bello diventava bruttezza estrema, come Hinnom diventò la Gehenna.

Non è necessario stabilire l'esatto carattere di quelle disquisizioni che, prendendo l'avvio dai libri che ho menzionato, costituirono per così lungo tempo quasi l'unico argomento di conversazione tra me e Morella. Gli esperti di quella che si può definire morale teologica lo comprenderebbero facilmente, e i profani, in ogni caso, capirebbero ben poco. Lo sfrenato panteismo di Fichte; la παλιγγενεσία [1] modificata dei Pitagorici; e soprat-

[1] Palingenesi (*N.d.T.*).

tutto le dottrine dell'*Identità* come sono proposte da Schelling, erano, in genere, i temi di discussione più ricchi di attrazione per la fantasiosa Morella. Quella identità che viene detta personale, il signor Locke, ritengo giustamente, la fa consistere nella sensatezza dell'essere razionale. E, visto che noi per persona intendiamo un'essenza intelligente fornita di ragione, e visto che c'è una coscienza che sempre accompagna il pensiero, è tale coscienza, appunto, che ci fa tutti essere ciò che chiamiamo *noi stessi*, distinguendoci così da altri esseri pensanti, fornendoci la nostra identità personale. Ma il *principium individuationis* – la nozione di quell'identità *che alla morte è o non è perduta per sempre* – fu per me, in tutti i tempi, un problema di interesse profondo, non tanto per l'inquietante ed eccitante natura delle sue conseguenze, quanto per il modo straordinario e appassionato con cui Morella ne parlava.

Ma, in verità, giunse il tempo in cui il mistero del comportamento di mia moglie cominciò a opprimermi come un sortilegio. Non potevo più sopportare il tocco delle sue dita esangui, né il tono profondo del suo linguaggio musicale e neppure lo splendore dei suoi occhi malinconici. Tutto questo lo sapeva, ma non protestava: sembrava consapevole della mia debolezza o della mia follia e, sorridendo, la chiamava Destino. Sembrava inoltre consapevole di una causa, a me sconosciuta, per la graduale alienazione del mio interesse per lei; ma non mi forniva indizio o cenno sulla sua natura. Tuttavia era donna e declinava di giorno in giorno. Col tempo, una chiazza rossa si insediò stabilmente sulle sue gote e le vene azzurrine della sua fronte pallida si fecero più evidenti, e talvolta la mia natura si struggeva di pietà, ma subito dopo incontravo lo sguardo dei suoi occhi intenti e allora la mia anima era presa dalla nausea e ne era stordita come chi, affondando lo sguardo in un cupo e insondabile abisso, è preso dalle vertigini.

Dovrò dunque dire che bramavo con intenso e divorante desiderio il momento della morte di Morella? Ebbene, sì; ma lo spirito fragile si aggrappò al suo involucro di argilla per molti giorni – per molte settimane e insopportabili mesi – finché i miei nervi torturati ebbero il sopravvento sulla mia ragione, e mi infuriai per l'indugio e, col cuore di un demonio, maledissi i giorni, le ore e gli amari istanti che parevano allungarsi e allungarsi mentre la sua gentile esistenza declinava, come le ombre al morire del giorno.

Ma una sera d'autunno, in cui i venti si erano quietati nel cielo, Morella mi chiamò presso di sé. C'era una nebbia lieve su tutta la terra e un caldo bagliore sulle acque e certamente un arcobaleno era caduto dal firmamento tra il ricco fogliame autunnale del bosco.

«È il giorno dei giorni», disse mentre mi avvicinavo; «il giorno di tutti i giorni per vivere o per morire. È un bel giorno per i figli della terra e della vita, oh, ancora più bello per le figlie del cielo e della morte!»

Le baciai la fronte e continuò:

«Sto morendo, eppure vivrò».

«Morella!»

«I giorni in cui avresti potuto amarmi non sono mai stati, ma colei che aborristi in vita, adorerai in morte.»

«Morella!»

«Ti ripeto che sto morendo. Ma con me ho un pegno di quell'affetto, oh quanto piccolo, che tu provasti per me, Morella. E quando il mio spirito sarà partito, il figlio vivrà, il figlio tuo e mio, di Morella. Ma i tuoi giorni saranno giorni di dolore – quel dolore che è la più durevole delle impressioni come il cipresso è il più resistente tra gli alberi. Perché le ore della tua felicità sono finite; e la gioia non si può raccogliere due volte in una vita, come le rose di Paestum due volte all'anno. Non giocherai più, allora, col tempo come il Teiano, ma ignaro del mirto e della vite, porterai con te il tuo sudario sulla terra, come fanno i musulmani alla Mecca.»

«Morella!», gridai, «Morella, come lo sai?» Ma ella voltò la testa sul cuscino e, mentre un lieve tremito le percorreva le membra, morì e non udii più la sua voce.

Tuttavia, come aveva predetto, la sua creatura – cui aveva dato la vita morendo e che non respirò finché la madre non ebbe smesso di respirare – la sua creatura, una bambina, visse. E crebbe stranamente in statura e intelligenza, e pareva l'immagine perfetta di colei che era scomparsa, e io l'amavo dell'amore più ardente che mai avrei creduto di poter provare per alcun abitante della terra.

Ma ben presto il cielo di quest'affetto puro si oscurò, e malinconia e orrore e angoscia lo travolsero. Ho detto che la piccola cresceva stranamente in altezza e intelligenza. Strana, davvero, fu la sua repentina crescita fisica, ma terribili, oh, terribili erano i pensieri angosciosi che mi opprimevano quando osservavo lo sviluppo della sua mente! E poteva essere diversamente, quando ogni giorno scoprivo nei pensieri della bambina le energie e le facoltà adulte di una donna? quando gli insegnamenti dell'esperienza provenivano dalle labbra dell'infanzia? e quando, continuamente vedevo balenare nel suo occhio grave e pensoso la saggezza o le passioni della maturità? Quando, dico, tutto ciò divenne evidente per i miei sensi sgomenti – quando non riuscii più a dissimulare a lungo tutto ciò alla mia anima, né allontanarlo dalla percezione che rabbrividiva nel riceverlo –, come meravigliarsi se sospetti di natura paurosa e inquietante si insinuavano nel mio cuore, o se i miei pensieri ritornavano inorriditi alle storie incoerenti e alle teorie agghiaccianti della sepolta Morella? Sottrassi agli sguardi indagatori del mondo una creatura che il destino mi imponeva di adorare e, nel severo ritiro della mia casa, sorvegliavo in un'ansia mortale tutto ciò che concerneva la mia amata.

E mentre gli anni scorrevano, scrutavo giorno dopo giorno, il suo santo, dolce ed eloquente volto, e spiavo il suo farsi natura, giorno dopo giorno scoprivo nella figlia nuovi elementi di somiglianza con la madre malinconica e morta. E di ora in ora l'ombra di questa rassomiglianza si faceva più cupa e più marcata, più definita e inquietante, più spaventosamente terribile nel suo aspetto. Infatti riuscivo a sopportare che il suo sorriso fosse come quello di sua madre, ma poi rabbrividivo a quella *identità* troppo perfetta; potevo tollerare che i suoi occhi fossero come quelli di Morella, ma poi troppo spesso sondavano gli abissi della mia anima con lo stesso intenso e sconvolgente significato di quelli di Morella. E nel disegno della fronte alta, nei setosi capelli inanellati e nelle dita esangui che vi si immergevano, negli accenti tristi e musicali delle sue parole, e soprattutto – oh! soprattutto! – nelle frasi e nelle espressioni della morta sulle labbra dell'amata viva, trovavo alimento per un pensiero e un orrore divoranti, per un verme che non *voleva* morire.

Trascorsero così due lustri della sua vita e ancora mia figlia restava senza nome sulla terra. «Piccola mia» e «Amore mio» erano gli appellativi che normalmente suggeriva l'amore di padre e il rigoroso isolamento dei suoi giorni precludeva ogni altra relazione. Il nome di Morella era morto con lei alla sua morte. Della madre non avevo mai parlato alla figlia; era impossibile parlarne. Veramente, durante il breve periodo della sua esistenza, la bambina non aveva ricevuto alcuna impressione dal mondo esterno, tranne quelle che avevano potuto consentire i limiti ristretti del suo isolamento. Ma, alla fine, la cerimonia del battesimo mi si presentò alla mente, nel suo stato di stanchezza e agitazione, come una immediata liberazione dai terrori del mio destino. E al fonte battesimale, ancora esitai a scegliere il nome. E molti appellativi di saggezza e bellezza, di tempi antichi e moderni, del mio e di altri paesi, mi si affollarono alle labbra, con molti, molti appellativi che evocavano la gentilezza, la felicità e la bontà. Cosa mi suggerì allora di turbare la memoria della morta? Quale demone mi spinse a emettere quel suono, il cui solo ricordo mi faceva affluire in torrenti il sangue purpureo dalle tempie al cuore? Quale spirito maligno parlò dal profondo della mia anima, quando, tra le oscure navate e nel silenzio della notte, sussurrai nelle orecchie del sant'uomo le sillabe: «Morella»? Quale più che demonio contrasse convulsamente i lineamenti di mia figlia e li tinse dei colori della morte, quando, trasalendo a quel suono appena udibile, ella alzò gli occhi vitrei dalla terra al cielo e, cadendo prostrata sulle pietre nere del sepolcro avito, rispose: «Eccomi!».

Distinti, freddamente, serenamente distinti, quei pochi semplici suoni mi penetrarono nelle orecchie e di lì, come piombo fuso, mi scorsero sibilando nel cervello. Possono passare anni, e anni, ma il ricordo di quel momento non passerà mai! Non ignoravo davvero i fiori e la vite, ma la cicuta e il cipresso offuscarono i miei giorni e le mie notti. E non ebbi più nozione di tempo o luogo, e le stelle del mio destino sparirono dal cielo, e per questo la terra si oscurò e le sue figure passarono davanti a me, come ombre fugaci e fra tutte ne vedevo una soltanto: Morella. I venti del firmamento sussurravano alle mie orecchie un unico suono, e le onde del mare mormoravano eternamente: Morella. Ma ella morì; e con le mie stesse mani la portai alla tomba; e risi di un riso lungo e amaro quando non trovai traccia della prima nella fossa dove deposi la seconda Morella.

La caduta della Casa Usher

Son coeur est un luth suspendu;
Sitôt qu'on le touche il résonne.

Il suo cuore è un liuto sospeso;
Appena qualcuno lo tocca, suona.

DE BÉRANGER

In una giornata triste, buia e troppo silenziosa, con un cielo di nuvole basse e pesanti, dopo aver cavalcato da solo per un tratto di campagna particolarmente desolato, verso sera, mentre le ombre si facevano sempre più lunghe, mi trovai di fronte alla malinconica casa Usher.

Non so perché, bastò uno sguardo di sfuggita alla vecchia dimora, per darmi un senso di insopportabile depressione; insopportabile, perché questa mia sensazione non era addolcita dal fascino, quasi perverso, che hanno, perché poetiche, anche le più crude immagini di desolazione e terrore.

Guardavo la scena che si presentava ai miei occhi, guardavo quella casa e le nude strutture della proprietà, le mura lugubri segnate dagli sguardi vuoti delle finestre, i sedili, i tronchi bianchi degli alberti morti. Guardavo, con quell'oppressione totale dell'anima, paragonabile soltanto al risveglio dai piaceri dell'oppio, verso l'amaro intervallo della normalità quotidiana: il tragico cadere del velo. Era agghiacciante da far mancare il cuore, si era assaliti da un'irrimediabile tristezza che nessuno stimolo dell'immaginazione avrebbe più potuto sublimare. Mi chiedevo cosa fosse, cosa, in questa contemplazione della casa Usher mi indebolisse tanto. Era un insolubile mistero; né potevo combattere le fantasie che in questa riflessione, riempivano la mia testa. Ero costretto a limitarmi a una conclusione abbastanza insoddisfacente, cioè, che certamente esistono combinazioni di oggetti semplicissimi, naturali fino alla banalità, che hanno il potere di impressionarci, ma che, nello stesso tempo, tale potere resta per noi non analizzabile, superiore al potere della nostra mente.

Riflettei che un semplice cambiamento nei particolari della scena, negli elementi del quadro, sarebbe stato sufficiente a modificare o, forse annientare, l'incredibile forza di questa impressione tanto penosa; seguendo questa idea spinsi il cavallo fino al bordo scosceso di uno stagno nero e sinistro, che specchiava immobile la costruzione.

Guardai in basso nelle sue acque e vedendovi le immagini capovolte e deformate dei sedili grigi, dei tronchi incolori e di quelle finestre simili a occhi vuoti, provai un brivido ancora più forte.

Nonostante la sua aria tenebrosa, mi proponevo di soggiornare alcune settimane proprio lì, in quella dimora spettrale. Roderick Usher era stato un mio compagno di baldorie del tempo della giovinezza, anche se troppi anni erano passati dal nostro ultimo incontro; recentemente, una lettera mi aveva raggiunto in un luogo remoto del paese, una sua lettera talmente insistente che non mi aveva lasciato altra possibilità che quella di raggiungerlo immediatamente.

Il manoscritto esprimeva uno stato di acuta tensione nervosa. Lo scrivente parlava di un suo stato di grave malattia, di una confusione mentale che lo opprimeva. Voleva vedermi a tutti i costi; ero il suo unico intimo amico e sperava di trovare nella mia allegra compagnia un sollievo al male. Il modo estremamente sincero con cui tutto ciò veniva detto, e altro ancora, non lasciavano spazio per decisioni diverse, e malgrado fossi convinto che si trattava di un invito assai strano, accettai.

Sebbene la nostra amicizia da ragazzi fosse molto intensa, in realtà sapevo molto poco del mio amico. Il suo costante riserbo mi era sempre parso eccessivo.

Sapevo che la sua antichissima famiglia si era distinta, da tempo immemorabile, per una sua particolare sensibilità, rivelatasi attraverso secoli, in molte opere artistiche di rilievo, e manifestatasi ultimamente in azioni caritatevoli e generose, come pure in una intensa devozione per i misteri, più che per le ortodosse e banalmente riconoscibili bellezze della scienza musicale. Ero anche al corrente del fatto, veramente sorprendente, che la famiglia degli Usher, nonostante la sua celebrata storia, non aveva mai dato origine a rami collaterali durevoli. In altre parole, l'intera famiglia era in linea di discendenza diretta e, tranne qualche insignificante e transitoria variazione, era sempre stato così.

Era stata questa carenza – pensai, mentre riflettevo sulle mie impressioni sul paesaggio e le mettevo a confronto con questo carattere della famiglia, ragionando sulla possibile influenza nel corso dei secoli dell'uno sull'altro –, forse proprio questa mancanza di un ramo cadetto e la conseguente trasmissione diretta di patrimonio e nome, di padre in figlio, che alla lunga li aveva identificati, fino al punto di fondere il primitivo nome del possedimento nella singolare e ambigua denominazione di «Casa Usher»; un nome il quale, nella mente della gente del contado che lo usava, definiva tanto la famiglia quanto la sua dimora.

Ho detto che l'unico effetto del mio esperimento, per la verità un po' infantile, cioè di guardare nello stagno, era stato di render ancor più profonda la mia prima impressione di anomalia. Non c'è dubbio che accorgermi di essere ormai preda della superstizione, inutile chiamarla in altro modo, contribuì a moltiplicare e accelerare il processo. Come so da molto tempo, questa è la legge paradossale di tutti gli stati d'animo che hanno origine dal terrore; e forse per questa sola ragione, mentre tornavo a guardare direttamente la casa, dopo averne contemplato l'immagine nello stagno, sentivo crescere nella mente una nuova fantasia, un'illusione talmente ridicola, che poteva essere giustificata soltanto dalla potenza delle sensazioni che mi angustiavano.

La mia immaginazione si era scatenata al punto da essere veramente sicuro che tutta la proprietà, dalla casa al paesaggio circostante, fosse gravata da un'atmosfera creata da loro, dal loro mondo cupo, un'aria che aveva abolito il celeste, che trasudava dai tronchi morti, dai muri grigi, dallo stagno silenzioso: una nebbia nociva e mefitica, misteriosa e opprimente; quasi impercettibile e tinta di piombo.

Mi liberai da questa impressione che per forza doveva essere un brutto sogno per osservare, con più attenzione, l'aspetto della casa. Il suo connotato più evidente sembrava essere la sua eccessiva antichità. I secoli le avevano conferito una perdita di colore inquietante. Sull'intera facciata si estendeva un fittissimo tessuto di spore. Ma tutto questo era lungi dall'associarsi a segni di decadenza. In nessuna parte c'erano tracce di crollo dei muri: con il risultato di una strana incoerenza fra questa perfetta tenuta dell'insieme e la condizione di fatiscenza delle singole pietre.

Tutto questo mi faceva venire in mente quelle strutture lignee apparentemente intatte che sono rimaste per tanto tempo al riparo dell'aria in una cantina qualsiasi, sopravvissute all'usura dei lunghi anni trascorsi.

Ma, a parte questa notazione di uno stato di grave degrado, la struttura dell'edificio non dava un'idea di instabilità. Forse solo lo sguardo di un osservatore meticoloso avrebbe potuto accorgersi di una esilissima incrinatura che, partendo dal tetto, scendeva trasversalmente lungo la facciata, per perdersi nelle lugubri acque dello stagno.

Immerso in queste notazioni, avevo percorso un breve ponte che portava alla casa. Mi aspettava un servo che prese in consegna il mio cavallo, e io potei finalmente entrare. Fui introdotto sotto la volta gotica dell'ingresso: qui un altro servo dal passo furtivo, mi condusse silenziosamente attraverso un labirinto di tenebrosi corridoi, verso lo studio del suo padrone.

Non so perché questa breve e insieme interminabile passeggiata rinforzò le mie sensazioni precedenti. Mentre gli oggetti che mi circondavano, il legno intagliato dei soffitti, le fosche tappezzerie delle pareti, il nero d'ebano dei pavimenti, gli illusori trofei araldici che vibravano al mio passaggio, avrebbero dovuto, pensavo, essermi familiari, mi stupii che mi scatenassero emozioni che non conoscevo. Per una delle scale incontrai il medico di famiglia. La sua espressione era insieme perplessa e astuta. Si volse verso di me con aria imbarazzata e scivolò via di soppiatto. Finalmente il servo mi introdusse alla presenza del padrone.

La stanza in cui mi trovavo era immensa e i soffitti altissimi. Le finestre erano lunghe, strette e a sesto acuto e a una tale distanza dal sobrio pavimento di quercia da essere irraggiungibili dall'interno. La luce fioca e cremisi che riusciva a penetrare attraverso i pannelli intelaiati serviva appena a rendere visibili gli oggetti di maggior rilievo; lo sguardo si perdeva però a scrutare gli angoli più nascosti e il soffitto a volta.

Scure tappezzerie pendevano dalle pareti. L'arredo era eccessivo, trasandato, scomodo. Libri e strumenti musicali giacevano sparsi ovunque, senza vita. Mi rendevo conto di respirare un'aria carica di pena. Un'aria di irrimediabile cupezza che invadeva e imprigionava tutto.

Quando entrai Usher si alzò dal divano dove era disteso. Mi salutò con tale calore e vivacità che mi fece pensare subito all'esagerazione e allo sforzo dell'uomo di mondo *ennuyé*. Bastò però uno sguardo al suo volto perché mi accorgessi della sua totale sincerità. Sedemmo e per un po' restò muto; lo fissai con un sentimento misto di pietà e timore.

Di sicuro nessun uomo poteva essere tanto terribilmente cambiato, e in così breve tempo, quanto Roderick Usher! Solo a fatica potevo accettare che quel languido uomo esangue fosse il mio compagno d'infanzia. È vero che il suo volto aveva sempre avuto qualcosa di singolare. Pallore cadaverico, occhi grandi, umidi e incomparabilmente luminosi; labbra pallide e serrate, dal disegno di sorprendente bellezza; la linea del naso, dal delicato profilo ebraico, insolitamente interrotta dalla larghezza delle narici; mento che, mancando di ogni prominenza, rivelava una qualche mancanza di energia morale. Capelli più delicati e sottili di una ragnatela: questi tratti, uniti a tempie eccessivamente ampie, gli conferivano in complesso una fisionomia non facilmente dimenticabile. Ma ora, l'esasperazione del carattere prevalente dei suoi lineamenti e della loro espressione abituale, lo avevano cambiato al punto che non mi rendevo conto di chi avessi davanti. Più di ogni altra cosa mi allarmavano il pallore mortale della pelle e lo sguardo lucido e quasi irreale. Anche i capelli serici erano cresciuti incolti, e poiché, nella loro trama sottile e disordinata, fluttuavano più che cadergli intorno al viso, non riuscivo neanche con uno sforzo a ricollegare l'attuale immagine arabesca a un'idea di semplice umanità.

Del suo comportamento mi colpì l'incoerenza, direi, la quasi inconsistenza, e mi accorsi rapidamente che derivava dalla sua fiacca lotta contro un'ansia abituale, contro l'eccessiva agitazione nervosa.

A tutto questo ero stato in qualche modo preparato, non soltanto dalla lettera, ma anche dal ricordo di alcuni suoi tratti giovanili e dalla conclusione cui mi avevano portato la sua conformazione fisica e il suo particolare temperamento. Il suo comportamento era, alternativamente, vivace e pigro. La sua voce passava rapidamente dalla tremula indecisione (quando l'energia animale sembrava completamente assente) a una sorta di energica concisione, che suonava brusca, grave, calma e sorda: quel modo di parlare gutturale, plumbeo, controllato e perfettamente modulato proprio dell'ubriacone incallito o dell'incorreggibile mangiatore d'oppio, nei momenti di più intensa eccitazione.

Fu in tale modo che mi parlò dell'oggetto della mia visita, del suo intenso desiderio di vedermi e del conforto che si aspettava da me.

Cominciò poi a parlare della natura della sua malattia. Si trattava, secondo lui, di un male ereditario, una condanna familiare, e, per questo, riteneva che non vi fosse scampo, ma poi aggiungeva che era una semplice affezione nervosa, che si sarebbe risolta rapidamente. La malattia si manifestava in una serie di mostruose sensazioni.

Raccontate nei dettagli, alcune di queste, mi parvero interessanti e sconvolgenti, certamente anche per il modo con cui le raccontava. Soffriva di una morbosa ipersensibilità; sopportava soltanto i cibi più insapori; poteva indossare soltanto certi tessuti e non altri, il profumo di qualunque fiore gli era intollerabile, gli occhi non sopportavano neanche l'idea della luce; tutti i suoni, esclusi quelli degli strumenti a corda, lo riempivano di orrore.

Lo osservai e capii che era schiavo di un'anomala specie di terrore. «Morirò», disse, «devo morire in questa miserabile follia. Così, soltanto così, avrò pace. Ho paura del futuro, non in sé, ma per i suoi effetti su di me. Tremo al solo pensiero del più banale incidente, per quello che provocherebbe su questa mia insopportabile tensione mentale; non mi spaventa il pericolo, ma la sua inevitabile conseguenza, cioè il terrore. In questa condizione snervante e pietosa, sento profondamente che arriverà il momento in cui, prima o poi, dovrò abbandonare vita e ragione insieme, nella lotta con questo fosco e misterioso fantasma: la PAURA.»

Dai suoi discorsi discontinui e dalle sue ambigue allusioni, mi resi conto di un altro aspetto del suo stato mentale. Era come incatenato da alcune superstizioni che riguardavano la casa, cui si sentiva di appartenere e dalla quale da tanti anni non usciva più, per una cieca sottomissione a forze strane; usò termini troppo oscuri perché possa accennarvi, un influsso originato, diceva, da alcune peculiarità della materia stessa e dalla forma della dimora familiare. E attraverso una lunga sofferenza, l'effetto *physique* di quei muri grigi, di quelle torri che si specchiavano nello stagno, aveva, infine, agito sulla *morale* della sua esistenza.

Ammetteva tuttavia, seppure con un po' di riluttanza, che questa folle malinconia poteva anche avere origini meno oscure e più naturali.

La malattia della sorella, per esempio, la lunga e grave malattia di una sorella molto amata e da molti anni sua unica compagna e unica parente rimastagli. Parlava della prossima morte di lei, con una amarezza che non posso cancellare dalla mente. Mentre parlava, lady Madeline, questo era il nome di lei, passò lenta in fondo alla sala. Senza aver notato la mia presenza, scomparve. La guardai con l'animo diviso tra stupore e spavento, senza capire i miei sentimenti e seguii i suoi passi mentre se ne andava, preda di un senso di attonita oppressione. Mentre la porta si chiudeva dietro di lei, cercai istintivamente e con ansia il volto del fratello. Invano, si era nascosto la faccia tra le mani. Potevo vedere soltanto le lacrime che inumidivano le sue pallide e nervose dita.

Il male di lady Madeline aveva da molto tempo sconcertato e messo alla prova le capacità dei medici. Una permanente apatia, un consumarsi graduale della persona, attacchi frequenti anche se passeggeri di semicatalessi; questa l'insolita diagnosi. Finora aveva resistito fermamente contro il male, rifiutando di mettersi a letto, ma proprio la sera del mio arrivo, così mi riferì il fratello, nel corso della notte, in preda a un'agitazione indescrivibile, aveva dovuto cedere all'irresistibile potere maligno del male. Seppi così che la sua fugace apparizione poteva essere l'ultima, che avrei potuto non vedere più la signora, almeno non viva.

Per parecchi dei giorni successivi il suo nome non fu più pronunciato, né da Usher né da me. Durante questi giorni feci molti sforzi per alleviare la malinconia del mio amico. Dipingevamo, leggevamo o ascoltavo soltanto, come perduto in un sogno, le sue scatenate improvvisazioni di canto e chitarra. Col crescere dell'intimità, potevo entrare nei recessi della sua anima, constatando con amarezza quanto fosse vano il tentativo di rallegrare la sua mente posseduta da una tenebrosità, congeniale come una forza positiva, e che lui riversava su tutta la materia fisica e morale, in una incessante proiezione depressiva.

Non potrò mai sopportare il ricordo di quelle ore solenni passate insieme al signore della Casa Usher. Non riuscirò in nessun modo a rendere l'idea del suo tipo di studi e interessi di cui mi rendeva complice e nei quali mi trascinava, facendomi da guida. Una tensione ideale esasperata e turbata copriva tutta la scena di luci brucianti. I lunghi e subitanei inni funebri che improvvisava risuoneranno per sempre nelle mie orecchie. Tra l'altro, mi è restato dolorosamente impresso nella mente quel suo strano, perverso arrangiamento della melodia sfrenata dell'ultimo valzer di Von Weber, o quei suoi dipinti sui quali tornava continuamente a meditare, che si scomponevano, tocco dopo tocco, in una indeterminabile vaghezza che mi faceva tanto più rabbrividire quanto meno capivo perché. Di questi dipinti (le cui immagini sono ancora vivide nella mia mente) invano tenterei di trovare una sia pur piccola parte che possa essere espressa con semplici parole scritte. Con l'assoluta semplicità dei suoi disadorni disegni attirava e soggiogava l'attenzione. Se mai mortale ha dipinto un'idea, questi fu certamente Roderick Usher. Delle pure astrazioni che quell'ipocondriaco faceva uscire fuori dalla sua tela ti abbagliava l'intensità lancinante. Al confronto, le ardenti chimere di Fuseli sembrano ancora troppo concrete e impallidiscono.

Proverò a tradurla in parole, per quanto insufficienti, scegliendo un esempio fra i meno astratti del suo spirito visionario: un piccolo dipinto che raffigurava l'interno di una lunghissima galleria con una volta rettangolare dai muri bassi, bianchi e lisci, senza fregi. Alcuni particolari del disegno suggerivano l'idea che questa cavità si trovasse a grande profondità sotto la superficie terrestre.

Per tutta la sua estensione non si notavano vie d'uscita; né una fiaccola, né altra fonte di luce artificiale e, tuttavia, lo spazio era pieno di abbaglianti raggi che tutto illuminavano, di uno splendore ingiustificato e irrimediabile.

Ho già parlato della abnorme insofferenza del malato a ogni specie di musica, a eccezione di certi effetti degli strumenti a corda. Erano forse proprio questi limiti stravaganti che, in gran parte, accentuavano il carattere fantastico delle sue esecuzioni alla chitarra, ma la fervida *facilità* dei suoi *impromptus* restava in qualche mòdo inspiegabile. La loro eccezionalità stava proprio nelle note, come pure nelle parole delle sue fantasie selvagge. Poiché spesso si accompagnava con improvvisazioni verbali in rima, il risultato di questa totale padronanza mentale e capacità di concentrazione, cui ho già alluso in precedenza, era percepibile soltanto in questi particolari momenti di eccitazione artificiale.

Mi è stato facile ricordare le parole di una di queste sue rapsodie. Mentre me la proponeva ne fui particolarmente impressionato; forse perché nel suo occulto significato mistico credevo di notare per la prima volta una piena consapevolezza del tracollo della sua ragione. I versi che lui aveva intitolato «Il palazzo incantato» suonavano press'a poco così:

I.

Nella più verde delle nostre valli
    Protetta da angeli buoni,
Un tempo un palazzo bello e nobile,
    Un palazzo radioso, levava la testa
Nelle terre di re Pensiero –
    Qui si ergeva!
Mai serafino allargò le sue ali
    Su un edificio tanto bello.

II.

Bandiere gialle gloriose d'oro
    Sul suo tetto sventolavano
(Tutto questo accadeva nel tempo antico
    Da cui tanto tempo è trascorso).
E per l'aria soave nel gioco
    In quelle dolci giornate
Sui bastioni chiari e piumati
    Si spargeva un odore di ali.

III.

Chi attraversava la valle felice
    Da due luminose finestre poteva vedere
Muoversi musicalmente gli spiriti
    Al suono del liuto ritmato;
Un trono dove si vedeva assiso
    (Porfirogenito!)
Nella gloria della sua grandezza
    Il Signore del reame felice.

IV.

E risplendente di perle e rubini
    Era la porta del bel palazzo,
Da cui fluendo, fluendo, fluendo
    E brillando di luce mai vista
Delle Eco la schiera più dolce

Non faceva che cantare
Con voci di arcana bellezza
La saggezza e il talento del Re.

V.

Ma diaboliche cose, vestite di lutti,
In agguato nel regno del Sire,
(Consentiamoci il pianto, poiché mai più,
Il domani per lui sorgerà desolato!)
Circondarono la sua casa. La gloria
Che splendeva e fioriva,
Non è che una storia passata
Di un antico tempo sepolto.

VI.

Chi percorra adesso la valle,
Dalle rosse finestre vedrà
Varie forme fantastiche in moto
Al suono di melodie dissonanti;
E, come un fiume veloce di spettri
Attraverso le pallide porte
Una orribile folla si accalca
E ride, ma non sorride più.

Ricordo perfettamente che le suggestioni di questa ballata ci condussero attraverso una sequenza di pensieri in cui si manifestava un'opinione di Usher che cito non tanto per la sua originalità (altri infatti hanno pensato la stessa cosa [1]), quanto per l'ostinazione con cui la difese.

L'opinione, nel suo assunto generale, accreditava la teoria della capacità del mondo vegetale di sentire. Ma nella sua disordinata mente, questa idea si era fatta ancora più audace allargandosi fino a includere il regno inorganico. Non mi bastano le parole per esprimere la dimensione, o il sincero *abbandono* alla sua convinzione.

Questa fede assoluta, come ho già accennato, era connessa alle grigie pietre della casa dei suoi antenati. Egli immaginava che qui le condizioni di questa sensitività erano state poste in essere fin nel metodo di collocazione di queste pietre, nell'ordine con cui erano state disposte, nell'intrico di *funghi* che le ricoprivano o in quegli alberi morti che circondavano la casa, ma soprattutto nella lunga indisturbata resistenza di questa sistemazione e del suo doppio, che si realizzava nel riflesso con le cupe acque dello stagno. Il segno evidente, il segno di questa capacità di sentire lo si poteva vedere, disse (e a questo punto mi fece trasalire), nel graduale lento e tuttavia certo condensarsi di un'atmosfera propria delle acque e dei muri. Il risultato era riscontrabile in quella silenziosa e inesorabile influenza che aveva per secoli offuscato il destino della sua famiglia e fatto di *lui*, da quello che potevo constatare, quello che egli era.

Sono opinioni che non hanno bisogno di commento e io non le commenterò.

I nostri libri, quei libri che da anni contribuivano solidamente alla vita mentale del malato, erano, come è immaginabile, in stretto rapporto con questa sua dimensione visionaria. Meditavamo insieme su opere come *Vertvert et Chartreuse* di Gresset, *Belfagor* di Machiavelli, *Cielo e inferno* di

[1] Watson, Dr. Percival, Spallanzani e, in particolare, il vescovo di Landaff, *Saggi chimici*, vol. V.

Svedenborg, *Viaggio sotterraneo di Nicholas Klimm* di Holberg, *Chiromanzia* di Robert Flud o quella di Jean d'Indaginé, o di De La Chambre, *Viaggio nell'azzurro* di Tieck, *Città del Sole* di Campanella. Uno dei preferiti era il *Directorium Inquisitorum* del domenicano Eymeric de Gironne; e vi erano infine brani di Pomponius Mela sugli antichi satiri ed Egipani dell'Africa, sui quali Usher poteva sognare per ore. Il suo piacere maggiore consisteva però nell'attenta lettura di un volume rarissimo e curioso, un in-quarto gotico, un manuale su una chiesa dimenticata, le *Vigiliae mortuorum secundum Chorum ecclesiae maguntinae*.

Non potevo fare a meno di meditare sul carattere selvaggiamente rituale di quest'opera, e sulla sua influenza su un ipocondriaco, quando una sera, dopo avermi bruscamente informato della morte di lady Madeline, mi dichiarò la sua intenzione di conservare il corpo per quattordici giorni (prima della sua sepoltura definitiva) in una delle molte cripte che si aprivano nel sotterraneo della casa. Sul motivo che fornì per questo modo di agire tanto singolare, non volli discutere.

Il fratello era stato spinto a questa decisione dall'insolito carattere della malattia della defunta e da alcune impazienti e indiscrete richieste avanzate dai medici e, infine, dal fatto che il cimitero di famiglia fosse molto distante e difficilmente accessibile. Non negherò che, tornatomi alla mente il volto sinistro della persona incontrata per le scale, il giorno del mio arrivo, non sentii l'esigenza di oppormi; anzi, mi parve una precauzione del tutto attendibile e innocua.

Lo aiutai personalmente, come Usher mi chiese, nei preparativi di quella temporanea sepoltura. Una volta deposto il corpo nella bara, lo portammo, noi due soli, al suo riposo. La cripta in cui lo collocammo (rimasta chiusa tanto a lungo che le nostre torce soffocate dall'aria opprimente non davano luce bastante per un'adeguata indagine), era piccola, umida e priva di aperture che consentissero l'ingresso della luce.

Si trovava a grande profondità, proprio sotto quella parte della casa in cui era situata la mia stanza da letto. In remota epoca feudale, stando alle apparenze, doveva essere stata adibita alla crudele funzione di carcere e, più di recente, si era trasformata in deposito di polveri da sparo o altre sostanze combustibili. Una larga parte del pavimento, infatti, e tutto l'interno di un lungo passaggio di accesso alla cripta erano sistematicamente coperti di rame; anche la porta di massiccio ferro era rivestita dello stesso metallo: a causa del suo immane peso, girando sui cardini, produceva un rumore aspro e stridente.

Deponemmo il nostro funebre carico su due tripodi collocati in questo luogo d'orrore e scostammo parzialmente il coperchio non ancora inchiodato.

Scrutai allora il volto della defunta. Per la prima volta constatai con sorpresa la straordinaria somiglianza tra fratello e sorella; Usher, indovinando il mio pensiero, balbettò alcune frasi smozzicate da cui capii che erano gemelli e che tra di loro era sempre esistita una affinità di natura difficilmente comprensibile. I nostri sguardi non restarono a lungo rivolti alla morta: non potevamo continuare a guardarla senza provare un dolore ansioso. La malattia che l'aveva portata alla tomba nel fiore di una giovinezza appena matura aveva lasciato, come tutte le malattie a carattere prevalentemente catalettico, la beffa di un rossore appena percettibile sul volto e sul petto e quel misterioso sorriso sulle labbra che è così terribile nella morte. Riabbassammo il coperchio e lo bloccammo inchiodandolo e, dopo aver chiuso a chiave la pesante porta di ferro, risalimmo faticosamente fino agli appartamenti superiori della casa, certamente non meno opprimenti.

Dopo alcuni giorni di aspro dolore, un evidente cambiamento si produsse nel disordine mentale del mio amico. Il suo solito comportamento scomparve, le sue occupazioni ordinarie venivano trascurate o dimenticate.

Vagava di stanza in stanza con passi affrettati e discontinui. Il pallore del suo viso aveva assunto sfumature ancora più spettrali mentre la luminosità del suo sguardo si era completamente spenta. La sua voce aveva perso la consistenza aspra di una volta; si era fatta tremula, come spezzata dal terrore. C'erano momenti in cui ero convinto che la sua mente agitata fosse combattuta da un divorante segreto e che egli lottasse con se stesso per trovare il coraggio di svelarlo.

Altre volte però ero costretto a tornare a credere che tutto fosse dovuto alle divagazioni inesplicabili della sua follia; lo sorprendevo a fissare nel vuoto per lunghe ore come se fosse in ascolto di un suono immaginario. Non può stupire che questo suo stato mi terrorizzasse e anzi invadesse anche me. Lentamente e inesorabilmente, sentivo di essere posseduto dalle selvagge influenze delle sue superstizioni, strane e coinvolgenti.

Fu proprio la sera del settimo o ottavo giorno successivo alla deposizione di lady Madeline nella cripta, mentre stavo ritirandomi per la notte, che provai appieno la prepotenza di queste sensazioni. Il sonno tardava a venire e le ore trascorrevano. Cercavo di razionalizzare il nervosismo che si era impadronito di me. Mi costringevo a credere che il mio stato d'animo fosse determinato dalla influenza deprimente del cupo mobilio della stanza, dei tendaggi pesanti e sgualciti che ondeggiavano come torturati dal fiato impetuoso di un ancora lontano temporale.

I miei sforzi furono inutili. Presi a tremare in modo irrefrenabile, a poco a poco il mio cuore fu posseduto da un incubo, da un terrore che sembrava senza causa. Tentai di liberarmi respirando profondamente, mi sollevai sui cuscini cercando di penetrare l'oscurità, con le orecchie tese e allarmate (forse come spinto da una premonizione), percepii bassi suoni indefiniti che giungevano a lunghi intervalli, nelle pause dell'uragano che ormai imperversava, da non so dove. In preda a un orrore profondo, inspiegabile e tuttavia insopportabile, mi vestii precipitosamente (ormai sapevo che per quella notte non avrei più dormito), cercando con tutte le mie forze di sottrarmi a quello stato pietoso in cui ero caduto. Mi misi ad andare su e giù per la stanza a grandi passi.

Passarono alcuni brevi minuti quando mi parve di cogliere il rumore di un passo leggero sulla scala vicina. Lo riconobbi, era quello di Usher.

Un attimo dopo bussò leggermente alla mia porta ed entrò nella stanza portando con sé una lampada. Come sempre era cadaverico, sfinito ma soprattutto nei suoi occhi brillava una luce di pazza euforia e i suoi gesti rivelavano accessi di isteria, appena contenuta. Il suo comportamento mi faceva paura ma mi sembrava che tutto fosse più sopportabile della solitudine in cui mi ero sentito soffocare tanto a lungo e lo accolsi con sollievo.

«Non l'hai visto?», mi chiese bruscamente dopo avermi fissato per qualche istante in totale silenzio. «Così, dunque, tu non l'hai visto. Allora resta e vedrai.»

Detto questo, schermò con la mano la lampada e si diresse alla finestra che spalancò alla tempesta. La furia impetuosa dell'uragano ci sollevò quasi da terra. La notte tempestosa era paurosamente bella, una terribile bellezza, singolare e tragica. Ci trovavamo evidentemente nell'occhio del ciclone, il vento subiva frequenti e violenti mutamenti di direzione e le nubi spesse e basse, a ridosso delle torri della casa, non ci impedivano di cogliere la straordinaria velocità con cui si precipitavano dai più svariati punti per scontrarsi e convergere fra loro, senza mai distanziarsi. La loro densità, come ho detto, non ci impediva di vederne le forme, anche se la luna non era visibile neanche di sfuggita, né si vedevano le stelle, né alcun lampo illuminava la scena.

Tuttavia le superfici inferiori di quella enorme massa turbolenta erano di fuoco, come tutti gli oggetti che ci circondavano, illuminati da una luce innaturale. Una esalazione gassosa, una luce vaga che avvolgeva tutta la casa come un sudario.

«Non devi fermarti a guardare, non guardare!...», dissi a Usher rabbrividendo e tentando di allontanarlo con gentile violenza dalla finestra. «Queste apparenze che ti sconvolgono non sono altro che fenomeni elettrici non rari, o che hanno origine dalle intense esalazioni dello stagno. È meglio chiudere la finestra. Fa freddo, la tua salute può risentirne. Ho qui uno dei tuoi romanzi preferiti; io leggerò per te, tu ascolterai... e questa terribile notte passerà.»

L'antico volume che avevo preso in mano era il *Mad Trist* di sir Launcelot Canning; per scherzo, ma un malinconico scherzo, lo avevo definito il preferito da Usher; in realtà ben poco nel suo andamento prolisso e privo di immaginazione poteva interessare l'animo nobile e raffinato del mio amico. Ma era l'unico libro a portata di mano e avevo la speranza che l'agitazione che lo torturava potesse placarsi (nella storia della follia simili anomalie sono frequenti) proprio con la lettura di vicende eccezionalmente pazze.

A giudicare dall'attenzione con cui ascoltava o fingeva di ascoltare, avrei potuto congratularmi con me stesso per questa buona iniziativa.

Ero in procinto di leggere quel famoso passo in cui l'eroe del Trist, Ethelred, dopo aver tentato invano di essere ammesso pacificamente nell'abitazione dell'eremita, decide di entrare usando la forza. Ecco le parole del racconto: «Ethelred, impavido per natura e reso più incosciente dal vino trangugiato, non volle più umiliarsi nel chiedere ascolto all'eremita, uomo ostinato e maligno, ma alla prima pioggia che sentì cadere e paventando lo scatenarsi dell'uragano, senza altro indugio sollevò la mazza ferrata e con furiosi colpi divelse le assi della porta. Spezzò e schiantò tutto mentre il rumore del legno secco che si spaccava risvegliava con la sua eco tutta la foresta».

Su questa battuta mi fermai trasalendo; mi era parso, ma decisi subito che la fantasia mi stava giocando brutti tiri, mi era parso di udire, proveniente da un lato molto remoto della casa, un rumore, l'eco, soffocata e sorda, di quel rumore del legno secco spezzato che sir Launcelot aveva così dettagliatamente descritto. Sicuramente si trattava di una coincidenza che si era proposta alla mia attenzione, visto che lo strepito cigolante degli infissi e il fragore del temporale erano tanto invadenti che quel rumore in sé non poteva colpirmi o turbarmi. Ripresi a leggere: «Ma il gagliardo Ethelred, oltrepassata la soglia, dovette sorprendersi e molto adirarsi a non trovare dinanzi a sé l'eremita; al suo posto un drago d'orrido aspetto, coperto di squame e dalla lingua infocata, messo a guardia di un palazzo d'oro e d'argento. Dal muro pendeva uno scudo bronzeo che portava la scritta:

Varcata la soglia sarai vincitore,
uccisa la bestia, lo scudo al migliore.

Allora Ethelred, sollevata la mazza, la calò sulla testa del drago frantumandola. Il drago esalando l'ultimo pestilenziale respiro cacciò un urlo tanto forte e aspro che Ethelred dovette tapparsi le orecchie per non sopportarne l'orrendo rumore mai prima d'allora udito».

Mi fermai di nuovo bruscamente, in preda allo stupore. Non vi erano dubbi, questa volta avevo udito – difficile soltanto capire da dove provenisse – l'urlo lontano, ma forte e aspro, come nel racconto, lo stesso urlo innaturale del drago descritto dal narratore. Colpito da questa seconda straordinaria coincidenza, oppresso da mille sensazioni contrastanti in cui dominavano la sorpresa e il terrore, tentai di conservare la calma per evitare al mio amico un'ennesima sovreccitazione del suo fragile sistema nervoso. Non ero certo che si fosse accorto anche lui dei rumori, sicuramente però nel suo comportamento da alcuni minuti era visibile una strana alterazione.

Dalla posizione iniziale, seduto di fronte a me, aveva lentamente e progressivamente girato la seggiola in modo da guardare la porta; per questo potevo vederne soltanto una parte del viso e notare il tremito delle labbra, come se stesse mormorando parole inintelligibili. La testa era reclinata sul petto e dallo scorcio del suo profilo capii che non dormiva, anzi i suoi occhi erano spalancati. Anche il movimento del corpo era in contrasto con l'ipotesi che dormisse, dondolava innanzi e indietro in modo costante e uniforme.

Ripresi a leggere: «A questo punto l'eroe salvatosi dalla furia del drago, ricordò lo scudo di bronzo e l'incantesimo dal quale era stato liberato, calpestò la carogna che gli ostacolava il passo e si mosse arditamente sul pavimento d'argento del castello, verso il luogo in cui era appeso lo scudo, che non attese il suo arrivo e cadde ai suoi piedi con un rimbombo greve e terribile».

Appena pronunciate queste parole, nello stesso momento, come se uno scudo di bronzo fosse veramente caduto pesantemente su un pavimento d'argento, udii una vibrazione metallica, cava e sonora, che sembrava smorzata.

Sfinito e coi nervi a pezzi, balzai in piedi precipitandomi verso la seggiola in cui era seduto Usher. Aveva gli occhi fissi davanti a sé e il suo volto sembrava pietrificato; appena poggiai la mano sulla spalla tutto il suo corpo cominciò a tremare violentemente; un torvo sorriso ne deformava la bocca, vedevo che parlava in modo sommesso e frettoloso; balbettava parole inarticolate senza avvedersi di me.

Quando mi chinai su di lui finalmente riuscii a cogliere l'orrendo senso delle sue parole.

«Non l'ho sentito? Certo che l'ho sentito... sempre...per lunghi minuti, per giorni lo sentivo...e non ho osato...oh! pietà di me!...miserabile disgraziato...niente altro sono...non ho avuto coraggio...non ho osato...l'abbiamo sepolta viva! Non ti avevo detto dell'acutezza dei miei sensi? Ti dico ora che ho sentito i suoi primi deboli movimenti nella cavità della cripta, dentro quella orrenda bara. Li ho sentiti tanti e tanti giorni fa, eppure non osavo parlare. E adesso, questa notte Ethelred ah! ah! L'abbattimento della porta dell'eremita, l'urlo del drago, il clangore dello scudo!!! Di' piuttosto l'infrangersi della sua bara, il suono stridente dei cardini di ferro della sua prigione e la sua vana lotta contro l'arcata di rame della cripta!! Dove fuggirò? Lei sarà qui, tra poco! Non sta forse già affrettandosi per rimproverarmi la mia precipitazione? Non si sentono già i suoi passi per le scale? Non sto ascoltando per caso l'orribile battito del suo cuore affannato? Pazzo!»

Balzò in piedi preso da una tremenda furia e urlò, come se questo estremo sforzo esaltasse la sua anima, queste parole: «Pazzo, ti dico, ORA ELLA È IN PIEDI FUORI DI QUESTA PORTA».

Sembrò quasi che la sovrumana energia della sua voce avesse la forza di un incantesimo, le pesanti ante dell'antica porta, che parlando indicava, aprirono lentamente le loro fauci nere.

Fu certamente per effetto di una forte raffica di vento, ma fuori della porta stava in piedi, avvolta nel sudario, la figura amata di lady Madeline Usher.

I suoi bianchi abiti erano macchiati di sangue e i segni di un'aspra lotta erano visibili su tutto il suo corpo emaciato. Per un attimo rimase tremante, barcollante sulla soglia, poi con un lungo e terribile gemito sommesso, cadde pesantemente sul corpo del fratello, e nei supremi e violentissimi, ultimi, spasimi dell'agonia lo trascinò sul pavimento, cadavere e vittima dei terrori che lui stesso aveva anticipato.

Da quella stanza e da quella casa fuggii terrorizzato.

L'uragano infuriava ancora con forza, mentre attraversavo l'antico sentiero. Improvvisamente rifulse una stranissima luce. Mi volsi per capire da dove poteva venire, se dietro di me c'erano soltanto l'immensa casa e le sue ombre. Erano i raggi della luna piena che stava tramontando, rossa come sangue, che d'improvviso splendevano vividamente attraverso quella crepa nel muro della casa di cui ho già parlato, che attraversava a zig zag tutta la facciata, dal tetto alla base. Mentre la guardavo, la crepa si allargò rapidamente, l'aria turbinava impazzita, credetti di cogliere l'intera orbita del satellite, il mio cervello vacillò mentre vedevo le possenti mura spalancarsi. Sentii un lungo tumultuante rumore simile al frastuono di mille acque e il profondo stagno nero ai miei piedi si chiuse, cupo e silenzioso, su quello che restava della casa Usher.

L'appuntamento

Aspettami là! Non mancherò
di raggiungerti in quella valle cupa.

Esequie in morte della moglie

HENRY KING, Vescovo di Chichester

Uomo misterioso e sfortunato! – Disorientato dallo splendore della tua stessa immaginazione, fosti vittima delle fiamme della tua gioventù! Con la mente ti rivedo ancora. La tua figura si è di nuovo presentata a me! – non – oh! non come tu sei ora – in quella vallata di tenebre – ma come *dovresti essere* – mentre sperperi una vita di magnifiche meditazioni in quella città di pallide visioni, l'amata Venezia – Elisio del mare, amato dalle stelle, – con le ampie finestre dei suoi palazzi palladiani che soggiogano con uno sguardo amaro e profondo, i segreti delle sue acque silenziose. Sì! Lo ripeto – come *dovresti essere*. Di certo esistono parole diverse da queste – altri pensieri oltre i pensieri della moltitudine – altre riflessioni oltre le riflessioni del sofista. E allora chi mai può sollevare obiezioni sulla tua condotta? O magari farti una colpa delle tue opere spese in sogni visionari, o considerare quelle occupazioni, lo spreco di un'esistenza, che non era altro che un traboccare delle tue inesauribili energie?

Fu a Venezia, sotto quell'arco coperto che lì chiamano il Ponte dei Sospiri, che incontrai per la terza o quarta volta la persona di cui parlo. È una reminiscenza confusa, ma mi ritornano alla mente le circostanze di quell'incontro. Eppure ricordo – ah! come potrei dimenticarmene? – era notte fonda, il Ponte dei Sospiri, la bellezza della donna, e il genio dell'idillio che percorreva più volte alteramente lo stretto canale.

Era una notte di un'oscurità insolita. Il grande orologio della piazza aveva suonato la quinta ora della sera italiana. La piazza del campanile era silenziosa e deserta, e le luci dell'antico Palazzo Ducale stavano morendo in fretta. Io stavo tornando a casa dalla piazzetta, passando per il Canal Grande. Ma mentre la mia gondola giungeva di fronte alle foci del Canale di San Marco, una voce femminile irruppe improvvisamente dal profondo della notte, fu un grido solo isterico, lungo e continuo.

Trasalii udendo quel suono, mi alzai di scatto, mentre il gondoliere lasciò cadere il suo unico remo, che fu ingoiato dall'oscurità nera come la pece senza alcuna possibilità di recupero, e di conseguenza ci trovammo in balia della corrente, che da qui si immette dal Canale più grande in quello più piccolo. Come un enorme condor dal piumaggio scuro, stavamo lentamente andando alla deriva verso il Ponte dei Sospiri, quando mille *flambeaux* balenarono dalle finestre, e giù per le scalinate del palazzo ducale, e all'improvviso trasformarono la profonda oscurità in una giornata livida e irreale.

Un bambino scivolando dalle braccia di sua madre, era caduto dalla finestra superiore dell'alto edificio nel canale profondo e scuro. Le acque quiete si erano serenamente chiuse sulla loro vittima, e, malgrado proprio la mia gondola fosse l'unica in vista, nel corso d'acqua c'erano già molti arditi nuotatori, che invano cercavano in superficie il tesoro che sarebbe stato trovato, ahimè! soltanto negli abissi. Sul largo lastricato nero di marmo all'ingresso del palazzo, solo pochi passi sopra il pelo dell'acqua, stava una figura che da allora, nessuno di quelli che la videro, potranno più dimenticare. Era la Marchesa Aphrodite – tutta Venezia era in sua adorazione – la più allegra fra gli allegri – la più bella dove tutti erano belli – ma pur sempre giovane moglie del vecchio e intrigante Mentoni, e madre di quel bel bambino, il primo e l'unico che avesse avuto, che adesso nelle profonde oscurità dell'acqua, ripensava dentro di sé amaramente alle sue dolci carezze e esauriva la sua piccola esistenza nello sforzo di gridare il suo nome.

Stava in piedi, isolata. I suoi piccoli piedi argentei e nudi scintillavano nello specchio nero del marmo sotto di lei. I suoi capelli, non ancora del tutto sciolti per la notte dalla acconciatura da ballo, si ammassavano in una cascata di diamanti, tutto intorno alla sua testa di classica forma, in riccioli simili a quelli di un acerbo giacinto appena sbocciato. Un tessuto bianco come la neve, quasi diafano, sembrava essere l'unica copertura alle sue forme delicate; ma nel pieno dell'estate l'aria notturna era calda, cupa, e immobile, e nella forma simile a una statua non si percepiva alcun movimento che agitasse le pieghe di quell'abito, fatto quasi di vapore, che le stava sospeso intorno come il marmo pesante sta sospeso intorno alla Niobe.

Eppure – strano a dirsi! – i suoi grandi occhi lucenti non erano rivolti in basso verso la tomba dove era sepolta la sua più luminosa speranza – ma fissavano una direzione molto diversa! La prigione dell'Antica Repubblica è, credo, la costruzione più maestosa di tutta Venezia – ma come poteva, la signora guardarla così ostinatamente, mentre il suo unico figlio stava annegando sotto di lei? Quella nicchia, buia e tetra, sbadiglia proprio di fronte alla finestra della sua camera da letto – e allora, cosa *poteva* esserci nelle sue tenebre – nella sua architettura – nei suoi cornicioni solenni avvolti dall'edera – che la Marchesa Mentoni non si fosse chiesta almeno già mille volte, prima? Sciocchezze! – chi può non ricordarsi che – in momenti come questo, l'occhio, come uno specchio in frantumi, moltiplica le immagini del dolore, e vede in innumerevoli luoghi lontani la sventura che è a portata di mano?

Molti gradini più in alto del punto in cui era la Marchesa, all'interno dell'arco della chiusa, si vedeva la figura di Mentoni in persona, in alta uniforme, simile a quella di un satiro. Era disinvoltamente occupato a suonare una chitarra, e pareva *ennuyé* di fronte alla morte stessa, giacché impartiva gli ordini per il recupero del suo bambino, a intervalli. Sbalordito e sconvolto, non trovavo la forza di muovermi da quella posizione eretta che avevo assunto appena udito il grido; devo aver offerto agli occhi del turbato gruppo l'immagine di un'apparizione spettrale e sinistra, visto che la corrente mi trascinava tra loro su quella funerea gondola con un'espressione vacua, e le membra rigide.

Ogni tentativo si dimostrò vano, molti di coloro che erano più determinati nella ricerca, allentarono gli sforzi, e cedettero a un malinconico dolore. Sembravano rimaste poche speranze per il bambino (ancor meno che per la madre!); ma ecco che dall'interno di quella nicchia oscura, già menzionata come parte della prigione della Antica Repubblica, come se affrontasse il pallore della Marchesa, uscì una figura avvolta in un mantello, entrò nel fascio di luce, e, soffermandosi un istante sulla sponda della ripida discesa, si tuffò a capofitto nel canale. Poi un attimo dopo, con il bambino che respirava, ancora vivo, stretto al corpo, riemerse presso i gradini di marmo accanto alla Marchesa; il mantello, appesantito e inzuppato d'acqua, si slacciò, e, cadendo gli si avvolse intorno ai piedi, rivelando agli spettatori impressionati e ammirati la figura aggraziata di un uomo molto giovane, del cui nome allora risuonava gran parte dell'Europa.

Il salvatore non pronunciò neanche una parola. La Marchesa è sul punto di prendere in braccio il bambino – stringerselo al cuore – aggrapparsi al minuscolo corpicino, e soffocarlo di carezze. Ahimè! Le braccia di *qualcun altro* l'hanno preso dalle braccia dell'estraneo – è stato preso in braccio da *qualcun altro*, che l'ha condotto molto lontano, inosservato, all'interno del palazzo!

E la Marchesa! La bocca – la bellissima bocca – trema: i suoi occhi si stanno colmando di lacrime – quegli occhi che, come l'acanto di Plinio, sono «morbidi e quasi liquidi». Sì! Le lacrime si stanno raccogliendo in quegli occhi – e guardate! – tutto di quella donna freme attraverso l'anima, la statua ha preso a vivere! Il pallore dell'espressione marmorea, le forme del seno marmoreo, la purezza stessa dei piedi marmorei, improvvisamente li vediamo avvampare, un'ondata di rossore incontrollabile; e un leggero brivido corre lungo le sue ossa delicate, come una brezza gentile sui rigogliosi gigli argentei nell'erba di Napoli.

Perché la signora *dovrebbe* arrossire? A questa domanda non c'è alcuna risposta – tranne che, avendo lasciato, con la fretta impaziente e il terrore di un cuore di madre, l'intimità del suo *boudoir*, non ha pensato a coprire i suoi minuscoli piedini con le loro scarpine, e ha completamente dimenticato di abbigliare le sue spalle veneziane con la sciarpa, come si conviene. Quale altra ragione possibile poteva mai esistere, perché lei arrossisse? – per lo sguardo di quei begli occhi sconvolti? – per l'insolito tumulto di quel seno fremente? – per la convulsa pressione di quella mano tremante? – quella mano che cadde, appena Mentoni si voltò ed entrò nel palazzo, per caso tra le mani dello straniero. Quale ragione può essere esistita per quel lamento – il tono di voce stranamente basso e le parole senza senso che la signora pronunciò in fretta mentre si accomiatava da lui? «Avete vinto voi», disse, o è forse stato il mormorio dell'acqua ad ingannarmi? «Avete vinto voi – c'incontreremo – un'ora dopo l'alba – perciò accontentatevi!»

Il trambusto era cessato, le luci erano svanite all'interno del palazzo, e lo straniero, che adesso avevo riconosciuto, era solo, in piedi sui gradini di marmo. Era scosso da un'agitazione incomprensibile, e il suo sguardo vagava intorno in cerca di una gondola. Non potei fare a meno di offrirgli di servirsi della mia, ed egli accettò la cortesia.

Essendoci procurati un remo alla chiusa, procedemmo insieme verso la sua residenza, mentre lui recuperava in fretta il controllo di se stesso, e parlava di quando ci eravamo conosciuti superficialmente in passato, in termini di grande cordialità.

Vi sono alcuni argomenti sui quali mi fa piacere essere preciso. La figura dello straniero – lasciate che gli dia questo appellativo, giacché per il mondo intero era ancora un estraneo – la figura dello straniero è uno di questi argomenti. La sua altezza doveva forse essere inferiore piuttosto che superiore alla statura media, benché ci fossero alcuni momenti di intensa esaltazione nei quali la sua struttura pareva realmente *espandersi*, e smentiva quest'asserzione. La leggera, quasi sottile simmetria della sua figura, prometteva più di quel fulmineo vigore di cui aveva dato dimostrazione al Ponte dei Sospiri, che non quella forza erculea che si dice potesse sfoderare agevolmente in occasione di più pericolose emergenze. Aveva la bocca e il mento di una divinità – gli occhi singolari, vivissimi, pieni e mobili, con sfumature che variavano dal nocciola puro a un nero lucido intenso e brillante. E un'abbondanza di capelli neri, ricci, che lasciavano intravedere una fronte insolitamente alta, che a intervalli gettava bagliori di luce e avorio. I suoi erano tratti classici, regolari, come non ne avevo mai visti di uguali prima, tranne, forse, quelli in marmo dell'imperatore Commodo. Eppure la sua espressione era, malgrado tutto, una di quelle che tutti hanno già visto in qualche periodo della loro vita, ma che poi non hanno più incontrato. Non aveva alcuna particolarità – né tantomeno una espressione predominante definita che potesse fissarsi nella memoria; un'aria vista e dimenticata istantaneamente – ma dimenticata con il desiderio remoto e insistente di riuscire a riportarla alla mente. Non che l'essenza di tutti gli improvvisi momenti di esaltazione venisse meno, o mancasse di gettare la sua immagine netta sullo specchio di quel volto – il fatto è che invece lo specchio, proprio in quanto tale, non tratteneva alcuna traccia di quell'esaltazione, quando l'esaltazione era morta.

Quando ci separammo, la notte della nostra avventura, lui insistette, in quello che a me parve un modo incalzante, perché andassi a trovarlo il mattino dopo, *molto* presto. Di conseguenza poco dopo l'alba mi recai nel suo palazzo, uno di quegli edifici enormi, di stile tetro eppure fantastico, che torreggiano sulle acque del Canal Grande, nei dintorni di Rialto. Mi fecero entrare e, salita una gradinata a spirale in mosaico, venni introdotto in un appartamento il cui impareggiabile splendore proruppe all'aprirsi della porta, un vero bagliore che mi accecò e quello sfarzo mi fece girare la testa.

Mi risultava che il mio conoscente fosse ricco. Si parlava del suo patrimonio in termini che io ero arrivato a chiamare esagerati fino al ridicolo.

Ma guardandomi intorno, non riuscivo a persuadermi che la ricchezza di qualunque individuo in Europa potesse assicurare la magnificenza principesca che ardeva e risplendeva tutto intorno.

Malgrado, ripeto, il sole fosse già sorto, nella stanza erano ancora splendidamente accesi molti lumi. Da questa condizione, oltre che da un'aria di spossatezza nel contegno del mio amico, giudicai che non doveva mai aver dormito, durante tutta la notte precedente. Dall'architettura e dagli ornamenti della stanza, si intuiva in modo evidente che l'intenzione era stata quella di abbagliare e sbalordire. Nell'arredarla era stata prestata poca attenzione ai *decora*, quello che tecnicamente si chiama *armonia* senza riguardo. L'occhio vagava di oggetto in oggetto, e non si soffermava su nessuno – nemmeno sui *grotesques* dei pittori greci, né sulle sculture delle epoche italiane più belle, né tantomeno sulle enormi sculture dell'incolto Egitto. In ogni angolo della stanza vi erano ricchi tendaggi che tremavano alle vibrazioni di una musica bassa e malinconica, originata da che, non saprei dire. I sensi erano oppressi dalla mescolanza di profumi contrastanti, provenienti da alcuni incensieri sinuosi, dai quali guizzavano numerose lingue di fuoco tremolante, color smeraldo e violetto. I raggi del sole appena sorto si riversarono su tutto l'ambiente, attraverso le finestre, ognuna delle quali era formata da un'unica lastra di vetro color cremisi. I gloriosi raggi naturali saettavano avanti e indietro, mille volte riflessi dalle tende che cadevano dalle loro cornici, simili a cataratte d'argento fuso, e si mescolavano indugiando inquietamente con la luce artificiale, per poi cadere a chiazze, ormai domati su un tappeto del Cile, intessuto riccamente, che sembrava di oro liquefatto.

«Ah! Ah! Ah! – Ah! Ah! Ah!», rise il proprietario, facendomi cenno di accomodarmi, mentre entravo nella stanza, e poi si lasciò andare disteso su un'ottomana. «Vedo», disse, accorgendosi che non riuscivo a riprendermi immediatamente dalla *bienséance* di un'accoglienza tanto singolare, «Vedo che il mio appartamento l'ha meravigliato – così come le mie statue – e i miei quadri – il mio concetto alquanto originale di concepire l'arredamento e le tappezzerie – si sente completamente ubriaco, eh? Con tutta questa mia grandiosità. Ma deve scusarmi, mio caro signore» (qui abbassò il tono fino a toccare la vera essenza della cordialità). «Mi scusi per la mia risata oltraggiosa. Mi è sembrato *completamente* sbalordito. E inoltre, alcune cose sono assolutamente comiche, al punto che si *deve* ridere o morire. Morire ridendo, deve essere la più gloriosa di tutte le morti gloriose! Sir Thomas More – era una persona lodevolissima, sir Thomas More –, sir Thomas More è morto ridendo, ricorda? e anche nelle *Assurdità*, di Ravisius Textor, vi è una lunga lista di personaggi che fecero la stessa magnifica fine. Lei comunque, sa», continuò pensosamente, «che a Sparta (l'attuale Paleochori) – a Sparta, dico, a ovest della fortezza, nel bel mezzo di un mucchio di rovine a malapena distinguibili, su una specie di plinto, sono ancora leggibili le lettere ΛΑΣΜ. Che fanno senza dubbio parte di ΓΕΛΑΣΜΑ. Dunque, a Sparta vi erano mille templi e santuari dedicati a migliaia di divinità diverse. È oltremodo strano che l'altare del Riso sia sopravvissuto a tutti gli altri! Ma nel caso attuale», – riprese, con una alterazione singolare della voce e dei modi –, «non ho alcun diritto di divertirmi a sue spese. Posso capire il suo stupore. In Europa non esiste niente che possa paragonarsi a questo, al mio piccolo alloggio regale. Il resto dei miei appartamenti non gli assomiglia neanche lontanamente, si tratta di semplici *ultras*, di insulsaggini alla moda. Ma tutto questo è superiore alla moda. Non trova? Eppure se la gente vedesse tutto ciò, si desterebbe subito il consenso generale – cioè di coloro che possono permetterselo, a costo di investire tutto il loro patrimonio. Comunque, ho evitato qualsiasi tipo di profanazione del genere. Con un'altra eccezione, lei è l'unico essere umano oltre a me a al mio *valet*, s'intende, ad essere stato introdotto ai misteri di questi recinti imperiali, poiché come vede, sono fin troppo abbaglianti.»

Assentii con un inchino; la sensazione schiacciante che dava tutto quello sfarzo, il profumo, nonché la musica, uniti all'inattesa eccentricità del suo eloquio e dei suoi modi, mi impedirono di esprimere, a parole, il fatto che apprezzavo quello che avrei potuto interpretare come un complimento.

«Ecco», riprese, alzandosi e appoggiandosi al mio braccio mentre si aggirava nell'appartamento. «Qui sono raccolti i dipinti che vanno dai greci a Cimabue, e da Cimabue al tempo presente. La scelta in molti casi, come vede, è stata fatta con scarsa deferenza verso il rigore del gusto. Comunque sono la tappezzeria più giusta per una stanza come questa. Inoltre vi sono anche alcuni *chefs d'oeuvre* di grandi sconosciuti – e anche disegni incompiuti di uomini, che furono illustri ai loro tempi, che la sagacità delle accademie ha preferito lasciare nell'ombra, e a me. Cosa pensa», – disse, voltandosi di scatto mentre parlava – «cosa pensa di questa *Madonna della Pietà*?»

«È proprio di Guido!», dissi io con tutto l'entusiasmo della mia indole, avendo già da prima fissato con accanimento la sua bellezza incomparabile. «È proprio di Guido! – come *ha potuto* procurarsela? – Senza dubbio equivale in pittura a quello che è la Venere nella scultura.»

«Ah!», disse lui pensosamente, «la Venere – la bellissima Venere? – La Venere dei Medici? – Si riferisce a quella dalla testa minuscola e i capelli dorati? Parte del braccio sinistro» (il tono della sua voce si abbassò a tal punto che stentavo a udirla), «e tutto il destro sono dei restauri, e nella civetteria di quel braccio destro si riscontra, a parer mio, la quintessenza dell'affettazione. *Datemi* il Canova! E anche, l'Apollo è una copia – non vi possono essere dubbi al riguardo – non sono che uno stupido cieco, che non sono riuscito a vedere la vantata ispirazione dell'Apollo? Non posso fare a meno – compatitemi! – non posso fare a meno di preferire l'Antinoo. Non fu Socrate a dire che lo scultore trova la sua statua dentro il blocco di marmo? Dunque Michelangelo non fu assolutamente originale nel distico:

Non ha l'ottimo artista alcun concetto
che un marmo solo in sé non circumscriva.»

È stato, o dovrebbe essere notato, che, dai modi del gentiluomo, risulta evidente una differenza dal contegno dell'uomo comune, benché non si abbia la capacità immediata e precisa di determinare in cosa consista tale differenza. Si deve ammettere che questa osservazione non può non essere applicata con evidenza alla condotta esteriore del mio conoscente; io la riconobbi, nel corso di quella mattinata fatale, ancora più pienamente consona alla sua indole morale e al suo carattere. Né posso meglio definire quale particolarità del temperamento sembrasse distinguerlo nell'essenza da tutti gli altri esseri umani, se non chiamandola abitudine al pensiero intenso e continuo, che traspariva anche dai gesti più banali – si imponeva persino nei momenti di frivolezza – e andava a mescolarsi addirittura ai guizzi di allegria – come le vipere che escono contorcendosi dagli occhi delle maschere ghignanti, sui cornicioni che cingono i templi di Persepoli.

Comunque non potei fare a meno di notare ripetutamente, nella mescolanza di leggerezza e solennità del tono con cui dissertava rapidamente su questioni senza importanza, una certa aria di trepidazione – un senso di mellifluità nervosa nei gesti, come nei discorsi – un'inquieta eccitabilità dei modi che a me apparivano assolutamente inesplicabili, e in alcune occasioni, arrivavano persino a colmarmi di sgomento.

Inoltre, nel bel mezzo di una frase, faceva frequentemente una pausa, in apparenza sembrava aver perso il filo, ma si aveva l'impressione che stesse in ascolto con grande attenzione, come se fosse in attesa da un momento all'altro di un ospite, o inseguisse suoni che dovevano esistere soltanto nella sua mente.

Fu proprio durante una di queste sue fantasticherie, o pause di apparente distrazione che, mentre voltavo una pagina dell'*Orfeo*, la bellissima tragedia del poeta e letterato Poliziano (la prima tragedia della letteratura italiana) che si trovava accanto a me, sull'ottomana, scoprii un passo sottolineato a matita. Era quasi alla fine del terzo atto – un passo che suscitava un'emozione tale da commuovere il cuore – un passo che, anche se guastato dalle impurità, nessun uomo potrebbe leggere senza il fremito di una sensazione insolita e nessuna donna senza un sospiro.

L'intera pagina era macchiata di lacrime recenti, e sul foglio a fianco erano scritti i seguenti versi in inglese con una calligrafia però molto diversa dagli strani caratteri di mia conoscenza, che con qualche difficoltà riconobbi come sua.

Tu fosti tutto per me, amore,
tutto ciò per cui la mia anima si struggeva –
una verde isola nel mare, amore,
una fonte e un santuario,
inghirlandati di fiori e frutta insieme,
e tutti quei fiori erano miei.

Ah, sogno troppo splendente per durare!
Ah, Speranza fulgente! che sorse
solo per venire offuscata!
Dal Futuro una voce grida,
«Avanti!» – Ma è sul Passato
(oscuro gorgo!) che la mia anima sta sospesa
muta – immobile – atterrita!

Poiché ahimè! ahimè! Per me
si è spenta la luce della vita.
«Non più – non più – non più»
(così parla il mare solenne
alle sabbie sulla spiaggia)
L'albero bruciato dalla folgore fiorirà ancora,
o l'aquila ferita si leverà in volo!

Ora tutte le mie ore sono rapimenti;
e tutti i miei sogni notturni
sono dove il tuo scuro occhio brilla
e dove risplende la tua orma –
in quali danze eteree,
accanto a quali ruscelli italiani.

Ahimè! poiché in quel momento maledetto,
le onde ti portarono via,
via dall'Amore, verso l'età titolata e il delitto,
e un letto profano!
Via da me, e dal nostro clima nebbioso,
dove l'argenteo salice piange!

Il fatto che questi versi fossero scritti in inglese – lingua che non credevo l'autore conoscesse – non fu per me di grande stupore. Ero fin troppo consapevole di quanto fossero vaste le sue conoscenze, e del singolare piacere che traeva nel nasconderle agli occhi del mondo, per meravigliarmi di una scoperta del genere; ma il luogo scritto accanto alla data, lo confesso, mi causò non poco stupore. In origine vi era stato scritto Londra, poi attentamente cancellato in seguito – comunque non in modo così efficace da occultare la parola ad uno sguardo minuzioso... Ripeto che ciò mi causò non poco stupore; poiché ricordo bene che, in passato, durante una conversazione con il mio amico, gli avevo appunto domandato se avesse già incontrato prima di allora la Marchesa di Mentoni a Londra (per alcuni anni, precedenti il suo matrimonio, ella aveva risieduto in quella città) e la sua risposta, se non erro, mi diede ad intendere che lui non aveva mai visitato la metropoli della Gran Bretagna.

Tanto vale che ne accenni anche qui, più di una volta avevo sentito dire (senza naturalmente dare credito a un racconto tanto improbabile), che la persona di cui parlo, non era solo per nascita, ma anche per educazione, un inglese.

«V'è un quadro», disse, senza accorgersi che avevo scorto la tragedia, «c'è un altro quadro che non ha visto.» E scostando una tenda, scoprì un ritratto a grandezza naturale della Marchesa Aphrodite. L'arte umana non avrebbe potuto fare di più per evidenziare la sua bellezza sovrumana. La stessa figura eterea che avevo visto davanti a me la sera precedente, sui gradini del Palazzo Ducale, mi era di fronte ancora una volta. Ma nell'espressione del volto, che era tutto un sorriso radioso, si celava ancora (incomprensibile anomalia!) quel velo spasmodico di malinconia che sarà sempre inseparabile dalla perfezione della bellezza. Il braccio destro era piegato sul seno, il sinistro indicava un vaso modellato in modo strano, verso il basso. Era visibile un solo piccolo piede di fata, che quasi non toccava terra – inoltre scarsamente visibile nello sfondo luminoso, che sembrava circondare e racchiudere la sua bellezza, fluttuava un paio delle ali più delicate che si possano immaginare. Il mio sguardo si spostò dal quadro alla figura del mio amico, e le vigorose parole del *Bussy d'Ambois* di Chapman mi salirono istintivamente sulle labbra:

Egli è in piedi
lì come una statua romana! Rimarrà in piedi
finché la morte non l'avrà mutato in marmo!

«Venga» – disse dopo un po', voltandosi verso un tavolo d'argento massiccio, sontuosamente smaltato, sul quale erano poggiati alcuni calici colorati in modo eccentrico, insieme a due grandi vasi etruschi, modellati come lo stesso straordinario esemplare che era raffigurato nel ritratto, e colmi di quello che mi sembrò Johannisberger. «Venga!», disse bruscamente. «Beviamo! È presto – ma beviamo. È davvero presto», continuò, pensosamente, mentre un cherubino che reggeva un pesante martello dorato faceva risuonare il rintocco della prima ora dopo l'alba, in tutto l'appartamento. «È davvero presto, ma che importanza ha? Beviamo! Facciamo un'offerta al sole che nasce, queste lampade sgargianti e gli incensieri sembrano intenti ad offuscarlo!»

E, con il bicchiere colmo, brindammo, mentre lui mandava giù, in rapida successione, parecchi calici di quel vino.

«Sognare», continuò, riprendendo il filo della sua conversazione sconnessa, mentre alzava uno dei magnifici vasi verso la luce dell'incensiere, «sognare è stato lo scopo della mia vita. Per questo ho creato per me stesso, una camera di sogno. Avrei mai potuto costruirne una migliore nel cuore di Venezia? Intorno a sé può veramente osservare, un miscuglio di ornamenti architettonici. La castità della Ionia è offesa da invenzioni antidiluviane, e le sfingi egizie sono poggiate su tappeti d'oro. Eppure l'effetto risulta incongruo, soltanto per il timido. Le convenzioni di luogo, e specialmente di tempo, sono lo spauracchio che atterrisce l'umanità e la allontana dalla contemplazione della bellezza. Un tempo io stesso sono stato rispettoso del decoro: ma la sublimazione della stravaganza ha nauseato la mia anima. Adesso tutto questo fa da scenario al mio proposito. Il mio spirito si sta contorcendo, nel fuoco, come questi incensieri arabescati, e il delirio di questa scena mi sta guidando verso le visioni più sfrenate di quella terra di sogni reali verso la quale sto rapidamente andando.» Qui fece bruscamente una pausa, piegò la testa sul petto, e sembrò essere in ascolto di un suono che io non riuscivo a udire.

Finalmente, sollevandosi, guardò in alto e declamò i versi del Vescovo di Chichester:

> Aspettami là! Non mancherò
> di raggiungerti in quella valle cupa.

L'istante dopo, confessando l'effetto del vino, si gettò lungo disteso su un'ottomana.

Si udì il suono di un passo svelto sulla scalinata, seguito rapidamente da un energico bussare alla porta.

Mi stavo preparando al rumore di una seconda intrusione, quando un paggio di casa Mentoni irruppe nella stanza, e pronunciò con voce rotta, con un tono soffocato dalla commozione, delle parole sconnesse: «La mia padrona! – La mia padrona! – Avvelenata! – Avvelenata! Oh bellissima – Oh bellissima Aphrodite!».

Disorientato, mi precipitai verso l'ottomana, e tentai di svegliare il dormiente, facendolo tornare a uno stato di vigile coscienza. Ma le sue membra erano rigide – le labbra erano livide – i suoi occhi che fino a poco prima ridevano, erano fissi e privi di vita. Vacillai all'indietro verso il tavolo – la mia mano cadde su un calice annerito e incrinato – e la consapevolezza dell'intera terribile verità, mi balenò improvvisamente nell'anima.

La verità sulla vicenda del signor Valdemar

Non posso naturalmente considerare sorprendente il fatto che la straordinaria vicenda del signor Valdemar abbia sollevato grandi discussioni; date le circostanze sarebbe stato un miracolo se non lo avesse fatto.

Tutte le parti interessate desideravano non rendere la questione di pubblica ragione, almeno fino a che non avessimo potuto fare altri accertamenti, e così le notizie che tuttavia filtrarono furono travisate ed esagerate divenendo fonti di spiacevoli erronee interpretazioni e, in definitiva, di discredito.

Debbo quindi raccontare i *fatti*, almeno come li ho capiti. Eccoli in succinto.

Il mio interesse negli ultimi tre anni si era diretto più volte ai fenomeni del mesmerismo [1] e, circa nove mesi fa, avevo rilevato che negli esperimenti condotti finora risultava un'inspiegabile omissione: nessuno era mai stato mesmerizzato *in articulo mortis*.

Restava da stabilire prima se esisteva nel paziente una certa disponibilità all'influenza magnetica, se essa si conservava o veniva esaltata in tale condizione e infine se si poteva ritardare l'approssimarsi della morte con il processo ipnotico. C'erano anche altri aspetti interessanti, ma questi mi attraevano di più, specialmente l'ultimo per l'enorme interesse delle sue conseguenze. Mi guardai intorno per trovare un soggetto da sottoporre a queste particolari prove e pensai al mio amico, il signor Ernest Valdemar, ben noto compilatore della *Biblioteca Forensica* e traduttore in polacco (sotto lo pseudonimo di Issachar Marx) del *Wallenstein* e del *Gargantua*. Il signor Valdemar, che ha vissuto principalmente ad Harlem, N.Y., fino dal 1839, è (era) noto per la straordinaria magrezza – le sue gambe sembravano quelle di John Randolph – ed anche per il candore dei suoi baffi in netto contrasto col nero delle sue chiome... tanto nere che venivano scambiate erroneamente per una parrucca. Il suo temperamento particolarmente nervoso, lo rendeva un ottimo soggetto per esperimenti di magnetismo. In due o tre occasioni l'avevo addormentato con poche difficoltà, ma non avevo ottenuto quei risultati che mi attendevo, tenuto conto della sua costituzione. Aveva una volontà che non riuscivo mai a controllare efficacemente e interamente; e in quanto alla chiaroveggenza non ero mai riuscito a realizzare con lui qualcosa di notevole.

Avevo sempre attribuito il mio fallimento su questi punti alle sue cattive condizioni di salute. Già alcuni mesi prima che lo conoscessi, i medici lo avevano dichiarato affetto da una chiara forma di tisi. Era sua abitudine, tuttavia, parlare con calma dell'avvicinarsi della sua fine come di un evento inevitabile ma non causa di rimpianti.

[1] Dal nome del medico tedesco Franz Mesmer che aveva studiato quello che chiamava magnetismo animale, cioè impiego sugli esseri umani delle tecniche di ipnosi (*N.d.T.*).

Quando mi erano venute le idee cui alludevo, era del tutto naturale che dovessi pensare al signor Valdemar. Conoscevo troppo bene la filosofia realistica dell'uomo per temere scrupoli da parte sua; non aveva in America congiunti che avrebbero potuto interferire. Gli parlai con franchezza di questo argomento e, con mia sorpresa, dimostrò vivo interesse. Ho parlato di sorpresa perché fino ad allora aveva sempre acconsentito ai miei esperimenti sulla sua persona, ma senza dimostrare mai una particolare simpatia per quello che facevo. La sua malattia era di quelle che consentono una previsione abbastanza precisa dell'epoca della morte e si era concordato che mi avrebbe avvertito quando mancavano all'incirca ventiquattro ore al momento previsto dai suoi medici per il suo decesso. Sono ora trascorsi più di sette mesi da quando ricevetti dal signor Valdemar in persona il seguente biglietto:

Mio caro P.,
può senz'altro venire *ora*. D. e F. sono d'accordo nel prevedere che non arriverò alla mezzanotte di domani; e io credo che siano molto vicini al vero.

Valdemar

Ricevetti il biglietto mezz'ora dopo che era stato scritto e quindici minuti dopo ero nella camera del moribondo. Non lo avevo visto da dieci giorni e fui stravolto dalla spaventosa alterazione che il breve periodo aveva scavato sui suoi lineamenti. Il volto aveva un colore plumbeo, gli occhi erano spenti, ed era talmente emaciato che gli zigomi avevano lacerato la pelle. Tossiva espettorando e il polso era appena percettibile, tuttavia aveva conservato sorprendentemente il controllo della sua mente e un certo vigore fisico. Parlava, prendeva da solo alcuni palliativi, e quando entrai nella stanza era occupato a scrivere a matita degli appunti su un quadernetto, appoggiato sui cuscini. Lo assistevano i dottori D. ed F.

Dopo aver stretto la mano di Valdemar, presi da parte i due signori e ottenni da loro un dettagliato resoconto sulle condizioni del malato. Il polmone sinistro era da diciotto mesi in stato cartilaginoso, quasi calcificato e senz'altro privo di ogni funzione vitale. Il destro aveva la parte superiore parzialmente, anche se non interamente, calcificata mentre la regione inferiore era ridotta ad un ammasso di tubercoli purulenti; c'erano numerose estese perforazioni e in un punto s'era formata una vasta aderenza irreversibile, alle costole. Questo stato del polmone destro si era palesato da poco. La calcificazione era stata insolitamente rapida; non se n'era avvertita l'esistenza un mese prima e l'aderenza si era manifestata tre giorni prima.

Indipendentemente dalla tubercolosi, il paziente sembrava affetto da aneurisma dell'aorta, ma l'alterazione ossea ne rendeva difficile l'accertamento. Era opinione di entrambi i medici che Valdemar sarebbe morto all'incirca alla mezzanotte dell'indomani (domenica). Erano le sette di sera del sabato. Lasciando il capezzale del malato per parlare con me, i dottori D. e F. lo avevano salutato per l'ultima volta e non avevano intenzione di tornare. A mia richiesta accettarono tuttavia di venire l'indomani alle dieci di sera a dare un'occhiata al malato.

Quando se ne furono andati, parlai francamente con il signor Valdemar sull'argomento della sua prossima fine e più particolarmente degli esperimenti che intendevo fare. Si dichiarò ancora una volta pienamente consenziente e perfino ansioso di vederli attuati così da pregarmi di cominciare subito. Lo assistevano due infermieri, un uomo e una donna, ma non me la sentii di impegnarmi in un esperimento del genere con testimoni così poco attendibili in caso di una disgrazia. Ritardai quindi l'operazione fino alle otto della notte successiva quando l'arrivo di uno studente in medicina che conoscevo bene (il signor Theodore L...l) mi avrebbe tolto ogni ulteriore scrupolo. Originariamente avevo previsto di attendere i medici, ma fui indotto a cominciare in primo luogo dalle pressanti richieste del signor Valdemar e poi dalla mia convinzione che non c'era un minuto da perdere visto che stava rapidamente consumandosi.

Il signor L...l fu così gentile da aderire alla mia richiesta di prendere appunti su tutto quello che avveniva ed è proprio dalle sue note che riporto, riassumendola o copiandola parola per parola, la maggior parte di ciò che vi narrerò.

Mancavano circa cinque minuti alle otto quando, prendendo la mano del paziente, lo pregai di dichiarare quanto più chiaramente poteva, al signor L...l se egli, signor Valdemar, era pienamente consenziente a che io lo sottoponessi a esperimento di mesmerizzazione nelle condizioni in cui si trovava.

Rispose debolmente ma chiaramente: «Sì, desidero essere mesmerizzato...», aggiungendo subito dopo: «temo che abbiate tardato troppo».

Mentre così parlava, io davo inizio alle pratiche già altre volte sperimentate con successo su di lui. Subì evidentemente l'influsso del primo passaggio trasversale della mia mano sulla sua fronte, ma nonostante tutti i miei sforzi non ottenni alcun altro rilevabile effetto fino a qualche minuto dopo le dieci, quando i dottori D e F. arrivarono come d'accordo.

Spiegai loro il mio piano in poche parole e non ebbi da parte loro obiezioni in quanto ritenevano il paziente in stato preagonico, e procedetti senza esitazione... cambiando il passaggio trasversale con quello dall'alto in basso e concentrando lo sguardo sull'occhio destro del paziente.

Il suo polso era impercettibile e respirava rantolando a intervalli di mezzo minuto.

La sua condizione rimase inalterata per circa un quarto d'ora. Alla fine di tale intervallo, un sospiro naturale e molto profondo uscì dal petto del morente mentre il rantolo cessava... o meglio non si sentiva più; le pause non diminuirono. Le estremità del paziente erano gelate.

Cinque minuti prima delle undici, rilevai i segni inconfondibili dell'influsso mesmerico. Il vitreo roteare degli occhi si era mutato in una espressione inquieta di *introspezione* che non si riscontra se non nei casi di dormiveglia e sulla quale è pressoché impossibile sbagliarsi. Con pochi passaggi sulle palpebre arrivai a chiudergli gli occhi, ma, non soddisfatto, intensificai le mie manipolazioni, esercitando al massimo la mia volontà, fino a che non riuscii a fargli distendere le membra e farlo riposare in una posizione tranquilla. Le gambe erano completamente distese e le braccia poggiate sul letto lungo il corpo a breve distanza dai fianchi, la testa leggermente sollevata.

Portato a termine tutto questo, a mezzanotte in punto richiesi ai signori presenti di esaminare le condizioni del signor Valdemar. Dopo pochi esperimenti, ammisero che egli era in un insolito perfetto stato di *trance*. La curiosità dei due medici era al massimo. Il Dr. D. decise di rimanere tutta la notte con il paziente, mentre il Dr. F. si congedò promettendo di ritornare sul far del giorno. Il signor L...l e gli infermieri rimasero.

Lasciammo indisturbato il signor Valdemar fino alle tre del mattino. Lo ritrovai nelle stesse condizioni in cui l'aveva lasciato il Dr. F. andandosene: polso impercettibile, respiro appena rilevabile con uno specchio, occhi chiusi naturalmente, e membra rigide come marmo... eppure non aveva l'apparenza di un morto.

Avvicinandomi a lui feci un mezzo tentativo di influenzare il suo braccio destro inducendolo a seguire i movimenti del mio che muovevo lentamente avanti e indietro sulla sua persona. In tali esperimenti non avevo mai avuto molto successo e invece inaspettatamente il suo braccio, sia pure debolmente, tentò di seguire il mio in ogni movimento che facevo. Pensai allora di tentare una conversazione.

«Signor Valdemar, dorme?», dissi. Non rispose, ma avvertii un tremito delle sue labbra che mi indusse a ripetere la domanda altre due volte. Alla terza ripetizione tutto il suo corpo si agitò lievemente, da una fessura delle palpebre si intravide il bianco degli occhi, le labbra mormorarono, in un sussurro, queste parole: «Sì,... ora dormo. Non mi svegli!... mi lasci morire così!». Toccai le sue membra, rigide come sempre, ma il suo braccio destro obbediva alle istruzioni della mia mano. Rivolsi ancora una domanda al paziente: «Sente ancora dolore al petto, signor Valdemar?».

La risposta ora fu immediata, ma ancor meno udibile di prima: «Nessun dolore... Sto per morire».

Ritenni giusto non disturbarlo oltre, per il momento e non dissi né feci nulla fino all'arrivo del Dr. F. che, giunto poco prima del sorgere del sole, si stupì di trovarlo ancora in vita. Gli tastò il polso e gli controllò il respiro con uno specchio e mi invitò a rivolgere altre domande al paziente.

«Signor Valdemar, dorme ancora?»

Passarono, come prima, alcuni minuti prima di ottenere una risposta, sembrava che l'uomo raccogliesse le forze per parlare. Alla mia quarta domanda rispose con un filo di voce: «Sì, ancora addormentato... morente».

I medici ora ritenevano opportuno o piuttosto desideravano che il malato non fosse più disturbato e rimanesse nell'attuale situazione fino alla morte che sembrava imminente. Tuttavia decisi di ripetere ancora una volta le mie domande.

Mentre parlavo, un cambiamento netto si manifestò nei lineamenti del malato. Gli occhi si aprirono lentamente, le pupille sparirono verso l'alto, la pelle assunse un colore cadaverico più vicino a quello della carta che non della pergamena, le caratteristiche macchie febbrili dei pomelli, fino ad allora ben chiare, si *spensero* di colpo. Uso questa espressione, perché la rapidità con cui svanirono mi dette l'idea della fiammella di una candela che si spegne con un soffio. Il labbro superiore, che prima copriva i denti, si sollevò e quello inferiore cadde quasi con uno scatto, lasciando vedere dalla bocca spalancata il gonfiore nerastro della lingua. Penso che nessuno dei presenti fosse alla sua prima esperienza con gli orrori della morte, ma l'aspetto di Valdemar era così orrendo in quel momento, che ci fu un generale arretramento dai bordi del letto.

Sento ora di essere giunto ad un punto del mio racconto nel quale ogni lettore non vorrà più credermi; tuttavia è mio compito continuare. Non c'era più alcun segno di vita sul volto del signor Valdemar e, ritenendolo ormai morto, stavamo per affidarlo alle pietose cure degli infermieri, quando fu notata una violenta vibrazione della lingua, che continuò forse per un minuto. Al termine dalle mascelle abbandonate e immobili uscì una voce... che sarebbe folle descrivere. Ci sono due o tre espressioni che potrebbero darne un'idea sia pure approssimativa, potrei dire, per esempio, che il suono era aspro, rotto, cupo, ma l'orrore dell'insieme è indescrivibile perché nessun suono simile è stato mai udito al mondo. Due caratteristiche della voce ritenni allora e ritengo ora, possono dare una idea dell'intonazione e della sua peculiare disumanità. In primo luogo sembrava che la voce arrivasse alle nostre orecchie – o almeno alle mie – da grande distanza. In secondo luogo essa mi colpì (temo che non riuscirò a farmi comprendere) come una massa gelatinosa, vischiosa colpisce il tatto.

Ho parlato di «suono» e di «voce». Intendo dire che il suono era quello di sillabe distinte, meravigliosamente, sorprendentemente nitide. Il signor Valdemar *parlava*, chiaramente in risposta alla domanda che gli avevo posto qualche minuto prima. Gli avevo chiesto se dormiva ancora. Ora diceva: «Sì... no;.... io *ho dormito*... e ora... ora... *sono morto*».

Nessuno tentò di negare o cercò di reprimere il brivido di orrore che queste poche parole erano riuscite a suscitare.

Il signor L...l, studente in medicina, svenne. Gli infermieri lasciarono immediatamente la stanza e non fu possibile farli rientrare. Per quello che riguarda le mie impressioni, non pretendo di renderle comprensibili.

Per quasi un'ora tentammo con ogni mezzo di far rinvenire il signor L...l e quando ritornò in sé, ci accingemmo di nuovo a un esame del signor Valdemar. Rimase nelle stesse condizioni che avevo ultimamente descritte con l'eccezione del respiro che non appannava più lo specchio. Un tentativo di estrarre sangue da un braccio, fallì. Inoltre il braccio non rispondeva più alla mia volontà e mi sforzai invano a fargli seguire la direzione della mia mano. L'unica manifestazione dell'influsso mesmerico si riscontrava nel movimento vibratorio della lingua ogni qual volta rivolgevo al signor Valdemar una domanda. Sembrava fare uno sforzo per rispondere, ma la sua volontà non era più sufficiente. Alle domande poste da chiunque altro dei presenti sembrò del tutto insensibile... sebbene io tentassi di mettere ognuno di loro in *rapporto* mesmerico con lui. Credo di aver esposto tutto quanto serve per comprendere lo stato del paziente a questo punto.

Si trovarono altri infermieri e alle dieci lasciai la casa in compagnia dei due medici e del signor L...l.

Nel pomeriggio chiedemmo ancora di vedere il paziente. Le sue condizioni erano esattamente le stesse. Avemmo qualche discussione circa l'opportunità e la possibilità di risvegliarlo, ma ci trovammo facilmente d'accordo nel ritenere che così non avremmo servito una buona causa. Era evidente che la morte (o ciò che comunemente si definisce morte) era stata arrestata dal processo mesmerico ed era quindi chiaro che il risveglio avrebbe istantaneamente o comunque velocemente provocato la dissoluzione.

Da quel giorno fino al termine della settimana scorsa *per un intervallo di sette mesi* – continuammo a fare visite giornaliere al signor Valdemar accompagnati sempre da medici o altri amici. In tutto questo tempo il paziente rimase sempre in questo dormiveglia *esattamente* come l'ho descritto prima. Gli infermieri continuarono sempre ad assisterlo.

Venerdì scorso decidemmo di fare l'esperimento di svegliarlo o quanto meno di tentarlo; e fu, forse, il risultato infelice di questo ultimo tentativo la causa delle tante discussioni nei circoli privati, e di quelle reazioni popolari che, in gran parte, non posso non giudicare ingiustificate.

Allo scopo di sottrarre il signor Valdemar allo stato di *trance* mesmerica, ricorsi alle pratiche usuali, in un primo tempo senza successo. Primo indizio di risveglio fu una parziale discesa delle iridi, accompagnata, come fu notato, da una abbondante fuoriuscita di un umore giallastro di sotto le palpebre, di odore pungente e disgustoso.

Mi fu suggerito di tentare di agire sul braccio del paziente, come prima, tentai e non mi riuscì. Il Dr. F. espresse allora il desiderio che io rivolgessi una domanda e io lo feci: «Signor Valdemar, può spiegarci quali sono ora i suoi sentimenti e desideri?».

Ci fu un istantaneo ritorno delle macchie febbrili sugli zigomi: la lingua vibrò o meglio rotolò violentemente nella bocca (sebbene le mascelle e le labbra rimanessero rigide come prima) e alla fine la stessa terribile voce che ho prima descritta, proruppe fuori: «In nome di Dio!... presto!... presto!... addormentatemi... presto!... svegliatemi!... presto!... *Vi dico che sono morto!* ».

Ero distrutto e per un momento rimasi incerto sul da farsi.

Dapprima mi sforzai di placare il paziente, ma fallii per la totale mancanza di volontà. Così provai, al contrario, a destarlo energicamente. Capii che il tentativo sarebbe riuscito o almeno immaginai di raggiungere un completo successo, e sono sicuro che tutti i presenti erano convinti di assistere al risveglio del paziente.

A quanto in realtà avvenne è del tutto impossibile che un qualsiasi essere umano potesse essere preparato.

Mentre facevo rapidamente le pratiche mesmeriche, mentre dalla lingua e non dalle labbra del paziente l'esclamazione «morto! morto!» *esplodeva* letteralmente, il suo intero corpo, nello spazio di un minuto o anche meno, si restrinse, si sgretolò, *imputridì* completamente sotto le mie mani. Sul letto, davanti a tutti noi, giaceva una massa quasi liquida di disgustoso repellente putridume.

Il colloquio di Monos e Una

Μέλλοντα ταῦτα.
Queste sono le cose future.
SOFOCLE, *Antigone*

Una: *Rinato*?

Monos: Sì, bellissima, amatissima Una, *rinato*. È questa la parola sul cui mistico significato ho così a lungo riflettuto, respingendo la spiegazione del clero, finché la morte stessa risolse per me il segreto.

Una: La morte!

Monos: Quanto stranamente, dolce Una, fai eco alle mie parole! Osservo anche una esitazione nei tuoi passi, una gioiosa inquietudine nei tuoi occhi. Sei confusa e oppressa dal mistero della Vita Eterna. Sì, era proprio della Morte che io parlavo, e quanto diversamente suona qui questa parola, che secondo gli antichi portava solo terrore nei cuori, guastando qualsiasi piacere!

Una: Ah! La Morte, lo spettro che sedeva in tutti i festini. Quante volte, Monos, ci siamo perduti in speculazioni sulla sua natura! Come agisce misteriosamente da freno dell'umana felicità dicendole «Fino a tal segno e non più in là.» Quel nostro profondissimo reciproco amore, Monos mio, che bruciava nei nostri petti... come ci vantavamo inutilmente, sentendolo sbocciare felice per la prima volta, che la nostra gioia sarebbe divenuta più forte man mano che esso acquistava forza! Ahimè!... Man mano che si rafforza cresce nei nostri cuori anche la paura di quella triste ora che si affretterà a separarci per sempre! Il passare del tempo diventa penoso per l'amore. L'odio sarebbe stato in fondo più tollerabile.

Monos: Non parlare ora di questi argomenti dolorosi, cara Una... mia, mia per sempre!

Una: Il ricordo di passati dolori non è forse una gioia presente? Ho molto da dire sulle cose che sono state. Soprattutto brucio ora dal desiderio di conoscere quello che è accaduto nel tuo passaggio attraverso l'oscura Valle e l'Ombra.

Monos: Quando mai la mia radiosa Una chiederà invano qualcosa al suo Monos? Ti racconterò tutto, minutamente... da quale punto vuoi che inizi il mio racconto soprannaturale?

Una: Da quale punto?

Monos: L'hai detto.

Una: Ti capisco, Monos. Entrambi abbiamo imparato che l'uomo ricerca nella Morte la definizione di quanto è indefinibile. Non dirò, quindi, comincia dal momento della cessazione della vita... ma comincia da quel triste, tristissimo istante in cui, avendoti abbandonato la febbre, tu sei sprofondato in un torpore senza respiro e movimento e io ti ho chiuso le pallide palpebre con un gesto di amore disperato delle dita.

Monos: Innanzitutto, Una mia, una parola sulla condizione umana in quell'epoca. Ricorderai che uno o due saggi tra i nostri antenati – saggi nei fatti e anche se non tali nella stima del mondo – avevano azzardato il dubbio circa la proprietà del termine «miglioramento» applicato al progresso della nostra civiltà. Ci sono stati periodi, in ciascuno dei cinque o sei secoli immediatamente precedenti la nostra dissoluzione, nei quali insorse qualche vigoroso intelletto per battersi coraggiosamente a favore di quei princìpi che ora appaiono verità assolutamente ovvie alle nostre mentalità non più condizionate... princìpi che avrebbero dovuto convincere la nostra razza a sottomettersi alle leggi della natura piuttosto che tentare di dominarla. A lunghi intervalli talune apparvero menti superiori che consideravano ogni progresso tecnologico come un regresso ai fini della vera utilità. Occasionalmente l'intuizione poetica – quella forma di intelligenza che consideriamo ora più elevata di tutte, – in quanto quelle verità, che sono per noi della massima duratura importanza, possono essere comprese soltanto con questa *analogia* che parla in termini adatti alla sola immaginazione e non ha peso per la ragione non illuminata – occasionalmente tale intuizione poetica fece un passo avanti nell'evoluzione dell'idea vaga del filosofico e trovò nella parabola mistica che parla dell'albero della conoscenza e del suo frutto proibito che reca la morte, la precisa allusione al fatto che la conoscenza non poteva essere raggiunta dall'uomo nella condizione infantile in cui era la sua anima. Questi uomini, i poeti, vivendo e morendo in mezzo al disprezzo degli «utilitaristi» – dei rozzi pedanti che si arrogavano un titolo che solo i disprezzati avrebbero meritato –, proprio questi uomini, i poeti, meditarono con rimpianto ma con saggezza, sui tempi andati quando i nostri bisogni non erano più semplici di quanto intense fossero le nostre gioie, tempi nei quali *gioia* era una parola sconosciuta, tanto era solenne ma dimessa la felicità – santi, augusti, felici tempi, quando i fiumi azzurri scorrevano senza argini, tra colline non scavate, entro sconfinate foreste primeve, solitarie, odorose, inesplorate.

Eppure queste nobili eccezioni alla generale ignoranza non servirono ad altro, combattendola, che a rinforzarla. Ahimè! Eravamo caduti nel più infausto tra tutti gli infausti nostri giorni! Il grande «movimento» – era questo il termine del gergo in uso – avanzava: una morbosa confusione morale e fisica. L'Arte – le Arti – raggiunsero valori supremi, e, una volta salite sul trono, strinsero catene intorno all'intelletto che le aveva portate al potere. L'uomo, che non poteva ignorare la grandezza della Natura, si tuffò in una sorta di infantile esultanza per avere acquisito un crescente predominio sui suoi elementi. Perfino quando volle nella sua fantasia avvicinare Dio, cadde preda di una infantile stupidità. Come poteva prevedersi fin dall'origine del suo disordine mentale, si ammalò di sistemi e di astrazioni, si avvolse sempre più in genericità. Tra le altre idee strane guadagnò terreno quella dell'uguaglianza universale; contro l'analogia e Dio – a dispetto della possente voce ammonitrice delle leggi della *gradazione* che così visibilmente permea tutte le cose in Terra ed in Cielo – furono fatti insensati tentativi per attuare una Democrazia prevalente su tutto. Anche questo male germogliò dal male principale: la conoscenza. L'uomo non poteva conoscere e soccombere. Nel frattempo sorsero in gran numero immense città fumose; le verdi foglie caddero per il soffio bruciante delle fornaci. La bella faccia della Natura fu deformata come per la devastazione di una repellente malattia. Medita, mia dolce Una, perfino il nostro addormentato senso del forzato, dell'eccessivo, avrebbe potuto fermarci a quel punto. Ora ci accorgiamo che avevamo provocato la nostra distruzione con il pervertimento del *gusto*, o più ancora nel cieco abbandono della sua cultura nelle scuole. In realtà in una così grave crisi solo il gusto – cioè la facoltà di tenere una posizione intermedia tra il puro intelletto e il senso morale, che non potrebbe mai essere impunemente trascurato –, il gusto solo, ripeto, era ciò che poteva riportarci gradualmente alla Bellezza, alla Natura, alla Vita. Rimpianto per il puro spirito contemplativo, per la grandiosa intuizione di Platone! Rimpianto per la μουσίκη che egli giustamente riteneva una educazione del tutto sufficiente per l'anima! Rimpianto per lui e per questa! – perché entrambi erano disperatamente necessari quando vennero entrambi completamente dimenticati e disprezzati [1].

Pascal, un filosofo che noi due amiamo, ha detto – e quanto è vero! – «*que tout notre raisonnement se réduit à céder au sentiment*» [2]; ed è possibile che, se il tempo lo avesse consentito, il sentimento del naturale avrebbe ripreso il suo antico ascendente sulla fredda razionalità matematica delle accademie. Ma questo non si è verificato. Influenzata dalla intemperanza di una prematura conoscenza, la vecchiezza del mondo crebbe. Questo la massa degli uomini non vide, oppure, vivendo con cupidigia ma senza felicità, mostrò di non vedere. Quanto a me, al contrario, le cronache del mondo mi avevano insegnato che le più grandi rovine sono il prezzo della più raffinata civiltà. Avevo avuto il presagio del nostro Destino, dal paragone con la semplice, paziente Cina, con l'Assiria culla dell'architettura, con l'Egitto astrologo, con la Nubia, più scaltra degli altri, turbolenta madre di tutte le Arti. Nella storia [3] di queste regioni trovai una illuminazione sul futuro. Le singole artificiosità di queste ultime tre erano malanni locali della terra e alla loro caduta abbiamo visto applicare rimedi locali; ma per l'infetto mondo nella sua globalità non prevedevo rigenerazione se non attraverso la morte. Perché l'uomo attuale, come razza, non si estinguesse, capii che doveva «*rinascere*».

E fu così, mia carissima e bellissima, che rivestimmo, ogni giorno, i nostri spiriti di sogni. Fu così che, al crepuscolo, discutemmo dei giorni avvenire, quando la superficie della terra, sfregiata dall'Arte, avendo subìto quella purificazione [4] che sola poteva cancellare le geometriche oscenità, si rivestirà di nuovo di verde, di dolci declivi, di ridenti acque da Paradiso terrestre, e tornerà ad essere una degna dimora per l'uomo: – per l'uomo purgato dalla Morte – per l'uomo al cui intelletto, alfine liberato, non porterà più veleno la conoscenza, per l'uomo redento, rigenerato, felice e infine immortale, seppure sempre *materiale*.

Una: Ricordo bene queste conversazioni, caro Monos; ma il momento della catarsi nel fuoco non era così a portata di mano come noi credevamo e la corruzione cui tu hai accennato, lasciava supporre. L'uomo viveva,

[1] «Sarà difficile scoprire un migliore [metodo di educazione] di quello che le esperienze di molte epoche hanno già scoperto: esso può esser sintetizzato in ginnastica per il corpo e *musica* per l'anima» [*Repubblica*, libro 2°]. «Per questa ragione è proprio essenziale una educazione musicale, in quanto essa consente al Ritmo ed all'Armonia di penetrare nell'anima, prenderne il pieno possesso, riempiendola di *bellezza*, arricchendo così l'uomo di *una mente bella*... Egli loderà e ammirerà *il bello:* lo riceverà con gioia nel suo animo, si pascerà di lui, ad *esso assimilerà la propria condizione*» [Ibid. lib. 3]. La musica, μουσική, aveva in realtà un significato più esteso per gli Ateniesi che non per noi. Includeva non soltanto le armonie del tempo e del tono, ma anche la dizione poetica, il sentimento e la creatività nel senso più lato del termine. Lo studio della *musica* era per loro la generale educazione al buon gusto, quello che riconosce il bello, in netta distinzione dalla ragione che tratta solo del vero.

[2] «ogni nostro ragionamento si riduce a cedere al sentimento» (*N.d.T.*).

[3] «Storia», da *ἱστόρειν*, contemplare.

[4] La parola «*purificazione*» sembra essere usata con riferimento alla sua radice greca πῦρ, fuoco.

moriva individualmente. Tu stesso ti ammalasti e passasti nella tomba e là ti ha presto seguito la tua fedele Una. E sebbene il secolo or ora trascorso, e la cui conclusione ci riporta ancora una volta insieme, non abbia tormentato i nostri sensi assopiti, con l'impazienza per la sua lunga durata, tuttavia, mio caro Monos, è stato pur sempre un secolo.

Monos: Dì piuttosto un punto nell'infinità del tempo. È fuori dubbio che io sono morto mentre la terra era sulla via della senescenza. Con il cuore sconvolto dall'ansia generata dal disordine e dalla decadenza generale, fui travolto da una violenta febbre. Dopo pochi giorni di sofferenza e molti altri di sogni deliranti pieni di estasi, le cui manifestazioni esteriori tu scambiasti erroneamente per dolore ed io ero imponente a disingannarti –, dopo alcuni giorni caddi, come tu hai detto, preda di uno stato di torpore senza respiro né movimento, e questo fu definito *Morte*, da quelli che erano intorno a me.

Le parole sono cose vaghe. Il mio stato non mi impediva di sentire. Mi sembrò non molto dissimile dallo stato di estrema quiete di chi, avendo dormito a lungo e profondamente, disteso immobile e completamente prostrato in un meriggio di mezza estate, comincia lentamente a riprendere conoscenza semplicemente perché ha dormito a sufficienza e senza essere svegliato da interventi esterni.

Non respiravo più, il polso era immobile, il cuore non batteva più. La volontà non mi aveva abbandonato, ma era senza potere. I sensi erano insolitamente attivi, sebbene in modo eccentrico – assumendo a caso ciascuno di essi la funzione di un altro. Il gusto e l'olfatto erano inestricabilmente confusi, trasformati in una sensazione unica anormale e intensa. L'acqua di rose con la quale avevi teneramente inumidito fino all'ultimo le mie labbra, suscitava in me dolci immagini di fiori – fantastici fiori, molto più gradevoli di qualsiasi altro sulla vecchia terra ed esemplari dei quali fioriscono ora qui intorno a noi. Le palpebre, trasparenti ed esangui, non impedivano interamente la visione. Poiché la volontà era assente, gli occhi non potevano roteare nelle orbite, ma potevo vedere più o meno distintamente tutti gli oggetti compresi nel mio campo visivo. La luce che cadeva sull'esterno della retina o entro la cornea dell'occhio produceva un effetto meno vivido di quella che colpiva la fronte o la superficie anteriore. Tuttavia questo effetto era nel primo caso così anomalo che lo apprezzavo solo come *suono* – suono dolce o stridulo a seconda che gli oggetti mi si presentassero di lato, in piena luce o in ombra, arrotondati o spigolosi. L'udito al tempo stesso, sebbene eccitato a diversi livelli, non funzionava in modo irregolare, registrando suoni reali con acutissima precisione non meno che sensibilità. Il tatto aveva subìto una modificazione ancora più particolare. Le sollecitazioni erano percepite con ritardo, ma tenacemente ritenute, e causavano sempre il più intenso piacere fisico. Così la pressione delle tue dolci dita sulle mie palpebre, da principio registrata solo attraverso la vista, alla fine, molto dopo che era cessata, riempì tutto il mio essere di un indicibile piacere sensuale. Dico proprio un piacere sensuale. *Tutte* le mie percezioni erano puramente sensuali. I materiali che pervenivano al cervello passivo attraverso i sensi non venivano trasformati in forme dall'intelletto ormai estinto. Il dolore era presente in lieve misura; il piacere era molto; ma pene o piaceri morali non esistevano! Così i tuoi disperati singhiozzi fluttuavano nelle mie orecchie con tutte le loro tormentose cadenze e ogni variazione del tono triste veniva adeguatamente registrata; ma essi erano solo delicati suoni musicali, niente di più. Non portavano alla ragione estinta alcuna eco del dolore da cui erano generati, mentre le copiose, insistenti lacrime che mi cadevano sul viso, parlando agli astanti di un cuore spezzato, provocavano ad ogni fibra del mio corpo soltanto estasi. Questa in verità, era la *Morte*, di cui i presenti parlavano con reverenza, sospirando e tu, mia dolce Una, gemendo con altri lamenti.

Mi abbigliavano per la bara, tre o quattro sagome scure, che svolazzavano qua e là affaccendate. Quando attraversavano la linea diretta della mia vista, mi colpivano come *forme*; ma non appena si spostavano sul mio fianco le loro immagini si imprimevano in me con l'idea di grida, gemiti ed altre angosciose espressioni di terrore, di orrore, di paura. Tu sola biancovestita ti muovevi in ogni direzione intorno a me come una musica.

Il giorno svaniva, le sue luci scolorivano, mi sentivo preda di un vago disagio, una angoscia come quella che sente il dormiente quando tristi reali suoni colpiscono continuamente il suo udito – bassi, lontani rintocchi di campana, solenni, a lunghi intervalli regolari, confusi con melanconici sogni.

Arrivò la notte, e con le sue ombre, un pesante sconforto che mi opprimeva le membra con un oscuro peso palpabile. Avvertivo anche un suono lamentoso, non dissimile dall'eco lontano della risacca, ma più continuo, un suono cominciato al crepuscolo e cresciuto in intensità con l'oscurità. Improvvisamente furono portate delle luci nella stanza e quell'eco fu subito interrotta da ineguali scoppi di un suono simile meno triste, più confuso.

La pesante oppressione era in larga misura alleviata e, proveniente da ciascuna lampada (ce ne erano molte), fluì ininterrotta nelle mie orecchie una nota monotona, melodiosa. Quando tu, Una mia cara, ti sei avvicinata al letto sul quale giacevo disteso e ti sei seduta gentilmente al mio fianco, respirando profumo dalle dolci labbra premute sulla mia fronte, mi è sorto tremulo nel petto, mescolato alle sensazioni fisiche dovute alle circostanze, qualcosa di simile ad un sentimento vero e proprio – un sentimento che, apprezzato solo in parte, solo in parte rispondeva al tuo grande amore ed al tuo dolore. Ma questo sentimento non mise radici nel cuore che non batteva più; appariva piuttosto come un'ombra che una realtà e rapidamente mutò dapprima in una sorta di quiete e poi in un piacere tutto sensuale, come prima.

Ora, dal disfacimento e dal caos dei normali sensi, sembrava essere nato dentro di me un sesto senso, assolutamente perfetto. Nell'esercitarlo provai un piacere sfrenato – ma un piacere ancora fisico, in quanto l'intelligenza non vi aveva parte. La mobilità della mia struttura animale era completamente cessata. Non un muscolo si muoveva, non un nervo vibrava, non un'arteria pulsava. Sembrava che dentro il mio cervello fosse spuntato *qualcosa* che nessuna parola è in grado di spiegare, anche sommariamente, a una normale intelligenza umana. Lasciamela definire pulsazione pendolare mentale. Era la personalizzazione morale dell'idea astratta che l'uomo ha del *Tempo*. Dall'assoluta uniformazione di questo movimento – o quello che era – erano stati regolati gli stessi cicli delle orbite celesti. Con il suo aiuto misurai le irregolarità della pendola sul camino e degli orologi dei presenti. Il loro ticchettìo mi arrivava ben distinto alle orecchie. Le leggerissime deviazioni dai valori giusti – peraltro tali deviazioni erano generali – mi ferirono proprio come le violazioni della verità astratta feriscono sulla terra, il senso morale. Sebbene nella stanza non vi fossero due misuratori del tempo in grado di battere all'unisono i secondi,

– non ebbi difficoltà nel tenere a mente i toni ed i rispettivi errori di tempo di ciascuno. E questa acuta, autonoma, perfetta sensibilità della *durata* – questa sensibilità esistente (nessun uomo può essere in grado di concepire che esista) indipendentemente da qualsiasi successione di eventi – questa idea – questo sesto senso, che si leva dalle ceneri del corpo, fu il primo evidente, sicuro passo dell'anima senza tempo verso la soglia dell'Eternità temporale.

Era mezzanotte e tu sedevi ancora al mio fianco. Tutti gli altri erano usciti dalla stanza della Morte. Mi avevano deposto nella bara. Le lampade ardevano tremule, me ne accorgevo dall'oscillazione del monotono suono che me le rappresentava.

A un certo punto le oscillazioni diminuirono in chiarezza e volume, fino a cessare totalmente. Svanì il profumo nelle mie narici, nessuna forma colpì più la mia vista. L'oppressione dell'oscurità si insinuò nel mio petto, il mio corpo fu percorso da un fremito come una scossa elettrica, seguita dalla totale perdita dell'idea di contatto. Tutto quello che l'uomo definisce senso si confuse nella sola consapevolezza di entità e nella persistente sensazione di durata. Il corpo mortale era stato alla fine colpito dalla mano della *Dissoluzione* distruttrice.

Eppure non tutte le capacità sensoriali erano scomparse, perché la coscienza e sensibilità residue fornivano alcune delle loro funzioni con una sorta di intuizione letargica.

Avvertivo il terribile cambiamento in atto nella carne e, come colui che sognando sente talvolta la presenza corporea di qualcuno chino sopra di lui, così, mia dolce Una, sentivo confusamente che tu sedevi ancora al mio fianco. Così anche quando venne il mattino del secondo giorno, ebbi ancora coscienza di quei movimenti che ti allontanarono dal mio fianco, che mi chiusero nella bara, mi deposero sul feretro, mi portarono alla tomba e mi calarono dentro di essa, mi coprirono di pesanti zolle e che mi lasciarono così nel buio e nel disfacimento, al triste e solenne sonno eterno con il verme.

Ed ivi, nella casa-prigione che aveva ben pochi segreti da rilevare, trascorsero giorni e settimane e mesi. L'anima controllava accuratamente ogni secondo che passava e senza sforzo teneva conto di questo fluire del tempo – senza sforzo e senza scopo.

Trascorse un anno. La consapevolezza di *essere* era diventata di ora in ora più vaga, quella di *località* ne aveva, in larga misura, usurpata la posizione. L'idea di entità cominciava ad essere sostituita da quella di *luogo*. Lo stretto spazio che serrava da presso quello che era stato il corpo, stava ora diventando il corpo stesso. Alla fine, come spesso accade ai dormienti (la *Morte* viene rappresentata soltanto col sonno ed il suo mondo) – alla fine, come talvolta accade sulla terra a chi immerso in un sonno profondo e colpito da una luce improvvisa, sobbalza in una sorta di dormiveglia, che lo lascia ancora in parte preda di sogni – così a me, ancora strettamente serrato nelle braccia dell'*Ombra*, arrivò *quella* luce che sola poteva avere il potere di scuotermi – la luce dell'*Amore* eterno. Degli uomini armeggiarono intorno alla tomba nella quale giacevo al buio. Rimossero la terra che mi ricopriva e sulle mie ossa devastate calarono la bara di Una.

E ora tutto fu di nuovo vuoto. Quella luce nebulosa era stata spenta. Il debole fremito si era smorzato nella quiete. Passarono molti lustri, la polvere ritornò polvere. Il verme non aveva più nulla di cui cibarsi. La sensazione di essere alla fine sparì completamente ed al suo posto – al posto di tutte le cose – imperiosi ed eterni regnarono sovrani il *Luogo* ed il *Tempo*. Per *ciò* che *non era*, che non aveva forma, per ciò che non aveva pensiero, non aveva sensibilità, per ciò che non aveva anima e in cui la materia non aveva parte, per tutti questi nulla, e nondimeno per questa immortalità, la tomba era ancora dimora e compagne erano le ore distruggitrici.

Conversazione tra Eiros e Charmion

Πῦρ σοὶ προσοίσω
Ti porterò il fuoco

EURIPIDE, *Andromaca*

Eiros: Perché mi chiami Eiros?

Charmion: Ti chiamerai sempre così d'ora in poi. Devi dimenticare anche il *mio* nome terrestre e chiamarmi Charmion.

Eiros: Questo non è, insomma, un sogno!

Charmion: I sogni non sono più con noi; lasciamo a più tardi questi misteri. Gioisco a vederti così vitale e ragionevole, la patina dell'ombra è già sparita dai tuoi occhi. Abbi fiducia e non temere nulla. I giorni di stordimento che ti furono assegnati sono finiti; io stesso domani ti guiderò tra le gioie piene e le meraviglie della tua nuova esistenza.

Eiros: È vero, non sento più stordimento, assolutamente. Il male terribile, il buio profondo mi hanno lasciato e non avverto più il rumore folle, assordante, orribile «come la voce di molte acque scroscianti». Ma i miei sensi sono ancora disorientati, Charmion, a causa dell'acuta percezione *del nuovo*.

Charmion: Pochi giorni e anche questo sarà passato... ma ti capisco perfettamente e sento quello che provi. Sono ora passati dieci anni terrestri da quando ho provato ciò che ora tu provi ed il ricordo mi è ancora presente. Hai ora sofferto tutte le pene che, tuttavia, soffrirai in Aidenn.

Eiros: In Aidenn?

Charmion: In Aidenn.

Eiros: Oh! Dio!... pietà di me, Charmion!... mi opprime la maestà di tutte le cose – dell'ignoto ora noto – del Futuro immaginato confuso nell'augusto e certo Presente.

Charmion: Non ti affannare con tali pensieri, ne parleremo domani. La tua mente vacilla e la tua agitazione troverà sollievo nell'evocazione di semplici ricordi. Non guardare avanti... né intorno... ma solo indietro. Sto bruciando dall'impazienza di ascoltare i dettagli di quello stupendo evento che ti ha portato a noi. Parlami di questo. Parliamo di cose familiari nel vecchio familiare linguaggio del mondo morto così tragicamente.

Eiros: Tragicamente, molto tragicamente! non è purtroppo un sogno.

Charmion: I sogni non ci sono più. Fui molto pianto, Eiros mio?

Eiros: Pianto, Charmion? oh, sì, profondamente. Proprio fino all'ultima ora incombette sulla tua dimora una nube di intensa tristezza e di accorato dolore.

Charmion: L'ultima ora – parla di questa. Ricorda che al di là del fatto puro e semplice della catastrofe, non so nulla. Quando, uscendo dalla comunità dei vivi, io passai nella Notte e nella tomba, in quel momento, se ricordo bene, la sciagura che ti travolse era del tutto imprevista. In verità sapevo ben poco della filosofia speculativa di allora.

Eiros: La sciagura specifica era come dici tu, del tutto imprevista, ma analoghi casi di catastrofi erano stati a lungo soggetto di discussione tra gli astronomi. Non c'è bisogno di dirti, amico mio, che anche quando tu ci lasciasti, gli uomini avevano convenuto di interpretare quei brani delle più sacre scritture che parlano della distruzione finale di tutte le cose per opera del fuoco, come riferentisi soltanto all'orbita della terra.

Ma per quanto riguarda la causa immediata della rovina, fin da allora la speculazione si era sbagliata sulle conoscenze astronomiche, perché riteneva che le comete non comportassero pericoli di incendio. La bassa densità di questi corpi era stata accuratamente accertata ed erano stati osservati mentre passavano tra i satelliti di Giove senza causare alcuna sensibile alterazione né delle masse né delle orbite di tali pianeti secondari. Avevamo per lungo tempo considerato queste entità erranti nello spazio come masse di vapore estremamente rarefatto, e pertanto assolutamente incapaci di provocare danni al nostro solido globo, anche nel caso di un impatto diretto.

Comunque il contatto non era assolutamente temuto, in quanto si aveva una conoscenza approfondita di tutti gli elementi delle comete. Per molti anni era stata considerata inammissibile l'idea che si dovesse ricercare in mezzo ad *esse* la causa della minacciata distruzione con il fuoco. Tuttavia negli ultimi tempi avevano preso a circolare tra la gente voci di prodigi e strane fantasie e, sebbene l'apprensione regnasse in realtà solo tra pochi ignoranti, tuttavia l'annuncio degli astronomi di una *nuova* cometa fu accolto con una certa agitazione mista a sospetto.

Gli elementi dello strano corpo celeste furono immediatamente calcolati e tutti gli osservatori convennero subito che la sua traiettoria, al perielio, lo avrebbe portato vicinissimo alla terra. Ci furono anche due o tre astronomi, di scarsa fama, che risolutamente sostennero essere assolutamente inevitabile un contatto diretto. Non ho espressioni abbastanza efficaci per rappresentarti l'effetto che tali notizie produssero sull'opinione pubblica. Per alcuni giorni la gente non volle credere ad una affermazione che la mentalità comune, così a lungo impegnata in considerazioni assolutamente terrene, non poteva assolutamente afferrare. Poi la verità di un fatto di vitale importanza si fece strada nelle menti dei più ottusi. Finalmente tutti gli uomini videro che la scienza astronomica non mentiva ed attesero la cometa. Il suo avvicinamento non sembrò, al principio, troppo rapido, né il suo aspetto mostrò caratteristiche particolari. Era di colore rosso opaco e aveva una coda appena visibile. Per sette-otto giorni non notammo aumenti sensibili nel suo diametro apparente e rilevammo soltanto un'alterazione parziale del suo colore. Nel frattempo gli uomini trascurarono le loro attività ordinarie e tutto l'interesse fu assorbito dalle crescenti dispute, avviate dai filosofi, sulla natura delle comete. Persino quelli più grossolanamente ignoranti impegnarono le tarde intelligenze in simili considerazioni. I dotti *ora* si impegnavano mente e anima non più per allontanare la paura o per sostenere la loro teoria preferita; cercavano ansiosamente solo la verità, anelavano solo ad una conoscenza perfetta. La *verità* si levò nella purezza della sua forza, della sua straordinaria maestà, i saggi si prosternarono ed adorarono.

Che il nostro globo o i suoi abitanti avessero a subire danni dal previsto impatto, era opinione che di ora in ora perdeva terreno tra i saggi, e ad essi si affidò a occhi chiusi la ragione e la fantasia della folla. Era stato dimostrato che la densità del nucleo della cometa era largamente inferiore a quello dei nostri gas più rarefatti, e il passaggio senza danni di un analogo visitatore tra i satelliti di Giove fu un punto su cui molto si insisté e che servì grandemente a calmare il terrore. I teologi, con una energia alimentata dalla paura, insistettero sulle profezie bibliche e le spiegarono al popolo con una chiarezza ed una semplicità mai usate prima d'allora in alcuna circostanza. Fu enfatizzato, con uno spirito tale da rinforzare le convinzioni di chiunque, che la distruzione finale della terra sarebbe avvenuta ad opera del fuoco; e il fatto che le comete non fossero di natura ignea (come tutti ora sapevano) era una verità che, in larga misura, sollevò tutti dal timore della predetta grande calamità. Si noti che i pregiudizi popolari e gli errori del volgo in merito alle pestilenze ed alle guerre – che secondo tali errori sarebbero diretta conseguenza del passaggio delle comete – vennero tutto a un tratto dimenticati. Era come se con uno sforzo improvviso e violento la ragione avesse scalzato il pregiudizio dal suo trono una volta per tutte. L'intelletto più debole aveva acquistato vigore dallo straordinario interesse per l'argomento.

Quali conseguenze minori potessero derivare dall'impatto, era oggetto di elaborate tesi. I dotti parlavano di lievi perturbazioni geologiche, di probabili alterazioni del clima e conseguentemente della vegetazione, di possibili influenze sul campo magnetico ed elettrico. Molti sostenevano che non ci sarebbe stato in nessun caso un qualche effetto apprezzabile o percettibile. Mentre il dibattito procedeva, la cometa si avvicinava gradualmente, il suo diametro apparente diveniva più grande e la sua luminosità cresceva. Il genere umano impallidiva man mano che si avvicinava; tutte le attività umane furono sospese.

Giunse il momento in cui tutti si resero conto che la cometa aveva raggiunto dimensioni maggiori di quelle di qualsiasi altra apparizione di cui si avesse memoria. La gente perse ogni minima speranza sulla validità delle previsioni degli astronomi e toccò con mano l'ineluttabilità del disastro. Il terrore di tutti perse il suo aspetto chimerico e anche nei petti dei più forti il battito del cuore accelerò. Pochi giorni furono tuttavia sufficienti per tramutare questo stato d'animo in una sensazione ancora più insopportabile. Non fummo più in grado di adattare allo strano astro i pensieri *consueti*: i suoi attributi *storici* definiti erano scomparsi, ormai ci opprimeva con una terribile *novità* di emozioni. Lo vedevamo non più come un fenomeno astronomico del cielo ma come un incubo che pesava sui nostri cuori, come un'ombra che ottenebrava i nostri cervelli. Aveva preso con inconcepibile velocità l'aspetto di una gigantesca cortina di fuoco rarefatto che si estendeva da una estremità all'altra dell'orizzonte.

Ancora un giorno e gli uomini ripresero a respirare con maggiore libertà. Era chiaro che eravamo già sotto l'influenza diretta della cometa ed eravamo ancora vivi? Anzi avvertivamo una insolita elasticità del corpo e vivacità della mente. Era evidente quanto fosse tenue la materia di cui era formato l'oggetto del nostro terrore; tutti gli oggetti celesti erano visibili senza difficoltà attraverso di essa. Nel frattempo la nostra vegetazione si era percettibilmente alterata; il che ci fece riacquistare fiducia nelle previsioni dei saggi, che avevano predetto questa circostanza. Un fogliame selvaggiamente lussureggiante, assolutamente sconosciuto prima, esplose letteralmente da qualsiasi tipo di vegetale.

Ancora un altro giorno – e non avevamo ancora risentito di alcun male. Era evidente che il nucleo della cometa ci avrebbe quanto prima raggiunti. Ma un brusco cambiamento si era verificato per tutti gli esseri umani, e la prima sensazione di *dolore* fu il terribile segnale che scatenò lamenti e orrori generali. Questa prima impressione di sofferenza si manifestò con una rigida costrizione del petto e dei polmoni e una insopportabile aridità della pelle. Non si poteva più negare che la nostra atmosfera fosse radicalmente mutata; la sua composizione e le possibili modificazioni che poteva subire, erano argomento di discussione. I risultati delle ricerche provocarono un brivido di intenso terrore, come una scarica elettrica, in tutti i cuori degli uomini.

Si sapeva da lungo tempo che l'atmosfera che ci circonda è costituita da un composto di ossigeno e azoto: nella proporzione di ventun parti di ossigeno e settantanove di azoto su cento parti di atmosfera. L'ossigeno, che consentiva la combustione e agiva come vettore del calore, era assolutamente necessario per il mantenimento della vita animale ed era il più potente ed energico agente in natura. L'azoto, per contro, era incapace di sostentare sia la vita animale che la combustione. Un eccesso innaturale di ossigeno poteva causare, come era stato accertato, proprio quell'aumento della vitalità animale che avevamo sperimentato ultimamente. Era stato il protrarsi, l'intensificarsi di questa esaltazione a generare il timore. Quale sarebbe stato l'effetto di *una totale eliminazione dell'azoto?* Una combustione incontenibile, capace di divorare tutto, con effetto immediato – l'avverarsi di tutti i piccoli e terribili particolari delle fiammeggianti e orripilanti profezie del Libro Sacro.

Perché descriverti, Charmion, la frenesia ormai scatenata dell'umanità? Quella leggerezza della cometa che prima aveva alimentato la nostra speranza, era ora la causa della nostra amara disperazione. Capivamo chiaramente che nella sua struttura gassosa impalpabile si sarebbe compiuto il nostro Fato. Tuttavia passò ancora un giorno che portò via con sé gli ultimi barlumi di Speranza. Boccheggiavamo nel rapido modificarsi dell'atmosfera. Il sangue rosso pulsava tumultuosamente nei suoi stretti canali. Tutti gli uomini furono preda di un pazzo delirio e, con le braccia protese rigidamente verso il cielo minaccioso, tremavano e urlavano a voce spiegata. Eppure il nucleo del distruttore non era ancora sopra di noi: anche qui in Aidenn, rabbrividisco a parlarne. Permettimi di essere breve,... breve come la catastrofe che ci travolse. Per un momento ci fu soltanto una luce intollerabile, livida, che investì e penetrò ogni cosa. Dopo – prosterniamoci, Charmion, di fronte alla maestà eccelsa di Dio onnipotente! – dopo arrivò un suono intenso, penetrante, quasi uscisse direttamente dalla SUA bocca e l'intera massa incombente dell'etere in cui noi esistevamo, bruciò all'improvviso, in una sorta di intensa fiammata, per il cui splendore ineguagliabile e il rovente calore neanche gli angeli nell'alto Cielo di pura conoscenza, hanno un nome. Così tutto ebbe fine.

La sepoltura prematura

Ci sono argomenti estremamente avvincenti, ma che sono troppo orribili per rispondere agli scopi di una vera e propria opera narrativa. Il romantico puro deve evitarli, se non vuole rischiare di offendere o disgustare. Vengono trattati opportunamente soltanto quando sono santificati e sostenuti dal rigore e dalla maestà della verità.

Per esempio, è con la più intensa delle «sofferenze piacevoli» che fremiamo al racconto del Passaggio della Beresina, del Terremoto di Lisbona, della Peste di Londra, del Massacro di San Bartolomeo o del soffocamento dei centoventitré prigionieri nel Black Hole a Calcutta. Ma in questi racconti a eccitare è il fatto, la realtà, la storia. Come invenzioni le guarderemmo con semplice ripugnanza.

Ho citato alcune tra le calamità più importanti e imponenti che si ricordino; ma in queste è la misura, non meno del genere di calamità, a colpire così fortemente l'immaginazione. Non occorre ricordare al lettore che dal lungo e fatale catalogo delle miserie umane avrei potuto scegliere molti esempi individuali più colmi di pura sofferenza di quanto non lo siano gli enormi disastri collettivi. In verità, l'autentica sventura – la suprema afflizione – è individuale, non generale.

Che gli orrori estremi dell'angoscia siano sopportati da un uomo singolo e mai dall'uomo massa: di questo ringraziamo Dio misericordioso!

Essere sepolti vivi è, senza dubbio, il più terribile tra gli orrori estremi che siano mai toccati in sorte ai semplici mortali. Che sia avvenuto spesso, spessissimo, nessun essere pensante vorrà negarlo. I limiti che dividono la Vita dalla Morte sono, nella migliore delle ipotesi, vaghi e confusi. Chi può dire dove finisca l'una e cominci l'altra? Sappiamo che esistono malattie in cui sopravviene la cessazione totale di ogni apparente funzione vitale, in cui tuttavia queste cessazioni sono mere sospensioni, per usare un termine appropriato. Si tratta di semplici pause momentanee nell'incomprensibile meccanismo. Passa un certo tempo e qualche misterioso principio invisibile rimette in moto gli ingranaggi magici e le ruote incantate. La corda d'argento non si era sciolta per sempre, né la coppa d'oro si era irreparabilmente spezzata. Ma nel frattempo, dove era l'anima?

A parte comunque l'inevitabile conclusione *a priori* che certe cause debbano produrre certi effetti, che il noto verificarsi di simili casi di sospensione dalla vita possa naturalmente causare di quando in quando seppellimenti prematuri, a parte questa considerazione, abbiamo testimonianze dirette di medici e l'esperienza comune per dimostrare che già si sono avuti realmente numerosi seppellimenti di tale genere. Potrei citare subito, se fosse necessario, almeno un centinaio di esempi ben documentati.

Un esempio molto significativo, delle cui circostanze forse è ancora vivo il ricordo in qualcuno dei miei lettori, si verificò non molto tempo fa nella vicina città di Baltimora, dove suscitò una sensazione dolorosa, profonda e di estesa risonanza. La moglie di uno dei cittadini più rispettabili, un illustre avvocato membro del Congresso, venne colta improvvisamente da un'inspiegabile malattia che eluse completamente l'abilità dei suoi medici. Dopo molte sofferenze, ella morì, o così almeno si suppose. Nessuno infatti sospettò, né ebbe motivo di sospettare, che non fosse realmente morta. Presentava le normali caratteristiche della morte. Il viso aveva assunto i consueti contorni emaciati e incavati. Le labbra avevano il solito pallore marmoreo. Gli occhi avevano perso la lucentezza. Era scomparso il calore. Erano cessate le pulsazioni. Si attese prima di seppellirla tre giorni durante i quali il corpo assunse una rigidità di pietra. Insomma, si affrettò il funerale a causa del rapido sviluppo di ciò che si ritenne essere la decomposizione.

La signora venne tumulata nella tomba di famiglia, che per i tre anni successivi non fu più toccata. Al termine di questo periodo, venne aperta per deporvi un sarcofago; ma ahimè! quale terribile colpo aspettava il marito che spalancò di persona la porta! Quando i battenti vennero spinti indietro, un oggetto rivestito di bianco gli cadde rumorosamente tra le braccia. Era lo scheletro della moglie, avvolto nel sudario ancora intatto.

Un'indagine accurata rivelò che era tornata in vita due giorni dopo dal seppellimento; che gli sforzi compiuti dibattendosi dentro la bara avevano fatto sì che questa cadesse da una mensola o ripiano sul pavimento, dove si era rotta consentendole di uscirne. Una lampada lasciata per caso piena d'olio dentro la tomba venne trovata vuota; ma avrebbe potuto consumarsi per evaporazione. Sul più alto dei gradini che conducevano nella camera mortuaria, era un grosso frammento della bara, con cui sembra avesse cercato di attirare l'attenzione battendolo contro la porta di ferro.

Nel far questo, probabilmente svenne, o forse morì di puro e semplice terrore; e nella caduta il sudario si era impigliato in qualche oggetto di ferro sporgente all'interno. Così rimase, e imputridì, in piedi.

Nell'anno 1810, un caso di sepoltura di un essere vivente accadde in Francia, in circostanze che giustificano ampiamente l'affermazione secondo cui la verità è davvero più strana dell'invenzione. L'eroina della storia era una certa Mademoiselle Victorine Lafaurcade, una giovanetta di illustre famiglia, ricca e di grande bellezza. Tra i suoi numerosi pretendenti, vi era un certo Julien Bossuet, un povero *littérateur*, o giornalista, di Parigi. Il suo talento e la sua generale cortesia gli avevano valso l'attenzione dell'ereditiera, che sembra lo avesse veramente amato; ma l'orgoglio che le derivava dai propri natali finì per convincerla a respingerlo per sposare invece un certo Monsieur Renelle, banchiere e diplomatico di una qualche importanza. A matrimonio avvenuto, però, questi la trascurò e forse giunse anche a maltrattarla. Dopo aver passato con lui qualche anno infelice, ella morì, almeno il suo stato somigliava così da vicino alla morte da ingannare chiunque la vedesse. Venne sepolta, non in una cripta ma in una semplice tomba nel cimitero del villaggio dove era nata. Preso dalla disperazione e ancora acceso dal ricordo di un affetto profondo, l'innamorato si reca dalla capitale nella lontana provincia in cui si trova il villaggio, col romantico scopo di dissotterrare il cadavere e impadronirsi delle bellissime trecce. Giunge alla tomba. A mezzanotte dissotterra la bara, l'apre e sta per tagliare i capelli, quando si arresta vedendo schiudersi gli occhi amati. Infatti, la signora era stata sepolta viva. La vita non l'aveva del tutto abbandonata ed era stata svegliata dalle carezze dell'innamorato da quel letargo che era stato scambiato per morte. Come pazzo, egli la condusse nella sua camera al villaggio. Usò certi rimedi corroboranti suggeritigli da una cultura medica non indifferente.

Alla fine, ella si rianimò. Riconobbe il suo salvatore. Rimase con lui finché, a poco a poco, ebbe recuperato in pieno la salute. Il suo cuore di donna non era di pietra e quest'ultima lezione d'amore riuscì a intenerirlo ed ella lo concesse a Bossuet. Non ritornò più dal marito, ma tenendogli segreta la risurrezione, fuggì con l'amante in America. Vent'anni dopo, ritornarono entrambi in Francia, convinti che il tempo avesse mutato abbastanza l'aspetto della signora da impedire agli amici di riconoscerla. Ma si ingannarono; perché al primo incontro Monsieur Renelle la riconobbe e rivendicò i suoi diritti sulla moglie.

La donna vi si oppose; e il tribunale la sostenne decidendo che le circostanze particolari e il lungo intervallo di anni avevano estinto, non soltanto in nome dell'equità, ma anche legalmente, l'autorità del marito.

Il *Chirurgical Journal* di Leipsic, periodico di grande autorità e valore che qualche libraio americano farebbe bene a tradurre e ripubblicare, riferisce in un numero recente un fatto molto sconcertante di questo genere.

Un ufficiale di artiglieria, un uomo di statura gigantesca e di ottima salute, disarcionato da un cavallo riottoso, subì una gravissima contusione alla testa che lo rese di colpo insensibile; il cranio aveva una piccola frattura, ma non si temeva un pericolo immediato. Venne eseguita con successo la trapanazione. Gli venne fatto un salasso e furono adottate molte altre delle consuete misure di assistenza. Un po' alla volta, però, egli cadde sempre più profondamente in uno stato comatoso e alla fine si credette che fosse morto.

Faceva caldo e venne seppellito con eccessiva fretta in un cimitero pubblico. I funerali si svolsero di giovedì. La domenica seguente, il cimitero era, come al solito, molto affollato di visitatori; e verso mezzogiorno nacque una grande agitazione per la dichiarazione di un contadino il quale affermò che, mentre se ne stava seduto sulla tomba dell'ufficiale, aveva sentito chiaramente un movimento del terreno apparentemente provocato da qualcuno che si dibattesse lì sotto. Dapprima si prestò scarsa attenzione alle dichiarazioni dell'uomo; ma il suo terrore evidente e l'accanita ostinazione con cui insisteva nella sua storia finirono per fare colpo sulla folla, come era naturale.

Ci si procurarono in fretta delle vanghe e la tomba, indecorosamente poco profonda, venne aperta in pochi minuti, quanto bastò per far comparire la testa del suo occupante. In quel momento era apparentemente un morto, ma sedeva quasi ritto nella bara, di cui aveva in parte sollevato il coperchio, dibattendosi furiosamente.

Venne subito condotto nel più vicino ospedale e qui dichiarato ancora in vita, anche se in stato di asfissia. Dopo qualche ora si rianimò, riconobbe alcune persone di sua conoscenza e, in frasi sconnesse, parlò della sua angoscia nella tomba.

Da ciò che narrò, era evidente che, dopo sotterrato, doveva essere rimasto pienamente cosciente di essere vivo per più di un'ora, prima di perdere completamente i sensi.

La tomba era stata riempita sbadatamente e con terra non compatta e estremamente incoerente, così che lasciava necessariamente filtrare un po' d'aria. Aveva udito i passi della folla sul suo capo e si era sforzato di farsi udire a sua volta. Apparentemente era stato il frastuono della gente nel cimitero, disse, a svegliarlo da un sonno profondo, ma non appena fu desto si rese conto in pieno dell'orrore della sua posizione.

Si racconta che questo ammalato stava riprendendosi bene e sembrava sulla via di una completa guarigione, quando cadde vittima dell'empirismo di un esperimento medico. Gli venne applicata la batteria galvanica e morì improvvisamente in una di quelle crisi estatiche che questa a volte produce.

La batteria galvanica, però, mi fa venire in mente un esempio calzante notissimo e veramente straordinario, in cui la sua azione si dimostrò il mezzo per rianimare un giovane avvocato londinese che era rimasto sepolto due giorni. Questo avvenne nel 1831 e creò in quel momento una sensazione molto profonda dovunque divenisse argomento di discussione.

Il paziente, Edward Stapleton, era apparentemente morto di febbre tifoidea accompagnata da alcuni sintomi insoliti che avevano destato la curiosità dei medici che lo curavano. In seguito alla sua morte apparente, si chiese agli amici l'autorizzazione a un esame *post mortem*, che essi però non consentirono. Come spesso avviene nei casi di rifiuto, i medici decisero di dissotterrare il cadavere e sezionarlo in segreto con comodo.

Si accordarono facilmente con una delle numerose organizzazioni di trafugatori di cadaveri di cui abbonda Londra, e la terza notte dopo il funerale, il supposto cadavere venne dissotterrato da una tomba profonda due metri e mezzo e depositato nella sala operatoria di una clinica privata.

Era già stata praticata nell'addome un'incisione di una certa lunghezza, quando l'aspetto fresco e non decomposto del soggetto, suggerì l'applicazione della batteria. Gli esperimenti si susseguirono e ne conseguirono gli effetti abituali senza nessuna caratterizzazione sotto nessun aspetto, tranne, per un'*intensità* di animazione maggiore del consueto nei movimenti convulsivi, in un paio di occasioni.

Si fece tardi. Era quasi l'alba, e alla fine si ritenne opportuno procedere subito alla dissezione. Ma uno studente, particolarmente ansioso di sperimentare una sua teoria, insisté per applicare la batteria a un muscolo pettorale. Venne praticato un taglio alla buona e si stabilì in fretta il contatto con un filo elettrico, quando il paziente, con un movimento precipitoso ma per nulla convulso, si alzò dal tavolo, avanzò verso il centro della stanza, si guardò attorno, a disagio per qualche secondo e poi... parlò. Quel che disse era inintelligibile; ma furono pronunciate delle parole e con una sillabazione distinta.

Dopo aver parlato, cadde pesantemente al suolo.

Per alcuni momenti rimasero tutti paralizzati dal terrore: ma l'urgenza del caso presto restituì loro la presenza di spirito. Ci si rese conto che il signor Stapleton era vivo, anche se in deliquio. Somministratogli dell'etere, ritornò in sé e fu in breve risanato e restituito alla compagnia dei suoi amici, i quali tuttavia vennero tenuti all'oscuro della sua resurrezione fino a quando non si ebbe più da temere una ricaduta. È facile immaginare la loro meraviglia e il loro estatico stupore.

La caratteristica più eccitante di questo avvenimento, tuttavia, consiste nelle affermazioni fatte dal signor S. stesso. Egli dichiarò di non essere mai stato neanche per un momento insensibile, che vagamente e confusamente fu consapevole di tutto ciò che accadeva intorno a lui, dal momento in cui venne dichiarato *morto* dai medici a quello in cui cadde svenuto sul pavimento della clinica. «Sono vivo», furono le parole che nessuno aveva capito, e che, riconoscendo la sala anatomica, allo stremo delle forze si era sforzato di pronunciare.

Sarebbe facile moltiplicare storie come questa, ma non lo faccio perché, in verità, non ce n'è bisogno per affermare che hanno luogo seppellimenti prematuri.

Quando pensiamo quanto di rado sia in nostro potere scoprirli, proprio per la loro stessa natura, dobbiamo ammettere che possono verificarsi *spesso* senza che ce ne accorgiamo. In realtà è raro che si violi in qualche misura per un qualsiasi scopo un cimitero, senza trovare gli scheletri in posizioni che diano adito ai più terribili sospetti.

Terribile davvero il sospetto, ma ancor più terribile il tragico destino! Si può affermare senza esitazione che *nessun* evento sia così tremendamente adatto a ispirare un'estrema angoscia fisica e mentale quanto lo è la sepoltura prima della morte. L'oppressione insopportabile dei polmoni... le esalazioni soffocanti della terra umida... le vesti mortuarie strettamente aderenti... il rigido abbraccio dello spazio angusto... l'oscurità della Notte assoluta... il silenzio che sovrasta come un mare... la presenza invisibile ma palpabile del Verme Vincitore – queste cose, unitamente al pensiero dell'aria e dell'erba sovrastanti, al ricordo dei cari amici che accorrerebbero in nostro aiuto se solo fossero informati della nostra sorte e alla consapevolezza che di questa sorte non potranno *mai* essere informati, che il nostro ruolo disperato è quello del Vero morto – questi pensieri, dico, recano in un cuore, che ancora palpita, un tale spaventoso e intollerabile orrore che anche l'immaginazione più ardita deve rifuggirne. Non c'è nulla di altrettanto tormentoso sulla terra: non riusciamo a immaginare nulla di altrettanto ripugnante nel regno del più profondo Inferno. E per questo tutti i racconti su questo tema hanno un interesse profondo, un interesse che, però, attraverso il timore reverenziale del tema stesso, si basa molto giustamente e specificamente sulla nostra convinzione della *verità* del soggetto narrato.

Ciò che devo raccontare ora lo so per conoscenza diretta: per mia concreta e personale esperienza.

Per diversi anni sono andato soggetto ad attacchi di quella singolare malattia che i medici, in mancanza di un termine più preciso, hanno convenuto di definire catalessi. Nonostante le cause, immediate e predisponenti, e anche la diagnosi vera e propria di questo male siano ancora un mistero, se ne conoscono abbastanza bene le caratteristiche evidenti e manifeste. Sembra che vari soprattutto per intensità. A volte il paziente giace per un giorno soltanto, o anche per meno, in una specie di letargo accentuato. È privo di sensi e esteriormente immoto, ma le pulsazioni cardiache sono ancora lievemente percettibili; resta qualche traccia di calore; un vago colorito indugia al centro delle guance, e, se gli si avvicina uno specchio alle labbra, si può rilevare un'azione polmonare lenta, irregolare e vacillante. In altri casi la *trance* dura settimane, anche mesi; e l'osservazione più attenta e le prove mediche più rigorose non riescono a stabilire una differenza sostanziale tra lo stato del paziente e quello che noi consideriamo di morte assoluta. Spessissimo viene salvato da una sepoltura prematura soltanto per il fatto che i suoi amici sono al corrente che è andato soggetto in precedenza ad attacchi catalettici, per il sospetto che ne consegue e soprattutto perché non compaiono tracce di decomposizione.

Per fortuna l'evoluzione della malattia è graduale. Le prime manifestazioni, per vistose che siano, sono inequivocabili. Gli attacchi diventano successivamente sempre più caratteristici e durano ciascuno più a lungo del precedente.

In ciò consiste la principale salvaguardia contro l'inumazione. Lo sventurato, il cui *primo* attacco fosse d'estrema violenza, come ne capitano a volte, sarebbe quasi inevitabilmente consegnato vivo alla tomba.

Il mio caso non differiva sostanzialmente da quelli citati nei libri di medicina. A volte senza causa apparente, sprofondavo a poco a poco in uno stato di semisincope o semisvenimento; e restavo in questo stato, senza dolore, senza riuscire a muovermi o, a rigor di termini, a pensare, ma conservando una velata consapevolezza letargica della vita e della presenza di chi stava intorno al mio letto, finché la crisi della malattia mi restituiva, a un tratto, alla sensazione completa. Altre volte venivo colpito rapidamente e violentemente. Mi sentivo male, intorpidito, raggelato e stordito, e così cadevo di colpo prostrato. Poi, per settimane intere, tutto era vuoto e buio e silenzioso e il Nulla diventava l'universo. Una distruzione totale non avrebbe potuto fare di più. Da questi ultimi attacchi mi svegliavo, però, con lentezza proporzionale alla rapidità della crisi. Così come appare la luce del giorno al mendicante senza amici e senza casa che vaga per le strade nelle lunghe e desolate notti invernali – proprio così lentamente, così stancamente, così lietamente – tornava la luce dell'Anima a me.

Ma, a parte la tendenza a cadere in trance, la mia salute generale pareva buona; né riuscivo ad accorgermi di essere affetto da quella malattia, a meno che si potesse considerare cagionata da questa una certa idiosincrasia del mio *sonno* quotidiano. Svegliandomi dal sonno, non riuscivo mai ad acquistare subito il pieno possesso dei miei sensi e restavo sempre, per parecchi minuti, sbigottito e perplesso, e le mie facoltà mentali in genere, ma la memoria in particolare, si trovavano in uno stato di assoluta quiescenza.

In tutto quello che sopportavo non c'era dolore fisico, ma solo un'infinita angoscia morale. La fantasia diventava lugubre. Parlavo «di vermi, di tombe e di epitaffi». Mi perdevo in fantasticherie di morte, e l'idea di una sepoltura prematura si impadroniva del mio cervello. Il pericolo orrendo al quale ero esposto, mi perseguitava giorno e notte. Di giorno la tortura del pensiero era smodata; di notte diventava estrema. Non appena il Buio cupo si stendeva sulla Terra, allora, per l'orrore del pensiero, tremavo... tremavo come le piume ondeggianti di un carro funebre. Quando la Natura non consentiva più la veglia, era dopo una lotta che cedevo al sonno – infatti rabbrividivo al pensiero che, destandomi, mi sarei potuto trovare in una tomba. E quando, alla fine, precipitavo nel sonno, era soltanto per precipitarmi subito in un mondo di fantasmi sul quale aleggiava con ampie, nere e offuscanti ali, preminente la sola Idea del sepolcro.

Dalle innumerevoli immagini tenebrose che così mi opprimevano nei sogni, scelgo, per raccontarla, una visione solitaria. Mi pareva di essere immerso in una trance catalettica di durata e profondità maggiori del solito. All'improvviso, una mano gelida mi si posava sulla fronte e una voce impaziente e farfugliante mi bisbigliava all'orecchio la parola: «Alzati!».

Mi drizzavo a sedere. Il buio era totale. Non riuscivo a distinguere i lineamenti di colui che mi aveva svegliato. Non riuscivo a ricordare né il momento in cui ero caduto in trance, né il luogo nel quale mi trovavo.

Mentre restavo immobile, immerso nello sforzo di riordinare i miei pensieri, la mano fredda mi afferrava il polso impaziente, scuotendolo violentemente, mentre la voce farfugliante ripeteva:

«Alzati! Non ti ho detto di alzarti?».

«E tu chi sei?», chiedevo.

«Non ho nome, nelle regioni in cui abito», rispondeva lugubremente la voce, «ero mortale, ma ora sono un demone. Ero senza pietà, ma ora sono misericordioso. Devi sentire che tremo. Mentre parlo mi battono i denti, ma non per il freddo della notte... della notte senza fine. Ma questo orrore è insopportabile. Come puoi *tu* dormire tranquillo? Io non riesco a riposare, udendo il grido di questi grandi tormenti. Questa vista è più di quanto possa sopportare. Alzati! Vieni con me, nella Notte di fuori e lascia che io scoperchi per te le tombe. Non è forse uno spettacolo di dolore? Guarda!»

Guardavo; e la figura invisibile che ancora mi teneva stretto per il polso aveva spalancato le tombe di tutto il genere umano e da ciascuna si irradiava la lieve fosforescenza della decomposizione, così che riuscivo a vedere nelle profondità più nascoste, scorgendo corpi avvolti nel sudario, immersi nel triste e solenne sonno con i vermi. Ma ahimè! coloro che veramente dormivano erano di molti milioni meno numerosi di quelli che non dormivano affatto; e c'era una debole lotta; c'era una triste irrequietezza generale; e dalla profondità delle innumerevoli fosse, giungeva il fruscio malinconico degli abiti dei sepolti. E di coloro che parevano riposare tranquilli, vidi che molti avevano cambiato, chi più chi meno, la posizione rigida e scomoda in cui erano stati originariamente sepolti. E mentre guardavo, la voce mi diceva di nuovo:

«Non è, oh!, *non è* uno spettacolo pietoso?», ma prima che riuscissi a trovare le parole per rispondere, la figura mi aveva lasciato il polso, si erano spente le luci fosforescenti, e con violenza improvvisa le tombe si erano richiuse, mentre si levava da esse un tumulto di grida disperate che ripetevano: «Non è... oh Dio! *non è* uno spettacolo pietoso?».

Fantasie come questa, che mi si presentavano di notte, prolungavano nelle ore di veglia la loro terribile influenza. I miei nervi ne vennero completamente sconvolti, e caddi preda di un orrore continuo.

Esitavo ad andare a cavallo, a camminare o a fare qualunque cosa che mi portasse lontano da casa. Anzi, non osavo più allontanarmi dall'immediata presenza di coloro che sapevano della mia tendenza alla catalessi, per tema che se fossi stato colto da uno dei miei soliti attacchi potessero seppellirmi prima di accertare le mie vere condizioni. Cominciai a dubitare dell'affetto, della fedeltà dei miei amici più cari. Temetti che in una trance di durata più lunga del solito, potessero essere indotti a considerarmi inguaribile. Giunsi anche al punto di temere che, essendo io causa di tanti fastidi, potessero essere lieti di considerare un attacco molto prolungato una scusa sufficiente per sbarazzarsi del tutto di me. Invano si sforzarono di rassicurarmi con le promesse più solenni. Esigetti i giuramenti più sacri, che in nessun caso mi avrebbero sepolto finché la decomposizione fosse avanzata a tal punto da rendere impossibile un'ulteriore conservazione, e anche allora, il mio terrore mortale non ascoltò ragione, non accettò consolazione. Incominciai a prendere una serie di complicate precauzioni.

Tra le altre cose, feci rimodernare la cripta di famiglia, in modo che potesse essere facilmente aperta dall'interno. La minima pressione su una lunga leva che penetrava dentro la tomba faceva spalancare i battenti di ferro. Feci anche in modo che vi potessero entrare liberamente aria e luce; e sistemai un ripostiglio per acqua e cibo a portata di mano dalla bara che doveva accogliermi. Questa bara era imbottita di panno caldo e morbido e aveva un coperchio costruito con lo stesso principio della porta della cripta, con l'aggiunta di molle disposte in modo che il minimo movimento del corpo bastasse a scostarlo. Oltre a tutto questo, feci attaccare al tetto della tomba una grande campana, la cui fune, secondo il progetto, doveva penetrare attraverso un buco nella bara ed essere così legata a una delle mani del cadavere. Ma ahimè! A che vale la precauzione contro il destino dell'uomo? Neanche queste misure ben congegnate bastavano a salvare dal tormento supremo dell'inumazione da vivo uno sventurato destinato a quei tormenti!

Giunse un momento – come molte volte era giunto prima – in cui mi trovai a emergere da una totale incoscienza nella prima sensazione vaga e indefinita di esistenza. Lentamente – con passo da tartaruga – si accostò la vaga alba grigia del giorno fisico. Un'inquietudine torpida. Un'apatica sopportazione di un dolore sordo. Nessun affanno... nessuna speranza... nessuno sforzo. Poi, dopo un lungo intervallo, un ronzio nelle orecchie; poi, dopo un periodo ancora più lungo, una sensazione di prurito o di formicolio alle estremità; poi, un periodo che sembrò eterno di piacevole riposo, durante il quale la sensazione, ridestatasi, si sforzava di divenire pensiero; poi una breve ricaduta nel nulla; poi un'improvvisa ripresa. Infine, il lieve tremito di una palpebra e subito dopo la scossa elettrica del terrore, mortale e impreciso, che fa fluire il sangue in torrenti dalle tempie al cuore. E ora, il primo vero sforzo di pensare. E ora, il primo tentativo di ricordare. E ora, un successo parziale e evanescente. E ora, la memoria ha riconquistato le sue forze al punto che sono, almeno in parte, consapevole della mia situazione. So che non mi sto svegliando da un sonno consueto. Ricordo di aver avuto un attacco di catalessi. E ora, infine, come sotto l'impeto di un oceano, il mio spirito tremante è sopraffatto da un Pericolo sinistro: dall'unica spettrale idea sempre dominante.

Per qualche minuto rimasi immobile dominato da questa fantasia. E perché?

Non riuscivo a trovare il coraggio di muovermi. Non osavo fare lo sforzo che doveva informarmi sulla mia sorte; eppure, qualcosa nel cuore mi sussurrava che *era vero*. La disperazione – quale nessun altro genere di sventura può mai suscitare – la disperazione soltanto mi indusse, dopo lunga incertezza, ad alzare le palpebre pesanti. Le sollevai. Era buio... Tutto buio. Sapevo che l'attacco era finito. Sapevo che la crisi della mia malattia era passata da molto tempo. Sapevo che ormai avevo ritrovato pienamente l'uso delle mie facoltà visive... eppure era buio... l'oscurità intensa e suprema della Notte che dura per sempre.

Tentai di gridare, e le labbra e la lingua arida si mossero convulse: ma non uscì voce dai polmoni cavernosi, che, quasi oppressi dal peso di una montagna, ansimavano e palpitavano con il cuore ogni volta che faticosamente e travagliatamente inspiravo l'aria.

Il movimento delle mascelle, nello sforzo di gridare, mi rivelò che erano state legate come di solito si fa con i morti. Sentii anche che ero disteso su un materiale rigido. Fino ad allora non avevo provato a muovere le membra; ma ora alzai violentemente le braccia, che erano restate a lungo distese con i polsi incrociati. Esse colpirono una sostanza legnosa molto solida, che si stendeva sulla mia persona a non più di quindici centimetri dal mio viso. Non potei più dubitare del fatto che alfine mi trovavo in una bara.

E ora, nella mia infinita tristezza, venne dolcemente l'angelica Speranza, pensai infatti alle precauzioni che avevo preso. Mi contorsi e feci uno sforzo spasmodico per aprire il coperchio; non si mosse. Cercai la fune della campana; non la trovai. E ora, la Consolatrice scomparve per sempre e regnò trionfante una Disperazione ancor più grave, perché non potei non accorgermi dell'assenza delle imbottiture che avevo preparato con tanta cura; e, poi, mi giunse anche improvvisamente alle narici l'odore forte e caratteristico della terra umida. La conclusione era innegabile. *Non* ero nella mia cripta. Ero caduto in trance mentre ero lontano da casa, mentre ero fra estranei (quando o come non riuscivo a ricordare), ed erano stati loro a seppellirmi come un cane, inchiodato in una bara comune, e a cacciarmi a fondo, a fondo e per sempre in una qualche *fossa* normale o anonima.

Mentre questa terribile convinzione si faceva strada nei recessi più reconditi della mia anima, mi sforzai di nuovo di gridare forte: e questo secondo sforzo fu coronato dal successo. Un lungo grido, folle e prolungato, un urlo angoscioso echeggiò nei regni della Notte sotterranea.

«Ehi! ehi, laggiù!», rispose una voce rozza.

«Cosa diavolo succede, adesso?», disse una seconda voce.

«Fuori di lì!», disse una terza.

«Cosa vi viene in mente di urlare in quella maniera, come un gattopardo?», disse una quarta; e a questo punto venni afferrato e scrollato senza riguardi, per parecchi minuti, da un gruppo di individui dall'aria molto sbrigativa. Non mi svegliarono dal sonno, poiché ero pienamente sveglio quando gridai, ma mi ridiedero il pieno possesso della memoria.

Quest'avventura mi capitò in Virginia, nei pressi di Richmond. Accompagnato da un amico, durante una spedizione di caccia, mi ero spinto, scendendo per qualche chilometro, lungo le rive del James. Al cadere della notte, eravamo stati sorpresi da un temporale. La cabina di un piccolo *sloop* all'ancora nel fiume e carico di terriccio da giardino, ci offrì l'unico riparo possibile. Ci sistemammo alla meglio e passammo la notte a bordo. Dormii in una delle due cuccette dell'imbarcazione: e non occorre descrivere le cuccette di uno *sloop* di sessanta o settanta tonnellate. Quella in cui dormivo io non aveva coperta e materasso. La larghezza massima era quarantacinque centimetri. La distanza in altezza del piano della cuccetta dal ponte sovrastante era esattamente identica. Trovai estremamente difficile riuscire a infilarmici. Tuttavia, dormii profondamente; e l'intera visione – perché non era sogno e neppure incubo – era stata determinata naturalmente dalla mia posizione, dalla piega abituale dei miei pensieri e dalla difficoltà, alla quale ho accennato, di ritornare in me e, soprattutto, di ritrovare la memoria per un bel po' di tempo, dopo essermi ridestato. Gli uomini che mi scrollarono erano l'equipaggio dello *sloop* e alcuni manovali assoldati per scaricarlo. Dal carico stesso giungeva l'odore di terriccio. La benda intorno alle guance era un fazzoletto di seta, col quale mi ero avvolto la testa in mancanza del solito berretto da notte.

Le torture che patii, però, furono indubbiamente pari, per il tempo che durarono, a quelle di un'effettiva sepoltura. Furono spaventose, orribili oltre ogni immaginazione.

Ma dal Male nacque un Bene, poiché la loro enormità provocò nel mio spirito una reazione inevitabile. La mia anima acquistò forza, acquistò equilibrio. Andai all'estero. Feci vigorosi esercizi fisici. Respirai l'aria libera del Cielo. Pensai ad altri argomenti che non la Morte. Misi in disparte i libri di medicina. Bruciai *Buchan*. Non lessi più *Night Thoughts*, – né scritti pretenziosi sui cimiteri, né lessi di babau... *come questa*. Insomma, divenni un uomo nuovo e vissi una vita da uomo. Da quella notte memorabile lasciai per sempre i miei timori lugubri e con essi scomparvero i disturbi catalettici, di cui forse non erano stati tanto la conseguenza, quanto la causa.

Vi sono momenti in cui, anche agli occhi sereni della Ragione, il mondo della nostra triste Umanità può assumere una somiglianza con l'Inferno; ma l'immaginazione dell'uomo non è Carathis per poterne esplorare impunemente ogni caverna. Ahimè! la legione sinistra dei terrori sepolcrali non si può considerare del tutto immaginaria; ma come i Demoni, in compagnia dei quali Afrasiab discese l'Oxus, devono restare sopiti, altrimenti ci divoreranno: devono essere lasciati dormire o periremo.

I delitti della Rue Morgue

Quale canzone cantassero le sirene, o quale nome si fosse dato Achille quando si nascondeva tra le donne, per quanto imbarazzanti, non sono al di là di ogni possibile congettura.

SIR THOMAS BROWNE

Le facoltà mentali che si definiscono analitiche non sono in se stesse molto facilmente analizzabili. Le possiamo apprezzare soltanto dai loro risultati. Quello che ne sappiamo è che per chi le possegga al massimo sono una delle più vive fonti di piacere. Come l'uomo forte gode della sua forza fisica e si compiace durante gli esercizi che mettono in azione i muscoli, così l'analitico coglie il suo momento di gloria in questa attività mentale la cui funzione è *risolvere*. Trae godimento anche dalle più banali occasioni in cui possa impegnare il proprio talento. Va pazzo per gli enigmi, i rebus e i geroglifici; in ogni soluzione dispiega una capacità di acume che per la gente comune assume le proporzioni del miracolo. I risultati ricavati genialmente dallo spirito e dall'assenza del metodo, hanno, in realtà, tutto l'aspetto dell'intuizione. Questa capacità di risoluzione trae probabilmente molta forza dallo studio della matematica, e in particolare, dalla più alta disciplina di questa scienza che, molto impropriamente e solo in ragione delle sue operazioni deduttive, viene definita analisi, come se fosse l'analisi *par excellence*. Ma calcolare non vuol dire in sé analizzare. Un giocatore di scacchi, per esempio, fa molto bene l'una cosa e ignora l'altra.

Ne consegue che il gioco degli scacchi, nei suoi effetti mentali, è impropriamente sopravvalutato.

Non ho intenzione di scrivere un trattato di analisi, voglio solo premettere a un singolare racconto, alcune osservazioni alla buona a mo' di preambolo.

Colgo l'occasione per dichiarare che le più alte facoltà della riflessione sono utilizzate più intensamente e con maggior profitto dal modesto gioco della dama che da tutta l'elaborata futilità degli scacchi. In questo gioco, dotato di pezzi dai movimenti molteplici e bizzarri, con valori diversi e variabili, la complessità, per un errore molto comune, viene scambiata per profondità. Più di altro è messa in gioco *l'attenzione* [1]. Basta allentarla un attimo e si cade in errore, il che comporta un danno, se non la sconfitta.

Poiché le possibilità di mosse sono, non soltanto multiformi, ma anche complicate, le possibilità di errore sono moltiplicate; e in nove casi su dieci vince il giocatore più attento, non il più abile. Nella dama, al contrario, dove le mosse sono uniche, con solo poche varianti, la possibilità di distrazione sono ridotte al minimo, l'attenzione non è catturata interamente e tutti i passi avanti registrati da ognuno dei giocatori non possono che essere appannaggio di chi ha maggiore acume. Ma usciamo dalle astrazioni e immaginiamo una partita a dama con solo quattro dame e dove quindi non ci sia spazio per le sviste. È chiaro che in questo caso (essendo i giocatori in assoluta parità), la vittoria può essere decisa soltanto da una

[1] In italiano nel testo (*N.d.T.*).

mossa *recherchée*, risultato di un forte impegno intellettuale. Privo delle risorse ordinarie, l'analista entra nello spirito dell'avversario, s'identifica con lui e spesso trova con una sola occhiata l'unica maniera, talvolta assurdamente semplice, di trarlo in errore o precipitarlo in un calcolo sbagliato.

Spesso si cita il *whist* per la sua influenza sulle capacità di calcolo; e si conoscono persone di grande intelligenza che sembrano provarne un piacere apparentemente incomprensibile mentre disdegnano gli scacchi come un gioco frivolo. In effetti non c'è nessun altro gioco analogo che solleciti più di questo la capacità di analisi. Il miglior giocatore di scacchi della cristianità *può* non essere altro che il miglior giocatore di scacchi, ma l'abilità nel *whist* implica la capacità di riuscire in tutte le imprese più importanti in cui la mente sfida la mente.

Dicendo abilità intendo quella perfezione nel gioco che implica la comprensione di tutte le fonti dalle quali si possa trarre vantaggi legittimi. Queste sono non solo molteplici, ma anche multiformi, e spesso si nascondono in recessi del pensiero inaccessibili alle intelligenze normali. Osservare attentamente significa ricordare con precisione; e da questo punto di vista, il giocatore di scacchi capace di intensa concentrazione giocherà molto bene a *whist*, e, d'altra parte, le regole di Hoyle, basate sul mero meccanismo del gioco, sono in generale facilmente comprensibili. Dunque avere una buona memoria e procedere secondo «il libro» sono punti considerati normalmente il massimo del buon gioco. Ma è in quanto sta al di là dei limiti delle mere regole che si manifesta il talento dell'analista. In silenzio mette insieme una massa di osservazioni e deduzioni. I suoi compagni fanno forse altrettanto, e la differenza nella portata delle informazioni così acquisite non consiste tanto nella validità della deduzione, quanto nella qualità dell'osservazione. L'importante è sapere *cosa* bisogna osservare.

Il nostro giocatore non si limita al gioco, e, per quanto il gioco sia l'oggetto effettivo della sua attenzione, egli non trascura per questo le deduzioni che nascono da fatti estranei. Esamina la fisionomia del compagno confrontandola attentamente con quella di ognuno dei suoi avversari. Osserva il modo in cui ciascuno dispone le carte a ogni mano; spesso contando in base agli sguardi soddisfatti che possano sfuggire agli avversari, asso dopo asso e figura dopo figura. Nota ogni mutamento nei visi via via che il gioco procede, mettendo insieme una messe di riflessioni in base ai cambiamenti di espressione – sicurezza, sorpresa, trionfo o dispiacere. Dal modo con cui raccoglie una presa giudica se una persona è in grado di farne un'altra in seguito. Riconosce una finta dal modo in cui una carta viene gettata sul tavolo. Una parola sbadata, casuale, una carta caduta o rovesciata per caso e nascosta con ansia o noncuranza; il conto delle prese con l'ordine in cui vengono disposte; l'imbarazzo, l'esitazione, la prontezza o la trepidazione – tutto fornisce alla sua percezione manifestamente intuitiva informazioni sul vero stato delle cose. Dopo i primi due o tre giri sa esattamente le carte di ogni giocatore e può cominciare a giocare le sue carte secondo un piano ben preciso, come se gli altri avessero scoperto le proprie.

La facoltà di analisi non deve essere confusa con la semplice ingegnosità; perché, mentre l'analista è necessariamente ingegnoso, capita spesso che l'uomo ingegnoso sia assolutamente incapace di analisi. La capacità di costruire e combinare, che generalmente permette a tale ingegnosità di manifestarsi, e a cui i frenologi, secondo me a torto, assegnano un organo a parte, supponendo che sia una facoltà primordiale, è stata riscontrata tanto spesso in persone al limite dell'idiozia, da attrarre l'attenzione di tutti gli scrittori di morale. Tra l'ingegnosità e l'attitudine analitica c'è una differenza molto più grande di quella che passa tra fantasia e immaginazione, ma di tipo rigorosamente analogo. Si vedrà insomma che l'uomo ingegnoso è sempre pieno di fantasia e che l'uomo *veramente* dotato di immaginazione non è altro che un analista.

Il racconto che segue sarà per il lettore una sorta di commento alle considerazioni ora esposte.

Nella primavera e in parte dell'estate del 18... abitai a Parigi e vi feci la conoscenza di un tale Monsieur C. Auguste Dupin. Il giovane gentiluomo apparteneva a un'ottima famiglia, una famiglia anzi illustre ma, per una serie di accadimenti malaugurati, si era ridotto in una tale povertà che l'energia del suo carattere cedette ed egli rinunciò a farsi avanti nel mondo e a cercare di rimettere in sesto le sue fortune. La generosità dei suoi creditori gli permise di restare in possesso di un piccolo residuo del suo patrimonio; con la rendita che ne ricavava poteva far fronte, grazie a rigide economie, alle necessità della vita, senza darsi pena per il superfluo. I libri erano il suo vero e unico lusso, e a Parigi non è difficile procurarseli.

La prima volta ci incontrammo in un'oscura libreria della Rue Montmartre, dove la coincidenza di essere entrambi alla ricerca dello stesso libro, molto curioso e raro, fece nascere tra noi una stretta amicizia. Cominciammo a incontrarci spesso. Ero molto interessato alla storia della sua piccola famiglia, che egli mi raccontò minuziosamente con tutto il candore cui indulgono i francesi quando parlano di sé. Fui sorpreso della vastità delle sue letture e soprattutto fui conquistato dallo strano calore e dalla vivida freschezza della sua immaginazione.

Date le ricerche che svolgevo a Parigi, sentii che la compagnia di un uomo simile sarebbe stata un tesoro inestimabile per me e gli confidai francamente quel che pensavo. Decidemmo di vivere insieme durante tutto il mio soggiorno in città. Poiché le mie finanze erano un po' meno compromesse delle sue, potei affittare e ammobiliare a mie spese, in uno stile che corrispondeva alla malinconia alquanto fantastica che era comune ai nostri due caratteri, una casa fatiscente e stravagante, rimasta abbandonata da anni per via di certe superstizioni sulle quali non indagammo, che cadeva quasi a pezzi in un angolo nascosto e desolato del Faubourg St. Germain.

Se la gente avesse saputo che tipo di vita conducevamo in questo luogo saremmo passati per pazzi, anche se forse, inoffensivi. Il nostro isolamento era totale; non ricevevamo mai visite. In realtà il luogo del nostro ritiro era stato tenuto accuratamente segreto ai miei vecchi amici; e Dupin, da molti anni ormai, aveva smesso di vedere gente e di girare per Parigi. Vivevamo chiusi tra di noi.

Una delle bizzarrie del carattere del mio amico (e come definirla altrimenti?) era di amare la Notte per amore della notte; e io mi lasciai andare tranquillamente a questa sua eccentricità, come a tutte le altre sue, arrendendomi con completo abbandono a questo capriccio. La nera divinità non poteva restare sempre con noi; ma noi potevamo simularne la presenza.

Al primo albeggiare, chiudevamo tutte le pesanti imposte del vecchio edificio, accendevamo due candele molto profumate che spandevano una luce fioca e spettrale. Immersi in questo debole chiarore, abbandonavamo le nostre anime ai sogni; leggevamo, scrivevamo, conversavamo finché il pendolo non ci ricordava l'arrivo della vera Oscurità. Allora ce ne andavamo in strada, sottobraccio, continuando la conversazione del giorno, girovagando a caso fino a ore molto tarde e cercando tra le vivide luci e le tenebre dell'affollata città quelle innumerevoli eccitazioni mentali che la quieta osservazione può offrire.

In simili circostanze non potevo fare a meno di notare e ammirare una particolare capacità analitica in Dupoin (sebbene potessi aspettarmela data la sua ricca idealità).

Sembrava, inoltre, provare un vivo diletto a esercitarla – se non a ostentarla – e non esitava a confessare il piacere che ne ricavava. Mi diceva con un risolino che molti uomini avevano per lui una finestra spalancata al posto del cuore, accompagnava questa affermazione con prove immediate, e delle più sorprendenti, di quanto profondamente conoscesse me. In quei momenti i suoi modi si facevano glaciali e distratti; i suoi occhi fissavano il vuoto e la sua voce – una voce calda di tenore, per solito – diventava acuta; poteva sembrare petulanza, non fosse stato per la determinazione nel parlare e la ricchezza delle argomentazioni.

Osservandolo in questi stati d'animo riflettevo spesso sull'antica filosofia dell'anima e del suo doppio: mi divertiva l'idea di un doppio Dupin, il creativo e l'analista.

Non vorrei che pensaste, dopo quanto ho detto, che stia svelando un mistero o scrivendo un romanzo.

Ciò che ho descritto in questo Francese era semplicemente il risultato di una intelligenza eccitata o forse malata. Ma credo che un esempio potrà dare un'idea migliore del carattere delle sue osservazioni all'epoca di cui si tratta.

Una sera, passeggiavamo a caso per una lunga via sudicia, nei pressi del Palais Royal. Ognuno era immerso nei propri pensieri, almeno apparentemente, e da circa un quarto d'ora, non avevamo pronunciato una sola parola. D'improvviso Dupin ruppe il silenzio:

«È proprio un ragazzo molto piccolo, è vero, sarebbe più adatto al *Théâtre des Variétés*».

«Non c'è ombra di dubbio», replicai senza pensarci e senza accorgermi subito, tanto ero assorto, dello strano modo con cui questa interruzione dava voce alle mie fantasticherie. Un minuto dopo, tornai in me, e il mio stupore fu profondo.

«Dupin», dissi molto seriamente, «questo supera la mia capacità di comprensione. Le confesso, mi lascia attonito, non credo alle mie orecchie. Come ha potuto indovinare che pensavo a...?»

Mi bloccai per avere la certezza che avesse realmente indovinato i miei pensieri.

«...a Chantilly?», disse; «perché si è interrotto? Stavo rimuginando sulla sua taglia minuta, non adatta alla tragedia.»

Era proprio il soggetto delle mie riflessioni. Chantilly era un ex-calzolaio della Rue St. Denis che, preso di passione per il teatro, aveva affrontato il ruolo di Serse nella tragedia di Crébillon; i suoi sforzi avevano suscitato bordate di fischi.

«Mi dica, per amor del cielo», esclamai, «il metodo, se ce n'è uno, grazie al quale è riuscito a sondare la mia anima in proposito.» A dire il vero ero fuori di me molto più di quanto non volessi mostrare.

«È stato il fruttivendolo», replicò il mio amico, «che l'ha convinto che il ciabattino non è abbastanza alto per Serse *et id genus omne*.»

«Il fruttivendolo! Mi stupisce, – non conosco fruttivendoli di sorta!»

«L'uomo che l'ha urtata quando abbiamo imboccato la strada, circa un quarto d'ora fa.»

Mi ricordai allora che effettivamente un ortolano, che portava sul capo una cesta di mele, mi aveva quasi gettato in terra, mentre imboccavamo da Rue C. la strada che stavamo percorrendo. Ma quale fosse il rapporto con Chantilly, non lo capivo.

Non c'era traccia di *charlatanerie* in Dupin.

«Le spiegherò», disse, «e per farle capire chiaramente, riprenderemo da capo tutte le sue riflessioni, a partire dal momento in cui le ho rivolto la parola fino alla *rencontre* con il fruttivendolo. Gli anelli principali della catena si susseguono in questo ordine: Chantilly, Orione, il dottor Nichols, Epicuro, la stereotomia, il *pavé*, il fruttivendolo.»

Poche sono le persone che non si divertono, in un qualche momento della loro vita, a ripercorrere il corso dei propri pensieri e a rintracciare per quale strada sono pervenuti a certe conclusioni. Spesso è un'occupazione di grande interesse, e chi la sperimenta per la prima volta si stupisce dell'incoerenza e della distanza apparentemente incolmabile tra il punto di partenza e il punto d'arrivo.

Sarà facile perciò capire il mio stupore quando sentii il Francese parlare così, e fui obbligato a riconoscere che aveva detto la pura verità. Continuò:

«Stavamo parlando di cavalli, se la memoria non m'inganna, proprio poco prima di imboccare Rue C. È stato il nostro ultimo argomento di conversazione. Appena girato su questa strada, un fruttivendolo con una cesta sulla testa passò precipitosamente davanti a noi, spingendola contro un mucchio di ciottoli ammassati in un punto in cui la strada è in riparazione. Lei è inciampato su uno di quei frammenti di pietra ed è scivolato e si è storto leggermente una caviglia; è parso irritato, risentito; ha borbottato qualche parola e si è girato a guardare il mucchio, poi ha proseguito il cammino in silenzio. Non è che stessi attento a tutto quello che faceva, ma ormai, da un pezzo, l'osservazione è diventata per me una specie di necessità.

Ha continuato a tenere gli occhi rivolti al suolo, osservando con una sorta di irritazione le buche e i solchi del percorso (tanto che mi sono accorto che continuava a pensare alle pietre), finché non abbiamo raggiunto la stradetta chiamata di Lamartine, pavimentata in via sperimentale con lastre accostate e fissate solidamente. Qui il suo volto s'è rischiarato, ho visto le sue labbra muoversi e ho indovinato, senza ombra di dubbio, che stava mormorando la parola «stereotomia», un termine applicato con una certa pretesa a quel genere di pavimentazione. Sapevo che non poteva pronunciare il termine stereotomia senza associarlo agli atomi e quindi a Epicuro, e poiché in una nostra recente conversazione, a questo proposito, le avevo fatto notare che le vaghe congetture dell'illustre greco erano state curiosamente confermate, senza che nessuno se ne rendesse conto, dalle più recenti teorie sulle nebulose e dalle ultime scoperte cosmogoniche, sentii che lei non avrebbe potuto fare a meno di sollevare gli occhi verso la grande nebulosa di Orione; me lo aspettavo. Lei non mancò di farlo: allora fui sicuro di aver colto il percorso della sua mente. Ora l'autore di quella velenosa amara satira contro Chantilly, comparsa ieri sul *Musée*, facendo allusioni malevole al fatto che il ciabattino ha cambiato nome da quando ha calzato i coturni, citava un verso latino di cui abbiamo discusso spesso. Intendo:

Perdidit antiquum litera prima sonum.[2]

Io sostenevo che si riferiva a Orione che un tempo si scriveva Urione, e, per certe asprezze della discussione, ero sicuro che non l'avesse dimenticato. Pertanto era certo che non poteva mancare di associare le due idee di Chantilly e di Orione. Questa associazione mentale mi fu chiara vedendo il genere di sorriso che aleggiò sulle sue labbra. Stava pensando al sacrificio del povero calzolaio. Fino a quel momento aveva proceduto curvo, ma ora lo vidi drizzarsi in tutta la sua altezza. Fui sicuro che stava pensando alla minuscola figura in Chantilly. A questo punto ho interrotto le sue riflessioni per osservare che in realtà questo Chantilly *era* un uomo piccolissimo, e che sarebbe stato più adatto al *Théâtre des Variétés*».

Poco tempo dopo questo colloquio mentre leggevamo l'edizione della sera della *Gazette des Tribunaux*, ci colpì questo articolo:

DELITTI SENSAZIONALI

Questa mattina alle tre gli abitanti del quartiere St. Roch sono stati risvegliati da una serie di spaventose urla che sembravano provenire dal quarto piano in una casa della Rue Morgue, notoriamente abitata soltanto da una certa Madame L'Espanaye e da sua figlia, Mademoiselle Camille L'Espanaye. Dopo il ritardo dovuto agli inutili tentativi di entrare con i mezzi usuali, fu forzato il portone con una sbarra e otto o dieci vicini entrarono accompagnati da due gendarmi.

Nel frattempo le grida erano cessate: ma mentre il gruppo si precipitava sulla prima rampa di scale, si udirono distintamente due o più voci aspre, altercanti, che sembravano provenir dalla parte superiore della casa.

Raggiunto il secondo pianerottolo, anche questo frastuono era parso cessare e tutto era tornato tranquillo. I vicini si sparpagliarono correndo di stanza in stanza. Arrivati in una vasta camera situata sul retro, al quarto piano (di cui fu necessario forzare la porta che era chiusa a chiave e con la chiave nella toppa), si trovarono davanti a uno spettacolo che riempì gli astanti di orrore oltre che di meraviglia.

La stanza era nel più grande disordine; i mobili erano distrutti e i pezzi erano sparsi dovunque. C'era una sola lettiera, da cui il paglericcio era stato tolto e gettato in mezzo al pavimento. Su una seggiola c'era un rasoio sporco di sangue, sul caminetto tre lunghe e grosse ciocche di capelli umani grigi, anch'esse sporche di sangue, che sembravano strappate dalle radici. Sul pavimento furono rinvenuti quattro napoleoni, un orecchino ornato di topazi, tre grandi cucchiai d'argento, tre più piccoli di *métal d'Alger* e due borse contenenti circa quattromila franchi d'oro. I cassetti di un *bureau*, che si trovava in un angolo, erano aperti e erano stati sicuramente saccheggiati anche se contenevano ancora molti oggetti. Un cofanetto di ferro venne scoperto sotto il *letto* (non sotto la lettiera). Era aperto con la chiave nella serratura. Conteneva soltanto qualche vecchia lettera e altre carte senza importanza.

Di Madame L'Espanaye, nessuna traccia; ma, essendo stata notata nel caminetto una eccessiva quantità di fuliggine, ispezionando la cappa (orribile dirsi!), ne è stato estratto il corpo della figlia, a testa in giù. Era stato introdotto a forza nella stretta apertura fino a discreta altezza. Il corpo era ancora caldo. Esaminandolo, si sono riscontrate varie escoriazioni prodotte sicuramente dalla violenza con cui era stato spinto nella canna fumaria e successivamente estratto. Il volto mostrava numerosi graffi profondi e la gola era segnata da lividi e profonde incisioni di unghie, come se fosse stata uccisa per strangolamento.

Dopo un minuzioso esame di ogni angolo della casa, che non ha condotto a nessun nuovo particolare, i vicini si sono introdotti in un cortiletto lastricato sul retro del palazzo. Là, giaceva il cadavere della vecchia signora, con la gola tagliata così di netto che, quando hanno cercato di sollevarla, la testa si è staccata. Il corpo, come la testa, era orribilmente mutilato, in modo tale da non conservare alcuna apparenza umana.

[2] La prima lettera ha perso l'antico suono (*N.d.T.*).

Tutta questa faccenda resta avvolta in un orrendo mistero, e finora, a quanto sappiamo, non è stato rintracciato il minimo filo conduttore.

Il giornale del giorno seguente aggiungeva altri particolari:

LA TRAGEDIA DELLA RUE MORGUE

Sono state interrogate diverse persone su questo terribile e straordinario affare [la parola *affaire* non ha ancora in Francia la frivolezza di significato che ha da noi], ma niente è trapelato che servisse a gettare un po' di luce sulla vicenda. Forniamo qui di seguito le deposizioni rilasciate:

Pauline Dubourg, lavandaia, testimonia che conosceva le signore da tre anni, e che per tutto questo tempo ha lavorato per loro. La vecchia signora e sua figlia sembravano intendersi bene ed erano molto affettuose l'una con l'altra. Ottime pagatrici. Non è in grado di dire niente sul loro genere di vita né sulle loro sostanze. Crede che Madame L'Espanaye predicesse il futuro per campare. Passava per una che aveva denaro da parte. Non ha mai incontrato nessuno in casa quando andava a consegnare la biancheria o a ritirarla. È sicura che non avessero persone di servizio. Sembrava che non ci fossero mobili in nessuna parte dell'edificio, salvo al quarto piano.

Pierre Moreau, tabaccaio, testimonia di avere fornito abitualmente per quasi quattro anni Madame L'Espanaye di piccole quantità di tabacco, anche da fiuto. È nato nel quartiere e vi ha sempre vissuto. La defunta e sua figlia occupavano, da oltre sei anni, la casa dove hanno ritrovato i loro cadaveri. Precedentemente era abitata da un gioielliere, che subaffittava le stanze dei piani superiori a varie persone. La casa apparteneva a Madame L'Espanaye. Molto scontenta di come il suo inquilino faceva uso della casa, era andata ad abitarvi personalmente, rifiutandosi di affittarne anche una sola parte. La vecchia signora aveva qualcosa di infantile. Il testimone dice di aver visto la figlia cinque o sei volte in quei sei anni. Tutte e due conducevano una vita eccessivamente ritirata; passavano per persone benestanti. Aveva sentito dire dai vicini che Madame L'Espanaye leggeva il futuro, ma lui non ci credeva. Non ha mai visto nessuno oltrepassare la soglia di quella casa, tranne la vecchia signora e sua figlia, una o due volte un fattorino, e otto o dieci volte un medico.

Varie persone depongono nello stesso senso. Non si sa di nessuno che frequentasse la casa. Nessuno sapeva se le due donne avessero parenti viventi. Gli scuri delle finestre della facciata venivano aperti di rado. Quelli del retro erano sempre chiusi, tranne quelli della grande stanza sul retro del quarto piano. La casa era bella, non molto vecchia.

Isidore Musset, gendarme, depone di essere stato chiamato verso le tre del mattino, e di aver trovato sul portone venti o trenta persone che cercavano di entrare. Lo ha forzato alla fine con la baionetta e non con una sbarra. Non ha avuto grandi difficoltà ad aprirlo, visto che era a due battenti e non c'era catenaccio né in alto né in basso. Le grida sono continuate fino a che la porta non è stata aperta, poi sono cessate, improvvisamente. Potevano essere le grida di una o più persone in preda a gravi sofferenze, grida acute e prolungate, non brevi e discontinue. Il testimone è salito davanti a tutti. Giunto al primo pianerottolo, ha sentito due persone che litigavano ad alta voce e molto aspramente: l'una, era una voce rude, l'altra molto più stridula, una voce stranissima. Ha colto alcune parole della prima, era quella di un Francese. È certo che non si trattasse di una voce femminile. Ha udito le parole *sacré* e *diable*. La voce stridula era straniera, ma non si può dire se di uomo o di donna. Non è riuscito a capire cosa stesse dicendo, ma pensa che parlasse spagnolo. Il testimone riferisce sullo stato della stanza e dei cadaveri negli stessi termini da noi usati ieri.

Henri Duval, un vicino, di professione orafo, testimonia di aver fatto parte del gruppo entrato per primo nella casa. Conferma in generale la testimonianza di Musset. Dopo essersi introdotti nella casa, hanno sbarrato la porta per impedire l'ingresso alla folla che si era ammassata, malgrado l'ora.

La voce stridula, a suo dire, era quella di un Italiano. Certamente non di un Francese. Non è sicuro che fosse una voce maschile: ma poteva anche essere una voce di donna. Il testimone non ha familiarità con la lingua italiana; non è riuscito a distinguere le parole, ma è convinto dall'intonazione che parlasse italiano. Ha conosciuto Madame L'Espanaye e sua figlia. Ha parlato con loro spesso. È certo che la voce stridula non fosse di nessuna delle due vittime.

Odenheimer, restaurateur... Questo testimone si è presentato volontariamente. Non parla francese. È stato interrogato con l'aiuto di un interprete. È nato ad Amsterdam. Passava davanti alla casa al momento delle urla. Sono durate alcuni minuti, forse dieci. Erano urla prolungate, molto alte, spaventose, grida sconvolgenti. È stato uno di quelli entrati nella casa. Ha confermato in tutto le testimonianze precedenti, a eccezione di un solo punto. È sicuro che la voce stridula fosse quella di un uomo, di un Francese. Non ha distinto le parole: erano pronunciate a voce alta, precipitosa e discontinua, che esprimeva paura insieme a collera. Una voce aspra, più aspra che stridula. Non può chiamarla stridula. La voce rude ha detto a più riprese: "*sacré*", "*diable*" e una volta "*mon dieu*".

Jules Mignaud, banchiere, della ditta Mignaud e Figli, Rue Deloraine. È il maggiore dei Mignaud. Madame L'Espanaye aveva delle proprietà. Aveva aperto un conto nella sua banca nella primavera del... (otto anni prima). Depositava frequentemente piccole somme di denaro. Non aveva mai ritirato nulla fino a tre giorni prima della morte, quando era andata a prelevare di persona la somma di 4000 franchi. La somma le era stata pagata in oro e un impiegato era stato incaricato di consegnargliela a casa.

Adolphe Le Bon, impiegato presso Mignaud e Figli, testimonia che il giorno in questione, verso mezzogiorno, ha accompagnato Madame L'Espanaye fino a casa sua con i 4000 franchi sistemati in due borse. Quando la porta si aprì, comparve Mademoiselle L'Espanaye che prese dalle sue mani una delle due borse, mentre la vecchia signora lo liberava dell'altra. Accomiatatosi con un inchino, era andato via. Nella strada in quel momento non aveva visto nessuno. Si tratta di una strada secondaria molto solitaria.

William Bird, sarto, testimonia di essere fra quelli che sono entrati in casa. È inglese. Ha vissuto due anni a Parigi. È stato uno dei primi a salire le scale. Ha sentito le voci dell'alterco. La voce rude era di un Francese, è riuscito a distinguere alcune parole ma non le ricorda. Ha sentito distintamente *sacré* e *mon dieu*. Sembrava un litigio, un rumore come di colluttazione, fra più persone, con oggetti in frantumi e trascinati. La voce stridula era molto forte, più forte della voce rude. È sicuro che non fosse la voce di un inglese. Gli parve quella di un tedesco; forse anche di donna. Non capisce il tedesco.

Quattro dei testimoni appena menzionati sono stati convocati una seconda volta e hanno dichiarato che la porta della camera in cui si trovava il corpo di Mademoiselle L'Espanaye era chiusa dall'interno quando sono arrivati: tutto taceva; non gemiti o rumore di sorta. Dopo aver forzato la porta non videro nessuno. Le finestre della camera sul retro e di quella sulla facciata erano chiuse e sprangate da dentro. Una porta di comunicazione tra le due stanze era chiusa, ma non a chiave. La porta tra la camera sulla facciata e il corridoio era chiusa a chiave dall'interno: una stanzetta verso la strada, al quarto piano, all'inizio del corridoio, era aperta, con la porta socchiusa; la stanza era ingombra di vecchi letti, casse, eccetera. Tutti gli oggetti sono stati accuratamente tirati fuori e ispezionati. Non un solo centimetro quadrato della casa è stato trascurato: sono state fatte passare scope su e giù per i camini. La casa è a quattro piani con mansarde (*mansardes*). Una botola che dà sul tetto era stata inchiodata e chiaramente non era stata aperta da anni. I testimoni divergono sulla durata dell'intervallo tra il momento in cui sono esplose le voci e quello in cui è stata forzata la porta. Per alcuni, è un intervallo molto breve di due, tre minuti, per altri, di cinque. La porta è stata aperta con molta fatica.

Alfonso Garcio, impresario di pompe funebri, dichiara di abitare in Rue Morgue. È nato in Spagna. È uno di coloro che sono entrati nella casa. Non ha salito le scale. I suoi nervi sono molto fragili e teme le conseguenze di un'emozione. Ha sentito le voci che litigavano. La voce rude era quella di un Francese. Non è riuscito a distinguere cosa dicesse. La voce stridula era quella di un Inglese, ne è sicuro. Il testimone non conosce l'inglese, e il suo parere nasce dal tipo di intonazione.

Alberto Montani, pasticciere, testimonia di essere stato uno dei primi a salire su per le scale. Ha sentito le voci in questione. La voce rude era quella di un Francese. È riuscito a distinguere qualche parola. La persona che parlava sembrava fare rimproveri. Non è riuscito a cogliere cosa stesse dicendo la voce stridula. Parlava velocemente e in modo concitato. Gli è parsa la voce di un Russo. Conferma in generale le testimonianze degli altri. È Italiano; confessa di non aver mai parlato con un Russo.

Alcuni testimoni, riconvocati, attestano che i camini in tutte le stanze del quarto piano sono troppo stretti per permettere il passaggio di una persona. Quando avevano parlato di scope, intendevano quelle cilindriche che servono per pulire i camini. Le spazzole sono state fatte passare su e giù in tutti i camini della casa. Sul retro non vi è alcun passaggio che possa avere favorito la fuga dell'assassino, mentre i testimoni salivano per le scale. Il corpo di Mademoiselle L'Espanaye era tanto incastrato nel camino che per estrarlo era stato necessario lo sforzo congiunto di quattro o cinque persone.

Paul Dumas, medico, testimonia di essere stato chiamato all'alba per esaminare i cadaveri. Giacevano entrambi sulla tela della lettiera nella camera dove era stata ritrovata Mademoiselle L'Espanaye. Il cadavere della giovane donna era pieno di lividi e di escoriazioni spiegabili per il fatto che era stato introdotto a forza nel camino. La gola era stranamente scorticata. Proprio sotto il mento vi erano profondi graffi e macchie livide, evidentemente impronte di dita. La faccia era spaventosamente pallida e gli occhi fuoriuscivano dalle orbite. La lingua era mozzata a metà, una grossa ecchimosi riscontrata alla bocca dello stomaco era stata provocata, stando alle apparenze, dalla pressione di un ginocchio. Secondo Monsieur Dumas, Mademoiselle L'Espanaye era stata strangolata da uno o più individui sconosciuti. Il cadavere della madre si presentava orribilmente mutilato. Tutte le ossa della gamba e del braccio destro erano fratturate; la tibia sinistra era molto frantumata come le costole dallo stesso lato. Tutto il corpo era orribilmente coperto di ecchimosi e lividi. Era impossibile capire come lesioni simili avessero potuto essere inferte. Un pesante randello o una grossa sbarra di ferro, una sedia, un'arma massiccia, pesante e smussata, avrebbe potuto produrre tali effetti se maneggiata da un uomo eccezionalmente robusto. Con nessun tipo di arma, quei colpi avrebbero potuto essere stati inferti da una donna. La testa della defunta, quando il testimone la vide, era staccata completamente dal corpo, e, come il resto, fratturata. La gola era stata evidentemente recisa con uno strumento molto affilato, probabilmente un rasoio.

Alexandre Etienne, chirurgo, è stato chiamato contemporaneamente a Monsieur Dumas, per esaminare i cadaveri; conferma la testimonianza e l'opinione di Monsieur Dumas.

Benché siano state ascoltate molte altre persone, non è stato possibile ottenere nessun'altra informazione di un qualche valore.

Mai delitto così misterioso e sconcertante in tutti i suoi particolari è stato commesso prima a Parigi, ammesso che ci sia stato delitto. La polizia è completamente disorientata, fatto non usuale in questioni del genere. Non esiste comunque a quanto sembra alcun indizio.

L'edizione della sera del giornale segnalava che nel quartiere St. Roch regnava ancora una profonda agitazione; che i luoghi del misfatto erano stati nuovamente esplorati e i testimoni erano stati nuovamente interrogati, ma sempre senza risultato. Tuttavia un post-scriptum rendeva noto che Adolphe Le Bon, il commesso della banca, era stato arrestato e imprigionato, anche se niente sembrava sufficiente a incriminarlo, oltre i noti fatti.

Dupin sembrava molto interessato agli sviluppi del caso, almeno per quanto potevo dedurre dal suo comportamento, perché, quanto a parole, non aveva fatto commenti. Soltanto dopo l'annuncio sul giornale dell'arresto di Le Bon mi chiese il mio parere sul doppio assassinio.

Dovetti confessare che come per tutta Parigi, per me era un mistero insolubile. Non vedevo come fosse possibile individuare l'assassino.

«Non dobbiamo giudicare della modalità da questo embrione di inchiesta», disse Dupin, «la polizia parigina, tanto decantata per il suo *acumen*, è soltanto abile, niente di più. Procede senza metodo, oltre il metodo del momento. Fa mostra di molte misure, ma spesso sono talmente inadatte allo scopo che fanno pensare a M. Jourdain che chiedeva la sua *robe-de-chambre, pour mieux entendre la musique*. I risultati ottenuti sono talvolta sorprendenti, ma, in un gran numero di casi, sono dovuti soltanto a diligenza e zelo. Quando queste qualità vengono meno, i loro sistemi falliscono. Vidocq, per esempio, era ricco di intuito, era perseverante; ma il suo pensiero era carente, andava continuamente fuori strada per eccesso di ardore nelle indagini. Riduceva la portata della sua visione per voler guardare le cose troppo da vicino. Coglieva con particolare acutezza uno o due punti, ma con il suo metodo, naturalmente perdeva di vista la materia nel suo insieme, per un eccesso di profondità. La verità non sta sempre in fondo a un pozzo. In realtà, per quanto concerne le nozioni più importanti, credo che sia invariabilmente in superficie. La cerchiamo in fondo alla valle e non sulla cima delle montagne dove si trova.

Modi e fonti di questo tipo di errore, li possiamo trovare nell'osservazione dei corpi celesti. Gettare un'occhiata veloce a una stella, guardarla con la coda dell'occhio con la parte esterna della retina (più sensibile della parte centrale a una fioca luce), permette di vedere la stella distintamente e di apprezzarne adeguatamente la luminosità che si attenua man mano che volgiamo lo sguardo *in pieno* su di essa. Nell'ultimo caso infatti l'occhio è investito da un numero maggiore di raggi, ma, nel primo si ha una più raffinata capacità di percezione. Una profondità esagerata indebolisce il pensiero e ci rende perplessi; un'osservazione troppo sostenuta, troppo concentrata o troppo diretta potrebbe far scomparire dal firmamento perfino Venere.

Quanto a questi delitti, passiamo ad indagare da soli prima di dare un giudizio. Un'indagine ci divertirà [mi parve un'espressione bizzarra, applicata a questo caso, ma non dissi niente]; e, inoltre, una volta Le Bon mi fece un piacere, e non voglio mostrarmi ingrato. Andremo sul posto e osserveremo con i nostri occhi. Conosco G., il prefetto di polizia, e otterremo senza difficoltà le necessarie autorizzazioni.»

Il permesso fu accordato e andammo direttamente a Rue Morgue. Si tratta di una di quelle miserabili stradette che collegano Rue Richelieu a Rue St. Roch. Era già tardo pomeriggio quando arrivammo: è infatti un quartiere molto distante da quello in cui abitavamo. Identificammo la casa con facilità, vista la grande folla che vi stazionava davanti intenta a spiarne le finestre chiuse con una curiosità ottusa dall'altro lato della strada. Era una casa come ce ne sono molte a Parigi, con un portone che aveva su un lato una guardiola a vetri con un pannello scorrevole, evidentemente la *loge de concierge*.

Prima di entrare andammo oltre, svoltammo in una stradina, svoltammo ancora e arrivammo così sul retro del palazzo. Dupin intanto esaminava i dintorni oltre che la casa, con un'attenzione minuziosa di cui non riuscivo a capire il senso.

Ritornammo sui nostri passi verso il davanti, suonammo, mostrammo il permesso e gli agenti ci lasciarono entrare.

Salimmo fino alla camera dove era stato trovato il cadavere di Mademoiselle L'Espanaye e dove giacevano ancora i due cadaveri. Il disordine della camera non era stato alterato, come si deve fare in questi casi. Non notai niente di più di quanto riferito dalla *Gazette des Tribunaux*.

Ogni cosa venne analizzata attentamente da Dupin, e anche i due corpi. Passammo poi nelle altre stanze e scendemmo nei cortili, sempre accompagnati da un gendarme.

La visita durò a lungo e quando lasciammo la casa era buio. Sulla via del ritorno il mio amico si fermò qualche minuto negli uffici di un quotidiano.

Ho già detto che il mio amico presentava comportamenti molto bizzarri e che *je les ménageais* (questa frase non ha un equivalente in inglese): decise di evitare ogni conversazione sul delitto fino al giorno seguente, verso mezzogiorno. Solo allora mi chiese all'improvviso, se avevo notato qualche cosa di *peculiare* sulla scena del delitto.

Nel pronunciare la parola *peculiare* assunse un tono che mi trasmise un brivido, senza sapere perché.

«No, niente di *peculiare*», dissi, «almeno niente di più di quanto abbiamo letto sul giornale insieme.»

«La *Gazette*», rispose, «non ha, credo, colto appieno l'insolito orrore della vicenda. Comunque lasciamo stare le oziose opinioni di quel foglio. Ho l'impressione che il mistero sia considerato insolubile per la stessa ragione che dovrebbe farlo considerare di facile soluzione – parlo del carattere *outré* con cui si presenta. La polizia è confusa dall'apparente assenza di moventi – non del delitto in sé – ma dell'atrocità del delitto. È stata posta in difficoltà dall'impossibilità apparente di conciliare le voci che litigavano con il fatto che di sopra non sia stato scoperto nessuno oltre Mademoiselle L'Espanaye, assassinata, e che non ci fosse modo di uscire senza essere visti dalla gente che saliva per le scale. Lo strano disordine della stanza, il cadavere spinto a testa in giù nel camino, la spaventosa mutilazione del corpo della vecchia signora – queste considerazioni miste a quelle menzionate e ad altre di cui per ora non è necessario parlare, sono state sufficienti per paralizzare le autorità e per portare completamente fuori strada il tanto decantato *acumen* degli agenti. Hanno commesso l'errore più grande e comune, di confondere lo straordinario con l'astruso. Ma è proprio seguendo queste deviazioni dalla normalità che la ragione trova la propria strada, se possibile, nella ricerca della verità. In un'indagine come quella che ci occupa, non bisogna tanto chiedersi "cosa è successo" quanto piuttosto "che è successo che non è mai successo prima". Infatti, la facilità con cui perverrò, o sono già pervenuto, alla soluzione del mistero, è direttamente proporzionale alla sua apparente insolubilità agli occhi della polizia.»

Lo fissai ammutolito dallo stupore.

«Sono in attesa», continuò guardando verso la porta del nostro appartamento, «di qualcuno che sebbene forse non sia l'autore di questa carneficina, deve comunque trovarvisi in parte implicato. Probabilmente è innocente della parte più efferata dei crimini commessi. Spero di non sbagliarmi in questa mia ipotesi; è proprio su questa ipotesi che fondo la speranza di decifrare l'intero enigma. Aspetto l'uomo qui, in questa stanza, da un momento all'altro. È vero che potrebbe non venire affatto, ma è probabile che venga. Se viene sarà necessario trattenerlo. Queste sono le pistole, sappiamo tutti e due come usarle all'occorrenza.»

Presi le pistole, senza sapere bene cosa stessi facendo, quasi senza credere a ciò che udivo, mentre Dupin continuava in una sorta di monologo.

Ho già detto del suo astrarsi in quei momenti. Il suo discorso era rivolto a me; ma la sua voce, senza essere alta, aveva quella intonazione che abitualmente si usa per parlare a qualcuno che si trovi a grande distanza. Gli occhi, senza espressione, guardavano solo il muro.

«Le voci infuriate», diceva, «le voci sentite da quelli che salivano le scale non erano quelle delle due sventurate donne: è evidente. Questo ci toglie il dubbio che la vecchia signora abbia ucciso prima sua figlia e poi si sia suicidata. Dico questo solo per amore del metodo; infatti le forze di Madame L'Espanaye non sarebbero state sufficienti a introdurre il corpo della figlia su per il camino, così come è stato trovato; e le ferite riscontrate sul suo corpo escludono ogni ipotesi di suicidio. Il delitto è quindi opera di terze persone e le voci di costoro sono quelle udite in quel litigio. Mi consenta di richiamare la sua attenzione non sulle deposizioni complete circa queste voci, ma su quanto vi è di *peculiare* in queste deposizioni. Non ha notato qualcosa di strano?»

Mi aveva colpito il fatto che mentre tutti sembravano d'accordo che la voce rude fosse quella di un Francese, c'erano molti pareri discordi sulla voce stridula o, come qualcuno dei testimoni l'aveva definita, la voce aspra.

«Questa è la testimonianza», disse Dupin, «ma non la sua peculiarità. Non ha notato niente di più specifico? Eppure *c'era* qualcosa da notare. I testimoni, come lei ha osservato, sono d'accordo sulla voce rude: all'unanimità. Invece sulla voce stridula, c'è un dato rilevante che non è il loro disaccordo, ma il fatto che un Italiano, uno Spagnolo, un Olandese e un Francese dovendo descriverla, la definiscono tutti come la voce *di uno straniero*, ognuno è sicuro che non sia la voce di un compatriota. Per nessuno di loro è una lingua familiare, anzi proprio il contrario. Per il Francese era la voce di uno Spagnolo, e dice che avrebbe potuto distinguere qualche parola, *se avesse avuto dimestichezza con lo spagnolo*. L'Olandese afferma che si trattava della voce di un Francese, ma si sa che il testimone, *non conoscendo una parola di francese, ha dovuto essere interrogato con l'aiuto di un interprete*. L'Inglese pensa che si trattasse della voce di un Tedesco, ma *non capisce il tedesco*. Lo Spagnolo è "assolutamente sicuro" che fosse la voce di un Inglese, ma "giudica soltanto dall'intonazione", perché *non ha alcuna conoscenza dell'inglese*. L'Italiano crede sia la voce di un Russo, *ma non ha mai avuto occasione di parlare con un Russo*.

Un secondo Francese, però, diversamente dal primo, è certo che si tratti di un Italiano e non conoscendo l'italiano, come lo Spagnolo, *desume la certezza dall'intonazione*.

Questa voce doveva perciò essere molto insolita e strana, per poter dar luogo a simili testimonianze! Una voce, nel cui accento cittadini delle cinque nazioni più importanti d'Europa, non hanno potuto riconoscere *toni* familiari! Potrebbe obiettarmi che poteva trattarsi della voce di un Asiatico o di un Africano. Ma Africani e Asiatici non abbondano a Parigi; senza negare questa possibilità, richiamerò la sua attenzione su tre punti. Un testimone descrive la voce "più aspra" che stridula. Due altri ne parlano come di una voce "precipitosa e *discontinua*". Questi testimoni non hanno riconosciuto alcuna parola, nessun suono simile a una parola.»

«Non so», continuò Dupin, «quale effetto sia riuscito a produrre sul suo intelletto; ma io non esito ad azzardare che si possono tirare delle legittime deduzioni già da questa parte di deposizioni – la parte relativa alle due voci, intendo – la voce rude e la voce stridula – conclusioni sufficienti in sé per far sorgere un sospetto che potrebbe indicare su quale strada proseguire le indagini per giungere alla soluzione del mistero.

Ho detto "legittime deduzioni", ma non ho espresso a pieno il mio pensiero. Volevo dire implicitamente che queste deduzioni sono le *sole* pertinenti e che il sospetto ne *emerge* come l'unico risultato possibile. Tuttavia non le rivelerò subito di quale natura sia questo sospetto. Desidero semplicemente dimostrarle che un sospetto simile è bastato a dare un carattere preciso, una direzione chiara all'indagine nella stanza.

Trasferiamoci con la fantasia in quella stanza. Che cosa cercheremo in primo luogo? In che modo gli assassini ne siano usciti. Non è azzardato dire che né io né lei crediamo a eventi soprannaturali. Madame e Mademoiselle L'Espanaye non sono state uccise dagli spiriti.

Gli autori dell'assassinio erano esseri materiali, e sono altrettanto materialmente fuggiti. Ma come? Per fortuna c'è un solo ragionamento possibile in proposito. Un solo metodo che ci *deve* condurre a una conclusione esplicita.

Esaminiamo uno per uno i possibili modi di fuga. Chiaramente gli assassini erano nella stanza in cui è stata trovata Mademoiselle L'Espanaye, o almeno nella stanza attigua, mentre la gente accorsa si precipitava su per la scala. Le vie d'uscita le dobbiamo cercare dunque solo in queste due stanze. La polizia ha sollevato i pavimenti, scandagliato gli *assi del parquet*, i soffitti, le pareti da tutte le parti. Se c'era un'uscita *segreta* non gli sarebbe sfuggita. Ma non mi sono fidato dei *loro* occhi e ho voluto controllare con i miei: non c'è *nessun* passaggio segreto. Le due porte d'accesso alle camere erano solidamente chiuse dall'interno a chiave.

Vediamo i camini. La loro grandezza per 8-10 piedi di altezza al di sopra del focolare è normale, ma oltre si va restringendo fino in cima tanto che non riuscirebbe a passarci neanche il corpo di un grosso gatto. Dimostrata l'impossibilità di fuggire almeno per le vie succitate ci restano da esaminare le finestre.

Nessuno poteva fuggire da quella che si affaccia sulla strada senza essere visto dalla folla radunata fuori. Gli assassini *devono* essere scappati da quella posteriore.

Ora, essendo obbligati ad accettare questa conclusione in forza di ragioni irrefutabili, non abbiamo il diritto di respingerla, in quanto esseri raziocinanti, soltanto per la sua apparente impossibilità. Dobbiamo perciò dimostrare che questa apparente «impossibilità» in realtà non esiste.

Nella stanza ci sono due finestre. Una delle due non è ostruita da mobili, ed è rimasta interamente visibile. La parte inferiore dell'altra è nascosta alla vista dalla testiera del letto, che è ingombrante e che vi è poggiato contro. È stato riscontrato che la prima era saldamente chiusa dall'interno, e ha resistito a tutti gli sforzi di quelli che hanno tentato di sollevarla. Era stato fatto con un trapano un grande buco nel telaio, a sinistra, e vi si è trovato infisso fino alla capocchia un grosso chiodo. Esaminando l'altra finestra, vi è stato trovato un chiodo simile, conficcato allo stesso modo; un serio sforzo per sollevare il telaio non ha avuto più successo del precedente. Questo bastò a convincere la polizia che nessuna fuga potesse essere avvenuta per questa via. Sembrò *perciò* superfluo estrarre i chiodi e aprire le finestre.

La mia indagine fu più minuziosa per il motivo che le dicevo poco fa. Perché sapevo che qui *si doveva* dimostrare che l'impossibilità era soltanto apparente.

Continuai a ragionare in questo modo: *a posteriori*. Gli assassini dovevano essere fuggiti da una di quelle finestre. Se così era, non potevano aver richiuso i telai dall'interno come erano stati trovati; considerazione tanto evidente da bloccare su questo punto le indagini della polizia.

Eppure quei telai *erano* bloccati. *Dovevano* dunque potersi richiudere da soli. La conclusione era inevitabile. Mi diressi alla finestra non ostruita, estrassi con qualche difficoltà il chiodo e tentai di forzare il telaio. Come mi aspettavo, resistette a tutti i miei sforzi.

Dunque c'era una molla nascosta; la conferma di questo fatto mi convinse almeno della giustezza delle mie premesse, per quanto continuasse a sembrarmi misteriosa la questione dei chiodi. Una minuziosa ispezione mi fece ben presto scoprire la molla segreta. La spinsi e soddisfatto dalla mia scoperta, mi astenni dall'alzare il telaio.

Rimisi il chiodo al suo posto e l'esaminai attentamente. Una persona che fosse passata dalla finestra avrebbe potuto richiuderla e la molla sarebbe scattata; però sarebbe stato impossibile rimettere il chiodo al suo posto.

Era una conclusione inequivocabile e restringeva il campo di indagine.

Gli assassini *dovevano* essere fuggiti dall'altra finestra. Supponendo che le molle delle due finestre fossero uguali, come era probabile, *si doveva* trovare una differenza tra i due chiodi, o almeno nel modo in cui erano stati fissati. Salii sul telo della lettiera ed esaminai l'altra finestra da sopra la testiera. Feci scorrere la mano dietro il bordo del letto e scoprii con facilità la molla e la feci scattare (come avevo supposto, era identica alla prima). Allora, esaminai il chiodo. Era della stessa grandezza dell'altro e piantato allo stesso modo nel telaio fino alla testa.

Lei penserà che mi trovassi in imbarazzo; se così fosse, significherebbe che non ha capito la natura delle mie induzioni. Per usare il termine dello sport, non avevo commesso un solo "fallo", non avevo mai perso la traccia, non c'era nessuna incrinatura negli anelli della catena. Avevo ricostruito il mistero fino in fondo, e il risultato era il *chiodo*. Somigliava in tutto all'altro; ma questo fatto, conclusivo in apparenza, diventava irrilevante di fronte alla considerazione che qui portavano gli indizi. "*Deve* pur esserci un difetto, qualcosa che non va nel chiodo", mi dissi. Lo toccai, e la capocchia, con circa sei millimetri del gambo, mi restò tra le dita. Il resto del chiodo era rimasto nel buco, dove si era spezzato. Questa frattura era molto antica visto che gli orli erano coperti di ruggine, era stata apparentemente prodotta da un colpo di martello, che aveva in parte affondato la testa del chiodo nel fondo dello stipite. Ricollocai con estrema cura la testa dove era prima e sembrò in tutto un chiodo intatto poiché la frattura era invisibile. Premendo la molla, sollevai dolcemente il telaio di qualche centimetro; la testa del chiodo venne via con lui, senza muoversi dal suo buco.

Rimisi a posto il telaio e il chiodo riassunse di nuovo l'aspetto di un chiodo intatto.

Fino a questo punto l'enigma era sciolto. L'assassino era fuggito dalla finestra dalla parte del letto. Che si fosse chiusa da sola dopo la fuga o che fosse stata chiusa da una mano umana, la finestra era rimasta trattenuta dalla molla e la polizia aveva pensato invece che la resistenza fosse dovuta al chiodo, e ogni ulteriore indagine in questa direzione era sembrata superflua.

Il problema successivo era adesso il modo in cui era avvenuta la discesa. Su questo punto mi ero chiarito le idee durante la passeggiata intorno al palazzo. A circa un metro e settanta dalla finestra in questione corre il cavo di un parafulmine. Da questo cavo, sarebbe stato impossibile per chiunque raggiungere la finestra e a maggior ragione entrare.

Tuttavia, avevo notato che le imposte del quarto piano erano di quel particolare genere che i falegnami parigini chiamavano *ferrades*, un genere oggi piuttosto raro, che si trova con grande frequenza nelle vecchie case di Lione e di Bordeaux. Sono fatte come una comune porta (a un solo battente e non a due), a eccezione della parte superiore che è a graticcio e offre un'ottima presa per le mani.

Nel nostro caso le imposte sono larghe oltre un metro. Quando le abbiamo esaminate dal retro della casa, erano entrambe semiaperte, formavano con il muro un angolo retto. Presumo che la polizia, come me, abbia esaminato la parte posteriore della casa; ma guardando le *ferrades* nel senso della larghezza (come devono aver fatto), certamente non ha rilevato questa notevole larghezza o perlomeno non le ha dato l'importanza necessaria. In pratica, nella persuasione che la fuga non poteva essere avvenuta da quella parte, la polizia ha effettuato, come è naturale, un esame assai superficiale. Per me, a questo punto, era evidente che l'împosta della finestra situata dietro il capezzale del letto, se spinta contro il muro, sarebbe arrivata a circa sessanta centimetri dal cavo del parafulmine. Era chiaro anche che, grazie ad un'agilità e a un coraggio fuori del comune, con l'aiuto del cavo si poteva entrare dalla finestra. Protendendosi a una distanza di ottanta centimetri (supponendo l'imposta completamente aperta), un ladro avrebbe potuto trovare nell'inferriata un punto di presa molto solido. Di lì lasciando la presa del cavo, puntando i piedi contro il muro e dandosi con audacia un forte slancio avrebbe potuto spingere violentemente l'imposta in modo di chiuderla (se immaginiamo naturalmente che in quel momento la finestra fosse aperta) e *penetrare* nella stanza.

Vorrei che tenesse presente soprattutto che sto parlando di una energia *molto fuori del comune*, per essere in grado di riuscire in un'impresa tanto difficile e rischiosa. Il mio scopo è dimostrarle, in primo luogo che la cosa si poteva fare e, in secondo luogo, e *soprattutto*, attirare la sua attenzione sul carattere *assolutamente straordinario*, quasi sovrumano dell'agilità necessaria per riuscirvi.

Lei mi risponderà certamente, servendosi del linguaggio giuridico, che per "spiegare il caso", dovrei piuttosto sottovalutare che non sottolineare la straordinaria energia necessaria. Ma questa è la pratica dei Tribunali, non della ragione. Il mio obiettivo finale è la verità. Il mio scopo del momento è di indurla a mettere in relazione questa energia *molto fuori del comune* di cui ho parlato ora, con quella voce *molto particolare*, una voce (stridula o aspra) *e ineguale* sulla cui razionalità nemmeno due testimoni si sono trovati d'accordo e in cui nessuno è riuscito a distinguere parole articolate.»

Queste parole cominciarono a insinuare nella mia mente un'idea, sia pure vaga ed embrionale, del pensiero di Dupin.

Mi sembrava di essere sull'orlo della comprensione senza poter comprendere appieno, come chi è talvolta sul punto di cogliere un ricordo senza arrivare a ricordare. Il mio amico continuò con le sue argomentazioni.

«Si sarà reso conto che ho spostato il problema dal modo di uscire a quello di entrare. Il mio scopo era di dimostrare che entrambe le cose si erano svolte nello stesso modo e per la stessa via. Torniamo ora dentro la stanza. Esaminiamo tutti i particolari. I cassetti del *bureau*, dicono, sono stati svuotati, e tuttavia vi erano rimasti molti capi di abbigliamento. La conclusione è assurda; è una semplice ipotesi piuttosto inconsistente, niente di più. Come escludere che gli oggetti trovati nei cassetti fossero tutto quello che i cassetti contenevano originariamente? Madame L'Espanaye e sua figlia conducevano una vita molto riservata, non vedevano nessuno, uscivano raramente, avevano perciò ben poche occasioni per sfoggiare abiti diversi. Quelli trovati erano di buona qualità, almeno quanto quelli posseduti in genere dalle due donne. Se un ladro ha rubato qualcosa, perché non ha preso il meglio, perché non ha preso tutto? In breve, perché doveva lasciare 4000 franchi in oro per impadronirsi d'un fagotto di biancheria? L'oro *è stato* lasciato. La quasi totalità della somma indicata da Monsieur Mignaud è stata trovata nelle borse sul pavimento. Ci tengo a che lei scarti l'idea grossolanamente sbagliata del *movente*, generata nel cervello degli inquirenti dalla testimonianza che parla di denaro consegnato a domicilio. Coincidenze dieci volte più consistenti di questa (la consegna del denaro e un destinatario ucciso tre giorni dopo averlo ricevuto), ci capitano a ogni momento della vita senza tuttavia attirare la nostra attenzione, neanche per un attimo. In generale le coincidenze sono grossi ostacoli sulla strada di quel genere di pensatori educati a ignorare tutto della teoria delle probabilità – teoria a cui la ricerca umana nel perseguimento dei suoi scopi deve le sue scoperte più gloriose. In questo caso, se il denaro fosse sparito, il fatto che fosse stato consegnato tre giorni prima, avrebbe creato qualcosa di più di una coincidenza. Avrebbe suffragato l'idea di un movente.

Ma, nelle circostanze concrete del caso, se supponiamo che l'oro sia stato il movente del mortale agguato, dobbiamo immaginare anche che il criminale sia stato un idiota così esitante da aver abbandonato insieme l'oro e il movente.

Tenendo perciò bene a mente i particolari su cui ho richiamato la sua attenzione – quella voce peculiare, un'agilità senza pari e la sconcertante assenza di movente in un assassinio di estrema ferocia come questo –, consideriamo ora la strage stessa. C'è una donna strangolata con la bruta forza delle mani e infilata dentro la cappa del camino, a testa in giù. Non è un modo ordinario di commettere un omicidio e tanto meno è normale che gli assassini nascondano così i cadaveri delle loro vittime. Il modo in cui il cadavere è stato infilato nel camino ha, ne converrà, qualcosa di *eccessivamente outré* – qualcosa di assolutamente inconciliabile con quanto sappiamo delle azioni umane, anche supponendo che gli artefici siano i più depravati degli uomini. E non dimentichi quale impressionante forza è stata necessaria per spingere il corpo *in su* dentro quella apertura con tale violenza che per tirarlo *giù* sono dovuti intervenire gli sforzi di parecchie persone.

Vediamo ora gli altri indizi della forza prodigiosa impiegata. Quelle grosse ciocche, grossissime ciocche di capelli grigi umani, trovate nel focolare. Sono state strappate con tutte le radici. Si sa quale forza ci voglia per strappare dalla testa soltanto venti o trenta capelli in una volta. Lei ha visto come me questi ciuffi di capelli. Alle radici, (spettacolo orribile!) col sangue raggrumato aderivano frammenti di cuoio capelluto, prova sicura della straordinaria forza che era stata necessaria per sradicare forse mezzo milione di capelli in un solo colpo. La gola della vecchia signora non era stata semplicemente recisa ma la testa era stata staccata dal corpo; e lo strumento non era che un rasoio. La prego di considerare questa ferocia *bestiale*. Non parlo dei lividi sul corpo di Madame L'Espanaye. Monsieur Dumas e il suo valido assistente, Monsieur Etienne, hanno dichiarato che erano stati provocati da un corpo contundente, e in questo i due avevano ragione. Il corpo contundente è stato evidentemente il selciato del cortile sul quale è caduta la vittima dalla finestra vicino al letto. Questa idea, per quanto semplice appaia ora, è sfuggita alla polizia per lo stesso motivo per cui non ha preso in considerazione la larghezza delle imposte; infatti, per via dei chiodi, le sue facoltà intuitive si erano completamente chiuse all'idea che le finestre avrebbero potuto essere aperte.

Se, in aggiunta, lei ha riflettuto adeguatamente sul bizzarro disordine della stanza, avremmo fatto consistenti passi avanti per poter associare le idee di stupefacente agilità, di forza sovrumana, di ferocia bestiale, d'un massacro senza movente, di una *grotesquerie* nell'orrore totalmente estranea all'umanità, e di una voce il cui accento è sconosciuto alle orecchie di uomini di svariate nazionalità, di una voce incapace di pronunciare sillabe in modo distinto e intelligibile. Che cosa ne consegue? Che impressioni ho prodotto nella sua immaginazione?»

Mi sentii accapponare la pelle quando Dupin mi fece questa domanda.

«Un pazzo», dissi, «deve aver compiuto questo delitto, un pazzo furioso fuggito da una vicina *Maison de Santé*.»

«In certo qual modo», mi rispose, «la sua idea ha qualche fondamento. Ma la voce di un pazzo, anche se in preda al più acuto parossismo, non è mai paragonabile alla singolare voce udita in cima alle scale. I pazzi hanno comunque una qualche nazionalità, il loro linguaggio, pur se incoerente nelle parole, ha pur sempre la coerenza della sillabazione. I capelli di un pazzo, poi, non somigliano a quello che ora ho in mano. Sono riuscito a prendere questo ciuffo dalle dita rigidamente contratte di Madame L'Espanaye. Mi dica che cosa ne pensa.»

«Dupin!», dissi io totalmente sconvolto, «ma questi sono peli non comuni, non sono capelli umani.»

«Non ho mai detto che lo fossero», disse Dupin, «ma prima di decidere in proposito, vorrei che lei desse un'occhiata allo schizzo che ho disegnato su questo foglio. Si tratta di un *fac-simile* di quello che un testimone ha definito "lividi bluastri" e "graffi profondi", trovati sul collo di Mademoiselle L'Espanaye, quello che altri (Dumas e Etienne) definiscono una serie di "macchie livide evidentemente impronte di dita".»

«Osservi», continuò il mio amico, dispiegando la carta sulla tavola, «osservi come questo disegno dia l'idea di una presa salda e sicura. Non c'è traccia di *allentamento*. Ogni dito ha conservato saldamente forse fino alla morte della vittima, la sua tremenda pressione senza lasciare la posizione iniziale. Ora provi a collocare tutte le sue dita contemporaneamente, ognuno sulla rispettiva impronta, come la vede.»

Provai ma inutilmente.

«Esiste la possibilità che noi non stiamo facendo questo esperimento in modo corretto. La carta è stesa su una superficie piana, mentre la gola umana è cilindrica. Ecco un cilindro di legno la cui circonferenza è press'a poco quella di un collo. Ci avvolga intorno la carta e riprovi.»

Obbedii; ma la difficoltà risultò ancora più evidente di prima.

«Questa non è un'impronta umana», dissi.

«Adesso», disse Dupin, «legga questo passo di Cuvier.»

Si trattava della descrizione anatomica particolareggiata del grande orangutàn fulvo delle isole dell'India Orientale. Tutti sanno della sua gigantesca statura e della sua prodigiosa forza e agilità; la selvaggia ferocia e la capacità imitativa di questo mammifero sono abbastanza note a tutti.

Capii improvvisamente tutto l'orrore del delitto.

«La descrizione delle dita», dissi, quando ebbi terminato la lettura, «corrisponde perfettamente al disegno. Mi rendo conto che nessun altro animale, solo l'orangutàn poteva lasciare impronte come queste. Questo ciuffo di peli fulvi inoltre, è anch'esso di caratteristiche identiche a quello dell'animale di Cuvier. Eppure non ho chiari i particolari di questo spaventoso mistero. E d'altronde, sono state udite *due* voci che litigavano, e una delle due era senza dubbio quella di un Francese.»

«È vero; si ricorderà di una espressione che tutti unanimemente hanno attribuito a questa voce: *Mon Dieu*! Queste parole, nelle presenti circostanze, sono state definite da uno dei testimoni (il pasticciere Montani) come l'espressione di un rimprovero e di una rimostranza. È proprio su queste due parole che ho fondato la speranza di sbrogliare completamente l'enigma: un Francese sapeva del delitto. È possibile – è invero più che probabile – che non sia colpevole di aver partecipato al sanguinoso evento che ha avuto luogo. L'orangutàn può essergli sfuggito. È probabile che ne abbia seguito le tracce fino alla stanza, ma che nelle terribili circostanze che sono seguite, non abbia potuto ricatturarlo. L'animale è ancora libero. Non proseguirò con queste congetture, non posso chiamarle altrimenti, visto che poggiano su ombre tanto impalpabili che la mia stessa ragione le coglie appena e non potrei mai pretendere di renderle intelligibili all'altrui comprensione. Le chiameremo perciò congetture e ne parleremo come tali. Se il Francese in questione è, come suppongo, innocente di queste atrocità, l'annuncio che ieri sera, mentre rincasavamo, ho lasciato negli uffici di *Le Monde* (giornale che si occupa dei traffici marittimi, molto letto dai marinai) lo condurrà a noi.»

Mi porse il giornale e lessi:

CATTURATO *nel Bois de Boulogne, il... corrente* (appunto il giorno dell'assassinio) *la mattina di buon'ora, un enorme orangutàn, fulvo, della specie del Borneo. Il proprietario, che sappiamo essere un marinaio, appartenente all'equipaggio di una nave maltese, può riavere l'animale, dopo averne dato descrizione adeguata e rimborsando una piccola somma per la cattura e il mantenimento. Rivolgersi in Rue..., numero..., Faubourg St. Germain, au troisième.*

«Come ha potuto pensare che si tratti di un marinaio», domandai a Dupin, «e di una nave maltese?»

«*Non* lo so», disse, «non ne sono neanche *sicuro*. Ma questo piccolo nastro, a giudicare dalla forma e dall'aspetto unto, è evidentemente servito a legare i capelli in uno di quei lunghi codini di cui vanno tanto fieri i marinai. Per di più, questo nodo è uno di quelli che pochi sanno fare, a eccezione dei marinai, ed è proprio dei maltesi. Ho raccolto il nastro ai piedi del cavo del parafulmine. Non può essere appartenuto certamente a nessuna delle due vittime. Dopo tutto, se mi sono ingannato su questo nastro e ipotizzando che il Francese sia un marinaio di una nave maltese, quanto ho scritto non farà male a nessuno. Se mi sbaglio, il Francese supporrà semplicemente che io possa essere stato fuorviato da qualche circostanza ininfluente su cui non merita svolgere indagini; ma se ho colto nel segno, sarà un importante punto a favore. Il Francese che è al corrente del delitto, pur essendone innocente, esiterà naturalmente a rispondere all'annuncio e a reclamare il suo orangutàn. Ragionerà così: Sono innocente, sono povero, il mio orangutàn vale molto; in una situazione come la mia equivale a una fortuna; perché dovrei perderlo per la sciocca paura del pericolo? Eccolo, a portata di mano. L'hanno trovato nel Bois de Boulogne, molto distante dal luogo del delitto. Potranno mai sospettare che sia stata una bestia bruta a compiere il delitto? La polizia è fuori strada – non ha rintracciato il più piccolo indizio. Quand'anche fossero sulle tracce dell'animale, sarebbe impossibile dimostrare che io ero a conoscenza del misfatto, o incriminarmi per questo. Infine, e prima di tutto, *sono conosciuto*. Chi ha scritto l'annuncio mi designa come proprietario dell'animale. Ma non so fin dove si spinga la sua certezza. Se non reclamo una proprietà di così gran valore, che si sa essere mia, posso attirare sull'animale un pericoloso sospetto. Sarebbe sbagliato da parte mia richiamare l'attenzione su di me o sulla bestia. Risponderò decisamente all'annuncio sul giornale e mi riprenderò il mio orangutàn e lo rinchiuderò finché tutta questa faccenda non sarà dimenticata.»

In quello stesso momento sentimmo qualcuno salire le scale.

«Si tenga pronto», disse Dupin, «prenda le pistole, ma non se ne serva, e non le mostri prima del mio segnale.»

Il portone era stato lasciato aperto, e il visitatore era entrato senza suonare e aveva salito alcuni gradini, ma ora si sarebbe detto che stesse esitando; lo sentimmo ridiscendere. Dupin si stava dirigendo rapidamente verso la porta, quando ci accorgemmo che aveva ripreso a salire.

Questa volta non tornò indietro ma avanzò con determinazione e bussò alla porta della nostra camera.

«Avanti!», disse Dupin con voce allegra e cordiale.

Entrò un uomo. Era senza dubbio un marinaio; un individuo alto, robusto e muscoloso, con un'espressione spavalda, ma, senza dubbio, non antipatica.

Il volto molto abbronzato era per buona metà nascosto da favoriti e dal *mustachio*. Aveva in mano un grosso bastone di quercia, ma non sembrava altrimenti armato. Ci salutò goffamente augurandoci la buonasera con un accento francese che, per quanto un po' imbastardito, ricordava la sua origine parigina.

«Si accomodi, amico», disse Dupin; «suppongo che lei venga per il suo orangutàn. Parola mia, glielo invidio; è notevolmente bello e sicuramente di grande valore. Che età gli dà?»

Il marinaio trasse un profondo respiro, con l'aria di chi si senta sollevato da un peso, e con voce rassicurata rispose: «Non saprei esattamente, non può avere però più di quattro o cinque anni. È qui?».

«No, certo; qui non c'era la possibilità di tenerlo adeguatamente rinchiuso. È custodito in una scuderia del galoppatoio, qui vicino, in Rue Dubourg. Potrà riprenderlo domattina. Allora? Può dimostrare di esserne il proprietario?»

«Certo, signore, sicuro.»

«Mi dispiacerà separarmene», disse Dupin.

«Non voglio», disse l'uomo, «che si sia preso tanta pena per niente; non lo pretendo proprio. Pagherò volentieri una ricompensa alla persona che l'ha ritrovato, una ricompensa ragionevole, s'intende.»

«Molto bene», replicò il mio amico, «tutto ciò è in verità molto giusto. Vediamo, quanto vorrebbe dare? Anzi, glielo dirò io. Ecco la ricompensa che desidero: mi racconterà quanto lei sa sugli assassini della Rue Morgue.»

Dupin pronunciò queste ultime parole a voce molto bassa e molto tranquilla. Con la stessa calma si diresse verso la porta, la chiuse, e si mise la chiave in tasca. Estrasse dal panciotto una pistola e la posò, senza tradire alcuna emozione, sul tavolo.

Il volto del marinaio si fece paonazzo, come se stesse per soffocare. Si alzò in piedi e prese il bastone; ma un secondo dopo, si lasciò ricadere sulla seggiola, tremando violentemente, con la morte dipinta in viso. Non riusciva a spiccicare parola. Lo compiansi dal più profondo del cuore.

«Amico mio», disse Dupin, con voce soave, «lei si sta allarmando senza motivo, glielo assicuro. Noi non vogliamo farle del male. Sul mio onore di galantuomo e di Francese, non abbiamo nessuna cattiva intenzione nei suoi confronti. So perfettamente che lei è innocente degli orrori della Rue Morgue. Ma questo non significa che non vi sia in qualche modo implicato. Il poco che le ho detto può provarle che su questa questione ho informazioni da fonti che non può neanche immaginare. Lei non ha fatto nulla che potesse evitare, e sicuramente nulla che la renda colpevole.

Avrebbe potuto impunemente rubare e non si è reso colpevole neanche di furto. Non ha nulla da nascondere, nessuna ragione di nascondere checchessia. D'altro canto però, lei è costretto da qualunque codice d'onore a raccontare tutto quello che sa. Un innocente è in questo momento in prigione, accusato di crimini di cui lei conosce l'autore.»

Mentre Dupin pronunciava queste parole, il marinaio aveva recuperato in gran parte la sua presenza di spirito; ma tutto il suo ardimento iniziale era scomparso.

«Che Dio mi aiuti!», disse dopo una breve pausa, «le *dirò* tutto quello che so; non ho alcuna speranza che possa credere neppure la metà di ciò che le dirò, sarei pazzo a sperarlo! Eppure *sono* innocente, e farò ampia confessione, anche se dovesse costarmi la vita!»

Ecco, in sostanza, il suo racconto. Aveva di recente fatto un viaggio nell'arcipelago indiano. Un gruppo di marinai di cui faceva parte, sbarcò nel Borneo e si spinse all'interno dell'isola per una escursione di piacere. L'orangutàn era stato catturato da lui e da un suo amico. L'amico morì e l'animale divenne sua esclusiva proprietà. Dopo molte difficoltà create dalla ferocia indomabile del prigioniero, riuscì finalmente a collocarlo nella sua casa di Parigi e, per non attirare su di lui l'insopportabile curiosità dei vicini, aveva tenuto accuratamente chiuso l'animale in attesa che guarisse di una ferita per una scheggia penetratagli nel piede quando era a bordo della nave. Il suo progetto definitivo era di venderlo.

Una notte, o meglio un mattino, il mattino del delitto, ritornando da una piccola baldoria tra marinai, trovò la bestia installata nella sua camera da letto. Era scappata dallo stanzino attiguo nel quale credeva di averla rinchiusa al sicuro. Con un rasoio in mano, il muso coperto di schiuma da barba, era seduta allo specchio e provava a radersi, come senza dubbio aveva visto fare al suo padrone spiandolo dal buco della serratura. Atterrito dal vedere un'arma così pericolosa nelle mani di un animale tanto feroce, perfettamente capace di servirsene, l'uomo, per qualche istante, non aveva saputo che fare. Altre volte, aveva domato l'animale, durante degli accessi di furia, a colpi di frusta, e volle ricorrervi anche questa volta. Ma vedendo la frusta, l'orangutàn sfondò la porta della camera e si precipitò per le scale e, approfittando di una finestra disgraziatamente aperta, uscì in strada.

Disperato, il Francese si gettò all'inseguimento della scimmia, che, tenendo sempre il rasoio in mano, ogni tanto si fermava a guardarsi indietro gesticolando verso il suo inseguitore, fino a che questi l'aveva quasi raggiunta. Allora, di scatto riprendeva la fuga. Questo tipo di caccia durò a lungo. Le strade erano assolutamente deserte, potevano essere le tre del mattino.

Attraversando un vicolo dietro la Rue Morgue, l'attenzione del fuggitivo fu attratta da una luce che proveniva dalla finestra della stanza di Madame L'Espanaye, al quarto piano della sua casa. Si precipitò allora verso il muro, vide il cavo del parafulmine, vi si arrampicò con inimmaginabile agilità, s'aggrappò all'imposta che era completamente spalancata e appoggiata al muro e col suo aiuto si slanciò direttamente sulla testiera del letto. Fu questione di non più di un minuto. L'imposta era stata risospinta contro il muro con un calcio dall'animale mentre si precipitava nella stanza.

Il marinaio, intanto, era perplesso e insieme sollevato. Aveva una qualche speranza di riacciuffare l'animale, che poteva difficilmente sfuggire dalla trappola in cui si era cacciato se non tramite il cavo sul quale poteva essere bloccato mentre scendeva. D'altra parte c'erano buoni motivi di inquietudine per quanto avrebbe potuto fare nella casa. Quest'ultimo pensiero incitò l'uomo a continuare l'inseguimento del fuggitivo. Per un marinaio non è difficile arrampicarsi sul cavo del parafulmine; ma quando fu arrivato all'altezza della finestra, spostata abbastanza lontano sulla sua sinistra, si trovò in gravi difficoltà; tutto quello che poté fare fu di gettare un'occhiata nell'interno della stanza.

Quello che vide gli fece orrore a tal punto che quasi mollò la presa. Fu allora che si levarono nel silenzio della notte le orribili grida che destarono dal sonno di soprassalto gli abitanti della Rue Morgue. Madame L'Espanaye e sua figlia, in camicia da notte, erano occupate a sistemare delle loro carte in una cassetta di ferro, quella di cui si è parlato, e che era stata portata al centro della stanza. Ora era aperta e tutto il suo contenuto era sparpagliato sul pavimento. Le vittime voltavano certamente le spalle alla finestra e, stando al tempo intercorso tra l'ingresso della bestia e le grida, è probabile che non l'abbiano vista subito. L'urto della persiana era stato verosimilmente attribuito al vento.

Quando il marinaio guardò nella camera, il gigantesco animale aveva afferrato Madame L'Espanaye per i capelli (che erano sciolti perché li stava pettinando) e le agitava il rasoio davanti al viso, imitando i gesti di un barbiere. La figlia era a terra, immobile, svenuta. Le grida e gli sforzi della vecchia signora (durante i quali i capelli le furono strappati dalla testa) ebbero come effetto di trasformare in furore la disposizione probabilmente pacifica dell'orangutàn. Con un micidiale colpo del braccio muscoloso, le staccò quasi la testa dal tronco. La vista del sangue trasformò il furore in frenesia. Digrignando i denti, con gli occhi fiammeggianti, si gettò sul corpo della giovane, le affondò gli artigli nella gola lasciandoveli finché non fu morta. I suoi occhi stravolti e selvaggi caddero a quel punto sulla testata del letto, al di sopra della quale poté scorgere la faccia del suo padrone, paralizzato dall'orrore. La furia della bestia, che indubbiamente si ricordava della terribile frusta, si tramutò in paura. Sapendo di avere meritato una punizione, sembrò voler nascondere le tracce sanguinose della sua azione, e saltò in giro per la camera in una frenesia di agitazione nervosa, rovesciando e spaccando mobili nel suo movimento, e strappando il paglericcio dalla lettiera. Finalmente si impossessò del cadavere della figlia e lo spinse su per il camino, nella positura in cui fu trovato, poi prese quello della vecchia signora e lo scaraventò a capofitto dalla finestra.

Quando la scimmia si avvicinò con il suo mutilato fardello alla finestra, il marinaio spaventato si ritrasse, e lasciandosi scivolare lungo il cavo senza alcuna precauzione, scappò senza fermarsi fino a casa sua, temendo le conseguenze di questo atroce massacro e, terrorizzato, abbandonò volentieri l'orangutàn al suo destino. Le voci ascoltate dalla gente per le scale erano le sue esclamazioni di orrore e di spavento miste ai diabolici mugolii della bestia.

Non ho molto altro da aggiungere. L'orangutàn era certamente fuggito dalla stanza lungo il cavo del parafulmine, poco prima che la porta fosse sfondata. Passando dalla finestra, l'aveva evidentemente richiusa. Fu ricatturato più tardi dallo stesso proprietario che lo vendette per una bella somma al *Jardin des Plantes*.

Le Bon venne immediatamente rilasciato, dopo che noi avemmo esposto tutte le circostanze della faccenda, arricchite da qualche commento di

Dupin, nel *bureau* del prefetto di polizia. Questo funzionario, per quanto ben disposto verso il mio amico, non riusciva a nascondere il suo malumore nel vedere la piega che avevano preso le cose, e si lasciò andare a una o due battute sarcastiche sulle persone che cacciavano il naso negli affari di sua competenza.

«Lo lasci dire», commentò Dupin, che non aveva ritenuto necessario replicare. «Lo lasci chiacchierare: questo gli scaricherà la coscienza. Sono contento di averlo battuto sul suo stesso terreno. Va detto che non c'è da sorprendersi, come fa lui, che non abbia saputo sbrogliare questo mistero; in verità, il nostro prefetto è un po' troppo scaltro per essere profondo. La sua saggezza non ha *stamen*: è tutto testa e niente corpo, come i ritratti della dea Laverna, o, se preferisce, tutta testa e tronco, come un merluzzo. Ma dopo tutto, è un brav'uomo. Mi è simpatico soprattutto per quel suo tocco magistrale di gergo che gli ha valso la sua reputazione di genio. Intendo il modo che ha "*de nier ce qui est, et d'expliquer ce qui n'est pas*" [3]».

[3] «...di negare ciò che è, e spiegare ciò che non è.» J.-J. Rousseau, *Nouvelle Héloïse* (*N.d.T.*).

Lo scarabeo d'oro

Ohi là! Ohi là! Quel tizio balla come un matto!
L'ha morso la tarantola.

C. DIBDIN, *Tutto alla rovescia*

Molti anni fa, divenni intimo di un tal signor William Legrand. Nato da un'antica famiglia ugonotta, un tempo era stato ricco, ma un seguito di disavventure lo aveva ridotto in miseria e, per sfuggire alla mortificazione della sua sfortuna, aveva lasciato New Orleans, città dei suoi avi, e si era stabilito nell'isola di Sullivan, vicino Charleston nella South Carolina.

Un'isola, questa, veramente singolare. Poco più di una striscia di sabbia, lunga circa cinque chilometri e in nessun punto più larga di quattrocento metri. È separata dalla terraferma da un fiumiciattolo appena visibile, che si perde in un intrico di terra e melma, rifugio preferito delle gallinelle d'acqua. La vegetazione, come si può immaginare, è scarsa o, quanto meno, nana. Non vi crescono alberi di alto fusto. All'estremità occidentale, dove si erge Fort Moultrie, circondato da casupole miserabili, abitate soltanto in estate da quelli che cercano di fuggire la polvere e le febbri di Charleston, si incontra, a dire il vero, l'irsuta palma nana; l'intera isola, a eccezione di questo lembo occidentale e di una striscia di spiaggia dura e bianca che orla il mare, è coperta dal mirto odoroso, tanto apprezzato dagli orticultori inglesi. Gli arbusti raggiungono spesso l'altezza di cinque-sette metri e formano una macchia quasi impenetrabile che riempie l'aria della sua fragranza.

Nelle parti più riposte di questa macchia, non lontano dalla punta orientale, la più remota dell'isola, Legrand s'era costruito una casupola dove abitava al tempo in cui, per puro caso, feci la sua conoscenza. Questa conoscenza maturò presto in amicizia – perché quel solitario poteva suscitare molto interesse e stima. Trovai che aveva un'ottima educazione e non comuni capacità mentali, ma era misantropo e soggetto a terribili sbalzi d'umore in cui si alternavano entusiasmo e malinconia. Benché possedesse molti libri, se ne serviva raramente. Suoi principali divertimenti erano cacciare, pescare e girovagare lungo la spiaggia e fra i mirti alla ricerca di conchiglie e di esemplari entomologici – ne possedeva una collezione da fare invidia a uno Swammerdamm. Nei suoi vagabondaggi era accompagnato da un vecchio negro di nome Jupiter, che era stato affrancato prima che la famiglia andasse in rovina, e che né minacce né promesse avevano mai convinto a rinunciare a quello che considerava un suo diritto: scortare ovunque il suo giovane «Massa Will». Non è escluso che i parenti di Legrand, considerandolo un po' squilibrato, avessero provveduto a fomentare questa ostinazione di Jupiter, allo scopo di sorvegliare e proteggere quel vagabondo.

Alla latitudine dell'isola di Sullivan, gli inverni sono raramente rigidi; è quindi assai raro che al finir dell'anno sia necessario accendere il fuoco. Tuttavia verso la metà di ottobre del 18... si verificò una giornata di notevole freddo. Poco prima del tramonto, stavo aprendomi la strada tra i sempreverdi verso la capanna del mio amico che non vedevo da diverse settimane (all'epoca abitavo a Charleston, a nove miglia dall'isola, e le possibilità di andata e ritorno erano ben diverse da quelle di oggi). Arrivato alla capanna, bussai come altre volte e, non sentendo risposta, cercai la chiave nel nascondiglio che conoscevo. Aprii la porta ed entrai. C'era un bel fuoco acceso nel camino, una sorpresa, e anche molto gradita. Mi sbarazzai del soprabito e spinsi una poltrona vicino alla legna scoppiettante e attesi tranquillamente l'arrivo dei miei ospiti.

Rientrarono appena si fece buio e mi salutarono con grande affetto. Jupiter, con un sorriso largo da un orecchio all'altro, si dette subito da fare a preparare qualche gallinella per la cena. Legrand era preda di uno dei suoi eccessi – come altro definirli? – di entusiasmo. Aveva trovato un insetto bivalve sconosciuto, d'un genere nuovo, ma soprattutto, con l'aiuto di Jupiter, aveva dato la caccia e catturato uno *scarabaeus* che, secondo lui, era ancora del tutto ignoto e sul quale desiderava il mio parere l'indomani.

«E perché non subito?», domandai, fregandomi le mani davanti al fuoco e mandando tranquillamente al diavolo, dentro di me, l'intera razza degli *scarabaei*.

«Ah, se soltanto avessi saputo di trovarla qui!», disse Legrand, «ma è tanto che non ci vedevamo. Come potevo indovinare che proprio stasera sarebbe venuto a trovarmi? Proprio mentre stavo rincasando, ho incontrato il tenente G. che veniva dal forte e stupidamente gli ho dato in prestito lo *scarabaeus*. Per questo non mi è possibile mostrarglielo prima di domattina. Resti qui questa notte e all'alba spedirò Jup a riprenderlo. È la cosa più bella del creato!»

«Cosa? L'alba?»

«No, sciocchezze!, lo scarabeo. È di un fulgido color oro, grande come una grossa noce, con due macchie nere lucenti a un'estremità del dorso e una terza, un po' più lunga, dall'altra. Le *antennae*...»

«No, Massa Will, *no* sdagno [1], lo ribedo. Lo sgarabeo d'oro, duddo d'oro solido da cima a fondo, dendro e fuori, meno le ali. Mai visdo in mia vida uno sgarabeo besande nemmeno la medà.»

«Ebbene, anche se hai ragione, Jup», replicò Legrand più seccamente, mi parve, del necessario, «non è un buon motivo per lasciar bruciare la cena! Il colore dell'insetto», e qui si volse verso di me, «basterebbe a rendere plausibile l'idea di Jupiter. Sicuramente non le è mai capitato di vedere una lucentezza metallica più brillante di quella delle sue elitre, ma potrà giudicarlo solo domani. Nel frattempo cercherò di darle un'idea della sua forma.» Continuando a parlare, si sedette al tavolinetto, sul quale c'era penna e inchiostro, ma niente carta. Rovistò in un cassetto e non ne trovò.

«Non importa», disse infine, «questo mi basterà», e tirò fuori dal taschino del panciotto qualcosa che mi parve un frammento, vecchio e sudicio di foglio protocollo, su cui prese a disegnare con la penna un rapido schizzo. Mentre disegnava me ne rimasi seduto vicino al fuoco, visto che continuavo ad avere freddo. Finito il disegno, me lo consegnò senza alzarsi. Mentre lo stavo prendendo in mano, s'udì un rabbioso mugolìo accompagnato da un insistente raspare alla porta. Jupiter andò ad aprire e un enorme Terranova, quello di Legrand, si precipitò nella stanza, saltan-

[1] Giuoco di parole intraducibile: la pronuncia della parola *antennae* fa credere a Jupiter che il padrone abbia parlato di *tin* (stagno) la cui pronuncia è simile (*N.d.T.*).

domi alle spalle e soffocandomi di feste: in ogni mia precedente visita, infatti, gli avevo prestato sempre grandi attenzioni. Quando il cane la finì con le sue effusioni, potei guardare il foglio e, a dire il vero, rimasi non poco perplesso dal disegno del mio amico.

«Bene!», dissi, dopo averlo esaminato per qualche minuto, «confesso che questo *è* uno *strano scarabaeus*; a me risulta nuovo; non ho mai visto niente di simile prima – a meno che non fosse un teschio, o una testa di morto, a cui somiglia più di qualunque altra cosa sia capitata sotto i *miei* occhi.»

«Una testa di morto!», fece eco Legrand. «Ah, sicuro..., sì, sul foglio c'è qualcosa di simile, senza dubbio. Le due macchie nere superiori somigliano a occhi, vero? E la più lunga, in basso, è simile a una bocca, e poi... la forma è ovale.»

«Forse è così», dissi, «ma, Legrand, temo che lei non sia, come dire?, un grande artista. Preferisco aspettare di aver visto direttamente l'insetto, per farmi un'idea di come è fatto.»

«Non capisco», rispose, un po' piccato, «io so disegnare discretamente, almeno *dovrei*; ho avuto buoni insegnanti, e mi vanto di non essere una testa di rapa.»

«Allora, amico mio, lei sta scherzando; questo è un *teschio* passabilissimo; aggiungerei anzi che è un teschio veramente *eccellente*, almeno in base alle normali nozioni di fisiologia, e il suo *scarabaeus* deve essere il più strano del mondo se gli assomiglia. Potremmo tirarne fuori qualche superstizione emozionante. Suppongo che lo chiamerà *scarabaeus caput hominis*, o qualcosa di simile, come usa nei libri di Storia naturale. Ma le *antennae* di cui mi aveva parlato, dove sono finite?»

«Le *antennae*?», disse Legrand che sembrava accalorarsi senza motivo sull'argomento, «deve poterle vedere, ne sono sicuro. Le ho disegnate in modo chiaro, come sono nell'insetto originale, e penso che basti.»

«Bene, bene», dissi, «forse le ha disegnate, resta il fatto che io non le vedo.»

E gli porsi il foglio senza commenti, per non provocarlo oltre; ma ero molto stupito della piega che la cosa aveva preso e il suo malumore mi incuriosiva; quanto al disegno dell'insetto, francamente *non* erano visibili *antennae*, l'insieme *somigliava* molto all'immagine normale di una testa di morto.

Riprese il pezzo di carta stizzito e stava per accartocciarlo e gettarlo nel fuoco, quando un'occhiata casuale al disegno parve catturarne improvvisamente l'attenzione. Il suo viso si fece di fuoco, e subito dopo estremamente pallido. Per alcuni minuti, senza muoversi dal suo posto, continuò a esaminare minuziosamente il disegno. Finalmente si alzò, prese una candela dal tavolo e andò a sedersi su una cassa nell'angolo più lontano della stanza. Là, riprese il suo ansioso esame del foglio, girandolo e rigirandolo da tutti i lati. Tuttavia non disse niente. La sua condotta mi incuriosiva sempre di più, ma ritenni più prudente non esasperare con commenti la sua crescente tensione. Finalmente tirò fuori dalla tasca della giacca un portafogli, vi ripose con cura il foglio e andò a depositare il tutto in un cassetto della scrivania che chiuse a chiave. Da quel momento sembrò riacquistare la calma, ma del suo primitivo entusiasmo non vi era più traccia. Tuttavia l'espressione del viso era più assente che scontrosa. Col trascorrere della serata sembrò essere sempre più assorbito nelle sue fantasie e nessuna delle mie battute di spirito riuscì a distrarlo. Se in un primo momento avevo avuto l'intenzione di passare la notte alla capanna, come tante altre volte, lo stato d'animo del mio ospite mi convinse che era più conveniente congedarmi da lui. Non fece nessuno sforzo per trattenermi; solo, quando mi alzai per andare via mi strinse la mano con una cordialità maggiore del solito.

Un mese dopo questo incontro (durante questo intervallo non avevo più avuto notizie di Legrand) ricevetti, a Charleston, la visita del suo servitore, Jupiter. Era la prima volta che vedevo il buon vecchio negro così depresso e temetti che qualche grave disgrazia fosse capitata al mio amico.

«Allora Jup, che c'è di nuovo? Come sta il tuo padrone?», dissi.

«Se devo dirdi la veridà, Massa non sda dando bene come dovrebbe.»

«Non sta bene? Questo mi dispiace molto! Che ha?»

«Maledizione, è guesdo il pundo; non ha niende, ebbure, è malado, moldo malado.»

«Molto malato, Jupiter? E perché non me lo hai detto subito, deve restare a letto?»

«No! non a leddo, no! Da nessuna barde... eggo gos'è ghe non va; io moldo inguiedo ber mio bovero Massa Will.»

«Jupiter, devi essere più chiaro, vorrei capire di che parli. Dici che il tuo padrone è malato: ma non ti ha detto cosa lo fa star male?»

«Oh, Massa, inudile divendargi maddo. Massa Will dige ghe non ha niende. Ma allora, berghé va girando guà e là con desda bassa e sballe in su, e ballido gome un lenzuolo? E boi diene in gondinuazione un gifrario...»

«Tiene cosa?»

«Un gifrario gon numeri su una lavagna, le gifre biù sdrane ghe abbia mai visdo. Ho baura, ti digo! Bisogna che gli denga sembre gli ogghi addosso. L'aldro giorno è riuscido a sgabbarmi brima dell'alba e duddo sando giorno è rimasdo fuori gasa. Avevo brebarado un grosso basdone per una badduda goi fiogghi, guando ridornava, ma si sa io sono dando idioda ghe non ho avudo goraggio. Aveva un'aria gosì drisde.»

«Eh! Cosa? Sì? Mi sembra, dopo tutto, che faresti meglio a non essere troppo severo con quel poveretto; non batterlo, Jupiter, non credo che sia in condizioni di sopportarlo. Ma non riesci a immaginare che cosa possa avere scatenato questo malessere o piuttosto questo cambiamento di comportamento? Gli è forse capitato qualcosa di sgradevole dall'ultima volta che vi ho visto?»

«No, Massa, niende di sgradevole *dobo* allora, ma *brima*, sì, ho paura, è suggesso brobrio il giorno ghe g'eri du.»

«Come? Che vuoi dire?»

«Eggo, Massa, digo lo sgarabeo,...»

«Cosa?»

«Lo sgarabeo... Sono siguro. Massa Will deve essere sdado morso in qualghe parte di desda dallo sgarabeo d'oro.»

«E che cosa te lo fa pensare, Jupiter?»

«Ha denaglie! Massa, ha anghe bogga, e gome! Non ho mai visdo uno sgarabeo dando indiavolado. Dà galgi e morsi a duddo guello ghe cabida a diro. Massa Will l'aveva agghiabbado, ma boi ha dovudo lasciarlo berdere; e allora, sono siguro, lui l'ha morso, di digo. La bogga dello scarabeo non mi biageva per niende; ber guesdo non ho voludo brenderlo gon le mani, ma l'ho breso gon un bezzo di carda ghe ho drovado. L'ho ingardado e gli ho dappado la bogga con la garda. È guesdo il modo.»

«Ma pensi veramente che il tuo padrone sia stato morso dallo scarabeo, e che sia questo morso a averlo fatto ammalare?»

«Non benso, lo so. Dimmi Massa, berghé sdarebbe sembre a sognare di oro se non berghé è sdado morso da sgarabeo d'oro? Ho sendido parlare di guesdi sgarabei d'oro prima di guesdo.»

«Ma come fai a sapere che sogna l'oro?»

«Gome? Gome lo so? Berghé ne barla mendre dorme, eggo berghé lo so.»

«Allora, Jupiter, può darsi che tu abbia ragione. Ma a quale fortunata circostanza si dà il piacere della tua visita?»

«Gosa, Massa?»

«Mi hai portato un messaggio di Mister Legrand?»

«No, Massa, di ho bordado quesda leddera.» E Jupiter mi porse un biglietto su cui era scritto:

Mio caro...
Perché da così lungo tempo non la vedo? Spero che non sia stato tanto sciocco da formalizzarsi per una mia innocua *brusquerie*; ma no, è improbabile.

Da quando l'ho vista l'ultima volta, ho avuto grandi motivi di ansia. Ho qualcosa da dirle ma non so *come* dirglielo né se dirglielo.

Da qualche giorno non mi sento molto bene e il povero vecchio Jup mi annoia fino ai limiti della sopportazione con tutte le sue attenzioni piene di premura. Ci crederebbe? L'altro giorno aveva pronto un grosso bastone per castigarmi di essergli sfuggito e di non aver passato la giornata sulle colline della terraferma, *solus*. Credo che solo il mio aspetto sofferente mi abbia salvato da una bastonata.

Non ho aggiunto nessun altro esemplare alla mia collezione dall'ultima volta che ci siamo visti.

Se può e se non le procura inconvenienti, venga qui con Jupiter. *Venga*! Desidero vederla *questa sera* per questioni importanti. Le assicuro che sono della *massima* importanza.

Il suo
William Legrand.

Qualcosa nel tono della lettera mi provocò una forte inquietudine. Lo stile, per esempio, così diverso dallo stile abituale di Legrand. Che diavolo aveva in mente? Quale nuova ubbìa s'era impossessata del suo troppo impressionabile cervello? Quali «questioni della massima importanza», doveva trattare? Quanto dettomi da Jupiter non mi lasciava presagire niente di buono; mi spaventava l'idea che l'incalzare continuo della sfortuna potesse, alla lunga, aver agito sulla ragione del mio amico, sconvolgendola. Senza un istante di esitazione, mi preparai ad andare con il negro.

Arrivato sul molo, notai una falce e tre badili, tutti ugualmente nuovi di zecca, gettati sul fondo del battello sul quale stavamo per imbarcarci.

«Che vuol dire tutto questo, Jup?», domandai.

«Falge, massa, e badili.»

«Questo lo vedo; ma che ci fanno qui?»

«Sono falge e badili ghe Massa Will ha ghiesdo di gombrargli in giddà e il diavolo sa guandi guaddrini gi sono gostadi.»

«Ma, in nome di tutti i misteri, che ne vuol fare il tuo "Massa Will" di falce e badili?»

«Domandi biù di guello ghe *io* so! Ma ghe diavolo mi bordi se anghe lui, Massa, ne sa di biù. Dudda golba di sgarabeo.»

Visto che da Jupiter non ottenevo alcun chiarimento, completamente assorbito come era dallo "scarabeo", mi calai nella barca e salpammo.

Presto, spinti da una forte brezza, raggiungemmo la piccola insenatura a nord di Fort Moultrie e, dopo una camminata di circa tre chilometri, arrivammo alla capanna. Erano circa le tre del pomeriggio. Legrand ci aspettava in preda a una viva impazienza. Mi strinse la mano con un *empressement* nervoso che mi preoccupò e rafforzò i sospetti che già nutrivo. Il viso era di un pallore spettrale e gli occhi, naturalmente infossati, brillavano di luce innaturale. Dopo alcune domande sulla sua salute, gli chiesi, non trovando di meglio da dire, se il tenente G. gli aveva poi restituito il suo *scarabaeus*.

«Certo che sì!», rispose arrossendo vistosamente, «me l'ha ridato l'indomani mattina. Per niente al mondo potrei separarmi da quello *scarabaeus*. Lo sa che Jupiter ha veramente ragione al riguardo?»

«In che cosa?», chiesi con un triste presentimento nel cuore.

«Quando ha supposto che si trattasse di uno scarabeo *d'oro vero*.» Lo disse con tale gravità che mi colpì profondamente.

«Quell'insetto farà la mia fortuna», continuò con un sorriso di trionfo, «mi reintegrerà nel possesso delle ricchezze della mia famiglia. Ci si può stupire se lo tengo in così alto conto? Visto che la Fortuna ha ritenuto di concedermelo, non mi resta che farne un uso conveniente e arriverò a quell'oro di cui è indizio. Jupiter, portami lo *scarabaeus*.»

«Ghe? Sgarabeo, Massa? Non voglio niende a ghe sbardire gon sgarabeo; brendidelo da te.»

Legrand si alzò, allora, con un atteggiamento severo e solenne e andò a prendermi l'insetto da sotto una campana di vetro dove era custodito. Era uno stupendo esemplare di *scarabaeus*, all'epoca sconosciuto ai naturalisti, e quindi di grande valore scientifico. Recava impresse a una estremità del dorso due macchie nere e rotonde, e all'altra estremità una macchia di forma allungata. Le elitre erano straordinariamente dure e lucenti e avevano tutta l'apparenza dell'oro brunito. L'insetto era considerevolmente pesante e, tutto considerato, non potevo biasimare troppo Jupiter per la sua opinione; ma che Legrand fosse d'accordo con lui in proposito, non avrei saputo dirlo, ne fosse anche dipesa la mia vita.

«L'ho fatta cercare», disse con un tono magniloquente quando ebbi concluso l'esame dell'insetto, «l'ho fatta cercare per chiederle consiglio e assistenza nella realizzazione dei disegni del Destino e dello scarabeo...»

«Mio caro Legrand», gridai interrompendolo, «lei non sta certamente bene e farebbe meglio a prendere qualche precauzione. Deve mettersi a letto e io resterò con lei qualche giorno fino a che non si sarà ristabilito. Lei ha la febbre, e...»

«Mi senta il polso», disse.

Presi il polso fra le mani e, in verità, non riscontrai sintomi di febbre.

«Potrebbe essere malato senza avere la febbre. Mi permetta per una volta di curarla. Per prima cosa, vada a letto, poi...»

«Si sta sbagliando», mi interruppe; «sto bene quanto è possibile nello stato di sovraeccitazione in cui sono. Se veramente vuole il mio bene, capirà che deve dare sollievo alla mia eccitazione.»

«Come?»

«È molto semplice. Jupiter e io partiamo per una spedizione tra le colline della terraferma e ci serve l'aiuto di una persona di cui sia possibile fidarsi. Lei è il solo in cui possiamo fidare. Che l'impresa riesca o no, le assicuro che questo placherà, comunque, la tensione che nota in me.»

«Desidero molto aiutarla in qualunque modo», replicai, «ma lei crede sul serio che questo scarafaggio maledetto abbia qualche rapporto con la spedizione tra le colline?»

«Certamente.»

«Allora, Legrand, non posso condividere un'impresa così assurda.»

«Mi dispiace, mi dispiace molto, perché dovremo tentare da soli.»

«Tentare da soli? Il poveretto è impazzito! Basta! Quanto tempo pensa di assentarsi?»

«Probabilmente tutta la notte. Partiremo subito e, in ogni caso, saremo di ritorno all'alba.»

«E mi promette, sul suo onore, che passato il capriccio, e il caso scarabeo (buon Dio!) concluso, con sua soddisfazione, lei tornerà a casa e seguirà esattamente tutti i miei consigli, come se fossero quelli del suo medico?»

«Sì. Lo prometto; e ora andiamo perché non c'è più tempo da perdere.»

Con il cuore stretto accompagnai il mio amico. Alle quattro ci mettemmo in marcia: Legrand, Jupiter, il cane e io. Jupiter prese la falce e i badili; insistette per portarli lui, mi parve più per paura di lasciare uno di quegli strumenti nelle mani del padrone che per un eccesso di zelo. Era imbestialito e «guel malededdo sgarabeo!» furono le sole parole che gli uscirono dalle labbra per tutto il viaggio. Per parte mia, fui incaricato di portare due lanterne cieche, Legrand, invece, si era contentato dello *scarabaeus*: lo portava attaccato all'estremità di una corda da frusta e lo faceva roteare attorno a sé, camminando, con un'aria da stregone. Nell'osservare quest'ultimo chiaro sintomo dell'aberrazione mentale del mio amico, a stento trattenni le lacrime. Pensai che fosse, comunque fosse, meglio assecondare le sue fantasie, per il momento almeno, o finché non avessi potuto adottare, con qualche speranza di successo, misure più energiche. Intanto provai, ma inutilmente, a sondarlo sullo scopo della spedizione. Dopo avermi convinto a seguirlo, sembrava poco disposto a conversare su argomenti di minore importanza, e a ogni mia domanda si limitava a rispondere: «Vedremo!».

Traversammo il fiumiciattolo all'estremità dell'isola con una barca a remi e, arrampicandoci sui pendii scoscesi della riva opposta, puntammo a nord-ovest, attraverso un terreno – tanto desolato e selvaggio che non vi si scorgeva ombra di piede umano. Legrand ci guidava con decisione, fermandosi solo di tanto in tanto per rintracciare segnali che doveva aver lasciato lui stesso, in una precedente occasione.

Camminammo così due ore circa, e il sole stava per tramontare quando entrammo in una regione infinitamente più sinistra di tutto quanto visto fino ad allora. Era una specie di altopiano prossimo alla sommità di una montagna che pareva inaccessibile, coperta di boschi da cima a fondo e disseminata di enormi macigni che parevano sparsi alla rinfusa e che senza il sostegno degli alberi sarebbero certamente precipitati nelle valli sottostanti. Profondi precipizi si aprivano in varie direzioni dando alla scena un carattere di ancora più severa solennità.

La piattaforma naturale fino a cui ci eravamo inerpicati era così ingombra di rovi tra i quali, ci accorgemmo ben presto, non avremmo potuto aprirci un varco senza la falce; per ordine del suo padrone, Jupiter cominciò a sgombrarci il passo fino ad arrivare a un liriodendro gigantesco che si ergeva con otto o dieci querce e le superava tutte, come pure ogni altro albero che avessi mai visto, per la bellezza della forma e delle foglie, per l'ampiezza dei suoi rami e la maestà dell'aspetto. Quando raggiungemmo l'albero, Legrand si girò verso Jupiter e gli chiese se era disposto ad arrampicarvisi. Il vecchio parve un po' sconcertato e restò qualche secondo senza rispondere. Tuttavia s'avvicinò all'enorme tronco, gli girò lentamente intorno e l'esaminò con una attenzione minuziosa. Concluso l'esame si limitò a dire:

«Sì, Massa. Jup sale su duddi alberi ghe vede, in vida sua.»

«Allora sali il più veloce possibile; presto sarà troppo scuro per vedere quel che facciamo.»

«Fin dove devo salire, Massa?», domandò Jupiter.

«Comincia a salire lungo il tronco: poi ti dirò quale direzione seguire... Ah! un momento! porta con te lo scarabeo.»

«Lo sgarabeo, Massa Will! Sgarabeo d'oro», gridò il negro indietreggiando per il terrore, «berghé bordare sgarabeo gon me su albero? Ghe sia dannado se faggio!»

«Jup, se un negro grande e grosso come te ha paura di toccare un piccolo insetto morto e inoffensivo, allora portalo con questo spago, ma se, in un modo o nell'altro, non vuoi prenderlo, mi vedrò costretto a spaccarti la testa con questa pala!»

«Ghe di suggede, Massa?», disse Jup, reso più compiacente dalla vergogna, «devi sembre sdrillare gondro vegghio negro? Sgherzavo... Io, baura di sgarabeo? Ghe mi imborda di sgarabeo?» E qui badò a prendere con cautela l'estremità dello spago e, tenendo l'insetto lontano da sé quanto più poteva in quelle circostanze, si accinse a salire sull'albero.

Da giovane, il tulipifero, o meglio *Liriodendrum tulipiferum*, il più imponente albero delle foreste americane, ha un tronco stranamente liscio e sale spesso a grandi altezze senza rami laterali; ma quando invecchia, la corteccia si fa rugosa e diseguale e, lungo il tronco, spuntano numerosi corti rami. In questo caso, perciò, la difficoltà di salire era più apparente che reale. Abbracciando meglio che poteva con braccia e ginocchia l'enorme cilindro, appigliandosi con le mani alle sporgenze e poi appoggiandovi il piede nudo, Jupiter, dopo aver rischiato due o tre volte di cadere, si issò fino alla prima grande biforcazione e sembrò ritenere virtualmente compiuta la sua missione. In effetti il *rischio* era superato, benché il negro si trovasse solo a diciotto o venti metri da terra.

«Da ghe barde devo andare adesso, Massa Will?»

«Segui il ramo più grande, quello da questo lato», disse Legrand. Il negro obbedì prontamente e apparentemente senza fatica; salì sempre più in alto, tanto che alla fine la sua figura massiccia scomparve nel fitto fogliame che l'avvolgeva. Si sentì allora la sua voce come un richiamo.

«Fino a dove devo angora salire?»

«A che altezza sei?», chiese Legrand.

«Dando, dando in aldo ghe bosso vedere gielo addraverso gima di albero.»

«Non stare a occuparti del cielo, e fa' attenzione a quanto sto per dirti. Guarda giù lungo il tronco e conta i rami sotto di te da questa parte. Quanti rami hai superato?»

«Uno, due dre, guaddro, gingue: ho suberado gingue grossi rami, Massa, da guesda barde.»

«Bene. Sali ancora di un ramo.»

Di lì a qualche minuto la sua voce si fece di nuovo sentire. Avvertiva che aveva raggiunto il settimo ramo.

«Ora, Jup», gridò Legrand in preda a evidente agitazione, «devi trovare il modo di spingerti lungo il ramo più in là possibile. Se noti qualcosa di strano, dimmelo!»

A quel punto i piccoli dubbi che avevo mantenuto sulla pazzia del mio povero amico sparirono tutti. Non potevo fare altro che prendere atto della sua follia e mi preoccupai molto delle difficoltà di ricondurlo a casa. Mentre meditavo su quel che era meglio fare, la voce di Jupiter risuonò nuovamente.

«Ho molda baura a sbingermi angora biù in là, su ramo: è un ramo guasi duddo mordo.»

«Dici che è un ramo *morto*?», gridò Legrand, con voce emozionata.

«Sì, Massa. Mordo gome un ghiodo – mordo sdegghido, garandido... brivo di gualungue vida...»

«In nome del cielo, che fare?», domandò Legrand disperato.

«Che fare?», dissi, cogliendo subito l'occasione per una parola ragionevole, «tornare a casa e andare a letto. Andiamo, su, da bravo!... Si fa tardi, e deve ricordarsi della promessa...»

«Jupiter», gridò senza neanche ascoltarmi, «mi senti?»

«Sì, Massa. Di sendo berfeddamende.»

«Prendi il coltello, incidi la corteccia e dimmi se è *proprio* marcio.»

«Margio, Massa, siguro», replicò il negro dopo pochi istanti, «ma forse non gombledamende. Bodrei bure sbingermi biù avanti, ma da solo, è vero.»

«Tu solo? Che vuoi dire?»

«Sdo barlando di sgarabeo; è *moldo* besande, lo sgarabeo. Se lo lascio gadere giù, il ramo non si rombe, bodrebbe sobbordare peso di solo negro.»

«Infernale furbastro maledetto», gridò Legrand, molto sollevato, «che stupidaggini vai inventando? Se lasci cadere l'insetto, ti tiro il collo. Stacci attento, Jupiter, capito?»

«Sì, Massa, non g'è bisogno di draddare gosì un bovero negro!»

«Allora ascoltami! Se ti spingi sul ramo, il più possibile senza rischi, e senza far cadere lo scarabeo, quando scendi ti regalerò un dollaro d'argento.»

«Gi vado, Massa Will. Eggo gi sono», replicò il negro, «sono guasi in bunda.»

«*In punta*?», quasi gridò Legrand, «Stai dicendo che sei sulla punta del ramo?»

«Gi sono dra bogo, Massa. Oh! oh! oh! Signore Dio! Misericordia! Ghe g'è su albero?»

«Bene!», gridò Legrand al culmine della gioia, «che c'è?»

«Eh! Soldando un desghio... gualguno ha lasgiato la sua desda su albero e i gorvi hanno mangiado dudda garne...»

«Un teschio, dici? Bene! Come è fissato al ramo? Cosa lo sostiene?»

«Oh! diene bene ma devo vedere. Ah! Ghe sdrano, barola mia! È fissado a albero gon grosso ghiodo!»

«Bene! Devi fare esattamente quello che ti dico. Mi senti?»

«Sì, Massa.»

«Fa' attenzione allora. Trova l'occhio sinistro del cranio.»

«Guarda, guarda ghe sdrano, non g'è nessun ogghio!»

«Accidenti alla tua stupidità! Sai distinguere la tua mano destra da quella sinistra?»

«Sì, sono gapace. La mia mano sinisdra è guella gon gui daglio legna.»

«Certo! Sei mancino! allora il tuo occhio sinistro sta dalla stessa parte della tua mano sinistra. Ora penso che tu possa trovare l'occhio sinistro del teschio, o meglio il posto in cui era l'occhio sinistro. L'hai trovato?»

La pausa fu lunghissima. Finalmente il negro chiese:

«L'ogghio sinisdro del desghio è dalla sdessa parde di mano sinisdra di desghio? no? Berghé il deschio non ha neanghe un bezzeddo di mano... Non fa niende... Ho drovado l'ogghio sinisdro, eggo l'ogghio sinisdro! E adesso ghe devo fare?».

«Lascia scivolare lo scarabeo nell'occhio per tutta la lunghezza dello spago; vedi di non lasciarti sfuggire lo spago.»

«Eggo faddo, Massa Will; era fagile far bassare lo sgarabeo dal bugo, guardalo ghe sgende.»

Durante tutta questa conversazione, di Jupiter non se ne era vista nessuna parte; ma l'insetto che aveva lasciato scendere era adesso visibile all'estremità della cordicella e scintillava come un globo d'oro brunito, negli ultimi raggi del sole morente che rischiaravano ancora debolmente la sommità su cui ci trovavamo. Lo *scarabaeus* pendeva ben visibile fuori dai rami e se Jupiter l'avesse lasciato cadere, sarebbe caduto ai nostri piedi. Legrand si affrettò a prendere la falce e a liberare uno spazio circolare di tre o quattro metri proprio sotto l'insetto; fatto questo, diede ordine a Jupiter di mollare la cordicella e di scendere dall'albero.

Conficcato un piolo con scrupolosa attenzione nel terreno proprio nel punto in cui era caduto lo scarabeo, il mio amico estrasse dalla tasca un metro a nastro. Lo attaccò per un capo al punto del tronco più prossimo al piolo e lo srotolò fino al piolo stesso, continuando poi a svolgerlo nella direzione indicata da questi due punti (piolo e tronco) per una distanza di quindici metri, mentre Jupiter liberava il cammino dai rovi con la falce. Nel nuovo punto così trovato, infisse un secondo piolo, che scelse come centro e intorno al quale descrisse sommariamente un cerchio di circa un metro e venti di diametro. Prese poi una pala, ne dette una a Jupiter e una a me e ci chiese di scavare con il massimo di rapidità possibile.

A dire il vero un passatempo del genere non mi aveva mai specialmente attratto e anche in quel particolare momento ne avrei fatto volentieri a meno, visto che la notte avanzava e mi sentivo discretamente stanco della fatica già fatta; non vedevo però alcun modo di sottrarmi e mi spaventava l'idea di turbare con un rifiuto la serenità del mio povero amico. Se avessi potuto contare sull'aiuto di Jupiter, non avrei avuto esitazioni a tentare di ricondurre a casa con la forza quello strampalato; conoscevo però troppo il vecchio negro per sperare nel suo appoggio in qualunque circostanza nel caso di uno scontro personale con il suo padrone. Ero certo che fosse contagiato da una delle innumerevoli superstizioni del Sud intorno a tesori sepolti e che tale fantasia avesse ricevuto conferma dal ritrovamento dello *scarabaeus*, o magari dalla ostinazione con cui Jupiter aveva sostenuto che si trattava di «uno scarabeo d'oro vero». Uno spirito incline alla follia poteva lasciarsi trascinare da tali suggestioni, soprattutto se in accordo con idee preesistenti, e poi mi tornava alla mente il discorso del poveretto sullo scarabeo «indizio della sua fortuna»! Insomma ero angosciato e imbarazzato, ma, alla fine, decisi di fare di necessità virtù e di scavare di buona lena, per convincere al più presto il mio visionario con prove inconfutabili, della infondatezza delle sue fantasticherie.

Accendemmo le lanterne e prendemmo a lavorare con uno zelo degno di cause più razionali; e illuminati come eravamo, noi e i nostri utensili, non potei impedirmi di pensare che formavamo un gruppo veramente pittoresco e che, se un intruso fosse capitato per caso fra noi, le nostre fatiche gli sarebbero parse strane e sospette.

Scavammo ininterrottamente per due ore. Parlammo pochissimo. Il principale fastidio era costituito dal cane che abbaiava senza sosta con un interesse eccessivo ai nostri lavori. Divenne alla lunga tanto frenetico da farci temere che desse l'allarme a qualche vagabondo dei paraggi, o meglio questa era la grande preoccupazione di Legrand. Per conto mio sarei stato ben felice di ogni interruzione che mi consentisse di riportare a casa il mio vagabondo. Il baccano fu finalmente interrotto da Jupiter che, balzato fuori dalla buca, con aria decisa e furiosa, legò il muso dell'animale con una delle sue bretelle e poi tornò al compito affidatogli, con un ghigno di trionfo.

Passate le due ore che ho detto, avevamo raggiunto una profondità di un metro e mezzo, ma del tesoro ancora nessuna traccia.

Facemmo tutti una pausa e cominciai a sperare che la farsa stesse per concludersi. Invece Legrand, pur evidentemente sconcertato, si asciugò la fronte con aria pensosa e ricominciò. Il nostro buco occupava ormai tutto il cerchio di un metro e venti di diametro: allargammo leggermente il limite e scavammo scendendo ancora di una sessantina di centimetri. Ma non si vedeva nulla. Il cercatore d'oro, che mi ispirava sincera pietà, uscì dalla buca, col più amaro disappunto scritto sul viso, e lentamente e pieno di rammarico, si decise a riprendere la giacca che si era tolta all'inizio del lavoro. Mi guardai dal fare commenti.

Jupiter, a un ordine del padrone, cominciò a raccogliere tutti gli attrezzi. Infine, con il cane ancora imbavagliato, riprendemmo nel più profondo silenzio la via del ritorno.

Avevamo fatto forse una dozzina di passi, quando Legrand lanciò una tremenda bestemmia, saltando addosso a Jupiter e prendendolo per la collottola. Colto di sorpresa il negro spalancò occhi e bocca, lasciò cadere le zappe e cadde in ginocchio.

«Scellerato», gridò Legrand, facendo sibilare le parole attraverso i denti stretti, «dannato negro! parla! ti dico, rispondimi subito! e senza imbrogli: qual è il tuo occhio sinistro?»

«Biedà, Massa Will! Non è guesdo forse il mio ogghio sinisdro?», ruggì Jupiter, pieno di paura, portando una mano sulla parte destra del viso e tenendola con la determinazione del disperato ferma sull'occhio, come temesse che il suo padrone volesse strapparglielo.

«Ne sono sicuro! Lo sapevo! Urrà!», urlò Legrand, liberando Jupiter e abbandonandosi a salti e capriole, con grande stupore del domestico, che tirandosi su spostava gli occhi, senza dire una parola, dal padrone a me e da me al padrone.

«Forza!, dobbiamo tornare indietro!», disse questi, «la partita non è persa!» E tornò sui suoi passi, verso il tulipifero.

«Jupiter!», disse Legrand, quando fummo arrivati all'albero, «vieni qui! Il cranio è inchiodato con la faccia rivolta all'esterno o rivolta al ramo?»

«La faggia è verso l'esderno. Massa, dando che i gorvi hanno bodudo mangiare ogghi senza nessuna fadiga.»

«Allora, dimmi, è attraverso questo occhio o attraverso quell'altro che hai fatto scivolare lo scarabeo?», e intanto Legrand toccava alternativamente gli occhi di Jupiter.

«Da guesd'ogghio, Massa – da ogghio sinisdro – gome mi hai ghiesdo» e il negro indicò l'occhio destro.

«Avanti! Dobbiamo provare di nuovo!»

A questo punto, il mio amico, nella cui follia ora vedevo, o credevo di vedere, alcuni segni di metodo, spostò il piolo, che segnava il luogo in cui era caduto lo scarabeo, di circa otto centimetri a ovest della sua prima posizione. Stese il metro a nastro dal punto più vicino al tronco fino al piolo come prima e proseguendo in linea retta per quindici metri, segnò un nuovo punto molto distante dal luogo in cui avevamo scavato. Un nuovo cerchio più largo del precedente fu tracciato e ricominciammo il nostro lavoro di scavo. Ero terribilmente stanco; ma, senza rendermi conto del motivo che provocava il cambiamento dei miei pensieri, non avvertivo più una così grande avversione per il lavoro impostomi. Ne ero inesplicabilmente interessato, anzi eccitato. Forse c'era nella stravagante condotta di Legrand un'aria di premonizione, un che di deciso che mi impressionavano. Scavavo con foga e mi sorprendevo a cercare ogni tanto con gli occhi, in uno stato d'animo direi, di attesa, questo tesoro immaginario, la cui visione aveva fatto impazzire il mio sventurato amico. Proprio quando queste fantasticherie si erano impossessate completamente dei miei pensieri, dopo circa un'ora e mezzo di lavoro, fummo nuovamente interrotti dal violento abbaiare del cane. La sua inquietudine, che prima era parsa il risultato di un capriccio o della voglia di giocare, aveva preso questa volta un tono più violento e caratterizzato. Quando Jupiter volle di nuovo legargli il muso, oppose una furiosa resistenza e, saltando nel buco, si mise a scavare furiosamente la terra con le unghie. Nel giro di pochi secondi aveva messo a nudo un mucchio di ossa umane che formavano due scheletri completi, mescolati a bottoni metallici e vecchia lana putrida e sbriciolata. Uno o due colpi di pala portarono alla luce la lama di un vecchio coltello spagnolo; scavammo ancora e spuntarono tre o quattro pezzi di monete d'oro e d'argento.

A quella vista, Jupiter non riuscì a trattenere la gioia, ma il volto del suo padrone espresse una delusione estrema. Ci pregò, tuttavia, di continuare nei nostri sforzi e aveva appena finito di parlare, che inciampai e caddi in avanti; la punta del mio stivale si era impigliata in un grosso anello di ferro semisepolto dalla terra smossa. Ci rimettemmo al lavoro con rinnovato ardore e per dieci minuti vissi uno stato di esaltazione mai provato. In quei minuti disseppellimmo una cassa di legno oblunga, che, a giudicare dal suo stato di perfetta conservazione e dalla stupefacente durezza del legno, doveva aver subìto un evidente processo di mineralizzazione, forse per il bicloruro di mercurio. Era una cassa lunga un metro e dieci, larga novantacinque centimetri e alta settantacinque. Era solidamente rinforzata da fasce di ferro battuto inchiodate, che formavano su di essa una specie di traliccio. Da ogni lato della cassa, vicino al coperchio, c'erano tre anelli di ferro, sei in tutto, di modo che sei persone potessero afferrarla saldamente. Malgrado unissimo tutti i nostri sforzi, non riuscimmo che a spostarla appena dal suo giaciglio. Ci accorgemmo subito dell'impossibilità di trasportare un oggetto tanto pesante. Fortunatamente il coperchio era trattenuto soltanto da due catenacci che riuscimmo a far scorrere, tremando d'ansia. In un solo attimo si dischiuse ai nostri occhi un tesoro di valore incalcolabile. La luce delle lanterne illuminava la buca e faceva sprizzare, dal mucchio confuso dell'oro e dei gioielli, lampi e splendori che ci abbagliavano.

Non proverò neanche a descrivere i miei sentimenti nel contemplare il tesoro. Naturalmente su tutti predominava lo stupore. Legrand, sfinito dalla sua stessa eccitazione, balbettò poche parole. Quanto a Jupiter, il suo viso divenne tanto mortalmente pallido, quanto è possibile al viso di un negro. Sembrò tramortito, folgorato. Cadde in ginocchio nella buca e affondando le braccia nude nell'oro fino al gomito, ce le tenne come deliziato dalle voluttà di un bagno. Infine esplose in un profondo sospiro e strillò come a se stesso:

«E duddo guesdo viene da sgarabeo d'oro!? Garo sgarabeo, bovero biggolo sgarabeo! Di ho galunniado e insuldado! Non di vergogni adesso, negro? Ghe hai da risbondermi adesso?».

Si rese necessario richiamare sia il padrone che il servo alla necessità di trasportare il tesoro. Si faceva tardi e bisognava muoversi se volevamo far arrivare tutto a casa prima dell'alba. Non sapevamo che fare e perdemmo molto tempo a decidere tanto avevamo le idee confuse. Finalmente alleggerimmo la cassa svuotandola di due terzi del suo contenuto: solo allora potemmo, con fatica, estrarla dal suo buco. Gli oggetti che ne avevamo tolto furono nascosti tra i rovi e affidati alla guardia del cane, cui Jupiter ordinò di non muoversi per nessun motivo e di non fiatare fino al nostro ritorno. Ci mettemmo in cammino precipitosamente con la cassa. Raggiungemmo la casa senza incidenti dopo una faticata spaventosa all'una di notte. Sfiniti come eravamo era umanamente impossibile fare di più. Riposammo fino alle due, cenammo e ci rimettemmo in marcia verso le montagne muniti di tre grossi sacchi di fibra, trovati fortunatamente nella casa. Arrivammo alla fossa un po' prima delle quattro e dividemmo in parti, per quanto possibile, uguali il resto del bottino e senza preoccuparci di ricoprire la buca ci rimettemmo in cammino verso la capanna dove depositammo per la seconda volta i nostri fardelli d'oro, mentre, a oriente, sopra la cima degli alberi cominciavano a comparire le prime luci dell'alba.

Eravamo a pezzi; ma l'intensa eccitazione ci negò il riposo. Dopo un inquieto sonno di tre o quattro ore, ci alzammo come se ci fossimo messi d'accordo, per procedere all'esame del tesoro.

La cassa era stata riempita fino all'orlo e passammo tutta la giornata e gran parte della notte seguente a fare l'inventario del contenuto. Non vi era ordine né metodo, tutto di tutto vi era stato ammassato alla rinfusa. Dopo aver catalogato tutto con cura, ci trovammo in possesso di una fortuna che superava ogni ipotesi precedentemente fatta. Si trattava di 450.000 dollari in monete, secondo i valori monetari dell'epoca. Nessun pezzo d'argento: tutto era d'oro di vecchia data e di vario tipo: monete francesi, spagnole e tedesche, ghinee inglesi e monete di origine a noi sconosciuta. Vari pezzi erano grosse monete, molto pesanti, ma così consumate che ci fu impossibile decifrarne le iscrizioni. Nessuna moneta era americana.

La stima dei gioielli fu un affare complicato: trovammo diamanti, alcuni straordinari, e di eccezionale grandezza, centodieci in tutto, nemmeno uno piccolo; diciotto rubini di luce notevole; trecentodieci smeraldi, tutti molto belli; ventuno zaffiri e un opale. Tutte pietre strappate alla loro montatura e gettate nello scrigno. Quanto alle montature stesse, di cui facemmo un mucchio distinto dal resto dell'oro, sembravano deformate a colpi di martello come per renderle irriconoscibili. C'era poi un'enorme quantità di ornamenti d'oro massiccio – circa duecento anelli e orecchini, catene, trenta circa, se ben ricordo; ottantatré grandi crocefissi molto pesanti; cinque incensieri d'oro di gran valore; una gigantesca coppa da «ponce» in oro, ornata da foglie di vite e da figure di baccanti finemente cesellate; due else di spade meravigliosamente lavorate e una miriade di altri oggetti più piccoli che non ricordo. Il peso era superiore ai trecentoventi chili; in tutto questo elenco, ho dimenticato centonovantasette superbi orologi d'oro, di cui tre almeno valevano oltre cinquecento dollari ciascuno. Molti erano molto antichi e non valevano niente come pezzi d'orologeria, visto che gli ingranaggi erano più o meno corrosi; ma tutti erano magnificamente ornati di pietre e le casse erano di gran pregio.

Valutammo quella notte il valore di tutto il contenuto a un milione e mezzo di dollari; ma quando più tardi procedemmo alla vendita dei gioielli e delle pietre, avendone tenuta qualcuna per noi per uso personale – ci accorgemmo di aver sottovalutato il tesoro.

Finito l'inventario, quando la nostra furiosa esaltazione fu in parte placata, Legrand che si era accorto che ero molto impaziente di conoscere la soluzione di quel prodigioso enigma, entrò nei dettagli per fornire una circostanziata spiegazione.

Disse:

«Lei ricorda quella sera in cui le mostrai quel grossolano schizzo dello *scarabaeus*. E si ricorderà anche che rimasi seccato dall'insistenza con cui lei sosteneva che il mio disegno somigliava a una testa di morto. La prima volta che lo disse pensai che stesse scherzando; poi, mi ricordai le curiose macchie sul dorso dell'insetto e dovetti riconoscere dentro di me che nella sua notazione c'era qualche verità. L'ironia sulle mie capacità di disegnatore, però, mi aveva irritato, perché sono considerato un buon artista; perciò quando mi porse il pezzo di pergamena stavo per appallottolarlo e gettarlo per la rabbia nel fuoco».

«Lei sta parlando del pezzo di carta?»

«No; aveva tutta l'apparenza della carta; io stesso avevo supposto che lo fosse; ma quando volli disegnarvi su, mi accorsi subito che si trattava di pergamena molto sottile. Era molto sporca, si ricorda? Mentre stavo per strapparla, il mio sguardo cadde sul disegno che lei aveva visto e capirà il mio stupore quando vidi proprio il disegno di un teschio, dove credevo di aver disegnato uno scarabeo. Per un attimo mi sentii troppo confuso per pensare con lucidità. Avevo visto che il mio schizzo era nei particolari radicalmente diverso da questo nuovo disegno, malgrado qualche analogia nel contorno generale. A quel punto presi una candela e sedutomi all'altro capo della stanza, procedetti a una attenta analisi della pergamena. Girandola vidi sul rovescio il disegno, proprio come l'avevo fatto io. Dapprima fui soltanto sorpreso per la notevole effettiva somiglianza nel contorno e per la singolarità della coincidenza che ci fosse a mia insaputa l'immagine di un teschio dall'altra faccia della pergamena, proprio sotto il mio disegno dello *scarabaeus*, e di un teschio che somigliava tanto al mio disegno, non solo per il contorno, ma proprio per la dimensione. Sul momento, ripeto, la singolarità di questa coincidenza mi lasciò per un po' completamente stupefatto. È il normale effetto di queste coincidenze. La mente si sforza di stabilire delle connessioni, un rapporto di causa ed effetto, e, impotente a riuscirci, subisce una sorta di paralisi momentanea. Ma quando mi riebbi dallo stupore, sentii prendere forma gradatamente in me una convinzione che mi colpì ben più di questa coincidenza. Cominciò a farmisi evidente la certezza che sulla pergamena, quando avevo disegnato lo *scarabaeus*, non ci fosse nessun altro disegno. Ne ero sicuro ormai: ricordavo infatti di averlo girato nelle mani da una parte e dall'altra per cercare il punto più pulito. Se il teschio fosse stato visibile, non avrei mancato di vederlo. C'era un mistero quindi che non sapevo sbrogliare; ma proprio in quel momento mi parve di veder spuntare una fioca luce nei recessi più profondi e segreti del mio intelletto, un'idea simile a una lucciola, un barlume della verità di cui la nostra avventura dell'altra notte ci ha fornito una dimostrazione tanto strepitosa. Mi alzai per riporre accuratamente la pergamena, deciso a rinviare ogni ulteriore riflessione al momento in cui fossi rimasto solo.

Quando lei se ne andò e Jupiter si fu addormentato, potei dedicarmi a una indagine più metodica del problema. Per prima cosa volevo capire in che modo questa pergamena fosse potuta capitare in mano mia. Avevamo trovato lo *scarabaeus* sulla costa continentale, un miglio a est dell'isola, a breve distanza dalla linea dell'alta marea. Quando lo presi, mi pizzicò e lo lasciai cadere. Con la sua abituale prudenza, Jupiter, prima di catturare l'insetto, che si era involato verso di lui, cercò una foglia o qualcosa di analogo per prenderlo. In quel momento i suoi e i miei occhi si posarono su quel frammento di pergamena, che lì per lì presi per un pezzo di carta. Era a metà ricoperto dalla sabbia e ne sporgeva soltanto un angolo. Nel luogo dove lo trovammo, notai i resti di uno scafo che mi parve la scialuppa di salvataggio di una nave. Il relitto sembrava essere là da lungo tempo, tanto che la somiglianza col fasciame di una nave era appena rilevabile. Jupiter raccolse dunque la pergamena, vi avvolse l'insetto e me lo consegnò. Poco dopo riprendemmo la via del ritorno; sulla strada di casa incontrammo il tenente G. Gli mostrai l'insetto ed egli mi chiese di poterlo portare con sé al forte. Acconsentii ed egli se lo cacciò in tasca, senza la pergamena che lo avvolgeva e che io tenevo in mano mentre gli mostravo l'insetto. Forse, temendo che cambiassi idea, s'affrettò a entrare in possesso della preda; lei conosce la sua passione per tutto quello che si ricollega alla Storia Naturale. È evidente che senza pensarci, mi misi in tasca la pergamena.

Lei si ricorderà che quando mi sedetti al tavolo per abbozzare il disegno dello *scarabaeus*, nel luogo dove la tengo abitualmente la carta non c'era. Guardai nel cassetto: non ne trovai. Cercai nelle mie tasche, sperando di trovare una vecchia lettera, e la mia mano incontrò la pergamena. Mi addentro tanto nei dettagli circa il modo in cui arrivò nelle mie mani perché quelle circostanze mi hanno singolarmente colpito.

Indubbiamente lei mi riterrà un sognatore – ma avevo già trovato una specie di *connessione*. Avevo messo insieme due anelli di una grande catena. Un battello naufragato sulla costa e poco lontano una pergamena – e *non un pezzo di carta* – con sopra il disegno di un teschio. Mi chiederà quale sia la relazione. Rispondo che il teschio o la testa di morto è il ben noto emblema dei pirati. Sempre in tutte le loro imprese hanno issato la bandiera con il teschio.

Ho detto che si trattava di pergamena e non di carta; e la pergamena è una cosa che dura, quasi indistruttibile. E raramente le si affidano documenti di poca importanza, visto che è tanto meno adatta della carta alla scrittura o al disegno. Questo mi fece pensare che nel teschio si nascondessero un significato e una relazione particolari. Né mi sfuggì inoltre la particolarità della *forma*. Benché uno dei lati fosse andato distrutto, si vedeva che la forma primitiva doveva essere stata oblunga. Era infatti una striscia del tipo che avrebbe potuto essere stato scelto per un memorandum – per registrarvi qualcosa da ricordare a lungo e da conservare gelosamente.»

«Ma», lo interruppi, «lei dice che il teschio *non* c'era sulla pergamena quando disegnò lo scarabeo. Come si può allora stabilire un rapporto tra battello e teschio, se questo, stando a quanto lei stesso sostiene, deve essere stato disegnato dopo (Dio solo sa come o da chi!) che vi ebbe disegnato lo *scarabaeus*?»

«Ah! Proprio intorno a questo ruota il mistero; anche se in fondo ho avuto relativamente poco da faticare a sciogliere questa parte dell'enigma. La via che seguii era sicura e non poteva che portarmi a un solo risultato. Ragionai così: quando ho disegnato il mio *scarabaeus* non c'era traccia di teschio sulla pergamena; dopo averlo finito lo consegnai a lei senza perderla mai di vista prima che me lo restituisse. Di conseguenza non può essere stato lei a disegnarlo e nella stanza non c'era nessun altro che potesse farlo. Non poteva quindi essere opera d'un uomo. Tuttavia era sotto i miei occhi!

A questo punto delle mie riflessioni, mi sforzai di ricordare e effettivamente *ricordai*, con straordinaria esattezza, ogni incidente prodottosi in quell'intervallo. La temperatura era rigida – rara e fortunata circostanza! – e un bel fuoco ardeva nel camino. Io ero accaldato per l'esercizio fisico e mi misi a sedere al tavolo. Lei, invece, aveva girato la seggiola verso il camino. Proprio quando le misi in mano la pergamena, e lei stava per esaminarla, Wolf, il mio Terranova, entrò e le saltò sulle spalle. Lei lo accarezzò con la mano sinistra cercando di tenerlo a bada e lasciando pendere con noncuranza la mano destra, che teneva la pergamena, tra le ginocchia e molto vicina al fuoco. Ebbi paura che il fuoco potesse raggiungerla, e stavo per dirle di fare attenzione; ma prima che parlassi, l'aveva tirata indietro ed era passato a esaminarla. Considerati tutti questi fatti, fui certo che era stato il *calore* a far apparire sulla pergamena il teschio di cui vedevo l'immagine. Lei sa bene che ci sono – e ce ne sono sempre stati – preparati chimici per scrivere su carta o pergamena caratteri che diventano visibili soltanto quando sono sottoposti all'azione del fuoco. Si usa talvolta zaffra sciolta in *acqua regia* e diluita in acqua pari a quattro volte il suo volume; ne risulta una tinta verde. Il regolo di cobalto, disciolto in spirito di nitro, dà un colore rosso. Questi colori scompaiono, più o meno rapidamente, dopo che il materiale su cui si scrive si sia raffreddato, ma ricompaiono, quando si vuole, con una esposizione al calore.

Esaminai allora il teschio con la massima cura. I contorni più vicini ai bordi della pergamena erano molto più netti degli altri. Evidentemente l'azione del calore era stata imperfetta, ineguale. Accesi immediatamente il fuoco ed esposi al calore ogni parte della pergamena. Prima non ottenni che di rinforzare le linee un po' pallide del teschio, poi, proseguendo l'esperimento, vidi comparire in un angolo del foglio diagonalmente opposto a quello dove era disegnata la testa, una figura che mi sembrò in un primo momento quella di una capra; ma un esame più attento mi convinse che si trattava di un capretto.»

«Ah! Ah!», dissi, «non ho diritto di beffarmi di lei,... un milione e mezzo di dollari sono una cosa troppo seria per scherzare; ...ma questo non aggiunge un nuovo anello alla catena. Come riuscirà a trovare un legame speciale tra i suoi pirati e una capra? I pirati non hanno niente a che fare con le capre. Le capre ci conducono al mondo contadino.»

«Ma le ho appena detto che l'immagine *non* era quella di una capra!»

«Bene! Vada per il capretto; è quasi la stessa cosa!»

«Quasi! Non completamente», disse Legrand. «Forse lei ha sentito parlare di un certo capitan Kidd [2]. Considerai subito l'immagine dell'animale come una sorta di gioco di parole, di firma geroglifica. Dico firma per la posizione che occupava nella pergamena e che suggeriva questa idea. Il teschio, all'angolo opposto, aveva l'aria d'un sigillo, di un marchio. Ma fui molto sconcertato dall'assenza di qualsiasi altra cosa, del corpo del mio immaginario documento, di un testo per il mio contesto.»

«Immagino che sperasse di trovare una lettera tra il timbro e la firma.»

«Qualcosa di simile. Mi sentivo, in realtà, irresistibilmente posseduto dal presentimento di una immensa fortuna imminente. Come? Non saprei dirlo. Nel complesso era forse più un desiderio che una convinzione fondata. Ci crederebbe che proprio l'assurda affermazione di Jupiter che quello era uno scarabeo d'oro massiccio aveva scatenato la mia immaginazione? E la serie di incidenti e coincidenze mi sembrava, quella sì, assolutamente straordinaria! Si è accorto che per puro caso tutti questi avvenimenti sono capitati nel *solo* giorno dell'anno in cui abbia fatto abbastanza freddo per aver bisogno di fuoco; senza questo fuoco e senza l'intervento del cane proprio in quel preciso momento, non sarei mai venuto a conoscenza del teschio e mai sarei entrato in possesso del tesoro.»

«Continui! Sono molto impaziente.»

«Bene! Avrà sentito, naturalmente, le molte storie che circolano, mille voci vaghe intorno al tesoro sepolto, lungo la costa atlantica, da Kidd e dai suoi complici. Sono voci che devono pur avere avuto un fondamento; e visto che sono esistite da tanto tempo e ininterrottamente, secondo me voleva dire che il tesoro sepolto era rimasto *ancora sepolto*. Se Kidd avesse nascosto il bottino per un po' e l'avesse più tardi ripreso, queste voci non sarebbero arrivate fino a noi senza mutare mai. Avrà notato che sono storie che riguardano sempre dei cercatori di tesori e mai degli scopritori d'oro.

Se il pirata avesse ripreso il suo tesoro, la cosa si sarebbe fermata lì. Avevo l'impressione che un qualche incidente – per esempio la perdita del memorandum con l'indicazione del luogo – gli avesse impedito di recuperarlo e che la disavventura fosse arrivata a conoscenza dei suoi uomini che altrimenti non avrebbero mai avuto notizia di un tesoro sepolto, questi dopo ricerche infruttuose perché senza guida né mappa, avrebbero potuto far nascere e poi diffondere universalmente tali leggende, oggi tanto comuni. Si è mai sentito parlare di un importante tesoro che sarebbe stato dissotterrato sulla costa?»

«Mai!»

«Ora, è noto che Kidd aveva accumulato immense ricchezze. Mi convinsi definitivamente che la terra le nascondesse ancora; non si meravigli se dico che sentivo in me questa speranza – una speranza che cresceva come una certezza – che la pergamena, trovata in modo tanto strano, contenesse l'indicazione sparita del luogo dove si trovava il tesoro.»

«Cosa fece?»

[2] *Kid* in inglese vuol dire «capretto»: le due parole hanno lo stesso suono (*N.d.T.*).

«Intanto accostai di nuovo la pergamena al fuoco: ma non comparve niente. Poteva essere però lo strato di sporcizia la causa di questo insuccesso: perciò la lavai accuratamente versandovi sopra acqua calda e poi la misi in una teglia di latta con il teschio verso l'interno e misi la teglia su una stufa a carbone accesa. Dopo alcuni minuti, scaldato il recipiente, estrassi la striscia di pergamena e mi accorsi, con una gioia indicibile, che era ricoperta in più parti da segni che sembravano cifre incolonnate. La rimisi nella teglia, ce la lasciai ancora un minuto, e quando la tirai fuori era come può vederla adesso.»

Fu qui che Legrand, dopo aver riscaldato di nuovo la pergamena, me la sottopose. I caratteri che seguono apparivano in rosso, tracciati in modo grossolano in mezzo tra la testa di morto e il capretto:

«53‡‡† 305)) 6*; 4826) 4‡.) 4‡); 806*; 48† 8¶ 60)) 85; 1‡ (;:‡*8†83 (88) 5*†; 46 (;88*
96*?; 8)*‡ (;485); 5*†2: *‡(;4956*2 (5*−4) 8¶ 8*; 40692 85);) 6†8) 4‡‡; 1 (‡9; 48081;
8:8‡1; 48†85; 4) 485†528806*81 (‡9; 48; (8 8; 4 (‡?34; 48) 4‡; 161;: 188;‡?;»

«E con ciò», dissi, restituendogli la pergamena, «non mi sembra per questo più chiaro. Se per conquistare tutti i tesori della Golconda dovessi risolvere questo enigma, sono certo che non potrei conquistarmeli.»

«Eppure», disse Legrand, «la soluzione è più facile di quanto non si pensi al primo superficiale sguardo; questi caratteri, come ognuno può facilmente vedere, sono cifrati, vale a dire, hanno un senso. Da quello che però si sa di capitan Kidd, non lo potevo supporre capace di costruire un modello astruso di crittografia: ho quindi ritenuto subito che si trattasse di un genere semplice, tale, tuttavia, da sembrare insolubile a un rozzo marinaio che non ne possedesse la chiave.»

«E lei, veramente l'ha risolto?»

«Molto facilmente; ne ho d'altra parte risolti altri diecimila volte più complicati. Sono state le circostanze e anche una certa predisposizione del mio intelletto a spingermi a occuparmi di questa specie di enigmi, e, credo, che sia improbabile che l'ingegno umano possa inventare un enigma di cui lo stesso ingegno umano non possa, con paziente applicazione, venire a capo. Una volta trovato il legame tra alcuni caratteri, cioè resili leggibili, la difficoltà di estrarne il significato non mi preoccupò più.

In questo caso, e in genere in tutti i casi di scrittura segreta, la prima questione con cui misurarsi è proprio la *lingua* del cifrario: infatti i criteri della soluzione, in particolare quando si tratta delle cifre più semplici, dipendono e variano secondo lo spirito di ogni idioma. In genere non c'è altro mezzo che provare in successione, secondo il calcolo delle probabilità, tutte le lingue note, fino a trovare quella giusta. Nel cifrario che ci interessa, la difficoltà era risolta dalla firma. Il gioco di parole sulla parola *kidd* è possibile soltanto nella lingua inglese. Senza questa circostanza, avrei cominciato le mie prove dallo spagnolo e dal francese, le lingue in cui era più naturale che un pirata dei domini spagnoli racchiudesse un simile segreto. Ma, così come stavano le cose, presupposi che il crittogramma fosse inglese.

Avrà notato che non ci sono spazi tra le parole. Se ci fossero stati spazi, il compito sarebbe stato molto più facile: avrei dovuto cominciare con il confronto e l'analisi delle parole più brevi e se, come è probabile, avessi trovato una parola di una sola lettera (per esempio *a* oppure *I*) avrei considerato risolto il problema. Ma, non essendoci spazi, il primo obbligo era rilevare le lettere predominanti e quelle più rare. Le contai tutte e stesi la seguente tavola:

Del carattere	8	ce ne sono	33.
	;	»	26.
	4	»	19.
	‡)	»	16.
	*	»	13.
	5	»	12.
	6	»	11.
	†i	»	8.
	0	»	6.
	92	»	5.
	:3	»	4.
	?	»	3.
	¶	»	2.
	–.	»	1.

Ora, la lettera più frequente in inglese è *e*, seguono nell'ordine: *a o i d h n r s t u y c f g l m w b k p q x z*. La *e* è talmente predominante che raramente si trova una frase di una qualche lunghezza in cui non sia il carattere più frequente.

Fin dall'inizio, perciò, possiamo contare su una base operativa che è un po' più di una congettura. È evidente quale sia l'uso generico di questa tavola; quanto a questo particolare cifrario, la sua funzione è limitata.

Vista la dominanza dell'*8* lo dobbiamo assumere come l'*e* dell'alfabeto naturale. Per verificare questa ipotesi, vediamo se l'*8* si trovi spesso *doppio*, visto che in inglese l'*e* figura spesso doppia, come in *meet, fleet, speed, seen*, ecc. Nel caso in questione è doppio almeno 5 volte, malgrado la brevità del crittogramma.

Prendiamo 8=*e*. Ora, tra le parole inglesi la più usata è *the*; bisogna quindi controllare se non sia una combinazione ripetuta più volte, quella di tre caratteri di cui l'8 sia il terzo. Se ci sono ripetizioni del genere, queste molto probabilmente rappresenteranno l'articolo *the*. Fatta la verifica, non riscontriamo meno di sette gruppi i cui caratteri sono *;48*. Ne deriva che ;=*t* e che *4*=*h* e che *8*=*e* a conferma del valore dell'ultimo segno. È un passo avanti enorme.

Abbiamo, è vero, individuato una sola parola, ma abbiamo acquisito un punto molto importante, cioè inizio e fine di altre parole. Vediamo per esempio il penultimo caso in cui si presenta la combinazione *;48*, quasi alla fine del cifrario. Sappiamo che il *;* che viene subito dopo è l'inizio di una parola e che dei sei caratteri che seguono il «*the*», ne conosciamo almeno cinque. Rimpiazzando questi caratteri con le lettere che rappresentano, e lasciando uno spazio per la lettera sconosciuta, viene

t eeth,

dobbiamo scartare il *th* perché non può far parte della parola che comincia con la prima *t*; infatti, pur provando per esclusione tutte le lettere dell'alfabeto, per trovare una lettera che vada a riempire il posto vuoto ci accorgiamo che non si può formare alcuna parola di cui sia parte questo *th*. Bisogna ridurre i caratteri a

t ee,

e riprendendo se necessario a scorrere tutto l'alfabeto, concludiamo che la parola *tree* [albero] è l'unica versione possibile. Con ciò, abbiamo conquistato una nuova lettera; è la *r* rappresentata dal segno (più due parole contigue: *the tree* [albero].

Più oltre troviamo la combinazione *;48* che ci serve come *finale* di quanto immediatamente precede. Con questo risultato

the tree; 4 (‡? 34 the,

o meglio, sostituendo ai caratteri le lettere note:

the tree thr ‡?3h the.

Se poi ai segni ignoti sostituiamo dei bianchi o dei puntini avremo:

the tree thr... h the,

la parola *through* [attraverso] viene, fuori da sola. È una scoperta che ci dà tre lettere in più, *o, u g*, rappresentate da ‡, ?e 3.

Se esaminiamo attentamente il testo troveremo nel cifrato combinazioni di caratteri noti e non lontano dall'inizio, troveremo la seguente combinazione:

83(88

Cioè *egree*; chiaramente si tratta della parola *degree* [grado] che ci offre la lettera *d*, rappresentata da †. Quattro lettere oltre troviamo la combinazione

;46(;88

Traducendone i caratteri noti, sostituendo quanto è ignoto con dei puntini abbiamo

th.rtee,

che immediatamente ci suggerisce la parola *thirteen* [tredici] e che ci fornisce la *i* e la *n*, rappresentate da *6* e da *.

Tornando all'inizio del crittogramma, troviamo:

53‡‡†

traduciamo e otteniamo:

.good,

che ci dice che la prima lettera è *a* cioè *a good* [un buono].

Sarà bene ora, per evitare ogni confusione, disporre la nostra chiave. Si disporrà così:

5	rappresenta	a
†	»	d
8	»	e
3	»	g
4	»	h
6	»	i

*	rappresenta	n
‡	»	o
(	»	r
;	»	t
?	»	u

Abbiamo con ciò almeno undici tra le lettere più importanti ed è ormai inutile continuare a illustrare la soluzione in tutti i suoi dettagli.

Spero di averle detto abbastanza per convincerla che non è difficile risolvere cifrati del genere e per darle un'idea della *base logica* necessaria a risolverli. Tenga presente che è un genere semplice di crittografia. Non mi resta che darle la traduzione completa del documento, dopo averne decifrato tutti i caratteri. Eccola:

"A good glass in the bishop's hostel in the devil's seat forty-one degrees and thirteen minutes northeast and by north main branch seventh limb east side shoot from the left eye of the death's-head a bee-line from the tree through the shot fifty fet out" [3].»

«Ma», dissi, «resta un enigma contorto quanto prima. Come si può pensare di dare un senso a chiacchiere come "sedia del diavolo", "testa di morto" e "ostello del vescovo"?»

«Certo», replicò Legrand, «la faccenda mantiene, a guardarla superficialmente, un'aria complicata. La mia prima preoccupazione fu di cercare le scansioni della frase, quelle naturali allo spirito di chi le scriveva.»

«Di trovare la punteggiatura? Vuol dire questo?»

«Sì, in un certo senso.»

«Ma come diavolo ha fatto?»

«Considerai che lo scrivente si fosse adoperato a mettere insieme le parole senza dividerle, sperando di rendere più difficile la soluzione. Si dà il caso che un uomo di spirito poco fine sarà naturalmente portato, in un tentativo del genere, a esagerare, e, se nel corso del componimento arriva a una interruzione che richiederebbe una pausa o un punto, è portato fatalmente a ravvicinare i caratteri più del necessario. Guardi il manoscritto e scoprirà facilmente cinque momenti del genere in cui c'è, per così dire, un ingombro di caratteri. Da questo indizio, rilevai la seguente suddivisione: "Un buon vetro nell'ostello del vescovo nella sedia del diavolo – quarantun gradi e tredici primi – nord-est quarta nord – tronco principale settimo ramo lato est – sparare dall'occhio sinistro della testa di morto – una linea retta dall'albero attraverso la palla quindici metri fuori".»

«Neanche questo mi chiarisce le idee», dissi.

«Per qualche giorno fu per me la stessa cosa», replicò Legrand, «allora presi a cercare nei dintorni dell'isola di Sullivan un edificio che avesse il nome di "ostello del vescovo", o modernamente, albergo. Non avendo trovato niente, stavo per allargare l'ambito delle mie ricerche, per procedere più sistematicamente, quando un mattino mi venne in mente che

[3] Un buon vetro nell'ostello del vescovo nella sedia del diavolo quarantun gradi e tredici primi nord-est quarta nord tronco principale settimo ramo lato est sparare dall'occhio sinistro della testa di morto una linea retta dall'albero attraverso la palla quindici metri fuori (*N.d.T.*).

questo *"bishop's hostel»* poteva avere a che fare con una vecchia famiglia di nome Bessop, da tempo immemorabile proprietaria di un vecchio maniero, 4 miglia a nord dell'isola. Andai allora nella piantagione, e ricominciai le mie indagini fra i negri più anziani del luogo. Finalmente una delle donne più vecchie mi disse che aveva sentito parlare di un luogo detto *Bessop's castle*[4] e che credeva di potermici accompagnare, ma che non si trattava né di un castello, né di un albergo: era una grande roccia.

Le offrii un grosso compenso per il disturbo, e lei acconsentì ad accompagnarmi fino al posto preciso. Lo trovammo senza difficoltà, la congedai e presi a esaminare la località. Il "castello" consisteva in un irregolare insieme di picchi e rocce, di cui una altissima, in particolare si distingueva per l'aspetto isolato e artificiale. Arrampicatomi in cima, sentii la difficoltà di decidere il da farsi.

Mentre ero tutto concentrato, i miei occhi si posarono su una sporgenza nella faccia orientale della roccia, un metro forse al di sotto della punta su cui mi trovavo. La sporgenza si protendeva di circa quarantacinque centimetri, e larga una trentina; una nicchia scavata nella roccia giusto al di sopra, gli conferiva una grossolana somiglianza con quelle sedie a schienale concavo che usavano i nostri avi. Non ebbi dubbi: era la "sedia del diavolo" del manoscritto, e pensai che ormai tutto il segreto era svelato.

Il "buon vetro", chiaramente significava cannocchiale: i nostri marinai infatti di rado usano l'espressione "vetro" con altro significato. Capii che bisognava servirsi di un cannocchiale, piazzandosi in un punto definito, senza che fosse *ammessa alcuna variazione*. Quindi le frasi "quarantun gradi e tredici primi" e "nord-est quarta nord", mi fu evidente, dovevano dare la direzione in cui puntare il canocchiale. Scombussolato per le scoperte mi precipitai a casa, mi procurai un cannocchiale e tornai alla roccia.

Mi lasciai scivolare sulla sporgenza e mi accorsi che era possibile mantenervisi in una sola posizione. Questo confermò la congettura. Ricorsi al cannocchiale: naturalmente i quarantun gradi e tredici primi potevano riferirsi soltanto alla elevazione rispetto all'orizzonte, visto che la direzione orizzontale era indicata dalla frase "nord-est quarta nord". Con una bussola tascabile stabilii la direzione; puntando, come meglio potevo approssimativamente, il mio cannocchiale a un angolo di quarantun gradi, lo spostai con precauzione dall'alto in basso e dal basso in alto, finché la mia attenzione non fu attratta da una specie di buco circolare nel fogliame di un grande albero, che dominava tutti gli altri nel panorama. Al centro del buco scorsi una macchia bianca, ma, all'inizio, non riuscivo a distinguere che fosse. Sistemato il fuoco del cannocchiale, guardai nuovamente e constatai che si trattava di un teschio umano.

Questa scoperta mi dette fiducia: l'enigma era risolto; la frase "albero principale, settimo ramo, lato est" doveva riferirsi alla posizione del cranio sull'albero, e l'altra "sparare dall'occhio sinistro della testa del morto" ammetteva una sola interpretazione, trattandosi di un tesoro sepolto. Dovevo lasciar cadere una pallottola dall'occhio sinistro del teschio e che una linea retta, che partisse dal punto più vicino al tronco passando per la "palla" (cioè attraverso il punto in cui sarebbe caduta la pallottola) e prolungata fino a una distanza di quindici metri avrebbe indicato un punto

[4] Castello di Bessop (*N.d.T.*).

preciso sotto il quale ritenni almeno *possibile* che si trovasse sepolto un prezioso tesoro.»

«Tutto questo», dissi, «straordinariamente chiaro e insieme ingegnoso, semplice ed esplicito. E dopo aver lasciato l'Ostello del Vescovo, cosa fece?»

«Dopo aver accuratamente segnato la posizione dell'albero, tornai a casa. Appena lasciata la sedia del diavolo, il varco scomparve, e da qualunque parte mi girassi mi era ormai impossibile ritrovarlo. Il capolavoro dell'ingegno è proprio qui, ho anche ripetuto l'esperimento ed è un fatto, che il varco circolare in questione è visibile solo da un punto di osservazione e questo unico punto di osservazione è la stretta sporgenza sul fianco della roccia.

In questa spedizione all'Ostello del Vescovo ero stato seguito da Jupiter che da qualche settimana spiava la mia aria preoccupata e stava molto attento a non lasciarmi mai. Ma il giorno successivo mi alzai molto presto e riuscii a sfuggirgli. Corsi sulle montagne alla ricerca del mio albero. Faticai molto a trovarlo. Tornato a casa, a notte fonda, trovai il mio domestico pronto a darmi una buona bastonata. Quanto al resto dell'avventura, presumo che ne sappia quanto me.»

«Suppongo che il nostro primo tentativo di scavo sia andato a vuoto per la sciocchezza di Jupiter che lasciò cadere lo scarabeo attraverso l'occhio destro invece che attraverso il sinistro?»

«Precisamente. Una inesattezza che comportava una differenza di circa sei centimetri rispetto alla pallottola, cioè rispetto alla posizione del piolo più vicino all'albero. Se il tesoro fosse stato *sotto* la "pallottola", questo errore sarebbe stato irrilevante; ma la "pallottola" e il punto più vicino all'albero erano due punti che servivano a stabilire una linea di direzione; naturalmente l'errore, minimo all'inizio, aumentava in proporzione alla lunghezza della linea; e alla distanza di quindici metri eravamo completamente fuori strada. Senza l'idea fissa che là ci fosse veramente un tesoro sepolto, avremmo sprecato tutte le nostre fatiche.»

«Ma la sua enfasi e il suo modo di far oscillare lo scarabeo!... Che bizzarria! Ho creduto che fosse veramente pazzo. E poi perché ha deciso di lasciar cadere dal teschio lo scarabeo invece che una pallottola?»

«Francamente, confesso che ero seccato dei suoi evidenti sospetti sulla mia sanità mentale, e decisi di punirla tranquillamente, a modo mio, con un briciolo di lucida mistificazione! Per questo facevo oscillare lo scarabeo e per questo volli che fosse fatto cadere dalla cima dell'albero. Proprio la sua osservazione sul suo peso, me ne dette l'idea.»

«Sì, vedo. Resta un solo punto che mi rende perplesso: che dire degli scheletri trovati nella fossa?»

«È una domanda alla quale so rispondere quanto lei. C'è una sola plausibile spiegazione, e la mia ipotesi implica una atrocità orribile. È chiaro che Kidd, se è Kidd che ha seppellito il tesoro, come io non dubito, è chiaro che Kidd, dovette farsi aiutare nel suo lavoro. Ma conclusa la fatica deve aver giudicato conveniente far sparire i testimoni... Forse sono bastati due buoni colpi di zappa mentre gli aiutanti erano al lavoro; o forse ce ne sono voluti una dozzina. Chi potrà dircelo?»

Il cuore rivelatore

È proprio vero! – nervoso – molto, spaventosamente nervoso, ero e sono ancora; ma perché *dire* che sono pazzo? La malattia aveva acuito i miei sensi – non distrutto – non smorzato. Soprattutto era acuto il senso dell'udito. Udivo tutto in cielo e in terra. Udivo molte cose dell'inferno. E allora, come posso essere pazzo? Ascoltate! e osservate quanto lucidamente – quanto tranquillamente possa raccontarvi l'intera storia.

È impossibile dire come l'idea mi sia penetrata per la prima volta nella mente; ma una volta concepita, mi perseguitò giorno e notte. Scopo non c'era. Non c'era passione. Amavo il vecchio. Non mi aveva mai fatto torto. Non mi aveva mai oltraggiato. Non desideravo affatto il suo oro. Penso che sia stato il suo occhio! sì, fu così! Aveva l'occhio di un avvoltoio – un occhio azzurro chiaro, con un velo sopra. Ogni qualvolta cadeva su di me, mi si gelava il sangue nelle vene; e così per gradi – molto gradualmente – mi ficcai in testa di togliere la vita al vecchio, e liberarmi così dell'occhio, per sempre.

Ora questo è il punto.

Voi mi credete pazzo. I pazzi non sanno nulla. Ma avreste dovuto vedere me. Avreste dovuto vedere quanto saggiamente mi comportai – con quanta attenzione – con che prudenza – con che dissimulazione mi misi all'opera! Non fui mai più gentile verso il vecchio quanto durante l'intera settimana prima che lo uccidessi. E ogni notte, intorno a mezzanotte, giravo il chiavistello della sua porta e la aprivo – così delicatamente! E allora, quando avevo fatto un'apertura sufficiente a farvi passare la testa, introducevo una lanterna cieca, tutta chiusa, chiusa, cosicché nessuna luce filtrasse, e quindi spingevo dentro la testa. Oh, avreste riso vedendo quanto abilmente lo facevo! Muovevo la testa lentamente – molto lentamente, per non disturbare il sonno del vecchio. Mi occorreva un'ora per mettere l'intera testa dentro l'apertura tanto da poterlo vedere giacere sul letto. Ah! – Sarebbe stato un pazzo così saggio? E allora, quando la mia testa era ben dentro la camera, scoprivo la lanterna cautamente – oh, così cautamente – cautamente perché i cardini cigolavano – la scoprivo proprio quel tanto che bastava a far sì che un solo sottile raggio cadesse sull'occhio da avvoltoio.

E feci questo per sette lunghe notti – ogni notte proprio a mezzanotte – ma trovavo l'occhio sempre chiuso; e così era impossibile fare il lavoro; perché non era il vecchio che mi opprimeva, ma il suo Occhio Malvagio.

E ogni mattina, quando il giorno spuntava, andavo sfacciatamente nella sua camera, e gli parlavo coraggiosamente, chiamandolo per nome in un tono cordiale, e domandando come avesse passato la notte. Così vedete, avrebbe dovuto essere un vecchio molto acuto davvero, per sospettare che ogni notte, esattamente a mezzanotte, entravo a guardarlo mentre dormiva.

L'ottava notte fui più del solito cauto nell'aprire la porta. La lancetta dei minuti di un orologio si muove più velocemente di quanto fece la mia mano. Mai prima di quella notte, *avevo sentito* l'estensione dei miei poteri – della mia sagacia. Potevo a fatica frenare il mio senso di trionfo. Pensare che ero là, che aprivo la porta, a poco a poco, ed egli nemmeno immaginava i miei segreti atti o pensieri. Ridacchiai a quell'idea; e forse mi udì perché si mosse sul letto improvvisamente come se sobbalzasse. Ora potreste pensare che indietreggiassi – ma non fu così. La sua stanza era nera come pece nell'oscurità fitta (le imposte erano chiuse, per paura dei ladri), e così sapevo che non poteva vedere schiudersi la porta, e continuai a spingerla con continuità, sempre di più.

Avevo la testa dentro, ed ero sul punto di aprire la lanterna, quando il mio pollice scivolò sul chiavistello di latta, e il vecchio si levò sul letto, gridando: «Chi è là?».

Rimasi perfettamente immobile e non dissi nulla. Per un'ora intera non mossi un muscolo, e nel frattempo non lo udii ricoricarsi. Era ancora seduto sul letto in ascolto; – proprio come ho fatto io, notte dopo notte, ascoltando gli orologi della morte [1] nella parete.

Ora udivo un gemito debole, e sapevo che era il gemito di un terrore mortale. Non era un gemito di sofferenza o di dolore – oh, no! era il suono sommesso e soffocato che si leva dal fondo dell'anima quando è sovraccarica di paura. Conoscevo bene quel suono. Più di una notte, proprio a mezzanotte quando tutto il mondo dormiva, esso è scaturito dal mio petto, aumentando, con la sua eco spaventosa, i terrori che mi sconvolgevano. Dico che lo conoscevo bene. Sapevo ciò che il vecchio provava, e sentivo pietà per lui, sebbene ridacchiassi in cuor mio. Sapevo che era restato desto fin dal primo sommesso rumore, quando si era rivoltato nel letto. I suoi timori erano andati crescendo da allora. Aveva provato a crederli irragionevoli, ma non c'era riuscito. Si era detto: «Non è altro che il vento del camino – è solo un topo che attraversa il pavimento», oppure «è soltanto un grillo che ha fatto il suo trillo». Sì, aveva provato a confortarsi con queste supposizioni: ma aveva trovato tutto inutile. Sì, *tutto inutile*; perché la Morte nell'avvicinarglisi, era avanzata a lunghi passi, con la sua ombra nera, e aveva avviluppato la vittima. E fu l'influenza funesta di quell'ombra invisibile che gli fece sentire – benché non mi avesse visto né udito – *sentire* dico, la presenza della mia testa nella stanza.

Quando ebbi atteso a lungo, molto pazientemente, senza udirlo distendersi, decisi di aprire una piccola – piccolissima fessura nella lanterna. Così la aprii, furtivamente – non potete immaginare quanto furtivamente – finché, alla fine, un solo raggio fioco, sottile come il filo del ragno, guizzò fuori dalla fessura e cadde in pieno sull'occhio di avvoltoio.

Era aperto – completamente spalancato – e divenni furioso quando lo fissai. Lo vedevo con perfetta chiarezza – tutto un azzurro opaco, con un orribile velo sopra che mi raggelò il midollo nelle ossa; ma non potevo vedere altro del volto o della figura del vecchio: perché avevo diretto il raggio, come per istinto, precisamente su quel dannato punto.

E non vi ho forse già detto che ciò che scambiate per pazzia non è altro che estrema acutezza dei sensi? – ora, dico, mi giunse alle orecchie un suono basso, sordo, rapido, quale fa un orologio quando è avvolto nel cotone. Conoscevo bene anche *quel* suono. Era il battito del cuore del

[1] Una specie di insetti (*N.d.T.*).

vecchio. Incrementò la mia collera, come il rullo di un tamburo sprona il coraggio del soldato.

Ma ancora mi frenai e rimasi immobile. Respiravo appena. Tenevo la lanterna immobile. Provavo quanto stabilmente potessi mantenere il raggio sull'occhio. Frattanto il tamburellare infernale del cuore aumentava. Diventava ogni istante più rapido, sempre più rapido, e più forte, sempre più forte. Il terrore del vecchio *doveva* essere estremo! Diventava più forte, dico, più forte ogni momento! – Volete prestarmi bene attenzione? Vi ho detto che sono nervoso: così sono. E adesso nell'ora mortale della notte, nello spaventoso silenzio di quella vecchia casa, un rumore così strano come questo scatenò in me un terrore incontrollabile. Eppure per alcuni minuti ancora mi trattenni e rimasi fermo. Ma il battito diventava più forte, forte! Pensavo che il cuore dovesse scoppiare. E una nuova inquietudine mi prese – il suono avrebbe potuto essere udito da un vicino! L'ora del vecchio era venuta! Con un urlo alto, aprii la lanterna e balzai nella stanza. Gridò una volta – una volta sola. In un attimo lo trascinai a terra, e gli rovesciai sopra il pesante letto. Allora sorrisi gaiamente, l'impresa era già a buon punto. Ma, per molti minuti, il cuore batté ancora con un rumore soffocato. Questo, tuttavia, non mi irritava; non sarebbe stato udito di là dal muro. Infine cessò. Il vecchio era morto stecchito. Gli misi la mano sul cuore e ve la tenni molti minuti. Non c'erano pulsazioni. Era morto stecchito. Il suo occhio non mi avrebbe turbato mai più.

Se ancora mi ritenete matto, non lo farete più quando avrò descritto le sagge misure di precauzione che presi per l'occultamento del cadavere. La notte stava declinando, e io lavoravo in fretta, ma in silenzio. Prima di tutto smembrai il cadavere. Tagliai via la testa, le braccia e le gambe. Poi divelsi tre tavole dal pavimento della camera, e disposi tutto fra i travicelli. Quindi rimisi a posto le tavole così intelligentemente, così astutamente, che nessun occhio umano – nemmeno il *suo* – avrebbe potuto scoprire qualcosa fuori posto. Non c'era nulla da lavare – nessuna macchia di alcun tipo – nessun segno di sangue. Ero stato estremamente meticoloso in questo. Una tinozza aveva accolto il tutto – Ah! Ah!

Quando ebbi portato a termine queste fatiche, erano le quattro – ancora buio come a mezzanotte. Mentre la campana suonava l'ora, proprio allora fu battuto alla porta di strada un colpo. Corsi giù ad aprire col cuore leggero – perché dovevo ora aver paura? Entrarono tre uomini, che si presentarono, con perfetta gentilezza, come funzionari di polizia. Un grido era stato udito da un vicino durante la notte; era sorto il sospetto di qualcosa di losco; l'informazione era giunta al commissario di polizia, ed essi, i funzionari, avevano ricevuto l'incarico di perquisire l'edificio.

Sorrisi, – perché dovevo temere? Diedi loro il benvenuto. Il grido, dissi, era mio in sogno. Il vecchio, accennai, era assente, in campagna. Portai i visitatori in giro per tutta la casa. Dissi di cercare – cercare «bene». Li condussi, infine, nella «sua» stanza. Mostrai i suoi tesori, al sicuro, indisturbati. Nell'entusiasmo della mia sicurezza, portai delle sedie nella camera, e li pregai di riposarsi lì dalle loro fatiche, mentre proprio io, nell'audacia selvaggia del mio completo trionfo, misi la mia sedia sul punto preciso sotto il quale riposava il cadavere della vittima.

I funzionari erano soddisfatti. Il mio *modo di comportarmi* li aveva convinti. Ero particolarmente a mio agio. Si sedettero, e mentre rispondevo tranquillamente, chiacchieravano di cose familiari. Ma, di lì a poco, sentii che impallidivo e sperai che se ne andassero. La testa mi doleva, e mi sembrava di udire uno squillo nelle orecchie: ma erano ancora seduti e ancora chiacchieravano. Lo squillo divenne più distinto: – continuava e si faceva sempre più distinto: parlavo in libertà per sbarazzarmi della sensazione: ma questa continuava e diventava sempre più distinta – finché, alla fine, scoprii che il rumore *non* era nelle mie orecchie.

Senza dubbio impallidii *molto* ora; ma parlai anche più facilmente, e con voce più alta. Ma il suono aumentava – e che cosa potevo fare? *Era un suono basso, sordo, rapido – molto simile a quello che fa un orologio quando è avvolto nel cotone*. Respiravo a fatica – e tuttavia i funzionari non lo udivano. Parlai sempre più velocemente – più impetuosamente; ma il rumore cresceva con regolarità. Mi alzai e ragionai su inezie, in tono acuto e gesticolando violentemente; ma il rumore continuava a crescere. Perché non se ne volevano andare? Misuravo il pavimento avanti e indietro con passi lunghi e pesanti, se le osservazioni dei tre uomini eccitassero il mio furore – ma il rumore cresceva continuamente. Oh, Dio! che *potevo* fare? Schiumavo – deliravo – imprecavo! Dondolai la sedia sulla quale stavo seduto, e la sfregai sulle tavole, ma il rumore sovrastava tutto e aumentava continuamente. Divenne più forte – più forte – più forte! E ancora gli uomini chiacchieravano piacevolmente, e sorridevano. Era possibile che non l'udissero? Iddio Onnipotente! – no! no! Lo udivano! – sospettavano! – sapevano! – si stavano beffando del mio orrore! – questo pensai, e questo penso. Ma qualsiasi cosa era meglio di questa agonia! Qualsiasi cosa era più tollerabile di questa irrisione! Non potevo sopportare più a lungo quei sorrisi ipocriti! Sentii che dovevo gridare o morire! e ora – di nuovo! – ascoltate! più forte! più forte! più forte! *più forte*!

«Mascalzoni!», gridai, «smettetela di fingere! Ammetto di averlo fatto! – strappate le assi! qui, qui! È qui il battito del suo orrendo cuore!»

Il mistero di Marie Rogêt [1]
(Seguito de «I delitti della Rue Morgue»)

Es giebt eine Reihe idealischer Begebenheiten, die der Wirklichkeit parallel läuft. Selten fallen sie zusammen. Menschen und Zufälle, modificiren gewöhnlich die idealische Begebenheit, so dass sie unvollkommen erscheint, und ihre Folgen gleichfalls unvollkommen sind. So bei der Reformation; statt des Protestantismus kam das Lutherthum hervor.

NOVALIS [2], *Moralische Ansichten*

Vi sono ben poche persone, anche tra i pensatori più pacati, che non siano state talvolta sospinte a una vaga e inquietante semicredenza nel soprannaturale da *coincidenze* di carattere apparentemente così prodigioso che l'intelletto si rifiuta di considerarle *pure* coincidenze. Si tratta di sensazioni, tenendo conto che le semi credenze cui mi riferisco non riescono mai a diventare pensiero, sensazioni che difficilmente possono essere totalmente represse, se non ricorrendo alla dottrina del caso, detta in linguaggio tecnico, Calcolo delle Probabilità.

Questo Calcolo è essenzialmente matematico: ci si trova quindi davanti alla anomalia per cui la severità e il rigore scientifico vengono applicati alle ombre e alla spiritualità più impalpabile della ricerca speculativa.

Gli straordinari particolari che mi accingo a pubblicare formano, visti in sequenza temporale, il nucleo primario di una serie di *coincidenze* scarsamente intellegibili, il cui nucleo secondario o conclusivo sarà colto da tutti i lettori nell'assassinio di Mary Cecilia Rogers a New York.

Quando, in un articolo di un anno fa, intitolato «I delitti della Rue Morgue» volli tracciare il profilo eccezionale del mio amico il Cavaliere C. Auguste Dupin, non potevo sapere che avrei ripreso l'argomento in seguito. Il mio unico scopo era delineare quella mentalità e lo raggiunsi in pieno attraverso quella intricata sequenza di circostanze portate a esempio delle idiosincrasie di Dupin. Gli esempi potevano anche essere più numerosi, ma non avrebbero aggiunto molto. Recenti fatti dal sorprendente

[1] Al momento della prima pubblicazione di *Marie Rogêt* questa nota, che ora appare a piè di pagina, non fu ritenuta necessaria: ma i molti anni trascorsi dalla tragedia su cui il racconto si basa rendono opportuno pubblicarla, e anche dire qualcosa per spiegare le linee generali. Una giovane, *Mary Cecilia Rogers*, fu uccisa nei pressi di New York; e sebbene la sua morte avesse suscitato una profonda e durevole emozione, il mistero che la circondava era ancora irrisolto all'epoca in cui questo racconto fu scritto e pubblicato (novembre, 1842). Fingendo di raccontare la vicenda di una *grisette* parigina, qui, l'autore ha seguito nei minimi particolari i fatti essenziali mentre ha semplicemente proceduto in modo parallelo per i fatti non essenziali del vero assassinio di Mary Rogers. Pertanto tutti gli argomenti dell'immaginario si possono applicare alla verità; l'obiettivo era la ricerca della verità.

Il *Mistero di Marie Rogêt* è stato scritto lontano dal luogo del delitto, e senza altri strumenti di indagine oltre quelli forniti dai giornali. Per questo è sfuggito allo scrittore molto di ciò che avrebbe potuto cogliere stando sul posto e visitando i luoghi. Tuttavia non sarà inopportuno ricordare che le confessioni di *due* persone (una delle quali è la Madame Deluc del racconto), rese in periodi diversi, molto tempo dopo la pubblicazione, confermarono integralmente non solo la conclusione generale, ma assolutamente *tutti* i principali particolari ipotizzati che avevano portato a quelle conclusioni.

[2] *Nom de plume* di Von Hardenberg. [Vi sono avvenimenti ideali che si svolgono paralleli a quelli reali. Di rado coincidono. Uomini e circostanze modificano di solito il corso ideale degli eventi, tanto da farlo sembrare imperfetto, e altrettanto imperfette le conseguenze che produce. Questo si verificò con la Riforma: al posto del Protestantesimo si ebbe il Luteranesimo. (*N.d.T.*)]

sviluppo, tuttavia, mi hanno incoraggiato a fornire altri particolari, che sembreranno come una confessione estorta. Ma udendo quanto ho recentemente udito, sarebbe strano se mantenessi il silenzio su quanto ho udito e visto molto tempo fa.

Concluso il tragico caso della morte di Madame l'Espanaye e di sua figlia, il Cavaliere smise di occuparsi dell'affare, per riprendere le sue abitudini di scontrose fantasticherie.

Sempre disposto all'astrazione, mi associai ai suoi umori; restammo nell'appartamento di Faubourg Saint-Germain, lasciammo il Futuro in balìa dei venti e ci accomodammo nel Presente, intessendo di sogni il banale mondo circostante.

Quei sogni non rimasero a lungo ininterrotti. È facile immaginare che il ruolo ricoperto dal mio amico nel dramma della Rue Morgue avesse colpito la fantasia della polizia parigina. Tra i suoi rappresentanti il nome di Dupin era divenuto molto familiare. Le semplici induzioni che gli avevano consentito di risolvere il mistero non erano state esposte in dettaglio al Prefetto o a qualcun altro, ma soltanto a me.

Non era quindi strano che l'affare fosse considerato un miracolo e che le capacità analitiche del Cavaliere gli dessero fama di uomo di grande intuito. La sua franchezza lo avrebbe portato indubbiamente a smentire tali pregiudizi, ma l'indolenza lo spinse a non occuparsi più di un caso che da tempo aveva perso interesse per lui. Accadde quindi che divenisse una sorta di punto di riferimento agli occhi della polizia e spesso ci fu chi tentò di ingaggiarlo perché lavorasse per la Prefettura.

Uno degli esempi più importanti fu quello dell'assassinio della giovane Marie Rogêt.

Il fatto accadde due anni dopo le atrocità della Rue Morgue. Marie, il cui nome e cognome colpirà l'attenzione, per la somiglianza con quello della sfortunata «sigaraia», era figlia unica della vedova Estelle Rogêt. Il padre era morto quando Marie era una bambina, e da questa morte fino a un anno e mezzo prima del delitto, oggetto del nostro racconto, madre e figlia avevano vissuto insieme in Rue Pavée Saint-André [3]; la signora gestiva una pensione, aiutata da Marie. Le cose procedettero così finché la ragazza non compì 22 anni e la sua grande bellezza non attirò le attenzioni di un negoziante di profumi, che aveva un negozio nel seminterrato del Palais Royal e che contava tra i suoi clienti molti loschi avventurieri della zona.

Monsieur Le Blanc [4] sapeva bene i vantaggi che gli sarebbero venuti dalla presenza della bella Marie nella sua profumeria. Le sue proposte generose furono accettate con slancio da Marie, ma con molti dubbi ed esitazioni da Madame.

Si avverarono le previsioni del negoziante: i suoi saloni diventarono famosi per le grazie della vivace *grisette*. Era da un anno in quell'impiego, quando i suoi ammiratori furono sorpresi dalla sua improvvisa scomparsa dal negozio. Le Blanc non fu capace di fornire spiegazioni per questa assenza e Madame Rogêt era fuori di sé per l'angoscia e il terrore. I giornali si occuparono immediatamente del fatto e la polizia stava per prendere in mano seriamente le indagini, quando una bella mattina, una

[3] Nassau Street.
[4] Anderson.

settimana dopo la scomparsa, Marie in buona salute ma con un'aria avvilita, si ripresentò dietro il suo solito banco, nella profumeria. L'inchiesta si restrinse al privato; quella pubblica fu archiviata. Monsieur Le Blanc dichiarò ancora una volta di non sapere niente. Marie, e con lei Madame, rispondevano a ogni domanda che l'ultima settimana l'aveva trascorsa in casa di certi parenti di campagna. La faccenda svanì nel nulla e tutti se ne dimenticarono; quanto alla ragazza, per sottrarsi a ogni curiosità, salutò il profumiere e ritornò a casa di sua madre in Rue Pavée Saint-André.

Cinque mesi circa dopo il ritorno a casa, i suoi amici furono ancora una volta messi in allarme da una sua seconda scomparsa. Trascorsero tre giorni senza sue notizie. Il quarto giorno il suo corpo fu ripescato nella Senna [5], nel tratto di fronte alla Rue-Saint-André, non lontano dagli isolati dintorni della Barrière du Roule [6].

L'atrocità di questo delitto (fu subito evidente che si trattava di un omicidio), la giovinezza e la bellezza della vittima e la sua precedente fama, contribuirono a eccitare profondamente l'animo dei sensibili parigini. Non ricordo nessun altro caso simile, che abbia prodotto effetti altrettanto intensi. Per molte settimane l'interesse per questa appassionata vicenda fece dimenticare nelle discussioni anche i fatti politici più seri. Il Prefetto ordinò misure eccezionali mobilitando tutte le forze di polizia di Parigi.

Dopo il ritrovamento del cadavere, tutti erano convinti che l'assassino avesse i giorni contati, visto il dispiegamento di forze nelle indagini. Ma non passò una settimana, che sembrò opportuno mettere una taglia, una taglia di appena mille franchi. Nello stesso tempo le indagini proseguivano con determinazione, anche se non sempre con raziocinio, e molte persone furono interrogate ma senza risultato. La tensione nell'opinione pubblica cresceva sempre più per la mancanza di qualsiasi elemento che servisse a chiarire il mistero. Alla fine del decimo giorno si ritenne giusto raddoppiare la taglia prevista; e infine, dopo due settimane trascorse senza novità di rilievo, poiché i pregiudizi contro la polizia, che da sempre animano le folle parigine, scoppiarono, dando luogo a vere e proprie *émeutes*, il Prefetto in persona si assunse la responsabilità di promettere ventimila franchi a «chi avesse denunciato l'assassino» o, se più di una persona vi era implicata, «chi avesse denunciato uno degli assassini». Nel manifesto che annunciava la taglia era promesso il perdono per quel complice che avesse dato informazioni sul compare; in tutti i luoghi in cui apparve il manifesto prefettizio si aggiunse un avviso privato di un comitato di cittadini che offriva altri diecimila franchi oltre quelli pubblici. L'intera taglia salì quindi a trentamila franchi: una cifra ragguardevole considerando le umili condizioni della ragazza e la frequenza nelle grandi città di violenze, come quella descritta.

Nessuno dubitava ora che sarebbe stata fatta completa luce sul delitto. Ma, anche se furono operati uno o due arresti che promettevano di essere utili a qualche chiarimento, nulla emerse a carico dei sospettati che furono presto rilasciati. Per quanto sembri strano, erano passate già tre settimane dalla scoperta del cadavere – e passate senza che fosse fatta luce sul mistero –, e ancora neanche un'eco della vicenda, che tanto commoveva la

[5] Lo Hudson.
[6] Weehawken.

gente, era giunta alle orecchie di Dupin e mie. Impegnati in ricerche che assorbivano tutta la nostra attenzione, da quasi un mese, nessuno di noi due usciva di casa o riceveva visite o dava più di un'occhiata frettolosa agli articoli di fondo dei quotidiani. La prima notizia del delitto ci fu portata da G. stesso. Venne a trovarci nel pomeriggio del 13 luglio del 18... e restò con noi fino a notte fonda. Non riuscire a scoprire gli assassini lo irritava. Ne andava della sua reputazione, disse con tipico fare parigino. E persino del suo onore. Gli occhi della pubblica opinione erano puntati su di lui; non c'era sacrificio che non fosse disposto a fare pur di trovare uno sbocco al mistero. Concluse questo discorso alquanto comico con un complimento a quello che si degnò di definire il *tatto* di Dupin, e gli fece una proposta esplicita e certamente generosa, che non mi sento autorizzato a rivelare, ma che non ha rapporto con lo stretto tema del mio racconto.

Il mio amico respinse con garbo i complimenti ma accettò la proposta, anche se i vantaggi erano del tutto provvisori. Fissato questo dato, il Prefetto dette il via alle spiegazioni del suo punto di vista, mescolandole con lunghi commenti sulle deposizioni che noi però ancora non conoscevamo. Parlò molto e indubbiamente dando prova di esperienza. Io azzardavo qualche idea di tanto in tanto, mentre la notte scorreva in modo sonnolento. Dupin, seduto immobile nella sua solita poltrona, era il ritratto dell'attenzione rispettosa. Tenne gli occhiali per tutto il tempo, e uno sguardo casuale dietro le lenti verdi bastò a convincermi che aveva dormito profondamente, quanto silenziosamente, per tutte le sette o otto ore che trascorsero lentissime prima che il prefetto se ne andasse.

Il mattino seguente in Prefettura mi procurai un rapporto completo di tutte le prove disponibili e, presso le varie redazioni dei giornali, una copia di tutti i quotidiani che, dall'inizio alla fine, avessero pubblicato qualche informazione degna di nota su quella triste faccenda. Sfrondata da tutti gli elementi smentiti dai fatti, tutta quella massa di notizie si riduceva a quanto segue.

Marie Rogêt lasciò la casa di sua madre in Rue Pavée Saint-André alle nove del mattino del 22 giugno, 18... Uscendo, aveva detto a Monsieur Jacques Saint-Eustache [7], e a lui solo, che aveva intenzione di restare tutto il giorno a casa di sua zia che abitava in Rue des Drômes. La Rue des Drômes è una strada breve e stretta, ma molto frequentata, non lontana dalle rive del fiume, che dista circa tre chilometri in linea retta, dalla pensione di Madame Rogêt. Saint-Eustache era il fidanzato ufficiale di Marie, e alloggiava e prendeva i pasti nella pensione. Sarebbe dovuto andare prima di sera a prendere la sua fidanzata per riportarla a casa. Nel pomeriggio però si era messo a piovere a dirotto; e, supponendo che Marie avrebbe preferito fermarsi tutta la notte dalla zia, (come aveva fatto altre volte in circostanze simili) egli non aveva ritenuto necessario mantenere la sua promessa. A notte inoltrata Madame Rogêt (che era una vecchia signora malata, di settant'anni) fu udita esprimere la paura «che non avrebbe rivisto più Marie»; nessuno fece troppo caso a questa frase, sul momento.

Il lunedì si seppe che la ragazza non era stata in Rue des Drômes e, trascorsa la giornata senza sue notizie, si intraprese una tardiva ricerca in varî punti della città e dei dintorni. Ma solo quattro giorni dopo la sua scomparsa, fu possibile accertare dati più concreti che la riguardavano.

[7] Payne.

Quel giorno (mercoledì 25 giugno) un certo Monsieur Beauvais [8] che stava cercando Marie, con un amico, nei pressi della Barrière du Roule, sulla riva della Senna di fronte a Rue Pavée Saint-André, fu informato che alcuni pescatori avevano tratto a riva, proprio allora, un cadavere che galleggiava nel fiume. Quando vide il corpo, Beauvais, dopo qualche esitazione lo identificò per quello della profumiera; il suo amico lo riconobbe con maggiore sicurezza.

Il volto era coperto di sangue rappreso, in parte uscito dalla bocca. Non fu trovata traccia di bava come nei casi di annegamento. Non c'era sbiancamento dei tessuti. Intorno al collo lividi e segni impressi da dita. Le braccia rigide erano contratte sul seno. La mano destra era serrata, la sinistra parzialmente aperta. Sul polso sinistro furono riscontrate due escoriazioni circolari, effetti visibili di più corde o di una sola avvolta a più riprese. Anche una parte del polso destro era graffiata come tutto il dorso e soprattutto le scapole. Nel tirare il corpo a riva, i pescatori avevano usato delle corde, ma nessuna escoriazione era stata prodotta da queste ultime. Il collo era molto gonfio. Non c'erano tracce di armi da taglio né ecchimosi che facessero pensare a colpi. Un laccio era talmente stretto intorno al collo da non essere visibile; era totalmente affondato nella carne e annodato proprio sotto l'orecchio sinistro. Questo da solo sarebbe stato sufficiente a provocare la morte. La testimonianza del medico legale riferiva con sicurezza del comportamento virtuoso della defunta. Era stata sottoposta, diceva, a violenza brutale. Il cadavere, quando fu ritrovato, era in condizione di essere riconosciuto dagli amici.

Il vestito era strappato e in più parti in disordine. Dall'orlo alla cintura della veste una striscia larga una trentina di centimetri era stata strappata, ma non staccata completamente. Era stata girata tre volte intorno alla vita e fissata in una specie di nodo dietro la schiena. Dal sottabito di leggera mussola era stata strappata con molta accuratezza e regolarità un'altra fascia larga circa mezzo metro. Fu trovata intorno al collo, avvolta mollemente, fermata con un nodo molto stretto. Alla striscia di mussola e al laccio erano attaccati i nastri del cappello; il cappello era rimasto lì appeso. Il nodo che legava i nastri del cappello non era un nodo da signora, ma piuttosto un nodo scorsoio o da marinaio.

Dopo il riconoscimento, il cadavere non era stato portato, come di regola, alla Morgue (questa formalità parve superflua) ma fu sotterrato in fretta, non lontano dal punto in cui era stato tratto a riva. Grazie alla solerzia di Beauvais, la storia fu messa premurosamente a tacere, il più rapidamente possibile, e trascorsero parecchi giorni prima che ne risultasse una qualche emozione pubblica. Fu un settimanale [9] a tornare sull'argomento; il corpo fu riesumato e l'inchiesta riaperta. Non emerse però niente di più di quanto già detto. Gli abiti furono identificati dalla madre e dagli amici per quelli che la ragazza indossava quando era uscita di casa.

Intanto cresceva di ora in ora l'eccitazione della gente. Parecchie persone furono arrestate e poi rilasciate. Il più sospetto parve Saint-Eustache che, in un primo momento, non aveva saputo dare una versione credibile su dove fosse e cosa facesse quella domenica in cui Marie aveva lasciato la casa. In seguito, però, fornì a Monsieur G. testimonianze che dimostravano i suoi spostamenti, ora per ora, nel giorno in questione. Il tempo

[8] Crommelin.
[9] Il *Mercury* di New York.

passava senza scoperte significative e mille voci contraddittorie furono messe in circolazione, e i giornalisti si abbandonarono a ogni congettura. Fra queste, quella più suggestiva sosteneva che Marie fosse viva – che il corpo ritrovato nella Senna appartenesse a un'altra sventurata. Converrà citare alcuni dei passi che avanzavano tale ipotesi, tratti fedelmente da *L'Etoile* [10], un giornale in genere credibile e prestigioso:

Mademoiselle Rogêt lasciò l'abitazione di sua madre domenica mattina, 22 giugno 18... col dichiarato intento di andare a far visita a una zia o altro parente, in Rues des Drômes. Da quell'ora non si hanno prove che qualcuno l'abbia più vista. Non c'è traccia o notizia su di lei... Nessuno si è presentato a dire di averla vista quel giorno, dopo che ebbe lasciato la casa della madre... Ora, se non abbiamo prove che Marie fosse viva dopo le nove di quella domenica 22 giugno, sappiamo per certo che prima di quell'ora era viva. A mezzogiorno del mercoledì seguente fu trovato il cadavere di una donna affiorante presso la riva della Barrière du Roule. Questo accadde, presumendo che Marie Rogêt sia stata buttata nel fiume tre ore dopo aver lasciato casa sua, soltanto tre giorni dopo l'uscita da casa: tre giorni esatti. Ma è folle supporre che il delitto, se delitto fu commesso sul suo corpo, sia stato commesso tanto per tempo da permettere agli autori di gettare il corpo nel fiume prima di mezzanotte. Chi compie crimini tanto orribili sceglie il buio più che la luce... Quindi, se il corpo nel fiume *era* veramente quello di Marie Rogêt, poteva essere nell'acqua solo da due giorni e mezzo, al massimo tre. Tutta l'esperienza ha dimostrato che i corpi degli annegati o di chi è stato gettato in acqua dopo una morte violenta, hanno bisogno di sei-dieci giorni di decomposizione per riaffiorare dall'acqua. Anche se si fa venire a galla un cadavere a colpi di cannone, se non sono passati almeno sei giorni, lasciato andare, il corpo va a fondo. Ora chiediamo: in questo caso, cosa ha modificato il corso naturale?... Se quel corpo torturato fosse stato tenuto a riva fino a martedì notte, avremmo trovato sul greto tracce della presenza degli assassini. Inoltre, è dubbio che sarebbe tornato a galla così presto anche se fosse stato buttato due giorni dopo la morte. Infine, è molto improbabile che i criminali autori del delitto abbiano gettato il corpo in acqua, senza un peso che lo facesse affondare, una precauzione molto facile da prendere.

A questo punto il giornalista arguisce che il cadavere deve essere rimasto in acqua «non tre giorni soltanto, ma cinque volte tre giorni» perché era tanto decomposto da non permettere a Beauvais di identificarlo. Questo ultimo punto però fu smentito. Continuo la sua versione:

Quali sono allora i fatti sui quali Monsieur Beauvais si basa quando dice di non avere dubbi che il corpo fosse quello di Marie Rogêt? Dopo aver strappato la manica del vestito, dice di aver trovato i segni che lo hanno convinto dell'identità. Il pubblico ha in genere creduto che quei segni fossero delle cicatrici. Strofinando il braccio egli trovò dei *peli*, – particolare tanto vago, penso, quanto più non si può, – una scoperta tanto poco conclusiva quanto il fatto di trovare un braccio nella manica. Monsieur Beauvais non tornò a casa quella notte ma fece sapere a Madame Rogêt, alle sette di mercoledì sera, che le indagini per la figlia erano ancora in corso. Se ammettiamo che Madame Rogêt, vecchia e sofferente, non potesse muoversi (ma è concedere troppo!) ci deve pur essere stata una persona, qualcuno, cui importasse uscire per prendere parte alle indagini, se ritenevano che il corpo fosse di Marie. Nessuno si mosse. Niente del genere fu detto o ascoltato in Rue Pavée Saint-André, magari dagli inquilini stessi di quel palazzo. Monsieur Saint-Eustache, innamorato e futuro sposo di Maria, che abitava in casa della madre, dichiara di non aver saputo niente del ritrovamento del corpo della fidanzata fino al mattino seguente, quando Monsieur Beauvais entrò nella sua stanza e gliene parlò. Trattandosi di notizie simili, ci colpisce che sia stato accolto con tanta freddezza.

In questo modo il giornale voleva creare l'impressione di un'apatia da parte della famiglia di Marie, ingiustificata, visto che sembravano convinti che il cadavere fosse proprio quello di Marie. Queste le insinuazioni: che Marie, con la connivenza degli amici, si fosse allontanata dalla città, per motivi che gettavano un'ombra sulla sua virtù; e che questi amici, dopo la

[10] Il *Brother-Jonathan* di New York, diretto da H. Hastings Weld, Esq.

scoperta di un cadavere nella Senna, che poteva sembrare quello della ragazza, avevano approfittato di questa opportunità per dare alla gente l'impressione che fosse morta. Ma *L'Etoile* aveva avuto troppa fretta. Fu dimostrato che non vi era nessuna apatia, come immaginato; che la vecchia signora era veramente in uno stato di grave debilitazione, e talmente sconvolta da non essere in grado di far fronte ai suoi doveri; che Saint-Eustache, lungi dall'accogliere con apatia la notizia, era stravolto dal dolore e si era comportato in modo così insensato che Monsieur Beauvais aveva convinto un amico e parente a prendersi cura di lui, perché non partecipasse all'esame del corpo, dopo la riesumazione. Di più, sebbene *L'Etoile* avesse affermato che il corpo era stato ri-seppellito a spese pubbliche e che una generosa offerta privata di sepoltura era stata fermamente rifiutata dalla famiglia e che nessun familiare era stato presente alla cerimonia; malgrado tutto questo, ripeto, fosse sostenuto per accreditare la sua ipotesi, tuttavia *tutto* fu smentito in modo inoppugnabile. In un numero successivo del giornale, fu avanzata l'ipotesi di una colpevolezza di Beauvais stesso. Il cronista dice:

Ora c'è un fatto nuovo. Ci hanno fatto sapere che, in una certa occasione, mentre una tal Madame B. si trovava a casa di Madame Rogêt, Monsieur Beauvais uscendo le disse che stava per arrivare lì un *gendarme* e che lei, madame B., non doveva dire niente al gendarme, fino al suo ritorno e di lasciar fare a lui... All'attuale stato dei fatti, Monsieur Beauvais sembra aver in mano la situazione. Non si può fare un passo senza Monsieur Beauvais; dovunque si vada, si trova lui... Per una qualche ragione, ha deciso che nessuno, oltre lui, può occuparsi dell'indagine e si è sbarazzato di tutti i parenti maschi, secondo quanto essi sostengono, in modo almeno singolare. Sembra che abbia avversato ogni tentativo dei parenti di vedere il cadavere.

Contribuì a dar peso ai sospetti su Beauvais, un altro fatto. Qualche giorno prima della scomparsa della giovane, qualcuno era andato a fargli visita in ufficio, durante una sua assenza, e aveva visto *una rosa* nel buco della serratura, con il nome Marie scritto su una piccola lavagna, appesa a lato.

L'impressione generale, a quanto lasciavano capire i giornali, sembrava essere che Marie fosse stata vittima di una banda di malviventi, portata da questi sul fiume, violentata e uccisa. *Le Commerciel* [11], giornale di vasta presa, era accanitamente impegnato a combattere questa convinzione popolare. Cito uno o due passi tratti da suoi articoli:

Siamo certi che fin qui siano state battute false piste, come quella che porta alla Barrière du Roule... È impossibile che una persona, ben conosciuta da mille persone come questa giovane donna, possa aver superato almeno tre isolati senza che nessuno l'abbia vista. Se qualcuno l'avesse vista se ne ricorderebbe, dato che suscitava sempre grandi attenzioni. Quando uscì, le strade erano piene di folla... è impossibile che possa essere andata dalla Barrière du Roule in Rue des Drômes, senza essere riconosciuta da almeno una dozzina di persone. Eppure fino a questo momento nessuno si è fatto sentire per raccontare di averla vista fuori della casa di sua madre; mancano completamente le prove che sia uscita, eccetto la testimonianza circa le *intenzioni da lei espresse*. Il suo vestito era strappato, avvolto intorno al corpo e annodato; così poteva essere trascinata come un fagotto. Se l'omicidio fosse stato compiuto alla Barrière du Roule non ci sarebbe stato bisogno di una tale messa in scena. Il fatto che il corpo sia stato trovato mentre galleggiava presso la Barrière, non prova che questo sia il luogo in cui è stato gettato in acqua... Un brandello del sottabito della sventurata, lungo sessanta centimetri e largo trenta, è stato strappato interamente e legato sotto il mento e intorno alla nuca, probabilmente per impedire che gridasse. A farlo deve essere stato certamente qualcuno che non usa fazzoletti da tasca.

[11] Il *Journal of Commerce*, di New York.

Uno, due giorni prima della visita del Prefetto, alla polizia era giunta una notizia che, almeno in parte, sembrava rovesciare il punto nodale della ricostruzione di *Le Commerciel*. Due bambini, figli di una certa Madame Deluc, mentre giocavano nei boschi vicini alla Barrière, addentrandosi in un punto più folto del bosco, trovarono tre o quattro grosse pietre che formavano una specie di sedile, con tanto di schienale e di poggiapiedi. Sulla pietra più alta c'era un sottabito bianco, sulla seconda uno scialle di seta. Trovarono anche un parasole, dei guanti e un fazzoletto da taschino. Il fazzoletto portava il nome «Marie Rogêt». Sui cespugli intorno scoprirono brandelli di abiti. La terra era smossa, i rami spezzati e tutto lasciava pensare che ci fosse stata una lotta. Tra il boschetto e il fiume furono trovate delle staccionate abbattute e il terreno recava le tracce di un carico pesante, trascinato.

Un settimanale, *Le Soleil*[12], pubblicò sulla scoperta questi commenti, eco dei sentimenti di tutta la stampa parigina:

> È chiaro che quegli oggetti si trovano in quel luogo da tre o quattro settimane, almeno; erano ammuffiti dalla pioggia e la muffa li aveva appiccicati. Intorno e sopra era cresciuta l'erba. Benché la seta del parasole fosse resistente, i fili del tessuto nella parte interna erano consumati, e la parte superiore, dove era stata piegata e ripiegata, era tutta ammuffita e marcia tanto da strapparsi quando il parasole venne aperto... I brandelli della veste, presi dai rovi, erano larghi circa sette centimetri e lunghi quindici. Un pezzo era l'orlo della veste rammendato, l'altro un brandello della veste ma non l'orlo. Sembravano strisce strappate, impigliate nei cespugli a trenta centimetri da terra... Non ci sono dubbi: è stato scoperto il luogo dove è stato commesso questo efferato delitto.

In seguito alla scoperta, spuntarono nuovi testimoni. Madame Deluc dichiarò che gestiva una locanda sul fiume, poco distante dalla riva, di fronte alla Barrière du Roule. Una zona molto isolata. La locanda serve la domenica da ritrovo dei delinquenti di città, che attraversano il fiume in barca. Intorno alle tre del pomeriggio di quella domenica, era arrivata alla locanda una ragazza, in compagnia di un giovane dalla pelle scura. I due erano rimasti per un po' di tempo. Andando via si erano diretti verso il bosco. La Deluc era stata colpita dall'abbigliamento della ragazza perché somigliava a quello di una sua parente morta; aveva notato soprattutto uno scialle. Poco dopo la partenza dei due, era arrivata una banda di screanzati che avevano fatto un gran chiasso, avevano mangiato e bevuto e se ne erano andati senza pagare per la stessa strada dei due giovani, ritornando verso il tramonto per riattraversare il fiume con l'aria di chi aveva molta fretta.

La stessa sera, era da poco buio, Madame Deluc e il suo figliolo più grande, udirono gridare una donna, non lontano dalla loro locanda. Erano grida violente ma brevi. Madame Deluc riconobbe sia lo scialle trovato nel boschetto che il vestito addosso al cadavere. Un conducente di omnibus, Valence[13], dichiarò di aver visto Marie Rogêt mentre attraversava la Senna su di un traghetto, la domenica, insieme a un giovane dalla carnagione scura. Valence conosceva Marie e non si poteva sbagliare. Gli oggetti ritrovati nel bosco furono tutti identificati dai parenti di Marie.

Tutti gli articoli sulle testimonianze e le notizie che io, secondo il suggerimento di Dupin, raccolsi dai giornali, toccavano un solo altro punto, ma che sembrava molto importante. Risulta che dopo il ritrovamento degli

[12] Il *Saturday Evening Post* di Filadelfia, diretto da C.I. Peterson Esq.
[13] Adam.

abiti, nelle vicinanze del luogo, universalmente considerato scenario della violenza, fu trovato il corpo senza vita o quasi, di Saint-Eustache, fidanzato di Marie. Lì accanto fu trovata una fiala vuota con su scritto «Laudanum». Dall'alito si capì che si era suicidato col veleno. Morì senza una parola. Addosso gli trovarono un biglietto in cui dichiarava il suo amore per Marie e la sua intenzione di uccidersi.

«Non è necessario che le dica che questo è un caso molto più complesso di quello della Rue Morgue», disse Dupin, terminata la lettura dei miei appunti. «È diverso da quello in un punto sostanziale. Questo è un caso di delitto ordinario anche se atroce. Non vi è nulla di *outré*. Mi dirà che per questo motivo il mistero è stato considerato di facile soluzione, quando proprio per questo motivo si sarebbe dovuto considerarlo difficile. Perciò, all'inizio, non si è pensato di offrire una taglia. I mirmidoni di G. non si sono dati da fare per capire come e perché si potesse commettere una tale atrocità. Hanno potuto immaginare un modo... molti modi e un movente... molti moventi. Visto che non era impossibile che uno di questi *potesse* essere stato quello vero, hanno dato per scontato che uno di questi *dovesse* esserlo. Ma la facilità con cui si concepivano tali variabili fantasie e la ovvia credibilità di ognuna di esse, dovevano essere indice della difficoltà e non della facilità che si sarebbero incontrate per spiegarle.

Ho altre volte sostenuto che soltanto sollevandosi oltre il piano della normalità, la ragione sente, se la cerca, la strada della verità e che, in casi simili, la domanda non è "Che cosa è avvenuto?", ma piuttosto "Che cosa è avvenuto che non era mai avvenuto prima?". Nelle indagini in casa di Madame L'Espanaye [14] gli agenti di G. furono scoraggiati e confusi dalla *eccezionalità* che invece a una mente logica, avrebbe dato il presagio di riuscire; lo stesso intelletto avrebbe potuto cadere nella disperazione davanti alla normalità che aveva davanti agli occhi nel caso della profumiera e che ai funzionari della prefettura, invece, non ha suggerito altro, che un facile successo.

Nel caso di Madame L'Espanaye e di sua figlia, non c'erano dubbi, fin dall'inizio, sul fatto che fosse stato commesso un delitto. L'idea del suicidio poteva subito essere scartata. Anche in questo caso, fin dall'inizio, si può evitare di supporre un suicidio. Il corpo fu trovato alla Barrière du Roule in condizioni tali da escludere dubbi su questo fondamentale punto. Si è invece avanzato il sospetto che il cadavere scoperto non sia quello di Marie Rogêt; per la cattura del suo assassino, o dei suoi assassini, è stata messa una taglia e soltanto a queste condizioni abbiamo accettato l'incarico del Prefetto. Conosciamo entrambi bene questo signore. Non mi pare il caso di contare troppo su di lui. Se cominciando le nostre indagini dalla scoperta del corpo seguendo ogni traccia identificassimo l'assassino ma scoprissimo anche che non si tratta del corpo di Marie, oppure, se cominciando da una Marie viva la ritrovassimo non-assassinata, ebbene, in entrambi i casi, sprecheremmo il nostro lavoro; come dicevo, sappiamo come è Monsieur G. Per i nostri intenti, se non per quelli della giustizia, per prima cosa, è indispensabile la verifica della identità del cadavere con la Marie Rogêt scomparsa.

Nell'opinione pubblica, gli argomenti dell'*Etoile* hanno trovato credito; che il giornale li ritenga validi, lo si capisce dall'attacco di uno dei loro articoli in proposito: "Molti quotidiani del mattino", dice, "parlano del

[14] Vedi *I delitti della Rue Morgue*.

conclusivo articolo dell'*Etoile* di lunedì". A me, l'articolo pare conclusivo soltanto quanto a zelo dell'estensore. Dobbiamo tenere a mente che, in generale, fare sensazione, colpire le fantasie, per i nostri giornali è più importante che volere la verità. La verità è interessante soltanto quando coincide con la sensazione. La stampa che segua solo opinioni correnti, anche se si tratti di opinioni fondate, non ha credito fra la massa. La massa considera profondo solo chi suggerisce *aspre contraddizioni* con le idee generali. Nella logica, non meno che nella letteratura, il più pungente è l'*epigramma* e anche il più universalmente apprezzato; in entrambi i campi, è quello più a buon mercato.

Quello che voglio dire è che l'idea che Marie fosse viva, prima che plausibile, è un'idea che sposa epigramma a melodramma, un insieme che ha convinto *L'Etoile* perché dava garanzie di poter essere favorevolmente accolto dal pubblico. Esaminiamo i punti cruciali degli argomenti del giornale, evitando le incoerenze in cui cade all'inizio.

Il primo obiettivo del giornalista è quello di dimostrare che l'intervallo tra la scomparsa del corpo di Marie e il ritrovamento del cadavere galleggiante, è troppo breve, e che quel cadavere non può essere di Marie. Ridurre sempre più questo intervallo diventa il primo scopo del nostro ragionatore. Per raggiungerlo rapidamente, precipita da subito nella pura supposizione. "È folle supporre che il delitto, se delitto fu commesso sul suo corpo, sia stato commesso tanto per tempo da permettere agli autori di gettare il corpo nel fiume prima di mezzanotte" – così dice l'articolista. La prima domanda da farsi è, *perché*? Perché è folle pensare che il delitto sia stato commesso nei primi cinque minuti successivi all'uscita di casa della ragazza? Perché sarebbe follia immaginare che il delitto sia stato compiuto in un'ora qualunque del giorno? I delitti si commettono a ogni ora del giorno. Ma, commesso il delitto, in un qualunque momento tra le nove del mattino e un quarto a mezzanotte di domenica, ancora ci sarebbe stato tempo "per gettare il corpo nel fiume prima di mezzanotte". La supposizione dell'*Etoile* significa esattamente questo: il delitto non fu commesso la domenica, e, se permettiamo che *L'Etoile* lo supponga, possiamo poi permettergli ogni licenza. Il paragrafo che dice: "È folle supporre che il delitto etc." per quanto sia apparso scritto su *L'Etoile*, si può immaginare che esistesse nella testa dello scrivente in *questa* forma: "È folle supporre che il delitto, se fu commesso delitto sul corpo che ci interessa, sia stato commesso abbastanza presto da permettere agli assassini di gettare il corpo nel fiume prima di mezzanotte; è folle, diciamo, supporre tutto questo e nello stesso tempo (come abbiamo deciso di supporre) che il corpo, *non* sia stato gettato nel fiume fin *dopo* la mezzanotte". Una frase illogica in sé, ma non totalmente irragionevole, come quella stampata.»

«Se solo volessi», proseguì Dupin, «*confutare* questo passaggio delle argomentazioni dell'*Etoile*, mi limiterei a lasciarlo dove sta. Non dobbiamo però misurarci con *L'Etoile* ma con la verità. L'affermazione in questione, così come è, ha un solo significato: questo significato l'ho già chiarito; è essenziale invece, leggere tra le righe, per cogliere l'idea che le parole avevano intenzione di esprimere, senza riuscirci. Il disegno del giornalista era di dire che qualunque fosse l'ora del delitto, la domenica, di giorno o di notte, non era possibile che gli assassini si avventurassero a trasportare il cadavere al fiume prima di mezzanotte. Proprio questa è l'affermazione che non mi soddisfa: presume che il delitto sia stato commesso in un luogo e in certe circostanze da rendere necessario il *trasporto* del cadavere al fiume. Ma il delitto poteva essere commesso sulle rive del fiume, o sul fiume stesso, per cui gettare il corpo in acqua in qualunque momento, di giorno o di notte, sarebbe stato il modo più ovvio e immediato di farlo scomparire. Capirà che non sto suggerendo niente di probabile o di coincidente con la mia opinione. Il mio scopo per ora non sono i *fatti* del caso. Desidero invece metterla in guardia contro tutto il tono delle *insinuazioni* dell'*Etoile,* sottolineandone il carattere di *ex-parte* che assume fin dall'inizio.

Avendo posto un limite che si confaccia ai suoi preconcetti, presumendo che, se si trattava del corpo di Marie, non poteva essere in acqua che da poco tempo, il giornale continua così:

Tutta l'esperienza ha dimostrato che i corpi degli annegati o di chi è stato gettato in acqua dopo una morte violenta, hanno bisogno di sei-dieci giorni di decomposizione per riaffiorare dall'acqua. Anche se si fa venire a galla un cadavere a colpi di cannone, se non sono passati almeno sei giorni, lasciato andare, il corpo va a fondo.

Sono affermazioni che tutti i giornali hanno accettato, salvo il *Moniteur* che, in un suo articolo, contestando l'affermazione sui "corpi annegati" cita cinque o sei casi di riaffioramento di corpi entro un tempo inferiore a quello su cui *L'Etoile* insiste. In questo tentativo di contestazione del *Moniteur,* citare casi specifici per respingere un'affermazione generale, con esempi particolari che possono essere contraddittori, è un segno di gravi limiti speculativi. Se fosse stato possibile portare cinquanta esempi, anziché cinque, di corpi riemersi dopo due o tre giorni sarebbero sempre state eccezioni alla regola, finché non fosse stata confutata proprio la regola. Ammessa la regola (non confutata perché *Le Moniteur* sottolinea che i suoi esempi sono eccezioni) tutta l'impostazione dell'*Etoile* resta in piedi. Gli esempi sono dati per suggerire la *probabilità* che il corpo possa essere venuto a galla prima di tre giorni: la probabilità favorisce *L'Etoile,* finché gli esempi, così ingenuamente addotti, non saranno tanto numerosi da stabilire una regola contraria.

Ogni argomentazione in proposito, come vedrà, dovrebbe tendere a confutare la regola stessa; a questo fine va esaminata la *base logica* della regola. Ora il corpo umano in generale, non è né più leggero, né più pesante dell'acqua della Senna; vale a dire che il peso specifico del corpo umano, in condizioni naturali, è, grosso modo, uguale alla massa di acqua dolce che sposta. I corpi di persone grasse, carnose e con ossa piccole, e in genere i corpi delle donne, sono più leggeri di quelli magri e con ossa forti degli uomini; inoltre il peso specifico dell'acqua di fiume è condizionato dalla presenza di correnti di acqua di mare. Ma trascurando le correnti, si può dire che *pochissimi* corpi umani affondino del tutto, anche in acqua dolce, *spontaneamente*. Chiunque cadendo in acqua può restare a galla, se fa in modo che il peso specifico dell'acqua che sposta sia pari al suo, cioè se fa in modo che l'intera persona resti quanto più possibile sotto il livello dell'acqua. La posizione preferibile per chi non sappia nuotare, è quella eretta, come di chi cammina con la testa piegata all'indietro nell'acqua solo con la bocca e le narici in superficie. Questa posizione permette di galleggiare senza difficoltà e senza sforzo. È evidente che, peso del corpo e massa d'acqua spostata, sono in un equilibrio instabile che un niente può rompere. Per esempio, sollevare un braccio fuori dell'acqua privandolo, così, di ogni sostegno, fa aumentare il peso del corpo rispetto all'acqua, quanto basta per andare sotto con la testa, quando, l'aiuto casuale anche del più piccolo pezzo di legno, basterebbe a tenere la testa più sollevata, per potersi guardare intorno. Ora chi non sa nuotare invece, si agita, tende a sollevare le braccia, a tenere su la testa nella posizione abituale. Il risultato è che bocca e narici finiscono sott'acqua, si cerca di respirare, anche sotto la superficie e si incamera acqua nei polmoni. L'acqua va anche nello stomaco, il peso del corpo aumenta per la differenza di peso tra l'aria leggera che prima occupava queste cavità e quella del liquido che ora le riempie. Questa sola variazione basta a far affondare un corpo; non basta però per individui dalle ossa piccole e dalle carni molli o pingui. Questi galleggiano anche dopo l'annegamento.

Il corpo resterà sul fondo, finché non intervenga, per qualche ragione, una variazione del suo peso specifico che lo renda inferiore a quello dell'acqua che sposta. Una ragione, per esempio, può essere la decomposizione o altro. La decomposizione produce gas che dilatano i tessuti delle cellule e gli spazi cavi, dando al corpo quell'orribile aspetto *gonfio*. Quando la dilatazione aumenta materialmente il volume del corpo, senza aumentarne il peso o la *massa*, il peso specifico diventa minore di quello dell'acqua spostata e il corpo viene a galla. La decomposizione, però, è un processo che può essere ritardato o affrettato da molteplici cause: dal caldo, dal freddo della stagione; dalla presenza di agenti chimici o dalla purezza dell'acqua, dalla profondità, dalla mobilità dell'acqua, più o meno stagnante; dalla costituzione fisica e dallo stato di salute o malattia, prima della morte. È perciò chiaro che non è possibile stabilire, neanche per approssimazione, in quanto tempo un corpo, per effetto della decomposizione, venga a galla. In certi casi basta un'ora, in altri non si verifica affatto. Esistono sostanze chimiche, come il bicloruro di mercurio, che preservano *per sempre* il corpo dalla decomposizione. A parte la decomposizione, si può verificare e si verifica, una produzione di gas nello stomaco, per effetto della fermentazione acetosa di sostanze vegetali (o di altro gas in cavità diverse) che ingenera dilatazione e porta il corpo a galla. Il colpo di cannone produce una semplice vibrazione. Questa può smuovere un corpo dal molle fango o dal limo del fondo in cui è incastrato e lo farà emergere quando altri fattori l'avranno già predisposto a questo; oppure può vincere la tenacia di alcune parti putrescenti del tessuto cellulare facendo distendere le cavità sotto la pressione dei gas.

Avendo sotto gli occhi tutta la logica del soggetto, possiamo finalmente verificare la validità dell'affermazione de *L'Etoile*: "Tutta l'esperienza", dice il giornale, "ha dimostrato che i corpi degli annegati o di chi è stato gettato in acqua dopo una morte violenta, hanno bisogno di sei-dieci giorni di decomposizione per riaffiorare dall'acqua. Anche se si fa venire a galla un cadavere a colpi di cannone, se non sono passati almeno sei giorni, lasciato andare, il corpo va a fondo".

Ormai l'intero paragrafo appare un intreccio di incoerenza e illogicità. L'esperienza non mostra che "i corpi degli annegati" *richiedono* sei giorni di decomposizione per tornare a galla. Scienza e esperienza mostrano che non è possibile prevedere quanto tempo sia necessario per tornare in superficie. Se poi un corpo è fatto riemergere con un colpo di cannone, non è vero che "va di nuovo a fondo, se lasciato andare" finché la decomposizione non sarà avanzata fino a permettere la fuoriuscita dei gas. È interessante invece prestare attenzione alla differenza insinuata, tra "corpi di annegati" e "corpi gettati in acqua, dopo una morte violenta"; l'autore introduce la distinzione ma apparenta i due tipi nella stessa categoria. Ho dimostrato che il corpo umano mentre annega diventa più pesante della massa d'acqua spostata; che se non ci si dibattesse non si affonderebbe affatto; che non dovremmo né alzare le braccia né tantomeno respirare quando la testa è sottacqua – in questi tentativi ingoiamo acqua che va anche nei polmoni al posto dell'aria. Ma tutti questi atti e gesti disperati non intervengono in un corpo "gettato in acqua dopo una morte violenta". In quest'ultimo caso, per *regola generale*, il *corpo non affonderebbe affatto* – questo *L'Etoile* sembra ignorarlo. Un cadavere affonda solo quando è in un avanzato stato di decomposizione – quando ormai la carne si è completamente staccata dalle ossa – solo allora e non *prima*, il cadavere scompare alla vista.

Allora, che fare dell'argomentazione per cui il corpo trovato non sarebbe quello di Marie Rogêt solo perchè fu trovato a galla a tre giorni appena dalla scomparsa? Essendo una donna, in caso di annegamento potrebbe non essere mai andata a fondo, o se fosse andata a fondo potrebbe essere riemersa dopo solo ventiquattro ore o meno. Ma nessuno pensa che sia morta annegata; e se fosse morta prima di essere gettata nel fiume avrebbe potuto galleggiare, senza mai affondare.

Ma *L'Etoile* dice che "se il corpo, sottoposto a sevizie, fosse rimasto sulla riva fino al martedì, lì si sarebbero dovute trovare tracce degli assassini". Non si capisce bene a cosa miri il nostro ragionatore. Sembra voler prevenire un'obiezione, come la vede lui, alla sua teoria, quella per cui il corpo, tenuto due giorni a riva, si sarebbe decomposto *più* rapidamente che se gettato in acqua. In questo caso il corpo sarebbe emerso il mercoledì presupponendo che *soltanto* così sarebbe potuto affiorare. Per questo si precipita a dimostrare che *non fu* tenuto a riva, altrimenti "si sarebbero trovate tracce degli assassini". Mi rendo conto quanto la faccia sorridere il *sequitur*. Si starà chiedendo come, *rimanendo* semplicemente sul greto, il cadavere possa *moltiplicare le tracce degli assassini*. Me lo chiedo anche io.

"Infine, – scrive il nostro giornale – è molto improbabile che i criminali autori del delitto abbiano gettato il corpo in acqua, senza un peso che lo facesse affondare, una precauzione molto facile da prendere." – Una risibile confusione di idee! Nessuno, nemmeno *L'Etoile*, mette in discussione che un omicidio sia stato commesso *sul corpo trovato*. I segni di violenza sono troppo evidenti. Obiettivo del nostro ragionatore è soltanto quello di dimostrare che quel corpo non è quello di *Marie*. Egli si augura di provare che Marie non è stata assassinata e non che sia stato assassinato quel cadavere. La sua osservazione prova soltanto l'ultimo punto. C'è un cadavere senza pesi attaccati. Degli assassini, gettandolo in acqua, non avrebbero mancato di attaccarvi un peso. Ne consegue che non fu gettato in acqua da assassini. Questo è tutto quanto viene dimostrato, se qualcosa lo è. La questione dell'identità non è nemmeno sfiorata, e *L'Etoile* si dà una gran pena a smentire a questo punto quello che aveva ammesso appena un momento prima: "Siamo convinti – dice – che il corpo trovato era quello di una donna assassinata". Ma non è questo il solo caso in cui questo ragionatore, senza volere, ragiona contro se stesso. Il suo obiettivo, come ho sempre sostenuto, è quello di ridurre al massimo l'intervallo tra la scomparsa di Marie e il ritrovamento del cadavere. E lo troviamo a insistere sul fatto che nessuno ha più visto la ragazza dal momento che ha lasciato la casa della madre. "Non ci sono prove – dice – che Marie fosse viva dopo le nove di mattina di domenica, 22 giugno". Poiché la sua argomentazione è un partito preso, poteva convenirgli di più non mettere in evidenza questo punto: se si fosse venuto a sapere che qualcuno aveva visto Marie, diciamo il lunedì o il martedì, l'intervallo in questione sarebbe diminuito di molto e, in base al suo ragionamento, sarebbe diminuita la probabilità che il corpo fosse quello della *grisette*. Il divertente è che *L'Etoile* invece su questo punto insiste con la convinzione totale che rafforzi la sua tesi.

Rilegga ora quel pezzo di articolo che riguarda l'identificazione del cadavere da parte di Beauvais. A proposito dei peli sul braccio, *L'Etoile* si dimostra ovviamente falso. Monsieur Beauvais non è un idiota, e non avrebbe mai basato la sua identificazione solo sui *peli del braccio*. Non c'è braccio senza peli. Questa genericità espressa non è altro che un travisamento delle frasi adoperate dal testimone. Deve aver parlato di una qualche *particolarità* di questi peli. Qualche cosa legata al loro colore, o alla quantità, o alla lunghezza o alla loro collocazione.

"Il suo piede era piccolo" – diceva il giornale – "ma di piedi così ne esistono migliaia. Non è una prova la sua giarrettiera e non è una prova la sua scarpa, di giarrettiere e scarpe ne vengono vendute in grande quantità. E lo stesso dicasi per i fiori sul cappello. Una cosa su cui Monsieur Beauvais insiste è che il gancio della giarrettiera era spostato all'indietro per accorciarla. Anche questo non dice niente; molte donne comprano normalmente giarrettiere che poi vengono adattate a casa alla dimensione delle gambe, piuttosto che provarle nel negozio."

Ebbene, questo ragionatore non si può prenderlo sul serio. Se Monsieur Beauvais, alla ricerca del corpo di Marie, avesse trovato un cadavere somigliante alla scomparsa nella taglia e nell'aspetto, avrebbe potuto (senza alcun riferimento all'abbigliamento) convincersi che la ricerca non era stata inutile. Se, in aggiunta alla corrispondenza di taglia e di tratti, avesse trovato sulle braccia qul tipo peculiare di peli che aveva visto su Marie da viva, la sua opinione si sarebbe giustamente rafforzata; l'aumento di certezza sarebbe stato proporzionale alla stranezza, al grado di particolarità di quei peli. Se i piedi di Marie erano piccoli come quelli del cadavere, la probabilità che il corpo fosse di Marie sarebbe aumentata non più in progressione aritmetica ma addirittura in progressione geometrica. Bisogna aggiungere a tutto le scarpe che si sapeva che la ragazza portava il giorno della scomparsa, e anche se queste "scarpe si vendono in grande quantità", la probabilità ormai sconfina nella certezza. Un particolare che di per sé non è una prova di identità, quando ha una posizione di convalida, diventa una prova sicura. Se poi aggiungiamo i fiori sul cappello che corrispondano a quelli portati dalla scomparsa, non cercheremo altro. Se un solo fiore ci basterebbe per non andare oltre, figuriamoci due o tre o molti. Ogni ulteriore fiore è una prova multipla – non aggiunta a un'altra prova ma moltiplicata per cento o per mille. Scopriamo poi che la morta porta giarrettiere come quelle usate dalla viva; è follia andare oltre. Si scopre che le giarrettiere, spostando un gancio indietro, sono come le aveva accorciate a casa sua Marie, poco prima di uscire. Ora diventa pazzo o ipocrita, dubitare. Quanto a ciò che *L'Etoile* dice dell'accorciamento delle giarrettiere, che sia normale, mostra solo la pervicace insistenza nell'errore. L'elasticità delle giarrettiere *da sola* è una dimostrazione della *inusualità* dell'accorciamento. Quanto è stato fatto per adattarsi da sé, raramente ha bisogno di adattamenti dall'esterno. Solo per caso, a rigor di termini, le giarrettiere di Marie hanno avuto bisogno di essere strette come descritto. Da sole sarebbero bastate a stabilire la sua identità. Non è che si sia trovato un cadavere che aveva le giarrettiere della ragazza scomparsa, o trovato che aveva le sue scarpe, il suo cappello o i fiori sul cappello, o il suo piede o quei peli sul braccio, o la sua taglia e i suoi tratti, il fatto è invece che il cadavere aveva ognuna di queste cose, e le aveva *tutte quante insieme*. Se fosse possibile provare che in tali circostanze il direttore de *L'Etoile* aveva veramente un dubbio, nel suo caso non sarebbe necessaria una commissione *de lunatico inquirendo*. Ha creduto brillante fare da eco alle chiacchiere degli avvocati, che per lo più si contentano di fare da eco ai piatti comandamenti dei tribunali. Qui vorrei osservare che molte di quelle prove che i tribunali respingono sono per l'intelletto le migliori delle prove. Il tribunale è guidato dal criterio delle prove – secondo princìpi riconosciuti e codificati – è contrario a deviare da questa linea, in casi particolari. Questa rigida aderenza al principio, insieme al rigido disprezzo delle eccezioni in conflitto, è un modo sicuro di conseguire il *maximum* di verità conseguibile, in un lungo arco di tempo. La pratica, complessivamente è filosofica: non per questo garantisce da vistosi errori individuali [15].

Quanto ai sospetti su Beauvais, basterà un soffio a cancellarli. Credo che lei abbia capito il vero carattere del brav'uomo; direi che è un *ficcanaso* con molto romanticismo e poca intelligenza. Quando si è così, ci si comporta subito, ogni volta che la situazione sia *veramente* eccitante, in modo da mettere in sospetto i saputoni o i malevoli. Come lei annota nei suoi appunti, Beauvais ha incontrato il direttore de *L'Etoile* e lo ha offeso perché si ostinava, contro il parere del direttore, a credere che il cadavere fosse proprio quello di Marie. "Costui insiste – dice il giornale – nell'asserire che il cadavere sia quello di Marie, ma non sa fornire dati di fatto, oltre quelli già da noi commentati, per convincere gli altri". Ora, a parte che prove più schiaccianti «per convincere gli altri" non avrebbero potuto esserci, mi interessa sottolineare che in casi del genere si può essere personalmente convinti e non saper trovare ragioni che convincano gli altri.

Niente è più vago delle impressioni sulla identità individuale. Ognuno sa riconoscere il proprio vicino di casa ma in molti casi, non sa *dare una ragione* del perché lo riconosce. Il direttore de *L'Etoile* non aveva il diritto di sentirsi offeso per questo convincimento irriflessivo di Beauvais.

Le circostanze sospette che lo coinvolgono sono da mettere in relazione più con la mia ipotesi di una sua natura di *romantico ficcanaso* che non con le insinuazioni di colpevolezza del nostro ragionatore. Se si accetta questa interpretazione indulgente, non sarà difficile capire quella rosa nel buco della serratura, il nome "Marie" scritto sulla lavagnetta, il fatto di "essermi sbarazzato di tutti i parenti maschi" e l'essere contrario "a ogni tentativo dei parenti di vedere il cadavere", l'avvertimento a madame B. di

[15] «Una teoria basata sulle qualità di un oggetto non si svilupperà secondo i suoi oggetti; chi classifica gli argomenti secondo le cause non può più valutarli secondo i risultati. Così la giurisprudenza di ogni nazione mostra che la legge, quando diventa scienza e sistema, smette di essere giustizia. Gli errori in cui il cieco rispetto *dei princìpi* di classificazione ha spinto il diritto comune, appariranno se si considera quanto spesso il potere legislativo è dovuto intervenire per ripristinare l'equità che il suo schema aveva perduto», Landor.

non parlare con il gendarme senza che lui, Beauvais, fosse tornato e infine la sua decisione "che nessuno oltre lui può occuparsi dell'indagine". Mi sembra chiaro che Beauvais era uno degli spasimanti di Marie e che lei civettava con lui; Beauvais ci teneva a farsi credere suo intimo amico e confidente. Su questo punto non aggiungerò altro; visto che l'affermazione dell'*Etoile* sulla *apatia* della madre e degli altri parenti è evidentemente falsa – perché incompatibile con la loro certezza che il cadavere fosse quello della profumiera – procederemo come se la questione dell'identità fosse risolta con nostra completa soddisfazione.»

«Che ne pensa, Dupin» dissi io, «delle opinioni di *Le Commerciel*?»

«Penso che, per lo spirito che le anima, siano molto più degne di attenzione di tutte le altre diffuse sul caso. Le deduzioni fatte in base alle premesse sono logiche e acute, ma le premesse, almeno in due casi, sono basate su osservazioni imperfette. *Le Commerciel* insinua velleitariamente che Marie fu rapita da una banda di vili furfanti malviventi non lontano dalla porta di casa. "È impossibile – insiste – che una persona ben conosciuta da mille persone come questa giovane donna, possa aver superato almeno tre isolati senza che nessuno l'abbia vista." Sono chiaramente le idee di una persona che vive da tempo a Parigi, – un personaggio pubblico –, le cui passeggiate in strada si svolgono nelle vicinanze degli uffici pubblici. Sa che di rado percorre una dozzina di isolati dall'ufficio, senza essere riconosciuto e avvicinato. Consapevole del fatto che tante persone lo conoscono e che tante ne conosce lui stesso, paragona la propria notorietà con quella della giovane profumiera, non ci vede molta differenza e ne conclude che lei non poteva che essere riconosciuta quanto lui, durante le sue passeggiate. Ma questo si poteva verificare se le passeggiate della ragazza fossero state metodiche e invariabili come le sue, e si fossero svolte nella stessa *specie* di zona circoscritta come nel suo caso. Egli si muove a intervalli regolari dentro un perimetro fisso, dove le persone portate a notarlo sono molte, per quell'affinità di interessi dovuta alle comuni occupazioni. Ma le passeggiate di Marie, in generale, si possono considerare saltuarie. Nel caso in questione si può facilmente ipotizzare che abbia preso una strada diversa dalla solita. Il parallelo che immagino sia nato nella mente de *Le Commerciel* potrebbe essere sostenuto solo nel caso di due individui che attraversino tutta la città. Con la garanzia che abbiano analoghe conoscenze, avrebbero analoghe probabilità di incontrare un analogo numero di persone che le conosca. Per parte mia ritengo non solo possibile ma molto probabile, che Marie a un certo momento possa aver preso una qualunque strada tra le tante che ci sono tra casa sua e casa di sua zia, senza incontrare nessuno che lei conoscesse o che la conoscesse. Per mettere nella giusta luce la questione, dobbiamo tenere presente la sproporzione fra le conoscenze personali di uno dei personaggi fra i più noti di Parigi e l'intera popolazione parigina.

Ma anche a voler considerare valida questa ipotesi de *Le Commerciel*, vista l'*ora* in cui la ragazza è uscita, l'ipotesi si indebolirebbe molto. "Quando uscì, le strade erano piene di folla," – dice *Le Commerciel*. Non è così. Erano le nove del mattino. Alle nove del mattino di ogni giorno, le strade sono molto affollate, *con l'eccezione della domenica*. Alle nove di domenica la massa della gente è in casa *a prepararsi per andare in chiesa*. Se si possiede spirito di osservazione, si sa che aria deserta abbia la città, dalle otto alle dieci, la domenica. Tra le dieci e le undici le strade si riempiono di gente, non prima.

C'è un altro passaggio in cui *Le Commerciel* denota poco spirito di osservazione. "Un brandello – dice – del sottabito della sventurata, lungo sessanta centimetri e largo trenta, è stato strappato interamente e legato sotto il mento e intorno alla nuca, probabilmente per impedire che gridasse. A farlo deve essere stato certamente qualcuno che non usa fazzoletti da tasca." Dopo vedremo se questa affermazione abbia o no credibilità; ma il giornalista per «qualcuno che non usa fazzoletti da tasca» intende la peggiore specie di delinquenti. Proprio quelli, invece, anche se non avessero la camicia hanno sempre con sé un fazzoletto da tasca. Avrà notato quanto sia diventato importante per la canaglia, negli ultimi anni, portare un fazzoletto.»

«E dell'articolo su *Le Soleil*, che pensa?», domandai.

«Che è un peccato che il suo direttore non sia nato pappagallo, sarebbe stato il pappagallo più illustre della sua razza. Non ha fatto altro che ripetere punto per punto tutti gli articoli già pubblicati; un impegnativo lavoro di raccolta, un po' da questo e un po' da quel giornale. "È *chiaro* – dice – che quegli oggetti si trovavano in quel luogo da tre o quattro settimane, almeno... *Non* ci sono dubbi: è stato scoperto il luogo dove è stato commesso questo efferato delitto." Quello che *Le Soleil* riafferma non rimuove nessuno dei miei dubbi al riguardo, esamineremo questo problema più tardi in relazione a un altro contesto e molto minuziosamente.

Al momento è il caso di occuparci di altre indagini. Avrà fatto caso all'estrema superficialità con cui è stato esaminato il cadavere. Certo avranno rapidamente risolto il problema dell'identità, o avrebbero dovuto; ma anche altri sono i punti da chiarire. Il corpo era stato *derubato*? La defunta aveva gioielli indosso quando è uscita di casa? Se è così, li indossava ancora quando è stata ritrovata? Interrogativi importanti che nessuno si è posto durante le deposizioni, come altri di uguale gravità cui non si è prestata attenzione. Per una risposta dovremo condurre personalmente una indagine. Deve essere riesaminato il caso Saint-Eustache. Non ho sospetti su di lui. Ma procediamo con metodo. Bisognerà verificare la validità del suo alibi per la giornata di domenica: su tali *affidavit* grava sempre il rischio della mistificazione. Tuttavia, se non c'è nulla che non vada, elimineremo Saint-Eustache dalle nostre indagini. Il suo suicidio che solleverebbe sospetti se negli *affidavit* vi fosse inganno, senza inganno non è inspiegabile o tale da farci deviare dalla direzione della nostra analisi.

Nella analisi che farò ora, trascureremo i punti centrali della tragedia per occuparci di tutti gli aspetti collaterali. L'errore più ricorrente in indagini del genere è quello di limitare l'inchiesta all'immediato trascurando i fatti periferici o circostanziali. Per una pessima abitudine dei tribunali, testimonianza e dibattito vengono circoscritti alle cose che sembrano avere importanza. L'esperienza al contrario ha mostrato – e la vera filosofia mostrerà sempre – che una vasta parte, forse la principale, della verità nasce da particolari che sembrano insignificanti. Perciò nello spirito di questo principio, se non proprio nella lettera, la scienza moderna ha deciso di *calcolare l'imprevisto*. Ma forse lei non mi comprende? La storia della conoscenza umana ha dimostrato che siamo ininterrottamente debitori a fatti collaterali, o incidentali o accidentali di numerosissime scoperte, e le più importanti: alla fine è diventato indispensabile perciò, in una prospettiva di progresso, tener conto, non solo in larga misura, ma nella massima misura, delle invenzioni nate dal caso e che sono molto al di fuori dell'ambito del prevedibile. Ormai non è più logico basarsi su quello che è stato, per una visione di ciò che sarà. Il *caso* è accettato come parte della struttura portante. Abbiamo la possibilità di calcolare il caso e sottoporre l'inatteso e il non immaginato a *formulae* matematiche scolastiche.

Che la maggior parte della verità scaturisca da cause collaterali, è un fatto; seguendo questo principio devio la mia ricerca dal terreno battuto e, fino a questo momento, non produttivo dell'avvenimento in sé, per spostarmi su circostanze concomitanti. Mentre lei accerterà la validità delle deposizioni, io esaminerò più a fondo i giornali. Finora abbiamo sondato il campo delle indagini; sarebbe strano che un'analisi come io la intendo, dei giornali, non ci offrisse quei particolari minuti che potrebbero indirizzare la nostra indagine.»

Con questi suggerimenti di Dupin, presi a esaminare, con grande scrupolo, le deposizioni. Il risultato fu la certezza della loro validità e, di conseguenza, l'innocenza di Saint-Eustache. Nello stesso tempo il mio amico era immerso in un esame, di una scrupolosità che mi sembrava del tutto eccessiva, degli archivi di tutti i giornali. Alla fine della settimana mi mise sotto gli occhi questi estratti:

Circa tre anni e mezzo fa la scomparsa di questa stessa Marie Rogêt dalla parfumerie di Monsieur Le Blanc, al Palais Royal aveva prodotto sconcerto analogo all'attuale. Ella ricomparve dopo una settimana al suo *comptoir* in buona salute, soltanto un po' più pallida del normale. Monsieur Le Blanc e la madre della ragazza dissero che era stata in visita da una sua amica: la cosa fu presto messa a tacere. Pensiamo che l'assenza attuale sia un capriccio dello stesso tipo e che tra una settimana, forse un mese, sarà di nuovo tra noi (dal *Giornale della sera*, lunedì 23 giugno.) [16]

Un giornale della sera di ieri ricorda una precedente misteriosa sparizione di Mademoiselle Rogêt. È ben noto che durante l'assenza di una settimana dalla *parfumerie* di La Blanc ella si era accompagnata con un giovane ufficiale di marina, molto noto per condurre una vita depravata. Una lite provvidenziale la fece ritornare a casa. Sappiamo il nome del Lothario [17] in questione, attualmente di stanza a Parigi. Per evidente necessità di riserbo, non lo rendiamo noto. (*Le Mercure*, martedì mattina, 23 giugno.) [18]

L'altro ieri, nei pressi della nostra città, è stato commesso un atto di violenza inaudita. Un signore, in compagnia di sua moglie e di sua figlia, ha ingaggiato verso sera sei giovani, che stavano oziosamente portando su e giù il loro battello lungo la Senna, perché lo aiutassero ad attraversare il fiume. Giunti sull'altra riva i tre passeggeri sono sbarcati, e si erano già allontanati dalla sponda tanto da non essere più in vista del battello, quando la figlia si era accorta di avere lasciato il parasole sulla barca. È tornata per riprenderlo ma è stata afferrata dalla banda, portata al centro del fiume, imbavagliata, brutalmente violentata e poi lasciata a riva, non lontano dal punto in cui si era imbarcata con i suoi genitori. Per ora gli stupratori sono fuggiti ma la polizia ne segue le tracce e alcuni di loro saranno presto catturati. (*Giornale del mattino*, 25 giugno.) [19]

Abbiamo ricevuto una o due informazioni che incolpano Mennais [20] dell'ultimo atroce crimine. Essendo, questo signore, definitivamente prosciolto dopo una inchiesta legale e

[16] *Express* di New York.

[17] Personaggio di un dramma di Rowe (*The fair Penitent*) che ha assunto il significato di «libertino» (*N.d.T.*).

[18] *Herald* di New York.

[19] *Courier and Inquirer*, New York.

[20] Mennais era uno di quelli subito sospettati e arrestati, ma rilasciati per totale mancanza di prove.

poiché le argomentazioni dei nostri corrispondenti sembrano più zelanti che profonde, ci sembra opportuno non renderle di pubblico dominio. (*Giornale del mattino*, 28 giugno.) [21]

Abbiamo ricevuto da varie fonti molte convincenti informazioni grazie a cui si può ritenere che la sventurata Marie Rogêt sia stata vittima di una delle numerose bande che la domenica infestano i dintorni della città. La nostra opinione è favorevole a questa supposizione. Presto daremo spazio alla pubblicazione di queste argomentazioni. (*Giornale della sera*, 30 giugno.) [22]

Lunedì un barcaiuolo della Guardia di Finanza ha visto una barca vuota discendere la corrente della Senna; le vele giacevano sul fondo della barca. L'uomo l'ha presa a rimorchio portandola fino alla stazione fluviale. La mattina seguente la barca è stata portata via di lì senza che nessuno se ne accorgesse. Il timone si trova ora negli uffici della stazione. (*La diligence*, giovedì 26 giugno.) [23]

Appena letti questi vari estratti mi parvero irrilevanti e non riuscii a capire come si collegassero con il caso in questione. Attesi le spiegazioni di Dupin.

«Per ora non intendo *soffermarmi* sul primo e sul secondo di questi brani», disse, «li ho copiati solo per dimostrare in quale modo approssimativo procede la polizia che, da quanto ho ricostruito dopo il colloquio con il Prefetto non si è mai curata di indagare su questo ufficiale di marina al quale si allude. È difficile però non *supporre* un nesso tra la prima e la seconda scomparsa da casa di Marie. Si può pensare che la prima fuga, dopo un litigio tra i due amanti si sia conclusa con il ritorno a casa della sedotta. Siamo così disponibili a considerare una seconda *fuga*, (se *sappiamo* che ha avuto luogo una seconda fuga), come indicazione che il seduttore abbia ripetuto le sue profferte, piuttosto che come risultato di nuove proposte avanzate da un secondo individuo; siamo pronti a considerarlo come la «ripresa» di un antico *amour*, più che come l'inizio di uno nuovo. Dieci a una sono le probabilità che chi è fuggito la prima volta con Marie, le proponga una seconda fuga, piuttosto che chi ha ricevuto inviti alla fuga da una persona, permetta a qualcun altro di ripeterli. Vorrei far notare che il tempo trascorso tra la prima fuga, accertata, e la supposta seconda, è di pochi mesi più lungo della durata abituale delle crociere delle navi da guerra. Può l'amante aver dovuto interrompere la sua prima scelleratezza perché doveva riprendere il mare, e appena tornato, aver ripreso i suoi vili propositi non ancora del tutto compiuti, o non ancora compiuti *da lui*? Di tutto questo non sappiamo nulla.

Lei obietterà che nel secondo caso non c'è stata la fuga, come la immaginiamo. È vero, non c'è stata. Ma possiamo dire con altrettanta certezza che non ve ne fosse il desiderio frustrato? Tolti Saint-Eustache e forse Beauvais, non abbiamo notizia di pretendenti di Marie, dichiarati e rispettabili. Non è mai stato nominato nessun altro. Chi, allora, è l'amante segreto, di cui i parenti (o *almeno la maggior parte*) non sanno niente, ma che Marie incontra fin dalla mattina della domenica? Chi le è tanto profondamente intimo che non esita a restare con lui fino al calar della sera fra i solitari boschetti della Barrière du Roule? Chi è questo segreto amante, mi chiedo, di cui almeno *la maggior* parte dei parenti non sa nulla? E che cosa significa quella strana profezia di Madame Rogêt, la mattina in cui Marie uscì, "Temo che non rivedrò mai più Marie"?

[21] *Courier and Inquirer*, New York.
[22] *Evening Post*, New York.
[23] *Standard*, di New York.

Se non possiamo pensare che Madame Rogêt fosse al corrente della fuga, possiamo supporre però che questo fosse almeno un progetto su cui Marie fantasticava? Quando uscì di casa, ella aveva fatto credere di andare a trovare la zia, in Rue des Drômes, e aveva chiesto a Saint-Eustache di andarla a prendere, la sera. A prima vista questo contraddice duramente la mia ipotesi: ma riflettiamo. Che *abbia incontrato* un compagno e con lui sia andata sul fiume arrivando fino alla Barrière du Roule, a un'ora tanto tarda, come le tre del pomeriggio, è cosa nota. Accettando la compagnia di questo individuo (per i motivi più disparati, conosciuto o no che fosse da sua madre) ella deve aver pensato a quanto aveva detto uscendo di casa, e alla sorpresa, nonché al sospetto, che avrebbe fatto nascere nell'animo del fidanzato, Saint-Eustache, quando, invitato da lei, all'ora stabilita, in Rue des Drômes, avesse scoperto che lei non c'era stata, e quando, per di più, tornando alla pensione con questa allarmante notizia, egli avesse scoperto che non era ancora neanche rientrata a casa. Dico che deve aver pensato tutto questo. Deve aver previsto la pena di Saint-Eustache, il sospetto di tutti. Non può aver pensato di tornare a casa ad affrontare questo sospetto; il sospetto però diventa di scarsa importanza se supponiamo che *non* avesse nessuna intenzione di tornare a casa.

Possiamo immaginare i suoi pensieri: "Sto per incontrare quella certa persona per fuggire con lui o per altro scopo che conosco solo io. Bisogna non rischiare di essere ostacolati – avere tutto il tempo per eludere la ricerca – farò credere che resterò tutto il giorno dalla zia in Rue des Drômes, chiederò a Saint-Eustache di venirmi a prendere solo a sera, così la mia assenza da casa per il periodo più lungo possibile non desterà sospetti né ansie e guadagnerò tempo, più che in altro modo. Se chiedo a Saint-Eustache di venirmi a prendere la sera, è sicuro che non verrà prima; se invece non gli chiedo niente, il tempo a disposizione per la fuga si riduce. Tanto prima aspetteranno il mio ritorno, tanto più la mia assenza susciterà ansie. Se avessi in mente di *tornare* a casa e volessi fare soltanto una passeggiata con quell'uomo, non sarebbe buona politica chiedere a Saint-Eustache di venirmi a prendere; venendo, scoprirebbe *certamente* che l'ho ingannato, cosa che potrei invece nascondergli uscendo di casa, non dicendogli nulla del mio programma, tornando prima che faccia buio e raccontando, solo allora, che sono stata a casa della zia, in Rue des Drômes. Ma visto che ho intenzione di non tornare *mai più*, o non prima di qualche settimana, o certamente non prima di avere risolto le mie questioni, guadagnare tempo, è la sola cosa che mi deve interessare".

Si sarà accorto nelle sue annotazioni che l'opinione più accreditata su questo sporco affare è, fin dall'inizio, che la giovane sia stata vittima di una *banda* di delinquenti. In questi casi, non bisogna sottovalutare l'opinione pubblica. Quando l'opinione diffusa nasce da sé, manifestandosi in modo totalmente spontaneo, la dovremmo considerare alla stregua dell'*intuizione*, che è la caratteristica del genio. Mi ci atterrei nel novanta per cento dei casi. È importante, però, che non presenti tracce tangibili degli effetti della *suggestione*: l'opinione deve essere rigorosamente una *opinione pubblica*. Spesso non è facile la distinzione. Nel caso nostro, questa "opinione pubblica" sulla *banda*, mi sembra largamente influenzata dal clima, creato da articoli come il terzo di quelli che le ho proposto. Tutta Parigi è eccitata dalla scoperta del cadavere di Marie, una giovane bella e già conosciuta. Questo cadavere porta segni di violenza. E galleggia sulle acque del fiume. Nello stesso tempo, o quasi nello stesso tempo, in cui si ritiene che la ragazza sia stata assassinata, si viene a sapere che una banda di delinquenti ha inflitto una violenza simile, anche se meno definitiva, a una seconda giovane donna. C'è di che sorprendersi che l'atrocità nota abbia influenzato il giudizio popolare sull'altra, che è ignota? Si voleva una chiave di interpretazione e questo atto di violenza ne offre una con grande tempestività. Marie è stata trovata sul fiume dove è stato commesso anche l'altro misfatto. Il legame tra i due eventi era così concreto che sarebbe stato sorprendente se *non fosse stato* colto. Ma in verità la prima atrocità di cui si sa come è stata commessa prova soltanto, se prova qualcosa, che l'altra commessa quasi contemporaneamente non è stata commessa *alla stessa maniera*. Sarebbe stato un miracolo se, mentre gli stupratori stavano commettendo in quel luogo il loro misfatto, in un altro luogo simile della stessa città, un'altra banda, con gli stessi mezzi e metodi, stesse commettendo un misfatto della stessa natura e nello stesso momento! Ma a che cosa ci porta la convinzione popolare *suggestionata* da un caso accidentale, se non a credere a questa sconcertante sequenza di coincidenze?

Prima di procedere oltre, esaminiamo la presunta scena del delitto nel boschetto della Barrière du Roule. Il boschetto, molto fitto, è contiguo a una strada di passaggio. All'interno vi sono lastre di pietra che formano un sedile, con uno schienale e un poggiapiedi. Sulla spalliera è stato trovato un sottabito bianco, in basso, uno scialle di seta. Inoltre c'erano un parasole, dei guanti e un fazzoletto da tasca con su ricamato il nome "Marie Rogêt". Brandelli di abiti sui cespugli, terreno smosso da piedi, rami rotti e segni di lotta.

Nonostante il favore della stampa per questo ritrovamento, e l'unanimità con cui il boschetto è stato indicato quale teatro dell'oltraggio, bisogna ammettere che c'erano fondate ragioni per sollevare dubbi. Che *fosse* la scena, potrei o no crederlo... ma c'era un'ottima ragione per dubitarne. Se, come ha insinuato *Le Commerciel*, la scena *vera* fosse stata nei dintorni di Rue Saint-André, i colpevoli, ammesso che fossero rimasti a Parigi, sarebbero stati terrorizzati dall'interesse popolare, spinto acutamente nella giusta direzione; con la mentalità di criminali di quel genere, avrebbero sentito immediatamente la necessità di sviare quell'attenzione. Visto che il sospetto aveva già circondato il boschetto della Barrière du Roule, potrebbero aver costruito lì la scena, disponendovi tutti gli oggetti che vi sono stati ritrovati. Niente prova veramente, anche se *Le Soleil* lo suppone, che quegli oggetti siano rimasti nel boschetto più di pochi giorni; ci sono invece prove circostanziali che non potevano essere lì, senza essere notati, per tutti e venti i giorni tra la domenica fatale e il giorno del ritrovamento da parte dei ragazzi. "Erano *ammuffiti* dalla pioggia – dice *Le Soleil*, adottando le opinioni dei suoi predecessori, – e la *muffa* li aveva appiccicati. Intorno e sopra era cresciuta l'erba. Benché la seta del parasole fosse resistente, i fili del tessuto nella parte interna erano consumati, e la parte superiore, dove era stata piegata e ripiegata, era tutta ammuffita e marcia tanto da strapparsi quando il parasole venne aperto." Circa l'erba cresciuta, è ovvio che sia un fatto fondato soltanto su quanto hanno detto i due ragazzini; essi rimossero gli oggetti da dove li avevano trovati per portarli a casa, prima che terze persone li avessero visti. In un clima caldo-umido (come quello all'epoca del delitto) l'erba cresce cinque o sei centimetri al giorno: basterebbe una settimana perché un parasole, poggiato su un terreno coperto da recenti zolle erbose, sia totalmente nascosto alla vista dalla nuova crescita d'erba. Quanto alla *muffa*, su cui l'articolo de *Le Soleil* insiste tanto da citarla per ben tre volte, c'è da credere che non ne conosca la natura. Bisognerebbe spiegargli che è una specie delle molte famiglie di *fungus*, che per sua natura germoglia e muore nel giro di ventiquattro ore.

Si capisce subito che tutte queste prove trionfalmente portate a sostegno della tesi che gli oggetti fossero rimasti "almeno tre o quattro settimane" nel boschetto, non hanno base. D'altronde, non si può credere che questi oggetti potessero stare lì da più di una settimana, per un periodo, cioè, più lungo dello spazio tra una domenica e l'altra. Chi conosce i dintorni di Parigi, sa la difficoltà di trovare *luoghi appartati*, se non allontanandosi di molto dalla sua periferia. Un luogo appartato, non ancora esplorato o poco frequentato, in mezzo alla natura, è inimmaginabile. Chi ami il verde della natura, ma sia incatenato dal dovere alla polvere e al caldo delle metropoli, tenti, anche in giorni feriali, di placare il bisogno di solitudine in mezzo alla natura senza percorrere distanze troppo grandi. Scoprirà a ogni passo la quantità di gentaglia, di malviventi gozzoviglianti che la infestano, rompendone l'incanto. Anche dove il bosco è più fitto, la solitudine sarà impossibile. Proprio questi sono i recessi dove si troverà più plebaglia, qui ci sono i templi più profanati. Con il cuore esulcerato il pellegrino tornerà nella inquinata Parigi, fogna meno odiosa perché meno assurda. Se i dintorni della città sono tanto gremiti di gente nei giorni feriali, la domenica l'affollamento si fa traboccante. Specialmente allora, liberi dalle catene del lavoro o dalle abituali occasioni di crimine, i delinquenti urbani cercano le periferie, certo non per amore della campagna che disprezzano, ma per sottrarsi alle restrizioni e alle convenzioni sociali. Non desiderano aria fresca e alberi verdi ma la *sfrenatezza* estrema della campagna. Nelle trattorie lungo le strade, o in mezzo al verde dei boschi, fuori dagli sguardi che non siano quelli dei compari, indulgono a tutti i pazzi eccessi di una finta allegria, prodotta dalla licenza e dal rum. Quando sostengo che se quegli oggetti possono essere rimasti senza essere scoperti in un *qualunque* boschetto presso Parigi, più del tempo che va da una domenica all'altra, deve essere considerato poco meno che miracoloso, non dico nulla di più di ciò che deve essere evidente a qualunque osservatore obiettivo.

Anche altri motivi rendono fondato il sospetto che gli oggetti siano stati messi nel boschetto per sviare le indagini. Consideri *la data* della scoperta degli oggetti e la confronti con quella del quinto brano tratto dai giornali. La scoperta è avvenuta subito dopo le urgenti comunicazioni inviate al giornale della sera. Si tratta di informazioni differenti, che sembrano attinte da diverse fonti, ma tendono allo stesso punto: indicare una *banda* quale colpevole del delitto, e un luogo, la Barrière du Roule, quale luogo del delitto. Ora naturalmente, non si tratta di sostenere che i ragazzi abbiano trovato gli oggetti, per queste informazioni o per effetto degli umori dell'opinione pubblica; potrebbe invece, anzi, può sorgere il sospetto che non siano stati trovati *prima* perché non c'erano, essendo stati portati lì soltanto all'ultimo momento, alla data, o poco prima, delle informazioni dai colpevoli, autori delle informazioni stesse.

Un boschetto singolare, molto singolare. Insolitamente fitto, dentro il suo recinto naturale si trovavano tre pietre fuori dell'ordinario, *disposte in forma di sedile, con schienale e poggiapiedi*. Questo artistico boschetto si trovava nelle immediate vicinanze, *a due passi*, dalla locanda di Madame Deluc, i cui figli abitualmente esploravano i dintorni alla ricerca della corteccia del sassofrasso. Sarebbe un azzardo se si scommettesse, mille a uno, che non è mai passato *un giorno*, uno solo, senza che i ragazzi, nascondendosi in quell'ombroso tempietto, non si siano seduti su quel trono naturale? Chi esita a fare una scommessa del genere non è mai stato ragazzo, o ha dimenticato cosa voglia dire esserlo. Come è possibile che gli oggetti siano rimasti nel boschetto più di un paio di giorni? A dispetto della dogmatica ignoranza del *Soleil*, c'è da ritenere che siano stati posti dove sono stati trovati in una data relativamente posteriore.

Altre e più forti ragioni oltre quelle finora esposte mi convincono che vi siano stati portati: consideri, la prego, la disposizione così artificiosa degli oggetti. Il sottabito bianco sulla pietra *superiore*, lo scialle sulla *seconda* e intorno, disseminati, parasole, guanti e fazzoletto con ricamato "Marie Rogêt". Una disposizione architettata *naturalmente* da una mente banale, alle prese con l'imitazione del *naturale*; non ha niente di *realmente* naturale. Io mi sarei aspettato di trovarli *tutti* a terra calpestati. Negli angusti limiti del boschetto, con molte persone impegnate in una lotta, sottabito e scialle non sarebbero mai rimasti fermi al loro posto sulle pietre. "C'erano i segni evidenti – si scrive – di una lotta. La terra era calpestata, i rami spezzati"; ma il sottabito e lo scialle restano lì come appena depositati in un armadio. "I brandelli della veste, presi dai rovi, erano larghi circa sette centimetri e lunghi quindici. Un pezzo era l'orlo della veste rammendato... Avevano *l'apparenza di strisce di stoffa strappate*." Senza accorgersene *Le Soleil* usa qui, una frase sospetta. E così, i brandelli come sono stati descritti fanno pensare a "strisce di stoffa strappate", ma con le mani e intenzionalmente. Raramente una *spina* produce *questo tipo di strappo*. Dato il tipo di tessuto, una spina o un chiodo provoca uno strappo "a sette" – lo divide in due strappi rettilinei che si incontrano nel punto in cui è penetrata la spina. Mai si può pensare a un brandello strappato. Io non l'ho mai visto, e nemmeno lei. Per strappare un brandello da un tessuto così, servono due forze distinte che agiscono da due direzioni; solo nel caso in cui il tessuto abbia due orli, come un fazzoletto da tasca, per strappare una striscia basterà una sola forza. Nel caso nostro l'abito ha un solo orlo. Solo un miracolo realizzato dalle spine, non *da una sola*, potrebbe strappare dall'interno dove orli non ce ne sono, un brandello. Ma anche dove si presenta un solo orlo ci vorranno due spine, delle quali una agisca in due diverse direzioni e l'altra in una sola, e solo se l'orlo non è cucito. Se è cucito, la questione è chiusa. Si può quindi avere chiaro quali ostacoli e quanto grandi impediscano alle "spine" di "strappare" dei brandelli. Vorrebbero convincerci per di più che non un solo ma diversi brandelli sarebbero così stati strappati. Non basta: "*uno era l'orlo della veste*"! Un altro "*un brandello della gonna, ma non l'orlo*", come dire che era stato strappato dalle spine, dall'interno dell'abito dove orli non ce ne sono. Credo si possa perdonare a chi non ci crede; resta che tutto questo è meno sorprendente del fatto che *assassini* tanto cauti da pensare a far sparire il cadavere abbiano poi lasciato tutti questi oggetti nel boschetto. Comunque se suppone che io voglia *negare* che questo boschetto possa essere stato il luogo del delitto, non mi ha capito. Forse è accaduta *qui* qualche nefandezza o più facilmente un incidente è capitato a Madame Deluc: è poco importante. Nostro compito non è individuare la scena, ma trovare gli assassini. Quanto sono andato argomentando così minuziosamente aveva lo scopo di mostrare per prima cosa l'assurdità della tesi che *Le Soleil* sposa con tanta precipitosa presunzione e, in secondo luogo portarla, nel modo più naturale, al dubbio se il delitto sia stato o no opera di *una banda*.

Riaffronteremo l'argomento con una semplice allusione ai rivoltanti dettagli forniti dal chirurgo, interrogato nel corso dell'inchiesta. Per ora basti dire che le sue pubbliche *deduzioni* sul numero dei malviventi sono state smentite da tutti i più famosi anatomisti parigini. Non che le cose non *avrebbero potuto* andare così; semplicemente non esistevano i fondamenti per sostenerlo: non c'era ben altro per un altro tipo di deduzioni?

Passiamo alle "tracce di una lotta"; mi lasci chiedere cosa si è creduto che dimostrassero. Una banda? Ma non dimostrano piuttosto l'assenza di una banda? Quale *lotta* poteva aver luogo – quale lotta così violenta e così lunga da aver lasciato "tracce" in tutte le direzioni – tra una ragazza fragile e indifesa e la *banda* di delinquenti ipotizzata? La silenziosa stretta di poche brutali braccia e tutto sarebbe finito. La vittima non aveva la possibilità di opporsi ai loro voleri. Le sarà chiaro che le argomentazioni addotte contro l'ipotesi che il boschetto sia stato la scena dell'oltraggio per la maggior parte sono valide solo nel caso che il delitto sia stato commesso da *più di un solo individuo*. Se immaginiamo *un solo* violentatore, possiamo concepire, e solo concepire, una lotta di natura tanto violenta e ostinata da lasciare tracce visibili.

E ancora. Ho già detto che il sospetto nasce dal fatto che gli oggetti siano stati lasciati nel boschetto dove sono stati trovati. Sembra impossibile che queste prove di colpevolezza siano state lasciate per caso dove sono state trovate. Si è avuta abbastanza presenza di spirito – almeno si suppone – per far sparire il corpo, ma si fanno rimanere ben evidenti sulla scena del delitto prove più schiaccianti ancora del cadavere – che decomponendosi diventa irriconoscibile, alludo al fazzoletto con ricamato *il nome* della morta. Se è stato un incidente non può essere certamente attribuito *a una banda*. Possiamo supporre solo l'incidente di un uomo solo. Vediamo. Un individuo ha commesso il delitto. È solo con il fantasma della morta. È atterrito da ciò che giace immobile davanti a lui. La furia della passione è passata; nel cuore è rimasta invece la paura fisiologica del crimine compiuto. Gli manca la fiducia che gli verrebbe dalla presenza di qualcun altro. È *solo* con la morta. Trema ed è sconvolto. Ma c'è bisogno di disfarsi del cadavere. Lo trascina al fiume lasciando lungo il percorso altre prove della sua colpa, perché è difficile, se non impossibile, portare tutto il carico in una volta, sarà più facile tornare indietro e riprendere ciò che ha lasciato. Ma durante questo faticoso viaggio fino al fiume, la paura cresce. I suoni della vita invadono il sentiero. Gli sembra di sentire continuamente il rumore dei passi di qualcuno che lo spia. Perfino le luci della città lo spaventano. Alla fine, dopo lunghe e frequenti pause di angoscioso panico, raggiunge la riva del fiume e si libera del suo funesto carico, forse con l'aiuto di una barca. *Ora* quale tesoro possiede il mondo, quale vendetta potrebbe minacciarlo, che possa avere il potere di costringere il solitario assassino a tornare sui suoi passi per quel sentiero arduo e pericoloso, fino al boschetto e ai suoi agghiaccianti ricordi? Non gli importa più come andrà, *non torna*. Non potrebbe, anche volendolo. Pensa solo a fuggire subito al più presto. Volge le spalle *per sempre* alla minacciosa macchia e fugge come davanti alla punizione divina.

Come sarebbe andata se fosse stata una banda? Il numero gli avrebbe dato fiducia a vicenda, se mai il cuore di furfanti matricolati manca di fiducia; e in genere si può credere che le bande siano fatte di autentici delinquenti. Il numero li avrebbe protetti dallo sconvolgente e irrazionale terrore che paralizza l'uomo solo. Se potessimo supporre che uno, due, o tre si fossero distratti, un quarto avrebbe rimediato alla distrazione; non si sarebbero lasciati dietro nulla, essendo numerosi avrebbero provveduto a portar via *tutto* in una volta, e non sarebbe stato necessario *tornare*.

Ricordiamo che dall'abito che il cadavere indossava quando era stato trovato "una striscia larga una trentina di centimetri era stata strappata dall'orlo alla cintura della veste, girata tre volte intorno alla vita e fissata con una sorta di nodo, dietro la schiena": tutto con lo scopo di avere una sorta di *maniglia*, per trasportarlo come un fardello. Non è un espediente cui sarebbero ricorsi *numerosi* uomini insieme. Tre o quattro individui avrebbero preso il corpo per le braccia e le gambe, senza problemi. Questo è l'espediente di un solo individuo; e arriviamo al fatto che "tra il boschetto, e il fiume sono state trovate staccionate abbattute e sul terreno i segni di un fardello trascinato"! Ma *numerosi* uomini avrebbero affrontato l'inutile fatica di abbattere una staccionata per trascinarvi sopra un cadavere che potevano *sollevare al di sopra* di qualsiasi staccionata in un istante? *Più* uomini avrebbero trascinato il cadavere lasciando in tal modo tracce visibili sul terreno?

A questo punto dobbiamo passare a un'osservazione di *Le Commerciel*, che in parte ho già commentato. "Un brandello del sottabito – dice il giornale – della sventurata è stato strappato interamente e legato sotto il mento e intorno alla nuca, probabilmente per impedire che gridasse. A farlo deve essere stato certamente qualcuno che non usa fazzoletti da tasca."

Ho già detto che il vero delinquente non è mai *sprovvisto* di fazzoletto: ma non è questo che ora mi sta a cuore. Aver trovato un fazzoletto nel bosco dimostra che non fu per mancanza di fazzoletto che si scelse quest'altra benda al fine ipotizzato da *Le Commerciel*; se poi è stata usata quella benda al posto di qualcosa di più adatto allo scopo, evidentemente lo scopo non era "impedire che gridasse". Le parole dei testimoni a proposito della striscia sono "è stata trovata intorno al collo, lenta e annodata con un solido nodo". Parole vaghe, ma diverse da quelle del giornale. Era una striscia larga quarantacinque centimetri e anche se di mussola, una volta piegata e ritorta nel senso della lunghezza poteva essere una fascia resistente: quella trovata era appunto ritorta. Ne deduco questo. Il solitario assassino, trascinato per un tratto il corpo (dal boschetto o da qualche altra parte, non si sa), si serve come presa di una fascia legata intorno alla vita, ma si accorge a lungo andare che il peso è eccessivo per le sue forze. Decide allora di trascinare il fardello: dalle testimonianze risulta che fu trascinato. Per far questo deve legare a una delle estremità una specie di corda, meglio se intorno al collo dove la testa fa da freno al cappio. L'assassino pensa di utilizzare la fascia intorno ai fianchi. Vorrebbe usarla ma è strettamente attorcigliata al cadavere, annodata e non del tutto strappata dal vestito; è più semplice strappare una nuova striscia dal sottabito. La strappa, la lega intorno al collo e *trascina* il corpo fino alla riva del fiume. Che questa fascia si potesse impiegare con fatica e perdita di tempo, che non fosse proprio adatta allo scopo – che sia stata comunque impiegata, dimostra che la necessità di impiegarla nasceva in un momento in cui il fazzoletto non era più a portata di mano – cioè quando ormai l'assassino si trovava sul sentiero tra boschetto (se di boschetto si trattava) e fiume.

Lei dirà che la testimonianza di Madame Deluc (!) si fonda sulla presenza di una *banda* nei pressi del boschetto, al momento o *quasi* del delitto. Lo ammetto. Ma penso che di bande come quella descritta da Madame Deluc, alla Barrière du Roule, nel momento o *quasi* della tragedia, ce ne saranno state una *dozzina*. Lei ne ha indicata una. Ma la banda che ha attirato su di sé l'energico biasimo, malgrado la testimonianza tardiva e molto sospetta, di Madame Deluc, quella, come dice l'onesta e scrupolosa vecchia signora, è l'*unica* che ha mangiato i suoi dolci, bevuto il suo brandy senza darsi la pena di pagarla. *Et hinc illae irae*?

Ma qual *è* l'esatta testimonianza di Madame Deluc? "È arrivata una banda di delinquenti che ha fatto molto chiasso, mangiato e bevuto senza pagare, ha preso la stessa strada dei due ragazzi, è tornata alla locanda *verso l'ora del crepuscolo*, ha riattraversato il fiume, come chi ha gran fretta."

Questa "gran fretta", deve essere parsa alla Deluc *più grande* mentre si attardava a lagnarsi per l'assalto a dolci e birra, per i quali ancora sperava in un risarcimento. Perché altrimenti, calcolato che era *già buio*, avrebbe sottolineato il punto della fretta? Non mi pare stupefacente che una banda di screanzati avesse *fretta* di tornare a casa dovendo attraversare un largo fiume con piccole imbarcazioni, con un temporale nell'aria, e la notte *incombente*. Dico *incombente*; la notte infatti *non era ancora scesa*. È solo verso il crepuscolo che la sconveniente fretta degli "screanzati" colpisce gli onesti occhi della donna. Ma ci è stato detto che quella stessa sera Madame Deluc e il suo figlio maggiore "hanno udito le grida di una donna non lontano dalla locanda". E con quali parole Madame Deluc indica in quale momento sono state udite? "Appena si è fatto buio", dice. Ma "appena *fatto* buio" è almeno *buio*, e "*verso il crepuscolo*", invece è ancora giorno. È chiaro quindi che la banda ha lasciato la locanda *prima* che Madame Deluc udisse per caso (?) le grida. Sono proprio queste le parole usate con gli stessi termini in tutti i verbali; eppure questa vistosa incongruenza non è stata rilevata da nessuno dei mirmidoni della polizia e da nessun organo di stampa.

Sempre per confutare l'ipotesi della *banda*, voglio aggiungere qualcosa, ma *questa* per me ha un grandissimo peso. Quando viene offerta una grossa taglia e promesso il perdono completo a chi denuncia il complice, è impensabile anche per un momento che tra i componenti di una *banda* di volgari delinquenti, o forse di ogni umano raggruppamento, qualcuno non sia pronto a tradire i suoi complici. Qualsiasi componente non è tanto desideroso di ricevere la taglia o di sfuggire una condanna, quanto *timoroso di essere tradito*. È pronto a tradire per primo *per non essere tradito lui stesso*. Che il segreto non sia stato rivelato prova che si tratta proprio di un segreto. L'orrore di questo nero misfatto è noto a un solo essere umano, o a due, e a Dio.

Riassumiamo adesso i risultati della nostra lunga analisi, scarni ma certi. Abbiamo immaginato, formulandone le ipotesi, un incidente avvenuto nella locanda di Madame Deluc, o un assassinio commesso nel boschetto alla Barrière du Roule, da un amante o da un amico intimo e segreto della giovane vittima. L'amico è di carnagione abbronzata. La carnagione, il "nodo" alla fascia e il "nodo da marinaio" con cui è legato il nastro del cappello, tutto sembra portare a un uomo di mare. La sua amicizia con la morta – una ragazza allegra ma non volgare – indicherebbe in lui un graduato, non un semplice marinaio, come d'altra parte sostengono le puntuali e urgenti segnalazioni pervenute alla stampa. Tutta la vicenda della prima fuga, come la racconta il *Mercure,* fa identificare questo uomo di mare con l' "ufficiale di marina" che per primo traviò la sventurata.

Analizziamo la lunga assenza dell'uomo dalla pelle bruna. Mi lasci soffermare sul fatto che la sua carnagione è scura e abbronzata; una non comune abbronzatura, se è l'unico elemento dell'identificazione, sia per Valence che per Madame Deluc. Ma perché questo uomo non si trova? È stato ucciso dalla banda? Perché allora ci sono solo *tracce* dell'assassinio della ragazza? Se i delitti sono due, la scena è la stessa. Dov'è il suo cadavere? Gli assassini avrebbero fatto sparire tutti e due i corpi allo stesso modo. Si può pensare che sia vivo e che non si presenti per il timore di essere accusato del delitto. Una considerazione che agisce su di lui soltanto ora a distanza di tempo, dopo che le testimonianze hanno segnalato che era stato visto in compagnia di Marie; ma che allora, all'epoca del delitto, poteva non avere ancora importanza. Il primo impulso di un innocente sarebbe stato di denunciare il delitto e collaborare per trovare i colpevoli. Questo è quanto doveva fare. Era stato visto con la ragazza; aveva attraversato il fiume con lei su un traghetto scoperto; la denuncia degli assassini, anche a essere idioti, era l'unica risorsa per scagionarsi dal sospetto. Non si può supporre che, la notte di quella domenica fatale, egli fosse innocente e insieme ignaro della violenza. Ma solo in queste circostanze è possibile pensare che, se era vivo, avrebbe mancato di denunciare i colpevoli.

Come possiamo scoprire la verità? Mano a mano che procederemo, scopriremo che i mezzi a disposizione si moltiplicano e acquistano maggiore chiarezza. Dobbiamo scandagliare a fondo la vicenda della prima fuga. Conoscere interamente la storia dell' "ufficiale", dove è ora e dove si trovava nel preciso periodo del delitto. Confrontiamo tutte le storie pervenute al giornale della sera che accusavano *una banda,* e confrontiamole anche – considerando stile e grafia, con quelle arrivate precedentemente al giornale del mattino e che accusavano con tanta insistenza Mennais. Fatto questo, confrontiamo le varie comunicazioni con la grafia accertata dell'ufficiale. Ripetendo gli interrogatori di Madame Deluc e dei suoi figli, nonché del conduttore di omnibus, Valence, cerchiamo di scoprire di più, sull'aspetto e l'atteggiamento "dell'uomo dalla carnagione scura". Abili domande non mancheranno di fornirci informazioni su questo delicato punto, o su altri; informazioni che le stesse persone non sanno di possedere. Rintracciamo la *barca* rimorchiata dal barcaiolo la mattina del 23 giugno, rimossa dal pontile, senza autorizzazione dell'ufficiale responsabile e senza timone, prima che il cadavere fosse ritrovato. Se saremo cauti e perseveranti non mancheremo di rintracciare la barca, perché può essere identificata dal barcaiolo che l'ha rimorchiata, ma soprattutto perché *in mano nostra abbiamo il timone*. Chi ha la coscienza tranquilla non lascia il timone di *una barca a vela* senza poi cercarlo. Vorrei fare qui una domanda. Non è stata fatta nessuna *denuncia* sul ritrovamento della barca. In segreto fu portata al pontile e in segreto è stata portata via. Ma il proprietario o colui che l'ha usata come *ha potuto* sapere, il martedì mattina, senza che la denuncia della scoperta fosse stata resa pubblica, dove la barca era stata rimorchiata il lunedì, a meno che non avesse legami con la *marina* – una personale consuetudine che gli permetteva di conoscerne gli avvenimenti e le notizie, anche le più insignificanti.

Quando ho detto del solitario assassino che trascinava il suo carico a riva, ho fatto riferimento alla possibilità che avesse usato *una barca*. Ora dobbiamo infatti renderci conto che Marie Rogêt, *è stata* gettata in acqua da una barca. Questo è avvenuto, è senz'altro avvenuto. Non si poteva lasciare il cadavere nei pressi della riva. I segni sul dorso e sulle spalle rivelano che è stata gettata sul fondo di una barca; questo spiega anche perché non le sono stati messi pesi. Se l'avessero gettata in acqua da riva avrebbero messo dei pesi. La mancanza di un peso si spiega col fatto che l'assassino potrebbe aver dimenticato di portarne uno con sé. Si sarà accorto della sua imprevidenza mentre era in procinto di gettarla in acqua, quando era ormai troppo tardi. Tutti i rischi erano preferibili a quello di tornare sulla riva maledetta: quello mai! Liberatosi del suo triste carico l'assassino sarà tornato frettolosamente in città. Sbarcato su qualche ignota banchina non avrà neanche ormeggiato la barca per troppa fretta. Gli sarà parso di lasciare una prova della sua colpa; il pensiero istintivo lo ha portato a sbarazzarsi di tutto quanto lo riconducesse al crimine. Non solo è fuggito lui dalla banchina, ma ha impedito che *la barca* vi rimanesse e l'ha lasciata andare alla deriva. Lavoro di fantasia. Il mattino seguente, lo sciagurato è preso dall'orrore quando scopre che la barca è stata raccolta e ormeggiata in un luogo che frequenta normalmente, ogni giorno. O che è obbligato a frequentare per lavoro. La notte seguente, *senza aver avuto il coraggio di richiedere il timone*, la porta via. Dove sarà ora quella barca? Scoprirlo è il nostro primo compito. Quando avremo potuto darle un'occhiata, l'alba del nostro successo comincerà ad apparire. Sarà la barca a portarci con sorprendente rapidità a colui che se ne è servito a mezzanotte di quella maledetta domenica. Poi gli indizi confermeranno gli indizi, e troveremo l'assassino.»

[Per ragioni che non specifichiamo e che a molti lettori parranno ovvie, ci siamo presi la libertà di omettere qui quella parte del manoscritto in nostre mani dove, nei particolari, con grandi dettagli si narra lo sviluppo del filo conduttore in apparenza sottile, rintracciato da Dupin. Sentiamo il dovere di dichiarare in breve che fu raggiunto il risultato auspicato. Il Prefetto adempì con puntualità anche se con riluttanza i termini del suo patto con il Cavaliere. L'articolo del Signor Poe si conclude con queste parole. La direzione [24].]

Si capirà che sto parlando di coincidenze; *nient'altro*. Quanto detto, basta. Non ho fede nel soprannaturale. La Natura e Dio sono due, chi sa pensare non può negarlo. Dio ha creato la Natura, e può a Suo Volere governarla o modificarla. È ancora una volta indiscutibile. Dico «a Suo Volere»; il problema è volere e non, come la follia della logica ha sostenuto, potere. Non è che la divinità *non possa* modificare le Sue Leggi, è che noi la offendiamo immaginando una possibile necessità di modificarle. Sono Leggi fatte per abbracciare *tutta* la contingenza che si nasconde nel futuro. Per Dio tutto è *Adesso*.

Ripeto che parlo di queste cose solo in quanto coincidenze. Inoltre, da quanto riferisco si vedrà che tra la sorte della sventurata Mary Cecilia

[24] Della rivista in cui l'articolo fu pubblicato per la prima volta.

Rogers, per quanto se ne sa, e la sorte di una tale Marie Rogêt, fino a un certo momento della sua storia, esiste una coincidenza la cui stupefacente esattezza turba la ragione che la contempla. Dico che tutto ciò si vedrà. Ma non si pensi neanche lontanamente che procedendo nella triste storia di Marie dal momento suddetto e percorrendo il mistero che l'avvolge fino al suo *dénouement*, io voglia segretamente estendere il parallelo, o addirittura insinuare che le misure adottate a Parigi per scoprire l'assassinio di una *grisette*, o misure basate su ragionamenti similari, darebbero risultati similari.

Per quanto riguarda l'ultima parte della supposizione, si dovrà considerare che la più insignificante differenza nei fatti delle due vicende potrebbe dar luogo ai più importanti errori di calcolo, facendo divergere radicalmente le due sequenze di fatti; proprio come in aritmetica un errore che in sé non ha valore, alla fine, moltiplicandosi da un punto all'altro del procedimento, produce un risultato lontanissimo dal vero. Quanto alla prima parte si dovrà tener conto che proprio il Calcolo delle Probabilità cui mi sono attenuto, proibisce ogni idea di estendere il parallelo – la proibisce con determinazione ferma e rigorosa in proporzione a quanto il parallelo è stato già da tempo dedotto con esattezza. È uno di quegli enunciati anomali che, in apparenza, si appellano a un intelletto totalmente diverso da quello matematico ma che in realtà solo i matematici capiscono appieno. Niente, per esempio, è più difficile che convincere il lettore medio che se un giocatore di dadi tira due volte di seguito il sei in una partita, questo basta per scommettere con buon margine di sicurezza che il sei non uscirà una terza volta. È una suggestione che l'intelletto rifiuta, in genere. Non si capisce come i due lanci conclusi, sepolti nel Passato, possano esercitare un'influenza su un lancio che esiste solo nel Futuro. La possibilità di tirare un sei sembra la stessa che in un qualunque altro momento – cioè soggetta solo all'influenza di un qualunque lancio di dadi. Una considerazione tanto ovvia che controbatterla provoca più facilmente un sorriso di derisione che non una qualche rispettosa attenzione. L'errore implicito – grossolano errore che suona imbroglio – non pretendo di chiarirlo nei limiti che mi sono posti, e con i logici non è necessario chiarirlo. Basti dire che è uno nella infinita serie di errori che si incontrano sulla via della Ragione per la sua propensione a cercare la verità *nei particolari*.

La lettera rubata

Nihil sapientiae odiosius acumine nimio.
Nulla è più odioso alla saggezza dell'eccessiva intelligenza.
SENECA

A Parigi, poco dopo l'imbrunire di una sera nera e tempestosa dell'autunno 1811, mi concedevo la duplice voluttà della meditazione e di una pipa di schiuma, in compagnia del mio amico C. Auguste Dupin, nella sua piccola biblioteca o studiolo *au troisième, n. 33, rue Dunot, Faubourg St. Germain*. Per oltre un'ora eravamo rimasti in silenzio; a un osservatore esterno ognuno di noi due poteva sembrare, profondamente ed esclusivamente, preso dalle lente spirali di fumo che appesantivano l'atmosfera della stanza. Io, per conto mio, discutevo tra me e me alcuni degli argomenti che erano stati al centro della nostra conversazione nella prima parte della serata; intendo i fatti della Rue Morgue e il mistero sull'assassinio di Marie Rogêt. Perciò mi sembrò una sorta di coincidenza, quando la porta del nostro appartamento si aprì per far entrare una nostra vecchia conoscenza: Monsieur G., il Prefetto di polizia di Parigi.

Fu accolto con cordialità: perché l'uomo era insieme tanto amabile quanto spregevole e noi non lo vedevamo da alcuni anni. Visto che eravamo rimasti seduti al buio, Dupin si alzò per accendere una lampada; ma si rimise a sedere, senza farlo, sentendo G. dire che era venuto per consultarci, o meglio per chiedere il parere del mio amico su una questione di lavoro che gli stava creando una quantità di guai.

«Se è un fatto che chiede riflessione», osservò Dupin, trattenendosi dall'accendere la lampada, «l'esamineremo meglio stando al buio.»

«Ancora un'altra delle sue bizzarrie», disse il Prefetto per il quale era bizzarro tutto ciò che superava la sua capacità di comprensione e che perciò viveva in mezzo a un mondo di bizzarrie.

«Verissimo!», disse Dupin offrendo una pipa all'ospite e spingendo verso di lui una comoda poltrona.

«E qual è ora la difficoltà?», intervenni io, «non un altro assassinio, spero!»

«Oh no! Niente di simile. Il fatto, il lavoro è in verità *semplicissimo* e non ho dubbi che potremmo gestirlo abbastanza bene da soli; ma ho pensato che a Dupin non sarebbe dispiaciuto conoscerne i particolari, visto che si tratta di una cosa straordinariamente *bizzarra*.»

«Semplice e bizzarra», disse Dupin.

«Proprio, sì! Eppure non esattamente. Il fatto è che siamo in grave imbarazzo in quanto è veramente semplice, eppure non ne veniamo a capo.»

«Forse è la sua stessa semplicità che vi induce in errore», disse il mio amico.

«Che sciocchezze *dice*», replicò il Prefetto ridendo di cuore.

«Forse il mistero è un po' *troppo semplice*», disse Dupin.

«Per amor del cielo! Chi ha mai sentito una idea simile!»

«Un po' troppo *evidente*.»

«Ah! Ah! Oh! Oh! Ah! Ah!», tuonò il nostro ospite, che sembrava divertirsi molto. «Oh! Dupin, lei mi farà morire malgrado tutto!»

«Allora!», domandai, «di che si tratta?»

«Vi dirò», replicò il Prefetto, aspirando una lunga, intensa e meditabonda boccata e accomodandosi nella poltrona. «Vi dirò in poche parole. Ma prima di cominciare, devo avvertire tutti e due che si tratta di una faccenda molto riservata, e che io perderei la posizione che occupo se si sapesse che ne ho parlato con qualcuno.»

«Vada avanti», dissi io.

«Oppure non cominci affatto», disse Dupin.

«Insomma, via. Sono stato informato personalmente da qualcuno molto in alto, che un certo documento della massima importanza era stato trafugato dagli appartamenti reali. Si sa chi è stato senza alcun dubbio. È stato visto mentre lo prendeva. Si sa anche che il documento è ancora nelle sue mani.»

«E come si sa?», chiese Dupin.

«Lo si deduce chiaramente», replicò il Prefetto, «dalla natura del documento e dalla mancata comparsa di alcuni risultati che ci sarebbero immediatamente se *sortisse* dalle mani del ladro; in altre parole, se fosse impiegato per lo scopo per cui costui deve proporsi, alla fine, di farne uso.»

«Cerchi di essere più chiaro», intervenni io.

«Arriverò fino a dire che questo documento dà al suo detentore un certo potere in un certo ambiente in cui questo potere ha un valore immenso.» Il Prefetto aveva un debole per il linguaggio diplomatico.

«Continuo a non capire niente», disse Dupin.

«Niente? Dunque questo documento, mostrato a una terza persona di cui non faccio il nome, metterebbe in questione l'onore di una personalità del più alto rango. Questo fatto dà al possessore del documento un potere sull'illustre personaggio di cui sono messi a repentaglio l'onore e la pace.»

«Questo presunto ascendente», mi intromisi io, «dipende dal fatto che il ladro sa che il derubato conosce chi è il ladro. Chi oserebbe...»

«Il ladro», disse G., «è il ministro D., che è capace di osare tutto, conveniente o sconveniente che sia per un uomo.

La meccanica del furto è stata ingegnosa non meno che ardita. Il documento in oggetto, una lettera, per essere franco, è stata ricevuta dalla persona derubata mentre si trovava da sola nel *boudoir* reale. La stava leggendo quando improvvisamente fu interrotta dall'ingresso dell'altro illustre personaggio, proprio colui a cui voleva particolarmente nasconderla. Dopo essersi affrettata invano a tentare di gettarla in un cassetto, dovette lasciarla, aperta come era, su un tavolo. L'indirizzo era visibile, il contenuto era perciò nascosto, e quindi la lettera non attrasse l'attenzione. È in quel momento che arriva il ministro D. Il suo occhio di lince coglie immediatamente il valore del documento, riconosce la calligrafia dell'indirizzo, nota l'imbarazzo della persona cui era indirizzata e ne capisce il suo segreto. Dopo aver trattato qualcuno dei suoi affari, sbrigativamente come suo costume, estrae dalla tasca una lettera quasi uguale a quella incriminata, la apre e finge di leggerla mettendola proprio accanto all'altra. Si rimette a discutere per circa un quarto d'ora di affari pubblici. Tirata alla lunga la cosa, mentre si congeda prende dal tavolo la lettera che non gli appartiene. Il legittimo proprietario vede, ma naturalmente non può rischiare di attrarre l'attenzione sul fatto in presenza del terzo personaggio che gli è accanto. Il ministro se ne va, lasciando sul tavolo la sua lettera senza importanza.»

«Ecco qui», disse Dupin, rivolgendosi a me «questo è esattamente quel che lei cercava per ottenere un potere perfetto; il ladro sa che il derubato sa chi è il ladro.»

«Sì», replicò il Prefetto, «e da qualche mese a questa parte, ha usato ampiamente, a fini politici, il potere che ha così conquistato e fino a un limite molto pericoloso. La persona derubata è di giorno in giorno sempre più convinta che è necessario recuperare la lettera. Ma chiaramente questo non si può fare alla luce del sole. In breve, spinta dalla disperazione, mi ha affidato questo incarico.»

«Non si poteva, suppongo», disse Dupin, immerso in una nuvola di fumo, «desiderare o immaginare un agente più sagace.»

«Lei mi adula», replicò il Prefetto, «ma è possibile che questa fosse proprio la sua opinione.»

«È evidente come ha detto lei», intervenni io, «che la lettera è ancora nelle mani del ministro; è il fatto di possederla e non l'uso che se ne può fare a dargli potere. Usandola, il potere verrebbe meno.»

«È vero», disse G., «e mi sono mosso con questa convinzione. La mia prima cura è stata quella di procedere a una minuziosa perquisizione nella dimora del ministro; il mio principale ostacolo è dover cercare a sua insaputa. Soprattutto sono stato avvertito del pericolo che deriverebbe dal fatto che sospettasse del nostro piano.»

«Mi pare», dissi, «che lei si trovi *au fait* in un'indagine del genere. La polizia parigina ha fatto più d'una volta ricorso a questa pratica.»

«Certo! Per queste ragioni non dispero. Le abitudini del ministro, poi, mi danno un grande vantaggio. È spesso assente da casa sua per tutta la notte. I domestici non sono tanti, dormono a una certa distanza dall'appartamento del loro padrone e poiché sono in gran parte napoletani si lasciano facilmente ubriacare. Come sapete, dispongo di chiavi capaci di aprire tutte le camere e gli uffici di Parigi. Per tre mesi, non è passata notte in cui, per gran pate, io non abbia a lungo frugato, personalmente, il Palazzo D. Ne va del mio onore e, in confidenza, la ricompensa è enorme. Così non ho abbandonato le ricerche finché non mi sono convinto che il ladro era più astuto di me. Ritengo di aver esaminato ogni angolo, ogni più piccolo ripostiglio in cui fosse possibile nascondere una lettera.»

«Ma non si può pensare», insinuai, «visto, come è sicuro che il ministro ha la lettera, che egli l'abbia nascosta fuori di casa sua?»

«No! È impossibile!», disse Dupin, «lo stato attuale, particolare, degli affari di Corte e la natura degli intrighi in cui D., come si sa, è coinvolto, fanno dell'immediata possibilità di uso del documento, della possibilità di produrlo istantaneamente, un punto importante quanto il possederlo.»

«La possibilità di produrlo?», dissi io.

«Vale a dire di *distruggerlo*», disse Dupin.

«È vero», sottolineai, «la lettera perciò è evidentemente nella sua abitazione. Quanto all'eventualità che si trovi addosso al ministro possiamo considerarla fuori causa.»

«Proprio così», disse il Prefetto, «per due volte è stato aggredito da falsi rapinatori che l'hanno scrupolosamente perquisito sotto i miei occhi.»

«Si sarebbe potuto risparmiare la fatica», disse Dupin, «D. non è del tutto uno sciocco, presumo, e se non lo è, deve aver previsto questi agguati, come cosa normale.»

«Non è *del tutto* sciocco», disse G., «ma è un poeta, e questo, a mio parere, lo porta a un passo dall'esserlo.»

«È vero», disse Dupin dopo una lunga tirata meditabonda della sua pipa di schiuma, «anche se io stesso mi sono reso colpevole di qualche verso.»

«E se cominciasse col raccontarci i particolari della sua perquisizione?», dissi.

«In concreto, abbiamo proceduto con grande calma e abbiamo cercato *dappertutto*. Ho una lunga esperienza in queste faccende. Abbiamo perquisito l'intero palazzo, camera per camera, dedicando a ognuna le notti di una intera settimana. Abbiamo poi esaminato i mobili di ogni sala. Aperto tutti i cassetti immaginabili, e penso che voi sappiate che per un agente ben addestrato non esistono cassetti segreti. Chi si lasciasse scappare un cassetto *segreto* in una perquisizione del genere sarebbe un incapace. Il compito è *talmente* semplice. Ogni pezzo di una stanza ha un volume e una superficie di cui bisogna render conto; a questo fine osserviamo regole esatte, non può sfuggirci neanche la venticinquesima parte di un millimetro. Dopo le camere abbiamo preso in esame le seggiole. I cuscini sono stati sondati con quei lunghi aghi che mi avete visto adoperare. Abbiamo sollevato tutti i ripiani dei tavoli.»

«E perché?»

«Talvolta capita che i piani, sia dei tavoli che di ogni altro mobile simile, siano rimovibili proprio per creare nascondigli. Si scavano perfino le gambe dei tavoli per nascondere qualcosa nelle cavità e poi richiuderle. Lo stesso vale per i montanti dei baldacchini dei letti.»

«Non si potrebbe scoprire le cavità, col suono?», domandai.

«Nient'affatto. Basta avvolgere l'oggetto dentro una coltre d'ovatta. Noi eravamo inoltre obbligati ad agire nel massimo silenzio.»

«Mi sembra lmpossibile che abbiate potuto smontare, che abbiate potuto fare a pezzi, *tutti* i mobili che potessero diventare un deposito di quel tipo. Una lettera può essere arrotolata in un cilindro non dissimile per forma e volume da un grosso ferro da calza, e in questa forma essere inserita in una gamba di seggiola, per esempio. Ha smontato tutte le seggiole?»

«Certamente no, abbiamo fatto di meglio, abbiamo esaminato le gambe di tutte le seggiole del palazzo e le giunture di tutti i pezzi del mobilio con un potente microscopio. Se ci fosse stata la benché minima traccia di una recente manomissione non ci sarebbe sfuggita. Un solo granello di polvere prodotto dal trapano, ad esempio, sarebbe stato visibile come una mela, ogni alterazione nella colla, ogni fessura nelle giunture sarebbe bastata a rivelare il nascondiglio.»

«Presumo che lei abbia controllato gli specchi, telai e lastre, e che abbia frugato letti e coperte, tende e tappeti.»

«Naturalmente; e quando fu così conclusa l'ispezione di ogni singolo mobile, abbiamo esaminato la casa. Abbiamo suddiviso la totalità della superficie in scomparti numerati, per non ometterne nessuno; ogni metro quadrato è stato oggetto di esame microscopico, come prima, comprese le due case adiacenti.»

«Le due case adiacenti?», esclamai, «deve essere stata una sfacchinata.»

«È vero; ma la ricompensa offerta è enorme.»

«Nelle case avete incluso anche il *suolo* circostante?»

«Il suolo è interamente pavimentato a mattoni. È stata una fatica relativamente piccola, abbiamo esaminato il muschio tra i mattoni, era intatto.»

«Avrà certamente controllato le carte di D., e i libri della biblioteca?»

«Sicuro! Abbiamo aperto ogni pacco e involucro. Non abbiamo soltanto aperto i libri, li abbiamo sfogliati pagina per pagina, senza contentarci di scrollarli, come fa qualcuno dei nostri funzionari. Abbiamo persino misurato lo spessore di ogni rilegatura con grande minuzia, attraverso l'indiscreto esame del microscopio. Se qualcosa fosse stata inserita di recente nelle rilegature, non avrebbe potuto sfuggire all'osservazione. Cinque o sei volumi, appena usciti dalle mani del rilegatore, sono stati accuratamente sondati con aghi per tutta la lunghezza.»

«Avete esplorato i pavimenti sotto i tappeti?»

«Naturalmente. Abbiamo sollevato ogni tappeto e esaminato le assi del pavimento al microscopio.»

«E le tappezzerie alle pareti?»

«Anche.»

«Avete cercato nelle cantine?»

«Anche nelle cantine.»

«Così», dissi, «avete sbagliato strada e la lettera non si trova nel palazzo. Come lei pensava.»

«Temo che lei abbia ragione», disse il Prefetto, «ora, Dupin, cosa mi consiglia di fare?»

«Una nuova perquisizione completa.»

«È inutile!», replicò G. «Sicuro come il fatto che sono vivo, la lettera non è nel palazzo!»

«Non ho niente di meglio da consigliare», disse Dupin. «Immagino che lei possa descrivere dettagliatamente la lettera.»

«Oh, sì.»

A questo punto, il Prefetto, estratta un'agenda, prese a leggere a voce alta una minuziosa descrizione del documento perduto, del suo interno e soprattutto del suo aspetto esterno. Poco dopo, conclusa la lettura, il brav'uomo si congedò da noi più abbattuto e scoraggiato di quanto l'avessi mai visto prima di allora.

Un mese dopo circa, ci fece una seconda visita e ci trovò pressappoco occupati come la volta precedente; prese una pipa e una seggiola e cominciò a parlare di questo e di quello, finché non intervenni dicendo:

«Allora G., che ne è della lettera trafugata? Immagino che ora si sia convinto che mettere nel sacco il ministro non è poi tanto semplice!».

«Che vada al diavolo...! Sì, ho rifatto una perquisizione, come mi aveva consigliato Dupin e, come immaginavo, è stata una fatica sprecata.»

«Quale ha detto che è la cifra della ricompensa?», domandò Dupin.

«Beh, veramente notevole... una ricompensa *proprio* grandiosa, ma non mi va di dire proprio la cifra, dirò che non esiterei a pagare di tasca mia cinquantamila franchi a chi riuscisse a portarmi questa lettera. In effetti diventa ogni giorno più urgente, e recentemente la ricompensa è stata raddoppiata. Ma anche se la triplicassero, io non riuscirei a compiere il mio dovere meglio di così.»

«Ma... certo...», disse Dupin, tirando fuori le parole lentamente dalla bocca insieme a larghe boccate di fumo. «Io credo... veramente... che lei caro G., non abbia fatto in questo caso tutto il possibile. Lei potrebbe fare... un po' di più, penso. No?»

«Come? In che modo?»

«Ma... (puff, puff) potrebbe... (puff, puff) chiedere consiglio in materia, no? – (puff, puff, puff) – si ricorda cosa si racconta di Abernethy?»

«No! al diavolo questo Abernethy!»

«Al diavolo! certo e tanti saluti! Allora, c'era una volta un ricco, molto avaro, che trovò un espediente per evitare di pagare a questo Abernethy un consulto medico. A questo scopo, durante una festa da amici intraprese una normale conversazione con il medico nella quale tentò di insinuare il proprio caso fingendo che si trattasse di un caso immaginario. "Potremmo supporre", disse questo avaro, "che i sintomi siano questo e quest'altro; allora, dottore, cosa gli avrebbe detto di prendere?"

"Prendere?" disse Abernethy, "certamente prendere 'consiglio'."»

«Ma», disse il Prefetto sorpreso, «sono "seriamente" disposto a prendere consiglio e a pagare per questo. Darei sul serio cinquantamila franchi a chiunque mi desse aiuto in materia.»

«Se le cose stanno così», disse Dupin, aprendo un cassetto e estraendone un libretto di assegni, «riempia un assegno a mio nome per la somma suddetta. Quando l'avrà firmato, le consegnerò la lettera.»

Ero senza parole. Il Prefetto però era come annientato. Per alcuni minuti restò muto e immobile, guardando incredulo il mio amico, a bocca aperta e con gli occhi fuori della testa. Poi sembrò ritornare in sé, prese una penna e dopo un filo di esitazione e di occhi fissi nel vuoto finalmente riempì e firmò un assegno di cinquantamila franchi e lo consegnò a Dupin attraverso il tavolo. Questi lo controllò accuratamente e lo ripose nel suo portafoglio: poi, aperto un *secrétaire* chiuso a chiave, ne estrasse una lettera e la consegnò al Prefetto.

Il funzionario la agguantò quasi morto di gioia, la aprì con mani tremanti, dette uno sguardo veloce al contenuto, poi inciampando e precipitandosi alla porta, uscì senza tante cerimonie dalla stanza e dalla casa, senza aver detto una sola parola da quando Dupin gli aveva chiesto di firmare l'assegno.

Quando se ne fu andato, il mio amico mi dette qualche spiegazione.

«La polizia di Parigi», disse, «è troppo abile nel fare il suo mestiere. È perseverante, ingegnosa, furba e possiede tutte le qualità richieste dal dovere. Per questo quando G. stava illustrandoci nei dettagli il suo modo di perquisire il palazzo D., ero totalmente certo che avesse condotto una indagine adeguata, fin dove possano le sue competenze.»

«Dove possano le sue competenze?», domandai.

«Sì», disse Dupin, «le misure adottate erano le migliori del loro genere e perfettamente eseguite. Se la lettera fosse stata nascosta con la logica che ispirava quella perquisizione, quei poliziotti l'avrebbero trovata, non ho dubbi.»

Risi, semplicemente, ma aveva l'aria di aver parlato con grande serietà.

«Allora», continuò, «i provvedimenti erano buoni nel loro genere e perfettamente eseguiti. Avevano un solo difetto: non erano applicabili al caso e all'uomo in questione. Il Prefetto ha la tendenza a impiegare tutto un genere di mezzi ingegnosi che diventano il suo letto di Procuste, sul quale adatta forzatamente tutti i suoi piani. Ma sbaglia continuamente o per troppa profondità o per troppa superficialità rispetto alla materia che tratta; uno scolaro avrebbe ragionato meglio di lui. Ho conosciuto un bambino di otto anni i cui successi nel gioco del "pari e dispari" suscitavano generale ammirazione. Un gioco semplice, che si fa con delle palline.

Uno dei giocatori tiene nel pugno chiuso un certo numero di palline e chiede all'altro se il numero è pari o dispari. Se l'altro indovina, vince una pallina; se sbaglia ne perde una.

Il bambino di cui sto parlando vinceva tutte le palline della scuola. Naturalmente seguiva un criterio per indovinare; quello di osservare attentamente l'avversario, valutandone il grado di astuzia. Mettiamo il caso che l'avversario sia un sempliciotto e che sollevando la mano chiusa chieda: "Pari o dispari?", il ragazzo risponde "Dispari" e sbaglia. La volta seguente indovina perché dice a se stesso "questo sciocco alla prima prova aveva un numero pari, con la sua scarsa intelligenza non potrà che metterne un numero dispari la seconda; risponderò perciò: dispari"; risponde "Dispari" e vince. Con un avversario un po' meno sempliciotto pensa: "Poiché ho detto dispari la prima volta, la seconda questo pensa che non basta una variazione semplice da pari a dispari come ha fatto il primo sciocco giocatore; visto che un cambiamento così è troppo semplice e ripeterà il pari, dirò: pari!". Lo dice e vince.

Questo genere di ragionamento, quello che i compagni chiamano fortuna, che cosa è in ultima analisi?»

«È semplicemente», risposi, «una identificazione dell'intelletto del ragionatore con quello del suo avversario.»

«Proprio così», disse Dupin, «e quando chiesi al bambino in che modo raggiungeva questa perfetta identificazione che lo portava al successo, mi dette questa risposta: "Quando voglio sapere fino a che punto qualcuno è attento o è stupido, fino a che punto è buono o cattivo, o quali sono i suoi pensieri in quel momento, atteggio l'espressione del mio viso sull'espressione del suo, il più esattamente possibile e aspetto di sapere quali pensieri o quali sentimenti nasceranno in me, nella mente o nel cuore, per corrispondere alla espressione". Questa risposta dello scolaro sta alla base di tutta la profondità spuria attribuita a La Rochefoucauld, a La Bougive, a Machiavelli e a Campanella.»

«L'identificazione», dissi, «dell'intelletto del ragionatore con quello dell'avversario dipende, se capisco bene, dall'esattezza con cui viene valutato l'intelletto dell'avversario.»

«Da un punto di vista pratico dipende da questo», rispose Dupin, «e, se il Prefetto e il suo seguito sbagliano tanto spesso, è prima di tutto per difetto di questa identificazione e, in secondo luogo, per impreciso o mancato apprezzamento dell'intelligenza con la quale si stanno misurando. Considerano esclusivamente la propria idea di ingegnosità e cercando di svelare cose nascoste, pensano soltanto a come loro avrebbero voluto nasconderle. Hanno ragione solo nel ritenere che la loro ingegnosità è una fedele rappresentazione di quella della massa; ma di fronte a un preciso malfattore la cui finezza differisca dalla loro, il malfattore chiaramente li travolge. Questo capita sempre quando la capacità è superiore alla loro, ma è cosa peraltro frequente anche quando è inferiore. Non cambiano mai il loro sistema di indagine; al massimo, quando sono sollecitati da emergenze insolite, per esempio una ricompensa straordinaria, esagerano esasperando i loro abituali *metodi*, ma i princìpi restano invariati.

Nel caso di D., per esempio, cosa è stato fatto per cambiare il sistema operativo? Che vogliono dire tutte quelle perforazioni, quelle manomissioni, quei sondaggi, quegli esami microscopici, quel dividere tutte le superfici in centimetri quadrati numerati? Non è niente altro che l'esasperazione nell'*applicazione* di uno o più princìpi di indagine, basati su un'unica categoria di classificazione dell'umana ingegnosità alla quale il Prefetto è stato abituato nella lunga routine del suo mestiere. Non ha visto che non riesce a considerare altra eventualità che chi voglia nascondere una lettera debba servirsi, se non proprio di un buco fatto da un trapano nella gamba di una sedia, comunque sempre di un buco, di un angolo nascosto come lo suggerirebbe il tipo di intelligenza che spingerebbe a nascondere una lettera nel buco fatto dal trapano nella gamba di una sedia? Non le sembra anche che nascondigli tanto *recherchés* possono essere utilizzati soltanto in casi comuni e adottati da intelligenze comuni perché in un nascondiglio di qualsiasi genere la sistemazione dell'oggetto occultato – che sia fatta in questo modo *recherché* – è fin dall'inizio presupponibile e presupposta; la scoperta, quindi, non dipende dall'*acumen* ma soltanto dalla semplice cura, dalla pazienza e dalla tenacia dei cercatori. Quando il caso è importante, e per la polizia il caso è importante quando ne viene una ricompensa grande, non si dà mai il caso che vengano meno queste belle qualità. Ora capirà cosa voglio dire affermando che, se la lettera rubata fosse stata nascosta entro i limiti della perquisizione del nostro Prefetto, o, in altri termini, se i criteri che avevano guidato questo occultamento fossero rientrati tra i criteri del Prefetto, egli l'avrebbe inevitabilmente scoperta. Invece, questo funzionario è stato tratto completamente in inganno; la causa all'origine del suo fallimento consiste nella supposizione che il ministro fosse uno sciocco, perché gode della reputazione di essere poeta. Tutti gli sciocchi sono poeti, così crede il Prefetto, ed è semplicemente colpevole di una *non distributio medii* nel dedurre di qui che tutti i poeti sono sciocchi.»

«Ma è veramente lui il poeta?», chiesi, «ci sono due fratelli, questo so. Entrambi con una reputazione di letterati. Il Ministro credo che abbia scritto cose notevoli sul calcolo differenziale. lui è il matematico e non il poeta.»

«Si sbaglia; lo conosco bene, è entrambe le cose. Come poeta e matematico, deve ben ragionare; se fosse stato un semplice matematico non avrebbe ragionato affatto e si sarebbe messo alla mercé del Prefetto.»

«Lei mi stupisce», dissi, «con queste sue idee, in contrasto con quel che si pensa normalmente. Non vuole ammettere un'idea maturata nel corso di tanti secoli. La ragione matematica è da molto tempo considerata la ragione *par excellence*.»

«"*Il y a à parier*"» rispose Dupin citando Chamfort, «"*que toute idée publique, toute convention reçue, est une sottise, car elle a convenu au plus grand nombre*.[1]" Ammetto che i matematici hanno fatto del loro meglio per propagare l'errore popolare cui lei allude, e che non è meno erroneo soltanto per il fatto che è propagato come una verità. Per esempio, siamo stati abituati, con artificio degno di miglior causa, a definire "analisi" le operazioni algebriche. I francesi sono i primi colpevoli di questo inganno scientifico; ma se si riconosce che le parole di una lingua hanno un'importanza reale, se le parole traggono senso dal loro uso, allora posso concedere che analisi equivalga ad algebra, più o meno come accade in latino dove *ambitus* vuol dire ambizione, *religio* religione, o *homines honesti* gente *di onore*.»

«Vedo già», dissi, «che è in polemica con qualche algebrista parigino; ma la prego di continuare.»

«Io contesto l'utilità, e di conseguenza la validità di una ragione coltivata attraverso ogni procedimento speciale che non sia la logica astratta. Contesto in particolare la ragione prodotta dallo studio della matematica. La matematica è la scienza delle forme e della quantità: il ragionamento matematico non è altro che la logica applicata all'osservazione di forma e

[1] C'è da scommettere [...] che ogni idea e luogo comune sono sciocchezze, perché hanno avuto l'approvazione della maggioranza (*N.d.T.*).

quantità. Il grande errore sta nel supporre che persino le verità di quella che viene chiamata algebra *pura* siano verità astratte o generali. Si tratta di un errore tanto grossolano che sono sorpreso dell'unanimità con cui è accolto. Gli assiomi matematici non sono assiomi di verità generali. Quanto è vero dalla *relazione* – di forma o di quantità – è spesso grossolanamente falso relativamente alla morale, per esempio. In questa ultima scienza, molto spesso *non* è vero che la somma delle frazioni sia uguale al tutto. Anche in chimica l'assioma non vale. Non vale, se si tratta di valutare uno stimolo: due stimoli, infatti, ciascuno con un valore dato, non hanno necessariamente, se sommati, un valore pari alla somma dei loro valori, presi separatamente.

C'è un cumulo di altre verità matematiche che non sono verità se non nei limiti della *relazione*. Ma il matematico argomenta sempre per abitudine, a partire dalle sue *verità finite*, come se fossero applicabili in generale e in assoluto, come d'altra parte il mondo ritiene che sia. Bryant, nella sua notevole *Mythology* cita una analoga fonte di errore quando dice che, "benché nessuno creda più nelle favole pagane, ce ne dimentichiamo spesso e ne tiriamo deduzioni come se fossero realtà esistenti". Gli algebristi, però, pagani essi stessi, a certe "favole pagane" danno credito, e ne traggono conseguenze, non tanto per un difetto di memoria, quanto per un'incomprensibile confusione dei loro cervelli. Insomma, non ho mai incontrato un matematico puro del quale fidarmi al di là delle sue radici ed equazioni; o uno che non fosse segretamente sicuro fideisticamente che x^2+px sia assolutamente e incondizionatamente uguale a q. Provi a dire a qualcuno di questi signori, per prova e per divertimento, che crede alla possibilità che x^2+px non sia completamente uguale a q; quando gli avrà fatto capire che cosa intende si metta al riparo il più rapidamente possibile, perché indubbiamente tenterà di prenderla a pugni.»

«Quello che intendo», continuò Dupin, mentre io mi limitavo a ridere delle sue ultime osservazioni, «è che se il ministro fosse stato soltanto un matematico, il Prefetto non avrebbe avuto necessità di firmarmi quell'assegno. Lo conoscevo però come matematico e poeta, e le misure che presi erano commensurate alle sue capacità e tenevano conto delle circostanze nelle quali agiva. Sapevo bene che era un cortigiano e un audace *intriguant*. Pensai che un uomo simile era perfettamente al corrente dei metodi ordinari della polizia. Evidentemente, doveva aver previsto, e i fatti provano che aveva previsto, tutti gli agguati che gli sono stati tesi. Tenni conto che aveva presagito le segrete perquisizioni in casa sua. Tutte quelle assenze notturne che il Prefetto aveva salutato come circostanze favorevoli al buon esito finale, mi parvero subito delle *ruses* per facilitare minuziose perquisizioni da parte della polizia che facessero credere come effettivamente alla fine credeva G., che la lettera non si trovava in casa. Qualcosa mi convinceva che tutte le idee che ho fatto fatica a esporle nel dettaglio, poco fa, sulla ripetitività dei metodi polizieschi di perquisizione in cerca di oggetti nascosti, sentivo, ripeto, che tutta questa serie di idee si era necessariamente presentata alla mente del ministro. Questo lo aveva portato obbligatoriamente a sdegnare ogni volgare *angolino* come nascondiglio. Non *poteva*, pensai, consentirsi la debolezza di ignorare che il nascondiglio più complicato, il più riposto del suo palazzo sarebbe risultato aperto come un banale armadio agli occhi, alle sonde, ai trapani e ai microscopi del Prefetto. Capii infine che sarebbe stato indotto alla semplicità inevitabilmente anche se non come conseguenza di una sua scelta deliberata.

Ricorderà quanto ridesse il Prefetto quando, fin dal primo incontro, suggerii che era probabile che il mistero lo turbasse tanto proprio perché era di assoluta semplicità.»

«Certo! Ricordo perfettamente la sua ilarità. Credevo che stesse per avere un attacco di nervi.»

«Il mondo materiale», continuò Dupin, «è pieno di analogie strettissime con l'immateriale; è quanto dà colore di verità al dogma retorico per cui una metafora, una similitudine possono rafforzare un'argomentazione e insieme abbellire una descrizione. Il principio della *vis inertiae*, per esempio, sembra identico in fisica e in metafisica; in fisica il fatto che un corpo grande è messo in moto con maggiore difficoltà di un corpo piccolo, e che il momento della quantità di moto conseguente è proporzionale a tale difficoltà, non è più vero di quanto lo sia in metafisica il fatto che gli intelletti di più vasta capacità e insieme più impetuosi, più costanti e con più varietà di movimenti di quelli di livello inferiore, sono quelli che si muovono meno agevolmente, i più imbarazzati e pieni di esitazioni nei primi passi. Altro esempio: ha mai fatto caso a quali insegne stradali, sulle porte dei negozi, attirino di più l'attenzione?»

«Non ci ho mai pensato», dissi.

«Esiste», riprese Dupin, «un rompicapo che si gioca con una carta geografica. Uno dei giocatori prega l'altro di indovinare una parola data, un nome di città, di fiume, di stato o di impero, insomma una parola qualunque, tra le tante esistenti sulla confusa e complicata superficie della carta. Un inesperto del gioco cerca subito di mettere in imbarazzo gli avversari scegliendo tra i nomi scritti nel modo più impercettibile; i più esperti invece scelgono parole che si estendono a grandi caratteri, da un capo all'altro del foglio. Queste parole, come le insegne e i manifesti stradali a lettere cubitali, sfuggono all'osservatore proprio perché sono troppo evidenti. È il caso in cui la svista materiale è esattamente analoga alla disattenzione morale con cui l'intelletto si lascia sfuggire le considerazioni che sono troppo vistosamente e palpabilmente evidenti in sé. Ma è un caso, chiaramente, troppo al di sopra o troppo al di sotto dell'intelligenza del Prefetto. Non ha mai creduto probabile o possibile che il Ministro avesse depositato la lettera sotto il naso di tutti, come il modo migliore per impedire a chiunque di vederla. Ma quanto più riflettevo sull'ingegno audace, spregiudicato e fantasioso di D., sul fatto che il documento doveva sempre restare a *portata di mano* per farne un immediato uso in caso di bisogno, e sull'altro fatto, che era stato ampiamente dimostrato dal Prefetto, che cioè il documento non era nascosto nel raggio incluso in una perquisizione abituale, tanto più mi sentivo convinto che, per nascondere questa lettera, il Ministro aveva fatto ricorso al più ingegnoso e sagace espediente di non provare neanche a nasconderla.

Preso da questa idea, mi fornii di un paio d'occhiali verdi e mi presentai, un bel mattino, come per caso, al palazzo del Ministro. Trovai D., in casa, sbadigliante, ozioso e curioso, come sempre, con la pretesa di sembrar al massimo dell'*ennui*. D. è forse la persona più energica che ci sia, ma lo è soltanto quando è sicuro che nessuno lo veda. Per non essere da meno cominciai a lamentarmi dei miei occhi delicati e della necessità di portare gli occhiali, da dietro i quali intanto passavo in rassegna, con cura e minuzia, tutto l'appartamento, fingendo di essere totalmente preso solo dalla conversazione del mio ospite.

Un'attenzione particolare dedicai all'ampia scrivania, presso cui era seduto, dove si ammucchiavano alla rinfusa varie lettere e carte, uno o due strumenti musicali e alcuni libri. Dopo un accurato esame, tirato molto per le lunghe, non notai nulla che potesse destare sospetti particolari.

Finalmente, il mio sguardo vagante per la stanza cadde su un misero portacarte di cartone filigranato di nessun valore, appeso per un sudicio laccio blu a un pomello di ottone sotto la cappa del camino. Il portacarte, che aveva tre o quattro scomparti, conteneva cinque o sei carte da visita e una unica lettera. Molto insudiciata e sgualcita. Quasi strappata in due come se qualcuno avesse voluto dapprima stracciarla del tutto perché senza valore, e avesse poi cambiato idea. Vi era impresso il sigillo nero di D., molto in evidenza, ed era indirizzata con minuta grafia di donna al Ministro in persona. Sembrava buttata con grande negligenza, e persino con sfregio, in uno degli scomparti superiori del portacarte.

Mi bastò una rapida occhiata, per capire che si trattava della lettera che stavo cercando. In apparenza era sicuramente molto diversa da quella tanto minuziosamente descritta dal Prefetto. Qui il sigillo era grande e nero, con la cifra D.; l'altro era piccolo e rosso con lo stemma ducale della famiglia S. L'indirizzo di questa, al Ministro, era scritto in modo minuto da una donna, nell'altra, indirizzata a un membro della famiglia reale, la scrittura era decisa, spavalda, forte. Le due lettere si somigliavano solo per le dimensioni. Ma la *radicalità* di queste differenze eccessive; la sporcizia; lo stato della carta, cincischiata e strappata, inconciliabili con le vere abitudini meticolose di D., denunciava l'intenzione di sviare un curioso dandogli tutte le apparenze di una carta senza valore; tutti questi elementi e la vistosa collocazione sotto gli occhi di tutti, che coincideva con le conclusioni cui ero già pervenuto, tutto avvalorava i sospetti di chi era venuto con l'intenzione di sospettare.

Prolungai la durata della mia visita il più possibile e, mentre sostenevo una animata discussione con il ministro su un argomento che sapevo interessarlo molto, la mia attenzione restò concentrata sulla lettera. In questo mio esame, fissai nella mente l'aspetto esteriore e la sistemazione nel portacarte; finalmente scoprii qualcosa che eliminò ogni mio più piccolo dubbio residuo.

Nell'esaminare i bordi della carta, mi accorsi che erano più *spiegazzati* del necessario. Presentavano quei segni che compaiono su un cartoncino piegato e schiacciato con un tagliacarte e poi ripiegato in senso inverso, ma lungo la stessa traccia della piegatura originaria. Era la scoperta che mancava: diventava chiaro che la lettera era stata girata come un guanto dall'interno all'esterno, riindirizzata e risigillata. Augurai il buongiorno al ministro e presi immediatamente congedo, dimenticando una tabacchiera d'oro sulla scrivania.

Il mattino appresso, tornai per cercare la mia tabacchiera e riprendemmo con accanimento la nostra discussione del giorno prima. Mentre eravamo così impegnati al massimo, si sentì una detonazione molto forte fuori delle finestre del palazzo, come un colpo di pistola, seguita da una serie di grida impaurite e da urla di folla. D. si precipitò verso una delle finestre, l'aprì e guardò fuori. Nello stesso momento andai dritto verso il portacarte, presi la lettera e me la misi in tasca e la sostituii con un'altra, una specie di *fac-simile* (nell'aspetto esterno), che avevo accuratamente preparato a casa, contraffacendo facilmente la sigla D... con l'aiuto di un sigillo di mollica di pane.

Il tumulto nella strada era stato provocato dalla follia improvvisa d'un uomo armato di moschetto. Aveva scaricato la sua arma in mezzo a una folla di donne e bambini; si accertò, comunque, che era caricato a salve, lo considerarono un lunatico o forse un ubriaco e lo lasciarono andare. Soltanto quando fu andato via, D. si ritrasse dalla finestra, dove io lo avevo seguito subito dopo essermi assicurato l'oggetto cui miravo. Alcuni minuti dopo, lo salutai. Il presunto lunatico era un uomo che avevo assoldato io.»

«Non capisco quale fosse il suo scopo», dissi, «nel sostituire la lettera con un *fac-simile*. Non sarebbe stato più semplice prenderla direttamente e andarsene, fin dalla prima visita?»

«Deve sapere che D.», rispose Dupin «è un uomo molto violento, un uomo di nerbo. La sua casa, poi, è piena di servitori devoti ai suoi interessi. Se avessi fatto lo scriteriato tentativo da lei suggerito, non sarei uscito vivo da quella casa. La brava gente di Parigi non avrebbe mai più sentito parlare di me. Ciò detto avevo altri buoni motivi.

Lei conosce le mie simpatie politiche. In questa azione, ho voluto comportarmi come un partigiano della signora derubata. Per diciotto mesi il ministro l'ha tenuta in suo potere. Ora il rapporto è invertito visto che lui non sa ancora di non avere la lettera e intende proseguire con i suoi ricatti. Muovendosi, segnerà inesorabilmente la sua fine politica. La sua caduta, oltreché precipitosa, sarà ridicola.

Si parla con molta facilità del *facilis descensus Averni*, ma in fatto di scalate si può dire quello che la Catalani diceva nel canto, che è più facile salire che scendere. In questo caso non ho nessuna simpatia, tantomeno pietà, per chi cade. D. è il vero *Monstrum horrendum*, un amorale uomo di genio. Confesso però che non mi dispiacerebbe conoscere i suoi pensieri, quando, sfidato da quella che il Prefetto chiama "una certa persona", sarà costretto ad aprire la lettera che ho lasciato per lui nel suo portacarte.»

«Come! Vi ha scritto qualcosa di particolare?»

«Chiaro! Avrei dovuto lasciare l'interno bianco? Sarebbe parso insultante. Una volta a Vienna, D. mi tirò un colpo basso, io con grande cordialità gli dissi che me ne sarei ricordato. Prevedendo la sua curiosità sulla persona che lo ha fatto fuori, ho pensato che sarebbe stato un peccato non lasciargli almeno un indizio. Conosce molto bene la mia calligrafia e così, al centro del foglio bianco, ho copiato queste parole:

... Un dessin si funeste
S'il n'est digne d'Atrée est digne de Thyeste.[2]

Le può trovare nell'*Atrée* di Crébillon.»

[2] ... Un disegno così funesto/Se non è degno di Atreo è degno di Tieste (*N.d.T.*).

Una discesa nel Maelström

Le vie di Dio in Natura, come nella Provvidenza, non sono come le *nostre* vie; né i modelli che noi costruiamo sono in alcun modo commensurabili con la vastità, la profondità e l'imperscrutabilità delle Sue opere, *che hanno in sé una profondità maggiore del pozzo di Democrito.*

JOSEPH GLANVILL

Avevamo raggiunto la sommità della rupe più alta. Per qualche minuto il vecchio sembrò stanco per parlare.

«Non molto tempo fa», disse alla fine, «avrei potuto guidarla su questa strada come il più giovane dei miei figli, ma tre anni fa, mi accadde un fatto mai accaduto prima a un essere mortale – almeno tale che nessun uomo è sopravvissuto per raccontarlo – e le sei ore di terrore mortale che ho passato mi hanno spezzato il corpo e l'anima. Lei crede che io sia un uomo *molto* vecchio – ma non è così. Bastò un solo giorno per mutare in bianco il nero corvino dei miei capelli, per fiaccarmi le membra, per spezzarmi i nervi, così che tremo al minimo sforzo e ho paura perfino delle ombre. Lo sa che non riesco a guardare giù da questo piccolo dirupo senza che mi vengano le vertigini?»

Il «piccolo dirupo» sul limite del quale si era fermato a riposare tanto imprudentemente che la maggior parte del suo corpo pendeva nel vuoto e non aveva altro appiglio per evitare di cadere che i gomiti puntati sul ciglio estremo – questo «piccolo dirupo» si elevava, una parete di scintillante roccia nera a strapiombo su un precipizio, di quattro o cinquecento metri al di sopra del mondo di rocce sottostanti. Niente al mondo avrebbe potuto indurmi ad avvicinarmi a meno di cinque-sei metri dal ciglio, ma ero così agitato per la posizione tanto pericolosa del mio compagno, che caddi lungo disteso per terra, abbrancato ai cespugli che sorgevano intorno a me, senza aver il coraggio di guardare in alto e lottando per allontanare da me la paura che la base stessa della montagna corresse il pericolo di essere sradicata dalla furia del vento. Passò un bel po' prima che potessi ragionare e trovare il coraggio di tirarmi su a sedere e guardare lontano.

«Deve superare queste fantasie», disse la guida, «l'ho condotta qui perché possa vedere meglio la scena dell'evento di cui ho parlato e per raccontarle l'intera storia, con il luogo, dove è avvenuta, proprio sotto i suoi occhi.»

«Siamo ora», continuò con quel suo modo di soffermarsi sui particolari, «siamo ora molto vicini alla costa norvegese... a sessantotto gradi di latitudine, nella grande provincia di Nordland, nel desolato distretto di Lofoden. La montagna, sulla cui sommità ci troviamo, è Helseggen, la Nuvolosa. Ora si alzi un po' – si tenga ai cespugli se le gira la testa... così... e guardi, oltre la fascia di vapori, sotto di noi, il mare.»

Guardai stordito la vasta distesa dell'oceano le cui acque, nere come l'inchiostro, mi fecero subito pensare alla descrizione del *Mare Tenebrarum* del geografo nubiano. Mente umana non poteva concepire un panorama così desolato. A destra e a sinistra, a perdita d'occhio, sorgevano, come fossero i contrafforti del mondo, schiere di scogli aguzzi e neri, il cui aspetto tenebroso era ancor più evidenziato dalla schiuma che con la cresta bianca e spettrale gli si avventava senza posa contro, ululando e gemendo. Proprio di fronte al promontorio sulla cui vetta ci trovavamo, a una distanza di cinque o sei miglia in mare aperto, era visibile un'isoletta di aspetto cupo, o meglio se ne individuava la posizione dalla furia delle onde dalle quali era avvolta. Circa due miglia più vicino alla costa, ne sorgeva un'altra più piccola, rocciosa e nuda, circondata da una chiostra di scogli neri, a distanze irregolari.

L'aspetto dell'oceano tra l'isola più distante e la costa, aveva qualcosa di molto inconsueto. Sebbene spirasse in quel momento un forte vento verso terra, tanto che un brigantino molto a largo stava alla cappa con due mani di terzaruoli alla randa e beccheggiava tanto da nascondere continuamente alla vista lo scafo, tuttavia qui non c'era un regolare alternarsi delle onde, ma solo un breve, veloce, rabbioso incrociare e accavallarsi dell'acqua in ogni direzione, sia controvento che in senso opposto. Poca la schiuma ad eccezione di quella che si formava in vicinanza degli scogli.

«L'isola distante», riprese il vecchio, «è chiamata dai Norvegesi Vurrgh. Quella a mezza strada è Moskoe. Un miglio a nord c'è Ambaaren, più lontano Islesen, Hotholm, Kieldhelm, Suarven e Buckholm; ancora più in là – tra Moskoe e Vurrgh – ci sono Otterholm, Flimen, Sandflesen e Stockholm. Questi sono i veri nomi dei luoghi, ma né lei né io possiamo capire perché mai si sia ritenuto necessario dare a tutti un nome. Sente qualcosa? Vede qualche mutamento nel mare?»

Eravamo ora da una decina di minuti in cima alla Helseggen, sulla quale eravamo saliti da Lofoden, passando all'interno e non avevamo avuto la possibilità di vedere il mare finché non ci era esploso davanti, una volta raggiunta la sommità. Mentre l'uomo parlava, cominciai a sentire un suono cupo, crescente, simile al muggito di una mandria di bufali nella prateria americana, e nello stesso tempo notai che l'aspetto dell'oceano sotto di noi, da quello che i marinai chiamano *rotto* stava rapidamente mutandosi in una sorta di corrente diretta verso est. Mentre l'osservavo, questa corrente acquistò una impressionante velocità, che cresceva ad ogni istante... fino a diventare travolgente: in cinque minuti l'intero mare fino a Vurrgh fu travolto da una furia incontrollabile; ma fu tra Moskoe e la costa che il fragore raggiunse la massima violenza. Qui il vasto letto delle acque si fondeva e si divideva in mille torrenti in lotta tra loro, esplodendo all'improvviso in frenetiche convulsioni – gonfiandosi, ribollendo, sibilando – roteando in innumerevoli, giganteschi vortici, turbinando e precipitando verso oriente con la velocità dell'acqua di una cascata.

Ancora pochi minuti ed ecco un altro radicale mutamento di scena. La superficie si calmò, divenne liscia, sparirono i vortici, mentre comparivano strisce di spuma dove prima non c'erano. Queste strisce s'allungarono, si fusero l'una con l'altra, fino a formare l'embrione di un ben più vasto vortice. E infatti all'improvviso, questo prese consistenza sotto forma di un cerchio di oltre un miglio di diametro. L'orlo del vortice era formato da una larga fascia di spuma scintillante, ma nemmeno una goccia di tale frangia cadeva nella bocca del terrificante imbuto, il cui interno, fino dove arrivava l'occhio, era una parete d'acqua liscia, brillante, nerissima, inclinata a quarantacinque gradi sull'orizzonte, animata da un moto rotatorio e insieme ondulatorio lungo il perimetro esterno, capace di emettere un suono pauroso, per metà urlo e per metà ruggito, più intenso di quello che sia mai salito al cielo nella sua angoscia dalla possente cascata del Niagara.

La base della montagna e la stessa roccia tremarono ed io, terrorizzato, mi gettai a terra abbarbicandomi ai radi ciuffi d'erba.

«Questo», disse il vecchio, «questo non *può* essere altro che il grande vortice del Maelström.»

«Così», aggiunse, «viene a volte chiamato... noi Norvegesi lo chiamiamo Moskoe-ström dal nome dell'isola che è nel mezzo.»

Quanto è stato narrato su questo vortice non basta a dare una idea di quello che vidi. Neanche Jonas Ramus, che è il più circostanziato di tutti, è capace di descrivere la grandiosità e insieme l'orrore della scena: e nemmeno quel folle senso di stupefacente *novità* che sconvolge lo spettatore. Non so da quale punto e in quale momento lo scrittore abbia osservato il fenomeno, ma sono sicuro che non era dalla sommità della Helseggen né durante una tempesta. Vi sono passaggi della sua descrizione apprezzabili per i dettagli, ma l'effetto è troppo debole in rapporto alla grandiosità dello spettacolo.

«Tra Lofoden e Moskoe l'acqua raggiunge dai settanta agli ottanta metri di profondità, ma dall'altro lato, verso Ver (Vurrgh), la profondità diminuisce al punto che un battello non potrebbe passare senza rischiare di infrangersi sulle rocce, come accade anche in tempo di bonaccia! Con la marea la corrente si scaglia sul tratto tra Lofoden e Moskoe con una tale rapidità e violenza che il rumore dell'impetuoso riflusso supera quello della più paurosa cataratta. Quel rumore si sente a molte miglia di distanza e i vortici o gorghi sono talmente vasti e profondi che se una nave vi viene risucchiata, è inevitabilmente inghiottita e sbattuta sul fondo dove si infrange contro gli scogli: i suoi rottami tornano a galla solo quando subentra la calma. Questi intervalli di calma si verificano solo tra la bassa e l'alta marea, in tempo di bonaccia e non durano più di un quarto d'ora; poi la furia gradualmente riprende. Quando la corrente è al massimo della violenza e il suo impeto è ingigantito da una tempesta, è pericoloso avventurarsi a meno di un miglio norvegese. Battelli, panfili, navi sono stati trascinati via per non essersi guardati in tempo prima di essere afferrati dai suoi gorghi. È successo spesso che perfino le balene si siano avvicinate troppo alla corrente e ne siano state travolte ed è impossibile descrivere come gridavano e muggivano dibattendosi inutilmente per liberarsene. Un orso tentò una volta di nuotare tra Lofoden e Moskoe ma venne catturato dalla corrente e portato in fondo mentre lanciava grida così forti che si sentivano anche dalla costa. Grandi quantità di abeti e pini, trascinati nella corrente, riemergono ridotti in pezzi e lacerati come se vi fossero spuntate delle setole. Questo dimostra che il fondo è cosparso di scogli aguzzi sui quali i tronchi vengono rotolati in qua e in là. Questa corrente è regolata dal flusso e riflusso del mare – ogni sei ore l'alta marea si alterna con la bassa. Nel 1645, la domenica di Sessagesima, nelle prime ore del mattino la corrente era così impetuosa e rumorosa che molte pietre delle case lungo la costa caddero al suolo.»

Per quanto riguarda la profondità dell'acqua, non vedo come possa essere stata valutata esattamente nelle immediate vicinanze del vortice. I settanta-ottanta metri dovrebbero riferirsi ai tratti del canale in prossimità delle spiagge di Moskoe-Lofoden. La profondità al centro del Moskoe-ström deve essere infinitamente maggiore e per provarlo basta la vista che si ha del vortice dalla vetta della Helseggen. Guardando da quel picco nel muggente Flegetonte che scorre sotto, mi venne da sorridere della ingenuità con cui l'onesto Jonas Ramus raccontava gli aneddoti delle balene e dell'orso come fatti incredibili; infatti a me sembrava evidente che anche la più grande nave di linea, entrando nella sfera di influenza di questo mortale risucchio, non potrebbe opporre più resistenza di una piuma a tale uragano e sarebbe subito scomparsa nel gorgo.

I tentativi di dare una spiegazione del fenomeno, alcuni dei quali ricordo mi erano sembrati plausibili, ora sembravano avere aspetti ben diversi e insoddisfacenti. L'idea generalmente accettata era che questo come tre altri vortici più piccoli tra le isole Ferroe «non abbiano altra causa che la collisione tra ondate che si levano e precipitano, in corrispondenza al flusso e riflusso, contro una catena di scogli e banchi di sabbia che incanala l'acqua facendola precipitare come una cascata. Così quanto più in alto sale la marea, tanto più profonda è la caduta e il risultato è la creazione di un gorgo o vortice, il cui fortissimo risucchio è ben conosciuto per esperimenti fatti su scala ridotta». Queste sono le parole esatte riportate dall'*Enciclopedia Britannica*. Kircher e altri immaginano invece che nel centro del canale del Maelström, ci sia un abisso che entra nel globo terrestre per uscire in qualche altra lontanissima regione: il Golfo di Botnia, come viene precisato in un'occasione. A questa opinione, in sé abbastanza peregrina, sembrava, mentre guardavo, alla mia immaginazione che si potesse aderire con slancio; ma quando lo dissi alla mia guida, con mia grande sorpresa, mi rispose che non era d'accordo, anche se quella era l'opinione della maggior parte dei Norvegesi. Quanto all'altra ipotesi, egli confessò di non averla capita e qui concordai con lui... perché, convincente sulla carta, diventa incomprensibile, anzi assurda, di fronte alla tempesta dell'abisso.

«Ha visto bene il vortice ormai», disse il vecchio, «se vuole strisciare intorno alla rupe e mettersi al riparo del frastuono dell'acqua che scroscia, le racconterò una storia che la convincerà che io so qualcosa del Moskoeström.»

Dopo che mi fui sistemato, egli proseguì.

«Io e i miei due fratelli avevamo un peschereccio di circa settanta tonnellate, attrezzato come una goletta, con il quale pescavamo oltre Moskoe nei pressi di Vurrgh. Quando ci sono correnti violente, se uno ha il coraggio di tentare, si fanno delle belle pesche; ma tra i pescatori di Lofoden solo noi tre consideravamo un affare andare al di là delle isole a pescare. Le zone pescose abituali sono molto più a sud e vi si può pescare senza molto rischio, in ogni momento; per questo sono le preferite. Ma nei posti da noi scelti in quella zona tra gli scogli, non solo il pesce è di qualità migliore, ma è anche molto più abbondante; così in un sol giorno si può raccogliere quanto gli altri più paurosi pescano in una settimana. In effetti ne facevamo una esasperata speculazione: il rischio della vita al posto del lavoro, il coraggio costituiva il capitale.

Tenevamo la barca in una rada cinque miglia più su di qua, sulla costa, e avevamo l'abitudine, col bel tempo, di utilizzare i quindici minuti di tregua per attraversare velocemente il canale di Moskoe-ström, spingendoci molto oltre il gorgo; quindi gettavamo l'ancora in qualche posto vicino a Otterholm o Sandflesen, dove i vortici non sono violenti come altrove. Lì rimanevamo fino al successivo intervallo di calma dell'acqua, indi salpavamo e facevamo ritorno a casa. Non ci accingevamo mai a queste spedizioni se non avevamo un vento costante di traverso che ci spingesse sia all'andata che al ritorno, un vento che non ci abbandonasse al ritorno e raramente abbiamo sbagliato i calcoli su questo punto. Un paio di volte in sei anni, fummo costretti a restare fermi la notte per una improvvisa bonaccia, cosa invero assai rara da queste parti. Un'altra volta ancora dovemmo rimanere alla fonda, morti di fame, per quasi una settimana, per colpa di un fortunale che soffiò dal momento che eravamo arrivati e rese il canale troppo agitato per essere affrontato. In quell'occasione avremmo potuto essere trascinati in mare a dispetto di tutto (i vortici ci fecero girare su noi stessi così velocemente che alla fine l'ancora si distaccò e cominciò ad arare) se non fosse stato che potemmo entrare in una delle tante correnti che si incrociano – oggi qui e domani là – ed essa ci guidò in una zona di calma sotto Flimen, dove per buona fortuna, potemmo ancorarci di nuovo.

Non posso narrarle che la ventesima parte di tutte le difficoltà che incontravamo sul luogo di pesca – un posto difficile anche col tempo buono – ma facemmo sempre in modo di vincere la sfida del Moskoeström senza incidenti, anche se talvolta col cuore in gola quando ci accadeva di arrivare un minuto prima o un minuto dopo l'intervallo di calma. Talvolta il vento non era così forte come pensavamo all'inizio e quindi facevamo molto meno strada di quello che avremmo desiderato, mentre la corrente rendeva ingovernabile il peschereccio. Mio fratello più grande aveva un figlio di diciotto anni ed io avevo due ragazzi robusti. Ci avrebbero potuto aiutare molto in quei tempi, sia occupandosi dei remi che partecipando alla pesca. Ma potevamo prendere il rischio per noi, ma non avevamo il coraggio di far correre tali pericoli ai nostri ragazzi, perché in definitiva era un terribile pericolo, questa è la verità.

Tra pochi giorni saranno passati tre anni da quando avvenne quanto sto per narrarle. Era il 18 luglio 18..., un giorno che la gente di questa parte del mondo non dimenticherà mai perché fu quello in cui si scatenò il più terribile uragano che mai sia venuto dal cielo. Eppure durante tutta la mattinata aveva soffiato una leggera brezza da sud-ovest che durava ancora nel tardo pomeriggio, mentre il sole brillava, così che nessuno dei nostri più vecchi marinai avrebbe potuto prevedere quello che seguì.

Noi tre – i miei due fratelli e io – avevamo fatto la traversata per le isole all'incirca alle due pomeridiane, e quasi subito avevamo riempito la barca di ottimo pesce che, notammo tutti, era più abbondante del solito. Erano esattamente le sette *sul mio orologio* quando salpammo per dirigerci a casa, in tempo per superare la parte peggiore dello Ström in acque calme, che sapevamo si sarebbero avute alle otto.

Salpammo con un fresco vento di tribordo e per qualche tempo filammo a gran velocità, senza che ci sfiorasse la minima idea di pericolo, perché in fondo non c'era alcuna ragione di temere. Ad un certo punto fummo colti di sorpresa da un vento che cominciò a soffiare da Helseggen. Era un fatto insolito, mai successo prima e io cominciai a provare un certo disagio, senza sapere perché. Ci mettemmo in modo di avere il vento a favore, senza però poter progredire a causa dei vortici; stavo per proporre di tornare al nostro ancoraggio quando a poppa scorgemmo l'intero orizzonte coperto da una nuvola del colore del rame che avanzava a una velocità impressionante.

Nello stesso tempo il vento che ci aveva deviato cadde e ci trovammo in una calma piatta, e andammo alla deriva di qua e di là. Questo stato di cose non durò tanto da lasciarci il tempo di riflettere. In meno di un minuto la tempesta fu sopra di noi – in meno di due il cielo si coprì completamente – e questo insieme agli spruzzi violenti fece calare un tale buio che non ci si vedeva più l'un l'altro nel peschereccio.

Sarebbe da matti voler descrivere l'uragano che scoppiò. Il più vecchio marinaio di Norvegia non ha mai sperimentato nulla di simile. Avevamo ammainato in fretta le vele prima che ci cogliesse la bufera, ma la prima raffica stroncò i due alberi e li trascinò fuori bordo come se fossero stati segati. L'albero maestro si portò via il mio fratello minore che vi si era attaccato per salvarsi.

La nostra imbarcazione era la piuma più leggera che si fosse mai posata sulle onde. La coperta era piatta, con un solo boccaporto presso la prua e noi lo tenevamo chiuso sempre quando ci accingevamo ad attraversare lo Ström per evitare di imbarcare acqua per una ondata improvvisa. Se non fosse stato per questa precauzione, in questo caso saremmo colati subito a picco perché per alcuni momenti eravamo interamente sommersi dall'acqua. Non so come mio fratello maggiore abbia potuto salvarsi, perché non ho avuto mai la possibilità di accertarlo. Per parte mia, come ebbi ammainato la vela di trinchetto, mi appiattii sulla coperta con i piedi puntati contro la stretta falchetta di prua afferrando con le mani un anello alla base dell'albero di trinchetto. È stato l'istinto a farmi agire così – cioè nel miglior modo possibile – perché ero troppo frastornato per riflettere.

Per alcuni minuti fummo completamente sommersi e trattenni il respiro tenendomi avvinghiato all'anello. Quando non potei più resistere, mi alzai sulle ginocchia, sempre tenendomi aggrappato con le due mani, e feci emergere la testa. Ora la nostra piccola imbarcazione si scrollò, come un cane che esce dall'acqua, liberandosi in qualche misura dalle ondate. Stavo tentando di riprendermi dallo stordimento e di raccogliere le forze per vedere cosa si poteva fare, quanto mi sentii afferrare per le braccia. Era il mio fratello maggiore e il cuore mi si gonfiò di gioia perché ero sicuro che fosse finito in mare – ma la gioia in breve si tramutò in orrore perché egli avvicinò la sua bocca al mio orecchio mormorandomi la parola "*Moskoeström!*"

Nessuno saprà mai quello che provai in quel momento. Tremavo dalla testa ai piedi come sotto un violento attacco di febbre terzana. Sapevo molto bene cosa voleva dire con quella sola parola. Sapevo cosa voleva farmi capire. Con il vento che ora ci sospingeva, andavamo dritti verso il gorgo dello Ström e niente avrebbe potuto salvarci!

Lei capisce che quando traversavamo il *canale* dello Ström ci tenevamo sempre molto lontano dal vortice, anche con il tempo più calmo, e poi dovevamo attendere e spiare l'arrivo della pausa. Ora andavamo diretti verso il gorgo stesso e con quel terribile uragano! "Certamente", pensai "vi arriveremo all'incirca nell'intervallo di calma... c'è ancora una piccola speranza." Un momento dopo mi maledissi per essere tanto stupido da essermi illuso con una sia pur lieve speranza. Sapevo benissimo che eravamo condannati, anche se avessimo avuto una imbarcazione dieci volte più grande di una cannoniera con novanta bocche da fuoco.

A questo punto la tempesta sembrava essersi placata o forse la sentivamo di meno perché correvamo davanti a lei col vento in poppa, ma in ogni caso il mare che prima era appiattito dalla furia stessa del vento, ora si alzava in onde alte come montagne. Il cielo aveva subìto un singolare cambiamento. Tutto intorno era nero come la pece, ma in alto, quasi a perpendicolo sulla nostra testa, si era aperto all'improvviso uno spiraglio circolare di cielo limpido – così limpido che non avevo mai visto niente di simile – di un azzurro cupo e luminoso – e attraverso questo squarcio brillava la luna piena con una intensità che non le avevo mai visto prima. Illuminava tutte le cose con la massima chiarezza – mio Dio, quale scena si presentava ai nostri occhi!

Feci due o tre tentativi di parlare a mio fratello – ma, per un motivo che non so spiegare, il fragore era tanto aumentato che non potei comunicargli neanche una parola, sebbene gli urlassi nell'orecchio con tutto il fiato che avevo in corpo. Egli scosse la testa, pallido come un morto, e levò un dito come per dire *"Ascolta!"*

Dapprima non potei capire cosa volesse dire – ma subito dopo un terribile pensiero mi attraversò la mente. Trassi l'orologio dal taschino: era fermo. Lo guardai al lume della luna. Scoppiai in pianto e infuriato lo gettai in mare. *Si era fermato alle sette! Avevamo superato l'intervallo di calma e il vortice dello Ström era al massimo della furia*!

Quando una barca è ben costruita ed equilibrata, e non eccessivamente carica, le onde di una forte burrasca, al largo, sembrano scorrere sotto di essa – il che appare strano a chi non è pratico di mare – e questo è ciò che, nel gergo marinaresco, si dice *cavalcare* le onde.

Ebbene, fino a quel momento avevamo cavalcato le onde con un po' di fortuna, ma tutto a un tratto proprio sotto la poppa un'onda gigantesca sembrò afferrarci portandoci in alto con sé man mano che si alzava... su... su... fino al cielo. Non avrei mai creduto che un'onda potesse salire così in alto. E poi d'un tratto giù a capofitto, con uno scivolone, un tuffo che mi fece sentire in preda a nausea e vertigini; mi sembrava di cadere come in un sogno da una altissima montagna. Mentre eravamo al vertice avevo potuto lanciare uno sguardo intorno e mi era bastato per valutare la nostra esatta posizione, in un istante. Il vortice del Moskoe-ström era lontano un quarto di miglio – ma questo vortice del Moskoe-ström somigliava a quello usuale come il gorgo che lei ora vede somiglia alla corrente che fa muovere un mulino. Se non avessi saputo dove eravamo e che cosa ci aspettava, non avrei affatto riconosciuto il luogo. Così chiusi involontariamente gli occhi per l'orrore e serrai le palpebre come in uno spasimo.

Non erano passati altri due minuti, quando ci accorgemmo che le onde si erano calmate ed eravamo avvolti dalla schiuma. L'imbarcazione fece una brusca mezza giravolta a babordo e si slanciò come un fulmine nella nuova direzione. Nello stesso tempo il fragore del mare fu sopraffatto da una specie di urlo acutissimo – come quello che si può immaginare emettano tutte insieme le valvole di scarico del vapore di molte migliaia di piroscafi. Eravamo ora nella fascia di frangenti che sempre circonda il gorgo, e io pensai, naturalmente, che un istante dopo saremmo stati certamente scaraventati nell'abisso, nell'interno del quale riuscivamo a vedere ben poco per effetto della gran velocità con cui eravamo portati. L'imbarcazione non sembrava essere immersa nell'acqua ma scivolare come una bolla d'aria sulla superficie dell'onda. A tribordo si apriva il gorgo, mentre a babordo si ergeva l'immenso oceano che avevamo lasciato: stava come una turbinosa muraglia tra noi e l'orizzonte.

Può sembrare strano, ma ora che eravamo in mezzo al gorgo, mi sentivo più calmo di quando ci stavamo avvicinando ad esso. Avendo compreso che ormai non avevamo più alcuna speranza, mi ero liberato di gran parte del terrore che si era impadronito di me prima. Penso che fosse la disperazione a distendere i miei nervi.

Può sembrare una vanteria, ma le sto dicendo la verità: cominciavo a riflettere e trovavo fosse una cosa meravigliosa morire in quel modo, e folle dare tanta importanza alla mia vita personale di fronte alla manifestazione della potenza di Dio. Credo di essere arrossito di vergogna quando questa idea mi traversò la mente. Poi fui preso da una curiosità acuta per il vortice in se stesso. Sentii un forte *desiderio* di esplorarne le profondità, anche a costo del sacrificio che ero in procinto di fare; il mio principale rammarico era che non avrei mai potuto raccontare ai miei vecchi compagni della costa i misteri che avrei visto. Queste erano, senza dubbio, fantasie piuttosto strane per occupare in tale situazione disperata la mente – e, in seguito, ho pensato spesso che tutte le giravolte dell'imbarcazione dovevano avermi un tantino inebetito.

Un'altra circostanza contribuì a ripristinare il mio autocontrollo: la cessazione del vento, che non ci poteva più raggiungere nella nostra posizione – infatti, come vede anche lei, la fascia dei frangenti spumeggianti è molto più bassa della normale superficie dell'oceano e quest'ultima ci sovrastava come un'alta e nera catena montuosa. Se non si è mai trovato in mare, in un fortunale, non può farsi un'idea di come ci si senta frastornati dalla azione contemporanea di vento e spruzzi. Ti accecano, ti assordano, ti soffocano, ti tolgono ogni capacità di agire e di riflettere. Noi eravamo ora, in larga misura, indenni da tali fastidi, come quei condannati a morte cui è concesso qualche piccolo privilegio, impensabile finché la loro sorte non è segnata.

Quante volte percorremmo il circuito completo della fascia di spuma, è impossibile dire. Fummo trasportati intorno, girando e girando per quasi un'ora. Volavamo più che navigare, spostandoci gradualmente sempre più verso il centro del gorgo, sempre più vicini al terrificante orlo interno. Fino ad allora io non avevo lasciato la presa dell'anello. Mio fratello era a poppa, aggrappato a un barilotto dell'acqua vuoto, che era stato saldamente fissato alla volta del corpo poppiero ed era l'unica cosa che la prima impetuosa raffica non avesse sradicato. Quando ci avvicinammo al centro del vortice in preda al terrore, lasciò la presa e si lanciò verso l'anello dal quale, nella sua agonia di terrore, cercò di strappare via le mie mani, non essendoci posto per due. Non provai mai un dolore maggiore di quando gli vidi fare quel tentativo, sebbene sapessi che era pazzo in quel momento, pazzo furioso per la semplice paura. Non cercai di resistergli. Sapevo che in fondo non faceva differenza attaccarsi ad uno o all'altro appiglio, perciò gli lasciai l'anello e mi aggrappai al barile a poppa. Non era molto difficile spostarsi in quanto la barca compiva i suoi giri con moto uniforme e con sufficiente stabilità, e solo beccheggiava per effetto dei colpi violenti e del ribollimento del vortice. Mi ero appena sistemato nella nuova posizione, quando l'imbarcazione ebbe un violento improvviso scatto a tribordo e precipitò a capofitto nell'abisso. Borbottai a Dio una frettolosa preghiera e pensai che fosse tutto finito.

Mentre provavo il malessere della rapida caduta, avevo istintivamente stretto le mani sul barilotto e chiuso gli occhi. Per qualche secondo non osai aprirli – perché mi aspettavo il momento della distruzione e mi meravigliavo di non essere ancora a lottare disperatamente con i marosi. Ma passava un secondo dopo l'altro ed io ero ancora vivo. Era cessata la sensazione della caduta e il moto dell'imbarcazione sembrava essere tornato quello di prima nella fascia di spuma, con la differenza che la barca procedeva sbandata. Presi coraggio e guardai di nuovo la scena.

Non dimenticherò mai la sensazione di terrore, di orrore e insieme di ammirazione che provai guardando avanti a me. L'imbarcazione sembrava sospesa, come per magia, a metà della superficie interna di un enorme imbuto, di spettacolosa profondità, e talmente levigato che si sarebbe potuto scambiare per ebano se non fosse stato per la prodigiosa velocità di rotazione e per il riflesso lucente e fantasmagorico della luna piena che, da quella finestra nelle nuvole che ho descritto prima, riversava un torrente glorioso di luce dorata sulle nere pareti e fino al fondo, nei recessi ultimi dell'abisso.

In un primo momento fui troppo confuso per osservare con attenzione: fui solo conscio di una generale esplosione di una terrificante grandezza. Poi mi ripresi e guardai istintivamente in basso. Riuscivo a vedere senza ostacoli per effetto della posizione della barca sulla superficie inclinata del gorgo. Procedeva con moto uniforme con il ponte parallelo al pelo dell'acqua, ma quest'ultima era a sua volta inclinata a più di quarantacinque gradi, per cui sembrava di essere abbattuti sul fianco. Non potei mancare di osservare che non avevo più difficoltà a mantenere la presa e un punto d'appoggio in questa situazione di quelle che si incontrano stando su un piano verticale rispetto ad un piano orizzontale. Questo effetto era evidentemente dovuto al nostro rapidissimo moto di rotazione.

I raggi della luna sembravano voler scrutare nel cuore del profondo abisso, ma non riuscivo a distinguere nulla a motivo di una fitta nebbia che avvolgeva ogni cosa e sopra la quale si levava uno splendido arcobaleno, simile a quello stretto, oscillante ponticello che i Musulmani ritengono l'unico passaggio tra il Tempo e l'Eternità. Questa nebbia o meglio questi spruzzi erano causati senza dubbio dallo scontro delle pareti dell'imbuto quando impattavano tra loro sul fondo – ma l'urlo che saliva al cielo dal seno di questa nebbia, era indescrivibile.

Il nostro primo scivolone nell'abisso dalla fascia di spuma soprastante, ci aveva portato molto in basso, ma la nostra successiva discesa non avvenne nelle stesse proporzioni. Continuavamo a girare ma non in modo uniforme; a volte, con scossoni e salti vertiginosi, facevamo poche centinaia di metri, a volte quasi un intero circuito del gorgo. Ad ogni rivoluzione, tuttavia, la discesa era lenta, ma sempre percettibile.

Guardandomi intorno sulla vasta superficie di ebano liquido sulla quale eravamo stati trascinati, mi accorsi che la nostra imbarcazione non era l'unico oggetto caduto nell'abbraccio del gorgo. Sia sopra che sotto di noi erano visibili frammenti di navi, ammassi di legname da costruzione, tronchi di albero, unitamente a molti altri oggetti più piccoli, mobili, casse infrante, barili, botti. Ho già accennato alla innaturale curiosità che aveva sostituito la mia originaria paura. Sembrava aumentare man mano che mi avvicinavo alla mia spaventosa fine; cominciai a osservare, con un curioso interesse, le tante cose che fluttuavano in nostra compagnia. *Dovevo* essere preda del delirio, perché trovavo persino un certo *divertimento* nel confrontare le relative velocità di discesa dei vari oggetti verso la spuma sottostante. "Questo abete", mi sorpresi a dire, "sarà certamente la prima cosa che farà il pauroso tuffo e sparirà" – e provai un certo disappunto a vedere che un rottame di un mercantile olandese lo sorpassava e andava a fondo prima. Alla fine, dopo molte congetture di questo tipo, tutte deludenti peraltro, questo fatto, la constatazione dei miei continui errori di calcolo, mi indusse a fare una riflessione che mi fece di nuovo tremare le gambe e battere furiosamente il cuore.

Non era un nuovo terrore che mi agitava, ma l'embrione di una più eccitata *speranza*, che scaturiva in parte dalla memoria e in parte dalle osservazioni che andavo facendo. Ricordavo il gran numero di relitti disseminati lungo la costa di Lofoden dopo essere stati strappati via e poi restituiti dal Moskoe-ström. La grande maggioranza di essi erano frantumati in modo assolutamente straordinario – così segnati e rugosi da sembrare irti di schegge – ma ricordai anche distintamente che *taluni* non erano al contrario affatto rovinati. Non potevo rendermi conto di questa differenza se non supponendo che i frammenti ruvidi fossero solo quelli che erano stati *completamente risucchiati* – e che invece gli altri fossero entrati nel gorgo molto tardi rispetto alla marea, oppure, per qualche ragione, fossero discesi così lentamente da non raggiungere il fondo prima che iniziasse l'alta o la bassa marea. In ogni caso, pensai, era possibile che fossero risaliti all'altezza dell'oceano senza subire la sorte di quelli che erano più rapidamente discesi nel gorgo. Feci anche tre importanti osservazioni. La prima era che i corpi più grossi in generale scendevano più rapidamente – la seconda che tra due masse uguali, quella di forma sferica scendeva più veloce di quelle *di qualsiasi altra forma* e, infine, terza, che la forma cilindrica era inghiottita più lentamente di qualsiasi altra forma.

Dopo il mio salvataggio, ho avuto molte conversazioni al riguardo con un vecchio maestro di scuola del distretto, che mi ha spiegato il significato di "sfera" e di "cilindro". Mi ha spiegato anche come ciò che avevo osservato fosse la naturale conseguenza della forma galleggiante (ma ho dimenticato la spiegazione). Mi mostrò come avviene che un cilindro, preso in un vortice, offre maggiore resistenza a essere risucchiato ed è affondato con più difficoltà di uno di uguale volume, ma di diversa forma [1].

Un'altra circostanza sorprendente dette ulteriore peso a queste osservazioni e mi spinse a tenerne adeguato conto e fu che, a ogni giro, sorpassavamo nella discesa oggetti come un barile, il pennone o l'albero di una nave: mentre molti di questi rottami erano al nostro livello quando avevo aperto la prima volta gli occhi sul vortice, ora si trovavano molto più in alto di noi e sembrava si fossero spostati poco dalla loro posizione originaria.

A quel punto non ebbi più dubbi sul da fare. Decisi di legarmi saldamente al barile cui ora ero attaccato, di staccarlo dall'armatura e di tuffarmi in mare. Attrassi l'attenzione di mio fratello e con dei cenni gli indicai alcuni barili galleggianti, cercando di fargli capire come meglio potevo cosa mi apprestavo a fare. Credo che alla fine mi abbia compreso, ma, sia come sia, scosse la testa disperatamente e si rifiutò di lasciare la sua presa dell'anello. Mi era impossibile raggiungerlo, non c'era tempo da perdere e quindi con enorme dolore lo abbandonai al suo destino. Assicuratomi al barile, con le corde che lo tenevano legato alla struttura, mi slanciai in mare senza esitare oltre.

Il risultato fu precisamente quello che avevo sperato. Poiché sono proprio io che le sto raccontando questa storia – come vede *mi sono* salvato – e poiché ormai conosce il modo con il quale sono scampato e può prevedere quanto mi resta da dire, concluderò al più presto il mio racconto. Era passata circa un'ora da quando avevo lasciato l'imbarcazione, quando questa, dopo essere discesa molto al di sotto di me, fece tre o quattro brusche virate in rapida successione e, portando il mio amato fratello con sé, si inabissò, improvvisamente e per sempre, nel caos di spuma sotto-

[1] Si veda ARCHIMEDE, *De Incidentibus in fluido*, libro 2.

stante. Il barile, al quale ero legato, era sceso di poco più della metà della distanza tra il fondo del baratro e il punto in cui mi ero lanciato dalla barca, prima che avvenisse un grosso cambiamento della situazione nel gorgo. La pendenza delle pareti dell'imbuto diminuì sempre più di rapidità; gradualmente diminuì la velocità di rotazione del vortice, sparirono a poco a poco spuma e arcobaleno e il fondo del gorgo sembrò risalire lentamente. Il cielo era sereno, i venti si erano calmati e la luna piena tramontava radiosa a ovest, quando mi trovai nell'oceano in vista delle coste di Lofoden e sopra il luogo dove *era stato* il Moskoe-ström. Era l'ora della calma ma sul mare si formavano ancora onde gigantesche come montagne per effetto dell'uragano. Fui trascinato violentemente nel canale dello Ström e in pochi minuti mi ritrovai nelle "zone" dei pescatori. Una barca mi trasse in salvo – esausto per la fatica e (cessato il pericolo) incapace di parlare al ricordo degli orrori passati. Quelli che mi avevano preso a bordo erano miei vecchi amici, compagni di tutti i giorni, eppure stentarono a riconoscermi, come se fossi stato uno che tornava dal mondo degli spiriti. I miei capelli che erano stati di un nero corvino, erano bianchi come li vede lei ora. Dicono anche che tutta l'espressione del mio viso era mutata. Raccontai loro la mia storia – ma non mi credettero. Ora l'ho raccontata a *lei* – ma non mi aspetto che le dia più credito di quanto non gliene abbiano dato gli allegri pescatori di Lofoden.»

Il manoscritto trovato in una bottiglia

Qui n'a plus qu'un moment à vivre
n'a plus rien à dissimuler.

Chi non ha più di un istante di vita
non ha più nulla da nascondere.

QUINAULT, *Atys*

Del mio paese e della mia famiglia ho poco da dire. Una vita disordinata e gli anni mi hanno allontanato dall'uno ed estraniato dall'altra. La ricchezza ereditata mi ha consentito un'educazione fuori del comune e un'indole contemplativa mi ha messo in grado di dare ordine alle conoscenze che i primi studi diligentemente avevano accumulato. Erano soprattutto le opere dei moralisti tedeschi a procurarmi grande diletto; non per una sconsiderata ammirazione per la loro eloquente follia ma per la disinvoltura con cui la mia abitudine al pensiero rigoroso mi consentiva di svelarne le falsità. Sono stato spesso rimproverato per l'aridità del mio ingegno; la mancanza di immaginazione mi è stata imputata come un crimine; e il pirronismo delle mie opinioni mi ha reso famoso. In verità, un forte gusto per le scienze fisiche ha immerso, temo, la mia mente in un errore molto comune, in questo secolo – intendo la propensione a ricondurre gli eventi, persino quelli meno suscettibili di tale relazione, ai princìpi di questa scienza. In conclusione nessuno meno di me potrebbe essere soggetto a farsi deviare dai limiti severi della verità dagli *ignes fatui* della superstizione. Ho ritenuto opportuno fare innanzitutto questa premessa, perché il racconto incredibile che sto per narrare non sia considerato il delirio di una immaginazione immatura, ma l'esperienza positiva di una mente per la quale i sogni della fantasia sono sempre stati lettera morta e nullità.

Dopo molti anni passati in viaggi all'estero, nel 18... salpai dal porto di Batavia, nell'isola ricca e popolosa di Giava, per un viaggio verso le isole dell'Arcipelago, spinto solo da una nervosa inquietudine che mi dava la caccia come un demonio.

La nostra era una bella nave di circa 400 tonnellate, rinforzata in rame, e costruita a Bombay con teak del Malabar. Trasportava cotone grezzo e olio delle isole Laccadive. A bordo avevamo anche fibra di cocco, zucchero di palma, burro di bufala, noci di cocco e alcune casse di oppio. Lo stivaggio era stato fatto goffamente e, di conseguenza, la nave sbandava.

Prendemmo il largo con un venticello leggero, e per molti giorni costeggiammo le rive orientali di Giava, senza incidenti che interrompessero la monotonia del viaggio, se non l'incontro con alcune di quelle piccole imbarcazioni da pesca delle isole dell'Arcipelago verso il quale ci dirigevamo.

Una sera, appoggiato al parapetto di poppa, osservai, a nord-ovest, una nuvola isolata molto singolare. Colpiva il suo colore e il fatto che fosse la prima che incontravamo da che avevamo lasciato Batavia. La osservai attentamente fino al tramonto, quando si allargò all'improvviso verso est e verso ovest, cingendo l'orizzonte con una sottile striscia di vapore che sembrava il lungo profilo di una costa piatta. La mia attenzione fu subito dopo attratta dall'apparizione rosso-scura della Luna, e dall'aspetto strano del mare. Quest'ultimo stava cambiando in modo repentino e l'acqua sembrava trasparente come non mai. Sebbene potessi scorgere il fondo, gettando lo scandaglio, trovai che la nave navigava in acque profonde circa 30 metri. L'atmosfera si stava facendo intollerabilmente calda, satura di esalazioni che salivano a spirale simili a quelle che si sprigionano dal ferro surriscaldato. Giunta la notte, cadde ogni alito di vento, ed era impossibile anche solo concepire una calma più totale. La fiamma di una candela bruciava a poppa senza che se ne avvertisse la minima oscillazione, e un lungo capello, stretto tra l'indice e il pollice pendeva senza che se ne potesse percepire una vibrazione. Tuttavia, il capitano disse che non c'era nessun segnale di pericolo, e poiché andavamo alla deriva verso costa, ordinò d'ammainare le vele e gettare l'ancora. Non fu disposta alcuna vigilanza, e l'equipaggio composto in gran parte di malesi, si distese sul ponte, senza timori. Io scesi sotto coperta non senza un preciso presentimento di sciagura. In realtà tutte le apparenze mi confermavano il rischio di un *simun*. Palesai al capitano le mie paure, ma egli non mi ascoltò e mi lasciò senza degnarmi di una risposta. L'ansia, tuttavia, mi impediva di dormire e a mezzanotte circa risalii in coperta. Appena posai il piede sull'ultimo gradino della scaletta di bordo, fui colpito da un suono forte, ronzante, come quello di una macina da mulino, e, prima che potessi accertarne l'origine, mi accorsi che la nave vibrava al centro. Un istante, e un turbine di spuma, superando le murate, si abbatté su di noi e spazzò tutta la coperta da poppa a prua.

All'estrema violenza della raffica fu dovuta in larga misura la salvezza della nave che, sebbene completamente coperta dall'acqua e con l'alberatura spezzata, dopo un minuto, riemerse pesantemente dal mare, vacillò per un po' per l'immensa pressione della tempesta e finalmente si raddrizzò.

Non so proprio dire per quale miracolo io sia sfuggito alla distruzione. Stordito dall'urto dell'acqua, mi ritrovai, quando rinvenni, incastrato tra il timone e il dritto di poppa. Con grande difficoltà mi rimisi in piedi e, ancora mezzo tramortito, mi guardai intorno; mi sembrò che fossimo ancora in mezzo ai frangenti, tanto temibile, al di là della più accesa immaginazione, era il vortice dell'oceano con onde spumose alte come montagne, nel quale eravamo precipitati. Dopo un po' sentii la voce di un vecchio svedese che si era imbarcato con noi al momento di salpare. Lo chiamai a gran voce e subito mi raggiunse barcollando.

Ci rendemmo subito conto di essere gli unici due superstiti a bordo. Tutti quelli che erano in coperta, ad eccezione di noi due, erano stati spazzati fuori bordo; il capitano e i suoi secondi dovevano essere morti nel sonno, perché le cabine erano invase dall'acqua. Senza aiuto avevamo ben poco da fare per la sicurezza della nave e in un primo momento restammo paralizzati in attesa di finire da un momento all'altro in fondo al mare. Il cavo dell'ancora doveva essere stato spezzato come uno spago, al primo impatto con l'uragano, altrimenti saremmo andati immediatamente a picco. Filavamo via sul mare a velocità paurosa e le ondate passavano senza frangersi su di noi. La struttura di poppa era danneggiata in malo modo, ed anche in altre parti avevamo subito gravi avarie, ma, con nostro grande sollievo, trovammo che le pompe non erano ostruite e che la zavorra non si era molto spostata. Ora la furia della burrasca si era calmata alquanto e la violenza del vento non era molto pericolosa; ma eravamo preoccupati dal fatto che potesse cessare del tutto, ritenendo, a ragione, che nelle nostre disastrose condizioni, saremmo inevitabilmente periti nelle terribili onde di mare morto che ne sarebbero seguite. Tuttavia questo nostro timore non sembrava dovesse confermarsi in tempi troppo brevi. Per cinque giorni e cinque notti di seguito – in cui ci sostentammo unicamente con una piccola quantità di zucchero di palma recuperato con grande difficoltà dal castello di prua – la carcassa filò sulle onde ad una velocità che sfidava ogni calcolo, spinti da folate di vento che, sebbene non raggiungessero più la violenza del *simun* erano tuttavia più terrificanti di qualsiasi tempesta che avessi mai incontrato prima. La nostra rotta, con insignificanti variazioni, si mantenne nei primi quattro giorni da sud-est e da sud; saremmo dovuti finire sulle coste della Nuova Olanda. Al quinto giorno il freddo divenne estremo, nonostante il vento avesse ruotato di una quarta in direzione nord. Sorse il sole, diffondendo una luce giallastra, malata, salì di pochi gradi all'orizzonte senza mai divenire realmente luminoso. Non si vedevano nuvole, ma il vento cresceva, soffiando con furia a raffiche ineguali. Approssimativamente a mezzogiorno (secondo le nostre stime), la nostra attenzione fu di nuovo attirata dall'aspetto del sole. Non emetteva una luce propriamente detta, ma una opaca, smorta luminescenza che non dava riflessi, come se si trattasse di raggi di luce interamente polarizzata. Prima di affondare nel mare rigonfio il suo fuoco centrale improvvisamente si spense, come se fosse stato estinto da un qualche ignoto potere. Era un opaco disco d'argento soltanto, quando si tuffò nell'abisso dell'oceano.

Attendemmo invano l'arrivo del sesto giorno – quel giorno che non è ancora arrivato per me e non è mai arrivato per lo svedese. Da quel momento fummo avvolti da un'oscurità di pece, tale da non poter vedere un oggetto a venti passi di distanza dalla nave. Una notte eterna continuò ad avvilupparci, senza nemmeno quella luce fosforescente a cui i mari tropicali ci avevano abituati. Notammo ancora che, sebbene la tempesta continuasse ad infuriare con immutata violenza, non si poteva scorgere alcuna traccia dei marosi o della schiuma che ci avevano accompagnato fino ad allora. Tutt'intorno era orrore, buio fitto; un nero opprimente deserto di ebano. Un terrore superstizioso si introdusse gradualmente nell'animo del vecchio svedese, ed anche la mia anima cadde in preda a un silenzioso sbigottimento. Non ci preoccupammo più della nave, ormai peggio che inutilizzabile, e assicurandoci alla meglio alla base dell'albero di mezzana osservavamo con amarezza il vasto oceano. Non avevamo nessun mezzo per calcolare il tempo, né potevamo farci un'idea della nostra posizione. Eravamo, tuttavia, ben convinti di aver fatto molto più cammino verso il sud di quanto ne avessero fatto precedentemente altri navigatori ed eravamo molto sorpresi di non incontrare il consueto sbarramento dei ghiacci. Intanto ogni momento sembrava dovesse essere l'ultimo; ogni ondata, alta come una montagna, sembrava dovesse sommergerci. Le onde gigantesche sorpassavano ogni mia immaginazione, ed il non essere sommersi a ogni istante sembrava un miracolo. Il mio compagno parlava della leggerezza del carico e mi ricordava le eccellenti qualità della nave. Ma io non potevo evitare di sentire l'estrema disperazione della stessa speranza e mi preparavo tetramente a una morte che pensavo nulla avrebbe potuto differire più di un'ora perché a ogni nodo che la nave percorreva, le onde di quel mare nero e stupefacente diventavano sempre più lugubri e terrificanti. In certi momenti respiravamo a fatica, lanciati più in alto del volo degli albatros – in altri eravamo storditi dalla velocità del tuffo in un inferno liquido, dove l'aria stagnava e nessun suono disturbava i sonni del kraken [1].

Eravamo nel fondo di uno di questi abissi quando un improvviso grido del mio compagno ruppe, spaventato, il silenzio della notte. «Guardi! Guardi!», mi gridò nell'orecchio, «Onnipotente Iddio! Guardi! Guardi!» Come ebbe parlato, mi accorsi di un cupo bagliore, una luce rossa che scendeva lungo le pareti del profondo baratro in cui eravamo, gettando una luce oscillante sul nostro ponte. Dirigendo lo sguardo verso l'alto, vidi uno spettacolo che mi gelò il sangue nelle vene. A una terrificante altezza, proprio sopra di noi, alla sommità del precipizio, era sospesa una nave gigantesca forse di quattromila tonnellate. Nonostante si trovasse alla sommità di un'onda cento volte più alta di lei, la sua mole appariva maggiore di quella di qualsiasi nave di linea o della Compagnia delle Indie Orientali. Il suo enorme scafo era di un nero opaco senza alcuno dei fregi che di solito si trovano sulle pareti delle navi. Una sola fila di cannoni di bronzo sporgeva dai portelli aperti, riflettendo dalle superfici lucidate i lumi di innumerevoli lanterne da combattimento che oscillavano sopra le manovre. Ma quello che principalmente ci ispirò orrore misto a sbigottimento, era il fatto che tutta la sua velatura fosse spiegata nonostante lo stato pauroso del mare e lo spaventoso uragano. Quando la scorgemmo la prima volta, si poteva vedere solo la sua prua che sorgeva lentamente dall'oscuro e orribile baratro di là da lei. Per un istante pieno di terrore, sostò al culmine dell'onda come in contemplazione della propria elevatezza, quindi fremette, vacillò e infine piombò in basso.

A quel punto, non so quale autocontrollo si insediò nel mio spirito. Spostandomi il più possibile verso poppa, attesi senza paura la rovina che stava per sommergerci. La nostra nave aveva finito di lottare e stava per inabissarsi di prua nel mare. L'urto della massa che piombava su di noi ci colpì, quindi, in quella parte della struttura che era quasi sotto l'acqua ed il risultato inevitabile fu che mi trovai catapultato con inaudita violenza sulla nave sconosciuta.

Appena caddi, la nave virò in prua e cambiò mura e alle conseguenti confusioni attribuii il fatto che la mia presenza era sfuggita all'equipaggio. Senza difficoltà mi diressi, non visto, verso il boccaporto principale che era parzialmente aperto e ben presto trovai il modo di nascondermi nella stiva. Perché facessi così, non mi resta facile spiegarlo. L'indefinito senso di paura, che si era impadronito di me alla prima vista dell'equipaggio della nave, era forse alla base della mia ansia di nascondermi. Non volevo incontrarmi con una razza di persone che avevano offerto, alla prima rapida occhiata, tanti motivi di vaga sorpresa, dubbio ed apprensione. Pensai quindi di ricavarmi un nascondiglio appropriato nella stiva, rimuovendo una parte dell'assito della fiancata, in modo da assicurarmi un adeguato rifugio tra le grosse travi della nave.

Avevo appena terminato il lavoro quando un rumore di passi sulla stiva mi costrinse a servirmene. Un uomo passò vicino al mio nascondiglio con passo malsicuro e traballante. Non potei vederne la faccia, ma ebbi l'opportunità di osservare l'aspetto generale che era quello di qualcuno molto vecchio e malato. Le sue ginocchia si piegavano e tutto il suo corpo tremava sotto il peso degli anni. Borbottava tra sé, con voce bassa e rotta, alcune parole in una lingua che non comprendevo e si mise a frugare in un

[1] Favoloso mostro marino della tradizione scandinava (*N.d.T.*).

angolo in un mucchio di strumenti di aspetto singolare e di carte nautiche molto sciupate. Le sue maniere erano un misto della stizzosa infantilità senile e della solenne dignità di un Dio. Dopo un po' risalì sul ponte e non lo vidi più.

Un sentimento senza nome ha preso possesso della mia anima – una sensazione che non ammette analisi, per la quale gli insegnamenti del passato sono inadeguati, e della quale il futuro stesso, temo, non mi darà la soluzione. Per una mente foggiata come la mia, questa constatazione è una sciagura. Non sarò mai soddisfatto, lo so, della natura delle mie idee. Per altro non mi sorprende che queste idee siano alquanto vaghe perché hanno origine da fatti assolutamente nuovi. Un nuovo senso, una nuova entità si è aggiunta alla mia anima.

È passato molto tempo da quando ho messo piede sulla tolda di questa terribile nave e i raggi del mio destino credo stiano convergendo sul loro fuoco. Uomini incomprensibili! Immersi in meditazioni di un genere che non sono in grado di decifrare mi passano vicino senza accorgersi di me. Nascondermi non ha ormai più alcun senso, perché questa gente *non vuole* vedermi. Poco fa sono passato proprio sotto gli occhi del comandante in seconda, e non è molto che sono entrato nella cabina del capitano per prendere del materiale per scrivere e ho scritto. Continuerò a tenere di tanto in tanto questo diario. È pur vero che non riesco a vedere come potrò trasmetterlo al mondo, ma cercherò di farlo. Alla fine chiuderò il messaggio in una bottiglia e lo getterò in mare.

È accaduto un incidente che mi ha dato nuova materia di meditazione. Queste cose sono l'opera di un caso incontrollato? Mi ero avventurato sul ponte e sdraiato, senza destare alcuna attenzione, tra un mucchio di cordami e vecchie tele, sul fondo di una scialuppa. Mentre riflettevo sulla singolarità della mia sorte, distrattamente mi sono messo a imbrattare con una spazzola intrisa di catrame gli orli di un coltellaccio piegato con cura, che giaceva accanto a me sopra un barile. Questa vela è ora stata issata sulla nave e quei segni tracciati senza pensarci su, si sono distesi nella scritta DISCOVERY.

Ho recentemente fatto le mie osservazioni sulla struttura del vascello. Sebbene ben armato, non è, credo, una nave da guerra. Il tipo di costruzione, l'attrezzatura e in generale l'equipaggiamento non avvalorano tale supposizione. Posso capire facilmente che cosa esso *non è*. Non so come, ma quando osservo il suo strano modello, la singolare alberatura, la sua enorme mole e la sua potente velatura, la semplice prua e la poppa antiquata, mi traversa come un lampo nella mente la sensazione di cose familiari e sempre, mescolata a queste ombre di ricordi, una memoria di vecchie cronache straniere e di passati tempi lontani.

Ho osservato il materiale di cui è fatta la nave e non mi sembra di conoscerlo. C'è una caratteristica di tale materiale che mi colpisce, sembra non adatto allo scopo cui è stato destinato: mi riferisco alla sua eccessiva *porosità*, anche tenuto conto del lavoro dei tarli, inevitabile effetto della navigazione in questi mari, e dell'usura dovuta alla vetustà della nave. Sembrerà un'osservazione curiosa, ma questo legname ha tutte le caratteristiche della quercia spagnola, se questa quercia potesse essere dilatata con mezzi artificiali.

Leggendo la frase precedente mi viene in mente l'affermazione di un vecchio navigatore olandese, col viso segnato dalle intemperie. «È vero», soleva dire quando si sollevavano dubbi sulla veridicità delle sue affermazioni, «come è vero che c'è un mare dove la nave stessa cresce come il corpo vivo del marinaio.»

Circa un'ora fa ho spinto la mia audacia fino a confondermi in mezzo a un gruppo di membri dell'equipaggio. Non mi hanno in alcun modo prestato attenzione anche se stavo proprio nel bel mezzo del gruppo, come se non si accorgessero di me. Come il primo che avevo visto nella stiva, recavano tutti i segni di una età tarda. Le loro ginocchia tremavano per la debolezza, le spalle erano curve per l'estrema vecchiaia, la pelle raggrinzita crepitava nel vento, le loro voci erano basse, tremule e rotte, gli occhi avevano la lacrima degli anni, e i loro capelli grigi erano scompigliati dalla tempesta. Attorno a loro, in ogni parte del ponte giacevano in disordine strumenti matematici della più strana e antiquata foggia.

Ho scritto qualche tempo fa che era stato issato un coltellaccio. Da allora la nave, spinta dal vento con tutto il suo furore, ha continuato la sua terrificante corsa verso sud, con tutte le vele spiegate, dal pomo d'albero ai pomi bassi delle vele di coltellaccio, tuffando ogni momento le estremità dei pennoni di parrocchetto, nel più spaventoso inferno d'acqua che mente umana possa immaginare. Ho lasciato il ponte perché mi sembra impossibile rimanervi in piedi, ma l'equipaggio non sembra soffrire il più piccolo disturbo. Mi sembra il miracolo dei miracoli che la nostra carcassa non venga subito inghiottita e per sempre. Siamo certo destinati per sempre a stare in equilibrio sul confine dell'eternità senza il tuffo definitivo nell'abisso. Con la destrezza di uno sfrecciante gabbiano, filiamo via da marosi mille volte più imponenti di quanti ne abbia mai visto. Ondate colossali alzano la loro cresta sopra di noi come demoni della profondità, demoni tuttavia costretti a semplici minacce, ai quali è proibito distruggerci. Debbo pensare che l'unica possibile causa naturale alla quale attribuire questa nostra ripetuta salvezza, sia l'effetto di una forte corrente o di un impetuoso flusso sottomarino.

Ho incontrato il capitano faccia a faccia nella sua cabina – ma, come mi aspettavo, non mi ha prestato alcuna attenzione. Sebbene nel suo aspetto un casuale osservatore non possa ritrovare qualcosa che lo distingua da un comune essere umano, tuttavia una sensazione di irreprimibile rispetto e timore si è mescolato a quella di meraviglia con cui lo stavo guardando. Ha press'a poco la mia statura, intorno al metro e settantacinque, una costituzione solida e armonica, ma non particolarmente robusta o per qualche aspetto rimarchevole. Quello che suscita in me un sentimento indicibile è, però, l'espressione del suo volto, che denota con impressionante evidenza la sua tarda età, così avanzata, così estrema. La sua fronte anche se non troppo rugosa, sembra portare lo stampo di migliaia di anni. I suoi capelli grigi sono testimonianza del passato, i suoi occhi ancora più grigi sono le sibille del futuro. Il pavimento era cosparso di strani *in-folio* tenuti assieme da fermagli di ferro, di consunti strumenti scientifici, di vecchissime carte nautiche, dimenticate da lungo tempo. Aveva la testa appoggiata alle mani e guardava con occhio fiammeggiante e inquieto un foglio che ritengo fosse un brevetto e che, in ogni caso, recava in calce la firma di un monarca. Mormorava tra sé – come il primo marinaio che avevo visto nella stiva – lentamente delle sillabe stizzose in una lingua sconosciuta. Sebbene fossimo gomito a gomito, la sua voce sembrava arrivare alle mie orecchie dalla distanza di un miglio.

La nave e tutte le cose sono impregnate dallo spirito del Passato. Gli uomini dell'equipaggio scivolano su e giù come fantasmi da secoli sepolti, i loro occhi hanno un'espressione aspra e inquieta e quando attraversano la mia strada alla luce tremula delle loro lanterne da combattimento, mi sento come mai prima d'ora, nonostante sia un esperto in antichità e abbia assorbito le ombre delle colonne crollate a Balbec, Tadmor e Persepoli, fino a far diventare una rovina anche la mia anima.

Quando mi guardo intorno mi vergogno delle mie precedenti paure. Se ho tremato per l'uragano che ci aveva prima accompagnato, non dovrei essere terrorizzato dalla furia di questo vento, per il quale i termini *tornado* e *simun* sono inadeguati? Tutto nelle immediate vicinanze della nave è oscurità della notte eterna e caos d'acqua senza schiuma, ma a distanza di una lega da ciascun lato, si possono vedere confusamente e a intervalli impressionanti pareti di ghiaccio, che torreggiano verso il cielo desolato, simili alle pareti dell'universo.

Come immaginavo, la nave è in una corrente – se così si può chiamare una marea – che, ululando sul bianco ghiaccio, si scatena verso sud con la velocità di una cateratta.

Rappresentarsi l'orrore delle mie sensazioni è, credo, impossibile, ma la curiosità di scoprire i misteri di queste regioni paurose, supera il mio spavento e mi riconcilierà anche con l'aspetto orrido della morte. È evidente che stiamo precipitando verso qualche eccitante conoscenza – un segreto da-non-rivelare-mai a nessuno il cui conseguimento significa la morte. Forse questa corrente ci porta direttamente al Polo Sud. Una supposizione apparentemente così inverosimile ha invece ogni probabilità di realizzarsi.

L'equipaggio si muove sulla tolda con passo irrequieto e tremante; ma sui volti c'è piuttosto una espressione di speranza impaziente che non di apatia rassegnata.

Intanto abbiamo il vento in poppa e poiché abbiamo una infinità di vele, lo scafo viene talvolta materialmente sollevato dal mare! Oh! Orrore sopra orrore! – Il ghiaccio si spalanca verso destra e verso sinistra e noi ruotiamo vertiginosamente in immensi cerchi concentrici, tutto intorno ai margini di un gigantesco anfiteatro, le sommità delle cui pareti si perdono lontano nell'oscurità. Ma mi rimane ben poco tempo per riflettere sulla mia sorte! I cerchi si restringono rapidamente – ci stiamo precipitando a velocità pazzesca nella stretta del vortice e in mezzo a boati, ruggiti, tuoni dell'oceano e della tempesta la nave vibra tutta... e oh! Dio ...affonda!

Nota. «Il manoscritto trovato in una bottiglia» è stato originariamente pubblicato nel 1831, solo parecchi anni dopo venni a conoscenza delle carte di Mercatore, nelle quali si rappresenta l'oceano che precipita, attraverso quattro bocche, nel Golfo Polare (settentrionale) per scomparire nelle viscere della terra; il Polo stesso è rappresentato come una roccia nera, torreggiante a un'altezza prodigiosa.

Il pozzo e il pendolo

Impia tortorum longas hic turba furores / Sanguinis innocui, non satiata, aluit. Sospite nunc patria, fracto nunc funeris antro, / Mors ubi dira fuit vita salusque patent.

L'empia folla dei carnefici, mai sazia di sangue innocente, alimentò qui infiniti furori. Ora la patria è salva e l'antro funereo è distrutto; ecco la vita e la salute là dove un tempo c'era la morte crudele.

(Quartina composta per l'ingresso d'un mercato da costruire sul posto dove era sorto il Club dei Giacobini a Parigi.)

Ero stanco, mortalmente sfinito al termine di quella lunga agonia, e quando mi sciolsero e mi fu permesso di sedere, sentii che i sensi mi stavano abbandonando. La sentenza, la terribile sentenza di morte fu l'ultima distinta frase che le mie orecchie percepirono. Dopo, il suono delle voci degli inquisitori sembrò confondersi, in un mormorio indistinto, come in un sogno. Mi riportava alla mente l'idea di *rivoluzione* – forse perché nella mia fantasia l'associavo al cigolio di una ruota di mulino. Ma durò per poco, perché subito dopo non sentii più niente. Ancora, per un istante, vidi – ma con quale terribile esagerazione! – le labbra dei giudici, paludati di nero.

Esse mi apparivano bianche, più bianche del foglio sul quale traccio queste parole, – e sottili fino al grottesco; sottili nella intensità della loro espressione impietosa – della irremovibile risoluzione, dell'assoluto disprezzo dell'umana sofferenza. Vidi che il decreto di quanto per me rappresentava il Fato, stava ancora uscendo da quelle labbra. Le vidi torcersi in un verdetto di morte. Le vidi sillabare il mio nome e tremai perché non ne usciva alcun suono. Vidi ancora, per pochi istanti di delirante orrore, il leggero e quasi impercettibile ondeggiare dei neri drappi che rivestivano le pareti della sala. Poi il mio sguardo cadde sulle sette lunghe candele ritte sulla tavola. Da principio assumevano l'aspetto della carità e sembravano bianchi sottili angeli che mi avrebbero salvato; ma dopo, all'improvviso, penetrò nel mio spirito un senso di nausea mortale e sentii ogni fibra del mio corpo percorsa da una scossa come se avessi toccato i fili di una pila elettrica, mentre le forme angeliche divenivano spettri senza senso, con la testa di fiamma, e capii che non mi sarebbero venute in aiuto. Poi penetrò nella mia mente, come una ricca nota musicale, il pensiero di quanto doveva essere dolce riposare in una tomba. Il pensiero arrivò piano piano, furtivamente e sembrò che passasse molto tempo prima che potessi apprezzarlo; ma proprio quando il mio spirito, alla fine, arrivò a sentirlo nella maniera giusta e a fissarlo, le figure dei giudici svanirono, quasi magicamente, davanti a me; le lunghe candele sprofondarono nel nulla, le loro fiammelle si spensero improvvisamente e sopravvenne il buio più profondo e più nero; tutte le sensazioni apparvero come inghiottite in una pazza precipitosa discesa, simile a quella dell'anima nell'Ade. Allora silenzio, immobilità e notte furono l'universo.

Ero svenuto, ma non direi che ogni consapevolezza fosse perduta. Non tenterò di definire quello che ne rimaneva e nemmeno di descriverlo; certo non si era perduta tutta. Nel più profondo sonno – no! Nel delirio – no! Nello svenimento – no! Nella morte – no! Perfino nella tomba *non* è tutto perduto. Altrimenti non c'è immortalità per l'uomo. Svegliandoci dal più profondo sonno, laceriamo il tessuto della ragnatela di *qualche* sogno. Già qualche istante dopo (così fragile può essere stata quella ragnatela) non ricordiamo di aver sognato. Nel ritorno alla vita dopo uno svenimento vi sono due stadi: il primo è la sensazione della propria esistenza mentale e spirituale; il secondo, la sensazione dell'esistenza fisica. Sembra probabile che se, dopo aver raggiunto il secondo stadio, potessimo richiamare le impressioni del primo, troveremmo queste impressioni ricche di memorie dell'abisso dell'al di là. E cos'è questo abisso? Come possiamo almeno distinguere le sue ombre da quelle della tomba? Se le impressioni di quello che ho chiamato il primo stadio, non si evocano a volontà, non giungono forse non richieste, dopo un lungo intervallo, mentre ci domandiamo meravigliati da dove vengano? Chi non ha mai perso i sensi non è colui che trova strani palazzi e fisionomie vagamente familiari nel carbone incandescente; né è chi vede fluttuare a mezz'aria tristi visioni che i più non vedono; non è colui che medita sul profumo di qualche sconosciuto fiore; né colui la cui mente si perde dietro al significato di talune cadenze musicali che non avevano mai attratto prima la sua attenzione.

Tra i frequenti, approfonditi tentativi di ricordare, nel mezzo degli intensi sforzi, intesi a recuperare qualche segno dello stato di apparente annullamento nel quale la mia anima era caduta, ci sono stati momenti nei quali ho sognato di riuscirci. Ci sono stati momenti brevi, molto brevi, nei quali ho evocato ricordi, che la lucida ragione di momenti successivi mi assicura possano riferirsi solo a questo stato di apparente incoscienza. Queste ombre della memoria mi parlano, indistintamente, di lunghe figure che mi prendevano e mi portavano giù in silenzio giù... giù... ancora più giù, fino a farmi sentire oppresso da una terribile vertigine alla sola idea della eternità di quella discesa. Mi parlano anche del vago senso di orrore che provavo nel cuore per questa innaturale immobilità del mio cuore. Segue poi un senso di improvvisa immobilità di tutte le cose, come se coloro che mi portavano (una schiera di fantasmi!) avessero varcato, nella loro discesa, i limiti dell'infinito e si fermassero perché stanchi della dura fatica. Dopo di che non c'è che uniformità della mente e umidità; e allora tutto è *follia* – la follia di una memoria che si agita tra cose proibite.

All'improvviso mi tornarono nell'animo movimento e suono – il moto tumultuoso del mio cuore e, nelle orecchie, il rumore del suo battito. E ancora una pausa in cui tutto è vacuo. Poi di nuovo suono e movimento e tatto – un fremito per tutte le membra. Indi la pura coscienza di esistere, senza alcun pensiero – una condizione che durò a lungo. E all'improvviso, *il pensiero* e un terrore fremente di raccapriccio e un disperato sforzo per capire il mio vero stato. Poi un forte desiderio di abbandonarmi all'insensibilità. Quindi un precipitoso risveglio dell'anima e un riuscito tentativo di muovermi. E infine una memoria totale del processo, dei giudici, dei tendaggi cupi, della sentenza, del malessere, dello svenimento. Infine l'oblio di tutto ciò che seguì, di tutto quello che, in un giorno seguente, molti energici tentativi mi misero in condizione di ricordare vagamente.

Non avevo ancora aperto gli occhi. Sentivo di essere disteso sulla schiena, slegato. Tirai fuori una mano ed essa urtò duramente contro qualcosa di umido e duro. Con una certa sofferenza rimasi molti minuti così mentre mi sforzavo di immaginare dove e *che cosa* io fossi. Desideravo fortemente di servirmi degli occhi, ma non ne avevo il coraggio. Temevo la prima occhiata sugli oggetti che mi circondavano, ma non era la paura di vedere cose orribili; temevo più di tutto che non ci fosse *nulla* da vedere. Alla fine, con una nera disperazione nel cuore, aprii rapidamente gli occhi. I miei peggiori pensieri furono confermati. Mi avvolgeva il buio più nero della notte eterna. Mi sforzai di respirare. L'intensità del buio sembrava opprimermi, soffocarmi. L'atmosfera era insopportabilmente pesante. Rimasi ancora quietamente disteso, cercando di utilizzare la ragione. Richiamai alla mente i procedimenti degli inquisitori e tentai di dedurne la mia reale situazione. La sentenza era stata pronunciata e mi sembrava che fosse già trascorso un lungo intervallo di tempo da allora. Tuttavia, neanche per un momento pensai di essere realmente morto. Tale ipotesi, nonostante ciò che si legge nei romanzi, è del tutto incompatibile con la reale esistenza – ma dove e in quale stato ero? Il condannato a morte, a quanto sapevo, periva negli *autodafé*; uno di questi era stato tenuto la notte stessa del giorno del mio processo. Ero stato forse rimandato nella mia cella per attendere il successivo sacrificio che non si sarebbe tenuto prima di molti mesi? Capii subito che questo non poteva essere. Si richiedevano immediatamente delle vittime. Inoltre la mia cella, come tutte quelle dei condannati a Toledo, aveva pavimenti di pietra e la luce non ne era del tutto esclusa.

All'improvviso una idea terrificante mi fece affluire tumultuosamente il sangue al cuore e per un breve periodo ricaddi nell'insensibilità. Quando tornai in me, mi alzai in piedi tremando convulsamente in ogni mia fibra. Spinsi disordinatamente le braccia in alto e intorno, in tutte le direzioni. Non sentii nulla; ebbi paura a muovere un passo, terrorizzato dalla possibilità di essere bloccato dalle pareti di una *tomba*. Il sudore uscì copioso da tutti i pori e mi si raccolse in grosse gocce fredde sulla fronte. L'agonia del dubbio divenne alla fine intollerabile, mi mossi cautamente in avanti, con le braccia tese e gli occhi sbarrati, fuori dalle orbite, nella speranza di catturare il più fioco raggio di luce. Procedetti per molti passi, ma c'era ancora buio e vuoto. Respirai più liberamente. Sembrava evidente che il mio, alla fine, non era il più orribile dei destini.

Ora, mentre continuavo cautamente ad avanzare, mi si affollavano nella memoria mille vaghe dicerie sugli orrori di Toledo. Delle sue prigioni si narravano cose strane – favole, avevo sempre pensato – ma certe singolari e troppo spaventose da raccontarsi, se non in un sussurro. Sarei stato lasciato morire di fame in questo mondo sotterraneo e buio, o mi attendeva qualche destino ancora più spaventoso? È certo che il risultato sarebbe stato la morte, una morte certamente molto più crudele del normale, conoscevo troppo bene il carattere dei miei giudici per dubitarne. Il modo e il momento era ciò che mi occupava o meglio mi sconvolgeva.

Le mie mani protese incontrarono alla fine un ostacolo solido. Era una parete, apparentemente un muro di pietra, molto liscio, viscido e freddo. Lo seguii avanzando con la prudente diffidenza che la lettura di talune antiche storie mi aveva ispirato. Questo procedimento non mi forniva però nessuna possibilità di accertare le dimensioni della mia prigione; avrei potuto compiere l'intero circuito e tornare al punto di partenza senza rendermene conto, tanto perfettamente uniforme sembrava la parete. Cercai pertanto il coltello che avevo in tasca quando ero entrato nell'aula dell'inquisizione; non c'era più. I miei abiti erano stati sostituiti da una specie di tonaca di ruvida saia. Avevo pensato di incastrare la lama in qualche piccola fessura della muratura in modo da poter identificare il punto dal quale ero partito. Si trattava di una difficoltà abbastanza banale, tuttavia nel disordine della mia mente mi sembrò, in un primo momento, insuperabile. Strappai una parte dell'orlo della veste e stesi il frammento per l'intera lunghezza, ad angolo retto rispetto al muro. Avanzando a tentoni intorno alla mia prigione, non avrei potuto fare a meno di incontrare lo straccio una volta completato il giro. Così avevo pensato, ma non avevo fatti i conti con l'estensione della cella e con la mia debolezza. Il terreno era umido e scivoloso. Avanzai barcollando per qualche tempo, finché non inciampai e caddi. L'eccessiva stanchezza mi indusse a rimanere prostrato; non appena mi distesi mi colse il sonno.

Al risveglio, stendendo un braccio, trovai accanto a me una pagnotta e una brocca d'acqua. Ero troppo esausto per riflettere su questa circostanza e quindi bevvi e mangiai con grande avidità. Poco dopo, ripresi il mio giro intorno alla prigione e, con molta fatica, arrivai infine sul frammento della saia. Prima di cadere, avevo contato cinquantadue passi; ripreso il cammino, prima di arrivare al pezzo di stoffa, ne avevo contati altri quarantotto. In tutto quindi erano cento passi e, ammettendo che due passi facessero un metro, dovevo presumere che tutto il circuito della mia prigione misurasse circa cinquanta metri. Avevo, tuttavia, incontrato molti angoli nella parete e non mi potevo fare una idea precisa della forma del sotterraneo, essendomi convinto che di un sotterraneo si trattava.

Non avevo un obiettivo preciso in questa mia ricerca, e certamente nessuna speranza, tuttavia una vaga curiosità mi spingeva a continuarla. Lasciando la parete, decisi di attraversare l'area della mia prigione. Da principio, avanzai con estrema cautela, perché il pavimento, sebbene sembrasse di materiale solido, era fangoso e scivoloso. Alla fine presi coraggio e non esitai a muovermi con sicurezza, proponendomi di procedere il più possibile in linea retta. Ero avanzato di dieci o dodici passi quando il resto strappato della mia tonaca mi si attorcigliò intorno alle gambe: inciampai e caddi violentemente a faccia avanti.

Nella confusione che era seguita alla caduta, non mi accorsi di una circostanza in qualche modo allarmante, che invece attirò la mia attenzione pochi secondi dopo, mentre ancora giacevo prostrato. Si trattava di questo: il mio mento poggiava sul pavimento della prigione, ma le mie labbra e la parte superiore della testa, sebbene fossero presumibilmente più in basso del mento, non toccavano nulla. Nello stesso tempo, sentivo la fronte bagnata da un vapore viscido e mi saliva alle narici il caratteristico odore di funghi marci. Allungai il braccio e rabbrividii accorgendomi di essere caduto proprio sul bordo di un pozzo circolare, di cui non avevo, al momento, la possibilità di valutare le dimensioni. Tastando la muratura proprio sotto il bordo, mi riuscì a staccarne un frammento, che lasciai cadere nell'abisso. Per molti secondi ascoltai attentamente le risonanze dei suoi urti sulle pareti del baratro durante la discesa; alla fine si sentì un cupo tonfo nell'acqua, cui seguirono echi sonori. Nello stesso istante si udì un rumore che sembrava quello di una rapida apertura ed altrettanto rapida chiusura di una porta sopra di me, mentre un pallido bagliore lampeggiava improvvisamente nelle tenebre e altrettanto improvvisamente svaniva.

Capii chiaramente quale sorte mi era stata preparata e mi congratulai con me stesso per un tempestivo incidente che mi aveva permesso di evitarla. Un altro passo prima della caduta e il mondo non mi avrebbe più visto. E la morte evitata di misura era proprio del tipo che io avevo ritenuto inventato e inverosimile nei racconti sull'Inquisizione. Alle vittime della sua tirannia era offerta la scelta tra la morte tra le più terribili sofferenze fisiche e quella tra le peggiori sofferenze morali. A me era stata riservata quest'ultima. Le lunghe sofferenze avevano distrutto i miei nervi, sì che tremavo al suono della mia stessa voce ed ero divenuto a tutti gli effetti una vittima ideale per i tipi di torture che mi attendevano.

Tremando come una foglia, tornai a tastoni verso la parete; scegliendo di morire là piuttosto che affrontare il terrore del pozzo, che ora la mia immaginazione riteneva fossero tanti, sparsi dovunque nel sotterraneo. In altre condizioni mentali avrei avuto il coraggio di porre fine alle mie miserie con un tuffo in uno di questi abissi, ma ora ero l'ultimo dei codardi. D'altra parte non riuscivo a dimenticare ciò che avevo letto di questi pozzi... che la perdita *rapida* della vita non faceva parte dei loro orribili piani.

L'agitazione mi tenne sveglio per molte lunghe ore, ma alla fine caddi di nuovo nel sonno. Al risveglio trovai di nuovo al mio fianco una pagnotta e una brocca d'acqua. Una sete bruciante mi consumava e vuotai la caraffa tutta d'un fiato. L'acqua doveva essere stata drogata, perché appena ebbi bevuto, cominciai a sentirmi una irresistibile sonnolenza. Caddi in un sonno profondo... un sonno come quello della morte. Quanto tempo sia durato, certo non lo so, ma quando ancora una volta aprii gli occhi, gli oggetti intorno a me erano visibili. Un chiarore allucinante, sulfureo, la cui origine non fui in grado da principio di determinare, mi consentiva di vedere l'estensione e la forma della prigione.

Sulle dimensioni mi ero di molto sbagliato. L'intero perimetro delle sue pareti non superava venticinque metri circa. Per qualche minuto questo fatto mi procurò un mondo di inutili paure; assolutamente inutili... cosa poteva avere importanza minore, nelle terribili circostanze in cui mi trovavo, delle semplici dimensioni della mia prigione? Ma la mia mente aveva un insensato interesse per le sciocchezze e mi impegnai a fondo nel tentativo di stabilire quali errori avevo commesso nelle mie misurazioni. La verità alla fine mi balenò. Nel mio primo tentativo di esplorazione avevo contato cinquantadue passi fino al momento in cui ero caduto: dovevo essere arrivato a un passo o due dal frammento di saia; insomma dovevo aver completato il periplo del sotterraneo. Poi avevo dormito e quando mi ero svegliato, dovevo aver percorso i miei passi in senso inverso, arrivando così alla conclusione che il percorso fosse il doppio di quello che in realtà era. Lo stato di confusione mentale mi aveva impedito di osservare che avevo iniziato il mio giro con la parete a sinistra e l'avevo concluso avendola a destra.

Mi ero altresì ingannato per quanto riguardava la forma della prigione. Nel percorrere la mia strada a tentoni, avevo incontrato molti angoli e ne avevo quindi dedotto un'impressione di grande irregolarità, tanto possente è l'effetto del buio assoluto quando si esce dal letargo o dal sonno! Gli angoli erano semplicemente leggere rientranze o nicchie distribuite a intervalli irregolari. La forma complessiva della prigione era quadrata. Quella che mi era sembrata muratura ora sembrava essere ferro, o qualche altro metallo in grandi lastre e in coincidenza con le connessure o giunzioni si formavano le rientranze. L'intera superficie di questa prigione metallica era rozzamente imbrattata da tutti gli orrendi, repellenti simboli cui la macabra superstizione dei monaci aveva dato origine; figure di diavoli dall'aspetto minaccioso, forme scheletriche, e altre immagini ancora più realisticamente spaventose, ricoprivano e sfiguravano le pareti. Notai che i contorni di queste mostruosità erano sufficientemente distinti, ma che i colori sembravano sbiaditi e macchiati, come per l'effetto di una atmosfera umida. Notai, anche, che il pavimento era di pietra. Nel centro si apriva il pozzo circolare dal cui baratro io ero scampato; ma era l'unico nel sotterraneo.

Tutto questo vidi indistintamente e con molto sforzo – perché la mia situazione era grandemente cambiata durante il sonno. Ora giacevo supino, tutto disteso, su una specie di struttura di legno, cui ero saldamente legato con una lunga striscia che sembrava un sottopancia, che mi passava più volte intorno agli arti e al corpo, lasciando libera solo la testa e il braccio sinistro per una estensione tale che potevo con grandi sforzi rifornirmi di cibo, da un piatto di terracotta che giaceva al mio fianco sul pavimento. Vidi con orrore che la brocca era stata portata via: con orrore, perché ero tormentato da una sete intollerabile. Una sete che sembrava stimolata, per un preciso disegno dei miei persecutori, in quanto il cibo sul piatto era di carne condita con salsa piccante.

Guardando in alto, esaminai il soffitto della mia prigione. Era alto una dozzina di metri ed era costruito in modo molto simile alle pareti. In uno dei suoi riquadri una figura molto singolare attrasse la mia attenzione. Rappresentava il tempo, secondo l'immagine corrente, salvo che, al posto della falce aveva in mano qualcosa che, ad una occhiata superficiale, mi parve un enorme pendolo come se ne vedono negli orologhi antichi. C'era tuttavia qualcosa nella rappresentazione di questo congegno che mi spinse a tornare a guardarlo più attentamente. Mentre lo fissavo guardando in alto (la sua posizione era infatti immediatamente sopra la mia testa) ebbi l'impressione di vederlo muovere. Un istante dopo la mia impressione trovò conferma. La sua oscillazione era breve e lenta. Lo guardai per alcuni minuti con un po' di paura, ma soprattutto con meraviglia. Alla fine, stanco di controllare il suo lento movimento, rivolsi il mio sguardo agli altri oggetti della cella.

Un leggero rumore attrasse la mia attenzione e, guardando il pavimento, lo vidi invaso da molti enormi ratti. Erano usciti a frotte dal pozzo che si trovava a portata del mio sguardo sulla destra. Proprio mentre li osservavo, uscirono in massa, velocemente, con occhi famelici, attratti dall'odore della carne e mi ci volle un grande sforzo e la massima attenzione per tenerli lontani.

Sarà passata una mezz'ora o forse addirittura un'ora (avevo infatti difficoltà a tenere nota del tempo) prima che alzassi di nuovo gli occhi. Quello che vidi mi confuse e mi sbalordì. L'oscillazione del pendolo era aumentata di quasi un metro e, come naturale conseguenza, la sua velocità era molto aumentata. Ma quello che mi turbò di più era l'idea che esso era percettibilmente disceso. Ora ero costretto a notare – con quale orrore è inutile dire – che la sua estremità inferiore era formata da una mezzaluna di scintillante acciaio, lunga una trentina di centimetri da un corno all'altro; i corni rivolti in alto e il bordo inferiore sembravano affilati come un rasoio. E come un rasoio sembrava, massiccia e pesante, dal taglio che si andava rastremando al di sopra in una struttura solida e larga. Pendeva da un pesante braccio d'ottone e il tutto *sibilava* quando oscillava nell'aria.

Non ebbi più dubbi sulla sorte che mi era stata riservata dalla perfida ingegnosità dei monaci in materia di torture. Gli agenti dell'Inquisizione avevano saputo della mia scoperta del pozzo – il *pozzo* i cui orrori erano il giusto destino per un dissidente audace come me – il *pozzo* – chiaro riferimento all'inferno – era considerato dalle voci diffuse, l'Ultima Thule delle loro punizioni. Avevo evitato il tuffo dentro questo pozzo per un caso del tutto imprevisto e sapevo che la sorpresa o la caduta nella trappola del supplizio, costituivano una parte preponderante della varietà grottesta di queste morti nella prigione. Essendo riuscito a evitare la caduta, non faceva parte del piano demoniaco scagliarmi dentro l'abisso; e quindi – non c'era alternativa – una distruzione differente e più dolce mi attendeva. Più dolce! Mi faceva sorridere pur nella mia condizione di agonia, pensare all'uso di un tale termine in quelle circostanze.

A che serve parlare delle lunghe, lunghissime ore di orrore peggio che mortale durante le quali contai le oscillazioni dell'acciaio che acceleravano centimetro a centimetro, millimetro a millimetro, con una discesa apprezzabile solo a intervalli che sembravano secoli: veniva giù, sempre più giù! Passarono i giorni – può essere che siano passati molti giorni – prima che il pendolo oscillasse così vicino sopra di me da farmi vento con il suo acre soffio. L'odore dell'acciaio affilato mi penetrava nelle narici. Pregai, stancai il cielo con le preghiere, perché ne accelerasse la discesa. Fui preso da una furia frenetica e lottai con tutte le forze per sollevarmi incontro alla oscillazione della spaventosa scimitarra. Poi fui invaso da una improvvisa calma e mi distesi, sorridendo alla morte scintillante, come un bambino ad un raro giocattolo.

Seguì un altro intervallo di completa insensibilità; fu breve perché quando ritornai di nuovo alla vita, non vi era stata alcuna percettibile discesa del pendolo. Ma l'intervallo poteva anche essere stato lungo; sapevo che c'erano dei demoni, che prendevano nota dei miei svenimenti, e che avrebbero potuto arrestare a piacere le oscillazioni. Ritornato in me, inoltre, mi sentii molto – oh! indicibilmente – malato e debole, come se venissi da un lungo periodo di inedia. Perfino tra le agonie di quell'ora l'umana natura chiedeva disperatamente cibo. Con uno sforzo penoso, protesi il braccio sinistro per quanto lo permettevano i miei legami, e mi impossessai del piccolo residuo di cibo risparmiato dall'assalto dei ratti. Come misi un boccone tra le labbra, mi corse per la mente, solo per metà formulato, un pensiero di gioia – di speranza. Ma in che avevo a che fare *io* con la speranza? Come ho detto, era un pensiero formulato solo a metà – l'uomo ha molti di questi pensieri che non si definiscono mai. Sentii che era di gioia... di speranza, ma anche che era svanito al momento stesso di prendere forma. Invano mi sforzai di perfezionarlo... di riafferrarlo. La lunga sofferenza aveva pressoché annichilito tutte le mie normali facoltà mentali. Ero ormai un imbecille, un idiota.

Il pendolo oscillava ad angolo retto con il mio corpo allungato. Capii che la mezzaluna era stata progettata per attraversarmi la regione del cuore. Avrebbe sfilacciato la saia della mia tonaca... sarebbe tornata e avrebbe ripetuto l'operazione... poi ancora e ancora. Nonostante la terrificante ampiezza della sua oscillazione (una decina di metri e forse più) ed il sibilante vigore della sua falcata, che avrebbe potuto spaccare le pareti d'acciaio, tuttavia per molti minuti, avrebbe potuto soltanto sfilacciarmi la tonaca.

A questo pensiero mi arrestai. Non osavo procedere in questa riflessione. Mi ci soffermai con testarda attenzione... come se, insistendo, potessi arrestare *lì* la discesa dell'acciaio. Mi sforzavo di concentrare il pensiero sul suono che avrebbe fatto la mezzaluna quando mi fosse passata attraverso la veste... sulla particolare sensazione eccitante che l'attrito della stoffa produce sui nervi. Riflettei su questi trascurabili eventi fino a sentirmi rabbrividire.

Giù... scivolava giù con continuità. Mi sentivo invaso da un delirante piacere confrontando la sua velocità di discesa con quella di oscillazione. A destra... a sinistra... in lungo e in largo... con l'urlo di uno spirito dannato! e verso il mio cuore, con il passo furtivo di una tigre. Alternativamente ridevo e urlavo, a seconda dell'idea che diventava dominante.

Giù... implacabilmente, lentissimamente giù! Vibrava ormai a dieci centimetri dal mio petto! Lottai violentemente – furiosamente – per liberare il braccio sinistro: era libero soltanto dal gomito alla mano. Potevo raggiungere la bocca partendo dal piatto a fianco a me, con grande sforzo, ma non andare più in là. Avessi potuto rompere i lacci sopra il gomito, avrei afferrato e tentato di fermare il pendolo. Tanto valeva tentare di arrestare una valanga! Giù... sempre incessantemente... inevitabilmente più giù! Ansimavo e lottavo a ogni vibrazione. Mi ritraevo convulsamente a ogni oscillazione. I miei occhi seguivano le sue evoluzioni verso l'esterno o verso l'alto con l'ansia della più indescrivibile disperazione; e si stringevano spasmodicamente quando ne vedevano la discesa, sebbene la morte non potesse essere che un sollievo, oh quanto indicibile! Eppure tremavo in ogni fibra al pensiero che un piccolissimo abbassamento del meccanismo mi avrebbe affondato la lama affilata e scintillante nel petto. Ma era la *speranza* che mi faceva tremare i nervi e mi raggrinziva le membra. Era la speranza – la speranza che trionfa anche sulla tortura – che sussurra all'orecchio del condannato a morte, perfino nelle prigioni dell'Inquisizione.

Vidi che più o meno dieci o dodici oscillazioni avrebbero portato l'acciaio a contatto diretto con le mie vesti; con questa osservazione, all'improvviso, il mio animo fu pervaso dalla fredda, acuta calma della disperazione. Per la prima volta dopo molte ore – o meglio giorni – *pensai*. Mi accorgevo ora che la striscia, la cinghia che mi avvolgeva era *tutta d'un pezzo*. Non ero legato con corde separate. Il primo colpo della mezzaluna affilata come rasoio su qualsiasi tratto della cinghia l'avrebbe tagliata in modo che con la mano sinistra avrei potuto svolgerla dal corpo. Ma quanto spaventosa sarebbe stata, in questo caso, la vicinanza dell'acciaio! E come fatale l'esito del minimo moto di lotta! Era mai possibile, inoltre, che i sicari del torturatore non avessero previsto questa possibilità e preso provvedimenti? Era possibile che la fascia mi attraversasse il petto nel tratto percorso dal pendolo? Temendo vedere frustrata la mia debole e, come sembrava, ultima speranza, sollevai la testa per quanto potevo, in modo da vedermi chiaramente il petto. La cinghia mi avviluppava gli arti ed il corpo in tutte le direzioni – *salvo che sulla traiettoria della mezzaluna distruggitrice*.

Avevo appena riabbassato la testa nella posizione di partenza, quando nella mente mi lampeggiò quella che non saprei definire altro che una confusa metà di quell'idea di liberazione che avevo avuto poco prima, di cui solo la metà aveva aleggiato nella mia mente in modo indeterminato allorché avevo portato il cibo alle mie labbra riarse. Ora però era presente tutto il pensiero – debole, forse poco sensato, poco definito – ma finalmente completo. E, con la forza nervosa della disperazione, mi misi a tentare di realizzarlo. Da molte ore le immediate vicinanze del basso telaio sul quale giacevo, formicolavano letteralmente di ratti. Erano furiosi, aggressivi, voraci – i loro occhi rossi mi guardavano forse spiando il momento in cui la mia immobilità poteva fare di me la loro preda. «Di quale cibo», pensai, «saranno abituati a nutrirsi nel pozzo?»

Nonostante tutti i miei sforzi per impedirlo, avevano divorato il contenuto del piatto tranne un piccolo rimasuglio. La mano aveva assunto un movimento altalenante, ondulatorio, sopra il piatto; alla lunga la inconsapevole uniformità del movimento le aveva tolto efficacia. Nella loro vivacità, le bestiacce avevano tentato spesso di afferrarmi con gli aguzzi denti le dita. Con le briciole di carne unta e piccante rimaste, stropicciai la cinghia che mi serrava fin dove potevo arrivare; poi, alzando la mano dal pavimento, rimasi immoto trattenendo il respiro.

Sulle prime, i voraci animali furono sorpresi e spaventati dal cambiamento... dalla cessazione del movimento. Indietreggiarono allarmati, molti guadagnarono il pozzo. Ma questo durò solo un momento. Non avevo contato invano sulla loro voracità. Notando che rimanevo immobile, uno o due dei più audaci saltarono sul telaio e annusarono la cinghia. Sembrò il segnale per un assalto generale. Fuori del pozzo uscirono truppe fresche. Si aggrapparono al legno, lo scalarono e a centinaia balzarono sul mio corpo. Il movimento metodico del pendolo non li disturbava affatto. Evitandone i colpi, si affannavano sui legami unti. Premevano, si affollavano su di me, sempre più ammassati. Guizzavano sopra la mia gola, le loro gelide labbra lambivano le mie. Ero mezzo soffocato dalla pressione della loro calca; un indicibile disgusto mi gonfiava il petto e mi agghiacciava il cuore. Ancora un minuto e la lotta sarebbe finita. Avvertivo chiaramente che i miei legami si allentavano. Sapevo che in più di un punto dovevano essere stati già logorati. Con una risolutezza sovrumana rimasi *immobile*.

Non avevo sbagliato i miei calcoli, non avevo resistito invano. Alla fine sentii che ero *libero*. La cinghia pendeva a brandelli dal mio corpo. Ma il pendolo già colpiva il mio petto. Aveva già lacerato la saia della veste, la tela della biancheria, sotto. Ancora due volte oscillò ed un acuto dolore mi attraversò i nervi. Era arrivato il momento della fuga. Agitai una mano e i miei liberatori fuggirono tumultuosamente. Con un movimento costante, cauto, strisciando di lato lentamente, slittai fuori dall'abbraccio delle cinghie, fuori della traiettoria della scimitarra. Per il momento *ero libero*.

Libero!... E nelle grinfie dell'Inquisizione! Ero appena scivolato giù dal mio ligneo letto di orrore sul pavimento di pietra della prigione, quando il movimento della macchina infernale cessò; e vidi che veniva richiamata in alto da una invisibile forza, attraverso il soffitto. Era un monito che gettava il mio cuore nella disperazione. Ogni mio movimento veniva certamente osservato. Libero! Ero soltanto sfuggito alla morte in una forma di agonia, per cadere vittima di un'altra peggiore. Con questo pensiero, girai gli occhi tutt'intorno sulle barriere di ferro che mi imprigionavano. Qualcosa di inusuale – un cambiamento che a tutta prima non fui in grado di valutare esattamente – era avvenuto, evidentemente, nella stanza. Per molti minuti di angosciose, tremanti ipotesi, mi affaticai in inutili, sconnesse congetture. Fu in quel momento che mi resi conto per la prima volta dell'origine della luce sulfurea che illuminava la cella. Proveniva da una fessura, larga poco più di un centimetro, che correva in basso per l'intero perimetro delle pareti, che apparivano ed erano quindi completamente sollevate dal pavimento. Mi sforzai, ma invano, di guardare attraverso la fessura.

Quando mi rialzai in piedi, dopo questo tentativo, il mistero dell'alterazione della stanza mi si rivelò all'improvviso alla mente.

Ho già detto che, sebbene i contorni delle figure dipinte sulle pareti fossero sufficientemente nitidi, i colori sembravano sbiaditi e macchiati. Ora, questi colori avevano assunto e andavano assumendo via via uno stupefacente e intensissimo splendore, che dava alle spettrali, diaboliche figure un aspetto che avrebbe terrorizzato anche nervi ben più saldi dei miei. Occhi demoniaci di una vivacità selvaggia e spaventosa, si fissavano su di me da mille direzioni, dove prima non erano visibili, inviando sinistri bagliori di fiamma che non riuscivo a immaginare come irreali.

Irreali! Respirando mi entrava nelle narici il soffio del vapore del ferro arroventato! Un odore soffocante riempiva la prigione! Un bagliore sempre ogni momento più cupo incendiava gli occhi che guardavano la mia agonia! Un cremisi più intenso si diffondeva sugli orrori dipinti di sangue. Ansimavo! Soffocavo! Non c'era più alcun dubbio sui progetti dei miei tormentatori – oh! i più inflessibili, i più demoniaci degli uomini! Mi ritrassi dal metallo arroventato verso il centro della cella. Di fronte al pensiero della terribile distruzione che mi sovrastava, l'idea del fresco del pozzo, invase la mia anima come un balsamo. Mi avvicinai al suo mortale bordo, mi sforzai di vederne il fondo. Il bagliore della volta incandescente ne illuminava ogni recesso. Ancora per un tempestoso momento, il mio spirito si rifiutò di capire il significato di ciò che vedevo. Alla fine penetrò a forza, si fece strada con la violenza nel mio animo – si stampò a caratteri di fuoco nella mia ragione sconvolta. Oh, avere una voce per parlare! – oh, orrore! – qualsiasi orrore all'infuori di questo! Con un grido, corsi via dal bordo del pozzo, nascosi il viso nelle mani e piansi amaramente.

Il calore cresceva rapidamente, una volta ancora guardai in alto, rabbrividendo come per un attacco di febbre. C'era stato un secondo cambiamento nella prigione – e questa volta il mutamento era avvenuto ovviamente nella *forma*. Come in precedenza, invano tentai, sulle prime, di valutare o definire cosa era successo. Non rimasi a lungo nel dubbio. La vendetta dell'Inquisizione era stata accelerata; poiché per ben due volte ero sfuggito alla mia sorte e non c'era più da scherzare troppo con il Re dei Terrori. La stanza era stata quadrata. Ora, vidi che due dei suoi angoli di ferro erano divenuti acuti e due ottusi. La paurosa variazione continuava a crescere rapidamente con un suono basso, sordo, quasi un gemito. In un istante la stanza era divenuta romboidale. Ma l'alterazione non si limitava a questo e non speravo né desideravo più che si arrestasse. Volevo stringere al petto le rosse pareti come una veste di pace eterna. «La morte», gemetti, «qualsiasi morte, ma non quella nel pozzo.» Pazzo! Come potevo non sapere che spingermi *nel pozzo* era lo scopo delle pareti di ferro infuocate? Potevo resistere al loro calore? E se anche fosse, potevo reggere sotto la loro pressione? Intanto il rombo si appiattiva sempre più, con una rapidità che non mi lasciava certo tempo per la riflessione. Il suo centro e naturalmente il suo punto più largo, si trovavano proprio sopra l'abisso spalancato. Indietreggiai, ma le pareti chiudendosi mi spingevano in avanti senza che io potessi opporre resistenza. Oramai per il mio corpo ustionato e tremante non restava più un centimetro del pavimento della prigione su cui poggiare un piede. Non lottai più, ma l'agonia della mia anima trovò sfogo in un ultimo, alto, lungo grido di disperazione. Sentii che vacillavo sul bordo – volsi altrove lo sguardo.

C'era un discordante mormorio di voci umane! C'era un acuto squillare di molte trombe! C'era un aspro rombo come di migliaia di tuoni! Le pareti infuocate si tirarono veloci indietro! Un braccio disteso mi afferrò! mentre, senza più forze, cadevo entro l'abisso. Era il Generale Lassalle. L'esercito francese era entrato a Toledo. L'Inquisizione era nelle mani dei suoi nemici.

RACCONTI FANTASTICI E GROTTESCHI

Nella pagina precedente: A. Martini, *Il giocatore di scacchi di Maelzel*, 1909/1910.

L'incredibile avventura di un certo Hans Pfaall (Titolo originale: «The Unparalleled Adventure of One Hans Pfaall»); *La beffa del pallone* (Titolo originale: «The Balloon-Hoax»); *Von Kempelen e la sua scoperta* (Titolo originale: «Von Kempelen and His Discovery»); *La milleduesima notte di Shaharazàd* (Titolo originale: «The Thousand-and-Second Tale of Sheherazade»); *La carriera letteraria di Thingum Bob Esq.* (Titolo originale: «The Literary Life of Thingum Bob, Esq.»); *Come scrivere un articolo alla Blackwood* (Titolo originale: «How to write a Blackwood Article»); *Una situazione imbarazzante* (Titolo originale: «A Predicament»); *Mistificazione* (Titolo originale: «Mystification»); *X-atura di un paragrafo* (Titolo originale: «X-ing a Paragrab»; *La truffa considerata come una delle scienze esatte* (Titolo originale: «Diddling»); *L'Angelo del bizzarro* (Titolo originale: «The Angel of the Odd»); *Mellonta Tauta.* (Titolo originale: «Mellonta Tauta»); *L'uomo d'affari* (Titolo originale: «The Business Man»); *Il Giocatore di Scacchi di Maelzel* (Titolo originale: «Maelzel's Chess-Player»); *Il potere delle parole* (Titolo originale: «The Power of Words»); *Racconto di Gerusalemme* (Titolo originale: «A Tale of Jerusalem»); *Non giocarti mai la testa col Diavolo* (Titolo originale: «Never Bet the Devil Your Head»); *Quattro bestie in una* (Titolo originale: «Four Beasts in One»); *Perché il piccolo francese ha il braccio al collo* (Titolo originale: «Why the Little Frenchman Wears His Hand in a Sling»); *Bon-Bon* (Titolo originale: «Bon-Bon); *Quattro chiacchiere con una mummia* (Titolo originale: «Some Words with a Mummy»); *Recensione di «Arabia Petraea» di Stephens* (Titolo originale: «Review of Stephens' "Arabia Petraea"); *Scrivere per una rivista-Peter Snook* (Titolo originale: «Magazine-Writing-Peter Snook»); *I ciarlatani dell'Elicona-Satira* (Titolo originale: «The Quacks of Helicon-A Satire»); *Astoria* (Titolo originale: «Astoria»); *Il regno di Arnheim o il paradiso panoramico* (Titolo originale: «The Domain of Arnheim or the Landscape Garden»); *Il cottage di Landor* (Titolo originale: «Landor's Cottage»); *Il duca de l'Omelette* (Titolo originale: «The Duc De L'Omelette»); *Una settimana con tre domeniche* (Titolo originale: «Three Sundays in a Week»); *Il Diavolo nel campanile* (Titolo originale: «The Devil in the Belfry»); *Come trattare una celebrità* (Titolo originale: «Lionizing»).
Traduzioni di Nicoletta Rosati Bizzotto

Il sistema del dottor Tarr e del professor Fether (Titolo originale: «The System of Doctor Tarr and Professor Fether»); *L'uomo finito* (Titolo originale: «The Man that Was Used Up»); *La filosofia dell'arredamento* (Titolo originale: «Philosophy of Furniture»); *Gli occhiali* (Titolo originale: «The Spectacles».)
Traduzioni di Patrizia Collesi

L'incredibile avventura di un certo Hans Pfaall

Col cuore pieno di ardenti fantasie,
di cui ho il comando,
con una lancia ardente e *su un cavallo d'aria*,
vado errando per solitudini immense.

Canzone di Tom il Folle

Secondo recenti dispacci da Rotterdam, sembra che la città sia in preda a un'agitazione di natura filosofica. Anzi, essa è stata spettatrice di eventi di natura così totalmente inaspettata – così prepotentemente insolita – così radicalmente contraria alle opinioni preconcette – da farmi ritenere senza ombra di dubbio che già da lungo tempo l'Europa intera sia in uno stato di agitazione, la fisica sia in fermento, la zizzania regni fra raziocinio e astronomia.

Sembra che il giorno... del ... (non sono certo della data) una marea di gente, per scopi non specificatamente indicati, si fosse radunata nella grande piazza della Borsa, nella pacifica città di Rotterdam. Una giornata calda – insolitamente calda per la stagione – non c'era un alito di vento; e la folla non aveva nulla in contrario ad essere innaffiata, di quando in quando, da piacevoli acquazzoni passeggeri che venivano giù da masse biancastre di nuvole che vagavano a frotte nella cerulea volta del firmamento. Malgrado ciò, verso mezzogiorno tra la folla serpeggiò una leggera ma palpabile agitazione; seguì il chiacchiericcio di diecimila lingue; e, un attimo dopo, diecimila facce erano rivolte al cielo, diecimila pipe furono tolte simultaneamente dagli angoli di diecimila bocche e un grido, paragonabile solo al frastuono delle cascate del Niagara, risuonò lungo, sonoro e furibondo per tutte le strade e i dintorni di Rotterdam.

L'origine di quel baccano fu ben presto evidente. Da dietro l'enorme massa cumuliforme, dai contorni precisi di quelle nuvole cui abbiamo già accennato, si vide emergere lentamente, in uno squarcio di cielo azzurro, una sostanza strana, eterogenea, ma apparentemente solida, così bizzarra nella forma, così stravagante nel suo complesso, da sfuggire totalmente alla comprensione e alla doverosa ammirazione di quella schiera di robusti e pacifici cittadini che la rimiravano dal basso, a bocca aperta. Di cosa mai poteva trattarsi? In nome di tutti i diavoli di Rotterdam, cosa mai poteva far presagire? Nessuno lo sapeva; nessuno riusciva ad immaginarlo – nemmeno il borgomastro Mynheer Superbus Von Underduk aveva la più pallida idea di come risolvere quel mistero; quindi, dato che era l'unica cosa ragionevole da fare tutti, senza eccezione, si rimisero la pipa nell'angolo della bocca e, con lo sguardo fisso a quello strano fenomeno, tirarono una boccata, si fermarono, fecero qualche passo ondeggiante, emisero un borbottio denso di significato – poi indietreggiarono ondeggiando, borbottarono, si fermarono di nuovo e, infine, tirarono un'altra boccata.

Nel frattempo, però, verso la pacifica città scendeva, sempre più in basso, l'oggetto di tanta curiosità e la causa di tanti sbuffi di fumo. In pochi minuti fu abbastanza vicino da poterlo scorgere chiaramente. Sembrava – ma certo! era *senza dubbio* una specie di pallone; ma sicuramente un pallone di *quel genere* non si era mai visto prima a Rotterdam. Ditemi, infatti, chi ha mai sentito parlare di un pallone fatto interamente di giornali usati? In Olanda certo nessuno; eppure lì, proprio sotto il naso della gente o, meglio, un po' più in *su* del naso, c'era esattamente quello; e fatto, mi si dice da fonte assolutamente degna di fede, con quello stesso materiale che mai nessuno aveva visto prima usato a tale scopo. Un vero e proprio insulto al buon senso dei cittadini di Rotterdam. In quanto alla forma di quel fenomeno, essa era ancor più deplorevole. Altro quasi non era, infatti, se non un enorme berretto a cono rovesciato. Somiglianza non sminuita in alcun modo quando, esaminandolo più da vicino, la folla scoprì una grossa nappa che ciondolava dalla punta e, intorno al bordo o base del cono, un cerchio di minuscoli strumenti, simili a campanacci di pecore, che tintinnavano incessantemente sull'aria di Betty Martin. Ma c'era di peggio – sospeso con dei nastri azzurri all'estremità di questo fantastico congegno pendeva, a mo' di navicella, un enorme, logoro cappello di castoro, con una tesa amplissima e la cupola a emisfero circondata da una fascia nera con una fibbia d'argento. È comunque degno di nota che molti cittadini di Rotterdam giurarono di aver già visto molte volte, in passato, quel cappello; anzi, la folla sembrava guardarlo come un oggetto familiare; mentre madama Grettel Pfaall, scorgendolo, lanciò un'esclamazione di lieta sorpresa, dichiarando che esso era proprio identico al cappello del suo degno signor marito. Ora, questa era una circostanza davvero notevole dato che Pfaall, con tre amici, era scomparso da Rotterdam più o meno cinque anni prima, in maniera del tutto improvvisa e inspiegabile e, fino al momento di questo racconto, ogni tentativo per avere sue notizie era fallito. Certo, delle ossa che si ritenevano umane, mescolate a un mucchio di rottami dall'aspetto strano, erano state recentemente rinvenute in una località isolata ad est della città; e ci fu chi arrivò a supporre che in quel punto fosse stato commesso un infame omicidio ai danni, molto probabilmente, di Hans Pfaall e dei suoi compagni. Ma torniamo al racconto.

Il pallone (ché di pallone senza dubbio si trattava) era sceso a circa cento piedi da terra così che la folla, giù in basso, poteva distinguerne con sufficiente chiarezza l'occupante. Un personaggio in verità assai singolare. Non poteva essere alto più di due piedi ma la sua statura, per esigua che fosse, sarebbe bastata a comprometterne l'*equilibrio*, facendolo precipitare dal bordo della sua minuscola navicella, se non fosse stato per un anello circolare all'altezza del petto, assicurato alle funi del pallone. Il corpo dell'omino era eccezionalmente largo, conferendo alla sua figura una rotondità quanto mai assurda. I piedi, naturalmente, non si vedevano. Le mani erano enormi. I capelli, grigi e raccolti in una *queue* sulla nuca. Il naso lunghissimo, arcuato e flogistico; gli occhi grandi, brillanti e acuti; anche se rugose per l'età, le guance erano larghe e gonfie, e aveva il doppio mento; ma di orecchio, sul suo capo, non c'era la minima traccia. Questo minuscolo e bizzarro gentiluomo indossava un ampio soprabito di seta azzurro cielo e pantaloni aderenti, in tinta, fermati al ginocchio da borchie d'argento. Il panciotto era di un tessuto color giallo chiaro; un berretto di taffetà bianco era piantato baldanzosamente di traverso sulla testa; e, per completare l'abbigliamento, un fazzoletto di seta rosso sangue gli avvolgeva il collo, ricadendogli elegantemente sul petto con un fantastico fiocco di dimensioni colossali.

Dopo essere sceso, come ho detto, a un centinaio di piedi da terra, il piccolo, anziano signore fu colto improvvisamente da un attacco di trepidazione e sembrò non avere la minima voglia di accostarsi ulteriormente alla *terra firma*. Gettando quindi fuori dalla navicella una certa quantità di sabbia da una sacca di tela che sollevò con grande difficoltà, si fermò a mezz'aria. Con gesti frettolosi e agitati tirò fuori da una tasca laterale del soprabito un grosso taccuino di pelle. Lo soppesò sospettosamente nelle mani, lo guardò con aria estremamente sorpresa, evidentemente stupito del suo peso. Alla fine lo aprì e, traendone una grossa lettera sigillata con ceralacca rossa, la legò accuratamente con del nastro rosso lasciandola poi cadere esattamente ai piedi del borgomastro Superbus Von Underduk. Sua Eccellenza si chinò per raccoglierla. Ma l'aeronauta, ancora agitatissimo e evidentemente senza più alcun motivo per rimanere a Rotterdam, cominciò subito a darsi da fare per ripartire; dato che, per risalire, doveva liberarsi di parte della zavorra, la mezza dozzina di sacche che buttò giù senza darsi la pena di svuotarle caddero, sfortunatamente, una dopo l'altra sulla schiena del borgomastro facendolo rotolare per terra una mezza dozzina di volte, sotto gli occhi di tutta la cittadinanza di Rotterdam. Non si creda, comunque, che il grande Underduk subisse questa impertinenza da parte dell'omino senza le dovute rimostranze. Anzi, si dice che, durante i suoi ruzzoloni, mandò fuori non meno di mezza dozzina di furiosi sbuffi di fumo dalla pipa che, per tutto il tempo, aveva tenuta ben stretta e alla quale intendeva rimanere attaccato (a Dio piacendo) fino al giorno della sua morte.

Frattanto, il pallone si era librato nel cielo come un'allodola e, fluttuando lontano sopra la città, alla fine veleggiò silenziosamente dietro una nuvola simile a quella da cui era emerso in maniera così bizzarra, svanendo per sempre alla vista dei degni abitanti di Rotterdam. L'attenzione si concentrò allora sulla lettera, la cui discesa e le relative conseguenze si erano dimostrate così fatalmente lesive per la persona e il decoro di Sua Eccellenza Von Underduk. Ma quell'esimio funzionario, durante le sue roteanti evoluzioni, non aveva trascurato di indugiare col pensiero sull'importante scopo di impadronirsi della lettera che, a un più attento esame, si scoprì essere finita nelle migliori mani, in quanto essa era indirizzata a lui e al professor Rubadub, nella loro qualità di presidente e vicepresidente dell'Istituto di Astronomia di Rotterdam. Di conseguenza, fu seduta stante aperta dai due dignitari e si appurò che conteneva la seguente straordinaria e, in verità, gravissima, comunicazione:

«*Alle Loro Eccellenze Von Underduk e Rubadub, Presidente e Vicepresidente dell'Istituto Statale di Astronomia della città di Rotterdam.*

Le Eccellenze Vostre ricorderanno forse un modesto artigiano, di nome Hans Pfaall, riparatore di mantici che, insieme ad altre tre persone, scomparve da Rotterdam circa cinque anni fa, in circostanze che dovettero apparire inspiegabili. Col beneplacito, tuttavia delle Eccellenze Vostre, autore di questa comunicazione sono proprio io, Hans Pfaall in persona. È cosa ben nota alla maggioranza dei miei concittadini che, per quarant'anni, ho occupato il piccolo fabbricato di mattoni all'imbocco del vicolo chiamato Sauerkraut, dove abitavo all'epoca della mia scomparsa. Da tempi immemorabili, quella era stata anche la dimora dei miei antenati i quali, come me, esercitarono sempre la rispettabile e, in verità, lucrosa professione di riparatori di mantici; in effetti va detto che, fino a pochi anni or sono, quando la mente di tutti fu messa in fermento dalle questioni politiche, qualsiasi onesto cittadino di Rotterdam non avrebbe potuto desiderare né meritare professione migliore della mia. Ero stimato, il lavoro non mancava, né mancavano denari e benevolenza. Ma, come dicevo, presto cominciammo a risentire gli effetti della libertà, dei lunghi discorsi, del radicalismo, e via dicendo. Persone che prima erano i migliori clienti del mondo non ebbero più un attimo di tempo per pensare a noi, tutte prese com'erano a leggere di rivoluzioni e a tenere il passo con la marcia dell'intelletto e dello spirito dell'epoca. Se occorreva ravvivare un fuoco, lo si poteva facilmente ravvivare sventolando un giornale; e, via via che il governo si indeboliva, cuoio e ferro acquistarono senza dubbio proporzionale durata – poiché, in breve tempo, non ci fu più in tutta Rotterdam un paio di mantici che avesse bisogno di un punto e di una martellata. Una situazione insostenibile. Presto, mi trovai povero come un topo di chiesa e, avendo moglie e figli da mantenere, le mie preoccupazioni si fecero alla fine intollerabili e passavo ore e ore a pensare al modo più acconcio di por fine ai miei giorni. I creditori, nel frattempo, mi lasciavano ben poco tempo per riflettere. La mia casa era letteralmente assediata dalla mattina alla sera. Tre individui in particolare mi tormentavano oltre ogni sopportazione, appostati in continuazione alla mia porta, minacciandomi con la legge. Giurai che di quei tre mi sarei vendicato se mai mi fosse capitata la fortuna di averli tra le grinfie; e credo che l'unica cosa al mondo che mi trattenesse dal mettere immediatamente in atto le mie intenzioni suicide, di farmi saltare le cervella con una schioppettata, fu proprio la prospettiva di avere, un giorno, quella soddisfazione. Ritenni quindi opportuno dissimulare il mio furore e dar loro promesse e belle parole fino a quando, per un colpo di fortuna, avessi avuto l'occasione di vendicarmi.

Un giorno, essendo riuscito a liberarmi di loro per un po', sentendomi più depresso del solito, vagai a lungo per le strade più sconosciute, senza mèta, fino a quando inciampai, per caso, nello spigolo di un bancarella di libri. Vedendo a portata di mano una sedia ad uso dei clienti, mi gettai a sedere, di pessimo umore e, senza un perché, sfogliai il primo volume che mi capitò a tiro. Vidi che si trattava di un breve compendio di Astronomia Speculativa, scritto o dal professor Encke, di Berlino, o da un francese con un nome simile. Avevo qualche infarinatura della materia e presto mi immersi sempre più in quel volumetto, arrivando addirittura a leggerlo per ben due volte da cima a fondo prima di riprendere contatto con la realtà. Intanto si era fatto tardi e diressi i miei passi verso casa. Ma quel trattatello (unitamente a una recente scoperta nel campo della pneumatica che mi era stata riferita, come un importante segreto, da un cugino di Nantz) mi si era impresso nella mente e, mentre percorrevo lentamente le strade, alla tenue luce del crepuscolo, riesaminavo attentamente nella memoria gli azzardati e talvolta incomprensibili ragionamenti dell'autore. Alcuni brani particolari avevano colpito in misura straordinaria la mia attenzione. Più ci meditavo, più cresceva l'interesse che in me avevano suscitato. La limitata portata della mia cultura in genere e specialmente la mia ignoranza in fatto di filosofia naturale, lungi dal farmi dubitare della mia capacità di comprendere quanto avevo letto, o dall'indurmi a diffidare delle molte, vaghe idee che quella lettura mi aveva fatto nascere nella mente, non furono che un ulteriore stimolo alla mia immaginazione; ed ero abbastanza presuntuoso, o forse abbastanza ragionevole, da chiedermi se idee abbozzate che, nate in un cervello sconvolto, hanno tutta l'apparenza della realtà, spesso non possiedano, in effetti, la forza, la validità e le altre qualità intrinseche dell'istinto o dell'intuizione.

Era tardi quando giunsi a casa, e mi coricai subito. La mia mente, però, era troppo occupata per dormire e passai tutta la notte immerso nelle mie speculazioni. Alzandomi di buon'ora il mattino dopo, tornai di corsa alla bancarella e spesi quel poco denaro contante che possedevo nell'acquisto di alcuni testi di Meccanica e Astronomia Applicata. Tornato a casa sano e salvo con i miei libri, dedicai ogni momento libero a studiarli e presto approfondii la mia conoscenza di quella materia quel tanto che reputai sufficiente all'esecuzione di un certo piano che il Demonio, o il mio Genio tutelare, mi aveva ispirato. In quel periodo, avevo dedicato gli intervalli dello studio a placare i tre creditori che tante seccature mi avevano dato. Finalmente ci riuscii – in parte vendendo alcuni mobili di casa per pagare la metà del debito e, in parte, promettendo di saldare la rimanenza quando avessi portato a termine un piccolo progetto che, dissi loro, avevo in mente e per il quale chiesi la loro collaborazione. In tal modo (si trattava di gente ignorante) mi fu facile conquistarli al mio scopo.

Sistemate così le cose riuscii, con l'aiuto di mia moglie, nella massima segretezza e circospezione, a disfarmi di quanto ancora possedevo e prendere a prestito, in piccole cifre per volta, con vari pretesti e senza preoccuparmi (mi vergogno a dirlo) di come avrei mai potuto restituirle, una non trascurabile somma di denaro contante. Con i soldi così accumulati cominciai a procurarmi, a intervalli, della mussola di batista di ottima qualità in teli da dodici iarde ciascuno; dello spago; una gran quantità di gomma arabica; un cesto di vimini largo e profondo, fatto su misura; e molte altre cose necessarie a costruire ed equipaggiare un pallone di straordinarie dimensioni. Ingiunsi poi a mia moglie di prepararlo il più rapidamente possibile, dandole tutte le istruzioni sul come procedere. Frattanto, con lo spago, feci una rete abbastanza grande; la fornii di un cerchione e delle corde necessarie; e acquistai una serie di materiali e strumenti per esperimenti nelle zone più elevate della stratosfera. Feci poi in modo di trasportare, di notte, in una località solitaria ad est di Rotterdam, cinque barili cerchiati di ferro, da una cinquantina di galloni ciascuno, oltre a un barile più grande; sei tubi di stagno, di tre pollici di diametro, di forma particolare e lunghi dieci piedi; una quantità di *una speciale sostanza metallica o semimetallica*, di cui non farò il nome, e una dozzina di damigiane, piene di un *comunissimo acido*. Il gas che si ottiene con questi ultimi materiali è un gas che, fino ad oggi nessuno, oltre me, ha mai prodotto – o, almeno, mai usato per uno scopo analogo. Posso solo rivelare che si tratta di un componente dell'azoto, finora ritenuto non separabile, con una densità 37,4 volte *inferiore a quella dell'idrogeno*. È insapore ma non inodoro; allo stato puro, brucia generando una fiamma verdognola; ed è istantaneamente letale per la vita animale. Personalmente, non avrei difficoltà a rivelarne il segreto che però (come ho già accennato) spetta di diritto a un cittadino di Nantz, in Francia, il quale me lo ha comunicato a patto che non lo rivelassi a nessuno. La stessa persona, totalmente all'oscuro delle mie intenzioni, mi spiegò come costruire una mongolfiera usando la membrana di un certo animale che rendeva praticamente impossibile qualsiasi fuga di gas. Trovai però quel sistema troppo costoso e pensai che, in linea di massima, della mussola di batista ricoperta con uno strato di gomma arabica sarebbe andata altrettanto bene. Dico questo in quanto ritengo probabile che la persona in questione possa tentare un'ascensione in pallone con il nuovo gas e il materiale di cui ho parlato, e non voglio sottrargli l'onore di un'invenzione davvero straordinaria.

Nei punti dove intendevo collocare, uno per uno, i barili più piccoli durante la gonfiatura dell'aerostato, scavai di nascosto una piccola buca, formando così un cerchio del diametro di circa 25 piedi. Al centro, dove doveva andare il barile più grosso, feci una buca più profonda. Nelle cinque più piccole collocai altrettanti bariletti da cinquanta libbre di polvere da mortaio ciascuno e, in quella più grande, una botticella da 150 libbre. Collegai poi accuratamente i vari recipienti con delle micce nascoste; e, dopo avere introdotto in uno dei bariletti un pezzo di miccia a combustione lenta, lungo circa quattro piedi, ricoprii la buca, ci collocai sopra il barile più grosso, lasciando poi sporgere di circa un pollice l'altro capo della miccia che rimaneva praticamente nascosto dal barile stesso. Riempii poi le altre buche e collocai su di esse gli altri barili!

In quel *dépôt*, oltre agli oggetti sopra elencati, nascosi uno degli strumenti di M. Grimm, intesi a migliorare l'apparecchiatura per la condensazione dell'atmosfera. Scoprii però che occorreva apportare notevoli modifiche al meccanismo per adattarlo allo scopo per cui intendevo usarlo. Lavorando sodo e con incessante tenacia, alla fine i miei preparativi riuscirono perfettamente. Ben presto il mio pallone fu terminato. Poteva contenere oltre 40.000 piedi cubi di gas; mi avrebbe facilmente sollevato, calcolai, con tutti i miei strumenti e, sistemando bene le cose, anche con 175 libbre di zavorra. Lo avevo ricoperto con tre mani di vernice gommata e trovai che la mussola di batista presentava tutti i requisiti della seta, era altrettanto robusta e molto meno costosa.

Tutto era ormai pronto; feci giurare a mia moglie di mantenere il segreto su ogni mia azione dal giorno della mia prima visita alla bancarella dei libri; per parte mia, le promisi che sarei tornato appena le circostanze me lo avessero consentito, le consegnai quel po' di denaro che mi era rimasto e mi congedai da lei. Ero tranquillo sul suo conto. Mia moglie era quello che si dice una donna straordinaria, e poteva cavarsela benissimo senza il mio aiuto. A dir la verità, credo che mi avesse sempre ritenuto un buono a nulla, capace solo di far castelli in aria – e che, tutto sommato, fosse contenta di liberarsi di me. Era una notte buia quando le dissi addio e, portando con me come *aides-de-camp* i tre creditori che tante noie mi avevano dato, trasportammo la mongolfiera, armi e bagagli, seguendo un itinerario tortuoso, fino al luogo dove era depositato tutto il resto. Trovammo ogni cosa come l'avevo lasciata e mi misi subito all'opera.

Era il primo di aprile. Come ho già detto, era una notte oscura; non si vedeva una stella; e una pioggerellina che veniva giù ogni tanto ci dava molto fastidio. Ma la mia preoccupazione principale era il pallone che, malgrado la gommatura, cominciò a farsi piuttosto pesante con l'umidità; anche la polvere da sparo correva il rischio di rovinarsi. Tenni dunque i miei tre creditori al lavoro per frantumare il ghiaccio attorno al barile centrale e mescolare la soluzione acida negli altri. Non smisero di importunarmi tutto il tempo, tempestandomi di domande sul cosa intendessi fare di tutta quella apparecchiatura e lamentandosi per la fatica alla quale li stavo sottoponendo. Non riuscivano a capire (dissero) a che sarebbe servito bagnarsi fino alle ossa solo per prendere parte a un così orribile incantesimo. Cominciai a sentirmi a disagio e lavoravo con tutte le mie forze, perché credo davvero che quegli idioti pensassero che avessi stretto un patto col Diavolo e che, per dirla in due parole, quello che stavo facendo fosse qualcosa di molto riprovevole. Avevo quindi una gran paura che se ne andassero. Riuscii comunque a tranquillizzarli promettendo di saldare tutti i miei conti appena avessi portato a termine quel che stavo facendo. Naturalmente, interpretarono le mie parole a modo loro; immaginando sicuramente che, in ogni caso, sarei entrato in possesso di un'ingente somma di denaro sonante; e, purché pagassi loro quanto dovevo, con una piccola aggiunta per i loro servigi, suppongo che non si curassero minimamente di ciò che ne sarebbe stato della mia anima o della mia carcassa.

Dopo circa quattro ore e mezza vidi che il pallone era sufficientemente gonfiato. Attaccai quindi la navicella e vi posi tutti i miei strumenti: un telescopio; un barometro al quale erano state apportate alcune modifiche essenziali; un termometro; un elettrometro; una bussola; un ago magnetico; un orologio contasecondi; una campana; un megafono, etc. etc. oltre a una sfera di vetro dalla quale era stata tolta l'aria, accuratamente chiusa con un tappo – senza dimenticare l'apparecchio di condensazione, della calce viva, un bastoncino di ceralacca, un'abbondante scorta di acqua e una quantità di provviste come, per esempio, del pemmican, molto nutriente anche in piccole quantità. Collocai nella navicella anche un paio di piccioni e un gatto.

Era quasi l'alba e pensai che era ora di partire. Lasciando cadere a terra, come per sbaglio, un sigaro acceso feci in modo, chinandomi a raccoglierlo, di accendere la miccia a lenta combustione la cui estremità, come ho già detto, sporgeva un poco dal bordo inferiore di uno dei barili piccoli. La manovra sfuggì completamente ai tre creditori; poi, saltando nella navicella, tagliai immediatamente la fune che mi tratteneva a terra e, con mia grande gioia, schizzai verso l'alto a un'incredibile velocità trasportando senza il minimo sforzo 175 libbre di zavorra piombata; e ne avrei potuto trasportare molta di più. Nel momento in cui lasciavo la terra, il barometro segnava 30 pollici e il termometro 19 gradi. Ma non ero nemmeno arrivato a 50 iarde di altezza che, mugghiando e ruggendo in modo tumultuoso e terribile, mi inseguì un uragano di fuoco, ghiaia, tizzoni, metallo incandescente e membra straziate, tanto da farmi arrestare il cuore in petto; e caddi sul fondo della navicella, tremando di terrore. Mi resi conto che avevo esagerato e che le conseguenze peggiori dello shock dovevano ancora farsi sentire. Infatti, nemmeno un secondo dopo, tutto il sangue mi salì alle tempie e uno scombussolamento che mai dimenticherò squassò improvvisamente la notte e sembrò frantumare il firmamento. Più tardi, quando ebbi modo di riflettere, compresi che l'estrema violenza dell'esplosione, per quanto mi riguardava, era dipesa dal fatto che mi trovavo direttamente sopra di essa, sulla linea di potenza più dirompente. Ma in quel momento pensavo solo a salvarmi la vita. La mongolfiera prima si afflosciò, poi si espanse violentemente, poi cominciò a roteare su se stessa con tale velocità da farmi star male e infine, ondeggiando e barcollando come un ubriaco, mi scaraventò oltre il bordo della navicella, lasciandomi appeso, a un'altezza terrificante, a testa in giù, col viso verso l'esterno, trattenuto da circa tre piedi di corda sottile che per caso pendeva da una fessura vicino alla base della struttura di vimini e nella quale, mentre cadevo, il mio piede sinistro era fortunatamente rimasto impigliato. Impossibile – assolutamente impossibile – immaginare tutto l'orrore della mia situazione. Boccheggiavo convulsamente per respirare – un tremore simile a un attacco malarico scuoteva ogni nervo e ogni muscolo del mio corpo – sentivo gli occhi schizzarmi dalle orbite – una nausea terribile mi soffocava – e, alla fine, persi conoscenza e svenni.

Non so dire quanto tempo rimasi in quello stato. Comunque, piuttosto a lungo perché, quando mi ripresi, vidi che stava albeggiando; il pallone era a un'altezza vertiginosa sopra l'oceano e non si vedeva traccia di terra in tutto il vasto orizzonte. Le mie sensazioni nel tornare in me, però, non furono così angosciose come si potrebbe immaginare. C'era anzi una notevole follia nella calma con cui cominciai a valutare la situazione in cui mi trovavo. Una dopo l'altra, mi portai le mani agli occhi e mi chiesi cosa avesse potuto provocare quel turgore delle vene e l'orrendo colore scuro delle unghie. Mi esaminai poi attentamente la testa, scuotendola più volte, palpandola minuziosamente, fino ad assicurarmi che non era, come quasi mi aspettavo, più grossa della mia mongolfiera. Poi, sentendomi molto intelligente, frugai nelle tasche dei pantaloni e, appurando che dal loro interno mancavano una confezione di compresse e un astuccio per stuzzicadenti, cercai di spiegarmi perché fossero scomparsi e, non riuscendoci, ne fui indicibilmente dispiaciuto. A quel punto, mi resi conto di provare un gran fastidio al malleolo sinistro e una vaga consapevolezza della mia situazione cominciò ad affacciarmisi alla mente. Ma, strano a dirsi, non ero né sorpreso né terrorizzato. Se qualche emozione sentivo, era una specie di sogghignante compiacimento all'astuzia che stavo per dimostrare nel tirarmi fuori da quel dilemma; e mai, neppure per un istante, considerai come suscettibile di dubbio la mia finale salvezza. Per qualche minuto rimasi assorto in profonda meditazione. Ricordo distintamente di avere spesso stretto le labbra, portato l'indice al naso, e aver compiuto altri gesti e smorfie proprie di coloro che, tranquillamente seduti in poltrona, meditano su questioni complesse e importanti. Quando ritenni di avere sufficientemente raccolto le idee, molto lentamente, con grande cautela, portai le mani dietro la schiena e sganciai la grossa fibbia di metallo dalla cintura dei pantaloni. Era una fibbia a tre denti, un po' arrugginiti, per cui fu piuttosto difficile farli ruotare sul loro asse. Con un po' di fatica, riuscii finalmente a portarli ad angolo retto con la fibbia e mi rallegrai nel constatare che rimanevano fermi in quella posizione. Tenendo fra i denti lo strumento così ottenuto, passai a disfare il nodo della cravatta. Dovetti riposarmi varie volte prima di riuscirci; ma alla fine ci riuscii. Attaccai allora a un'estremità della cravatta la fibbia, legandomi l'altra estremità attorno al polso, per maggior sicurezza. A quel punto, sollevando il corpo con un enorme sforzo muscolare, riuscii, al primo tentativo, a lanciare la fibbia sulla navicella agganciandone, come avevo previsto, il bordo circolare.

Mi trovavo ora inclinato verso la fiancata della navicella stessa, a un angolo di circa 45°; non si pensi, però, che fossi a solo 45° sotto la perpendicolare. Tutt'altro; mi trovavo ancora quasi parallelo all'orizzonte. Infatti, il mio cambiamento di posizione aveva sensibilmente allontanato da me il fondo della navicella e mi trovavo quindi in imminente pericolo. Si rammenti però che, in primo luogo, se cadendo dalla navicella fossi rimasto col viso rivolto verso il pallone anziché dalla parte opposta, come invece era stato; o che, in secondo luogo, se la corda alla quale ero sospeso avesse per caso penzolato dal bordo della navicella anziché da una fessura sul fondo – in uno di questi due presunti casi, ripeto, non sarei mai riuscito a fare ciò che avevo fatto e queste mie rivelazioni sarebbero andate irrimediabilmente perdute per i posteri. Avevo quindi tutti i motivi per essere grato; anche se, in effetti, ero ancora troppo intontito per essere qualcosa; e restai appeso per circa un quarto d'ora in quell'insolita posizione senza fare il benché minimo sforzo, in uno strano stato di tranquilla e istupidita beatitudine. Sentimento che non mancò di scomparire rapidamente lasciando il posto all'orrore, allo sgomento e a un senso di totale impotenza e desolazione. Il sangue, così a lungo accumulato nei vasi cerebrali e laringei e che, fino a quel momento, mi aveva dato una sorta di delirante eccitazione, aveva ora cominciato a defluire nei canali consueti; e la lucidità che venne ad aggiungersi alla mia nozione del pericolo non servì che a togliermi la freddezza e il coraggio di fronteggiarlo. Ma, per mia fortuna, questa debolezza non durò a lungo. Al momento giusto, venne a salvarmi la forza della disperazione e, con grida e agitamenti frenetici, riuscii a spingermi verso l'alto e, finalmente, afferrando con una stretta ferrea l'agognato bordo, lo superai strisciando e caddi a capofitto, tremando da capo a piedi, nella navicella.

Mi ci volle un po' di tempo prima di riprendermi quanto bastava per potermi occupare della ordinaria manutenzione della mongolfiera. La esaminai attentamente e, con mio grande sollievo, constatai che non aveva subìto danno. Gli strumenti erano tutti sani e salvi e, per fortuna, non avevo perduto né zavorra né provviste. Anzi, le avevo così saldamente assicurate al loro posto che un'evenienza del genere era fuori discussione. Guardando l'orologio vidi che erano le sei. Ero ancora in rapida ascesa e il barometro indicava un'altitudine di tre miglia e tre quarti. Subito sotto di me, nell'oceano, si scorgeva un piccolo oggetto scuro, di forma oblunga, delle dimensioni più o meno di una tessera da domino alla quale somigliava in tutto e per tutto. Osservandolo con il telescopio, distinsi chiaramente che si trattava di una cannoniera britannica, stretta di bolina, che beccheggiava violentemente sulle onde, in rotta ovest-sudovest. Oltre alla nave, non si vedevano che mare e cielo, e il sole ormai alto sull'orizzonte.

È giunto però il momento che io spieghi alle Loro Eccellenze lo scopo del mio viaggio. Le Loro Eccellenze ricorderanno come la disperata situazione nella quale ero venuto a trovarmi a Rotterdam mi avesse indotto a decidere di por fine ai miei giorni. Non che fossi realmente stanco di vivere, ma ero angosciato oltre ogni limite dalle inattese ristrettezze in cui mi trovavo. In questo stato psicologico, desideroso di vivere eppure stanco della vita, il trattato rinvenuto sulla bancarella, unito alla tempestiva scoperta del mio cugino di Nantz, mi aprirono uno spiraglio. Alla fine, presi la mia decisione. Decisi cioè di andarmene, ma vivo – di abbandonare il mondo, ma continuare ad esistere – in breve, per parlar chiaro, decisi, costasse quel che costasse, di riuscire, se potevo, ad arrivare *sulla luna*. Ora, affinché non mi si giudichi più pazzo di quanto io sia spiegherò, come meglio posso, i motivi che mi indussero a ritenere che una tale impresa, pur se certamente difficile e piena di pericoli, non fosse, per uno spirito audace, totalmente oltre i limiti del possibile.

La prima cosa da calcolare era l'effettiva distanza dalla terra alla luna. Ora, la distanza media fra i baricentri dei due pianeti è pari al 59,9643 dei *raggi* equatoriali della terra, vale a dire solo 237.000 miglia. Parlo di distanza media; ma non bisogna dimenticare che, poiché la luna ha un'orbita ellittica con una eccentricità pari a non meno dello 0,05484 del semiasse maggiore dell'ellisse stessa; e che il baricentro terrestre è situato nel suo epicentro se, in un modo o nell'altro, fossi riuscito a incontrare la luna al suo perigeo, quella distanza sarebbe stata inferiore. Ma, tralasciando al momento questa possibilità ero certissimo che, comunque, dalle 237.000 avrei dovuto sottrarre il *raggio* della terra – diciamo 4000 – e quello della luna – diciamo 1080 – per un totale di 5080 miglia, riducendo la distanza effettiva da attraversare, salvo imprevisti, a 231.920 miglia. Una distanza, pensai, non poi tanto straordinaria; via terra, si è viaggiato più volte a una velocità di 60 miglia orarie; ma, nel mio caso, la velocità sarebbe sicuramente stata superiore. Anche calcolando 60 miglia orarie, non mi ci sarebbero voluti più di 161 giorni per arrivare alla luna. Molti fattori mi inducevano però a ritenere che la mia velocità media sarebbe stata di gran lunga superiore e, dal momento che queste considerazioni ebbero molto peso sulla mia decisione, ne parlerò più diffusamente in seguito.

Ben più importante era il punto successivo da esaminare. Secondo le indicazioni barometriche troviamo che, nel movimento ascensionale dalla terra verso l'alto, a circa 1000 piedi di altitudine abbiamo lasciato sotto di noi circa un trentesimo dell'intera massa dell'atmosfera; che a 10.600 piedi, ne abbiamo attraversato quasi un terzo; e che, a 18.000 piedi, più o meno l'altezza del Cotopaxi, abbiamo superato la metà o, comunque, la metà *ponderabile*, della massa d'aria che incombe sul nostro pianeta. È stato anche calcolato che, a un'altitudine non superiore alla centesima parte del diametro terrestre – vale a dire non oltre le 80 miglia – la rarefazione sarebbe tale da non consentire alcuna vita animale e, inoltre, i più sofisticati apparecchi che abbiamo a disposizione per accertare la presenza di atmosfera sarebbero del tutto inadeguati. Ma non mancai di rendermi conto che questi calcoli si basano interamente sulla nostra conoscenza sperimentale delle proprietà dell'aria e delle leggi meccaniche che ne regolano la dilatazione e la compressione in quella che, relativamente parlando, si potrebbe definire l'*immediata vicinanza* della terra stessa; e, contemporaneamente, che si dà per scontato che la vita animale sia, e debba essere, sostanzialmente *non suscettibile di mutamenti* a qualsiasi distanza irraggiungibile dalla superficie della terra. Ora, tali ragionamenti, basati su tali *dati*, devono per forza essere puramente analogici. La massima altitudine mai raggiunta da un essere umano furono i 25.000 piedi toccati dalla spedizione aerea di Gay-Lussac e Biot. Un'altitudine modesta, anche se confrontata con le 80 miglia in questione; e non potevo fare a meno di pensare che l'argomento dava adito a dubbi e speculazioni di vasta portata.

Ma in effetti, salendo a una determinata altitudine, la quantità *ponderabile* di aria superata in ascensioni ad altitudini superiori non è affatto proporzionale alla maggiore distanza raggiunta (come quanto detto prima chiaramente dimostra), ma segue una *ratio* costantemente discendente. È quindi evidente che, per quanto in alto possiamo salire, è letteralmente impossibile raggiungere un limite oltre il quale *non ci sia* atmosfera. *Deve esserci*, mi dissi; anche se in condizioni di estrema rarefazione.

D'altro canto, ero consapevole che esistevano argomentazioni a non finire per dimostrare l'esistenza di un limite reale e preciso all'atmosfera, oltre il quale non vi è assolutamente aria. Ma una circostanza di cui non hanno tenuto conto coloro i quali sostengono l'esistenza di questo limite mi parve, pur se non una confutazione inoppugnabile della loro asserzione, quantomeno qualcosa che valeva la pena di investigare. Confrontando gli intervalli fra i vari passaggi della cometa di Encke al suo perielio e dopo aver calcolato esattamente tutte le perturbazioni dovute all'attrazione planetaria, sembra che questi intervalli siano in graduale diminuzione; vale a dire, l'asse principale dell'ellisse della cometa si sta accorciando in modo lento ma perfettamente costante. Ora, proprio questo dovrebbe succedere se supponessimo che la cometa incontri resistenza da parte di una *sostanza eterea estremamente rarefatta* diffusa nella sfera della sua orbita. È evidente infatti che, rallentando la velocità della cometa, questa sostanza ne aumenta la forza centripeta a scapito di quella centrifuga. In altri termini, l'attrazione solare si farebbe sempre più forte e la cometa si accosterebbe sempre di più ad ogni rivoluzione. Non si possono altrimenti spiegare le variazioni in questione. Ma non basta: si è notato che l'effettivo diametro della nebulosa della cometa si contrae rapidamente quando si avvicina al sole e, con altrettanta rapidità, si espande quando si allontana verso l'afelio. Non ero quindi giustificato nel supporre, con M. Valz, che questa apparente condensazione volumetrica fosse provocata dalla compressione della sostanza eterea di cui ho parlato e che si addensa proporzionalmente alla sua vicinanza al sole? Anche il fenomeno lenticolare della luce zodiacale meritava di essere preso in considerazione. Questa luminosità, così evidente ai tropici, e che non può assolutamente essere scambiata per una lucentezza meteorica, si stende obliquamente dall'orizzonte verso l'alto, seguendo in genere la direzione dell'equatore solare. Secondo me, si trattava di un'atmosfera rarefatta che si estendeva dal sole verso l'esterno, almeno oltre l'orbita di Venere e, a mio parere, molto più lontano [1]. Anzi, non credevo che fosse limitata al percorso ellittico della cometa o alle immediate vicinanze del sole. Al contrario, era facile supporre che pervadesse l'intera area del nostro sistema planetario, condensandosi in quella che noi chiamiamo atmosfera sui pianeti stessi e forse, in qualche caso, modificandosi per cause puramente geologiche; subendo, cioè, mutamenti o variazioni nelle proporzioni (o nella natura vera e propria) a causa di particelle di materia volatilizzate dalle rispettive orbite.

Giunto a questa conclusione, quasi tutte le mie esitazioni si dissolsero. Dando per scontato che durante il transito avrei incontrato un'atmosfera *sostanzialmente* uguale a quella terrestre, pensai che, grazie all'ingegnoso apparecchio di M. Grimm, sarei facilmente riuscito a condensarne una quantità sufficiente per respirare; rimuovendo così uno degli ostacoli principali a un viaggio sulla luna. In effetti, avevo speso soldi e fatiche per adattare l'apparecchio al mio scopo ed ero certo che avrebbe funzionato benissimo se fossi riuscito a compiere il mio viaggio entro un tempo ragionevole. Il che mi riporta alla *velocità* che avrei potuto tenere.

È vero che gli aerostati, nella prima fase di ascensione, hanno notoriamente una velocità piuttosto limitata. Ciò è dovuto al fatto che la spinta di elevazione dipende esclusivamente dalla maggiore pesantezza dell'atmosfera rispetto al gas contenuto nel pallone e, a prima vista, sembrerebbe improbabile che, via via che il pallone sale e quindi raggiunge successivamente *strati* atmosferici di densità in rapida diminuzione – sembrerebbe assurdo, dicevo, che in questo movimento ascensionale la velocità iniziale possa subire un'accelerazione. D'altro canto, non mi risultava che, nelle ascensioni note alla cronaca, si fosse mai registrata una *diminuzione* nella velocità di salita; anche se questo si sarebbe potuto verificare, se non altro per una fuga di gas da un pallone mal costruito o mal verniciato. Sembrava quindi che l'effetto di tale fuga fosse unicamente quello di controbilanciare

[1] La luce zodiacale è probabilmente quella che gli antichi chiamavano Trabes. *Emicant Trabes quod docos vocant*, Plinio, Libro 2, p. 26.

l'effetto dell'accelerazione raggiunta via via che il pallone si allontanava dal centro di gravitazione. Riflettei allora che, purché nel mio percorso avessi incontrato quella *sostanza* che avevo immaginato; e purché essa avesse dimostrato di essere *essenzialmente* quella che noi chiamiamo aria atmosferica, lo stato di estrema rarefazione in cui l'avessi trovata non avrebbe fatto molta differenza – rispetto alla mia capacità di ascensione, intendo – poiché il gas contenuto nell'aerostato non solo sarebbe stato soggetto alla stessa rarefazione (un evento al quale avevo la probabilità di sfuggire quel tanto che bastava ad evitare un'esplosione) ma, *per sua stessa natura*, avrebbe conservato un peso specifico nettamente inferiore a qualsiasi composto di idrogeno e ossigeno. C'era quindi la possibilità – anzi, la buona probabilità – che in *nessun momento della mia ascensione avrei raggiunto un punto in cui il peso congiunto del mio enorme aerostato, del gas estremamente rarefatto al suo interno, della navicella, e del suo contenuto, avrebbe eguagliato il peso della massa dislocata dell'atmosfera circostante*; e, come si comprenderà facilmente, quella era l'unica circostanza che avrebbe potuto ostacolare il mio volo verso l'alto. Comunque, se mai fossi arrivato a quel punto, avrei sempre potuto liberarmi di zavorra e di altri gravami per un peso complessivo di circa 300 libbre. Nel frattempo, la forza di gravità sarebbe costantemente diminuita in proporzione ai quadrati della distanza e quindi, con una prodigiosa accelerazione di velocità, avrei finalmente raggiunto quelle lontane regioni dove alla forza di attrazione terrestre si sarebbe sostituita la forza di attrazione lunare.

C'era però un altro problema che mi creava una certa preoccupazione. Casi precedenti avevano dimostrato che, nelle ascensioni aerostatiche ad altezze considerevoli, oltre alla difficoltà di respirazione si avvertivano disturbi alla testa e al corpo, spesso accompagnati da epistassi e da altri sintomi allarmanti, sempre più intensi via via che si saliva più in alto [2]. Era un'eventualità piuttosto sconvolgente. Non era forse probabile che quei sintomi si acuissero fino a provocare la morte? Alla fine, conclusi di no. La loro origine era da ricercarsi nella progressiva scomparsa della *usuale* pressione atmosferica sulla superficie corporea e la conseguente distensione dei vasi sanguigni epidermici, non in un effettivo sconvolgimento del sistema biologico animale come nel caso delle difficoltà di respirazione, in cui la densità atmosferica è *chimicamente insufficiente* al ricambio del sangue nel ventricolo cardiaco. A prescindere dalla mancanza di questo ricambio, non vedevo quindi alcun motivo per cui non si potesse sopravvivere anche in condizioni di vuoto pneumatico; infatti, l'espansione e la contrazione toracica, comunemente detta respirazione, è un'azione puramente muscolare, *causa* e non *effetto* della respirazione stessa. In breve, ritenni che, via via che il corpo si adattava all'assenza di pressione atmosferica, la sensazione dolorosa si sarebbe gradatamente attenuata – e per sopportarla fino a quando durava facevo affidamento sulla mia salute di ferro.

Così, piaccia alle Eccellenze Vostre, ho esposto anche se non tutte, parte, almeno, delle considerazioni che mi portarono a formulare il progetto di un viaggio lunare. Vi esporrò ora i risultati di un tentativo appa-

[2] Successivamente alla pubblicazione del racconto originale di Hans Pfaall, ho scoperto che M. Green, famoso per la mongolfiera di Nassau, e altri aeronauti successivi, smentiscono quanto Humboldt asserisce a questo proposito e parlano di *attenuazione* dei disturbi – proprio come nella teoria qui esposta.

rentemente così audace nella sua concezione e, comunque, così unico negli annali dell'umanità.

Raggiunta l'altitudine che ho menzionato – vale a dire tre miglia e tre quarti – gettai dalla navicella una quantità di piume e constatai che stavo ancora salendo abbastanza rapidamente; non c'era quindi alcuna necessità di liberarmi di parte della zavorra. Ne fui lieto, perché desideravo conservare tutto il peso che mi era possibile; non potevo infatti avere alcuna *certezza* sulla gravitazione o la densità atmosferica della luna. Per il momento, non accusavo il minimo disturbo, respiravo liberamente e la testa non mi faceva assolutamente male. Il gatto se ne stava dignitosamente acciambellato sulla giacca che mi ero tolto, lanciando occhiate indifferenti ai piccioni. I quali, legati per una zampa affinché non volassero via, erano occupati a becchettare dei chicchi di riso che avevo sparso per loro sul fondo della navicella.

Alle sei e venti, il barometro indicava un'altitudine di 26.000 piedi, più o meno cinque miglia. Il panorama appariva sconfinato. È infatti semplicissimo calcolare, in base alle caratteristiche geometriche della sfera, quale enorme estensione di terra si stendesse sotto i miei occhi. Nella sfera, un qualsiasi segmento di superficie convessa sta alla superficie totale della sfera stessa come il seno inverso sta al suo diametro. Nel mio caso, il seno inverso – vale a dire lo spessore del segmento sotto di me – era pressoché equivalente alla mia elevazione, o alla elevazione del punto di visuale al disopra della superficie. "Come cinque miglia a ottomila" darebbe un'idea della proporzione dell'area terrestre che si offriva al mio sguardo. In altre parole, la mia vista spaziava sulla milleseicentesima parte dell'intera superficie del globo terrestre. Il mare appariva liscio come uno specchio anche se, col telescopio, potevo vedere che era agitatissimo. Non si scorgeva più la nave, probabilmente trascinata verso est. Ora, a intervalli, cominciavo a sentire forti dolori alla testa, specialmente vicino alle orecchie – ma ancora respiravo abbastanza bene. Gatto e piccioni sembravano non risentire alcun disturbo.

Alle sette meno venti, il pallone entrò in una lunga serie di masse nuvolose che mi procurarono grossi guai, rovinando il condensatore e bagnandomi fino all'osso; era un *rencontre* davvero singolare, poiché mai avrei pensato che nubi di quella sorta potessero esistere a una tale altitudine. Comunque, ritenni più opportuno disfarmi di dieci libbre di zavorra, pur conservandone altre 165 libbre. Appena alleggerito così l'aerostato, mi resi subito conto di una rapida accelerazione di salita. Pochi secondi dopo essere emerso dalla massa nuvolosa, un lampo di un chiarore abbagliante la attraversò come una saetta da un'estremità all'altra, facendola divampare tutta come un cumulo di carbone ardente. E si ricordi che era pieno giorno. Nessuna fantasia potrebbe immaginare quale spettacolo sublime avrebbe presentato quel fenomeno nell'oscurità della notte. Il paragone più appropriato sarebbe stato l'inferno. Anche a quell'ora, mi si drizzarono i capelli in testa mentre affondavo lo sguardo in quegli abissi spalancati, calandomi con la fantasia sotto quelle bizzarre vòlte, avanzando circospetto fra i precipizi rosseggianti, le spettrali voragini color sangue di quella terrificante e insormontabile distesa fiammeggiante. Mi ero salvato davvero per miracolo. Se il pallone fosse rimasto appena qualche minuto in più fra le nubi – se, cioè, il disagio dell'umidità non mi avesse spinto a scaricare zavorra – forse, anzi quasi certamente, sarei stato annientato. Anche se non ci si pensa, sono questi i maggiori pericoli che minacciano chiunque si trovi in un aerostato. Comunque, ero ormai troppo in alto per preoccuparmi oltre.

Stavo salendo rapidamente e, alle sette, il barometro indicava un'altitudine nientemeno che di nove miglia e mezzo. Cominciavo a respirare a fatica. La testa mi doleva molto; da un po' mi sentivo le guance umide e, alla fine, scoprii che si trattava di sangue, che colava lentamente dai timpani. Anche gli occhi mi davano fastidio. Passandoci sopra la mano, mi sembrò che fossero fuori dalle orbite; il contenuto della navicella, il pallone stesso, apparivano distorti al mio sguardo. I sintomi erano più violenti del previsto e ne fui allarmato. A quel punto, molto avventatamente, senza riflettere, gettai fuori tre carichi di zavorra da cinque libbre ciascuno. La conseguente rapida accelerazione verso l'alto mi portò improvvisamente in uno *stratum* estremamente rarefatto dell'atmosfera, con un risultato che per poco non si dimostrò fatale a me e alla mia impresa. Fui colto da uno spasmo subitaneo che durò più di cinque minuti e, anche quando si attenuò, riuscivo a tirare il fiato solo a lunghi intervalli, boccheggiando – perdendo abbondantemente sangue dalle orecchie, dal naso e, sia pure leggermente, dagli occhi. I piccioni apparivano estremamente a disagio e si dibattevano per liberarsi; mentre il gatto miagolava lamentosamente, con la lingua di fuori, barcollando avanti e indietro nella navicella, come sotto l'influenza di un veleno. Troppo tardi mi resi conto di come fossi stato incauto nel liberarmi dalla zavorra, e caddi in preda a una violenta agitazione. Mi aspettavo di morire, morire da un momento all'altro. Anche le sofferenze fisiche mi rendevano quasi incapace di far qualcosa per salvarmi. Non riuscivo più a pensare in maniera coerente e il dolore nella testa sembrava ingigantirsi minuto per minuto. Mi resi conto che ero sul punto di perdere i sensi e avevo già afferrato una delle corde della valvola per tentare la discesa quando il ricordo del tiro che avevo giocato ai miei tre creditori, e il pensiero delle possibili conseguenze se fossi tornato, riuscirono a fermarmi per il momento. Mi sdraiai sul fondo della navicella cercando di raccapezzare le idee. E ci riuscii, al punto da decidermi a tentare un salasso. Non disponevo di un bisturi e dovetti quindi arrangiarmi alla meglio; riuscii finalmente a incidere una vena del braccio sinistro con la lama del temperino. Appena il sangue cominciò a sgorgare, provai un gran sollievo e, dopo averne perso una mezza bacinella, quasi tutti i sintomi peggiori erano scomparsi. Comunque, non ritenni opportuno cercare di alzarmi subito ma, legando come meglio potevo il braccio, rimasi sdraiato per un quarto d'ora circa. Allo scadere dei quindici minuti mi alzai e scoprii che ogni sintomo *doloroso* provato durante gli ultimi settantacinque minuti della mia ascensione era scomparso. Facevo però ancora molta fatica a respirare, e mi resi conto che presto sarebbe stato indispensabile ricorrere al condensatore. Nel frattempo, dando un'occhiata alla gatta scoprii, con infinita sorpresa che, mentre io stavo così male, aveva dato alla luce tre gattini. Un'aggiunta del tutto inaspettata al numero dei passeggeri; ma ne fui contento. Avrei avuto l'opportunità di collaudare, per così dire, la verità di una supposizione che, più di ogni altro fattore, aveva influenzato la decisione di tentare quel viaggio. Avevo infatti pensato che la resistenza *abituale* alla pressione atmosferica sulla superficie terrestre fosse la causa, o almeno la causa principale, della sofferenza che la razza animale pativa lontano dalla crosta della terra. Se i gattini avessero subìto, *in egual misura, gli stessi disagi della madre*, la mia teoria sarebbe risultata errata; ma, se così non fosse stato, avrei avuto una decisiva conferma della mia ipotesi.

Alle otto, avevo raggiunto un'altitudine di 17 miglia. Mi apparve, così, evidente che non solamente la mia velocità di ascesa aumentava ma che quella accelerazione sarebbe stata percepibile, in leggera misura, anche se non avessi scaricato la zavorra. A intervalli, avevo ricominciato a provare un forte dolore alla testa e alle orecchie e, ogni tanto, mi usciva ancora sangue dal naso; ma, tutto sommato, soffrivo molto meno di quanto ci si sarebbe potuto aspettare. Solo il respiro si faceva sempre più difficile e ogni ispirazione mi provocava uno spasmo nel petto. Tolsi dall'imballaggio l'apparecchio di condensazione e lo tenni pronto per l'uso.

A questo punto dell'ascensione, lo spettacolo della terra era davvero stupendo. Ad ovest, nord e sud, fin dove arrivava lo sguardo, si apriva la distesa infinita dell'oceano, apparentemente immobile, di un azzurro che ogni attimo si faceva più intenso. Lontano, molto lontano, ad est, si distinguevano perfettamente le isole della Gran Bretagna, l'intera costa atlantica della Francia e della Spagna, e un piccolo tratto settentrionale del continente africano. Dei singoli edifici non si vedeva traccia e le più grandiose metropoli dell'umanità erano scomparse dalla faccia della terra.

Ciò che maggiormente mi sorprese osservando lo spettacolo sotto di me, fu l'apparente concavità della superficie terrestre. Ingenuamente, mi ero aspettato di vederne la *convessità*, via via che salivo; ma un attimo di riflessione fu sufficiente a spiegarmi quella discrepanza. Dal punto in cui mi trovavo, una linea perpendicolare alla terra avrebbe formato il cateto di un triangolo rettangolo, la cui base si estendeva dall'angolo all'orizzonte, e l'ipotenusa dall'orizzonte al punto in cui ero io. La mia altitudine, però, era poco o niente rispetto alla mia prospettiva. In altre parole, la base e l'ipotenusa dell'immaginario triangolo sarebbero state così lunghe in proporzione al cateto da potersi considerare pressoché parallele. In tal modo, l'orizzonte dell'aeronauta appare sempre *sullo stesso livello* della navicella. Ma, poiché il punto immediatamente al disotto sembra, ed è, molto distante, esso appare anche molto al disotto dell'orizzonte. Di qui, l'impressione di concavità; impressione che rimane fino a quando si raggiunge una proporzione tale fra altitudine e prospettiva che l'apparente parallelismo fra base e ipotenusa scompare.

Frattanto, i piccioni sembravano soffrire molto e decisi di metterli in libertà. Ne slegai uno, un bell'animale di un grigio chiazzato, e lo posai sul bordo della navicella. Appariva spaventato, si guardava ansiosamente intorno, agitava le ali, tubava, ma non si decideva a prendere il volo. Alla fine, lo presi e lo lanciai a una mezza dozzina di iarde dal pallone. Contrariamente a quanto mi aspettavo, però, non fece alcun tentativo di scendere ma si dibatté violentemente per tornare indietro, mandando strida acute e penetranti. Alla fine, riuscì a riguadagnare il bordo della navicella ma, appena vi si posò, reclinò il capo e cadde morto all'interno. L'altro ebbe miglior fortuna. Per impedirgli di seguire l'esempio del suo compagno e tornare indietro, lo lanciai con tutte le mie forze verso il basso e fui lieto di vederlo continuare la discesa, a grande velocità, remigando tranquillamente con le ali, in maniera del tutto naturale. In brevissimo tempo scomparve alla vista e sono certo che raggiunse la terra senza inconvenienti. La gattina, che sembrava essersi quasi del tutto ripresa dal suo malessere, banchettò di gusto col piccione morto poi si mise a dormire, tranquilla e soddisfatta. I micini erano vivacissimi e, fino a quel momento, non davano il minimo segno di disagio.

Alle otto e un quarto, non riuscendo più a respirare se non con un dolore intollerabile, procedetti senza altri indugi a fissare il meccanismo del condensatore intorno alla navicella. L'apparecchio richiede qualche spiegazione e le Eccellenze Vostre abbiano la bontà di rammentare che il mio obiettivo era, in primo luogo, quello di circondare me stesso e la navicella con una barriera contro l'estrema rarefazione dell'atmosfera nella quale mi trovavo, introducendo all'interno di quella barriera, grazie al condensatore, una quantità di aria abbastanza condensata da permettermi di respirare. A questo scopo, avevo preparato un involucro di gomma elastica molto resistente, assolutamente a tenuta d'aria, ma flessibile. In questo involucro, di dimensioni sufficienti, riuscii a collocare la navicella, infilandola dal fondo e tirando poi su l'involucro da ogni lato, lungo le corde, fino al bordo superiore, o cerchione, al quale è attaccata la rete. Dopo aver così tirato su l'involucro e aver creato uno schermo chiuso sul fondo e da tutti i lati, dovevo ora legarne l'imboccatura facendola passare sopra l'estremità della rete; fra quest'ultima, cioè, e il cerchione stesso. Ma se, per fare questo, dovevo separare la rete dal cerchione, in che modo si sarebbe frattanto retta la navicella? La rete non era fissata al cerchione in maniera inamovibile, bensì mediante una serie di anelli o ganci scorrevoli. Ne sganciai, quindi, solo pochi alla volta, lasciando la navicella appesa agli altri. Una volta inserito l'orlo dell'involucro, riagganciai gli anelli – non al cerchione, ché sarebbe stato impossibile dato che si frapponeva il tessuto – bensì a una serie di grossi bottoni fissati al tessuto stesso, circa tre piedi sotto l'imboccatura; bottoni che, naturalmente, erano stati messi in modo da corrispondere alla posizione degli anelli. Fatto questo, ne sganciai qualche altro, feci passare dell'altro tessuto e riattaccai gli anelli ai rispettivi bottoni. In tal modo, mi fu possibile inserire tutta la parte superiore dell'involucro fra la rete e il cerchione; che, a questo punto, sarebbe naturalmente ricaduto all'interno della navicella il cui peso, con tutto il suo contenuto, sarebbe stato sorretto dai bottoni. Il che potrebbe, a prima vista, apparire un appiglio molto inadeguato; ma non lo era affatto poiché i bottoni non solamente erano molto robusti ma anche così vicini l'uno all'altro che ciascuno doveva reggere solo una minima parte del peso complessivo. Anche se la navicella e il suo contenuto avessero pesato tre volte tanto, non ci sarebbe stato problema. Spinsi di nuovo in alto il cerchione dentro l'involucro di gomma elastica, riportandolo quasi all'altezza originale mediante tre leggere pertiche preparate a quello scopo. Feci questo, naturalmente, per tenere l'involucro teso alla sommità e mantenere nella giusta posizione la parte inferiore della rete. Non restava ora che chiudere l'imboccatura dell'involucro; cosa presto fatta, attorcigliandola strettamente all'interno mediante un provvisorio *tourniquet*.

Nei lati dell'involucro così sistemato attorno alla navicella erano inseriti tre pannelli circolari di vetro spesso ma trasparente, che mi consentivano di spaziare agevolmente con lo sguardo in ogni direzione dell'orizzonte. Anche in quella che costituiva la base dell'involucro c'era una quarta finestra, dello stesso tipo, in corrispondenza di una minuscola apertura sul fondo della navicella. Potevo così guardare perpendicolarmente verso il basso; ma, non avendo in alcun modo potuto sistemare un analogo dispositivo in alto, per via della strana chiusura e delle conseguenti increspature del tessuto, non avrei visto alcun oggetto situato esattamente al mio zenith. Non che fosse una cosa molto grave; infatti, anche se avessi avuto una finestra in alto, il pallone stesso mi avrebbe coperto ogni visuale.

A circa un piede sotto una delle finestre laterali si trovava un'apertura circolare, del diametro di più o meno tre pollici, corredata da un bordo d'ottone fissato all'interno con una vite. E in quel bordo era avvitato il grosso tubo del condensatore, mentre il corpo centrale dell'apparecchio si trovava, ovviamente, all'interno dell'involucro di gomma elastica. Attraverso quel tubo, un *vuoto pneumatico* all'interno dell'apparecchio stesso aspirava l'aria rarefatta circostante per poi scaricarla, allo stato condensato, e mescolarla all'aria, già di per sé poco densa, della navicella. Ripetendo varie volte la manovra, riuscii finalmente a riempirla di aria respirabile; che però, in uno spazio così limitato, si sarebbe ben presto viziata, diventando inadatta a un frequente contatto con i polmoni. Ma, a quel punto, l'aria veniva espulsa da una piccola valvola sul fondo della navicella e, per la sua densità, precipitava nell'atmosfera rarefatta sotto di me. Per evitare l'inconveniente di dover continuamente creare un vuoto pneumatico all'interno, questa purificazione si effettuava gradatamente – aprendo la valvola solo per pochi secondi alla volta e poi richiudendola fino a che uno o due colpi della pompa del condensatore avevano rimpiazzato l'aria espulsa. Per amore di sperimentazione, avevo collocato gatta e micini in un cestino appeso fuori della navicella a un bottone sul fondo, accanto alla valvola, attraverso la quale potevo nutrirli quando era necessario. L'operazione comportò qualche rischio e dovetti compierla prima di chiudere l'imboccatura dell'involucro, raggiungendo il fondo esterno della navicella con una delle pertiche cui ho accennato prima, alla quale avevo attaccato un gancio. Appena l'aria non rarefatta affluì dentro l'involucro, gancio e pertica non furono più necessari, dato che l'aria affluita aveva gonfiato e disteso la gomma elastica.

Una volta terminate queste operazioni e riempito l'involucro, si erano fatte le nove meno dieci. Per tutto il tempo che ero stato così affaccendato, ebbi terribili problemi di respirazione e mi pentii amaramente della mia trascuratezza o, dovrei dire, avventatezza, nel rimandare all'ultimo momento una faccenda così importante. Ma, essendoci finalmente riuscito, cominciai ben presto a sentire i benefici della mia invenzione. Avevo ricominciato a respirare senza problemi – e, infatti, perché non avrei dovuto? Fui anche piacevolmente sorpreso nel constatare che erano in gran parte scomparsi quei dolori che mi avevano tormentato. Una leggera emicrania, accompagnata da una sensazione di gonfiore e tensione ai polsi, alle caviglie e alla gola, erano gli unici inconvenienti rimasti. Sembrava quindi evidente che il disagio provocato dalla scomparsa della pressione atmosferica era in gran parte *cancellato*, come avevo previsto, e che le sofferenze delle ultime due ore erano in massima parte dovute a una inadeguata respirazione.

Alle nove meno venti, cioè poco prima di chiudere l'imboccatura dell'involucro, il mercurio era precipitato in fondo al barometro che, come ho detto prima, era del tipo a grande potenza. Segnava un'altitudine di 132.000 piedi, cioè 25 miglia e, di conseguenza, a quel punto il mio sguardo spaziava su un'area terrestre non inferiore alla 320ª parte della superficie del globo. Alle nove, avevo ancora una volta perduto di vista la terra verso est, ma non prima di essermi reso conto che il pallone si dirigeva rapidamente verso nord-nordovest. L'oceano sotto di me conservava la sua apparente concavità, anche se spesso la mia visuale era ostacolata da banchi di nuvole che fluttuavano avanti e indietro.

Alle nove e mezza tentai un esperimento gettando fuori, attraverso la valvola, una manciata di piume. Contrariamente a quanto mi aspettavo, non galleggiarono ma precipitarono perpendicolarmente *en masse*, come un proiettile, a velocità incredibile – in pochi secondi scomparvero alla vista. In un primo tempo non riuscii a spiegarmi quello straordinario fenomeno; non potevo credere che la mia velocità di ascensione avesse improvvisamente accelerato fino a quel punto. Ma ben presto mi resi conto che la rarefazione dell'atmosfera era tale da non reggere nemmeno le piume; che erano effettivamente cadute con estrema rapidità, come mi era sembrato; e che il fenomeno così sorprendente era dovuto alla combinazione della loro velocità di caduta con la mia velocità di salita.

Alle dieci, scoprii che non c'era più nulla che richiedesse la mia immediata attenzione. Le cose marciavano per conto loro e credo che la velocità di salita aumentasse di minuto in minuto, anche se non potevo più controllarne la progressione. Non provavo dolori o disturbi di alcun genere ed ero dell'umore migliore in cui fossi mai stato da quando avevo lasciato Rotterdam; mi dedicai a controllare le condizioni delle varie apparecchiature e a rigenerare l'aria all'interno dell'involucro. Decisi di compiere quest'ultima operazione a intervalli regolari di 40 minuti, più per salvaguardare il mio benessere fisico che perché un rinnovo così frequente fosse assolutamente necessario. Nel frattempo, non potevo evitare di far previsioni per il futuro. La fantasia spaziava con diletto nelle selvagge e oniriche regioni lunari. L'immaginazione, per una volta libera da ogni pastoia, vagava a piacimento fra le proteiformi meraviglie di una terra chimerica e instabile. Ora foreste millenarie e burroni scoscesi, e cascate che precipitavano sonore in abissi senza fondo. E d'improvviso, quieti meriggi solitari mai turbati dai venti del cielo, dove distese sconfinate di papaveri e fiori dallo stelo esile, simili a gigli, si stendevano a perdita d'occhio, tutto silenzioso e immobile per sempre. E poi di nuovo mi trovavo a viaggiare su un'altra terra, tutta un opaco, nebuloso lago, delimitato da una cinta di nubi. Ma non erano queste le sole fantasie che si agitavano nella mia mente. Orrori di natura ben più cupa e terrificante mi si affacciavano fin troppo spesso nel cervello, squassandomi nel più profondo dell'anima col solo pensiero della loro possibile esistenza. Non permettevo però alla mia mente di indugiare troppo a lungo su pensieri del genere ritenendo, giustamente, che i pericoli reali e tangibili del mio viaggio fossero più che sufficienti a richiedere la mia totale attenzione.

Alle cinque pomeridiane, mentre stavo rigenerando l'atmosfera nell'involucro, colsi l'occasione per dare un'occhiata attraverso la valvola alla gatta e ai gattini. La madre appariva di nuovo molto sofferente e, senza esitare, ne attribuii la causa a problemi di respirazione; ma il mio esperimento con i micini aveva avuto un esito davvero strano. Mi ero aspettato, naturalmente, di vederli dare segni di disagio, anche se in misura minore della madre; il che sarebbe stato sufficiente a confermare la mia ipotesi circa l'assuefazione alla pressione atmosferica. Ma non avrei mai immaginato di trovarli, a un attento esame, in perfetta salute, col respiro tranquillo e regolare, senza il minimo sintomo di sofferenza. Un fenomeno che si poteva spiegare solo ampliando la mia teoria e presumendo che l'estrema rarefazione dell'atmosfera circostante non fosse, come invece avevo dato per scontato, chimicamente inadeguata alle esigenze vitali; e che una persona *nata* in quel tipo di atmosfera poteva non accusare alcun inconveniente respirandola mentre, spostata negli *strata* di maggiore densità, in prossimità della terra, avrebbe potuto subire torture simili a quelle da me così recentemente sperimentate. Da quel momento, è stato per me causa di profondo rimpianto il fatto che un maldestro incidente provocò la perdita della mia famigliola felina, togliendomi l'opportunità di approfondire il problema con altri esperimenti. Mentre infilavo la mano nella valvola per dare alla gatta una ciotola d'acqua, la manica della camicia si impigliò nel gancio che reggeva il cestino, sganciandolo dal bottone. Se tutto fosse svanito nell'aria non avrebbe potuto scomparire più rapidamente alla mia vista, in modo più brusco e subitaneo. Non poteva essere trascorso oltre un decimo di secondo fra lo sganciamento del cestino e la sua totale scomparsa con tutto il contenuto. I miei voti augurali lo seguirono nel suo tuffo verso la terra ma, naturalmente, non nutrivo la minima speranza che gatta e gattini sarebbero mai vissuti per raccontare la loro peripezia.

Alle sei, notai che gran parte della zona visibile della terra, verso est, si stava ricoprendo di un'ombra fitta, che continuava ad avanzare rapidamente finché, alle sette meno cinque, l'intera area fu avvolta dall'oscurità della notte. Ma solo molto più tardi i raggi del sole calante cessarono di illuminare il pallone; e questa circostanza, anche se ampiamente prevista, mi diede un piacere immenso. Evidentemente, al mattino avrei potuto ammirare il sorgere dell'astro luminoso parecchie ore prima dei cittadini di Rotterdam, malgrado la loro dislocazione tanto più lontana verso est e così, giorno dopo giorno, via via che aumentava la mia altitudine, avrei goduto sempre più a lungo la luce del sole. Decisi, a quel punto, di tenere una sorta di diario di bordo, calcolando le giornate in base a tutte le 24 ore, senza prendere in considerazione gli intervalli di oscurità.

Alle dieci, insonnolito, decisi di sdraiarmi per il resto della notte; ma in quel momento insorse una difficoltà che, come si capirà, era completamente sfuggita alla mia attenzione fino a quel preciso istante. Se, come mi proponevo, mi fossi addormentato, come avrei potuto rinnovare l'aria *ad interim?* Respirarla per oltre un'ora al massimo, sarebbe stato impossibile. Anche se fossi potuto arrivare a un'ora e un quarto, le conseguenze avrebbero potuto essere disastrose. Il dilemma mi preoccupò non poco; non ci si crederà ma, dopo tutti i pericoli che avevo dovuto affrontare, quella faccenda mi appariva talmente grave da farmi abbandonare ogni speranza di portare a compimento il mio piano e indurmi a decidere di iniziare necessariamente la discesa. Ma fu un'esitazione momentanea. Riflettei che l'uomo era assolutamente schiavo delle proprie abitudini e che molti aspetti della *routine* della sua esistenza considerati *indispensabili*, lo sono unicamente in quanto l'uomo stesso li ha resi abitudinari. Indubbiamente, non potevo rinunciare al sonno; ma potevo facilmente indurmi a non risentire alcun disturbo se, durante il sonno, mi fossi risvegliato ad intervalli di un'ora. Sarebbero occorsi al massimo cinque minuti per rinnovare completamente l'aria – l'unico, autentico problema era trovare il sistema di svegliarmi al momento giusto. Problema che, devo ammettere, non ebbi difficoltà a risolvere. Avevo sentito parlare di quello studente che, per non addormentarsi sui libri, teneva in mano una sfera di rame il cui rumore, cadendo in un bacile dello stesso metallo posto sul pavimento, accanto alla sedia, lo avrebbe immediatamente riscosso se, per caso, si fosse lasciato vincere dal sonno. La mia situazione però era molto diversa e quell'idea non serviva allo scopo; infatti non volevo rimanere sveglio, ma solo risvegliarmi a intervalli regolari. Alla fine, ricorsi a un espediente che, per elementare che sembri, nel momento in cui mi venne in mente salutai come un'invenzione non meno importante di quella del telescopio, della macchina a vapore, o della stampa.

Occorre premettere che il pallone, all'altitudine ormai raggiunta, continuava la sua corsa in una linea ascendente regolare e diritta; e, di conseguenza, la navicella lo seguiva con una stabilità così perfetta che sarebbe stato impossibile percepire in essa la benché minima oscillazione. Una circostanza che mi fu di grande aiuto nell'attuazione del processo che avevo in mente. La scorta d'acqua era conservata in barili da cinque galloni ciascuno, saldamente assicurati all'interno della navicella. Slegai uno dei barili e, prese due corde, le legai strettamente al bordo, a traverse parallele, distanziate di un piede circa, così da formare una specie di traliccio sul quale fissai il barile, in posizione orizzontale. Circa otto pollici subito sotto il traliccio, e a quattro piedi sopra il fondo della navicella, ne costruii un altro – fatto però di assicelle sottili, l'unico legno che avessi. Su questo secondo traliccio, collocato esattamente al disotto di uno dei bordi del barile, posi un boccaletto di coccio. Praticai un foro nell'estremità del barile sopra il boccale, inserendovi uno zaffo di legno morbido tagliato a cono. Infilai e sfilai questo zaffo finché, dopo qualche prova, arrivai al grado esatto di chiusura per cui l'acqua, stillando dal barile nel boccale, lo avrebbe riempito in sessanta minuti esatti. Fu naturalmente facile e rapido accertarlo, calcolando il tempo che occorreva a riempire il boccaletto fino a un certo punto. Fatto questo, il resto del mio piano è ovvio. Il mio letto era sistemato sul fondo della navicella in maniera tale che la testa veniva a trovarsi subito sotto l'imboccatura del recipiente. Chiaramente, allo scoccare dei sessanta minuti, il boccale colmo sarebbe travasato e l'acqua, cadendo da un'altezza di quattro piedi, mi sarebbe finita sulla faccia con l'inevitabile conseguenza di risvegliarmi anche dal sonno più profondo.

Erano ormai le undici quando, completati tutti i preparativi, me ne andai a letto riponendo piena fiducia nell'efficacia della mia invenzione. Né fui deluso. Puntualmente, ogni sessanta minuti, venivo risvegliato dal mio fedele cronometro e, dopo aver riversato l'acqua nel barile e aver cambiato l'aria, me ne tornavo a dormire. Queste regolari interruzioni al sonno mi causarono assai minor disagio di quanto avessi temuto; e quando finalmente mi alzai erano le sette del mattino, e il sole era già alto sull'orizzonte.

3 aprile. Il pallone era a un'altezza incredibile e la convessità della terra appariva chiaramente. Nell'oceano sotto di me si scorgeva un grappolo di puntini neri, certo delle isole. Sulla mia testa, il cielo era nero come l'ebano e brillavano, nettamente visibili, le stelle; come, del resto, era stato fin dal primo giorno. Lontano, a nord, scorgevo una linea, quasi una striscia bianca, sottile, luminosissima, al bordo dell'orizzonte, e non ebbi dubbi nel ritenerla la calotta meridionale glaciale del Mare Polare. Bruciavo di curiosità poiché speravo di arrivare molto più a nord e magari, a un certo punto, trovarmi direttamente sul polo. In quel momento mi dispiacque che l'altezza alla quale mi trovavo non mi avrebbe, in quel caso, consentito di osservarlo con l'accuratezza che avrei desiderato. Comunque, avrei potuto accertare varie cose.

Niente di straordinario accadde durante la giornata. Le mie apparecchiature funzionavano alla perfezione e l'aerostato continuava a salire senza percepibili scosse. Il freddo era intenso e mi costrinse ad avvolgermi nel cappotto. Quando l'oscurità scese sulla terra andai a coricarmi anche se, tutt'intorno a me, la piena luce si protrasse ancora per molte ore. L'orologio ad acqua fece puntualmente il suo dovere e, tranne che per le periodiche interruzioni, dormii come un ghiro per tutta la notte.

4 aprile. Mi sono alzato in ottima salute e di ottimo umore, e sono rimasto molto sorpreso allo straordinario cambiamento che si era verificato nell'aspetto del mare. Il colore azzurro cupo che aveva avuto fino ad allora si era quasi completamente trasformato in un bianco grigiastro e abbagliante. La convessità dell'oceano era divenuta così evidente che quella lontana, immensa massa di acqua sembrava precipitare a capofitto nell'abisso dell'orizzonte, e mi sono trovato con l'orecchio teso a cercar di cogliere l'eco di quella possente cascata. Le isole non si scorgevano più; impossibile dire se fossero calate verso est oltre l'orizzonte o se l'altitudine che avevo raggiunto le avesse fatte scomparire ai miei occhi. Comunque, propendevo per questa seconda ipotesi. Il bordo di ghiaccio a nord si stava facendo sempre più evidente. Il freddo non era poi così intenso. Non è successo niente di importante e ho trascorso la giornata a leggere, dato che avevo avuto l'accortezza di portarmi una buona scorta di libri.

5 aprile. Assistito al singolare fenomeno del sole che sorgeva, mentre quasi tutta la superficie visibile della terra rimaneva sprofondata nelle tenebre. Col tempo, però, la luce si è diffusa dappertutto e ho potuto scorgere di nuovo il bordo di ghiaccio, a nord. Ora si vedeva chiaramente e appariva di colore molto più scuro delle acque dell'oceano. Evidentemente si stava avvicinando, e con grande rapidità. Avuto l'impressione di distinguere ancora una fascia di terra ad est e a ovest, ma non ne ero certo. Tempo discreto. Niente di rilievo da segnalare durante il giorno. Andato a letto presto.

6 aprile. Molto sorpreso nel vedere il bordo di ghiaccio a breve distanza e un'immensa distesa, sempre di ghiaccio, che si allungava a nord, verso l'orizzonte. Chiaramente, se il pallone si fosse mantenuto sulla rotta attuale, sarebbe presto giunto sopra l'Oceano di Ghiaccio, e non avevo alcun dubbio che, alla fine, avrei visto il polo. Durante l'intera giornata ho continuato ad avvicinarmi al ghiaccio. Verso sera inoltrata, i limiti del mio orizzonte sono improvvisamente e materialmente aumentati, sicuramente a causa della forma sferica e schiacciata ai poli della terra e anche perché avevo raggiunto le zone piatte in prossimità del circolo artico. Quando, alla fine, è sopraggiunta la notte, mi sono coricato in preda a profonda ansietà, temendo di passare sopra quel punto, che tanto mi incuriosiva, senza avere l'opportunità di osservarlo.

7 aprile. Alzato di buon'ora e, con mia grande gioia, ho finalmente scorto quello che senza dubbio doveva essere il polo nord. Eccolo lì, certamente, proprio sotto di me; ma ahimè! ero ormai a un'altezza tale da non poterne avere un'immagine precisa. Anzi, a giudicare dalla progressione numerica dei vari stadi di altitudine nei vari periodi, fra le sei antimeridiane del 2 aprile e le nove e venti antimeridiane dello stesso giorno (quando il barometro si era fermato), si poteva ragionevolmente dedurre che l'aerostato, alle quattro di mattina di questo 7 aprile, aveva raggiunto un'altitudine *sicuramente* non inferiore alle 7254 miglia sopra il livello del mare. Può sembrare un'altezza vertiginosa, ma le stime in base alle quali è stata calcolata hanno dato un risultato probabilmente molto inferiore alla realtà. In ogni caso, quello che scorgevo era senza dubbio il diametro maggiore della terra; tutto l'emisfero settentrionale si stendeva sotto di me come una carta geografica; e il grande anello dell'Equatore segnava la linea del mio orizzonte. Le Eccellenze Vostre possono però facilmente immaginare che le ristrette zone ancora inesplorate entro i confini del circolo artico, pur se direttamente sotto di me e, quindi, apparentemente esenti da scorci prospettici, erano ancora troppo minuscole e troppo lontane dalla mia visuale per consentire un esame accurato. Comunque, quello che potevo scorgere appariva quanto mai insolito ed emozionante. A nord di quell'immenso bordo di cui ho parlato, e che si potrebbe più o meno definire il limite della scoperta umana in queste regioni, si estende una pressoché ininterrotta distesa di ghiaccio. In principio, con una superficie visibilmente schiacciata che, più oltre, diventa piatta fino a divenire *marcatamente concava* per terminare, nel polo vero e proprio, in un centro circolare nettamente definito, il cui apparente diametro sottendeva il pallone a un angolo di circa 65° e il cui colore brunastro, di intensità variabile, rimaneva comunque sempre più scuro di ogni altro punto sull'emisfero visibile divenendo, a volte, di un nero assoluto. Oltre a questo, ben poco si poteva rilevare. Alle 12, la circonferenza di quel centro circolare appariva materialmente diminuita; l'aerostato stata infatti superando l'estremità occidentale della distesa di ghiaccio, dirigendosi rapidamente verso l'Equatore.

8 aprile. Notata una sensibile diminuzione nel diametro visibile della terra, oltre a evidenti mutamenti nel colore e nell'aspetto in genere. L'intera area distinguibile del globo presentava sfumature più o meno intense di giallo chiaro che, in alcuni punti, avevano assunto una lucentezza abbacinante. La mia visuale verso il basso era notevolmente ostacolata da banchi di nuvole che si accavallavano nell'atmosfera più densa accanto alla terra, che scorgevo di quando in quando attraverso gli squarci di quella massa nuvolosa. Questa difficoltà di visuale diretta mi disturbava, in maggiore o minor misura, dalle ultime 48 ore; ma l'enorme altitudine alla quale ora mi trovavo accumulava, per così dire, le masse fluttuanti di vapore e naturalmente l'inconveniente si era acutizzato in proporzione al mio moto ascendente. Potevo così facilmente rendermi conto che il pallone si librava adesso sulla catena dei Grandi Laghi nell'America del Nord e seguiva una rotta verso sud che presto mi avrebbe condotto ai tropici. Circostanza che non ha mancato di darmi una profonda soddisfazione e che ho accolto come un felice presagio del mio successo finale. Per la verità, la direzione in cui andavo in quel momento aveva suscitato in me qualche apprensione; era ovvio infatti che, se non avessi cambiato rotta, non avrei mai potuto raggiungere la luna, la cui orbita ha un angolo di inclinazione ellittica non superiore ai 5°8'48". Per strano che possa sembrare, solo a questo punto cominciavo a rendermi conto di quale errore avessi commesso nel non abbandonare la terra da un punto compreso nell'ellisse lunare.

9 aprile. Oggi il diametro della terra era molto diminuito e il colore della crosta terrestre assumeva d'ora in ora una colorazione di un giallo più intenso. Il pallone si manteneva regolarmente sulla sua rotta verso sud e, alle nove di sera, era arrivato sopra l'estremità settentrionale del Golfo del Messico.

10 aprile. Sono stato improvvisamente risvegliato verso le cinque di questa mattina da un forte e terrificante scricchiolio di cui non riuscivo a comprendere la causa. È durato molto poco, ma non somigliava a nulla di cui avessi precedente esperienza. Inutile dire che mi sono oltremodo allarmato perché, in un primo momento, ho pensato che l'aerostato si stesse lacerando. Ho esaminato con estrema attenzione tutta la mia apparecchiatura, senza però scoprire niente di anormale. Trascorso gran parte della giornata a riflettere su un fatto così insolito senza riuscire a spiegarlo. Andato a dormire insoddisfatto, agitatissimo e preoccupato.

11 aprile. Constatai una straordinaria diminuzione nel diametro apparente della terra e un sensibile aumento, ora visibile per la prima volta, in quello della luna che, entro pochi giorni, sarebbe stata piena. Ora, condensare all'interno dell'involucro aria sufficiente per sopravvivere, richiedeva lunghe e spossanti fatiche.

12 aprile. Una singolare alterazione si è verificata nella rotta dell'aerostato e, benché prevista, mi ha colmato di gioia. Dopo aver raggiunto, durante il percorso precedente, il ventesimo parallelo di latitudine sud, aveva improvvisamente virato ad angolo acuto verso est e, su questa rotta, si è mantenuto per tutto il giorno rimanendo, approssimativamente se non del tutto, *sull'esatto piano dell'ellisse lunare*. Particolare degno di nota era che, a questo mutamento di rotta, si accompagnava una marcata oscillazione della navicella – oscillazione che, in maggiore o minor misura, è durata parecchie ore.

13 aprile. Di nuovo allarmatissimo per il ripetersi del violento scricchiolio avvertito il giorno 10. Riflettuto a lungo, senza però giungere a una conclusione soddisfacente. Forte diminuzione nel diametro apparente della terra che ora sottendeva il pallone a un angolo di pochissimo superiore ai 25°. La luna non si vedeva affatto perché si trovava quasi al mio zenith. Continuavo nel piano dell'ellisse ma con un ridotto spostamento ad est.

14 aprile. Diminuzione rapidissima nel diametro terrestre. Oggi, mi ha ossessionato l'idea che il pallone stesse rapidamente risalendo le apsidi fino al punto del perigeo – in altre parole, che si mantenesse sulla rotta che lo avrebbe condotto più direttamente alla luna, nel punto dell'orbita più vicino alla terra. Il pianeta lunare si trovava direttamente sopra di me e quindi non potevo vederlo. Pesanti e prolungate fatiche per la condensazione dell'atmosfera.

15 aprile. Ora non si distingueva più il profilo di continenti e mari sulla terra. Verso le dodici, si ripeté per la terza volta quel sinistro rumore che già mi aveva sbalordito prima. Adesso, però, si protrasse per alcuni attimi, sempre più intenso. Alla fine, sgomento e terrorizzato, sono rimasto in attesa di non sapevo quale spaventoso cataclisma. La navicella vibrava con enorme violenza e una massa gigantesca e fiammeggiante, di una sostanza che non sono riuscito a individuare, è passata col fragore di mille tuoni, ruggendo e rimbombando, accanto al pallone. Quando mi sono un po' riavuto dal terrore e dallo sbigottimento, non mi è stato difficile supporre che si trattasse di qualche mastodontico frammento vulcanico, proiettato violentemente da quel mondo al quale mi stavo così rapidamente avvicinando e, con tutta probabilità, composto da uno di quegli strani materiali che a volte si trovano sulla terra e che, in mancanza di migliore appellativo, sono chiamati frammenti meteoritici.

16 aprile. Oggi, cercando come meglio potevo di guardare in alto, passando dall'una all'altra delle finestre laterali, scorsi con somma gioia una minuscola porzione del disco lunare che sporgeva, per così dire, intorno all'imponente circonferenza dell'aerostato. La mia agitazione era al culmine. Non dubitavo, infatti, che quanto prima avrei raggiunto il termine del mio rischioso viaggio. Comunque, la manovra del condensatore era ormai divenuta faticosissima e non mi dava requie. Di dormire, neppure a parlarne. Mi sentivo malissimo, tremavo tutto per lo sfinimento. Impossibile che un corpo umano potesse reggere ancora per molto a quell'intensa sofferenza. Durante gli ormai brevi intervalli di oscurità, un frammento di meteorite mi era passato di nuovo accanto e la frequenza di quei fenomeni cominciò a preoccuparmi non poco.

17 aprile. Questa mattina ha segnato una data epica nel mio viaggio. Come ricorderete, il giorno 13 la terra sottendeva un'ampiezza angolare di 25°. Il 14, l'ampiezza era molto diminuita; il 15, ancora di più; e la notte del 16, coricandomi, avevo notato che l'angolo non superava i 7°15'. Immaginate dunque il mio stupore quando, risvegliandomi da un sonno breve e agitato questa mattina, giorno 17, ho visto la superficie sotto di me improvvisamente e straordinariamente *aumentata* di volume, come sottendendo non meno di 39° di diametro apparentemente angolare! Ero allibito. Non ci sono parole per esprimere l'incalcolabile, assoluto orrore e sbigottimento che mi colse, mi permeò e mi sopraffece. Mi tremavano le ginocchia – battevo i denti – i capelli mi si erano rizzati in testa. "Dunque, il pallone era effettivamente scoppiato!" Questi i primi, tumultuosi pensieri che mi si accalcavano nella mente: "il pallone era scoppiato! – stavo precipitando – precipitando alla più folle e sfrenata velocità! A giudicare dall'immensa distanza già percorsa, al massimo entro dieci minuti avrei toccato la superficie della terra e sarei scomparso nel nulla!". Ma, alla fine, il raziocinio ebbe la meglio. Mi fermai; riflettei; e cominciai a dubitare. La cosa era impossibile. Non potevo assolutamente essere precipitato con tanta velocità. Inoltre, anche se era evidente che mi stavo avvicinando alla superficie sotto di me, lo facevo con una rapidità assolutamente non corrispondente a quella che avevo in un primo momento immaginato. Questa considerazione contribuì a placare il tumulto della mia mente e, alla fine, riuscii a considerare il fenomeno dal giusto punto di vista. In realtà, lo stupore doveva avermi fatto smarrire la logica, se non ero riuscito a notare l'enorme differenza fra l'aspetto della superficie sotto di me e quello della madre terra. Terra che, in effetti, si trovava sopra la mia testa, completamente nascosta dal pallone, mentre la luna – proprio la luna, in tutta la sua gloria – era ai miei piedi.

Lo stupore e la sorpresa che questo capovolgimento di situazione mi avevano provocato erano forse, dopotutto, l'aspetto dell'avventura più difficile da spiegare. Il *bouleversement* in sé e per sé era non solo naturale e inevitabile ma era previsto da tempo, come logica conseguenza quando fossi arrivato a quel punto del mio viaggio in cui all'attrazione del pianeta sarebbe subentrata quella del satellite – e, per essere più precisi, quando la gravitazione dell'aerostato verso la terra fosse diventata più debole della sua gravitazione verso la luna. Certo, mi ero risvegliato da un profondo sonno con un senso di estrema confusione, per trovarmi di fronte a un fenomeno sconvolgente che, anche se atteso, non lo era in quel momento. Il capovolgimento doveva certo essersi verificato in modo graduale e non so proprio se, anche se fossi stato sveglio, me ne sarei reso conto per qualche sintomo o capovolgimento *interno* – vale a dire qualche disagio e inconveniente fisico o biologico.

Superfluo dire che, una volta afferrata la situazione e allontanati quei terrori che mi avevano attanagliato il cuore, la mia attenzione si concentrò innanzi tutto sull'aspetto materiale in genere della luna. Si stendeva sotto di me come una carta geografica – e anche se, a mio giudizio, era ancora piuttosto lontana, i solchi che ne rigavano la superficie si presentavano, ai miei occhi, con una nitidezza eccezionale e inconcepibile. La totale assenza di oceani o mari, perfino di laghi o fiumi fu, a una prima occhiata, quella che mi sembrò la caratteristica principale della sua natura geologica. Eppure, strano a dirsi, osservavo vaste regioni piatte, di carattere decisamente alluvionale, pur se l'emisfero che potevo vedere era in massima parte coperto di innumerevoli montagne vulcaniche a forma conica, che sembravano protuberanze più artificiali che naturali. La più alta non supera le 3,75 miglia di elevazione perpendicolare; ma una mappa dei distretti vulcanici dei Campi Flegrei darebbe alle Eccellenze Vostre un'idea più precisa di qualsiasi inadeguata descrizione io potessi tentare di formulare. In gran parte quei vulcani erano in stato di evidente eruzione, facendomi minacciosamente comprendere la loro violenza e la loro forza con ripetute fuoruscite di – erroneamente dette – pietre meteoritiche che adesso schizzavano in alto, verso l'aerostato, con una frequenza sempre più terrificante.

18 aprile. Oggi ho notato un aumento enorme nella massa visibile della luna – e l'evidente accelerazione della mia discesa ha cominciato ad allarmarmi. Si ricorderà che, nella prima fase delle mie speculazioni circa un viaggio sulla luna, la presenza, nelle sue vicinanze, di un'atmosfera con una densità proporzionale alla massa del pianeta era stata una componente di rilievo nei miei calcoli; malgrado le varie teorie contrarie e, diciamolo pure, malgrado la convinzione generale che un'atmosfera lunare non esista affatto. Oltre, però, a quanto ho già sostenuto in merito alla cometa di Encke e alla luce zodiacale, la mia ipotesi si era rafforzata in base a certi esperimenti condotti dal signor Schroeter di Lilenthal. Schroeter aveva osservato la luna nuova, di appena due giorni e mezzo, la sera dopo il tramonto, prima che la zona oscura diventasse visibile, e aveva continuato ad osservarla fino a quando essa era apparsa alla vista. Le due cuspidi sembravano assottigliarsi in due tenui prolungamenti le cui estremità più distanti apparivano debolmente illuminate dai raggi solari, prima che una qualsiasi porzione dell'emisfero oscuro diventasse visibile. Poco dopo, l'intera zona in ombra s'illuminò. Quel prolungamento delle cuspidi oltre il semicerchio dipendeva, secondo me, dalla rifrazione dei raggi solari sull'atmosfera lunare. Calcolai anche che, per rifrangere abbastanza luce nell'emisfero in ombra così da produrre un crepuscolo più luminoso di quello prodotto dalla luce rifratta dalla terra, quando la luna è a circa 32° da quella nuova, l'atmosfera doveva avere un'altezza di 1356 piedi (francesi); in base a quanto sopra, supposi che l'altezza massima in grado di rifrangere il raggio solare fosse di 5376 piedi. Le mie convinzioni sull'argomento trovarono anche conferma in un brano nell'ottantaduesimo volume dei *Verbali Filosofici* in cui si diceva che, in occasione di un'occultazione dei satelliti di Giove, il terzo scomparve dopo essere rimasto indistinto per un periodo di 1" o 2", e il quarto divenne indiscernibile vicino al bordo [3].

[3] Hevelius (propriamente Höwelke) riferisce di avere più volte notato in un cielo perfettamente limpido, quando anche le stelle di sesta e settima magnitudine erano visibilissime che, alla stessa elongazione della terra, e con lo stesso telescopio, la luna e le sue macchie non presentavano sempre la stessa intensità luminosa. Dalle circostanze dell'osservazione, appare evidente che la causa di tale fenomeno non è da ricercarsi nella nostra aria, nel telescopio, nella luna o nell'occhio dell'osservatore, bensì in qualcosa (un'atmosfera?) che circonda la luna.

Naturalmente, per la sicurezza del mio allunaggio, avevo fatto conto sulla resistenza o, più esattamente, sul sostegno di un'atmosfera della densità che immaginavo. Se, dopo tutto, mi fossi sbagliato, come *finale* della mia avventura potevo solo aspettarmi di schiantarmi in atomi contro la superficie accidentata del pianeta. Avevo quindi tutte le buone ragioni per essere terrorizzato. La mia distanza dalla luna era relativamente trascurabile, mentre la fatica necessaria ad azionare il condensatore non era affatto diminuita, né riuscivo a scoprire la benché minima diminuzione nella rarefazione dell'atmosfera.

19 aprile. Questa mattina verso le nove, con mia grande gioia, quando la superficie lunare era terribilmente vicina e la mia apprensione toccava il massimo, la pompa del condensatore finalmente diede segni evidenti di un'alterazione nell'atmosfera. Alle 10, avevo motivo di ritenere che la sua densità fosse sensibilmente aumentata. Alle 11, l'apparecchiatura richiedeva uno sforzo minimo; e, alle 12, non senza una certa esitazione, mi sono azzardato a svitare il *tourniquet* e, visto che non mi succedeva niente, ho spalancato l'involucro di gomma elastica, staccandolo dalla navicella. Come era prevedibile, le conseguenze immediate di un esperimento così affrettato e pericoloso sono stati degli spasmi e un violento mal di testa che però, anche se accompagnati da qualche difficoltà di respirazione, non erano assolutamente tali da mettere a repentaglio la mia vita; decisi quindi di sopportarli come meglio potevo, fidando nella loro scomparsa via via che mi avvicinavo agli *strata* più densi attorno alla luna. Questo avvicinamento era, però, ancora velocissimo; e presto divenne chiaro in maniera allarmante che, anche se probabilmente non mi ero ingannato nel prevedere un'atmosfera di densità proporzionale alla massa del pianeta, mi ero sbagliato nel presumere che quella densità, anche a livello della superficie, fosse sufficiente a sostenere il grosso peso contenuto nella navicella. Eppure, così avrebbe dovuto essere, e in misura uguale a quella sulla superficie terrestre, l'effettiva gravità dei corpi su entrambi i pianeti doveva corrispondere all'indice di densità atmosferica. Che però *così non fosse*, era ampiamente dimostrato dalla mia precipitosa caduta; e *perché* così non fosse, si poteva solo spiegare con quelle possibili perturbazioni alle quali ho accennato prima. Comunque, ora mi trovavo vicinissimo al pianeta, in vertiginosa discesa. Non persi un attimo, quindi, a gettare fuori bordo prima la zavorra, poi i barili dell'acqua, e poi l'apparecchio di condensazione, l'involucro di gomma elastica e, in breve, tutto quel che c'era nella navicella. Ma inutilmente. Continuavo a precipitare con rapidità spaventosa e ora non ero che a mezzo miglio dalla superficie. Come ultima speranza, dopo essermi sbarazzato di giacca, cappello e stivaletti, tagliai via dal pallone la *navicella stessa*, il cui peso era considerevole e, aggrappandomi con entrambe le mani alla rete, ebbi a malapena tempo di osservare che l'intera area, fin dove poteva spingersi lo sguardo, era fittamente costellata di minuscole abitazioni, prima di piombare a capofitto nel bel mezzo di una città fantastica, fra una moltitudine di esseri piccoli e brutti, nessuno dei quali aprì bocca o fece il minimo cenno di prestarmi aiuto, rimanendosene lì come una massa di deficienti, sghignazzando e squa-

Cassini osservò spesso che Saturno, Giove e le stelle fisse, avvicinandosi alla luna in fase di occultazione, modificavano i loro contorni, da circolari a ovali; mentre, in altre occultazioni, non subivano alcuna modifica. Da qui si può supporre che *alcune volte*, e non in altre, attorno alla luna sia presente una materia densa su cui si rifrangono i raggi del sole.

drando di traverso me e il pallone, con le mani sui fianchi. Li ignorai con disprezzo e, guardando in alto, verso la terra, così da poco abbandonata, e forse abbandonata per sempre, la vidi come un enorme, opaco scudo di rame di circa 2° di diametro, fisso e inamovibile nel cielo sopra di me, con uno dei bordi illuminati da una crescente falce di oro brillante. Non si scorgeva traccia di mari o continenti, e il tutto era oscurato da macchie di vario colore, cinte dalle fasce tropicali ed equatoriali.

Quindi, possa così piacere alle Eccellenze Vostre, dopo grandi angosce, pericoli senza nome, e salvataggi in extremis, ero finalmente, nel diciannovesimo giorno dalla mia partenza da Rotterdam, giunto alla conclusione di un viaggio, senza dubbio il più straordinario e il più memorabile che mai sia stato compiuto, iniziato o concepito da qualsiasi abitante della terra. Ma le mie avventure non sono ancora finite. Le Eccellenze Vostre potranno infatti facilmente supporre che, dopo una permanenza di cinque anni su un pianeta non solo estremamente interessante per le sue straordinarie caratteristiche ma doppiamente tale per il suo intimo legame, in qualità di satellite, con il mondo abitato dall'uomo, io sia in possesso di notizie riservate per il Collegio di Astronomia statale, ben più importanti dei sia pur sorprendenti particolari circa il puro e semplice *voyage*, così felicemente conclusosi. E così è, in effetti. Ho molte, moltissime informazioni che sarei felicissimo di comunicare. Informazioni sul clima del pianeta; sulle sue stupefacenti escursioni termiche; sul solleone, ardente e implacabile per quindici giorni, e il gelo polare per i quindici giorni successivi; sul costante passaggio di vapore condensato, mediante distillazione come quella *in vacuo*, dal punto direttamente sottostante il sole all'estremo opposto; su una zona variabile di acqua corrente; sugli abitanti stessi, i loro usi, costumi, istituzioni politiche; sul fatto che siano privi di orecchie, appendici superflue in un'atmosfera tanto diversa; e sulla loro conseguente ignoranza circa l'uso e le proprietà della parola, che essi hanno sostituito con un singolare sistema di intercomunicazione; sull'inspiegabile nesso fra tutti gli abitanti della luna e alcuni abitanti della terra – nesso analogo, e analogamente fondato, a quello esistente fra le orbite del pianeta e del satellite, grazie al quale la vita e il destino di chi vive sull'uno sono legati e intrecciati alla vita e al destino di chi vive sull'altro; e soprattutto, così piaccia alle Eccellenze Vostre – soprattutto su quegli oscuri e insondabili misteri che si annidano nelle estreme regioni lunari – regioni che, in virtù della quasi miracolosa sincronia fra la rotazione del satellite sul proprio asse e la sua rivoluzione siderale intorno alla terra, ancora non si sono offerte – e, per grazia di Dio, mai si offriranno – all'indagine telescopica dell'umanità. Tutto questo e molto, molto di più, sarei dispostissimo a rivelare. Ma, per farla breve, devo averne una ricompensa. Anelo a fare ritorno a casa mia, dalla mia famiglia; e, come prezzo per qualsiasi ulteriore informazione da parte mia – in considerazione della luce che sono in condizioni di gettare su numerosi, importanti rami della scienza fisica e metafisica – devo chiedere con insistenza che, tramite l'influenza del vostro onorevole consesso, mi venga accordato il perdono per la colpa di cui mi sono macchiato con la morte dei creditori quando sono partito da Rotterdam. Questo, dunque, è l'oggetto della presente missiva. Il latore, un seleniano che ho convinto e debitamente istruito ad essere mio messaggero sulla terra, attenderà il beneplacito delle Eccellenze Vostre, e farà ritorno recandomi il perdono in questione se esso potrà, in un modo o nell'altro, venirmi concesso.

Ho l'onore di essere, etc., l'umilissimo servitore delle Eccellenze Vostre,

HANS PFAALL»

Terminato di leggere questo documento, davvero straordinario, il professor Rubadub, si dice, lasciò cadere a terra la pipa per l'estremo stupore; e Mynheer Superbus Von Underduk, dopo essersi tolti gli occhiali, averli puliti ed esserseli messi in tasca, dimenticò a tal punto il suo stato e la sua dignità da ruotar tre volte sui tacchi, al colmo dello sbigottimento e dell'ammirazione. Non c'era ombra di dubbio – il perdono si doveva ottenere. Così almeno giurò, con formula solenne, il professor Rubadub; e così alla fine convenne l'illustre Von Underduk, prendendo sottobraccio il suo confratello di scienza e, senza dir parola, avviandosi verso casa per deliberare sulle misure da adottare. Giunti però alla porta dell'abitazione del borgomastro, il professore si permise di suggerire che, poiché il messaggero aveva pensato bene di scomparire – senza dubbio spaventato dall'aspetto selvaggio dei degni cittadini di Rotterdam – il perdono sarebbe servito a poco dato che nessuno, tranne un seleniano, avrebbe potuto intraprendere un viaggio di quella immensa portata. Alla giustezza di quella osservazione, il borgomastro assentì, e la faccenda si concluse. Non così, però, voci e illazioni. La lettera, pubblicata, suscitò una miriade di chiacchiere e opinioni. Alcuni sapientoni si resero perfino ridicoli sostenendo che non si trattava altro che di una burla. Ma burla, per gente di quella sorta è, credo, il termine generico per tutto quanto esula dalla loro comprensione. Per conto mio, non riesco a immaginare su quali elementi basassero la loro accusa. Vediamo cosa dissero:

In primis. Che certi tipi ameni di Rotterdam nutrono una particolare antipatia per particolari borgomastri e astronomi.

Secondo. Che uno strano nanetto, abile prestigiatore, al quale, in seguito a qualche malefatta, erano state mozzate entrambe le orecchie, risultava da parecchi giorni assente dalla vicina città di Bruges.

Terzo. Che i giornali appiccicati su tutto il piccolo aerostato erano giornali olandesi e quindi non potevano essere stati stampati sulla luna. Erano giornali sudici – molto sudici – e Gluck, il tipografo, era pronto a giurare sulla Bibbia che erano stati stampati a Rotterdam.

Quarto. Che lo stesso Hans Pfaall, un farabutto ubriacone, e i tre sfaccendati gentiluomini definiti suoi creditori, erano stati visti, non più di due o tre giorni prima, in una bettola di periferia, con le tasche piene di soldi, di ritorno da un viaggio oltremare.

Quinto e ultimo. Che è opinione generalmente accettata, o tale dovrebbe essere, che il Collegio degli Astronomi della città di Rotterdam, come tutti gli altri Collegi del mondo – per non parlare di Collegi e astronomi in genere – era, a dir poco, un'accozzaglia di stupidi incompetenti.

NOTA

A rigor di termini, non esistono molte analogie fra il raccontino qui abbozzato e la famosa «Moon-Story» di Locke; dal momento però che entrambi hanno il carattere di *divertissement* (pur se uno ha il tono di una benevola presa in giro mentre l'altro ha un tono serissimo), e che entrambi celiano sullo stesso tema, la luna – e, inoltre, entrambi cercano di apparire plausibili ricorrendo a dettagli scientifici – l'autore di «Hans Pfaall» ritiene necessario sottolineare, *a propria difesa*, che il suo *jeu d'esprit* fu pubblicato nel *Southern Literary Messenger*, circa tre settimane prima che sul *New York Sun* apparisse il racconto del sig. L. Scorgendo una forse inesistente analogia fra i due testi, alcuni giornali di New York collazionarono «Hans Pfaall» con «Moon-Hoax», cercando di dimostrare che erano opera della stessa mano.

Dal momento che la «Moon-Hoax» gabbò più persone di quante siano disposte ad ammetterlo, potrebbe essere divertente dimostrare perché nessuno avrebbe dovuto lasciarsi trarre in inganno – sottolineare quei particolari della storia che, da soli, avrebbero dovuto essere sufficienti a stabilire il vero carattere del racconto. In verità, per quanta fantasia rivelasse quella immaginifica storia, mancava però quel vigore che avrebbe potuto conferirle una più scrupolosa attenzione ai fatti e alle analogie in genere. Che, anche per un solo istante, il pubblico si sia lasciato fuorviare, dimostra semplicemente la crassa ignoranza così diffusa in fatto di astronomia.

La distanza fra la terra e la luna, in cifra tonda, è di 240.000 miglia. Se vogliamo stabilire quanto una lente possa avvicinare il satellite (o un qualsiasi oggetto lontano) basta dividere la distanza per la potenza di ingrandimento o, per essere esatti, la potenza di penetrazione nello spazio, della lente stessa. Il signor L. dà alla sua lente una potenza di ingrandimento di 42.000 volte. Dividendo 240.000 (la distanza reale fra la terra e la luna) per 42.000, abbiamo 5 miglia e 5 settimi di miglio come distanza apparente. Nessun esemplare della razza animale potrebbe assolutamente vedere qualcosa a quella distanza; tanto meno i minuti particolari evidenziati nel racconto. Il signor L. parla di Sir John Herschel che distingue i fiori (papaveri, etc.) e perfino il colore e la forma degli occhi di minuscoli uccelli. Inoltre, poco prima, egli stesso aveva notato che la lente non metteva a fuoco oggetti con un diametro inferiore ai 18 pollici; ma, come ho detto, perfino questa è una potenza d'ingrandimento eccessiva per una lente. Si noti, *en passant*, che questa lente prodigiosa risulta costruita nella vetreria Hartley & Grant, di Dumbarton; ma quella vetreria aveva cessato ogni attività già molti anni prima della pubblicazione del racconto.

A pagina 13 dell'edizione tascabile, parlando di «un velo peloso» sugli occhi di una determinata specie di bisonti, l'autore scrive: «l'acuta mente del dr. Herschel comprese subito che si trattava di un provvidenziale apparato per proteggere gli occhi dell'animale dagli sbalzi violenti di luce e d'ombra cui tutti gli abitanti della faccia della luna a noi visibile sono periodicamente sottoposti». Ma questa non si può considerare un'osservazione molto «acuta» da parte del dottore. Infatti, sugli abitanti della faccia della luna a noi visibile non ricade ovviamente alcuna ombra; quindi gli «sbalzi violenti» di cui si parla non esistono. In assenza del sole, essi ricevono dalla terra una luce pari a quella di tredici lune piene in un cielo senza nuvole.

La topografia in genere, anche quando l'autore dichiara di rifarsi alla mappa lunare di Blunt, è completamente diversa da quella o da qualsiasi altra mappa; e perfino grossolanamente discordante con se stessa. Anche i punti della bussola presentano una confusione inestricabile; lo scrittore sembra ignorare che, su una mappa lunare, i punti cardinali non concordano con quelli terrestri; che, cioè, l'est è a sinistra, e così via. Ingannato forse dalla vaga denominazione di *Mare Nubium, Mare Tranquillitatis, Mare Foecunditatis*, etc. data alle macchie scure da astronomi precedenti, L. si è addentrato in particolari circa la presenza di oceani e altre vaste distese di acqua sulla luna; mentre non esiste realtà astronomica più certa del fatto che, sulla luna, non c'è nulla del genere. Esaminando il confine tra luce e ombra (nella falce di luna, o luna biconvessa), dove il confine attraversa una qualsiasi delle zone oscure, la linea di demarcazione appare irregolare e frastagliata; il che non succederebbe se quelle zone oscure fossero composte da materia liquida.

La descrizione delle ali dell'uomo-pipistrello a pagina 21 è copiata parola per parola da quella che Peter Wilkins fa delle ali dei suoi isolani volanti. Sarebbe dovuto bastare questo per suscitare, quantomeno, dei sospetti.

A pagina 23 troviamo: «Quale prodigiosa influenza deve aver avuto il nostro globo, tredici volte più grande, su questo satellite quando ancora esso era un embrione nel grembo del tempo, soggetto passivo di una affinità chimica!». Bella frase; ma va detto che nessun astronomo avrebbe fatto un commento del genere, specialmente su una Pubblicazione Scientifica; la terra, infatti, intesa in questo senso, è non tredici ma quarantanove volte *più grande* della luna. Obiezione analoga vale anche per tutte le pagine conclusive nelle quali, a mo' di introduzione per qualche scoperta su Saturno, il filosofico corrispondente si lancia in un dettagliato resoconto del pianeta, come uno scolaretto – e questo sull'*Edinburgh Journal of Science*!

Ma c'è un punto in particolare che avrebbe dovuto far capire che si trattava di un'invenzione. Proviamo a immaginare che sia effettivamente possibile scorgere delle creature animali sulla superficie lunare – quale sarebbe la *prima cosa* ad attirare l'attenzione di chi guardasse dalla terra? Certo non la forma, la dimensione o qualsiasi altra caratteristica del genere, bensì la loro eccezionale *posizione*. Le si vedrebbe camminare capovolte, con i piedi in alto e la testa in basso, come mosche sul soffitto. L'*autentico* osservatore avrebbe lanciato subito un'esclamazione di sorpresa (anche se preparato da precedenti cognizioni) alla stranezza di quella posizione; l'osservatore *fittizio* non ne fa nemmeno cenno, ma asserisce di vedere per intero il corpo di quelle creature, mentre invece è dimostrabile che non poteva averne visto che il diametro della testa!

In conclusione, è anche da notare che le dimensioni, e specialmente le capacità, degli uomini-pipistrello (per esempio la loro capacità di volare in un'atmosfera così rarefatta – sempre ammesso che la luna abbia un'atmosfera) – come pure tutte le altre stravaganze circa l'esistenza di specie animali o vegetali discordano, generalmente, da qualsiasi ragionamento analogico sull'argomento; e che, in questo caso, l'analogia spesso costituisce una dimostrazione conclusiva. È forse superfluo aggiungere che tutte le ipotesi attribuite a Brewster ed Herschel all'inizio dell'articolo circa «una trasfusione di luce artificiale attraverso l'oggetto focale della visione», etc. etc., rientrano in quella categoria di scrittura figurativa che giustamente va sotto il nome di «tiritera».

Esiste un limite reale e ben preciso alla scoperta ottica fra le stelle – un limite di cui è sufficiente indicare la natura per comprenderlo. Se fosse vero che bastasse fabbricare lenti di grandi dimensioni, l'ingegno umano sicuramente si rivelerebbe all'altezza del compito e potremmo alla fine avere lenti di qualsiasi misura. Purtroppo, però, alla maggiore grandezza e, quindi maggior potenza di penetrazione nello spazio, delle lenti, si contrappone in misura direttamente proporzionale la diminuzione della luce emanata dall'oggetto in seguito alla diffusione dei suoi raggi. E per questo inconveniente non esiste rimedio nell'ambito delle capacità umane; un oggetto, infatti, lo si vede solo in virtù dell'alone luminoso che esso diffonde, direttamente o per riflesso. Quindi, l'unica luce «*artificiale*» di cui si sarebbe potuto servire il signor Locke, sarebbe stata un'illuminazione artificiale proiettata non sull'«oggetto focale della visione» ma sull'oggetto stesso da visionare – cioè *sulla luna*. È stato calcolato senza troppa difficoltà che, quando la luce proveniente da una stella è talmente diffusa da risultare debole quanto la luce naturale proveniente dalla massa stellare in una notte chiara e senza luna, quella determinata stella in pratica non è più visibile.

Il telescopio Earl of Ross recentemente costruito in Inghilterra ha uno *speculum* con una superficie riflettente di 0,4071 pollici quadrati; contro gli 0,1811 pollici quadrati del telescopio di Herschel. Il canocchiale dell'Earl of Ross ha un diametro di sei piedi, uno spessore di 5,05 pollici alle estremità e di 5 pollici al centro. Pesa 3 tonnellate e ha una lunghezza focale di 50 piedi.

Poco tempo fa ho avuto occasione di leggere un volumetto singolare e piuttosto ingegnoso il cui frontespizio dice così: «*L'Homme dans la lune, ou le Voyage Chimerique fait au Monde de la Lune, nouvellement decouvert par Dominique Gonzales, Aduanturier Espagnol, autremèt dit le Courier volant. Mis en notre langue par J.B.D.A. Paris chez François Piot, pres la Fontaine de Saint Benoist. Et chez J. Goignard, au premier* pilier *de la grand'salle du Palais proche les Consultations* MDCXLVII.» Pagina 176.

L'autore dichiara di aver tradotto l'opera dal testo inglese di un certo Signor D'Avisson (Davidson?), pur se la sua dichiarazione è estremamente ambigua. «*J'en ai eu*», egli scrive, «*l'original de Monsieur D'Avisson, medecin des mieux versez qui soient aujourd'huy dans la cònoissance des Belles Lettres, et sour tout de la Philosophie Naturelle. Je lui ai cette obligation entre les autres, de m'auoir non seulement mis en main ce livre en anglois, mais encore le Manuscrit du Sieur Thomas D'Anan, gentilhomme Ecossois, recommandable pour sa vertu, sur la version duquel j'advoue que j'ay tiré le plan de la mienne.*»

Dopo avventure di poco conto, sulla falsariga del Gil Blas, che occupano le prime trenta pagine, l'autore racconta che, essendosi ammalato durante un viaggio per mare, l'equipaggio lo aveva abbandonato, insieme con un servo negro, sull'isola di S. Elena. Per avere migliori possibilità di procurarsi il cibo, i due si separano e vivono quanto più possibile l'uno lontano dall'altro. Questa lontananza li porta ad ammaestrare degli uccelli per farne una sorta di piccioni viaggiatori onde scambiarsi messaggi e notizie. Un po' alla volta, gli uccelli imparano anche a trasportare dei pacchi – che, via via, si fanno sempre più pesanti. Alla fine, nasce l'idea di unire le forze e riunire un gran numero di uccelli col proposito di sollevare in aria lo stesso autore. A questo scopo, viene costruita una macchina, di cui abbiamo una descrizione dettagliata e finanche un'incisione nella quale si vede il signor Gonzales, con tanto di gale e parrucca, a cavalcioni di qualcosa che somiglia molto a un manico di scopa, trasportato in aria da una miriade di cigni selvatici (*ganzas*) «aggiogati» alla macchina mediante cordicelle legate alla coda.

L'evento principale riferito nel racconto di questo signore ha origine da un fatto molto importante, di cui il lettore è tenuto all'oscuro fino alla fine del libro. I *ganzas* con i quali aveva raggiunto tanta confidenza non erano, per la verità, originari di S. Elena, bensì della luna. Quindi, fin da epoche immemorabili, erano avvezzi a migrare ogni anno verso una qualche zona della terra. Naturalmente, nella stagione adatta, facevano ritorno a casa; e un bel giorno, avendo bisogno del loro aiuto per un breve viaggio, l'autore si trova inaspettatamente trasportato in alto e, in brevissimo tempo, arriva al satellite. Qui, fra le altre cose strane, scopre che gli abitanti vivono nella più assoluta felicità; non sono soggetti ad alcuna *legge*; muoiono senza dolore; sono alti dai 10 ai 30 piedi; vivono per 5000 anni; hanno un imperatore chiamato Irdonozur; possono compiere salti di 60 piedi così che, uscendo dalla sfera gravitazionale, volano attorno agitando dei ventagli.

Non posso fare a meno di dare qui un saggio della generale *filosofia* del libro.

«Devo ora illustrarvi», dice il signor Gonzales, «la natura del luogo in cui mi trovavo. Tutte le nuvole erano sotto i miei piedi o, se preferite, fra me e la terra. In quanto alle stelle, *poiché lì non esisteva notte, conservavano sempre lo stesso aspetto; non brillanti come il solito, ma pallide, e molto simili alla luna al mattino*. Poche di esse, però, erano visibili e (per quanto potei giudicare) quelle che si potevano scorgere erano dieci volte più grandi di quanto apparivano viste dalla terra. La luna, che entro due giorni sarebbe stata piena, era di una grandezza impressionante.

Devo anche rammentare di far presente che le stelle apparivano solo da quella parte del globo che era girata verso la luna e che, più erano vicine ad essa, più sembravano grandi. Devo inoltre farvi presente che, sia che il tempo fosse calmo o tempestoso, *mi trovavo sempre fra la luna e la terra*. E di questo mi convinsi per due motivi – primo, perché i miei uccelli volavano sempre in linea retta; secondo perché, ogni volta che tentavamo di riposarci, *venivamo insensibilmente trasportati intorno al globo terrestre*. Concordo, infatti, con l'opinione di Copernico secondo cui la terra ruota incessantemente *da est ad ovest*, non sui poli equinoziali, comunemente detti poli del mondo, bensì sui poli zodiacali; e di questo mi propongo di parlare più a lungo in seguito, quando avrò tempo di rinfrescarmi la memoria sulle cognizioni di astronomia apprese da giovane a Salamanca, e che ho poi dimenticato.»

Nonostante gli svarioni evidenziati dal corsivo, il libro merita una certa attenzione in quanto costituisce un ingenuo esempio delle nozioni astronomiche dell'epoca. Una delle quali, partiva dal presupposto che «la forza di gravità» si estendesse solo per breve distanza dalla superficie terrestre, per cui troviamo il nostro viaggiatore «*insensibilmente trasportato intorno al globo*», ecc.

Ci sono stati altri «viaggi sulla luna», ma nessuno migliore di quello qui menzionato. Il «viaggio» di Bergerac è totalmente privo di senso. Nel terzo volume dell'*American Quarterly Review*, si troverà un'elaborata recensione di un certo «viaggio» del genere; recensione a proposito della quale è difficile dire se il critico metta più in risalto la stupidità del libro o la propria incredibile ignoranza in fatto di astronomia. Non rammento il titolo dell'opera; ma i *mezzi* con cui il viaggio viene effettuato sono ancor più sballati dei *ganzas* del nostro amico Gonzales. L'avventuroso protagonista, scavando per terra, scopre uno strano metallo, potentemente attratto dalla luna; e, ipso facto, costruisce con esso una scatola che, una volta tagliati i legami che la trattengono sulla terra, si alza subito in volo, trasportandolo verso il satellite. Il «Volo di Thomas O'Rourke» è un *jeu d'esprit* non del tutto disprezzabile, ed è stato tradotto in tedesco. Il protagonista, Thomas, era in realtà il guardacaccia di un Pari irlandese, le cui eccentricità diedero vita al racconto. Il «volo» si compie a dorso d'aquila, da Hungry Hill, un'altura all'estremità di Bantry Bay.

Queste varie *brochures* hanno sempre un obiettivo satirico, e il tema principale è quello degli usi e costumi lunari rispetto ai nostri. Nessuna di esse cerca una qualsiasi *plausibilità* nei dettagli del viaggio. In ciascuna l'autore sembra essere totalmente digiuno di astronomia. Nello «Hans Pfaall» lo schema è originale, in quanto rivela un tentativo di *verosimiglianza* nell'applicazione di princìpi scientifici (nei limiti concessi dalla natura fantasiosa dell'argomento) per quanto concerne l'effettiva transizione dalla terra alla luna.

La beffa del pallone

[Una notizia sensazionale per espresso *via* Norfolk! L'Atlantico attraversato in tre giorni! Eccezionale trionfo della Macchina Volante del signor Monck Mason! L'arrivo all'isola di Sullivan, in prossimità di Charleston, nella Carolina del Sud, dei signori Mason, Robert Holland, Henson, Harrison Ainsworth, e altri quattro, a bordo del pallone dirigibile «Victoria» dopo una trasvolata di settantacinque ore da un continente all'altro! Tutti i particolari del viaggio!

Il *jeu d'esprit* che segue, preceduto da questo cappello a caratteri cubitali, ampiamente costellato di punti esclamativi, fu pubblicato per la prima volta, come notizia attendibile, dal quotidiano *New York Sun*, adempiendo egregiamente lo scopo di creare un boccone indigesto per il *quidnunc* durante le poche ore che intercorrono fra le due consegne della posta di Charleston. La corsa per «l'unico giornale che riportava la notizia» fu qualcosa di più che prodigioso; e in effetti se (come taluno asserisce) il «Victoria» *non* compì affatto il viaggio riferito, sarà difficile scoprire un motivo per cui *non* avrebbe dovuto compierlo.]

Il grande problema è finalmente risolto! L'aria, come la terra e l'oceano, è stata dominata dalla scienza e diventerà una familiare e comoda strada di transito per l'umanità. *L'Atlantico è stato attraversato con un Pallone!* E senza eccessive difficoltà – senza, apparentemente, grossi pericoli – con assoluto controllo del mezzo di trasporto – nell'inconcepibilmente breve periodo di 75 ore da sponda a sponda! Grazie alla solerzia di un corrispondente di Charleston, S. C., siamo in grado di fornire per primi ai lettori un resoconto dettagliato di questo viaggio straordinario, compiuto fra le 11 a.m. di sabato, 6 corr., e le 2 p.m. di martedì, 9 corr. da Sir Everard Bringhurst e dai signori Osborne, nipote di Lord Bentinck, Monck Mason e Robert Holland, i famosi aeronauti; e da Henson, progettista dell'ultima, sfortunata macchina volante – accompagnati da due marinai di Woodwich – in tutto, otto persone. I particolari qui appresso riportati possono ritenersi assolutamente autentici e accurati sotto ogni punto di vista poiché, tranne una trascurabile eccezione, sono stati copiati *verbatim* dai diari congiunti dei signori Monck Mason e Harrison Ainsworth, alla cui cortesia il nostro corrispondente deve anche numerose informazioni verbali circa il pallone in sé e per sé, la sua costruzione, e altri temi di interesse.

L'unica modifica apportata al manoscritto ricevuto è stata quella di trascrivere in forma coerente e intellegibile il frettoloso resoconto del nostro corrispondente, signor Forsyth.

IL PALLONE

Due recenti, clamorosi insuccessi – quelli del signor Henson e di Sir George Cayley – avevano molto smorzato l'interesse della gente sul tema della navigazione aerea. Il progetto del signor Henson (considerato, all'inizio, perfettamente attuabile, anche dagli scienziati) si basava sul principio di un piano inclinato, lanciato da un'altura mediante una spinta estrinseca, applicata e mantenuta tramite la rivoluzione di pale propellenti simili, per forma o numero, alle pale di un mulino a vento. Ma tutti gli esperimenti condotti con i prototipi nella Adelaide Gallery, dimostrarono che il movimento di queste pale non azionava il congegno ma, anzi, ne ostacolava il volo. L'unica forza di propulsione creata era il semplice *impetus* acquisito dalla discesa del piano inclinato; e questo *impetus* portava la macchina più lontano quando le pale erano inattive che quando erano in funzione – un fatto sufficiente a dimostrarne l'inutilità; e, in assenza della spinta di propulsione, che era anche la spinta di *sostegno*, l'intera costruzione inevitabilmente discendeva. Questa considerazione indusse Sir George Cayley a tentare l'applicazione di un propulsore a una macchina già fornita di una forza di sostegno autonoma – in una parola, a un pallone; idea, comunque, nuova o originale per Sir George solo per quanto riguardava la sua applicazione pratica. Egli presentò un prototipo di sua invenzione alla Polytechnic Institution. Anche in questo caso, il principio o forza di propulsione era affidato a superfici intermittenti o pale, in movimento. Le pale erano quattro che, però, risultarono del tutto insufficienti a spostare il pallone o ad agevolarne la spinta ascendente. L'intero progetto risultò pertanto un totale insuccesso.

Fu a questo punto che il signor Monck Mason (la cui trasvolata da Dover a Weilburg con la mongolfiera «Nassau» suscitò tanto scalpore nel 1837) concepì l'idea di applicare il principio della spirale di Archimede alla propulsione aerea – attribuendo giustamente il fallimento dei tentativi di Henson e di Sir George Cayley all'interruzione della superficie esistente nelle pale indipendenti. Il suo primo esperimento pubblico ebbe luogo nelle Willis's Rooms, ma in seguito, egli trasferì il suo prototipo alla Adelaide Gallery.

Come quello di Sir George Cayley, anche il suo aerostato era di forma elissoidale. Lungo 13 piedi e 6 pollici – era alto 6 piedi e 8 pollici, conteneva circa 320 piedi cubi di gas che, nel caso di idrogeno puro, avrebbe sorretto 21 libbre appena introdotto nell'involucro, prima di deteriorarsi o volatilizzarsi. Macchina e attrezzatura pesavano complessivamente 17 libbre – con un margine, quindi, di 4 libbre. Sotto il centro del pallone c'era un'intelaiatura di legno leggero, lunga circa 9 piedi, ancorata al pallone stesso con la consueta rete. Da questa intelaiatura pendeva un cesto di vimini, la navicella.

La spirale consiste in un asse formato da un condotto di ottone, cavo, lungo 18 pollici, attraverso cui, lungo una semispirale inclinata a 15°, corre una serie di fili d'acciaio trasversali, lunghi due piedi, sporgenti di un piede dai due lati. Questi raggi vettori sono collegati alle due estremità con due lamine piatte di metallo – il tutto a formare, così, l'intelaiatura della spirale che viene poi completata da una copertura di seta oliata tagliata a spicchi e tesa a formare una superficie discretamente uniforme. Alle due estremità del suo asse, la spirale è sorretta da incastellature di tubi d'ottone che scendono dal cerchio e, nella cui estremità inferiore, sono praticati dei fori nei quali ruotano i perni dell'asse. Dall'estremità di quest'ultima vicina alla navicella fuoriesce una barra d'acciaio che collega la spirale al pignone di un congegno a molla fissato all'interno della navicella stessa. Mettendo in funzione la molla, la spirale rotea velocemente imprimendo una spinta progressiva a tutto l'insieme. La macchina poteva essere rapidamente orientata in qualsiasi direzione grazie al timone. Rispetto alle dimensioni, la molla era molto potente, in grado di sollevare 45 libbre su un tamburo di 4 pollici di diametro dopo il primo giro, aumentando gradatamente la forza via via che si avvolgeva. In tutto, pesava 8 libbre e 6 once. Il timone consisteva in un leggero scheletro di bambù coperto di seta, dalla forma che ricordava un po' una racchetta da volano, lunga circa 3 piedi e con una larghezza massima di un piede. Il peso si aggirava sulle 2 libbre. Poteva essere rivolto *in piatto*, orientato in alto o in basso, a destra o a sinistra, così da consentire all'aeronauta di applicare la resistenza dell'aria inevitabilmente generata dal movimento, in posizione inclinata, verso qualsiasi direzione, così da spostare il pallone nella direzione opposta.

Questo prototipo (che, per mancanza di tempo, abbiamo dovuto descrivere molto sommariamente) venne messo in azione nella Adelaide Gallery, dove raggiunse la velocità di 5 miglia orarie; anche se, strano a dirsi, suscitò scarsissimo interesse rispetto alla precedente, complessa macchina del signor Henson – tanto il mondo è deciso a disprezzare ciò che appare semplice. Era infatti opinione diffusa che, per realizzare il sogno della navigazione aerea, occorresse applicare in qualche complicatissimo modo un altrettanto astruso principio di dinamica.

Comunque, il signor Mason restò così soddisfatto per il successo della sua invenzione che decise di costruire, se possibile, senza indugio un aerostato in grado di collaudare l'esperimento su un percorso di una certa lunghezza – per esempio, la prima idea fu quella di ripetere la traversata della Manica compiuta dalla mongolfiera «Nassau». Per mettere in pratica il suo piano, egli sollecitò e ottenne il patrocinio di Sir Everard Bringhurst e del signor Osborne, due personaggi molto noti per le loro conquiste scientifiche e specialmente per l'interesse che avevano dimostrato nel progresso del volo aerostatico. Il progetto, per desiderio del signor Osborne, fu tenuto assolutamente segreto – le uniche persone incaricate della progettazione erano quelle effettivamente impegnate nella costruzione della macchina realizzata (sotto la sovrintendenza del signor Mason, del signor Holland e di Sir Everard Bringhurst e del signor Osborne) nella proprietà di quest'ultimo, vicino a Penstruthal, nel Galles. Il signor Henson, accompagnato dal suo amico, signor Ainsworth, ottenne il permesso di vedere privatamente l'aerostato sabato scorso – quando i due signori stabilirono gli accordi finali per l'avventura. Non siamo al corrente del motivo per cui anche i due marinai siano stati inclusi nel gruppo – ma, fra un paio di giorni, saremo in grado di fornire ai nostri lettori anche i minimi particolari relativi a questa straordinaria impresa.

L'aerostato è realizzato in seta ricoperta da gomma liquida. Di ampie dimensioni, contiene 40.000 piedi cubi di gas; dal momento però che, al posto del più costoso e scomodo idrogeno, è stato usato gas di carbone, la forza portante del pallone gonfiato al massimo, subito dopo la gonfiatura, non supera le 2500 libbre. Il gas di carbone non solamente è meno costoso ma è anche più facile da reperire e da usare.

Dobbiamo la diffusione del suo impiego nell'aerostatica al signor Charles Green; prima della cui scoperta, il processo di gonfiatura, oltre che eccessivamente dispendioso, era poco sicuro. Spesso si sono perduti due o perfino tre giorni nel vano tentativo di procurarsi una dose di idrogeno sufficiente a gonfiare un pallone; inoltre, per la sua estrema rarefazione e la sua affinità con l'atmosfera circostante, questo gas tendeva a sfuggire dall'involucro. In un aerostato sufficientemente perfetto da ritenere inalterato, per qualità e quantità, il suo contenuto di gas di carbone per sei mesi, una pari quantità di idrogeno non rimarrebbe così inalterata nemmeno per sei settimane.

Calcolando una forza portante di 2500 libbre, e un peso complessivo non superiore alle 1200, rimaneva un margine di 1300 libbre, 1200 delle quali erano costituite dalla zavorra, sistemata in sacchi di varie dimensioni su cui era indicato il relativo peso – dal cordame, e da barometri, telescopi, scorte alimentari per due settimane, barili d'acqua, coperte, sacche da viaggio e altro materiale indispensabile, compreso uno scalda-caffè funzionante a carbonella così da evitare, se fosse il caso, l'uso del fuoco. Tutto questo materiale, tranne la zavorra e alcuni oggetti di poco conto, era appeso al cerchio sovrastante la navicella; la quale navicella è, in proporzione, molto più piccola e leggera di quella del prototipo. Costruita in vimini, malgrado la sua apparente fragilità è resistentissima, con un bordo di circa 4 piedi. Il timone è invece molto più largo; mentre è assai più piccola la spirale. Il pallone è inoltre equipaggiato con un'ancora a quattro marre e un cavetto moderato; quest'ultimo assolutamente indispensabile. Occorreranno due parole di spiegazione per quelli fra i nostri lettori che non conoscono i particolari dell'aerostatica.

Al momento di staccarsi da terra, il pallone è soggetto all'influenza di vari fattori che tendono a modificarne il peso, aumentandone o diminuendone la forza ascendente. Per esempio, un deposito di rugiada sulla seta che può arrivare a un peso di parecchie centinaia di libbre; occorre allora scaricare la zavorra affinché l'aerostato non scenda. Una volta scaricata la zavorra ed evaporata la rugiada grazie al sole, il gas si espande e l'aerostato risalirà rapidamente. Per controllare questa ascesa, l'unico modo è (o, meglio, *era* prima che il signor Green introducesse l'uso del cavetto moderato) quello di far uscire del gas dalla valvola; ma la perdita di gas induce una corrispondente riduzione di spinta ascendente; così che, in un lasso di tempo relativamente breve, anche il pallone meglio costruito deve necessariamente esaurire la proprie risorse e tornare a terra. Questo costituiva l'ostacolo maggiore ai lunghi viaggi.

Il cavetto moderato risolve il problema nel modo più semplice. Si tratta di un cavo molto lungo che pende dalla navicella e impedisce all'aerostato di modificare l'altitudine. Se, per esempio, sull'involucro di seta si è depositata dell'umidità e l'aerostato comincia quindi a perdere quota, non sarà necessario scaricare zavorra per compensare l'aumento di peso che viene controbilanciato, nella stessa proporzione, dall'estremità del cavo, fatto scendere quanto basta sul terreno. Se invece, per qualche motivo, dovesse verificarsi una perdita di peso e una conseguente spinta verso l'alto, la perdita viene immediatamente bilanciata dal cavo, tirato su da terra. Il pallone quindi non può né salire né scendere se non in misura trascurabile, e le sue risorse sia di gas che di zavorra rimangono relativamente inalterate. Quando si sorvola una distesa d'acqua, occorre impiegare piccoli barili di rame o di legno, riempiti di zavorra liquida, più leggera dell'acqua che, galleggiando, agiscono esattamente come un cavo sul terreno. Un'altra funzione importantissima del cavetto moderato è quella di *segnalare* la direzione del pallone. Il cavetto *striscia* su terra o acqua, mentre il pallone è libero e, quindi, lo precede ogni volta che si sposta; confrontando, quindi con un compasso le rispettive posizioni dei due oggetti, si conoscerà la *rotta*. Analogamente, l'angolo formato dal cavetto e dall'asse verticale dell'aerostato ne indica la *velocità*. In *assenza* di angolazione – quando cioè, il cavetto pende perpendicolarmente, tutta la struttura è statica; ma più ampio è l'angolo, vale a dire più il pallone precede il cavetto, maggiore è la velocità; e viceversa.

Dato che il progetto originale era di traversare la Manica e scendere quanto più possibile vicino a Parigi, i viaggiatori avevano avuto la precauzione di munirsi di passaporti validi per ogni nazione del continente, sui quali era specificata la natura della spedizione, come nel caso del «Nassau», e che autorizzavano l'esenzione del titolare dalle solite formalità burocratiche; eventi inattesi resero però superflui quei passaporti.

Le operazioni di gonfiatura ebbero segretamente inizio all'alba di oggi, sabato 9 corr., nel cortile della Wheal-Vor House, residenza del signor Osborne, a circa un miglio da Penstruthal, nel Galles del nord; alle 11 e 7 minuti tutto era pronto per la partenza e il pallone venne liberato e si alzò senza scosse, con moto uniforme, dirigendosi verso sud; senza far ricorso, per i primi 30 minuti, alla spirale o al timone. Continuiamo ora con il giornale di bordo che il singor Forsyth ha trascritto dai manoscritti congiunti dei signori Monck Mason e Ainsworth. Il testo qui appresso riportato è di pugno del signor Mason, ed è corredato da un post-scriptum aggiunto quotidianamente dal signor Ainsworth il quale sta preparando, e presto presenterà al pubblico, un resoconto più dettagliato e sicuramente più emozionante del viaggio.

GIORNALE DI BORDO

Sabato 6 aprile. Terminati durante la notte i preparativi più complicati, stamane all'alba abbiamo iniziato l'operazione di gonfiatura; a causa, però di una fitta nebbia che appesantiva le pieghe della seta, rendendola poco maneggevole, abbiamo finito solo verso le 11. Recise le corde, quindi, di ottimo umore, ci siamo alzati lentamente ma costantemente, con una leggere brezza da nord che ci sospingeva verso la Manica. Notato che la spinta ascensionale era più forte del previsto; e, mentre salivamo più in alto, al di sopra delle scogliere, avvicinandoci ai raggi del sole, l'ascesa acquistò velocità. Non volevo però disperdere gas così presto, e decisi pertanto di continuare, per il momento, a salire. Ben presto superammo la lunghezza del cavetto moderato, ma anche quando si allontanò da terra, la rapidità di ascensione non diminuì. Il pallone era insolitamente stabile, e bellissimo a vedersi. Circa dieci minuti dopo la partenza, il barometro indicava un'altitudine di 15.000 piedi. Il tempo era ottimo e il panorama sotto di noi – affascinante da qualsiasi punto lo si guardasse – ora era davvero sublime. Le numerose, profonde gole sembravano laghi per via dei densi vapori che in esse si addensavano, mentre i pinnacoli e i picchi che si accavallavano e intersecavano a sud-est somigliavano straordinariamente alle gigantesche città delle leggende orientali. Stavamo rapidamente accostandoci a sud, verso le montagne, ma la nostra quota era più che sufficiente a superarle senza pericolo. In pochi minuti, ci libravamo sopra di esse per così dire a vele spiegate; e tanto il signor Ainsworth che i marinai rimasero stupiti alla loro apparente piccolezza, viste dalla navicella, dato che la grande altezza del pallone tende ad attenuare i dislivelli della superficie sottostante fin quasi a cancellarli. Alle 11,30, sempre procedendo in direzione sud, vedemmo per la prima volta la Manica e, 15 minuti dopo, la linea costiera dei frangenti apparve subito sotto di noi, e ci trovammo al largo. A quel punto decidemmo di far uscire del gas così da riportare il cavetto mediato, con i galleggianti, a livello dell'acqua. Eseguimmo subito la manovra e iniziammo gradatamente a scendere. Dopo una ventina di minuti, il primo galleggiante si immerse e, poco dopo, quando il secondo lo seguì, ci fermammo a un'altitudine stazionaria. Ora, tutti eravamo ansiosi di mettere alla prova il timone e la spirale che collocammo subito in posizione per modificare la nostra rotta più ad est, in linea con Parigi. Grazie al timone, virammo istantaneamente portandoci ad angolo retto rispetto al vento; quando azionammo la spirale, constatammo con soddisfazione che ci spingeva nella direzione desiderata. Lanciammo nove gioiosi hurrà e gettammo in mare una bottiglia contenente una striscia di pergamena nella quale davamo un breve resoconto circa il principio della scoperta. Ma non avevamo ancora finito di rallegrarci che un imprevisto incidente venne a smorzare non poco il nostro entusiasmo. La sbarra d'acciaio che collegava la spirale al propulsore, con uno strattone improvviso andò fuori posto, all'estremità della navicella (che aveva ondeggiato per un movimento di uno dei due marinai che avevamo portato con noi) e, in un attimo, rimase a penzolare fuori portata, dal ferro dell'asse della spirale. Mentre cercavamo di recuperarla, concentrando tutta la nostra attenzione, finimmo in una forte corrente di vento da est che, a velocità sempre maggiore, ci trascinò verso l'Atlantico. Ben presto ci trovammo sospinti al largo, a una velocità non certo inferiore alle 50 o 60 miglia orarie, così che arrivammo in vista di Cape Clear, una quarantina di miglia a nord, prima di riuscire a rimettere a posto la sbarra e a renderci conto di quanto stava succedendo. Fu allora che il signor Ainsworth se ne uscì con una proposta straordinaria ma, a parer mio, niente affatto assurda o chimerica, subito appoggiata dal signor Holland – e cioè che approfittassimo del forte vento che ci sospingeva e, anziché tornare indietro per puntare su Parigi, cercassimo di raggiungere la costa del Nordamerica. Dopo una breve riflessione, accettai di buon grado quell'audace proposta che (strano a dirsi) trovò opposizione solo da parte dei due marinai. Comunque, essendo noi in maggioranza, respingemmo i loro timori, mantenendoci con decisione sulla rotta in cui ci trovavamo. Virammo verso ovest ma dal momento che i galleggianti, trascinati sull'acqua, esercitavano un'azione frenante e noi avevamo il totale controllo dell'aerostato, sia in ascesa che in discesa, prima scaricammo 50 libbre di zavorra poi (mediante un verricello) tirammo su quel tanto di cavo sufficiente a tenerlo fuori dall'acqua. La manovra ebbe effetto immediato, con un notevole aumento della nostra velocità di avanzamento; e, via via che il vento si faceva più impetuoso, solcammo l'aria a una velocità quasi inconcepibile; con il cavetto mediato che sventolava dietro la navicella come la bandiera di un pennone da una nave. Inutile dire che ben presto la costa sparì ai nostri occhi. Passammo sopra innumerevoli imbarcazioni di ogni tipo, qualcuna delle quali cercava di proseguire il viaggio ma che, per la maggior parte, erano in panne. A bordo regnava la massima eccitazione – un'eccitazione che colmava di entusiasmo tutti noi e specialmente i nostri due uomini i quali, sotto l'influenza di una dramma di gin, sembravano decisi a gettare al vento ogni timore e scrupolo. Molte navi spararono colpi di cannone per segnalazione; e tutte ci salutarono con alte grida (che percepimmo con straordinaria chiarezza), agitando berretti e fazzoletti. Andammo avanti così per tutto il giorno, senza nessun incidente degno di nota e, mentre le ombre della notte si addensavano su di noi, calcolammo approssimativamente la distanza percorsa. Erano almeno 500 miglia, forse molte di più. Il propulsore funzionava senza sosta e indubbiamente dava un valido aiuto al nostro avanzamento. Al tramonto, il vento si trasformò in uragano e l'oceano sotto di noi era chiaramente visibile per la sua fosforescenza. Per tutta la notte il vento continuò a soffiare da est, dandoci i migliori auspici di successo. Soffrivamo non poco per il freddo e l'umidità atmosferica era quanto mai spiacevole; ma la spaziosità della navicella ci permise di sdraiarci e, grazie a mantelli e coperte, ce la cavammo abbastanza bene.

P.S. [del signor Ainsworth]. Le ultime nove ore sono state le più eccitanti in assoluto della mia vita. Non riesco a immaginare nulla di più esaltante di questa straordinaria e pericolosa avventura. Voglia Iddio che sia coronata dal successo! E non auspico il successo solo in nome dell'incolumità per la mia insignificante persona, ma in nome della conoscenza umana – e della grandiosità del trionfo. Eppure, è un'impresa così palesemente fattibile che l'unica meraviglia è che nessuno abbia mai osato tentarla prima d'ora. Un solo uragano come questo che ora ci favorisce – una tempesta di vento che faccia turbinare in avanti un pallone per quattro o cinque giorni (spesso questi uragani durano anche di più) e il viaggiatore, in quel breve lasso di tempo, sarà trasportato da una costa all'altra. Davanti a un uragano del genere, il vasto Atlantico non è che un lago. In questo momento, ciò che più mi colpisce è il silenzio assoluto che regna nel mare sotto di noi, malgrado le onde burrascose. Le acque non alzano la loro voce verso il cielo. L'immenso oceano fiammeggiante si contorce sotto la tortura senza un lamento. I marosi immani fanno pensare a una schiera di giganti, ostili e muti, che si dibattono in una impotente agonia. In una notte come questa, un uomo come me *vive* – vive non un giorno ma un secolo – né scambierei questo rapimento, questa gioia profonda, con cento anni di vita ordinaria.

Domenica 7 (manoscritto del signor Mason). Questa mattina verso le dieci la forza del vento era scesa a quella che (per una nave in mare) è brezza di otto o nove nodi, e ci sta trasportando a una trentina di miglia l'ora, o forse più; ha però sensibilmente virato verso nord e adesso, al tramonto, stiamo mantenendo la nostra rotta ad ovest grazie soprattutto alla spirale e al timone, che funzionano egregiamente. Ritengo che l'impresa avrà pieno successo e che non sussista ormai alcun problema per una navigazione aerea in tutte le direzioni (evitando, naturalmente, di andare controvento). Non avremmo mai potuto avanzare contro l'uragano di ieri; ma, alzandoci, avremmo potuto uscirne se necessario. Sono convinto che, col propulsore, potremmo benissimo progredire contro una brezza anche forte. Oggi, verso mezzogiorno, siamo saliti a circa 25.000 piedi, scaricando zavorra. Cercavamo una corrente più diretta ma non ne abbiamo trovata nessuna più favorevole di quella in cui adesso ci troviamo. Abbiamo gas in abbondanza per superare questo laghetto, anche se il viaggio dovesse durare tre settimane. Non ho il minimo dubbio sul risultato. È strano come le difficoltà siano state esagerate e deformate. Posso scegliere la corrente che preferisco, e se dovessi trovarle *tutte* contrarie, potrei sempre avanzare grazie al propulsore. Nessun incidente da segnalare. La notte si preannuncia serena.

P.S. [del signor Ainsworth]. Non ho molto da dire tranne il fatto (per me sorprendente) che, a un'altitudine pari a quella del Cotopaxi, non ho provato né molto freddo, né mal di testa, né difficoltà di respirazione; e vedo che così è anche per il signor Mason, il signor Holland, e Sir Everard. Il signor Osborne ha accusato una certa costrizione toracica – che però è passata presto. Abbiamo volato a gran velocità durante il giorno, e dobbiamo essere più che a mezza strada attraverso l'Atlantico. Abbiamo sorvolato venti o trenta navi di vario genere e tutte sono sembrate piacevolmente sbigottite. Traversare l'oceano in pallone non è poi un'impresa così difficile. *Omne ignotum pro magnifico*. N.B. A un'altitudine di 25.000 piedi il cielo appare quasi nero e le stelle sono chiaramente visibili; mentre il mare non appare convesso (come si potrebbe credere) ma assolutamente e inequivocabilmente *concavo* [1].

Lunedì 8 [manoscritto del signor Mason]. Questa mattina abbiamo nuovamente avuto qualche noia con la barra del propulsore, che deve essere totalmente rifatta per evitare un grave incidente – mi riferisco alla barra d'acciaio, non alle pale. Queste non potrebbero essere migliori. Il vento ha soffiato costantemente e con forza da nord-est per tutto il giorno; e, finora, sembra che la fortuna ci assista. Poco prima che facesse giorno, siamo stati messi un po' in allarme da strani rumori e colpi all'interno del pallone, accompagnati da un apparente, rapido afflosciamento dell'intera struttura. Si trattava di fenomeni dovuti alla dilatazione del gas in seguito all'aumento di calore nell'atmosfera e il conseguente sfaldamento delle minuscole particelle di ghiaccio che, durante la notte, si erano depositate sulla rete. Gettate varie bottiglie alle navi sotto di noi. Visto una, tratta a bordo da una grossa nave – apparentemente uno dei postali della Compagnia di New York. Cercato di decifrarne il nome, ma non ne sono sicuro. Col telescopio del signor Osborne si leggeva qualcosa come «Atalanta». Ora è mezzanotte e stiamo ancora procedendo rapidamente verso ovest. Il mare è stranamente fosforescente.

P.S. [del signor Ainsworth]. Sono esattamente le due del mattino, è quasi bonaccia, per quanto posso giudicare – ma è molto difficile dirlo, a questo punto, poiché il nostro movimento è così sincronizzato con l'aria. Non ho chiuso occhio da quando abbiamo lasciato Wheal-Vor ma adesso non resisto più e devo fare un pisolino. Non possiamo essere lontani dalla costa americana.

Martedì 9 [manoscritto del signor Ainsworth]. *Una a.m. Siamo in piena vista della costa inferiore della Carolina del Sud*. Il grande problema è risolto. Abbiamo traversato l'Atlantico! – traversato tranquillamente e *agevolmente* con un pallone! Dio sia lodato! D'ora in avanti, chi mai potrà dire che una cosa è impossibile?

Il giornale di bordo si ferma qui. Alcuni particolari della discesa sono stati tuttavia forniti dai signori Ainsworth e Forsyth. C'era una quasi totale bonaccia quando i viaggiatori avvistarono la costa, immediatamente riconosciuta dai due marinai e dal signor Osborne. Poiché quest'ultimo aveva dei conoscenti a Fort Moultrie, fu immediatamente deciso di scendere da

[1] Il signor Ainsworth non ha tentato di spiegare questo fenomeno che, però, è molto semplice. Una linea perpendicolare tracciata da un'altezza di 25.000 piedi fino alla superficie della terra (o del mare) formerebbe il lato di un triangolo rettangolo la cui base si estenderebbe dall'angolo retto all'orizzonte, e l'ipotenusa dall'orizzonte al pallone. Ma 25.000 piedi di altezza sono poco o niente rispetto all'estensione prospettica. In altre parole, la base e l'ipotenusa dell'immaginario triangolo sarebbero talmente lunghe in confronto al lato da potersi considerare quasi parallele. Così che l'orizzonte apparirebbe all'aeronauta *sullo stesso piano* della navicella. Ma, poiché il punto immediatamente sotto di lui sembra, ed è, lontanissimo, esso gli appare anche molto più in basso rispetto all'orizzonte. Di qui, l'impressione di *concavità*; impressione che sussiste fino a quando l'elevazione sarà così proporzionale all'estensione prospettica che l'apparente parallelismo fra base e ipotenusa scompare – e diventa visibile l'effettiva convessità della terra.

quelle parti. Il pallone fu diretto verso la spiaggia (dato che la marea si era ritirata e la sabbia era liscia e compatta, era un punto ideale di atterraggio), e fu lanciata l'ancora che fece immediatamente presa. Gli abitanti dell'isola e quelli del forte si precipitarono naturalmente a vedere il pallone; ma fu con grandissima difficoltà che si riuscì a convincerli della realtà di quel viaggio – *la trasvolata dell'Atlantico*. L'ancora fece presa alle 14 esatte; l'intero viaggio venne dunque effettuato in 75 ore; anzi, meno, calcolando il tempo da costa a costa. Non si era verificato alcun incidente di rilievo. Né mai si era presentato un serio pericolo. L'aerostato fu sgonfiato e ripiegato senza problemi; e, quando il manoscritto da cui è stato tratto questo resoconto fu spedito da Charleston, il gruppo si trovava ancora a Fort Moultrie. Non è stato possibile conoscere i loro progetti futuri; ma possiamo senz'altro promettere ai nostri lettori ulteriori notizie entro lunedì o, al massimo entro il giorno successivo.

Questa è, senz'ombra di dubbio, l'impresa più prodigiosa, più interessante e più sensazionale mai compiuta o finanche tentata dall'uomo. Invano si cercherebbe di determinare adesso quali grandiosi eventi potrebbero derivarne.

Von Kempelen e la sua scoperta

Dopo la minuziosa ed elaborata relazione di Arago, per non parlare del compendio apparso nel *Silliman's Journal*, con l'esauriente dichiarazione recentemente pubblicata dal tenente Maury, nessuno certo penserà che, esprimendo pochi, frettolosi commenti sulla scoperta di Von Kempelen, io intenda affrontare l'argomento da un punto di vista *scientifico*. Il mio scopo è semplicemente quello, in primo luogo, di dedicare poche parole allo stesso Von Kempelen (che alcuni anni or sono ebbi l'onore di conoscere personalmente, anche se in maniera molto superficiale) dal momento che ogni cosa che lo riguarda è senz'altro, attualmente, di grande interesse; e, in secondo luogo, di esaminare in maniera generale e speculativa i *risultati* della scoperta.

Comunque, sarà forse opportuno premettere alle generiche osservazioni che ho da offrire che io respingo fermamente quella che sembra essere l'impressione generale (ricavata, come sempre in questi casi, dai giornali) e cioè che questa scoperta, innegabilmente sensazionale, sia *imprevista*.

Facendo riferimento al *Diario di Sir Humphrey Davy* (Cottle & Munroe, Londra, pp. 150) si vedrà, alle pagine 53 e 82, come questo illustre chimico non solamente abbia concepito l'idea attualmente in discussione, ma abbia effettivamente compiuto *un progresso non trascurabile, sperimentalmente parlando*, in quella stessa *identica analisi* oggi così trionfalmente portata a conclusione da Von Kempelen il quale, anche se non ne fa minimamente cenno, è *senza dubbio* (lo affermo con sicurezza e posso provarlo se necessario) in debito verso il *Diario* almeno per lo spunto alle sue ricerche. Malgrado la loro impostazione piuttosto tecnica, non posso fare a meno di accostare due brani del *Diario* a una delle equazioni di Sir Humphrey. [Dal momento che non disponiamo dei simboli algebrici necessari, e che il *Diario* è reperibile presso la Athenaeum Library, omettiamo qui una piccola parte del manoscritto del signor Poe. (*N.d.E.*).].

Il paragrafo del *Courier and Enquirer* attualmente riportato da tutti gli organi di stampa e che vorrebbe attribuire l'invenzione a un certo signor Kissam, di Brunswick, nel Maine, mi appare, lo confesso, non del tutto autentico, per vari motivi; anche se nulla vi è di impossibile o di altamente improbabile in quanto dichiarato. Non occorre che mi addentri nei particolari. La mia opinione su quel paragrafo si basa principalmente sul suo *stile*. Non appare *veritiero*. Raramente chi riferisce dei *fatti* è tanto preciso come sembra esserlo il signor Kissam su giorno, data e luogo. Inoltre, se il signor Kissam giunse *effettivamente* alla scoperta che egli sostiene di avere fatto, all'epoca indicata – quasi otto anni fa – come mai egli non fece *immediatamente* i passi necessari per mietere gli immensi benefici che anche un idiota avrebbe saputo che sarebbero derivati per lui personalmente, se non per tutta l'umanità, dalla scoperta? Mi sembra assolutamente incredibile che un qualsiasi individuo di normale intelletto possa aver scoperto ciò che il signor Kissam sostiene di avere scoperto, per poi comportarsi come un bambino – come un allocco – come il signor Kissam *ammette* di essersi comportato? A proposito, *chi è* il signor Kissam? E non è forse l'intero paragrafo del *Courier and Enquirer* un'invenzione escogitata per «*far parlare la gente*»? Bisogna riconoscere che ha tutta l'aria di una frottola. Che, a mio umile parere, dà ben poco affidamento; e, se non sapessi fin troppo bene, per esperienza, quanto sia facile trarre in inganno gli scienziati quando si esca dal loro normale ambito di ricerca, sarei profondamente sbigottito nel vedere un chimico del livello del professor Draper discutere le rivendicazioni della scoperta avanzate dal signor Kissam (o non sarà piuttosto signor Quizzem?)[1] con tanta serietà.

Ma torniamo al *Diario* di Sir Humphrey Davy. Questo trattatello *non* era destinato al pubblico, nemmeno dopo la morte dell'autore, come facilmente comprenderà chiunque si intenda della professione di scrittore, dopo un esame anche superficialissimo dello stile. A pagina 13, per esempio, a metà circa della pagina, in riferimento alle sue ricerche sul protossido di azoto, leggiamo: «In meno di mezzo minuto, continuando la respirazione, si verificò una graduale diminuzione e *furono* sostituiti da analoga a una leggera pressione su tutta la muscolatura». Che la «diminuzione» non si riferisca alla *respirazione* appare evidente non solo dal contesto che segue, ma dall'uso del plurale «furono». La frase senza dubbio doveva suonare così: «In meno di mezzo minuto, continuando la respirazione, si verificò una graduale diminuzione (dei sintomi) che furono sostituiti da (una sensazione) analoga a una leggera pressione su tutta la muscolatura». Centinaia di esempi simili dimostrano come il manoscritto, così incautamente pubblicato, non fosse che un *taccuino d'appunti*, destinato unicamente agli occhi dell'autore; ma un esame del trattatello convincerà chiunque abbia l'uso della ragione che la mia ipotesi corrisponde a verità. Il fatto è che Sir Humphrey Davy era l'ultima persona al mondo che si sarebbe *esposta* su argomenti di carattere scientifico. Non solo egli provava profonda avversione per ogni tipo di ciarlataneria, ma aveva un terrore quasi morboso di *apparire* empirico; tanto che, per convinto che fosse di essere sulla strada giusta per quanto riguarda il problema in questione, non ne avrebbe mai parlato *apertamente* fino a quando non avesse avuto sotto mano tutto il necessario per una dimostrazione pratica. Sono convinto che le sue ultime ore sarebbero state profondamente amareggiate se avesse sospettato che il suo desiderio circa il dare alle fiamme il *Diario* (zeppo di speculazioni appena abbozzate) sarebbe stato ignorato; come pare sia accaduto. Dico «il suo desiderio» in quanto ritengo non sussista il minimo dubbio sul fatto che egli intendesse includere questo taccuino fra le carte che dovevano «essere bruciate».

Resta da vedere se sia poi un bene o un male che sia scampato alle fiamme. Non metto assolutamente in discussione che i brani sopra citati e gli altri, simili, abbiano suggerito lo *spunto* a Von Kempelen; ma, ripeto, resta da vedere se questa *importantissima* scoperta (*importantissima* in ogni caso) sarà utile o dannosa per l'umanità in genere. Che Von Kempelen e i suoi più stretti collaboratori ne mieteranno abbondante raccolto, sarebbe follia dubitarne. Né saranno così sprovveduti da non «metterlo a profitto» in futuro, acquistando case, terreni e altre proprietà, di valore *intrinseco*.

[1] Gioco di parole intraducibile, basato sull'assonanza con la parola *quiz*, burlone (*N.d.T.*).

Nel succinto resoconto di Von Kempelen pubblicato sull'*Home Journal* e, in seguito, ampiamente riportato da altri organi di stampa, sembra che numerosi errori di interpretazione dell'originale tedesco siano stati commessi dal traduttore, il quale sostiene di avere preso il brano da una copia recente del *Schnellpost* di Presburg. «*Viele*» è stato evidentemente male interpretato (come spesso accade) e quello che il traduttore rende come «dolori» è probabilmente «*leiden*» che nella sua traduzione esatta, «*sofferenze*», darebbe un significato totalmente diverso al testo; ma naturalmente queste sono soltanto mie personali supposizioni.

Von Kempelen, però, non è affatto «un misantropo», almeno all'apparenza, quale che egli sia in realtà. L'ho conosciuto in modo molto superficiale; e non potrei nemmeno dire di conoscerlo; ma l'avere incontrato un uomo che ha raggiunto, o *raggiungerà* fra pochi giorni, una così *straordinaria* notorietà, e aver scambiato due chiacchiere con lui, non è cosa da poco, in questi tempi.

The Literary World ne parla con sicurezza come *nativo* di Presburg (fuorviato, forse, dal resoconto dell'*Home Journal*) ma sono lieto di poter affermare *positivamente,* poiché egli stesso me lo disse, che è nato ad Utica, nello Stato di New York, anche se entrambi i genitori credo siano originari di Presburg. La famiglia è in qualche modo imparentata con Maelzel, di scacchistica memoria per via del suo giocatore-automa. [Se non andiamo errati, il nome dell'*inventore* di quell'automa era Kempelen, Von Kempelen, o qualcosa del genere. (*N.d.E.*)] Di persona, è basso e tarchiato, con grandi, *adiposi* occhi azzurri, capelli e favoriti biondicci, bocca larga ma gradevole, bei denti e, mi sembra, naso aquilino. Ha un'imperfezione a un piede. Un modo di fare *aperto* e un atteggiamento di spiccata *bonhommie.* Nel complesso, il suo aspetto, il suo modo di parlare e di agire, fanno di lui un uomo che si discosta dal «misantropo» più di chiunque altro io abbia mai conosciuto. Ci trovammo entrambi, circa sei anni fa, ospiti per una settimana dell'Earl's Hotel di Providence, a Rhode Island; e nulla da lui trapelò che mi facesse sospettare le sue conquiste scientifiche. Lasciò l'albergo prima di me, con l'intenzione di recarsi a New York e, di lì, a Brema; e fu a Brema che la sua grande scoperta venne resa pubblica per la prima volta; o, meglio, fu in quella città che, per la prima volta, se ne ebbe sentore. Questo è più o meno quanto so dell'oggi immortale Von Kempelen; ma ho pensato che anche queste poche notiziole potessere interessare il pubblico.

Che la maggior parte delle sensazionali voci che corrono su questa storia siano pure e semplici invenzioni, attendibili più o meno quanto la favola della lampada di Aladino, è fuori discussione; pure, in un caso del genere, come per le scoperte in California, è chiaro che la realtà può essere più romanzesca della fantasia. Se non altro, il seguente aneddoto è così pienamente autenticato che possiamo accettarlo senza riserve.

Durante la sua permanenza a Brema, Von Kempelen si era trovato sempre in cattive acque; e si sapeva che spesso era dovuto ricorrere a espedienti estremi per racimolare un po' di denaro. Quando scoppiò lo scandalo sul falso della ditta Guthsmoth & Co., i sospetti ricaddero su Von Kempelen dato che aveva acquistato una vasta proprietà a Gasperitch Lane e, interrogato, si era rifiutato di spiegare come fosse venuto in possesso della somma per l'acquisto. Alla fine fu arrestato ma, non essendo emerse prove decisive contro di lui, venne rimesso in libertà. La polizia però continuò a tenerlo d'occhio, scoprendo così che spesso si assentava da casa, percorrendo sempre lo stesso itinerario e seminando invariabilmente i suoi pedinatori vicino a quel dedalo di viuzze tortuose noto col pittoresco nome di «Dondergat». Finalmente, con grande perseveranza, lo scovarono nella soffitta di un vecchio edificio a sette piani, in un vicolo chiamato Flatzplatz; piombandogli addosso all'improvviso lo sorpresero, come pensavano, nel bel mezzo del suo lavoro di falsario. Pare che fosse talmente sconvolto che i poliziotti non ebbero il minimo dubbio sulla sua colpevolezza. Dopo averlo ammanettato perquisirono il locale, o meglio i locali, dato che, a quanto sembrava, lo spazio occupava tutta la *mansarde*.

Sulla soffitta dove lo avevano colto in flagrante si apriva un ripostiglio, di dieci piedi per otto, attrezzato con apparecchiature chimiche di cui non è ancora stato appurato lo scopo. In un angolo del ripostiglio c'era una minuscola fornace accesa; e sul fuoco una sorta di doppio crogiuolo – due crogiuoli collegati da un tubo. Uno di essi era quasi colmo di *piombo* fuso che però non raggiungeva l'imboccatura del tubo, che era vicino all'orlo. L'altro crogiuolo conteneva del liquido che, all'ingresso dei poliziotti, sembrava stesse in fase di rapida evaporazione. Gli uomini riferiscono che, vedendosi colto sul fatto, Von Kempelen afferrò i crogiuoli con entrambe le mani (coperte da guanti che in seguito risultarono essere di amianto) gettandone il contenuto sulle piastrelle del pavimento. Fu allora che lo ammanettarono; e prima di procedere a perquisire i locali da cima a fondo perquisirono lui, senza però trovargli addosso niente di speciale, tranne un pacchetto incartato, nella tasca del cappotto, contenente quella che in seguito risultò essere una miscela di antimonio e di *una sostanza sconosciuta* in parti quasi, ma non del tutto, uguali. Ogni tentativo di analizzare la sostanza sconosciuta è fino ad oggi fallito ma sicuramente, prima o poi, si riuscirà ad analizzarla.

Uscendo dal ripostiglio con il prigioniero, i poliziotti attraversarono una specie di anticamera, dove non fu trovato nulla d'importante, per entrare nella camera da letto del chimico. Qui frugarono in cassetti e scatole trovando, però, solo delle carte di nessun valore e delle monete d'oro e d'argento. Finalmente, guardando sotto il letto, videro un comunissimo baule *di pelle, senza cerniere, né fermaglio, né serratura*, con il coperchio rovesciato e poggiato di *traverso*. Cercarono di tirarlo fuori ma scoprirono che, pure unendo i loro sforzi (ed erano in tre, tutti uomini robusti) non «riuscivano a spostarlo di un pollice». Meravigliatissimo, uno di loro strisciò sotto il letto e, guardando dentro il baule, esclamò:

«Credo bene che non riuscivamo a muoverlo – è pieno fino all'orlo di vecchi rottami di ottone!».

Puntando allora i piedi contro la parete per avere un solido appoggio, spinse con tutte le sue forze il baule mentre i compagni lo tiravano, con tutte le forze loro, fino a che, con molta difficoltà, riuscirono a trascinarlo fuori da sotto il letto e ad esaminarne il contenuto. Il presunto ottone di cui era colmo, consisteva in frammenti piccoli e lisci, di dimensioni variabili da un pisello a un dollaro; ma i frammenti erano di forma irregolare, anche se più o meno piatta – e apparivano, nell'insieme, «molto simili a gocce di piombo fuso gettate a terra e lasciate raffreddare». Ora, non uno di quei poliziotti sospettò, sia pure per un attimo, che quel metallo *non fosse* ottone. Naturalmente, l'idea che fosse *oro*, non passò loro neanche per la mente; e come avrebbero mai *potuto* immaginare una cosa simile? È quindi comprensibile il loro sbalordimento quando, il giorno dopo, si seppe in tutta Brema che il «mucchio d'ottone» che avevano scaricato con tanto disprezzo alla stazione di polizia, senza darsi la pena di intascarne nemmeno un pezzetto, non solamente era oro – oro vero – ma oro di gran lunga superiore a quello di conio – oro, in effetti, purissimo, vergine, senza la minima aggiunta di leghe!

Non occorre che io rivanghi o riporti i particolari della confessione di Von Kempelen (quale che essa sia stata) perché tutti li conoscono. Che egli abbia effettivamente realizzato, in teoria e in pratica, se non alla lettera, l'antico sogno della pietra filosofale, solo un pazzo potrebbe dubitarne. Le opinioni di Arago meritano senza dubbio la massima considerazione; ma lui non è certo infallibile; e ciò che dice del *bismuto*, nella sua relazione all'Accademia, va preso *cum grano salis*. La verità pura e semplice è che, fino ad oggi, *tutte* le analisi sono fallite; e finché Von Kempelen non deciderà di consegnarci la chiave del suo enigma apparso sulla stampa, è più che probabile che la faccenda rimanga per anni *in statu quo*. Quello che onestamente possiamo affermare si sappia è che «*è possibile fabbricare a volontà e molto rapidamente l'oro puro dal piombo miscelato ad altre sostanze di tipo e in proporzioni sconosciuti*».

Ci si interroga naturalmente sui risultati presenti e futuri di questa scoperta – scoperta che poche persone di buon senso esiterebbero a collegare a un accresciuto interesse nell'oro in genere, visti i recenti sviluppi che ha avuto in California; e questa riflessione ci conduce inevitabilmente a un'altra – l'estrema *inopportunità* della analisi di Von Kempelen. Se molti rinunciassero ad avventurarsi in California solo per il timore che l'oro possa diminuire a tal punto di valore, vista l'abbondanza con cui si trova in quei giacimenti, da mettere in dubbio il tornaconto di andarlo a cercare – quale impressione susciterebbe *ora*, nella mente di coloro che sono in procinto di emigrare, e specialmente di coloro che si trovano già nella regione mineraria, l'annuncio della strabiliante scoperta di Von Kempelen? Una scoperta che indica a chiare lettere come, al di là del suo valore intrinseco per la manifattura (quale che esso sia), l'oro oggi, o almeno in un vicinissimo futuro – dato che è impensabile che Von Kempelen possa mantenere il segreto ancora per *molto* – non avrà più *valore* del piombo, e molto meno di quello dell'argento. In realtà, è difficilissimo immaginare quali conseguenze avrà in futuro questa scoperta; ma una cosa si può affermare con certezza – che, dato sei mesi fa, il suo annuncio avrebbe avuto pesanti ripercussioni sulla colonizzazione della California.

Fino a questo momento, in Europa gli effetti più notevoli sono stati un aumento del 2% nel prezzo del piombo e di quasi il 25% in quello dell'argento.

La milleduesima notte di Shahrazàd

Truth is stranger than fiction.
È più incredibile la verità che la finzione.
Antico proverbio

Avendo avuto recentemente occasione, nel corso di alcune ricerche sull'Oriente, di consultarne il *Tellmenow Isitsöornot* [1], un testo che (come lo *Zohar* di Simeon Jochaides) è scarsamente conosciuto anche in Europa; e che, per quanto ne so, non è stato mai citato da uno scrittore americano – tranne forse l'autore delle *Curiosità della Letteratura Americana*; – avendo avuto occasione, dicevo, di sfogliare qualche pagina dell'interessantissima opera prima citata, fui non poco sorpreso nello scoprire che, fino ad oggi, il mondo letterario è stranamente vissuto nell'errore circa la sorte della figlia del vizir, Shahrazàd, come essa viene presentata nelle *Mille e una Notte*; e che il *dénouement* riportato in quel testo è, se non del tutto inesatto, quanto meno colpevole di non essere andato molto oltre.

Per informazioni esaurienti su tale interessante argomento devo rimandare il lettore curioso al succitato *Isitsöornot*; ma, nel frattempo, egli vorrà certo perdonarmi se darò qui di seguito un riassunto di quanto ho scoperto.

Si ricorderà che, nella versione comune del racconto, un certo sovrano, giustificatamente geloso della sua regina, non solo la mette a morte ma giura, sulla barba propria e su quella del profeta, di sposare ogni notte la più bella fanciulla del suo regno e di consegnarla al carnefice il mattino successivo.

Dopo avere per molti anni adempiuto alla lettera il suo giuramento, con religiosa puntualità e precisione che gli valsero ampio credito come uomo di grande devozione e buon senso, il sovrano fu interrotto, un pomeriggio (senza dubbio mentre stava pregando) da una visita del suo gran vizir alla cui figlia, sembra, era venuta un'idea.

La fanciulla si chiamava Shahrazàd e la sua idea era quella di liberare il paese dal balzello che lo spopolava delle sue bellezze oppure, come tutte le eroine di questo mondo, perire nel tentativo.

Pertanto (anche se non ci risulta che fosse un anno bisestile il che rende il sacrificio più meritorio) ella incarica suo padre, il gran vizir, di offrire al re la sua mano. Mano che il sovrano accetta con entusiasmo (si era già proposto di ottenerla e aveva rimandato la cosa di giorno in giorno unicamente per timore del gran vizir) – ma, accettandola, fa chiaramente presente agli interessati che, gran vizir o non gran vizir, lui non ha la minima intenzione di derogare di una virgola dal suo giuramento o dal suo privilegio. Perciò, quando la bella Shahrazàd insistette per sposare il re, e lo sposò effettivamente, malgrado l'ottimo consiglio paterno di non fare nulla del genere – quando decise di sposarlo e lo sposò, ripeto, per amore o per

[1] Gioco di parole: *Tell-me-now Is-it-so-or-not* cioè «Dimmi, dunque, è così o no?» (*N.d.T.*).

forza, lo fece con i suoi begli occhi neri bene aperti, come la natura del caso richiedeva.

Sembra però che la sagace fanciulla (la quale aveva senza dubbio letto Machiavelli) avesse concepito un ingegnosissimo piano. La notte delle nozze riuscì, con non rammento quale specioso pretesto, a far occupare alla sorella un giaciglio abbastanza vicino a quello della regale coppia così da poter agevolmente conversare da un letto all'altro; e, poco prima del canto del gallo, fece in modo di svegliare il buon re, suo sposo (che non gliene volle, dal momento che intendeva torcerle il collo al mattino) – fece in modo di svegliarlo, ripeto (anche se, grazie a una coscienza tranquilla e a una digestione senza problemi, dormiva profondamente) mediante una storia estremamente avvincente (circa un topo e un gatto nero, credo) che ella stava raccontando (sottovoce, naturalmente) alla sorella. Quando spuntò il giorno, caso volle che la storia non fosse ancora finita e che Shahrazàd, data la situazione, non potesse finirla in quel momento poiché era ormai giunta per lei l'ora di alzarsi e farsi strangolare con un laccio – cosa assai poco più piacevole dell'impiccagione, solo leggermente più raffinata!

Mi duole dire che, però, la curiosità del re fu più forte dei suoi radicati princìpi religiosi e lo indusse, per quella volta, a rimandare l'adempimento del suo voto fino al mattino seguente, allo scopo e nella speranza di ascoltare, quella notte, come andava a finire la storia del gatto nero (credo proprio che si trattasse di un gatto nero) e del topo.

Ma, quando sopraggiunse la notte, madama Shahrazàd non solo aveva dato l'ultimo tocco al gatto nero e al topo (il topo era blu) ma, quasi senza accorgersene, si trovò immersa nelle tortuosità di un racconto che riguardava (se non vado errato) un cavallo rosa (con le ali verdi) che galoppava grazie a un meccanismo a orologeria, caricato con una chiave color indaco. Questa storia avvinse il re ancor più dell'altra – e quando, allo spuntar del giorno, essa non era ancora terminata (malgrado tutti gli sforzi della regina per concluderla in tempo per lo strangolamento) non ci fu altro da fare che rimandare, come prima, la cerimonia di ventiquattr'ore. La notte successiva, un contrattempo analogo si ripeté, con analogo risultato; e quella seguente – e quella dopo ancora così che, alla fine, il buon sovrano, inevitabilmente privato di ogni occasione di adempiere il voto per non meno di mille e una notte, o se lo dimentica del tutto, dopo tanto tempo, o se ne fa assolvere in modo regolare, o (il che è più probabile) rompe una volta per tutte il giuramento, e la testa del suo padre confessore. Comunque sia, Shahrazàd, discendente della stirpe di Eva, aveva forse ereditato tutti e sette i panieri di chiacchiere che, come tutti sappiamo, quella gentildonna aveva raccolto sotto gli alberi del giardino dell'Eden; Shahrazàd, ripeto, alla fine trionfò e il balzello sulla bellezza fu abolito.

Ora, questa conclusione (che è quella della storia, come ci viene narrata) è senza dubbio adattissima e piacevolissima – ma, ahimè! Come molte cose piacevoli, è più piacevole che vera; e sono in debito verso lo *Isitsöornot* che mi ha dato modo di correggere l'errore. «*Le mieux*», dice un proverbio francese, «*est l'ennui du bien*», e, nell'osservare che Shahrazàd aveva ereditato i sette panieri di chiacchiere, avrei dovuto aggiungere che li aveva messi così bene a frutto da farli diventare settantasette.

«Mia cara sorella», ella disse la milleduesima notte (cito, *verbatim*, quanto riportato a questo punto dall'*Isitsöornot*), «mia cara sorella», disse, «ora che questo piccolo problema dello strangolamento col laccio di seta è stato risolto e quell'odioso balzello così felicemente abolito, sento di avere fatto un grave torto a te e al re (il quale, mi duole dirlo, russa – cosa che un gentiluomo non farebbe mai) nel privarvi della conclusione della storia di Sindibàd il marinaio. Quest'uomo affrontò altre numerose e più interessanti avventure di quelle che ho narrato; ma il fatto è che, proprio quella notte in cui le raccontai, avevo sonno e così cedetti alla tentazione di abbreviarle – un gravissimo errore di cui spero Allah vorrà perdonarmi. Ma non è ancora troppo tardi per porre rimedio alla mia negligenza – e appena avrò dato al re un paio di pizzicotti per svegliarlo quel tanto che basta a fargli smettere quell'orribile rumore, subito diletterò te (e lui, se lo desidera) con il seguito di quello straordinario racconto.»

Al che la sorella di Shahrazàd, come leggo nell'*Isitsöornot*, non espresse particolare gratitudine; ma il sovrano, dopo aver ricevuto pizzicotti a sufficienza, smise finalmente di russare e alla fine disse «Hum!», e poi «Hoo!»; e allora la regina, comprendendo che quelle parole (senza dubbio arabe) stavano a significare che egli era tutt'orecchi e avrebbe fatto del suo meglio per non russare più – la regina, dicevo, una volta sistemate le cose a suo piacimento, si rituffò subito nella storia di Sindibàd il marinaio:

«"Alla fine, ormai in età avanzata"» (queste sono le parole dello stesso Sindibàd come riferite da Shahrazàd), «"Alla fine, ormai in età avanzata, e dopo aver trascorso molti anni tranquilli a casa mia, mi assalì di nuovo la smania di visitare paesi nuovi; e un giorno, senza informare del mio progetto nessuno della mia famiglia, impacchettai delle mercanzie di gran valore e poco ingombro e, prendendo un facchino perché le portasse, andai con lui sulla spiaggia ad aspettare l'arrivo di una nave qualsiasi che mi trasportasse fuori dal regno, in qualche regione a me ancora sconosciuta.

Deposti i pacchi sulla sabbia, ci sedemmo sotto gli alberi a scrutare l'oceano sperando di avvistare una nave, ma per molte ore non ne vedemmo neanche una. Alla fine, mi parve di sentire uno strano ronzio, un suono come un mormorio – e il facchino, dopo essere rimasto un po' in ascolto, disse di sentirlo anche lui. Subito dopo, il rumore divenne più forte, e più forte ancora, tanto che non avemmo alcun dubbio circa il fatto che l'oggetto da cui esso proveniva si stava avvicinando a noi. Alla fine, sulla linea dell'orizzonte, scorgemmo un puntolino nero che si ingrandì rapidamente fino a quando vedemmo che si trattava di un enorme mostro, il cui corpo affiorava in gran parte sulla superficie. Veniva verso di noi con incredibile velocità, sollevando ai suoi fianchi gigantesche ondate di spuma e illuminando tutto il tratto di mare che attraversava con una striscia di fuoco che si perdeva in lontananza.

Via via che quella cosa si avvicinava, la vedemmo molto chiaramente. La sua lunghezza era pari a quella di tre alberi, fra i più alti che esistano; ed era larga quanto la sala delle udienze nel tuo palazzo, o massimamente sublime e munifico tra i califfi. Il suo corpo, che non somigliava a quello di nessun pesce, era solido come una roccia e, nella parte emergente dalle acque, nero come l'ebano tranne che per una stretta striscia color rosso sangue che girava tutt'intorno. La pancia, che stava sott'acqua e che potevamo occasionalmente scorgere quando il mostro si alzava e ricadeva con i marosi, era completamente ricoperta di scaglie metalliche, il cui colore era quello della luna velata di foschia. Il dorso era piatto e quasi bianco, e da esso si ergevano sei pinne, alte circa la metà del corpo.

Non riuscimmo a scorgere una bocca in quell'orrenda creatura ma, quasi a compensarne la mancanza, era fornita di almeno quattro ventine d'occhi, sporgenti dalle orbite come quelli della libellula, che circondavano tutto il corpo, in due file sovrapposte e parallele alla striscia rosso sangue che sembrava avere le funzioni di un sopracciglio. Due o tre di quegli occhi mostruosi erano assai più grandi degli altri e sembravano d'oro massiccio.

Anche se, come ho detto, l'animale si avvicinava a noi con estrema rapidità, doveva essere una magia a muoverlo – poiché non aveva pinne di pesce, né piedi palmati d'anatra, né ali come la conchiglia marina che viene spinta in avanti come un vascello; né strisciava contorcendosi come le anguille. La testa e la coda erano di forma identica tranne che, non lontano dalla seconda, si aprivano due fori a mo' di narici dalle quali il mostro eruttava il suo denso fiato con incredibile violenza, e con un suono stridulo e sgradevole.

Grande fu il nostro terrore alla vista di quella cosa orrenda, ma ancor più grande il nostro sbigottimento quando, osservandolo più da vicino, scorgemmo sul dorso di quell'essere una miriade di animali, in forma e misura di uomini, ad essi molto simili, tranne che per il fatto che non indossavano vesti (come indossano gli uomini) bensì erano forniti (certo dalla natura) di un brutto e scomodo rivestimento molto simile a un rozzo tessuto, ma così aderente alla pelle da rendere quei poveri diavoli ridicolmente goffi e, a quanto sembrava, di infligger loro dolorose pene. Proprio sul cocuzzolo, avevano una sorta di scatola quadrata che, a prima vista, pensai servisse da turbante; ma che ben presto scoprii essere pesantissima e massiccia, e conclusi quindi che quelle scatole fossero dei congegni destinati, col loro peso, a mantenere sana e salva sulle spalle la testa di quegli animali. Intorno al collo erano fissati dei collari neri (senza dubbio simboli di schiavitù) come quelli che noi mettiamo al collo dei cani, solo molto più larghi e molto più rigidi – così che quelle povere vittime non potevano assolutamente girare la testa in una qualsiasi direzione senza girarsi con tutto il corpo; ed erano quindi condannati a contemplarsi eternamente il naso – straordinariamente, se non addirittura orrendamente, rincagnato e schiacciato.

Quando aveva quasi raggiunto la spiaggia dove noi ci trovavamo, il mostro improvvisamente spinse in fuori uno dei suoi occhi da cui lanciò un pauroso lampo di fuoco, accompagnato da una densa nube di fumo e da un rumore che non potrei paragonare che a un tuono. Mentre il fumo si diradava, vedemmo uno degli strani uomini-animale ritto in piedi accanto alla testa del mostro, con una tromba attraverso cui (accostandosela alla bocca) si rivolse a noi in toni fragorosi, aspri e sgradevoli che avremmo forse scambiato per parole, se non per il fatto che uscivano dal naso.

Trovandomi così ovviamente apostrofato, non seppi cosa rispondere dato che non riuscivo assolutamente a comprendere cosa diceva; e in questo frangente mi rivolsi al facchino, che era sul punto di svenire dalla paura, chiedendogli, a suo parere di quale specie di mostro si trattasse, cosa volesse, e che sorta di creature fossero quelle così raggruppate sul suo dorso. A questo il facchino replicò, come meglio gli consentiva il terrore, che una volta aveva sentito parlare di questo animale marino; che era un dèmone crudele, con viscere di zolfo e sangue di fuoco, creato dagli spiriti malvagi per infliggere pene e desolazione all'umanità; che quelle cose sul suo dorso erano insetti parassiti quali talvolta infestano cani e gatti, solo un po' più grandi e più feroci; e che quei parassiti, per cattivi che fossero, avevano una loro utilità – perché, torturando il mostro con morsi e punture, lo portavano al parossismo d'ira necessario a farlo ruggire e a compiere del male, realizzando così i vendicativi ed iniqui disegni degli spiriti maligni.

Quel racconto mi indusse a darmela a gambe e, senza nemmeno voltarmi indietro, corsi a perdifiato su per le colline, mentre il facchino correva altrettanto rapidamente, anche se in direzione opposta, così che, alla fine, sparì con tutti i miei fagotti dei quali, sono certo, si prese scrupolosamente cura – benché su questo non posso giurare dal momento che non ricordo di averlo mai più visto.

In quanto a me, ero inseguito con tale accanimento da una folla di quegli uomini-insetto (giunti sulla spiaggia con delle barche) che ben presto fui raggiunto, legato mani e piedi, e trasportato verso il mostro che subito si mise a nuotare, tornando al largo.

A quel punto, mi pentii amaramente della mia follia nell'abbandonare una comoda casa per mettere nuovamente a repentaglio la mia vita in avventure del genere; ma era inutile recriminare e cercai di cavarmela come meglio potevo, facendo di tutto per conquistarmi il favore dell'uomo-animale che possedeva la tromba e sembrava esercitare la sua autorità sui compagni. Riuscii così bene nel mio intento che, in pochi giorni, quella creatura mi diede varie prove di benevolenza, arrivando perfino al punto di insegnarmi i rudimenti di quella che definiva boriosamente la sua lingua così che, alla fine, fui in grado di conversare speditamente con lui e fargli comprendere il mio ardente desiderio di vedere il mondo.

'*Washish squashish squeak, Sinbad, heydiddle diddle, grunt unt grumble, hiss, fiss, whiss*', mi disse un giorno, dopo pranzo" ma ti chiedo mille volte perdono, avevo dimenticato che Vostra Maestà non conosce il dialetto dei Cock-neighs [2] (così si chiamano gli uomini-animali; immagino perché il loro linguaggio era una via di mezzo fra quello del cavallo e quello del gallo) [3]. Col tuo permesso, lo tradurrò. "*Washish, squashish*", etc. vuol dire "sono felice di vedere, caro Sindibàd, che sei davvero un galantuomo; noi stiamo adesso facendo una cosa che è chiamata circumnavigazione del globo; e, dal momento che hai tanto desiderio di vedere il mondo, farò uno strappo alla regola e ti darò un passaggio gratuito sul dorso della bestia"».

Quando madama Shahrazàd fu giunta a questo punto, riferisce l'*Isitsöornot*, il re si girò dal fianco sinistro al fianco destro, e disse:

«In effetti, è *molto* strano, mia cara regina, che tu abbia finora omesso di narrare queste avventure di Sindibàd. Sai che mi sembrano davvero strane ed affascinanti?».

Avendo il re così parlato, ci dicono che la bella Shahrazàd riprese il suo racconto con queste parole:

«Sindibàd proseguì nel suo racconto: "Ringraziai l'uomo-animale per la sua cortesia e presto mi trovai perfettamente a mio agio sul mostro che solcava l'oceano con una rapidità straordinaria anche se, in quella parte del mondo, la sua superficie non è piatta bensì rotonda come un melo-

[2] *Cockney* = il popolano londinese, e il suo gergo (*N.d.T.*).
[3] *Cock* = gallo; *neighs* = nitriti (*N.d.T.*).

grano, così che per tutto il tempo procedemmo, si potrebbe dire, su e giù da una collina"».

«Questo, io credo, era molto singolare», la interruppe il re.

«Eppure è verissimo», rispose Shahrazàd.

«Ho i miei dubbi», replicò il re; «ma, ti prego, continua il tuo racconto.»

«Lo farò», rispose la regina. «"L'animale", proseguì Sindibàd, "nuotava, come ho detto, su e giù come lungo le colline quando, finalmente, giungemmo a un'isola, con una circonferenza di molte centinaia di miglia che, nondimeno, era stata edificata in mezzo al mare da una colonia di minuscoli esseri simili a bruchi."» [4]

«Hum!», commentò il re.

«"Lasciata quest'isola", disse Sindibàd (capite bene che Shahrazàd non badò affatto alla scortese interiezione del marito) "lasciata quest'isola, ne raggiungemmo un'altra dove le foreste erano di pietra, così dura da ridurre in schegge le asce più affilate con cui tentammo di abbatterle."» [5]

«Hum!», ripeté il re; ma Shahrazàd, ignorandolo, continuò il racconto di Sindibàd.

«"Oltrepassata questa seconda isola, giungemmo a un paese dove esisteva una grotta sotterranea che si snodava per 30 o 40 miglia dentro le viscere della terra e conteneva un numero assai maggiore di palazzi, ben più spaziosi e imponenti, di quanti ne esistano in tutta Damasco e Bagdad. Dal tetto di questi palazzi, pendevano miriadi di gemme come diamanti, ma più grandi di un uomo; e, frammezzo le strade di torri, piramidi e templi, scorrevano fiumi immensi, neri come l'ebano, pullulanti di pesci senza occhi."» [6]

«Hum!», disse il re.

«"Entrammo poi in una zona di mare dove trovammo un alto monte dai

[4] Le madrepore coralline.

[5] «Una delle più straordinarie curiosità naturali del Texas è la foresta pietrificata, accanto alla sorgente del Fiume Pasigno. Consiste in varie centinaia di alberi, in posizione eretta, tutti trasformati in pietra. Alcuni alberi, attualmente in crescita, sono parzialmente pietrificati. Un fenomeno sorprendente per i filosofi della natura, che dovrà indurli a modificare la teoria corrente sulla pietrificazione.» *Kennedy*.

Questa descrizione, in un primo tempo messa in dubbio, è stata in seguito confermata dalla scoperta di una foresta interamente pietrificata, presso le sorgenti del fiume Cheyenne o Chienne, che sgorga dalle Colline Nere della catena rocciosa.

Non esiste forse sulla faccia della terra spettacolo più straordinario, sotto il profilo sia pittoresco che geologico, di quello offerto dalla foresta pietrificata nelle vicinanze del Cairo. Appena oltrepassate le tombe dei califfi, subito fuori dalle porte della città, il viaggiatore prosegue verso sud, quasi ad angolo retto con la pista desertica per Suez e, dopo aver percorso una decina di miglia su per una brulla vallata coperta di sabbia, ghiaia e conchiglie che sembrano abbandonate lì il giorno prima dalla marea in deflusso, attraversa una catena di basse colline che già da un po' corre parallela al tracciato che sta percorrendo. La scena che ora gli si para davanti è singolare e desolata oltre ogni dire. Una massa di tronchi spezzati, tutti trasformati in pietra che, se colpiti dagli zoccoli del cavallo, mandano un suono metallico, ricopre il terreno per miglia e miglia all'intorno, come una foresta disintegrata e abbattuta. Il legno ha un color marrone scuro ma conserva perfettamente la sua forma, in pezzi lunghi da uno a quindici piedi, con una grossezza che va da mezzo piede a tre piedi; i tronchi sono così affastellati a perdita d'occhio che un asino egiziano riesce a malapena a farsi strada; e appaiono così naturali che in Scozia e in Inghilterra li si scambierebbe tranquillamente per un mastodontico acquitrino su cui gli alberi, tratti in superficie, sono lasciati a marcire sotto il sole. Le radici e i pezzi di rami sono spesso quasi perfetti e in alcuni si riconoscono facilmente le gallerie scavate dai vermi sotto la corteccia. Le venature più delicate e le migliori parti centrali del legno sono intatte, anche a esaminarle con la lente d'ingrandimento più potente che esista. Tutto è così interamente pietrificato da graffiare il vetro e da poter essere lucidato fino a risplendere. *Asiatic Magazine*.

[6] La Mammoth Cave nel Kentucky.

cui fianchi scendevano torrenti di metallo fuso, alcuni larghi 12 miglia e lunghi 60 [7]; mentre, da una voragine sulla vetta, fuoriusciva una tale quantità di ceneri che il sole era completamente cancellato dalla volta celeste e si fece più buio che la più oscura notte; così che perfino a una distanza di 150 miglia dalla montagna, era impossibile scorgere un oggetto di un bianco candido, per quanto lo avvicinassimo agli occhi."» [8]

«Hum!», disse il re.

«"Lasciata la costa, la bestia proseguì il suo viaggio fino a quando incontrammo una terra in cui sembrava che l'ordine naturale delle cose fosse capovolto – vedemmo infatti un grande lago in fondo al quale, più di cento piedi sotto la superficie, verdeggiava una foresta di alberi alti e lussureggianti."» [9]

«Hoo!», disse il re.

«"Un centinaio di miglia più oltre, incontrammo una condizione atmosferica in cui l'aria era così densa da reggere il ferro o l'acciaio, come la nostra regge una piuma."» [10]

«Balle», disse il re.

«"Procedendo sempre nella stessa direzione, giungemmo poco dopo alla regione più bella del mondo. Attraversata per migliaia di miglia da uno stupendo fiume serpeggiante. Un fiume indicibilmente profondo e più trasparente dell'ambra. Era largo dalle tre alle sei miglia e le sponde, che da entrambi i lati si ergevano a picco fino a 1200 piedi, erano coronate da piante sempreverdi e fiori dal profumo inestinguibile che facevano di quella terra un unico, meraviglioso giardino; ma il nome di quel paese lussureggiante era il Regno dell'Orrore, ed entrarvi significava morte certa."» [11]

«Humph!», disse il re.

«"Ci allontanammo in gran fretta da quella terra e, pochi giorni dopo, giungemmo a un'altra dove, con nostro sbigottimento, scorgemmo miriadi di animali mostruosi che avevano sul capo corna simili a falci. Queste orrende bestie si scavavano grandi caverne a forma di imbuto nel terreno, accumulando ai lati dei massi, uno sull'altro, in modo tale che essi precipitano appena vengono calpestati da un altro animale che, così, cade nella tana del mostro il quale ne succhia immediatamente il sangue, sbarazzandosi poi della carcassa che getta sdegnosamente molto lontano dalla 'camera della morte'."» [12]

[7] In Islanda, nel 1783.

[8] «Durante l'eruzione di Hecla, nel 1766, il fumo oscurò a tal punto il cielo che a Glaumba, distante oltre venti leghe dal vulcano, la gente doveva procedere a tentoni. Durante l'eruzione del Vesuvio, nel 1794, a Caserta, lontana quattro leghe, gli abitanti potevano aggirarsi solo alla luce delle torce. Il primo maggio del 1812, una pioggia di ceneri e lapilli proveniente da un vulcano dell'isola di St. Vincent, ricoprì l'intero territorio delle Barbados, creando una tale oscurità che, a mezzogiorno, all'aperto, non si scorgevano alberi od oggetti vicini, nemmeno un fazzoletto bianco a sei pollici di distanza.» *Murray*, p. 215, *Phil. Edit.*

[9] «Nel 1790 nelle Caraccas, durante un terremoto, parte del terreno granitico sprofondò, creando un lago di 800 iarde di diametro, profondo dagli 80 ai 100 piedi. A sprofondare fu parte della foresta di Aripao, i cui alberi rimasero verdeggianti per vari mesi sotto le acque.» *Murray*, p. 221.

[10] Sotto l'azione di un cannello ossidrico, anche l'acciaio più resistente può essere ridotto a una polvere impalpabile, che fluttua nell'aria.

[11] La regione del Niger. Cfr. *Simmona's «Colonial Magazine»*.

[12] Il *Myrmeleon* – la formica-leone. Il termine «mostro» è applicabile a tutto ciò che è fuori dal comune, grande o piccolo che sia; mentre aggettivi come «ampio» hanno carattere

«Pooh!», disse il re.

"Proseguendo nel nostro viaggio, arrivammo a una zona dove le piante non crescevano sul terreno ma nell'aria [13]. Altre, nascevano dal corpo di altre piante [14]; altre, dal corpo di animali viventi [15]; e altre ancora ve n'erano, completamente illuminate da un fuoco interno [16]; e altre che si spostavano liberamente da un luogo all'altro [17]; e, cosa più meravigliosa di tutte, fiori che vivevano, respiravano e si muovevano a piacere e, inoltre, condividevano l'insana passione degli esseri umani di mettere in schiavitù altre creature, relegandole in orride e solitarie prigioni fino a quando abbiano adempiuto ai loro compiti."» [18]

«Pfui!», disse il re.

«"Abbandonando questa terra, giungemmo presto ad un'altra dove api e uccelli possiedono un tale genio e una tale erudizione matematica da fornire quotidianamente istruzioni nella scienza geometrica ai sapienti dell'impero. Avendo il monarca di quel regno offerto una ricompensa per la soluzione di due difficilissimi problemi, questi vennero risolti seduta stante – uno dalle api, l'altro dagli uccelli; ma il sovrano tenne segreta la soluzione; e fu solo dopo accuratissime e laboriosissime ricerche, dopo la stesura di una infinita serie di libroni, nell'arco di molti, molti anni, che i matematici arrivarono all'identica soluzione fornita istantaneamente dalle api e dagli uccelli."» [19]

puramente comparativo. La tana della formica-leone è *ampia* rispetto a quella della formica comune. E analogamente un granello di silice diventa un «masso».

[13] L'*Epidendron, Flos Aeris*, della famiglia delle *orchidee*, cresce attaccato a un albero o a un altro oggetto solo con la superficie delle radici, traendo il nutrimento non dalla pianta ma dall'aria.

[14] *I Parassiti, come la stupenda Rafflesia Arnoldii.*

[15] *Schouw* parla di una famiglia di piante che crescono su animali viventi – le *Plantae Epizooe*. A questa famiglia appartengono i *Fuci* e le *Algae*.

J.B. William, di Salem, Mass., sottopose all'attenzione del «National Institute» un insetto originario della Nuova Zelanda, con la seguente descrizione: «*L'Hotte*, incontestabilmente un bruco, o un verme, cresce ai piedi dell'albero *Rata*, e dal suo capo spunta una pianta. Questo stranissimo e mirabile insetto si arrampica sugli alberi *Rata* e *Perriri* e, giunto in cima, perfora il tronco, scavandosi la strada fino alle radici dalle quali, poi, fuoriesce e muore, o cade in letargo, mentre dalla sua testa si propaga la pianta; il corpo dell'insetto rimane integro e perfetto, trasformandosi però in una sostanza molto più consistente di quando era vivo. Da questo insetto, gli indigeni ricavano un colore per i loro tatuaggi.

[16] Nelle miniere e nelle grotte naturali si trova un crittogamo *fungus* che emette un'intensa fosforescenza.

[17] Orchidea, *scabius* e *valisneria*.

[18] «La corolla di questo fiore (*Aristolochia Clematitis*) di forma tubolare, terminante verso l'alto in una appendice lingulata, ha un rigonfiamento globulare alla base. L'interno del tubo perigoniale è ricoperto da peli rigidi, convergenti verso il basso. La parte globulare contiene il pistillo, formato da ovario e stigma, circondato dagli stami; i quali, però, essendo più corti dell'ovario, non possono rilasciare il polline in modo da mandarlo sullo stigma, poiché il fiore conserva una posizione eretta fino a dopo l'impollinazione. Pertanto, senza qualche aiuto supplementare, il polline cadrebbe sul fondo del fiore. L'aiuto fornito in questo caso dalla natura consiste in un minuscolo insetto, la *Tiputa Pennicornis* che, penetrando nella porzione tubolare della corolla in cerca di nettare, scende fino al fondo, rivoltolandosi fino a quando è interamente ricoperto di polline; non riuscendo più a risalire per via dell'inclinazione verso il basso dei peli che convergono come i fili metallici di una trappola per topi e, agitandosi per liberarsi, striscia avanti e indietro in ogni angolo cercando una via d'uscita; finché, dopo essere passato varie volte sullo stigma, lo cosparge di polline sufficiente all'inseminazione per cui, poco dopo, il fiore assume una posizione pendula e i peli perdono ogni loro resistenza, aderendo alle pareti della porzione tubolare e aprendo così un passaggio per la fuga dell'insetto.» *Rev.P.Keith, System of Physiological Botany.*

[19] Le api – fin da quando furono create – hanno costruito le loro celle con quei lati che, per numero e per pendenza, rispondono esattamente, come è stato dimostrato (in un pro-

«Santo cielo!», disse il re.

«"Ci eravamo appena lasciati alle spalle quel regno quando capitammo in un altro, dalle cui spiagge si alzò in volo sulla nostra testa uno stormo di uccelli, per un'ampiezza di un miglio e una lunghezza di 40; così che, pur volando a una velocità di un miglio al minuto, ci vollero quattro ore prima che l'intero stormo – composto da vari milioni di pennuti – ci oltrepassasse."» [20]

«Perbacco!», disse il re.

«"Ci eravamo appena liberati di questi uccelli, che ci procurarono non poco fastidio, quando rimanemmo terrorizzati alla vista di un pennuto di un altro genere, infinitamente più grande perfino dei roc [21] che avevo incontrato nei miei viaggi precedenti; era più grande della più grande cupola del tuo serraglio, o Sommamente Munifico tra i Califfi. Quel temibile volatile non aveva, a quanto potemmo vedere, una testa; ma era composto esclusivamente da una pancia, incredibilmente grossa e rotonda, di una sostanza morbida all'apparenza, liscia, lucida, a strisce multicolori. Negli artigli, il mostro stava trasportando al suo nido alto nel cielo una casa di cui aveva abbattuto il tetto e dentro la quale scorgemmo distintamente degli esseri umani i quali senza dubbio, erano in preda alla più nera disperazione per il fato spaventoso che li attendeva. Urlammo con tutte le nostre forze nella speranza di spaventare l'uccello e fargli mollare la preda; ma esso si limitò a lanciare uno sbuffo, come di rabbia, e poi lasciò cadere sulle nostre teste un pesante sacco che risultò pieno di sabbia!"»

«Stupidaggini!», disse il re.

«"Fu proprio dopo questa avventura che incontrammo un continente immenso, incredibilmente massiccio che, però, era sostenuto solo dalla groppa di una giovenca azzurra con non meno di 400 corna."» [22]

«A *questo* ci credo», disse il re, «perché ho già letto qualcosa del genere in un libro.»

«"Passammo al disotto di questo continente (nuotando fra le zampe della giovenca) e, dopo qualche ora, ci trovammo in una terra davvero meravigliosa che, mi disse l'uomo-animale, era il suo paese natìo, abitato da esseri della sua stessa specie. Questo accrebbe molto la mia stima nei suoi confronti, tanto che cominciai a vergognarmi della sprezzante familiarità con cui lo avevo trattato; scoprii infatti che gli uomini-animali in genere, erano una nazione di potentissimi maghi, che avevano dei vermi

blema la cui soluzione comporta i più complessi princìpi matematici), all'esigenza di consentire alle api il maggior spazio possibile compatibilmente alla massima stabilità della struttura.
Durante la metà del secolo scorso, si presentò ai matematici il problema «di determinare la forma migliore da dare alla velatura di un mulino a vento secondo la distanza dalle pale girevoli e dai perni rotanti». Si tratta di un problema estremamente complesso perché, in altre parole, lo scopo è quello di individuare la miglior posizione possibile a un'infinità di distanze diverse e a un'infinità di punti sulla razza della ruota. Ci furono migliaia di vani tentativi da parte dei matematici più illustri; e quando finalmente si arrivò a una soluzione incontrovertibile, si scoprì che le ali di un uccello indicavano, fin dai tempi della creazione, la posizione esatta.

[20] Si trattava di uno stormo di piccioni in volo tra Francoforte e il territorio dell'Indiana, che si allargava per almeno un miglio; ci vollero quattro ore prima che passasse tutto; il che, alla media di un miglio al minuto, dà una lunghezza di 240 miglia; e, calcolando tre piccioni per ogni mq porta a 2.230.272.000 piccioni. *Travels in Canada and the United States*, di Lieut. F.Hall.

[21] Enorme uccello da preda mitologico (*N.d.T.*).

[22] «La terra è sorretta da una giovenca azzurra con quattrocento corna», *Sale's Koran*.

nel cervello [23] i quali senza dubbio, con i loro irritanti contorcimenti e le loro giravolte, li stimolavano ai più straordinari voli di fantasia."»

«Assurdo!», disse il re.

«"Fra quei maghi, vi erano numerosi animali addomesticati davvero straordinari; per esempio, un mastodontico cavallo le cui ossa erano di ferro e il sangue di acqua bollente. Anziché biada, il suo pasto normale consisteva in pietre nere; eppure, malgrado una dieta così indigesta, era talmente robusto e rapido da trascinare un peso superiore a quello del tempio più grande di questa città, a una velocità maggiore di un volo d'uccello."» [24]

«Bubbole!», disse il re.

«"Fra quella gente vidi anche una gallina senza piume, ma più grande di un cammello; anziché di carne e ossa era fatta di ferro e mattoni; anche il suo sangue, come quello del cavallo (con cui, in effetti, era strettamente imparentata) era acqua bollente; e, come il cavallo, non mangiava che legno o pietre nere. Molto spesso questa gallina dava alla luce fino a cento pulcini al giorno; i quali, dopo la nascita, si insediavano per varie settimane nello stomaco della madre."» [25]

«Ciance!», disse il re.

«"Un abitante di questa nazione di potenti incantatori aveva creato un uomo fatto di ottone, legno e cuoio, dotandolo di tale abilità che avrebbe battuto agli scacchi tutto il genere umano, eccezion fatta per il grande califfo, Harùn ar-Rashìd [26]. Un altro di quei maghi (con materiali analoghi) aveva costruito una creatura la cui genialità superava perfino quella del suo creatore; tale infatti era la sua intelligenza che, in un secondo, effettuava calcoli di tale portata da richiedere il lavoro di una squadra di 50.000 uomini in carne e ossa per un anno [27]. Ma un mago ancor più straordinario di quello, aveva costruito per sé una cosa potente che non era né uomo né animale, con un cervello di piombo mescolato a una sostanza nera simile al bitume, con dita di così incredibile velocità e destrezza da poter facilmente fare 20.000 copie del Corano in un'ora; e con tale assoluta precisione che, fra tutte quelle copie, non una se ne sarebbe trovata che differisse dall'altra di un capello, fosse pure il capello più sottile. Quella cosa aveva una forza prodigiosa, tale da innalzare o rovesciare con un soffio gli imperi più potenti; ma i suoi poteri erano usati per fare sia il bene che il male."»

«Ridicolo!», disse il re.

«"Fra questa popolazione di negromanti, uno ve n'era nelle cui vene scorreva il sangue di una salamandra; poiché non si peritava di sedersi a fumare il suo *chibouc* all'interno di un forno ardente fino a quando il suo pasto, sul piano del forno, non era arrostito a puntino [28]. Un altro, possedeva la facoltà di trasformare in oro i metalli comuni, senza nemmeno guardarli durante il processo [29]. Un altro ancora, aveva un tocco così

[23] La presenza di *Entozoa*, o vermi intestinali, è stata frequentemente riscontrata anche nella muscolatura e nella materia cerebrale umana.

[24] Sulla grande Western Railway, fra Londra ed Exeter, è stata toccata la velocità di 71 miglia l'ora. Un treno del peso di novanta tonnellate ha coperto il percorso da Puddington a Didcot (53 miglia) in 51 minuti.

[25] L'*Eccalobeion*.

[26] L'Automa Giocatore di Scacchi, di Maelzel.

[27] La macchina calcolatrice di Babbage.

[28] Chabert, e dopo di lui, centinaia d'altri.

[29] Galvanostegia.

delicato da fabbricare un filo metallico talmente sottile da essere invisibile[30]. E un altro aveva una tale rapidità di percezione da contare tutti i vari movimenti di un corpo elastico che rimbalzava avanti e indietro alla velocità di 900 milioni di volte al secondo."»[31]

«Assurdo!», disse il re.

«"Uno di quei maghi, grazie a un fluido che nessuno ha ancora mai veduto, poteva far sì che i cadaveri dei suoi amici brandissero le armi, tirassero calci o finanche si alzassero per mettersi a ballare al suo comando[32]. Un altro, aveva coltivato a tal punto la propria voce da farsi sentire da un capo all'altro del mondo[33]. Uno, aveva un braccio talmente lungo che, standosene seduto a Damasco, poteva mandare una lettera a Bagdad – o in qualsiasi altro luogo, a qualsiasi distanza[34]. Uno, comandava al fulmine di scendere dal cielo fino a lui, sulla terra, e il fulmine obbediva; ed egli se ne serviva come passatempo. Un altro ancora, prese due suoni forti e ne fece un silenzio. Un mago creò una profonda oscurità da due luci sfolgoranti[35]. Un altro, produsse del ghiaccio dentro una fornace incandescente[36]. Un altro ancora, ingiunse al sole di fargli il ritratto, e il sole obbedì[37]. Un mago, prese quell'astro, con la luna e i pianeti, ne sondò le viscere, scoprendo la solidità della sostanza di cui sono fatti. Ma, in verità, la nazione intera è dotata di tale abilità negromantica che perfino bambini, cani e gatti domestici, non hanno alcuna difficoltà a scorgere oggetti inesistenti o che, venti milioni di anni prima della nascita della nazione stessa, erano stati cancellati dalla faccia del creato."»[38]

[30] *Wollaston* ricavò dal platino, per i campi visivi di un telescopio, un filo dello spessore di un diciottomillesimo di pollice, visibile solo al microscopio.

[31] Newton dimostrò che, sotto l'influenza del raggio violetto dello spettro, la retina aveva 900 milioni di vibrazioni al secondo.

[32] La pila voltaica.

[33] Il telegrafo elettrico.

[34] Il telegrafo trasmette un messaggio immediatamente, almeno per quanto riguarda le distanze terrestri.

[35] Esperimento comune nelle scienze naturali. Se due raggi rossi, da due fonti di luce, vengono immessi in una camera scura così da cadere su una superficie bianca, e fra di loro ci sono 0,0000258 pollici di differenza nella lunghezza, la loro intensità risulta raddoppiata. Così pure se la differenza di lunghezza è pari a un multiplo di quella frazione. Un multiplo di $2^1/_4$, $3^1/_4$, ecc., produce un'intensità equivalente a quella di un raggio; ma se il multiplo è di $2^1/_2$, $3^1/_2$, ecc., si produrrà un'oscurità totale. Nei raggi violetti, effetti analoghi si verificano quando la differenza nella lunghezza è di 0,000157 pollici; i risultati sono analoghi con tutti gli altri raggi – la differenza varia con un aumento uniforme dal violetto al rosso.
Analoghi esperimenti sui suoni producono analoghi risultati.

[36] Porre un crogiuolo di platino su una lampada e spirito, a mantenerlo alla massima temperatura; versare nel crogiuolo dell'acido solforico che, pur essendo una sostanza estremamente volatile a temperature medie, diventerà del tutto stabile in un crogiuolo caldo e non ne evaporerà nemmeno una goccia – essendo infatti circondato da un'atmosfera propria non viene, in realtà, in contatto con le pareti del recipiente. Facendovi ora cadere qualche goccia d'acqua, l'acido viene in contatto con le pareti riscaldate del recipiente, evaporando in un vapore solforoso acido così rapidamente che il calore dell'acqua lo ingloba, ricadendo sul fondo sotto forma di un pezzo di ghiaccio; approfittando così di quell'attimo, prima che si sciolga di nuovo, si ottiene un blocco di ghiaccio da un recipiente infocato.

[37] Dagherrotipo.

[38] Pur se la luce raggiunge la velocità di 167.000 miglia al secondo, la distanza da Cygni 61 (l'unica stella la cui distanza è stata accertata) è talmente inconcepibile che la sua luce impiegherebbe oltre dieci anni a raggiungere la terra. Per le stelle più distanti, parlare di 20 – o perfino di 1000 anni – sarebbe un calcolo moderato. Quindi, se fossero scomparse 20, o 1000 anni fa, potremmo scorgerle ancora oggi grazie alla luce che, in passato, *partì* dalla loro superficie. E che molte delle stelle che vediamo oggi siano in realtà estinte, non è cosa impossibile – e nemmeno improbabile. Herschel il vecchio sostiene che la luce della più tenue

«Assurdo!», disse il re.

«"Le mogli e le figlie di questi straordinari e sapienti maghi"», continuò Shahrazàd senza lasciarsi minimamente disturbare da quelle frequenti e incivilissime interruzioni del marito, «"le mogli e le figlie di questi eminenti negromanti sono quanto di più distinto e raffinato esista; e sarebbero anche quanto di più affascinante e bello ci sia al mondo se non fosse per una spiacevole fatalità che le colpisce e da cui nemmeno i poteri miracolosi dei loro mariti e padri sono finora riusciti a salvarle. Alcune di queste fatalità si presentano in un modo, altre in un altro – ma quella di cui sto parlando, si presenta in forma di gobba."»

«Di che?», chiese il re?

«"Di gobba"», ripeté Shahrazàd. «"Uno degli spiriti malvagi, sempre all'erta per far del male, ha messo in testa a queste distinte signore che ciò che noi chiamiamo avvenenza personale consista esclusivamente nella protuberanza della zona poco sotto i reni. La bellezza perfetta, esse sostengono, è direttamente proporzionale alle dimensioni di questa protuberanza. È un'idea ormai radicata e, dal momento che in quel paese le imbottiture costano poco, è passato da un pezzo il tempo in cui si poteva distinguere una donna da un dromedario..."»

«Basta!», disse il re. «Questo non lo sopporto, e non lo sopporterò. Mi hai già provocato un gran mal di testa con le tue frottole. E vedo anche che sta spuntando il giorno. Da quanto tempo siamo sposati? – La mia coscienza ricomincia a farsi sentire. E quella faccenda del dromedario – mi prendi per uno sciocco? Tutto sommato, tanto vale che ti alzi per farti strangolare.»

Queste parole, come le ho lette nell'*Isitsöornot*, ferirono e sbigottirono Shahrazàd; ma, sapendo che il sovrano era uomo di scrupolosa integrità, che non sarebbe certo venuto meno alla parola data, si sottopose docilmente al suo destino. Trasse però grande conforto (mentre il laccio le stringeva la gola) dal pensiero che gran parte della storia era ancora da raccontare, e che l'irascibilità di quel bruto di suo marito si era ritorta contro di lui, dandogli ciò che meritava; privandolo cioè di tante altre meravigliose avventure.

nebulosa vista attraverso il suo grande telescopio deve avere impiegato 3 milioni di anni per arrivare sulla terra. Quindi, altre nebulose rese visibili dallo strumento di Lord Ross devono averne impiegati almeno 20 milioni.

Il sistema del dottor Tarr e del professor Fether [1]

Durante l'autunno del 18..., nel corso di un viaggio attraverso le estreme province della Francia meridionale, il mio itinerario mi condusse a poche miglia da una certa *Maison de Santé* o manicomio privato, del quale avevo sentito parlare molto a Parigi dai miei amici medici. Poiché non avevo mai visitato un posto del genere, ritenni che l'opportunità fosse troppo buona per perderla; e quindi proposi al mio compagno di viaggio (un signore che avevo conosciuto casualmente pochi giorni prima) di deviare, per un'ora o pressappoco, e di dare un'occhiata a quell'istituto. Egli si rifiutò, adducendo la fretta, in primo luogo e, in secondo, l'orrore molto comune che la vista di un pazzo suscita. Tuttavia mi pregò di non lasciar interferire la cortesia nei suoi confronti con la gratificazione della mia curiosità, e disse che avrebbe continuato ad andare avanti con calma, così che io avrei potuto raggiungerlo quello stesso giorno o, in ogni caso, il seguente. Quando mi salutò, pensai tra di me che avrebbe potuto esserci qualche difficoltà nell'ottenere l'accesso all'edificio, e gli accennai questi miei timori. Egli mi rispose che, in effetti, a meno che non conoscessi di persona il sovrintendente Monsieur Maillard, o avessi qualche credenziale, sotto forma di lettera, qualche difficoltà poteva sorgere poiché i regolamenti di questi manicomi privati erano più rigidi delle leggi degli ospedali pubblici. Per quanto lo riguardava, aggiunse, egli aveva fatto la conoscenza di Monsieur Maillard alcuni anni prima, e mi avrebbe assistito arrivando a cavallo fino alla porta e presentandomi; anche se le sue convinzioni in materia di pazzia non gli avrebbero permesso di entrare nella clinica.

Lo ringraziai e, deviando dalla strada principale, ci immettemmo in un sentiero laterale erboso che, dopo mezz'ora quasi si sperse in una fitta foresta che ricopriva la base di una montagna. Cavalcammo in mezzo a questo bosco scuro ed umido per un paio di miglia quando si mostrò alla vista la *Maison de Santé*. Era uno *château* fantastico, molto desolato e davvero poco invitante a causa degli anni e dell'incuria. Il suo aspetto mi ispirò un terrore assoluto e, tenuto a bada il cavallo, quasi mi risolsi a tornare indietro, ma mi vergognai immediatamente della mia debolezza, e così andai avanti.

Mentre avanzavamo verso l'ingresso, mi accorsi che era leggermente aperto e scorsi il viso di un uomo che spiava. Un istante dopo questo stesso uomo si fece avanti, chiamò per nome il mio compagno, gli strinse cordialmente la mano e lo pregò di scendere da cavallo. Era Monsieur Maillard in persona. Era un gentiluomo di bell'aspetto, maestoso, di modi

[1] Gioco di parole: *Tar* in inglese significa catrame e *Feather* piuma. Poe allude qui a una punizione piuttosto comune per i malfattori che consisteva nell'incatramare il corpo e cospargerlo di piume (*N.d.T.*).

educati, e aveva una certa aria grave, dignitosa ed autorevole che faceva molta impressione.

Il mio amico, dopo avermi presentato, espresse il mio desiderio di visitare l'istituto, e ricevette da Monsieur Maillard l'assicurazione che mi avrebbe dedicato tutta la sua attenzione, perciò si accomiatò e non lo rividi più.

Quando se ne fu andato, il sovrintendente mi fece entrare in una saletta esageratamente ordinata, che conteneva, tra i vari segni indicatori di un gusto raffinato, molti libri, disegni, vasi di fiori, e strumenti musicali. Un fuoco vivace brillava nel caminetto. Una donna giovane e bellissima sedeva a un pianoforte, cantando un'aria di Bellini, e al mio apparire interruppe la sua canzone e mi ricevette con una cortesia piena di grazia. Parlava a voce bassa, e il suo atteggiamento era sottomesso. Mi sembrò anche di scorgere tracce di dolore sul suo viso che era esageratamente pallido, anche se, per il mio gusto, non sgradevole. Era vestita a lutto stretto, e suscitò in me un sentimento in cui si mescolavano rispetto, interesse e ammirazione.

Avevo sentito dire, a Parigi, che l'istituzione di Monsieur Maillard era basata su quello che è volgarmente chiamato il «sistema della dolcezza», che vi si evitava qualsiasi punizione, che si ricorreva raramente perfino alla reclusione, che ai pazienti, anche se sorvegliati segretamente, era lasciata molta libertà in apparenza, e che a molti di loro era permesso di vagare per la clinica e nei dintorni come se fossero persone sane di mente.

Tenendo presenti questi avvertimenti, fui cauto nel parlare al cospetto della giovane donna, poiché non potevo essere sicuro che ella fosse normale; e, in effetti, si notava nei suoi occhi una lucentezza inquieta, che mi condusse quasi a pensare che non lo fosse. Quindi limitai i miei commenti ad argomenti generali, e a quelli che pensai non avrebbero irritato né tanto meno eccitato un pazzo. Ella rispose a tutto quello che dicevo in modo perfettamente razionale, e persino le sue osservazioni personali erano contraddistinte dal più sano buon senso, ma una lunga familiarità con la metafisica della pazzia mi aveva insegnato a non riconoscere come prove di sanità tali segni, e continuai quindi a mantenere, fino alla fine del colloquio, la cautela con la quale lo avevo iniziato.

In quell'istante un elegante cameriere in livrea entrò con un vassoio di frutta, vino ed altri rinfreschi, di cui ne presi; poco dopo la signora lasciò la stanza. Quando se ne fu andata rivolsi gli occhi in modo interrogativo verso il mio ospite.

«No», egli disse, «oh, no! Un membro della mia famiglia, mia nipote, una donna squisita.»

«Mi scuso infinitamente per aver sospettato», replicai. «Ma certamente saprete scusarmi. L'ottima conduzione del vostro istituto è ben nota a Parigi, ed io semplicemente ritenevo possibile, voi capirete...»

«Sì, sì, non dite oltre, o piuttosto sono io che dovrei ringraziarvi per l'encomiabile prudenza che avete dimostrato. Si trova di rado una tale prudenza nei giovani, e più di una volta sono capitati degli spiacevoli *contrattempi* per avventatezza da parte dei nostri visitatori. Mentre era ancora in opera il mio precedente sistema, ed ai miei pazienti era accordato il privilegio di vagare in giro a loro piacere, veniva spesso risvegliata in loro una pericolosa frenesia a causa di persone senza senno che venivano a visitare la clinica. Di conseguenza fui costretto ad adottare un rigido sistema di esclusione, per cui non ha più avuto il permesso di entrare qui nessuno sulla cui discrezione io non potessi contare.»

«Quando era in funzione il vostro precedente sistema!», dissi ripetendo le sue parole, «ho dunque ben compreso se dico che "il sistema della dolcezza" del quale ho sentito parlare così tanto non è più applicato?»

«Sono passate ormai diverse settimane da quando abbiamo deciso di rinunciarvi per sempre.» Mi rispose.

«Davvero! Mi lasciate sbalordito!»

«Signore», mi disse sospirando, «abbiamo ritenuto assolutamente necessario ritornare alle vecchie usanze, il *pericolo* del sistema della dolcezza era spaventoso in qualsiasi momento, ed i suoi vantaggi sono stati molto sopravvalutati. Credo, signore che in questa casa sia stata data una prova onesta più che da qualsiasi altra parte. Abbiamo fatto tutto quello che un ragionevole senso di umanità poteva suggerirci. Mi spiace che non abbiate potuto farci visita prima, perché avreste potuto giudicare da solo. Ma suppongo che voi abbiate dimestichezza con il metodo della dolcezza, con i suoi dettagli.»

«Nient'affatto. Quello che ho sentito dire è di terza o quarta mano.»

«Be', allora definirò il sistema, così genericamente, come un sistema nel quale i pazienti erano *ménagés*, assecondati. Noi non contrastavamo nessuna fantasia che entrava nel cervello dei pazzi, tutt'altro, non soltanto lasciavamo fare, ma li incoraggiavamo, e molte delle nostre cure più durature sono state effettuate in questo modo. Non c'è alcun argomento che tocchi tanto la debole ragione del pazzo come la *reductio ad absurdum*. Per esempio, abbiamo avuto uomini che pensavano di essere dei polli. La cura consisteva nell'insistere sulla cosa come fosse un fatto reale, accusare il paziente di stupidità se non la percepiva sufficientemente come un fatto reale, e rifiutargli quindi, per una settimana, qualsiasi altra dieta che non fosse quella adatta a un pollo. In questo modo un po' di grano e ghiaia compivano prodigi.»

«Ma tutto si risolveva in questa specie di acquiescenza?»

«Assolutamente no. Confidavamo molto in divertimenti di semplice natura, come la musica, il ballo, gli esercizi ginnici in genere, le carte, certi tipi di libri, e così via. Facevamo finta di curare ogni individuo come se avesse qualche difetto fisico ordinario; e la parola "pazzia" non veniva mai usata. Un punto importante era quello di mettere ogni lunatico a guardia delle azioni di tutti gli altri. Riporre fiducia nella comprensione o nella discrezione di un pazzo vuol dire conquistarlo corpo ed anima. In questo modo abbiamo potuto fare a meno di un costoso gruppo di sorveglianti.»

«E non avevate alcun genere di punizione?»

«Nessuna.»

«E tenevate mai rinchiusi i vostri pazienti?»

«Molto di rado. Di tanto in tanto, se la malattia di qualcuno arrivava a una crisi, o si risolveva in un improvviso accesso di furia, per fare in modo che il suo disturbo non contagiasse gli altri, lo portavamo in qualche cella segreta, e lo tenevamo lì fino a quando lo potevamo rimandare ai suoi amici – poiché con i pazzi furiosi non abbiamo niente a che vedere. Di solito sono trasportati negli ospedali pubblici.»

«E ora che avete cambiato tutto ciò, pensate che sia per il meglio?»

«Decisamente. Il sistema aveva i suoi svantaggi, e anche i suoi pericoli. Fortunatamente ora tutte le *Maison de Santé* di Francia l'hanno soppiantato.»

«Sono molto sorpreso», dissi, «per quello che mi dite; poiché davo per certo che, in questo momento, non esistesse nessun altro metodo per il trattamento della pazzia in qualsiasi parte del paese.»

«Amico mio, siete ancora giovane», rispose il mio ospite, «ma arriverà il momento in cui imparerete a giudicare da solo quello che succede nel mondo, senza credere ai pettegolezzi altrui. Non credete a niente di quello che sentite, e solo alla metà di quello che vedete. Ora, a proposito della nostra *Maison de Santé*, è chiaro che qualche ignorantone vi ha sviato. Tuttavia, dopo cena, quando vi sarete ripreso sufficientemente dalla fatica della vostra cavalcata, sarò ben lieto di farvi fare un giro della casa, e vi farò conoscere un sistema che, secondo me, e secondo tutti quelli che ne hanno visto l'effetto, è senza confronti il più efficace di quelli già scoperti.»

«È il vostro?» Chiesi: «È di vostra invenzione?».

«Sono orgoglioso», mi rispose, «di dichiarare che lo è almeno in parte.»

In questo modo conversai per un'ora o due con Monsieur Maillard, e nel frattempo egli mi mostrò i giardini e le serre del luogo.

«Non posso farvi vedere i miei pazienti proprio ora», disse, «per una persona sensibile c'è sempre qualcosa di più o meno scioccante in spettacoli del genere, e non vorrei guastarvi l'appetito per la cena. Perciò andremo a cena. Vi offrirò del vitello *à la St. Menehoult*, con cavolfiore in salsa *velouté* – e dopo vi offrirò un bicchiere di *Close de Vougeôt* –, per allora i vostri nervi saranno più solidi.»

Alle sei venne annunciata la cena; e il mio ospite mi condusse in una grossa *salle à manger*, dove era riunita una numerosa compagnia, in tutto venticinque o trenta persone. A vederli sembravano persone di classe – certamente di nobili natali, anche se pensai che i loro abiti fossero ricchi in modo stravagante, ricordando fin troppo la raffinatezza ostentata della *ville cour*. Notai che almeno i due terzi degli invitati erano donne, e alcune di loro non erano per niente vestite in quello che un parigino considererebbe buon gusto al giorno d'oggi. Per esempio molte donne, che non potevano avere meno di settanta anni, erano cariche di gioielli a profusione: anelli, braccialetti e orecchini, e avevano il seno e le braccia vergognosamente scoperti. Osservai anche che pochissimi dei vestiti erano ben tagliati, o, perlomeno, che molto pochi stavano bene a chi li indossava. Guardandomi attorno scoprii l'interessante ragazza alla quale mi aveva presentato Monsieur Maillard nel salottino; ma grande fu la mia sorpresa nel vedere che ella portava un cerchio e un guardinfante, scarpe dal tacco alto, e una cuffia sporca di pizzo di Bruxelles, eccessivamente grande per lei, tanto da dare al suo viso un aspetto di ridicola piccolezza. Quando l'avevo vista per la prima volta, era vestita in lutto stretto, un modo che le si confaceva di più. Per farla breve, c'era un qualcosa di bizzarro, nell'abbigliamento di tutto il gruppo che, a tutta prima, mi fece ripensare alla mia idea originaria del «sistema della dolcezza», e a immaginare che Monsieur Maillard avesse avuto l'intenzione di ingannarmi fino a dopo cena, per non farmi provare alcuna sensazione di disagio durante il pasto, trovandomi a cena con dei pazzi; ma ricordavo di essere stato informato a Parigi che i provinciali meridionali erano persone particolarmente eccentriche, con una gran quantità di nozioni antiquate; oltre a ciò, nel conversare con diversi membri del gruppo, le mie preoccupazioni si dissolsero immediatamente e completamente.

La stessa sala da pranzo, sebbene fosse abbastanza comoda e vasta, non aveva nulla di troppo elegante. Ad esempio sul pavimento non c'erano tappeti; tuttavia spesso in Francia si fa a meno dei tappeti. Anche le finestre erano senza tende; le persiane, che erano chiuse, erano saldamente assicurate con sbarre d'acciaio messe di traverso, alla maniera delle nostre saracinesche dei negozi. Osservai che la stanza formava, da sola, un'ala dello *château*, e perciò le finestre erano su tre lati del parallelogramma e la porta sull'ultimo. In tutto non c'erano meno di dieci finestre.

La tavola era apparecchiata in modo superbo, carica di piatti, e più che sovraccarica di prelibatezze. La profusione era assolutamente barbarica. C'era carne a sufficienza per festeggiare l'Anakim. Nella mia vita non avevo mai assistito a un così generoso e prodigo dispendio delle buone cose della vita. Tuttavia sembrava esserci molto poco buon gusto nella disposizione; e i miei occhi, abituati a luci tenui, furono seriamente offesi dal grandioso abbagliare di un'infinità di candele di cera che, in candelabri d'argento, erano poggiate sul tavolo, e dappertutto nella stanza, ovunque fosse possibile trovare un posto. C'erano al servizio diversi camerieri, e, su un grande tavolo all'estremità più lontana della stanza, erano sedute sette o otto persone con violini, pifferi, tromboni e un tamburo, ed essi mi procurarono un grande fastidio, ad intervalli, durante il pasto, con una varietà infinita di rumori, che pretendevano di essere musica e che sembravano procurare molto divertimento a tutti gli astanti, escluso me.

Nell'insieme, non potei fare a meno di pensare che c'era qualcosa di molto bizzarro in tutto quello che vedevo – ma, si sa, il mondo è fatto di gente di tutti i tipi, con modi diversi di pensare, e con ogni genere di abitudine convenzionale. Avevo viaggiato così tanto da essere divenuto un adepto del *nil admirari*; perciò presi posto con molta freddezza alla destra del mio ospite e, avendo un eccellente appetito, resi giustizia a quel ben di Dio posto innanzi a me.

Nel frattempo la conversazione era divenuta molto animata e generale. Le signore, come sempre, parlavano moltissimo. Mi resi subito conto che quasi tutti i commensali erano persone colte; e il mio ospite era una miniera inesauribile di aneddoti spassosi. Sembrava molto contento di parlare della sua posizione di sovrintendente di una *Maison de Santé* e, con mia grande sorpresa, l'argomento della follia sembrava godere il favore di tutti i presenti; venne raccontata una gran quantità di storielle divertenti che si riferivano agli *estri* dei pazienti.

«Una volta abbiamo avuto un tale qui», disse un signore piccolo e grassoccio che sedeva alla mia destra, «che credeva di essere una teiera e, fra parentesi, non è particolarmente strano che questa fissazione sia entrata così spesso in testa ai pazzi? Quasi non c'è in Francia un asilo di lunatici che non possa fornirci una teiera umana. *Il nostro* signore era una teiera di terraglia britannica e aveva cura di lucidarsi con pelle di daino e bianchetto tutte le mattine.»

«E poi», disse un uomo alto che sedeva lì di fronte, «abbiamo avuto qui, non molto tempo fa, un tale che si era messo in testa di essere un asino, la qual cosa, parlando metaforicamente, era, direte voi, del tutto vera. Era un paziente fastidioso, e abbiamo avuto il nostro bel da fare per tenerlo entro certi limiti. Per molto tempo non ha voluto mangiare altro che cardi, e noi lo abbiamo guarito da questa fissazione insistendo a non fargli mangiare altro. Poi tirava calci in continuazione... così, così.»

«Signor De Kock! Vi prego di controllarvi, per favore!», lo interruppe una vecchia signora, che gli sedeva accanto. «Per favore, tenete a posto i piedi, mi avete gualcito tutto il mio broccato! È proprio necessario, di grazia, illustrare un'osservazione con uno stile tanto empirico? Il nostro amico qui vi comprenderà di certo senza che voi ricorriate a questo. Parola d'onore, sembrate non meno asino di quanto immaginava di essere il povero sventurato. Il vostro modo di fare è proprio naturale, parola mia.»

«*Mille pardons! Ma'm'selle!*», replicò Monsieur De Kock, così apostrofato, «mille scuse! Non avevo alcuna intenzione di offendervi Ma'm'selle Laplace, Monsieur De Kock vorrebbe avere l'onore di brindare con voi.»

A questo punto Monsieur De Kock fece un profondo inchino, baciò molto cerimoniosamente la propria mano e brindò con Ma'm'selle Laplace.

«Consentitemi, *mon ami*», disse allora Monsieur Maillard, rivolgendosi a me, «permettetemi di offrirvi un bocconcino di questo vitello *à la St. Menehoult*: lo troverete particolarmente delicato.»

Proprio in quell'istante tre vigorosi camerieri erano riusciti a deporre senza inconvenienti sulla tavola un piatto o tagliere enorme, che conteneva quello che io pensavo fosse il «*monstrum, horrendum, informe, ingens, cui lumen ademptum*». Tuttavia, ad un esame più attento, risultò essere soltanto un vitellino arrostito intero, e messo in ginocchio, con una mela dentro la bocca, alla maniera inglese di servire la lepre.

«No, grazie», risposi, «a dire il vero non sono particolarmente ghiotto di vitello *à la St...* come lo chiamate? Perché non lo trovo di mio particolare gradimento. Cambierei invece volentieri il mio piatto per provare un pezzetto di coniglio.»

C'erano sulla tavola diversi vassoi che contenevano qualcosa che sembrava del comune coniglio francese, un *morceau* estremamente gradevole, che vi posso raccomandare.

«Pierre», gridò il mio ospite, «cambia il piatto a questo signore e dagli un pezzo di questo coniglio *au-chat*.»

«Di cosa?», feci io.

«Di coniglio *au-chat*.»

«Be', grazie, a ripensarci è meglio di no. Prenderò soltanto un po' di prosciutto.»

Dentro di me pensavo che non si sa mai cosa si mangia alla tavola di questa gente di provincia. Non ne voglio sapere del loro coniglio *au-chat* e, in quanto a ciò, non voglio saperne neanche del loro gatto *au-rabbit*.

«E poi», disse un personaggio dall'aspetto cadaverico, quasi in fondo al tavolo, riprendendo il filo della conversazione laddove era stato interrotto, «e poi, tra le altre stranezze, molto tempo fa abbiamo avuto un paziente che, con molta ostinazione sosteneva di essere un formaggio di Cordova. Andava in giro con un coltello in mano, invitando gli amici a provare una fettina tagliata della sua coscia.»

«Era senza dubbio un gran pazzo», intervenne un altro, «ma non era da paragonare a una certa persona che noi tutti conosciamo ad eccezione di questo signore forestiero. Voglio dire quel tale che si prendeva per una bottiglia di champagne, e se ne andava in giro emettendo schiocchi e sibili, in questo modo.»

E a questo punto l'oratore, a mio parere molto ineducatamente, si cacciò il pollice destro nella guancia sinistra e lo ritrasse con un suono che somigliava a quello di un tappo che salta via e poi, con abile movimento della lingua sui denti, emise un sibilo e uno sfrigolio acuto, che durarono per alcuni minuti, ad imitazione dello spumeggiare dello champagne.

Questo comportamento, me ne resi conto chiaramente, non era molto gradito a Monsieur Maillard; tuttavia egli non disse nulla e la conversazione fu ripresa da un ometto allampanato con una grande parrucca.

«E poi c'è stato un ignorantone», disse, «che scambiò se stesso per una rana, alla quale, tra l'altro, somigliava non poco. Vorrei che l'aveste visto, signore», e qui l'oratore si rivolse a me, «vi sareste divertito un mondo nel vedere l'atteggiamento naturale che assumeva. Vedete, signore, se quell'uomo *non* era una rana, non posso dire altro se non che è un peccato che non lo fosse sul serio! Il suo gracidio, così: ua-ua-ua-ua-uagh-ua-ua-ua-ua-ua-uagh era la nota più bella di questa terra, si bemolle! e quando appoggiava i gomiti sulla tavola così, dopo aver bevuto un bicchiere o due di vino, e gonfiava la bocca, così, e roteava gli occhi verso l'alto, così, e batteva le palpebre freneticamente, ebbene, signore vi posso garantire che vi sareste perso nell'ammirazione della sua genialità!»

«Non ne dubito», dissi.

«E poi», disse qualcun altro, «c'era anche Petit Gaillard, che pensava di essere una presa di tabacco, e si disperava perché non poteva prendersi tra il pollice e l'indice.»

«E poi c'era Jules Desoulières, un uomo davvero geniale, che diventò pazzo per la ferma convinzione di essere una zucca. Tormentava il cuoco perché lo trasformasse in frittelle, cosa che il cuoco, indignato si rifiutò di fare. Per conto mio non sono sicuro che un tortino di zucca *à la Desoulières* non sarebbe stato davvero una prelibatezza!»

«Mi sbalordite!», dissi, e mi rivolsi a Monsieur Maillard con espressione interrogativa.

«Ah ah ah!», esclamò questi, «eh eh eh – ih ih ih – oh oh oh – uh uh uh! Questa è proprio buona! Non dovete sbalordirvi, *mon ami*, il nostro amico è un mattacchione – un *drôle*, non dovete prenderlo alla lettera.»

«E poi», disse un altro della compagnia, «poi c'era Bouffon Le Grand, a suo modo un altro personaggio eccezionale. Era impazzito per amore, e si immaginava di avere due teste, affermava che una era la testa di Cicerone; mentre l'altra se la immaginava composita: dalla fronte alla bocca Demostene, e dalla bocca al mento Lord Brougham. Non escludo che si sbagliasse, comunque sarebbe riuscito a convincervi che aveva ragione, poiché era un uomo dotato di grande eloquenza. Aveva una passione incondizionata per l'oratoria, e non poteva trattenersi dal farne mostra. Per esempio aveva l'abitudine di saltare sul tavolo, in questo modo, e, e...»

A questo punto un amico che gli sedeva a fianco gli pose una mano sulla spalla e gli bisbigliò alcune parole all'orecchio, per cui, così all'improvviso, smise di parlare e si lasciò ricadere sulla sedia.

«E poi», disse il tale che aveva bisbigliato all'altro, «c'era Boullard, il trottolino. Lo chiamo trottolino perché gli era presa la mania, bizzarra forse, ma non del tutto irrazionale, di essere tramutato in un trottolino. Sareste morto dal ridere a vederlo girare su se stesso. Poteva roteare su un tacco per un'ora, in questo modo, ecco...»

Allora l'amico che egli aveva appena interrotto con un bisbiglio, eseguì per suo conto una piroetta del tutto simile.

«Ma allora», gridò una vecchia signora, con quanta voce aveva, «il vostro Monsieur Boullard era un pazzo, e anche un pazzo molto sciocco; perché, permettetemi di chiedervelo, chi ha mai sentito parlare di un trottolino umano? È una cosa assurda. Madame Joyeuse era una persona molto più sensata, come ben sapete. Anche lei aveva la sua fissazione, ma comunque piena di buon senso, e che faceva piacere a tutti coloro che avevano l'onore di frequentarla. Essa si accorse, dopo matura riflessione, che per un caso strano era stata trasformata in un galletto; ma, come tale, si comportava molto educatamente. Sbatteva le ali con un effetto prodigioso: così, così, così, e il suo canto era una meraviglia! Chicchirichì, chicchirichì, chicchiri, chi...i...i...i!»

«Madame Joyeuse, vi prego di controllarvi», la interruppe a questo punto il nostro ospite molto adirato. «Comportatevi come si conviene a una signora, o lasciate subito la tavola: a voi la scelta.» La signora, che fu molto sorpresa di sentirsi chiamare Madame Joyeuse, dopo la descrizione di Madame Joyeuse che lei stessa aveva appena dato, arrossì fino alla radice dei capelli e sembrò eccessivamente turbata da quel rimprovero. Lasciò cadere la testa e non rispose neanche una sillaba. Ma una signora più giovane continuò su quell'argomento: era la bella ragazza del salottino.

«Oh, Madame Joyeuse era una pazza!», esclamò, «mentre invece c'era davvero molto buon senso nei ragionamenti di Eugénie Salsafette. Era una giovane donna molto bella ed eccessivamente modesta, che giudicava indecente il modo usuale di vestirsi, e desiderava vestirsi sempre uscendo fuori dagli abiti invece di entrarvi dentro. Dopotutto, è una cosa molto semplice da farsi: basta semplicemente fare così, e poi così, così, così, e poi così, così, così, e poi...»

«*Mon dieu*! Ma'm'selle Salsafette!», gridarono all'unisono una dozzina di voci. «Che cosa *volete* fare? Smettete, basta così! Abbiamo capito benissimo come si fa! Basta, basta!», e alcune persone stavano già scattando dalle sedie per trattenere Ma'm'selle Salsafette dall'emulare con esattezza la Venere dei Medici, quando il loro scopo si realizzò all'improvviso e molto efficacemente grazie ad una serie di alte urla o gridi che provenivano dal corpo centrale dello *château*.

A dire il vero i miei nervi furono alquanto scossi da queste urla; ma ebbi pietà del resto della compagnia, poiché non avevo mai visto in tutta la mia vita un gruppo di persone assennate così orribilmente terrorizzate. Diventarono tutti pallidi come cadaveri, ritraendosi nelle loro sedie, tremavano e farfugliavano per il terrore, aspettando che il suono si ripetesse; infatti si ripeté, più acuto e in apparenza più vicino, e poi una terza volta *altissimo* e infine una quarta volta con forza chiaramente minore. All'apparente cessare del rumore, la compagnia si riprese immediatamente con la vivacità e gli aneddoti di prima. Allora mi arrischiai ad indagare la causa di quel tumulto.

«Una semplice *bagatelle*», disse Monsieur Maillard. «Siamo abituati a queste cose, e ci facciamo molto poco caso. Di tanto in tanto i pazzi alzano un lamento in coro; uno provoca gli altri, come succede talvolta di notte fra una muta di cani. Tuttavia, a volte accade che il *concerto*[2] di urla venga subito seguito da un tentativo simultaneo di scappare; allora è naturale che si avverta un certo pericolo.»

«E quanti ne avete in consegna?»

«Per il momento non ne abbiamo più di dieci in tutto.»

«Presumo che siano soprattutto donne.»

«Oh, no, sono tutti uomini, e anche robusti, vi assicuro.»

«Davvero! Avevo sempre creduto che la maggior parte dei pazzi fossero del gentil sesso.»

[2] In italiano nel testo (*N.d.T.*).

«Di solito è così, ma non sempre. Un po' di tempo fa, c'erano ventisette pazienti qui, e non meno di diciotto erano donne. Ma ultimamente, come vedete, le cose sono molto cambiate.»

«Sì, come vedete, sono molto cambiate», lo interruppe a questo punto il signore che aveva rotto gli occhiali a Ma'm'selle Laplace.

«Sì, come vedete, sono molto cambiate», fece eco tutta la compagnia all'unisono.

«Tenete a freno la lingua: tutti quanti!», gridò il mio ospite, pieno di rabbia. Al che tutto il gruppo mantenne un silenzio mortale per quasi un minuto. Vi fu anzi una signora che obbedì alla lettera a Monsieur Maillard; tirò fuori la lingua, che era del resto di lunghezza eccezionale, e la tenne tra le mani con aria molto rassegnata, fino alla fine del ricevimento.

«E questa dama», dissi bisbigliando a Monsieur Maillard, piegandomi verso di lui, «questa brava dama che ha parlato proprio ora, quella che ci ha fatto sentire il chicchirichi, be', suppongo che sia innocua, proprio innocua, eh?»

«Innocua!», egli esclamò con un tono di schietta sorpresa, «perché, ma cosa volete dire?»

«Solo un po' toccata?», dissi toccandomi la fronte. «Sono sicuro che non sia particolarmente... pericolosamente malata, eh?»

«*Mon dieu*! *cosa* andate mai a pensare? Questa signora, la mia cara vecchia amica Madame Joyeuse è sana quanto me. Senza dubbio ha le sue piccole manie, be' ma sapete, tutte le vecchie signore, quelle molto vecchie, sono, chi più chi meno, eccentriche!»

«È vero», dissi, «è vero! e... tutti questi altri signori e signore?»

«Sono miei amici e sorveglianti», mi interruppe Monsieur Maillard, drizzandosi su con *hauteur*, «miei carissimi amici e assistenti.»

«Cosa! Tutti quanti?», chiesi, «anche tutte le donne?»

«Sicuro», disse, «non potremmo certo farcela senza le donne. Sono le migliori infermiere del mondo per i pazzi; hanno un loro modo di fare, sapete! Il loro sguardo luminoso ha un effetto prodigioso, un po' come il fascino dei serpenti.»

«Sicuro», dissi, «sicuro. Si comportano in maniera un po' *bizzarra*, eh? Sono un po' eccentriche, eh? Non credete?»

«Bizzarro! eccentrico! Ah, la pensate *proprio* così, noi qui nel Sud non siamo molto timorati – facciamo abbastanza quello che ci va – ci godiamo la vita, capite, con tutto quello che ne segue...»

«Certo», dissi, «certo.»

«Be', inoltre forse questo *Clos de Veugeôt* dà anche un po' alla testa, vedete – un po' forte, mi capite, eh?»

«Certo», dissi, «certo. A proposito, vi ho inteso bene quando avete detto che il sistema che avete adottato al posto del famoso sistema della dolcezza è di rigorosa severità?»

«Niente affatto. La reclusione è necessariamente rigorosa, ma il trattamento – quello medico, intendo – d'altronde è piuttosto gradito ai nostri pazienti.»

«E il nuovo sistema è di vostra invenzione?»

«Non del tutto. In alcuni punti si rifà al dottor Tarr, del quale non potete non aver sentito parlare; ci sono poi alcune modifiche nel mio sistema che, sono lieto di riconoscerlo, appartengono di diritto al celebrato Fether che, se non vado errato, conoscete benissimo.»

«Devo confessarvi, con una certa vergogna», risposi, «che non ho mai udito prima d'ora i nomi di codesti signori.»

«Buon Dio!», esclamò il mio ospite, ritraendosi bruscamente sulla sedia, e alzando le braccia.

«Sicuramente non vi ho sentito bene. Non volevate mica dire, eh! che non avete mai sentito parlare del coltissimo dottor Tarr né del famoso professor Fether?»

«Sono costretto a riconoscere la mia ignoranza», risposi, «ma la verità innanzi tutto. Ciononostante sono mortificatissimo di non conoscere le opere di questi uomini senza dubbio straordinari. Cercherò i loro scritti e li studierò con estrema attenzione. Monsieur Maillard mi avete davvero – devo confessarlo – mi avete *davvero* fatto vergognare di me stesso!» Questa era la verità.

«Non dite oltre, mio caro e giovane amico», mi disse cortesemente, stringendomi la mano, «adesso bevete con me un bicchiere di Sauterne.»

Bevemmo, e tutta la compagnia seguì senza indugio il nostro esempio. Chiacchieravano, scherzavano, ridevano, commettevano un gran numero di assurdità, i violini stridevano, il tamburo faceva un gran fracasso, i tromboni muggivano come tori di Falaride e tutta la scena, peggiorando sempre più per l'effetto del vino, divenne alla fine una specie di pandemonio *in petto* [3]. Nel frattempo Monsieur Maillard ed io, con alcune bottiglie di Sauterne e di Veugeôt tra di noi, continuavamo la nostra conversazione gridando a voce spiegata, infatti una parola detta in tono normale non avrebbe avuto più possibilità di essere sentita di quante ne avrebbe avute la voce di un pesce dal fondo delle cascate del Niagara.

«Signore», gli urlai nell'orecchio, «prima di pranzo avete accennato qualcosa sul pericolo presente nel vecchio sistema della dolcezza. Di cosa si tratta?»

«Sì», rispose, «a volte il pericolo era grosso davvero. Non è possibile regolarsi sui capricci dei matti e, secondo la mia opinione, come secondo quella del dottor Tarr e del professor Fether, non è mai prudente lasciarli andare in giro senza sorveglianza. Un pazzo lo si può "addolcire", come diciamo, per un certo periodo, ma alla fine potrà comunque ribellarsi. Inoltre è di un'astuzia grande e proverbiale. Se sta elaborando un progetto, nasconde il suo intento con una saggezza particolare; e l'abilità con cui finge di essere sano offre allo psicologo uno dei più singolari problemi nello studio della mente umana. Quando un pazzo appare *del tutto* equilibrato, allora è proprio il momento di mettergli la camicia di forza.»

«Ma, mio caro signore, il *pericolo* di cui parlavate per la vostra esperienza personale, quando dirigevate questa casa..., avete mai avuto un motivo concreto di considerare pericolosa la libertà nel caso di un folle?»

«Qui? Nella mia personale esperienza? Be', direi di sì. Per esempio, non molto tempo fa si è verificata in questa stessa casa una circostanza assai singolare. Allora era in uso "il sistema della dolcezza" e i pazienti erano in libertà. Si comportavano notevolmente bene, particolarmente bene, qualsiasi persona di buon senso avrebbe potuto capire, proprio dal fatto che si stavano comportando in modo *così eccezionale*, che stavano preparando qualcosa di diabolico. E, difatti, un bel giorno i custodi si trovarono con le mani e i piedi legati e vennero scaraventati nelle celle, dove venivano

[3] In italiano nel testo (*N.d.T.*).

custoditi, come se fossero *loro stessi* i pazzi, dai pazzi, che avevano usurpato gli uffici dei guardiani.»

«Oh, non me lo dite! Non ho mai sentito niente di più assurdo in tutta la mia vita!»

«È la verità, ed è successo tutto a causa di uno stupido – un pazzo che, chissà come, si era messo in testa di aver inventato un sistema migliore per il governo, intendo quello dei pazzi, di quanti ce ne fossero mai stati prima. Credo che volesse sperimentare la sua invenzione; e quindi persuase tutti gli altri pazienti ad unirsi a lui in una cospirazione per rovesciare il potere in vigore.»

«E vi riuscì davvero?»

«Senz'altro. Custodi e custoditi dovettero presto scambiarsi le parti; ma esattamente non fu proprio così, perché i pazzi erano stati prima liberi, mentre i guardiani vennero subito rinchiusi nelle celle, e trattati, mi spiace dirlo, in modo assai sbrigativo.»

«Ma suppongo che ci sia stata presto una controrivoluzione; questo stato di cose non può essere durato a lungo. I contadini dei dintorni e i visitatori che venivano a visitare l'istituto avranno senza dubbio dato l'allarme.»

«Ecco, proprio qui vi sbagliate. Il capo dei ribelli era troppo astuto perché ciò potesse accadere. Non ammise più visitatori di alcun genere, fatta eccezione, un giorno, per un giovane che sembrava molto sciocco e del quale non aveva alcuna ragione di temere. Lo fece entrare per vedere il posto, così tanto per avere un diversivo e prendersi un po' gioco di lui. Quando si fu divertito a sufficienza con lui lo lasciò andar via, per i fatti suoi.»

«E quant'è durato, dunque, il regno dei pazzi?»

«Oh, un bel pezzo davvero, almeno un mese, quanto di più non saprei dirlo con precisione. In quel frattempo i pazzi si divertirono un mondo, ci potete giurare. Si disfecero dei loro abiti squallidi e usarono a loro piacere il guardaroba e i gioielli di famiglia. Le cantine dello *château* vennero ben rifornite di vino, e questi pazzi ne sanno una più del diavolo in fatto di bere. Se la sono spassata, ve l'assicuro.»

«E la cura, qual è il tipo particolare di cura che il capo dei ribelli mise in opera?»

«Be', quanto a questo, un pazzo non è necessariamente uno sciocco, come vi ho già fatto osservare; e la mia modesta opinione è che la sua cura era di gran lunga la migliore di quella precedente. Era davvero un sistema eccezionale, semplice, pulito, che non dava nessun problema, in effetti delizioso, si trattava...»

A questo punto le considerazioni del mio ospite vennero bruscamente interrotte da un'altra serie di urla, della stessa natura di quelle che prima ci avevano sconcertato. Tuttavia, questa volta sembravano provenire da persone che si stavano avvicinando rapidamente.

«Dio mio», esclamai, «i pazzi sono scappati senza dubbio.»

«Temo proprio che sia così», replicò Monsieur Maillard sbiancando terribilmente in volto. Quasi non aveva finito la frase che alte grida e imprecazioni si udirono sotto la finestra; e subito dopo fu chiaro che alcune persone dall'esterno stavano cercando di entrare a forza nella sala. La porta venne percossa con qualcosa che sembrava un maglio, e le imposte vennero divelte e scosse con straordinaria violenza.

Ne seguì una scena di terribile confusione. Monsieur Maillard, con mio sommo stupore, si cacciò sotto la credenza; da lui mi sarei aspettato maggiore risolutezza. I membri dell'orchestra, che da un quarto d'ora sembravano troppo ubriachi per suonare, ora balzarono tutti in piedi accorrendo ai loro strumenti e, arrampicandosi sul tavolo che era loro riservato, attaccarono all'unisono «*Yankee Doodle*» che eseguirono, anche se non alla perfezione, almeno con una energia sovrumana, per tutto il tempo della sommossa.

Frattanto il signore a cui era stato prima impedito, e con grande difficoltà, di arrampicarsi sul tavolo principale, ci saltò sopra, in mezzo a bottiglie e bicchieri. Dopo essersi sistemato a suo comodo, iniziò un discorso che, senza dubbio, doveva essere di grande importanza, se solo lo si fosse potuto udire. Nello stesso momento l'uomo col pallino della trottola si mise a piroettare per la stanza con prodigiosa energia e con le braccia tese ad angolo retto con il corpo: in modo da avere l'aspetto di un vero trottolino, e mandava gambe all'aria chiunque si trovasse sul suo percorso. E poi, sentendo anche un incredibile stapparsi e frizzare di champagne, mi accorsi alla fine che proveniva dalla persona che, durante il pranzo, impersonava quella delicata bevanda. Ed ecco l'uomo-rana, che gracidava con tale forza come se la salvezza della sua anima dipendesse da ogni nota che emetteva. E, in mezzo a tutto questo, predominava il raglio insistente di un asino. Ecco la mia vecchia amica Madame Joyeuse; avrei potuto piangere per la povera donna, appariva così terribilmente sconcertata: tuttavia ella non faceva altro che starsene dritta in un angolo, vicino al caminetto, a cantare a squarciagola «Chicchiric-chiii!».

A questo punto si giunse al climax, alla catastrofe del dramma. Poiché non si opponeva alcuna resistenza agli attacchi dall'esterno, se non il turbinare, le urla e i chicchiricchì, le dieci finestre vennero sfondate molto rapidamente e quasi simultaneamente. E non dimenticherò mai la meraviglia e l'orrore con cui fissai, quando irruppe all'interno balzando attraverso le finestre e precipitandosi in mezzo a noi *pêle-mêle*, lottando, calciando, graffiando e ululando, un vero e proprio esercito che sembrava composto di scimpanzé, orangutan, o grossi babbuini neri del Capo di Buona Speranza.

Ricevetti un colpo terribile, dopo di che mi rotolai sotto un divano e rimasi immobile. Dopo essere stato lì per circa un quarto d'ora, durante il quale ascoltai con le orecchie tese quello che accadeva nella stanza, giunsi tuttavia a un *dénouement* soddisfacente di tutta la tragedia. Così mi resi conto che Monsieur Maillard, nel raccontarmi del pazzo che aveva istigato i suoi compagni a ribellarsi, non aveva fatto altro che raccontarmi le sue imprese. Egli era stato, in effetti, due o tre anni prima il sovrintendente dell'istituto; ma, divenuto pazzo, era passato tra i pazienti. Questo episodio era sconosciuto al mio compagno di viaggio che mi aveva presentato a lui. I guardiani, dieci di numero, dopo essere stati sopraffatti all'improvviso, furono prima ben incatramati, poi accuratamente ricoperti di piume, ed infine rinchiusi in celle sotterranee. Erano stati tenuti così imprigionati per più di un mese, e durante questo periodo Monsieur Maillard aveva loro elargito in abbondanza non solo il catrame e le piume (che costituivano il suo «sistema»), ma anche un po' di pane e acqua in abbondanza, sottoponendoli ogni giorno a docce con una pompa. Alla fine, uno di loro scappando attraverso una fogna, aveva liberato gli altri.

Il «sistema della dolcezza», con alcune importanti modificazioni, era stato ripreso allo *château*; tuttavia mi trovo concorde con Monsieur Maillard nel riconoscere che il suo «trattamento» era, nel suo genere, di primaria importanza. Come egli aveva giustamente osservato, era «semplice, pulito e non dava il benché minimo problema».

Mi rimane solo da aggiungere che, sebbene io abbia cercato in tutte le biblioteche d'Europa le opere del dottor *Tarr* e del professor *Fether*, fino a oggi non sono riuscito a procurarmene neanche una copia.

La carriera letteraria di Thingum Bob Esq.

già direttore del *Goosetherumfoodle* scritta da lui stesso [1]

Sono ormai avanti negli anni e – poiché mi si dice che Shakespeare e il signor Emmons sono morti, non è da escludere che perfino io possa morire. Ho quindi pensato che tanto vale ritirarmi dal campo delle lettere e riposare sui miei allori. Ma aspiro a sottolineare la mia abdicazione allo scettro letterario con qualche rilevante lascito ai posteri; e forse non potrei fare miglior cosa che redigere per loro un resoconto degli inizi della mia carriera. Il mio nome, infatti, è stato così a lungo e così costantemente sotto gli occhi del pubblico che non solo non ho difficoltà a riconoscere quanto naturale sia l'interesse che esso ha ovunque suscitato, ma sono pronto a soddisfare l'estrema curiosità da esso destata. In effetti, è puro e semplice dovere di colui che ha conquistato la grandezza lasciare dietro di sé, nella sua ascesa, quelle pietre miliari che possono guidare altri sullo stesso cammino. Mi propongo quindi di offrire con questo scritto (che avevo quasi pensato di intitolare *Memorandum per la storia della letteratura americana*) un accurato resoconto di quegli importanti, pur se deboli e vacillanti, primi passi con i quali alla fine ho raggiunto la strada maestra che conduce alla vetta dell'umana fama.

Sui propri *lontanissimi* antenati è superfluo dilungarsi. Mio padre, Thomas Bob, Esq., fu per anni al vertice della sua professione di barbitonsore nella città di Smug [2]. Nella sua bottega si davano convegno tutti i principali esponenti della città, specialmente della classe editoriale – categoria che suscita in tutti coloro che la circondano un profondo timore reverenziale. Per mio conto, li consideravo degli dèi, e bevevo avidamente il fiume di acume e di saggezza che fluiva dalle loro auguste labbra durante quel processo che viene chiamato «insaponatura». Il mio primo momento di autentica ispirazione dev'essere fatto risalire a quel periodo, eternamente memorabile, quando il direttore del *Gad-Fly* [3], nella pausa del delicato processo di cui sopra, recitò ad alta voce, di fronte al conclave dei nostri apprendisti, un inimitabile poema in lode della «Unica Genuina Lozione-di-Bob» (così chiamata dal suo geniale inventore, mio padre); per la quale dimostrazione di stima, il direttore del *Gad-Fly* fu remunerato con regale liberalità dalla ditta Thomas Bob & Co., barbitonsori.

La genialità delle stanze della «Lozione-di-Bob» alitò in me, ripeto, il divino *afflatus*. Decisi, seduta stante, di diventare un grand'uomo, comin-

[1] In questo racconto, che è una parodia del mondo giornalistico, Poe costruisce ad arte nomi deridenti e canzonatori non sempre facilmente traducibili. Si è cercato di darne in nota una traduzione ove possibile letterale e che comunque ne rendesse il senso. Thingum Bob Esq. potrebbe essere tradotto con Cav. Pinco Pallino e *Goosetherumfoodle* (il titolo del giornale) con qualcosa come *Stupidario per babbei* (*N.d.T.*).

[2] Spocchia (*N.d.T.*).

[3] Tafano (*N.d.T.*).

ciando col diventare un grande poeta. Quella sera stessa, mi gettai ai piedi di mio padre.

«Padre», dissi, «perdonami! – ma la mia anima spazia oltre l'insaponatura. È mia ferma intenzione abbandonare la bottega. Vorrei fare il direttore di un giornale – vorrei fare il poeta – vorrei comporre altre stanze per la "Lozione-di-Bob". Perdonami, e aiutami ad essere grande!»

«Mio caro Thingum», rispose mio padre (ero stato battezzato Thingum per via di un ricco congiunto di tal nome). «Mio caro Thingum», disse, tirandomi su per le orecchie, «Thingum, figliolo mio, tu sei un ragazzo in gamba e, in quanto hai un'anima, hai preso da tuo padre. Hai anche una testa enorme, che deve contenere molti cervelli. Lo avevo notato da tempo e per questo avevo pensato di far di te un avvocato. Professione che, però, è diventata poco signorile; e quella di politico non rende. Nell'insieme, hai visto giusto; il mestiere di direttore è il migliore di tutti; – e se al tempo stesso sarai un poeta – come, tra parentesi, sono quasi tutti i direttori – bene, prenderai due piccioni con una fava. Per incoraggiarti agli inizi, ti metterò a disposizione una soffitta; penna, inchiostro e carta; e un rimario; e una copia del *Gad-Fly*. Ritengo che non potresti chiedere di più.»

«Sarei un ingrato furfante se lo facessi», risposi con calore. «La tua generosità è illimitata. Ti ripagherò facendo di te il padre di un genio.»

Così si concluse il mio colloquio con il migliore degli uomini e, immediatamente dopo, mi accinsi con zelo alle mie poetiche fatiche; poiché principalmente su di esse fondavo la mia speranza di assurgere alla poltrona redazionale.

Nei miei primi tentativi di composizione, trovai le stanze della «Lozione-di-Bob» una remora, più che uno stimolo. La contemplazione della loro sublimità tendeva, naturalmente, a scoraggiarmi quando le confrontavo con i miei tentativi abortivi; così che per lungo tempo faticai invano. Alla fine, mi balenò alla mente una di quelle idee squisitamente originali che, di quando in quando, effettivamente pervadono l'uomo di genio. Si trattava di questo: – o, meglio, così la misi in atto. Fra le cianfrusaglie di una vecchia bottega di libraio, raccolsi vari volumi antichi e del tutto sconosciuti o dimenticati. Il libraio me li vendette per quattro soldi. Da uno di essi, che sembrava essere la traduzione dell'*Inferno*, di un certo Dante, ricopiai con notevole accuratezza un brano su un tale che si chiamava Ugolino, e aveva una caterva di marmocchi. Da un altro, che conteneva varie, antiche composizioni drammatiche di un tizio di cui mi sfugge il nome estrassi, nello stesso modo e con la stessa cura, una quantità di frasi su «angeli» e «ministri dispensatori di grazia» e «spiriti malvagi dannati», e cose del genere. Da un terzo volume, opera di un qualcuno cieco, greco, o quel che fosse – non posso prendermi la briga di tenere a mente ogni sciocchezza – estrassi una cinquantina di versi che iniziavano con «L'ira funesta del Pelide Achille», e «Acquei», e qualcos'altro. Da un quarto, anche quello, ricordo, scritto da un cieco, scelsi una o due pagine sul «Salve» e «Luce santa»; e, anche se un cieco non dovrebbe scrivere sulla luce, a modo loro quei versi non erano male.

Dopo aver trascritto in bella copia quei versi, apposi in calce a ciascuna copia la firma «Oppodeldoc» (un bel nome sonoro), le infilai per benino in altrettante buste, spedendone una ciascuno alle quattro riviste più importanti, chiedendone la sollecita pubblicazione e il pagamento pronta cassa. Ma il risultato di questo piano ben congegnato (la cui riuscita mi avrebbe risparmiato molti guai nel futuro) servì a convincermi che alcuni direttori non si lasciano infinocchiare, e inferse il *coup-de-grace* (come dicono in Francia) alle mie nascenti speranze (come dicono nella città dei trascendentali).

Il fatto è che tutte quelle riviste, nessuna eccettuata, pubblicarono una totale stroncatura del signor «Oppodeldoc» nella loro rubrica «Avvisi Mensili ai Corrispondenti». Lo *Hum-Drum* [4], così scriveva:

«Oppodeldoc» (chiunque egli sia) ci ha inviato una lunga *tirade* circa un pazzo che egli chiama «Ugolino», padre di una caterva di figli che avrebbero dovuto tutti essere frustati e mandati a letto senza cena. La vicenda è del tutto priva di mordente – per non dire *banale*. «Oppodeldoc» (chiunque egli sia), manca totalmente di immaginazione – e l'immaginazione, a nostro modesto parere, è non solo l'anima della POESIA, ma addirittura il cuore. «Oppodeldoc» (chiunque egli sia) ha il coraggio di chiederci, per le sue pagliacciate, una «sollecita pubblicazione e un pagamento pronta cassa». La nostra rivista non pubblica né paga roba del genere. Comunque, non c'è dubbio che potrebbe vendere senza difficoltà tutte le stupidaggini che riesce a scribacchiare, alla redazione del *Rowdy-Dow* [5], o del *Lollipop* [6], oppure del *Goosetherumfoodle*.

Bisogna riconoscere che era un giudizio molto severo su «Oppodeldoc» – ma il gesto più scortese fu quello di stampare la parola POESIA in maiuscoletto. Quale amarezza è contenuta in quei sei caratteri.

Ma «Oppodeldoc» fu maltrattato con altrettanta severità dal *Rowdy-Dow*, che così scrisse:

Abbiamo ricevuto una singolare e insolente missiva da una persona (chiunque essa sia) che si firma «Oppodeldoc» – dissacrando così la grandezza dell'omonimo, illustre imperatore romano. La lettera di «Oppodeldoc», chiunque egli sia, è accompagnata da brani assortiti della più nauseante e insensata magniloquenza su «angeli e ministri di grazia» [7] – ampollosità che nemmeno un pazzo, che non fosse un Nat Lee [8] o un «Oppodeldoc» avrebbe potuto sfornare. E per questa immondezza delle immondezze, ci si contenta di chiederci un «pagamento pronta cassa». Eh no, signore – no! Noi non paghiamo per roba del *genere*. Si rivolga allo *Hum-Drum*, o al *Goosetherumfoodle*. Questi *periodici* accetteranno indubbiamente tutte le scorie letterarie che lei vorrà inviargli – e, altrettanto *indubbiamente*, prometteranno di pagarle.

Un boccone davvero amaro per il povero «Oppodeldoc»; ma, in questo caso, il peso della satira ricadeva sullo *Hum-Drum*, il *Lollipop* e il *Goosetherumfoodle*, ironicamente definiti *periodici* – e in corsivo, per giunta, cosa che doveva averli feriti profondamente.

Quasi altrettanto feroce era il *Lollipop*, che così si esprimeva:

Un certo *individuo*, che si compiace di farsi chiamare «Oppodeldoc» (a quale vile uso troppo spesso sono applicati i nomi dei defunti illustri!), ci ha inviato cinquanta o sessanta *versi*, che cominciano in questo modo:

... del Pelide Achille
L'ira funesta, che infiniti addusse
Lutti agli Achei, ecc. ecc. ecc. [9]

Informiamo rispettosamente «Oppodeldoc» (chiunque egli sia) che non c'è straccio di tipografo nel nostro ufficio che non componga quotidianamente *righe* migliori. Quelli di

[4] Tiritera (*N.d.T.*).
[5] Fracassone (*N.d.T.*).
[6] Leccalecca (*N.d.T.*).
[7] Shakespeare, *Amleto* I, 3 (*N.d.T.*).
[8] Nathaniel Lee (1653-1692 ca.), drammaturgo inglese rinchiuso in manicomio per alcolismo (*N.d.T.*).
[9] *Iliade*, Canto I, trad. Vincenzo Monti (*N.d.T.*).

«Oppodeldoc» non si possono *scandire*. «Oppodeldoc» dovrebbe imparare a *contare*. Ma il motivo per cui gli sia nata l'idea che *noi* (proprio *noi*!) avremmo acconsentito a infamare le nostre pagine con le sue ineffabili idiozie, va oltre la nostra comprensione. Ma via! Quell'assurda baggianata sì e no andrebbe bene per lo *Hum-Drum*, il *Rowdy-Dow* o il *Goosetherumfoodle* – fogli che hanno l'abitudine di pubblicare le «Canzoncine di Mamma Oca» come fossero liriche eccelse. E «Oppodeldoc» (chiunque egli sia) ha perfino la sfrontatezza di chiedere un *compenso* per queste idiozie. Ma si rende conto, questo «Oppodeldoc» (chiunque egli sia) che non le pubblicheremmo nemmeno se a pagarci fosse lui?

Via via che leggevo, mi sentivo sempre più piccolo e, arrivato al punto in cui il direttore si beffava del poema definendolo «*versi*», di me restava ben poco. In quanto a «Oppodeldoc», quel povero diavolo cominciava a farmi *pena*. Ma il *Goosetherumfoodle* era, se possibile, ancor più impietoso del *Lollipop*. Era il *Goosetherumfoodle* a scrivere:

Uno sciagurato poetastro, che si firma «Oppodeldoc» è tanto sprovveduto da credere che *noi* stamperemmo, e *a pagamento*, un guazzabuglio di ampollosità retoriche e sgrammaticate che egli ci ha inviato e che inizia con la seguente, *comprensibilissima*, riga:

«*Hail, Holy Light! offspring of Heaven, first born*» [10]

Ripetiamo «*comprensibilissima*». «Oppodeldoc» (chiunque egli sia) avrà forse la bontà di spiegarci in che modo *la grandine* [11] possa essere *Luce Santa*. Noi l'abbiamo sempre ritenuta *pioggia ghiacciata*. Ci faccia anche sapere in che modo la pioggia ghiacciata possa contemporaneamente essere «Luce Santa» (qualsiasi cosa ciò significhi) e «infante» – termine quest'ultimo che (se conosciamo l'inglese) si usa esclusivamente e in modo proprio per neonati di circa sei settimane. Ma è ridicolo soffermarsi su simili assurdità – anche se «Oppodeldoc» (chiunque egli sia) ha l'inaudita sfacciataggine di credere che noi non solamente pubblicheremmo i suoi vaneggiamenti incolti ma (incredibile ma vero) *glieli pagheremmo*!

Ma bene – fantastico! – e avremmo quasi voglia di punire questo giovane scribacchino per la sua presunzione pubblicando effettivamente il suo parto poetico *verbatim et literatim*, come lo ha scritto. Non potremmo infliggergli punizione più severa, e lo *faremmo* se non fosse per la noia che, così facendo, infliggeremmo ai nostri lettori.

Che «Oppodeldoc» (chiunque egli sia) spedisca le sue future composizioni del genere al *Hum-Drum*, al *Lollipop* o al *Rowdy-Dow*. *Loro* le pubblicheranno certamente. Pubblicano ogni mese cose come queste. Le mandi a loro. NOI non ci lasciamo insultare impunemente.

Questo mi distrusse; in quanto al *Hum-Drum*, al *Lollipop* e al *Rowdy-Dow*, non so come abbiano potuto sopravvivere. Scrivere il *loro* nome in piccolissimi caratteri corpo 7 (qui stava l'insulto – l'insinuazione sulla loro bassezza – la loro abiezione) mentre il NOI, a caratteri cubitali, li squadrava dall'alto in basso! – oh, era una cattiveria *troppo* grande – era assenzio – bile. Al posto di uno di quei periodici avrei fatto qualsiasi cosa per trascinare il *Goosetherumfoodle* in tribunale. Lo si sarebbe potuto fare in base alla legge relativa alla «Prevenzione della Crudeltà verso gli Animali». In quanto a Oppodeldoc (chiunque egli fosse), ormai mi aveva seccato e non provavo più alcuna simpatia per lui. Senza dubbio era uno sciocco (chiunque egli fosse) e non si era preso un calcio in più di quanti meritasse (aveva ricevuto né più né meno quel che gli spettava).

L'esito del mio esperimento con i libri antichi mi convinse, primo, che «l'onestà è la miglior politica» e, secondo, che se non ero capace di scrivere meglio del signor Dante, e dei due ciechi, e di tutti quei vecchi barbogi sarebbe stato, se non altro, difficile scrivere peggio. Mi rincuorai,

[10] Milton, *Paradiso perduto*, 1, III, v. 1: «Salve, Luce Santa! Infante del Cielo primogenito» (*N.d.T.*).

[11] In inglese la parola *Hail* significa sia Ave che grandine (*N.d.T.*).

dunque, e decisi di perseguire ciò che era «assolutamente inedito» (come scrivono sulle copertine delle riviste), a qualsiasi prezzo di studio e di fatica. Mi rimisi sotto gli occhi, a modello, le brillanti stanze su «La-Lozione-di-Bob», del direttore del *Gad-Fly* e decisi di costruire un'ode sullo stesso eccelso argomento, rivaleggiando con quella che era già stata scritta.

Col primo verso non incontrai alcuna difficoltà.

Diceva così:

«Poetar su tal lozione prodigiosa»

Ma, dopo avere accuratamente cercato tutte le rime in *osa*, mi arenai. In tale frangente, ricorsi a mio padre; e, dopo qualche ora di ponderata riflessione, lui ed io così componemmo il poema:

Poetar su tal lozione prodigiosa
è cosa molto faticosa.
(firmato) SNOB

Certo, non era una composizione molto lunga – ma «devo ancora imparare», come dicono nella *Edinburgh Review*, che la semplice lunghezza di un'opera letteraria abbia qualcosa a che fare con i suoi pregi. In quanto alla balla del Quarterly circa lo «sforzo prolungato» è impossibile comprenderne il significato. Nell'insieme, quindi, mi reputai soddisfatto del mio primo tentativo; ora si trattava solo di sapere cosa farne. Mio padre mi suggerì di mandarlo al *Gad-Fly* – ma due motivi mi trattenevano. Temevo l'invidia del direttore – e avevo appurato che non pagava le collaborazioni inedite. Pertanto, dopo lunga riflessione, affidai l'articolo alle più dignitose pagine del *Lollipop* e attesi gli eventi con ansia, ma con rassegnazione.

Proprio nel numero successivo, ebbi l'orgogliosa soddisfazione di vedere il mio poema stampato per intero, come articolo di fondo, con il seguente, significativo cappello, in corsivo e fra parentesi:

[Richiamiamo l'attenzione dei nostri lettori sui seguenti, mirabili versi sulla «Lozione-di-Bob». Non occorre sottolinearne la magnificenza e il pathos: – impossibile scorrerli senza commozione. Coloro che sono nauseati da un deplorevole sproloquio sullo stesso maestoso tema dovuto al calamo del direttore del Gad-Fly, *faranno bene a confrontare le due composizioni.*

P.S. – siamo divorati dalla curiosità di scoprire il mistero che avvolge l'evidente pseudonimo di «Snob». Possiamo sperare in un'intervista personale]?

Si trattava poco più che di un atto di giustizia ma, lo confesso, era più di quanto mi fossi aspettato; – lo riconobbi, si noti, a eterno disdoro del mio paese e dell'umanità. Comunque, senza por tempo in mezzo, mi recai dal direttore del *Lollipop*, ed ebbi la fortuna di trovare quel gentiluomo in ufficio. Mi salutò con aria di profondo rispetto, da cui faceva capolino una paterna e protettiva ammirazione, suscitata certo dal mio aspetto estremamente giovane e inesperto. Pregandomi di accomodarmi, venne subito all'argomento del mio poema – ma la modestia mi vieterà per sempre di ripetere gli infiniti complimenti che mi tributò. Le eulogie del signor Crab [12] (tale era il nome del direttore) non furono però del tutto indiscri-

[12] *Crab* = Granchio (*N.d.T.*).

minate. Analizzò la mia composizione con franchezza e acume – non esitando a sottolinearne qualche pecca – cosa che lo fece salire di molto nella mia stima. Naturalmente, fu tirata in ballo la faccenda del *Gad-Fly*, e mi auguro di non essere mai fatto oggetto di critiche così rigorose o biasimo così rovente quali il signor Crab rovesciò su quella sciagurata pubblicazione. Ero stato avvezzo a ritenere il direttore del *Gad-Fly* come un essere trascendente; ma presto il signor Crab mi guarì da quell'idea, mettendo l'immagine sia letteraria che personale della Mosca (così il signor C. designava ironicamente il rivale) nella sua vera luce. Egli, la Mosca, non era proprio niente di speciale. Aveva scritto delle cose infami. Era un cialtrone, da un soldo a riga. Un farabutto. Aveva composto una tragedia che aveva fatto sghignazzare tutto il paese, e una farsa che aveva inondato di lacrime l'universo. Come se non bastasse, aveva avuto la sfrontatezza di scribacchiare quella che, secondo lui, doveva essere una satira contro di lui (il signor Crab), e l'audacia di definirlo «un somaro». Se mai avessi voluto esprimere un mio giudizio sul signor Mosca, le pagine del *Lollipop*, mi assicurò il signor Crab, erano a mia completa disposizione. Nel frattempo, dato che, sicuramente, sarei stato attaccato dal *Gad-Fly* per il mio tentativo di comporre un poema che rivaleggiasse con quello sulla «Lozione-di-Bob» lui, il signor Crab, si sarebbe incaricato personalmente di tutelare i miei interessi privati e personali. Se non fossi diventato immediatamente un uomo, la colpa non sarebbe certo stata sua (del signor Crab).

Approfittando di una pausa nel suo discorso (la cui ultima parte mi riusciva incomprensibile) mi azzardai a fare un accenno circa il compenso che ragionevolmente mi aspettavo per il mio poema, secondo un annuncio apparso sulla copertina del *Lollipop* nel quale esso (il *Lollipop*) «insisteva perché gli fosse consentito di pagare un prezzo esorbitante per tutte le collaborazioni accettate – spesso pagando per un'unica, breve poesia, più del costo annuale del *Hum-Drum*, il *Rowdy-Dow* e il *Goosetherumfoodle* messi insieme».

Quando menzionai la parola «compenso», il signor Crab spalancò prima gli occhi, poi la bocca, il che gli diede l'apparenza di una vecchia papera agitata e schiamazzante; e in tale condizione rimase (stringendosi ogni tanto la fronte tra le mani, come in preda a un angoscioso sbigottimento) fino a che ebbi quasi terminato il mio discorsetto.

Quando giunsi alla conclusione, si abbandonò sulla sedia, quasi sopraffatto, con le braccia penzoloni lungo i fianchi ma con la bocca ancora decisamente spalancata, come la papera. Mentre rimanevo in attonito silenzio davanti a un comportamento così allarmante, balzò in piedi di scatto, precipitandosi verso il cordone del campanello; raggiuntolo, però, sembrò aver cambiato idea, quale che essa fosse, poiché si tuffò sotto un tavolo per riemergere subito dopo brandendo un randello. Stava per alzarlo (non riesco a immaginare a quale scopo) quando, improvvisamente, un benevolo sorriso si distese sui suoi lineamenti e si risedette placidamente sulla sua sedia.

«Signor Thingum Bob», disse (mi ero fatto precedere dal mio biglietto da visita, prima di salire), – «signor Thingum Bob, lei è giovane, immagino – molto giovane?» Annuii, specificando che non avevo ancora compiuto il mio terzo lustro.

«Ah!», replicò, «benissimo! Capisco – non dica altro! Venendo al problema del compenso, ciò che lei dice è giusto – anzi, più che giusto. Ma ah

– ah – la *prima collaborazione* – la *prima*, ripeto – è consuetudine della rivista non pagarla mai – lei comprende, no? Il fatto è che, in quel caso, i *remunerati* generalmente siamo noi.» (Il signor Crab sorrise blandamente, enfatizzando il termine «remunerati».) «Nella massima parte dei casi, veniamo *pagati* per pubblicare un'opera prima, inedita, specialmente se in versi. In secondo luogo, signor Bob, è norma della rivista non sborsare mai quello che in Francia chiamiamo *argent comptant*; – sono certo che comprenderà. Un trimestre o due dopo la pubblicazione dell'articolo – o un anno o due – non solleviamo alcuna obiezione a rilasciare una nota di pagamento a nove mesi; sempre che possiamo sistemare le nostre cose in modo da essere certi di una bancarotta entro sei. Spero *proprio*, signor Bob, che lei riterrà soddisfacente questa spiegazione.» Così concluse il signor Crab, con le lacrime agli occhi.

Profondamente angosciato per avere, sia pure involontariamente, causato dolore a un uomo così eminente e sensibile, mi affrettai a porgergli le mie scuse e a rassicurarlo, esprimendo la mia totale concordanza con il suo punto di vista, nonché il mio profondo apprezzamento per la delicatezza della sua posizione. Dopo un forbito discorso a tale effetto, presi congedo.

Una bella mattina, poco tempo dopo, «mi svegliai e mi trovai famoso» [13]. Si comprenderà meglio fino a qual punto fossi diventato famoso scorrendo i quotidiani del giorno, che pubblicavano le critiche al numero del *Lollipop* su cui era apparso il mio parto poetico; critiche pienamente soddisfacenti, esaurienti e chiare, tranne forse che per l'enigmatica indicazione «*Sett. 15 – 1 t*» apposta a ogni critica.

L'*Owl* [14], un giornale di profonda sagacia e ben noto per la deliberata ponderatezza delle sue decisioni letterarie – l'*Owl*, dicevo, scriveva quanto segue:

> Il *Lollipop*! Il numero di ottobre di questo delizioso periodico supera tutti i numeri precedenti, e mette alle corde la concorrenza. Per la bellezza della sua composizione tipografica e della sua carta – la quantità e la perfezione dei suoi clichés – e il pregio letterario dei suoi articoli – il *Lollipop* si distingue dai suoi torpidi rivali come Iperione dal Satiro. L'*Hum-Drum*, il *Rowdy-Dow* e il *Goosetherumfoodle* sono, senza dubbio, maestri di millanteria ma, per il resto, viva la faccia del *Lollipop*! Come questa famosa pubblicazione riesca a sostenere le sue ovviamente ingentissime spese è davvero un mistero. Certo, ha una tiratura di 100.000 copie, e la sua lista di abbonamenti è aumentata di un quarto in quest'ultimo mese; ma, d'altro canto, le cifre che sborsa costantemente per le collaborazioni sono astronomiche. Si dice che il signor Slyass [15] abbia ricevuto non meno di 37,5 centesimi per il suo inimitabile articolo sui «Suini». Con un direttore come il signor Crab e corrispondenti come SNOB e Slyass, la parola «fiasco» non esiste per il *Lollipop*. Abbonatevi subito. *Sett. 15 – 1 t.*

Devo riconoscere che mi sentii gratificato per una segnalazione di così alto livello da parte di un giornale rispettabile come l'*Owl*. Metter il mio nome – cioè il mio *nom de guerre* – prima di quello del grande Slyass era un complimento pari alle mie aspettative.

La mia attenzione fu poi attratta dai seguenti paragrafi nel *Toad* [16] – una pubblicazione particolarmente stimata per la sua integrità e indipen-

[13] Moore, *Life of Byron*, (1830) (riferendosi all'immediato successo del *Childe Harold*) (*N.d.T.*).
[14] *Owl* = Gufo (*N.d.T.*).
[15] *Slyass* = Asino scaltro (*N.d.T.*).
[16] *Toad* = Rospo (*N.d.T.*).

denza, totalmente scevra da atteggiamenti sicofantici e servili nei confronti di chi offriva pranzi e banchetti:

Il *Lollipop* di ottobre ha sopravanzato e ampiamente superato tutti i suoi rivali di questo mese per lo splendore di fioriture e la ricchezza di contenuto. L'*Hum-Drum*, il *Rowdy-Dow* e il *Goosetherumfoodle* si distinguono, è vero, per millanteria ma, sotto ogni altro punto di vista, viva il *Lollipop*. In qual modo questa famosa pubblicazione riesca a sostenere le sue ovviamente ingentissime spese è davvero un mistero. Certo, ha una tiratura di 200.000 copie, e la sua lista di abbonamenti è aumentata di un terzo nelle ultime due settimane; ma, d'altro canto, le cifre che sborsa ogni mese per le collaborazioni sono elevatissime. Ci risulta che il signor Mumblethumb [17] abbia ricevuto non meno di 50 centesimi per la sua recente «Monodia in una Pozzanghera».

Fra i collaboratori di questo numero notiamo (a prescindere dall'esimio direttore, il signor Crab) personaggi come SNOB, Slyass e Mumblethumb. A parte ogni considerazione editoriale, il pezzo più pregiato è, secondo noi, una gemma poetica di SNOB su «La-Lozione-di-Bob» – ma non credano i nostri lettori, dal titolo di questo incomparabile *bijou*, che esso abbia la benché minima somiglianza con un cumulo di sciocchezze sullo stesso tema, opera di un certo spregevole individuo il cui nome è inadatto per le orecchie della gente per bene. L'*attuale* composizione poetica su «La Lozione di Bob» ha suscitato l'interesse e la curiosità generale circa l'identità di colui che si cela dietro l'ovvio pseudonimo di «Snob» – curiosità che, fortunatamente, siamo in grado di soddisfare. «Snob» è il *nom de plume* del signor Thingum Bob, nostro concittadino – congiunto del grande signor Bob (da cui prende il nome) e imparentato con le più illustri famiglie dello Stato. Suo padre, Thomas Bob, Esq., è un prospero mercante di Smug. *Sett. 15 – 1 t.*

Questo generoso consenso mi commosse – tanto più in quanto proveniente da una fonte così dichiaratamente, così proverbialmente limpida come il *Toad*. Il termine «cumulo di sciocchezze» conferito alla «Lozione-di-Bob» del *Gad-Fly*, mi parve straordinariamente pungente e appropriato. Mentre quelli di «gemma» e «*bijou*» riferiti alla mia composizione mi colpirono come, in certo qual modo, inadeguati. Mi parvero non abbastanza incisivi. Non abbastanza *prononcés* (come diciamo in Francia).

Prima ancora che avessi terminato la lettura del *Toad* un amico mi mise in mano una copia del *Mole* [18], un quotidiano altamente stimato per la sua acuta percezione degli eventi in genere e per lo stile aperto, onesto e schietto dei suoi editoriali. Del *Lollipop*, il *Mole* scriveva quanto segue:

Ci è appena giunto il numero di ottobre del *Lollipop* e *dobbiamo* riconoscere che mai prima copia di un periodico ci ha offerto un così eccelso godimento. Diciamo questo a ragion veduta. L'*Hum-Drum*, il *Rowdy-Dow* e il *Goosetherumfoodle* devono fare attenzione ai loro allori. Sono pubblicazioni che, senza dubbio, sorpassano ogni altra in quanto a vociferante resunzione ma, per tutto il resto, viva la faccia del *Lollipop*! In qual modo questa famosa pubblicazione riesca a sostenere le sue ovviamente ingentissime spese è davvero un mistero. Certo, ha una tiratura di 300.000 copie; e la sua lista di abbonamenti è aumentata del 50% nell'ultima settimana; ma, d'altro canto, le cifre che sborsa ogni mese per le collaborazioni esterne sono astronomiche. Sappiamo, da fonte autorevole, che il signor Fatquack [19] ha ricevuto non meno di sessantadue centesimi e mezzo per il suo ultimo breve romanzo rosa «Lo Strofinaccio».

Al numero che abbiamo sotto gli occhi hanno collaborato il signor CRAB (l'esimio direttore), SNOB, Mumblethumb, Fatquack, e altri; ma, dopo le inimitabili composizioni dello stesso direttore, quella che maggiormente ci piace è lo sfavillante parto letterario di un poeta nascente, il quale scrive con la firma «Snob» – un *nom de guerre* che ci spinge a predire che egli offuscherà, in futuro, il fulgore di «Boz». «SNOB», a quanto ci risulta, è un certo signor THINGUM BOB, Esq., unico erede di un ricco mercante di questa città, Thomas Bob, Esq., e parente prossimo dell'esimio signor Thingum. Il titolo della mirabile composizione poetica del signor P. è «La-Lozione-di-Bob» – titolo poco felice, tra parentesi, dato che qualche

[17] *Mumblethumb* = Biascicapollice (*N.d.T.*).
[18] *Mole* = Talpa (*N.d.T.*).
[19] *Fatquack* = Grassocialtrone (*N.d.T.*).

spregevole vagabondo, collegato con la stampa da strapazzo, ha già disgustato la città con un inconcludente sproloquio sullo stesso tema. Non esiste, comunque, alcun pericolo di confondere le due composizioni. *Sett. 15 – 1 t.*

La generosa approvazione di un giornale oculato come il *Mole* mi colmò il cuore di felicità. L'unica obiezione che mi sorse alla mente fu che, anziché usare i termini «spregevole vagabondo», sarebbe stato meglio scrivere «*odioso* e spregevole, disgraziato, *farabutto* e vagabondo». Avrebbe suonato meglio, secondo me. Anche «sfavillante» mancava, bisogna riconoscerlo, di intensità sufficiente a descrivere quanto il *Mole* ovviamente *pensava* circa il fulgore de «La-Lozione-di-Bob».

Nel pomeriggio stesso in cui vidi queste segnalazioni dell'*Owl*, del *Toad* e del *Mole* ebbi, per caso, l'occasione di vedere una copia dal *Daddy-Long-Legs* [20], un periodico famoso per la vasta portata della sua intelligenza. E proprio il *Daddy-Long-Legs* scriveva:

Il *Lollipop*! Questa stupenda rivista è già sotto gli occhi dei lettori per il mese di ottobre. Che essa sia all'avanguardia è ormai un fatto scontato e, d'ora in avanti, sarà totalmente assurdo da parte dell'*Hum-Drum*, del *Rowdy-Dow* o del *Goosetherumfoodle* continuare nei loro spasmodici tentativi di concorrenza. Questi giornali potranno forse superare il *Lollipop* in clamore ma, sotto ogni altro aspetto, viva il *Lollipop*! In qual modo questa famosa pubblicazione riesca a sostenere le sue ovviamente ingentissime spese, è un mistero. Certo, ha una tiratura di esattamente mezzo milione di copie, e la sua lista di abbonamenti è aumentata del 75% nelle ultime quarantott'ore; ma, d'altro canto, le cifre che sborsa ogni mese per le collaborazioni hanno dell'incredibile; siamo al corrente del fatto che Mademoiselle Cribalittle [21] ha ricevuto non meno di 87,5 centesimi per il suo recente racconto sulla Rivoluzione, intitolato «The York-Town Katy-Did, and the Bunker-Hill Katy-Didn't».

I testi più validi in questo ultimo numero sono, naturalmente, quelli del direttore (l'esimio signor CRAB) ma non mancano collaborazioni di grandissimo rilievo, dovute a firme quali SNOB, Mademoiselle Cribalittle, Slyass, la signora Fibalittle [22], Mumblethumb, la signora Squibalittle [23] e, ultimo ma non per merito, Fatquack. Una tale galassia di geni è veramente una sfida al mondo.

La poesia firmata in calce «SNOB» sta suscitando, a quanto ci risulta, il plauso universale e siamo costretti ad ammettere che essa merita se possibile ancor più lodi di quante abbia già ricevuto. «La-Lozione-di-Bob», si intitola questo capolavoro di arte e di eloquenza. Uno o due dei nostri lettori potranno, forse, avere una *vaghissima* anche se sufficientemente disgustosa reminiscenza di una poesia (?) analogamente intitolata, uno scempio perpetrato da un miserabile scribacchino, mendicante e tagliagole legato, in qualità di sguattero, ci sembra, a uno di quegli indecenti fogliacci di borgata; vi scongiuriamo, per amor di Dio, di non confondere le due composizioni. A quanto ci risulta, l'autore di questa «Lozione-di-Bob» è Thingum Bob, Esq., un gentiluomo geniale, uno studioso. «Snob» è semplicemente un *nom de guerre. Sett. 15 – 1 t.*

Frenai a stento la mia indignazione nello scorrere le ultime frasi di questa diatriba. Mi appariva evidente che il tono equivoco – per non dire la cortesia – la vera e propria tolleranza – con cui il *Daddy-Long-Legs* parlava di quel maiale del direttore del *Gad-Fly* – mi appariva evidente, ripeto, che quella cortesia di linguaggio poteva nascere solo da una parzialità nei confronti del *Gad-Fly* – di cui era chiara intenzione del *Daddy-Long-Legs* innalzare la reputazione a mie spese. Chiunque poteva capire a occhi chiusi che, se il *Daddy* avesse effettivamente avuto lo scopo che voleva dare ad intendere, si sarebbe espresso in termini più diretti, più caustici e più pertinenti. Termini come «scribacchino», «mendicante»,

[20] *Daddy-Long-Legs* = Papà Gambalunga (*N.d.T.*).
[21] *Cribalittle* = Copiaunpoco (*N.d.T.*).
[22] *Fibalittle* = Menteunpoco (*N.d.T.*).
[23] *Squibalittle* = Beffaunpoco (*N.d.T.*).

«sguattero» e «tagliagola» erano appellativi così volutamente equivoci e privi di significato da risultare meno che niente se riferiti all'autore dei versi peggiori mai tracciati da un componente della razza umana. Sappiamo tutti cosa voglia dire «condannare con una tiepida lode» e, d'altro canto, chi non avrebbe capito che il vero scopo del *Daddy* era quello di glorificare con un tiepido disprezzo?

Ciò che il *Daddy* sceglieva di dire sul *Gad-Fly* non era affar mio. Ma lo era ciò che diceva di me. Dopo il nobile tono con cui si erano espressi l'*Owl*, il *Toad* e il *Mole* circa le mie capacità, era davvero troppo sentirsi definire da un *Daddy-Long-Legs* nulla più che «un gentiluomo geniale, uno studioso». Gentiluomo dei miei stivali! Decisi seduta stante di ottenere le scuse scritte del *Daddy-Long-Legs*, oppure di querelarlo.

Spinto da questo scopo, mi guardai attorno in cerca di un amico cui affidare un messaggio per sua *Daddy*nità; e poiché il direttore del *Lollipop* mi aveva dato chiari segni di stima, decisi alla fine di cercare il suo appoggio in quella circostanza.

Non sono ancora riuscito a trovare una spiegazione soddisfacente per lo *stranissimo* atteggiamento e comportamento con cui mi ascoltò il signor Crab mentre gli esponevo le mie intenzioni. Rifece di nuovo la scena del cordone del campanello, del randello, senza tralasciare di spalancar la bocca come una papera. A un certo punto, credetti che stesse realmente per farne il verso. Comunque il suo attacco, come la volta precedente, si placò ed egli cominciò a comportarsi e a parlare in maniera razionale. Rifiutò, però, di farsi latore della mia sfida e, anzi, mi dissuase dal mandarla; ma fu abbastanza onesto da riconoscere che il *Daddy-Long-Legs* aveva commesso un errore marchiano – specialmente riguardo agli epiteti «gentiluomo e studioso».

Verso la fine del colloquio il signor Crab, che sembrava davvero nutrire un interesse paterno nei miei confronti, mi suggerì che avrei potuto guadagnare dei soldi onestamente promuovendo, al tempo stesso, la mia reputazione, fungendo ogni tanto da Thomas Hawk per il *Lollipop*.

Implorai il signor Crab di dirmi chi fosse il signor Thomas Hawk, e in qual modo avrei dovuto sostenerne il ruolo.

A questo punto, il signor Crab fece nuovamente «gli occhi grandi» (come diciamo in Germania) ma alla fine, riprendendosi da una profonda crisi di sbigottimento, mi assicurò che aveva usato le parole «Thomas Hawk» onde evitare il colloquiale Tommy, poco elegante – ma che il concetto era Tommy Hawk – o tomahawk – e che dicendo «fungere da tomahawk» si intendeva l'azione di scotennare, intimidire e vilipendere in vari modi quel branco di poveri diavoli di scrittori.

Assicurai il mio protettore che, se solo di questo si trattava, ero pienamente rassegnato a interpretare il ruolo di Thomas Hawk. Al che il signor Crab espresse il desiderio che cominciassi subito col direttore del *Gad-Fly*, nello stile più aggressivo che mi era possibile, e come saggio delle mie capacità. Così feci, sui due piedi, con una recensione dell'originale «Lozione-di-Bob», che prendeva 36 pagine del *Lollipop*. Scoprii che fare il Thomas Hawk era in realtà un'occupazione assai meno gravosa che poetare; cominciai col crearmi un metodo e fu quindi facile assolvere a dovere il mio incarico. Il metodo era questo. Acquistai (a buon mercato) alcune copie messe all'asta dei *Discorsi di Lord Brougham L'Opera Omnia di Cobbett*, il *Nuovo Sommario di Slang*, oltre a *L'Arte di Snobbare, Gli Improperi e Contumelie, di Prentice* (in folio) e *Il Linguaggio, di Lewis G.*

Clarke. Feci a pezzi questi volumi con una striglia poi, gettandone i frammenti in un setaccio, ne eliminai accuratamente tutto ciò che poteva essere ritenuto decente (rimasugli trascurabili); mettendo da parte le frasi più spietate, che gettai in una grossa peparola di latta con dei fori longitudi-2nali, così che un'intera frase poteva passarci senza danni. La mistura era pronta per l'uso. Ogni volta che dovevo fare il Thomas Hawk, spalmavo un foglio di carta protocollo con il bianco di un uovo d'oca maschio; poi, lacerando le composizioni da recensire, come avevo in precedenza lacerato i libri – solo con più attenzione, così da ottenere tutte le parole separate l'una dall'altra, ne gettavo i frammenti insieme con gli altri, avvitavo il coperchio della peparola, la scuotevo, e spargevo la mistura sul foglio coperto dal bianco d'uovo, dove rimaneva appiccicata. L'effetto era bellissimo a vedersi. Affascinante. Anzi, le recensioni che ottenevo mediante questo semplice espediente sono sempre rimaste insuperate, ed erano un vero e proprio capolavoro. In principio, per modestia – dovuta a inesperienza – rimanevo un po' sconcertato di fronte a una certa inconsistenza – un certo non so che di *bizarre* (come diciamo in Francia) che la composizione nel suo insieme presentava. Non tutte le frasi si *incastravano* (come diciamo noi anglosassoni). Molte erano decisamente di traverso. Altre, addirittura capovolte; e non una che non fosse, in certa qual misura, esteticamente rovinata da questo tipo di incidente, quando si verificava – eccezion fatta per i paragrafi del signor Lewis Clarke, a tal punto vigorosi e tozzi da non apparire particolarmente sconcertati per posizioni estreme, ma da sembrare ugualmente felici e soddisfacenti a testa sia in giù che in su.

Cosa ne fu del direttore del *Gad-Fly* dopo la pubblicazione della mia recensione della sua «Lozione-di-Bob», è piuttosto difficile da determinare. La conclusione più ragionevole è che sia morto soffocato dalle lacrime. In ogni caso, scomparve istantaneamente dalla faccia della terra e nessuno ne ha più visto l'ombra.

Adempiuto doverosamente il mio compito e placate le Furie, divenni subito un favorito del signor Crab. Mi diede la sua fiducia, un incarico permanente come Thomas Hawk al *Lollipop* e, dato che per il momento non poteva pagarmi un salario, mi consentì di profittare, a discrezione, dei suoi consigli.

«Mio caro Thingum», mi disse un giorno dopo pranzo, «rispetto le sue capacità e le voglio bene come a un figlio. Quando morirò, le lascerò in eredità il *Lollipop*. Frattanto, farò di lei un uomo – lo *prometto* – sempre a patto che lei segua il mio consiglio. La prima cosa da fare è liberarsi del vecchio verro.»

«Verro[24]», chiesi incuriosito, «maiale eh?, *aper* (come diciamo in latino). Chi? Dove?»

«Suo padre», disse.

«Esattamente», risposi, «maiale».

«Lei deve costruirsi la sua vita, Thingum», riprese il signor Crab, «e quel suo genitore è una catena al piede. Dobbiamo troncarla subito.» (A questo punto tirai fuori il mio coltello.) «Dobbiamo troncarla», continuò il signor Crab, «con decisione e una volta per tutte. Non va – *non* va.

[24] Si tratta di due parole che hanno un suono simile: *bore* in inglese significa seccatore, rompiscatole; *boar* significa verro (*N.d.T.*).

Ripensandoci, sarà meglio che lei lo prenda a pedate, o a nerbate, o qualcosa di simile.»

«Che ne direbbe», suggerii modestamente, «se prima lo prendessi a calci, poi a nerbate, per finire col torcergli il naso?»

Il signor Crab mi scrutò per qualche istante sovrappensiero, poi rispose: «Credo, signor Bob, che quanto lei propone andrebbe abbastanza bene – anzi, benissimo – in quanto a questo. Ma i barbieri hanno una pelle molto dura e nel complesso credo che, dopo aver fatto a Thomas Bob quanto lei suggerisce, sarebbe consigliabile fargli, con i pugni, un bel paio d'occhi proprio neri, così che non possa più vederla, quando se ne andrà a spasso come un damerino. Dopo di che, non vedo proprio cos'altro potrebbe fare. Comunque – varrebbe anche la pena di farlo rotolare un paio di volte nella cunetta del marciapiede, poi consegnarlo alla polizia. Il mattino seguente, a un'ora qualsiasi, lei potrà andare al posto di guardia e giurare di essere stato aggredito».

Rimasi profondamente commosso dalla cortese sollecitudine nei miei riguardi dimostrata dall'eccellente consiglio del signor Crab, e non mancai di metterlo immediatamente a profitto. Il risultato fu che mi liberai del vecchio verro e cominciai a sentirmi più autonomo e più simile a un gentiluomo. La mancanza di denaro però fu, per qualche settimana, fonte di disagio; alla fine, facendo accurato uso dei miei due occhi e osservando come gli eventi si svolgevano proprio sotto il mio naso, scoprii come risolvere la cosa. Dico «la cosa» – badate bene – perché mi si dice che la parola latina corrispondente è *rem*. A proposito, parlando di latino, c'è qualcuno che possa dirmi il significato di *quocunque* – o che cosa vuol dire *modo*?

Il mio piano era semplicissimo. Acquistai, per quattro soldi, un sedicesimo della *Snapping Turtle* [25]; – tutto qui. La cosa era fatta, e il denaro cominciò ad affluire. Naturalmente, in seguito, si rese necessario qualche trascurabile ritocco; ma ciò non faceva parte del piano. Fu una conseguenza – un risultato. Per esempio, comperai penna, inchiostro e carta e li misi immediatamente in funzione. Completato così un articolo, lo intitolai «FOL LOL, dell'Autore della Lozione-di-Bob» e lo spedii al *Goosetherumfoodle*. Dal momento però che quel periodico lo definì «baggianata» nella rubrica di «Comunicazioni Mensili per i corrispondenti», ne cambiai il titolo in «"Hey-Diddle-Diddle"» di THINGUM BOB, Esq., Autore dell'Ode su "La-lozione-di-Bob" e Direttore del *Snapping Turtle*». Così modificato, lo rispedii al *Goosetherumfoodle* e, in attesa della risposta, pubblicai ogni giorno sul *Turtle* sei colonne di quella che si potrebbe definire un'indagine filosofica e analitica dei pregi letterari del *Goosetherumfoodle* nonché delle caratteristiche personali del suo direttore. Dopo una settimana, il *Goosetherumfoodle* scoprì che, per un inspiegabile disguido, «aveva confuso uno stupido articolo, intitolato "Hey-Diddle-Diddle", composto da un qualche sconosciuto analfabeta, con una gemma risplendente, dallo stesso titolo, opera di Thingum Bob Esq., il famoso autore della "Lozione-di-Bob"». Il *Goosetherumfoodle* «deplorava vivamente quel comprensibilissimo incidente», promettendo inoltre di pubblicare l'autentico «Hey-Diddle-Diddle» nel numero successivo.

Il fatto è che *pensai* – pensai *veramente* – pensai *allora* – e non ho motivo di pensarla diversamente *oggi*, pensai al momento che il *Goosethe-*

[25] *Snapping Turtle* = Tartaruga che morde (*N.d.T.*).

rumfoodle avesse commesso un errore. Con la migliore buona volontà del mondo non mi veniva proprio in mente niente e nessuno che commettesse tanti strani errori quanto il *Goosetherumfoodle*. Da quel giorno, la rivista cominciò a piacermi e il risultato fu che presto sviscerai le profondità dei suoi pregi letterari e non mancai di soffermarmi su di essa nel *Turtle* ogniqualvolta se ne presentasse l'occasione. E si deve considerare come una stranissima coincidenza – una di quelle incredibili coincidenze che fanno riflettere – il fatto che un altrettanto totale capovolgimento di opinione – un così completo *bouleversement* (come diciamo in Francia) – un così radicale *soqquadramento* (se mi si consente di usare un termine piuttosto energico dei Choctaws) come quello che si verificò, *pro* e *con*, fra me da una parte e il *Goosetherumfoodle* dall'altra, ebbe effettivamente luogo, poco tempo dopo e in circostanze identiche, fra me e il *Rowdy-Dow*, e fra me e l'*Hum-Drum*.

Fu così che, con un colpo di genio, celebrai alfine il mio trionfo «riempiendomi le tasche» e, lo si può affermare in tutta verità e onestà, iniziai quella brillante e avventurosa carriera che mi rese famoso e che oggi mi consente di affermare con Chateaubriand: «Ho fatto la storia – *J'ai fait l'histoire*».

Ho effettivamente «fatto la storia». Da quel luminoso periodo che ho qui raccontato, le mie azioni – le mie opere – appartengono all'umanità. Sono familiari a tutto il mondo. Superfluo, quindi, che io stia ora a spiegare in qual modo, nella mia vertiginosa ascesa, abbia ereditato il *Lollipop* – lo abbia poi fuso con l'*Hum-Drum* – e come abbia acquistato il *Rowdy-Dow* facendo di queste tre un'unica rivista – come, infine, mi si sia offerta una buona occasione per rilevare il solo concorrente rimasto, e come io abbia così riunito tutta la letteratura del paese in un'unica, stupenda rivista nota ovunque come il

Rowdy-Dow, Lollipop, Hum-Drum,
and
Goosetherumfoodle

Sì; ho fatto la storia. La mia fama è universale. Si estende ai più remoti confini della terra. Qualsiasi giornale voi sfogliate, ci troverete qualche allusione all'immortale Thingum Bob. Il signor Thingum Bob ha detto questo, il signor Thingum Bob ha fatto quest'altro. Ma io sono un tipo mite, dal cuore umile. Dopotutto, cos'è mai? – questo indefinibile qualcosa che gli uomini insistono a chiamare «genio»? Concordo con Buffon – con Hogarth – dopotutto, non è che *applicazione*.

Guardate *me*! – quanto ho penato – quanto ho faticato – quanto ho scritto! Numi del cielo, *non ho* forse scritto? Ho ignorato la parola «riposo». Di giorno, inchiodato alla scrivania; e, di notte, chino sui libri, ho consumato l'olio di mezzanotte. Avreste dovuto vedermi – avreste *dovuto*, davvero. Pendevo a destra, pendevo a sinistra. Mi chinavo in avanti. Mi appoggiavo all'indietro. Sedevo *Tête baissée* (come dicono nel Kickapoo), chinando il capo verso la pagina alabastrina. E frattanto, *scrivevo*. Nella gioia e nel dolore – *scrivevo*, nella fame e nella sete – *scrivevo*. Nel bene e nel male – *scrivevo*. Nella luce del sole e nel chiarore della luna – *scrivevo*. *Cosa* scrivevo è inutile dirlo. Lo *stile*! – quella era la chiave. Lo avevo preso da Fatquack – whizz! Fizz! – e ve ne sto ora offrendo un saggio.

Come scrivere un articolo alla «Blackwood»

«In nome del Profeta: *fichi!*»
Grido del venditore di fichi turco.

Immagino che tutti abbiano sentito parlare di me. Il mio nome è Signora Psyche Zenobia. Questo lo so per certo. Solo i miei amici mi chiamano Suky Snobbs. Mi hanno assicurato che Suky non è che una volgare storpiatura di Psyche, che è greco corretto e significa «l'anima» (quella sono io, *tutta* anima) e, talvolta, «farfalla», accezione che sicuramente allude al mio aspetto nel mio nuovo vestito di *satin* scarlatto, con il *mantelet* arabo azzurro cielo e le gale di *agraffas* verde, e le sette balze di *auricolas* color arancio. In quanto a Snobbs – basta guardarmi per rendersi subito conto che non mi chiamo Snobbs. La signorina Tabitha Turnip [1] ha sparso la voce per pura e semplice invidia. Tabitha Turnip, figuriamoci! Chissà se rammenta il vecchio adagio circa «il sangue da una rapa», ecc.? (Memo: rammentarglielo alla prima occasione.) (Memo N. 2: tirarle il naso.) Dov'ero rimasta? Ah! Mi hanno assicurato che Snobbs è solo una storpiatura di Zenobia, e che Zenobia era una regina – (lo sono anche io: il dottor Moneypenny mi chiama sempre Regina di Cuori) – e che Zenobia, come Psyche, è una parola greca, e che mio padre era «un greco» e quindi ho diritto al nostro patronimico, che è Zenobia, e non certo Snobbs. È solo Tabitha Turnip che mi chiama Suky Snobbs. Io sono la Signora Psyche Zenobia.

Come ho già detto, tutti hanno sentito parlare di me. Sono proprio quella Signora Psyche Zenobia, giustamente famosa come segretaria incaricata della corrispondenza del «*Philadelphia, Regular, Exchange, Tea, Total, Young, Belles, Lettres, Universal, Experimental, Bibliographical, Association, To, Civilize, Humanity*». Il dottor Moneypenny ha creato questa testata per noi, e sostiene di averla scelta in quanto suonava come una botticella da rum vuota (è un individuo volgare, a volte – ma serio). Noi tutti aggiungiamo le iniziali dell'associazione, dopo la nostra firma, come la R.S.A., Royal Society of Arts – la S.D.U.K., Society for the Diffusion of Useful Knowledge, ecc. Il dottor Moneypenny dice che la S. sta per *stale* [2], e che D.U.K. vuol dire *duck* [3] (ma non è vero), e che S.D.U.K. significa Vecchia Papera, e non l'Associazione di Lord Brougham – comunque il dottor Moneypenny è un tipo così strano che non so mai quando mi sta dicendo la verità. In ogni caso, noi aggiungiamo sempre al nostro nome le iniziali P.R.E.T.T.Y.B.L.U.E.B.A.T.C.H. [4] – vale a dire Philadelphia, Regular, Exchange, Tea, Total, Young, Belles, Lettres, Universal, Experimental, Bibliographical, Association, To, Civilize, Humanity – una lettera per ogni parola, il che costituisce un netto miglioramento

[1] *Turnip* = Rapa, bietola (*N.d.T.*).
[2] *Stale* = Vecchio (*N.d.T.*).
[3] *Duck* = Papera (*N.d.T.*).
[4] *Pretty* = graziosa; *blue* = azzurra, indecente, pedante, *batch* = congrega, infornata (*N.d.T.*).

rispetto a Lord Brougham. Il dottor Moneypenny sostiene che le nostre iniziali rispecchiano la nostra vera personalità – ma non capisco proprio cosa intenda dire.

Malgrado i buoni uffici del dottore e gli strenui sforzi dell'Associazione per farsi notare, essa non ebbe molto successo fino a quando io non entrai a farne parte. Il fatto è che i soci si abbandonavano a un tono troppo frivolo nel corso delle loro riunioni. La lettura dei giornali, ogni sabato sera, era più una buffonata che una cosa seria. Tutte persone superficiali e leggere come panna montata. Nessuna indagine sulle cause di fondo, sui princìpi basilari. Nessuna ricerca su niente. Nessuna attenzione a quell'importante aspetto che è «l'opportunità delle cose». In breve, nessuna bella prosa come questa. Tutto molto terra-terra! Nessuna profondità, nessuna erudizione, nessuna metafisica – niente di ciò che le persone istruite chiamano spiritualità e che gli ignoranti preferiscono stigmatizzare come *cant* [5] (il dottor M. dice che dovrei scriver *cant* con la K maiuscola – ma non ci casco).

Quando entrai nell'Associazione, mi sforzai di introdurre un migliore stile di pensiero e di espressione scritta, e tutti sanno come i miei sforzi siano stati coronati da successo. Oggi, gli articoli del P.R.E.T.T.Y. B.L.U.E.B.A.T.C.H. non hanno nulla da invidiare nemmeno a quelli del *Blackwood*. E cito il *Blackwood* perché mi hanno assicurato che gli scritti migliori, su qualsiasi argomento, si possono trovare nelle pagine di quella giustamente famosa rivista. Oggi, noi la prendiamo a modello per ogni argomento e, di conseguenza, stiamo rapidamente facendoci un nome. E, dopotutto, non è poi così difficile comporre un articolo sulla falsariga di quelli del *Blackwood* se si affronta il problema nel modo giusto. Naturalmente, non mi riferisco agli articoli politici. Tutti sanno in che modo si scrivono articoli *del genere*, dal momento che il dottor Moneypenny l'ha spiegato. Il signor Blackwood ha un paio di forbici da sarto, e tre apprendisti in attesa dei suoi ordini. Uno gli porge il *Times*, un altro l'*Examiner*, e un terzo il «Gulley's New Compendium of Slang-Whang». Il signor B. si limita a tagliare e inframmezzare. Presto fatto – nient'altro che *Examiner*, «Slang-Whang» e *Times* – poi, *Times*, «Slang-Whang» ed *Examiner*; e ancora, *Times, Examiner* e «Slang-Whang».

Ma il merito principale della rivista sta nei suoi articoli eterogenei; i migliori dei quali rientrano nella categoria che il dottor Moneypenny definisce *bizarreries* [6] (qualsiasi cosa ciò voglia dire) e che tutti gli altri definiscono *intensities* [7]. Un tipo di prosa che da tempo ho imparato ad apprezzare, anche se è solo a partire dalla mia recente visita al signor Blackwood (per incarico dell'Associazione) che ho potuto rendermi conto dell'esatto metodo di stesura. Un metodo molto semplice, anche se non quanto uello degli articoli politici. Quando andai dal signor B. per esporgli ciò che l'Associazione desiderava, mi accolse con grande cortesia, mi condusse nel suo ufficio, e mi spiegò chiaramente l'intero procedimento.

«Mia cara signora», mi disse, evidentemente colpito dal mio aspetto maestoso, poiché indossavo il *satin* scarlatto con le *agraffas* verdi e le *auricolas* arancioni. «Mia *cara* signora», disse, «si accomodi. Le cose stanno così. In primo luogo, lo scrittore di *intensities* deve usare un in-

[5] *cant* = linguaggio ipocrita (*N.d.T.*).
[6] *Bizarrerie* = stravaganza, eccentricità, bizzarria (*N.d.T.*).
[7] *Intensity* = fervore, serietà (*N.d.T.*).

chiostro nerissimo e una grossa penna, con un pennino decisamente spuntato. E badi bene, signorina Psyche Zenobia!», proseguì dopo una pausa, nel modo più solenne e incisivo, «badi bene! *quella penna – non dovrà – mai – essere – aggiustata*! Questo, signora, è il segreto, l'anima dell'intensità di significato. Le garantisco che nessuno, per geniale che fosse, ha mai scritto un buon articolo – mi capisca bene – con una buona penna. Stia per certa che, quando un manoscritto è leggibile, non vale mai la pena di leggerlo. Questo è un principio basilare del nostro credo, e se lei non è pienamente d'accordo, il nostro colloquio finisce qui.»

Si interruppe. Ma dato che, naturalmente, non avevo alcuna intenzione di porre fine al colloquio, convenni con un'asserzione così ovvia, della cui veridicità ero da sempre sufficientemente consapevole. Sembrò soddisfatto e proseguì con le sue istruzioni.

«Potrà apparirle presuntuoso da parte mia, signorina Psyche Zenobia, rimandarla a un articolo, o una serie di articoli, come modello di studio; ma forse potrò richiamare la sua attenzione su qualche esempio. Vediamo. Ci fu "Il Morto Vivente", un capolavoro! – la cronaca delle sensazioni di un signore sepolto prima che avesse esalato l'ultimo respiro – un pezzo pieno di gusto, di terrore, di sentimento, metafisica ed erudizione. Si sarebbe giurato che l'autore fosse nato e cresciuto in una bara. Poi, abbiamo avuto le "Confessioni di un mangiatore d'oppio" [8] – bello, bellissimo! – magnifica immaginazione – profonda filosofia – acuta speculazione – pieno d'ira e di furia, riccamente condito con quanto c'è di decisamente incomprensibile. Un bel cumulo di fandonie che la gente ha mandato giù con entusiasmo. C'è chi sosteneva che fosse opera di Coleridge – ma non era così. Fu scritto dal mio babbuino addomesticato, Juniper, davanti a un bicchierone di gin tonic, "caldo, senza zucchero" [9].» [Questo non lo avrei mai creduto se a dirmelo non fosse stato il signor Blackwood, che me lo garantì.] «Poi, ci fu "Lo sperimentatore Involontario", su un certo signore che venne cotto al forno e ne uscì vispo e arzillo anche se, certo, rosolato a puntino. E poi, ancora, il "Diario di un ex medico", il cui pregio stava nella buona ampollosità e nel cattivo greco – due cose che fanno presa sul pubblico. Poi, c'è stato "L'Uomo nella Campana" un articolo, fra parentesi, signorina Zenobia, che non potrò mai abbastanza segnalare alla sua attenzione. È la storia di un giovane che si addormenta sotto il batacchio della campana di una chiesa e si risveglia quando esso comincia a battere i rintocchi funebri per lui. Quel suono lo fa impazzire e quindi, tirando fuori il taccuino, si mette a scrivere le sue sensazioni. Dopotutto, le sensazioni sono quelle che contano. Se mai lei dovesse affogare o finire impiccata non dimentichi di annotare le sue sensazioni.»

«Non mancherò certo di farlo», dissi.

«Bene!», rispose, «vedo che lei è un'allieva di quelle che piacciono a me. Ma debbo metterla *au fait* dei dettagli necessari a comporre quello che si può definire un genuino articolo Blackwood di stampo sensazionale – il genere che lei comprenderà come io consideri il meglio, per ogni scopo.

Il primo requisito è quello di cacciarsi in un pasticcio senza precedenti. Il forno, per esempio – quello è stato un bel colpo. In mancanza di un

[8] Thomas de Quincey, scrisse quest'opera autobiografica nel 1821 (*N.d.T.*).
[9] Parafrasi del passaggio del libro dove de Quincey scrive che si faceva servire un bicchiere d'oppio «caldo e senza zucchero» (*N.d.T.*).

forno, o di un campanone, se non ha la possibilità di cadere da una mongolfiera o di essere inghiottita da un terremoto, o di rimanere incastrata nella cappa di un camino, dovrà accontentarsi di immaginare una qualche disavventura del genere. Preferirei però che avesse un'esperienza reale su cui basarsi. Nulla aiuta tanto la fantasia quanto un'esperienza concreta. "La verità è strana" come lei sa; "più strana della fantasia" – oltre ad essere più pertinente.»

A questo punto gli assicurai che avevo un eccellente paio di giarrettiere e che sarei andata *ipso facto* a impiccarmi.

«Bene!», replicò, «lo faccia; – anche se ormai l'impiccagione è molto sfruttata. Forse, potrebbe far di meglio. Prenda una dose di pillole di Brandreth, e poi ci dia le sue sensazioni. Comunque, le mie istruzioni sono ugualmente valide per tutta una serie di disavventure e, tornando a casa potrebbe, per esempio, prendersi una botta in testa, o finire sotto un autobus, o venire azzannata da un cane rabbioso, o affogare in una pozzanghera. Ma andiamo avanti.

Una volta scelto l'argomento, deve cominciare a considerare il tono, o lo stile, della sua narrazione. C'è il tono didattico, il tono entusiastico, il tono naturale – tutti vieti e triti. Ma c'è poi il tono laconico, o sbrigativo, molto usato da un po' di tempo a questa parte. Consiste di frasi brevi. Qualcosa come: in breve. Per tagliar corto. Sempre un punto. E mai a capo.

C'è poi il tono elevato, prolisso, pieno di interiezioni. Preferito da molti fra i nostri migliori romanzieri. Le parole debbono essere come un turbine, come una trottola musicale, e fare un rumore ad essa molto simile, ben più efficace di qualsiasi significato. Questo è lo stile migliore che ci sia, quando lo scrittore ha troppa fretta per pensare.

Anche il tono metafisico non è male. Se conosce dei paroloni, questa è l'occasione buona per usarli. Parli delle scuole ionica ed eleatica – di Archita, di Gorgia e di Alcmeone. Dica qualcosa sull'obiettività e la soggettività. Non dimentichi di denigrare un certo Locke. Arricci il naso sulle cose in genere e, quando le sfugge qualcosa di *eccessivamente* assurdo, non si dia la pena di cancellarla ma aggiunga una nota a piè di pagina per dire che deve quella profonda osservazione al "*Kritik der reinen Vernunft*" o al "*Metaphysische Anfangsgründe der Naturwissenschaft*". Avrà un'aria erudita e – e – e sincera.

Esistono vari altri toni ugualmente celebri, ma mi limiterò a citarne solo due – il tono trascendentale e il tono eterogeneo. Nel primo caso, il pregio consiste nell'interpretare la natura degli eventi con maggiore lungimiranza di chiunque altro. Questa seconda vista è molto efficiente quando la si gestisce in modo corretto.

Una scorsa al *Dial* le sarà molto utile. In questo caso, eviti i paroloni, usi termini il più brevi possibile e li scriva capovolti. Dia un'occhiata alle poesie di Channing e citi le sue parole circa "un grosso omiciattolo, con un'ingannevole apparenza di Barattolo". Ci metta qualcosa sulla Unicità Superna. Non dica nemmeno una sillaba sulla Dualità Infernale. Soprattutto, studi l'arte dell'allusione. Sottintenda tutto – non affermi niente. Se sente di voler dire "pane e burro" mi raccomando di non dirlo chiaramente. Può dire tutto e di tutto che *si avvicini* a "pane e burro". Può accennare a una focaccia di grano saraceno, o perfino spingersi ad alludere alla zuppa d'avena ma se quello che lei in realtà vuol dire è pane e burro, badi bene, mia *cara* signorina Psyche, ad evitare a tutti i costi di dire "pane e burro!".»

Gli promisi che non lo avrei mai più detto, vita natural durante. Mi diede un bacio e proseguì:

«In quanto al tono eterogeneo, non è che un'accurata miscela, in parti uguali, di ogni altro tono esistente e, di conseguenza, è composto di tutto ciò che è profondo, grande, insolito, piccante, pertinente e aggraziato.

Supponiamo ora che lei abbia deciso eventi e tono. La parte più importante – in realtà lo spirito dell'intera questione, è ancora da affrontare – mi riferisco al *riempitivo*. Non si può partire dal presupposto che una signora, o anche un signore, abbia condotto una vita da topo di biblioteca. Pure, è soprattutto necessario che il suo articolo dia un'impressione di erudizione o, quanto meno, di ampia conoscenza letteraria. Adesso le indicherò come raggiungere questo scopo. Guardi qui!», prendendo tre o quattro volumi dall'aspetto molto comune. «Dando un'occhiata a una qualsiasi pagina, di un qualsiasi libro, lei vedrà subito una gran quantità di frammenti di cultura e di *bel-esprit*, che sono proprio quello che ci vuole per condire un articolo *à la Blackwood*. Tanto vale che lei prenda nota di qualche esempio che le leggerò. Li dividerò in due categorie; prima, *Fatti Stimolanti per Creare Analogie*; e, seconda, *Espressioni Stimolanti da introdurre quando necessario*. Ora scriva!», e io scrissi sotto dettatura.

«FATTI STIMOLANTI PER ANALOGIE. "In origine, le Muse erano solo tre – Melete, Mneme, Aoede – meditazione, memoria e canto." Può cavare parecchio da questo fatterello, se lo usa bene. Vede, è una cosa che pochi sanno e che ha un'aria *recherché*. Deve fare attenzione a farla apparire come una cosa del tutto spontanea e improvvisata.

Un'altra. "Il fiume Alfeo scorreva sotto il mare e ne emergeva senza danno alcuno alla purezza delle sue acque." Questa è piuttosto vieta, certo, ma, se ben rivestita e presentata, sembrerà freschissima.

Qui c'è qualcosa di meglio. "Alcuni ritengono che l'iris persiano emani un profumo dolce e molto intenso, mentre per altri è totalmente inodore." Bello questo, e molto delicato! La rigiri un po', e farà meraviglie. Vediamo qualcos'altro, sempre in campo botanico. Non c'è niente di meglio per il lettore, specialmente con l'aiuto di un pizzico di latino. Scriva!

"L'*Epidendrum Flos Aeris*, di Giava, produce un fiore bellissimo, e sopravvive anche se sradicato. Gli indigeni lo appendono con una corda al soffitto e ne godono la fragranza per anni". Perfetto! E con questo lasciamo le analogie. Passiamo alle citazioni stimolanti.

CITAZIONI STIMOLANTI. "*L'antichissimo romanzo cinese Ju-Kiao-Li*" Bene! Inserendo abilmente queste poche parole, lei dimostrerà la sua profonda conoscenza della lingua e della letteratura cinese. Grazie a questo, riuscirà forse a cavarsela senza né arabo né sanscrito, né chickasaw. È impossibile, però, evitare spagnolo, italiano, tedesco, latino e greco. Dovrò cercare un piccolo esempio per ciascuna di queste lingue. Qualsiasi frammento andrà bene, dato che lei dovrà affidarsi alla sua immaginazione per adattarlo al suo articolo. Ora scriva!

"*Aussi tendre que Zaire*" – tenera come Zaira – francese. Allude alla frequente ripetizione della frase *la tendre Zaire* nell'omonima tragedia francese. Inserita al momento giusto, dimostrerà non solo la sua conoscenza della lingua ma la sua cultura e la sua intelligenza in genere. Può dire, per esempio, che il pollo che stava mangiando (scriva un articolo circa il fatto che è morta soffocata da un osso di pollo) non era esattamente *aussi tendre que Zaire*. Scriva!

Ven muerte tan escondida,
que no te sienta venir,
porque el plazer del morir
no me torne a dar la vida!

È spagnolo – da Miguel de Cervantes. "O morte vieni furtiva, ché non ti senta venire, perché il piacer di morire, non mi riporti alla vita!" Questo può inserirlo *à propos* mentre sta lottando nell'ultima agonia con l'osso di pollo. Scriva!

Il pover'huom che non se n'era accorto,
Andava combattendo, ed era morto.

Come vede, è italiano – dall'Ariosto. Parla di un grande eroe il quale, nella foga del combattimento, non rendendosi conto di essere stato ucciso, continuò a battersi valorosamente benché morto. L'applicazione di questa citazione al suo caso è ovvia – ritengo, infatti, signorina Psyche, che non dimenticherà di continuare a lottare eroicamente per almeno un'ora e mezza dopo che è morta soffocata per l'osso di pollo. Scriva, prego!

Und sterb'ich doch, so sterb'ich denn
Durch sie – durch sie!

questo è tedesco – da Schiller. "E se morrò, morrò almeno – per te – per te!" Chiaramente, in questo caso lei sta apostrofando la causa della sua tragedia, il pollo. Vorrei proprio sapere quale gentiluomo (o anche signora) ragionevole, infatti, non *sarebbe disposto* a rinunciare alla vita per un cappone bello grasso, della giusta razza molucca, farcito di funghi e capperi, servito in una terrina con gelatina d'arancio *en mosaîques*. (Può trovarlo sul menù da Tortoni) – scriva, prego!

Ecco una graziosa frasetta latina, per giunta poco nota (in fatto di latino non si è mai abbastanza *recherché* o succinti; sta diventando una lingua così comune) *ignoratio elenchi*. Ha commesso una *ignoratio elenchi* – vale a dire, ha afferrato le parole ma non il concetto. Uno *stupido*, capisce? Qualche povero diavolo al quale lei si rivolge mentre sta soffocando per quell'osso di pollo e che, quindi, non ha capito bene di cosa lei stesse parlando. Gli butti in faccia l'*ignoratio elenchi* e lo avrà annientato seduta stante. Se osa replicare, può dirgli, citando Lucano (eccolo qui) che i discorsi non sono che *anemonae verborum*, anemoni di parole. L'anemone, pur coloratissimo, non ha profumo. Oppure, se comincia a farsi spavaldo, può atterrarlo con *insomnia Jovis*, sogni di Giove – frase che Silius Italicus (guardi qui!) usa per definire pensieri ampollosi e altisonanti. Questo lo colpirà senza dubbio al cuore. Non potrà fare altro che accasciarsi e morire. Vuole avere la cortesia di scrivere?

In greco, dobbiamo avere qualcosa di raffinato – da Demostene, per esempio. Ἀνὴρ ὁ φεύγων κὰι πάλιν μαχήσεται. Ce n'è una traduzione discreta in Hudribas:

Ché ancora può pugnare un fuggitivo,
Ma non lo può chi ormai non è più vivo.

In un articolo *Blackwood*, niente fa più bella figura del greco. Gli stessi caratteri danno un senso di profondità. Guardi solo l'aspetto astuto di quella Epsilon, signora! Quella Phi dovrebbe essere un vescovo. E c'è mai stato qualcuno di più sveglio di quell'Omicron? Dia giusto un'occhiata a quella Tau! In breve, niente come il greco per un articolo veramente sensazionale. Nel caso presente, l'uso che lei ne farà è più che evidente. Butti lì la frase, in tono brusco, con una violenta imprecazione, e a titolo di *ultimatum* allo sfaccendato e ottuso farabutto che non riusciva a capire il suo semplice inglese a proposito dell'osso di pollo. Capirà l'antifona e se la squaglierà, stia pur certa.»

Queste furono le sole istruzioni che il signor B. poté darmi sull'argomento, ma le ritenni pienamente sufficienti. Alla fine, ero in grado di scrivere un autentico articolo *à la Blackwood*, e decisi di mettermi immediatamente all'opera. Nel congedarsi, il signor B. mi propose di acquistare l'articolo appena lo avessi terminato; ma, dato che poteva offrirmi solo cinquanta ghinee a cartella, preferii lasciarlo alla nostra associazione piuttosto che sacrificarlo per una miseria del genere. Malgrado la sua tirchieria, però, quel signore mi dimostrò la sua considerazione sotto tutti gli altri aspetti e, anzi, mi trattò con estrema cortesia. Le sue ultime parole mi commossero profondamente e spero che sempre le ricorderò con gratitudine.

«Mia cara signorina Zenobia», disse, con le lacrime agli occhi, «c'è *qualcos'altro* che potrei fare per promuovere il successo della sua lodevole iniziativa? Mi lasci pensare! Potrebbe darsi il caso che lei non sia in grado, in tempo debito, di... di... di riuscire ad annegare, o... a soffocarsi con un osso di pollo, o... o finire impiccata,... o... azzannata da un... aspetti! Ora che ci penso, nel cortile ci sono un paio di straordinari bulldog... bestie splendide, le assicuro ... feroci, e tutto il resto... proprio quello che le serve – la divoreranno, *auriculas* e tutto, in meno di cinque minuti (ecco il mio orologio!) – e pensi alle sensazioni! Qui! ehi – Tom! Peter! – Dick, furfante! – Lasciate perdere quei...» Ma, dato che avevo davvero molta fretta e non potevo perdere nemmeno un minuto in più, fui mio malgrado costretta ad affrettare la mia partenza e pertanto mi congedai *all'istante* – un po' più bruscamente, lo confesso, di quanto richiedessero le regole di cortesia.

Il mio primo obiettivo appena lasciato il signor Blackwood era quello di ficcarmi in qualche pasticcio, secondo il suo consiglio, e per questo passai la maggior parte della giornata a gironzolare per Edimburgo in cerca di disperate avventure – avventure adeguate all'intensità dei miei sentimenti e consone all'ampia portata dell'articolo che mi proponevo di scrivere. In quel vagabondaggio mi accompagnavano un domestico negro, Pompeo, e la mia cagnetta Diana, che avevo portato con me da Filadelfia. Fu però solo nel tardo pomeriggio che ebbi finalmente successo nella mia difficile impresa. Che accadde un evento di cui il seguente articolo alla *Blackwood*, nel tono eterogeneo, è la sostanza e il risultato.

Una situazione imbarazzante

Quale sorte, buona signora, vi ha così orbata?

COMUS

Era un pomeriggio tranquillo e silenzioso quando uscii per fare due passi nella bella città di Edina. Nelle vie, regnavano incredibile confusione e animazione. Dame che gridavano. Bambini che ostruivano il passaggio. Maiali che grugnivano. I carretti cigolavano. I tori mugghiavano. Le vacche muggivano. Gatti che miagolavano. Cani che ballavano. *Ballavano*! era dunque possibile? *Ballavano*! Ahimè, pensai, finiti sono i giorni quando anche io ballavo! È sempre così. Quale schiera di cupi ricordi si risvegliano in una mente dotata di genio e di contemplazione immaginativa, specialmente di un genio condannato all'imperitura, eterna, incessante e, si potrebbe dire... alla *continua* – sì, continua e *continuativa*, amara, opprimente, molesta e, se mi si consente l'espressione, *assai* increscosa influenza del sereno, e divino, e celestiale, ed esaltante e purificante effetto di quella che può giustamente definirsi la più invidiabile, la più *autenticamente* invidiabile, che dico! La più benevolmente splendida, la più deliziosamente eterea e, per così dire, la più *leggiadra* (se posso permettermi un'espressione tanto audace) *cosa*, (perdonami, gentile lettore!) del mondo...

Ma mi lascio sempre trasportare dai sentimenti. In una *simile* mente, ripeto, quale schiera di ricordi suscita una cosa da nulla! I cani ballavano! Io... io *non* potevo! Loro saltellavano... io piangevo. Loro ruzzavano... io singhiozzavo forte. Circostanze commoventi! Che inevitabilmente richiamano alla mente del lettore di classici quel raffinato paragrafo sulla tempestività delle cose, all'inizio del terzo volume di quel mirabile e venerando romanzo cinese che è il *Jo-Go-Slow*.

Nella mia solitaria passeggiata per la città avevo due umili ma fedeli compagni. Diana, la mia barboncina! Creatura dolcissima! Aveva una quantità di pelo su un occhio e un nastro azzurro legato, secondo la moda, attorno al collo. Diana non era più alta di cinque pollici ma la testa un po' più grande del corpo e la coda mozza le conferivano un'aria di innocenza offesa, per cui tutti amavano quella bestiola.

E Pompeo, il mio negro! – Dolce Pompeo! Come potrò mai dimenticarti? – Mi ero appoggiata al suo braccio. Era alto tre piedi (amo la precisione) e aveva circa 70 anni, o forse 80. Obeso e con le gambe storte. La bocca non si poteva definire piccola, né le orecchie minuscole. Ma i denti erano come perle, e i suoi grandi occhi di un bianco stupendo. Madre Natura non gli aveva dato collo, e gli aveva posto le caviglie (come è frequente in quella razza) a metà del collo del piede. Il suo abbigliamento era estremamente semplice. I suoi unici indumenti erano un collare alto nove pollici e un pastrano grigiastro, seminuovo, che era appartenuto all'imponente, alto e illustre dottor Moneypenny. Era un bel pastrano. Ben tagliato. Ben fatto. Un pastrano quasi nuovo. Pompeo lo teneva sollevato con ambo le mani per non sporcarlo.

Il nostro gruppetto era composto da tre persone, e di due di esse ho già parlato. La terza – ero io. Sono la signora Psyche Zenobia – *non* Suky Snobbs. Il mio aspetto è imponente. Nella memorabile occasione di cui sto parlando, ero abbigliata con una veste di *satin* scarlatto e un *mantelet* arabo, azzurro-cielo. E l'abito era ornato con *agraffas* verdi e con eleganti balze di *auricolas* color arancio. Ero quindi la terza del gruppo. C'era la barboncina. C'era Pompeo. C'ero io. Eravamo in *tre*. E tre si dice fossero originariamente le Furie – Melty, Nimmy e Hetty – Meditazione, Memoria e Strimpellata.

Appoggiandomi al braccio del galante Pompeo, seguita a debita distanza da Diana, percorsi una delle popolose e piacevolissime strade di Edina, a quell'ora deserta. D'un subito, si presentò alla vista una chiesa – una cattedrale gotica – vasta, venerabile, con un alto campanile torreggiante nel cielo. Quale follia si impossessò di me? Perché mi precipitai incontro al mio destino? Fui colta da un desiderio incontrollabile di ascendere il vertiginoso pinnacolo e, di lassù, spaziare con l'occhio sull'immensa distesa della città. La porta della cattedrale, spalancata, era invitante. Il mio destino prevalse. Entrai nel funesto porticato. Dov'era il mio angelo custode? – Se effettivamente questi angeli esistono. *Se*. Monosillabo sconvolgente! Quale mondo di mistero, di significato, di dubbio, e di incertezza in quelle due lettere! – Entrai nel funesto porticato! Entrai; e, senza alcun danno alle mie *auricolas* arancione, attraversai il portale ed emersi nel vestibolo. Così, si dice, l'immenso fiume Alfredo passava, immune e asciutto, sotto il mare.

Mi sembrava che la scala non finisse mai. Girava! Sì, girava e saliva, girava e saliva, girava e saliva finché non potei fare a meno di supporre, col sagace Pompeo al cui braccio mi sostenevo con la piena fiducia di un affetto di lunga data – non *potei* fare a meno di supporre che la sommità di quella ininterrotta scala a chiocciola fosse stata accidentalmente, o forse di proposito, rimossa. Mi fermai per riprendere fiato; e frattanto si verificò un incidente di tale portata, sia morale che metafisica, da non poterlo passare sotto silenzio. Mi sembrò – anzi, ne fui certa – non potevo sbagliarmi – no! Da qualche momento stavo attentamente e ansiosamente osservando i movimenti della mia Diana – ripeto che *non potevo sbagliarmi* – Diana *aveva fiutato un topo*! Richiamai subito su questo fatto l'attenzione di Pompeo il quale... il quale fu d'accordo con me. Non c'era più posto per un ragionevole dubbio. Il topo era stato fiutato – e da Diana. Santi numi! potrò mai dimenticare l'eccitazione di quel momento. Il topo! – era lì – voglio dire, era da qualche parte. Diana aveva fiutato il topo. Io – io *non ci riuscivo*! Così, dicono, l'Iside Prussiana ha per alcuni un profumo dolce e molto intenso, mentre è totalmente inodoro per altri.

La scala era stata superata e ora solo tre o quattro gradini si frapponevano fra noi e la vetta. Continuammo a salire, e non rimaneva che un gradino. Un gradino! Un solo piccolo, piccolissimo gradino! Quale abisso di felicità o miseria umana dipende da un simile, piccolo gradino della grande scala della vita! Pensai a me stessa, a Pompeo, e al misterioso e inesplicabile destino che ci circondava. Pensai a Pompeo! Ahimè, pensai all'amore! ai tanti *passi* falsi lungo i quali, come lungo i gradini, l'uomo ha posto e poserà ancora il suo piede. Decisi di essere più prudente, più riservata. Abbandonai il braccio di Pompeo e giunsi nella cella del campanile. Immediatamente seguita dalla barboncina. Solo Pompeo rimase indietro. Mi fermai in cima alla scala, spronandolo a salire. Mi tese la mano e sfortunatamente, con quel gesto, fu costretto ad abbandonare la presa sul pastrano. Si stancheranno mai gli dèi di perseguitarmi? Il pastrano cadde e, con un piede, Pompeo ne calpestò le lunghe falde che strisciavano sul pavimento. Inciampò e cadde – conseguenza inevitabile. Cadde in avanti e, con la sua maledetta testa, mi colpì in pieno petto facendomi cadere lunga distesa con lui, sul duro ed esecrabile impiantito del campanile. Ma la mia vendetta fu sicura, fulminea e completa. Afferrandogli furiosamente i ciuffi lanosi con entrambe le mani, strappai una quantità di roba nera, crespa e ricciuta che poi gettai lontano da me, con il maggior disprezzo. Cadde fra le corde del campanile, e lì rimase. Pompeo si alzò, senza una parola. Mi guardò però con i suoi grandi occhi supplichevoli e sospirò. Signore Iddio – quel sospiro! Mi si affondò nel cuore. E i capelli – la lana! se avessi potuto raggiungere quella lana l'avrei bagnata di lacrime, a testimonianza del mio rimorso. Ma, ahimè, era lontana dalla mia portata. Vedendola penzolare tra le funi delle campane, mi sembrò viva. Pensai che si drizzasse, indignata. Così l'*happydandy Flos Aeris* di Giava produce, dicono, un bel fiore che sopravvive quando viene sradicato. Gli indigeni lo appendono con una corda al soffitto e ne godono il profumo per anni.

Ora ci eravamo riconciliati e ci guardammo intorno in cerca di un'apertura da dove guardare la città di Edina. Finestre non ce n'erano. L'unica luce che filtrava nella cupa cella proveniva da un'apertura quadrata, del diametro di circa un piede, a un'altezza di circa sette piedi dal pavimento. Ma cosa non può fare la forza del vero genio? Decisi di inerpicarmi fino a quell'apertura. Accanto ad essa, quasi di fronte, c'erano una quantità di ruote, pignoni e altri macchinari dall'aspetto misterioso da cui sporgeva una sbarra di ferro che passava attraverso il foro. Fra le ruote e la parete dove esso si apriva quasi non c'era spazio per il mio corpo – ma ero pronta a tutto e decisa a perseverare. Chiamai al mio fianco Pompeo.

«Vedi quell'apertura, Pompeo. Voglio guardarci attraverso. Mettiti qui, proprio sotto il foro – così. Adesso, stendi una mano, Pompeo, così che io possa salirci sopra – ecco. Ora, l'altra mano, Pompeo, e in questo modo ti salirò sulle spalle.»

Fece tutto quanto gli chiedevo e, una volta salita, vidi che potevo facilmente sporgere testa e collo dall'apertura. La vista era sublime. Nulla poteva essere più splendido. Mi distrassi solo un attimo, per ordinare a Diana di star buona e promettere a Pompeo che sarei stata attenta a pesargli il meno possibile sulle spalle. Sarei stata tenera nei suoi confronti – *ossi tender que beefsteak*. Resa così giustizia al mio fedele amico, mi abbandonai con gusto ed entusiasmo a godermi il panorama che tanto cortesemente si apriva ai miei occhi.

Ma su questo argomento non voglio insistere. Non starò qui a descrivere la città di Edimburgo. Tutti sono stati a Edimburgo. Ogni persona è stata nella città di Edimburgo – la classica Edina. Mi limiterò ai memorabili dettagli della mia dolorosa avventura. Avendo in certa qual misura soddisfatto la mia curiosità circa l'ampiezza, l'ubicazione e l'aspetto generale della città, avevo tutto il tempo di osservare la chiesa in cui mi trovavo, e la delicata architettura del campanile. Notai che la fenditura attraverso la quale sporgevo la testa si apriva nel quadrante di un gigantesco orologio e, dalla strada, doveva apparire simile a una grossa serratura, come quella che si vede sul quadrante degli orologi francesi. Senza dubbio, doveva servire a far passare il braccio di un custode per poter regolare dal di dentro, se necessario, le lancette dell'orologio. Notai anche, con sorpresa, le enormi dimensioni di queste lancette, di cui la più lunga misurava non meno di dieci piedi e, nel punto più largo, almeno otto o nove pollici. In apparenza, erano di acciaio con i lati, sembrava, taglienti. Notati questi ed altri particolari, volsi di nuovo lo sguardo sul meraviglioso panorama che si stendeva in basso e presto rimasi assorta in contemplazione.

Contemplazione da cui, pochi minuti dopo, mi riscosse la voce di Pompeo il quale dichiarava di non farcela più, e mi chiedeva di voler cortesemente scendere. Una richiesta irragionevole, e glielo spiegai abbastanza diffusamente. Rispose in modo da farmi chiaramente comprendere come avesse male interpretato le mie parole in proposito. Di conseguenza mi arrabbiai e gli dissi, in parole povere, che era uno sciocco, che aveva commesso un *ignoramus e-clench-eye*, che le sue nozioni non erano altro che *insommary Bovis*, e le sue parole poco più che an *ennemywerrybor'em*. Sembrò soddisfatto, e ripresi le mie contemplazioni.

Poteva essere trascorsa una mezz'ora da questo alterco quando, mentre ero tutta presa dello scenario celestiale che si apriva sotto di me, sussultai per qualcosa di molto freddo che mi premeva piano sulla nuca. Sapevo che Pompeo era sotto i miei piedi e che Diana, secondo i miei ordini, sedeva sulle zampe posteriori nell'angolo più lontano del locale. Che poteva essere? Ahimè, lo scoprii fin troppo presto. Girando lentamente il capo scorsi, con profondo terrore, che l'enorme, lampeggiante scimitarra della lancetta dei minuti, durante la sua rotazione di ogni ora, *mi era scesa sul collo*. Sapevo che non c'era un attimo da perdere. Mi tirai subito indietro – ma era troppo tardi. Non riuscivo assolutamente a far passare il capo attraverso l'imboccatura di quella terribile trappola in cui mi trovavo incastrata e che continuava a restringersi con una rapidità indescrivibilmente orrenda. Non si può immaginare l'agonia di quel momento. Alzai le braccia e, con tutte le mie forze, cercai di spingere in alto la pesante sbarra di ferro. Tanto sarebbe valso cercar di sollevare la cattedrale stessa. Giù, giù, veniva giù, vicina, sempre più vicina. Gridai a Pompeo di aiutarmi; ma rispose che avevo ferito i suoi sentimenti chiamandolo «un vecchio guercio ignorante». Urlai chiamando Diana; ma disse solo «bau-uau-uau», e che le avevo ordinato «di non muoversi da quell'angolo per nessun motivo». Non potevo quindi aspettarmi aiuto dai miei compagni.

Nel frattempo, la massiccia e terrificante *Falce del Tempo* (solo adesso scoprivo il significato letterale di quella classica espressione) non aveva, né avrebbe, interrotto il suo cammino. Scendeva, giù, e più giù. Aveva già affondato di almeno un pollice il suo bordo tagliente nella mia carne, e le mie sensazioni si stavano facendo nebulose e indistinte. A un certo punto, immaginai di essere a Filadelfia, con l'imponente dottor Moneypenny; e poi, nel salotto privato del signor Blackwood, ad ascoltare i suoi preziosi consigli. E, l'attimo dopo, il dolce ricordo di giorni migliori e ormai lontani mi sommerse, e io pensai al tempo felice quando il mondo non era un deserto e Pompeo era un essere senza crudeltà.

Il ticchettio dell'ingranaggio mi divertiva. *Mi divertiva*, ripeto, perché ormai le mie sensazioni erano sull'orlo della perfetta letizia, e le circostanze più banali mi arrecavano piacere. L'eterno *tic-tac, tic-tac, tic-tac* dell'orologio era, alle mie orecchie, musica celestiale e, talvolta, mi faceva perfino pensare alle raffinate arringhe paternalistiche del dottor Ollapod. C'erano poi i grandi numeri sul quadrante – come tutti apparivano intelligenti, intellettuali! E d'improvviso cominciarono a ballare una mazurca, e credo che fosse la v, secondo me, la migliore ballerina. Ovviamente era una donna di classe. Niente delle solite smargiassate, nulla di scomposto nei suoi movimenti. Piroettava stupendamente – ruotando vorticosa intorno al suo apogeo. Mi sforzai di porgerle una sedia, poiché la vidi affaticata dall'esercizio – e solo allora mi resi pienamente conto della pietosa situazione in cui mi trovavo. Davvero pietosa! La sbarra mi era affondata per due pollici nel collo. Mi risvegliai per un senso di dolore acutissimo. Pregai di morire e, nell'agonia del momento, non potei fare a meno di ripetermi gli squisiti versi del poeta Miguel de Cervantes:

> Vanny Buren tan escondida
> Query no te senty venny
> Pork and pleasure, delly morry
> Nommy, torny, darry, widdy!

Ma un nuovo orrore sopravvenne, tale da scuotere i nervi più saldi. Per via dell'implacabile pressione del congegno, gli occhi mi stavano letteralmente uscendo dalle orbite. Mentre pensavo a come avrei potuto fare senza di essi, uno mi cadde effettivamente fuori dal capo e, ruzzolando giù per la ripida pendenza del campanile, andò a finire nella grondaia che correva lungo le tegole dell'edificio principale. Non era tanto la perdita dell'occhio quanto l'arrogante espressione di indifferenza e disprezzo con cui esso mi guardava, dopo essere schizzato via. Stava lì, nella grondaia, sotto il mio naso, e le arie che si dava sarebbero state ridicole se non fossero state disgustose. Non si erano mai visti prima simili ammiccamenti e strizzatine. Quel comportamento da parte del mio occhio nella grondaia era non soltanto irritante per la palese insolenza e la vergognosa ingratitudine, ma anche estremamente scomodo per via dell'empatia che sempre esiste fra i due occhi della stessa testa, per lontani che siano l'uno dall'altro. In certo qual modo ero costretta, volente o nolente, ad ammiccare e strizzare l'occhio rimasto, esattamente all'unisono con quella scellerata cosa che avevo proprio sotto il naso. Quasi subito, però, la mia situazione migliorò con la caduta dell'altro occhio. Cadendo, forse per un preciso accordo, prese la stessa direzione del suo compagno. Rotolarono entrambi fuori dalla grondaia e, a dir la verità, fui ben lieta di levarmeli di torno.

La sbarra era ormai affondata per quattro pollici e mezzo nel mio collo, e non restava che un lembo di pelle da tagliare. Provavo una sensazione di estrema felicità perché sentivo che, al massimo entro qualche minuto, sarei stata liberata da quella spiacevole situazione. E le mie aspettative non andarono del tutto deluse. Esattamente alle 5 e 25 del pomeriggio, la grossa lancetta dei minuti era sufficientemente avanzata nel suo terribile cammino da recidere il poco che restava del mio collo. Non mi dispiacque vedere la testa, che tanto disagio mi aveva provocato, separarsi finalmente dal mio corpo. Rotolò dapprima lungo il fianco del campanile, si arrestò per pochi secondi nella grondaia e poi, con un tuffo, arrivò in mezzo alla strada.

Devo sinceramente confessare che, a quel punto, le mie sensazioni erano stranissime – che dico, misteriosissime, quanto mai sconcertanti e incomprensibili. I miei sensi erano nei due luoghi, contemporaneamente. Nella mia mente a un certo momento immaginai che io, la testa, fossi la vera signora Psyche Zenobia – il momento dopo, ero convinta che io, corpo, fossi l'effettiva identità. Per schiarirmi le idee su questo punto, mi frugai in tasca cercando la tabacchiera ma, dopo averla trovata e aver tentato di aspirare un pizzico del suo piacevole contenuto, nel solito modo, mi resi immediatamente conto della mia particolare deficienza e gettai subito la scatola alla mia testa. Ne inspirò una presa con grande soddisfazione, e mi ringraziò con un sorriso. Poco dopo, mi rivolse un discorso che, in mancanza delle orecchie, potei sentire solo confusamente. Abbastanza però per comprendere che era sbigottita dal mio desiderio di rimanere in vita in quelle condizioni. Fra le ultime frasi, citò le nobili parole di Ariosto:

Il pover hommy che non sera corty
And have a combat tenty erry morty;

paragonandomi così all'eroe che, nella foga del combattimento, non accorgendosi di esser morto, continuò la pugna con inestinguibile valore. Ora, nulla m'impediva di scendere di nuovo a terra, e così feci. Cosa Pompeo vedesse di *tanto* strano nel mio aspetto, non sono mai riuscita a capirlo. Spalancò la bocca da un orecchio all'altro e chiuse gli occhi, serrandoli come se volesse schiacciare le noci con le palpebre. Alla fine, gettando via il pastrano, si precipitò verso la scala e sparì. Gli lanciai dietro le roventi parole di Demostene:

Andrew O'Phlegethon, you really make haste to fly.

Poi mi volsi verso il mio tesoruccio, la guercia! la mia piccola Diana dal pelo ispido. Ahimè! Quale orribile vista si presentò ai miei occhi? *Era* un topo quello che vidi infilarsi nella sua tana? *Sono* queste le ossa spolpate del piccolo angelo, crudelmente divorato dal mostro? Numi del cielo! E *cosa* vedo – è *quello* lo spirito disincarnato, l'ombra, il fantasma della mia amata cucciolina che vedo assiso con così malinconica grazia nell'angolo? Attenzione! Sta parlando e, cielo, nel tedesco di Schiller –

Unt stubby duk, so stubby dun
Duk she, Duk she!

Ahimè, non sono fin troppo vere le sue parole?

E s'io morii, almeno fu
per te – per te.

Dolce creatura! Anche lei si era sacrificata per me. Senza cane, senza negro, senza testa, cosa resta *ormai* alla povera signora Psyche Zenobia? Ahimè – *nulla*! Ho concluso.

Mistificazione

Slid, se questi sono i vostri «passados» e i vostri «montantes», non ne voglio.

NED KNOWLES

Il barone Ritzner von Jung era di una nobile famiglia ungherese i cui componenti (almeno risalendo all'epoca cui fanno riferimento alcune cronache) si distinguevano, in maggiore o minor misura, per qualche particolare talento – quasi tutti, per quella sorta di *grotesquerie* di cui Tieck, eminente rampollo del casato, ha fornito un vivido, anche se non il più vivido, esempio. La mia conoscenza con Ritzner ebbe inizio nello stupendo Chateau Jung, dove una serie di bizzarre circostanze mi aveva condotto nell'estate del '18. Fu qui che egli cominciò ad apprezzarmi e qui che, sia pure con maggiori difficoltà, riuscii in parte a comprendere la sua conformazione mentale. In seguito, questa comprensione si approfondì, come si intensificò la confidenza cui tale comprensione aveva dato inizio. Cosicché quando, dopo tre anni di separazione, ci incontrammo a G...n, sapevo tutto ciò che c'era da sapere sulla personalità del barone Ritzner von Jung.

Rammento il brusìo di curiosità che il suo arrivo suscitò all'interno del college la sera del 25 giugno. E ancor più nettamente rammento come, pur se a prima vista egli fu unanimemente definito «l'uomo più straordinario del mondo», nessuno tentò di spiegare il motivo di tale definizione. Che egli fosse *unico* appariva talmente innegabile da far ritenere impertinente ogni speculazione sul perché di quella unicità. Ma, tralasciando per ora questo argomento, mi limiterò ad osservare che, dal primo momento in cui mise piede nell'ambiente universitario, egli cominciò ad esercitare sulle abitudini, i comportamenti, le persone, le borse e le tendenze dell'intera comunità che lo circondava un'influenza quanto mai profonda e dispotica pur se, al tempo stesso, quanto mai indefinita e totalmente inspiegabile. Il breve periodo della sua permanenza all'università ha segnato un'era negli annali dell'istituto, considerata da tutti quelli, di ogni rango e grado, che facevano parte di esso o erano alle sue dipendenze, come «il periodo straordinario della dominazione del barone Ritzner von Jung».

Arrivando a G...n, venne a cercarmi a casa. All'epoca, non aveva un'età particolare nel senso che era impossibile indovinare quanti anni avesse in base ai dati da lui forniti. Avrebbe potuto avere 15 anni come 50, e in *realtà*, aveva 21 anni e 7 mesi. Non era affatto un bell'uomo – anzi, forse il contrario. I contorni del suo volto erano duri e spigolosi. La fronte alta e molto chiara; il naso camuso; gli occhi grandi, pesanti, vitrei e inespressivi. Più notevole era la bocca. Labbra leggermente sporgenti e sovrapposte in modo tale che non si potrebbe immaginare combinazione di lineamenti, anche la più complessa che, nell'insieme e singolarmente, desse maggiormente l'idea di assoluta gravità, solennità e pacatezza.

Si noterà senza dubbio da quanto ho detto che il barone era uno di quei casi anomali, occasionalmente riscontrabili nella razza umana i quali fanno della scienza della *mistificazione* studio e scopo della propria vita. Una particolare *forma mentis* gli forniva istintivamente la chiave di questa scienza, mentre il suo aspetto fisico gli consentiva di attuare con straordinaria facilità i suoi piani. Sono fermamente convinto che nessuno studente di G...n, durante quel famoso periodo così bizzarramente definito «la dominazione del barone Ritzner von Jung», abbia mai penetrato fino in fondo quella nube di mistero che avvolgeva la sua personalità. Credo sinceramente che all'università nessuno, tranne me, lo abbia mai sospettato capace di uno scherzo, verbale o pratico; ne avrebbero piuttosto accusato il vecchio bulldog al cancello d'ingresso – lo spettro di Eraclito – o la parrucca dell'Emerito Professore di Teologia. E questo, proprio quando era evidente che gli scherzi, le bizzarrie e le pagliacciate meglio riusciti e più imperdonabili che mai si possano immaginare erano perpetrati se non da lui direttamente, quanto meno per suo ovvio tramite o complicità. La bellezza, se così posso dire, della sua arte *mystifique* stava nella consumata abilità (risultato di una quasi intuitiva conoscenza della natura umana e di un eccezionale autocontrollo) grazie alla quale non mancava mai di fare apparire che le buffonate che stava mettendo a punto nascevano in parte malgrado e, in parte, a causa, dei suoi lodevoli sforzi intesi a prevenirle, onde mantenere l'ordine e la dignità dell'Alma Mater. L'aria di profonda, cocente e schiacciante mortificazione che si dipingeva sui tratti del suo viso ad ogni fallimento di quei meritevoli sforzi, non lasciava il minimo dubbio circa la sua sincerità nel cuore dei compagni, anche i più scettici. Né meno degna di nota era la destrezza con cui riusciva a scaricare il senso del grottesco dal creatore alla creatura – dalla sua persona alle assurdità cui aveva dato vita. In nessun caso, precedente a quello di cui parlo, ho mai visto un mistificatore abituale sfuggire alle conseguenze delle sue manovre – il ricadere, cioè, del ridicolo sulla sua reputazione o sulla sua persona. Procedendo incessantemente in un'atmosfera di bizzarria, il mio amico sembrava tendere unicamente all'austerità; e nemmeno i suoi familiari hanno mai, neppure per un momento, associato idee che non fossero di rigore e dignità alla memoria del barone Ritzner von Jung.

Durante la sua permanenza a G...n, sembrava veramente che il demone del *dolce far niente* gravasse come un incubo sull'università. Quanto meno, non si faceva altro che mangiare, bere e divertirsi. Gli alloggi degli studenti erano stati trasformati in altrettante taverne, nessuna più famosa e più frequentata di quella del barone. Lì si svolgevano le nostre gozzoviglie più numerose, chiassose, prolungate e mai avare di conseguenze.

Una volta eravamo rimasti alzati fin quasi all'alba, bevendo più del solito. La compagnia consisteva di sette od otto persone oltre al barone e a me. Quasi tutti giovani ricchi, di ottimi natali, con uno spiccato orgoglio di famiglia e un eccessivo senso dell'onore. Sfoggiavano opinioni ultrateutoniche in fatto di *duelli*. A quelle concezioni donchisciottesche, alcune recenti pubblicazioni parigine, sostenute da tre o quattro accaniti e fatali scontri a G...n, avevano infuso nuovo impulso e nuovo vigore; così, per quasi tutta la notte, la conversazione si era accalorata sul più coinvolgente argomento di attualità. Il barone che, nella prima parte della serata, era rimasto insolitamente silenzioso e assente, sembrò finalmente scuotersi dalla sua apatia, prese parte alla discussione soffermandosi sui pregi e, soprattutto, sugli aspetti affascinanti del nuovo codice cavalleresco con tale calore ed eloquenza, tale incisività ed entusiasmo, da riscuotere il plauso più appassionato del suo uditorio e da lasciare sbalordito perfino me che ben sapevo come, in realtà, egli trovasse ridicoli proprio quei punti che sosteneva e, specialmente, come giudicasse l'intera *fanfaronade* dell'etichetta duellistica con il sovrano disprezzo che essa meritava.

Guardandomi intorno durante una pausa nel discorso del barone (di cui i miei lettori avranno una pallida idea quando dirò loro che somigliava a uno di quei fervidi, cantilenanti, monotoni eppur musicali sermoni di Coleridge) scoprii i segni di un interesse più intenso di quello generale sul viso di un componente del gruppo. Questo signore, che chiamerò Hermann, era un originale sotto tutti i punti di vista tranne forse per l'unico particolare che era un perfetto cretino. Riusciva però a godere, in un determinato ambiente universitario, fama di profondo pensatore metafisico e, credo, di mente acutamente logica. Come duellista, si era conquistato grande rinomanza a G...n. Non ricordo esattamente quante vittime fossero cadute sotto i suoi fendenti; ma erano molte. Indubbiamente, era un uomo coraggioso. Ma ciò di cui più si gloriava era la sua minuziosa conoscenza del codice cavalleresco, del suo *raffinato* e puntiglioso senso dell'onore. Questi erano in verità i suoi cavalli di battaglia, sui quali galoppava fino a sfiancarli. Per Ritzner, continuamente a caccia del grottesco, erano caratteristiche che sempre avevano offerto appiglio alle sue mistificazioni. Ma non me ne rendevo conto; anche se, nel caso in questione, vidi chiaramente che c'era in ballo qualcosa di strano e che Hermann ne era il bersaglio.

Via via che Ritzner procedeva nel suo discorso o, meglio, nel suo monologo, aumentava l'eccitazione di Hermann. Alla fine, intervenne; muovendo delle obiezioni a un punto su cui R. si era soffermato, e spiegandone in dettaglio i motivi. A queste, il barone replicò diffusamente (sempre mantenendo il suo tono di esagerato trasporto) e concludendo – cosa che mi sembrò di pessimo gusto – con un sogghigno sarcastico. A quel punto, il cavallo di battaglia di Hermann gli prese la mano. Me ne accorsi dalla *farrago* volutamente cavillosa della sua risposta. Rammento distintamente le sue ultime parole. «Le sue opinioni, barone, mi consenta di dirlo, pur se, in linea di massima, corrette per quanto concerne alcuni punti delicati, non fanno onore né a lei né all'università cui lei appartiene. Sotto certi aspetti, non meritano nemmeno una seria smentita. Aggiungerei anche dell'altro, signore, se non temessi di offenderla (e qui ebbe un blando sorrisetto), direi, signore, che le sue opinioni non sono quelle che ci si aspetterebbe da un gentiluomo.»

Mentre Hermann completava questa sua ambigua frase, tutti gli occhi erano rivolti al barone. Egli si fece pallido, poi avvampò; poi, lasciando cadere il fazzoletto, si chinò a raccoglierlo, e fu allora che intravidi il suo viso che nessuna delle persone intorno al tavolo poteva scorgere. Era radioso, con quella tipica espressione beffarda che gli era naturale ma che mai lo avevo visto assumere se non quando eravamo noi due soli, quando si lasciava andare. Un attimo dopo era eretto, faccia a faccia con Hermann; e certo non avevo mai assistito prima a un simile spettacolare e subitaneo voltafaccia. Per un momento, pensai perfino di essermi sbagliato e che facesse assolutamente sul serio. Sembrava quasi soffocare per la collera e il volto era di un pallore cadaverico. Rimase un attimo in silenzio, apparentemente sforzandosi di riprendere il controllo. Sembrò finalmente riuscirci e allora afferrò una caraffa che era accanto a lui, dicendo mentre la serrava fra le dita: «Il linguaggio che lei ha ritenuto di usare, Mynheer

Hermann, rivolgendosi a me, è discutibile sotto talmente tanti punti di vista che non ho né la voglia né il tempo di elencarli. Che però le mie opinioni non siano quelle che si addicono a un gentiluomo è un'osservazione così esplicitamente offensiva da non consentirmi che un'unica linea di condotta. Comunque, una certa cortesia è dovuta in questo momento ai signori qui presenti, e a lei, in quanto miei ospiti. Mi scuserà, quindi, se, in virtù di ciò, mi discosterò leggermente dall'atteggiamento generale comune fra gentiluomini in simili occasioni di ingiurie personali. Mi perdonerà per il modesto sforzo che impongo alla sua immaginazione, e vorrà cortesemente considerare per un istante la sua immagine riflessa in quello specchio laggiù come il vero Mynheer Hermann in carne ed ossa. Io getterò il vino contenuto in questa caraffa in faccia alla sua immagine nello specchio, adempiendo così allo spirito, se non esattamente alla lettera, del risentimento per la sua offesa, al tempo stesso ovviando alla necessità di usare violenza fisica alla sua effettiva persona».

Così dicendo, gettò la caraffa colma di vino contro lo specchio appeso proprio di fronte ad Hermann, centrandone in pieno l'immagine riflessa e, naturalmente, mandando in pezzi la lastra. Tutti balzarono in piedi contemporaneamente e, eccezion fatta per me e Ritzner, lasciarono la stanza. Mentre Hermann usciva, il barone mi bisbigliò all'orecchio di seguirlo e offrirgli i miei servigi. Accettai; pur non sapendo esattamente che pensare di una faccenda così ridicola.

Lo spadaccino accettò il mio aiuto con la sua aria rigida e *ultra recherché* e, prendendomi per un braccio, mi condusse nel suo alloggio. Riuscii a stento a trattenermi dallo scoppiare a ridergli in faccia mentre, con la massima serietà, procedette a discutere quello che definiva «il carattere insolitamente delicato» dell'insulto ricevuto. Dopo una delle sue solite noiose tirate, prese dagli scaffali vari tomi ammuffiti che trattavano del *duello*, intrattenendomi a lungo sul loro contenuto; leggendo ad alta voce, e commentando con gran serietà via via che leggeva. Ne ricordo solo qualche titolo. C'erano la *Disposizioni di Filippo il Bello sul combattimento singolo*; il *Teatro d'Onore*, di Favyn; e un trattato *Sul permesso dei Duelli*, di Andiguier. Mi mostrò anche, con grande vanagloria, le *Memorie dei Duelli* di Brantome, pubblicato nel 1666 a Colonia, in caratteri elzeviri – un volume prezioso e unico, in pergamena, con un bel margine, rilegato da Derôme. Ma attirò in modo particolare la mia attenzione, con aria di misteriosa sagacia, su un grosso ottavo scritto in barbaro latino da un certo Hedelin, francese, e che recava l'insolito titolo di *Duelli Lex Scripta, et non; aliterque*. Da questo, mi lesse un capitolo fra i più strampalati del mondo riguardante le «*Injuriae per applicationem, per constructionem, et per se*» di cui circa la metà, asserì, era rigidamente applicabile al suo «insolitamente delicato» caso, anche se non sarei riuscito a capirne una sola sillaba nemmeno a pagarmi oro. Terminato il capitolo, chiuse il libro e mi domandò cosa, secondo me, bisognava fare. Risposi che avevo piena fiducia nell'eccezionale superiorità dei suoi sentimenti e che mi sarei attenuto a quanto lui stesso avesse proposto. La mia risposta sembrò lusingarlo, e si sedette a scrivere un biglietto al barone. Il biglietto diceva così:

SIGNORE, il mio amico, M.P., le consegnerà questo biglietto. Mi sento in obbligo di richiederle, al più presto possibile, una spiegazione di quanto avvenuto questa sera nel suo alloggio. Nel caso che lei declinasse la mia richiesta, il signor P. sarà lieto di concordare, con la persona che lei vorrà indicare, i passi preliminari a un incontro.

Con i sensi del massimo rispetto,
Suo umilissimo servitore,
JOHAN HERMANN

Al barone Ritzner Von Jung,
18 agosto 18...

Non sapendo che altro fare, andai da Ritzner con quella missiva. Si inchinò mentre gliela porgevo; poi, con aria seria, mi fece cenno di sedermi. Dopo aver scorso con gli occhi la lettera di sfida, scrisse la seguente risposta, che portai a Hermann.

SIGNORE, tramite il nostro comune amico, signor P., ho ricevuto la sua lettera di questa sera. Dopo debita riflessione, riconosco francamente l'opportunità della spiegazione da lei suggerita. Detto questo, incontro ancora grande difficoltà (in virtù della natura *insolitamente delicata* del nostro disaccordo e dell'affronto personale da me inflitto) nel trovare le parole per esprimere quelle che sono le mie scuse, così da soddisfare le particolari esigenze e le mutevoli sfumature del caso. Nutro, però, piena fiducia in quella estrema acutezza di discriminazione in fatto di etichetta per cui lei è da tempo così eminentemente famoso. Con la totale certezza, quindi, di venire compreso, la prego di consentirmi, in luogo di offrirle i miei sentimenti personali, di rimandarla al parere del Sieur Hedelin, come espresso nel nono paragrafo del capitolo «*Injuriae per applicationem, per constructionem, et per se*» nel suo *Duelli Lex Scripta, et non; aliterque*. La sua acutezza di discernimento nelle questioni ivi trattate sarà sufficiente, ne sono certo, a convincerla che *il semplice fatto che io la rimandi* a quel mirabile paragrafo, dovrebbe soddisfare la sua richiesta, da uomo d'onore, di una spiegazione.

Con i sensi del profondo rispetto,
suo devoto servitore,
VON JUNG

Herr Johan Hermann,
18 agosto 18...

Hermann cominciò a scorrere questa epistola con un cipiglio che però si trasformò in un sorriso di grottesco autocompiacimento quando giunse alla tiritera sulle «*Injuriae per applicationem, per constructionem et per se*». Terminata la lettura mi chiese, col più affabile sorriso che si possa immaginare, di accomodarmi mentre egli consultava il trattato in questione. Andando al brano indicato, lo lesse molto attentamente, poi chiuse il libro e mi pregò di esprimere al barone von Jung, in qualità di conoscente e amico, le congratulazioni per il suo eccelso senso dell'onore e, in qualità di secondo, di comunicargli che la spiegazione da lui offerta era quanto di più totalmente, onorevolmente e inequivocabilmente soddisfacente si potesse desiderare.

Un po' stupito, tornai dal barone. Sembrò accogliere come scontata l'amichevole missiva di Hermann e, dopo qualche generica parola di conversazione, andò in una stanza sul retro, riemergendone con l'immortale trattato *Duelli Lex Scripta, et non; aliterque*. Mi porse il volume, dicendomi di leggere un certo brano. Così feci, ma inutilmente dato che non riuscivo assolutamente a trovarci né capo né coda. Prese allora lui stesso il libro e me ne lesse un capitolo ad alta voce. Con mio stupore, ciò che lesse non era che il demenziale resoconto di un duello fra due babbuini. Mi spiegò allora il mistero; mostrandomi come apparisse, *prima facie*, che il testo era stato scritto sulla linea dei versi assurdi di Du Bartas; vale a dire che il linguaggio era stato usato così abilmente da suonare affatto comprensibile, perfino profondo, all'orecchio ma che, in realtà, era del tutto privo di senso. La chiave di lettura consisteva nel saltare ogni seconda e terza parola alternativamente, così da svelare una serie di comicissime battute sul duello come si praticava ai giorni nostri.

In seguito, il barone mi confessò di avere intenzionalmente fatto capitare nelle mani di Hermann il trattato, due o tre settimane prima della lite e che, dal tenore generale della sua conversazione, aveva capito che l'altro se l'era studiato con la massima attenzione, fermamente convinto che si trattasse di un'opera straordinariamente pregevole. Da lì, aveva dato il via alla faccenda. Hermann avrebbe preferito mille volte morire anziché ammettere che al mondo fosse stato scritto qualcosa in merito al *duello* che egli non fosse in grado di comprendere.

X-atura di un paragrafo

Poiché tutti sanno che i «saggi» vennero «dall'Oriente», e poiché il signor Touch-and-go-Bullet-head [1] veniva dall'Oriente, ne consegue che il signor Bullet-head era un saggio; e, se occorresse ulteriore prova di ciò, eccola qui: il signor B. era direttore di un giornale. Il suo unico punto debole era l'irascibilità; dato che, in effetti, la testardaggine di cui lo accusavano era tutt'altro che il suo *punto debole*, poiché, giustamente, egli lo riteneva il suo *forte*. Era il suo pregio – la sua virtù; e ci sarebbe voluta tutta la logica di un Brownson per convincerlo che fosse «qualcosa di diverso».

Ho dimostrato che Touch-and-go Bullet-head era un saggio; e l'unica volta in cui non si dimostrò infallibile fu quando, abbandonando la legittima patria di tutti i saggi, l'Oriente, emigrò nella città di Alexander-the-Great-o-nopolis, o in un luogo che si chiamava più o meno così, nell'Ovest.

Devo tuttavia rendergli giustizia spiegando che, quando finalmente decise di stabilirsi in quella città, lo fece sotto l'impressione che in quella particolare zona del paese non esistesse un giornale e, di conseguenza, nemmeno un direttore. Fondando il *Tea-Pot* [2] immaginava di avere campo libero. Sono sicuro che non si sarebbe mai sognato di eleggere il proprio domicilio ad Alexander-the-Great-o-nopolis se avesse saputo che, ad Alexander-the-Great-o-nopolis viveva un gentiluomo chiamato John Smith (se ben ricordo) che da molti anni ci si era tranquillamente ingrassato redigendo e pubblicando l'*Alexander-the-Great-o-nopolis Gazette*. Fu dunque unicamente perché era stato male informato che il signor Bullet-head si trovò ad Alex – meglio chiamarla Nopolis, «per brevità» – ma, dal momento che ci *si trovò*, decise di tenere alta la sua fama di ostin..., di fermezza, e rimanerci. Quindi, rimase; e fece di più; tirò fuori la sua stampatrice, i caratteri, etc., etc., affittò un ufficio esattamente di fronte a quello della *Gazette* e una mattina, tre giorni dopo il suo arrivo, fece uscire il primo numero dell'Alexan... cioè del *Nopolis Tea-Pot*; – per quanto posso ricordare questa era la testata del nuovo giornale.

L'articolo di fondo, devo riconoscerlo, era brillante – per non dire severo. Era particolarmente amaro sulle cose in genere – e, in quanto al direttore della *Gazette* in particolare, lo faceva a pezzi. Alcune delle osservazioni di Bullet-head erano realmente così roventi che, da allora, non ho potuto fare a meno di considerare John Smith, che è ancora vivo, una

[1] Anche in questo racconto Poe costruisce ad arte nomi irridenti di cui si è cercato di dare in nota una traduzione letterale. In questo caso Touch-and-go Bullet head potrebbe tradursi con Pericoloso Zuccone (*N.d.T.*).

[2] Teiera (*N.d.T.*).

salamandra. Non pretendo di riportare *tutti* i paragrafi del *Tea-Pot* parola per parola, ma uno di essi dice:

«Oh, sì – Oh, lo sappiamo! Oh, senza dubbio! Il direttore che sta di fronte a noi è un genio – Oh, perbacco! Oh, santi numi! Dove andrà a finire questo mondo? *Oh, tempora*! *Oh, Moses*!».

Una filippica così caustica e, al tempo stesso, così classica cadde come una bomba fra i fino ad allora pacifici cittadini di Nopolis. Capannelli di gente agitata si riunivano agli angoli delle strade. Con profonda ansia, tutti aspettavano la risposta del dignitoso Smith. Il mattino dopo, essa così apparve:

Citiamo qui appresso il paragrafo dal *Tea-Pot* di ieri: «*Oh*, sì! *Oh*, lo sappiamo! *Oh*, senza dubbio! *Oh*, santi numi! *Oh*, tempora! *Oh*, Moses!». Diamine, l'amico è tutto O! Il che spiega il circolo vizioso dei suoi ragionamenti; e perché né lui né quanto dice, abbiano né capo né coda. Onestamente, crediamo che quel buono a nulla non sappia scrivere una parola senza O. Che abbia la mania degli O? A proposito, ha lasciato il lontano Oriente in gran fretta. Chissà se anche laggiù è tutto O come qui? «O! che pena!»

Non tenterò nemmeno di descrivere l'indignazione del signor Bullet-head a queste scandalose insinuazioni. A voler spaccare il capello in quattro, però, l'attacco alla sua integrità sembrò infuriarlo meno del previsto. Fu lo sbeffeggiamento al suo *stile* che lo mandò in bestia. Come! Lui – Touch-and-go-Bullet-head! Incapace di scrivere una parola senza O! Avrebbe presto dimostrato a quell'insolente che si sbagliava. Certo, gli avrebbe fatto vedere *quanto* si sbagliava, quel pivello! Lui, Touch-and-go Bullet-head, di Frogpondium [3], avrebbe fatto vedere al signor John Smith che lui, Bullet-head, era perfettamente in grado, se voleva, di stilare un intero paragrafo – che dico! un intero articolo – in cui quella spregevole vocale non apparisse *una volta* – *una sola*. Ma no; sarebbe stato come darla vinta al suddetto John Smith. *Lui*, Bullet-head, non avrebbe apportato *alcuna* modifica al suo stile per far piacere a un qualsiasi signor Smith sulla faccia della terra. Neanche per sogno! La O per sempre! Avrebbe insistito con la O. Avrebbe usato la O quanto più era possibile usarla.

Infiammato da questa eroica decisione, il grande Touch-and-go, nel numero successivo del *Tea-Pot* se ne uscì con questo semplice ma incisivo paragrafo, a proposito della sfortunata faccenda:

Il direttore del *Tea-Pot* ha l'*onore* di informare il direttore della *Gazette* che egli (*Tea-Pot*) nel giornale di domattina, coglierà l'occasione per convincere lui (*Gazette*) che egli (*Tea-Pot*) ha il diritto e l'intenzione di agire *a modo suo* per quanto concerne lo stile; – lui (*Tea-Pot*) intende dimostrarle (*alla Gazette*) il supremo, anzi il raggelante disprezzo che la sua (*della Gazette*) critica suscita nel suo (*del Tea-Pot*) spirito indipendente redigendo a suo (*della Gazette*) esclusivo beneficio (?) un articolo di fondo, di discreta lunghezza, in cui la mirabile vocale – Emblema dell'Eternità – eppur così offensiva per la sua (*della Gazette*) iper-squisita sensibilità, *non sarà* certissimamente evitata dal suo (*della Gazette*) obbedientissimo e umilissimo servitore, il *Tea-Pot*. «E questo è quanto!».

Per portare a termine la terribile minaccia così oscuramente accennata più che apertamente formulata, il grande Bullet-head, sordo alle suppliche di fornire una «copia», limitandosi a invitare il suo proto «ad andare al d...o», quando questi (il proto) gli fece (*al Tea-Pot*) insistentemente presente che era più che ora di «andare in macchina», sordo, ripeto, a ogni

[3] Paludopoli (*N.d.T.*).

preghiera, il grande Bullet-head rimase alzato fino all'alba, lavorando tutta la notte, assorto nella composizione del seguente, davvero insuperabile, paragrafo:

So ho, John! how now? Told you so, you know, Don't crow, another time before you're out of the woods! Does your mother know *you're out? Oh, no, no! – so go home at once now, John, to your odious old woods of Concord! Go home to your woods, old owl, – go! You won't? Oh, poh, poh, John, don't do so! You've* got *to go, you know! so go at once, and don't go slow; for nobody owns you here, you know. Oh, John, John, if you* don't *go you're* no homo *– no! You're only a fowl, an owl! a cow, a sow; a doll, a poll; a poor old good-for-nothing-to-noboby, log, dog, hog, or frog, come out of a Concord bog. Cool! now – cool!* Do *be cool, you fool! None of your crowing, old cock! Don't frown so – don't. Don't hollo, nor howl, nor growl, nor bow-wow-wow! Good Lord, John, how you* do *look! Told you so, you know – but stop roling your goose of an old poll about so, and go and drown your sorrows in a bowl!* [4]

Comprensibilmente stremato da un così stupendo sforzo, il grande Touch-and-go non poté fare di più per quella notte. Con fermezza, compostezza, ma pur con atteggiamento di consapevole autorità, consegnò il manoscritto all'apprendista in attesa dopo di che, a passo lento, se ne tornò a casa e se ne andò a letto.

Nel frattempo, l'apprendista cui era stata affidata la copia, corse frettolosamente su per le scale fino alla sua «cassetta» e si accinse immediatamente a «comporre» il testo.

Per prima cosa, naturalmente, visto che la parola iniziale era «So», affondò la mano nello scomparto della «S» maiuscola, traendone trionfalmente una S maiuscola. Inebriato dal successo, si gettò con cieco impeto sullo scomparto della *o* minuscola – ma chi potrà mai descrivere l'orrore che provò quando le sue dita ne emersero senza stringere la lettera prevista? Chi potrà mai dipingere il suo stupore e la sua collera nel rendersi conto, strofinandosi le nocche, che le aveva solo sbattute inutilmente contro il fondo di una scatola *vuota*. Nel minuscolo scomparto della *o* non c'era nemmeno una *o* minuscola; e, con un'occhiata terrorizzata a quello della *O* maiuscola scoprì che *anch'esso* si trovava nelle identiche condizioni. Sconvolto, il suo primo impulso fu quello di precipitarsi dal proto.

«Signore!», ansimò, «non posso comporre niente senza le "o".»

«*Che cosa* vorresti dire con questo?», grugnì il proto, di pessimo umore per essere stato trattenuto fino a quell'ora.

«Be', signore, voglio dire che non c'è manco una *o*, in tutta la tipografia, né grande né piccola!»

«Ma, che accidenti ne è stato di tutte quelle che erano nella scatola?»

«*Io* proprio non lo so, signore», disse il ragazzo, «ma uno di quei tipi della *Gazette* ha gironzolato da queste parti per tutta la notte, e immagino che sia stato *lui* a fregarsele tutte.

[4] Così, John! E ora? Te lo avevo detto, no? La prossima volta, non gracchiare prima di essere uscito dal bosco! Tua madre lo sa che sei fuori? O no, no! – perciò, torna subito a casa, John, al tuo odioso vecchio bosco di Concord! Torna al tuo bosco, vecchio gufo – torna! Non vuoi? O, orsù John, non fare così! Devi tornare, lo sai! Quindi, tornaci subito, e fa presto; perché qui non sei di nessuno, sai. O John, John, se *non* torni non sei un *homo*, no! Non sei che un arlotto, un allocco, un ovino, un suino; un pupazzo da strapazzo; una povera nullità di nessuna utilità, ciocco, brocco, allocco, tratto con un uncino fuori da un acquitrino. Pianino, ora, pianino! Vai pianino, cretino! Smetti di allungare il collo, vecchio pollo! non accigliarti, non farlo! Non gridare, non gracidare, non borbottare, non bofonchiare! Santo cielo, John, che aria hai! Te lo avevo detto, no? Ma piantala di agitarti come un ghiozzo e affoga i tuoi dispiaceri in un pozzo!

«Che gli venga un colpo! È senza dubbio così», replicò il proto, facendosi paonazzo per la rabbia, «ma ti dico io cosa devi fare, Bob, ragazzo mio – appena ti capita, tu vai a fregargli tutte le *i* e (acc... a loro!) tutte le *z*.»

«O.K.», rispose Bob strizzando l'occhio. «Ci penso *io*, gli farò vedere *io* un paio di cosette; ma intanto quel paragrafo? *Deve* andare in macchina stanotte, sa – altrimenti, sarò io a pagarla maledettamente cara, e...»

«E *non* sarà uno scherzo», lo interruppe il proto con un sospiro, calcando l'accento sul «non». «È un paragrafo molto *lungo*, Bob?»

«Be', proprio molto lungo non direi», rispose Bob.

«E allora, fa del tuo meglio! *Dobbiamo* andare in macchina», rispose il proto che aveva da fare fino alla cima dei capelli. «Sostituisco la *s* con qualche altra lettera, tanto le idiozie di quell'individuo non le legge nessuno».

«*Molto*, bene», replicò Bob, «forza e coraggio!», e se ne tornò di corsa al suo lavoro, borbottando: «Un bel discorsetto, niente male, specialmente per uno che in genere non bestemmia. Così devo sgraffignargli tutte le *i*, eh? e, dannazione, anche le zeta. O.K., ecco la persona *giusta* per un lavoretto del genere.» Il fatto è che Bob, pur avendo solo dodici anni e una statura di soli quattro piedi, era in grado di affrontare, nei dovuti limiti, qualsiasi scazzottatura.

L'emergenza descritta è tutt'altro che rara nelle tipografie; e, anche se non so il perché, è innegabile che, quando tale emergenza si *verifica*, quasi sempre succede che il carattere mancante è sostituito da una *x*. Forse perché di *x* ce ne sono sempre in abbondanza o, almeno, così era un tempo; ed è quindi diventata un'abitudine per i tipografi. In quanto a Bob, gli sarebbe sembrata un'eresia usare, in un caso del genere, qualsiasi altra lettera che non fosse la x.

«*Dovrò* mettere le *x* in questo paragrafo», si disse mentre lo rileggeva, sgomento; «però, è proprio il paragrafo più *zeppo di o* che abbia *mai* visto.» Così fece, senza batter ciglio, e il paragrafo andò in macchina con le *x*.

La mattina seguente, la popolazione di Nopolis rimase sbalordita, leggendo nel *Tea-Pot* il seguente, straordinario articolo di fondo:

Sx hx, Jxhn! nxw? Txld yxu sx, yxu knxw. Dxn't crxw, anxther time, befxre yxu're xut xf the wxxds! Dxes yxur mxther *knxw* yxu're xut? Xh, nx, nx! – sx gx hxme at xnce, nxw, Jxhn, tx yxur xdixus xld wxxds xf Cxncxrd! Gx hxme tx yxur wxxds, xld xwl, – gx! Yxu wxn't? Xh, pxh, pxh, Jxhn, dxn't dx sx! Yxu've *gxt* tx gx, yxu knxw! Sx gx at xnce, and dxn't gx slxw; fxr nxbxdy xwns yxu here, yxu knxw. Xh, Jxhn, Jxhn, if yxu *dxn't* gx yxu're nx *hxmx* – nx! Yxu're snly a fxwl, an xwl; a cxw, a sxw; a dxll, a pxll; a pxxr xld gxxd-fxr-nxthing-tx-nxbxby, lxg, dxg, hxg, xr frxg, cxme xut xf a Cxncxrd bxg. Cxxl, nxw – cxxl! *Dx* be cxxl, yxu fxxl! Nxne xf yxur crxwing, xld cxck! Dxn't frxwn sx – dxn't! Dx'nt hxllx, nxr hxwl, nxr grxwl, nxr bxw-wxw-wxw! Gxxd Lxrd, Jxhn, hxw yxu *dx* lxxk! Txld yxu sx, yxu knxw – but stxp rxlling yxur gxxse xf an xld pxll abxut sx, and gx and drxwn yxur sxrrxws in a bxwl! [5]

[5] «Cxsì, Jxhn! e xrra? Te lx avevx dettx nx? La prxssima vxlta, nxn gracchiare prima di essere uscitx dal bxscx! Tua madre lx *sa* che sei fuxri? X nx, nx! – percix, txrna subitx a casa, Jxhn, al tux xdixsx vecchix bxscx di Cxncxrd! txrna al tux bxscx, vecchix gufx – txrna! Nxn vuxi? X, xrsu Jxhn, nxn fare cxsì! Devi txrnare, lx sai! Quindi, txrnaci subitx, e fa prestx; perché qui nxn sei di nessunx, sai. X Jxhn, Jxhn, se nxn txrni nxn sei un *hxmx*, nx! Nxn sei che un arlxttx, un allxccx, un xvinx, un suinx; un pupazzx da strapazzx; una pxvera nullità di nessuna utilità, cixccx, brxccx, allxccx, tratto cxn un uncinx fuxri da un acquitrinx. Pianinx, xra, pianinx! Vai pianinx, cretinx! Smetti di allungare il cxllx, vecchix pxllx! Nxn accigliarti, nxn farlx! Nxn gridare, nxn gracidare, nxn bxrbxttare, nxn bxfxnchiare! Santx cielx, Jxhn, che aria hai! Te lx avevx dettx, nx? Ma piantala di agitarti cxme un ghixzzx e affoga i tuxi dispiaceri in un pxzzx!» (*N.d.T.*).

Il clamore suscitato da questo mistico e cabalistico articolo è indescrivibile. La prima idea che venne in mente alla massa dei lettori fu che, dietro quei geroglifici, si celasse un qualche diabolico complotto; e ci fu un accorrere generale verso la casa di Bullet-head per coprirlo di contumelie; ma quel signore era introvabile. Era svanito, nessuno sapeva come; e di lui non si è più vista nemmeno l'ombra.

Non riuscendo a trovare il proprio legittimo bersaglio, la furia popolare alla fine si placò; lasciandosi alle spalle, come sedimento, una miriade di opinioni su quella deplorevole faccenda.

Un signore ritenne il tutto uno scherzo ex-cellente.

Un altro, affermò che Bullet-head aveva in effetti dimostrato una grande ex-uberanza.

Un terzo, si limitò a definirlo ex-centrico.

Un quarto, poteva solo supporre che lo scopo di quello yankee fosse stato quello di ex-esprimere generalmente la sua ex-asperazione.

«Diciamo, piuttosto, di dare un ex-empio ai posteri», suggerì un quinto.

Che Bullet-head fosse stato spinto ai limiti della sopportazione, era chiaro a tutti; e, in effetti, dato che *quel* direttore non era reperibile, qualcuno parlò di linciare l'altro.

La conclusione più diffusa, però, fu che si trattava di una faccenda extraordinaria e inex-plicabile. Perfino il matematico della città confessò di non riuscire a risolvere un problema così oscuro. Come tutti sapevano, la *X* indica una quantità incognita; ma in quel caso (come giustamente egli fece notare) esisteva una incognita quantità di *X*.

L'opinione di Bob, l'apprendista (che non fece parola circa la sua X-atura del paragrafo) non attirò l'attenzione che, a parer mio, meritava, anche se era stata apertamente e coraggiosamente espressa. Dichiarò che, per parte sua, non aveva il minimo dubbio che si trattasse di una cosa semplicissima, che il signor Bullet-head «non si era mai lasciato convincere a bere come gli altri, ma continuava a tracannare quella benedetta birra XXX[6] e, naturalmente, di conseguenza, essa l'aveva fatto andare su tutte le furie esasperandolo all'ex-estremo.

[6] La qualità della birra è indicata sui barili con una, due o tre X (*N.d.T.*).

La truffa considerata come una delle scienze esatte

Hay, diddle diddle,
The cat and the fiddle.

Imbroglione e truffaldino,
con il gatto e col violino.

Da quando è nato il mondo ci sono stati due Geremia. Uno scrisse una Geremiade sull'usura e si chiama Geremia Bentham. Fu molto ammirato da John Neal e, nel suo piccolo, era un grand'uomo. L'altro diede il suo nome alla più importante delle Scienze Esatte e fu un grand'uomo in modo grandioso – potrei anzi dire nel più grandioso dei modi.

Tutti capiscono cosa significhi truffare – o cosa significhi il concetto astratto suggerito dal verbo. Ma il fatto, l'azione, il gesto di *truffare* è difficile da definire. Possiamo però arrivare a una concezione abbastanza precisa dell'argomento in questione mediante una definizione – non dell'atto in sé – bensì dell'uomo come animale dedito alla truffa. Se Platone l'avesse capito, si sarebbe risparmiato l'affronto del pollo spennato.

Con grande coerenza, si chiese a Platone perché mai un pollo spennato, ovviamente un «bipede senza penne» non fosse, secondo la sua definizione, un uomo? Ma non starò ad occuparmi di interrogativi del genere. L'uomo è un animale che imbroglia, e *non esiste* altro animale che imbrogli a parte l'uomo. Ci vorrebbe tutta una stia di polli spennati per dimostrare il contrario.

Ciò che costituisce l'essenza, il nocciolo, il principio della truffa è, in realtà, proprio di quella categoria di creature che indossano giacca e pantaloni. Una gazza ruba; una volpe inganna; una donnola raggira; un uomo truffa. Truffare è il suo destino, il suo scopo – il suo obiettivo – il suo *fine*. E per questo motivo, quando qualcuno è truffato, diciamo che è *finito*.

Considerata nella sua giusta luce, la truffa è un composto i cui ingredienti sono la minutezza, l'interesse, la perseveranza, l'ingegnosità, l'audacia, la *nonchalance*, l'originalità, la sfrontatezza e il *sogghigno*.

Minutezza: Il vostro truffatore lavora in un campo ristretto. Le sue operazioni si svolgono su piccola scala. Quello che lo interessa è lo spaccio al minuto, per contanti o per pagamento a vista. Se mai si lascia tentare da una speculazione grandiosa, perde immediatamente le sue caratteristiche e diventa quello che noi chiamiamo un «finanziere», termine, questo, che suggerisce il concetto di truffa sotto ogni aspetto tranne quello di grandiosità. Un truffatore può quindi essere considerato come un banchiere *in pectore* – una «operazione finanziaria», come una truffa a Brobdignag. L'uno sta all'altro come Omero sta a «Flacco» – come un dinosauro a un topo – come la coda di una cometa a quella di un maiale.

Interesse: Il vostro truffatore è mosso dall'interesse personale. Disdegna truffare *solo* per amor della truffa. Ha un obiettivo in vista – la propria tasca – e la vostra. Cerca sempre l'occasione buona. Guarda al Numero Uno. Voi siete il Numero Due, e dovete guardarvi da soli.

Perseveranza: Il vostro truffatore persevera. Non si scoraggia facilmente. Anche se la banca fallisce, a lui non importa, persegue con costanza il suo fine e,

Ut canis a corio nunquam absterrebitur uncto

[Come il cane che non molla un pezzo di cuoio unto. Orazio, *Satire*, II 5 v. 83.]

così lui non mollerà mai la preda.

Ingegnosità: Il vostro truffatore è ingegnoso. È abilissimo nel congegnare le sue trame. È un pianificatore esperto. Escogita e raggira. Se non fosse Alessandro, sarebbe Diogene. Se non fosse un truffatore, sarebbe un fabbricante patentato di trappole per topi, o un provetto pescatore di trote.

Audacia: Il vostro truffatore è audace – è un uomo intraprendente. Porta la guerra in Africa. Conquista tutto d'assalto. Sfiderebbe i pugnali di Frey Herren. Con un po' di prudenza, Dick Turpin sarebbe stato un buon truffatore; con un pizzico di adulazione in meno, lo sarebbe stato Daniel O'Connell; e Carlo XII, con un grammo o due in più di cervello.

Nonchalance: Il vostro truffatore è *nonchalant*. Non è affatto nervoso. Non ha *mai* avuto nervi. Non si lascia mai trasportare dai nervi. Non si scompone – se non nell'abbigliamento. È imperturbabile. Placido – «placido come un sorriso di Lady Bury». È confortevole – confortevole come un vecchio guanto, o come le donzelle dell'antica Baia.

Originalità: il vostro truffatore è originale – accuratamente originale. Le sue idee sono sue. Disdegnerebbe di servirsi di quelle altrui. Detesta i trucchetti vieti e triti. Sono certo che restituirebbe una borsa se scoprisse di averla trafugata con un espediente superato.

Sfrontatezza: Il vostro truffatore è sfrontato. Spavaldo. Con le mani sui fianchi. O sprofondate nelle tasche. Vi sghignazza in faccia. Vi pesta i calli. Si mangia il vostro pranzo, beve il vostro vino, si fa prestare i vostri soldi, vi tira il naso, prende a calci il vostro barboncino e bacia vostra moglie.

Sogghigno: Il vostro truffatore *autentico* conclude tutto con un sogghigno. Che però vede solo lui. Sogghigna al termine del suo lavoro quotidiano – quando ha assolto i suoi compiti – di notte, nella sua stanza – e per suo esclusivo divertimento. Va a casa. Chiude la porta a chiave. Si spoglia. Spegne la candela. Si mette a letto. Posa il capo sul cuscino. Dopo di che il vostro truffatore *sogghigna*. Questa non è un'ipotesi. È una cosa naturale. Ragiono *a priori*, e un truffatore *non* sarebbe un truffatore se non sogghignasse.

L'origine della truffa si può far risalire all'infanzia del genere umano. Forse il primo truffatore fu Adamo. Comunque, possiamo rintracciare questa scienza negli albori dell'antichità! Gli uomini moderni, però, l'hanno portata a un grado di perfezione quale i nostri ottusi progenitori mai avrebbero sognato. Senza quindi dilungarmi sui «vecchi adagi», mi limiterò a tracciare un compendio di alcuni fra i più «moderni esempi».

Una truffa eccellente è questa. Una massaia che ha bisogno, poniamo, di una divano, fa il giro di vari mobilifici. Alla fine, arriva a un negozio che offre una vasta scelta. Le si accosta, invitandola ad entrare, un tizio cortese dalla parlantina sciolta che sta accanto all'ingresso. La donna trova il divano che fa al caso suo e, chiedendone il prezzo, rimane piacevolmente sorpresa nel sentirsi indicare una cifra inferiore di almeno il 20% alle sue previsioni. Si affretta ad acquistarlo, riceve fattura e ricevuta, lascia il suo indirizzo chiedendo che il divano le venga recapitato al più presto possibile e se ne va, accompagnata dagli ossequiosi inchini del commesso. Arriva la sera, e il divano non si vede. Passa il giorno successivo, e ancora niente divano. Una domestica viene mandata a informarsi sul perché del ritardo. L'intera transazione viene assolutamente negata. Non è stato venduto nessun divano – né ricevuto alcun pagamento – tranne che dal truffatore il quale, per l'occasione, ha impersonato il commesso.

I nostri negozi di mobili sono lasciati senza la minima sorveglianza, fornendo così ogni possibile occasione per una truffa del genere. La gente entra, osserva i mobili, poi se ne va, insalutata ospite. Se qualcuno desidera fare un acquisto o chiedere il prezzo di un articolo c'è a portata di mano un campanello, e si ritiene che questo sia più che sufficiente.

Un'altra rispettabile truffa è la seguente. Un signore ben vestito entra in un negozio, acquista merce per il valore di un dollaro; scopre, con profonda stizza, di aver lasciato a casa il portafoglio, e dice al commesso: «Caro signore, non importa! Potrebbe essere così gentile da mandarmi il pacco a casa? Ma aspetti, credo di avere anche *a casa* una banconota di taglio non inferiore ai cinque dollari. Comunque, può mandarmi i quattro dollari di resto *insieme* al pacco.»

«Benissimo, signore», risponde il commesso che subito si fa un'opinione eccellente circa la nobile onestà del cliente. «Conosco gente», si dice, «che si sarebbe messa il pacco sotto il braccio e sarebbe uscita promettendo di tornare a pagare il dollaro nel pomeriggio.»

Viene spedito un fattorino col pacco e il resto. Lungo la strada, si imbatte per caso nel cliente il quale esclama:

«Ah! Vedo che questo è il mio pacco – credevo che lo avessi già portato da un pezzo. Bene, va pure! Mia moglie, la signora Trotter, ti darà i cinque dollari – le ho lasciato detto di farlo. Intanto, puoi dare a me il resto – ho bisogno di spicci per l'ufficio postale. Benissimo! Uno, due, è buona questa moneta da 25 cents? – tre, quattro – perfetto! Dì alla signora Trotter che mi hai incontrato, e *non* fermarti a bighellonare per la strada».

Il ragazzo non bighellona affatto – ma ci mette molto tempo a tornare indietro – perché una certa signora Trotter è introvabile. Si consola comunque pensando che non è stato così stupido da lasciare la merce senza farsi pagare e, rientrando tutto soddisfatto nel negozio, resta naturalmente malissimo quando il padrone gli chiede che fine ha fatto il resto.

Un'altra truffa semplicissima è questa. Il capitano di una nave in procinto di salpare si vede presentare da un tizio dall'aspetto di funzionario una fattura daziaria insolitamente bassa. Felice di cavarsela così a buon mercato, frastornato dalle mille cose che deve fare tutte insieme, paga immediatamente. Dopo circa un quarto d'ora, gli viene presentata un'altra fattura, assai meno modesta, da un tale il quale gli fa ben presto capire che l'esattore precedente era un truffatore, e l'esazione precedente una truffa.

E c'è anche un altro caso, molto simile. Un battello a vapore si sta staccando dall'attracco. Un viaggiatore, con la valigia in mano, sta correndo a tutta velocità verso il molo. D'improvviso si blocca, si china, raccoglie qualcosa da terra, con aria molto agitata – e grida: «Qualcuno ha perso un portafogli?». Nessuno può onestamente dichiarare di aver perso il portafogli; ma si crea un gran subbuglio quando si scopre che il tesoro trovato ha un certo valore. Il battello, però, deve partire.

«Tempo e marea non aspettano nessuno», dice il capitano.

«Per amor di Dio, si trattenga solo qualche minuto», esclama quello che ha trovato il portafogli; «il proprietario si farà vivo subito.»

«Non posso aspettare!», insiste il comandante; «ehi, voi, mollate gli ormeggi!»

«Ma che *devo* fare?», si lamenta l'individuo angosciato. «Sono in procinto di lasciare il paese per qualche anno e, in coscienza, non posso tenermi questa grossa somma. Mi scusi, signore (rivolgendosi a un gentiluomo sulla banchina) lei ha l'aria di una persona onesta. *Vorrebbe* farmi il favore di occuparsi di questo portafogli – *so* di potermi fidare di lei – e mettere un'inserzione sul giornale? Vede, contiene una grossa somma. Sicuramente il legittimo proprietario la ricompenserà per il disturbo.»

«*Me*! – no, *lei*. È *lei* che ha trovato il portafogli.»

«D'accordo, se *proprio* insiste – *accetterò* una piccola ricompensa – tanto per soddisfare i suoi scrupoli. Vediamo – diamine, sono tutti biglietti da cento – per carità! Cento sono troppi – cinquanta sarebbero certo più che sufficienti.»

«Mollate gli ormeggi!», grida il capitano.

«Ma non ho da cambiare un biglietto da cento e dopotutto sarebbe meglio che *lei*...»

«Mollate gli ormeggi!», ripete il capitano.

«Non importa!», esclama il signore sul molo, che da circa un minuto sta frugando nel suo portafogli – «non importa! Facciamo così – ecco un assegno da 50 dollari sulla Bank of North America – mi getti il portafogli.»

E l'ultracoscienzioso scopritore prende i 50 dollari con palese riluttanza e getta il portafogli al signore, mentre il battello sta prendendo il largo. Dopo mezz'ora circa dalla partenza, si scopre che la «grossa somma» è «fasulla» e l'intera faccenda una magnifica truffa.

Un raggiro audace è il seguente. Un'assemblea religiosa all'aperto, o qualcosa di simile, è in programma in un certo luogo cui si accede unicamente mediante un ponte. Il truffatore si piazza a un capo del ponte stesso e informa rispettosamente tutti coloro in procinto di attraversarlo che, in base a una nuova legge della contea, c'è da pagare il pedaggio di un centesimo per chi va a piedi, di 2 centesimi per cavalli e muli, e via dicendo. Qualcuno brontola ma tutti pagano; e il truffatore se ne torna a casa con 50 o 60 dollari in tasca, ben meritati. Ma esigere il pedaggio da una folla di gente è una cosa noiosissima.

Quella che segue, invece, è una truffa ben congegnata. Un amico ha in mano una cambiale del truffatore, debitamente riempita e firmata su uno dei soliti moduli stampati in inchiostro rosso. Il truffatore compra un paio di dozzine di questi moduli e ogni giorno ne intinge uno nella minestra, ci fa giocare il cane insegnandogli a prenderlo al volo e, alla fine, glielo dà come *bonne bouche*. Quando arriva il giorno della scadenza, il truffatore, col cane, va dall'amico e i due cominciano a parlare del pagamento. L'amico tira fuori la cambiale dal suo *escritoire* e sta per consegnarla al truffatore quando il cane salta su, l'afferra e se la mangia. Il truffatore sorpreso, dispiaciuto, furibondo per il comportamento assurdo dell'animale, si dichiara prontissimo a estinguere il debito appena ci saranno le prove che il debito esiste.

Una truffa di poco conto è quest'altra. Una signora, per la strada, viene insultata da un complice del truffatore. Quest'ultimo si precipita in suo soccorso e prendendo (con garbo) a schiaffi il compare, insiste per scortare la signora fino a casa. Qui, con un inchino cerimonioso, prende congedo. La signora prega il suo salvatore di entrare per poterlo presentare a mamma e papà. Con un sospiro, egli rifiuta. «Non c'è dunque modo, signore», mormora la donna, «di dimostrarle la mia gratitudine?»

«Un modo c'è, signora. Sarebbe tanto buona da prestarmi un paio di scellini?»

Nella prima agitazione del momento, la signora decide di svenire seduta stante. Ripensandoci, però, apre la borsa e gli dà i soldi. Ora questa, come dicevo, è una truffa di poco conto – perché metà della somma presa spetta al gentiluomo che si è dovuto sobbarcare la fatica di insultare la donna e poi restarsene lì impalato a farsi prendere a schiaffi.

Una truffa, sempre da poco ma scientifica, è la seguente. Il truffatore si accosta al bancone di un'osteria e chiede due rotoli di tabacco. Glieli danno e, dopo averci dato un'occhiata, dice: «Questo tabacco non mi piace molto. Guardi, se lo riprenda e mi dia invece un brandy con acqua».

Ricevuto e bevuto il brandy con acqua, il truffatore si avvia alla porta. Ma la voce dell'oste lo ferma.

«Credo, signore, che lei abbia dimenticato di pagare il brandy.»

«Pagare il brandy! Ma se le ho dato in cambio il tabacco! Che altro vuole?»

«Ma, signore, scusi, non ricordo che lei mi abbia pagato il tabacco.»

«Come sarebbe, imbroglione? Non gliel'ho restituito il suo tabacco? Non è il *suo* tabacco *quello lì* sul banco? Si aspetta che io paghi qualcosa che non ho preso?»

«Ma, signore», dice l'oste un po' disorientato, «ma signore...»

«Niente ma», lo interrompe il truffatore apparentemente sdegnatissimo, sbattendosi la porta alle spalle mentre se la squaglia, «niente ma, con me, e non provi a farmi i soliti scherzi che lei fa agli avventori.»

Quella che segue è una truffa molto astuta e che ha, inoltre, il non disprezzabile pregio di essere semplicissima. È andata smarrita una borsa, o un portafogli, e chi l'ha perduta pubblica su *uno* dei quotidiani di una grande città un'inserzione descrivendo l'oggetto nei particolari.

Al che, il nostro truffatore copia i *fatti* descritti nella inserzione, cambiando l'intestazione e la fraseologia in genere. Per esempio, l'originale è lungo, verboso, intitolato «smarrito portafogli», e in esso si chiede a chi l'abbia trovato di riportarlo al n. 1 di via Tizio. La copia, invece, è breve, intitolata solo «smarrito», e indica il n. 2 di via Caio o il n. 3 di via Sempronio come indirizzo dove riportarlo. Inoltre, l'inserzione fasulla viene pubblicata in almeno cinque o sei quotidiani dello stesso giorno, e appare solo poche ore dopo quella originale. Se chi ha smarrito borsa o portafogli dovesse leggerla, non sospetterebbe mai che abbia un qualche riferimento alla propria disavventura. Ma, naturalmente, le probabilità sono di cinque o sei a una che chi ha trovato l'oggetto lo riporti all'indirizzo dato dal truffatore anziché a quello indicato dal legittimo proprietario. E il primo paga la ricompensa, intasca il malloppo e leva le tende.

Esiste anche un'altra truffa, quasi analoga. Una signora *chic* ha smarrito per strada, da qualche parte, un anello di brillanti di enorme valore. Per riaverlo, offre una ricompensa di 40 o 50 dollari – dando, nella sua inserzione, una descrizione dettagliata della pietra e della montatura, promettendo che, appena l'anello verrà riportato al n. tale di via Tal'Altra, la ricompensa verrà paga *seduta stante,* senza domande. Uno o due giorni dopo, quando la signora non è in casa, squilla il campanello al n. tale di via Tal'Altra; il visitatore chiede della padrona di casa e, sentendosi rispondere che è fuori, esprime il più profondo rincrescimento. Si tratta di una faccenda importante, che riguarda proprio la signora. Il fatto è che lui ha avuto la fortuna di ritrovare il suo anello. Ma forse sarebbe il caso che tornasse un'altra volta. «Assolutamente no!», dice la cameriera; e «assolutamente no!», dicono la sorella e la cognata della signora, subito chiamate. L'anello è riconosciuto con grandi esclamazioni, la ricompensa viene pagata e colui che lo ha trovato è quasi sbattuto fuori dalla porta. La signora rientra ed esprime un certo rincrescimento alla sorella e alla cognata che, guarda caso, hanno pagato 40 o 50 dollari per un'imitazione del suo anello di brillanti – un'imitazione di autentico princisbecco con un genuino fondo di bicchiere.

Ma, come non esiste in realtà limite alla truffa, così non ne esisterebbe a questo saggio se dovessi accennare sia pure alla metà delle variazioni sul tema cui questa scienza si presta. Sono quindi costretto a concludere, e il modo migliore per farlo è quello di dare un riassunto di una magistrale, anche se un po' complicata, truffa di cui è stata recentemente teatro la nostra città, e che è stata in seguito ripetuta con successo in altri, ancor verdi, pascoli dell'Unione. Un signore di mezza età arriva in città, non si sa da dove. Una persona dal comportamento molto scrupoloso, cauto, contegnoso e prudente. Il suo abbigliamento è estremamente curato ma semplice, senza ostentazioni. Cravatta bianca, panciotto largo, più confortevole che elegante; scarpe comode, dalle suole spesse; e pantaloni senza bretelle. Nell'insieme, ha l'aria dell'«uomo d'affari» *par excellence* – benestante, quasi astemio, preciso e rispettabile – uno di quei personaggi esteriormente rigidi e severi ma interiormente teneri, quali vediamo nelle commedie di successo – gente le cui parole sono altrettante garanzie, che si distingue perché con una mano distribuisce ghinee in elemosine, mentre con l'altra, a puro titolo di scambio, esige fino all'ultima frazione di centesimo.

Crea un mucchio di difficoltà prima di trovare un alloggio che gli vada bene. Non gli piacciono i bambini. È avvezzo alla quiete. Le sue abitudini sono metodiche – e preferirebbe prendere alloggio presso una piccola e rispettabile famiglia privata, di sani princìpi religiosi. Per il prezzo, non c'è problema – solo, insiste per saldare il conto al primo di ogni mese (oggi è il due) e, quando finalmente trova la casa di suo gradimento, chiede alla padrona di non dimenticare mai, *per nessun motivo*, le sue istruzioni su questo punto – ma di fargli avere una fattura, *e* una ricevuta, alle dieci di mattina in punto, il *primo* giorno di ogni mese e di non rimandare mai, in nessun caso, al secondo giorno.

Sistemate queste questioni, il nostro uomo d'affari affitta un ufficio in un quartiere più rispettabile che elegante della città. Non c'è nulla che egli disprezzi più dell'ostentazione. «Dietro l'esibizione esteriore», dice, «raramente c'è buona sostanza» – osservazione che colpisce la padrona di casa a tal punto che l'annota subito nella grossa Bibbia di famiglia, sull'ampio margine dei Proverbi di Salomone.

La mossa successiva è quella di farsi pubblicità, più o meno nel modo appresso riportato, sui principali quotidiani d'affari della città – quelli da mezzo scellino; i giornali che costano meno vengono scartati perché non «rispettabili», e anche perché richiedono il pagamento anticipato per le inserzioni. Il nostro uomo d'affari sostiene il principio che non bisogna mai pagare un lavoro prima che sia compiuto.

CERCASI. Gli inserzionisti, in procinto di avviare operazioni d'affari ad ampio raggio in questa città, desiderano assumere tre o quattro impiegati intelligenti e competenti, ai quali verrà corrisposto un generoso stipendio. Si richiedono le migliori referenze non tanto in merito alle capacità quanto all'integrità. Trattandosi di un lavoro di grande responsabilità, che comporta il passaggio di grosse somme di denaro per le mani degli impiegati, si è ritenuto opportuno chiedere un deposito di 50 dollari da ogni dipendente assunto. Inutile quindi presentarsi se non disposti a versare ai presenti inserzionisti la cifra in questione e se non in possesso delle migliori referenze di moralità. Saranno preferiti i giovani di profondi princìpi religiosi. Presentarsi dalle 10 alle 11 e dalle 16 alle 17 da

BOGS, HOGS, LOGS, FROGS, & Co.
n. 110 Dog Street [1]

Entro il 31 del mese, l'inserzione ha portato negli uffici della Bogs, Hogs, Logs, Frogs & Co. 15 o 20 gentiluomini di profondi princìpi religiosi. Ma il nostro uomo d'affari non ha alcuna fretta di concludere un contratto di assunzione – un uomo d'affari non è *mai* precipitoso – e solo dopo uno stringentissimo interrogatorio in merito alle inclinazioni religiose di ciascun giovane gentiluomo, l'assunzione è conclusa e la ricevuta per i suoi 50 dollari rilasciata *a puro* titolo cautelare dalla rispettabile ditta Bogs, Hogs, Logs, Frogs & Co. Il mattino del primo giorno del mese successivo, la padrona di casa *non* presenta il conto, come aveva promesso – una negligenza per cui il rispettabile capo della ditta in *ogs* l'avrebbe di certo redarguita severamente, se lo si fosse potuto convincere a rimanere ancora un giorno o due in città per quello scopo.

Date le circostanze, i poliziotti hanno avuto giornate pesanti, spese a correre qua e là; e tutto quello che possono fare è dichiarare che l'uomo d'affari è assolutamente «hen knee high» [2] – dal che molti deducono che essi intendano dire n.e.i. – iniziali dalle quali si risale alla classica espressione *non est inventus*. Frattanto i giovani gentiluomini, nessuno eccettuato, sono un po' meno religiosi e devoti di prima, mentre la padrona di casa acquista per uno scellino una bella gomma e cancella accuratamente l'annotazione a matita che qualche idiota ha tracciato nella sua grossa Bibbia di famiglia, sull'ampio margine dei Proverbi di Salomone.

[1] *Bogs, Hogs, Logs, Frogs* = acquitrini, suini, ciocchi, ranocchi. *Dog Street* = via del Cane (*N.d.T.*).

[2] Gallina all'altezza di ginocchio.

L'Angelo del bizzarro

Stravaganza

Era un freddo pomeriggio di novembre. Avevo appena terminato un insolitamente lauto pasto, di cui l'indigesto *truffe* costituiva una componente non trascurabile e sedevo solo, in sala da pranzo, con i piedi sul parafuoco e il gomito su un tavolinetto che avevo spinto accanto al camino e sul quale erano disposti dei succedanei del dessert, sotto forma di varie bottiglie di vino, alcolici, e liquori dolci. Avevo trascorso la mattinata leggendo *Leonidas* di Glover, *Epigoniade* di Wilkie, *Pellegrinaggio* di Lamartine, *Columbiade* di Barlow, *Sicilia* di Tuckermann, e *Curiosità* di Griswold; sono pronto quindi ad ammettere che mi sentivo un po' frastornato. Cercai di riscuotermi, con l'ausilio di vari bicchieri di Lafitte e, visto che era tutto inutile, mi rivolsi, per disperazione, al primo giornale che mi capitò sottomano. Dopo avere attentamente scorso la colonna delle «case in affitto», quella dei «cani smarriti», e le due colonne di «mogli e apprendisti scomparsi», affrontai risolutamente l'articolo di fondo e, leggendolo dalla prima parola all'ultima senza comprenderne una sillaba, contemplai la possibilità che fosse scritto in cinese, così lo rilessi, dall'ultima parola alla prima, senza però miglior risultato. Disgustato, stavo per gettar via

Questo testo di quattro pagine, felice opera
che neppure i poeti criticano,

quando la mia attenzione fu attratta dal paragrafo seguente:

Le vie della morte sono numerose e strane. Un giornale londinese segnala il decesso di una persona per una causa davvero insolita. Stava giocando a «freccette» con la cerbottana, che consiste nell'avvolgere un lungo ago in un filo di lana, e nel soffiarlo poi contro il bersaglio attraverso un tubo di stagno. La persona in questione aveva inserito l'ago dalla parte sbagliata del tubo e, inspirando a fondo per poi espellere la freccetta con forza, ha risucchiato l'ago in gola. L'ago è penetrato nei polmoni e, in pochi giorni, ha causato la morte del malcapitato.

Leggendo queste righe andai su tutte le furie, senza sapere esattamente perché. «Questa», esclamai, «è una spregevole frottola – uno scherzo di cattivo gusto – sedimento della fantasia di uno scribacchino da quattro soldi – di un qualche sciagurato intruglione di notizie nel Paese di Cuccagna. Individui che, ben sapendo quanti pazzi creduloni ci siano in giro oggi, si lambiccano il cervello per escogitare le più inverosimili eventualità – gli incidenti bizzarri, come li definiscono; ma, a una mente riflessiva» (come la mia, aggiunsi fra parentesi portandomi inconsciamente il dito al naso), «a un intelletto contemplativo quale io possiedo, appare subito evidente che lo straordinario, recente aumento di questi "incidenti bizzarri" è proprio l'incidente più bizzarro di tutti. Per quanto mi riguarda, d'ora in avanti sono deciso a non credere a nulla che presenti la benché minima "singolarità".»

«Mein Gott, che stubito sei per tire cose simili!», rispose la voce più straordinaria che avessi mai sentito. In un primo tempo, la scambiai per un rimbombo nelle orecchie – quello che a volte si sente quando si è ubriachi – ma, ripensandoci, mi resi conto che era un suono più simile a quello che produce un barile vuoto colpito con un bastone; e, in effetti, lo avrei creduto proprio quello se non fosse stato per l'articolazione di sillabe e parole. Di natura non sono affatto nervoso, e i pochi bicchieri di Lafitte che avevo centellinato mi avevano reso alquanto baldanzoso per cui non mi spaventai affatto, limitandomi ad alzare con calma gli occhi, girando lo sguardo nella stanza per scoprire l'intruso. Ma non riuscii a scorgere nessuno.

«Humh!» riprese la voce, mentre continuavo a guardarmi attorno. «Tefi essere spronzo come un borco, dungue, se non mi feti setuto accanto a te.»

A quel punto, guardai dritto davanti al naso ed ecco, proprio lì, seduto al tavolo, di fronte a me, vidi un personaggio indefinito, pur se non del tutto indefinibile. Il corpo era una botte da vino, o un barile da rum, o qualcosa di simile, con un aspetto decisamente falstaffiano. Nell'estremità inferiore erano conficcati due bariletti, che sembravano fungere da gambe. Le braccia erano due bottiglie abbastanza lunghe, che pendevano dalla parte superiore di quella carcassa, con il collo in fuori a mo' di mani. Tutto ciò che riuscii a vedere come testa di quel mostro somigliava a una borraccia dell'Assia, che a sua volta somiglia a una grossa tabacchiera con un foro nel coperchio. Questa borraccia (sormontata da un imbuto simile a un berretto sulle ventitré, calato sugli occhi) era collocata sul bordo del barile, col foro verso di me; e attraverso quel foro, che appariva raggrinzito come la bocca di una vecchia zitella molto puntigliosa, l'essere emetteva brontolii e rimbombi che, secondo lui, erano ovviamente parole intellegibili.

«Ribeto», disse, «tefi essere spronzo come un borco, se sei setuto lì e non mi fefi; e tico che tefi essere più cretino di un'oca ber non cretere a quello che è stampato. È la ferità – proprio così – parola per parola.»

«Ma lei chi è?», dissi molto dignitosamente, anche se un po' perplesso; «come è arrivato qui? E di che sta parlando?»

«Come sono arrifato qui», rispose la figura, «non sono affari tuoi; e, in quanto a quello di cui sto parlando, parlo di ciò che ritengo ciusto; e, in quanto a chi sono, è proprio quello che sono fenuto a farti fetere.»

«Lei è un vagabondo ubriaco», dissi, «e suonerò il campanello per ordinare al mio domestico di buttarla fuori a calci.»

«He! he! he!», rispose quel tipo; «hu! hu! hu! Non lo puoi fare?».

«Non posso?», esclamai. «Cosa intende dire? – cosa, non posso?»

«Suonare il campanello», replicò tentando un sogghigno con quella specie di boccuccia malevola.

A quel punto cercai di alzarmi per mettere in atto la mia minaccia; ma quel farabutto si sporse deliberatamente attraverso il tavolo e, dandomi una botta in fronte col collo di una delle lunghe bottiglie, mi fece ricadere nella poltrona dalla quale mi ero quasi alzato. Ero completamente sbalordito; e, per un momento, non seppi cosa fare. Nel frattempo, continuò a parlare.

«Feti», disse, «è meglio che stai setuto trancuillo; e atesso sabrai chi sono. Cuartami! Feti! Sono l'*Ancelo tel Pizarro*.»

«È bizzarro senz'altro», mi avventurai a rispondere; «ma avevo sempre creduto che gli angeli avessero le ali.»

«Le ali!», esclamò furibondo. «Che me ne faccio delle ali? Mein Gott! Mi prendi per un bolo?»

«No – oh, no!», risposi, molto allarmato, «lei non è un pollo – certo che no.»

«Pene, alora, stai setuto e comportati pene, o fi tarò un'altra pota in testa. Il bolo ha le ali, e la cifeta ha le ali, e il tiafoleto ha le ali, e l'arcitiafolo ha le ali. L'ancelo *non* ha ali, e io sono l'*Ancelo tel Pizarro*»

«E adesso, il suo compito con me è...è...»

«Il mio compito!», esplose la cosa. «Tefi brobrio esere un cuciolo pastarto per tomantare a un centiluomo, e per ciunta un ancelo, quale è il suo combito!»

Quel linguaggio era veramente più di quanto potessi tollerare, sia pure da un angelo; così, facendomi coraggio, afferrai una saliera che era a portata di mano e la tirai in testa all'intruso. O si scansò, o sbagliai la mira; perché tutto quello che riuscii a fare fu mandare in frantumi il vetro della pendola sul caminetto. In quanto all'Angelo, mi ripagò dell'attacco dandomi due o tre violenti colpi sulla fronte, come aveva fatto prima. Questo calmò subito i miei bollenti spiriti e quasi mi vergogno di confessare che, fosse il dolore o fosse la collera, mi salirono le lacrime agli occhi.

«Mein Gott!», esclamò l'Angelo del Bizzarro, apparentemente commosso dal mio sconforto: «Mein Gott, quest'uomo è molto spronzo o molto attolorato. Non tefi pere fino così forte – tefi meterci l'aqua. Fia, fa il pravo, pevi questo, e ateso non piancere – antiamo!»

L'Angelo riempì il mio bicchiere (già colmo per un terzo di Porto) con un liquido incolore che versò da una delle sue bottiglie-mani. Notai che intorno al collo di quelle bottiglie c'era un'etichetta con su scritto «Kirschenwasser» [1].

La premurosa gentilezza dell'Angelo mi rabbonì non poco e, grazie anche all'acqua con cui diluì più di una volta il mio Porto, alla fine mi calmai abbastanza da ascoltare il suo straordinario discorso. Non posso pretendere di riferire qui tutto ciò che mi disse ma, dalle sue parole, ebbi l'impressione che egli presiedesse ai *contretemps* dell'umanità, e il suo compito fosse quello di provocare i *bizzarri incidenti* che sempre sbalordiscono lo scettico. Una volta o due, quando mi permisi di esprimergli la mia totale incredulità su quanto affermava, si arrabbiò moltissimo tanto che, alla fine, ritenni più opportuno ascoltarlo senza fare commenti, e lasciarlo agire a modo suo. Continuò quindi a parlare a lungo, mentre io mi limitavo a starmene sdraiato in poltrona, a occhi chiusi, masticando chicchi di uva passa, gettandone i piccioli per la stanza. Ma, a poco a poco, l'Angelo arrivò a considerare quel mio atteggiamento come una mancanza di rispetto. Andò su tutte le furie, si calò l'imbuto sugli occhi, imprecò violentemente, profferì una minaccia che non capii molto bene e infine, con un leggero inchino, se ne andò augurandomi, nel linguaggio dell'Arcivescovo in *Gil-Blas*, *«beaucoup de bonheur et un peu plus de bon sens»* [2].

[1] Acqua benedetta (*N.d.T.*).
[2] Molta felicità e un po' più di buon senso (*N.d.T.*).

La sua partenza mi fece sentire meglio. I *pochissimi* bicchieri di Lafitte che avevo bevuto, mi avevano insonnolito, e sentivo la voglia di fare un pisolino di 15 o 20 minuti, come è mia abitudine dopo pranzo. Alle sei, avevo un appuntamento importante che non potevo assolutamente mancare. La mia polizza assicurativa sulla casa era scaduta il giorno prima; e, essendoci stata qualche discussione, era stato convenuto che, alle sei, mi sarei incontrato con il consiglio d'amministrazione della società per stabilire le modalità del rinnovo. Dando un'occhiata alla pendola sul caminetto (mi sentivo troppo insonnolito per tirar fuori l'orologio) fui lieto di constatare che avevo ancora un margine di 25 minuti. Erano le cinque e mezza; all'ufficio assicurazioni ci sarei andato facilmente a piedi in cinque minuti; e la mia solita siesta non aveva mai superato i 25 minuti. Ero, quindi, tranquillo e mi accomodai per il mio pisolino.

Risvegliandomi calmo e placido, guardai di nuovo la pendola e fui quasi tentato di credere nella possibilità degli incidenti strani vedendo che, invece dei miei soliti 15 o 20 minuti, avevo sonnecchiato solo per tre minuti; ne mancavano ancora 27 all'appuntamento. Mi rimisi a dormicchiare e, infine, mi svegliai una seconda volta quando, con mio immenso stupore, 1mancavano ancora 27 minuti alle sei. Saltai su per controllare la pendola e scoprii che si era fermata. Il mio orologio mi disse che erano le sette e mezzo; e naturalmente, avendo dormito due ore, ero troppo in ritardo per l'appuntamento. «Non importa», mi dissi; «ci andrò domattina e farò le mie scuse; ma, intanto, cosa può essere successo alla pendola?» Esaminandola, scoprii che uno dei piccioli dell'uva passa, che avevo gettato qua e là per la stanza durante il discorso dell'Angelo del Bizzarro, era penetrato attraverso il vetro rotto infilandosi, molto stranamente, nel foro della chiave, sporgendone però quel tanto che bastava ad arrestare la lancetta dei minuti.

«Ah!», dissi; «ecco cos'era. Si spiega da sé. Un banale incidente, come talvolta *accade*!»

Non ci pensai più che tanto e, all'ora solita, mi coricai. Posai una candela su un leggìo accanto alla testata del letto e, dopo aver tentato di sfogliare qualche pagina della *Onnipresenza della Divinità*, purtroppo mi addormentai in meno di 20 secondi, lasciando la candela accesa.

Feci sogni terrificanti, nei quali vedevo l'Angelo del Bizzarro. Mi sembrava che fosse ai piedi del letto, aprisse le tende e, in quell'insopportabile tono cavernoso da barile da rum, mi minacciasse di tremenda vendetta per il disprezzo con cui lo avevo trattato. Concluse la sua filippica togliendosi l'imbuto, ficcandomelo in gola e inondandomi con un oceano di Kirschenwasser che versava senza interruzione da una delle lunghe bottiglie che gli servivano da braccia. Alla fine, non resistendo più a quell'agonia, mi svegliai, giusto in tempo per vedere un topo che fuggiva portandosi appresso la candela accesa sul leggìo, ma non abbastanza in tempo per impedirgli di ficcarsi, con tutta la candela, nel suo buco. Ben presto, un odore soffocante mi giunse alle nari; la casa, lo vidi chiaramente, stava bruciando. In pochi minuti le fiamme divamparono e, in un batter d'occhio, tutto il fabbricato fu avvolto dalle fiamme. Non c'era modo di uscire dalla stanza, se non dalla finestra. La folla che si era radunata si procurò rapidamente una lunga scala che appoggiò al muro. Grazie ad essa stavo scendendo in fretta, all'apparenza sano e salvo, quando un grosso maiale, la cui pancia rotonda e, in realtà, il cui aspetto in genere, mi fecero pensare all'Angelo del Bizzarro – quando questo maiale, dicevo, che fino a quel momento se n'era stato tranquillo a sonnecchiare nel fango, ebbe l'improvvisa idea di grattarsi la spalla sinistra e non trovò di meglio che strofinarsela contro i piedi della scala. In un attimo, precipitai e purtroppo mi ruppi un braccio.

Questo incidente, la perdita dell'assicurazione e la ancor più grave perdita dei capelli – completamente bruciacchiati dal fuoco – mi indussero a riflettere seriamente, cosicché, alla fine, decisi di prender moglie. C'era una ricca vedova, sconsolata per la morte del settimo marito, e al suo cuore esulcerato offrii il balsamo delle mie profferte. Concesse un riluttante assenso alle mie preghiere. Mi inginocchiai ai suoi piedi, grato e adorante. Arrossì e inchinò la sua lussureggiante chioma verso quella temporaneamente fornitami da Grandjean. Non so come esse si impigliassero, ma così accadde. Io mi alzai con il cranio pelato e lucido; lei, sdegnata e furibonda, mezzo soffocata da capelli altrui. Così svanirono le mie speranze riguardo alla vedova, per un incidente imprevedibile, certo, ma che comunque si era verificato in seguito a una naturale catena di eventi.

Senza tuttavia disperarmi, mi accinsi ad assediare un cuore meno implacabile. I fati mi furono di nuovo propizi, per breve tempo; ma, di nuovo, un banale incidente interferì. Incontrando la mia promessa sposa in una strada affollata dall'élite cittadina, mi affrettavo a salutarla con uno dei miei più ossequiosi inchini, quando un minuscolo frammento di qualcosa mi penetrò nell'occhio, rendendomi temporaneamente cieco. Prima che potessi recuperare la vista, la donna del mio cuore era scomparsa – irrimediabilmente offesa da quella che ritenne la mia premeditata scortesia di passarle accanto senza salutarla. Mentre me ne stavo lì, sgomento per la subitaneità di quell'incidente (che, in ogni modo, sarebbe potuto accadere a chiunque sulla faccia della terra), e mentre ero ancora mezzo accecato, mi si accostò l'Angelo del Bizzarro, offrendomi il suo aiuto con una cortesia che non avevo alcun motivo di aspettarmi. Osservò il mio occhio disastrato con estrema cautela e abilità, mi informò che in esso c'era una goccia e (qualsiasi cosa fosse quella «*goccia*»), la tolse, recandomi sollievo.

Pensai allora che era giunto il momento di morire (visto che la sfortuna era così decisa a perseguitarmi) e mi avviai quindi verso il fiume più vicino. Qui, sbarazzatomi degli abiti (non c'è motivo per non morire nelle stesse condizioni in cui siamo nati) mi gettai nella corrente; unico testimone della mia morte, un corvo solitario che si era lasciato indurre a mangiare del grano saturo di brandy per poi allontanarsi, barcollando, dai suoi compagni. Ero appena entrato in acqua che al pennuto saltò il ticchio di volar via portando con sé il capo più indispensabile del mio vestiario. Rimandando quindi, per il momento, i miei propositi suicidi, infilai le gambe nelle maniche della giacca, mettendomi a inseguire il ladro con tutta la rapidità che il caso richiedeva e le circostanze mi consentivano. Ma la malasorte era ancora in agguato. Mentre correvo a perdifiato col naso all'aria, mi resi improvvisamente conto che i miei piedi non toccavano più la *terra firma*; il fatto è che mi ero lanciato oltre un precipizio e sarei inevitabilmente finito a pezzi se, per mia buona fortuna, non mi fossi aggrappato alla estremità di una lunga corda che pendeva da una mongolfiera di passaggio.

Appena rientrai in me quel tanto che bastava a comprendere la terribile situazione in cui mi trovavo o, meglio, pendevo, mi affidai a tutta la forza dei polmoni per richiamare l'attenzione dell'aeronauta. Per lungo tempo mi sforzai invano. O quel cretino non poteva sentirmi o era una canaglia, e non voleva. Frattanto il pallone saliva rapidamente mentre le mie forze scemavano. Presto, fui sul punto di rassegnarmi al mio destino e precipitare silenziosamente in mare, quando i miei spiriti si rianimarono d'improvviso sentendo dall'alto una voce cavernosa che sembrava canticchiare distrattamente un'aria d'opera. Alzando gli occhi, scorsi l'Angelo del Bizzarro. Appoggiato a braccia conserte al bordo della navicella, con in bocca la pipa da cui traeva placidi sbuffi di fumo, sembrava in pace con se stesso e con l'universo. Ero troppo esausto per parlare, e mi limitai quindi a guardarlo con occhi imploranti.

Per parecchi minuti, pur fissandomi dritto in faccia, non disse niente. Alla fine, togliendosi delicatamente la pipa dall'angolo sinistro della bocca, consentì a rivolgermi la parola.

«Chi sei», chiese, «e come tiafolo ti permeti?»

Davanti a tanta sfacciataggine, tanta crudeltà e tanta ostentata indifferenza non potei rispondere che gridando «aiuto!».

«Aiuto!», mi fece eco quella canaglia; «non ta me. Ecoti la potiglia – aiutati ta solo, e fa al tiafolo!»

Con queste precise parole, lasciò cadere una pesante bottiglia di Kirschenwasser che, piombandomi proprio sul cocuzzolo, mi diede l'impressione che mi schizzasse via il cervello. Suggestionato da quell'idea stavo per mollare la presa e congedarmi con buona grazia dal mio fantasma, quando fui arrestato dal grido dell'Angelo che mi ingiungeva di rimanere dov'ero.

«Asbeta!», disse; «non afere freta – fermo. Fuoi prenterti anche l'altra potiglia o ti è pasata la spornia e sei tornato in te?»

Al che mi affrettai a scuotere due volte il capo – la prima, in segno di diniego, per fargli capire che, al momento, preferivo non prendermi l'altra potiglia – e la seconda in segno di assenso, per fargli capire che *ero* perfettamente sobrio e definitivamente *tornato* in me. Così facendo, riuscii ad ammansire un po' l'Angelo.

«Alora, tunque, ci creti, finalmente?», chiese. «Ci creti alla possipilità telle straneze?»

Annuii di nuovo.

«E creti in me, l'Ancelo del Pizarro?»

Ancora una volta feci cenno di sì.

«E riconosci ti esere stato upriaco fraticio e scioco?»

Assentii col capo.

«Meti la mano testra nella tasca sinistra dei pantaloni, allora, per timostrare che opetirai all'Ancelo del Pizarro.»

Per ovvi motivi, non potevo assolutamente farlo. In primo luogo, mi ero rotto il braccio sinistro cadendo dalla scala e quindi, se avessi lasciato la presa col braccio destro, non mi sarei più sorretto da nessuna parte. In secondo luogo, non avrei riavuto i pantaloni fino a quando non avessi ritrovato il corvo. Fui pertanto costretto, con mio sommo rincrescimento, a scuotere la testa in cenno negativo – volendo così far capire all'Angelo che, in quel momento, mi sarebbe stato davvero scomodo aderire alla sua ragionevolissima richiesta. Avevo appena smesso di scuotere il capo che:

«Fai al tiavolo, alora!», tuonò l'Angelo del Bizzarro.

Così dicendo, recise con un affilato coltello la corda da cui pendevo e, poiché ci trovavamo proprio sopra la mia casa (che, durante le mie peregrinazioni, era stata premurosamente ricostruita) successe che precipitai a capofitto giù per la grande cappa del camino, finendo sul pavimento della sala da pranzo.

Quando ripresi i sensi (dato che la caduta mi aveva completamente stordito) scoprii che erano circa le quattro del mattino. Giacevo disteso lì dove ero caduto dal pallone. Con la testa fra le ceneri del fuoco spento e i piedi sui frammenti di un tavolinetto rovesciato e di un eterogeneo dessert cui si mescolavano un giornale, cocci di bottiglie e bicchieri, e una brocca vuota di Schiedam Kirschenwasser. Così si era vendicato l'Angelo del Bizzarro.

Mellonta Tauta

A bordo della mongolfiera *Skylark*
1 aprile 2848

Ora, caro amico, ora, a sconto dei tuoi peccati, dovrai subirti una lunga lettera piena di pettegolezzi. Dico subito che intendo punirti per tutte le tue impertinenze, facendo in modo di essere quanto più possibile noiosa, prolissa, sconclusionata e deludente. Inoltre, sono qui, confinata in un sudicio pallone, con circa cento o duecento *canailles*, tutti partecipanti a un viaggio *di piacere* (che strana concezione del piacere ha certa gente!) e nessuna prospettiva di rimetter piede in *terra firma* per un mese almeno. Nessuno con cui scambiare una parola. Niente da fare. Quando non si ha niente da fare, allora è il momento di scrivere agli amici. Capisci, dunque, il motivo di questa lettera – la colpa è del mio *ennui* e dei tuoi peccati. Preparati a inforcare gli occhiali e ad annoiarti. Ho deciso di scriverti ogni giorno durante questo insopportabile viaggio.

Uffa! Succederà mai che una *Invenzione* si faccia strada nel pericranio dell'umanità? Saremo per sempre condannati ai mille disagi di un pallone? *Nessuno* escogiterà mai un modo migliore per viaggiare? Secondo me, il ballonzolamento è poco meno che una tortura vera e propria. Parola mia, non abbiamo fatto più di 100 miglia l'ora da quando siamo partiti! Perfino gli uccelli ci battono – qualcuno, almeno. Ti assicuro che non sto esagerando. Senza dubbio, ci muoviamo in realtà molto più rapidamente di quanto sembri – per via che non abbiamo intorno a noi qualcosa con cui misurare la nostra velocità, e perché siamo trascinati dal vento. Effettivamente, quando incrociamo un altro pallone, possiamo giudicare la velocità e allora, devo riconoscerlo, non sembra che le cose vadano così male. Avvezza come sono a questo mezzo di locomozione, pure, non posso evitare una certa vertigine ogni volta che un pallone portato dalle correnti passa direttamente sopra di noi. Mi appare sempre come un gigantesco uccello da preda, pronto a piombarci addosso e portarci via nei suoi artigli. Ne è passato uno questa mattina, verso l'alba e così vicino alle nostre teste che il cavo di trascinamento ha addirittura sfiorato la rete che regge la nostra navicella, provocandoci non poca apprensione. Il nostro capitano ha detto che, se il materiale dell'involucro fosse stato di quella scadente «seta» lucida di cinquecento o mille anni fa, avremmo inevitabilmente riportato dei danni. Quella seta, mi ha spiegato, era un tessuto ricavato dalle viscere di una specie di bruco. Bruco accuratamente nutrito a base di more di gelso – un frutto simile a un'anguria – e che, una volta diventato grasso, veniva macinato al mulino. La pasta così ricavata era chiamata, nel primo stadio, papiro, e passava attraverso tutta una serie di processi fino a che, in ultimo, diventava «seta». Strano a dirsi, un tempo era molto ammirata come materiale per *abiti da donna*! E con essa si costruivano, in genere, i palloni. Sembra che, successivamente, si sia scoperto un materiale migliore nella lanugine che circondava il pericarpo di una pianta volgarmente detta *euphorbium*, il cui nome botanico di allora era *milk-weed*. Questo tipo di seta era chiamata «seta Buckingham» [1] per via della maggior durata; e in genere, prima di usarla, la si verniciava con una soluzione di caucciù – sostanza che, sotto certi aspetti, doveva somigliare alla nostra *guttaperca* di oggi. Questo caucciù veniva chiamato gomma elastica o *rubber of twist* [2] e, senza dubbio, era uno dei tanti *fungi*. Non dirmi mai più che, sotto sotto, non ho l'animo di un antiquario.

Parlando di cavi di trascinamento – sembra che, in questo momento, il nostro abbia scaraventato un tale fuori bordo da uno dei piccoli mezzi a propulsione magnetica che pullulano nell'oceano sotto di noi – una barca di circa 6000 tonnellate e, a detta di tutti, vergognosamente sovraccarica. Si dovrebbe vietare a queste minuscole imbarcazioni di trasportare oltre un certo numero di passeggeri. All'uomo in mare, naturalmente, non fu permesso di risalire a bordo e presto scomparvero alla vista, lui e il suo salvagente. Mi rallegro, amico mio, di vivere in un'epoca così illuminata nella quale nemmeno si suppone l'esistenza di una cosa insignificante come l'individuo. È la massa che piace all'autentica Umanità. A proposito di Umanità, sai che il nostro immortale Wiggins non è poi così originale nel suo giudizio sulla Condizione Sociale e via dicendo, quanto i suoi contemporanei sono portati a credere? Pundit [3] mi garantisce che le stesse idee furono formulate, quasi nello stesso modo, circa mille anni fa da un filosofo irlandese chiamato Furrier [4] perché gestiva un negozio per la vendita al minuto di pelli di gatto e altri animali. Pundit *sa quello che dice*; su questo non c'è dubbio. In quale meraviglioso modo vediamo ogni giorno confermate le profonde osservazioni dell'indù Aries Tottle [5] (come le cita Pundit): «Dobbiamo così affermare che non una, o due, o poche volte, ma con ripetitività quasi infinita, le stesse idee tornano a circolare fra gli uomini».

2 aprile. Parlato oggi con il *cutter* magnetico incaricato della sezione mediana dei cavi telegrafici galleggianti. Ho imparato che quando questo tipo di telegrafo fu usato per la prima volta da Horse [6], si ritenne del tutto impossibile portare quei cavi oltremare; ma, oggi come oggi, non si vede proprio quale difficoltà ci fosse! Così va il mondo. *Tempora mutantur* – perdonami la citazione etrusca. Come *faremmo* senza il telefono atlantico? (Pundit dice che atlantico era l'aggettivo originale.) Ci siamo fermati qualche minuto per porre alcune domande al *cutter* e, fra le altre splendide notizie, abbiamo appreso che la guerra civile sta infuriando in Africia, mentre la peste sta facendo un ottimo lavoro sia in Yuropa che in Ayshia. Non è davvero straordinario come, prima della meravigliosa luce proiettata sulla filosofia dell'Umanità, il mondo considerasse Guerra e Pestilenza alla stregua di calamità? Sai che, anticamente, si innalzavano addirittura preghiere nei templi per evitare che tali *sciagure* (!) si abbattessero sul genere umano? Non trovi davvero difficile comprendere in base a quale interesse agissero i nostri antenati? Erano proprio tanto ciechi da non rendersi

[1] *Buckingham silk* = avvocato patrocinatore della Corona (pallone gonfiato) (*N.d.T.*).
[2] Spareggio in una partita di twist.
[3] *Pundit* = sapiente, sapientone (*N.d.T.*).
[4] *Furrier* = pellicciaio. Forse riferimento a J.F. Ferrier, filosofo scozzese (1808-1864) (*N.d.T.*).
[5] Aristotele (*N.d.T.*).
[6] Morse (*N.d.T.*).

conto che la distruzione di una miriade di individui è un vantaggio effettivo per la massa?!

3 aprile. È davvero divertentissimo salire la scala di corda che porta sulla cima del pallone e, di là, guardare il mondo circostante. Sai, dalla navicella la visuale non è così completa – verticalmente, si vede ben poco. Ma seduti quassù (da dove ti sto scrivendo), nello spiazzo sulla cima, elegantemente imbottito, si vede tutto, in tutte le direzioni. In questo preciso momento, si scorge una folla di palloni, dall'apparenza animatissima, mentre l'aria risuona di milioni e milioni di voci umane. Ho sentito affermare che quando Giallo (o, come *sostiene* Pundit) Viola [7] il quale sembra sia stato il primo aeronauta, asserì che era possibile attraversare l'atmosfera in tutte le direzioni semplicemente salendo o scendendo fino a incontrare una corrente d'aria favorevole, fu praticamente ignorato dai suoi contemporanei che lo consideravano una sorta di ingegnoso pazzo, poiché i filosofi(!) dell'epoca ritenevano la cosa impossibile. Oggi, mi sembra *davvero* assurdo che una cosa di così ovvia realizzazione fosse sfuggita alla sagacia degli antichi *savants*. Ma in ogni epoca i maggiori ostacoli al progresso dell'Arte sono stati frapposti dai cosiddetti scienziati. I *nostri* uomini di scienza non sono certo faziosi e limitati come quelli di allora – oh, a questo proposito ho qualcosa di *molto* strano da raccontarti. Sai che non è trascorso nemmeno un millennio da quando i metafisici acconsentirono a liberare la gente dalla strana idea che non esistessero che *due sole vie possibili per raggiungere la verità*? Lo crederesti mai? Sembra che tanti, tanti anni fa, nella notte dei tempi, vivesse un filosofo turco (o forse indù) chiamato Aries Tottle. Costui introdusse o, comunque, diffuse quella che veniva chiamata la ricerca deduttiva o *aprioristica*. Cominciò con quelli che definiva *assiomi* o «*verità di per sé evidenti*», dai quali arrivò, «in modo logico» ai risultati. I suoi maggiori discepoli furono un certo Neuclide e un certo Cant [8]. Bene, Aries Tottle regnò incontrastato fino all'arrivo di un certo Hog, soprannominato il «Pastore di Ettrick» [9], il quale predicava un metodo totalmente diverso, che egli chiamò *a posteriori* o induttivo. Si riferiva esclusivamente alle Sensazioni. Procedette osservando, analizzando e classificando i fatti – *instantiae naturae*, come venivano leziosamente chiamati – trasformandoli in leggi generali. In due parole, la teoria di Aries Tottle si basava sui *noumeni*, quella di Hog sui *fenomeni*. Bene, quest'ultima riscosse tali consensi che, appena venne enunciata, Aries Tottle cadde in disgrazia; ma, alla fine, riguadagnò terreno e gli fu permesso di condividere il regno della Verità con il suo più moderno rivale. Devi sapere che «Baconiano» era un aggettivo inventato come equivalente di Hogiano, molto più eufonico e dignitoso.

Ora, caro amico, ti assicuro nel modo più positivo che ti sto raccontando tutto questo nella maniera più obiettiva e in base a fonti sicure; puoi facilmente comprendere come una nozione così palesemente assurda debba aver contribuito a rallentare il cammino della vera conoscenza – che progredisce quasi invariabilmente a balzi d'intuizione. L'antica concezione

[7] Probabilmente Aulo Gellio, amico e contemporaneo di Platone, che nelle *Noctes Atticae* parla della colomba meccanica volante di Archita (*N.d.T.*).

[9] Euclide e Kant (*N.d.T.*).

[9] L'allusione è a John Locke, padre dell'Empirismo moderno (1632-1704), o a Bacon (*Hog* significa maiale e *bacon* equivale a prosciutto). Ma il «Pastore di Ettrick» fa pensare a una confusione con James Hogg, poeta scozzese, nato a Ettrick, che divenne poeta dopo essere stato pastore (*N.d.T.*).

costringeva la ricerca a *strisciare*; e per centinaia di anni l'infatuazione per Hog specialmente fu tale da porre virtualmente fine a ogni pensiero propriamente detto. Nessuno osava enunciare una verità di cui si sentiva indebitato esclusivamente alla propria Anima. Non importava se quella verità fosse finanche *dimostrabilmente* tale, dato che gli ottusi *savants* dell'epoca prendevano in considerazione solo *la strada* lungo la quale l'individuo era giunto a quella verità. Si rifiutavano perfino di *guardare* il traguardo. «Vediamo i mezzi», gridavano, «i mezzi!» Se, esaminando quei mezzi, si scopriva che essi non rientravano né sotto la categoria di Aries (vale a dire Ariete), né sotto quella di Hog i *savants* non andavano oltre, ma definivano uno sciocco colui che aveva formulato quella teoria e non volevano aver nulla a che fare con lui o con la sua verità.

E non si può nemmeno dire che, col sistema strisciante, si raggiungessero verità maggiori in tutta una lunga serie di epoche, poiché la repressione della *fantasia* era un male che nessuna superiore *certezza* negli antichi metodi di ricerca poteva compensare. L'errore di questi Jurmani, questi Vrinchesi, questi Inglitch e questi Amriccani (fra parentesi, questi ultimi furono i nostri diretti progenitori) fu quasi analogo all'errore commesso dal saccente il quale ritiene che vedrà necessariamente meglio un qualsiasi oggetto quanto più lo avvicinerà agli occhi. Quella gente fu accecata dai dettagli. Quando procedettero in maniera Hogiana, i loro «fatti» non erano quasi mai tali – poco male, se non fosse stato che li ritenevano *fatti*, e tali dovevano essere poiché tali apparivano. Quando procedevano alla maniera dell'ariete il loro cammino era certo più tortuoso delle sue corna, poiché mai *ebbero un assioma* che fosse nemmeno lontanamente tale. Devono essere stati davvero ciechi per non vederlo, perfino allora; nella loro stessa epoca, infatti, molti dei loro «riconosciuti» assiomi erano stati respinti. Per esempio – «*ex nihilo nihil fit*»; «un corpo non può agire dove non è»; «gli antipodi non possono esistere»; «l'oscurità non può nascere dalla luce» – tutti questi e un'altra dozzina di enunciati analoghi, in un primo tempo accettati senza esitazione come assiomi, si dimostrarono, anche nell'epoca di cui sto parlando, insostenibili. È assurdo quindi che quella gente continuasse ad avere fede negli «assiomi» come immutabili fondamenti della Verità! Anche per bocca dei loro più profondi pensatori è facile dimostrare la futilità, l'inconsistenza dei loro assiomi in genere. Chi *fu* il loro più attendibile logico? Vediamo! Vado a chiederlo a Pundit e sarò subito di ritorno*** Ah, eccoci! Qui c'è un libro scritto quasi mille anni fa e recentemente tradotto dall'Inglitch – che, a proposito, sembra costituisse i rudimenti dell'Amriccano. Pundit dice che è sicuramente l'opera antica più brillante sull'argomento Logica. L'autore, molto stimato dai suoi contemporanei, fu un certo Miller, o Mill [10] e apprendiamo, come notizia importante sul suo conto, che possedeva un cavallo da macina chiamato Bentham. Ma diamo un'occhiata al trattato!

Ah! «La capacità o l'incapacità di pensare», scrive giustamente il signor Mill, «non deve mai essere ritenuta un principio di verità assiomatica.» Quale persona *moderna* in grado di ragionare penserebbe mai di mettere in dubbio questo truismo? L'unica cosa che deve davvero stupirci è come mai il signor Mill abbia ritenuto necessario perfino accennare a una cosa

[10] James Mill, discepolo di Jeremy Bentham, autore di *Analisi della Mente Umana* – 1773-1836. *Mill* = mulino (*N.d.T.*).

così ovvia. Fin qui ci siamo – ma vediamo un'altra pagina. Dunque – «Due posizioni contraddittorie non possono essere vere entrambe – non possono, cioè, coesistere in natura.» Qui il Mill vuol dire che, per esempio, un albero deve essere un albero oppure non deve essere un albero – che non può essere un albero e non esserlo, al tempo stesso. Benissimo. Ma *perché*, gli chiedo. La sua risposta è questa – e non pretende di essere altro che questa: «Perché è impossibile immaginare che due posizioni contraddittorie possano essere entrambe vere». Ma questa non è una risposta, ed è smentita dalle sue stesse parole; lui stesso, infatti, ha definito un truismo l'enunciato che «la capacità o l'incapacità di pensare non deve mai, *in nessun caso*, essere ritenuta un principio di verità assiomatica».

Ora, io critico questi antichi pensatori non tanto perché la loro logica, che come essi stessi dimostrano, è totalmente infondata, priva di qualsiasi valore e puramente fantasiosa; quanto per la loro pomposa e idiota messa al bando di ogni *altra* strada verso la Verità, di ogni *altro* mezzo per raggiungerla, che non siano i due assurdi sistemi – quello di strisciare e quello di trascinarsi – con i quali hanno osato impastoiare l'Anima, la cui più profonda aspirazione è quella di *volare*.

A proposito, mio caro amico, non credi che questi antichi dogmatici si sarebbero trovati in difficoltà dovendo determinare con *quale* dei loro due sistemi sia stata in realtà raggiunta la più importante e la più sublime di *tutte* le loro verità? Voglio dire, la verità della gravitazione. Newton la dovette a Keplero. Keplero ammise che le sue tre leggi furono frutto di *congetture* – queste tre leggi di tutte le leggi, le quali portarono il grande matematico Inglitch a formulare il suo principio, base di ogni principio della fisica – per risalire alle cui radici dobbiamo entrare nel regno della Metafisica. Keplero congetturò – cioè *immaginò*. Egli era sostanzialmente un «teorico» – termine oggi tanto esaltato e, un tempo, ritenuto spregiativo. Si sarebbero trovate in difficoltà anche quelle vecchie talpe a dover spiegare tramite quale dei due «sistemi» un crittografo decifra un codice più astruso degli altri, o con quale di essi uno Champollion avviò l'umanità sulla strada di quelle durature e quasi innumerevoli verità conseguenti alla sua decifrazione dei geroglifici.

Ancora una parola su questo argomento, poi smetterò di annoiarti. Non ti sembra, *en passant*, strano che, con tutte le loro eterne chiacchiere sulle *strade* verso la verità, questa gente così limitata abbia ignorato quella che noi oggi vediamo tanto chiaramente essere la grande strada maestra – quella della Coerenza? Non ti sembra singolare che essi non siano stati capaci di dedurre dalle opere divine il fatto essenziale che una perfetta coerenza *deve* essere una verità assoluta! Come è stato facile per noi progredire da quando è stata formulata questa enunciazione! La ricerca è stata tolta dalle mani delle talpe e affidata a quegli unici autentici pensatori che sono gli uomini dotati di una fervida immaginazione. Uomini che *formulano delle teorie*. Ti immagini le grida di scherno con cui sarebbero accolte le mie parole dai nostri progenitori se potessero, in questo momento, guardare da sopra le mie spalle? Questi uomini, ripeto, formulano delle *teorie*; teorie che poi vengono semplicemente corrette, ridotte, sistematizzate – depurate, poco a poco, delle loro scorie di incongruenza – fino a raggiungere una coerenza perfetta, tanto evidente che perfino i più ottusi la riconoscono, proprio perché *è* coerente, come una assoluta e indiscutibile *verità*.

4 aprile. Il nuovo gas sta funzionando a meraviglia, abbinato al nuovo perfezionamento della guttaperca. Come sono sicuri, comodi, maneggevoli e convenienti sotto ogni aspetto i nostri aerostati! Eccone uno immenso, che si sta avvicinando a una media di almeno 150 miglia orarie. Sembra affollato – ci saranno tre o quattrocento passeggeri – eppure, si innalza a un'altitudine di quasi un miglio, guardando in giù, verso noi poveracci, con regale disprezzo. Eppure, cento o anche duecento miglia all'ora sono poche, tutto sommato. Rammenti il nostro volo sulla ferrovia attraverso il continente del Kanadaw? Ben 300 miglia all'ora – *quello* era viaggiare! Niente da vedere, però – niente da fare se non flirtare, ballare e fare festa negli stupendi saloni. Ricordi che strana sensazione quando, per caso, cogliemmo un'immagine degli oggetti esterni mentre andavamo a tutta velocità? Ogni cosa appariva un insieme unico – un'unica massa. Per quanto mi riguarda, non posso negare che preferivo viaggiare col treno più lento, da 100 miglia all'ora. Potevamo avere le finestre di vetro – perfino aprirle – e si riusciva ad avere una visuale abbastanza distinta del paesaggio. ***Pundit dice che *il percorso* della grande ferrovia del Kanadaw deve essere stato in qualche misura tracciato circa 900 anni fa! Anzi, addirittura sostiene che ancora oggi si possono vedere tracce di una strada – risalenti a un'epoca così remota come quella che ho indicato. Sembra che il binario fosse *solo* doppio; il nostro, sai, ha dodici corsie; e altre tre o quattro sono in costruzione. Gli antichi binari sono molto sottili e così accostati l'uno all'altro che, secondo la concezione moderna, risultano assolutamente inservibili, se non addirittura pericolosi. Perfino la larghezza attuale del binario – 50 piedi – è considerata poco sicura. Personalmente, sono certa che un binario di qualche genere *doveva* esistere anche in epoche così remote, come sostiene Pundit; per me, infatti, è evidentissimo che in qualche epoca – certo non meno di sette secoli fa – il Kanadaw settentrionale e meridionale erano *uniti*; e quindi i Kanadwesi dovettero necessariamente costruire una grande ferrovia attraverso i due continenti.

5 *aprile*. Sono quasi divorata dall'*ennui*. Pundit è l'unica persona a bordo con cui si possano scambiare due parole; e, poverino! non sa che parlare di antichità. Ha passato tutto il giorno a cercar di convincermi che gli antichi Amriccani si autogovernavano! Si è mai sentita una simile assurdità? – che vivevano in una sorta di confederazione in cui *ognuno pensava a sé*, come i «lupi della prateria» di cui si legge nelle favole. Dice che presero le mosse dalla più strana idea che mai si possa immaginare, vale a dire che tutti gli uomini nascono liberi e uguali – una cosa che fa a pugni con le leggi della *graduatoria*, così visibilmente impressa su tutte le cose nell'universo sia morale che materiale. Ciascuno «votava», come si diceva – vale a dire, si impicciava degli affari pubblici – finché, alla fine, si scoprì che ciò che riguarda tutti non riguarda nessuno e che la «Repubblica» (tale era il nome di quella assurda cosa) non aveva nessun governo. Si racconta però che la prima circostanza che turbò profondamente l'autocompiacimento dei filosofi i quali avevano messo in piedi questa «Repubblica» fu la sorprendente scoperta che il suffragio universale dava adito a manovre fraudolente, grazie alle quali era possibile l'accaparramento del desiderato numero di voti, senza pericolo di essere scoperti o ostacolati, da parte di un qualsiasi partito abbastanza disonesto da non vergognarsi per quella frode. Un minimo di riflessione su quella scoperta fu sufficiente a portarne in luce le conseguenze – e cioè che la disonestà era destinata a prevalere – in breve, che un governo repubblicano *non poteva* essere altro

che un governo di disonesti. Tuttavia, mentre i filosofi erano occupati a vergognarsi della propria stupidità per non aver previsto questi inevitabili mali, e ad elaborare nuove teorie, la faccenda finì bruscamente ad opera di un tizio di nome Mob [11] il quale prese in mano le redini instaurando un dispotismo al cui confronto quello dei mitici Zeros [12] e Hellofagabaluses [13] erano una rispettabile piacevolezza. Questo Mob (uno straniero, fra l'altro) pare fosse l'individuo più odioso che mai avesse calpestato la faccia della terra. Di statura gigantesca – insolente, avido, sporco; col fegato di un toro, il cuore di una iena, e il cervello di un pavone. Alla fine, morì stroncato dalle sue stesse energie. Comunque ebbe una sua utilità, come la hanno tutte le cose, per spregevoli che siano, e insegnò agli uomini una lezione che, ancora oggi, essi non corrono il pericolo di dimenticare – quella di non andare mai contro le analogie naturali. In quanto al repubblicanesimo, non si trovò mai nulla di analogo sulla faccia della terra – se si eccettua il caso dei «cani della prateria» – eccezione che, se non altro, serve a dimostrare che la democrazia è la forma di governo ideale – per i cani.

6 aprile. Ieri notte abbiamo potuto vedere distintamente Alpha Lyrae il cui disco, osservato attraverso il cannocchiale del nostro capitano, sottende un angolo di mezzo grado e appare molto simile al nostro sole, osservato a occhio nudo in un giorno di foschia. Tra parentesi, Alpha Lyrae, pur tanto più grande del sole, gli somiglia assai per quanto riguarda le macchie, l'atmosfera, e molti altri particolari. È solo nel secolo scorso, mi dice Pundit, che si cominciò a sospettare vagamente il rapporto binario esistente fra queste due orbite. L'evidente moto del nostro sistema nello spazio celeste fu (strano a dirsi!) attribuito a un'orbita compiuta attorno ad una enorme stella nel centro della galassia. A proposito di questa stella o, comunque, di un centro di gravità comune a tutti i corpi celesti della Via Lattea, presumibilmente collocato vicino ad Alcyone, nelle Pleiadi, si disse che ciascuno di quei corpi compiva un movimento di rivoluzione che, nel caso del nostro globo, si completava nell'arco di 117 milioni di anni! Per *noi*, con le capacità di cui oggi disponiamo, i nostri progressi in campo telescopico, etc., è certo difficile comprendere su *quale base* si fondasse un'idea del genere. Il primo a diffonderla fu un certo Mudler [14]. Dobbiamo credere che a condurlo a tale pazzesca ipotesi fosse, in principio, una semplice analogia; nel qual caso, però, avrebbe almeno dovuto attenersi all'analogia nello sviluppo della sua ipotesi. Si presumeva *in effetti* una grande orbita centrale; fin qui Mudler fu coerente. Ma, da un punto di vista dinamico, questa orbita centrale avrebbe dovuto essere più grande di tutte le orbite circostanti messe insieme. Si sarebbe allora potuto chiedere «perché non la vediamo?» – specialmente *noi*, che ci troviamo al centro dello sciame – il luogo esatto *accanto* al quale deve trovarsi questo fantomatico sole centrale. A questo punto forse l'astronomo si rifugiò nella ipotesi della non luminosità e, qui, improvvisamente, cadde l'analogia. È vero che il nostro sistema ruota intorno a un centro di gravità comune a tutte le sfere celesti ruotanti; ma lo fa in connessione e in conseguenza con un sole materiale, la cui massa è più che sufficiente a controbilanciare il

[11] *Mob* in inglese vuol dire folla, plebaglia (*N.d.T.*).

[12] Eroi (*N.d.T.*).

[13] Eliogabalo (*N.d.T.*).

[14] Mäder era un astronomo tedesco autore di studi sulla topografia di Marte e sulle stelle doppie. *Muddler* = pasticcione, confusionario (*N.d.T.*).

resto del sistema. Il circolo matematico è una curva composta da un'infinità di linee rette; ma questa concezione del circolo – concezione nella quale, rispetto alla geometria terrestre, noi vediamo semplicemente un concetto matematico, distinto da quello pratico – altro non è che la concezione *pratica* che solo noi abbiamo il diritto di nutrire rispetto a quei titanici circoli con i quali abbiamo a che fare, almeno nella fantasia, quando immaginiamo il nostro sistema ruotante, come gli altri, intorno a un determinato punto al centro della galassia. Provi, la fantasia umana, a compiere sia pure un unico passo avanti nella comprensione di un circuito così inesprimibile! Non sarebbe paradossale affermare che il lampo di un fulmine che viaggiasse *eternamente* lungo la circonferenza di questo inimmaginabile circolo, viaggerebbe *eternamente* lungo una linea retta. Che il percorso del nostro sole lungo una tale circonferenza – la direzione, cioè, del nostro sistema all'interno di quell'orbita – magari in un milione di anni, secondo la nostra percezione umana – potrebbe deviare sia pure impercettibilmente dalla linea retta, è un enunciato assurdo; pure, quegli antichi astronomi furono indotti, sembra, a credere che, nel breve arco della loro storia astronomica, si fosse effettivamente verificata una decisa curvatura nella traiettoria – durante un infinitesimale secondo dell'eternità – durante un batter d'occhio di due o tremila anni! È incomprensibile che considerazioni del genere non abbiano immediatamente chiarito come stavano le cose – e cioè, la rivoluzione binaria del nostro sole o di Alpha Lyrae intorno a un comune centro di gravità!

7 aprile. Ieri notte mi sono divertita a continuare le nostre osservazioni astronomiche. Ho potuto ammirare chiaramente i cinque asteroidi di Nettuno, e ho seguito con molto interesse la messa in posa di una pesante imposta su due architravi nel nuovo tempio di Dafne, sulla luna. Era divertente pensare come creature così minuscole come i lunariani, così poco somiglianti agli esseri umani, abbiano sviluppato una tecnica meccanica tanto superiore alla nostra. Ed è anche difficile immaginare che le enormi masse, così agevolmente maneggiate da quel popolo, siano in realtà tanto leggere quanto la nostra ragione ci suggerisce.

8 aprile. Eureka! Pundit ha il suo momento di gloria. Oggi, un pallone proveniente dal Kanadaw si è messo in contatto con noi, lanciandoci a bordo vari documenti di attualità; contengono notizie estremamente bizzarre sui Kanawdesi e, meglio, sulle antichità Amriccane. Sai, credo che già da qualche mese gli operai stiano preparando il terreno per una nuova fontana nel Paradiso, il principale giardino dell'imperatore. Pare che il Paradiso sia stato, nel senso *letterale* della parola, un'isola, in tempi ormai dimenticati – vale a dire, cioè, che il suo confine settentrionale fu sempre (almeno a memoria storica) un fiumicello o, meglio, uno stretto braccio di mare che via via si ampliò fino a raggiungere la sua attuale larghezza di un miglio – l'isola ha una lunghezza complessiva di nove miglia; la larghezza varia. L'intera zona (a quanto afferma Pundit), circa 800 anni fa era fitta di case, alcune di venti piani; perché (per qualche motivo incomprensibile) il terreno era considerato particolarmente prezioso in quelle zone. Tuttavia il disastroso terremoto dell'anno 2050 sconvolse e distrusse a tal punto la città (era troppo grande, infatti, per poterla definire villaggio) che anche i nostri ricercatori più indefessi non sono mai riusciti a ricavare dati sufficienti (sotto forma di monete, medaglie o iscrizioni) ad elaborare sia pure l'ombra di una teoria circa gli usi, i costumi, etc. dei primitivi abitanti. Praticamente, tutto ciò che siamo riusciti a sapere sul loro conto è che essi appartenevano alla tribù dei selvaggi Knickerbocker [15] che infestavano il continente quando esso fu scoperto da Recorder Ricker, Cavaliere del Vello d'oro. Comunque, non erano certo dei barbari ma, anzi, coltivavano le arti e perfino le scienze, sia pure a modo loro. Di essi si dice che, sotto vari aspetti, fossero intelligenti ma stranamente afflitti dalla monomania di costruire quelle che in Amriccano antico erano chiamate «chiese» – una sorta di pagode erette per il culto di due idoli che andavano sotto il nome di Ricchezza e Moda. Alla fine, dicono, l'isola fu per nove decimi trasformata in chiesa. Sembra anche che le loro donne fossero stranamente deformate da una protuberanza naturale nella zona proprio sotto le reni – anche se, inspiegabilmente, quella deformità era considerata un pregio. In effetti, si sono miracolosamente conservate una o due immagini di quelle singolari donne. Apparivano davvero strane, *molto* strane – una via di mezzo fra un tacchino e un dromedario.

Bene, queste sono più o meno tutte le notizie giunte fino a noi sugli antichi Knickerbocker. Sembra però che, scavando al centro del giardino dell'imperatore (che, come sai, ricopre l'intera isola) gli operai abbiano portato alla luce un blocco cubico di granito, evidentemente scolpito, del peso di varie centinaia di libbre. Era in buono stato di conservazione poiché, a quanto sembrava, non era rimasto danneggiato dal cataclisma che lo aveva sepolto. Una delle facce era ricoperta da una lastra di marmo con (pensa un po'!) un'*iscrizione* – un'*iscrizione leggibile*. Pundit è al settimo cielo. Staccando la lastra, si è scoperta una cavità e, al suo interno, una cassetta di piombo contenente varie monete, un lungo elenco di nomi, varie carte che somigliano, sembra, a giornali, e altri oggetti di grande interesse per gli archeologi! Non v'è dubbio che si tratta di autentici reperti Amriccani appartenenti alla tribù dei Knickerbocker. I documenti gettati a bordo del nostro pallone contengono i fac-simile delle monete, dei manoscritti, degli stampati, e così via. Per tuo divertimento, copio l'iscrizione Knickerbocker sulla lastra di marmo:

Questa Prima Pietra di un Monumento alla
Memoria di
GEORGE WASHINGTON
fu deposta con le dovute cerimonie il
XIX GIORNO DI OTTOBRE, 1847
Anniversario della resa di
Lord Cornwallis
Al Generale Washington a Yorktown
A.D. 1781
Sotto gli auspici del
Comitato per il Monumento a Washington della
Città di New York

Questa, come te la do, è la traduzione letterale fatta da Pundit stesso, quindi è *sicuramente* esatta. Da queste poche parole giunte fino a noi possiamo intravedere numerosi e importanti elementi di conoscenza, il non meno interessante dei quali è certo il fatto che, mille anni fa, i monumenti *veri e propri* erano caduti in disuso – come era giusto che fosse – e la gente si accontentava, come noi, di indicare l'intenzione di erigere un monumento in un futuro più o meno prossimo; limitandosi a deporre una

[15] Soprannome dato a chi è nato o risiede nella città o nello Stato di New York, dal nome del personaggio creato dallo scrittore umoristico Washington Irving. I *Knickerbockers* sono i calzoni alla zuava (*N.d.T.*).

prima pietra «unica e solitaria» (perdona la mia citazione dal grande poeta Amriccano Benton!) a garanzia della generosa *intenzione*. Da questa mirabile iscrizione scopriamo anche il come, il dove e il chi della grande resa di cui si parla. Il *dove* era Yorktown (ovunque fosse); il *chi* era il Generale Cornwallis (senza dubbio un ricco commerciante di grano) [16]. La resa si riferisce a *lui*. L'iscrizione commemora la resa di chi? ma di «Lord Cornwallis». L'unico problema è perché quei selvaggi volevano che si arrendesse? Ma quando ricordiamo che essi erano sicuramente dediti al cannibalismo, arriviamo alla conclusione che intendessero farne salsicce. In quanto al *come* della resa, il linguaggio non potrebbe essere più esplicito. Lord Cornwallis fu consegnato (per diventare salsiccia) «sotto gli auspici del Comitato per il Monumento a Washington» – sicuramente un ente benefico per la posa delle prime pietre – ma, Dio mi protegga! Che sta succedendo? Ah, capisco – il pallone si è sgonfiato e dovremo finire in mare. Quindi, ho solo il tempo di aggiungere che, da un frettoloso esame dei fac-simile di giornali, etc., scopro che i *grandi* uomini di allora, fra gli Amriccani, erano un certo John, fabbro, e un certo Zachary, sarto [17].

Arrivederci a presto. Che tu riceva o meno questa lettera, poco importa; dal momento che la scrivo per mio divertimento. Comunque, la chiuderò in una bottiglia e la lancerò in mare.

Sempre tua
Pundita

[16] Gioco sulla parola: *corn* = grano (*N.d.T.*).

[17] John Smith (1580-1631) leader dei coloni inglesi nella Virginia. Diede il nome di New England alla costa orientale dell'America. Zachary Taylor (1784-1850) – XII Presidente degli Stati Uniti. (*Smith*: fabbro; *Taylor*: sarto.) (*N.d.T.*).

L'uomo finito

Un racconto della recente campagna contro i Bugaboos e i Kickapoos

Pleurez, pleurez, mes yeux, et fondez-vous en eau!
La moitié de ma vie a mis l'autre au tombeau.

Piangete, piangete occhi miei e scioglietevi in acqua!
Una metà della mia vita ha sepolto l'altra.

CORNEILLE, *Il Cid*, III, 3, vv. 7-8.

Adesso non riesco proprio a ricordare dove, o quando, feci la conoscenza di quel personaggio dall'aspetto proprio distinto, che era il Generale di Brigata Onorario John A.B.C. Smith. Qualcuno *deve* avermi presentato a quel signore, ne sono certo, in qualche pubblica riunione, ne sono certissimo, su qualcosa di molto importante, senza dubbio, tenuta in un posto o in un altro, di cui mi sfugge inspiegabilmente il nome. La verità è che, per parte mia, io mi accingevo a questa presentazione con un tale ansioso imbarazzo che mi impedì di conservare impressioni precise, sia di tempo che di luogo. Sono costituzionalmente nervoso, questo è, nel mio caso, un difetto di famiglia, e io non posso farci nulla. In particolare, la benché minima sembianza di mistero, di qualsiasi cosa che io non riesca a comprendere con esattezza, mi getta immediatamente in uno stato pietoso di agitazione.

C'era qualcosa, ad ogni modo, di notevole – sì, di *notevole* – sebbene questo non sia che un termine debole per esprimere in pieno quello che voglio dire, in tutta la figura del personaggio in questione. Era alto circa sei piedi e aveva un aspetto singolarmente imperioso. Lo pervadeva un *air distingué* che rimandava a un'educazione notevole e lasciava intendere nobili natali. Su questo argomento, cioè quello dell'aspetto fisico di Smith, provo una sorta di malinconica soddisfazione a soffermarmi fin nei dettagli. La sua capigliatura avrebbe fatto onore a Bruto, non c'era nulla che potesse rivaleggiare col suo ricco fluire e la sua lucentezza. Era nera come l'ebano, lo stesso colore, o più esattamente non colore, dei suoi baffi indescrivibili. Vi renderete conto che non riesco a parlarne senza entusiasmo; non è eccessivo dire che erano il più bel paio di baffi che siano mai comparsi sotto il sole. A ogni modo essi circondavano, e a momenti ombreggiavano una bocca che non aveva uguali, dove si trovavano denti regolarissimi e bianchissimi, da dove, in ogni momento opportuno, proveniva una voce di una chiarezza, melodiosità e vigore ineguagliati. Il mio conoscente era dotato in modo superlativo anche per quanto riguarda gli occhi; ciascuno dei suoi valeva infatti per una coppia dei comuni organi visivi: erano di un nocciola intenso, grandissimi e lucenti, e di tanto in tanto vi si poteva percepire quel leggero strabismo che dà pienezza allo sguardo.

Il busto del Generale era indubbiamente il busto più bello che io avessi mai visto, non sareste riusciti, nel modo più assoluto, a trovare il benché minimo difetto in quelle sue sublimi proporzioni. Questa rara peculiarità metteva in risalto, mostrandone la superiorità, due spalle che avrebbero fatto arrossire, conscio della propria inferiorità, l'Apollo di marmo. Ho una vera e propria passione per le spalle ben modellate, e posso dire di non averne mai viste prima così perfette. Anche le braccia erano modellate in maniera ammirevole; né gli arti inferiori erano meno superbi, erano anzi il *ne plus ultra* delle belle gambe. Ogni estimatore di questo genere di cose ne avrebbe riconosciuto la bellezza: né troppo grasse, né troppo magre, né rudi, né fragili. Non riuscirei a immaginare una curva più armoniosa di quella dell'*os femoris* e, nella parte posteriore della *fibula*, aveva proprio quel netto e dolce rilievo che rende il polpaccio ben proporzionato. Ah, come vorrei che lo scultore Chiponchipino, mio giovane e brillante amico, avesse potuto vedere le gambe del Generale di Brigata Onorario John A.B.C. Smith.

Ma, sebbene uomini di così grande bellezza non siano tanto frequenti, tuttavia non riuscivo a convincermi che il qualcosa di *notevole* cui alludevo poco fa, quel bizzarro *je ne sais quoi* che aleggiava attorno al mio nuovo conoscente, risiedesse tutto, o almeno solo in parte, nelle sue doti fisiche. Forse quel non so che era da ricondurre ai suoi *modi*, ma neanche di questo potevo pretendere di essere certo. C'*era* una certa artificiosità, per non dire rigidezza, nel suo atteggiamento, una sorta di misurata, o se così posso esprimermi, rettangolare precisione, in ogni suo movimento che, se osservata in una figura meno imperiosa, avrebbe dato come minimo un'impressione di affettazione, pomposità, mancanza di naturalezza, ma che, in un uomo di dimensioni gigantesche come lui, veniva interpretata come, per così dire, riservatezza, *hauteur* e, per dirla brevemente, come una lodevole consapevolezza di ciò che si conviene alla dignità di una statura colossale.

Il gentile amico che mi aveva presentato al Generale Smith mi sussurrò all'orecchio alcuni commenti su di lui. Era un uomo *eccezionale – assolutamente* eccezionale – davvero uno degli uomini *più* eccezionali della nostra epoca. Inoltre era particolarmente amato dalle signore, soprattutto a causa della sua fama di coraggioso.

«Riguardo a *quello* non ha rivali, è proprio un vero desperado, un attaccabrighe bell'e buono, non lo si può negare», disse il mio amico, abbassando moltissimo la voce e facendomi rabbrividire per il tono misterioso che assunse.

«Un attaccabrighe bell'e buono, non lo si può negare. *Lo* ha dimostrato, e con quale esito, nell'ultima terribile battaglia avvenuta al Sud, contro gli Indiani Bugaboos e Kickapoos» (e qui il mio amico spalancò gli occhi). «Dio mio! Fulmini e saette, e tutto il resto! *Prodigi* di valore! Naturalmente ne avrete sentito parlare! Sapete che è l'uomo...»

«Signore caro, come *state*? Be', come *va? davvero* contento di vedervi», ci interruppe, a questo punto il Generale in persona, afferrando la mano del mio compagno mentre questi gli si faceva vicino e facendo un rigido, ma profondo inchino, quando gli venni presentato. In quel momento pensai, e lo penso tutt'ora, che non avevo mai sentito una voce più chiara e potente, né avevo mai visto una dentatura più bella: ma *devo tuttavia* dire che l'interruzione, proprio in quel momento, mi dispiacque perché i bisbigli e le insinuazioni di cui ho già parlato avevano fatto sorgere in me un grande interesse per l'eroe della campagna contro i Bugaboos e i Kickapoos.

Tuttavia la conversazione incantevole e brillante del Generale di Brigata Onorario John A.B.C. Smith dissipò ben presto la mia delusione. Dal momento che il mio amico ci abbandonò subito, potemmo avere un lungo *tête-à-tête*, che per me fu non soltanto piacevole, ma *veramente* istruttivo. Non avevo mai ascoltato un oratore così disinvolto, né un uomo più informato. Nondimeno, con conveniente modestia, egli evitò di toccare il tema che allora mi era maggiormente a cuore: intendo le circostanze misteriose riguardanti la guerra contro i Bugaboos e, da parte mia quello che ritengo sia un senso di delicatezza quanto mai appropriato, mi trattenne dall'affrontare l'argomento; anche se, a dire la verità, ero estremamente tentato di farlo. Mi accorsi che il valoroso soldato preferiva argomenti di interesse filosofico, e che prediligeva specialmente commentare il rapido progresso delle invenzioni meccaniche. In effetti, dovunque riuscissi a portarlo, questo era il punto al quale egli tornava, invariabilmente.

«Non esiste niente del genere», diceva; «siamo un popolo meraviglioso, e viviamo in un'epoca meravigliosa, paracadute e ferrovie, trappole per uomini e fucili che sparano quando sono urtati! Le nostre navi a vapore solcano tutti i mari, e la compagnia di navigazione aerea Nassau sta per iniziare voli regolari (biglietto di andata e ritorno solo venti sterline) tra Londra e Timbuctù. E chi può calcolare l'immensa influenza sulla vita sociale, sulle arti, il commercio, la letteratura che sarà il risultato immediato dei grandi princìpi dell'elettromagnetismo? E questo non è tutto, ve lo garantisco! Non c'è davvero fine all'avanzare delle invenzioni. Gli apparecchi meccanici più eccezionali, più ingegnosi e, permettetemi di aggiungerlo, signor... signor... Thompson, mi pare che questo sia il vostro nome, fatemi almeno aggiungere, i congegni meccanici più *utili*, spuntano ogni giorno come funghi, se così posso esprimermi, o, ancora più metaforicamente, come – ah – le cavallette, signor Thompson – intorno a noi e ah, ah, ah, attorno a noi!»

Senza dubbio Thompson non è il mio nome, ma è inutile dire che, quando lasciai il Generale Smith avevo un interesse accresciuto per l'uomo, un'opinione accresciuta per le sue capacità oratorie, ed una gran consapevolezza di godere di preziosi privilegi per il solo fatto di vivere in quest'era di invenzioni meccaniche. Tuttavia la mia curiosità non era stata completamente soddisfatta, tanto che mi decisi a proseguire subito le indagini tra i miei conoscenti riguardo al Generale di Brigata Onorario in persona, e soprattutto riguardo ai terribili eventi *quorum pars magna fuit*.

La prima opportunità che si presentò, e che (*horresco referens*), non mi posi il minimo scrupolo di afferrare, fu nella chiesa del Reverendo dottor Drummummupp, nella quale mi trovai una domenica, proprio al momento del sermone, non solo sullo stesso banco, ma proprio a fianco della mia piccola, loquace e onorevole amica, la signorina Tabitha T. Così sistemato, mi congratulai tra me e me, e avendone ben ragione, sul lusinghiero andamento della questione. Se c'era una persona che sapeva qualcosa sul Generale di Brigata Onorario John A.B.C. Smith, quella persona, mi era ormai chiaro, era la signorina Tabitha T. Ci scambiammo alcuni segnali in modo telegrafico, e poi iniziammo, *sotto voce*, un vivace *tête-à-tête*.

«Smith!», disse in risposta alla mia pressante richiesta; «Smith! – ma non il Generale John A.B.C.? Misericordia, pensavo che *sapeste* tutto di *lui*! Quest'età è meravigliosamente ricca di invenzioni! Una terribile vicenda, quella! – dei dannati maledetti, quei Kickapoos: ha combattuto da eroe – prodigi di valore – fama immortale. Smith! Il Generale di Brigata Onorario John A.B.C... Ma, lo sapete che è l'uomo... [1]»

[1] Da questo punto in poi inizierà una serie di scambi di battute originati dalla frase inglese «he's the man...», cui seguono vari malintesi dovuti alla parola *man*, che viene ripresa, o meglio deformata, da ogni nuovo interlocutore che impedisce al protagonista di risolvere il mistero che si cela, appunto, dietro all'*uomo* che dà il titolo al racconto (*N.d.T.*).

«L'uomo», si frappose in quel punto il dottor Drummummupp con voce tonante e con un pugno che per poco non fece cadere a pezzi il pulpito vicino alle nostre orecchie, «l'uomo che è nato da donna non ha che poco tempo da vivere, cresce e viene reciso come un fiore!» Balzai su e mi portai all'estremità del banco, e mi accorsi, dalle agitate occhiate del predicatore, che l'ira risultata quasi fatale al pulpito era stata suscitata dai sussurri della signorina e miei. Non si poteva fare nulla; perciò mi sottomisi di buon grado ad ascoltare, fatto martire da un dignitoso silenzio, il resto di quell'eccellente predica.

La sera seguente mi trovò, spettatore alquanto in ritardo, al Teatro Rantipole, dove avevo la sicurezza di riuscire a soddisfare subito la mia curiosità, semplicemente entrando nel palco di quei due squisiti esemplari di affabilità e di onniscienza che erano le signorine Arabella e Miranda Cognoscenti. Il bravo attore tragico Climax impersonava Iago di fronte a un folto pubblico, e trovai un po' di difficoltà a far capire il mio desiderio; in modo particolare poiché il nostro palco si trovava adiacente alle quinte, e dominava dall'alto il palcoscenico.

«Smith?», disse la signorina Arabella, afferrando finalmente lo scopo della mia domanda: «Smith?... ma, non il Generale John A.B.C.?»

«Smith?», chiese pensosa Miranda. «Mio Dio, avete mai contemplato una figura più armoniosa?»

«No, signorina, ma dunque *ditemi*...»

«O una grazia così inimitabile?»

«Mai, parola mia!... ma, vi prego, informatemi...»

«O una consapevolezza così appropriata degli effetti scenici?»

«Signorina!»

«O un senso più delicato della vera bellezza in Shakespeare? Vi prego, guardate quella gamba!»

«Il diavolo!», e mi volsi nuovamente a sua sorella.

«Smith», disse, «ma, non il Generale John A.B.C.? Una terribile vicenda, quella, non è vero? Delle vere belve, quei Bugaboos... selvaggi, e così via, ma noi viviamo in un'era eccezionalmente ricca di invenzioni! Smith! Oh, sì! Un grand'uomo! Un autentico desperado... fama immortale... prodigi di valore! Mai sentito!» (Questa frase venne detta gridando.) «Mio Dio!, Ma, è l'uomo...»

> ...Man-dragora
> né tutti gli inebrianti sciroppi della terra
> potranno mai ridare a te quel dolce sonno
> che ieri possedevi!

tuonò a questo punto Climax, proprio nel mio orecchio, continuando ad agitarmi il pugno in faccia, in una maniera che *proprio non potevo* sopportare, e che difatti *non sopportai*. Abbandonai immediatamente le signorine Cognoscenti per andare subito dietro le quinte a dare a quel sordido mascalzone una bastonatura tale che, sono sicuro, se ne ricorderà fino al giorno della sua morte.

Alla *soirée* della deliziosa vedova, la signora Kathleen O'Trump, ero sicuro di non andare incontro a un simile disappunto. Di conseguenza, non appena al tavolo da gioco per un *vis-à-vis* con la mia graziosa ospite, avanzai quelle domande la cui soluzione era divenuta una questione così importante per la mia pace spirituale.

«Smith?», disse la mia compagna; «ma non il Generale John A.B.C.? Orribile faccenda quella! Non è vero? Avete detto quadri? Dei veri miserabili quei Kickapoos; giochiamo a *whist*, se vi va, signor Tattle. Tuttavia questa è l'età delle invenzioni, certissimamente *l'età*, si potrebbe dire – l'età *par excellence*. Voi parlate francese? Oh, proprio un eroe – un perfetto desperado – *nessun cuore*, signor Tattle? Non ci credo – fama immortale e tutto il resto – prodigi di valore! *Mai sentito!!* – ma, mio Dio egli è l'uomo...»

«Mann? – Il capitano Mann?», gridò a questo punto una qualche intrusa di sesso femminile dall'angolo più remoto della stanza: «state parlando del capitano Mann e del duello? Oh, *devo* ascoltare, vi prego parlate, continuate signora O'Trump! Vi prego continuate ora!». E la signora O'Trump continuò senz'altro – tutto su un certo capitano Mann che era stato fucilato o impiccato, o che avrebbero dovuto sia fucilare che impiccare. Sì!!!»

La signora O'Trump, lei andò avanti, e io... me ne andai. Non c'era alcuna probabilità di sentire nient'altro, quella sera, sul Generale di Brigata Onorario John A.B.C. Smith.

Tuttavia mi consolai riflettendo sul fatto che non mi sarei imbattuto nel flusso della sfortuna per sempre, e perciò mi risolsi a effettuare un'ardita iniziativa per raccogliere informazioni alla festa di quel piccolo angelo ammaliatore, la leggiadra signora Pirouette.

«Smith?», disse la signora P. mentre piroettavamo insieme in un *pas de zéphyr*, «Smith? – ma non il Generale John A.B.C.? Tremendo affare quello dei Bugaboos, non è vero? Esseri terribili quegli indiani! Vi prego girate in fuori le punte dei piedi! Mi vergogno di voi – un uomo di grande coraggio, pover'uomo! – ma questa è un'età meravigliosa per le invenzioni – oh, povera me, sono rimasta senza fiato – un vero desperado – prodigi di valore – *mai sentito*!! – non posso crederci – dovrò mettermi seduta e illuminarvi – Smith! ma è l'uomo...»

«Man-*Fred*, vi dico!», disse a gran voce a questo punto la signorina Bas-Bleu, mentre accompagnavo la signora P. a sedersi. «Qualcuno ha mai sentito nulla di simile? È Man-*Fred*, lo ribadisco, e a tutti i costi nient'affatto Man-*Friday*.» E qui la signorina Bas-Bleu mi fece un cenno in modo molto perentorio, e fui costretto, volente o nolente, ad abbandonare la signora P. per decidere su una disputa riguardante il titolo di un certo dramma poetico di Lord Byron. Sebbene io dichiarassi, con gran prontezza, che il vero titolo era Man-*Friday*, e nient'affatto Man-*Fred*; tuttavia quando tornai a cercare la signora Pirouette, non riuscii più a trovarla, e me ne andai da quella casa molto amareggiato e pieno di animosità contro l'intera razza delle Bas-Bleus [2].

A questo punto la questione aveva assunto un aspetto molto serio, tanto che mi decisi ad andare subito a far visita al mio intimo amico, il signor Theodore Sinivate, poiché sapevo che almeno da lui avrei avuto qualcosa che potesse somigliare a delle informazioni precise.

«Smith?», disse, con quel suo modo particolare e ben noto di strascicare le sillabe. «Smith? – ma, non il Generale John A.B.C.? Una fac-

[2] *Bas-Bleu* è un termine usato per indicare con disprezzo le donne di una certa cultura (*N.d.T.*).

cenda atroce quella con i Kickapo-o-o-os, non è vero? Non la pensate così? un perfetto despera-a-do... un gran peccato, sul mio onore! Un'epoca eccezionalmente ricca di invenzioni! – pro-o-digi di valore! A proposito, avete mai sentito parlare del capitano Ma-a-a-an?»

«Il capitano Mann sia dan...to!» Esclamai. «Per favore, andate avanti con la vostra storia.»

«Ehm – oh, dunque! – pressoché la *même chose*, come diciamo in Francia. Smith, eh? Il Generale di Brigata John A.B.C.? Dico» – e a questo punto il signor S. ritenne opportuno mettersi un dito su un lato del naso – «dico, non vorrete farmi credere adesso, davvero, e sul serio, e in piena coscienza che sulla faccenda di Smith non la sapete completa così come la so io, andiamo? Smith? John A.B.C.? Ma, Dio mio, è l'uo-o-mo...»

«Signor Sinivate», lo implorai, «è per caso l'uomo della maschera?»

«No-o-o!», mi disse, con aria sapiente, «e nemmeno l'uomo della lu-u-na.»

Questa risposta mi sembrò un insulto esplicito e tagliente, perciò me ne andai da lì all'istante, molto risentito e ben deciso a chiedere immediatamente al mio amico, signor Sinivate, una spiegazione immediata della sua condotta maleducata e indegna di un gentiluomo.

Tuttavia, nel frattempo non avevo alcuna intenzione di farmi ostacolare nel raccogliere le informazioni che desideravo. Mi era rimasta un'unica risorsa: sarei risalito alla fonte diretta. Sarei andato immediatamente a fare visita al Generale in persona, e gli avrei chiesto esplicitamente la soluzione di questo abominevole mistero. Almeno lì non ci sarebbe stata alcuna possibilità di equivoci. Mi sarei espresso con chiarezza, esplicitamente, ed in modo perentorio – rapido come un lampo –, conciso come Tacito o Montesquieu.

Era presto quando andai lì, e il Generale si stava vestendo; ma io addussi un affare urgente e venni condotto immediatamente nella sua camera da letto da un vecchio maggiordomo negro, che rimase lì a disposizione durante la mia visita. Appena entrato nella stanza, naturalmente volsi lo sguardo attorno per cercare l'occupante, ma non riuscii a individuarlo subito. C'era sul pavimento, vicino ai miei piedi, un grosso fagotto di non so che cosa, che aveva un aspetto stranissimo, e, poiché non ero dell'umore migliore, gli tirai un gran calcio.

«Ehm! Molto gentile, direi!», disse il fagotto, tra un cigolio e un fischio, con una delle vocine più esili e allo stesso tempo più buffe che io abbia mai udito in tutta la mia vita.

«Ehm! Molto gentile, direi!»

Per poco non gridai dal terrore e, con un balzo repentino, mi spostai verso il punto più lontano della stanza.

«Dio mio! Mio caro amico», ricominciò a sibilare in quel momento il fagotto, «che-che-che-ma qual è il problema? Credo proprio che non mi riconosciate affatto.»

Che cosa *potevo* replicare a tutto ciò? – che cosa mai? Piombai barcollante su una poltrona e, con gli occhi fissi e la bocca spalancata, attesi la soluzione del miracolo.

«Tuttavia è strano che non mi riconosciate, non vi sembra?», disse di nuovo con voce stridente l'oggetto indescrivibile, il quale, me ne accorsi allora, stava compiendo sul pavimento una qualche evoluzione inspiegabile, molto simile all'atto di infilarsi una calza. Tuttavia si vedeva una gamba soltanto.

«Tuttavia è strano che non mi riconosciate, non è vero? Pompey, portami quella gamba!» E Pompey porse al fagotto una superba gamba di sughero, già calzata, che questi si avvitò in un baleno, e poi si drizzò in piedi davanti ai miei occhi. «E fu veramente un'azione maledetta», proseguì la cosa, come in soliloquio, «ma del resto non si può combattere con i Bugaboos e i Kickapoos, pensando di cavarsela solo con un graffio. Pompey, ti prego di favorirmi ora quel braccio. Thomas» – rivolgendosi a me – «è certamente il migliore per le gambe di sughero; ma, se mai vi servisse un braccio, caro mio, allora permettetemi di raccomandarvi Bishop.» E a questo punto Pompey gli avvitò un braccio. «Ce la siamo vista brutta! Potete ben dirlo! Razza di cane, passami il petto e le spalle! Pettit costruisce le spalle migliori, ma per farvi fare un petto dovete andare da Ducroz.»

«Un petto!», dissi.

«Pompey, ma per quando sei pronto con quella parrucca? Essere scotennati dopo tutto è un'operazione violenta, ma poi vi potete procurare una parrucca superba da De L'Orme.»

«Una parrucca.»

«Ehi negro, ora i miei denti! Per una *buona* dentiera fareste meglio a rivolgervi subito a Parmly; prezzi alti, ma un lavoro eccellente. Ma erano dei pezzi magnifici quelli che mi fece ingoiare quel grosso Bugaboo con il calcio del fucile.»

«Il calcio del fucile! Fatti ingoiare! Cosa vedo mai!!!»

«Ah sì, a proposito, il mio occhio... qua, Pompey, razza di furfante, avvitalo! Quei Bugaboos non usano la sgorbia così lentamente. Ma, in fin dei conti, il dottor Williams è un uomo che è stato calunniato ingiustamente: non potete immaginare come ci veda bene con gli occhi che mi ha fatto.»

Iniziai ora a percepire con molta chiarezza che l'oggetto che mi stava di fronte era, né più né meno, il mio nuovo conoscente, il Generale di Brigata Onorario John A.B.C. Smith. Le manipolazioni di Pompey avevano causato, devo ammetterlo, una differenza stupefacente nell'aspetto di quell'uomo. Tuttavia la voce mi lasciava ancora non poco perplesso; ma anche questo apparente mistero venne svelato rapidamente.

«Pompey, nero farabutto», disse stridendo il Generale, «credo proprio che tu voglia farmi uscire senza il mio palato.»

Al che il negro, brontolando una scusa, si avvicinò al suo padrone, gli aprì la bocca con il fare esperto di un fantino, e vi sistemò, con un'abile mossa che non riuscii a comprendere, un apparecchio dall'aspetto alquanto singolare. Ci fu tuttavia un'alterazione istantanea e sorprendente nell'espressione del volto del Generale. Quando ricominciò a parlare la sua voce aveva riassunto la ricca melodiosità e il vigore che avevo notato al momento della nostra prima presentazione.

«Maled...ti vagabondi!» Disse con un tono di voce così chiaro che addirittura sobbalzai per il cambiamento.

«Maled...ti vagabondi, non soltanto mi hanno sfondato il palato, ma si sono anche presi la briga di tagliarmi almeno sette ottavi della lingua. Però in America Bonfanti non ha uguali per gli articoli di questo genere veramente buoni. Posso raccomandarvi a lui in via confidenziale» – e qui il Generale si inchinò – «e vi assicuro che avrei grande piacere nel farlo.»

Gli espressi come meglio sapevo la mia gratitudine per la sua gentilezza, e presi immediatamente congedo, dopo aver compreso alla perfezione come stavano realmente le cose, dopo aver compreso pienamente il mistero che mi aveva turbato per così tanto tempo. Era evidente. Era un caso del tutto chiaro. Il Generale di Brigata Onorario John A.B.C. Smith era l'uomo – era *l'uomo che aveva finito di esistere.*

L'uomo d'affari

Il metodo è l'anima del commercio.
Antico adagio

Sono un uomo d'affari. Sono un uomo metodico. In fin dei conti, il Metodo è *tutto*. Ma non esiste nessuno che io disprezzi più cordialmente dei vostri eccentrici sciocchi i quali blaterano di metodo senza capirlo, attenendosi strettamente alla lettera e violandone lo spirito. Gente che fa sempre le cose più fuori dal comune in quella che definiscono maniera metodica. Qui, secondo me, siamo di fronte a un vero e proprio paradosso. Il vero metodo riguarda esclusivamente ciò che è ordinario e ovvio, e non può essere applicato all'*outré*. Quale idea definita si può collegare a espressioni come «metodico damerino» o «sistematico fuoco fatuo»?

Forse, le mie nozioni su questo punto non sarebbero state chiare come lo sono adesso, se non fosse stato per un fortunato incidente, che mi accadde quando ero piccolo. Una vecchia e affezionata nutrice irlandese (che non dimenticherò nel mio testamento), un giorno in cui stavo facendo più rumore del necessario mi prese per i talloni e, facendomi roteare un paio di volte, gridando che ero «un mostriciattolo urlante», mi trasformò la testa in un tricorno, sbattendomela contro la colonna del letto. Questo, come ho detto, decise il mio destino e fece la mia fortuna. Immediatamente, mi spuntò sul cocuzzolo un bernoccolo che, in seguito, si rivelò il più grazioso organo di *ordine* quale mai possa vedersi in un giorno d'estate. Da qui, quel sano appetito per la sistematicità e la regolarità che ha fatto di me l'eminente uomo di affari quale oggi sono.

Se c'è una cosa al mondo che odio, è il genio. I nostri geni sono tutti degli emeriti somari – più grande è il genio, più grande è il somaro – e a questa regola non esiste eccezione alcuna. In modo particolare, non potete fare di un genio un uomo d'affari più di quanto possiate far soldi da un giudeo o noci moscate dai nodi di un pino. Individui che partono sempre per la tangente verso qualche fantastico impiego o qualche ridicola speculazione, in totale contrasto con la «convenienza delle cose», e che non ha nessun numero per essere considerato un affare. Potete riconoscere questi tipi a prima vista, in base alla loro occupazione. Se vedete un tale che si mette a fare il mercante o il fabbricante, o che entra nel commercio del cotone, del tabacco, o in un settore di attività altrettanto eccentrico; o che sta per diventare un venditore di frutta secca o un fabbricante di sapone, o qualcosa del genere; o che si spaccia per avvocato, maniscalco, medico – qualsiasi cosa fuori dall'ordinario – potete immediatamente classificarlo come un genio e, pertanto, secondo la regola del tre, come un somaro.

Ora, io non sono un genio sotto nessun punto di vista, bensì un normale uomo d'affari. Il mio brogliaccio e il mio libro mastro lo dimostreranno subito. Sono tenuti in perfetto ordine, anche se sono io a dirlo; e, nelle mie generali abitudini di accuratezza e puntualità, non c'è pendola che mi batta. Inoltre, le mie occupazioni sono sempre state in sintonia con le normali abitudini dei miei simili. Non che, per questo, io mi senta minimamente in debito verso i miei ultra-sprovveduti genitori i quali, senza dubbio, sarebbero riusciti a fare di me un valente genio se il mio angelo custode non fosse accorso in tempo a salvarmi. In una biografia, la verità è tutto; e ancor di più lo è in un'autobiografia – pure, non spero di essere creduto quando affermo, con la massima solennità, che all'età di circa quindici anni il mio povero padre mi collocò nell'ufficio contabilità di quella che egli definiva «una rispettabile ditta di ferramenta e armamenti, con un ottimo giro d'affari!». Un ottimo giro dei miei stivali! Comunque, la conseguenza di quella follia fu che, dopo due o tre giorni, dovettero rispedirmi a casa, da quelle teste di rapa dei miei familiari, con la febbre alta e un dolore violentissimo e pericoloso al cocuzzolo, tutt'intorno al mio organo dell'ordine. Ero più di là che di qua – fra la vita e la morte per sei settimane – con i medici che mi davano per spacciato, e via dicendo. Ma, benché soffrissi molto, tutto sommato provavo una profonda gratitudine. Ero stato salvato dal pericolo di diventare «un rispettabile commerciante di ferramenta e armamenti, con un ottimo giro d'affari», e mi sentivo grato a quella protuberanza che era stata l'ancora della mia salvezza nonché all'affettuosa donna che, originariamente, aveva messo quell'ancora a mia disposizione.

Quasi tutti i ragazzi scappano di casa verso i dieci o dodici anni, ma io aspettai di averne sedici. E forse non me ne sarei andato nemmeno allora se non avessi sentito mia madre parlare di mettermi in proprio nel mestiere del droghiere. Il *droghiere*! – pensate un po'. Decisi di andarmene immediatamente, per cercar di trovarmi un'occupazione *decente*, senza più dover sottostare ai capricci di quei vecchi strambi, correndo il rischio di finir col diventare un genio. Riuscii perfettamente nel mio progetto al primo tentativo e, quando avevo ormai raggiunto i diciotto anni, mi trovai a svolgere una vasta e proficua attività nel settore degli Uomini-Vetrina di Tailor.

Fui in grado di svolgere gli onerosi doveri di tale professione solo attenendomi strettamente a quella sistematicità che era la principale caratteristica della mia mente. Una scrupolosa *metodicità* distingueva le mie azioni come i miei conti. Nel mio caso è stato il metodo – non il denaro – che ha fatto l'uomo o, quanto meno, quella parte di lui non fatta dal Sarto [1] per cui lavoravo. Ogni mattina, alle nove, mi recavo da quell'individuo per i capi d'abbigliamento che costituivano l'offerta del giorno. Le dieci mi trovavano in qualche strada elegante o in qualche altro luogo di pubblico svago. La scrupolosa regolarità con cui esibivo la mia avvenente persona così da mettere in mostra, uno dopo l'altro, i capi che indossavo, suscitava l'ammirazione degli esperti del ramo. Non passava mai il mezzodì senza che io accompagnassi un cliente al negozio dei miei datori di lavoro, la Spett. Cut & Comeagain [2]. Lo dico con orgoglio ma con le lacrime agli occhi – poiché la ditta dimostrò la più spregevole ingratitudine. Nessuno che sia pratico di quel tipo di lavoro potrebbe mai considerare esagerata una qualsiasi voce del modesto conto per il quale litigammo e, alla fine, ci

[1] *Tailor* = sarto (*N.d.T.*).
[2] Vai, e torna di nuovo (*N.d.T.*).

separammo. A questo proposito, provo però una profonda soddisfazione nel consentire al lettore di giudicare da sé. Questo era il mio conto:

Spett. Cut & Comeagain, Abbigliamento
Attnz. Peter Proffitt, Pubblicitario Itinerante

		Dlr.
10 Luglio.	Per normale giro e per aver portato un cliente	0,25
11 Luglio.	Idem	0,25
12 Luglio.	Per una bugia, di seconda classe: tessuto nero rovinato, venduto come verde spento	0,25
13 Luglio.	Per una bugia, di prima classe, misura e qualità extra: raccomandato satin follato come tessuto doppia altezza	0,75
20 Luglio.	Per acquisto nuovo colletto da camicia, di carta, o falso sparato, per far risaltare cappotto pesante grigio	0,2
15 Agosto.	Per avere indossato una redingote a code con doppia imbottitura (termometro 706 all'ombra)	0,25
16 Agosto.	Per essere rimasto tre ore su una gamba sola onde mettere in mostra pantaloni con bretelle, nuovo modello, a 15,2 cents l'ora, per ciascuna gamba	0,37 1/2
17 Agosto.	Per solito giro e per aver portato grosso cliente (corporatura obesa)	0,50
18 Agosto.	Idem (corporatura media)	0,25
19 Agosto.	Idem (corporatura minuta e poco proficuo)	0,6
		2,95 1/2

La voce più controversa di questo conto fu la spesa, davvero esigua, di due penny per il finto sparato. Sulla mia parola, *non era* un prezzo irragionevole per quello sparato – uno dei più eleganti e rifiniti che avessi mai visto; e ho buoni motivi di ritenere che, grazie ad esso, furono venduti ben tre cappotti grigi pesanti. Tuttavia, il socio anziano della ditta non volle pagarmelo più di un penny, prendendosi la briga di dimostrarmi come se ne potessero ricavare quattro, della stessa misura, da un foglio di carta protocollo. Inutile dire che ne feci una questione di *principio*. Gli affari sono affari e come tali vanno condotti. Non c'era alcun *sistema*, nel frodarmi di un penny – una evidente ruberia del 50% – nessun *metodo*, sotto nessun punto di vista. Lasciai immediatamente l'impiego presso la Spett. Cut & Comeagain, e mi piazzai, in proprio, nel settore dei Pugni nell'Occhio – una delle attività più lucrose, rispettabili e indipendenti.

La mia assoluta integrità, la mia parsimonia, e il mio rigoroso comportamento negli affari entrarono in ballo ancora una volta. Mi trovai a svolgere un fiorente commercio, e presto fui segnato a dito in Borsa. Il fatto è che non mi immischiavo mai in cose appariscenti, ma procedevo lentamente, con calma, nella buona vecchia routine del mestiere – mestiere che, senza dubbio, eserciterei ancora oggi se non fosse stato per un piccolo incidente che mi accadde durante una delle solite transazioni professionali. Ogni qualvolta a un vecchio riccone, a un erede prodigo o a una azienda in fallimento salta in mente di costruire un palazzo, nulla al mondo può fermarli, come ben sa ogni persona intelligente. E questa è, in effetti, la base dell'attività del Pugno nell'Occhio. Quindi, appena una di quelle persone è a buon punto col suo progetto edilizio, noi commercianti ci assicuriamo un bell'angolino del lotto di terreno su cui essi hanno posato l'occhio, o una importante area subito a fianco o di fronte al terreno stesso. Dopo di che, aspettiamo che l'edificio sia già costruito a metà, e allora paghiamo qualche architetto di buon gusto perché eriga un'ornamentale casupola di fango proprio a ridosso dell'edificio; per esempio, una finta pagoda orientale, o un porcile, o una fantasiosa bizzarria tipo igloo, o tipo capanna Kickapoo o Ottentotta. Naturalmente, non possiamo permetterci di demolire questa struttura dietro pagamento di un compenso del 500% sul costo originario del nostro pezzo di terreno e dei materiali impiegati. Come *potremmo*? Lo chiedo a voi. Lo chiedo agli uomini d'affari. Sarebbe un'ipotesi irragionevole. Eppure, ci fu una ditta che ebbe il coraggio banditesco di fare proprio questo – proprio *questo*! Naturalmente, non risposi nemmeno alla loro assurda proposta; ma sentii il dovere di recarmi, quella sera stessa, a cospargere di nerofumo tutta la loro costruzione. Per questo, quegli irragionevoli furfanti mi sbatterono in galera; e il gentiluomo del Pugno nell'Occhio non poté esimersi dal rompere i rapporti con me, quando ne uscii.

Il settore Percosse-e-Lesioni nel quale dovetti allora avventurarmi per sopravvivere, non era molto confacente alla mia costituzione delicata; ma mi ci dedicai con buona volontà e, anche qui, come per il passato, trovai vantaggiose le mie austere abitudini di metodica accuratezza che mi erano state inculcate dalla mia adorabile vecchia nutrice. Sarei davvero il più spregevole degli uomini se non la ricordassi generosamente nel mio testamento. Osservando, ripeto, la massima sistematicità in tutti i miei rapporti d'affari, e tenendo una serie perfettamente ordinata di registri, riuscii a superare molte gravi difficoltà e, alla fine, ad affermarmi più che discretamente nell'ambito professionale. La verità è che ben pochi, in qualsiasi campo, riuscirono a crearsi il proprio cantuccio di lavoro meglio di me. Copierò una pagina all'incirca del mio brogliaccio, evitando così di dovermi battere la grancassa – abitudine ignobile di cui nessun benpensante si renderebbe mai responsabile. Ora, il brogliaccio non mente.

«1 gennaio. Capodanno. Incontrato per la strada Snap, barcollante. Mem. lui andrà benissimo. Incontrato poco dopo Gruff, ubriaco fradicio. Mem. adatto anche lui. Annotati entrambi i loro nomi nel mio registro e aperto un conto corrente con ciascuno di loro.

2 gennaio. Visto Snap in Borsa, mi sono accostato e gli ho pestato un piede. Con un pugno mi ha buttato a terra. Bene! – Mi sono rialzato. Qualche trascurabile difficoltà con Bag, il mio avvocato. Esigo mille dollari per i danni, ma lui dice che per un pugno così semplice non se ne possono chiedere più di cinquecento. Mem. Devo liberarmi di Bag – non ha il benché minimo *sistema*.

3 gennaio. Andato a teatro, in cerca di Gruff. L'ho visto seduto in un palco laterale, nella seconda fila, tra due signore, una magra e una grassa. Fissato il gruppo con il binocolo fino a quando la signora grassa è arrossita e ha sussurrato qualcosa a G. Allora mi sono recato nel palco, mettendogli il mio naso a portata di mano. Non ha voluto tirarlo – niente da fare. Mi sono soffiato il naso e ho provato di nuovo – tutto inutile. Allora mi sono seduto, ho strizzato l'occhio alla signora magra e, finalmente, ho avuto la grande soddisfazione di sentirmi prendere da lui per la collottola ed essere scaraventato in platea. Lussazione del collo e gamba destra stupendamente fratturata. Tornato a casa felicissimo, bevuto una bottiglia di champagne e citato il giovanotto per cinquemila. Bag dice che andrà bene.

15 febbraio. Compromesso con il signor Snap. Cifra riportata sul registro – 50 centesimi – Vedi.

16 febbraio. Raccolto i frutti da quel furfante di Gruff, che mi ha regalato cinque dollari. Costo del vestito 4 doll. 25 cents. Profitto netto – vedi registro – 75 cents.»

Ecco dunque un guadagno pulito, in pochissimo tempo, di non meno di un dollaro e 25 cents – e solo per i due casi di Snap e Gruff; e garantisco solennemente al lettore che questi sono esempi estratti a caso dal mio brogliaccio.

Dice un adagio, antico ma vero, che il denaro è nulla rispetto alla salute. Trovai che quella professione comportava degli sforzi un po' eccessivi per la mia fragilità fisica, così che non sapevo proprio che fare e i miei amici, incontrandomi per la strada, non mi riconoscevano nemmeno più; pensai quindi che la cosa migliore era cambiare professione. Rivolsi perciò la mia attenzione all'attività di Sguazzare-nel-Fango, e la esercitai per vari anni.

Il guaio di questo lavoro è che piace a molti e, quindi, la concorrenza è enorme. Il primo stupido bifolco che scopre di non avere abbastanza cervello da far carriera come Uomo-Vetrina, o come sofisticato operatore del Pugno-nell'-Occhio, o come esperto di Lesioni-e-Percosse crede, naturalmente, di essere la persona ideale per Sguazzare-nel-Fango. Ma l'idea che, per svolgere tale attività, non ci sia bisogno di cervello è la più errata che si possa concepire. Specialmente in questo settore, non si può far nulla senza *metodo*. Personalmente mi dedicai solo a un'attività spicciola, ma le mie antiche abitudini di *metodicità*, mi portarono a fare facilmente carriera. In primo luogo, scelsi con estrema cura il mio crocevia, e non ho mai posato una scopa in un'altra zona della città se non *quella*. Mi premurai anche di avere a portata di mano una bella pozzanghera, che potevo raggiungere in un minuto. In questo modo, mi feci conoscere come persona affidabile. Nessuno mai tralasciò di gettarmi una monetina e traversare il *mio* incrocio con i pantaloni puliti. E dal momento che, sotto questo aspetto, le mie abitudini lavorative furono chiaramente comprese, non incontrai mai nessuno che tentasse di ostacolarmi. E, comunque, non l'avrei tollerato. Dato che io non prevaricavo su nessuno, non permettevo a nessuno di fare il furbo con me. Naturalmente, non potevo evitare la frode delle banche. I loro intervalli mi disturbavano immensamente. Ma quelli non sono individui bensì corporazioni; e, come tutti sanno, le corporazioni non hanno corpi da prendere a calci o anime da stramaledire.

Stavo facendo soldi con questa attività quando, malauguratamente, mi lasciai coinvolgere nel ramo della Sporcizia-Canina – professione in un certo senso analoga, ma assai meno rispettabile. Naturalmente, la mia posizione di lavoro era eccellente, centralissima, e disponevo di spazzola e lucido da scarpe di prima qualità. Anche il mio bastardino era bello grasso e con un fiuto straordinario. Era nel ramo da molto tempo e, se così posso dire, lo capiva a fondo. La nostra normale routine era la seguente: Pompeo, dopo essersi ben bene rotolato nel fango, si sedeva sulle zampe posteriori accanto alla porta di un negozio finché vedeva avvicinarsi uno zerbinotto con le scarpe lucide. Allora gli andava incontro, e strofinava un paio di volte sugli stivaletti il suo pelo lanoso. Lo zerbinotto bestemmiava e si guardava intorno cercando un lustrascarpe. E io ero lì, in piena vista, con lucido e spazzole. Un lavoro di un minuto, e arrivavano i sei pence. Per un certo tempo gli affari andarono benino; in realtà, io non ero avido, ma il mio cane sì. Gli davo un terzo del guadagno, ma gli consigliarono di insistere per averne la metà. Questo non potevo tollerarlo – quindi litigammo e ciascuno se ne andò per la sua strada.

Successivamente, mi cimentai per un po' nel ramo degli Organetti-di-Barberia, e posso dire che me la cavai piuttosto bene. È un'attività semplice, senza complicazioni, che non richiede particolare abilità. Si può ottenere un organetto per quattro soldi e, per farlo funzionare, basta aprirlo e dare tre o quattro martellate all'ingranaggio. Ne migliora il tono più di quanto possiate immaginare. Dopo di che, non vi resta che andarvene in giro col vostro organetto in spalla finché trovate una strada cosparsa di segatura e una porta col battente avvolto in pelle di daino. Allora, vi fermate a suonare; con l'aria di chi si propone di restar lì fino al giorno del Giudizio. Ben presto, si apre una finestra e qualcuno vi lancia una monetina chiedendovi di «far silenzio e andarvene». So benissimo che qualche suonatore ambulante se n'è effettivamente andato per quella somma; ma, personalmente, ho trovato il necessario esborso di capitale troppo ingente perché potessi permettermi di «levar le tende» per meno di uno scellino.

Feci parecchi soldi con questo lavoro; ma, in qualche modo, non mi sentivo soddisfatto così, alla fine, lo abbandonai. Il fatto è che operavo in condizioni di svantaggio, in quanto mi mancava la scimmietta – e in America le strade sono *così* fangose, e la marmaglia democratica *così* invadente e così pullulante di ragazzini maledettamente molesti.

Per qualche mese restai disoccupato ma, alla fine, dandomi da fare, riuscii a trovare lavoro con la Posta-Fasulla. In questo ramo i doveri sono molto semplici e non del tutto infruttuosi. Per esempio: la mattina molto presto dovevo preparare il mio pacco di finte lettere. All'interno di ciascuna, dovevo scarabocchiare poche righe – su qualsiasi argomento mi venisse in mente, purché abbastanza misterioso – firmandole tutte Tom Dobson o Bobby Tompkins [3], o un nome del genere. Una volta piegate, sigillate e timbrate le lettere con timbri fasulli – New Orleans, Bengala, Botany Bay, o qualsiasi altra località in capo al mondo – uscivo per il mio giro mattutino, simulando una gran fretta. Suonavo sempre alla porta dei palazzi per consegnare le lettere e ricevere il prezzo dell'affrancatura. Nessuno esita a pagare per una lettera – specialmente se supera il peso – la gente è così stupida – e non ci voleva niente a girare l'angolo prima che ci fosse il tempo di aprire le missive. L'aspetto peggiore di questa professione era che dovevo camminare tanto, e tanto rapidamente, e cambiare spesso itinerario. Non sopporto di sentir maltrattare gli innocenti – e il modo in cui tutta la città cominciò a maledire Tom Dobson e Bobby Tompkins era davvero terribile. Disgustato, mi lavai le mani dell'intera faccenda.

La mia ottava e ultima speculazione fu nel campo della Proliferazione-dei-Gatti. Un'attività che ho trovato piacevolissima e lucrosa, priva di qualsiasi complicazione. Come tutti sanno, il paese è infestato dai gatti – recentemente, le cose sono arrivate a un punto tale che una petizione per liberare la gente da questo flagello, firmata da numerosi, eminenti cittadini, è stata presentata all'ultima, memorabile sessione della legislatura. In quel periodo, l'Assemblea era stranamente bene informata e, dopo avere approvato altri saggi e salutari decreti, coronò il tutto con la Legge sui Gatti. Nella stesura originale, la legge offriva un premio per ogni *testa* di gatto (quattro pence al pezzo), ma il Senato riuscì a fare approvare un emendamento alla clausola principale, sostituendo la parola «*coda*» a

[3] Equivalente di Mario Bianchi o Giovanni Rossi (*N.d.T.*).

«testa». Un emendamento ovviamente opportuno, tanto che il Parlamento lo approvò all'unanimità.

Appena il Governatore ebbe firmato il decreto, investii tutti i miei averi nell'acquisto di gatti, di ogni razza e colore. In un primo tempo, potei nutrirli solo a topi (che costano poco), ma essi obbedirono al comando evangelico in maniera così straordinaria che, alla fine, ritenni di dovermi mostrare generoso, e così li nutrii a ostriche e tartaruga. Le loro code, al prezzo di legge, oggi mi portano un sostanzioso reddito, poiché ho scoperto il sistema in cui, grazie all'olio di Macassar, riesco a ottenere tre cucciolate l'anno. Sono inoltre felice di constatare che gli animali si abituano presto e, addirittura, preferiscono che si mozzi loro la coda. Mi ritengo, quindi, un uomo arrivato; e sto trattando l'acquisto di una casa di campagna sull'Hudson.

Il Giocatore di Scacchi di Maelzel

Forse nessuna esibizione del genere ha mai suscitato tanto interesse quanto il Giocatore di Scacchi di Maelzel. Dovunque si sia esibito, è stato oggetto di grande curiosità per tutte le persone intelligenti. Eppure, ancora non se ne conosce il *moduli operandi*. Su questo argomento non è stato scritto nulla di veramente decisivo – e pertanto troviamo ovunque uomini dotati di genio meccanico, di grande acutezza e di mente selettiva i quali non si fanno scrupolo di definire l'Automa un *puro e semplice congegno meccanico*, i cui movimenti non sono collegati all'intervento umano e che pertanto, al di là di ogni confronto, è l'invenzione più straordinaria dell'umanità. E lo sarebbe certamente, se le loro supposizioni fossero esatte. Partendo da questo presupposto, sarebbe del tutto assurdo fare un paragone fra il Giocatore di Scacchi e qualsiasi altro congegno antico o moderno. Eppure, di automi straordinari ce ne sono stati molti. Nelle *Lettere sulla Magia Naturale* di Brewster, troviamo la descrizione di quelli più degni di nota. Fra cui dobbiamo ricordare, in quanto sicuramente esistito, la carrozza inventata da M. Camus per Luigi XIV quando era bambino. In una stanza appositamente preparata, fu collocato un tavolo di circa quattro metri quadrati, sul quale venne posta una carrozza di legno, lunga sei pollici, tirata da due cavalli, anch'essi di legno. La carrozza aveva un finestrino abbassato attraverso il quale si scorgeva una signora seduta. Uno cocchiere a cassetta reggeva le redini e, sul retro, stavano uno staffiere e un paggio. M. Camus toccò una molla e subito il cocchiere schioccò la frusta e i cavalli si misero a trottare lungo il bordo del tavolo, tirando la carrozza. Arrivati alla fine di quella direzione svoltarono a sinistra, e il veicolo venne guidato ad angolo retto rispetto al percorso precedente, sempre lungo il bordo del tavolo. La carrozza proseguì fino davanti alla seggiola del giovane principe; qui si fermò, il paggio scese, aprì lo sportello, scese anche la signora, che presentò una petizione al sovrano. Poi risalì in carrozza, il paggio tirò su i gradini, e riprese il suo posto. Il cocchiere frustò i cavalli c la carrozza fu riportata là da dove era partita.

Degno di nota è anche il Mago di M. Maillardet. Copiamo la descrizione che segue dalle summenzionate *Lettere* del dottor B. il quale trasse le sue informazioni principalmente dalla *Edinburgh Encyclopaedia*.

«Uno dei congegni meccanici più popolari che si siano mai visti è il Mago, costruito da M. Maillardet per dare una risposta a determinati quesiti. Una figura, vestita da mago, appare seduta ai piedi di una parete, con la bacchetta magica in una mano e un libro nell'altra. Un certo numero di domande, già preparate, sono scritte su dei medaglioni ovali; lo spettatore sceglie quella che preferisce e alla quale vuole risposta, la mette in un cassetto pronto ad accoglierla e il cassetto si chiude con una molla, fino a quando arriva la risposta. Il Mago si alza allora dal suo scranno, china il capo, traccia dei cerchi con la sua bacchetta magica e, consultando il libro, quasi immerso in profonda meditazione, se lo porta accanto al viso. Dopo avere apparentemente così riflettuto sulla domanda postagli, alza la bacchetta e batte un colpo sul muro, sopra la sua testa; due porte pieghevoli si spalancano, rivelando la risposta appropriata alla domanda. Poi si richiudono; il Mago riprende la posizione originale, e il cassetto si apre per restituire il medaglione. Ce ne sono venti, di questi medaglioni, ciascuno con una domanda differente, alle quali il Mago dà le risposte più pertinenti e sorprendenti. I medaglioni consistono in sottili piastre ellittiche di ottone, e sono identici fra loro. Alcuni hanno una domanda incisa sulle due facce e il Mago risponde a entrambe. Se si chiude il cassetto senza metterci un medaglione, il Mago si alza, consulta il suo libro, scuote il capo, e torna a sedersi. Se, invece, ci si mettono due medaglioni insieme, si riceve risposta solo a quello inferiore. Quando il congegno è carico, i movimenti durano per circa un'ora, durante la quale una cinquantina di persone possono avere risposta. L'inventore dichiarò che il meccanismo grazie al quale i vari medaglioni agivano sul congegno, così da ottenere una risposta pertinente alle domande, era semplicissimo.»

Ancor più straordinaria era L'Anatra di Vaucanson. A grandezza naturale, imitava in modo così perfetto l'animale da trarre in inganno tutti gli spettatori. L'anatra, dice Brewster, eseguiva tutte le movenze e i gesti naturali, mangiava e beveva avidamente, con la testa e la gola compiva quei movimenti rapidi tipici delle anatre vere e, come esse, agitava col becco l'acqua che beveva. E schiamazzava anche, nel modo più naturale. L'artista aveva espresso al massimo la propria abilità nella struttura anatomica. Ogni osso dell'animale era presente nell'automa. Le ali erano anatomicamente perfette. Ogni cavità, apofisi e curvatura era stata riprodotta, e ogni osso eseguiva il movimento che gli competeva. Quando le si gettava davanti del granturco allungava il collo a beccarlo, lo inghiottiva e lo digeriva [1].

Ma se questi congegni erano ingegnosi, che dire della macchina calcolatrice di Babbage? Che pensare di un motore, fatto di legno e di metallo, capace non solo di effettuare qualsiasi calcolo astronomico e nautico, ma di garantirne la precisione matematica grazie alla sua capacità di correggere i possibili errori? Cosa dovremmo pensare di un congegno che, oltre a tutto questo, può addirittura stamparne, una volta ottenutili, i complessi risultati senza il minimo intervento dell'intelligenza umana? Forse mi si risponderà che una tale macchina è assolutamente superiore a ogni paragone con il Giocatore di Scacchi di Maelzel. Niente affatto – gli è nettamente inferiore – se, naturalmente, partiamo dal presupposto (da non ritenersi mai, neppure per un momento, valido) che il Giocatore di Scacchi sia un *puro e semplice congegno meccanico*, che effettua le sue operazioni senza alcun intervento umano. Per loro stessa natura, i calcoli aritmetici e algebrici sono fissi e determinati; a certi *dati* seguono, necessariamente e inevitabilmente, certi risultati. Risultati che non dipendono da nulla, e da nulla sono influenzati, tranne che dai *dati* originariamente forniti. E il problema da risolvere trova, o dovrebbe trovare, la sua soluzione definitiva attraverso una successione di passi precisi che non possono cambiare né venire modificati. Stando così le cose, possiamo facilmente concepire la *possibilità* di regolare un congegno meccanico in modo

[1] Sotto la voce «Androidi» della *Edinburgh Encyclopaedia* si trova una descrizione completa dei principali automi antichi e moderni.

tale che, una volta messo in moto secondo i *dati* del problema da risolvere, esso continui nel suo movimento regolare, progressivo e diretto verso la soluzione desiderata; dal momento che quei movimenti, per complessi che siano, mai si immaginano altrimenti che circoscritti e determinati. Ma le cose stanno assai diversamente per quanto riguarda il Giocatore di Scacchi. Nel suo caso, non esiste una progressione determinata. Negli scacchi, nessuna mossa segue necessariamente a un'altra. È impossibile predire la disposizione dei pezzi nel corso di una partita in base alla loro disposizione in una partita precedente. Sovrapponiamo la *prima mossa* di un incontro di scacchi ai *dati* di un quesito algebrico e l'enorme differenza salterà subito agli occhi. Il secondo passo nella soluzione del problema – dipendente dai *dati* – seguirà inevitabilmente. È plasmato dai *dati*. Deve essere *così*, e non altrimenti. Ma negli scacchi, alla mossa di apertura non segue una seconda mossa obbligata. Nel quesito algebrico, via via che si procede verso la soluzione, l'*inevitabilità* delle operazioni rimane inalterata. Come il secondo passo è conseguente ai *dati*, così il terzo è conseguente al secondo, il quarto al terzo, il quinto al quarto, e così via, *senza possibili alternative*, fino alla fine. In una partita a scacchi, invece, più si procede, più aumenta l'*incertezza* di ogni mossa successiva. Dopo qualche mossa, *tutte* le seguenti sono ipotetiche. Ogni spettatore ne suggerisce una. Tutto dipende dal giudizio variabile dei giocatori. E, anche ammettendo (il che non si dovrebbe fare) che le mosse del Giocatore Automatico fossero determinate in sé e per sé, esse sarebbero necessariamente interrotte e scompigliate dalla indeterminata volontà del suo antagonista. Non esiste quindi alcuna analogia fra le operazioni del Giocatore di Scacchi e quelle della macchina calcolatrice del signor Babbage; e, se vogliamo definire il primo come un *puro e semplice congegno automatico*, dobbiamo riconoscere che esso è, senza confronti, l'invenzione più straordinaria dell'umanità. Il suo progettatore originale, però, il barone Kempelen, non ebbe scrupoli a definirlo «un meccanismo semplicissimo – una *bagatelle* il cui funzionamento appare tanto straordinario solo grazie alla scelta dei sistemi adottati per creare l'illusione». Ma è inutile insistere su questo punto. È assodato che le operazioni dell'Automa sono regolate dalla *mente*, e da essa soltanto. Cosa, del resto, matematicamente dimostrabile *a priori*. L'unico interrogativo quindi rimane quello del *come* l'agente umano possa intervenire. Prima di addentrarmi in questo argomento, sarebbe opportuno dare una breve storia e una descrizione del Giocatore di Scacchi, a beneficio di quei nostri lettori i quali non hanno mai avuto occasione di assistere a un'esibizione del Signor Maelzel.

Il Giocatore di Scacchi fu inventato nel 1769 dal barone Kempelen, un nobile ungherese di Presburg, il quale, in seguito, lo cedette, con il segreto del suo funzionamento, all'attuale possessore [2]. Poco dopo il suo completamento, l'Automa fu esibito a Presburg, Parigi, Vienna, e altre capitali del continente. Nel 1783 e 1784, il signor Maelzel lo portò a Londra. In questi ultimi anni, ha fatto il giro delle principali città degli Stati Uniti, suscitando ogni volta grandissima curiosità; e persone di ogni ceto e grado tentarono di scoprire il mistero delle sue operazioni. La riproduzione contenuta in questa pagina, dà un'idea abbastanza approssimativa di come

[2] Questo fu scritto nel 1835 quando il signor Maelzel, recentemente deceduto, esibiva il Giocatore di Scacchi negli Stati Uniti. Oggi (1855) riteniamo che l'Automa sia in possesso del Prof. J.K. Mitchell, M.D., di Filadelfia.

appariva la figura, qualche settimana fa, agli abitanti di Richmond. Il braccio destro dovrebbe essere più allungato sul mobiletto, sul quale si dovrebbe vedere una scacchiera. E non si dovrebbe vedere il cuscino, fintanto che l'Automa regge la pipa. Da quando il Giocatore entrò in possesso di Maelzel, sono state anche apportate piccole modifiche al costume – per esempio, originariamente mancava la piuma.

All'ora fissata per l'esibizione, si alza un sipario o si aprono delle porte scorrevoli, e il congegno viene portato avanti, a circa dodici piedi dallo spettatore più vicino e, fra quest'ultimo e l'Automa, si tende una corda. Si vede una figura abbigliata in costume turco, seduta a gambe incrociate, dietro un mobiletto apparentemente di acero, che serve da tavolino. Se qualcuno lo chiede, l'espositore spinge il congegno in un punto qualsiasi della sala, o lo lascia in un punto indicato, o perfino lo sposta più volte durante la partita. Il fondo del mobile è molto rialzato da terra, grazie alle rotelle su cui si muove, così che gli spettatori possono vedere chiaramente lo spazio immediatamente sottostante l'Automa. La sedia su cui esso siede è fissata al mobile sul cui ripiano c'è una scacchiera, anch'essa inamovibile. Il braccio destro del Giocatore è teso in avanti, ad angolo retto con il corpo, appoggiato con apparente noncuranza accanto alla scacchiera, col dorso della mano verso l'alto. La scacchiera è di circa 18 pollici quadrati. Il braccio sinistro è invece piegato a gomito, e la mano sinistra regge una pipa. Un tendaggio verde nasconde il retro del turco, ricadendogli parzialmente sulle spalle. A giudicare dall'aspetto esteriore, il mobile è diviso in cinque scomparti – tre sportelli, di uguale dimensione, e due cassetti nella parte inferiore. Questa descrizione si riferisce alla prima apparizione in pubblico dell'Automa.

A questo punto, Maelzel comunica ai presenti che mostrerà loro il meccanismo del congegno. Trae di tasca un mazzo di chiavi e, con una di esse, apre il primo sportello (n. 1 dell'illustrazione) affinché tutti possano ispezionarlo. L'interno è apparentemente colmo di ruote, pignoni, leve e altri ingranaggi, uno addossato all'altro così che l'occhio può solo scrutarne la superficie. Lasciando questo sportello spalancato, si porta alle spalle del mobile e, alzando il drappeggio che copre la figura, apre un altro sportello, collocato esattamente dietro il primo. Accostando ad esso una candela accesa e spostando varie volte il congegno, ne illumina completamente l'interno, così che gli spettatori possono rendersi conto che esso è pieno zeppo di ingranaggi. Una volta che gli astanti se ne sono convinti, Maelzel richiude a chiave lo sportello posteriore, lascia ricadere il tendaggio sulla figura e torna davanti al mobile. Non dimenticate che lo sportello n. 1 è sempre aperto. L'espositore procede ora all'apertura del cassetto nella parte inferiore – sembra che ce ne siano due ma, in realtà, è uno solo – le doppie maniglie e le doppie serrature servono unicamente da ornamento. Una volta aperto completamente il cassetto, si vedono un piccolo cuscino e una serie di pezzi degli scacchi fissati su un telaio che li regge perpendicolarmente. Lasciando aperto il cassetto, come lo sportello 1, Maelzel apre adesso gli sportelli 2 e 3; e si scopre che sono sportelli a soffietto, che danno nello stesso scomparto interno la cui parte destra, però (destra per chi lo guarda) presenta una piccola divisione, larga circa sei pollici, anche questa piena di ingranaggi. Lo scomparto principale (chiameremo così quello che si vede aprendo gli sportelli 2 e 3) è foderato di panno scuro e non contiene alcun ingranaggio tranne due pezzi d'acciaio, a forma di quadranti, collocati nei due angoli posteriori, in alto. Sul piano inferiore dello scomparto, accanto all'angolo posteriore a sinistra di chi guarda, c'è una piccola protuberanza di circa otto pollici quadrati, anch'essa coperta di panno scuro. Lasciando aperti gli sportelli 2 e 3, oltre al cassetto e allo sportello n. 1, il presentatore si porta sul retro dello scomparto principale e, aprendo un'altra porticina, ne mostra chiaramente l'interno, introducendovi una candela. Dopo avere così apparentemente mostrato al pubblico l'intero mobile, Maelzel, sempre lasciando sportelli, porta e cassetti aperti, fa fare un giro completo all'Automa e, sollevando il drappeggio, mostra il retro della figura del turco. Apre una porticina di circa dieci pollici quadrati, all'altezza dei fianchi e un'altra, più piccola, nella coscia sinistra. Da queste aperture, si vede l'interno della figura, che appare pieno di ingranaggi. In genere, a questo punto gli spettatori sono pienamente convinti di avere visto e osservato l'Automa in ogni sua parte e, se mai qualcuno avesse pensato che all'interno si nascondesse qualcuno, dopo una esposizione così completa scarta immediatamente l'idea, giudicandola del tutto assurda.

Dopo aver riportato il congegno nella sua posizione originale, Maelzel comunica ai presenti che l'Automa giocherà una partita a scacchi con chiunque vorrà cimentarsi con lui. La sfida è accettata, e viene preparato un tavolino per l'antagonista, accanto alla corda ma dalla parte degli spettatori, collocandolo in modo che tutti possano vedere perfettamente l'Automa. Da un cassetto di questo tavolino si estraggono poi i pezzi degli scacchi che in genere, ma non sempre, Maelzel stesso colloca con le proprie mani sulla scacchiera, che è semplicemente dipinta sul ripiano del tavolino. Quando lo sfidante ha preso posto, il presentatore apre il cassetto del mobile, da cui estrae il cuscino che pone come appoggio sotto il braccio sinistro dell'Automa, dopo avergli tolto di mano la pipa. Dallo stesso cassetto prende anche i pezzi degli scacchi che dispone sulla scacchiera davanti alla figura. Dopo di che, richiude gli sportelli a chiave, lasciando il mazzo delle chiavi nello sportello 1. Chiude anche il cassetto e carica il congegno inserendo nel mobile una chiave, dal lato sinistro dello spettatore. La partita ha ora inizio – con l'Automa che fa la prima mossa. La competizione è generalmente limitata a mezz'ora ma se, allo scadere dei 30 minuti, non è ancora terminata e lo sfidante afferma che riuscirà a battere l'Automa, Maelzel non ha alcuna obiezione a prolungarla. Ovviamente, il limite della mezz'ora è stato fissato per non annoiare il pubblico. È chiaro che ogni mossa dello sfidante sulla propria scacchiera viene riprodotta su quella dell'Automa dallo stesso Maelzel, il quale funge da rappresentante dello spettatore. E, viceversa, quando a muovere è il turco, è sempre Maelzel a riportare la mossa sulla scacchiera dello sfidante, in qualità di rappresentante del turco.

Questo comporta che il presentatore si sposti di frequente da un tavolo all'altro. Va anche spesso dietro la figura per riporre i pezzi mangiati nella scatola accanto alla scacchiera, alla sua sinistra. Quando l'Automa esita a muovere, si vede talvolta il presentatore che gli si mette vicinissimo sulla destra, posando ogni tanto la mano sulla scatola, con aria indifferente. Egli ha anche uno strano modo di trascinare i piedi, teso a suscitare nella mente di coloro più furbi che sagaci il sospetto di collusione con il congegno. Si tratta senza dubbio di puri e semplici manierismi da parte di Maelzel; oppure, se egli ne è consapevole, li mette in pratica per far nascere negli spettatori un'idea sbagliata circa il meccanismo dell'Automa.

Il turco gioca con la mano sinistra. E ogni movimento del braccio è ad angolo retto. In tal modo la mano (coperta da un guanto e piegata in modo naturale) viene portata direttamente sopra il pezzo da muovere che le dita, quasi sempre, prendono senza difficoltà. Talvolta però accade che, quando il pezzo non è nella posizione esatta, l'Automa non riesce a prenderlo. In questo caso, non si ripete il tentativo; il braccio prosegue il suo movimento verso la direzione originariamente desiderata, esattamente come se le dita reggessero il pezzo. Indicata, così, la mossa voluta, il braccio torna sul cuscino ed è Maelzel a eseguire lo spostamento indicato dall'Automa. A ogni movimento, si sente il rumore degli ingranaggi della figura. Nel corso della partita, essa gira occasionalmente gli occhi, come a osservare la scacchiera, muove la testa, e pronuncia la parola *echec* (scacco) quando è necessario [3]. Se il suo antagonista fa una mossa falsa, essa batte dei colpi secchi sulla scatola con le dita della mano sinistra, scuote vigorosamente la testa e, rimettendo il pezzo erroneamente spostato dove si trovava prima, esegue la mossa successiva. Una volta vinta la partita, l'Automa scuote la testa con aria di trionfo, gira compiaciuto gli occhi sugli spettatori e, tirando più indietro il braccio sinistro, poggia solo le dita sul cuscino. In genere, è il turco a vincere la partita – solo una o due volte è stato battuto. A gioco terminato Maelzel, se qualcuno lo desidera, mostra di nuovo il meccanismo del congegno, nello stesso modo di prima. Poi, il tutto viene spinto via e un tendaggio lo nasconde alla vista del pubblico.

Si è più volte tentato di risolvere il mistero dell'Automa. L'ipotesi più diffusa, spesso condivisa anche da chi avrebbe dovuto avere più buon senso, fu, come abbiamo già detto, che non c'era alcun intervento umano diretto, che il congegno altro non era che una macchina. Molti, però, sostenevano che era lo stesso presentatore a regolarne i movimenti mediante qualche ingranaggio nelle zampe del mobile. Altri ancora, parlavano con convinzione di una calamita. In quanto alla prima ipotesi, per il momento non aggiungeremo nulla a quanto già detto. Per la seconda, basta ripetere quello che abbiamo spiegato prima e cioè che il mobile si muove su rotelle e, a richiesta, può essere spostato da una parte all'altra della sala, anche durante la partita. Altrettanto insostenibile è l'ipotesi della calamita – se così fosse, infatti, un'altra calamita, in tasca a uno qualsiasi degli spettatori, sarebbe sufficiente a inceppare tutto il meccanismo. Il presentatore, comunque, non ha obiezioni a che anche il magnete più potente rimanga sul mobile per tutta la durata dell'esibizione.

[3] Il fatto di far pronunciare al turco la parola *echec* è una miglioria apportata dal signor Maelzel. Quando era ancora in possesso del barone Kempelen, l'Automa indicava lo *scacco* battendo la mano destra sulla scatola.

Il primo tentativo di una spiegazione scritta del segreto – il primo, almeno, a quanto ne sappiamo – fu effettuato in un grosso opuscolo stampato a Parigi nel 1785. In sostanza, l'ipotesi avanzata dall'autore era questa – che il congegno fosse azionato da un nano il quale, secondo lui, quando il mobile veniva aperto, si nascondeva infilando le gambe in due cilindri cavi che si trovavano (ma in realtà non esistono) fra gli ingranaggi dello scomparto 1, mentre il corpo rimaneva all'esterno, nascosto dal drappeggio del turco. Quando gli sportelli venivano richiusi, il nano entrava nel mobile – mentre il rumore degli ingranaggi copriva quello dei suoi movimenti e della porticina che si richiudeva alle spalle. Una volta che l'interno dell'Automa era stato esposto senza che si vedesse nessuno, gli spettatori, sostiene l'autore dell'opuscolo, erano certi che dentro non ci fosse anima viva. L'assurdità di questa ipotesi è talmente evidente da non richiedere commento o confutazione e, infatti, suscitò scarsissimo interesse.

Nel 1789 M.I.F. Freyhere pubblicò a Dresda un libro nel quale cercava di risolvere il mistero. Un volume piuttosto grosso, con molte tavole a colori. L'ipotesi di Freyhere era che «un ragazzo, bene addestrato, molto magro e alto per la sua età (abbastanza da poterlo nascondere in un cassetto subito sotto la scacchiera)» giocasse la partita a scacchi compiendo tutti i gesti dell'Automa. Questa ipotesi, anche se addirittura più sballata di quella dell'autore parigino, incontrò migliore accoglienza e qualcuno la ritenne la vera soluzione del prodigio, fino a quando l'inventore mise fine alla discussione, consentendo che si esaminasse scrupolosamente il piano del mobile.

A questi strampalati tentativi di spiegazione ne seguirono altri, ugualmente strampalati. Recentemente però uno scrittore anonimo, seguendo un ragionamento assai poco filosofico, è riuscito a imbroccare una soluzione plausibile – anche se non possiamo ritenerla certa. Il suo saggio fu pubblicato per la prima volta in un settimanale di Baltimora, accompagnato da alcuni cliché, sotto il titolo «Tentativo di analizzare l'Automa Giocatore di Scacchi di Maelzel». Riteniamo che questo saggio sia stato l'originale del *pamphlet* al quale accenna Sir David Brewster nelle sue *Lettere sulla Magia Naturale*, non esitando a definirla una spiegazione completa e soddisfacente. Nell'insieme, i *risultati* dell'analisi sono indubbiamente corretti; ma che Brewster abbia definito il saggio una spiegazione completa e soddisfacente si giustifica solo con una sua lettura distratta e affrettata. Dal compendio del saggio, citato nelle *Lettere sulla Magia Naturale*, è impossibile arrivare a una conclusione precisa circa l'adeguatezza o l'inadeguatezza dell'analisi, a causa della enorme con fusione e scarsità delle lettere di riferimento impiegate. Lo stesso errore che si ritrova nel «Tentativo», etc. come lo abbiamo visto originariamente. La soluzione consiste in una serie di minuziose spiegazioni (accompagnate da xilografie che occupano molte pagine), miranti a dimostrare la *possibilità* di *spostare gli scomparti* del mobile in modo tale da consentire a una persona nascosta all'interno di muoversi, sia pure parzialmente, da una parte all'altra del congegno – sfuggendo così all'occhio degli spettatori. Senza dubbio, come abbiamo già detto e come cercheremo ora di dimostrare, il principio o, meglio, il risultato di questa soluzione è quello giusto. Qualcuno *è* nascosto nel mobile mentre il suo interno viene mostrato al pubblico. Quella che, invece, non condividiamo è la verbosa descrizione del modo in cui gli scomparti vengono spostati per assecondare i movimenti della persona nascosta all'interno. La respingiamo in quanto essa non è che una teoria formulata in un primo tempo e alla quale, in un secondo tempo, sono state forzosamente adattate le circostanze. Una teoria alla quale non si era arrivati (né si sarebbe potuto arrivare) in base a un ragionamento induttivo. Comunque lo spostamento abbia luogo, è ovvio che esso sia occultato, passo per passo, allo sguardo del pubblico. Dimostrare che alcuni movimenti si possono compiere in un certo modo, non significa affatto che essi vengano compiuti proprio in quel modo. Possono esserci infiniti altri sistemi per ottenere gli stessi risultati. La probabilità che uno di quelli ipotizzati sia quello giusto è di uno all'infinito. Ma, in realtà, questo particolare aspetto del problema – cioè lo spostamento degli scomparti – non ha la minima importanza. Era del tutto superfluo dedicare sette o otto pagine a dimostrare ciò che nessuna persona di buon senso negherebbe – vale a dire che l'eccezionale genio meccanico del barone Kempelen era perfettamente in grado di escogitare il modo di chiudere una porta, o far scorrere un pannello, con un agente umano a essi collegato; e di compiere queste operazioni, come l'autore stesso del saggio dimostra e come noi cercheremo di illustrare più ampiamente qui appresso, in maniera tale da sfuggire completamente all'occhio degli spettatori.

Formulando una nostra ipotetica spiegazione dell'Automa cercheremo, in primo luogo, di dimostrarne il funzionamento e, in secondo luogo di descrivere, il più succintamente possibile, la natura delle *osservazioni* dalle quali abbiamo tratto le nostre conclusioni.

Per meglio comprendere l'argomento, ripeteremo qui in poche parole la routine seguita dal presentatore per mostrare l'interno del mobiletto – una routine dalla quale non si discosta *mai* in modo sostanziale. Per prima cosa apre lo sportello n. 1. Lasciandolo aperto, si porta sul retro per aprire una porta direttamente alle spalle dello sportello stesso. A questa porta avvicina una candela accesa. *Richiude* poi *questa porta* a chiave e, tornando sul davanti, apre completamente il cassetto. Dopo di che, apre gli sportelli 2 e 3 (quelli pieghevoli) mostrando l'interno dello scomparto principale. Lasciando aperto quest'ultimo, il cassetto, e lo sportello anteriore dello scomparto n. 1, torna sul retro e spalanca la porta che corrisponde allo scomparto principale. Nel richiudere il mobile non segue un ordine particolare, tranne il fatto che gli sportelli pieghevoli vengono sempre chiusi prima del cassetto.

Ora, supponiamo che, quando il mobile viene spinto per la prima volta davanti al pubblico, al suo interno si trovi già una persona, collocata dietro la massa degli ingranaggi nello scomparto n. 1 (la parte posteriore di questi ingranaggi è fatta in modo da poter scivolare *en masse* dallo scomparto principale a quello n. 1, quando è necessario) con le gambe completamente stese dentro lo scomparto principale. Quando Maelzel apre lo sportello 1, l'uomo all'interno non corre alcun pericolo di essere scoperto dato che anche l'occhio più acuto non riesce a penetrarne l'oscurità interna. Ma le cose cambiano quando viene aperta la porta posteriore del primo scomparto; l'interno viene illuminato e, se ci fosse dentro qualcuno, sarebbe scoperto. Ma non si vede nessuno. L'inserimento della chiave nella toppa era un segnale per cui la persona nascosta si pigia il più possibile in avanti, ad angolo acuto – infilandosi del tutto o quasi nello scomparto principale. Ma la posizione è scomodissima e non può restarci a lungo. Di conseguenza, vediamo che Maelzel *richiude la porta sul retro*.

Dopo di che, non c'è motivo per cui l'uomo non riprenda la posizione primitiva, poiché lo scomparto è tornato in ombra e l'interno è del tutto invisibile. Il cassetto è aperto e la persona nascosta può rimettere le gambe nello spazio che occupavano prima [4]. Quindi, nello scomparto principale non vi è più alcuna traccia dell'uomo che ormai si nasconde con il corpo dietro gli ingranaggi del primo scomparto, con le gambe nello spazio occupato dal cassetto. Il presentatore può quindi tranquillamente mostrare lo scomparto principale. E così fa, aprendo gli sportelli sia anteriori che posteriori – e non si vede nessuno. A questo punto, gli spettatori sono convinti che tutto l'interno del mobile è davanti ai loro occhi – ogni sua parte, simultaneamente. Ma naturalmente non è così. La gente non vede lo spazio dietro il cassetto, né l'interno dello scomparto n. 1, di cui il presentatore chiude virtualmente lo sportello chiudendone la corrispondente porta posteriore. Maelzel, dopo aver girato il mobiletto, solleva il drappeggio del turco, ne apre le porticine sulle reni e sulla coscia e dimostra come, all'interno, non ci siano che ingranaggi; dopo di che, riporta il tutto nella posizione originale e chiude le porticine. L'uomo all'interno adesso può muoversi liberamente. Entra nel corpo del turco quel tanto che basta per avere gli occhi a livello della scacchiera. Molto probabilmente, siede su quel quadratino sporgente, o protuberanza, che si vede in un angolo dello scomparto principale quando gli sportelli sono aperti. Posizione dalla quale può vedere la scacchiera attraverso il torace del turco, che è fatto di reticella metallica. Infilando il braccio destro nella figura, aziona il minuscolo ingranaggio che guida il braccio sinistro e la mano della figura. L'ingranaggio è collocato subito sotto la scapola destra dell'Automa ed è quindi facilmente raggiungibile dalla mano destra dell'uomo nascosto, supponendo che infili il braccio destro nel torace. I movimenti della testa, degli occhi e del braccio destro del Giocatore, come pure il suono della parola *echec*, vengono azionati da altri ingranaggi mossi a piacere, dall'operatore nascosto. L'intero congegno – cioè il gruppo degli ingranaggi indispensabili – si trova molto probabilmente all'interno del piccolo scomparto (largo circa sei pollici) ricavato dalla divisione (sulla destra di chi guarda) dello scomparto principale.

In questa analisi del funzionamento dell'Automa abbiamo volutamente tralasciato di accennare al modo in cui vengono spostati i tramezzi divisori; e, a questo punto, è facile capire che si tratta di un problema di nessuna importanza, dal momento che qualsiasi bravo carpentiere troverebbe un'infinità di modi per effettuare quello spostamento; e, dal momento che abbiamo dimostrato come, quale che ne sia il modo, lo si possa fare all'insaputa degli spettatori. Le nostre conclusioni si fondano sulle seguenti *osservazioni*, tratte da ripetute visite all'esibizione di Maelzel [5].

1. Le mosse del turco non sono effettuate a intervalli regolari, ma si

[4] Sir David Brewster ipotizza che dietro il cassetto, anche dopo che è stato chiuso, rimanga ampio spazio – in altre parole, che si tratti di un «finto cassetto» che non arriva al fondo del mobile. Ma è un'ipotesi che non regge. Un trucco così banale sarebbe subito scoperto, specialmente dal momento che il cassetto è sempre aperto completamente e gli spettatori si accorgerebbero facilmente se esso fosse meno profondo del mobile.

[5] Alcune di queste *osservazioni* mirano esclusivamente a dimostrare che il congegno deve essere azionato *da una mente umana*, e potrebbe apparire superfluo addurre ulteriori argomentazioni a sostegno di quanto è già stato pienamente convenuto. Il nostro scopo principale è quello di convincere alcuni nostri amici per i quali un ragionamento propositivo avrà più valore anche della più esplicita dimostrazione aprioristica.

adeguano alle mosse dell'antagonista – anche se il fattore regolarità, così essenziale in ogni tipo di congegno meccanico, si sarebbe potuto facilmente introdurre limitando il tempo concesso all'antagonista per fare la sua mossa. Per esempio, se il limite fosse di tre minuti, si potrebbero regolare le mosse dell'Automa secondo intervalli di poco superiori ai tre minuti. Il fatto che sussista questa irregolarità, quando sarebbe stato così facile fissare un ritmo regolare, dimostra come la regolarità non abbia alcun peso per il funzionamento dell'Automa – in altre parole, che esso non è *un puro e semplice congegno meccanico*.

2. Quando l'Automa sta per fare la sua mossa si percepisce chiaramente, proprio sotto la spalla sinistra, un movimento che agita il drappeggio ricadente su quella spalla. È un movimento che invariabilmente precede di un paio di secondi quello del braccio; che non si sposta mai prima di quel movimento preparatorio della spalla. Ora, poniamo che l'antagonista muova la sua pedina e che Maelzel riporti, come al solito, la mossa sulla scacchiera dell'Automa. Poniamo anche che l'antagonista osservi attentamente l'Automa e che, appena nota quel movimento, prima che il braccio si sposti, ritiri la sua pedina come se si fosse reso conto di aver fatto una mossa sbagliata. Si vedrà allora che il movimento del braccio che, in tutti gli altri casi, segue immediatamente quello della spalla, si arresta – non si verifica – anche se Maelzel non ha ancora riportato sulla scacchiera dell'Automa la mossa corrispondente al ritiro della pedina da parte del contendente. In questo caso, è ovvio che l'Automa stava per muovere; e che il suo arresto è stato chiaramente prodotto dal ritiro del pezzo compiuto dall'avversario, senza alcun intervento da parte di Maelzel.

Questo dimostra ampiamente che: 1. l'intervento di Maelzel nel riportare le mosse dell'antagonista sulla scacchiera dell'Automa non è indispensabile ai fini del movimento di quest'ultimo; 2. che questi movimenti sono regolati da una *mente* – da qualcuno che può vedere la scacchiera del suo avversario; 3. che a regolarli non è la mente di Maelzel il quale dava le spalle al contendente quando questi ha ritirato la sua pedina.

3. L'Automa non ne esce invariabilmente vincitore. Se il congegno fosse un semplice meccanismo, questo non accadrebbe – vincerebbe sempre. Una volta scoperto il *principio* in base al quale una macchina può *giocare* una partita a scacchi, sarebbe facile metterla in condizioni di *vincerla*; e, sempre in base allo stesso principio, di *vincerle tutte* – di battere, cioè, qualsiasi avversario. Un attimo di riflessione sarà sufficiente a convincere chiunque che costruire un congegno in grado di vincere sempre non presenta certo maggiori difficoltà, sotto il profilo meccanico, che costruirne uno in grado di vincere una sola volta. Quindi, se consideriamo il Giocatore come un congegno dobbiamo presumere (il che è altamente improbabile) che il suo inventore abbia preferito lasciarlo incompleto anziché renderlo perfetto – supposizione ancor più assurda quando si pensi che il fatto di lasciarlo incompleto costituirebbe un argomento a sfavore della possibilità che si tratti puramente di una macchina – il che è esattamente quanto stiamo sostenendo.

4. Quando la partita si fa difficile o complessa vediamo che il turco non scuote mai la testa né rotea gli occhi. Lo fa solo quando la sua mossa successiva è ovvia, o quando la partita scorre talmente liscia da non richiedere particolare riflessione da parte di un giocatore al posto dell'Automa. Ora, questi strani movimenti di testa e di occhi sono tipici di chi è occu-

pato a riflettere, e l'ingegnoso barone Kempelen li avrebbe applicati al congegno (se di puro e semplice congegno si trattasse) per eseguirli al momento opportuno – cioè di fronte a particolari difficoltà. Ma qui succede esattamente il contrario, e questo capovolgimento si adatta perfettamente alla nostra supposizione di una persona nascosta all'interno. Quando è impegnata a pensare alla partita, questa persona non ha il tempo di occuparsi dell'ingranaggio che aziona la testa e gli occhi. Quando invece la partita non presenta difficoltà, ha tutto il tempo di guardarsi intorno e, pertanto, vediamo che il capo si muove e gli occhi roteano.

5. Quando il congegno viene fatto girare per consentire agli spettatori di vedere il retro della figura del turco, e il drappeggio viene sollevato e si spalancano le porticine sui reni e sulla coscia, si nota che l'interno è stipato di ingranaggi. Osservando però il congegno mentre l'Automa era in movimento – vale a dire il mobile si spostava sulle rotelle – notammo che alcune parti del meccanismo cambiavano forma e posizione in misura tale da non potersi attribuire semplicemente a un fattore prospettico; un successivo esame ci convinse che quei cambiamenti eccessivi erano da attribuire a degli specchi collocati all'interno e certo non destinati ad influenzare il funzionamento del meccanismo stesso. Il loro compito – quale che fosse – doveva necessariamente riferirsi all'occhio dello spettatore. Ne concludemmo seduta stante che gli specchi servivano a moltiplicare l'immagine degli ingranaggi all'interno della figura, così da far sembrare che la riempissero completamente. Se ne deduce quindi che il congegno non è una pura e semplice macchina. Se così fosse l'inventore, anziché volerne dimostrare la complessità, ricorrendo a un artifizio per raggiungere questo suo scopo, avrebbe invece fatto di tutto per convincere coloro i quali assistevano all'esibizione che in realtà un risultato tanto straordinario era ottenuto con mezzi *semplici*.

6. Dal punto di vista dell'aderenza alla realtà, l'aspetto esteriore e soprattutto il comportamento del turco non sono che scadenti imitazioni. I lineamenti non mostrano la minima vitalità e, in quanto a somiglianza con una fisionomia umana, sono di gran lunga inferiori anche alla più scadente immagine di cera. Gli occhi roteano in modo innaturale, senza un corrispondente movimento di palpebre o sopracciglia. In particolare, il braccio esegue le sue operazioni in maniera rigida, goffa, a scatti, con moto rettangolare. Ora, tutto ciò nasce o dall'incapacità di Maelzel di azionarlo in modo migliore o da una trascuratezza intenzionale – dato che una trascuratezza accidentale è da escludere visto che l'ingegnoso artefice dedica tutto il suo tempo a perfezionare l'Automa. Sicuramente non possiamo attribuire l'apparenza stereotipata della figura a scarsa abilità – poiché tutti gli altri automi di Maelzel dimostrano la sua capacità di imitare con assoluta esattezza le immagini e le caratteristiche della vita. Per esempio, i suoi funamboli sono inimitabili. Quando il clown ride, labbra, occhi, sopracciglia, palpebre – ogni suo lineamento – hanno l'espressione giusta. In esso, come nel suo compagno, ogni gesto è così fluido e privo di artificio che, se non fosse per le loro minuscole dimensioni e per il fatto che, prima della loro esibizione sulla fune, vengono fatti passare di mano in mano degli spettatori, nessuno crederebbe che questi automi di legno non siano creature umane. Non possiamo quindi mettere in dubbio l'abilità del signor Maelzel e pertanto dobbiamo supporre che egli abbia lasciato di proposito al suo Giocatore di Scacchi quell'aspetto artificiale e innaturale

conferitogli inizialmente (e anche allora, senza dubbio, con intenzione) dal barone Kempelen. E quale fosse l'intenzione non è difficile capirlo. Se, nei suoi movimenti, l'Automa avesse una maggiore apparenza di realismo, lo spettatore sarebbe indotto ad attribuire quei movimenti alla loro vera causa (cioè un intervento umano dall'interno) più di quanto lo sia ora, quando i gesti goffi e spigolosi danno l'idea di un puro e semplice congegno meccanico, senza alcuna assistenza nascosta.

7. Quando, poco prima dell'inizio della partita, l'Automa viene, come sempre, caricato dal presentatore, un orecchio avvezzo al suono prodotto dal caricamento di un meccanismo scoprirà immediatamente che l'asse fatto ruotare dalla chiave dentro il mobiletto non può essere in alcun modo collegato a una molla o a un ingranaggio qualsiasi. In questo caso, la deduzione che se ne trae è la stessa di prima. La carica non serve affatto al funzionamento dell'Automa e viene eseguita allo scopo di suscitare negli spettatori l'illusione di un congegno meccanico.

8. Quando si chiese esplicitamente a Maelzel se l'Automa è o no un semplice macchinario, la sua risposta è invariabilmente la stessa: «No comment». Ora, la fama dell'Automa e la grande curiosità che esso ha ovunque suscitato, sono essenzialmente dovute all'opinione corrente che si tratti di una *macchina*. E quale modo più ovvio ed efficace per convincere di questo il pubblico (come appunto è l'intenzione) che una dichiarazione esplicita in tal senso? D'altro canto, quale modo più ovvio ed efficace di suscitare perplessità circa il carattere puramente meccanico dell'Automa che astenersi dal dichiararlo apertamente? La gente, infatti, fa questa considerazione: Maelzel ha tutto l'interesse a presentare il Giocatore come un semplice congegno; rifiuta di confermarlo esplicitamente a parole, pur non facendosi scrupolo ma, anzi, dimostrandosi ansioso di confermarlo, indirettamente, con i fatti; se davvero fosse ciò che egli intende dimostrare con i fatti, sarebbe dispostissimo ad avvalersi della più diretta testimonianza verbale; di conseguenza, il suo silenzio è dovuto al fatto che egli sa che *non* si tratta esclusivamente di un congegno meccanico; le sue azioni non possono accusarlo di mistificazione; le sue parole, potrebbero.

9. Quando, mostrando al pubblico l'interno del mobile, Maelzel spalanca lo sportello n. 1 e la porta posteriore direttamente corrispondente, accosta a questa porta posteriore una candela accesa (come già detto) e muove avanti e indietro il mobile per dimostrare che il primo scomparto è interamente occupato dagli ingranaggi. Durante questi spostamenti, l'osservatore attento potrà notare che, mentre il gruppo degli ingranaggi accanto allo sportello anteriore n. 1 è perfettamente fisso e stabile, quello verso la parte posteriore ondeggia leggermente, seguendo gli spostamenti del mobile. Fu proprio questa circostanza a far nascere in noi il sospetto che il blocco posteriore degli ingranaggi fosse sistemato in modo da poterlo facilmente spostare *en masse*, quando fosse necessario. Come abbiamo già detto, la necessità si presenta nel momento in cui l'uomo nascosto si porta in posizione eretta quando viene richiusa la porta sul retro.

10. Sir David Brewster afferma che la figura del turco è a grandezza naturale – ma, in realtà, essa è molto più grande. Nulla di più facile che sbagliarsi sulle proporzioni. Il corpo dell'Automa è generalmente isolato e, non potendo confrontarlo immediatamente con una figura umana, ci lasciamo indurre a ritenerlo di grandezza naturale. Errore cui, però, si può ovviare osservando il Giocatore di Scacchi quando, come talvolta accade,

il presentatore gli si accosta. Certo, il signor Maelzel non è molto alto ma, vicino al congegno, la sua testa appare almeno diciotto pollici più in basso rispetto a quella del turco che, non dimentichiamolo, è seduto.

11. Il mobile dietro cui è collocato l'Automa misura esattamente sei pollici di lunghezza, due piedi e quattro pollici di profondità e due piedi e sei pollici di altezza. Dimensioni più che sufficienti a contenere un uomo di statura molto superiore alla media – il solo scomparto principale può ospitare una persona di statura normale nella posizione in cui abbiamo detto si pone l'operatore nascosto. Questi sono dati di fatto che chiunque voglia può controllare, e quindi non indugeremo oltre. Vorremmo solo suggerire che anche se, in apparenza il piano del mobile è costituito da una tavola dello spessore di circa tre pollici, basta chinarsi e guardare verso l'alto quando lo scomparto principale è aperto per rendersi conto che, in realtà, è molto sottile. Anche l'altezza del cassetto è, a prima vista, ingannevole. Fra la sommità del cassetto, osservato dall'esterno, e il fondo del mobile, c'è uno spazio di circa tre pollici – spazio che va incluso nell'altezza del cassetto. Tutti questi accorgimenti, che mirano a fare apparire lo spazio interno minore di quanto in realtà sia, rispondono all'intenzione dell'inventore di suggerire al pubblico un'idea errata, e cioè che dentro il mobile non è possibile far entrare una persona.

12. L'interno dello scomparto principale è interamente foderato di stoffa. Che, a nostro parere, dovrebbe avere un duplice scopo. Parte di essa, una volta ben tesa, potrebbe costituire gli unici tramezzi da rimuovere necessariamente durante i movimenti della persona nascosta, vale a dire il divisorio fra il retro dello scomparto principale e il retro dello scomparto n. 1; e il divisorio fra lo scomparto principale e lo spazio sul retro del cassetto, una volta che questo sia aperto. Supponendo che sia così, sparisce ogni difficoltà di spostamento dei tramezzi, ammesso che tale difficoltà esista. Il secondo scopo della stoffa è quello di attutire e rendere indistinto ogni rumore che i movimenti dell'uomo all'interno potrebbero provocare.

13. Lo sfidante (come abbiamo già sottolineato) non può giocare sulla scacchiera dell'Automa, ma è seduto a una certa distanza. Probabilmente, se qualcuno dovesse chiederlo, si attribuirebbe il motivo di questa collocazione al fatto che, se l'avversario fosse diversamente dislocato, la sua persona si frapporrebbe fra il congegno e gli spettatori, ostacolando la visuale di questi ultimi. Ma è un ostacolo al quale si potrebbe ovviare con estrema facilità, sia mettendo in posizione più elevata le sedie, sia girando l'estremità del mobile verso gli spettatori durante la partita. Se lo sfidante sedesse a contatto con il mobile e avesse l'udito fine, potrebbe scoprire il segreto sentendo il respiro di qualcuno all'interno del mobile.

14. Anche se, mostrando l'interno del congegno, Maelzel a volte si discosta leggermente dalla *routine* che abbiamo indicato, non lo fa *mai*, però, a un *punto tale* da smentire questa nostra soluzione. Per esempio, è successo che aprisse per primo il cassetto – ma non apre mai lo scomparto principale senza prima chiudere la porta posteriore del vano n. 1 – né mai lo apre senza aver prima tirato fuori il cassetto – non apre mai il cassetto senza chiudere prima lo scomparto principale – né apre mai il retro del vano n. 1 mentre lo scomparto principale è aperto – e la partita non ha inizio se prima non è stato chiuso l'intero mobile. Ora, se dalle nostre osservazioni risultasse che *mai, in nessun caso,* il signor Maelzel si sia discostato dalla *routine* che abbiamo descritto come necessaria all'ipotesi

da noi suggerita, questo già la avvalorerebbe al massimo. Ma ancor più la avvalora il fatto che *occasionalmente* si discosta leggermente dalla *routine*, mai però a tal punto da inficiare la nostra soluzione.

15. Durante lo spettacolo, sulla scacchiera dell'Automa ci sono sei candele. Viene spontaneo chiedersi: «perché così tante quando una sola, o al massimo due, sarebbero più che sufficienti per consentire allo spettatore una chiara visuale della scacchiera in una sala peraltro già bene illuminata, come lo è sempre quella in cui si svolge l'esibizione – e quando, inoltre – supponendo che il congegno *sia solamente un congegno* – non c'è alcuna necessità di tanta luce, o di una qualsiasi luce, perché *esso* funzioni – e quando, soprattutto, sul tavolo dello sfidante c'è una sola candela?». La prima e più ovvia ipotesi è che una forte illuminazione costituisce il requisito essenziale perché l'uomo nascosto possa vedere attraverso il materiale trasparente (probabilmente una reticella sottile) di cui è fatto il busto del turco. Ma, considerando la *disposizione* delle candele, sorge subito un'altra spiegazione. Come abbiamo detto, ci sono in totale sei candele, tre per lato. Le più lontane dagli spettatori sono anche le più lunghe – quelle al centro sono più corte di circa due pollici – e quelle più vicine al pubblico ancora più basse, sempre di un paio di pollici – fra i due gruppi di candele esiste una differenza di circa due pollici – vale a dire, la candela più lunga da un lato è di circa tre pollici più corta della candela equivalente dall'altro lato, e così via. In tal modo, non ci sono due candele della stessa altezza e, di conseguenza, anche la difficoltà di identificare il *materiale* di cui è fatto il busto della figura (su cui si proietta la luce) è sensibilmente accresciuta dall'effetto abbagliante di quel complicato intreccio di raggi – ottenuto mettendo i centri di irradiazione a livelli diversi.

16. Fino a quando il Giocatore di Scacchi rimase in possesso del barone Kempelen, più di una volta si osservò – primo, che un italiano il quale alloggiava nella *suite* del barone non era mai visibile durante le partite del turco; e, secondo, che una volta che l'italiano si ammalò, l'esibizione fu sospesa fino alla sua guarigione. Questo italiano dichiarava di non sapere affatto giocare a scacchi, anche se tutti gli altri dipendenti del barone erano buoni scacchisti. Coincidenze analoghe si sono verificate da quando l'Automa fu acquistato da Maelzel. C'è un uomo, un certo *Schlumberger*, che lo segue ovunque vada ma la cui unica mansione sembra quella di aiutarlo a imballare e sballare l'Automa. È un tipo di media statura, con le spalle molto curve. Non sappiamo se egli ammetta o meno di saper giocare a scacchi. Quel che è certo è che non lo si vede mai durante gli spettacoli, anche se è spesso visibile prima e dopo l'esibizione. Inoltre, qualche anno fa Maelzel si recò a Richmond con i suoi automi che esibì, ci sembra, nell'edificio che oggi ospita l'Accademia di Danza di M. Bossieux. *Schlumberger* improvvisamente si ammalò e, durante la sua malattia, non ci furono esibizioni del Giocatore. Questi fatti sono ben noti a molti nostri concittadini. Il motivo addotto per la sospensione degli spettacoli del Giocatore *non* fu la malattia di *Schlumberger*. Il lettore ne tragga le sue conseguenze.

17. Il turco gioca con il braccio *sinistro*. Una circostanza così strana non può essere accidentale. Brewster la ignora, tranne che per una breve nota, ci sembra, a titolo puramente di segnalazione. I primi autori di trattati sull'Automa pare che non se ne siano nemmeno accorti, e non ne fanno cenno. L'autore dell'opuscolo cui accenna Brewster menziona la circostanza, asserendo però di non saperla spiegare. Eppure, proprio da

tali discrepanze e incongruenze nascono (se nascono) le deduzioni che ci porteranno alla verità.

Il fatto che l'Automa giochi con la mano sinistra non può dipendere dall'assetto meccanico del congegno considerato come tale. Ogni ingranaggio che aziona in un determinato modo il braccio sinistro della figura potrebbe, se invertito, azionarne in maniera analoga il braccio destro. Questo principio è però inapplicabile al meccanismo del corpo umano, in cui esiste una netta e radicale differenza fra la struttura e, in ogni caso, la capacità delle due braccia. Riflettendo su ciò, è naturale riferire l'incongruenza presente nel Giocatore a questa peculiarità della struttura umana. In tal caso, dobbiamo pensare a una qualche *inversione* – dato che l'Automa gioca esattamente nel modo *contrario* a quello in cui giocherebbe un uomo. Queste teorie, una volta formulate, bastano da sole a suggerire l'ipotesi di un operatore nascosto nell'interno. Pochi altri impercettibili passi ci conducono, finalmente, alla conclusione. L'Automa gioca col braccio sinistro perché è quello l'unico modo che consente alla persona nascosta di usare il braccio destro – cosa ovviamente *auspicabile*. Proviamo a immaginare che l'Automa giochi col destro. Per raggiungere l'ingranaggio che aziona il movimento del braccio e che, come già spiegato, si trova proprio sotto la spalla, l'uomo nascosto dovrebbe necessariamente usare il braccio destro in una posizione scomodissima e disagevole (cioè, tenendolo stretto al corpo e compresso fra il corpo e il fianco dell'Automa); oppure, usare il sinistro, portandoselo davanti al petto. In entrambi i casi, non potrebbe agire con la facilità e la precisione necessarie. Al contrario, il fatto che l'Automa giochi col braccio sinistro, elimina ogni difficoltà. L'uomo all'interno porta davanti al petto il braccio destro e le dita della mano operano liberamente sull'ingranaggio nella spalla della figura.

A nostro avviso, non esiste una confutazione ragionevole di questa soluzione al mistero dell'Automa Giocatore di Scacchi.

Il potere delle parole

Oinos: Perdona, Agathos, la debolezza di uno spirito appena avvolto dall'immortalità!

Agathos: Nulla hai detto, caro Oinos, di cui chiedere perdono. Nemmeno qui, la conoscenza è frutto dell'intuizione. Per la saggezza, rivolgiti liberamente agli angeli, ché ti venga concessa!

Oinos: Ma in questa esistenza, sognai che subito avrei conosciuto ogni cosa, e subito sarei stato felice per tale conoscenza.

Agathos: Non nella conoscenza sta la felicità, ma nell'acquisizione della conoscenza! Nell'eterno conoscere, siamo eternamente beati; ma conoscere tutto, sarebbe la maledizione di un nemico.

Oinos: Ma che forse l'Altissimo non conosce tutto?

Agathos: *Questa* (poiché egli è il Sommamente Gaudioso) deve rimanere l'*unica* cosa ignota perfino a *Lui*.

Oinos: Ma, dal momento che, ora per ora, cresciamo in conoscenza, non dovrà, *alla fine*, esserci nota ogni cosa?

Agathos: Spingi il tuo occhio nelle distanze abissali! – Tenta di costringere il tuo sguardo lungo il molteplice panorama degli astri, mentre lentamente fra di essi scivoliamo, così – e così – e così! Forse che anche questa spirituale visione non è continuamente bloccata dalle ininterrotte, auree pareti dell'universo? Quelle pareti di miriadi di corpi luminosi il cui solo numero è sufficiente a fonderli in un tutto unico?

Oinos: Comprendo chiaramente che l'infinità della materia non è un sogno.

Agathos: *Non* esistono sogni in Aidenn – ma qui si sussurra che l'*unico* scopo è di offrire sorgenti infinite alle quali l'anima può placare la sete di *conoscenza* che sempre in essa arde – poiché spegnerla significherebbe spegnere l'anima stessa. Interrogami dunque, caro Oinos, liberamente e senza timore. Vieni! Lasceremo a sinistra la sonora armonia delle Pleiadi e ci slanceremo fuori dal trono nei campi stellati oltre Orione dove, quali mammole e viole, per la serenità del cuore, si stendono aiuole di triplici e tricolori soli.

Oinos: E ora, Agathos, mentre avanziamo, istruiscimi! – parlami nei familiari accenti della terra! Non comprendo ciò che or ora mi hai accennato circa i modi e i metodi di quella che, durante la nostra mortalità, usavamo definire Creazione. Intendi dire che il Creatore non è Dio?

Agathos: Intendo dire che la Divinità non crea.

Oinos: Spiegati!

Agathos: Solamente all'*inizio*, egli creò. Le illusorie creature che ora, in tutto l'universo, balzano improvvisamente in essere, possono unicamente considerarsi risultato mediato o indiretto, non già diretto o immediato, del Divino potere creativo.

Oinos: Fra gli umani, caro Agathos, questo sarebbe visto come il massimo dell'eresia.

Agathos: Fra gli angeli, caro Oinos, è visto come la semplice verità.

Oinos: Fin qui riesco a comprenderti – determinate operazioni di quella che noi chiamiamo Natura, o leggi naturali, in determinate circostanze, danno vita a qualcosa che ha tutta l'*apparenza* della creazione. Poco prima della distruzione finale della terra erano in corso, lo ricordo bene, molti esperimenti fortunati in quella che alcuni filosofi avevano la debolezza di definire la creazione di organismi animali microscopici.

Agathos: Gli esperimenti cui ti riferisci erano, in effetti, esempi della creazione secondaria – e dell'*unica* specie di creazione che sia mai esistita, da quando il suono diede vita alla prima legge.

Oinos: Quei mondi stellari che, dagli abissi del non-essere si catapultano continuamente nei cieli – quelle stelle, Agathos, non sono opera immediata del Sovrano?

Agathos: Cercherò, caro Oinos, di condurti passo dopo passo al concetto cui mi riferisco. Tu sai che, come nessun pensiero può morire, così nessuna azione può rimanere senza un risultato infinito. Quando dimoravamo sulla terra, per esempio, muovevamo le mani e, così facendo, impartivamo una vibrazione all'atmosfera che cingeva il nostro mondo. Quella vibrazione si dilatava all'infinito fino a trasmettere un impulso ad ogni particella dell'aria terrestre che da quel momento, e *per sempre*, rimaneva attivata da quel semplice movimento della mano. I matematici del nostro globo ben conoscevano questo fenomeno. E di tali effetti speciali, riproducendoli, anzi, mediante speciali impulsi nella materia fluida, fecero oggetto di calcoli precisi – tanto che divenne facile determinare l'esatto periodo in cui un impulso di una data ampiezza avrebbe circondato il globo terrestre, imprimendosi (per sempre) su ogni atomo dell'atmosfera circostante. Compiendo l'operazione opposta, non ebbero difficoltà a calcolare, in base a un determinato effetto, in determinate circostanze, l'impatto dell'impulso originale. I matematici – constatando come i risultati di un qualsiasi impulso fossero assolutamente infiniti – constatano che parte di questi risultati erano rintracciabili con precisione grazie all'analisi algebrica – e constatando, inoltre, quanto facile fosse questa operazione di regresso – i matematici, ripeto, al tempo stesso si resero conto che quel tipo di analisi consentiva anche un progresso indefinito – che non esistevano limiti concepibili al suo progresso e alla sua applicabilità, tranne i limiti imposti dall'intelletto di colui che la faceva progredire o la applicava. Ma a questo punto i nostri matematici si arrestarono.

Oinos: E perché, Agathos, avrebbero dovuto continuare?

Agathos: Perché, più oltre, esistevano considerazioni di estremo interesse. Da ciò che sapevano, si poteva dedurre che un essere di intelletto infinito – un essere al quale la *perfezione* dell'analisi algebrica era rivelata – non avrebbe avuto alcuna difficoltà a rintracciare ogni impulso trasmesso all'aria – e all'etere attraverso l'aria – fino alle più remote conseguenze e risalendo alle infinitamente remote epoche del tempo. È anzi dimostrabile che ciascuno di questi impulsi trasmessi all'*aria* deve, *alla fine*, ripercuotersi su ogni singola cosa esistente nell'*universo*; e questo essere di intelletto infinito – questo essere che noi abbiamo immaginato – avrebbe potuto rintracciare le remote ondulazioni dell'impulso – sia verticali che orizzontali, nella loro influenza su ciascuna particella di materia – verticali e orizzontali per sempre, nella loro modificazione di antiche forme – o, in altre parole, nella *loro creazione di forme nuove* – fino a trovarle riflesse – *finalmente* senza più trasmettere impulsi – dal trono della Divinità. E quell'essere non solamente poteva fare ciò ma, in qualsiasi epoca, avendo a disposizione un determinato risultato – per esempio se avesse potuto esaminare una di queste innumerevoli comete – non avrebbe avuto difficoltà a individuare, grazie a un'analisi regressiva, da quale impulso originale essa fosse stata creata. Questo potere di regresso, nella sua assoluta pienezza e perfezione – questa facoltà di rapportare in *tutte* le epoche, *tutti* gli effetti a *tutte* le cause – è naturalmente prerogativa esclusiva di Dio – ma, in ogni grado e misura, tranne che nell'assoluta perfezione, è lo stesso potere che esercita l'intera schiera delle menti angeliche.

Oinos: Ma tu parli semplicemente di impulsi trasmessi all'aria.

Agathos: Parlando di aria mi riferivo esclusivamente alla terra; ma l'enunciato in genere riguarda gli impulsi trasmessi all'etere – il quale poiché pervade, ed esso solo pervade, tutto lo spazio è, di conseguenza, il grande *medium* della creazione.

Oinos: Allora ogni movimento, di qualsiasi natura, è un atto creativo?

Agathos: Deve esserlo; ma una vera filosofia ha da tempo insegnato che fonte di ogni moto è il pensiero – e che fonte di ogni pensiero è –

Oinos: Dio.

Agathos: Ti ho parlato, Oinos, come a un fanciullo della vaga terra recentemente perita – degli impulsi sulla sua atmosfera.

Oinos: È così.

Agathos: E mentre in tal modo io parlavo, la tua mente non è stata attraversata da un pensiero sul *potere fisico delle parole*? Forse che ogni parola non trasmette un impulso all'aria?

Oinos: Ma tu piangi, Agathos – perché, perché le tue ali si incurvano mentre ci libriamo al disopra di questa bella stella – la più verde eppur la più terribile fra quelle che abbiamo incontrato nel nostro volo? I suoi fiori scintillanti appaiono simili a un sogno di fiaba – ma i suoi fiammeggianti vulcani somigliano alle passioni di un cuore tempestoso.

Agathos: E lo *sono*! – lo *sono*! Quest'astro sfolgorante – sono ormai tre secoli da quando, con le mani giunte, con gli occhi colmi di lacrime, ai piedi della mia amata – con le mie parole – con poche frasi appassionate – le diedi vita. I suoi fiori scintillanti *sono* i più cari fra tutti i sogni non realizzati, e i suoi vulcani fiammeggianti *sono* le passioni del più tempestoso e profano dei cuori.

La filosofia dell'arredamento

Nella decorazione di interni, se non anche nell'architettura d'esterni delle loro residenze, gli Inglesi sono i migliori. Gli Italiani hanno poco sentimento, oltre ai marmi e ai colori. In Francia *meliora probant, deteriora sequuntur* – la gente è di indole troppo bighellona per mantenere le proprietà domestiche, delle quali ha, a dire il vero, una raffinata considerazione, o per lo meno, gli elementi per un appropriato giudizio. I Cinesi e la maggior parte delle razze orientali hanno una fantasia calorosa, ma fuor di luogo. Gli Scozzesi sono decoratori *scarsi*. Gli Olandesi non hanno forse che una vaga idea del fatto che una tenda non è un cavolo. In Spagna *non ci sono altro* che tende – una nazione di carnefici. I Russi non arredano. Gli Ottentotti e i Kickapoos li seguono pari pari. Solo gli Yankees sono contrari al buon senso.

Non è difficile vedere come ciò accada. Noi non abbiamo un'aristocrazia del sangue, ed essendoci perciò come cosa inevitabile, creata per noi stessi, un'aristocrazia del dollaro, l'*ostentazione della ricchezza* qui deve prendere il posto e fare la funzione dell'ostentazione araldica nei paesi monarchici. Tramite un passaggio facilmente comprensibile, e che potrebbe essere stato prontamente previsto, siamo stati portati a fondere nel semplice *mostrare* le nostre nozioni del gusto stesso.

Per parlare in modo meno astratto: per esempio in Inghilterra un semplice sfoggio di accessori costosi non creerebbe, come da noi, un'impressione di bellezza che riguardi gli accessori stessi, o di gusto per quanto riguarda il proprietario; e questo per il motivo, primo, che la ricchezza non è, in Inghilterra, il più alto oggetto di ambizione che conferisca nobiltà; e, secondo, che lì la vera nobiltà di sangue, restringendosi entro gli stretti limiti del gusto legittimo, evita piuttosto di ostentare quella semplice sontuosità a cui l'emulazione di un *parvenu* può a volte arrivare, e con successo. Il popolo *vuole* imitare i nobili, e il risultato è la completa diffusione del giusto sentimento. Ma in America, essendo le monete correnti la sola arma dell'aristocrazia, ostentarle si può dire che sia, in generale, l'unico mezzo di distinzione aristocratica; e il volgo, volgendosi sempre in alto per i suoi modelli, è condotto a poco a poco a confondere le due idee completamente separate di magnificenza e bellezza. In breve, alla fine per noi il costo di un mobile è arrivato a essere la sola prova del suo valore dal punto di vista decorativo – e questo valore, una volta stabilito, ha aperto la strada a molti errori analoghi, che si possono prontamente far risalire a quell'unica follia originaria.

Non potrebbe esserci nulla di più offensivo per l'occhio di un artista dell'interno di quello che viene definito negli Stati Uniti – cioè nella zona degli Appalachi – un appartamento ben arredato. Il suo difetto più comune è la mancanza di armonia. Parliamo dell'armonia di una stanza come parleremmo dell'armonia di un quadro, poiché sia la stanza che il quadro sono riconducibili a quei princìpi costanti che regolano ogni varietà di arte; e quasi le stesse leggi che usiamo per decidere i meriti più alti di un quadro sono sufficienti per decidere la sistemazione di una stanza.

Una certa mancanza di armonia si può talvolta osservare nelle caratteristiche dei vari mobili, ma, più generalmente, nei loro colori o nei modi di adattamento all'uso. *Molto* spesso l'occhio viene offeso dalla loro sistemazione non artistica. Prevalgono troppo le linee dritte – continuate troppo a lungo senza interruzione – o interrotte rozzamente ad angolo retto. Se ci sono delle linee curve, vengono ripetute con sgradevole uniformità. Con la precisione eccessiva si rovina l'aspetto di molti begli appartamenti.

Le tende sono di rado ben sistemate o ben scelte, se le consideriamo vicino alle altre decorazioni. Con un arredamento formale le tende sono fuori luogo; e una gran quantità di tappezzeria di qualsiasi genere è, in qualsiasi circostanza, inconciliabile col buon gusto – dipendendo la giusta quantità, – come del resto la giusta sistemazione, dal carattere dell'effetto generale.

Ultimamente i tappeti vengono capiti meglio che in passato, ma ci si sbaglia ancora molto spesso nei modelli e nei colori. Il tappeto è l'anima della casa. Da esso derivano non soltanto i colori, ma anche le forme di tutti gli oggetti sovrastanti. Un giudice della legge comune può essere un uomo qualunque, un buon giudice di un tappeto *deve* essere un genio. Tuttavia abbiamo sentito discutere di tappeti, con l'aria *d'un mouton qui rêve*, uomini cui non si dovrebbe, né si potrebbe concedere la cura dei loro stessi *moustaches*. Tutti sanno che un pavimento grande *può* essere ricoperto con figure grandi, e che uno piccolo *deve* essere ricoperto di figure piccole – tuttavia la conoscenza non si esaurisce qui. Riguardo alla tessitura, quella di Sassonia è la sola ammissibile. Bruxelles è il tempo più che perfetto della moda, e la Turchia è il gusto nella sua armonia morente. Riguardo ai modelli – un tappeto *non* dovrebbe essere agghindato come un Indiano Riccaree – tutto gesso rosso, giallo ocra, e piume di gallo. In breve, sfondi netti e figure circolari o cicloidi vivaci, *senza alcun significato*; queste sono le regole dei Medi. L'abominio dei fiori o delle rappresentazioni di oggetti ben conosciuti di qualsiasi tipo non dovrebbe essere tollerato entro i confini della Cristianità. D'altronde sia sui tappeti, che sulle tende, che sui rivestimenti dei divani, tutta la tappezzeria di questo genere dovrebbe essere rigidamente arabescata. Per quanto riguarda poi quei vecchi stracci da pavimento che a volte si vedono ancora occasionalmente nelle dimore del volgo – stracci con disegni grossolani, irregolari, inframmezzati da strisce, e splendenti di colori, in mezzo ai quali non si distingue uno sfondo – questi non sono che la maligna invenzione di una razza di adoratori del tempo e amanti del denaro – figli di Baal e adoratori di Mammone, di Bentham, i quali, per risparmiare il pensiero ed economizzare sull'immaginazione, hanno prima crudelmente inventato il caleidoscopio, e poi hanno fondato società per azioni per farlo girare a vapore.

Il *bagliore* è un errore primario nella filosofia delle decorazioni delle case americane – un errore facilmente ravvisabile, come dimostrato dalle perversioni del gusto appena specificate. Siamo violentemente innamorati del gas e del vetro. Il primo è totalmente inammissibile all'interno. La sua luce aspra e tremolante offende. Nessuno con occhi e cervello la userà; una luce leggera o, come la chiamano gli artisti, fredda, con le sue conseguenti ombre calde, farà meraviglie persino per un appartamento arredato male. Non c'è mai stato pensiero più bello di quello della lampada astrale.

Intendiamo, naturalmente, la vera lampada astrale – la lampada di Argand, con il suo originale paralume di vetro semplice, e i suoi raggi lunari temperati e uniformi. Il vetro tagliato è una debole invenzione del nemico. L'ardore con cui l'abbiamo adottato, in parte a causa del suo *scintillio*, ma principalmente a causa del suo *maggior costo*, è un buon commento all'asserzione con cui abbiamo iniziato. Non sembri eccessivo dire che chi impiega deliberatamente un paralume di vetro tagliato è, o totalmente mancante di gusto, o ciecamente ossequiente ai capricci della moda. La luce proveniente da uno di questi sfarzosi abominii è diseguale, spezzata e dà fastidio. Da sola è sufficiente a guastare il buon effetto dell'arredamento soggetto alla sua influenza. Soprattutto la bellezza femminile perde più della metà del suo incanto sotto il suo occhio maligno.

In materia di vetro generalmente noi procediamo per falsi princìpi. La caratteristica saliente è il *bagliore* e quanto di tutto ciò che è detestabile riusciamo a esprimere con quell'unica parola. Le luci tremolanti e instabili *talvolta* sono piacevoli – sempre per i bambini e per gli adulti – ma, per abbellire una stanza, dovrebbero essere evitate scrupolosamente. A dire la verità anche le luci forti e *stabili* sono inammissibili. I massicci e insignificanti candelieri, tagliati a prisma, alimentati a gas, senza paralume, che dondolano nei nostri salotti più alla moda, si possono citare come la quintessenza di tutto ciò che è di gusto falso e ridicolmente stravagante. La mania del *bagliore* – perché l'idea si è confusa, come abbiamo osservato prima, con quella dello sfarzo nell'astratto – ci ha anche condotto all'uso esagerato degli specchi. Sistemiamo nelle nostre case grandi cristalli britannici, e immaginiamo quindi di aver fatto una bella cosa. Ora, anche il pensiero più superficiale sarà sufficiente a convincere chiunque abbia un po' d'occhio del brutto effetto di specchi numerosi, soprattutto se grandi.

Consideratolo separatamente dal suo riflesso lo specchio presenta una superficie continua, piatta, incolore, senza rilievo, una cosa sempre spiacevole ed ovvia. Considerato in quanto riflettore è potente nel produrre un'uniformità mostruosa ed odiosa: e qui il male è aggravato non nella semplice proporzione diretta con l'aumentare delle sue fonti, ma in un rapporto che aumenta costantemente. Infatti una stanza con quattro o cinque specchi sistemati a caso è, per effetti artistici, una stanza che non ha affatto forma. Se aggiungiamo a questo male il conseguente bagliore su bagliore, abbiamo un perfetto guazzabuglio di effetti discordanti e sgradevoli. Il più perfetto bifolco, nell'entrare in una casa così ricoperta di fronzoli, percepirebbe subito qualcosa di sbagliato, anche se potrebbe non essere del tutto in grado di stabilire la causa della sua insoddisfazione. Ma provate a portare quella stessa persona in una stanza arredata con gusto ed egli trasalirà in un'esclamazione di piacere e sorpresa.

È un male che deriva dalle nostre istituzioni repubblicane: qui un uomo dal portafogli capiente di solito ha un'anima piccina, e la tiene là dentro. La corruzione del gusto è una parte o una conseguenza dell'industria del dollaro. Quando diventiamo ricchi le nostre idee si arrugginiscono, perciò non è tra la *nostra* aristocrazia che noi dobbiamo guardare (se mai negli Appalachi) per la spiritualità di un *boudoir* britannico. Ma abbiamo visto case di Americani di condizioni modeste che, almeno per i meriti negativi, potrebbero gareggiare con uno qualsiasi dei mobiletti *or-molu'd* dei nostri amici oltre oceano. Anche *in questo momento*, è presente all'occhio della nostra mente una stanza piccola e non pretenziosa, nelle cui decorazioni non si riesca a trovare un difetto. Il proprietario giace addormentato su un divano – il clima è fresco – è quasi mezzanotte: tratteggeremo uno schizzo della stanza mentre egli dorme. È oblunga – circa trenta piedi di lunghezza e venticinque di larghezza – una forma che consente le opportunità migliori (normali) per la sistemazione dei mobili. C'è un'unica porta – per niente ampia – che si trova ad un'estremità del parallelogramma, e due sole finestre, che sono all'altra estremità. Sono grandi, arrivano fino al pavimento – hanno profonde rientranze – e si aprono su una *veranda*[1] all'italiana. I loro pannelli sono di vetro cremisi, incorniciati da palissandro, e sono più massicci dell'usuale. Le tende si trovano all'interno delle rientranze, e sono di pesante tessuto argentato, che è adattato alla forma della finestra, e ricade mollemente in piccoli volumi. Fuori dalle rientranze ci sono tende di seta di un color cremisi molto carico, orlate con un intreccio dorato, e contornate con il tessuto argentato, che è la stoffa della tendina esterna. Non ci sono cornicioni, ma le pieghe di tutto il tessuto (che sono sottili, più che massicce, ed hanno un aspetto lieve) danno origine, da sotto, ad un'ampia trabeazione dorata riccamente lavorata, che corre tutt'attorno alla stanza proprio nel punto di unione tra il soffitto e le pareti. Inoltre i tendaggi vengono aperti, o chiusi, per mezzo di una pesante corda d'oro che li circonda mollemente, e che finisce in un nodo; non sono visibili spille o soluzioni del genere. I colori delle tende e della frangia – le tinte cremisi ed oro – compaiono a profusione dovunque, e determinano il *carattere* della stanza. Il tappeto – di stoffa di Sassonia – è spesso circa mezzo pollice, ed è dello stesso sfondo cremisi, alleggerito soltanto dalla presenza di una corda d'oro (come quella che orna di festoni le tende) che è leggermente in rilievo rispetto alla superficie di *sfondo*, e gettata lì sopra in modo tale da formare una successione di brevi curve irregolari – che sono talvolta l'una sull'altra.

Le pareti sono tappezzate con una carta lucida di colore grigio argento, spruzzato di piccoli disegni arabescati di un colore più pallido del cremisi prevalente. Molti disegni alleggeriscono l'uniformità della carta. Sono soprattutto paesaggi di tendenza fantasiosa – come le grotte delle fate di Stanfield, o il Lago della Palude Triste di Chapman. Ci sono nondimeno tre o quattro teste femminili, di eterea bellezza – ritratte alla maniera di Sully. Il tono di ognuno dei quadri è caldo, ma scuro. Non ci sono «effetti vivaci». L'armonia regna ovunque; nessuno è di piccole dimensioni. I quadri piccoli danno ad una stanza quell'aspetto *chiazzato*, che è il difetto maggiore di così tante opere d'arte toccate e ritoccate. Le cornici sono ampie ma non spesse, riccamente intagliate, senza essere *appannate* o filigranate. Hanno tutta la lucentezza dell'oro brunito. Sono messe attaccate alle pareti, non sono appese con corde. I disegni stessi visivamente spesso rendono meglio, se messi in quest'ultima posizione, ma l'aspetto generale della stanza ne viene danneggiato. Si vede uno specchio: non è molto grande. È di forma quasi circolare, ed è appeso in modo tale che da nessuno dei posti dove ci si siede abitualmente nella stanza la persona vi venga riflessa. Due grandi divani di palissandro e seta cremisi, a fiori dorati, costituiscono gli unici posti per sedersi, ad eccezione di due sedie leggere da conversazione (anch'esse di palissandro). C'è un pianoforte (anche questo di palissandro), senza copertura, e lasciato aperto. Un tavolo ottagonale, del più ricco marmo frammisto ad oro, è messo vicino ad

[1] In italiano nel testo (*N.d.T.*).

uno dei divani. Anche questo non ha rivestimento; i drappeggi delle tende sono stati ritenuti sufficienti. Quattro grandi e magnifici vasi di Sèvres, dove sbocciano una profusione di fiori dolci e vivaci, occupano gli angoli lievemente arrotondati della stanza. Un alto candelabro, che sostiene una piccola lampada antica con olio profumatissimo, sta accanto alla testa del mio amico dormiente. Alcuni scaffali pensili leggeri ed aggraziati, con i bordi dorati e cordoni di seta cremisi con nappine dorate, sostengono due o trecento libri superbamente rilegati. Al di fuori di questi oggetti non c'è alcun mobile, se si esclude una lampada di Argand con un paralume di vetro semplice color cremisi, che è collegata all'ampio soffitto a volta da una sottile catena d'oro, ed effonde una radiosità tranquilla, ma magica, ovunque.

Racconto di Gerusalemme

Intonsos rigidam in frontem descendere canos
Passus erat.

Aveva lasciato crescere sulla fronte severa
i bianchi capelli.

LUCANO, *Farsaglia* 2, 375-76

...una spinosa "seccatura".
Traduzione [1]

«Affrettiamoci verso le mura», disse Abel-Phittim a Buzi-Ben-Levi e a Simeone il fariseo, nel decimo giorno del mese di Thammuz, nell'anno terreno 3941. «Affrettiamoci verso i bastioni adiacenti alla porta di Beniamino, nella città di Davide, sovrastanti l'accampamento dei non circoncisi; è infatti l'ultima ora della quarta ronda, poiché sta sorgendo il sole; e gli idolatri, in adempimento alla promessa di Pompeo, dovrebbero attenderci con gli agnelli per il sacrificio.»

Simeone, Abel-Pitthim e Buzi-Ben-Levi erano i Gizbarim, o vice-esattori delle offerte, nella città santa di Gerusalemme.

«In verità», rispose il Fariseo, «affrettiamoci; poiché tale generosità da parte dei pagani è non richiesta; e la volubilità è sempre stata una caratteristica degli adoratori di Baal.»

«Che essi siano volubili e infidi è vero, come è vero il Pentateuco», disse Buzi-Ben-Levi, «ma solo nei confronti del popolo di Adonai. Quando mai gli Ammoniti si dimostrarono incuranti dei propri interessi? Mi sembra che non sia poi così grande generosità quella di fornirci agnelli per l'altare del Signore, ricevendone in cambio trenta sicli d'argento ciascuno!»

«Ma tu dimentichi, Ben-Levi», rispose Abel-Phittim, «che al romano Pompeo, il quale oggi empiamente cinge d'assedio la città dell'Altissimo, nulla garantisce che noi non useremo gli agnelli così acquistati, anziché per l'altare per il sostentamento del corpo e non dello spirito.»

«Per le cinque punte della mia barba!», gridò il Fariseo che apparteneva alla setta cosiddetta dei Dasher [2] (quel gruppetto di devoti la cui abitudine di sbatacchiare e lacerarsi i piedi contro il selciato costituiva da tempo una spina nel fianco e un rimprovero per i fedeli meno zelanti – un inciampo per i meno dotati deambulatori) – «Per le cinque punte della mia barba che, come sacerdote, mi è proibito tagliare! – abbiamo dunque vissuto per vedere il giorno in cui un blasfemo e idolatra villan rifatto romano ci accuserà di destinare agli appetiti della carne le cose più sacre e consacrate? Abbiamo vissuto per vedere il giorno in cui...»

«Non tiriamo in ballo le motivazioni del Filisteo», interruppe Abel Phittim, «dato che, per la prima volta, traiamo profitto dalla sua avarizia o dalla sua generosità; ma affrettiamoci piuttosto ai bastioni, per non rimanere senza le offerte per quell'altare il cui fuoco le piogge del cielo non possono estinguere, e le cui colonne di fumo nessuna tempesta può disperdere.»

La zona della città verso cui i nostri degni Gizbarim si stavano affrettando, e che portava il nome del suo architetto, il re Davide, era ritenuta il punto più fortificato di Gerusalemme, situata com'era sulle ripide e alte

[1] Gioco di assonanza fra *bore*, seccatura, e *boar*, maiale; *bristly boar* = maiale setoloso (*N.d.T.*).
[2] *Dashers* = sbatacchiatori (*N.d.T.*).

colline di Sion. Un'ampia e profonda trincea, scavata tutt'intorno nella dura roccia, era difesa da una possente muraglia eretta sul bordo più interno. A intervalli regolari, la muraglia era adorna di torri quadrate di marmo bianco; la più piccola misurava sessanta cubiti di altezza, e la più grande centoventi. Ma, in prossimità della porta di Beniamino, la muraglia non si ergeva più dalla sponda del fossato. Fra il livello del fosso e il basamento del bastione, si innalzava invece a perpendicolo una roccia di duecentocinquanta cubiti, che faceva parte dello scosceso Monte Moriah. Così che, quando Simeone e i suoi compagni giunsero in cima alla torre chiamata Adoni-Bezek – la più alta fra le torri che circondavano Gerusalemme, consueto luogo per gli abboccamenti con le milizie assedianti – essi videro sotto di loro l'accampamento nemico, da un'altezza superiore di molti piedi a quella della Piramide di Cheope e di parecchi a quella del Tempio di Belus.

«In verità», sospirò il Fariseo affondando smarrito lo sguardo in quel precipizio vertiginoso, «i non circoncisi sono come i granelli di sabbia – come le locuste nel deserto! La valle del Re si è trasformata nella valle di Adommin.»

«Eppure», aggiunse Ben-Levi, «non puoi indicarmi un solo Filisteo – no, nemmeno uno – da Aleph a Tau – dal deserto ai bastioni – che sembri più grande della lettera Jod!»

«Calate il paniere con i sicli d'argento!», gridò a quel punto un soldato romano con voce roca e aspra che sembrava provenire dalle terre di Plutone – «calate il paniere con le maledette monete il cui stesso nome, a pronunciarlo, sloga le mascelle di un nobile romano! Così dimostrate la vostra gratitudine per il nostro signore e capo Pompeo che, nella sua condiscendenza, ha ritenuto opportuno prestare orecchio alle vostre querimonie idolatre? Il dio Febo, che è un vero dio, già da un'ora guida il suo carro – e non eravate voi sui bastioni all'alba? Aedepol! Credete forse che noi, conquistatori del mondo, non abbiamo di meglio da fare che aspettare accanto al muro di ogni canile, per trafficare con i cani della terra? Calatelo, ho detto! – e badate bene che le vostre cianfrusaglie siano lucenti nel colore e giuste nel peso!»

«El Elohim!», esclamò il Fariseo mentre la voce stridente del centurione crepitava su per i dirupi del precipizio, spegnendosi in lontananza contro il Tempio, «El Elophim! – *chi* è il dio Febo? – *chi* sta invocando quel bestemmiatore? Tu, Buzi-Ben-Levi! che conosci le leggi dei Gentili e hai soggiornato fra coloro che trafficano con il Teraphim [3] – è Nergal, di cui sta parlando l'idolatra? – o Ashimah? – Nibhaz? – Tartak? – o Adramalech? – o Succoth-Benith? – Dagon? – Belial? o Baal-Perith? – Baal-Peor – o Baal-Zebub?»

«In verità, nessuno di essi. Ma attento a non far scorrere troppo rapidamente la corda fra le dita; ché se per caso il paniere si impigliasse in quello spunzone di roccia laggiù, si rovescerebbero disgraziatamente le cose sacre del santuario.»

Con l'aiuto di un rudimentale macchinario, il pesante canestro fu calato con precauzione fra la moltitudine; e, dal vertiginoso pinnacolo, si videro i Romani affollarsi disordinatamente intorno ad esso; ma, data l'enorme altezza e la presenza di una fitta nebbia, non si distingueva chiaramente cosa stesse succedendo.

[3] Divinità domestica dei Semiti (*N.d.T.*).

Era già trascorsa mezz'ora.

«Faremo troppo tardi!», sospirò il Fariseo quando, allo scadere dei trenta minuti, guardò sul fondo dell'abisso, «faremo troppo tardi! Il Katholim ci scaccerà dal servizio.»

«Mai più», rispose Abel-Phittim, «mai più banchetteremo col grasso della terra – mai più la nostra barba profumerà d'incenso – né i nostri lombi saranno cinti dai lini del Tempio.»

«Raca!» [4], imprecò Ben-Levi, «raca! Intendono depredarci del denaro per l'acquisto, o Mosè Santo! stanno pesando i sicli del Tabernacolo?»

«Hanno dato il segnale, finalmente!», gridò il Fariseo; «lo hanno dato, finalmente! – tira su, Abel-Phittim! – e tu, Buzi-Ben-Levi, tira anche tu! – ché in verità, o i Filistei ancora trattengono il paniere o il Signore ha ammansito i loro cuori perché in esso ponessero un animale di buon peso!» E i Gizbarim tirarono su, mentre il loro carico saliva oscillando pesantemente attraverso la foschia crescente.

«Booshoh!», quando, dopo un'ora, un oggetto all'estremità della corda cominciò a essere confusamente visibile. – «Booshoh!», fu l'esclamazione che sfuggì dalle labbra di Ben-Levi.

«Booshoh! Vergogna! È un ariete della boscaglia di Engedi, rugoso come la valle di Jehoshaphat!»

«È un primo nato della stagione», disse Abel-Phittim, «lo riconosco dal belato e da come sono ripiegate le zampe. I suoi occhi sono più belli delle gemme del Pettorale, e la sua carne è quasi come il miele di Hebron.»

«È un vitello grasso dai pascoli di Bashan», disse il Fariseo, «i pagani sono stati straordinariamente generosi con noi! – Intoniamo ad alta voce un salmo! Rendiamo grazie con la cennamella e col salterio – con l'arpa e con la lira – con la cetra e lo sciofàr!»

Fu solo quando il paniere arrivò a pochi piedi dai Gizbarim che un grugnito soffocato svelò loro la presenza di un *maiale* di enormi dimensioni.

«El Emanu!», esclamarono lentamente, alzando gli occhi al cielo, i tre uomini lasciando la presa così che il suino, liberato, piombò a capofitto fra i Filistei. «El Emanu! Dio ci assista – *è la carne innominabile!*»

[4] Pazzi (*N.d.T.*).

Non giocarti mai la testa col Diavolo
Racconto con una morale

«Con tal que las costumbres de un autor», dice Don Thomas De Las Torres nella prefazione alle sue *Poesie d'Amore*, *«sean puras y castas, importa muy poco que no sean ugualmente severas sus obras»* – il che, in parole povere, vuol dire che, purché la morale di un autore sia pura, poco importa come sia la morale dei suoi libri. Presumiamo che per questa sua affermazione Don Thomas si trovi ora in Purgatorio. E, in nome della giustizia poetica, non sarebbe male che ci restasse fino a quando le sue *Poesie d'Amore* siano fuori stampa o abbandonate per sempre sugli scaffali per mancanza di lettori. Tutte le opere letterarie *dovrebbero avere* una morale; e, cosa ancor più pertinente, i critici hanno scoperto che *ce l'hanno*. Tempo fa, Philip Melancthon scrisse un commento alla *Batracomiomachia* e dimostrò che scopo del poeta era quello di suscitare il disgusto per la sedizione. Pierre La Seine, spingendosi un passo oltre, dimostra che l'intenzione era di esortare i giovani alla temperanza nel mangiare e nel bere. Allo stesso modo Jacobus Hugo si è convinto che, con Euenis, Omero volesse alludere a Giovanni Calvino; con Antinoo, a Martin Lutero; con i Lotofagi, ai Protestanti in genere e, con le Arpie, agli Olandesi. I nostri più moderni chiosatori sono ugualmente acuti. Questa brava gente dimostrò che esisteva un significato recondito ne *Gli Antidiluviani*, una parabola in *Powhatan*, nuove opinioni in *Cock Robin* e un trascendentalismo in *Hop O'My Thumb*. In breve, è stato dimostrato che nessuno può mettersi a scrivere senza un profondo scopo. In questo modo, agli autori in genere vengono risparmiati molti guai. Un romanziere, per esempio, non deve preoccuparsi della sua morale. C'è – vale a dire, da qualche parte c'è – e morale e critici possono bastare a se stessi. Al momento giusto, tutto ciò che il gentiluomo si riprometteva, e tutto ciò che non si riprometteva – sarà messo in luce, nel *Dial* o nel *Down-Easter*, insieme con tutto ciò che si sarebbe dovuto ripromettere e il resto che, chiaramente, intendeva ripromettersi: – così che, alla fine, tutto sarà chiarissimo.

Non esistono quindi giuste motivazioni per l'accusa mossami da alcuni ignoranti – che io, cioè, non ho mai scritto un racconto morale o, per essere più esatti, un racconto con una morale. Non sono loro i critici predestinati a mettermi in evidenza e a *sviluppare* la mia morale: – questo è il segreto. In futuro, il *North American Quarterly Humdrum* li costringerà a vergognarsi della loro stupidità. Nel frattempo, per rimandare l'esecuzione – per mitigare le accuse contro di me – offro la triste storia che segue – una storia sulla cui ovvia morale non possono sussistere dubbi dal momento che chiunque la scorra può leggerla nelle maiuscole che ne compongono il titolo. Dovrebbero rendermi atto di questo accorgimento – molto migliore di quelli di La Fontaine e di altri i quali attesero fino all'ultimo momento prima di dare quell'impressione e quindi la introdussero di soppiatto proprio agli sgoccioli dei loro racconti.

Defuncti injuria ne afficiantur, era una legge delle Dodici Tavole, e *De mortuis nil nisi bonum* è un'ottima ingiunzione – anche se il morto in questione altro non era che un morto insignificante. Non è mia intenzione, quindi, denigrare il mio defunto amico Toby Dammit. Era un povero diavolo, d'accordo, e ha fatto una fine da povero diavolo; ma, in quanto a lui, non lo si poteva biasimare per i suoi vizi. Provenivano da un difetto personale di sua madre la quale aveva fatto del suo meglio per caricarlo di botte fin da bambino – poiché, per la sua mente ben disciplinata, i doveri erano sempre piaceri e i bambini, come le bistecche dure e gli ulivi dell'odierna Grecia, sono sempre meglio se li si batte – ma, povera donna! Sfortunatamente era mancina e, piuttosto che battere un bambino con la sinistra è meglio non batterlo affatto. Il mondo gira da destra a sinistra. E non va, picchiare un bambino da sinistra a destra. Se ogni colpo inferto nella giusta direzione scaccia una cattiva tendenza, ne consegue che ogni botta nella direzione opposta ne inculca una. Assistetti spesso alle punizioni di Toby e, dal modo stesso in cui scalciava, mi rendevo conto che peggiorava ogni giorno. Alla fine, con le lacrime agli occhi, dovetti constatare che non c'era alcuna speranza di domare quel discolo e, un giorno che aveva preso tanti scapaccioni da diventare così nero in faccia che chiunque l'avrebbe scambiato per un negretto, e che l'unico risultato ottenuto era stato quello di fargli venire le convulsioni, non potei più resistere ma caddi in ginocchio e, a voce alta, profetizzai la sua rovina.

Il fatto è che la sua precocità nel vizio era terribile. A cinque mesi, era preso da tali parossismi di collera che non riusciva più ad articolare parola. A sei mesi, lo sorpresi a masticare un mazzo di carte. A sette mesi, aveva l'abitudine di agguantare e baciare le bambine della sua età. A otto mesi, rifiutò perentoriamente di apporre la sua firma alla promessa di Temperanza. Andò così crescendo in nequizia, mese dopo mese finché, allo scadere del primo anno di età, non solo si incaponì a portare *i baffi*, ma aveva contratto un'inclinazione a imprecare e bestemmiare, e a sostenere le proprie affermazioni con una scommessa.

Tramite quest'ultima disdicevole abitudine, la rovina che gli avevo predetto travolse alla fine Toby Dammit. Era un'abitudine «cresciuta con la sua crescita, e rinforzatasi con la sua forza» [1] così che, fatto uomo, non riusciva a pronunciare una frase senza interpolarvi una proposta di scommessa. Non che *facesse* delle puntate – questo no. Devo dargli atto che avrebbe piuttosto fatto un uovo. Con lui, la scommessa non era che una semplice formula – nulla di più. Sotto questo aspetto, le sue espressioni non avevano alcun significato. Erano semplici, se non del tutto innocenti, espletivi – espressioni fantasiose con cui concludere una frase. Quando diceva «ci scommetto questo e questo» nessuno si sognò mai di raccogliere la scommessa; comunque, non potevo fare a meno di pensare che era mio dovere rimproverarlo. Era un'abitudine immorale, e glielo dissi. Volgare – e lo scongiurai di credermi. Disapprovata dalla società – e in questo caso non dicevo che la pura verità. Era proibita da un atto del Congresso – e qui non avevo la minima intenzione di dire una frottola. Ammonii – ma invano. Dimostrai – invano. Scongiurai – sorrise. Implorai – rise. Predicai – sogghignò. Minacciai – bestemmiò. Lo presi a calci – chiamò la polizia. Gli tirai il naso – lo soffiò, e offrì di giocarsi la testa col Diavolo che non ci avrei mai più riprovato.

[1] Citazione da *An Essay on Man* di Alexander Pope (*N.d.T.*).

Un altro vizio che la strana anomalia fisica di sua madre aveva lasciato in eredità al figlio era la povertà. Dammit era povero in canna; e questo senza dubbio era il motivo per cui le sue espressioni espletive sulle scommesse raramente assumevano carattere pecuniario. Nessuno potrà costringermi a dire di avergli mai sentito usare una frase tipo «ci scommetto un dollaro». Generalmente diceva «ci scommetto quello che vuoi» o «ci scommetto quello che hai il coraggio di scommettere» o ancora, più significativamente, «*ci scommetto la testa col Diavolo*».

Quest'ultima espressione sembrava piacergli più di tutte – forse perché era la meno rischiosa; dal momento che Dammit era diventato eccessivamente parsimonioso. Se qualcuno lo avesse preso in parola, la sua testa era piccola e quindi piccola sarebbe stata anche la sua perdita. Ma queste sono riflessioni mie personali, e non sono affatto sicuro di essere nel giusto attribuendole a lui. Comunque fosse, la frase in questione gli piacque ogni giorno di più, malgrado la grossolana scorrettezza del fatto che un uomo si giocasse la propria mente come una banconota – ma questo era un punto che il mio amico, per via del suo perverso carattere, non riusciva a comprendere. Alla fine, abbandonò ogni altra forma di puntata e si dedicò al suo *ci scommetto la testa col Diavolo*, con una pertinacia e una devozione così esclusiva da infastidirmi oltre che sorprendermi. Sono sempre infastidito dalle cose che non riesco a capire. I misteri costringono una persona a pensare e quindi a rovinarsi la salute. Il fatto è che c'era qualcosa nel *tono* in cui Dammit usava pronunciare quella sua offensiva espressione – qualcosa nel suo *modo* di enunciarla – che in principio suscitò il mio interesse e, in seguito, mi mise molto a disagio – qualcosa che, per mancanza, al momento, di un termine più preciso, dovrò limitarmi a definire *strano*; ma che il signor Coleridge avrebbe chiamato mistico, il signor Kant panteistico, il signor Carlyle tortuoso, e il signor Emerson iper-faceto. Cominciò a non piacermi affatto. L'anima di Dammit era in grave pericolo. Decisi di sfoderare tutta la mia eloquenza per salvarla. Votai di rendergli il servizio che S. Patrizio, secondo la cronistoria irlandese, rese al rospo, vale a dire «risvegliarlo al senso della sua condizione». Mi accinsi immediatamente al mio compito. Ancora una volta mi dedicai alle proteste. Ancora una volta chiamai a raccolta le mie forze per un ultimo tentativo di rimostranze.

Alla fine della mia conferenza, il signor Dammit si abbandonò a un comportamento molto ambiguo. Per qualche minuto rimase in silenzio, semplicemente scrutandomi con espressione interrogativa. Ma all'improvviso gettò il capo da un lato, inarcando al massimo le sopracciglia. Poi aprì le mani a palmo in su e si strinse nelle spalle. Poi mi strizzò l'occhio destro. Poi ripeté l'operazione col sinistro. Poi serrò le mani a pugno stretto. Poi le riaprì stendendo le dita a tal punto che mi allarmai seriamente per le conseguenze. Poi, portandosi il pollice al naso, ritenne opportuno compiere un movimento indescrivibile con le altre dita. Alla fine, mettendosi le mani sui fianchi, si degnò di rispondermi.

Riesco a rammentare solo i punti salienti del suo discorso. Mi sarebbe stato molto grato se avessi chiuso il becco. Dei miei consigli non sapeva che farsene. Respingeva con sdegno le mie insinuazioni. Era abbastanza cresciuto da sapere quel che faceva. Forse credevo di trovarmi ancora di fronte il piccolo Dammit? Avevo qualcosa da ridire sul suo carattere? Volevo offenderlo? Ero scemo? In poche parole, la mia genitrice era al corrente della mia assenza dal domicilio familiare? Me lo chiedeva come a un uomo sincero, e si impegnava a credere alla mia risposta. Ancora una volta, mi chiedeva esplicitamente se mia madre sapeva che ero fuori. Il mio imbarazzo, disse, mi tradiva e avrebbe scommesso la testa col Diavolo che non lo sapeva.

Dammit non si fermò ad aspettare la mia risposta. Girando sui tacchi, si allontanò dalla mia presenza con fretta indecorosa. E buon per lui. I miei sentimenti erano stati feriti. La mia collera era stata attizzata. Per una volta, avrei preso in parola la sua insolente scommessa. Avrei vinto per l'Arcinemico la testina del signor Dammit – perché il fatto era che mia madre sapeva *benissimo* che ero temporaneamente assente da casa.

Ma *Khoda shefa midêhed* – il Cielo dà sollievo – come dice un musulmano quando gli pestate un piede. Ero stato insultato mentre cercavo di compiere il mio dovere, e sopportai l'offesa da uomo. Però, ora mi sembrava di aver fatto tutto quanto dovevo per quel miserabile e decisi di non affliggerlo più con i miei consigli, lasciandolo in balìa della sua coscienza e di se stesso. Ma, pur inibendomi dal dare consigli, non riuscivo a decidermi di rompere i rapporti con lui. Arrivai perfino ad assecondare talune fra le sue tendenze meno reprensibili; e talvolta mi sorpresi ad elogiare le sue malevole battute, come gli epicurei elogiano la senape, con le lacrime agli occhi; tanto profondamente mi angosciava ascoltare quelle malvage parole.

Un bel giorno, mentre ce ne andavamo a passeggio sottobraccio, i nostri passi ci condussero verso un fiume. C'era un ponte, e decidemmo di attraversarlo. Era un ponte coperto, per proteggere la gente dall'inclemenza del tempo e poiché nel passaggio a volta si aprivano solo poche finestre, vi regnava una spiacevolissima oscurità. Imboccando quel passaggio, il contrasto fra la luminosità esterna e la cupezza dell'interno mi fece sentire molto depresso. A differenza dello sfortunato Dammit il quale scommise la testa col Diavolo che io ero malinconico. In quanto a lui, sembrava più del solito di buon umore. Era in preda a un'allegria eccessiva, tanto da suscitare in me un certo indefinito sospetto. Non era impossibile che fosse affetto da trascendentalismo. Non sono però in condizione di formulare una diagnosi esatta su questo male per poterlo affermare con certezza; e disgraziatamente nessuno dei miei amici del *Dial* era presente. Comunque, avanzo questa ipotesi a causa di una sorta di buffoneria che sembrava affliggere il mio povero amico, inducendolo a comportarsi come un clown. Non faceva che svicolare e saltellare sopra e sotto qualsiasi oggetto si trovasse fra i piedi; ora gridando, ora bisbigliando ogni genere di paroline e parolone, sempre con espressione serissima. Non riuscivo davvero a decidermi se compatirlo o prenderlo a calci. Alla fine, giunti fin quasi al termine del ponte, ci eravamo avvicinati all'uscita della copertura a volta quando ci trovammo davanti un cancelletto girevole piuttosto alto. Lo oltrepassai tranquillamente, spingendolo come si fa di solito. Ma era un modo che non si accordava col modo di Dammit, il quale decise di superarlo con un salto, affermando che poteva saltarci sopra, battendo i tacchi a mezz'aria prima di riscendere dall'altra parte. Ora, in coscienza, non credevo proprio che Toby Dammit fosse in grado di fare una cosa del genere. Quello che meglio di chiunque altro poteva saltare sopra un qualsiasi cancello battendo i tacchi in aria, l'uno contro l'altro, era il mio amico Carlyle e, dal momento che sapevo che *lui* non ce l'avrebbe fatta, non credevo assolutamente che ci sarebbe riuscito Toby Dammit. Gli dissi quindi chiaramente che era uno sbruffone e che non avrebbe mai saputo farlo. E di questo mi sarei in seguito pentito – perché si offrì subito di *scommettere la testa col Diavolo* che ce l'avrebbe fatta.

A dispetto delle mie precedenti risoluzioni stavo per rispondergli con qualche rimprovero circa la sua empietà quando, proprio di fianco a me, sentii una tossettina che somigliava molto a un «ahem!». Sobbalzai, guardandomi intorno stupito. L'occhio mi cadde su un angolino della struttura del ponte e sulla figura di un vecchietto zoppo dall'aria venerabile. Nulla poteva essere più rispettabile del suo aspetto; non solo indossava un completo nero ma aveva una camicia immacolata, e una cravatta bianca spuntava dalle punte perfettamente ripiegate del colletto; i capelli bianchi avevano la scriminatura al centro, come quelli di una ragazza. Teneva le mani incrociate sullo stomaco in atteggiamento meditativo, con gli occhi accuratamente rivolti verso l'alto.

Osservandolo con maggiore attenzione, notai che indossava un grembiule di seta nera sull'abito di piccola taglia; cosa che mi parve assai strana. Prima però che avessi tempo di fare un qualche commento su quella singolare circostanza, l'omino mi interruppe con un altro «ahem!».

A questa osservazione non seppi lì per lì rispondere. Il fatto è che è praticamente impossibile ribattere a commenti così laconici. So di una Rassegna Trimestrale *sconcertata* dalla parola «*Sciocchezze*!». Non mi vergogno quindi di ammettere che mi rivolsi a Dammit per aiuto.

«Dammit», dissi, «che stai facendo? Non senti? Il signore dice "ahem!".» Parlando, guardavo il mio amico con aria austera; perché, a dire il vero, ero piuttosto perplesso, e quando un uomo è piuttosto perplesso deve aggrottare le sopracciglia assumendo un'espressione feroce, altrimenti farà sicuramente la figura del cretino.

«Dammit», esclamai – anche se suonava come un'imprecazione [2], il che non avrebbe potuto essere più lungi dalle mie intenzioni – «Dammit», gli feci notare, «il signore dice "ahem!".»

Non voglio certo sostenere che la mia fosse un'osservazione troppo profonda; ma ho notato che non sempre l'effetto di quanto diciamo è proporzionato all'importanza che quelle parole hanno ai nostri occhi; e, se avessi scaricato contro D. un'intera raffica di mitraglia o gli avessi sbattuto in testa *Poeti e Poesia d'America* non avrei potuto turbarlo più di quanto feci rivolgendogli queste semplici parole: «Dammit, che stai facendo? – Non senti? Il signore dice "ahem!"».

«Stai scherzando?», ansimò alla fine, dopo essere diventato di tutti i colori come un camaleonte in primavera. «Sei sicuro che ha detto *così*? Be', comunque ora sono in ballo, e tanto vale ballare. E allora – *ahem*!»

Il vecchietto sembrò soddisfatto di ciò – Dio solo sa perché. Lasciò il suo angolino sul ponte, venne avanti zoppicando, con aria benevola, prese Dammit per la mano, guardandolo per tutto il tempo dritto in faccia con espressione della più genuina amabilità che mai si possa immaginare.

«Sono sicuro che lei vincerà, Dammit», gli disse col più aperto dei sorrisi, «ma dobbiamo fare la prova, sa, per pura formalità.»

«Ahem!», rispose il mio amico, sfilandosi la giacca con un profondo sospiro, legandosi un fazzoletto intorno al polso e assumendo una stranissima espressione, alzando gli occhi al cielo e abbassando gli angoli della bocca – «Ahem!» e «Ahem!», ripeté dopo una pausa; dopo di che, non gli sentii dire altra parola che «ahem!». «Ah», pensai fra me e me – «è molto

[2] *Dammit* – contrazione di «*Damn it*» = maledizione! (*N.d.T.*).

strano questo silenzio da parte di Dammit, certo è conseguenza della sua verbosità in una precedente occasione. Da un estremo ne nasce un altro. Mi chiedo se ha dimenticato le molte domande senza risposta che mi pose con tanta eloquenza il giorno in cui gli feci la mia ultima predica. In ogni caso, è guarito dall'attacco di trascendentalismo.»

«Ahem!», ripeté a questo punto Toby, come se mi avesse letto nel pensiero, con l'espressione di una decrepita pecora che sogni ad occhi aperti.

L'anziano signore lo prese per un braccio, conducendolo verso l'oscurità del ponte – pochi passi prima del cancello girevole. «Amico mio», gli disse, «ne faccio una questione di coscienza concedendole questa rincorsa. Aspetti qui fino a quando sarò accanto al cancello, così da controllare se lo supera agilmente e trascendentalmente, senza omettere alcuna fioritura del volteggio. Una pura formalità, vede. Dirò "uno, due, tre, via". Stia attento a scattare al "via".» Si piazzò a lato del cancello, rimase un attimo in silenzio, quasi in profonda meditazione, poi *alzò gli occhi* e, mi parve, accennò un sorriso, strinse i lacci del suo grembiule, lanciò un lungo sguardo a Dammit e, finalmente, diede il segnale promesso:

«*Uno – Due – Tre — Via!*»

Puntualmente, al «via» il mio povero amico scattò al galoppo. Lo stile non era molto raffinato come quello del signor Lord – e neppure molto grossolano come quello dei recensori del signor Lord ma, tutto sommato, ero sicuro che ce l'avrebbe fatta. – E se invece non ce la faceva? «Quale diritto aveva», mi chiesi, «quel vecchio signore di costringere un altro signore a saltare? Quello sgorbietto claudicante! *Chi* sarà mai. Se chiede a *me* di saltare, poco ma sicuro che mi rifiuto, e non mi importa *chi diavolo sia*!» Il ponte, come ho detto, era coperto e racchiuso da un'arcata, in modo davvero ridicolo, e in esso c'era sempre una spiacevolissima eco – eco che non avrei mai tanto notato come quando pronunciai quelle tre ultime parole.

Ma ciò che dissi, pensai, o udii, non durò più di un istante. In meno di cinque secondi dalla partenza, il mio povero Toby si era accinto al salto. Lo vidi correre agevolmente e balzare alla grande in alto, con una perfetta battuta di tacchi, proprio sopra il cancello; e, naturalmente, mi sembrò molto strano che non *continuasse* il salto. Ma fu questione di un attimo e, prima che avessi il tempo di riflettere più a fondo sulla questione, Dammit cadde lungo disteso sulla schiena, dallo stesso lato del cancello da cui era partito. In quel preciso momento vidi il vecchio accorrere zoppicando, più in fretta che poteva, dopo avere raccolto e avvolto nel grembiule qualcosa che vi era piombata dall'oscurità dell'arco proprio sopra il cancello. Ne fui sbalordito; ma non avevo tempo per pensare, dato che Dammit era rimasto immobile a terra, e ritenni che si sentisse umiliato e avesse bisogno del mio aiuto. Gli corsi vicino e vidi che aveva riportato quella che si potrebbe definire una grave ferita. Il fatto è che era stato privato della testa e, anche dopo un'accurata ricerca, non riuscii a trovarla da nessuna parte. Così decisi di portarlo a casa e mandare a chiamare l'omeopata. Nel frattempo, mi era balenata un'idea e spalancai la più vicina finestra del ponte; scoprendo così in un lampo la triste verità. Circa cinque piedi sopra l'orlo superiore del cancello, trasversalmente all'arco della volta così da sostenerlo, c'era una sbarra piatta di ferro, orizzontale nel senso della lunghezza, che faceva parte di una serie di sbarre analoghe, destinate a rafforzare l'intera struttura. Evidentemente, il collo del mio sfortunato amico era venuto in contatto esattamente con il bordo della sbarra.

Non sopravvisse per molto a quella terribile perdita. Gli omeopati non gli fecero fare esercizi a sufficienza, e quei pochi li faceva controvoglia. Così, alla fine, si aggravò e morì, un esempio per tutti coloro che vivono spericolatamente. Inondai di lacrime la sua tomba, incisi una striscia nel suo stemma di famiglia e, per le spese del funerale, mandai il conto, molto modesto, ai trascendentalisti. Quelle canaglie rifiutarono di rimborsarmi, così feci subito esumare il corpo di Dammit e lo vendetti come carne per cani.

Quattro bestie in una
L'Uomo Giraffa

Chacun a ses vertus.
Ognuno ha le sue virtù.
CREBILLON, *Xerxes*

Antioco Epifane è generalmente considerato il Gog[1] del profeta Ezechiele. Titolo che sarebbe più giusto attribuire a Cambise, figlio di Ciro. E, in verità, la personalità del monarca siriano non ha affatto bisogno di abbellimenti occasionali. La sua ascesa al trono, o meglio la sua usurpazione della sovranità, 171 anni prima della venuta di Cristo; il suo tentato saccheggio del Tempio di Diana ad Efeso; la sua implacabile ostilità nei confronti dei Giudei; la sua profanazione del Sancta Sanctorum; e la sua miserabile sorte a Taba, dopo undici anni di regno tumultuoso, sono circostanze di rilievo e quindi assai meglio conosciute dagli storici dell'epoca che non le imprese empie, vili, crudeli, sciocche ed eccentriche nelle quali si riassumono la sua vita privata e la sua reputazione.

Supponiamo, gentile lettore, di essere ora nell'anno 3830 dalla creazione e immaginiamo, per pochi minuti, di trovarci in quello stravagante insediamento umano che era la straordinaria città di Antiochia. A dire il vero, in Siria e in altri paesi esistevano sedici città con questo nome, oltre quella cui mi riferisco particolarmente. Ma la *nostra* è quella che andava sotto il nome di Antiochia Epidafne per via della sua vicinanza al piccolo villaggio di Dafne, dove sorgeva un tempio dedicato appunto alla dea. Fu edificata (anche se a questo proposito le opinioni discordano) da Seleucos Nicanor, primo re del territorio dopo Alessandro Magno, in memoria di suo padre Antioco, e subito divenne residenza dei sovrani siriani. Quando l'impero romano era nel suo fulgore, fu sede consueta del prefetto delle province orientali; e numerosi imperatori della città Regina (fra i quali possiamo citare specialmente Vero e Valente) trascorrevano qui gran parte del loro tempo. Ma vedo che siamo arrivati alla città vera e propria. Saliamo su questo bastione e gettiamo uno sguardo su di essa e sul territorio circostante.

«Che fiume è quello, ampio e veloce, che si fa strada con innumerevoli cascate attraverso quella landa selvaggia e montagnosa per poi attraversare quell'altra landa selvaggia di edifici?»

È l'Oronte, l'unica fonte d'acqua oltre al Mediterraneo, che si estende, simile a un ampio specchio, circa dodici miglia a sud. Tutti hanno visto il Mediterraneo; ma lascia che ti dica che ben pochi hanno dato un'occhiata ad Antiochia. Dicendo pochi, mi riferisco ai pochi che, come te e me, hanno avuto al tempo stesso i vantaggi di un'educazione moderna. Smetti, perciò, di osservare quel mare e dedica tutta la tua attenzione alla massa di case che si stende sotto di noi. Ricorderai che siamo nell'anno 3830. Se ci trovassimo, invece, in epoca più tarda – poniamo l'anno Domini 1845 –

[1] Gog e Magog, personaggi biblici, nemici di Israele e indicati nell'Apocalisse come Nemici del Regno di Dio (*N.d.T.*).

non potremmo godere di questo straordinario spettacolo. Nel diciannovesimo secolo Antiochia è – voglio dire, Antiochia *sarà* – in un pietoso stato di abbandono. Per quell'epoca, sarà stata completamente distrutta, in tre periodi diversi, da tre terremoti consecutivi. Anzi, a dire il vero, quel poco che può essere rimasto della città quale essa era, sarà in condizioni così desolate e diroccate che il patriarca avrà spostato la propria residenza a Damasco. Vedo che segui il mio consiglio e sfrutti il tempo che hai a disposizione per esaminare gli edifici – per

appagare i tuoi occhi
con le cose famose e i monumenti
che danno lustro alla città.[2]

Chiedo scusa; avevo dimenticato che mancano ancora 1750 anni al pieno fulgore di Shakespeare. Ma l'aspetto di Epidafne non giustifica forse il mio appellativo di *grotesque*?

«È ben fortificata; grazie non meno alla natura che all'arte.»

Verissimo.

«C'è una quantità straordinaria di edifici imponenti.»

È così.

«E i numerosi templi, sontuosi e splendidi, non sfigurano se confrontati con i più famosi dell'antichità.»

Tutto questo lo debbo riconoscere. Ma ci sono ancora un'infinità di capanne di fango, e di tuguri orrendi. Non possiamo evitar di notare la sporcizia accumulata in ogni cunetta e, se non fosse per il fumo degli incensi idolatri che su tutto grava, sono certo che giungerebbe alle nostre nari un lezzo insopportabile. Hai mai visto strade così anguste e soffocanti, o case così incredibilmente alte? Quale ombra cupa gettano sul terreno! Meno male che le lampade oscillanti in quei colonnati senza fine rimangono accese tutto il giorno; altrimenti, saremmo immersi nella tenebra dell'Egitto all'epoca della sua devastazione.

«Certo, è uno strano luogo. Cosa rappresenta quella bizzarra costruzione laggiù? Guarda! Si erge torreggiante sulle altre, ad est di quello che presumo sia il palazzo reale!»

È il nuovo Tempio del Sole, adorato in Siria col nome di Elah Gabalah. In futuro, un famoso imperatore romano ne istituirà il culto a Roma, facendone derivare il cognomen Eliogabalo. Penso che ti piacerebbe dare un'occhiata alla divinità del tempio. Non occorre che alzi lo sguardo verso il cielo; non è lì che si trova Sua Solarità; almeno, la Solarità adorata dai siriani. *Quella* divinità è all'interno di quell'edificio laggiù. Viene venerata sotto la forma di un grande pilastro di pietra la cui sommità termina in un cono, o *piramide*, a raffigurare il fuoco.

«Ascolta! Guarda! – chi *saranno* mai quegli esseri grotteschi, seminudi, con le facce dipinte, che gridano e gesticolano in direzione della marmaglia?»

Alcuni sono dei ciarlatani. Altri appartengono invece alla razza dei filosofi. In massima parte, però – specialmente quelli che prendono a bastonate la plebaglia – sono i più eminenti cortigiani del palazzo i quali, come è loro dovere, mettono in atto qualche lodevole, beffarda bizzarria del sovrano.

[2] Shakespeare, *La dodicesima Notte*, atto III, sc. 3 (*N.d.T.*).

«Ma questo cos'è? Santo cielo! La città è invasa da animali selvaggi! Che spettacolo orrendo! – Che pericolosa stranezza!»

Orrenda, se vuoi, ma niente affatto pericolosa. Se ti dai la pena di osservare bene, ogni animale segue, molto mansueto, il suo padrone. Certo, qualcuno è tenuto al guinzaglio con una corda; ma si tratta in genere delle specie più timide ed inferiori. Leoni, tigri e leopardi sono del tutto liberi. Non è stato difficile addestrarli alla loro attuale professione, quella cioè di servire i rispettivi proprietari come *valets-de-chambre*. È vero che talvolta la Natura rivendica il proprio dominio violato – ma che un uomo d'arme venga sbranato, o che si strangoli un toro consacrato, sono eventi troppo trascurabili perché ad Epidafne se ne faccia più che un accenno.

«Ma quale straordinario tumulto risuona al mio orecchio? Senza dubbio questo clamore è violento anche per Antiochia! Fa pensare a una qualche contingenza fuori dall'ordinario.»

Sì – certamente. Il re ha ordinato un qualche nuovo spettacolo – un'esibizione di gladiatori all'ippodromo – o forse il massacro dei prigionieri sciti – o l'incendio del suo nuovo palazzo – o la demolizione di un bel tempio – o, magari, un falò di qualche giudeo. Il tumulto cresce. Scoppi di risa salgono al cielo. L'aria vibra per il suono dissonante di strumenti a fiato, per l'orrendo clamore di milioni di gole. Scendiamo, tanto per divertirci, e andiamo a vedere cosa sta succedendo! Da questa parte – attento! Qui siamo nella strada principale, la cosiddetta strada di Trimarco. Ci viene incontro una marea di gente e non sarà facile arrestare questa ondata. Si stanno riversando per i vicoli di Heraclides, che partono direttamente dal palazzo – molto probabilmente, quindi, ci sarà il re fra quegli scalmanati. Sì – sento le grida dell'araldo che ne annuncia l'arrivo nella pomposa fraseologia orientale. Potremo scorgerlo mentre passa accanto al tempio di Ashimah. Nascondiamoci nel vestibolo del santuario; sarà qui fra poco. Nel frattempo, diamo un'occhiata a questa immagine. Cos'è? Oh! Il dio Ashimah in persona. Noterai, però, che non è né un agnello, né una capra, né un satiro; e che non somiglia molto al Pan degli arcadi. Eppure, i sapienti del futuro hanno attribuito – scusa, attribuiranno – tutte queste raffigurazioni all'Ashimah dei siriani. Mettiti gli occhiali e dimmi cos'è. Allora?

«Santo cielo! È una scimmia!»

Esatto – un babuino; il che non diminuisce la sua divinità. Il suo nome deriva dal greco *Simia* – che stupidi sono gli archeologi! Ma guarda! – guarda! – quel monello cencioso che sta svicolando laggiù. Dov'è diretto? perché sta gridando a squarciagola? Che dice? Oh, dice che il re sta arrivando in trionfo; che indossa le vesti da cerimonia; che ha appena terminato di mettere a morte con le sue stesse mani un migliaio di prigionieri israeliti in catene! Per questa brillante impresa, quello straccione lo sta portando al settimo cielo! Ascolta! È in arrivo una schiera di altri pezzenti come lui. Hanno composto un inno in latino sul valore del re, e lo stanno cantando:

Mille, mille, mille,
Mille, mille, mille,
Decollavimus, unus homo!
Mille, mille, mille, mille, decollavimus!
Mille, mille, mille,
Vivat qui mille mille occidit!

Tantum vinum habet nemo
Quantum sanguinis effudit! [3]

Che si potrebbe tradurre così:

Mille, e mille, e mille,
Mille, e mille, e mille,
Con un guerriero abbiamo messo a morte!
Mille, mille, mille e mille
E mille ancora canta, ancor più forte!
Ed ecco, dunque, inneggiamo,
Lunga vita al nostro sovrano,
Che mille ne uccise, con tanto valore!
Orsù, facciamo dunque clamore,
Che assai più galloni egli ci ha donato
del sangue purpureo versato,
Che non Siria tutta potrà mai provvedere
Di vino pregiato da bere!

«Senti questi squilli di tromba?»

Sì, sta arrivando il re! Guarda! La folla lo ammira, sbalordita, e alza gli occhi al cielo in segno di reverenza! Arriva! Sta arrivando! Eccolo!

«Chi? – Dove? – il re? – Non lo vedo; non riesco a scorgerlo.»

Allora devi essere cieco.

«Possibilissimo. Comunque, l'unica cosa che riesco a vedere è una folla di idioti scalmanati che si prosternano davanti a una gigantesca giraffa, cercando di baciare uno degli zoccoli dell'animale. Guarda! Quella bestia ha giustamente abbattuto con un calcio uno di quei pezzenti – e un altro – e un altro – e un altro ancora. Francamente, non posso che ammirare l'animale per il buon uso che fa delle sue zampe.»

Plebaglia, la chiami! – ma questi sono i nobili e liberi cittadini di Epidafne! Animale, hai detto? – bada che nessuno ti senta. Non vedi che quell'animale ha volto umano? Quella giraffa, signor mio, è nientedimeno che Antioco Epifane – l'Insigne Antioco, Re di Siria, e il più potente fra tutti gli autocrati dell'Oriente! È vero che talvolta lo chiamano Antioco Epimane – Antioco il pazzo – ma è perché non tutti sono in grado di apprezzarne i meriti. È anche vero che, attualmente, egli si cela nella pelle di una bestia e fa del suo meglio per recitare la parte di una giraffa; ma solo per meglio sostenere la propria dignità di sovrano. Inoltre, il monarca è di statura gigantesca e pertanto il suo abbigliamento non è né disdicevole né troppo largo. Possiamo però supporre che non lo avrebbe adottato se non si trattasse di un'occasione speciale. E devi ammettere che il massacro di mille giudei lo è certamente. Con quale somma dignità il sovrano si aggira a quattro zampe! Noterai che le sue due concubine favorite, Elline ed Argelais, gli tengono sollevata la coda; e il suo aspetto sarebbe estremamente attraente se non fosse per gli occhi sporgenti, che di certo gli usciranno dalle orbite, e per lo strano colore del suo volto, reso insolito da tutto il vino che ha ingurgitato. Seguiamolo all'ippodromo dove è diretto, e ascoltiamo il canto di trionfo che sta intonando:

Chi, se non Epifane, è il sovrano?
Ditemi – lo sapete?
Chi, se non Epifane, è il sovrano?

[3] Narra Flavio Vospico che questo inno fu intonato dalla marmaglia durante la guerra Sarmatica, quando Aureliano uccise con le proprie mani 950 nemici.

Bravo! – Bravo!
Altri non c'è che Epifane,
Fuori che lui – nessuno;
Abbattete dunque i templi,
E spegnete il sole!

Ben cantato, e con vigore! La plebe lo acclama «Principe dei Poeti» e «Gloria dell'Oriente», «Delizia dell'Universo», e «La più Straordinaria delle Giraffe». Hanno chiesto il *bis* del suo canto e – senti? – lo intona di nuovo. Quando arriverà all'ippodromo sarà cinto del serto di poeta, in previsione della sua vittoria alle imminenti Olimpiadi.

«Ma, Giove Santo! Che succede fra la folla dietro di noi?»

Dietro di noi, dici? Oh! Ah! Vedo. Meno male, amico mio, che hai parlato in tempo. Mettiamoci subito in salvo. Qui! – nascondiamoci nell'arco di questo acquedotto e ti spiegherò subito da che nasce questo tumulto. È successo quello che prevedevo – lo strano aspetto della giraffa con volto umano ha offeso, a quanto pare, il senso del decoro delle belve addomesticate nella città. Ne è seguito un ammutinamento; e, come sempre succede in questi casi, nessuna forza umana riuscirà a placare la folla scatenata degli insorti. Molti siriani sono già stati divorati; ma, a quanto pare, la voce generale dei patrioti a quattro zampe è quella di divorare la giraffa. «Il Principe dei Poeti» quindi sta correndo come il vento sulle zampe posteriori per salvarsi la vita. I suoi cortigiani lo hanno piantato in asso e le concubine ne hanno seguito l'ottimo esempio. Ti trovi in un brutto guaio, «Delizia dell'Universo»! «Vanto dell'Oriente», corri il rischio di finire masticato! Non rimirare così pietosamente la tua coda; sicuramente sarà trascinata nel fango, e nessuno può farci nulla. Non guardarti alle spalle, dunque, alla sua inevitabile degradazione; ma chiama a raccolta il tuo coraggio, muovi con forza le zampe, e corri rapido verso l'ippodromo! Ricorda che tu sei Antioco Epifane, l'insigne Antioco! – «Principe dei poeti», «Vanto dell'Oriente», «Delizia dell'Universo», «La più straordinaria delle giraffe»! Cielo! Di quale velocità stai dando prova! Quale slancio di zampe stai dimostrando! Corri, Principe! – Bravo, Epifane! – Ben fatto, Giraffa! – Glorioso Antioco! – corre! – salta! – vola! Come freccia scoccata da una balestra si avvicina all'ippodromo! Salta! – Grida! – Ce l'ha fatta! Per fortuna; che se tu, «Vanto dell'Oriente», avessi tardato un altro mezzo secondo a raggiungere l'ingresso dell'anfiteatro, non ci sarebbe cucciolo d'orso in Epidafne che non avrebbe affondato i denti nella tua carcassa. Andiamocene – ripartiamo! – Le nostre orecchie moderne sarebbero infatti troppo delicate per sopportare l'immane clamore che fra poco celebrerà lo scampato pericolo del re! Ascolta! È già cominciato. Guarda! L'intera città è a soqquadro.

«Senza dubbio questa è la città più popolosa d'Oriente! Quale incredibile mescolanza di gente! Quale confusione di ceti e di età! Quale molteplicità di sètte e nazioni! Quale varietà di costumi! Quale Babele di idiomi! Quale frastuono di animali! Quale fragore di strumenti! Quale accozzaglia di filosofi!»

Su, andiamocene.

«Aspetta un momento! Vedo un gran tumulto nell'ippodromo; che significa, dimmi?»

Quello? – oh, niente! Poiché i nobili e liberi cittadini di Epidafne sono, a quanto dichiarano, pienamente convinti della fede, del valore, della saggezza e della divinità del loro sovrano e, inoltre, hanno potuto constatare con i loro occhi la sua agilità sovrumana, considerano loro dovere cingergli la fronte (oltre che con il serto di poeta) con la corona della vittoria nella corsa a piedi – corona che evidentemente *dovrà* ottenere alla celebrazione della prossima Olimpiade e che, pertanto, gli conferiscono in anticipo.

Perché il piccolo francese ha il braccio al collo

È sul mio biglietto da visita, naturalmente (di quei biglietti belli, di cartoncino satinato rosa) che qualsiasi tizio che ne ha voglia può leggere l'interessante dicitura, «Sir Pathrick O'Grandison, Baronetto, 39 Southampton Row, Russell Square, Parrocchia di Bloomsbury». E se per caso volete scoprire chi è il campione di cortesia e l'*arbiter elegantiarum* di tutta Londra – be', sono proprio io. E, parola mia, non c'è di che meravigliarsi (quindi, per piacere smettetela di arricciare il naso), perché durante ogni minuto delle sei generazioni da che sono un gentiluomo e ho smesso di andar per paludi per assumere la Baronia, è stato Pathrick a vivere come un papa, ossequiato e ingraziato. Ouch! E vi si allargherebbe proprio il cuore se riusciste a dare un'occhiatina a Sir Pathrick O'Grandison, Baronetto, quando è tutto in chicchere e piattini per andare all'Opera, o sale in carrozza per la passeggiata ad Hyde Park. Ma è la mia figura alta ed elegante che fa innamorare di me tutte le signore. È proprio il sottoscritto, col suo metro e ottanta e passa di statura, a piedi scalzi, e tutto così ben proporzionato. Comunque, un bel po' di più dei tre piedi e rotti del vecchietto francese che abita dalle parti mie e che tutto il santo giorno guarda e riguarda (accidenti a lui) la bella vedova Tracle, la mia vicina (Dio la benedica!), ottima amica mia. Lo potete vedere, quel farabutto, villan rifatto, con la mano sinistra fasciata e il braccio al collo; ed è proprio di questo, cari miei, che voglio spiegarvi il motivo.

È una faccenda semplicissima; proprio il primissimo giorno che il sottoscritto era arrivato da Connaught e se ne stava andando bel bello a far mostra di sé per la strada dove sta la vedova, che sbirciava dalla finestra, che scoccò la scintilla fatale con la bella signora Tracle. Me ne accorsi subito, capite, e non c'era da sbagliarsi, parola mia. Per prima cosa, aprì subito la finestra, poi spalancò i fanali, e poi si appicciò a un occhio un piccolo binocolo d'oro e mi venga un accidente se non mi rivolse la parola, chiara e tonda come se il binocolo parlasse, per dirmi: «Och! Buona giornata a voi, Sir Pathrick O'Grandison, Baronetto, tesoruccio mio; siete davvero un signore niente male e io e la mia fortuna siamo a vostra disposizione, caro, in qualunque momento, basta chiederlo». E non sono certo io il tipo da farmi battere in cortesia; così, le feci un inchino che a vederlo vi avrebbe spezzato il cuore, e una profonda scappellata, strizzandole tutt'e due gli occhi come per dire: «Siete proprio una dolce creatura, signora Tracle, tesoro mio, e che io possa sprofondare in una palude se non sarà proprio il sottoscritto, Sir Pathrick O'Grandison, Baronetto, a far l'amore con vostra Signoria nel batter d'occhio di un galantuomo di Londonderry».

E proprio la mattina dopo, mentre stavo pensando se non sarebbe stato carino mandare due righe alla vedova, come una lettera d'amore, ecco che ti arriva il cameriere con un volgarissimo biglietto da visita, e mi dice che c'è scritto su qualcosa (dato che non sono mai riuscito a leggere i caratteri a stampatello, per via che sono mancino) su un certo Monsieur, il Conte A Goose, Look-aisy-maiter-di-dauns [1] e che quel cavolo di lingua era l'interminabile, cafonissimo nome del piccolo straniero, il vecchietto francese che abitava dalle mie parti.

E insieme con lui ecco che arriva il farabuttello in persona, mi fa un inchino sbrodoloso, e poi mi dice che si è preso la libertà di farmi l'onore di una sua visita, e poi continua con un fiume di parole, e mi venga un accidente se capivo che diavolo voleva dire, se non che continuava a ripetere «Parley wou, woolly wou» [2] e a raccontarmi, fra un sacco di balle, accidenti a lui, che era innamorato pazzo della mia vedova, la signora Tracle, e che la mia vedova, signora Tracle aveva un punzone [3] per *lui*.

A sentir questo, potete giurarci, mi imbufalii, ma mi ricordai che ero Sir Pathrick O'Grandison, Baronetto, e che non era proprio chic che la collera prevalesse sulla cortesia, così feci finta di niente e mi misi a chiacchierare con quell'ometto, e dopo un po' non gli salta in mente di chiedermi di andare con lui dalla vedova dicendo che mi avrebbe formalmente presentato a sua Signoria.

«Ci siamo, allora?», dissi fra me e me, «ed è proprio vero, Pathrick, che sei l'uomo più fortunato della terra. Fra poco vedremo se è del sottoscritto oppure di questo piccolo Mounseer Maiter-di-dauns che la signora Tracle è innamorata pazza.»

E così ce ne andammo dalla vedova alla porta accanto, e potete ben dire che il posto non era davvero elegante; per niente. C'era un tappeto che copriva tutto il pavimento, e in un angolo un forty-pinny [4] e un'arpa, e il diavolo sa che cos'altro, e in un altro angolo un sofy [5], la cosa più bella del mondo, e seduta sul sofy – come ti sbagli? – quel dolce angioletto della signora Tracle.

«Un buon giorno a voi, signora Tracle», faccio io, e poi mi sprofondo in un inchino così elegante che vi avrebbe lasciato a bocca aperta.

«Wully wou, parley wou plump in the mud», dice il francesino forestiero, «e certo signora Tracle», le dice, proprio così, «ci crederà se le dico che questo signore qui presente è sua eccellenza Sir Pathrick O'Grandison, Baronetto, assolutamente ed esclusivamente il miglior conoscente e amico che ho al mondo?»

E a questo punto la vedova si alza dal sofy e mi fa la riverenza più garbata che mai si sia vista; e si rimette a sedere, che pareva un angelo; e allora, per tutti i diavoli, è stato proprio quel cialtroncello di Mounseer Maiter-di-dauns che si piazza difilato a sedere proprio alla sua destra. Questa poi! Credevo che mi schizzassero gli occhi dalle orbite, tanto ero inviperito! Comunque, «chi vuoi prendere in giro!», faccio io dopo un po'. «Tu ti piazzi lì, Mounseer Maiter-di-dauns?» E così mi spiombo seduto a sinistra della signora, per pareggiare il conto con quel tanghero. Per la miseria! Vi sareste divertiti a vedere l'elegante strizzata che le diedi con tutt'e due gli occhi, proprio in faccia.

[1] Auguste Lucchesi, Maître-de-Danse (*N.d.T.*).
[2] *Parlez-vous, voulez-vous* (*N.d.T.*).
[3] *Penchant* (*N.d.T.*).
[4] Fortepiano (pianoforte) (*N.d.T.*).
[5] Sofà (*N.d.T.*).

Ma al vecchietto francese non venne il minimo sospetto, e bisognava vedere come si sforzava di fare il galante con sua Signoria «woully wou», dice «parley-wou», le fa, «Plump in the mud», insiste.

«Tanto è tutto inutile, caro il mio Ranocchietto», mi dico; e continuavo a parlare più in fretta che potevo, tutto il tempo, e vi assicuro che ero io a far divertire la signora, in tutto e per tutto, per via della raffinata conversazione che tenevo con lei, raccontandole tutto sulle care paludi di Connaught. E dopo un po', mi fece un così dolce sorriso, da un angolo all'altro della bocca, che mi sentii imbaldanzito come un porco e le presi la punta del dito mignolo, con la maggior delicatezza del mondo, sempre fissandola dal bianco degli occhi.

E solo allora mi resi conto di quanto fosse sveglio quel dolce angelo, perché appena si accorse che stavo per stringerle la zampa, la tirò via e la nascose dietro la schiena, come a dire «Andiamo, Sir Pathrick O'Grandison, mi dispiace per te, tesoruccio, ma non è carino stringermi la zampetta proprio sotto il naso di questo piccolo straniero francese, Mounseer Maiter-di-dauns».

Così le strizzai l'occhio, per risponderle «non preoccuparti, Sir Pathrick è famoso per trucchetti del genere», e mi rimisi all'opera, e non ci avreste creduto a vedere con quanta abilità feci scivolare il braccio fra lo schienale del sofy e la schiena di sua Signoria dove, manco a dirlo, trovai una dolce zampetta tutta pronta a dirmi «buon giorno a te, Sir Pathrick O'Grandison, Baronetto». E non è stato forse il sottoscritto a stringerla, piano piano, tanto per cominciare, e per non essere troppo rude con sua Signoria? E, per la miseria, non era forse la stretta più gentile e delicata del mondo, che ne ebbi in cambio? «Per tutti i fulmini, Sir Pathrick, amico mio», penso fra me e me, «sei proprio tu, figlio di buona madre, e proprio nessun altro, ad essere il più fortunato e il più bello dei vagabondi di palude che mai sia uscito da Connaught!» E così, strinsi forte quella zampetta e, per Giove, fu una stretta forte quella che mi ricambiò sua Signoria. Ma vi sareste ammazzati dal ridere a vedere con quanto sussiego si comportava Mounseer Maiter-di-dauns. Non s'era mai visto al mondo niente di simile a quel cicaleccio, quei sorrisetti compiaciuti e quel parley-wou che aveva sfoderato con la signora; e il diavolo mi porti se non lo colsi, proprio con i miei fanali, a farle l'occhiolino. Perbacco! Se non fui io, allora, a imbufalirmi vorrei proprio sapere chi lo fu!

«Lasci che le dica, Mounseer Maiter-di-dauns», gli faccio con la massima cortesia, «che non è per niente carino, specialmente per uno come lei, blaterare e squadrare la signora con gli occhi di fuori, in quel modo», e intanto le diedi un'altra strizzata di zampa, come per dire «non è Sir Pathrick, adesso, gioiellino mio, che sa come proteggerti, tesoro?» e mi arrivò una stretta di risposta. «Proprio tu, Sir Pathrick», diceva quella stretta, chiaro come il sole. «Proprio tu, Sir Pathrick, tesoruccio mio, sei proprio un gentiluomo fatto e finito – verità sacrosanta», e intanto spalancava quei begli occhioni, tanto che credetti stessero per schizzarle dalla testa, e, arrabbiata come un gatto, guardò prima Mounseer Ranocchio poi, radiosa come una giornata di sole, me.

«Allora», fa quel tanghero, «diamine! E Wolly-wou, parley-wou», e alzò le spalle fin quasi a scoprirsi l'ombelico, poi calò gli angoli di quella sua boccaccia e non riuscii a cavarne un'altra briciola di soddisfazione, da quel verme.

Credetemi cari miei, allora fu proprio Sir Pathrick ad andare fuor dai gangheri, tanto più che il francese continuava a fare l'occhiolino alla vedova; e la vedova continuava a strizzarmi la zampa come per farmi capire: «Digliene quattro un'altra volta, Sir Pathrick tesoruccio mio»; così tirai un moccolo e gli feci «Brutto tanghero d'un ranocchio fetente figlio di un lurido cane!». E proprio allora, cosa credete che abbia fatto sua Signoria? Vi giuro, schizzò su dal sofy come se l'avessero morsicata, e infilò la porta mentre io mi giravo a guardarla, sbalordito e incavolato, con gli occhi spalancati come due piattini. Capirete che avevo i miei buoni motivi per sapere che non poteva nel modo più assoluto precipitarsi giù per le scale; perché sapevo benissimo che le tenevo stretta la mano e mi venga un colpo se l'avevo mai lasciata. E le faccio: «Non vi sembra che state prendendo una solenne cantonata, signora mia? Andiamo, fate la brava, tornate indietro e vi renderò la mano». Ma lei scese le scale di corsa, come un razzo, e allora mi girai verso il francese. Per la miseria! E non era la zampetta di quello zotico che avevo stretto tutto il tempo nella mia? – ma allora – allora, non – be', è andata così.

E forse non ero io che per poco crepavo dalle risate a vedere la faccia di quell'ometto quando scoprì che per tutto quel tempo non aveva tenuta stretta la mano della vedova, ma quella di Sir Pathrick O'Grandison. Belzebù in persona non aveva mai visto un muso lungo come quello! In quanto a Sir Pathrick O'Grandison, Baronetto, non era da un tipo altolocato come lui prendersela per un errore così banale! Potete però ben dire (perché è verità sacrosanta) che prima di mollare la zampa di quel tanghero (il che fu solo dopo che il valletto di sua Signoria ci ebbe cacciato a calci giù dalle scale) gli diedi una strizzata tale da fargliela diventare una marmellata di lamponi.

«Wouly-wou», disse, «Parley-wou», fa, «Mannaggia!»

E questo è il vero motivo per cui porta il braccio al collo, con la mano fasciata.

Bon-Bon

Quand un bon vin meuble mon estomac / Je suis plus savant que Balzac –/ Plus sage que Pibrac; / Mon bras seul faisant l'attaque / De la nation Cosaque, / La mettroit au sac; / De Charon je passerois le lac / En dormant dans son bac; / J'irois au fier Eac, / Sans que mon coeur fit tic ni tac, / Presenter du tabac.

Quando un buon vino invade il mio stomaco, divento più sapiente di Balzac – più saggio di Pibrac; con un sol braccio andrei all'attacco della nazione Cosacca, e la saccheggerei; attraverserei il lago di Caronte, dormendo nella sua barca; andrei dal fiero Eaco, a offrirgli del tabacco, e il mio cuore non farebbe neanche un tic o un tac.

Vaudeville francese

Che Pierre Bon-Bon fosse un *restaurateur* eccezionale nessuno che, durante il regno di... frequentasse il piccolo caffè nel *cul-de-Sac* Le Febre, a Rouen, credo osi metterlo in discussione. E che Pierre Bon-Bon fosse, in egual misura, un profondo conoscitore della filosofia di quel periodo è, credo, ancor più innegabile. I suoi *pâtés à la fois* erano indubbiamente perfetti; ma quale penna potrebbe rendere giustizia ai suoi saggi *sur la Nature* – le sue riflessioni *sur l'Ame* – le sue osservazioni *sur l'Esprit*? Se le sue *omelettes* – se i suoi *fricandeaux* erano inestimabili, quale *littérateur* dell'epoca non avrebbe dato due volte tanto per una «*Idée de Bon-Bon*» che non per tutta la spazzatura delle «*Idées*» di tutti gli altri *savants*? Bon-Bon aveva rovistato in biblioteche dove nessun altro aveva mai rovistato – aveva letto più di quanto chiunque altro si sarebbe mai sognato di leggere – aveva compreso più di quanto chiunque altro avrebbe mai immaginato di poter comprendere; e benché, durante il periodo del suo splendore, non mancarono a Rouen autori pronti a sostenere che «i suoi *dicta* non avevano né la purezza dell'Accademia né la profondità del Lyceum» – anche se, ve lo dico io, le sue dottrine non erano affatto comprese da tutti, ciò non voleva dire che fossero di difficile comprensione. Penso che proprio per la loro ovvietà molti furono indotti a ritenerle astruse. È a Bon-Bon – ma non lo dite a nessuno – che lo stesso Kant deve la sua metafisica. Non che Bon-Bon fosse un platonico né, strettamente parlando, un aristotelico – né, come il moderno Leibnitz, tipo da sprecare tempo prezioso che poteva invece essere dedicato a inventare una *fricassée* o, *facili gradú*, ad analizzare una sensazione, in frivoli tentativi di conciliare l'olio e l'acqua della discussione etica. Niente affatto. Bon-Bon era Ionico – Bon-Bon era ugualmente Italico. Ragionava *a priori* – ragionava *a posteriori*. Le sue idee erano innate – o viceversa. Credeva in Giorgio di Trebisonda – Credeva in Bossarion. Bon-Bon era soprattutto Bon-Bonista.

Ho parlato del filosofo nella sua qualità di *restaurateur*. Vorrei però che nessuno pensasse che, adempiendo ai suoi doveri ereditari in quel campo, il nostro eroe non desse il giusto peso alla loro dignità e alla loro importanza. Tutt'altro. Era impossibile dire di quale ramo della sua professione andasse più orgoglioso. Secondo lui, i poteri dell'intelletto erano strettamente vincolati alle capacità dello stomaco. Non escluderei, anzi, che fosse in totale accordo con i cinesi i quali sostengono che l'addome è la sede dell'anima. A suo parere, avevano ragione i greci, i quali usavano lo stesso termine per indicare la mente e il diaframma[1]. Con questo, non voglio

[1] Φϱένες.

neppur lontanamente accusarlo di ghiottoneria, né di qualsiasi altra cosa che potrebbe pregiudicarne l'aspetto metafisico. Se Pierre Bon-Bon aveva i suoi difetti – e chi non ne ha, a migliaia? – se Pierre Bon-Bon, ripeto, aveva i suoi difetti, erano difetti di nessuna importanza – pecche che, in altri temperamenti, sono state piuttosto considerate come virtù. A proposito di una di queste debolezze, non ne avrei nemmeno fatto cenno in questo racconto se non fosse stato per la notevole preminenza – lo spiccato *altorilievo* – con cui emergeva dalla superficie del suo carattere generale. Non si poteva mai perdere l'occasione di fare un buon affare.

Non che fosse avaro – questo no. Non era affatto necessario all'appagamento del filosofo che il buon affare fosse a suo proprio vantaggio. Purché fosse possibile effettuare un qualche scambio, a qualsiasi condizione e in qualsiasi circostanza – per molti giorni dopo un sorriso trionfante gli illuminava il viso e un astuto ammiccare di occhi confermava la sua sagacia.

In un'epoca qualsiasi, sarebbe normale che una caratteristica come quella che ho appena tratteggiato attirasse attenzione e commenti. All'epoca della nostra storia, sarebbe stato davvero insolito se *non* avesse attirato l'attenzione. Presto si sparse la voce che, in ogni occasione del genere, il sorriso di Bon-Bon era totalmente diverso dal sorriso schietto con cui rideva alle proprie battute, o accoglieva un conoscente. Si mormoravano allusioni piuttosto eccitanti; si raccontava di affari pericolosi, conclusi in fretta e deplorati con calma; portando esempi di capacità inspiegabili, vaghe aspirazioni, tendenze innaturali instillate dall'autore di ogni male, per motivi di personale tornaconto.

Il filosofo aveva altre debolezze – ma non vale la pena di parlarne seriamente. Per esempio, ben pochi sono gli uomini di straordinaria profondità che non abbiano inclinazione per la bottiglia. Se tale inclinazione sia causa o, piuttosto, valida testimonianza di quella profondità è un'affermazione apprezzabile. Per quanto ne so, Bon-Bon non lo riteneva un argomento tale da meritare un'attenta indagine; e nemmeno io. Pure, indulgendo a un'inclinazione così assolutamente classica, non si creda però che il *restaurateur* perdesse di vista quella intuitiva discriminazione che era solita caratterizzare tanto i suoi *essais* che le sue *omelettes*. Nei suoi periodi di isolamento, il Vin de Bourgogne aveva un suo tempo preciso, e non mancavano i momenti appropriati per il Côtes du Rhone. Per lui, il Sauterne stava al Medoc come Catullo stava ad Omero. Si trastullava con un sillogismo centellinando St. Peray, ma sviscerava un argomento davanti al Clos de Vougêot, e smantellava una teoria in un torrente di Chambertin. Sarebbe stato un bene se quello stesso profondo senso delle convenienze lo avesse assistito nelle sue propensioni per i piccoli traffici ai quali ho prima accennato – ma non era affatto così. Anzi, per la verità, *quell'*aspetto saliente della personalità del filosofico Bon-Bon *cominciò* alla fine ad assumere il carattere di uno strano fervore, quasi mistico, profondamente pervaso dalla *diablerie* dei suoi amati studi germanici.

All'epoca del nostro racconto, entrare nel piccolo *café* del *cul-de-sac* Le Febre voleva dire entrare nel *sanctum* di un genio. Non esisteva *sous-cuisinier* a Rouen che non avrebbe potuto dirvi che Bon-Bon era un genio. Perfino il suo gatto lo sapeva ed evitava di agitare la coda in presenza del genio. Il suo grosso cane da palude ne era al corrente e, all'avvicinarsi del padrone, tradiva il suo senso d'inferiorità con un comportamento angelico, abbassando le orecchie e lasciando pendere la mascella inferiore in maniera non totalmente indegna di un cane. È vero però che il suo abituale rispetto era forse in gran parte dovuto all'apparenza personale del metafisico. Devo riconoscere che un aspetto distinto fa effetto anche su un animale; e sono pronto ad ammettere che molte cose nell'apparenza del *restaurateur* erano intese a colpire la fantasia del quadrupede. Esiste una particolare maestosità nell'atmosfera che circonda i piccoli grandi – se mi si consente un'espressione così ambigua – che una pura e semplice imponenza fisica non riuscirà mai a creare. Anche se Bon-Bon era alto sì e no tre piedi e aveva una testa piccolissima, era però impossibile osservare la rotondità del suo stomaco senza provare una sensazione di magnificenza confinante col sublime. Nelle sue dimensioni, uomini e cani debbono aver visto un aspetto delle sue qualità – nella sua smisuratezza un degno ricettacolo per la sua anima immortale.

Potrei – se ne avessi voglia – dilungarmi sul tema dell'abbigliamento e di altri dettagli minori del metafisico esteriore. Potrei accennare al fatto che i capelli del nostro eroe erano tagliati cortissimi, pettinati lisci sulla fronte, e sormontati da un berretto di flanella bianca, a forma conica e con le nappe – che il suo giustacuore verde-pisello non somigliava a quello generalmente indossato dai *restaurateurs* dell'epoca – che le maniche erano un po' più ampie di quanto consentiva la moda corrente – che i polsini erano foderati, non, come usava in quei barbari giorni, con una stoffa dello stesso tipo e colore, bensì con un assai più fantasioso velluto genovese screziato – che le sue babbucce erano di un acceso color porpora, stranamente filigranate, e avrebbero potuto essere di fattura giapponese se non fosse stato per la raffinata sottigliezza delle punte e i colori brillanti dei bordi e del ricamo – che i suoi pantaloni erano di quella stoffa gialla simile a seta, chiamata *aimable* – che il suo pastrano azzurro cielo simile, nel taglio, a un mantello, riccamente costellato di disegni cremisi, ondeggiava fieramente sulle sue spalle come una nebbia mattutina – e che il suo *tout ensemble* suscitò lo straordinario commento di Benvenuta, l'Improvvisatrice di Firenze «che era difficile dire se Pierre Bon-Bon fosse realmente un uccello del Paradiso o non piuttosto un Paradiso stesso di perfezione». Potrei, come ho detto, dissertare sul tema, se ne avessi voglia – ma mi trattengo; i dettagli puramente personali vanno lasciati agli autori di romanzi storici – poiché non sono all'altezza della dignità morale della realtà.

Ho detto che «entrare nel piccolo *café* del *cul-de-Sac* Le Febre voleva dire entrare nel *Sanctum* di un genio» – ma solo un genio poteva essere in grado di apprezzarne i meriti. All'ingresso, dondolava un'insegna consistente in un paginone in folio. Su una facciata era dipinta una bottiglia; sull'altra, un *pâté*. Sul retro, spiccava a lettere cubitali la scritta *Oeuvres de Bon-Bon*. Così era delicatamente indicata la duplice attività del proprietario.

Oltrepassando la soglia si aveva una panoramica dell'interno. Un lungo locale, dal soffitto basso, di antica costruzione, era tutto ciò che offriva il *café*. In un angolo, il letto del metafisico al quale un insieme di tendaggi e un baldacchino *à la Grèque* conferivano un'aria classica e al tempo stesso confortevole. Nell'angolo diagonalmente opposto apparivano, in familiare comunione, la cucina-*bibliothèque*. Un piatto di polemiche stava placidamente sul ripiano della credenza. Qui, una teglia delle più recenti etiche – là, un bricco di *mélanges* in dodicesimo. Testi di morale germanica stavano fraternamente fianco a fianco con la graticola – un forchettone per arrostire sulla brace spuntava accanto a Eusebius – Platone riposava tranquillamente nella padella – e i manoscritti contemporanei erano archiviati sullo spiedo.

Sotto altri aspetti, potremmo dire che il *Café de Bon-Bon* non si discostava di molto dai soliti *restaurants* dell'epoca. Sulla parete dirimpetto alla porta sbadigliava un ampio camino. Alla sua destra una credenza aperta rivelava un formidabile assortimento di bottiglie etichettate.

Fu qui, verso la mezzanotte di una rigida sera d'inverno del... che Pierre Bon-Bon, dopo aver ascoltato per un po' i commenti dei suoi vicini sulla sua strana propensione – che Pierre Bon-Bon, dicevo, dopo averli cacciati tutti fuori di casa, chiuse loro la porta alle spalle con un'imprecazione e si rifugiò, di umore non molto pacifico, nelle accoglienti braccia di una poltrona di cuoio e di un fuoco di fascine scoppiettanti.

Era una di quelle notti tremende, che si presentano una o due volte ogni cent'anni. La neve turbinava con violenza e la casa tremava fin nelle fondamenta per le raffiche del vento che, sibilando attraverso le fessure delle pareti e precipitandosi impetuoso giù per la cappa del camino, agitava rabbiosamente le cortine del letto del filosofo e scompigliava l'ordine dei suoi tegami e delle sue carte. Il paginone in folio appeso all'esterno esposto alla furia della tempesta cigolava minacciosamente facendo gemere i montanti di solida quercia.

Fu non certo con umore pacifico, ripeto, che il metafisico collocò la poltrona nel solito posto accanto al fuoco. Molte circostanze preoccupanti si erano verificate durante il giorno, disturbando la serenità delle sue meditazioni. Tentando *des oeufs à la Princesse*, aveva purtroppo perpetrato una *omelette à la Reine*; la scoperta di un principio etico era stata frustrata dal rovesciarsi dello stufato; e infine, cosa ultima ma non certo meno grave, era stato sconfitto in uno di quei mirabili affarucci che, a volte, tanto si deliziava nel condurre a buon fine. Ma all'irritazione mentale per queste inspiegabili vicissitudini, non mancava di mescolarsi una certa ansia nervosa che la furia di una notte di burrasca è così atta a suscitare. Fischiando per chiamarsi più vicino il grosso cane nero di cui abbiamo parlato prima, e dimenandosi a disagio nella poltrona, non poté fare a meno di gettare un'occhiata inquieta e circospetta a quegli angoli lontani della casa la cui inesorabile oscurità nemmeno le fiamme del caminetto riuscivano a penetrare del tutto. Completata un'ispezione di cui forse nemmeno lui capiva l'esatto motivo, tirò accanto alla poltrona un tavolinetto coperto di libri e carte e, ben presto, si immerse nel compito di ritoccare un voluminoso manoscritto che doveva essere pubblicato il mattino seguente.

Se ne stava così occupato da qualche minuto, quando «Non ho alcuna fretta, Monsieur Bon-Bon», sussurrò improvvisamente una voce piagnucolosa nell'appartamento.

«Diavolo!», esclamò il nostro eroe balzando in piedi, rovesciando il tavolinetto, e guardandosi attorno sbalordito.

«Verissimo», replicò tranquillamente la voce.

«Verissimo! – Verissimo cosa? – Come sei entrato?», sbraitò il metafisico, mentre gli cadeva l'occhio su qualcosa, lunga sdraiata sul letto.

«Stavo dicendo», riprese l'intruso, ignorando le sue domande – «stavo dicendo che ho tutto il tempo che voglio – che la questione per cui mi sono permesso di venire a trovarti non è così urgente – in breve, che posso benissimo aspettare finché avrai terminato la tua Esposizione.»

«La mia Esposizione! Suvvia! Come *fai* a saperlo? – Come *sai* che stavo scrivendo una Esposizione – buon Dio!»

«Shh!!», replicò la figura con un bisbiglio sibilante; e, alzandosi rapidamente dal letto, fece un solo passo verso il nostro eroe, mentre una lampada di ferro che pendeva dal soffitto ondeggiava convulsamente ritraendosi al suo approssimarsi.

Lo sbigottimento non impedì al filosofo di osservare attentamente l'abito e l'aspetto dello sconosciuto. I contorni della sua figura, magrissima ma assai più alta della media, erano chiaramente evidenziati da un vecchio abito di panno nero, aderentissimo ma tagliato secondo la moda di un secolo prima. Erano indumenti ovviamente destinati a qualcuno molto più basso del loro attuale proprietario. E lasciavano scoperti polsi e caviglie per parecchi pollici. Sulle scarpe, però, due splendide fibbie smentivano l'estrema povertà implicita nel resto del suo abbigliamento. Il capo scoperto e totalmente calvo, tranne che per la nuca dalla quale pendeva una *queue* di considerevole lunghezza. Un paio di occhiali verdi con paraocchi laterali gli proteggevano gli occhi dalla luce e, al tempo stesso, impedivano al nostro eroe di scorgerne colore e forma. Non gli si vedeva addosso traccia di camicia; ma una larga cravatta bianca, dall'aria molto sudicia, era annodata con estrema precisione intorno alla gola; e le due estremità che pendevano rigide, una di fianco all'altra (anche se certo non intenzionalmente) facevano pensare a un ecclesiastico. Anzi, molte altre cose nel suo aspetto e nel suo comportamento avrebbero potuto avvalorare una tale ipotesi. Sull'orecchio sinistro, così come fanno gli impiegati, portava uno strumento simile a un antico *stylus*. Nel taschino della giacca si notava un volumetto nero chiuso con un fermaglio d'acciaio. Volumetto che, forse per caso, forse no, era girato in modo da lasciar vedere il retro, sul quale si leggeva «*Rituel Catholique*», in caratteri bianchi. La fisionomia di quell'individuo era cupa e malinconica – di un pallore cadaverico. La fronte alta e profondamente solcata da rughe di meditazione. Gli angoli della bocca si incurvavano in un'espressione di sottomessa umiltà. E l'incrociar delle mani mentre avanzava verso il nostro eroe – un profondo sospiro – e un aspetto generale di tale assoluta santità da riuscire inequivocabilmente attraente. Ogni ombra di collera svanì dal volto del metafisico mentre, dopo aver esaminato a suo piacimento la persona del visitatore, gli stringeva cordialmente la mano conducendolo verso la poltrona.

Sarebbe tuttavia un errore gravissimo attribuire questo subitaneo cambiamento nei sentimenti del filosofo a una qualsiasi delle cause che sarebbe naturale supporre. In realtà Pierre Bon-Bon, da quel che ho potuto capire del suo carattere, era la persona meno incline a lasciarsi suggestionare dalle apparenze. Era impossibile che un così acuto osservatore di uomini e cose non avesse immediatamente scoperto il vero carattere del personaggio che si era in quel modo imposto alla sua ospitalità. Se non altro, la conformazione dei piedi del visitatore era già sufficientemente insolita – teneva appoggiato leggermente sul capo un cilindro di altezza esagerata – nel retro dei pantaloni c'era un rigonfio tremolante – e il vibrare della sua redingote era un dato di fatto. Immaginate quindi quale fu la soddisfazione del nostro eroe nel trovarsi così all'improvviso in compagnia di una persona verso la quale aveva sempre nutrito il più incondizionato rispetto. Era però troppo diplomatico per lasciarsi sfuggire il minimo accenno circa i suoi sospetti sul come stessero realmente le cose. La sua battuta d'attacco non era quella di dimostrarsi consapevole dell'alto onore così inaspettatamente accordatogli; ma, guidando l'ospite nella conversazione, di ottenerne qualche importante concetto etico che, inserito nella pubblicazione che si prefiggeva di divulgare, potesse illuminare la razza umana, al tempo stesso dando a lui l'immortalità – concetti che, avrei dovuto aggiungere, la veneranda età e la ben nota competenza in fatto di morale del suo ospite, avrebbero senz'altro potuto fornirgli.

Spinto da questo illuminato giudizio, il nostro eroe invitò il gentiluomo ad accomodarsi, cogliendo frattanto l'occasione per gettare altre fascine sul fuoco e sistemare sul tavolinetto, che aveva raddrizzato, alcune bottiglie di *Mousseux*. Compiute rapidamente queste operazioni, portò la propria poltrona *vis à vis* con quella dell'ospite e attese che quest'ultimo avviasse la conversazione. Ma anche i piani più accuratamente studiati spesso falliscono quando li si mette in opera – e il *restaurateur* rimase *sconcertato* alle prime parole del suo visitatore.

«Vedo che mi conosci, Bon-Bon», disse; «ah! ah! ah! – eh! eh! eh! – ih! ih! ih! – oh! oh! oh! – uh! uh! uh!» – e il Diavolo, abbandonato subito il suo atteggiamento santimonioso, spalancò la bocca da un orecchio all'altro, mettendo in mostra una chiostra di denti aguzzi, simili a zanne e, gettando indietro la testa, rise forte, a lungo – una risata fragorosa e malvagia mentre il cane nero, accucciato sulle zampe posteriori, si univa con entusiasmo al coro e il gatto, squagliandosela per la tangente, si rifugiò, drizzando il pelo, nell'angolo più lontano della casa.

Non così il filosofo; era troppo uomo di mondo per ridere come il cane o gridare così da tradire un'indecorosa paura, come il gatto. Bisogna ammettere che provò un certo stupore nel vedere i caratteri bianchi che formavano le parole «*Rituel Catholique*» sul libro nella tasca dell'ospite cambiare istantaneamente di colore e significato così che, in pochi secondi, al posto del titolo originale, le parole «*Régitre des Condamnés*» spiccarono chiaramente in caratteri rossi. Quella sorprendente circostanza conferì all'atteggiamento di Bon-Bon, quando egli rispose all'osservazione dell'ospite, un certo imbarazzo che altrimenti sarebbe potuto passare inosservato.

«Be', signore», disse il filosofo; «be', signore, per la verità – ritengo che lei sia – parola mia – il più stram...o – voglio dire, credo – suppongo – *ho* una pallida – *molto* pallida idea – dell'onore eccezionale.»

«Oh! – ah! – sì! – benissimo!», lo interruppe Sua Maestà; «non dire altro – so com'è.» E a questo punto, togliendosi gli occhiali verdi, li ripulì accuratamente sulla manica della giacca e se li mise in tasca.

Se Bon-Bon era rimasto attonito all'incidente del libro, il suo stupore crebbe notevolmente per lo spettacolo che, a questo punto, si presentò ai suoi occhi. Alzando gli occhi, bruciando dalla curiosità di appurare di quale colore fossero quelli del suo ospite, scoprì che, contrariamente a quanto aveva immaginato, non erano affatto neri – né grigi, come si sarebbe potuto supporre – né castani, né azzurri – e nemmeno gialli o rossi – né purpurei, o bianchi, o verdi – né di alcun altro colore in cielo o in terra o nelle acque sottoterra. In breve, Pierre Bon-Bon non solo vide chiaramente che Sua Maestà non aveva occhi, ma non riuscì a trovare traccia di una loro precedente esistenza – poiché lo spazio che essi avrebbero dovuto normalmente occupare era, mi duole dirlo, semplicemente uno strato piatto di pelle.

Non era nella natura del metafisico astenersi dal porre domande circa la causa di un così bizzarro fenomeno; e la risposta di Sua Maestà fu pronta, dignitosa ed esauriente.

«Occhi! Mio caro Bon-Bon – occhi, hai detto? Oh! Ah! Capisco! quelle ridicole immagini, eh, che sono in circolazione, ti hanno dato un'idea sbagliata del mio aspetto? Occhi! – giusto. Gli occhi, Pierre Bon-Bon, vanno bene al loro posto – la *testa* dici? – certo, la testa di un verme. Anche per *te* queste appendici ottiche sono indispensabili – ma ti convincerò che la mia vista è più acuta della tua. C'è un gatto in quell'angolo laggiù – una bella gattina – guardala – osservala bene. Dunque, Bon-Bon, vedi i pensieri – i pensieri, dico – le idee – le riflessioni – che si formano nella sua scatola cranica? Eccole... ma tu non le vedi! Sta pensando che ammiriamo la lunghezza della sua coda, e la profondità della sua mente. Ha appena concluso che io sono il più distinto degli ecclesiastici, e tu il più superficiale dei metafisici. Come vedi, dunque, non sono del tutto cieco; ma per uno della mia professione, gli occhi di cui parli non sarebbero altro che un impiccio e correrebbero il rischio ogni momento di essere cavati fuori da uno spiedo o un forcone. Per te, però, riconosco che queste appendici ottiche sono indispensabili. Cerca di farne buon uso, Bon-Bon – la *mia* visione è interiore.»

A questo punto, l'ospite si servì del vino sulla tavola e, versandone un bicchiere colmo per Bon-Bon, gli ingiunse di berlo, senza complimenti, e di fare come se fosse a casa sua.

«Intelligente quel tuo libro, Pierre», riprese Sua Maestà dandogli con aria furba un colpetto sulla spalla, mentre il nostro eroe posava il bicchiere dopo avere scrupolosamente obbedito all'ingiunzione del suo ospite. «Un libro davvero intelligente, parola d'onore. Il tipo di libro che mi va a genio. Ritengo, però, che avresti potuto trattare il tema in modo migliore, e molte delle tue nozioni mi ricordano Aristotele. Quel filosofo era uno dei miei più intimi amici. Mi piaceva tanto per il suo caratteraccio quanto per la sua straordinaria abilità nel prendere delle cantonate. C'è un'unica, solida verità in tutto quello che ha scritto, e sono stato proprio io a suggerirgliela, per pura compassione della sua assurdità. Suppongo, Pierre Bon-Bon che sai benissimo a quale divina verità morale alludo?»

«Non credo di...»

«Ma come! – diamine, sono stato io a dire ad Aristotele che gli uomini, starnutendo, espellevano le idee superflue attraverso la loro proboscide.»

«Il che – hic! – è sicuramente vero», disse il metafisico versandosi un altro bicchiere colmo di Mousseux e offrendo la tabacchiera alle dita dell'ospite.

«C'era anche Platone», continuò Sua Maestà, declinando modestamente la tabacchiera e il complimento che l'offerta indicava. «C'era anche Platone per cui, un tempo, nutrii tutto l'affetto di un amico. Conosci Platone, Bon-Bon? – ah, no, mille scuse. Mi incontrò un giorno ad Atene, sul Partenone, e mi rivelò che era ossessionato da un'idea. Gli ingiunsi di annotarsi che ό νοῦς εστιν αὐλός [2]. Promise di farlo, e se ne andò a casa, mentre io mi recavo alle piramidi. Ma mi rimordeva la coscienza per aver detto la verità, sia pure allo scopo di aiutare un amico e, tornando di corsa ad Atene, arrivai dietro lo scranno del filosofo proprio mentre stava scrivendo αὐλός.

[2] L'intelletto è un flauto (*N.d.T.*).

Diedi un colpetto col dito alla lettera lambda, capovolgendola. Così che ora la frase che si leggeva era ὁ νοῦς ἐστιν αὐγός [3] che, come noterai, costituisce la dottrina fondamentale della sua metafisica.»

«Lei è mai stato a Roma?», chiese il *restaurateur*, finendo la sua seconda bottiglia di Mousseux e tirando fuori dalla credenza un rifornimento più abbondante di Chambertin.

«Solo una volta, Monsieur Bon-Bon, solo una volta. Ci fu un tempo», disse il Diavolo quasi recitasse un brano di qualche libro – «ci fu un tempo quando regnò l'anarchia per cinque anni durante i quali la repubblica, privata di tutti i suoi ufficiali, non aveva altri magistrati se non i tribuni del popolo; e questi non possedevano alcuna veste legale per esercitare il potere esecutivo – in quel periodo, Monsieur Bon-Bon – e *solo* in quello, fui a Roma e, di conseguenza, non ho alcuna conoscenza terrena della sua filosofia. [4]»

«Cosa ne pensa – cosa ne pensa di – hic! – Epicuro?»

«Cosa ne penso di *chi*?», disse sbalordito il Diavolo. «Non vorrai certo trovar difetti in Epicuro! Cosa ne penso di Epicuro! Intendi cosa ne penso io, egregio signore? – Io sono Epicuro! Sono proprio io quel filosofo che scrisse tutti i 300 trattati, commemorati da Diogene Laerzio.»

«È una bugia!», disse il metafisico al quale il vino aveva dato un po' alla testa.

«Benissimo! Benissimo, signore! – davvero benissimo!», esclamò Sua Maestà, apparentemente molto lusingato.

«È una bugia!», ripeté il *restaurateur* in tono dogmatico; «è una – hic – una bugia!»

«Bene, bene, come vuoi tu!», disse calmo e placido il Diavolo e Bon-Bon, avendo avuto, in quel caso, la meglio su Sua Maestà, ritenne doveroso finirsi la seconda bottiglia di Chambertin.

«Come stavo dicendo», riprese l'ospite – «come stavo osservando poco fa, vi sono dei concetti veramente *outré* in quel tuo libro, Monsieur Bon-Bon. Per esempio, cosa vuoi dire con tutte quelle frottole sull'anima? Dimmi un po', secondo te, *cosa è* l'anima?»

«L' – hic! – anima», replicò il metafisico riferendosi al suo manoscritto, «è indubbiamente...»

«Nossignore!»

«Indubbiamente...»

«Nossignore!»

«Innegabilmente...»

«Nossignore!»

«Ovviamente...»

«Nossignore!»

«Incontrovertibilmente...»

«Nossignore!»

«Hic!...»

«Nossignore!»

«E oltre ogni dubbio, una-»

«Nossignore! l'anima non è affatto questo!» (E qui il filosofo, con uno sguardo in cagnesco, colse l'occasione per scolarsi seduta stante la terza bottiglia di Chambertin.)

[3] L'intelletto è una luce (*N.d.T.*).

[4] Scrivevano di filosofia (*Cicerone, Lucrezio, Seneca*) ma era filosofia greca. – *Condorcet*.

«Allora – hic! – allora, signore – che cosa – che cosa è?»

«Questo non c'entra niente, Monsieur Bon-Bon», replicò Sua Maestà in tono meditabondo. «Ho gustato – voglio dire, ho conosciuto anime pessime, e anche altre – molto buone.» A questo punto, schioccò le labbra e, avendo distrattamente lasciato cader la mano sul volume che aveva in tasca, fu colto da una violenta crisi di starnuti.

Poi continuò.

«Ci fu l'anima di Cratino – passabile; di Aristofane – piccante; Platone – squisita – non il *tuo* Platone, ma Platone il poeta comico; il tuo Platone avrebbe rivoltato lo stomaco a Cerbero – augh! Poi, vediamo! Ci sono stati Nevio e Andronico, e Plauto, e Terenzio. E poi ancora Lucilio, e Catullo, e Nasone, e Quinto Flacco – caro Quintino! Così lo chiamavo quando cantava un *seculare* per divertirmi mentre, giusto per scherzo, lo rosolavo su un forchettone. Ma hanno bisogno di essere *insaporiti*, questi Romani. Un Greco bello grasso vale una dozzina di loro e, poi, si *mantiene*, il che non può certo dirsi di un Quirita. Assaggiamo questo tuo Sauterne.»

Bon-Bon aveva ormai deciso per il *nil admirari*, e cercò di tirar giù le bottiglie in questione. Avvertì, però, uno strano rumore nella stanza, come di una coda dimenata. A quel gesto, anche se estremamente indecente, di Sua Maestà il filosofo non prestò minimamente attenzione; – si limitò a tirare una pedata al cane, ordinandogli di star buono. Il visitatore continuò:

«Trovai che Orazio aveva praticamente lo stesso sapore di Aristotele; – sai che a me piace variare. Non avrei saputo distinguere Terenzio da Menandro. Con mio grande stupore, Nasone era Nicandro sotto mentite spoglie. Virgilio aveva un forte sentore di Teocrito. Marziale mi ha fatto nettamente pensare ad Archiloco – e Tito Livio, decisamente altri non era che Polibio».

«Hic!», rispose a questo punto Bon-Bon, e Sua Maestà continuò:

«Ma se c'è qualcosa per cui *ho un penchant*, Monsieur Bon-Bon, è un filosofo. Eppure, lascia che ti dica, signor mio, che non tutti i diav... voglio dire, non tutti i gentiluomini sanno come *scegliere* un filosofo. Quelli lunghi *non* sono buoni; e anche i migliori, se non li sgusci attentamente, possono risultare un po' rancidi, per via della bile».

«Sgusciati!!»

«Intendo estratti dalla carcassa.»

«Che ne pensa di un – hic! – medico?»

«Non parlarmene! – ugh! ugh!» (e Sua Maestà ebbe un violento conato di vomito). «Ne ho assaggiato uno solo – quel farabutto di Ippocrate! Puzzava di assafetida – ugh! ugh! ugh! – mi buscai un tremendo raffreddore per lavarlo nello Stige – e alla fine, mi fece venire il colera.»

«Quel – hic! – disgraziato!», esclamò Bon-Bon. «Quell' – hic! – aborto di un portapillole!», e il filosofo versò una lacrima.

«Dopotutto», proseguì l'ospite, «dopotutto, se un diav... se un gentiluomo vuole *vivere*, deve avere parecchie qualità, non solo una o due; e da noi, una faccia grassa denota diplomazia.»

«Come mai?»

«Be', a volte siamo scarsissimi di provviste. Devi sapere che, in un clima soffocante come il mio, spesso è impossibile mantenere in vita uno spirito per più di due o tre ore; e, dopo la morte, se non è messo immediatamente in salamoia (e uno spirito in salamoia *non* è buono) – finisce col – mandare odore – capisci? Bisogna sempre tener presente la putrefazione quando le anime ci vengono consegnate nel solito modo.»

«Hic! – Hic! – Buon Dio! Come *può* agire così?»

A questo punto, la lampada di ferro cominciò a oscillare con raddoppiata violenza, e il Diavolo si alzò a mezzo dalla poltrona; – con un leggero sospiro, riuscì però a ricomporsi, limitandosi a dire a bassa voce al nostro eroe: «Sai una cosa, Pierre Bon-Bon, d'ora in avanti *niente più* bestemmie».

L'anfitrione mandò giù un altro bicchiere, per indicare totale comprensione e acquiescenza, e il visitatore continuò: «Ci sono *svariati* modi di agire. La maggior parte di noi patisce la fame; qualcuno si adatta alla salamoia; per conto mio, acquisto i miei spiriti *vivente corpore* e trovo che, in tal modo, si conservano benissimo».

«Ma il corpo! – hic! – il corpo!»

«Il corpo, il corpo – e che c'entra il corpo? – oh! ah! capisco. Mio caro signore, il corpo non risente *affatto* della transazione. Ai miei tempi, ho fatto innumerevoli acquisti del genere e nessuno ha avuto mai il minimo disturbo. Ci sono stati Caino e Nimrod, e Nerone, e Caligola, Dionisio, Pisistrato, e... e mille altri, che non hanno mai saputo cosa significasse avere un'anima negli ultimi anni della loro vita; eppure, signor mio, erano uomini che davano lustro alla società. Ma come, non c'è forse anche A..., che conosci come lo conosco io? e *Lui* non è in possesso di tutte le sue facoltà, fisiche e intellettuali? Chi meglio di lui sa comporre un epigramma tagliente? Chi ragiona più acutamente di lui? Chi – ma aspetta! Ho il suo contratto nell'agenda.»

Così dicendo, tirò fuori un portafoglio di cuoio rosso e ne estrasse delle carte. Su alcune delle quali Bon-Bon intravide le lettere di *Machi – Maza – Robesp* – con le parole *Caligola, George, Elisabeth*. Sua Maestà ne sfilò una striscetta di pergamena dalla quale lesse ad alta voce:

«In considerazione di talune doti mentali che è superfluo specificare, e in ulteriore considerazione di mille luigi d'oro io, all'età di un anno e un mese, con la presente cedo al latore di questo accordo ogni mio diritto, titolo e annesso sull'ombra che va sotto il nome di mia anima. (firmato) A... [5]». (E qui Sua Maestà fece un nome che non ritengo avere il diritto di meglio specificare.)

«Un tipo in gamba, quello», riprese; «ma come te, Monsieur Bon-Bon, si sbagliava sull'anima. L'anima un'ombra figuriamoci! L'anima un'ombra! Ah! ah!ah! – eh! eh! eh! – hu! hu! hu! pensa un po' a un'ombra in fricassea!»

«Pensare a – hic! – un'ombra in fricassea!!», esclamò il nostro eroe, le cui facoltà si stavano vieppiù illuminando per le profonde parole di Sua Maestà.

«Pensare a – hic! – un'ombra in fricassea!! Accidenti! – hic! – humph! Se *io* sarei stato un tale – hic! – babbeo! La *mia* anima, signor – humph!»

«La *tua* anima, Monsieur Bon-Bon?»

«Sissignore hic! – la *mia* anima è...»

«Che cosa è, amico?»

«*Non* un'ombra maledizione!»

«Vuoi dire...»

«Sissignore, la *mia* anima è – hic! – humph! – Sissignore.»

«Non intendevi dire...»

«La *mia* anima è – hic! – adattissima per – hic! – uno...»

[5] Quere-Arouet?

«Cosa?»
«Stufato.»
«Ah!»
«Soufflée.»
«Eh!»
«Fricassea!»
«Davvero!»
«Ragout e fricandeau – e, sentimi bene, brav'uomo! Te la cedo – hic – un affarone.» E il filosofo diede una pacca sulla schiena a Sua Maestà.
«Non ci penso nemmeno», rispose placido quest'ultimo, alzandosi dalla poltrona. Il metafisico lo guardò a occhi spalancati.
«Per il momento sono rifornito», disse Sua Maestà.
«Hic-c! e-h?», esclamò il filosofo.
«Non ho fondi disponibili.»
«Come?»
«Inoltre, molto meschino da parte mia...»
«Signore!»
«Approfittarmi delle...»
«Hic!»
«Delle tue attuali condizioni, disgustose e volgari.»
E a questo punto il visitatore si ritirò con un inchino – non si capì esattamente in che modo – ma in un ben orchestrato tentativo di tirare una bottiglia dietro a «quel tanghero», fu tranciata la sottile catena che pendeva dal soffitto e il metafisico finì lungo disteso a terra per la caduta della lampada.

Quattro chiacchiere con una mummia

Il *symposium* della sera prima era stato un po' troppo per me. Avevo un tremendo mal di testa e mi sentivo completamente stordito. Così, invece di passar la serata fuori, come mi ero proposto, pensai che la cosa migliore era quella di mangiare un boccone e andarmene subito a letto.

Una cena *leggera*, naturalmente. Adoro il Welsh-Rabbit [1]. Comunque, non è mai consigliabile mangiarne più di una libbra alla volta. Però, nulla impedisce di mangiarne due. E, in fondo, fra due e tre non c'è che la differenza di uno. Forse, mi azzardai sul quattro. Mia moglie insiste sul cinque; ma, chiaramente, confonde due cose diverse. Sono disposto ad ammettere in astratto il numero cinque; ma, in effetti, si riferisce alle bottiglie di birra scura senza la quale, come condimento, il Welsh-Rabbit è da evitare.

Concluso così il mio pasto frugale, e indossata la berretta da notte con la sincera speranza di tenermela fino al mezzogiorno dell'indomani, posai la testa sul guanciale e, con l'aiuto di una coscienza tranquilla, caddi subito in un profondo torpore.

Ma quando mai le speranze dell'uomo si realizzano? Sicuramente non avevo finito di russare per la terza volta quanto si sentì una furiosa scampanellata alla porta, e poi dei colpi impazienti all'uscio che mi svegliarono di soprassalto. Un attimo dopo, mentre mi stavo ancora stropicciando gli occhi, mia moglie mi mise sotto il naso un biglietto del mio vecchio amico, il dottor Ponnonner, su cui era scritto:

> Vieni da me subito, caro amico, appena ricevuto questo biglietto. Vieni a festeggiare con noi. Finalmente, dopo lunghe trattative diplomatiche, ho ottenuto il consenso del direttore del City Museum per esaminare la Mummia – sai quale intendo dire. Ho il permesso di rimuovere le bende e, se è il caso, di aprirla. Saranno presenti solo alcuni amici – te compreso, naturalmente. La Mummia è adesso a casa mia, e cominceremo a sbendarla alle 11 di questa sera.
>
> Tuo,
> Ponnonner

Arrivato alla firma, mi resi conto di esser sveglio quanto più non si poteva. Saltai giù dal letto, estasiato, rovesciando a terra ogni cosa; mi vestii in un lampo e mi diressi a tutta velocità a casa del dottore.

Trovai la compagnia raccolta in ansiosa attesa. Mi stavano aspettando con impazienza. La Mummia era distesa sul tavolo da pranzo; e, nel momento stesso in cui feci il mio ingresso, ebbe inizio l'esame.

La Mummia faceva parte di una coppia acquistata molti anni prima dal capitano Arthur Sabretash, un cugino di Ponnonner, e proveniente da una tomba nei pressi di Eleithias, nelle montagne libiche, molto lontana da

[1] *Welsh-Rabbit*: pane tostato con formaggio fuso (*N.d.T.*).

Tebe, sul Nilo. In questa località le grotte, anche se meno splendide dei sepolcri tebani, sono molto più interessanti in quanto forniscono notizie assai più numerose sulla vita quotidiana degli egiziani. Pare che la sala da cui proveniva la nostra Mummia abbondasse di tali notizie in quanto le pareti erano ricoperte da affreschi e bassorilievi mentre statue, vasi e mosaici di ricca fattura indicavano come il defunto fosse stato persona di grande ricchezza.

Il tesoro era stato depositato nel museo esattamente nelle stesse condizioni in cui il capitano Sabretash l'aveva trovato – vale a dire che il sarcofago era intatto. Per otto anni era rimasto così, esposto al pubblico solo nella sua parte esterna. Adesso, quindi, avevamo a disposizione la Mummia completa; e coloro i quali sanno quanto raramente oggetti antichi raggiungano inviolati i nostri lidi, non avranno difficoltà a comprendere i nostri buoni motivi di rallegrarci per tanta fortuna.

Accostandomi al tavolo, vidi su di esso una grossa scatola, o una cassa, lunga quasi sette piedi e larga forse tre, con una profondità di due piedi e mezzo. Era oblunga – non a forma di bara. A prima vista, sembrava fatta con legno di sicomoro (*platanus*) ma, tagliandola, scoprimmo che era di cartapesta o, più esattamente, di *papier mâché*, fatta di papiro. Fittamente decorata di dipinti raffiguranti scene funerarie, e altri soggetti ugualmente lugubri – fra i quali, in varie posizioni, erano disposte serie di caratteri geroglifici destinati, senza dubbio, a indicare il nome del defunto. Fortunatamente, del nostro gruppo faceva parte il signor Gliddon il quale non ebbe difficoltà a tradurre i segni, puramente fonetici, che rappresentavano la parola *Allamistakeo* [2].

Avemmo qualche difficoltà ad aprire la cassa senza danneggiarla; ma alla fine ci riuscimmo e trovammo una seconda cassa, in forma di bara, molto più piccola di quella esterna ma esattamente simile ad essa sotto ogni aspetto. Lo spazio fra le due casse era riempito di resina che aveva un po' alterato i colori di quella interna.

Aprendo quest'ultima (senza alcuna difficoltà) arrivammo a una terza cassa, sempre a forma di bara e identica alla seconda tranne che per il materiale, che era legno di cedro e ancora ne esalava il tipico, aromatico odore. Fra la seconda e la terza cassa non c'era spazio poiché si incastravano perfettamente l'una nell'altra.

Rimuovendo questa terza cassa, trovammo e tirammo fuori il corpo. Ci aspettavamo che fosse, come al solito, avvolto in varie bende di lino; ma, invece delle bende, trovammo una sorta di guaina di papiro, ricoperta da uno strato di stucco, abbondantemente dorato e dipinto con scene raffiguranti soggetti attinenti ai vari, presunti doveri dell'anima, alla sua presentazione alle varie divinità, con numerose figure umane, tutte identiche che, probabilmente, si usavano per ritrarre la persona imbalsamata. Dalla testa ai piedi, correva un'iscrizione perpendicolare, in geroglifici fonetici, che indicavano nuovamente nome e titoli del defunto, e nomi e titoli dei suoi parenti.

Intorno al collo, ora scoperto, c'era un collare di perline di vetro cilindriche, multicolori, disposte in modo da formare immagini di divinità, dello scarabeo, ecc., con il globo alato. Un collare analogo, forse una cintura, gli cingeva la vita.

Rimuovendo il papiro, trovammo il corpo in ottimo stato di conserva-

[2] *All a Mistake* = Tutto uno sbaglio (*N.d.T.*).

zione, senza il minimo odore percettibile. Era di colore rossastro. La pelle tesa, liscia e lucida. Denti e capelli in buone condizioni. Gli occhi (così sembrava) erano stati tolti e sostituiti con occhi di vetro, bellissimi e straordinariamente realistici, tranne che per lo sguardo troppo fisso. Dita e unghie erano ricoperte da una scintillante patina d'oro.

A giudicare dal colore rosso dell'epidermide, il dottor Gliddon era del parere che l'imbalsamazione fosse stata effettuata unicamente col bitume; ma, grattando la superficie con uno strumento d'acciaio e gettando nel fuoco la polvere così ottenuta, si sentì nettamente un profumo di canfora e di altre gomme aromatiche.

Esaminammo attentamente il corpo alla ricerca delle solite aperture dalle quali vengono estratte le viscere ma, con grande sorpresa, non ne trovammo traccia. Allora, nessuno del nostro gruppo sapeva che non è raro trovare mummie intere, prive di aperture. Il cervello veniva solitamente estratto attraverso le narici; le viscere, da un'incisione sul fianco; il corpo veniva poi depilato, lavato e salato; dopo averlo lasciato riposare per varie settimane, aveva inizio il processo di imbalsamazione vera e propria.

Poiché non si trovava alcuna traccia di incisione, il dottor Ponnonner aveva cominciato a preparare gli strumenti per la dissezione quando feci notare che erano già le due passate. Si decise allora di rimandare l'autopsia alla sera seguente; e stavamo per separarci quando qualcuno suggerì di fare un paio di esperimenti con la pila voltaica.

L'idea di applicare una scarica elettrica a una mummia vecchia di almeno 3 o 4000 anni era, se non molto saggia, quantomeno abbastanza originale, e fummo subito tutti d'accordo. Uno su dieci convinto, e gli altri nove per gioco, sistemammo una batteria nello studio del dottore, dove trasferimmo l'egiziano.

Ci vollero tempo e fatica per mettere allo scoperto una parte del muscolo temporale che appariva meno irrigidito del resto del corpo ma che, come previsto, non diede il minimo segno di reazione quando facemmo contatto con i fili. Questa prima prova sembrò decisiva e, ridendo di cuore alla nostra assurdità, ci stavamo augurando la buona notte quando, casualmente, mi cadde lo sguardo sulla mummia, e ci rimase inchiodato. Quella rapida occhiata era stata sufficiente a darmi la certezza che i globi oculari, da noi tutti ritenuti di vetro e che ci avevano colpito per lo sguardo stralunato, erano ora coperti dalle palpebre a un punto tale da lasciarne intravedere solo una piccola parte della *tunica albuginea*.

Con un grido richiamai l'attenzione dei miei amici i quali constatarono immediatamente il fatto.

Non posso dire che fossi *allarmato* per quel fenomeno in quanto, nel mio caso, «allarmato» non è il termine esatto. È possibile però che, se non fosse stato per la birra scura, mi sarei sentito un po' nervoso. In quanto al resto della compagnia, non fecero alcun tentativo per nascondere la paura nera che li attanagliava. Il dottor Ponnonner offriva uno spettacolo miserando. Il signor Gliddon, in qualche strano modo, era riuscito a rendersi praticamente invisibile. Il signor Silk Buckingham [3] credo non avrà il coraggio di negare che si infilò carponi sotto il tavolo.

Dopo il primo shock decidemmo però, come cosa del tutto naturale, di ripetere immediatamente l'esperimento. A quel punto, ci concentrammo

[3] *Silk Buckingham*: Avvocato Patrocinante della Corona inglese (*N.d.T.*).

sull'alluce del piede destro. Praticammo un'incisione sul lato dell'*os sesamoideum pollicis pedis* esterno, arrivando all'attacco del muscolo *adduttore*. Risistemando la batteria, applicammo il fluido ai nervi bisecati – quando, con un movimento straordinariamente naturale, la mummia prima tirò su il ginocchio sinistro fin quasi all'addome e poi, stendendo l'arto con una forza incredibile, rifilò al dottor Ponnonner una pedata che lo catapultò come una freccia fuori dalla finestra e giù per la strada.

Ci precipitammo *en masse* a raccogliere i suoi miseri resti ma avemmo la gioia di incontrarlo per le scale, mentre saliva i gradini due a due, traboccante di sacro entusiasmo e più che mai deciso a continuare il nostro esperimento con zelo e vigore.

Fu quindi dietro suo consiglio che praticammo seduta stante una profonda incisione sulla punta del naso del «paziente» mentre il dottore stesso, afferrandolo con violenza, lo sbatté veementemente contro il filo elettrico.

Moralmente e materialmente – in modo figurativo e letterale – altrettanto elettrico fu il risultato. Per prima cosa il cadavere aprì gli occhi battendo rapidamente le palpebre per qualche minuto come fa il dottor Barnes nella pantomima; per seconda cosa, starnutì; per terza, si tirò su a sedere; per quarta, agitò il pugno in faccia al dottor Ponnonner; per quinta, rivolgendosi a Gliddon e a Buckingham, li apostrofò in geroglifici decisamente maiuscoli:

«Devo dire, signori, che sono sorpreso quanto mortificato per il vostro comportamento. Dal dottor Ponnonner non c'era da aspettarsi niente di meglio. È un povero stupidello obeso che non *sa* quello che fa. Lo compatisco e lo perdono. Ma lei, signor Gliddon – e lei, Silk – che avete viaggiato e soggiornato in Egitto tanto che vi si sarebbe potuti prendere per indigeni – voi, ripeto, che siete stati fra noi così a lungo da parlare l'egiziano con la stessa facilità come, credo, scrivete la vostra madrelingua – voi, che sono sempre stato indotto a ritenere buoni amici delle mummie – davvero mi aspettavo *da voi* una condotta più da gentiluomini. Cosa devo supporre, dal momento che permettete a un qualsiasi Pinco Pallino di spogliarmi delle mie bare e delle mie vesti in un clima così maledettamente freddo? Sotto quale luce (per venire al punto) debbo considerare il fatto che voi aiutiate e assecondiate quel miserabile piccolo tanghero a prendermi per il naso?».

Senza dubbio, si darà per scontato che, al sentire quel discorso, in quelle circostanze, tutti noi ci precipitassimo alla porta, o fossimo presi da un attacco isterico, o svenissimo uno dopo l'altro. Come ripeto, c'era da aspettarsi una di queste tre cose. Anzi, sarebbero state tutte logiche, individualmente e in blocco. E, parola mia, davvero non so come o per quale motivo nessuna delle tre si verificò. Ma forse il vero motivo è da ricercare nello spirito dei tempi, che segue ciecamente la legge dei contrari, ed è oggi generalmente accettata come soluzione per tutto ciò che è paradossale o impossibile. O forse fu semplicemente l'atteggiamento così naturale e dogmatico della mummia a spogliare le sue parole da ogni terrore. Comunque sia, le cose stanno così, e nessuno del nostro gruppo tradì particolare sbigottimento o sembrò trovare qualcosa di strano in quella situazione.

Per parte mia, ero convinto che tutto andasse benissimo e mi limitai a spostarmi fuori tiro dal pugno dell'egiziano. Il dottor Ponnonner si ficcò le mani in tasca, fissò la mummia e arrossì violentemente. Il signor Gliddon si lisciò i favoriti, rialzandosi il collo della camicia. Il signor Buckingham chinò il capo e si mise il pollice destro nell'angolo sinistro della bocca.

L'egiziano lo fissò severamente per qualche minuto e, alla fine, gli disse con un sorrisetto di scherno:

«Perché non parla, signor Buckingham? Ha sentito o no quello che le ho chiesto? Per *favore*, si tolga il pollice di bocca!».

Il signor Buckingham ebbe un leggero sobbalzo, tolse il pollice destro dall'angolo sinistro della bocca e, a titolo di compensazione, si ficcò il pollice sinistro nell'angolo destro del summenzionato orifizio.

Non riuscendo ad ottenere risposta dal signor B., la figura si rivolse stizzosamente al signor Gliddon e, in tono perentorio, chiese che intenzioni avevamo, in genere.

Il signor Gliddon replicò diffusamente, in fonemi; e se non fosse stato per la deficienza delle tipografie americane in fatto di caratteri geroglifici, sarei ben lieto di riportare qui, in originale, il suo eccellente discorso.

Tanto vale che io colga l'occasione per sottolineare che la successiva conversazione cui prese parte la mummia si svolse esclusivamente in egiziano antico, tramite (per quanto concerne me e gli altri componenti della compagnia che non avevano viaggiato) tramite, dicevo, i signori Gliddon e Buckingham che fungevano da interpreti. Questi due signori parlavano correntemente e con estrema scioltezza la lingua madre della mummia; ma non potei fare a meno di notare che (senza dubbio a causa della necessità di introdurre immagini totalmente moderne e quindi sconosciute allo straniero) dovevano occasionalmente ricorrere a forme di discorso più terra terra per esprimere un particolare concetto. Per esempio, a un certo punto il signor Gliddon, non riuscendo a far comprendere all'egiziano il termine «politica», disegnò sulla parete, con un pezzetto di carbone, un omino dal naso a patata, con i gomiti in fuori, in piedi su un ceppo di legno, con la gamba sinistra indietro, il braccio destro in avanti, a pugno chiuso, gli occhi al cielo e la bocca spalancata a un angolo di 90°. E analogamente il signor Buckingham non riuscì a spiegare il modernissimo concetto di «parrucca» finché (dietro suggerimento del dottor Ponnonner) sbiancando in viso acconsentì a togliersi la sua.

È facile capire che il discorso del dottor Gliddon verteva essenzialmente sugli enormi vantaggi che il fatto di togliere le bende a una mummia e poi sventrarla comportava per la scienza; scusandosi, a questo proposito, per i disagi che ciò avrebbe potuto comportare per *lui*, cioè per quella particolare mummia, il cui nome era Allamistakeo; e concludendo con un vaghissimo accenno (altro infatti non lo si poteva considerare) alla circostanza che, chiarite ormai quelle quisquilie, tanto valeva procedere con la programmata ricerca. E a questo punto il dottor Ponnonner preparò gli strumenti.

Per quanto concerneva gli ultimi suggerimenti dell'oratore, sembra che Allamistakeo avesse certi scrupoli di coscienza la cui natura non compresi bene; ma si dichiarò soddisfatto delle scuse e, scendendo dal tavolo, strinse la mano a tutti.

Terminata questa cerimonia, ci mettemmo subito a riparare i danni provocati dallo scalpello. Gli ricucimmo la ferita alla tempia, gli bendammo il piede e applicammo un bel cerotto nero alla punta del naso.

Notammo però che il Conte (pare fosse questo il titolo di Allamistakeo) rabbrividiva leggermente – certo per il freddo. Il dottore andò immediatamente nel guardaroba e ne tornò con una giacca nera, nel miglior stile di

Jennings, un paio di pantaloni a scacchi azzurro cielo, con le bretelle, una *chemise* di percalle rosa, un panciotto di broccato a falde, un soprabito di juta bianca, un bastone da passeggio col manico ricurvo, un cappello senza tesa, scarponcini di cuoio, guanti gialli di capretto, un monocolo, un paio di basettoni e una cravatta a fiocco. Data la disparità di taglia fra il Conte e il dottore (del 2 a 1 circa) ci fu qualche difficoltà per adattare quei capi di vestiario addosso all'egiziano; ma, una volta sistemato il tutto, si poteva dire che fosse vestito. Il signor Gliddon gli porse quindi il braccio, conducendolo a una comoda poltrona accanto al caminetto mentre il dottore suonava il campanello per ordinare subito un rifornimento di sigari e vino.

La conversazione si fece presto animata. Naturalmente, tutti esprimemmo la nostra profonda curiosità circa il fatto, alquanto eccezionale, della sopravvivenza di Allamistakeo.

«Avrei pensato», osservò il signor Buckingham, «che ormai lei dovesse essere morto da un pezzo.»

«Ma come», rispose il Conte sorpresissimo, «ho poco più di 700 anni! Mio padre visse fino a 1000 e, quando è morto, non era affatto rimbambito.»

Seguì un fuoco di fila di domande e calcoli grazie ai quali risultò evidente che era stato commesso un grossolano errore nel giudicare l'antichità della mummia. Erano trascorsi 5050 anni e qualche mese da quando era stata collocata nelle catacombe di Eleithias.

«Ma il mio commento», riprese il signor Buckingham, «non si riferiva alla sua età quando fu sepolto (in effetti, non ho difficoltà a riconoscere che lei è ancora giovane) ma volevo alludere all'immensità di tempo durante il quale, a quanto lei stesso dimostra, è stato imbalsamato con il bitume.»

«Con che?», chiese il Conte.

«Col bitume», ribadì il signor B.

«Ah, sì; ho una vaga idea di cosa lei vuol dire; certo, può essere per quello – ma, ai miei tempi, si usava quasi esclusivamente il bicloruro di mercurio.»

«Quello, però, che non riusciamo assolutamente a capire», disse il dottor Ponnonner, «è come mai lei, morto e sepolto in Egitto 5000 anni fa, oggi sia qui vivo e vegeto.»

«Se, come lei dice, io fossi *morto*», rispose il Conte, «è più che probabile che ancora lo sarei; noto, infatti, che voi siete ancora ai primordi del galvanismo e, con esso, non riuscite a compiere quella che era una cosa comune ai giorni miei. Il fatto è che caddi in catalessi e i miei migliori amici pensarono che fossi morto, o che avrei dovuto esserlo; di conseguenza, mi imbalsamarono subito – immagino voi siate al corrente del principio basilare dell'imbalsamazione?»

«Be', non del tutto.»

«Ah, capisco; una deplorevole ignoranza! Bene, ora non posso addentrarmi nei particolari; ma occorre spiegare che in Egitto l'imbalsamazione (propriamente detta) significava sospendere a tempo illimitato *tutte* le funzioni animali soggette al processo. Uso il termine "animali" in senso lato, comprendendo l'esistenza non solamente fisica ma anche morale e *vitale*. Ripeto che, da noi, il processo d'imbalsamazione consisteva nell'arrestare immediatamente e mantenere *in sospeso*, all'infinito, *tutte* le funzioni animali sottoposte al processo. Per farla breve, quali che fossero le condizioni di un individuo al momento dell'imbalsamazione, in quelle stesse condizioni rimaneva. Ora, dato che fortunatamente appartengo al sangue dello Scarabeo, sono stato imbalsamato vivo, tal quale mi vedete adesso.»

«Il sangue dello Scarabeo!», esclamò il dottor Ponnonner.

«Sì. Lo Scarabeo era l'*insignium*, lo "stemma" di una nobilissima e insolita famiglia patrizia. Essere "del sangue dello Scarabeo" significa appartenere a quella famiglia di cui lo Scarabeo è l'*insignium*. Parlo in modo figurato.»

«Ma questo che c'entra col suo essere vivo?»

«Vedete, in Egitto l'usanza comune è quella di privare un corpo delle viscere e del cervello prima di imbalsamarlo; solo la stirpe degli Scarabei non si adegua all'usanza. Se non fossi stato uno Scarabeo, quindi, non avrei né viscere né cervello; e, senza queste cose, è scomodo vivere.»

«Me ne rendo conto», disse il signor Buckingham, «e immagino che tutte le mummie *intere* che possono capitare sono della stirpe degli Scarabei.»

«Senza il minimo dubbio.»

«Pensavo», osservò timidamente il signor Gliddon, «che lo Scarabeo fosse uno degli dèi egiziani.»

«Uno dei *che,* egiziani?», esclamò la Mummia alzandosi di scatto.

«Dèi», ripeté il viaggiatore.

«Signor Gliddon, sono davvero sbalordito a sentirla parlare in questo modo», disse il Conte rimettendosi a sedere. «Nessuna nazione sulla faccia della terra ha mai riconosciuto più di un *solo dio*. Lo Scarabeo, l'Ibis, ecc. erano per noi (come creature simili, per altri) i simboli, o *media*, tramite cui esprimevamo la nostra venerazione per un Creatore, troppo augusto per un approccio più diretto.»

A questo punto, subentrò una pausa. Alla fine, il colloquio fu ripreso dal dottor Ponnonner.

«Non è improbabile, allora, da quanto lei ci ha spiegato», disse, «che fra le catacombe accanto al Nilo esistano altre mummie della tribù dello Scarabeo, in condizioni di vitalità.»

«È del tutto fuor di dubbio», rispose il Conte; «tutti gli Scarabei accidentalmente imbalsamati mentre erano ancora in vita, sono vivi. Perfino alcuni di quelli così imbalsamati *di proposito* possono essere stati dimenticati dai loro esecutori testamentari, e trovarsi ancora nella tomba.»

«Vorrebbe avere la cortesia di spiegarci», dissi io, «cosa intende per "così imbalsamati di proposito"?»

«Molto volentieri», rispose. «Ai miei tempi, la durata media della vita di un uomo era di circa ottocento anni. Pochi morivano prima dei seicento, se non per qualche straordinario accidente; alcuni vivevano oltre un decennio di secoli; ma otto erano considerati il periodo naturale. Dopo la scoperta del principio dell'imbalsamazione, come ve l'ho descritto, i nostri filosofi pensarono che, vivendo questo naturale lasso di tempo a puntate, si sarebbe potuta soddisfare una lodevole curiosità e, al tempo stesso, far progredire l'interesse della scienza. Nel settore storiografico, infatti, l'esperienza dimostrò che qualcosa del genere era indispensabile. Per esempio, uno storico giunto all'età di 500 anni, avrebbe potuto scrivere un testo esauriente e meditato, poi farsi imbalsamare lasciando istruzioni ai suoi esecutori testamentari *pro tempore* affinché, trascorso un certo periodo – diciamo cinque o seicento anni – lo rianimassero. Tornando in vita, egli avrebbe sicuramente constatato che la sua grande opera si era trasformata in una specie di taccuino di appunti – vale a dire, una sorta di arena letteraria nella quale si scontravano ipotesi contrastanti, enigmi, diatribe personali di un'orda di commentatori esasperati. Queste ipotesi, enigmi e via dicendo, catalogati sotto il nome generico di annotazioni, o emendamenti, avevano così permeato, distorto e schiacciato il testo originario che l'autore doveva andare in giro col lanternino per ricercare il libro da lui scritto. Una volta riscrittolo da cima a fondo, lo storico considerava suo imprescindibile dovere correggere, sulla base delle proprie conoscenze e della propria esperienza, le tradizioni relative all'epoca della sua precedente esistenza. Ora, questo processo di ristesura e rettifica nel quale, di tanto in tanto, erano coinvolti vari eruditi, faceva sì che la nostra storia non degenerasse in una fantasiosa favola.»

«Mi scusi», disse a questo punto il dottor Ponnonner poggiando leggermente la mano sul braccio dell'egiziano – «mi scusi, signore, ma potrei interromperla un momento?»

«Certamente, *signore*», rispose il Conte tirandosi su.

«Volevo solo chiederle una cosa», proseguì il dottore. «Lei ha accennato alle personali correzioni apportate dallo storico alle *tradizioni* relative alla sua epoca. Mi dica, la prego, mediamente in quale percentuale queste Cabale risultarono esatte?»

«Le Cabale, come lei giustamente le definisce, risultarono in genere perfettamente aderenti ai fatti riportati nei libri di storia non riscritti – vale a dire, non una sola virgola in entrambe le versioni risultò mai, in qualsiasi circostanza, essere altro che totalmente e radicalmente errata.»

«Ma», insistette il dottore, «dal momento che sono trascorsi almeno 5000 anni dalla sua sepoltura, do per scontato che in quell'epoca le vostre cronistorie, se non le vostre tradizioni, fossero sufficientemente esplicite su quel tema di interesse universale che è la Creazione e che, come presumo lei sappia, ebbe luogo solo una decina di secoli prima.»

«Signore!», esclamò il Conte Allamistakeo.

Il dottore ripeté la sua osservazione, ma occorsero molte ulteriori spiegazioni prima che lo straniero riuscisse a comprenderla. Alla fine, rispose con molta esitazione:

«Confesso che le idee da lei esposte mi giungono del tutto nuove. Ai miei tempi, non ho mai saputo di nessuno che coltivasse una concezione così bizzarra come quella che l'universo (o questo mondo, se preferisce) abbia mai avuto un inizio. Rammento che una volta, e una sola, sentii un vaghissimo accenno, da parte di un uomo di molteplici interessi, circa l'*origine della razza umana*; e proprio quella persona usò la parola *Adam* (o Terra Rossa) che usate anche voi. La usò, però, in senso generico, riferendosi alla germinazione spontanea dal terreno troppo fertile (come appunto sono germinate un migliaio di creature appartenenti ai *genera* più bassi) – la germinazione spontanea, ripeto, di cinque popolose tribù di uomini, verificatasi simultaneamente in cinque parti del globo, distinte e di estensione pressoché equivalente».

A questo punto, quasi tutti noi scrollammo le spalle e uno o due si toccarono la fronte con gesto significativo. Il signor Silk Buckingham, dando una fuggevole occhiata prima all'occipite e poi al sincipite di Allamistakeo, disse:

«La lunga durata della vita umana ai suoi tempi, aggiunta all'occasionale abitudine di trascorrerla, come lei ha spiegato, a puntate, deve senza dubbio avere avuto un notevole peso sullo sviluppo e la conglomerazione della conoscenza in genere. Presumo quindi che la marcata inferiorità degli antichi egizi in tutti i particolari scientifici rispetto alle popolazioni moderne e agli americani in particolare, sia da attribuirsi alla superiore solidità della loro scatola cranica».

«Devo nuovamente ammettere», rispose il Conte con estrema cortesia, «che ho una certa difficoltà a comprenderla; mi dica, la prego, a quali particolari scientifici allude?»

Qui noi tutti, in coro, elencammo esaurientemente i presupposti della frenologia e le meraviglie del magnetismo animale.

Dopo averci ascoltati fino alla fine, il Conte cominciò a raccontare alcuni aneddoti dai quali emergeva chiaramente come i prototipi di Gall [4] e Spurzheim [5] fossero fioriti e avvizziti in Egitto tanto di quel tempo fa da essere praticamente caduti nell'oblio, e che le manovre di Mesmer erano, in realtà, spregevoli trucchi se confrontati con i positivi miracoli dei *savants* tebani i quali avevano creato i pidocchi e molte altre cose del genere.

A quel punto, chiesi al Conte se la sua gente era capace di calcolare le eclissi. Sorrise con aria piuttosto di compatimento e rispose di sì.

Questo mi sconcertò un po' ma continuai a porgli domande circa le sue conoscenze di astronomia finché un componente del gruppo, il quale non aveva ancora aperto bocca, mi bisbigliò all'orecchio che, per notizie su questo argomento, avrei fatto meglio a consultare Tolomeo (chiunque sia Tolomeo) oltre a un *de facie lunae*, di un certo Plutarco.

Interrogai allora la Mummia su specchi ustori, lenti e sulla lavorazione del vetro in genere; ma non avevo ancora terminato le mie domande quando il silenzioso amico di cui sopra, con un leggero colpetto di gomito, mi scongiurò per amor di Dio di dare un'occhiatina a Diodoro Siculo. In quanto al Conte, per tutta risposta si limitò a chiedermi se noi moderni avevamo dei microscopi tali da consentirci di intagliare i cammei nello stile egizio. Mentre riflettevo sul come rispondere a quella domanda, il piccolo dottor Ponnonner se ne uscì in una tirata terribilmente compromettente.

«Guardi la nostra architettura!», esclamò, con grande indignazione dei due viaggiatori che invano lo riempirono di pizzicotti.

«Guardi», gridò con entusiasmo, «la fontana del Bowling-Green a New York! O, se per lei è uno spettacolo troppo grandioso, guardi per un momento il Campidoglio di Washington D.C.!» – E il brav'uomo continuò a elencare minuziosamente le dimensioni degli edifici in questione. Spiegò che solo il portico era ornato nientemeno che da 24 colonne, di 5 piedi di diametro, distanziate di 10 piedi l'una dall'altra.

Il Conte espresse il suo rincrescimento per non riuscire a ricordare, così sul momento, le dimensioni esatte di uno qualsiasi degli edifici principali della città di Aznac, edificata nella notte dei tempi ma i cui ruderi ancora si potevano vedere, all'epoca della sua sepoltura, in una vasta piana sabbiosa a ovest di Tebe. Ricordava però (a proposito di portici) che uno, il quale faceva parte di un fabbricato di quart'ordine in una specie di sobborgo chiamato Carnac, era costituito da 144 colonne, di 37 piedi di circonferenza, collocate a una distanza di 25 piedi l'una dall'altra. Venendo dal Nilo, si raggiungeva il portico attraverso un viale di due miglia, fiancheggiato da sfingi, statue e obelischi alti rispettivamente 20, 60 e 100

[4] Franz Joseph Gall, fondatore della frenologia, 1758-1828 (*N.d.T.*).
[5] Johann Gaspar Spurzheim, frenologo, 1776-1832 (*N.d.T.*).

piedi. Il fabbricato stesso (per quanto ricordava) si estendeva in una direzione per due miglia e aveva un perimetro probabilmente di circa sette miglia. Le mura erano riccamente decorate, sia all'esterno che all'interno, con geroglifici. Non pretendeva di *asserire* che per lo meno 50 o 60 dei Campidoglio del dottore si sarebbero potuti costruire dentro quella cinta di mura, ma riteneva che, con un po' di fatica, ce ne sarebbero entrati due o trecento. E dopotutto quell'edificio di Carnac era un piccolo fabbricato insignificante. Lui (il Conte) però, non poteva in coscienza negare l'ingegnosità, la magnificenza e la superiorità del Bowling-Green. Doveva riconoscere che niente del genere si era mai visto, in Egitto o altrove.

A questo punto, domandai al Conte cosa ne pensava delle nostre ferrovie.

«Niente di speciale», rispose. Erano piuttosto fragili, piuttosto mal progettate e messe insieme in modo goffo. Non paragonabili, naturalmente, alle strade selciate enormi, pianeggianti, diritte e scanalate di ferro lungo cui gli egiziani trasportavano interi templi e massicci obelischi alti 150 piedi.

Parlai delle nostre imponenti risorse meccaniche.

Ammise che le nostre conoscenze in quel campo erano passabili, ma mi chiese in che modo avrei fatto per sollevare le imposte sugli architravi perfino di quel palazzetto di Carnac.

Decisi di ignorare la domanda, chiedendogli invece se aveva idea di cosa fossero i pozzi artesiani; si limitò a inarcare le sopracciglia mentre Gliddon ammiccò marcatamente verso di me, dicendomi a bassa voce che gli ingegneri incaricati di fare le perforazioni per cercare l'acqua nella Grande Oasi ne avevano scoperto uno, proprio di recente.

Parlai allora del nostro acciaio; ma lo straniero arricciò il naso e mi chiese se quel nostro acciaio avrebbe potuto eseguire il profondo lavoro d'incisione visibile sugli obelischi e che era stato interamente effettuato con strumenti di rame.

La cosa ci sconcertò a tal punto che ritenemmo opportuno passare alla metafisica. Mandammo a prendere copia di un libro intitolato il *Quadrante* e gliene leggemmo un capitolo o due su qualcosa di non molto chiaro che i bostoniani chiamano la Grande Avanzata del Progresso.

Il Conte si limitò a osservare che le Grandi Avanzate erano roba di tutti i giorni, ai suoi tempi, e che, in quanto al progresso, una volta era stato una tremenda scocciatura ma non aveva mai progredito.

Cominciammo allora a parlare della bellezza e l'importanza della democrazia, e penammo molto per far capire al Conte la sensazione di privilegio per i vantaggi di cui godevamo in una nazione dove il voto era *libero* e non esistevano sovrani.

Ascoltò con molto interesse e, in effetti, sembrò non poco divertito. Alla fine, disse che, molto tempo prima, qualcosa di simile si era già verificato. Tredici province egiziane avevano optato, di comune accordo, per la libertà; così da offrire uno splendido esempio al resto della razza umana. Avevano riunito i loro sapienti ed elaborato la più ingegnosa costituzione che mai si possa immaginare. Per un po', se l'erano cavata benissimo; solo, non la finivano mai di vantarsene. La faccenda, però, si era conclusa con una fusione delle tredici province con altre quindici o venti, dando così luogo al dispotismo più odioso e insopportabile che mai si fosse visto sulla faccia della terra.

Chiesi come si chiamasse il tiranno usurpatore.

Per quanto egli poteva ricordare, si chiamava *Mob*[6].

Non sapendo cosa rispondere, alzai la voce a deplorare il fatto che gli egiziani non conoscevano il vapore.

Il Conte mi guardò sbalordito, ma non rispose. Il gentiluomo silenzioso, però, mi diede una gomitata nelle costole – dicendo che ormai di figuracce ne avevo fatte abbastanza – e chiedendomi se ero davvero tanto stupido da ignorare che la macchina a vapore derivava dall'invenzione di Hero[7], attraverso Solomon de Caus.

Stavamo correndo il serio pericolo di una sconfitta; ma fortuna volle che il dottore Ponnonner, ormai ripresosi, ci venne in aiuto chiedendo se davvero il popolo egizio pensava di poter seriamente competere con gli uomini moderni in quell'importantissimo particolare che è l'abbigliamento.

A questo punto, il Conte abbassò lo sguardo alle bretelle dei pantaloni poi, prendendo una delle code della giacca, se l'accostò agli occhi per qualche minuto, lasciandola infine ricadere mentre la bocca gli si allargava piano piano da un orecchio all'altro; ma non ricordo che abbia risposto.

Ci sentimmo perciò imbaldanziti e il dottore, accostandosi con grande dignità alla Mummia, la pregò di dirgli francamente, sul suo onore di gentiluomo, se *mai*, in qualsiasi epoca, gli egiziani avessero saputo come fabbricare le pasticche di Ponnonner o le pillole di Brandreth.

Divorati dall'ansia attendemmo una risposta – ma invano. La risposta non arrivava. L'egiziano arrossì, chinando il capo. Mai trionfo fu più completo; mai sconfitta fu così mal subìta. Al punto che non potevo sopportare lo spettacolo della povera Mummia così mortificata. Presi il cappello e, con un rigido inchino, mi congedai.

Tornando a casa, vidi che erano le quattro passate e me ne andai subito a letto. In questo momento, sono le 10 di mattina e sono in piedi dalle 7, a stilare questi appunti a beneficio della mia famiglia e dell'umanità. In quanto alla prima, non la vedrò più. Mia moglie è una bisbetica insopportabile. Il fatto è che ne ho fin sopra i capelli di questa vita e del XIX secolo in genere. Sono convinto che tutto stia andando storto. Inoltre, sono molto curioso di sapere chi sarà presidente nel 2045. Quindi, giusto il tempo di farmi la barba e mandar giù un caffè, poi tornerò da Ponnonner a farmi imbalsamare per un paio di secoli.

[6] *Mob* = Plebe, folla, plebaglia (*N.d.T.*).

[7] Hero: matematico n. ad Alessandria nella prima metà del II sec., famoso per i suoi esperimenti sull'aria condensata e le sue anticipazioni sulla pressione del vapore. Solomon de Caus: letterato e scienziato n. in Normandia, studioso di meccanica – 1576-1626 (*N.d.T.*).

Recensione di «Arabia Petraea» di Stephens [1]

Con questa sua opera, il signor Stephens ci ha dato due volumi straordinariamente interessanti – scritti con freschezza di stile e pervasi da virili sentimenti, entrambi meritevoli di grande considerazione. Pure se, sotto qualche aspetto, carente, l'opera presenta inoltre elementi di rilievo per il geografo, l'archeologo e, specialmente, il teologo. Volendolo considerare unicamente come uno di quei testi miranti, soprattutto, a far luce sul Libro dei Libri, esso merita senz'altro l'attenzione dei lettori. Se, da un lato, riconosciamo senza esitazione l'enorme importanza della ricerca critica e filologica nel dissipare le zone oscure e determinare il significato esatto delle Scritture, dall'altro ci si chiede se esempi collaterali, frutto di viaggi, non meritino almeno altrettanta considerazione. Senza dubbio, le testimonianze così offerteci, sollecitando in modo tangibile la fantasia popolare e quindi facendo tangibile presa sulla mente dei lettori, non mancheranno, col tempo, di trasformarsi in un potentissimo, in quanto facilmente disponibile, strumento per sconfiggere lo scetticismo. La stessa mancanza di fede ha spesso fornito, suo malgrado e inconsciamente, una testimonianza della verità. È sorprendente scoprire con quale involontaria precisione Gibbon e Volney (fra gli altri) abbiano usato a scopo *descrittivo*, nei loro resoconti su nazioni e paesi, l'identica fraseologia usata da scrittori ispirati per pronosticare gli eventi più improbabili. Lo scetticismo è divenuto, in tal modo, radice della fede e la divina provvidenza non si è dimostrata meno straordinaria nella portata e nella natura dei mezzi destinati ad evidenziare la sua opera finita che nel comporre l'opera stessa.

Negli ultimi tempi, le immense riserve di elucidazioni bibliche provenienti dall'oriente si sono andate rapidamente accumulando nelle mani degli studiosi. Quando le *Osservazioni* di Harmer furono rese note al pubblico, l'autore poteva disporre di ben pochi testi oltre alle cronache di viaggio di Chardin, Pococke, Shaw, Maundrell, Pitts e D'Arvieux e, forse, a quelle di Nau e Troilo, oltre alla *Storia Naturale di Aleppo* di Russell. Oggi noi abbiamo una conoscenza molto più profonda delle religioni orientali. Uomini dotati di intelligenza e spirito di osservazione, spinti da varie motivazioni di zelo cristiano, di avventura militare, di sete di guadagno, e amore per la scienza, si sono avventurati, spesso a proprio rischio e pericolo, in tutti quei paesi santificati dalle parole della rivelazione. Grazie alla matita, oltre che alla penna, i territori biblici ci sono divenuti familiari. Esiste una ricca mèsse di ottimi libri di viaggi in oriente – fra cui i principali, o i più conosciuti, oltre a quelli già citati, sono le opere di Niebuhr, Mariti, Volney, Porter, Clarke, Chateaubriand, Burckhardt, Buckingham, Morier, Seetzen, De Lamartine, Laborde, Tournefort, Madden, Maddox, Wilkinson, Arundell, Mangles, Leigh e Hogg. Come, però ab-

[1] *New York Review*, ottobre 1837.

biamo già detto, l'opera di cui ci stiamo occupando non è da prendere alla leggera; di piacevolissima lettura, interessante, istruttiva nelle sue linee generali, essa merita inoltre, secondo quanto appena detto, l'attenzione dei lettori più di ogni altro testo del genere.

In un articolo scritto qualche mese fa per questa rivista, avevamo tracciato l'itinerario seguito dal signor Stephens con una minuziosità che oggi appare superflua, dal momento che il libro è ormai da tempo nelle mani dei pubblico. Dobbiamo quindi limitarci a dire brevemente, per quanto concerne la prima parte della narrazione, che, arrivando ad Alessandria nel dicembre 1835, l'autore risalì il Nilo fino alle Cateratte Inferiori. Uno o due passi relativi a questa prima parte del viaggio possono ancora fornire materia di osservazione. Le riflessioni che seguono sulla città di Alessandria quale è oggi, ben meritano l'attenzione.

L'attuale città di Alessandria, anche dopo le spaventose devastazioni provocate l'anno scorso dalla peste, dovrebbe ancora contare più di 50.000 abitanti, ed è decisamente in espansione. Sorge all'esterno del delta, nel deserto libico e, come osserva Volney, «È solamente grazie al canale che convoglia le acque del Nilo nei bacini idrici in tempo di inondazione, che Alessandria si può considerare collegata con l'Egitto». Fondata da Alessandro Magno per consolidare le sue conquiste in oriente, in quanto dotata dell'unico porto sicuro lungo le coste siriane e africane, e in quanto offriva straordinari vantaggi dal punto di vista commerciale, la città si trasformò ben presto in una megalopoli dell'epoca. Aveva un perimetro di 15 miglia, una popolazione di 300.000 cittadini e altrettanti schiavi; una stupenda strada lunga 2000 piedi l'attraversava per tutta la sua lunghezza, dalla Porta Marittima alla Porta Canopica; e dalle due estremità la vista si apriva sulle navi che solcavano il Mediterraneo o il Lago Mareotide; un'altra strada, di uguale lunghezza, la intersecava ad angolo retto; possedeva un vasto circo, fuori dalla Porta Canopica, destinato alle corse dei carri e, ad est, una splendida Palestra lunga oltre 600 piedi con teatri, terme e tutto quanto serviva a renderla accogliente per una popolazione amante del lusso. Quando la città cadde nelle mani dei saraceni, secondo il rapporto del generale saraceno al Califfo Omar, «era impossibile enumerarne le ricchezze e le bellezze»; e si dice che «vi fossero in essa 4000 palazzi, 4000 terme, 400 teatri o edifici pubblici, 12.000 botteghe e 40.000 Giudei tributari». Da quel momento, come ogni altra cosa che cade nelle mani dei musulmani, la città è andata in rovina e la scoperta del passaggio per l'India attraverso il Capo di Buona Speranza inferse il colpo di grazia alla sua grandezza commerciale. Attualmente, essa costituisce un fenomeno nella storia del dominio turco. Sembra che ancora una volta stia alzando il capo dalla polvere. Resta da vedere se questa rinascita sia dovuta al legittimo e permanente effetto di una saggia politica governativa, unita ai vantaggi naturali, oppure se il pascià non ne stia forzando una innaturale ripresa a spese, se non addirittura a costo, della rovina del resto dell'Egitto. È quasi una presunzione, alle soglie del mio ingresso in Egitto, ipotizzare sul futuro di questo interessante paese; ma è chiaro che il pascià è deciso a fare tutto il possibile per rilanciare la città di Alessandria: qui ha radunato la sua flotta, il suo esercito, il suo arsenale, le sue fortezze; qui instaurato e concentrato un'attività commerciale precedentemente suddivisa fra varie località. Rosetta ha perduto oltre due terzi della sua popolazione. Damietta è diventata un niente, e perfino il Grande Cairo è ora tributario di quella che viene definita la città rinata. Vol. I pp. 21,22.

Non vediamo alcuna presunzione in questo tentativo di ipotizzare sulle future condizioni dell'Egitto, i cui destini sono oggetto di attenta considerazione da parte di chiunque legga la Bibbia. Non ci sono parole più definite, più scevre da qualsiasi ambiguità delle profezie relative a questo paese. Nessun evento potrebbe essere per sua natura più meraviglioso o più imperscrutabile per l'occhio umano delle profezie al suo riguardo. La sua dinastia di sovrani ebbe inizio nell'infanzia del mondo e l'annientamento di quella dinastia fu predetto proprio quando essa era al culmine del suo splendore. Uno dei più lucidi commentatori biblici ha giustamente osservato che proprio il tentativo compiuto una volta dagli infedeli per dimostrare, in base al numero registrato dei suoi sovrani e alla durata del loro regno, che l'Egitto era un regno già prima dell'èra mosaica del Diluvio, porta alla ribalta lo straordinario carattere delle profezie che lo riguardano. Per due millenni prima di tali profezie, l'Egitto aveva sempre avuto un suo principe; e quanto opprimente ne era stata la tirannia sulla Giudea e sulle nazioni limitrofe! Eppure, le profezie parlarono chiaro – questa nazione di sovrani non avrebbe più avuto sovrani – sarebbe stata devastata per mano degli stranieri – sarebbe diventata un regno senza più alcun valore, infimo tra gli infimi – *mai più* si sarebbe esaltato fra le nazioni – sarebbe diventato desolazione circondata da desolazione. Duemila anni ci hanno reso testimonianza della infallibilità della Parola Divina, e prove si aggiungono a prove. «La sua passata e presente degenerazione non potrebbe essere più dissimile dalla sua primitiva grandezza e dal suo orgoglioso potere, di quanto la fragilità delle sue costruzioni di argilla lo sia dalla solidità delle piramidi imperiture.» Ma non dimentichiamo che altre profezie attendono ancora di avverarsi. «La terra esulterà e l'Egitto *non sarà sempre nella polvere*. Il Signore percuoterà gli egiziani ma, una volta colpiti, li risanerà; gli egiziani serviranno il Signore ed egli li ascolterà e li risanerà. In quel giorno Israele sarà terzo con l'Egitto e l'Assiria; sarà una benedizione in mezzo alla terra» (Isaia, XIX 19-25). Per quanto concerne l'attuale potere politico e l'importanza cui il paese è sicuramente assurto sotto Mohammed Aly (importanza sconosciuta da molti secoli) la cosa, come il signor Keith sottolinea nel suo pregevole *Testimonianze Profetiche*, potrebbe forse servire, in un futuro non lontano, a illustrare la predizione secondo cui, per misero e degradato che il paese possa essere nell'arco di molte generazioni, avrà tuttavia forza sufficiente perché ad esso si guardi per aiuto o protezione anche all'epoca del ritorno in Giudea degli ebrei i quali cercheranno «di rafforzarsi nella forza del faraone e di confidare *nell'ombra dell'Egitto*». E quanto la sua attuale precaria prosperità dopotutto chiaramente altro non sia che l'*ombra* dell'Egitto dei faraoni, lo lasciamo decidere a colui che ne ha esplorato le piramidi, girovago fra le tombe dei suoi sovrani o fra ciò che rimane della sua Luxor e della sua Carnac.

A Gedda, antica capitale dell'Alto Egitto e principale città sul Nilo, il signor Stephens si imbatte in due imbarcazioni cariche di schiavi – forse cinque o seicento – presi a Dongola e Sennaar. «In oriente», egli scrive, «lo schiavismo esiste oggi come esisteva al tempo dei patriarchi. Nelle famiglie turche, lo schiavo viene accolto su un piede di fiducia e rispetto superiore a quello del comune servitore; e, una volta affrancato, come spesso succede, viene a trovarsi allo stesso livello di un uomo libero. Su di lui non pesa a vita il marchio della schiavitù; può sedere alla stessa tavola, intingere la mano nello stesso piatto e, se non ci sono altri impedimenti, può sposare la figlia del padrone.»

Nel suo *Viaggio attraverso la Persia* Morier dice: «In mezzo a tutti i mutamenti politici e religiosi, il comportamento dell'orientale è *rimasto lo stesso*. Impronta vivente di uno stampo originale; e a ogni passo un oggetto, una frase, un vestito, un'usanza comune, ricordano al viaggiatore i tempi andati e, soprattutto, confermano la bellezza, la precisione e la proprietà del linguaggio e della storia della Bibbia».

Anche Sir John Chardin, nella prefazione al suo *Viaggio in Persia* esprime un concetto analogo: «E gli eruditi ai quali comunicai la mia intenzione, mi incoraggiarono molto, con il loro apprezzamento, a metterla in atto; specialmente quando dissi loro che non è tanto in Asia quanto nella nostra Europa che si verificano più o meno frequenti mutamenti in cose come le abitudini, gli edifici, i giardini, e simili. In oriente si è costanti in tutto. Le abitudini sono oggi le stesse del passato; tanto da essere logicamente indotti a credere che, in quella parte del mondo, le forme esteriori delle cose (come modi e usanze) sono oggi come erano duemila anni fa, tranne che per i cambiamenti apportati dalla religione i quali, peraltro, sono del tutto trascurabili».

Una testimonianza sorprendente, che però trova numerose conferme. Da ogni fonte ci giungono prove della continuità – dell'identità, potremmo dire – fra le usanze orientali antiche e moderne. Questa inflessibile resistenza all'innovazione è un tratto che appartiene essenzialmente alle regioni del racconto biblico e (senza alcun dubbio) rimarrà in vigore fino a quando avrà raggiunto tutti gli obiettivi più importanti della delucidazione biblica. Dopo di allora, quando le finalità della provvidenza saranno state pienamente adempiute, non mancherà di cedere all'influenza proprio di quel mondo nella cui realizzazione ha giocato un ruolo di primo piano; e la marea della civilizzazione, che fino a oggi è scorsa incessante, dall'alba al tramonto, sarà risospinta, con un parziale deflusso, nei suoi canali originali.

Tornando dalle cateratte, il signor Stephens si trovò sano e salvo al Cairo, ultima tappa del suo viaggio lungo il Nilo. Era passato «da Mygdol a Syene, fin sotto i confini dell'Etiopia». In quanto ad agevolazioni, comodità e piccoli svaghi del viaggio, ne parla in maniera così favorevole che molti nostri giovani connazionali saranno invogliati a seguire il suo esempio. È un divertimento, secondo lui, perfino ridicolmente a buon mercato, e che non presenta alcun pericolo. Si può avere un'imbarcazione con dieci uomini per 30 o 40 dollari al mese, un paio di polli per tre piastre, una pecora per mezzo dollaro, o per 75 cents; le uova, basta chiederle. «Navigate battendo la bandiera del vostro paese; e, quando costeggiate il fiume, se gli arabi appaiono particolarmente feroci e truculenti, provate un senso d'orgoglio nel sentire che, sotto quel vessillo, siete al sicuro.»

Ci stiamo ora avvicinando a quella che è sicuramente la parte più interessante e importante del suo viaggio. Il signor S. aveva deciso di visitare il Monte Sinai per poi proseguire da lì verso la Terra Santa. Se fosse tornato a Suez, attraversando quindi il deserto fino a El Arieh e Gaza, avrebbe dovuto assoggettarsi a una quarantena di 14 giorni, a causa della peste in Egitto; difficoltà facilmente evitabile, seguendo un itinerario nel cuore del deserto, fra il Monte Sinai e il confine palestinese. Una pista pericolosa; ma, a prescindere dal fatto di evitare la quarantena, essa rappresentava una forte tentazione per l'audace ed entusiasta viaggiatore – una tentazione irresistibile. «Una pista», dice Stephens, «mai fino ad allora battuta»; e che, inoltre, si snodava attraverso una regione sulla quale ha gravato, e ancora grava, la maledizione della Divinità espressa per bocca dei suoi profeti. Alludiamo alla regione dell'Idumea – la Edom delle Scritture. Alcuni amici inglesi che per primi avevano suggerito a Stephens di seguire quell'itinerario, gli consigliarono di consultare, per informazioni, l'opera di Keith sulle Profezie. Come i nostri lettori ben sanno, Keith sostiene che le profezie si realizzarono *alla lettera* e, nel trattato in questione, presenta una massa di testimonianze e un mare di argomentazioni che, almeno noi, dobbiamo considerare del tutto irrefutabili. A nostro parere, una comprensione *letterale* delle predizioni bibliche è un fattore *essenziale* della profezia

– ritenendo la minuziosità dei dettagli parte del provvidenziale disegno di Dio, per portare più palesemente in luce, nelle epoche a venire, la *prova* dell'adempimento della sua parola. Un significato generico della predizione, un suo generico adempimento non offrirebbero alla mente umana conclusioni tanto indiscutibili quanto un suo adempimento letterale, fino nei minimi particolari. Le dichiarazioni generiche, tranne che in rarissimi casi, sono soggette a essere male interpretate o male applicate; i dettagli non ammettono ombra di ambiguità. Che, in molti casi eclatanti, le parole dei profeti si siano avverate in ogni minimo particolare di tutta una serie di piccole cose il cui significato era incomprensibile fino al giorno in cui si adempirono, è una verità che pochi sono tanto caparbi da negare. Intendiamo dire che, in *tutti* i casi, l'interpretazione più strettamente letterale è quella giusta. Senza dubbio, l'ermetismo del linguaggio profetico ha suscitato molta incredulità; e spesso si sente chiedere: «Perché tanto mistero? – Perché le profezie non parlano più chiaramente?». Le loro parole, si dice, sono incoerenti, incomprensibili e, quindi, da ritenersi non veritiere. Che molte profezie siano del tutto incomprensibili è un fatto innegabile; ma l'esserlo fa parte della loro essenza. L'ermetismo, come il particolare apparentemente irrilevante, ha il suo scopo nella divina provvidenza. Se le parole dell'ispirazione, che consentono di affondare lo sguardo nel futuro, fossero *sempre* talmente chiare da potersi comprendere alla prima occhiata, in molti casi, anche dopo essersi avverate, offrirebbero un terreno razionale allo scetticismo circa l'ispirazione di chi le aveva pronunciate e, di conseguenza, circa la veridicità della rivelazione; si penserebbe infatti che quelle parole chiare, suscitando unione ed emulazione fra i cristiani, altro non fossero che un mezzo per raggiungere la propria realizzazione. Per questo motivo, quasi tutte le profezie diventano intellegibili solo se osservate dalla giusta visuale – dall'epoca dell'adempimento. Una volta capito questo, il filosofo e il cristiano non trarranno dall'ermetismo alcun argomento contro la verità della profezia. Avendo assistito in modo palpabile e incontrovertibile all'adempimento di ciascuna di queste numerose e meravigliose profezie sul cui significato, fino a quel giorno, non poteva formulare alcuna congettura; ed essendosi pienamente convinto che nessuna preveggenza umana avrebbe potuto spingersi a quel punto di prescienza, egli attenderà con fiduciosa speranza il momento che sicuramente verrà, quando il velo delle tenebre sarà sollevato [2].

[2] A questo proposito, la cosa migliore da fare è citare quanto afferma uno scrittore sulla *London Quarterly Review*. «Vent'anni fa, leggemmo parte delle profezie bibliche ritenendole veritiere poiché altre, nel corso dei secoli, si erano dimostrate tali; e avevamo la vaga impressione che quegli anatemi, per noi oscuri e indefiniti, si erano – non sapevamo bene come o quando, avverati; ma venire in possesso di descrizioni grafiche, planimetrie e rilievi altimetrici che dimostravano l'effettiva esistenza – degli anatemi – fino ad allora nebulosi ed oscuri – lanciati da Dio contro Edom ci procura, lo confessiamo, un senso di eccitazione intensificando la nostra fede nelle profezie a un punto tale come mai, prima d'ora, ha potuto l'evidenza esteriore.»

Va ricordato che molte profezie stanno via via venendo a compimento – creando così una catena di prove attraverso una lunga serie di epoche, a beneficio dell'umanità in genere, non limitate ad una sola epoca o una sola generazione, come accadrebbe nel caso di un adempimento rapido ed immediato. In tal modo, parte delle profezie riguardanti Edom, si riferisce all'anno di indennizzo per la controversia di Sion.

Una parola sull'opera di Keith. Dalla data di stesura di questo articolo abbiamo purtroppo visto, su un quotidiano di New York, delle critiche a quest'opera famosa; critiche che ci sono apparse superflue, se non addirittura ingiuste; e che, in realtà, non sono in fondo che una riesumazione della vecchia storia montata per scopi personali e nel più amaro spirito di

Espressa così la nostra fiducia nell'adempimento letterale delle profezie in tutti i casi[3] e dopo aver suggerito che uno dei motivi per cui tale fiducia non è predominante va ricercato nell'erroneità del punto di vista da cui siamo usi guardarla, resta da vedere quali fossero le principali profezie riguardanti Edom.

Per tutte le età sarà distrutta,/ mai più alcuno l'attraverserà./ Ne prenderanno possesso il pellicano e il riccio/ il gufo e il corvo vi faranno dimora./ Il Signore stenderà su di essa la corda del vuoto/ e la livella del vacuo./ Non ci saranno più i suoi nobili, non si proclameranno più re/ tutti i suoi capi saranno ridotti a nulla./ Sui suoi palazzi si arrampicheranno le spine,/ ortiche e cardi sulle sue fortezze;/ diventerà una tana di sciacalli,/ un chiuso per gli struzzi./ Cani selvatici si incontreranno con iene,/ i satiri si chiameranno l'un l'altro,/ là anche si poseranno le nottole/ che vi trovano una dimora tranquilla./ Vi si annniderà il serpente, vi deporrà le uova,/ le riscalderà e le coverà con la sua ombra;/ vi si raduneranno pure gli sparvieri./ L'uno chiama l'altro; nessuno si farà attendere./ Ricercate sul libro di Jahve e leggete;/ nessuno di essi vi mancherà,/ poiché la bocca di Jahve lo ha comandato/ e il suo spirito li raduna./ Egli ha gettato per loro le sorti,/ la sua mano ha diviso per loro il paese con misura;/ lo possederanno per sempre,/ lo abiteranno di generazione in generazione. (Isaia, XXXIV 5,10-17). Ridurrò quindi il monte Seir un deserto e un luogo desolato, *facendo scomparire da esso chi va e chi torna* (Ezechiele, XXXV – 7).

Per le parole non sottolineate nei brani citati, dobbiamo accontentarci di fare riferimento al già menzionato trattato di Keith, mentre si vedono a colpo d'occhio le prove di come le predizioni si siano avverate anche nei minimi particolari. Possiamo comunque riportare qui il nocciolo delle sue osservazioni circa le parole: «Mai più alcuno l'attraverserà», e «Ridurrò quindi il monte Seir un deserto e un luogo desolato, facendo scomparire da esso chi va a chi torna».

Keith dichiara che Volney, Burckhardt, Joliffe, Henniker e i capitani Irby e Mangles adducono un complesso di circostanze intese a dimostrare che l'Idumea, dove tutti usavano un tempo recarsi, è così irta di pericoli da ogni lato per il viaggiatore che letteralmente *nessuno l'attraversa*; che perfino gli arabi delle regioni confinanti, la cui casa è il deserto e la cui occupazione è il nomadismo, hanno paura di entrarci o di accompagnare qualcuno entro i suoi confini. Dice anche che, fra queste molteplici prove della sua veridicità, non si trova mai nemmeno la più remota allusione alla profezia – e che pertanto si tratta di prove non intenzionali e al disopra di ogni sospetto.

Una strada romana passava direttamente attraverso l'Idumea, da Geru-

slealtà, dalla *London Quarterly Review*. Ci riferiamo in particolare all'accusa di plagio dalle opere del vescovo Newton. Sarebbe altrettanto ragionevole accusare il dottor Webster di avere rubato il suo dizionario dal dottor Johnson, o sostenere che qualsiasi altro compilatore abbia saccheggiato l'opera altrui. Ma, come egli stesso ci dice, il libro di Keith fu scritto in gran fretta, su richiesta di un amico il quale ne aveva bisogno subito poiché la sua fede nelle prove delle profezie vacillava ed egli si era rivolto all'autore affinché lo aiutasse a rinsaldarla, mediante un riassunto di tali prove. Nella prefazione al suo libro, che non si propone minimamente di rivendicare alcun merito e che, anzi, persegue l'unico obiettivo di una utilità immediata, troviamo la più totale rinuncia a qualsiasi pretesa di originalità – senza dubbio motivazioni e circostanze del genere avrebbero dovuto mettere il dottor Keith al riparo dalle assurde accuse di plagio, addotte con tanta pertinacia! Non intendiamo negare che, nel suo cieco zelo e nella incrollabile fiducia nella generale veridicità dei suoi presupposti, egli spesso citò ipotesi come fatti, e danneggiò profondamente la propria causa arroccandosi sulle sue posizioni per un periodo ingiustificabilmente lungo. Ma, anche con tutte le sue inesattezze, l'opera deve ancora considerarsi come uno dei maggiori trionfi della fede e, al di là di ogni dubbio, una sequenza di argomentazioni lucidissima e conclusiva.

[3] Naturalmente, è ovvio che bisogna tener conto della consueta tendenza all'iperbole del linguaggio orientale.

salemme ad Akaba, e un'altra da Akaba a Moab; e, quando queste strade furono costruite, in epoca di gran lunga posteriore alla data delle profezie, non poteva aver preso corpo, né essere ritenuto credibile, il concetto che sarebbe arrivato un tempo quando nessuno avrebbe traversato l'Idumea. Anzi, settecento anni dopo quella data, ci dice Strabone che quelle strade erano effettivamente in uso. La profezia è ancor più sorprendente, sottolinea Keith, quando la si consideri insieme con l'altra secondo cui i viaggiatori dovevano *passare* per l'Idumea – «Chiunque vi passerà rimarrà attonito.» Gli itinerari dei pellegrini provenienti da Damasco o dal Cairo diretti alla Mecca, uno dalla parte orientale e l'altro da quella meridionale di Edom, si snodavano per tutta la lunghezza della città o ne sfioravano parzialmente i confini, *senza mai attraversarla*.

Nemmeno gli esempi di Seetzen e Burckhardt, prosegue, possono essere invocati a smentire l'adempimento letterale della profezia, anche se in *effetti* Seetzen attraversò l'Idumea e Burckhardt ne attraversò una buona parte. Il primo, infatti, morì poco dopo la fine del suo viaggio; e il secondo non si riprese mai dagli strapazzi subiti durante il tragitto – morendo al Cairo. «Nessuno dei due», e qui citiamo le precise parole di Keith, «visse tanto da fare ritorno in Europa. *Farò scomparire dal monte Seir chi va e chi torna*. Strabone parla di una strada che da Petra conduceva direttamente a Gerico, con un viaggio di tre o quattro giorni. Per raggiungere Gerico da Gerusalemme, Irby e Mangles impiegarono diciotto giorni. Non *attraversarono* Edom, e fecero ritorno. Seetzen e Burckhardt la attraversarono, e *non* fecero ritorno.»

«Le parole della profezia», nota altrove Keith, «si potrebbero interpretare semplicemente come un'indicazione che l'Idumea non sarebbe più stata la principale arteria commerciale per le nazioni limitrofe e i suoi affollatissimi e fiorenti mercati avrebbero cessato di essere centri di scambi e traffici; e dimostrarne la verità in questo senso sarebbe stato talmente facile che perfino gli scettici non avrebbero avuto difficoltà ad accettarla.»

Senza dubbio, ci troviamo di fronte a una buona dose di inesattezze e malintesi; il commentatore sembra infatti ignorare i precisi confini dell'antica Edom. L'Idumea propriamente detta era, in senso stretto, solo il tratto montagnoso a est della valle di El-Ghor. Se non andiamo errati, gli Idumei non occuparono alcuna zona a sud della Giudea fino a dopo l'esilio e, di conseguenza, fino a dopo le profezie in questione. In seguito, si spinsero fino a Hebron, dove furono fermati dai Maccabei. Non si può quindi affermare che «Seetzen attraversò in effetti l'Idumea»; pertanto, ci sono molti punti a favore dell'argomentazione di Keith, anche se contrari a parte di essa. Il viaggiatore in questione (vedi il racconto che egli stesso ne fa), seguendo il suo itinerario a est del Mar Morto, non andò, in quella direzione, oltre Kerek, da dove tornò sui suoi passi – recandosi poi da Hebron al monte Sinai, attraverso il deserto ad est di Edom. Né è rigorosamente corretto che «morì poco dopo la fine del suo viaggio». Molti anni dopo, lavorava ancora attivamente in Egitto e, alla fine, morì non per malattie contratte nei suoi viaggi ma, se ben ricordiamo, avvelenato dalla sua guida nel corso di un viaggio da Mocha fino nel cuore dell'Arabia. Ci appare altrettanto insostenibile l'affermazione che il decesso di Burckhardt fosse dovuto ai disagi sopportati in Idumea. Dopo aver visitato Petra e attraversato il deserto egiziano occidentale, nel 1812, lo ritroviamo, quattro anni dopo, abbastanza in buona salute, al monte Sinai. Morì solo alla fine del 1817, e di diarrea provocata dall'imprudente uso di acqua fredda.

Ma lasciamo da parte questi e altri esempi di inesattezze. Non c'è nulla di sorprendente nel fatto che accorgendosi, come certo si accorse, dello *scopo* per cui la profezia era così ricca di dettagli; vedendo in quanti casi quei dettagli si erano avverati; ed essendo congenitamente pervaso da quell'amore per la verità e quello zelo che ben si addice a un cristiano, il dottor Keith si sia gettato ciecamente o, quantomeno, con una fretta un po' eccessiva, in queste ricerche, spingendosi troppo oltre nel sostenere il suo principio. È da notare che il brano sopra citato, relativo a Seetzen e Burckhardt compare in una nota a piè di pagina e ha l'apparenza di un ripensamento, di cui l'autore non era pienamente soddisfatto. Certo è molto difficile conciliare l'adempimento letterale della profezia con un'ammissione che tanto violentemente cozza contro di esso e che troviamo nelle sue stesse parole: «Seetzen in effetti *attraversò* l'Idumea e Burckhardt ne *attraversò* una buona parte». Più avanti, a proposito di Irby e di Mangles, e di Seetzen e Burckhardt, ci dice che quelli *non* attraversarono l'Idumea e fecero ritorno, mentre questi la attraversarono e *non* fecero ritorno – citando un versetto di Ezechiele come avallo di un brano da Isaia – e questo non costituisce un esempio di ricerca realistica e ha, anzi, qualcosa di *ambiguo*.

Riguardo alla possibilità di un effettivo attraversamento di Edom potremmo accantonare ogni ambiguità se riuscissimo ad accettare l'affermazione del signor Stephens circa il fatto che egli stesso attraversò la controversa regione. Quanto però già detto circa i confini di quella Idumea cui fanno riferimento le profezie, confermerà al lettore che questa è un'idea da scartare. È evidente che egli *non attraversò* la Edom di Ezechiele. Ovviamente, avrebbe potuto farlo. Quell'indomita tenacia che gli permise di resistere ai disagi e ai pericoli dell'itinerario effettivamente seguito, sarebbe bastata a fargli attraversare con successo l'Idumea propriamente detta. E diciamo questo pur continuando a credere senza riserve nel significato letterale delle profezie. È essenziale, però, che tali profezie vengano riportate fedelmente; ed è per noi motivo di rimpianto oltre che di stupore che il dottor Keith non abbia determinato un punto così importante come l'esattezza o l'inesattezza della versione del suo testo. Diamole brevemente un'occhiata.

Isaia XXXIV, 10

לנצח — «Per un'eternità»,
ונתתי — «di eternità»
איז — «non»
עבר — «aggirarsi,»
בה: — «in essa.»

«Per un'eternità di eternità non (ci sarà) (nessuno) ad aggirarsi in essa.» Il significato letterale di « בה » è *«in essa»*, non «attraverso essa». Il participio «עבר» si riferisce a qualcuno che si muove avanti e indietro oppure su e giù, ed è lo stesso termine usato per «corrente», parlando di denaro, nella *Genesi*, XXIII, 16. Il profeta intende dire che non ci sarà traccia di vita in quella terra, nessun essere vivente, nulla che in essa si muova su e giù; e le sue parole, naturalmente, vanno prese tenendo come sempre conto di quella iperbolicità che è la caratteristica principale, anzi l'elemento fondamentale, del linguaggio.

Ezechiele, xxxv, 7

נצחים — «e darò»
את־הר — «il monte»
שעיר — «Seir»
לשממה — «per una desolazione»
ושממה — «e una desolazione»
והכרתי — «e farò scomparire»
ממנו — «da esso»
עבר — «colui che va»
ושב — «e colui che ritorna.»

«Ridurrò, dunque, il molte Seir un luogo desolato facendo scomparire da esso *chi va e chi torna*.» Il riferimento qui è lo stesso del brano precedente, e agli abitanti di quella terra si allude come a persone che in essa si aggirano, attivamente occupate in attività di vita. Il significato di «passare e ripassare» è sanzionato da Genesio, cfr. vol. 2, p. 570 della traduzione di Leone. Confrontate con Zaccaria VII, 14 e IX, 8. Si ritrova qualcosa di analogo nella frase greco-ebraica negli *Atti*, IX, 28. καὶ ἦν μετ' αὐτῶν εἰσπορευόμενος καὶ ἐκπορευόμενος εν' Ιερουσάλημ. «Ed egli visse con loro a Gerusalemme, venendone e andandone.» L'espressione latina «versatus est» rende esattamente il significato; che cioè Saulo, il neofita, era in rapporti intimi e familiari con i veri credenti di Gerusalemme, aggirandosi fra loro avanti e indietro, all'esterno o all'interno. È chiaro quindi che, in entrambi i casi, le parole dei profeti, interpretate alla lettera, predicono solamente le condizioni generali di desolazione e abbandono del territorio. Bisognerebbe, anzi, prendere in considerazione il fatto che un rigido divieto da parte della Divinità di entrare in Idumea o attraversarla, avrebbe, in effetti, sottratto al genere umano ogni prova di quel precedente anatema di desolazione e abbandono, rendendo così la profezia stessa lettera morta quando la si consideri sotto l'aspetto del suo fine futuro e più importante – la diffusione della fede.

Si cercò in ogni modo di dissuadere il signor Stephens dal suo progetto. L'unico, praticamente, a incoraggiarlo fu il nostro console, il signor Gliddon e, se non fosse stato per lui, l'idea sarebbe stata accantonata. In effetti, molti erano i pericoli e ancor più le difficoltà. Fortunatamente però in quel periodo si trovava al Cairo lo Sceicco di Akaba. Sotto le mura si stava radunando la grande carovana annuale dei pellegrini diretti alla Mecca e lo Sceicco aveva ricevuto dal pascià l'incarico di scortarla e proteggerla attraverso il deserto fino ad Akaba. Egli era il capo di una potente tribù di beduini i quali mantenevano viva l'indipendenza della loro razza sfidando il pascià, pur rendendogli quell'obbedienza che si accordava con i loro interessi immediati.

Il nostro viaggiatore stipulò un accordo con questo potentato. Egli avrebbe dovuto condurre il signor Stephens da Akaba a Hebron attraverso il territorio di Edom, con una deviazione per visitare gli scavi di Petra – un viaggio di circa dieci giorni. Alla fine, si raggiunse un accordo molto vago. Dopo avere visitato il monte Sinai, Stephens avrebbe dovuto recarsi ad Akaba per incontrare la scorta del beduino. Come protezione, durante il viaggio dal Cairo alla Montagna Sacra, quest'ultimo gli diede il suo anello a sigillo che, gli disse, sarebbe stato rispettato da tutti gli arabi che avesse incontrato sul suo cammino.

Gli accordi per il viaggio fino al monte Sinai furono stipulati, per conto del nostro esploratore, dal signor Gliddon. Come guida, gli fu assegnato un beduino il quale era già stato a Petra con M. Laborde e sulla cui fedeltà e abilità si poteva fare affidamento. La carovana consisteva in otto cammelli e dromedari, condotti da tre giovani arabi. La tenda era quella comunemente usata dai soldati egiziani, acquistata alla fabbrica statale, molto leggera, facile da trasportare e da montare. Come branda, un materasso e una coperta; come scorte alimentari, pane, biscotti, riso, pasta, tè, caffè, albicocche secche, arance, un cosciotto di montone arrostito e due grossi otri di pelle riempiti con l'acqua filtrata del Nilo. Così equipaggiata, la spedizione si avventurò senza indugi nel deserto che si stende fra il Cairo e Suez dove arrivò, senza incidenti di rilievo, dopo quattro giorni di viaggio. A Suez il nostro viaggiatore, stanco di viaggiare a dorso di cammello, cercò di noleggiare un'imbarcazione per discendere il Mar Rosso fino a Tor, che si supponeva fosse la Elino, o luogo delle palme, menzionata nell'Esodo, e distava solo due giorni di viaggio dal monte Sinai. Ma le imbarcazioni erano state tutte noleggiate dai pellegrini e non se ne trovò nessuna – almeno per un percorso così lungo. Di conseguenza, Stephens inviò i cammelli oltre la punta del Golfo mentre lui, via mare, li avrebbe raggiunti sulla costa Petrea.

«So benissimo», dice il signor Stephens, «che esistono delle divergenze circa il punto preciso dell'attraversamento di Mosè; ma non avevo tempo per cavilli del genere e decisi che il luogo era quello; cominciai quindi a guardarmi intorno per vedere se, sulla base del racconto biblico, la configurazione del territorio e i punti di riferimento naturali confermassero la mia opinione. Ricordo che osservai la punta del Golfo, dove oggi sorge Suez, o Kolsum, e vidi che, proprio all'estremità, si ergeva un'alta catena montagnosa da attraversare, impresa che sarebbe stata materialmente impossibile per una massa di 600.000 individui, uomini, donne e bambini, inseguiti da un esercito nemico. A Suez, Mosè non sarebbe rimasto circondato, come invece fu: si sarebbe potuto avventurare nel deserto siriano oppure, a meno che da allora il mare non sia molto cambiato, avrebbe potuto girare la punta del Golfo. Ma qui, esattamente di fronte a me, si apriva un varco nelle montagne, creando un passaggio sicuro dal deserto al litorale. È un fatto assodato che, fin dai tempi più antichi nella storia del paese, esisteva una pista carovaniera dalla Ramesse dei faraoni fin qui e, secondo me, se il racconto biblico diceva la verità, Mosè aveva sicuramente preso quella strada; era proprio lì, di fronte a me, fra le due montagne, che egli aveva condotto la sua immensa tribù sul litorale, e lì che si era trovato chiuso, come descrive la Bibbia, fra il mare davanti e l'esercito del faraone alle spalle; lì che aveva steso la mano dividendo le acque; e probabilmente, nel punto esatto in cui mi trovavo io, i figli di Israele si erano inginocchiati sulla sabbia rendendo grazie a Dio per il suo intervento miracoloso. Anche la distanza avvalorava la mia ipotesi. Si trattava di una ventina di miglia; che quella moltitudine di individui con i loro bagagli avrebbe potuto coprire nello spazio di tempo (una notte) indicato dalla Bibbia.

Oltre alla mia opinione e alle mie conclusioni personali, avevo anche l'appoggio del mio beduino Toualeb, il quale parlava della vicenda come se l'avesse vista con i suoi occhi; e, al pallido chiarore della luna, mi indicava limiti e confini secondo la tradizione tramandatagli dai suoi padri.»

Qui il signor Stephens prende un grosso abbaglio, collocandosi in diretto contrasto con tutti i maggiori esperti nel campo. È ovvio che, dai giorni del miracolo, il mare è «molto cambiato» intorno alla punta del Golfo. Oggi è di molti piedi più basso, come risulta dalle caratteristiche alluvionali di molti laghi salati nelle vicinanze. Su questo punto, l'autorità indiscussa è il Niebuhr, il quale ha studiato il problema con la scientificità, l'acume e la perseveranza che gli sono proprie. Ma egli si limita a concordare con i più quotati autori sull'argomento. Il passaggio avvenne a Suez. E gli elementi principali a sostegno di questa ipotesi si deducono dalla facilità con cui il miracolo avrebbe potuto verificarsi su un mare di quella forma, grazie a un violento vento da nord-est.

Riprendendo il suo viaggio verso sud, il nostro scrittore attraversò senza problemi un territorio brullo e montagnoso, privo di vegetazione e povero d'acqua, raggiungendo in sette giorni il monte Sinai. È un peccato che il signor Stephens non ci abbia fornito maggiori particolari su un territorio così poco battuto come questa penisola. Si dilunga invece un poco di più sulle sue vicissitudini presso la Montagna Sacra, estremamente interessanti.

Ad Akaba, come convenuto, si incontrò con lo sceicco. Gli fu dato uno stupendo purosangue arabo e, benché in cattive condizioni di salute, affrontò eroicamente il deserto fino a Petra e al monte Hor. Le difficoltà del percorso consistevano specialmente nella rapacità del suo amico, lo sceicco di Akaba, il quale gli creò un'infinità di ostacoli allo scopo di magnificare i propri servigi e ottenere, di conseguenza, una ricompensa maggiore.

La descrizione di Petra concorda, nei particolari essenziali, con quelle fornite dai pochissimi viaggiatori che vi si erano recati prima di lui e di cui i nostri lettori sono sufficientemente informati. Il carattere singolare della città, la sua arcaicità, la totale scomparsa per oltre mille anni dagli occhi del mondo civilizzato; e, soprattutto, le condanne delle profezie bibliche al suo riguardo – tutto ha contribuito a richiamare su queste rovine un interesse superiore a ogni altro e a rendere tutto ciò che su di essa è stato scritto familiare a chiunque sia amante della lettura.

Lasciando Petra dopo avere visitato il monte Hor, Stephens fece ritorno alla valle di El-Ghor, riprendendo la strada carovaniera per Gaza, che attraversa obliquamente la montagna. Uscendo dalla forra fra i monti in direzione ovest, lasciò la strada per Gaza spingendosi immediatamente verso Hebron. Questo percorso (fra la via di Gaza ed Hebron) è, riteniamo, l'unico itinerario veramente *nuovo* percorso dal nostro turista americano. Ci risulta che, nel 1826, Strangeways e Anson attraversarono la zona, dalla via di Gaza a Petra, fino alla biforcazione per Hebron. Lungo il percorso che abbiamo definito *nuovo* si sa che, nell'ultimo periodo dell'Impero Romano, esisteva una grande strada di transito che attraversava molte città. Stephens ne scoprì alcune vestigia ma purtroppo le sue condizioni di salute non gli consentirono di esaminarle a fondo. Quelle che incontrò, consistevano di ammassi grezzi e informi; né colonne, né blocchi di marmo o altri grandi pietre che indicassero una qualche imponente architettura. Le Tavole di Pentinger collocano Heleusa nelle immediate vicinanze e, se non fosse per il loro genere, si sarebbe potuto pensare che i ruderi ritrovati fossero appunto quelli di Heleusa.

La parte finale del secondo volume dell'opera di Stephens è dedicata ai suoi viaggi in Terra Santa e specialmente al resoconto della sua visita a

Gerusalemme. Le pagine più interessanti, se non le più importanti, del libro sono, a nostro avviso, quelle dedicate al Mar Morto. L'intenzione originale dell'autore era quella di compiere la circumnavigazione del lago, ma la difficoltà di procurarsi un'imbarcazione si dimostrò una difficoltà insormontabile. Comunque, ne attraversò gran parte delle sponde, si bagnò nelle sue acque, constatò di persona che in esse *fluisce* il Giordano, e che gli uccelli galleggiano sulla superficie.

Ma è tempo di concludere. Il signor Stephens attraversò la Samaria e la Galilea, fermandosi a Nablous, l'antica Sychem; alla tomba del patriarca Joseph e alle rovine di Sebaste; traversò la pianura di Jezreel, famosa per la battaglia; salì sul monte Tabor; visitò Nazareth, il lago di Genezareth, le città di Tiberiade e Saphet, il monte Carmelo, Acre, Sour, e Sidone. A Beirut prese il piroscafo per Alessandria da dove, infine, tornò in Europa.

La sincerità, la spontaneità e la totale assenza di retorica, conquisteranno al libro il rispetto e la simpatia generale. L'autore dichiara di averne compilato la stesura unicamente «sulla base di brevi appunti e ricordi», riconoscendo di essere probabilmente incorso in qualche errore circa fatti e impressioni – errore che non ha potuto individuare e correggere a causa di altri pressanti impegni. Abbiamo quindi ritenuto opportuno non tediare i nostri lettori, nel corso di questa rapida recensione, con riferimento ad altri viaggi analoghi divenuti ormai familiari, i cui pregi e demeriti sono di dominio pubblico.

Ci congediamo dal signor Stephens con i sentimenti del più profondo rispetto. Speriamo non sia questa l'ultima volta che sentiremo parlare di lui. Ci piacerebbe accompagnarlo in altri suoi viaggi. Scevro sia dall'eccessivo sentimentalismo di uno Chateaubriand e dal sublimato e *ultra-francese* entusiasmo di un Lamartine da una parte, che dal deteriore atteggiamento utilitaristico il quale nelle montagne e nelle cascate altro non vede se non cave di pietra e zone industriali, il signor Stephens scrive come una persona di buon senso e di profonda sensibilità.

Scrivere per una rivista – Peter Snook

In uno degli ultimi numeri della *Democratic Review* è apparso un articolo molto interessante (del signor Duyckinck) sulle Riviste Letterarie – argomento assai meno approfondito qui da noi di quanto lo sia in Francia o in Inghilterra. In America, di tanto in tanto si scrivono dei piacevoli saggi o articoli su questo tema, ma non abbiamo ancora afferrato l'autentico spirito della Rivista – cosa che non si può definire né descrivere. Anche se arguto, l'articolo del signor Duyckinck non riscuote la nostra completa approvazione. Ci sembra che egli valuti in misura inadeguata le possibilità che una rivista offre. Tende a sottovalutarne il potere, a limitarne più del necessario l'ambito – che è illimitato. In realtà, è nell'ampiezza del soggetto, non meno che nell'ampiezza e la varietà di *stile* che francesi e inglesi ci superano in questo campo. Accade molto raramente che un articolo pubblicato su una rivista americana ci appaia come una novità assoluta, cosa che invece spesso succede nel caso di riviste straniere. Siamo talmente condizionati da non poter *pagare* per composizioni elaborate – e, dopotutto, la vera creatività è elaborata. Non c'è errore più grande che supporre che un'autentica originalità sia unicamente frutto di impulso o di ispirazione. Creare significa associare con attenzione, pazienza e intelligenza. I pochi periodisti americani che potrebbero pensare a un'elaborazione del genere non possono permettersi il lusso di attuarla per via dei compensi irrisori che offrono gli editori delle nostre riviste. Per questo, e per altri motivi, siamo rimasti indietro in un settore letterario *importantissimo* – settore che inoltre acquista sempre più importanza ogni giorno che passa e che, in un futuro (non molto lontano) diventerà il più influente di tutti i campi della letteratura.

Siamo desolantemente carenti non solo per quanto riguarda la creatività propriamente detta, ma anche per quanto riguarda l'*arte* in senso stretto. Qual è, per esempio, quell'americano il quale, dovendo scrivere una critica, si senta mai in obbligo di offrire ai suoi lettori qualcosa di più di quanto la sua qualifica personale comporta – di offrirgli una critica e *qualcos'altro?* Chi pensa a rendere la sua critica un'opera d'arte in sé e per sé – a prescindere dal proprio giudizio di critico? – un'opera d'arte – quali sono le più elaborate ed efficaci critiche di Macaulay? Eppure, le poche che abbiamo, hanno sempre suscitato l'interesse del pubblico, quando gli sono state presentate. La migliore recensione che mai si sia scritta in America appare miseramente inadeguata di fronte alla recensione del Bacon di Montagu – eppure, nel complesso, essa non è altro che un esempio di appariscente sofistica, che deve tutto a un abilissimo, raffinato arrangiamento – una pervasiva e a malapena comprensibile prolissità – a una magistrale abilità nel creare situazioni *di climax* – a uno stile brillante che abbaglia la mente e, in egual misura, la fuorvia con la sua chiarezza – inducendoci così a immaginarci di concordare pienamente – in una parola, alla perfezione dell'arte – di tutta l'arte di cui un Macaulay può disporre e che è applicabile ad ogni critica che un Macaulay può scrivere.

Comunque, la categoria di testi destinati alle pubblicazioni periodiche nella quale, più che in ogni altra emerge la nostra straordinaria mancanza di abilità, è quella che va sotto il nome di *Racconti*. Eccezion fatta, primo per il signor Hawthorne, secondo per il signor Simms – terzo, il signor Willis – e, quarto, un paio di altri scrittori che tanto vale immaginare senza farne il nome – non esiste, da questa parte dell'Atlantico, un solo scrittore decentemente abile. Senza dubbio, abbiamo visto racconti assai ben costruiti – esempi isolati – opera di autori americani che scrivono per le riviste; ma questi esempi si sono sempre dimostrati felici incidenti di percorso; e, in opere successive, i loro autori sono apparsi incapaci di una costruzione narrativa.

L'idea di fare un confronto tra l'abilità degli americani e quella degli inglesi nella stesura di un racconto ci è stata suggerita dalla lettura di alcuni periodici, e dall'autore di *Charley* e *The Invisible Gentleman*. Si tratta di uno dei migliori giornalisti inglesi, il quale possiede alcune fra le più felici caratteristiche di Dickens, che egli ha superato nel favore popolare. Il più lungo e il migliore di questi racconti propriamente detti è *Peter Snook* il cui testo offre così tanti spunti all'attenzione del periodista che desideriamo raccontarlo per esteso.

Peter Snook, il protagonista, *beau idéal* del Cockney, è un commerciante di telerie al minuto a Bishopgate Street. È, naturalmente, uno stupido presuntuoso anche se, in fondo, un brav'uomo «che ha sempre l'aria spaventata». I suoi affari prosperano fino a quando fa la conoscenza della signorina Clarinda Bodkin, «una giovane donna che si dichiara sulla trentina e, per di più, molto addentro nei misteri della modisteria e della confezione di *manteaux*». L'amore e l'ambizione fanno un po' perdere la testa al nostro eroe. «Se solo la signorina Clarinda mi volesse», si dice, «potremmo dividere il negozio, metter da una parte le telerie e dall'altra la sartoria, e aiutarci a vicenda. L'affitto da pagare sarebbe uno solo, per una duplice attività – e sarebbe anche così comodo!» Animato da tali pensieri, Peter si lancia in un corteggiamento al quale la signorina Clarinda risponde piuttosto tiepidamente. La accompagna alla White Conduit House, a Bagnigge Wells e in altri pseudo-raffinati luoghi di ritrovo; e alla fine è così imprudente da accettare la proposta della giovane donna di fare con lei una gita a Margate. A questo punto del racconto, l'autore ci informa di essere venuto a conoscenza del seguito della vicenda dalla bocca del protagonista dal quale si era recato, dopo la famosa gita, per chiedere spiegazioni.

Viene concordato che la signorina Clarinda partirà da sola per Margate – e il signor Snook la raggiungerà dopo aver sistemato delle faccende urgenti. Faccende che lo tengono occupato fino alla metà di luglio, quando si imbarca sulla *Rose in June* e arriva felicemente a destinazione. Ma qui lo attende una serie di sfortune – sfortune mirabilmente modellate secondo la sfera dei sentimenti di un Cockney e la sua capacità di sopportazione. Per esempio, il suo ombrello, e un grosso pacco avvolto in carta marrone, contenente una nuova giacca verde-pisello e un panciotto di seta a fiori ricamato, finiscono in acqua al momento dell'attracco e la signorina Bodkin si rifiuta di vederlo con indosso i suoi vecchi abiti. Cade anche lui e si spella profondamente gli stinchi e il medico, senza alcun riguardo per l'impegno dello spasimante per un ballo cotillon, gli proibisce categoricamente di ballare. Inoltre, un maggiolino si prende la briga di finirgli in un occhio e (quel che è peggio) il signor Last, un calzolaio alto e dal piglio militaresco, ha approfittato del ritardo con cui il commerciante è arrivato a Margate per entrare nelle grazie della sua bella. Alla fine, è trattato male da Last, respinto dalla dama, e non gli resta che prenotare il viaggio di ritorno sulla *Rose in June*.

La sera del secondo giorno dopo la partenza, la nave fa scalo a Greenwich. Quasi tutti i passeggeri scendono a terra, intenzionati a prendere la diligenza per andare in città. Peter però, che pensa di avere già sprecato inutilmente un mucchio di soldi, preferisce rimanere a bordo. «Arriveremo a Billingsgate mentre dormo», si dice, «e avrò tutto il tempo di andare a casa a vestirmi, per poi recarmi nella City a farmi prestare quel po' di denaro che mi occorre per saldare la fattura di Pester & Co. che scade dopodomani.» Questa decisione, come si vedrà, sarà per il nostro eroe fonte di una sequela di guai. Dei bottegai, rimasti anch'essi a bordo del postale, lo inducono a compiere eccessi cui non è avvezzo, prima con la birra scura e, in secondo luogo, addirittura col cognac. La conseguenza è che, terzo, il signor Snook piomba nel sonno e, quarto, finisce in mare.

Verso l'alba del mattino successivo a questi eventi Ephraim Hobson, impiegato di fiducia e factotum del signor Peter Snook, viene strappato al suo profondo sonno dall'improvvisa comparsa del padrone che appare estremamente agitato e delizia Ephraim comunicandogli di avere appena ricevuto un'ordinazione colossale per l'esportazione. «Non farne parola con nessuno!», gli raccomanda Peter con enfasi insolita. «È un'occasione che capita ben di rado nella vita. C'è il capitano di una nave – ne è anche il proprietario; ma non importa! Non è questo il momento di scendere nei particolari, ma un po' alla volta li conoscerai – tu devi solo fare quello che ti dico – vieni!»

Mettendo Ephraim al lavoro con l'ingiunzione di imballare immediatamente tutta la merce in negozio, eccezion fatta per pochi articoli di nessun conto, il padrone gli comunica la sua intenzione di recarsi in città «per prendere a prestito quanto basta a saldare la fattura di Pester che scade domani.» «Non credo che le occorrerà una grossa somma, signore», risponde Hobson con aria compiaciuta. «Da quando lei è partito, ho riguardato i conti in sospeso da molto tempo e sono riuscito a incassare i soldi da Shy, e il conto di Slack, nei quali ormai non speravamo più, e anche un paio di altri conti arretrati. Ecco, qui c'è la lista – e qui la chiave della cassaforte dove troverà il denaro, oltre al ricavato delle vendite di questi giorni.» Peter appare ben lieto di queste notizie e poco dopo esce, dicendo di non sapere quando tornerà e che qualsiasi merce dovesse arrivare durante la sua assenza, non deve essere toccata fino al suo ritorno.

Sembra che, uscito dal negozio, il signor Snook si fosse recato a quello di Jobb, Flashbill & Co. (di cui uno dei commessi, anche lui a bordo della *Rose in June* aveva generosamente rifornito di cognac il nostro eroe la sera in cui era finito in mare), avesse esaminato una gran quantità di tela olona e altra merce, ne avesse, alla fine, acquistato «un assortimento scelto» che doveva essergli consegnato in giornata. Era andato poi a trovare il signor Bluff, socio gerente della banca dove generalmente teneva il denaro liquido, per chiedere l'autorizzazione a trarre «allo scoperto» la somma di cento sterline per qualche giorno.

«Humph!», disse il signor Bluff, «la liquidità è molto scarsa; ma – santo cielo! – già – è lui! Mi scusi un attimo, signor Snook, allo sportello centrale c'è un signore al quale devo dire due parole – torno subito da lei.» Così dicendo, uscì precipitosamente dalla stanza e, incrociando uno degli impiegati, gli sussurrò: «Dica a Scribe di controllare il conto di Snook e di darmi subito la risposta». Poi, raggiunse lo sportello centrale dove parecchie persone facevano la fila in attesa di effettuare versamenti o prelievi. «Bella giornata oggi, signor Butt. Ma come, non è andato fuori città come gli altri?»

«No», rispose il signor Butt che gestiva una fiorente rivendita di vini, «no, io rimango al lavoro – batto il ferro finché è caldo – questa è la mia massima. La moglie in piedi la notte – io in piedi la mattina presto.»

Il banchiere si trattenne a chiacchierare e ad ascoltare con apparente interesse fino a quando la chiusura di un grosso registro, che aveva tenuto d'occhio, gli disse che l'ordine da lui sussurrato era stato eseguito. Si congedò allora con garbo dal signor Butt e tornò nell'ufficio amministrativo con un foglietto di carta che gli era stato abilmente fatto scivolare in mano mentre passava, e su cui c'era scritto: «Peter Snook, commerciante di tessuto, Bishopgate Street – vecchio cliente – conto gradualmente in aumento – saldo: £153,15sc.6p. – *molto* regolare». «Spiacente di averla fatta aspettare, signor Snook», disse, «ma dobbiamo prendere le persone al volo, quando è possibile. Bene, allora, cosa ci stava chiedendo di fare?»

«Vorrei fare un prelievo "allo scoperto" per qualche giorno», disse Peter.

«Di quanto?»

«Cento sterline.»

«Non bastano cinquanta?»

«No, non proprio, signore.»

«Bene, lei è una persona onesta e non viene spesso a disturbarci; quindi, credo che per questa volta non dobbiamo essere troppo pignoli.»

Lasciando Bluff, il signor Snook rincorre il signor Butt, il commerciante di vini e liquori che è appena uscito dalla banca prima di lui, e gli ordina una botte di gin della migliore qualità. Dal momento che il signor Butt non lo conosce personalmente, gli dà un biglietto da visita su cui è scritto: «Peter Snook, telerie e tessuti, Bishopgate Street, n. ...» ecc. ecc. e coglie l'occasione di menzionare che acquista dietro consiglio del signor Bluff. Il gin deve essere recapitato a Queenhithe quella sera stessa. Appena il suo cliente se n'è andato, il commerciante di liquori si chiede come mai un negoziante di stoffe acquisti un barile di gin, e decide di appurare la solvibilità del signor Snook rivolgendosi direttamente al signor Bluff. Quando però arriva alla banca gli impiegati gli dicono che il signor Bluff è alla riunione di un comitato alla Camera dei Comuni e tornerà molto tardi – ma gli dicono anche che Peter Snook è persona affidabilissima. Il gin viene quindi recapitato e altre grosse ordinazioni per merci varie, da negozi diversi, vengono ugualmente evase. Frattanto Ephraim, al negozio, è occupatissimo a ricevere e controllare le fatture dei vari acquisti, man mano che vengono consegnati; e occupatissimo rimane fino al crepuscolo, quando ricompare il suo padrone, di umore eccellente. Chiediamo venia se riportiamo qui appresso qualche paragrafo.

«Bene, Ephraim», esclamò, «questi sì che sono affari. Da molti giorni non hai avuto tanto da fare! Adesso il negozio ha un bell'aspetto, no?»

«Lei sa quello che fa, signore», rispose Hobson. «Ma mi venga un colpo se non è vero che sono spaventato. Come faremo a vendere tutta questa roba, proprio non lo so. Lei ha parlato di aggiungere al negozio un reparto di articoli di merceria; ma, andando avanti di questo passo, ci servirà un altro reparto per noi. Non so dove potremo mettere la signorina Bodkin.»

«Che vada a quel paese!», esclamò sprezzantemente Peter. «In quanto alla merce, ragazzo mio, prima di domattina sarà fuori dal negozio. Tutto quello che tu e io dobbiamo fare, è impaccarla; per cui, cerchiamo di sbrigarci.»

Confezionare pacchi era l'occupazione preferita di Ephraim ma, in quell'occasione, si mise al lavoro a malincuore. Il padrone, invece, traboccava di buon umore e di energia, annodava spaghi, avvolgeva la merce e confezionava grossi pacchi con rapidità e abilità straordinarie.

«Perché non ti sbrighi, Hobson», esclamò. «Guarda me! Dov'è il calamaio? – oh, eccolo!», e cominciò a contrassegnare i pacchi con le sue iniziali e, più in basso, la lettera G; «ecco fatto», disse; «P.S.G.; sono io, a Gravesend. Devo incontrarmi col capitano e proprietario della nave, mostrargli la merce e, se qualcosa non gli piace, la riporterò indietro con me; procurati le fatture – il benestare della banca per il resto; vedi che tutto sia sistemato a bordo; *allora* – ma *solo allora*, capisci, signorino Ephraim! No, no, starò in guardia, come dicono a bordo della *Rose in June*! A proposito, non ti ho ancora raccontato del mio capitombolo nel fiume.»

«È caduto in acqua!», esclamò l'attonito commesso, interrompendo il lavoro e drizzandosi per ascoltare.

«Proprio così», proseguì Peter, «ma non è *questo* il momento di raccontare una lunga storia. Ehi, vuoi fare attenzione a quel pacco? Uno di questi giorni saprai tutto. Comunque è stata una fortuna, te lo dico io; è per quello che ho ricevuto questa formidable ordinazione. La giacca verdepisello rovinata – pazienza – anche quella è stata una caduta provvidenziale. Se non fossi caduto, non avrei scoperto il giochetto al quale stava giocando con me una certa persona – che vada a quel paese!»

Non fosse stato per la frequente ripetizione della sua espressione favorita, Ephraim dichiarò dopo quel giorno che, per tutto quel pomeriggio avrebbe avuto dei dubbi sull'identità del padrone, perché c'era in lui qualcosa di molto strano, e non aveva mai mostrato prima una tale attività nello spostare balle, scatole e pacchi. Quel «vada a quel paese» rivolta a questo, quello e quell'altro era l'unica frase che pronunciava, disse il commesso, «come al solito», ripetendola con la stessa frequenza di sempre.

Una volta imballata tutta la merce, arrivano i carretti a portarla via; e, alle 10,30 di sera, il negozio è completamente vuoto, salvo per qualche articolo di poco conto, tanto per riempire un po' scaffali e banchi. Vengono chiamate due vetture in piazza. Su una sale il signor Peter Snook, con una quantità di cose che ci sarebbe voluto troppo tempo a imballare e sull'altra il commesso, carico anche lui. Arrivati a Queenhithe, trovano che tutte le merci mandate avanti sono già state collocate nella stiva di un barcone, accanto alla riva. A questo punto, il signor Snook insiste perché Ephraim salga a bordo per un boccone di cena e un ponce caldo. Il commesso obbedisce con tanto entusiastico zelo che, alla fine, è completamente stordito quando il padrone, sollevandolo in braccio, lo porta a riva e lì lo lascia, a sbrigarsela come può per tornare a casa.

Verso le otto del mattino seguente Ephraim, svegliandosi, naturalmente a pezzi sia fisicamente che mentalmente, si mette subito a cercar di sistemare il negozio «per non screditarlo agli occhi della clientela». Malgrado tutti i suoi sforzi però esso conserva un aspetto misero e sguarnito, tale da far nascere i più assurdi sospetti nella mente dell'impiegato del signor Bluff quando, alle dieci, si presenta con la fattura della Pester & Co. (316 sterline e 17 scellini) ricevendo, come pagamento, un assegno per un ammontare equivalente sulla sua stessa banca – assegno compilato dal signor Snook prima della sua partenza con la merce, e lasciato in consegna ad Ephraim. Tornato alla banca, l'impiegato si informa quindi se l'assegno del signor Peter Snook per le 316 e rotte sterline è coperto, e si sente dire che non vale un centesimo. Mentre Bluff e il suo assistente discutono sulla faccenda arriva Butt, il commerciante di liquori, per ringraziare il banchiere di avergli mandato un cliente – cosa che il banchiere nega di aver mai fatto. Segue una spiegazione e «fermate il ladro!» diventa la parola d'ordine. Si manda a chiamare Ephraim il quale, sia pure a malincuore, è costretto a raccontare tutto quello che sa circa i movimenti del suo padrone il giorno prima – e si viene così a conoscenza delle altre ditte che (si suppone) sono state imbrogliate. Facendosi dare una descrizione del barcone che aveva trasportato le merci da Queenhithe, tutti i creditori si lanciano all'inseguimento.

Verso l'alba del giorno seguente rintracciano il barcone, poco più giù di Gravesend – quando ne vedono scendere quattro uomini che, su una scialuppa a remi, raggiungono la riva. Nella cabina della nave si scopre Peter Snook, tranquillamente seduto, il quale, anche se apparentemente un po' sorpreso nel vedere il signor Pester, non ha affatto l'aria imbarazzata o intimorita.

«Ah, è lei, signor Pester? Lieto di vederla. Allora, ha fatto una gitarella fuori città e torna indietro con noi? Dicono che saremo a Billingsgate fra le otto e le nove, e spero che non ci saranno ritardi dato che oggi scade una sua fattura e voglio arrivare a casa in tempo per riempire l'assegno.»

A bordo, si scoprono anche le merci, insieme a tre individui nella stiva, imbavagliati e legati mani e piedi. Raccontano una storia molto strana. Erano dipendenti del signor Heaviside, uno scaricatore di chiatte, e ad essi era stata affidata *The Flitter*, noleggiata da Peter Snook per un viaggio a Gravesend. Secondo gli ordini, per prima cosa avevano portato la chiatta alla banchina vicino a Queenhithe, aiutando a caricare delle merci arrivate su dei carretti. Poi, era salito a bordo il signor Snook, accompagnato da due individui dall'aspetto feroce e da «un omino col naso a becco» (Ephraim). Il signor S. e l'omino avevano fatto «una specie di baldoria» in cabina, finché quest'ultimo si era ubriacato ed era stato portato a riva. Avevano poi disceso il fiume e non era successo niente di speciale fino a quando avevano oltrepassato il Greeenwich Hospital, dove il signor S. aveva loro ordinato di accostare la chiatta a una grossa nave con le murate nere. Avevano appena compiuto la manovra che erano stati assaliti da un gruppo di uomini della nave che li avevano presi, legati, imbavagliati e messi nella stiva.

La conseguenza immediata di questa informazione è che Peter è legato, imbavagliato e messo nella stiva, sia per rappresaglia che per tenerlo al sicuro durante il ritorno in città. Quando il gruppo arriva, viene convocata una riunione dei creditori. Peter si presenta a loro furibondo, con aria offesa. Il suo comportamento è così *mal à propos* con la sua situazione, da lasciare interdetti i suoi inquisitori. Egli li accusa tutti di cospirazione.

«Peter Snook», lo apostrofò solennemente il signor Pester dal suo scranno, «questo atteggiamento non le si addice, dopo quanto è successo. Le consiglio di comportarsi decorosamente. Troverà che è la pratica migliore, mi creda.»

«E proprio lei viene a parlarmi di decoro!», esclamò Peter; «lei, che ha permesso a una banda di malviventi di aggredirmi, non ha mai detto una parola, né ha dato alcuna informazione dopo! E eccomi qui, tenuto lontano dai miei affari chissà per quanto tempo ancora, come un cane alla catena; e c'è proprio lei dietro a tutto questo – lei e quel tipo con la faccia da budino, che mi ha investito a male parole per un barile di gin! Cosa voi due avete in mente, non lo so proprio; ma se c'è giustizia in questo paese, ve la farò pagare a tutti e due – statene certi.»

Il signor Snook giura di non aver mai visto Jobb in vita sua, tranne che in occasione della sua cattura sul *Flitter*, e nega decisamente di aver ritirato pacchi di merce di nessun genere dalla ditta Jobb, Flashbill & Co. Ammette di conoscere superficialmente il signor Bluff – ma non di aver prelevato le 270 e rotte sterline o di essere mai stato allo scoperto per un solo scellino, in tutta la sua vita. Inoltre, è evidentemente convinto che, nelle mani del banchiere, ci sono ancora più di 150 sterline di sua (Snook) proprietà. Può fare il nome di varie persone che non possono vantare alcun credito nei suoi confronti, pur se appartenenti alla schiera di coloro dai quali aveva fatto i suoi acquisti per la «famigerata» spedizione, e le cui merci erano state trovate a bordo del *Flitter*. Si manda a chiamare Ephraim, il quale testimonia su tutti i particolari del ritorno del padrone, e sulle successive, già note, operazioni di imballaggio, caricamento sui veicoli e imbarco, definendo le stravaganze del signor Snook come «tutta colpa di quella signorina Bodkin».

«Signore Iddio, capo, che bello rivederla!», esclamò Ephraim. «Chi l'avrebbe detto che sarebbe finita così?»

«Così come?», esclamò Peter. «Se ne pentiranno, tutti quanti, uno per uno, prima che io abbia finito, se ancora esiste una parvenza di legge!»

«Ah, signore», disse Ephraim, «avremmo fatto meglio a limitarci alle nostre vendite al minuto. Me lo sentivo che quella della spedizione non era una buona idea, e gliel'ho anche detto, ma lei non ha voluto darmi retta.»

«Di che spedizione stai parlando?», chiese Peter con aria sorpresa.

«Andiamo, capo!», ribatté Ephraim, «inutile far finta che sia un segreto, adesso tutti lo sanno. Comunque, non ho detto niente al signor Pester fino all'ultimo momento, quando tutta la merce era uscita dal negozio e le guardie dello sceriffo erano venute a mettere l'azienda sotto sequestro.»

«La mia azienda sequestrata dalle guardie dello sceriffo!», tuonò Peter. «Tutta la merce fuori dal negozio! Che diavolo stai dicendo, canaglia! Che hai fatto mentre io non c'ero?» E si slanciò infuriato ad agguantare per il colletto il tremebondo commesso, con una tale violenza che due poliziotti presenti stentarono a toglierglielo dalle mani.

A questo punto il signor Snap, l'avvocato assunto dai creditori, tiene una lunga arringa alla compagnia dichiarando che, o il signor Snook è pazzo, o si finge tale per sfuggire alla punizione. Viene mandato a chiamare un medico dal Manicomio, si cerca di ricorrere a qualche stratagemma – ma invano. Impossibile decidere sulle condizioni mentali dell'imputato. Il dottore, riferendo l'esito del suo esame ai creditori, si dichiara profondamente perplesso e, senza esprimere un parere deciso, riferisce i particolari di una storia singolare, narratagli dallo stesso signor Snook, circa il modo in cui è riuscito ad evitare di annegare dopo essere caduto in acqua dalla *Rose in June*.

«È una storia strana, certo, e inverosimile», dice il medico, «e se i suoi discorsi in genere fossero del tipo strampalato, fantasioso e frivolo che sono avvezzo ad ascoltare, direi che si tratta di pura invenzione; ma sembra una persona così semplice e schietta che è difficile immaginare come possa essersi inventato una storia del genere.» E qui viene riferito il racconto del signor Snook, non con le sue parole ma con quelle dell'autore, con tutti i particolari tratti dalle varie versioni di Peter. Ci limitiamo a riassumerlo.

Cadendo dalla nave, il signor Snook (stando a quanto dice) nuotò coraggiosamente il più a lungo possibile. Stava però sul punto di affogare quando si sentì infilare sotto il braccio un remo e si trovò issato in una barca da «una dozzina di brutti ceffi». Viene portato a bordo di una grossa nave e il capitano, un tipo ameno che parla in rima, un po' come nel meraviglioso racconto di Alroy, lo tratta con grande cordialità, gli presta i propri abiti, per prima cosa gli fa bere un bicchierone di «qualcosa di caldo», poi gli offre vini e tonici di ogni genere, durante una cena assolutamente straordinaria. Riscaldato nel corpo e nello spirito da quella tavola così meravigliosamente imbandita, Peter rivela all'anfitrione i suoi più intimi segreti, parlando liberamente e dettagliatamente di un'infinità di cose; del commesso Ephraim, con le sue idiosincrasie; del proprio conto in banca, del grande credito di cui gode; delle sue avventure con la signorina Bodkin; delle sue future prospettive commerciali; e, soprattutto, gli rivela nomi, indirizzi, ecc. dei grossisti con i quali tratta abitualmente. Dopo un po', insonnolito dal vino, se ne va a dormire seguendo il consiglio del capitano, il quale gli promette di svegliarlo in tempo, la mattina dopo, per prendere l'imbarcazione che lo porterà a Billingsgate più che in orario per la fattura di Pester & Co. Non sa dire esattamente per quanto tempo ha dormito – ma, svegliandosi, aveva notato un radicale cambiamento nei modi del capitano che si era fatto piuttosto brusco e lo aveva calato lungo la murata della nave nel barcone dove era stato trovato dai creditori che gli davano la caccia e che, gli era stato assicurato, lo avrebbe portato a Billingsgate.

Questo racconto, che noi abbiamo succintamente riassunto, implica poco o niente. L'esito finale, però, cui il lettore è abilmente condotto dall'autore, è che il vero Peter Snook è stato abbindolato; e il Peter Snook che ha effettuato i vari acquisti in città, presentandosi da Ephraim solamente all'incerta luce dell'alba e del crepuscolo in quel fatidico giorno, altri non era, in realtà, che il capitano di quella «strana nave con la murata nera». Ci viene fatto credere che, approfittando della loquacità di Peter e di una certa personale rassomiglianza, il capitano assunse le spoglie del nostro eroe, immerso nel sonno, per compiere un audace e quasi riuscito tentativo di truffa su vasta scala.

Gli eventi del racconto hanno grande vigore di immaginazione e, anche nelle mani di uno scrittore qualsiasi, non mancherebbero di efficacia. Ma, nel caso in questione, il disegno narrativo è sviluppato con tale straordinaria accortezza da farci classificare *Peter Snook* fra i pochi racconti assolutamente perfetti nel loro genere. È simile a uno di quei meravigliosi quadri di interni fiamminghi – i cui pregi stanno nel chiaroscuro – in quella fusione fra luce, ombra e oscurità dove nulla è troppo nitido ma dove il concetto è reso pienamente – in assenza di contorni rigidi e di minuzie pittoriche – nel non ecessivo calore delle tinte – e in una ben smorzata accentuazione di ogni particolare – accentuazione che non scade mai nella caricatura.

I ciarlatani dell'Elicona – Satira[1]

Oggi come oggi una satira, dichiaratamente tale, specie se scritta da un americano, è una novità davvero gradita. Da questa parte dell'Atlantico abbiamo, in effetti, prodotto ben poco in questo campo – certo, nulla di importante – malgrado quanto sostengono in senso contrario il goffo poema di Trumbull e i *Croackers* di Halleck. Senza dubbio, in America si sono avute cose eccellenti nel genere parodistico, sempre però nella convinzione di scrivere qualcosa di serio e solenne. Di odi, ballate, canzoni, sonetti, composizioni epiche ed epigrammi potremmo facilmente citarne a dozzine; ma in fatto di satira, autentica e intenzionale, non si può negare che siamo miseramente carenti. Anche se, come nazione letteraria, non siamo esattamente degli Archiloco[2] – anche se non pretendiamo di intonare giambi – se, in breve, non siamo scrittori satirici non si può negare che siamo ottimi soggetti di satira.

Siamo lieti, ripetiamo, per questo libro del signor Wilmer; in primo luogo perché esso è qualcosa di nuovo sotto il sole; in secondo luogo perché, sotto molti aspetti, è ben congegnato; e, in terzo luogo, perché nel generale marasma di corruzione e vaniloqui in cui annaspiamo per prendere fiato, è davvero piacevole respirare una accidentale boccata dell'aria pura della verità.

Come composizione poetica, e non solo come tale, *I ciarlatani dell'Elicona* presenta molti difetti che non ci faremo scrupolo di sottolineare – pur se il signor Wilmer è un nostro amico personale, e siamo felici e orgogliosi di dirlo – ma possiede anche molti notevoli pregi – pregi che inutilmente coloro che si sentono offesi per la satira – inutilmente le varie *cricche* o gruppi di *cricche* – cercheranno di denigrare oppure fingeranno di non vedere, non captare e non comprendere.

Le principali manchevolezze riguardano soprattutto il peccato dominante della *imitazione*. Se l'opera fosse stata dichiaratamente composta come parafrasi dello stile sarcastico epistolare diffuso all'epoca di Dryden e Pope, l'avremmo giudicata il più sincero e ingegnoso esempio del genere che si conosca. L'imitazione è così stretta che si estende ai dettagli più banali – per esempio, le vecchie forme di punteggiatura. Il giro di frasi, gli accorgimenti del ritmo, la disposizione dei paragrafi, l'andamento generale della satira – tutto – ma proprio tutto – è di Dryden. Certo, non si può negare che il modello satirico dell'epoca in questione sia insuperabile e che l'autore moderno, il quale da quel modello si discosta, deve necessariamente sacrificare qualche merito sull'altare dell'originalità. Né possiamo ignorare il fatto che, nel presente caso, l'imitazione ha pienamente reso

[1] Di L.A. Wilmer.

[2] Lirico greco (714-676 a.C.), autore di mordenti satire, inventore del verso giambico (*N.d.T.*).

nello spirito le più alte qualità e, nella lettera, le piccole raffinatezze e le caratteristiche generali proprie dell'autore di *Absalom e Achitopel*. Ritroviamo qui il verso audace, vigoroso e sonoro, il sarcasmo mordace, l'epigramma pungente, la franchezza senza remore, di una volta. Non bisogna però dimenticare che al signor Wilmer *è stato mostrato* come realizzare queste cose. E quindi merita unicamente la lode come osservatore attento ed abile e attento copista. Certo, le immagini sono le sue. Non sono né di Pope, né di Dryden, né di Rochester, e nemmeno di Churchill – ma sono modellate con l'identico stampo usato da questi autori satirici.

Una così pedissequa imitazione ha indotto il nostro autore a commettere errori che il buon senso avrebbe potuto evitargli. A volte, equivoca le intenzioni; altre volte, copia solecismi scambiandoli per perle rare. All'inizio del poema, per esempio, troviamo i versi:

Against usurpers, Olney, I declare
A righteous, just and patriotic war. [3]

Qui la rima fra *war* e *declare* è presa da Pope, che la usa di frequente; ma si sarebbe dovuto tener presente che, oggi, come oggi la pronuncia di queste due parole si discosta notevolmente da quella che era all'epoca della «Dunciad».

Siamo anche convinti che la grossolana oscenità – la lordura – non possiamo usare altro termine – che degrada *I ciarlatani dell'Elicona*, non possa nascere da una inverecondia congenita della mente dell'autore. È semplicemente parte della servile e indiscriminata imitazione della scuola di Swift e di Rochester. Ma l'opera ne esce irrimediabilmente danneggiata sotto il profilo sia morale che pecuniario, senza raggiungere niente in fatto di sarcasmo, vigore o spirito. «Diciamo pane al pane e vino al vino». Giusto; ma cerchiamo di non pensare o dire *mai* volgarità.

Riconoscendo che, anche nel suo manierismo, questa satira è permeata dallo spirito levigato e pungente di Dryden, le abbiamo già reso una non piccola lode. Ma resta da sottolineare l'assai più eccelso merito di dire senza timori la verità in un'epoca in cui la verità è fuori moda, e in circostanze di posizione sociale che avrebbero trattenuto praticamente qualsiasi membro della nostra comunità da un donchisciottismo del genere. Dalla pubblicazione di *I ciarlatani dell'Elicona* – un poema che passa in rassegna, facendone il nome, la maggior parte dei nostri eminenti *literati* e trattandoli, generalmente, come si meritano (e quale trattamento più amaro di questo?) – dalla pubblicazione di questa stroncatura il signor Wilmer, che vive della sua penna, ha poco da aspettarsi – a parte il tacito rispetto di coloro che sono onesti e timidi a un tempo – e la più spietata persecuzione, palese o velata. Per questo motivo, e perché ciò che egli ha detto è la verità, gli auguriamo dal profondo del cuore «che Dio ti assista!».

Ripetiamo: ciò che egli ha detto *è* la verità; chi vorrà negarlo? Egli ha espresso senza tanti complimenti quello che chiunque di noi abbia cervello da tempo considera «verità di Vangelo» – e cioè che, come popolo di letterati, siamo semplicemente una enorme massa di impostori. Afferma che siamo dominati dalle *cricche*; e chi non sorride all'ovvio truismo di tale affermazione? Sostiene che per noi la strada del raggiro è molto più sicura

[3] Contro gli usurpatori, Olney, io dichiaro, giusta, legittima e patriottica guerra (*N.d.T.*).

di quella del talento, per arrivare ad emergere in campo letterario – chi lo nega? La natura corrotta della nostra critica ordinaria è ormai famosa. Il suo potere è stato vanificato per sua stessa mano. Il rapporto critico-editore quale oggi esso è universalmente, oscilla fra il pagare e l'intascare i soldi di un ricatto come prezzo di una semplice tolleranza, e un sistema diretto di spregevole e spicciola corruzione, giustamente così definita – un metodo che, ancor più del primo, lede gli interessi del pubblico e risulta ancora più offensivo per gli acquirenti e i venditori degni di stima; visto come, nel loro caso, il servigio reso è di gran lunga superiore, dato il riconoscimento che se ne ricava. L'idea che qualcuno possa pensare di negare le nostre asserzioni è risibile; sono ignominiosamente vere. All'accusa generale di corruzione esistono, senza dubbio, molte nobili eccezioni. Esistono in effetti alcuni recensori – pochissimi – i quali, conservando la loro totale indipendenza, non accettano libri inviati dalle case editrici, oppure li accettano con la piena consapevolezza, da parte di queste ultime, che la loro critica sarà *imparziale*. Ma questi casi non sono sufficienti a cancellare la sfiducia del pubblico; sfiducia che recentemente si è acuita dopo che sono state rese note le macchinazioni dei *cenacoli* letterari di New York – *cenacoli* i quali, per ordine delle maggiori librerie, costruiscono di tanto in tanto una pseudo-pubblica opinione su vasta scala, a beneficio di un qualsiasi piccolo parassita del gruppo o un cavilloso protettore della ditta.

Parliamo di queste cose con amaro sdegno. Non occorre citare esempi dal momento che, quasi ogni volta che esce un libro, se ne verifica uno. Inutile ricordare il caso disperato di Fay – caso in cui la pervicace intenzione di dolo – l'ovvio tentativo di prevenire un giudizio – l'eccessivo quanto pietoso trucchetto dell'uomo di paglia, uniti alla penosa, insulsa banalità del suo parto letterario si dimostrarono una medicina troppo violenta perfino per lo stomaco fin troppo abituato della massa dei lettori. È superfluo, ripetiamo, dilungarsi su *Norman Leslie* o altre follie del passato quando abbiamo ogni ora, sotto gli occhi, esempi delle macchinazioni di cui parliamo. La montatura metodicamente compiuta dal *sistema* è arrivata a un punto tale che recentemente gli editori non si sono fatti scrupolo di tenere a portata di mano una raccolta di recensioni laudative, preparate dai loro tirapiedi, e mandarle agli svariati giornali nell'ambito della loro sfera di influenza, inserendole nei risvolti di copertina dei loro libri. La grossolanità di questi spregevoli tentativi non è però sfuggita all'indignato biasimo della stampa più onesta; e salutiamo con gioia questi sintomi di insofferenza al giogo dell'ignoranza senza scrupoli e della cialtroneria (la cui forza sta solo nella loro unione), come precursori di un'età migliore per il merito reale e per la letteratura nazionale in genere.

È oramai assoluto dovere di chiunque sia collegato alla nostra stampa periodica di dedicare ogni influenza di cui possa disporre alla buona causa dell'integrità e della verità. I risultati così ottenuti si dimostreranno meritevoli della sua massima attenzione e del suo massimo impegno. Riusciremo così a vanificare i complotti per rifilare sciocchezze all'opinione pubblica, a ovvio discapito di qualsiasi persona di talento che non faccia parte della *cricca* al potere. Col tempo, potremmo perfino raggiungere quell'auspicabile punto dal quale sia possibile ottenere una veduta chiara e distinta dei nostri uomini di lettere, e metterne a fuoco le rispettive pretese, unicamente secondo lo standard di una critica rigorosa e autonoma. Che la loro posizione sia ormai nettamente stabilita; che i posti attualmente occupati da molti di essi vengano conservati per altri diritti che non siano quelli del raggiro di cui abbiamo parlato, sono affermazioni che solo gli ignoranti possono sostenere, o coloro i quali hanno tutto l'interesse a mantenere *lo status quo*. Non esistono due cose più radicalmente diverse fra loro della reputazione di alcuni nostri *litterateurs* di primo piano, come la si raccoglie dalla bocca della gente (che la racimola sulle pagine dei giornali), e la stessa reputazione come la si deduce dall'opinione privata di persone colte e intelligenti. E non pretendiamo di aver fatto una grande scoperta. Anzi, è una verità che da tempo offre spunti quotidiani di battute e di spasso.

Perché no? Certo, poche cose sono più ridicole delle caratteristiche generali e dei presupposti che hanno le comuni recensioni critiche di libri appena usciti! Un redattore, a volte senza l'ombra della benché minima preparazione letteraria – spesso senza cervello, sempre senza tempo a disposizione – non si pèrita di dare ad intendere al mondo che *ogni giorno* è avvezzo a leggere con occhio critico e a decidere in merito a una marea di pubblicazioni, per un decimo delle quali ha forse scorso il frontespizio; e per tre quarti delle quali il contenuto, anche mettendoci tutta la buona volontà per capirlo, sarebbe arabo per lui; e la cui massa, come si potrebbe matematicamente dimostrare, basterebbe a tenere occupati, solo per dare l'occhiata più superficiale, almeno dieci o venti lettori redazionali per un mese! Comunque, quello che gli manca in attendibilità lo compensa con la piaggeria; quello che gli manca in tempo, lo rimpiazza con la disponibilità. È l'uomo più facile da accontentare che esista al mondo. Ammira tutto, dal grande dizionario di Noah Webster all'ultima edizione tascabile popolare di Pollicino. Anzi, la sua unica difficoltà è trovare parole per esprimere la sua ammirazione. Ogni opuscolo, è un miracolo – ogni volume rilegato, segna un'epoca in campo letterario. Le sue frasi, quindi, si fanno ogni giorno più grandiose e, se non fosse un'espressione dialettale, potremmo definirlo «uno schianto».

Se però volesse tentare di avere informazioni precise su un qualsiasi aspetto della nostra letteratura, il comune lettore, o lo straniero, invano si rivolgerebbe dalla stampa più leggera a quella più seriosa. Non è nostra intenzione dilungarci qui sul radicale, antiquato e sistematico bla-bla-bla delle nostre pubblicazioni trimestrali. In questo caso, gli articoli sono anonimi. Chi li scrive? – Chi li fa scrivere? Chi, se non un somaro, farebbe affidamento su *tirate* che potrebbero nascere da ostilità personale, o su panegirici che, nove volte su dieci, potrebbero essere, direttamente o indirettamente, opera dell'autore stesso. A favore di queste deprimenti pubblicazioni bisogna riconoscere che, ogni tanto, contengono un saggio apprezzabile *de omnibus rebus et quibusdam aliis* che si può leggere, senza effetti soporifici immediati, in qualsiasi momento, non necessariamente subito dopo mangiato. Ma è inutile aspettarsi della critica da parte di periodici intitolati *Rassegne*, per via che non passano in rassegna mai niente. Inoltre tutti sanno, o dovrebbero sapere, che questi testi sono purtroppo inclini alla verbosità. Fa parte della loro natura, è una loro condizione d'essere, un loro dogma di fede. Il veterano della critica ama la sicurezza della generalizzazione e pertanto raramente si addentra nello specifico. «Parole, parole, parole» – in esse sta il segreto della sua forza. Ha un paio di idee sue personali, ed è riluttante quanto puntiglioso a diffonderle. Il suo spirito giace con la sua verità, in fondo a un pozzo, ed è sempre complicatissimo tirarlo fuori. È nemico giurato di tutto ciò che è semplice e diretto. Non presta orecchio al consiglio del gigante Moulineau

– «*Belier, mon ami, commencez au commencement.* [4]» O si tuffa subito nel bel mezzo dell'argomento, o si insinua dalla porta sul retro, oppure gli si accosta di sghembo, come un gambero. Nessun altro approccio appare sufficientemente profondo. Una volta che vi è addentrato, però, rimane abbacinato dal bagliore della sua saggezza e in genere non trova più la strada per uscirne. Stanco di ridere delle sue acrobazie, o intimorito nel vederlo impantanarsi e annaspare, il lettore alla fine chiude il libro, lasciandocelo dentro. «Quale canto intonarono le sirene», dice Sir Thomas Browne, «e quale nome prese Achille quando si nascose fra le donne sono interrogativi che suscitano perplessità ma sono al di là di *ogni* congettura.» – Sir Thomas, però, e con lui tutti gli Achille e le sirene della paganità, rimarrebbe perplesso almeno nove volte su dieci, a dover indicare le finalità cui mira un esauriente critico di una Rassegna Trimestrale.

Se le opinioni promulgate dalla nostra stampa in genere fossero prese, nel loro stupefacente insieme, a fedele immagine della letteratura americana (e si può dire che, generalmente, questo è ciò che accade), scopriremmo di essere la più invidiabile congrega di individui sulla faccia della terra. L'aria stessa, da noi, ha la fragranza del genio; e noi, la nazione, siamo un enorme, soddisfatto camaleonte divenuto obeso a forza di respirarla. Siamo *teretes et rotundi* – ammantati di perfezione. I nostri poeti sono tutti dei Milton, né muti né ingloriosi [5]; le nostre poetesse sono tutte «Hermans dell'America» [6]; inutile negare, inoltre, che i nostri romanzieri sono tutti grandi Nomi o grandi Sconosciuti e che chiunque scriva, in qualsiasi campo possibile e impossibile, è lo straordinario Crichton o, quantomeno, il fantasma dello straordinario Crichton [7]. Ci troviamo così in una condizione esaltante, e ci resteremo fino a quando non saremo costretti a rigurgitare i nostri eterei onori. A dir la verità, c'è qualche pericolo di interferenza da parte di un Vecchio Mondo mosso dalla gelosia, e non più disposto a sottostare a quell'oltraggioso monopolio su «ogni decenza e talento» nel quale, come assicurano senza ombra di dubbio i signori della stampa, siamo così attivamente impegnati.

Il tono scherzoso di queste nostre osservazioni sul tema ci fa sentire adirati con noi stessi. Il predominio della montatura è oggetto più che di ironia di disgusto. Il suo carattere servile eppur dogmatico – il suo autoincensamento sfacciato, immotivato eppure autosufficiente – sta sempre più diventando un insulto al buon senso della comunità. Per futile che sia in sé e per sé, è stato usato in maniera scandalosa per nobilitare l'imbecillità, a evidente svantaggio, a totale rovina, del merito autentico. Esiste una persona dotata di sensibilità e di normale intelligenza – esiste uno solo dei nostri lettori – che non provi un brivido di amara indignazione, a prescindere da qualsiasi sentimento di ilarità, rammentando esempio dopo esempio della più pura, della più genuina cialtroneria in campo letterario, assunta a un posto di privilegio nell'apparente valutazione popolare, e che ancora lo mantiene unicamente grazie a una spavalda arroganza; o alla

[4] «Belier, amico mio, cominciate dal principio» (*N.d.T.*).

[5] «Some mute inglorious Milton here may rest» – Thomas Grey – *Elegy written in a Country Churchyard* (*N.d.T.*).

[6] Felicia Dorothea Hermans (1793-1835), poetessa inglese, amica di Wordsworth e Scott (*N.d.T.*).

[7] *The Admirable Crichton*, commedia di Sir J.M. Barrie. Il soprannome fu originariamente dato allo scozzese James Crichton, noto per la sua cultura e la sua abilità di spadaccino (*N.d.T.*).

persistente, strisciante presunzione; o al più sfrontato plagiarismo; o finanche grazie semplicemente alla magnitudine dei suoi presupposti – presupposti che la stampa in genere non solamente non contesta ma addirittura avalla in proporzione al clamore vociferante con il quale essi vengono enunciati – in perfetto accordo con la loro totale infondatezza e insostenibilità? Non ci sarebbe difficile oggi indicare venti o trenta cosiddetti personaggi letterari i quali se non sono degli idioti, come in parte li riteniamo, o se non hanno completamente perduto il senso del pudore in seguito a un lungo tirocinio di falsità, arrossirebbero leggendo queste righe, consapevoli di quanto equivoca sia la natura di quel piedistallo acquisito su cui si reggono – tremerebbero al pensiero di quale tenue soffio di vento sarebbe sufficiente a farlo volare via da sotto i loro piedi. Con un po' di buona volontà, perfino *noi* saremmo ancora in tempo a farli rovinare a terra.

Grazie al fatto di essere stato così a lungo tollerato, il sistema laudatorio che abbiamo deprecato ha fatto talmente presa sull'opinione popolare (almeno se possiamo considerare opinione popolare quella che traspare da effimere lettere) da diventare un vizio in sé e per sé, con l'apparenza di virtù, e come tale è stato accolto. Come sempre, gli anni hanno conferito un certo grado di speciosità anche all'assurdo. Abbiamo così incessantemente fatto ricorso alle montature che, alla fine, siamo giunti a considerare la montatura come un dovere e la franchezza come una negligenza. Persistiamo in quello che originariamente fu un grossolano errore, per forza di abitudine. Avendo adottato, agli albori della nostra letteratura, l'insostenibile teoria che questa letteratura, nel suo insieme, sarebbe potuta progredire grazie all'indiscriminata approvazione di ogni suo sforzo – avendo adottato questa teoria, ripeto – ignorando il fatto ovvio che l'elogio di tutti costituiva un'amara, negativa censura nei confronti dei pochi meritevoli; e che l'unico risultato promozionale del sistema sarebbe stato quello di promuovere la follia – continuiamo ancora oggi le nostre spregevoli manovre grazie all'inerzia dell'abitudine anche quando nella nostra presunzione nazionalistica ripudiamo quella necessità di favoritismo e protezione dalla quale ebbe origine il nostro comportamento. In una parola, la stampa nazionale non si è peritata di schierarsi contro i pochissimi, coraggiosi tentativi di indipendenza che, di tanto in tanto, sono stati compiuti, visto come andavano le cose. E se in uno o forse due casi isolati lo spirito di rigorosa verità, sostenuto da una volontà inflessibile, non si lasciò abbattere, entrarono immediatamente in azione le manovre private; e allora coloro i quali si sentivano offesi dalla severità della critica (e lo erano, se il giusto disprezzo di ogni persona di ingegno è un'offesa), fecero ricorso alle parti della più virulenta indegnità, a calunnie di cui era impossibile risalire alla fonte, a spietate pugnalate nell'ombra. Questi attacchi, ripetiamo, furono perpetrati mentre la stampa in genere stava a guardare e, pur pienamente consapevole dell'ingiustizia che si stava commettendo, non disse una parola contro di essa. Oramai si era sparsa l'idea – trasformatasi poco a poco in tolleranza – che, per giusti che fossero, agli attacchi contro una reputazione letteraria ottenuta non si sa come, totalmente insostenibile, si poteva facilmente ribattere con la più spregevole, la più infondata diffamazione della reputazione personale. Ma è questa un'epoca – è questo un momento – in cui può addirittura essere necessario cominciare a pensare che il libro di un autore appartiene al pubblico; e che la pubblicazione di un libro equivale a un guanto di sfida gettato al recensore – al recensore cui spetta il compito più semplice; il compito non solamente di approvare, censurare o passare sotto silenzio, come meglio crede, in base però ai sentimenti e ai giudizi suscitati in lui dall'autore attraverso le sue parole scritte e pubblicate. La critica autentica è il riflesso della cosa criticata sullo spirito del critico.

Ma, *à nos moutons* – ai *ciarlatani dell'Elicona*. Una satira che presenta molte pècche, oltre quelle che abbiamo segnalato. Il titolo, per esempio, non è abbastanza distintivo, anche se buono sotto altri aspetti. Non limita il campo ai ciarlatani *americani*, come invece fa il libro. I due versi conclusivi indeboliscono anziché rafforzare il *finale* che, senza di essi, sarebbe stato staordinariamente pungente. Gli elementi che compongono la tesi sono stati messi insieme troppo a casaccio – non sempre si segue una sequenza naturale – così che, anche se le tinte del quadro sono spesso vigorose, l'insieme presenta quella che, in gergo artistico, si chiama un aspetto casuale e chiazzato. In effetti, si ha l'evidente impressione che le varie parti del poema siano state composte singolarmente, come tematiche separate, successivamente inserite nella satira generale come meglio possibile.

Ma resta da menzionare un peccato ben più reprensibile di qualsiasi, o tutti, quelli finora elencati – il peccato di una censura indiscriminata. E anche in questo caso il signor Wilmer ha peccato per voler imitare. Ha tenuto presenti le radicali denunce della Dunciad e delle ultime (abortive) satire di Byron. Nessuno che sia in possesso delle proprie facoltà mentali può negare la giustezza delle generali accuse di corruzione contenute nel testo del nostro autore, e delle quali abbiamo già parlato. Ma *non* esistono eccezioni? Se così fosse, dovremmo veramente arrossire. E *non* c'è speranza? Il tempo lo dirà. Non si può fare tutto in un giorno – *No se ganò Zamora en una hora* [8]. E ancora: è verissimo che la maggior parte di coloro i quali occupano un posto preminente nella nostra letteratura poetica sono dei babbei – gente priva di intelletto quanto di rima. Ma è altrettanto vero che non *tutti* siamo degli stupidi, e il diavolo non è sempre brutto come lo si dipinge. Il signor Wilmer deve leggere il capitolo del *Gargantua* di Rabelais «*de ce qu'est signifié par les couleurs blanc et bleu*» – perché, dopotutto, c'è *una certa* differenza. In un paese civilizzato non ci si può abbandonare a una furia omicida come un selvaggio del Borneo. Il signor Morris *ha* scritto delle belle canzoni. Il signor Bryant non è *completamente* sciocco. Il signor Willis non è *del tutto* un somaro. Il signor Longfellow *scopiazza*, ma forse non può farne a meno (abbiamo sentito di casi del genere) e poi non si può negare che *nil tetigit quod non ornavit*.

Il fatto è che il nostro autore, nella rigogliosa esuberanza del suo zelo, sembra curarsi di discriminare non più di quanto il Vescovo di Autun [9] si curasse della Bibbia. Le cose «poetiche in genere» sono i mulini a vento contro cui egli sprona il suo Ronzinante. E con la stessa frequenza spezza la sua lancia contro ciò che è vero come contro ciò che vero non è; i suoi versi somigliano così agli specchi dei templi di Smirne, che deformavano anche le immagini più belle. Ma il talento, l'audacia e specialmente il *design* del suo libro basteranno a preservarlo dalla terribile condanna del «disprezzo silenzioso» nel quale gli editori in tutto il paese, se non ci sbagliamo di grosso, cercheranno, come un sol uomo, di relegarlo.

[8] Non si conquistò Zamora in un'ora = Roma non fu fatta in un giorno (*N.d.T.*).
[9] Talleyrand.

Astoria[1]

L'incontro del signor Irving a Montreal, molti anni fa, con alcuni partner principali della grande Northwest Fur Company, lo portò a interessarsi profondamente delle varie attività di esperti in trappole, cacciatori, indiani, e in tutte le avventurose vicende collegate al commercio delle pelli. Poco dopo essere tornato dal suo ultimo viaggio nelle praterie, ebbe un colloquio con il suo amico John Jacob Astor, di New York, in merito a un'iniziativa da lui lanciata e diretta verso il 1812 – iniziativa che aveva come obiettivo la partecipazione su vasta scala al commercio delle pellicce condotto dagli indiani in tutta l'area occidentale e nord-occidentale del Nord America. Vedendo il vivo interesse del signor I. per quell'argomento, il signor Astor si lasciò andare a esprimere il proprio rincrescimento per il fatto che la gente in genere non aveva mai apprezzato la vera natura e la portata dell'iniziativa, il suo carattere e la sua importanza a livello nazionale; e ad esprimere anche il proprio desiderio che il signor Irving se ne facesse portavoce. Irving accettò e l'amico gli mise a disposizione tutti i documenti relativi; i volumi che oggi ci troviamo davanti (due grossi volumi in ottavo) ne sono il risultato. Si tratta di un'opera magistrale – il cui titolo così poco eclatante non rivela minimamente la ricchezza, l'ampiezza e l'interesse con cui una lunga e complessa serie di particolari, necessariamente ricavati da una massa di dati vaghi e approssimativi, sono stati elaborati in maniera completa e unitaria.

Partendo dal presupposto che i nostri lettori già conoscano gli aspetti principali del commercio delle pelli in America, non seguiremo il signor Irving nel suo colorito ritratto dell'antico mercante franco-canadese, le sue fabbriche, piene di animazione e di operai – dei venditori autorizzati, dei missionari, *voyageurs* e *coureurs de bois* – del mercante di pellicce anglo-canadese – della ascesa della grande compagnia del «Nordovest», la sua costituzione e il suo commercio interno, la sua aula delle riunioni e la sala dei banchetti, le sue attività navali da diporto, le battute di caccia, le sue baldorie e tutte le altre grandiose attività feudali in terre brulle e desolate. Fu la British Mackinaw Company, crediamo (una compagnia creata in concorrenza con la «Northwest») il *teatro* delle operazioni che per prime attrassero l'attenzione del nostro governo. Dallo stabilimento di Michilimackinac, salparono le sue piroghe attraverso Green Bay, Fox River e il Wisconsin, fino al Mississippi, e da qui a tutti i suoi affluenti – nella speranza di poter così monopolizzare il commercio con tutte le tribù indiane sulle coste meridionali e occidentali del nostro territorio, così come la «Northwest» lo aveva monopolizzato al nord. Naturalmente, noi americani cominciammo a guardarla con una certa ostilità, facendo di tutto per

[1] «Astoria; o Aneddoti di una spedizione oltre le Montagne Rocciose», di Washington Irving – (dal *Southern Literary Messenger per il 18...*).

vanificare l'influenza che queste enormi compagnie straniere acquistavano ora per ora sui nostri aborigeni. Nel 1796, gli Stati Uniti inviarono degli agenti ad aprire aziende rivali lungo la frontiera, per sopperire ai bisogni degli indiani, vincolare, così, i loro interessi ai nostri e, se possibile, dirottare il commercio nei canali nazionali.

John Jacob Astor nacque a Waldorf, un villaggio tedesco nelle vicinanze di Heidelberg, sulle sponde del Reno. Fin da giovane, era convinto che sarebbe diventato molto ricco e, abbandonata la casa paterna, se ne andò da solo a Londra, dove si trovava alla fine della Rivoluzione Americana. Un fratello maggiore era negli Stati Uniti ed egli lo raggiunse. Nel gennaio del 1784 arrivò ad Hampton Roads con un po' di merce adatta al mercato americano. Durante il viaggio, aveva incontrato un compatriota che faceva il pellicciaio e da lui aveva avuto molte informazioni riguardo alle pellicce e al modo di gestirne il commercio. In seguito, lo accompagnò a New York e, dietro suo consiglio, investì il guadagno ricavato dalla sua merce in pelli non conciate. Con queste, fece ritorno a Londra e, dopo averle vendute con profitto, lo stesso anno (1784) rientrò a New York con l'intenzione di stabilirsi negli Stati Uniti per proseguire la sua attività commerciale. Gli inizi della carriera del signor Astor furono necessariamente limitati – ma la sua perseveranza era indomita, la sua integrità irreprensibile e il suo senso del risparmio spiccatissimo. «A tutto ciò», dice Irving, «si aggiungevano uno spirito sempre proteso a migliorare, a guardare in alto; una mente audace, fertile ed aperta; un acume rapido nel cogliere e sfruttare ogni circostanza a proprio favore e una singolare, incrollabile fiducia nel successo.» Giudizi, questi, più che riecheggiati dalla folla di conoscenti e amici del signor Astor, e ribaditi da tutti coloro che hanno il piacere di conoscerlo a fondo.

Negli Stati Uniti, il commercio delle pellicce non era ancora sufficientemente organizzato da poter costituire una regolare attività commerciale. Il signor A. si recava ogni anno a Montreal per acquistare pelli grezze; e dal momento che erano proibiti gli scambi commerciali diretti dal Canada, se non verso l'Inghilterra, una volta acquistata la merce egli la spediva immediatamente a Londra. Quando, nel 1795, fu abolito il divieto, stipulò un contratto con la Northwest Company e importava le pellicce da Montreal negli Stati Uniti da dove, poi, le mandava in varie parti d'Europa e ai principali mercati della Cina.

A seguito di quell'accordo, le proprietà britanniche dalla nostra parte dei Laghi vennero abbandonate, aprendo una strada al commercio americano delle pelli ai confini del Canada e sul territorio degli Stati Uniti. Qui si avventurò il signor Astor, verso il 1807, prevalentemente a proprio esclusivo rischio e pericolo; ora il suo accresciuto capitale lo collocava fra i maggiori mercanti americani. Ma l'influenza della Mackinaw Company si dimostrò troppo potente per lui, ed egli cominciò a pensare a come poter entrare in concorrenza. Sapeva che il governo desiderava concentrare il commercio delle pellicce all'interno dei confini nazionali e nelle mani dei suoi cittadini; allora, si offrì di «convogliare tutto il commercio nei canali americani» se avesse ottenuto l'aiuto e la protezione delle autorità nazionali. Fu invitato ad esporre i suoi progetti che vennero approvati con entusiasmo ma, per quanto ne sappiamo, la cosa finì lì. L'atteggiamento del governo, però, era della massima importanza e, nel 1809, egli ottenne dalla legislatura di New York un documento costitutivo per la creazione di una società, denominata «American Fur Company», con un capitale di un milione di dollari e la possibilità di raddoppiarlo. Egli costituì personalmente la società, fornendo il capitale. Il consiglio di amministrazione era puramente nominale e tutto era gestito con le sue personali risorse e secondo la sua volontà.

Sorvoliamo ora sul succinto e lucido resoconto del signor Irving circa il commercio delle pellicce nell'area del Pacifico, le società russe e americane sulla costa nord-occidentale, o la scoperta della foce del fiume Columbia, nel 1763, ad opera del capitano Grey. Egli prosegue parlando del capitano Jonathan Carver, dell'esercito provinciale britannico. Nel 1763, poco dopo l'acquisizione da parte della Gran Bretagna dei territori canadesi, questo signore progettò un viaggio attraverso il continente, fra il 43° e il 46° parallelo di latitudine nord, fino alle sponde del Pacifico, allo scopo di «accertarne la larghezza nel punto della sua massima estensione e individuare sulla costa del Pacifico una località dove il governo potesse stabilire un avamposto, per facilitare la scoperta di un passaggio a nord-ovest, o una via di comunicazione fra la Baia di Hudson e l'Oceano Pacifico». Per due volte, i suoi tentativi personali di compiere quel viaggio fallirono. Nel 1774 Richard Whitworth, membro del Parlamento, si unì al progetto del capitano Carver. I due decisero di portare con sé 50 o 60 uomini, artificieri e marinai, per risalire uno dei rami del Missouri, trovare la sorgente dell'Oregon (Columbia) per poi discenderlo fino alla foce, dove sarebbe stato edificato un avamposto e sarebbero state costruite le imbarcazioni necessarie ad effettuare l'auspicata scoperta, via mare. Il governo britannico approvò il progetto e tutto era pronto per iniziare quando scoppiò la rivoluzione americana, bloccando ogni cosa.

La spedizione di Sir Alexander Mackenzie è ben conosciuta. Nel 1793 egli attraversò il continente, raggiungendo l'Oceano Pacifico a 52°20'48" di latitudine. A una latitudine di 52°30' discese parzialmente un fiume che scorreva verso sud e che egli ritenne, erroneamente, fosse il Columbia. Qualche anno dopo, Mackenzie pubblicò un resoconto del suo viaggio, suggerendo l'opportunità di instaurare un collegamento fra l'Atlantico e il Pacifico; aprendo regolari centri commerciali «nell'interno e alle due estremità, oltre che lungo le coste e nelle isole». In tal modo riteneva fosse possibile controllare totalmente il commercio nord-americano delle pellicce, dai 48° latitudine nord fino al Polo, tranne la zona controllata dai russi. In quanto agli «avventurieri americani» lungo la costa, non valeva la pena, secondo lui, di prenderli in considerazione. «Sparirebbero istantaneamente», affermò, «di fronte a un commercio ben organizzato.» A causa della rivalità esistente fra la Hudson's Bay e la Northwest Company, il piano di Sir Alexander Mackenzie non andò mai in porto.

Il tentativo di Lewis e Clark fu felicemente realizzato, come si ricorderà, nel 1804. Il loro itinerario fu quello proposto dal capitano Carver nel 1774. Risalirono il Missouri fino alla sorgente, traversarono le Montagne Rocciose, scoprirono la sorgente del Columbia e ne seguirono il corso fino alla foce. Qui trascorsero l'inverno e, in primavera, tornarono sui loro passi. Nei loro rapporti, dichiararono che era possibile stabilire una linea di comunicazione attraverso il continente, ispirando così il signor Astor a formulare il suo piano «di prendere le redini di questa grande impresa che, per anni, era stata il sogno, incerto anche se agognato, delle potenti associazioni e dei governi paternalistici».

Poco alla volta, il suo progetto maturò. I punti principali erano questi: installare una catena di basi commerciali lungo il Missouri e il Columbia fino alla foce di quest'ultimo, dove si doveva creare il mercato principale. Su tutti gli affluenti attraverso questo immenso itinerario, ci sarebbero state basi secondarie per il commercio diretto delle pellicce grezze con gli indiani. Tutte queste basi avrebbero fatto capo al mercato del Columbia per i rifornimenti e per l'invio delle pelli. Sempre alla foce del Columbia, si sarebbero costruite ed equipaggiate le navi costiere destinate al commercio lungo la costa nord-occidentale; navi che poi, con il loro carico, avrebbero fatto ritorno a quello stesso luogo di comune incontro. In tal modo, l'intero commercio con gli indiani sia della costa che dell'interno sarebbe confluito in un unico luogo dove Astor, secondo il suo piano, progettava di inviare ogni anno una nave con i rifornimenti necessari. La nave avrebbe caricato le pelli, le avrebbe trasportate a Canton per investire il guadagno della loro vendita in mercanzie, facendo poi ritorno a New York.

C'era anche un'altra cosa di cui occuparsi. Nella sua navigazione costiera verso la Northwest, la nave sarebbe venuta in contatto con la base di zona della Russian Fur Company; e, dal momento che sarebbero potute nascere delle rivalità, era buona politica conquistarsene il benvolere. Per i suoi rifornimenti, la RFC dipendeva essenzialmente dai mercantili in transito provenienti dagli Stati Uniti. I proprietari di queste navi, che operavano esclusivamente in base al proprio interesse, non si facevano scrupolo di fornire armi da fuoco agli indigeni, creando così grossi guai. Più volte il governo russo se n'era lamentato con gli Stati Uniti, chiedendo che fosse proibito il traffico d'armi – ma, dato che non c'era violazione di alcuna legge municipale, il nostro governo non poteva interferire. Comunque, non volendo inimicarsi la Russia, le autorità si erano rivolte al signor Astor, chiedendo suggerimenti sul come porre rimedio alla situazione, ben sapendo come egli fosse un esperto per tutto ciò che riguardava il commercio in questione. Quella richiesta gli aveva suggerito l'idea di visitare regolarmente le basi commerciali russe con la sua nave annuale. Ricevendo così rifornimenti regolari, i russi non avrebbero più dovuto dipendere dai mercanti occasionali i quali, di conseguenza, avrebbero finito con l'essere tagliati fuori dal mercato costiero. Il signor Astor comunicò il suo piano al Presidente Jefferson, sollecitando l'approvazione del governo. Il Gabinetto «all'unanimità, approvò calorosamente il piano, impegnandosi a fornire tutta la protezione possibile, compatibilmente con la politica generale del paese».

Illustrando i motivi che avevano indotto il signor Astor ad imbarcarsi in un'impresa così costosa il signor Irving, a nostro parere, non ha fatto che rendere piena giustizia a quel nobile gentiluomo. «Egli», scrive il nostro autore, «era già ricco più di quanto un uomo possa desiderare, ma ora aspirava alla onorevole fama tributata a uomini di così ampie vedute i quali, grazie alla loro straordinaria imprenditorialità, hanno arricchito nazioni, popolato deserti, e allargato i confini dell'impero. Egli considerava la sua progettata base alla foce del Columbia come l'emporio di un immenso commercio; una colonia che avrebbe costituito il germe di una vasta opera di civilizzazione; che avrebbe condotto il popolo americano oltre le Montagne Rocciose a propagarsi lungo le coste del Pacifico, come già dava vita alle sponde dell'Atlantico.»

E ora, due parole sulla Northwest Company. Seguendo in parte i consigli di Sir Alexander Mackenzie, la compagnia aveva già installato delle basi commerciali sulla costa del Pacifico, in una regione a circa due gradi nord del Columbia – incuneandosi così fra il territorio russo e quello americano. Naturalmente, il signor Astor veniva a trovarsi in posizione di enorme svantaggio. Non disponeva di un porto adeguato per accogliere i rifornimenti via mare; e doveva quindi farli arrivare, con grande rischio, difficoltà, e spesa, per via terra. Anche le pelli grezze dirette in patria dovevano seguire la stessa strada – in quanto era impossibile interferire nel monopolio della East India Company spedendole via mare direttamente in Cina. Di conseguenza, il signor Astor era costretto a venderle pesantemente sottocosto proprio su quello che era il mercato principale. Comunque, dal momento che un atteggiamento concorrenziale avrebbe arrecato danno ad entrambe le parti, il signor A. espose i suoi piani alla Northwest Company, offrendo loro una partecipazione di un terzo nella sua impresa. La compagnia britannica aveva però vari motivi per declinare l'offerta – non ultimo quello che riteniamo fosse la loro segreta intenzione di agire prontamente e impiantare una base alla foce del Columbia, battendo sul tempo il loro concorrente.

Nel frattempo, il signor Astor non se ne stava con le mani in mano. Suo primo pensiero fu di trovarsi dei bravi collaboratori, e fu indotto a ricercarli principalmente fra quei dipendenti della Northwest Company che erano insoddisfatti della loro posizione nell'azienda – in quanto, terminato il periodo di prova ma non godendo di raccomandazioni, non avevano ancora nessuna prospettiva di una rapida promozione. Fra costoro (generalmente persone capaci ed esperte nel proprio lavoro) il signor A. si assicurò i servigi del signor Alexander M'Kay (che lo aveva accompagnato in entrambe le sue spedizioni), di Donald M'Kenzie e di Duncan M'Dougal. In seguito, Astor scelse Wilson Price Hunt, del New Jersey, persona di grandi qualità, come suo agente principale e suo rappresentante per la fabbrica che intendeva aprire. Nel giugno 1810, furono stipulate delle «clausole di contratto» fra il signor Astor e i quattro uomini, a nome loro e di varie altre persone che avevano già accettato di diventare, in quel momento o in futuro, soci della ditta che aveva preso il nome di «*The Pacific Fur Company*». In base al contratto, il signor A. ne sarebbe stato il direttore, con il compito di trattarne gli affari a New York e di fornire tutto l'occorrente per il buon funzionamento della ditta, a primo costo e spese purché l'anticipo richiesto di volta in volta non fosse mai superiore ai 400.000 dollari. Il capitale azionario consisteva in cento azioni, 50 delle quali di proprietà del signor Astor e le altre 50 da dividere fra gli altri soci e i loro consociati. Ogni anno, si sarebbe tenuta un'assemblea generale al Columbia River dove gli azionisti assenti avrebbero potuto votare per procura. La validità prevista dell'associazione era di 20 anni – ma poteva essere sciolta entro i primi 5 se si fosse dimostrata non redditizia. Per questi cinque anni il signor A. accettò di accollarsi le eventuali perdite. Un agente, nominato per un quinquennio, avrebbe risieduto nella fabbrica principale; e il primo scelto per questo incarico fu il signor Hunt.

Astor decise di avviare la sua attività con due spedizioni, una per mare e l'altra per terra. La prima, avrebbe trasportato tutto quanto occorreva per aprire una base fortificata alla foce del Columbia. La seconda, guidata dal signor Hunt, avrebbe dovuto risalire il Missouri e, attraversando le Montagne Rocciose, raggiungere lo stesso punto. Durante questo viaggio via terra, si sarebbero cercate le località migliori per stabilirvi i centri di incontri commerciali. Seguendo il signor Irving nel nostro breve sommario del suo racconto, parleremo ora della prima di queste spedizioni.

Fu attrezzata una nave, la *Tonquin*, di 290 tonn., con dieci cannoni e

20 uomini d'equipaggio. Il comando fu affidato al tenente di vascello Johnathan Thorn, della Marina Americana, che in quel periodo era in licenza. Thorn era un uomo coraggioso, che si era distinto nella guerra tripolina. Quattro dei soci si imbarcarono – M'Kay e M'Dougal, dei quali abbiamo già parlato, e i signori David e Robert Stuart, nuovi soci della ditta. M'Dougal avrebbe potuto agire come procuratore di Astor, in assegna del signor Hunt. Del gruppo facevano parte anche dodici impiegati, legati alla compagnia da un contratto quinquennale. La loro paga sarebbe stata di 100 dollari l'anno, pagabili alla scadenza del contratto, oltre a un equipaggiamento annuo di vestiario per il valore di 40 dollari. Grazie alla promessa di future promozioni, il loro interesse coincideva con quello di Astor. Tredici *voyageurs* canadesi e numerosi artigiani completavano il numero delle persone imbarcate. L'8 settembre 1810, la *Tonquin* prese il mare. Del suo viaggio verso la foce del Columbia, il signor Irving ci dà un resoconto piuttosto comico. Thorn, l'austero, probo ufficiale di marina, le cui idee si limitavano essenzialmente al dovere e alla disciplina, e che guardava con sovrano disprezzo a quell'accozzaglia di «marinai d'acqua dolce» che formava il grosso della compagnia, è dipinto col tratto fluido ma brioso del vero artista; mentre M'Dougal, l'astuto socio scozzese, affaccendato e pomposo a un tempo, tutto compreso della sua importanza in qualità di procuratore del signor Astor, viene presentato, ovviamente senza il minimo sforzo, come una macchietta; – sono, comunque, ritratti che denotano apertamente la loro autenticità. Il viaggio si svolge attraverso una serie di battibecchi e malintesi fra il capitano e la ciurma e, occasionalmente, fra il signor M'Kay e il signor M'Dougal. Sembra che gli scontri fra questi due gentiluomini fossero brevi, anche se violenti. «Dopo quindici minuti», scrive il capitano Thorn in una sua lettera ad Astor, «li si vede farsi le coccole come due bambini.» La *Tonquin* doppiò il Capo di Buona Speranza il giorno di Natale, arrivò ad Owhyhee l'11 febbraio, imbarcò i rifornimenti, ripartì con dodici nativi delle Isole Sandwich il 28, e il 22 marzo raggiunse la foce del Columbia. Nella ricerca di un passaggio attraverso un banco di sabbia, nove uomini persero la vita fra le onde. Durante il viaggio da Owhyhee ci fu una violenta tempesta; e i battibecchi continuavano fra i soci e il capitano – anzi, quest'ultimo sospettava perfino che stessero progettando un ammutinamento per togliergli il comando.

Per circa 40 miglia a partire dalla foce il Columbia è, in senso stretto, un estuario con una larghezza dalle 3 alle 7 miglia, frastagliato da profonde insenature. La navigazione è resa ancor più pericolosa da fondali bassi e altre ostruzioni. Lasciandoci alle spalle questa ampia distesa fluviale, troviamo la foce vera e propria – larga circa mezzo miglio. Dal mare, l'ingresso a questo estuario è delimitato a sud da un lungo tratto di spiaggia bassa e sabbiosa che si spinge nell'oceano, chiamato Point Adams. Sul lato nord dell'estuario, troviamo il ripido promontorio di Cape Disappointment; e, subito ad est di esso, Baker's Bay, dove la *Tonquin* gettò l'ancora.

Continuavano intanto i dissapori fra il capitano e il degno M'Dougal i quali non riuscivano a mettersi d'accordo circa la dislocazione più adatta per il previsto stabilimento. Il 5 aprile, senza preoccuparsi ulteriormente del parere dei suoi coadiutori, Thorn attraccò a Baker's Bay e diede il via alle operazioni. Di fronte a un procedimento così sommario i soci, naturalmente, andarono su tutte le furie e sembrava che stesse per esplodere una violenta lite, a tutto danno dell'impresa. A lungo andare però le difficoltà si appianarono e finalmente, il 12 aprile, ebbero inizio i lavori di installazione in un punto chiamato Point George, sulla sponda meridionale dell'estuario. La località offriva un buon porto dove navi da 200 tonn. potevano gettare l'ancora a 50 metri dalla riva. In onore del socio principale, la nuova postazione fu battezzata *Astoria*. Dopo molti ritardi, venne sbarcata quella parte di carico ad essa destinata e la *Tonquin* poté riprendere il suo viaggio. La rotta seguiva la costa settentrionale, per effettuare il commercio delle pelli grezze nei vari porti e fare poi ritorno ad Astoria in autunno. Il signor M'Kay era commissario di bordo e un certo signor Lewis era il magazziniere. La mattina del 5 giugno, la *Tonquin* era al largo, con 320 persone a bordo. In uno degli avamposti, il capitano Thorn aveva ingaggiato un indiano, un certo Lamazee, il quale aveva già effettuato due viaggi lungo la costa e aveva accettato di imbarcarsi in qualità di interprete. Dopo pochi giorni, la nave arrivò a Vancouver's Island, gettando l'ancora nel porto di Neweetee, malgrado i pressanti tentativi di dissuasione da parte dell'indiano il quale aveva avvisato il capitano Thorn della pericolosa malvagità degli indiani. Il risultato fu lo spietato massacro di tutto l'equipaggio, ad eccezione dell'interprete e del signor Lewis, il magazziniere. Quest'ultimo, mortalmente ferito e senza più un solo compagno, fece esplodere la nave saltando in aria con oltre un centinaio di nemici. Lamazee, mescolandosi agli indiani, riuscì a fuggire e a recare la notizia del disastro ad Astoria. Raccontando diffusamente gli emozionanti particolari di questa catastrofe, il signor Irving coglie l'occasione per commentare la caparbietà di quell'uomo, pur coraggioso e rispettabilissimo, che era il tenente di vascello Thorn. Giustamente sottolineando con forza la pericolosità e la folla degli agenti nel disobbedire agli ordini ponderati di coloro che progettano accuratamente imprese di ampio respiro come quella del signor Astor. La sciagura qui riportata fu provocata esclusivamente dall'avere ignorato il consiglio, spesso ripetuto, del signor Astor – e cioè di far salire a bordo della *Tonquin* solo pochissimi indiani per volta. La perdita della nave fu un duro colpo per la nascente fabbrica di Astoria. Alla quale ora torniamo.

Gli indigeni che vivevano sulle rive dell'estuario si dividevano in quattro tribù, di cui la principale era quella dei Chinook; il loro capo era un indiano monocolo, Comcomly. Queste tribù erano quasi del tutto uguali fra loro e, sicuramente, provenivano da un unico ceppo. Vivevano essenzialmente di pesca – il Columbia e i suoi affluenti sono ricchi di pesce, soprattutto salmoni. Si diede immediatamente inizio a un commercio di pelli grezze, però piuttosto limitato. Molta agitazione provocò nella fabbrica la voce diffusa fra gli indiani che trenta uomini bianchi stavano costruendo delle case vicino alle seconde rapide. Si temeva trattarsi di un avangruppo della Northwest Company, arrivato a cercar di occupare la zona alta del fiume e, in tal modo, bloccare il commercio di Astor nell'area circostante. Se così era, si potevano prevedere faide cruente, quali si erano verificate in passato fra imprese rivali. Le informazioni degli indiani si dimostrarono veritiere. La «Northwest» aveva costruito una stazione commerciale sul fiume Spokan, che si getta nel braccio settentrionale del Columbia. Nella loro situazione numerica così limitata al momento, gli astoriani potevano fare ben poco per contrastarli. Comunque, fu deciso di effettuare una verifica nella stazione sullo Spokan e il signor David Stuart si preparò a partire con otto uomini e un piccolo assortimento di merci. Il 15 giugno, quando la spedizione stava per partire, una canoa con a bordo nove uomini bianchi, battente bandiera britannica, entrò in porto. Si scoprì che si trattava di un gruppo inviato dalla società rivale per precedere il signor Astor e insediarsi alla foce del fiume. Il loro capo, David Thompson, si presentò come socio della «Northwest» – ma, per il resto, fu molto pacifico nelle sue spiegazioni. Da notizie successive provenienti da altre fonti, però, sembra che avesse attraversato con una fretta disperata le montagne, fermandosi ai villaggi indiani lungo la strada, consegnando loro una bandiera britannica e «dichiarando ufficialmente di prendere possesso del territorio per la Northwest Company e in nome di Sua Maestà Britannica». A quanto pare, il suo piano era stato frustrato dalla diserzione dei suoi seguaci e si ritenne probabile che ora avesse solamente disceso il fiume per compiere una ricognizione. M'Dougal trattò quei signori con estrema cortesia, rifornendoli di merci e vettovaglie per il loro viaggio di ritorno attraverso le montagne – contro la ferma opposizione di David Stuart «il quale riteneva che lo scopo della loro visita non desse loro diritto ad alcun favore». A Thompson venne consegnata una lettera per il signor Astor.

Il 23 luglio il gruppo diretto alla regione dello Spokan si avviò e, dopo un viaggio molto interessante, riuscì ad aprire il primo centro commerciale della compagnia nell'interno del paese. Sorgeva su un'estensione di terreno lunga circa tre miglia e larga due, formata dalla confluenza dell'Okinagan con il Columbia. Frattanto, gli indiani nei dintorni di Astoria cominciarono a mostrare una certa ostilità, di cui presto si scoprì il motivo quando arrivò la notizia che la *Tonquin* era andata perduta. I coloni ne furono informati i primi di agosto. A quel punto, vennero a trovarsi in una situazione pericolosa – un pugno di uomini, su una costa selvaggia, circondati da nemici altrettanto selvaggi. Per il momento, il loro dilemma fu risolto grazie alla genialità di M'Dougal. Gli indigeni avevano un sacro terrore del vaiolo, che anni prima era scoppiato in forma epidemica mietendo intere tribù. Erano convinti che la malattia fosse un castigo del Grande Spirito e che la portasse con sé l'uomo bianco. Approfittando di questa seconda idea, M'Dougal riunì vari capi dei quali conosceva l'atteggiamento ostile e, informandoli di essere venuto a conoscenza del tradimento perpetrato dai loro fratelli del nord a danno della *Tonquin*, tirò fuori di tasca una bottiglietta. «Gli uomini bianchi fra di voi», disse, «sono pochi, è vero, ma sono potenti medici. Guardate! In questa bottiglia sta, ben tappato, il vaiolo; mi basta togliere il turacciolo per scatenare la malattia che cancellerà dalla faccia della terra uomini, donne e bambini!» I capi rimasero allibiti. Assicurarono al «Gran Capo Vaiolo» che essi erano i più fedeli amici dell'uomo bianco, che non avevano niente a che fare con quelle canaglie che avevano sterminato l'equipaggio della *Tonquin*, e che non sarebbe stato giusto aprire la bottiglia e distruggere gli innocenti insieme con i colpevoli. M'Dougal si lasciò convincere. Promise di non stappare la bottiglia, a meno che non gliene avessero dato motivo. Così tornò la pace nell'insediamento. Fu costruita una grande casa, e assemblate le ordinate di una goletta. Ad essa venne dato il nome di *Dolly* e fu la prima nave americana varata su quella costa. Ma lo spazio non ci consente di raccontare dettagliatamente l'impresa. Gli uomini tornarono di buon umore, compiendo ogni tanto brevi viaggi di rifornimento a bordo della *Dolly* e attendendo con ansia l'arrivo del signor Hunt. Così trascorse l'anno 1811 nella piccola base di Astoria. Parliamo ora della spedizione via terra.

A guidarla, come si ricorderà, era stato designato il signor Wilson Price Hunt, del New Jersey. Di lui si parla come di una persona di specchiata onestà, di carattere cordiale e modi piacevoli. Non era mai stato in territori selvaggi ma si era occupato a lungo di commercio a St. Louis, fornendo le merci ai mercanti indiani, e aveva acquisito una grossa esperienza in fatto di scambi. A lui era affiancato un altro socio, il signor Donald M'Kenzie, il quale era stato per dieci anni nell'interno, al servizio della Northwest Company, e aveva molta esperienza pratica per tutto ciò che riguardava gli indiani. Nel luglio 1810, i due si recarono a Montreal, dove ci si poteva procurare qualsiasi cosa servisse alla spedizione. Qui, si trovarono di fronte a grosse difficoltà – in parte provocate dai loro concorrenti. Essendo comunque riusciti a rifornirsi di munizioni, viveri e merci indiane, caricarono tutto su una grossa imbarcazione e, con un equipaggio estremamente inefficiente che, però, era il meglio che si fosse potuto trovare, salparono da St. Anna, accanto alla punta dell'isola di Montreal. La rotta risaliva l'Ottawa, lungo una serie di fiumi e laghetti. Il 22 luglio raggiunsero Mackinaw, sulla omonima isola, alla confluenza dei laghi Huron e Michigan; qui dovettero trattenersi per un po', così da completare il loro assortimento di merci indiane e ingaggiare nuovi *voyageurs*. Durante quel periodo di attesa, il signor Hunt venne raggiunto dal signor Ramsay Crooks al quale egli aveva scritto invitandolo ad unirsi alla spedizione. Crooks, scozzese, aveva già lavorato con la Northwest Company e aveva svolto un commercio privato fra le varie tribù del Missouri. Illustrò con molta chiarezza ed energia i pericoli rappresentati dagli indiani, in particolare i Piedineri e i Sioux – e fu convenuto di portare a 60 il numero dei componenti la spedizione, una volta arrivati a St. Louis. Alla partenza da Mackinaw, il gruppo era costituito da 30 persone. Questo succedeva il 12 di agosto. L'itinerario seguito fu quello solito dei mercanti di pellicce – attraverso i fiumi Green Bay, Fox e Wisconsin fino alla Praïrie du Chien e, di qui, lungo il Mississippi, fino a St. Louis, dove attraccarono il 3 settembre. In questa città, Hunt incontrò qualche ostacolo da parte di una società chiamata Missouri Fur Company, specialmente dal suo socio principale, un certo Manuel Lisa. La società aveva un capitale di circa 40.000 dollari e più o meno 250 dipendenti. Le sue finalità erano quelle di stabilire delle basi lungo il corso superiore del fiume, così da monopolizzare il commercio. Il signor H. cominciò a rafforzarsi contro la concorrenza. Procurò al signor Astor i servigi di Joseph Miller, un tempo ufficiale degli Stati Uniti, che successivamente si era dimesso, quando gli era stata negata una licenza, e aveva iniziato a commerciare con gli indiani. Egli entrò nella compagnia come socio; e, per la sua esperienza e le sue conoscenze in genere, il signor Hunt lo considerò un collaboratore prezioso. Vennero anche ingaggiati marinai e cacciatori, ma solo dopo parecchie settimane. Quel ritardo, e le precedenti difficoltà incontrate a Montreal e Mackinaw, avevano scombinato notevolmente i calcoli del signor Hunt il quale scoprì che sarebbe stato impossibile effettuare il viaggio di risalita del Missouri in quella stagione. Era infatti più che probabile che il fiume sarebbe stato bloccato prima che la spedizione potesse raggiungere il corso superiore. Svernare, però, a St. Louis era troppo costoso. Il signor H. decise dunque di spingersi fino a dove era possibile, fino a una zona dove si potesse trovare selvaggina in abbondanza, e dove acquartierarsi fino alla primavera. Il 21 ottobre diede l'ordine di partenza. Il gruppo era distribuito in tre imbarcazioni – due grosse chiatte Schenectady e un barcone fluviale. Il

16 novembre, raggiunsero la foce del Nodowa, a una distanza di 450 miglia, e qui si accamparono per l'inverno. A quel punto, dietro invito del signor Hunt, Robert M'Lellan entrò come socio nell'impresa. M'Lellan aveva fama di uomo vigoroso, di temperamento irrequieto e autoritario, e si era distinto come partigiano sotto il generale Wayne. Alla compagnia si aggiunse anche John Day – un cacciatore alto e atletico, proveniente dalle foreste vergini della Virginia. Lasciando il gruppo principale a Nodowa, Hunt fece ritorno a St. Louis in cerca di rinforzi. Di nuovo fu ostacolato dalle macchinazioni della Missouri Fur Company ma, alla fine, riuscì ad ingaggiare un cacciatore, alcuni *voyageurs* e un interprete sioux, Pierre Dorion. Con loro, dopo molte difficoltà, tornò all'accampamento, il 17 aprile. Poco dopo, venne ripresa la risalita del fiume. Ora, il gruppo si componeva di circa 60 persone; cinque soci – Hunt, Crooks, M'Kenzie, Miller e M'Lellan; un magazziniere, John Reed; 40 *voyageurs* canadesi, e vari cacciatori. Si divisero in quattro imbarcazioni una delle quali, più grande delle altre, aveva a bordo un cannone girevole e due obici.

Non intendiamo, naturalmente, seguire i nostri viaggiatori nelle varie peripezie che caratterizzarono il loro percorso in quelle terre selvagge. A chi volesse conoscere i particolari, consigliamo di leggere il libro. Non esistono, a quanto ci risulta, libri di viaggio più ricchi di episodi interessanti ed emozionanti. A volte entusiasta, godendosi gioie e lussi del mestiere del cacciatore – altre volte, costretto a sopportare indicibili fatiche, fame, sete, ansia, terrore e disperazione – il signor Hunt continuò nel suo viaggio che, finalmente, portò a buon fine. Tutto ciò che possiamo tentare è un'indicazione schematica dell'itinerario percorso.

Risalendo il fiume, il nostro gruppo arrivò il 28 aprile alla foce del Nebraska, o Platte, il maggiore affluente del Missouri, circa 600 miglia più su del punto in cui esso si congiunge con il Mississippi. Qui fecero tappa per due giorni, per rifornirsi di remi e pertiche fatte con il duro legno dei frassini, che più oltre è impossibile trovare. Il 2 maggio, due cacciatori insistettero per abbandonare la spedizione e fare ritorno a St. Louis. Il giorno 10, il gruppo raggiunse il villaggio Omaha, accampandosi nelle sue vicinanze. Il villaggio si trova a circa 830 miglia sopra St. Louis, sulla sponda occidentale del fiume. Qui, tre uomini disertarono ma, per fortuna, furono rimpiazzati da altri tre, convinti ad arruolarsi grazie a generose promesse. Il 15, Hunt lasciò Omaha riprendendo il viaggio. Poco dopo, fu avvistata una canoa con a bordo due uomini bianchi. Si trattava di due avventurieri i quali, già da qualche anno, cacciavano e collocavano trappole vicino alla sorgente del Missouri. Si chiamavano Jones e Carson. Erano diretti a St. Louis ma ben presto abbandonarono il loro viaggio, volgendosi di nuovo verso le Montagne Rocciose. Il 23, Hunt ricevette, per messaggero straordinario, una lettera del signor Manuel Lisa, socio principale della Missouri Fur Company che tante grane gli aveva causato a St. Louis. Egli aveva lasciato la città con un gruppo numeroso, tre settimane dopo il signor Hunt e, avendo avuto sentore di intenzioni ostili da parte dei Sioux, una temutissima tribù indiana, aveva cercato in tutti i modi di raggiungerlo così da attraversare insieme la parte pericolosa del fiume. Giustamente però Hunt diffidava dello spagnolo, e tirò dritto per la sua strada. Al villaggio dei Poncasd, circa una lega a sud del fiume Quicourt, si fermò solo quel tanto che bastava per rifornirsi di carne di bufalo essiccata. La mattina del 25, si scoprì che Jones e Carson se n'erano andati. Li si inseguì, ma invano. Il giorno seguente, furono avvistati tre uomini bianchi che, a bordo di due canoe, scendevano lungo il fiume. Si scoprì che erano tre cacciatori del Kentucky – Edward Robinson, John Hoback e Jacob Rizner. Anche loro avevano trascorso vari anni nel desolato territorio dell'alto-fiume e stavano tornando a casa, ma volentieri cambiarono idea, unendosi alla spedizione. Le informazioni che essi fornirono, indussero Hunt a modificare l'itinerario. Fino a quel momento, aveva pensato di seguire la strada percorsa da Lewis e Clark – risalire il Missouri fino alla sua biforcazione e, da lì, proseguire via terra attraverso le montagne. Gli dissero però che, così facendo, avrebbe dovuto attraversare il territorio dei Piedineri, una selvaggia tribù di indiani furibondi contro i bianchi per la morte di uno dei loro uomini, ucciso dal capitano Lewis. Robinson consigliò un percorso più a sud che li avrebbe condotti oltre le montagne, più o meno al punto dove sgorgano le sorgenti del Platte e del Yellowstone, passaggio molto più praticabile che non quello di Lewis e Clark. Hunt accettò il consiglio e decise di abbandonare il Missouri all'altezza del villaggio degli Arickaras, dove sarebbero giunti entro pochi giorni. Il primo giugno, arrivarono alla «grande curva» del fiume che qui gira per circa 30 miglia intorno a una penisola circolare che, nel punto più stretto, non supera i duemila metri di larghezza. La mattina del 3 giugno il gruppo, con suo grande disappunto, fu raggiunto da Lisa. Naturalmente, l'incontro fu tutt'altro che cordiale ma, per due giorni, almeno esteriormente tutti si comportarono con una certa civiltà. Il terzo giorno scoppiò una lite che per poco non finì tragicamente. Fu, comunque, più o meno sedata e i due gruppi rivali costeggiarono le opposte sponde del fiume, tenendosi reciprocamente d'occhio. Il 12 giugno arrivarono al villaggio degli Arickaras, fra il 46° e il 47° parallelo Nord, a circa 1430 miglia oltre la foce del Missouri. Durante il viaggio, Hunt incontrò una serie di ostacoli ai quali non abbiamo nemmeno accennato. Spesso si trovò in gravissimo pericolo a causa di grossi gruppi di Sioux e, una volta, fu proprio per puro caso che si riuscì ad evitare il massacro di tutta la spedizione.

Al villaggio Arickara, i nostri avventurieri dovevano abbandonare le imbarcazioni e procedere attraverso il territorio in direzione ovest. Dagli indiani avrebbero acquistato i cavalli; purtroppo però gli indiani non poterono fornirne un numero sufficiente. Lisa si offrì allora di comperare le imbarcazioni, ormai inutili, pagandole in cavalli che avrebbero ricevuto in un avamposto di proprietà della Missouri Fur Company, che sorgeva nelle vicinanze dei villaggi Mandan, circa 150 miglia più lontani, risalendo il fiume. Si stipulò un accordo; Lisa e Crooks andarono a prendere i cavalli e fecero ritorno dopo una quindicina di giorni. Se abbiamo ben capito, nel villaggio Arickara Hunt si assicurò i servigi di un certo Edward Rose, assumendolo come interprete per quando la spedizione avrebbe raggiunto il territorio degli Upsaroka, o Indiani Corvo, presso i quali egli aveva precedentemente soggiornato. Il 18 luglio la carovana si mise in marcia. Ma i cavalli erano ancora insufficienti. Ce n'erano 82, quasi tutti stracarichi di manufatti indiani, trappole per i castori, munizioni e viveri. Anche ciascuno dei soci aveva un cavallo. Mentre si congedavano dagli Arickara i veterani del gruppo di Lisa, e Lisa stesso, predissero la distruzione totale dei nostri eroi, fra gli imminenti pericoli di quelle regioni selvagge.

Per evitare la feroce e spietata tribù degli Indiani Piedineri, dei quali abbiamo già parlato, il gruppo si mantenne in direzione sud-ovest, seguendo un itinerario che li avrebbe portati attraverso alcuni affluenti del

Missouri, e attraverso praterie sconfinate che si stendevano a perdita d'occhio. In un primo tempo avanzarono lentamente e, poiché il signor Crooks si era ammalato, fu necessario improvvisare una barella fra due cavalli per poterlo trasportare. Il 23 del mese si accamparono sulle rive di un fiumicello, soprannominato Grande Fiume, dove rimasero parecchi giorni fra avventure d'ogni genere. Riuscirono, fra l'altro, a completare il numero necessario di cavalli prendendoli a una banda di indiani Cheyenne. Il 6 agosto ripartirono e presto si lasciarono alle spalle il territorio ostile dei Sioux. Verso questo periodo, fu scoperta una congiura ordita dall'interprete, Edward Rose. Questo farabutto, aveva cercato di corrompere gli uomini e, arrivando fra i suoi vecchi amici Corvi, aveva loro proposto di disertare e passare agli indiani con tutto quello che si poteva portare via. La faccenda tuttavia fu risolta e, grazie all'inventiva del signor Hunt, Rose fu allontanato senza scandali. Il giorno 13, Hunt deviò verso ovest, lungo un percorso che ben presto lo portò a una biforcazione del Piccolo Missouri, alle falde delle Montagne Nere, una lunga catena montuosa, circa 100 miglia ad est delle Montagne Rocciose, che si estende in direzione nord-est dalla diramazione meridionale del fiume Platte fino alla grande curva nord del Missouri, dividendo le acque di quest'ultimo da quelle del Mississippi e dell'Arkansas. E a questo punto cominciarono i guai grossi. Fame e sete, per non parlare degli orsi grizzli, li assillavano ogni momento mentre cercavano di aprirsi un varco nelle accidentate barriere che ostacolavano il loro cammino. Finalmente arrivarono a un limpido corso d'acqua, uno dei bracci del Powder River, e poterono di nuovo spaziare con lo sguardo su vasti campi e mandrie di bufali. Risalirono il fiume per circa 18 miglia, dirigendosi verso un'alta montagna che era apparsa ai loro occhi fin dal giorno 17. Il 30, raggiunsero i piedi della montagna, che risultò essere uno sperone della catena Rocciosa, dopo avere percorso circa 400 miglia da quando avevano lasciato Arickara.

Per un paio di giorni cercarono invano di scoprire una gola fra le montagne. Il 3 settembre tentarono di aprirsi un passaggio verso ovest, ma ben presto si trovarono intrappolati fra rocce e precipizi che sfidavano ogni loro sforzo. Per giunta, si trovavano ora nel territorio dei terribili Upsaroka, nei quali si imbattevano a ogni piè sospinto. Incontrarono anche bande amichevoli di Shoshoni e Testepiatte. Dopo mille traversie, riuscirono a procedere nel loro viaggio. Il 9, raggiunsero Wind River, un piccolo corso d'acqua da cui prende nome una catena di montagne formata da tre catene parallele, lunghe 80 miglia e larghe circa 25. «Una delle vette», scrive il nostro autore, «si innalza probabilmente per 15.000 piedi sul livello del mare.» Per cinque giorni Hunt risalì il corso del Wind River, traversandolo e riattraversandolo. I tre cacciatori che gli avevano suggerito quell'itinerario gli avevano assicurato che, risalendo il fiume e attraversando una sola cresta montuosa, sarebbe arrivato alle sorgenti del Columbia. Ma la scarsità di selvaggina, lo indusse a seguire un itinerario differente. Durante la giornata, dopo aver preso quella decisione, avvistarono tre vette montuose, coperte di neve, che i cacciatori riconobbero come tre picchi che si alzavano proprio sopra una biforcazione del Columbia. Il signor Hunt battezzò i tre picchi i Bernoccoli Pilota. I viaggiatori proseguirono per circa 40 miglia verso sud-ovest e, alla fine, arrivarono a un fiume che scorreva verso ovest e che, si scoprì, era un braccio del Colorado. Ne seguirono la corrente per 15 miglia. Il giorno 18, allontanandosi dal corso d'acqua principale, si diressero per otto miglia verso nord-ovest arrivando ad uno dei suoi affluenti minori che scaturiva dal cuore delle montagne, scorrendo attraverso distese verdeggianti dove si aggiravano grossi branchi di bufali. Si accamparono qui per parecchi giorni poiché uomini e cavalli avevano bisogno di riposo. Il giorno 24 ripresero il viaggio. Quindici miglia li condussero a un corso d'acqua largo circa 50 piedi, che riconobbero come una delle sorgenti del Columbia. Lo costeggiarono per due giorni, durante i quali esso si gonfiò gradualmente fino a diventare un fiume piuttosto grande. Alla fine, fu raggiunto da un'altra corrente e, uniti, scorsero in un flusso senza ostacoli che, per la sua rapidità e la sua turbolenza, aveva ricevuto l'appellativo di Mad River. Si era pensato di poterlo percorrere in canoa senza problemi fino all'ultima destinazione – ma le speranze degli uomini erano ben lungi dal realizzarsi.

I soci tennero consiglio. I tre cacciatori che, fino a quel momento, avevano fatto da guida non conoscevano affatto il territorio ad est delle Montagne Rocciose. Non vi era alcuna certezza che il Mad River fosse navigabile e, di fronte a questo dubbio, non se la sentivano di abbandonare i cavalli. Il voto, tuttavia, fu favorevole all'imbarco e si iniziò a costruire le canoe necessarie. Nel frattempo Hunt, il quale aveva raggiunto le sorgenti del Columbia dove si diceva abbondassero i castori, cominciò a pensare all'obiettivo principale della spedizione. Quattro uomini – Alexander Carson, Louis St. Michel, Pierre Detayé e Pierre Delauney, dovevano fermarsi lì, da soli, per intrappolare i castori. Dopo aver raccolto un numero sufficiente di pelli, le avrebbero portate al deposito, alla foce del Columbia, o a qualche postazione intermedia che la compagnia avrebbe installato. I quattro cacciatori si erano appena allontanati quando due indiani Snake entrarono casualmente nell'accampamento e dichiararono che il fiume non era navigabile. Ricognitori mandati da Hunt confermarono la notizia. Il 4 ottobre l'accampamento fu finalmente smontato e il gruppo si avviò in cerca di una base della Missouri Fur Company che pare fosse da quelle parti, sulle rive di un altro braccio del Columbia. La trovarono senza molte difficoltà. Era abbandonata, e i nostri viaggiatori furono ben lieti di prendere possesso di quelle rozze costruzioni. Il corso d'acqua su cui sorgevano era largo più di cento metri. Si costruirono in tutta fretta le canoe. Frattanto, un altro distaccamento di cacciatori fu spedito sul territorio. Si trattava di Robinson, Rizner, Hoback, Carr e il signor Joseph Miller il quale, come si ricorderà, era uno dei soci – aveva investito le sue azioni nella spedizione, in cerca di una vita più avventurosa. Il 18 ottobre erano pronte quindici canoe e i viaggiatori si imbarcarono, affidando i cavalli ai due indiani Snake che erano rimasti col gruppo.

Nel corso della giornata, i naviganti giunsero là dove il fiume su cui si trovavano si univa al Mad River. Qui iniziava lo Snake River – teatro di mille peripezie. Dopo avere avanzato per circa 400 miglia – spesso costretti a trasportare le canoe a braccia, assediati da immense difficoltà di ogni genere, essi furono costretti ad arrestarsi di fronte a una serie di paurose cateratte che si stendevano fin dove arrivava lo sguardo, fra meravigliosi bastioni di roccia nera ergentesi perpendicolarmente per oltre 200 piedi. Battezzarono quel luogo The Caldron Linn [2]. Qui Antoine Clappine, uno dei *voyageurs*, scomparve nei gorghi, tre delle canoe si incagliarono

[2] Il Precipizio del Calderone (*N.d.T.*).

fra le rocce e una fu trascinata via con tutte le armi e gli effetti personali di quattro battellieri.

La spedizione si trovava in una situazione davvero disastrata – nel cuore di un territorio selvaggio e sconosciuto, senza sapere che strada prendere, senza la minima idea di quanto distasse il luogo di destinazione, senza un cane che potesse consigliarla sul da farsi. Le provviste erano ormai sufficienti per soli cinque giorni, e c'era la prospettiva di morir di fame. Era quindi più pericoloso rimanere uniti che separarsi. Merci e viveri, eccezion fatta per una piccola scorta individuale, vennero nascoste in *caches* (buche scavate nel terreno) e la spedizione si suddivise in piccoli gruppi che presero direzioni diverse mirando, come ultima destinazione, alla foce del Columbia dalla quale distavano ancora quasi mille miglia, anche se allora nessuno lo sapeva.

Il 21 gennaio, dopo una serie di quasi incredibili avventure, il gruppo al quale si era unito il signor Hunt raggiunse le acque del Columbia, poco oltre il punto dove si congiungono i due grandi bracci del Lewis e del Clark, non lontano dal raggio d'azione dei Wallah-Wallah. Da quando avevano lasciato il Caldron Linn, avevano faticosamente percorso 240 miglia, attraverso distese immense e montagne scoscese; ed erano trascorsi sei mesi da quando avevano lasciato il villaggio Arickara, sul Missouri – avendo percorso, secondo i loro calcoli, 1750 miglia. A quel punto, arrivarono vaghe notizie circa l'altro gruppetto e circa quelli che si erano accampati alla foce del Columbia. Il giorno 31, Hunt aveva raggiunto le cateratte del fiume e si era accampato nel villaggio di Wish-Ram dove giunsero voci del massacro a bordo della *Tonquin*. Il 5 febbraio, procuratesi con grande difficoltà delle canoe, erano partiti da Wish-Ram e il giorno 15, girando intorno a un promontorio che si erano trovati davanti, erano giunti in vista dell'agognata Astoria. Fra i primi ad accoglierli quando scesero a terra c'erano alcuni dei vecchi camerati che si erano congedati da loro a Caldron Linn e che erano arrivati alla base quasi un mese prima. Il signor Crooks e John Day, impossibilitati a proseguire, erano stati lasciati sul territorio con alcuni indiani – ed arrivarono successivamente. Di Carrière, un *voyageur* il quale era stato anche lui abbandonato per assoluta necessità, non si seppe più nulla. Anche Jean Baptiste Prevost, un altro *voyageur* impazzito per la fame, era annegato nella Snake River. Tutti avevano sofferto indicibilmente per la stanchezza, le privazioni, i pericoli. Erano arrivati da St. Louis con un viaggio di 3500 miglia. Ma torniamo ora al signor Astor.

Dal momento che non aveva ancora ricevuto notizie dal Columbia, doveva procedere secondo il presupposto che tutto fosse andato bene. Di conseguenza, allestì una bella nave, la *Beaver*, di 490 tonn. Il carico era molto vario in quanto destinato ai rifornimenti per Astoria, al commercio costiero, e alle esigenze della Russian Fur Company. A bordo, diretti alla base, salirono cinque dipendenti, 15 operai americani e 6 *voyageurs* canadesi. John Clarke, il socio, era americano di nascita, pur avendo vissuto quasi sempre nel nord-ovest, dedicandosi al commercio delle pellicce fin dall'età di 16 anni. Quasi tutti i dipendenti erano giovani americani di buona famiglia. Il signor Astor aveva scelto questo suo contingente di rinforzo col preciso scopo di assicurarsi una prevalenza americana ad Astoria, così da dare all'impresa un'impronta decisamente nazionale. Cosa che circostanze impreviste gli avevano impedito di fare fin dall'inizio della sua impresa.

Il capitano Sowle, comandante della *Beaver*, ricevette l'ordine di fare scalo alle Isole Sandwich per avere notizie della *Tonquin* e, possibilmente, appurare se ad Astoria era stato effettuato l'insediamento. In caso affermativo, avrebbe dovuto ingaggiare quanti più indigeni possibile prima di procedere. Doveva usare la massima prudenza nell'accostarsi alla foce del Columbia. Se, però, avesse trovato che tutto andava bene, doveva scaricare quella parte del carico destinata alla base, poi fare vela per New Archangel con i rifornimenti per la Russia. Dopo aver ricevuto il pagamento in pellicce, avrebbe fatto ritorno ad Astoria, avrebbe caricato le pelli grezze e avrebbe, come meglio poteva, raggiunto Canton. Queste erano le sue rigorose istruzioni – e una successiva deroga provocò grave imbarazzo e gravi perdite, contribuendo pesantemente al fallimento di tutta l'impresa. La *Beaver* salpò il 10 ottobre 1811 e, dopo aver caricato dieci indigeni alle Isole Sandwich, arrivò sana e salva alla foce del Columbia, il 9 maggio 1812. Il suo arrivo infuse vitalità e vigore all'insediamento, rendendo possibile un allargamento del raggio di operazioni e l'apertura di un certo numero di basi commerciali nell'entroterra.

A questo punto, era necessario inviare messaggi via terra al signor Astor a New York, dal momento che un precedente tentativo in questo senso era stato vanificato dall'ostilità degli indiani a Wish-Ram. Il compito fu affidato a Robert Stuart il quale, pur non avendo mai attraversato le montagne, aveva dimostrato di essere perfettamente in grado di farlo. Con lui andarono Ben Jones e John Day, del Kentucky; André Vallar e Francis Le Clerc, canadesi; e due soci, M'Lellan e Crooks, i quali desideravano tornare negli Stati Atlantici. Il piccolo gruppo partì il 29 giugno e il signor Irving ce ne riferisce dettagliatamente il lungo e avventuroso viaggio. Come era prevedibile, incontrarono calamità ancor peggiori di quelle subite in precedenza da Hunt e dai suoi compagni. Gli eventi salienti del viaggio furono la malattia del signor Crooks e la perdita di tutti i cavalli ad opera dei malvagi Upsaroka. Quest'ultima circostanza fu causa di grossi guai e grossi ritardi. Comunque, il 13 aprile il gruppetto arrivò a St. Louis, in buone condizioni di salute e di spirito, dopo avere impiegato ben dieci mesi per condurre a termine la sua pericolosa missione. L'itinerario seguito dal signor Stuart coincideva quasi esattamente con quello del signor Hunt fino alle montagne del Wind River; a partire da quel punto, Stuart aveva deviato verso sud-est, seguendo il Nebraska fino alla sua congiunzione con il Missouri.

Frattanto, era scoppiato il conflitto fra Stati Uniti e Inghilterra; Astor capì che il porto di New York sarebbe stato bloccato impedendo così la partenza, in autunno, della nave che portava ogni anno i rifornimenti. Di fronte a questa emergenza, scrisse al capitano Sowle, comandante della *Beaver*, indirizzandogli la lettera a Canton. Lettera nella quale gli ordinava di proseguire verso la fabbrica alla foce del Columbia, con quanto poteva occorrere alla base; e di fermarsi lì, ad attendere gli ordini del signor Hunt. Frattanto, mancavano ancora notizie dall'insediamento. Senza scoraggiarsi, Astor decise di inviare un'altra nave, anche se i rischi di perderla erano talmente alti che nessuno accettò di stipularne l'assicurazione. Fu scelta *The Lark* – una nave estremamente veloce. Prese il largo il 6 marzo 1813, al comando di Northrop, l'ufficiale in seconda – poiché il primo ufficiale, precedentemente nominato, si era tirato indietro all'ultimo momento. Dopo due settimane dalla partenza, il signor A. venne a sapere che la Northwest Company aveva presentato alla Gran Bretagna un memoriale nel quale si illustravano le grandiose finalità delle operazioni previste ad Astoria, esprimendo il timore che, se non si prendevano provvedimenti per eliminarlo, quell'insediamento avrebbe finito col distruggere il loro commercio di pellicce; e suggerendo l'invio delle forze armate contro la colonia. Di conseguenza, la fregata *Phoebe* ricevette l'ordine di scortare la corazzata *Isaac Todd,* appartenente alla Northwest Company e provvista di uomini e munizioni, destinati all'installazione di una nuova base. Le istruzioni erano di «dirigersi entrambe alla foce del Columbia, catturare o distruggere qualsiasi fortezza americana dovessero trovarci, e issare la bandiera britannica sulle macerie». Informato della cosa, il nostro governò inviò la fregata *Adams,* al comando del capitano Crane, per proteggere Astoria; e il signor A. allestì una nave, l'*Enterprise,* carica di ulteriori rifornimenti, per accompagnare la fregata. Però, proprio quando le due navi erano pronte, si rese necessario inviare marinai di rinforzo al Lago Ontario e l'equipaggio della *Adams* venne necessariamente assegnato a quella missione. Il signor A. era sul punto di mandare la sua nave da sola quando un contingente britannico si presentò al largo dell'Hook, e New York rimase praticamente bloccata. La *Enterprise* fu quindi scaricata e smantellata. Torniamo ora alla *Beaver.*

Dopo aver scaricato ad Astoria merci e rifornimenti destinati alla base la nave, il 4 agosto 1812, aveva fatto rotta per New Archangel dove giunse il 14, senza particolari incidenti. A questo punto, iniziarono le lunghe e laboriose trattative con il governatore della colonia russa che commerciava in pellicce – un ubriacone, un certo conte Baranoff – e quando finalmente giunsero a termine, si era già nel mese di ottobre. Inoltre, come pagamento dei rifornimenti, il signor Hunt avrebbe ricevuto pelli di foca, che in quella località non esistevano. Bisognava quindi arrivare fino a una base della Russian Company sull'Isola di St. Paul, nel mare del Kamtchatka. Hunt fece vela per questa località il 4 ottobre, dopo avere sprecato 45 giorni a New Archangel. Arrivò il 31 del mese – quando, secondo il suo piano, avrebbe dovuto essere di ritorno ad Astoria. Un ulteriore, notevole ritardo si verificò per ottenere le pelli grezze da caricare a bordo, dato che ogni pacco venne ispezionato a scanso di imbrogli. A peggiorare le cose, una notte la *Beaver* fu trascinata al largo da una tempesta e solo il 13 novembre si riuscì a recuperarla. Finalmente, una volta imbarcato il carico e levate le ancore, Hunt ebbe delle perplessità circa la rotta da seguire. La nave era rimasta gravemente danneggiata dal fortunale ed egli ritenne imprudente cercar di raggiungere la foce del Columbia in quella burrascosa stagione; stagione che, oltre tutto, era già molto inoltrata; e se si fosse diretto ad Astoria, come originariamente previsto, sarebbe arrivato a Canton con un ritardo tale da trovare un mercato sfavorevole. Purtroppo, quindi, decise di dirigersi subito verso le Isole Sandwich, attendere lì l'arrivo della nave annuale da New York, imbarcarsi su di essa e lasciare che la *Beaver* proseguisse il suo viaggio per la Cina. Per amor di giustizia, si deve dire che uno dei motivi principali a spingerlo su quella decisione furono le timide proteste del capitano Sowle. Arrivarono sani e salvi a Woahoo, dove la nave ricevette le necessarie riparazioni per poi riprendere il mare il primo gennaio, lasciando Hunt sull'isola.

A Canton, il capitano Sowle trovò la lettera di Astor nella quale lo si informava del conflitto, incaricandolo di comunicare la notizia ad Astoria. Sowle rispose, declinando di ottemperare agli ordini, dichiarando che avrebbe atteso la pace e che poi sarebbe tornato a casa. Frattanto, Hunt stava aspettando invano la nave annuale. Finalmente, il 20 giugno arrivò dalla Cina la *Albatross*, al comando del capitano Smith, con le prime notizie di guerra alle Isole Sandwich. Hunt noleggiò la nave per 2000 dollari così da raggiungere Astoria con dei rifornimenti. Il 20 agosto, arrivò alla base dove trovò che gli affari della compagnia erano in condizioni disastrose e i soci stavano seriamente pensando di abbandonare l'insediamento. Decisione che Hunt fu infine indotto ad accettare. Ma nello stabilimento c'era un grosso stock di pellicce per le quali occorreva trovare un mercato; ma serviva una nave. La *Albatross* era diretta alle Marchesi e, di lì, alle Isole Sandwich; fu deciso che Hunt si imbarcasse per andare a cercare una nave rientrando, se possibile, il primo gennaio con un carico di provviste. Partì il 26 agosto e raggiunse le Marchesi senza incidenti. Poco dopo, arrivò il commodoro Porter, con la notizia che la fregata *Phoebe*, accompagnata da una nave-deposito armata di cannoni e dalle corvette militari *Cherub* e *Racoon*, era salpata il 6 luglio da Rio de Janeiro, diretta alla foce del Columbia. Dopo avere invano cercato di acquistare una baleniera dal commodoro Porter, il signor H. il 23 novembre salpò per le Isole Sandwich, dove giunse il 20 dicembre. Qui trovò il capitano Northrop, della *Lark*, che era naufragato sulla costa – verso la metà di marzo. Per 10.000 dollari, fu acquistato il brigantino *Pedler*, affidandolo al comando del capitano N. Il 22 gennaio 1814, il signor H. salpò per Astoria con l'intenzione di rimuovere al più presto possibile tutto quanto si trovava nella base, trasferendolo agli insediamenti russi nelle vicinanze – queste erano le istruzioni che Astor aveva mandato con la *Lark*. Il 28 febbraio, il brigantino gettò l'ancora nel Columbia e si scoprì che, il 12 dicembre, gli inglesi avevano occupato la base. Nel corso delle trattative condotte subito prima della resa dalla Northwest Company e da M'Dougal, quel degno personaggio dimostrò ampiamente come il capitano Thorn non si fosse sbagliato di molto nel giudicarlo un poco di buono. Da tempo si era segretamente associato alla compagnia concorrente e, poco prima che arrivassero gli inglesi, aveva sfruttato la sua posizione di capo della base commerciale per svendere le proprietà della compagnia a meno di un terzo del loro valore.

Così fallì la grande impresa del signor Astor. Quando cessarono le ostilità, la stessa Astoria, in base al trattato di Ghent, tornò, con il territorio circostante, agli Stati Uniti, secondo il principio dello *status ante bellum*. Nell'inverno del 1815 il Congresso emanò una legge che vietava il traffico commerciale britannico all'interno del nostro territorio, e il signor A. era ansioso di cogliere questa opportunità per rinnovare la sua impresa. Comunque, per ottimi motivi, non poteva far niente senza la diretta protezione del governo. Questo fece sì che le cose andassero terribilmente a rilento; si lasciò passare il momento favorevole senza sfruttarlo; e alla fine, malgrado il divieto del Congresso, gli inglesi usurparono il lucroso commercio delle pelli grezze in tutto il vasto territorio del nord-ovest. Un minimo aiuto da parte di quelle fonti dalle quali aveva pieno diritto di aspettarselo, avrebbe consentito al signor Astor di dirottare quel proficuo commercio nei canali nazionali, rendendo New York quello che ormai da lungo tempo è Londra – vale a dire, il grande emporio delle pellicce.

Abbiamo già detto come il signor Irving abbia svolto magistralmente il suo compito. Ci viene in mente che abbiamo notato una o due piccole discordanze nella narrazione. Sembra ci sia una certa confusione fra i nomi di M'Lellan, M'Lennon e M'Lennan – oppure si riferiscono tutti e tre alla stessa persona? Risalendo il Missouri, Hunt raggiunge la Grande Curva il primo giugno – ma il terzo giorno dal suo arrivo (quello in cui il gruppo viene raggiunto da Lisa) è indicato come il 3 *luglio*. Jones e Carson si uniscono alla spedizione poco più su del villaggio Omaha. A p. 187, vol. I, leggiamo che i due uomini «i quali si erano riuniti alla compagnia nel villaggio Maha» (supponiamo intendesse Omaha) disertarono e, benché inseguiti, non vennero raggiunti; a p. 199, però, Carson viene riconosciuto da un indiano che è andato a parlamentare col gruppo. E ancora: la *Lark* salpò da New York il 6 marzo 1813 e, il 10, la troviamo, piuttosto malconcia, nelle immediate vicinanze delle Isole Sandwich. Errori in sé e per sé di scarsa importanza, facilmente rettificabili in una successiva edizione.

Il regno di Arnheim o il giardino panoramico

Il giardino era foggiato come una bella donna
distesa quasi sopita nella delizia,
e i suoi occhi si chiudevano all'ampiezza dei cieli.
Gli azzurri campi del Paradiso erano disposti
in largo cerchio che racchiudeva i fiori della luce.
I fior di luce e le faville della rugiada
appesa alle cerulee foglie, brillavano
quali ammiccanti stelle nel blu della sera.

GILES FLETCHER

Dalla culla alla tomba, un vento di prosperità accompagnò il mio amico Ellison. Né uso il termine prosperità nel suo semplice significato letterale. La persona di cui sto parlando sembrava essere nata allo scopo di precorrere le dottrine di Turgot, Price, Priestley e Condorcet – di costituire l'esempio vivente di quella che era stata ritenuta l'utopia dei perfezionisti. Nella breve esistenza di Ellison credo di aver visto la smentita al dogma secondo cui, nella natura stessa dell'uomo, è insito un principio che è antagonista della felicità. Un inquietante ed accurato esame della sua carriera mi ha portato a comprendere che, in genere, l'infelicità dell'uomo nasce dalla violazione di alcune, semplici norme di umanità – che, come specie, noi possediamo elementi non ancora sfruttati di letizia – e che perfino oggi, nell'attuale tenebra e follia di ogni pensiero sulla grande questione della condizione sociale, non è impossibile che l'essere umano, l'individuo, in determinate, insolite ed estremamente fortuite circostanze, possa essere felice.

Di tali opinioni era permeato anche il mio giovane amico, ed è pertanto degno di nota il fatto che l'ininterrotta letizia che caratterizzava la sua vita nasceva, in grande misura, da predisposizione. È infatti evidente che una dose minore di quella filosofia istintiva che, di quando in quando, così ben sostituisce l'esperienza, avrebbe gettato il signor Ellison, proprio per lo straordinario successo della sua vita, nell'usuale vortice di infelicità che si spalanca ai piedi delle persone eccezionalmente dotate. Ma non è affatto mia intenzione stilare un saggio sulla felicità. Le idee del mio amico si possono riassumere in poche parole. Egli ammetteva solo quattro princìpi o, per meglio dire, condizioni basilari di felicità. E quella che secondo lui era la principale (strano a dirsi!) consisteva nel puro e semplice esercizio fisico all'aria aperta. «Uno stato di salute raggiunto con altri mezzi», diceva, «non è degno di tale nome.» Citava ad esempio il rapimento della caccia alla volpe e indicava coloro che dissodavano la terra come le uniche persone le quali, come categoria, si possono obiettivamente ritenere più felici degli altri. La sua seconda condizione, era l'amore di una donna. La terza, la più difficile da realizzare, era il disprezzo per l'ambizione. La quarta, un obiettivo da perseguire incessantemente; e sosteneva che, mentre altre cose si equivalevano, la portata della felicità ottenibile era proporzionale alla spiritualità dell'obiettivo stesso.

Ellison si distingueva per il suo incessante apprezzamento dei doni che la sorte gli aveva elargito. Superava tutti per grazia e bellezza. Il suo intelletto era di quelli per i quali l'acquisizione del sapere era più un'intuizione e una necessità che una fatica. La sua famiglia era fra le più illustri dell'impero. Sua moglie era la più graziosa e più devota delle donne. Aveva sempre goduto di vasti possedimenti ma, al momento della maggiore età, si scoprì che il fato gli aveva giocato uno di quei tiri straordinari che sconvolgono l'intero contesto sociale entro cui si verificano, quasi sempre modificando radicalmente l'impalcatura morale di coloro che ne sono oggetto.

Sembra che, un centinaio di anni prima che Ellison diventasse maggiorenne, un certo signor Seabright Ellison fosse deceduto, in una località remota. Questo signore aveva accumulato una fortuna principesca e, in mancanza di parenti stretti, aveva avuto il capriccio di voler accrescere la sua fortuna per un secolo dopo la sua morte. Specificando con minuzia e sagacia i vari tipi di investimento, lasciò in eredità quella sua fortuna postuma al parente più prossimo che portasse il nome di Ellison e che fosse in vita allo scadere dei cento anni. Si tentò in molti modi di annullare quello strano lascito ma, trattandosi di tentativi *ex post facto*, non ebbero mai successo; essi richiamarono, però, l'attenzione di governanti scrupolosi e, alla fine, fu emanato un decreto che vietava simili aumenti di capitale. Decreto che però non impedì al giovane Ellison, come erede del suo antenato Seabright, di entrare in possesso, nel giorno del suo ventunesimo compleanno, di un patrimonio di *450 milioni di dollari* [1].

Quando si venne a conoscenza di questa enorme eredità, circolarono naturalmente molti interrogativi circa il modo in cui sarebbe stata impiegata. L'ammontare e l'immediata disponibilità della somma suscitarono lo sbalordimento generale. Si poteva ritenere che chiunque possedesse una *apprezzabile* fortuna avrebbe potuto compiere un'infinità di cose. Una ricchezza semplicemente superiore a quella di ogni altro cittadino, avrebbe permesso al suo possessore di dedicarsi a tutte le stravaganze di moda nel suo tempo – occuparsi di intrighi politici – o mirare al potere ministeriale – o comperare un titolo nobiliare – o dedicarsi alla raccolta di antiche *virtù* – o assumere il ruolo di mecenate delle lettere, delle scienze, delle arti – o elargire donazioni a grandi opere di carità, perpetuando così il proprio nome. Ma per l'inconcepibile ricchezza attualmente in possesso dell'erede tutte queste cose, e tutte le cose di ogni giorno, sembravano offrire un campo troppo limitato. Si ricorse alle cifre, ma esse altro non fecero che confondere le idee. Si calcolò che, anche al 3%, il reddito annuo dell'eredità ammontava a non meno di 13 milioni e mezzo di dollari; vale a dire un milione e 125 mila dollari al mese; 36.986 al giorno; 1541, l'ora; 26 dollari al minuto. Ogni supposizione era così impossibile. La gente non sapeva più cosa immaginare. Ci fu perfino chi pensò che il signor Ellison si sarebbe spogliato di almeno metà della sua fortuna, come di un'opulenza totalmente superflua – arricchendo schiere di parenti, dividendo con loro quel denaro in eccesso. E in effetti, ai più prossimi di tali parenti egli cedette il notevolissimo patrimonio che gli apparteneva prima dell'eredità.

Non rimasi quindi sorpreso nel rendermi conto che egli già da tempo aveva preso una decisione in merito a ciò che tanto aveva fatto discutere i suoi amici! Né mi meravigliò troppo il genere di decisione. Per quanto

[1] Un episodio simile a quello qui immaginato si verificò non molto tempo fa in Inghilterra. Il nome del fortunato erede era Tellison. Ne lessi per la prima volta un resoconto nel *Tour* del principe Pucker Muskan, il quale indica in *90 milioni di sterline* la somma ereditata, osservando giustamente che «il pensiero di una tale cifra e degli scopi cui sarebbe potuta servire, ha qualcosa di sublime». Per adeguarmi alle finalità di questo articolo, ho seguito la dichiarazione, pur se enormemente esagerata, del principe. Il nocciolo, anzi, l'inizio di questa storia fu pubblicata molti anni fa – precedentemente alla pubblicazione del mirabile *Juif Errant* di Sue, suggerito forse al suo autore dal racconto di Muskan.

riguardava le singole opere di carità, la sua coscienza era già a posto. Nutriva (mi duole ammetterlo) poca fiducia nella possibilità dell'uomo di migliorare, nel vero senso della parola, le condizioni generali dell'umanità. In linea di massima, volente o nolente, ripiegò in grandissima misura su se stesso.

Era un poeta, nel senso più ampio e nobile del termine. Possedeva inoltre il vero carattere, gli scopi eccelsi, la suprema maestà e dignità del sentimento poetico. E sentiva che la massima, se non l'unica, soddisfazione di quel sentimento stava nella creazione di nuove forme di bellezza. Qualche deviazione, forse nell'educazione impartitagli nell'infanzia, o nella sua struttura intellettuale, aveva lievemente adombrato con quello che comunemente si chiama materialismo, tutte le sue speculazioni etiche; e proprio questo pregiudizio, forse, lo aveva indotto a ritenere che, se non l'unico, quanto meno il più valido campo per l'esercizio poetico fosse la creazione di nuovi canoni di bellezza *puramente* materiale. Fu così che non divenne né musicista né poeta – usando quest'ultimo termine nella sua accezione corrente. O, forse, non divenne nessuna delle due cose solo per perseguire la sua teoria secondo cui nello spregio per l'ambizione fosse uno dei princìpi essenziali della felicità su questa terra. Non è forse possibile che, mentre un genio di ordine superiore è necessariamente ambizioso, un genio di massimo livello si innalzi al disopra di ciò che viene chiamata ambizione? E non sarebbe quindi possibile che molti, assai più grandi di Milton, si siano accontentati di rimanere «muti e ingloriosi»? Credo che il mondo non abbia mai visto – né mai vedrà, se non per una serie di incidenti atti a pungolare anche le menti più nobili verso i più sgradevoli sforzi – la vera portata di ciò che la natura umana è pienamente capace di compiere nei più fertili campi dell'arte.

Ellison non divenne né musicista né poeta; anche se nessuno al mondo era più di lui profondamente innamorato della musica e della poesia. In circostanze diverse da quelle in cui venne a trovarsi, avrebbe potuto forse essere un pittore. La scultura, malgrado la rigorosa poeticità in essa insita, era troppo limitata nella portata e nelle conseguenze per avere mai suscitato molta attenzione da parte sua. E a questo punto ho elencato tutti i campi nei quali generalmente si ritiene sappia spaziare il sentimento poetico. Ma Ellison sosteneva che il campo più fertile, più vero e più naturale, se non addirittura il più vasto, era stato inspiegabilmente trascurato. Nessuna definizione ha mai indicato come poeta il creatore di un giardino panoramico; eppure, sembrava al mio amico che la creazione di un giardino panoramico offrisse alla giusta Musa la più splendida delle occasioni. Quello era in realtà il rarefatto campo nel quale dispiegare la fantasia nell'infinita combinazione di forme di una bellezza nuova; i cui elementi componenti erano, senza confronti, i più stupendi che la terra potesse offrire. Nella multiforme e multicolore varietà di fiori e alberi, egli vedeva lo sforzo più diretto e potente della natura verso il raggiungimento della bellezza materiale. E sentì che proprio al compito di indirizzare o concentrare questo sforzo – anzi, di adattarlo agli occhi destinati a vederlo sulla terra – era suo dovere dedicarsi nel modo che meglio poteva – impegnandosi al massimo – per portare a compimento non solamente il suo destino di poeta ma anche i nobili obiettivi per i quali la Divinità aveva instillato nell'uomo il sentimento poetico.

«Adattarlo agli occhi destinati a osservarlo sulla terra.» Spiegando questa sua fraseologia, il signor Ellison contribuì in non piccola misura a risolvere quello che mi era sempre apparso un enigma; mi riferisco al fatto (che nessuno, tranne gli ignoranti, mette in discussione) che, in natura, non esistono panorami quali un pittore di genio può creare. Nella realtà, non esistono paradisi quali divampano nelle tele di Claude. Nel più incantevole dei paesaggi naturali si troverà sempre un difetto o un eccesso – molti eccessi e molti difetti. Mentre gli elementi componenti possono sfidare, singolarmente, anche l'artista più abile, la disposizione di questi elementi sarà sempre suscettibile di miglioramento. In breve, non esiste sulla faccia *naturale* della terra posizione dalla quale un occhio artistico non possa individuare qualcosa di stonato in quella che viene definita la «composizione» del paesaggio. Eppure, che cosa incomprensibile è mai questa! In ogni altra cosa, ci hanno giustamente insegnato a considerare l'assoluta supremazia della natura. Rifuggiamo dal competere con essa nei particolari. Vorremmo forse avere la presunzione di imitare il colore dei tulipani o di migliorare le proporzioni del giglio della valle? Il critico che, parlando di sculture e ritratti, afferma che in essi la natura viene esaltata o idealizzata, più che imitata, è in errore. Qualsiasi combinazione, sulla tela o nel marmo, di elementi di umana leggiadria può solo accostarsi a quella che è la bellezza viva e palpitante. Solo rispetto al paesaggio un tale atteggiamento è valido e, avendone percepito la veridicità in questo caso, è unicamente per un avventato spirito di generalizzazione che se ne sostiene la veridicità in ogni campo dell'arte. Ho detto *percepito* la veridicità in questo caso; il sentimento, infatti, non è un'affettazione o una chimera. La matematica non ha dimostrazione più assoluta di quella che il sentimento della propria arte conferisce all'artista. Egli non solamente crede, ma sa per certo, che questa e quella disposizione apparentemente arbitraria degli elementi costituisce, e costituisce essa sola, la vera bellezza. Le sue motivazioni tuttavia non sono ancora maturate in espressione. Tocca ad un'analisi più profonda di quanto finora il mondo abbia visto il compito di analizzarle fino in fondo e di esprimerle. Nondimeno, il suo istintivo giudizio trova conferma nella voce dei suoi confratelli. Supponiamo che una «composizione» sia imperfetta; supponiamo che vengano apportate delle modifiche alla sua pura e semplice disposizione strutturale; e che queste modifiche siano sottoposte a tutti gli artisti del mondo; ciascuno di loro riconoscerà che erano necessarie. E non solo: per ovviare all'imperfezione della composizione, ciascun singolo membro della confraternita avrebbe suggerito l'identica modifica.

Ripeto che unicamente nella composizione del paesaggio la natura materiale può essere migliorata e che, dunque, proprio questa possibilità era un mistero che non avevo saputo risolvere. Tutto ciò che pensavo sull'argomento era che originariamente l'intenzione della natura era stata quella di disporre le cose sulla terra in modo tale da appagare sotto ogni aspetto il senso di perfezione dell'uomo per ciò che riguarda il bello, il sublime, o il pittoresco; ma che quella intenzione doveva essere stata frustrata dalle perturbazioni geologiche che conosciamo – perturbazioni di forma e di accostamento dei colori, nella cui correzione o attenuazione consiste l'essenza dell'arte. La validità di questa mia idea, però, era molto indebolita dalla necessità che essa comporta di considerare quelle perturbazioni come qualcosa di anormale e privo di scopo. Fu Ellison a suggerirmi che esse erano presagi di *morte*. Così mi spiegò: ammettiamo che l'intenzione primitiva fosse quella dell'immortalità del genere umano. Abbiamo quindi una disposizione originaria della superficie terrestre adatta a questa gaudiosa condizione, non come già esistente ma solo contemplata. Le perturbazioni costituirono il preludio alla successiva condizione prevista della mortalità.

«Ora», disse il mio amico, «quella che noi consideriamo una apoteosi del paesaggio può essere tale solo rispetto *al punto di vista* umano o morale. Ogni alterazione dello scenario naturale può effettivamente creare un difetto nel quadro, se riusciamo a vederlo nel suo insieme – nella sua totalità – da un punto distante dalla superficie terrestre, anche se dentro i limiti dell'atmosfera. È facile comprendere come ciò che potrebbe migliorare una visione più ravvicinata, potrebbe al tempo stesso danneggiare una immagine generale o più distintamente percepita. *Potrebbe* esistere una categoria di esseri, un tempo umani ma oggi invisibili all'umanità, per i quali, visto da lontano, il nostro disordine potrebbe apparire ordine – il nostro non-pittoresco, pittoresco; in una parola, gli angeli della terra, per il cui occhio più che per il nostro, e per il cui apprezzamento del bello affinato dalla morte, Dio può aver così splendidamente pavesato gli ampi giardini dei due emisferi.»

Durante questo colloquio, il mio amico citò alcuni brani da un libro sui giardini panoramici il cui autore è considerato un esperto nel suo genere:

«Esistono due stili propriamente detti per i giardini: quello naturale e quello artificiale. Uno cerca di rifarsi alla bellezza originale del territorio, adattandoli allo scenario circostante; coltivando alberi in armonia con le colline o le pianure della zona; individuando e riproducendo quei piacevoli rapporti di dimensione, proporzione e colore che sfuggono all'osservatore comune ma che l'esperto naturalista scopre ovunque. Il risultato di questo stile di giardinaggio naturale è evidente più nell'assenza di difetti e incongruenze – nella prevalenza di un sano ordine e una sana armonia – che non nella creazione di particolari meraviglie e miracoli. Lo stile artificiale ha tante varietà quanti sono i gusti da soddisfare. È in un certo senso collegato ai vari stili architettonici. Troviamo gli imponenti viali e gli anfratti di Versailles; le terrazze all'italiana; e le varie mescolanze dei giardini all'inglese vecchio stile, che presentano un certo legame con l'architettura gotica o elisabettiana di quella nazione. Qualsiasi cosa si possa dire contro gli eccessi dei giardini artificiali, resta il fatto che una mescolanza di pura arte nella loro scenografia conferisce ad essa grande bellezza. Un godimento in parte di ordine estetico, grazie alla simmetria e alla progettazione, e in parte di ordine morale. Una terrazza, con un'antica balaustra coperta di muschio, richiama subito all'occhio le forme leggiadre che, in tempi lontani, vi si sono aggirate. Anche la minima esternazione artistica dimostra la cura e l'interesse dell'uomo».

«Da quanto ti ho esposto in precedenza», disse Ellison, «comprenderai che io respingo l'idea, qui espressa, di richiamare la bellezza originaria del territorio. Essa non è mai tanto grande quanto quella che si può creare. Naturalmente, tutto dipende dalla scelta del luogo adatto, che offra delle possibilità. Tutta la faccenda dell'individuare e riprodurre i piacevoli rapporti di dimensione, proporzione e colore, non è che uno di quei discorsi vaghi che servono a nascondere un concetto impreciso. Una frase che può significare tutto o niente, e non fornisce alcuna direttiva. Che l'autentico risultato del giardino in stile naturale si veda più nell'assenza di difetti e incongruenze che nella creazione di particolari meraviglie e miracoli, è un'affermazione più adatta alla servile intelligenza del gregge che ai fervidi sogni dell'uomo di genio. Il pregio negativo che essa suggerisce si addice allo zoppicante criticismo che, in campo letterario, farebbe l'apoteosi di

Addison. In effetti, mentre la virtù che consiste semplicemente nell'evitare il vizio ha presa immediata sulla comprensione, e si può così ridurre a *regola*, la virtù superiore divampa nella creatività, e si comprende solo dai risultati. La regola si applica unicamente ai meriti del ripudio – alla superiorità dell'astensione. Dopo di che, l'arte della critica può solamente suggerire. Ci si potrà insegnare come costruire un «Catone», ma invano ci viene spiegato *come* concepire un Partenone, o un «Inferno». Ma che ciò accada una volta; che una volta si compia il miracolo; e la capacità di apprendere diventa universale. I sofisti della scuola negativa i quali, incapaci di creare, hanno dileggiato la creazione, sono oggi quelli che applaudono più forte. Ciò che, nello stato di crisalide del principio, offendeva il loro modesto intelletto, una volta maturato nella realizzazione non manca mai di suscitare l'ammirazione del loro senso istintivo del bello.»

«Le osservazioni dell'autore sullo stile artificiale», proseguì Ellison, «sono più accettabili. Nello scenario di un giardino, la mescolanza di arte pura aggiunge ad esso grande bellezza. Giustissimo; come è giusto il riferimento al senso umano dell'interesse. Il principio espresso è incontrovertibile – ma può esserci qualcos'altro, oltre a questo. Può esserci uno scopo nell'attenersi al principio – uno scopo non raggiungibile con i mezzi di cui l'individuo normalmente dispone e che pure, se raggiunto, conferirebbe al giardino un fascino di gran lunga superiore a quello che potrebbe conferirgli un senso di interesse puramente umano. Un poeta che disponesse di risorse finanziarie eccezionali potrebbe, pur conservando il necessario concetto di arte o cultura o, come lo chiama il nostro autore, di interesse, infondere nelle sue composizioni tale grandiosità e tale nuova bellezza da dare il senso dell'intervento spirituale. Si vedrà che, nel raggiungere tale risultato, egli si assicura tutti i vantaggi dell'interesse o della creazione, al tempo stesso liberando la sua opera da qualsiasi asprezza o tecnicità dell'*arte* terrena. Nella landa più desolata – nello scenario più selvaggio della natura brada – appare evidente l'*arte* di un creatore; arte che però si manifesta unicamente alla riflessione; che non possiede assolutamente la forza ovvia di una emozione. Supponiamo ora di *abbassare di un gradino* questo senso di creazione dell'Onnipotente – di portarlo a un livello più o meno armonizzato e coerente con il senso umano dell'arte – di costruire una via di mezzo fra le due cose; immaginiamo, per esempio, un paesaggio la cui vastità e completezza – la cui bellezza, magnificenza e *originalità* suscitino l'idea di cura, coltivazione o supervisione da parte di esseri superiori, eppure affini all'uomo – in quel caso, rimane il senso di *interesse*, mentre l'arte che tutto ciò ha richiesto viene ad assumere l'aspetto di una forza creatrice intermedia o secondaria – una forza creatrice che non è Dio, né una emanazione di Dio, ma è pur sempre forza creatrice nel senso di opera degli angeli che si librano fra Dio e l'uomo.»

Nel dedicare questa immensa ricchezza alla realizzazione di tale visione – nel libero esercizio all'aria aperta che gli consentiva la supervisione personale del suo progetto – nell'incessante obiettivo che esso gli offriva – nell'alta spiritualità di questo obiettivo – nel dispregio di ogni ambizione che esso gli consentiva effettivamente di provare – nella perenne sorgente con la quale esso gratificava, senza mai saziarla, la massima aspirazione del suo animo, la sete di bellezza; soprattutto nella simpatia di una donna, come a una donna si addice, la cui leggiadria e il cui amore avvolgevano la sua esistenza nella purpurea atmosfera del Paradiso – era in questo che Ellison credette di trovare, e *trovò*, il modo di estraniarsi dal quotidiano, con una autentica felicità ben più grande di quella che mai brillò negli estatici sogni ad occhi aperti della De Staël.

Non spero affatto di poter dare al lettore un'idea esatta delle meraviglie che il mio amico riuscì a compiere. Vorrei descriverle, ma mi scoraggia la difficoltà della descrizione, e sono incerto fra il dettaglio e l'insieme. La cosa migliore sarà forse quella di unire i vertici raggiunti da entrambi.

Il primo passo di Ellison fu naturalmente la scelta del luogo; e aveva appena cominciato a riflettere su questo punto quando la lussureggiante natura delle Isole del Pacifico attrasse la sua attenzione. In verità, aveva già deciso di fare un viaggio nei Mari del Sud, ma una notte di riflessione gli fece cambiare idea. «Se fossi un misantropo», disse, «un tal *locale* mi andrebbe bene. Il fatto che esso sia così completamente isolato e appartato, che sia così difficile entrarvi o uscirne, sarebbe in quel caso l'incanto degli incanti; ma non sono ancora Timone. Desidero la tranquillità ma non la depressione della solitudine. Devo essere in condizioni di conservare un certo controllo sulla portata e la durata del mio riposo. Ci saranno spesso ore in cui avrò anche bisogno di una partecipazione a quanto di poetico esiste nella mia opera. Meglio, allora, una località non lontana da una città popolosa – la cui vicinanza mi porrà meglio in condizione di realizzare i miei piani.»

Nella sua ricerca di un luogo del genere, Ellison viaggiò per molti anni e mi permise di accompagnarlo. Mille posti dai quali ero affascinato egli li respinse decisamente per motivi di cui, alla fine, compresi la giustezza. Arrivammo finalmente a un altopiano straordinariamente fertile e bello, dal quale si godeva un panorama di poco inferiore per ampiezza a quello dell'Etna e che, a parere sia di Ellison che mio, in quanto a elementi del veramente pittoresco superava il famoso scenario che si osserva da quel monte.

«Riconosco», disse il viaggiatore con un sospiro di profondo godimento dopo aver contemplato, rapito, quel panorama per quasi un'ora, «so che qui, al mio posto, nove su dieci degli uomini più esigenti sarebbero soddisfatti. È uno scenario davvero magnifico e me ne rallegrerei se non fosse proprio per la sua eccessiva magnificenza. Tutti gli architetti che ho conosciuto si sono sentiti spinti, per amore del "panorama", a erigere le loro costruzioni sulla sommità delle colline. Ovviamente un errore. La magnificenza, in ogni sua espressione, ma specialmente in quella della vastità, sorprende, eccita – e poi stanca, deprime. Nulla di meglio per una contemplazione occasionale – ma nulla di peggio per una contemplazione costante. E, nella contemplazione costante, l'espressione più deleteria della magnificenza è la vastità; e l'aspetto peggiore della vastità è la lontananza. Essa cozza con l'emozione e la sensazione di sentirsi *appartati* – emozione e sensazione che cerchiamo di appagare "ritirandoci in campagna". Guardando dalla vetta di un monte non possiamo fare a meno di sentirci *fuori* dal mondo. Colui che è afflitto rifugge dalle distanze come dalla peste.»

Fu solo alla fine del quarto anno della nostra ricerca che trovammo un luogo di cui Ellison si dichiarò soddisfatto. Naturalmente, inutile dire *dove* fosse questo luogo. La recente scomparsa del mio amico ha fatto sì che il suo regno venisse aperto a determinate categorie di visitatori, conferendo ad *Arnheim* una sorta di occulta e smorzata, se non solenne, celebrità simile, anche se di livello infinitamente superiore, a quella che per tanto tempo caratterizzò Fonthill.

Ad Arnheim si accedeva solitamente via mare. Il visitatore lasciava la città al mattino presto. Nelle ore antimeridiane, passava attraverso sponde di una bellezza tranquilla e domestica, sulle quali brucavano greggi di pecore il cui candido vello chiazzava il verde brillante dei prati digradanti. Poco a poco, l'immagine dell'opera del contadino si smorzava in quella della semplice cura del pastore che, a sua volta, lentamente si fondeva in una sensazione di appartatezza – e questa, in una consapevolezza di solitudine. Con l'approssimarsi della sera, il canale si restringeva; le sponde si facevano sempre più scoscese; ammantate di una vegetazione più ricca, più copiosa e più cupa. L'acqua diventava più trasparente. La corrente seguiva mille deviazioni così che mai se ne poteva scorgere la superficie scintillante a oltre un *furlong* di distanza. Ad ogni momento, l'imbarcazione sembrava imprigionata all'interno di un cerchio magico, con pareti insormontabili e impenetrabili di verzura, un tetto di seta azzurra, *senza* pavimento – poiché la chiglia si bilanciava con mirabile precisione su quella di una barca fantasma che, capovoltasi per qualche incidente, galleggiava accompagnando costantemente quella vera, così da sorreggerla. Il canale si trasformava a quel punto in una *forra* – pur se il termine è inapplicabile, e me ne scuso poiché la lingua non ha parola migliore per esprimere l'aspetto più sorprendente – non il più caratteristico – dello scenario. Il carattere di forra rimaneva solo nell'altezza e nel parallelismo delle sponde, scomparendo da ogni altro loro aspetto. Le pareti del burrone (attraverso cui scorreva placida l'acqua cristallina) si alzavano fino a 100 e talvolta 150 piedi, così inclinate l'una verso l'altra da oscurare in grande misura la luce del giorno; mentre il lungo muschio che, simile a una cortina di piume, ricadeva fitto dal groviglio della vegetazione, su, in alto, conferiva alla voragine un'aria di cupezza funerea. I meandri si facevano più frequenti ed intricati, così che il viaggiatore aveva da tempo perduto il senso dell'orientamento ed era inoltre avviluppato in una raffinata sensazione di estraneità. Rimaneva il pensiero della natura, ma il suo carattere sembrava aver subito un'alterazione; c'era una misteriosa simmetria, una impressionante uniformità, una magica compostezza in queste sue opere. Non si vedeva un ramo secco – non una foglia appassita – non un sassolino fuori posto – non una chiazza di terra scura. L'acqua cristallina si gonfiava contro il granito lucente o il muschio senza macchia con un contorno nitido che deliziava e sbigottiva a un tempo l'occhio.

Dopo aver serpeggiato per ore attraverso i meandri del canale, sempre più avvolti da un'incombente cupezza, una svolta brusca e inattesa portava d'improvviso l'imbarcazione, quasi cadendo dal cielo, all'interno di un bacino circolare, molto ampio rispetto alla larghezza della gola. Aveva un diametro di circa 200 iarde, interamente circondato, salvo che nel punto immediatamente dirimpetto a quello dove era entrata l'imbarcazione, da colline alte più o meno quanto le pareti del burrone, pur se di natura completamente diversa. Dal bordo dell'acqua, i versanti salivano a un angolo di circa 45° ed erano ricoperti da cima a fondo – senza visibili interruzioni – da una stupenda cortina di fiori; non una foglia verde in quella cascata di colore ondeggiante e profumata. Il bacino era molto profondo ma l'acqua così trasparente che il fondo, il quale appariva come una densa massa di sassolini rotondi di alabastro, era distintamente visibile a tratti – quando l'occhio, cioè, poteva permettere di *non* vedere, giù nella conca capovolta del cielo, il duplicato, riflesso, del manto di fiori delle colline. Colline su cui non c'erano né alberi, né cespugli, di qualsiasi dimensione. L'impressione che se ne aveva era quella di ricchezza, calore, quiete, colore, uniformità; di qualcosa di soffice, delicato, raffinato e voluttuoso; un miracoloso estremismo di coltura che suggeriva sogni di una nuova genìa di fate laboriose, raffinate, sfarzose e delicate; ma quando l'occhio risaliva lungo quel pendio multicolore, dal suo nitido congiungimento con l'acqua su, fino a dove svaniva confondendosi fra le volute delle nuvole incombenti, era in verità difficile non pensare a una cascata panoramica di rubini, zaffiri, opali e onici dorati che, ondeggiando silenziosa, ricadeva dal cielo.

Il visitatore, proiettato improvvisamente in questa baia fuori dalla tetra gola, rimane esultante ma sconcertato alla vista del grande disco del sole calante che egli riteneva già da tempo scomparso sotto l'orizzonte ma che ora gli si para davanti a segnare l'unico confine di una vista altrimenti sconfinata, che si scorge attraverso un'alta fenditura, simile a una voragine, fra le colline.

Ma a questo punto il viaggiatore abbandona il vascello che lo ha trasportato fin qui per scendere in una leggera canoa d'avorio decorata dentro e fuori da arabeschi di un vivido scarlatto. La poppa e la prua della canoa si ergono alte sull'acqua con le loro punte aguzze, così da presentare la forma di una irregolare falce di luna. Si adagia sulle acque della baia con la grazia altera di un cigno. Sul fondo, coperto di ermellino, poggia un'unica pagaia, leggera come una piuma, di legno satinato; ma non si vede né rematore né marinaio. L'ospite si sente dire di non preoccuparsi – ché il fato si prenderà cura di lui. L'imbarcazione più grande scompare ed egli resta solo nella canoa che riposa, apparentemente immobile, in mezzo al lago. Mentre si sta domandando che fare, avverte, però, un leggero movimento nella barca fatata. Essa ruota lentamente su se stessa fino a puntar la prora verso il sole. Avanza pianamente, poco a poco sempre più veloce, mentre le leggere increspature create dal movimento sembrano frangersi sulle fiancate d'avorio con una celestiale melodia – sembrano offrire l'unica spiegazione possibile alla carezzevole e pur malinconica musica di cui l'attonito viaggiatore invano cerca la fonte nascosta girando attorno lo sguardo.

La canoa avanza con moto regolare, e più vicino si fa l'accesso roccioso che si apre sul panorama, di cui si può ora scorgere più distintamente il profilo lontano. Sulla destra, si erge una catena di alte colline coperte da inviolate e lussureggianti foreste. Si nota però che ancora domina la caratteristica, squisita *nitidezza* della sponda che si tuffa nell'acqua. Non vi è traccia dei consueti *detriti* fluviali. A sinistra, la scena è più morbida, più ovviamente artificiale. Qui la sponda s'innalza con un lievissimo declivio dal corso d'acqua, a formare un'ampia distesa erbosa, simile più che altro a un drappo di velluto verde brillante che potrebbe rivaleggiare con il più puro smeraldo. L'ampiezza del *plateau* varia dalle 10 alle 300 iarde; si estende dalla sponda del fiume a una parete, alta 50 piedi, che si snoda in una serie infinita di curve, sempre lungo la corrente, fino a perdersi in lontananza, verso occidente. È una parete ininterrotta di roccia, creata tagliando perpendicolarmente il precipizio, un tempo accidentato, della sponda meridionale del fiume; ma nessuna traccia si scorge di quell'opera. La pietra scalpellata ha la patina dei secoli, ricoperta e festonata a profusione da edera, caprifoglio color del corallo, rose canine e clematide. La linea uniforme della cima e della base della parete è sapientemente e occasionalmente interrotta da alberi giganteschi, isolati o in gruppo, sia lungo il *plateau* che nella distesa retrostante la parete, ma ai margini di essa; così che sovente i rami (specialmente dei noci) la superano, immergendosi con la punta nell'acqua. Il fondale della scena è celato dietro una impenetrabile cortina di foglie.

Tale è lo spettacolo che si contempla durante l'approssimarsi della canoa a quello che ho chiamato il varco di accesso al panorama. Via via che ci si accosta ad esso, svanisce quel suo aspetto di voragine; una nuova uscita dalla baia si scorge a sinistra – dove anche s'incurva la parete, seguendo la corrente. Attraverso questa apertura, l'occhio può spaziare lontano; il fiume infatti, fiancheggiato dalla parete, piega ancora verso sinistra fino a che entrambi scompaiono, inghiottiti dalle foglie.

Ma la canoa scivola come per magia nel canale tortuoso; ed ecco, si scopre che la sponda dirimpetto alla parete somiglia a quella stessa sponda che fronteggia la parete aperta alla vista. Alte colline che, di tanto in tanto, si ergono come montagne, coperte di lussureggiante e selvaggia vegetazione, racchiudono ancora una volta la scena.

La canoa avanza fluttuando dolcemente, con un leggero aumento di velocità, e il viaggiatore, dopo varie brevi svolte, si trova apparentemente la strada sbarrata da un cancello gigantesco, o meglio un portone d'oro brunito, mirabilmente intagliato e traforato, su cui si riflettono direttamente i raggi del sole che oramai sta velocemente calando dietro l'orizzonte con un fulgore che sembra avvolgere di fiamme tutta la foresta circostante. Questo portone è incassato nell'imponente parete; che qui sembra intersecare il fiume ad angoli retti. Dopo qualche istante, però, si vede che la massa d'acqua principale scorre ancora, con ampia curva leggera, verso sinistra, sempre seguita dalla parete, mentre un corso d'acqua piuttosto grande, che si diparte da quello principale, s'incunea con breve increspatura sotto il portone, scomparendo alla vista. La canoa segue questa corrente secondaria e arriva al portone. I battenti lentamente e melodiosamente si spalancano e l'imbarcazione vi scivola in mezzo, iniziando una rapida discesa all'interno di un vasto anfiteatro, interamente cinto da monti violacei la cui base è bagnata da un fiume scintillante che scorre lungo tutto il perimetro. Nel frattempo, esplode davanti agli occhi l'intero Paradiso di Arnheim. Sgorga un fiotto di incantevole melodia; i sensi sono gravati da uno strano, dolce profumo; davanti agli occhi, un sognante intreccio di alte, esili piante d'oriente – di cespugli boscosi – stormi di uccelli d'oro e cremisi – laghi circondati da gigli – prati di viole, tulipani, papaveri, giacinti e tuberose – lunghe strisce aggrovigliate di fiumicelli argentei – e, scaturendo confusamente all'interno di quel paesaggio, una massa architettonica semi-gotica, semi-saracena, che si regge miracolosamente a mezz'aria – scintillante nella luce del tramonto con centinaia di finestre, aggettanti minareti e pinnacoli, un edificio fantasma, costruito da Silfidi e Fate, da Geni e da Gnomi.

Il cottage di Landor
Appendice a «Il Regno di Arnheim»

L'estate scorsa, durante un'escursione a piedi attraverso una o due delle contee fluviali di New York, al calar del crepuscolo mi trovai perplesso sulla strada che stavo seguendo. Il territorio era molto ondulato e, nell'ultima ora, cercando di rimanere nel fondo valle, avevo girato e rigirato in modo così confuso che ora non sapevo più in quale direzione si trovasse il delizioso villaggio di B. – dove avevo deciso di pernottare. Il sole quasi non aveva *brillato* – strettamente parlando – durante la giornata che, ciò nonostante, era stata spiacevolmente calda. Una foschia fumosa, simile a quella dell'estate di S. Martino, avvolgeva ogni cosa e, naturalmente, mi rendeva ancora più incerto. Se non avessi raggiunto il villaggio prima del tramonto, o prima che facesse buio, era probabile che presto mi sarebbe comparsa davanti una piccola fattoria, o qualcosa del genere – anche se in verità la zona (forse perché più pittoresca che fertile) era assai scarsamente abitata. Comunque, col mio sacco a spalla per cuscino e il mio cane per sentinella, un bivacco all'aria aperta era proprio la cosa che mi avrebbe divertito. Proseguii quindi passo passo, tranquillo e placido – con Ponto che mi portava il fucile – finché, proprio quando cominciavo a chiedermi se le numerose radure boscose che si spingevano un po' in tutte le direzioni stessero effettivamente a indicare dei sentieri, seguendone uno mi trovai in quello che senza dubbio era un viottolo carrabile. Non c'era da sbagliarsi. Le tracce di ruote leggere erano evidenti; e anche se gli alti cespugli e la fitta vegetazione di sottobosco si riunivano a formare una volta, al disotto di essa il passaggio non presentava ostacoli, nemmeno per un carro da montagna della Virginia – che credo sia il veicolo più pretenzioso del suo genere. La strada però – tranne che per il fatto che si apriva attraverso il bosco – se bosco non è una definizione troppo imponente per quel gruppo di alberelli – e per il particolare delle evidenti tracce di ruote – non somigliava a nessuna strada che avessi mai visto. Le tracce di cui ho parlato erano appena percettibili – impresse sulla superficie solida ma gradevolmente morbida di... di qualcosa che somigliava soprattutto a un velluto verde. Era erba, evidentemente – ma un'erba quale raramente si trova lontano dall'Inghilterra – così corta, fitta, para, e di un colore tanto smagliante. Sul sentiero carrozzabile non c'era il minimo ostacolo – nemmeno una scheggia o un rametto di legno. Le pietre che un tempo ostruivano il cammino erano state accuratamente *disposte* – non gettate – lungo i bordi del sentiero, così da delinearne i confini con una sorta di semi-esatta, semi-casuale e assolutamente pittoresca precisione. Ovunque, ciuffi di fiori selvatici sbocciavano lussureggianti negli interstizi.

Che pensare di tutto ciò, naturalmente, non lo sapevo proprio. Qui, di sicuro, c'era dell'*arte* – e *questo* non mi sorprese – tutte le strade, comunemente parlando, sono opere d'arte; né posso dire che ci fosse molto da meravigliarsi nel puro e semplice *eccesso* di arte che si notava; qui tutto sembrava essere stato fatto – poteva essere stato realizzato con «mezzi» naturali (come dicono i libri di giardinaggio paesistico) – con un minimo di fatica e di spesa. No; non era la misura ma il *tipo* di arte che mi spinse a sedermi su una delle pietre fiorite a osservare in su e in giù quella strada fiabesca, per mezz'ora o più, in sbigottita ammirazione. Più la osservavo, più una cosa appariva evidente: quella sistemazione era stata diretta da un artista, un artista particolarmente attento alle forme. Si era prestata la massima cura a mantenersi nel giusto mezzo fra l'ordine e la grazia da una parte e il *pittoresco*, nell'autentica accezione italiana del termine, dall'altra. Poche erano le linee diritte e nessuna lunga, senza interruzioni. Lo stesso effetto di curva e di colore si presentava generalmente due volte, non più, da qualsiasi punto la si guardasse. Ovunque c'era della varietà nell'uniformità. Era una «composizione» alla quale anche il gusto più critico ed esigente non avrebbe saputo suggerire un cambiamento.

Avevo girato a destra, entrando nella stradina, e ora, alzandomi, proseguii nella stessa direzione. Il sentiero era così tortuoso che non riuscivo a scorgerne il percorso per più di due o tre passi avanti a me. La sua configurazione non subiva mutamenti di rilievo. Improvvisamente, mi giunse all'orecchio un tenue mormorio di acque – e pochi istanti dopo, mentre seguivo la strada in una svolta più brusca delle altre, scorsi una specie di costruzione in fondo a un leggero pendio, proprio di fronte a me. Non distinguevo molto chiaramente per via della nebbia che colmava la piccola valle ai miei piedi. Si alzò però una leggera brezza, intanto che il sole stava calando; e, mentre ero fermo sul ciglio del declivio, la nebbia poco a poco si dissolse in volute che ondeggiavano sopra quello scenario.

Quando si rivelò al mio sguardo – *gradatamente* – come lo descrivo – pezzo per pezzo, qui un albero, là uno scorcio d'acqua, ancora qui la cima di un camino, non potei fare a meno di pensare che il tutto non fosse che una di quelle ingegnose e illusorie immagini talvolta offerte al pubblico sotto il nome di «quadri evanescenti».

Quando però la nebbia si diradò del tutto, il sole era calato dietro la morbida linea delle colline da dove, con una leggera deviazione a sud, era riapparso in piena vista, gettando una sfolgorante luce purpurea attraverso una fenditura che, da ovest, si addentrava nella valle. Improvvisamente, quindi – come per magìa – l'intera vallata e quanto in essa contenuto si fecero visibili come in pieno giorno.

Il primo *coup d'oeil*, mentre il sole scivolava nella posizione che ho descritto, mi colpì profondamente, come mi aveva colpito, da bambino, la scena finale di un ben congegnato spettacolo teatrale od operistico. Non mancava nemmeno la singolarità innaturale del colore; la luce del sole che sgorgava dalla fenditura tingeva tutto di arancio e porpora; mentre il verde intenso dell'erba nella valle si rifletteva più o meno su ogni cosa emergente dalla cortina di vapore che ancora indugiava in alto, quasi riluttante ad abbandonare uno scenario di tale incantevole bellezza.

La valletta nella quale spingevo lo sguardo da sotto il baldacchino di nebbia non poteva essere più lunga di 400 iarde; con una larghezza che variava da 50 a 150 o forse 200 iarde. Molto stretta all'estremità settentrionale, si allargava via via che si stendeva verso sud, anche se non in maniera regolare. La zona più ampia distava circa 80 iarde dall'estremità meridionale. I pendii che circondavano la valle non potevano definirsi propriamente colline, tranne che nel lato nord dove una ripida cornice di granito si innalzava a un'altezza di circa 90 piedi; e, come ho detto, in quel punto la larghezza della valle non superava i 50; ma procedendo verso sud da quel costone a picco il visitatore scorgeva, a destra e a sinistra, declivi meno alti, meno scoscesi, e meno rocciosi. In altre parole, andando a sud tutto si ammorbidiva scendendo più dolcemente; eppure, l'intera valle era cinta da picchi più o meno elevati, tranne che in due punti. Di uno ho già parlato. Si trovava molto a nord dell'occaso dove il sole, come ho descritto, si incuneava nell'anfiteatro attraverso una fenditura naturale che tagliava di netto l'argine di granito; fin dove si poteva vedere, questa fenditura poteva misurare, nel punto più ampio, una larghezza di dieci iarde. Sembrava condurre, come una strada rialzata, su per gli anfratti di montagne e foreste inesplorate. L'altra apertura si trovava direttamente all'estremità meridionale della valle. Qui, le pendici non erano che leggeri declivi che si stendevano da est a ovest per circa 150 iarde. Al centro di questa distesa si notava una depressione, allo stesso livello del fondo valle. In quanto alla vegetazione e a tutto il resto, lo scenario si *ammorbidiva digradando* verso sud. A nord invece – sul precipizio roccioso – a pochi passi dal ciglio – balzavano verso il cielo i tronchi maestosi di noci americani, noci comuni, e castagni, fra i quali spiccavano qua e là delle querce; e i robusti rami laterali, specialmente dei noci, si stendevano ben oltre l'orlo del precipizio. Avanzando verso sud, il viaggiatore incontrava per prima cosa lo stesso tipo di alberi ma via via sempre meno imponenti e dominanti; vedeva poi i più gentili olmi, seguiti da sassofrassi e robinie – accanto ai più dolci tigli, alberi di Giuda, catalpe e platani – questi ultimi di una varietà ancor più leggiadra e discreta. L'intero fronte del declivio meridionale era ricoperto di cespugli selvatici – fra i quali spiccavano qua e là l'argento di un salice o il biancore di un pioppo. Sul fondo della valle (si ricordi, infatti, che la vegetazione fin qui menzionata cresceva unicamente sui dirupi o sui fianchi delle colline) – si vedevano tre alberi isolati. Un olmo, di forma e dimensioni squisite, che stava a guardia dell'accesso meridionale alla valle. Un noce americano, molto più grande dell'olmo e molto più bello – pur se entrambi erano alberi stupendi – sembrava proteggere l'accesso di nord-ovest spuntando da un ammasso di rocce proprio fra le gole del precipizio e protendendo il tronco elegante, con un angolo di circa 45°, verso l'anfiteatro assolato. Una trentina di iarde a est del noce, si ergeva l'orgoglio della valle e, senza dubbio, l'albero più splendido che io abbia mai visto eccezion fatta, forse, per i cipressi di Itchiatukckanee. Una tulipifera a tre bracci – un *Liriodendron Tulipiferum* – della famiglia delle magnolie. I suoi tre bracci si dipartivano dal tronco principale a circa tre piedi dal suolo e, diramandosi leggermente e gradualmente, non distavano più di quattro piedi l'uno dall'altro nel punto dove il braccio più grosso si ricopriva di foglie, a circa 80 piedi dal suolo. Il braccio principale raggiungeva i 120 piedi. Nulla esiste che sia più bello della forma, del verde lucido e intenso delle foglie, della tulipifera. Nel caso in questione, esse erano larghe non meno di otto pollici; ma la loro magnificenza era eclissata dallo splendore degli innumerevoli fiori. Immaginate una massa densa di un milione di magnolie, enormi e risplendenti! Solo così potrete comprendere ciò che intendo dire. E la grazia maestosa degli steli a colonna, delicatamente granulati, che arrivavano fino a 4 piedi di diametro e a 20 piedi da terra. Quella miriade di fiori, mescolandosi ai fiori degli altri alberi, di poco meno belli, colmavano la valle di tutti profumi d'Arabia.

Il fondo dell'anfiteatro era fatto di *erba*, erba come quella che avevo trovato sulla strada, semmai ancor più deliziosamente soffice, fitta, vellutata, incredibilmente verde. Difficile immaginare come si fosse potuta raggiungere tanta bellezza.

Ho parlato di due varchi d'accesso alla valle. Da quello a nord-ovest fluiva un piccolo corso d'acqua che, mormorando sommessamente, con una lieve spuma, scendeva giù per l'abisso fino a ricadere contro il gruppo dei massi dai quali si ergeva quell'unico noce americano. Qui, dopo aver girato attorno all'albero, il corso d'acqua si spostava un po' a nord di oriente, lasciandosi dietro la tulipifera, circa 20 piedi a sud, proseguendo poi diretto fino a mezza strada fra il confine orientale e quello occidentale della valle. A questo punto, dopo una serie di curve, girava ad angolo retto per dirigersi più o meno a sud – con un percorso tortuoso – fino a perdersi in un laghetto di forma irregolare, vagamente ovale, che scintillava accanto all'estremità inferiore della valle. Nel punto più largo, il laghetto aveva un diametro forse di 100 piedi. Nessun cristallo poteva essere più limpido delle sue acque. Il fondo, che si scorgeva chiaramente, consisteva soprattutto di minuscoli ciottoli di un bianco brillante. Le sponde, di quell'erba smeraldina che ho già descritto, più che digradare in esso circondavano quello specchio di cielo; che era *così* trasparente, che a volte rifletteva così fedelmente tutto ciò che lo sovrastava da rendere difficile scoprire dove terminava la sponda vera e propria e cominciava quella riflessa. La trota e gli altri pesci che quasi affollavano quella pozza d'acqua, sembravano veramente pesci volanti. Era quasi impossibile credere che non fossero sospesi nell'aria. Una piccola canoa di betulla che si dondolava placida sull'acqua era riflessa fin nei minimi particolari, con incredibile fedeltà, in quello specchio così squisitamente levigato. Una minuscola, ridente isola coperta di fiori che lasciavano appena spazio sufficiente per un pittoresco e altrettanto minuscolo edificio, probabilmente un rifugio per uccelli, sorgeva dal lago, non lontano dalla sponda settentrionale alla quale era collegata mediante un ponticello assai primitivo ma di straordinaria lievità, formato da un'unica asse, larga e spessa, di legno di tulipifera, lunga 40 piedi, che andava da sponda a sponda formando una leggera ma visibile arcata che ne impediva le oscillazioni. Dall'estremità meridionale del lago defluiva un prolungamento del fiumicello che, dopo avere serpeggiato per forse 30 iarde, attraversava infine la «depressione» (precedentemente descritta) a metà del declivio a sud e, precipitando da un burrone scosceso, alto un centinaio di piedi, proseguiva il suo serpeggiante e inosservato cammino verso l'Hudson.

Il lago era profondo – in qualche punto fino a 30 piedi – ma il fiumicello raramente superava i tre, con un'ampiezza massima di circa 8. L'alveo e le sponde erano come quelle del laghetto – se un difetto si poteva trovare sotto il profilo pittoresco, era quello di una *perfezione* eccessiva.

Qua e là, la distesa di verde era occasionalmente interrotta da un cespuglio decorativo, come un'ortensia, un caprifoglio, un olezzante lillà; o, più spesso, un ciuffo di gerani multicolori, contenuti in vasi accuratamente interrati così che le piante sembravano nascere spontanee. Quel velluto verde era inoltre piacevolmente costellato di pecore – di cui un numeroso gregge si aggirava nella valle in compagnia di tre cervi addomesticati e una quantità di anatre dal piumaggio brillante. Su tutti questi animali, uno per uno, sembrava vigilare un enorme mastino.

Lungo le scogliere a est e a ovest – dove, verso la sommità dell'anfiteatro, le pareti di confine erano più o meno scoscese – nasceva a profusione l'edera – così che solo in qualche punto si intravedeva la nuda roccia. Anche il dirupo a nord era quasi completamente ricoperto di viti lussureggianti, alcune che nascevano alla base della scogliera, altre sulle cornici lungo le pareti.

Il leggero rialzo che costituiva il confine inferiore di questo minuscolo regno era coronato da un liscio muro di pietra, alto quel tanto che bastava per impedire ai cervi di fuggire. L'unico segno di recinzione presente nell'intera zona – se, per esempio, una pecora avesse tentato di uscire dalla vallata attraverso il precipizio, dopo pochi metri si sarebbe trovata la strada sbarrata dalla scoscesa parete di roccia lungo cui precipita la cascata che aveva attirato la mia attenzione quando ero giunto in prossimità di quel regno. In altre parole, l'unica via di entrata o di uscita era attraverso un cancello che occupava un punto roccioso della strada, pochi passi sotto il luogo in cui mi ero fermato per ammirare la veduta.

Ho descritto come il ruscello seguisse un corso molto serpeggiante: le due direzioni *generali*, come già detto, erano la prima da ovest a est e poi da nord a sud. Nella *curva* il ruscello, risalendo sui suoi passi, formava un *anello* quasi circolare così da creare una penisola *molto* simile a un'isola, con una superficie di circa un sedicesimo di acro. Su questa penisola sorgeva un'abitazione – e quando dico che essa, come il girone infernale visto da Vathek, *«était d'une architecture inconnue dans les annales de la terre»*, intendo solo dire che il suo *tout ensemble* mi suscitò una profonda impressione di novità unita all'armonia – vale a dire, di *poesia* – (non potrei infatti dare una definizione rigorosa della poesia in senso astratto più di quanto la diano le parole che ho usato) – e con questo non intendo dire che, sotto ogni punto di vista, ciò che si notava fosse semplicemente qualcosa di *outré*.

In effetti, non poteva esistere nulla di più semplice – di assolutamente meno pretenzioso di quel cottage. A creare quell'*effetto* straordinario era unicamente la sua composizione *pittorica*. Guardandolo, avrei potuto supporre che un qualche famoso paesaggista lo avesse costruito con il suo pennello.

Il punto da dove ebbi la prima visione della vallata non era il migliore in *assoluto*, anche se non se ne discostava di molto, dal quale osservare la casa. La descriverò, quindi, come la vidi in un secondo tempo – dal muro di pietra all'estremità meridionale dell'anfiteatro.

Il corpo principale misurava circa 24 piedi di lunghezza per 16 di larghezza – sicuramente non di più. L'altezza complessiva, dal suolo all'apice del tetto, non poteva superare i 18 piedi. All'estremità occidentale della struttura se ne affiancava un'altra, di proporzioni di un terzo inferiori; la facciata era arretrata di un paio di iarde rispetto a quella principale e il tetto, naturalmente, era molto al disotto dell'altro. Ad angolo retto con i due edifici, dal retro di quello principale – un po' spostato rispetto al centro – sorgeva una terza costruzione, minuscola, grande circa un terzo dell'ala occidentale. I tetti delle due costruzioni più grandi erano molto inclinati – scendendo dalla trave di colpo con una lunga curva concava, aggettanti almeno 4 piedi rispetto alla facciata così da servire come tetto per due gallerie ad arcate. Pur non necessitando, ovviamente, di sostegno, questi tetti aggettanti sembravano invece averne bisogno e, agli angoli, erano state inserite delle semplicissime colonne. Il tetto dell'ala nord non era che un'estensione di quello principale. Fra il corpo centrale e l'ala occidentale si alzava un comignolo quadrato altissimo e piuttosto sottile, di maioliche rosse e blu, alternate, sormontato da una leggera cornice di mattonelle. Anche sopra le facciate i tetti erano molto aggettati – circa 4 piedi a est e due a ovest nell'edificio principale; la cui porta d'ingresso non era esattamente al centro bensì un po' spostata verso est – mentre a ovest si aprivano le due finestre che, pur non arrivando fino a terra, erano assai più lunghe e strette del normale – avevano persiane a un solo battente, come le porte – con i vetri a forma di rombi, molto larghi. Anche la metà superiore della porta era di vetro, sempre a rombi – e un'anta mobile consentiva la chiusura notturna. La porta dell'ala occidentale, semplicissima, era sul frontone – e un'unica finestra si apriva verso sud. L'ala nord non aveva porta esterna, ma una sola finestra verso est. La parete nuda della facciata orientale era alleggerita da una scala (con balaustra) che la attraversava diagonalmente e alla quale si accedeva da sud. Riparati dalle tegole sporgenti, i gradini conducevano a una porta che dava nella soffitta, o meglio nel sottotetto – il quale prendeva luce da un'unica finestra a nord e sembrava destinato a ripostiglio.

Le gallerie del corpo principale e dell'ala occidentale non avevano il solito pavimento; sia alle porte, invece, che a ciascuna finestra, ampie lastre, piatte e irregolari, di granito erano incassate in un morbido tappeto erboso sul quale si poteva comodamente camminare con qualsiasi tempo. Altri superbi sentieri, dello stesso materiale – non adattati *a puntino* bensì ottenuti colmando con le zolle vellutate i frequenti interstizi fra le pietre, si diramavano dalla casa un po' in questa e un po' in quella direzione, verso una sorgente cristallina poco distante, in direzione della strada o di un paio di capanne più a nord, oltre il ruscello, completamente celate da carrubi e catalpe.

A non più di sei passi dalla porta principale del cottage c'era il tronco secco di uno straordinario pero, avviluppato da capo a piedi dai fiori della vite americana, al punto tale che bisognava osservarlo molto da vicino per comprendere di che si trattasse. Da vari rami dell'albero pendevano delle gabbie, diverse fra loro. In una, un largo cilindro di vimini con un anello in cima, si scorgeva un merlo parlante; in un'altra, un rigogolo; in una terza, lo sfacciato doliconice – mentre altre tre o quattro più delicate prigioni risuonavano del canto dei canarini.

Le colonne della galleria erano inghirlandate di gelsomino e caprifoglio; mentre dall'angolo formato dal corpo principale e l'ala occidentale prorompeva sulla facciata una splendida, lussureggiante vite; rompendo ogni freno, si era arrampicata prima al tetto più basso, poi a quello più alto lungo il cui bordo aveva continuato a strisciare serpeggiando, lanciando i suoi tentacoli a destra e a manca fin quasi al portone orientale, per poi lasciar ricadere i tralci sulla scala.

Tutta la costruzione, sia il corpo principale che le ali, era di ceramiche olandesi vecchio stile – larghe, ad angoli squadrati. È tipico di questo materiale far sembrare le case per cui viene usato più larghe in alto che alla base – come nell'architettura egiziana; e, in questo caso, l'effetto risultava ancor più pittoresco grazie ai tanti vasi di fiori che quasi accerchiavano la base degli edifici. I ciottoli erano dipinti di un grigio opaco; e un artista può facilmente immaginare l'incantevole effetto di quella tinta neutra che si stemperava nel verde intenso delle foglie della tulipifera che ombreggiavano parzialmente il cottage.

Come ho detto, la vista migliore era quella che si godeva accanto alla parete di pietra – da quel punto, l'angolo sud-orientale dell'edificio si proiettava in avanti – così che l'occhio scorgeva immediatamente le due facciate e il pittoresco frontone a est, al tempo stesso intravedendo l'ala nord, parte del tetto verso il casotto accanto alla sorgente, e quasi metà di un ponticello leggero che scavalcava il ruscello in prossimità degli edifici principali.

Non mi soffermai a lungo in cima alla collina, anche se abbastanza da ispezionare accuratamente lo scenario ai miei piedi. Ovviamente, mi ero allontanato dalla strada che portava al villaggio e avevo quindi l'ottima scusa di ogni buon viaggiatore per aprire il cancello che mi trovavo davanti e, in ogni caso, chiedere indicazioni sulla strada; perciò, senza altri indugi, entrai.

Oltre il cancello, la strada sembrava seguire una cornice naturale della roccia che, scendendo lentamente lungo la parete nord-orientale, mi condusse ai piedi del precipizio nord e di qui, traversando il ponte, intorno alla facciata est fino alla porta d'ingresso. Durante il cammino, notai che il capanno non si vedeva affatto.

Mentre giravo l'angolo della facciata, il mastino balzò verso di me, in assoluto silenzio ma con l'espressione e l'atteggiamento di una tigre. Tesi però la mano verso di lui in segno di amicizia – e non ho mai incontrato cane che resistesse a un tale appello nei suoi confronti. L'animale non solo chiuse le fauci e dimenò la coda ma addirittura mi offrì la zampa – estendendo poi le sue cortesie anche a Ponto.

Poiché non si vedeva traccia di campanello, col bastone bussai alla porta semiaperta. Sulla soglia apparve quasi subito una figura – una giovane donna sui 28 anni – slanciata, o meglio esile, un po' più alta della media. Mentre si avvicinava con andatura *pudicamente decisa*, impossibile da descrivere, mi dissi «di certo ho trovato la perfezione della *grazia* naturale, in contrasto con quella artificiale». La seconda impressione che la donna suscitò in me, assai più vivida della prima, fu di *esultanza*. Mai prima di allora mi era entrata nel più profondo del cuore un'espressione così intensa di *fascino*, potrei forse dire, o di spiritualità come quella che scintillava nei suoi occhi profondamente incassati nelle orbite. Non so come mai, ma questa particolare espressione dello sguardo, che a volte scivola fino alle labbra, è l'incantesimo più potente, se non addirittua l'*unico*, che inchioda il mio interesse in una donna. «*Fascino*», se il lettore comprende fino in fondo ciò che intendo con questo termine – «fascino» e «femminilità» mi sembrano termini interscambiabili; e, dopo tutto, ciò che un uomo *ama* veramente in una donna è semplicemente la sua *femminilità*. Gli occhi di Annie (sentii qualcuno chiamarla dall'interno, «Annie, tesoro!») erano di un «grigio spirituale»; i capelli castano chiaro; questo fu tutto ciò che ebbi il tempo di notare.

Al suo cortesissimo invito, entrai – passando per prima cosa in un vestibolo abbastanza ampio. Poiché il mio scopo principale era quello di *osservare*, notai che alla mia destra, entrando, c'era una finestra, uguale a quelle sulla facciata; a sinistra, una porta conduceva alla stanza principale; di fronte, un'altra porta, *aperta*, lasciava vedere un piccolo ambiente, grande quanto il vestibolo, arredato a studio e con un ampio bovindo che dava a nord.

Entrando in salotto, mi trovai di fronte il *signor Landor* – questo, come scoprii in seguito, era infatti il suo nome. Si dimostrò molto gentile, perfino cordiale; ma, in quel momento, ero più intento a esaminare la disposizione di quella casa che tanto mi aveva colpito, che non l'aspetto personale di chi in essa abitava.

Mi resi conto che l'ala nord era una camera da letto, la cui porta dava in salotto. A ovest di questa porta, un'unica finestra che guardava verso il ruscello. All'estremità occidentale del salotto, c'era un caminetto, e una porta che si apriva sull'ala ovest – probabilmente quella della cucina.

Niente poteva essere più semplice e lineare della mobilia del salotto. A terra, un tappeto di lana tinta in filato, di ottima fattura – piccoli disegni circolari verdi su fondo bianco. Alle finestre, tendine di mussola di un bianco immacolato, piuttosto ampie, che ricadevano in maniera forse un po' troppo convenzionale, in pieghe marcate, rigide, parallele, fino a *sfiorare* appena il pavimento. Le pareti erano ricoperte di una delicatissima carta da parati francese, un fondo argento attraversato a zigzag da un sottilissimo cordoncino verde. A spezzare la superficie, solo tre squisite litografie *à trois crayons* di Julien, appese senza alcuna cornice. Una di queste litografie riproduceva una scena orientale opulenta, o piuttosto voluttuosa; un'altra, una vivacissima pièce carnevalesca; la terza, era una testa femminile greca – un volto di tale divina bellezza, eppure così misteriosamente vaga, quale mai aveva catturato prima la mia attenzione.

L'arredo più importante consisteva in un tavolo rotondo, alcune sedie (compresa una grande sedia a dondolo) e un divano, o meglio un «canapè», di semplice acero dipinto di bianco-crema, sottilmente striato di verde – col sedile di bambù. Tavolo e sedie intonati, ma la *forma* di quei mobili era senza dubbio stata concepita dalla stessa mente che aveva curato la disposizione del giardino; impossibile immaginare qualcosa di più elegante e raffinato.

Sul tavolo c'erano dei libri; una grossa bottiglia quadrata di cristallo contenente un qualche nuovo profumo; una semplice lampada *astrale* (non solare) di vetro smerigliato, con un paralume italiano; e un gran vaso di fiori dai colori luminosi. In realtà, fiori dalle tinte splendenti e dal profumo delicato costituivano l'unica *decorazione* dell'ambiente. Il caminetto era quasi interamente occupato da un vaso di gerani color fiamma. Vasi analoghi, tranne che per l'olezzante contenuto, poggiavano su una mensolina triangolare a ogni angolo della stanza. Uno o due *bouquets* più piccoli decoravano la mensola del camino; e sulle finestre aperte si ammassavano le ultime viole della stagione.

Scopo di questo mio racconto è unicamente quello di tracciare, nei dettagli, un quadro dell'abitazione del signor Landor – *come la vidi io*.

Gli occhiali

Molti anni fa era di moda mettere in ridicolo l'idea dell'«amore a prima vista», ma coloro che pensano, non meno di coloro che sentono, profondamente, hanno sempre sostenuto la sua esistenza. E, in verità, le moderne scoperte in quello che si può chiamare magnetismo etico, o magneto-estetica, fanno ritenere verosimile che gli affetti umani più naturali, e perciò più veri ed intensi, siano quelli che nascono nel cuore, come per un'attrazione elettrica; per dirla in breve che i legami spirituali più ardenti e più duraturi siano quelli ribaditi da uno sguardo. La confessione che sto per fare non farà altro che aggiungere un'altra prova a quelle già innumerevoli sulla verità di questa asserzione.

La mia storia richiede che io vada alquanto nei dettagli. Sono un uomo ancora molto giovane: non ho ancora ventidue anni. Attualmente il mio nome è comune e piuttosto plebeo: Simpson. Dico «attualmente» perché solo da poco tempo mi chiamano così, in quanto ho adottato legalmente questo cognome dall'anno scorso, per entrare in possesso di una grossa eredità lasciatami da un lontano parente, Adolphus Simpson, Esq. Il lascito era subordinato alla condizione che io, da parte mia, assumessi il cognome del testatore, intendo dire il suo cognome, non il nome di battesimo; il mio nome di battesimo è Napoleone Bonaparte, o, più esattamente, questi sono il mio primo e il mio secondo nome.

Fui un po' riluttante a prendere il cognome Simpson poiché provo un orgoglio, perdonabilissimo del resto, per il mio vero patronimico, Froissart, in quanto credo di poterne far risalire l'origine all'immortale autore delle *Cronache*. A proposito, giacché ci siamo, sulla questione dei cognomi potrei parlare di una singolare coincidenza dei suoni che ricorrono in quelli di alcuni dei miei immediati predecessori. Mio padre era un Monsieur Froissart, di Parigi. Sua moglie, mia madre, che aveva quindici anni quando lo sposò, era una Mademoiselle Croissart, la figlia maggiore del banchiere Croissart, la cui moglie, a sua volta, che aveva solo sedici anni quando si sposò, era la figlia primogenita di un certo Victor Voissart. Caso singolarissimo, anche Monsieur Voissart aveva sposato una nobildonna dal nome simile, una certa Mademoiselle Moissart. Anche costei era quasi una bambina quando si sposò; e anche sua madre, Madame Moissart, aveva solo quattordici anni quando venne condotta all'altare. Questi matrimoni precoci sono comuni in Francia. Ecco, dunque, Moissart, Voissart, Croissart e Froissart, tutti in linea diretta di discendenza. Tuttavia, come ho già detto, il mio nome è diventato Simpson tramite un atto legale, e con così tanta ripugnanza da parte mia che, ad un certo momento, ho di fatto esitato ad accettare quel legato che imponeva quella clausola così inutile e seccante.

Per quanto riguarda le doti personali, non ne sono certo sprovvisto. Al contrario, ritengo di essere ben fatto e di possedere quello che nove persone su dieci nel mondo chiamerebbero un bel viso. Sono alto cinque piedi e undici pollici. Ho i capelli neri e ricci. Il naso regolare quanto basta. Gli occhi grandi e grigi; anche se, in effetti, di una debolezza estrema; tuttavia dal loro aspetto non si potrebbe sospettare nulla di tutto questo. Comunque, questa debolezza mi ha sempre dato molto fastidio, tanto che sono ricorso ad ogni genere di rimedio, tranne quello di portare gli occhiali. Essendo giovane e di bell'aspetto, è naturale che io non li sopporti, e mi sono decisamente rifiutato di usarli. Infatti non conosco nient'altro che danneggi così tanto l'aspetto di una persona giovane, o conferisca ad ogni singolo lineamento un'aria di gravità, se non addirittura di santità e di vecchiaia. Il monocolo d'altra parte ha un sapore di assoluta frivolezza e affettazione. Fino ad ora sono riuscito a cavarmela meglio che ho potuto senza gli uni né l'altro. Ma, forse ho parlato troppo di questi dettagli puramente personali che, dopo tutto, hanno poca importanza. Mi accontenterò di aggiungere che sono di temperamento sanguigno, temerario, ardente, facile agli entusiasmi... e che per tutta la mia vita sono stato un devoto ammiratore delle donne.

Una sera dell'inverno scorso entrai in un palco del teatro P., in compagnia del mio amico, il signor Talbot. Era una serata d'opera e il programma presentava una rara attrazione, di conseguenza il teatro era eccessivamente affollato. Tuttavia arrivammo in tempo per ottenere i posti di prospetto che ci erano stati riservati, e verso i quali ci facemmo strada a gomitate, non senza difficoltà.

Per due ore il mio accompagnatore, che era un *fanatico* [1] della musica, rivolse tutta la sua attenzione al palcoscenico; e, nel frattempo, io mi divertivo ad osservare il pubblico, composto, per la maggior parte, dell'*élite* della città. Dopo aver soddisfatto la mia curiosità stavo per rivolgere gli occhi alla *prima donna* [2], quando essi si arrestarono e si fissarono su una figura in uno dei palchi privati che era sfuggita alla mia osservazione.

Se anche vivessi mille anni non potrei mai dimenticare l'intensa emozione con cui fissai quella figura. Era quella di una donna, la più squisita che io abbia mai visto. Fino ad allora il volto era rivolto al palcoscenico, così che per alcuni minuti non riuscii a vederlo..., ma la sua forma era *divina*, nessun'altra parola riuscirebbe ad esprimere a sufficienza le sue magnifiche proporzioni, e persino il termine «divina» mi sembra ridicolmente vago mentre lo scrivo.

La magia di una bella forma nella donna, la negromanzia della grazia femminile ha sempre costituito, per me, una forza a cui è impossibile resistere, ma qui c'era la grazia personificata, incarnata, la *beau idéal* delle mie più tumultuose e più entusiastiche visioni. La figura, quasi tutto quello che la struttura del palco lasciava scorgere, era un po' superiore all'altezza media, anzi tendeva quasi, senza arrivarvi del tutto, alla maestosità. La sua perfetta pienezza, la *tournure* erano deliziose. La testa, di cui era visibile solo la parte posteriore, rivaleggiava nel profilo con quella della Psiche greca, ed era messa in risalto, piuttosto che essere nascosta, da un elegante copricapo di *gaze äérienne*, che mi fece venire in mente il *ventum textilem* [3] di Apuleio. Il braccio destro pendeva dalla balaustra del palco e faceva fremere ogni mio nervo con la sua squisita simmetria. Nella parte

[1] In italiano nel testo (*N.d.T.*).
[2] In italiano nel testo (*N.d.T.*).
[3] Vento che tesse (*N.d.T.*).

superiore era drappeggiato con una di quelle maniche larghe ed aperte che vanno di moda adesso, che proseguiva fino a poco sotto il gomito. Ma di sotto portava un qualcosa aderente di stoffa leggera, che terminava in un polsino di ricco merletto ricadeva graziosamente sulla mano, lasciandone scorgere solo le dita delicate; su una di queste splendeva una veretta di diamanti che, lo vidi subito, era di straordinario valore. La mirabile rotondità del polso era magnificamente messa in risalto da un braccialetto decorato e chiuso da una splendida *aigrette* di gioielli che rivelava, in modo irrefutabile, sia la ricchezza che il gusto esigente di chi lo portava.

Fissai per almeno mezz'ora questa regale apparizione, come se fossi stato improvvisamente tramutato in pietra; e, in questo frattempo, sperimentai tutta la forza e la verità di quello che è stato detto o cantato riguardo all'«amore a prima vista». I miei sentimenti erano completamente diversi da quelli che avevo sperimentato fino ad allora, anche in presenza degli esemplari più celebrati della bellezza femminile. Un'inspiegabile e, come sono costretto a considerarla, una simpatia *magnetica* di un'anima per un'altra, sembrò fissare non soltanto ciò che vedevo, ma ogni mia capacità di pensare e di sentire, sull'ammirevole oggetto che mi stava di fronte. Vidi, sentii, seppi, che ero profondamente, follemente, irrevocabilmente innamorato: e ciò anche prima di vedere il volto della persona amata. La passione che mi consumava era invero così intensa che io credo proprio che sarebbe diminuita di poco, se anche lo avesse potuto, se le fattezze, ancora non viste, si fossero dimostrate di carattere puramente ordinario; così anomala è la natura del solo vero amore – l'amore a prima vista – e così poco dipendente dalle condizioni esterne che sole sembrano crearlo e controllarlo.

Mentre ero così rapito in ammirazione di questa mirabile visione, un agitarsi improvviso tra il pubblico le fece volgere in parte la testa verso di me, così che potei contemplare per intero il profilo del suo viso. La sua bellezza superava persino le mie previsioni, e tuttavia in essa c'era qualcosa che mi deluse, senza che riuscissi a dire esattamente cosa fosse. Ho detto «deluse», ma questa non è proprio la parola esatta. I miei sentimenti furono allo stesso tempo esaltati e acquietati. Presero parte meno al trasporto e più al calmo entusiasmo – all'entusiastica compostezza. Questa sensazione era forse causata dall'aria matronale e quasi di Madonna del suo viso; e tuttavia mi resi subito conto che non poteva derivare interamente da questo. C'era qualcos'altro – qualche mistero che non riuscivo a districare – qualche tratto della sua fisionomia che mi causava un leggero turbamento, anche se aumentava di molto il mio interesse. In effetti ero proprio nella condizione mentale che induce un giovane sensibile a commettere un'azione sconsiderata. Se la dama fosse stata sola, sarei senza dubbio entrato nel suo palco e l'avrei avvicinata a qualunque costo. Ma, per fortuna c'erano con lei due accompagnatori: un gentiluomo e una donna di bellezza sorprendente, che sembrava essere di pochi anni più giovane di lei.

Ponderai dentro di me mille progetti per riuscire ad ottenere, in seguito, di essere presentato alla maggiore delle due dame, o almeno, in ogni caso, per ottenere una più chiara visione della sua bellezza. Mi sarei spostato in un posto più vicino al suo, ma il teatro così affollato me lo rese impossibile; per giunta le rigide imposizioni della moda avevano di recente severamente proibito l'uso del binocolo da teatro; tuttavia in un caso come questo sarei stato ben fortunato ad averne uno con me, ma non lo avevo, e questo mi portava alla disperazione.

Alla fine decisi di rivolgermi al mio compagno.

«Talbot», gli dissi «*voi* avete un binocolo da teatro. Datemelo.»

«Un binocolo da teatro! No! Cosa pensate che possa farci con un binocolo da teatro?» E quindi si girò con impazienza verso il palcoscenico.

«Ma, Talbot», continuai, tirandolo per la spalla, «ascoltatemi, vi prego! Vedete il palco di proscenio? Quello! No, quello accanto! Avete mai visto una donna così incantevole?»

«È molto bella, senza dubbio.»

Rispose: «Mi chiedo chi sia».

«Ma, in nome di tutti gli angeli, non *sapete* chi è? Non conoscerla vuol dire essere uno sconosciuto. È la famosa Madame Lalande, la bellezza del giorno *par excellence*, fa parlare di sé tutta la città. È anche immensamente ricca una vedova, e un gran partito, appena arrivata da Parigi.»

«La conoscete?»

«Sì, ho questo onore.»

«Potete presentarmi?»

«Statene certo, col più grande piacere; quando si dovrà fare?»

«Domani, all'una, verrò a trovarvi al B.»

«Molto bene; e adesso, *tenete* a freno la lingua, *se* ci riuscite.»

Riguardo a quest'ultima cosa fui costretto a seguire il consiglio di Talbot, poiché egli rimase ostinatamente sordo a ogni mia altra domanda o suggerimento; e per il resto della serata si occupò unicamente di quanto avveniva sul palcoscenico. Nel frattempo continuai a tenere gli occhi fissi su Madame Lalande, e alla fine ebbi la fortuna di poter vedere il suo volto per intero, di fronte. Era di squisita bellezza. Questo naturalmente me lo aveva già detto prima il mio cuore, anche se Talbot non mi avesse dato soddisfacenti spiegazioni su ciò – ma quel qualcosa di inspiegabile continuava a turbarmi. Alla fine ne dedussi che i miei sensi erano impressionati da una certa aria di gravità, di tristezza o, ancor più esattamente, di stanchezza, che toglieva sì all'espressione della donna un po' di giovinezza e di freschezza solo per conferirgli tenerezza serafica e maestosità, e perciò, naturalmente, un interesse dieci volte maggiore per il mio temperamento romantico ed entusiastico.

Mentre continuavo a divorarla con gli occhi, alla fine mi accorsi, con grande trepidazione, per un quasi impercettibile sussulto da parte della dama, che questa si era improvvisamente resa conto dell'intensità delle mie occhiate. E tuttavia ero completamente incantato, e non potei distogliermi neanche per un istante. Girò via il viso, e di nuovo vidi soltanto la linea cesellata della parte posteriore della sua testa. Dopo alcuni minuti, come spinta dalla curiosità di vedere se la guardavo ancora, a poco a poco girò di nuovo il viso e incontrò di nuovo il mio sguardo infuocato. I suoi grandi occhi neri si abbassarono repentinamente, ed un profondo rossore le ricoprì le guance. Ma quale fu il mio stupore nell'accorgermi che ella non solo non distolse lo sguardo per la seconda volta, ma addirittura prese dalla cintura un occhialetto, lo sollevò, lo sistemò, e poi mi osservò attraverso di esso, attentamente e deliberatamente, per la durata di alcuni minuti.

Se un fulmine fosse caduto ai miei piedi non sarei stato certamente più stordito – stordito *soltanto* – non minimamente offeso o disgustato; anche se un'azione così audace in qualsiasi altra donna avrebbe molto probabilmente causato offesa o disgusto. Ma la cosa venne fatta con tanta tranquillità – tanta *nonchalance* – tanta compostezza, in breve con un'aria che rimandava con chiara evidenza ad un'alta educazione, che non vi si poteva percepire la minima sfrontatezza, tanto che io non provai altri sentimenti che ammirazione e sorpresa.

Notai che, dopo aver sollevato l'occhialetto per la prima volta, era sembrata soddisfatta di avermi esaminato per il momento; e perciò stava riponendo lo strumento quando, quasi colpita da un ripensamento lo riprese e continuò a guardarmi con attenzione fissa per diversi minuti – come minimo cinque, ne sono sicuro.

Questo gesto, così rilevante in un teatro americano, attrasse l'attenzione di tutti e diede origine a un movimento indefinito, un *brusio* in mezzo al pubblico che, per un momento mi riempì di confusione, ma che non produsse alcun effetto visibile sull'espressione di Madame Lalande.

Avendo appagato la sua curiosità – se tale era – ella lasciò cadere l'occhialetto e, con tranquillità, volse la sua attenzione nuovamente al palcoscenico, e ora il suo profilo era rivolto a me, come prima. Continuai a guardarla, senza smettere, anche se ero pienamente cosciente di comportarmi da villano in questo modo. Subito vidi che la sua testa cambiava posizione leggermente e con lentezza, e presto mi convinsi che la dama, mentre faceva finta di guardare il palcoscenico, in realtà mi osservava con attenzione. È inutile dire che effetto produsse questo contegno da parte di una donna così affascinante sul mio animo impressionabile.

Avendomi così esaminato per forse un quarto d'ora, il sublime oggetto della mia passione si rivolse al gentiluomo che l'accompagnava e, mentre ella parlava, percepii distintamente, dalle occhiate di entrambi, che la conversazione si riferiva a me.

Quando ebbero finito, Madame Lalande si volse nuovamente verso il palcoscenico e, per pochi minuti, sembrò assorbita dallo spettacolo. Tuttavia, terminato questo breve lasso di tempo, caddi in uno stato di agitazione estrema quando la vidi tirare fuori, per la seconda volta, il binocolo che era appeso accanto a lei, affrontarmi apertamente come prima e, noncurante del rinnovato brusio del pubblico, esaminarmi dalla testa ai piedi con la stessa mirabile compostezza che prima aveva tanto deliziato e confuso il mio animo.

Questo comportamento straordinario, gettandomi in una vera e propria eccitazione febbrile – in un assoluto delirio amoroso – servì piuttosto ad incoraggiarmi che a turbarmi. Nella folle intensità della mia devozione dimenticai ogni cosa, tranne la presenza e la maestosa bellezza della visione che era oggetto del mio sguardo. Continuai a fissarla e, quando pensavo che il pubblico fosse del tutto interessato all'opera, alla fine incrociai lo sguardo di Madame Lalande e, in quello stesso istante, le feci un leggero ma inequivocabile saluto.

Arrossì profondamente, poi distolse gli occhi, si guardò attorno lentamente e con cautela, in apparenza per vedere se il mio gesto avventato era stato notato, poi si sporse verso il gentiluomo che le sedeva accanto.

Allora ebbi la bruciante sensazione della sconvenienza che avevo commesso, e non mi aspettavo nulla di meno di una pubblica denuncia; mentre una visione di pistole di mattina presto mi attraversava rapida il cervello, dandomi un senso di disagio. Tuttavia fui subito grandemente sollevato al vedere che la dama stava semplicemente passando un programma al gentiluomo, senza parlare; e il lettore potrà formarsi una seppur debole concezione del mio stupore – del mio *profondo* stupore – del delirante sconcerto del mio cuore e della mia anima quando, subito dopo, essendosi guardata furtivamente attorno, fissò con fermezza i suoi occhi splendenti sui miei, e quindi, con un debole sorriso che svelava una fila di denti lucenti come perle, fece due cenni di assenso con la testa: distinti, diretti ed inequivocabili.

È inutile, naturalmente, che mi soffermi sulla mia gioia, il mio trasporto, la sconfinata estasi del mio cuore. Se mai un uomo è stato pazzo per eccesso di felicità, in quel momento io lo sono stato. Amavo. Era il mio *primo* amore, sentivo che era così. Era amore supremo, indescrivibile. Era «amore a prima vista»: e a prima vista era stato anche compreso e *ricambiato*.

Sì, ricambiato. Come e perché dovrei dubitarne, anche per un solo istante. Quale altra spiegazione avrei potuto dare ad un comportamento di questo genere, da parte di una donna così bella, così ricca, chiaramente così raffinata, di così buone maniere, di così elevata posizione sociale, sotto ogni aspetto così completamente rispettabile quale io ero certo che fosse Madame Lalande. Sì, ella mi amava; ricambiava l'entusiasmo del mio amore con un entusiasmo cieco, irriducibile, privo di calcoli, abbandonato, e del tutto senza limiti come il mio. Tuttavia queste deliziose fantasie e riflessioni furono interrotte dal chiudersi del sipario. Il pubblico si alzò in piedi, e sopravvenne il consueto tumulto. Abbandonando bruscamente Talbot, tentai di farmi strada a forza per arrivare nelle immediate vicinanze di Madame Lalande. Non essendoci riuscito, a causa della folla, alla fine cessai l'inseguimento, e diressi i miei passi verso casa; e mi consolai, deluso per non aver potuto toccare neanche l'orlo del suo vestito, riflettendo che il giorno dopo sarei stato presentato da Talbot, nella forma dovuta.

Finalmente l'indomani giunse; voglio dire che infine si fece giorno dopo una notte di lunga e snervante impazienza; e poi le ore, fino all'«una» trascorsero a passo di lumaca, tetre e innumerevoli. Ma, come si dice, anche Stamboul avrà una fine, e alfine si giunse al termine di questa lunga attesa. L'orologio batté il colpo. Mentre cessava l'ultima eco entrai all'Hotel B. e chiesi di Talbot.

«È fuori!», disse il maggiordomo, quello di Talbot.

«Fuori!», risposi vacillando e indietreggiando per una mezza dozzina di passi. «Lasciate che vi dica, bel tipo, che questa cosa è del tutto impossibile e senza senso; il signor Talbot *non* è fuori. Che cosa volete dire?»

«Niente, signore, semplicemente che il signor Talbot non è in casa. Questo è tutto. È partito per S. subito dopo colazione e ha lasciato detto che non sarebbe tornato di nuovo in città prima di una settimana.»

Rimasi di sasso per l'orrore e per la rabbia. Mi sforzai di replicare, ma la mia lingua rifiutò di fare il suo compito. Alla fine girai sui tacchi, livido di rabbia, consegnando dentro di me l'intera tribù dei Talbot alle più remote regioni dell'Erebo. Era evidente che il mio premuroso amico, il *fanatico*, si era completamente dimenticato il suo appuntamento con me, se lo era dimenticato non appena lo avevamo fissato. Non era mai stato un uomo molto scrupoloso nei confronti della propria parola. Non c'era niente da fare, perciò soffocando come meglio potevo la mia irritazione, mi misi a passeggiare per strada di malumore, facendo futili domande su Madame Lalande ad ogni conoscente che incontravo. Trovai che per sentito dire ella era nota a tutti – a molti di vista – ma stava in città solo da poche settimane, e perciò erano molto pochi coloro che asserivano di conoscerla di persona. Questi pochi, che erano ancora relativamente estranei, non potevano, o non volevano, prendersi la libertà di presentarmi tramite una formale visita mattutina. Mentre me ne stavo così, disperato, a conversare con tre amici dell'argomento che monopolizzava il mio cuore, ecco che quello stesso argomento passò lì.

«Per la mia vita, eccola.», gridò uno.

«Sorprendentemente bella!», esclamò un secondo.

«Un angelo sulla terra!» gridò un terzo.

Guardai, e in una carrozza scoperta che si avvicinava, dirigendosi lentamente verso la fine della strada, sedeva l'incantevole visione dell'opera, accompagnata dalla dama più giovane che stava nel palco con lei.

«Anche la sua amica si mantiene in modo eccezionale.» Disse quello del mio trio che aveva parlato per primo.

«In modo sorprendente», disse il secondo «ha ancora un'aria proprio magnifica; ma l'arte fa miracoli, sembra meglio di cinque anni fa a Parigi. Ancora una bella donna, non vi sembra, Froissart? Volevo dire Simpson.»

«*Ancora*!» Dissi io: «E perché non dovrebbe? Ma a paragone la sua amica sembra un lumicino davanti alla stella della sera, una lucciola vicino ad Antares».

«Ah! ah! ah! Sapete Simpson, voi avete una predisposizione sorprendente a fare delle scoperte – intendo dire delle scoperte originali.»

E a questo punto ci separammo, mentre uno del trio iniziò a canticchiare un allegro *vaudeville*, del quale afferrai solo questi versi:

Ninon, Ninon, Ninon à bas-
A bas Ninon De L'Enclos!

Tuttavia, durante questa breve scena una cosa era servita a consolarmi grandemente, sebbene nutrisse la passione che mi consumava. Mentre la vettura di Madame Lalande oltrepassava il nostro gruppo, avevo notato che ella mi riconosceva; e, per di più, mi aveva fatto il prezioso dono del più serafico dei sorrisi che si possano immaginare, mostrandomi di avermi riconosciuto.

Riguardo all'essere presentato, fui obbligato ad abbandonare ogni speranza fino al momento in cui Talbot avrebbe ritenuto opportuno tornare dalla campagna. Nel frattempo perseverai nel frequentare ogni posto ritenuto di pubblico divertimento, e alla fine, al teatro dove l'avevo vista per la prima volta, ebbi la suprema gioia di incontrarla e di incrociare il suo sguardo ancora una volta. Tuttavia questo non accadde prima che fossero trascorsi quindici giorni. Ogni giorno, nel frattempo, avevo chiesto notizie di Talbot al suo albergo, e ogni giorno il «non è ancora arrivato a casa» del suo maggiordomo mi aveva gettato in un accesso d'ira.

Perciò fino alla sera in questione ero in una condizione quasi di pazzia. Madame Lalande, mi era stato detto, era una parigina, era arrivata da Parigi di recente – non avrebbe potuto tornarci all'improvviso? – tornarci prima che arrivasse Talbot? E in questo modo avrei potuto perderla per sempre. Questo pensiero era troppo terribile da sopportare; e, poiché era in gioco la mia felicità futura, mi risolsi ad agire con virile decisione. In breve, alla fine dell'opera seguii la dama fino alla sua dimora, segnai l'indirizzo e la mattina seguente le spedii una lettera completa ed elaborata, nella quale riversavo tutto il mio cuore.

Le parlai arditamente, liberamente – per dirla in breve, le parlai con passione. Non nascosi nulla – perfino nulla della mia debolezza. Allusi alle circostanze romantiche del nostro primo incontro – persino agli sguardi che ci eravamo scambiati. Mi spinsi così tanto da dirle che mi sentivo sicuro del suo amore, offrendole questa rassicurazione e la mia stessa intensità di devozione come due scusanti per la mia condotta altrimenti imperdonabile. Come terzo punto le parlai del mio timore che ella potesse abbandonare la città prima che io avessi potuto avere l'opportunità di una presentazione in piena regola. Conclusi la lettera più sfrenatamente entusiastica che sia stata mai scritta con una schietta dichiarazione della mia condizione sociale, delle mie rendite, e offrendole la mia mano e il mio cuore.

Attesi la risposta in un'agonia speranzosa. Essa giunse dopo quello che mi sembrò un secolo.

Sì, *giunse davvero*. Per quanto tutto ciò possa sembrare romantico, io ricevetti veramente una lettera da Madame Lalande – la bellissima, la ricca, l'idolatrata Madame Lalande. I suoi occhi, i suoi occhi stupendi, non erano stati da meno del suo nobile cuore. Da vera francese qual era, ella aveva obbedito ai dettati sinceri della sua ragione – agli impulsi generosi della sua natura – disprezzando le pruderie convenzionali del mondo. Non aveva disprezzato le mie proposte. *Non* mi aveva rimandato la lettera ancora sigillata. Mi aveva anzi mandato, per risposta, una lettera scritta con le sue dita meravigliose. Diceva così:

«Monsieur Simpson mi pardonnerà per non scrivere nella belaa langue del suo pays cossì bene come si dovrebbe. È solo de poco que sono arrivé, e non ho ancora avuto l'opportunité per l'étudier.

Con questa escusa per la manière, dirrò ora, ahime! Non ho forrse detto troopo?

Eugénie Lalande

Baciai un milione di volte questo biglietto di così nobile spirito e senza dubbio commisi, a causa sua, chissà quali altre stravaganze che ora sfuggono ai miei ricordi. E Talbot ancora non *tornava*. Ahimè! Se solo avesse potuto formarsi perfino la più vaga idea della sofferenza che la sua assenza aveva causato al suo amico, la sua indole così comprensiva non lo avrebbe forse indotto a volare immediatamente in mio soccorso? Tuttavia ancora *non* tornava! Gli scrissi. Mi rispose. Era trattenuto da affari urgenti, ma di lì a poco sarebbe tornato. Mi pregò di non essere impaziente, di moderare i miei slanci, di leggere libri piacevoli, di non bere nulla di più forte dello Hock, e di chiamare in mio aiuto le consolazioni della filosofia. Il pazzo! Se non poteva venire di persona, perché, in nome della ragione, non poteva mandarmi una lettera di presentazione? Gli scrissi di nuovo, supplicandolo di mandarmene una immediatamente. La lettera mi fu riportata da *quel* maggiordomo, con questa girata a matita. Quel briccone aveva raggiunto il suo padrone in campagna:

Lasciato S. ieri per luoghi sconosciuti – non ha detto dove – o quando tornerà – perciò pensato meglio restituire lettera, riconoscendo vostra calligrafia, e visto che voi avete sempre più o meno fretta.

Sinceramente vostro.

Stubbs

Non c'è bisogno di aggiungere che, dopo ciò, consacrai padrone e maggiordomo alle divinità infernali: ma la rabbia non serviva a nulla, né lamentarmi mi portava alcuna consolazione.

Ma mi era rimasta ancora una risorsa: la mia temerarietà naturale. Fino ad allora era stata un buon aiuto, ed ora avevo deciso di servirmene per giungere al mio fine. Inoltre, dopo lo scambio di corrispondenza intercorso tra di noi, quale mancanza di formalità potevo commettere, naturalmente entro i limiti, che doveva essere considerata indecorosa da Madame Lalande? Dopo l'affare della lettera avevo preso l'abitudine di tenere d'occhio la sua casa, e così facendo avevo scoperto che, verso il crepuscolo, era sua abitudine passeggiare, seguita soltanto da un negro in livrea, in una piazza pubblica che si vedeva dalle sue finestre. Qui, tra gruppetti di alberi ombrosi e lussureggianti, nella grigia oscurità di un pomeriggio di mezza estate, attesi il momento opportuno e le rivolsi la parola.

Per ingannare meglio il domestico che la seguiva, feci questo con l'aria sicura di un conoscente vecchio e familiare. Con una presenza di spirito tipicamente parigina, ella colse immediatamente questa opportunità e, per salutarmi, tese la manina più affascinante del mondo. Il domestico rimase in disparte e allora, con i cuori pieni da traboccare, parlammo a lungo e con sincerità del nostro amore.

Poiché Madame Lalande parlava l'inglese in modo ancor meno scorrevole di come lo scriveva, la nostra conversazione si svolse necessariamente in francese. In questa lingua dolce, così adatta alla passione, misi in libertà l'impetuoso entusiasmo della mia natura, e con tutta l'eloquenza di cui potevo disporre, la implorai di acconsentire ad un matrimonio immediato.

Ella sorrise a questa impazienza, adducendo la vecchia questione del decoro; quello spauracchio che impedisce a così tante persone la perfetta felicità, fino a che l'opportunità di avere la felicità è passata per sempre. Osservò che ero stato molto imprudente a far sapere ai miei amici che desideravo conoscerla: e quindi che ancora non la conoscevo, e quindi ancora che non c'era alcuna possibilità di nascondere la data della prima volta che ci eravamo conosciuti. E, arrossendo, mi fece notare quanto quella data fosse recente. Sposarsi immediatamente sarebbe stato un errore, sarebbe stato indecoroso, sarebbe stato *outré*. Tutto questo lo disse con un'aria affascinante di *naiveté* che mi estasiava, anche se mi crucciava e mi persuadeva. Anzi si spinse fino al punto di accusarmi, ridendo, di imprudenza e di avventatezza. Mi invitò a ricordarmi che io non sapevo neanche chi ella fosse, quali fossero le sue intenzioni, le sue relazioni, la sua posizione nella società. Mi pregò, ma con un sospiro, di riconsiderare la mia proposta, e definì il mio amore un'infatuazione – un fuoco di paglia – un capriccio o una fantasia del momento – una creazione instabile e senza fondamenta, più dell'immaginazione che del cuore. Ella disse queste cose mentre la dolce luce del crepuscolo si addensava sempre più scura attorno a noi – e poi, con una leggera pressione della sua mano di fata, rovesciò, in un solo dolcissimo istante, tutto quell'edificio di argomentazioni che aveva elevato.

Risposi come meglio potei. Come soltanto un innamorato sincero può fare. Parlai a lungo, con perseveranza, della mia devozione, della mia passione, della sua straordinaria bellezza e della mia ammirazione entusiastica. Infine mi soffermai, con convincente energia, sui pericoli che accompagnano il corso dell'amore – il corso del vero amore che non è mai fluito in modo tranquillo, e in questo modo manifestai il pericolo evidente di rendere quel corso più lungo del necessario.

Quest'ultimo argomento sembrò mitigare definitivamente il rigore della sua determinazione. Si addolcì, ma, disse, tuttavia c'era ancora un ostacolo che, ne era sicura, io non avevo considerato a dovere. Era un punto delicato, tanto più perché lo adduceva una donna; nel parlare si vedeva costretta a sacrificare i propri sentimenti; tuttavia per *me* avrebbe fatto qualsiasi sacrificio. Voleva alludere all'argomento dell'*età*. Ero consapevole – ero pienamente consapevole della differenza che c'era tra di noi? Che l'età del marito superasse di alcuni anni – anche di quindici o venti – l'età della moglie, era ritenuta generalmente una cosa ammissibile, e, a dire il vero, persino giusta; ma lei era sempre stata dell'avviso che l'età della moglie non dovesse *mai* superare quella del marito. Una differenza di questo genere era innaturale e conduceva, ahimè, anche troppo spesso ad una vita infelice. Ora ella sapeva che io non avevo più di ventidue anni; io, al contrario forse *non* mi rendevo conto che gli anni della mia Eugénie andavano ben al di là di quella cifra.

In tutto ciò c'era una nobiltà d'animo – un dignitoso candore – che mi deliziò, che mi incantò, che fissò per l'eternità le mie catene; a stento riuscii a trattenere il trasporto eccessivo che si era impadronito di me.

«Mia dolcissima Eugénie», gridai, «di che cosa state mai parlando? I vostri anni oltrepassano di un po' i miei? E allora? I costumi del mondo non sono che convenzionali follie. Per coloro che si amano come ci amiamo noi, in cosa differisce un anno da un'ora? Ho ventidue anni, dite, lo ammetto, potreste quasi dire che ne ho ventitré. Ed ora voi, mia amatissima Eugénie, non potete averne più di... non potete certo averne più di... non più di... di... di... di...»

E qui mi fermai per un istante, aspettandomi che Madame Lalande mi interrompesse per dirmi la sua vera età. Ma una francese è raramente esplicita, e ha sempre, a mo' di risposta a una domanda imbarazzante, qualche sua rispostina adatta. In questo caso Eugénie, che da alcuni momenti sembrava si stesse cercando qualcosa in seno, alla fine lasciò cadere sull'erba una miniatura, che io raccolsi immediatamente e le porsi.

«Tenetela!» Disse, con uno dei suoi sorrisi più affascinanti. «Tenetela per amor mio, per amore di colei che vi è ritratta in modo anche troppo benevolo. Inoltre sul retro potrete forse scoprire quell'informazione che sembrate desiderare. Ora, a dire il vero, sta diventando troppo buio, ma potrete esaminarla a piacere domani mattina. Nel frattempo, per stasera accompagnatemi a casa. I miei amici terranno un piccolo *levée* musicale. Ascolterete delle belle canzoni, ve lo prometto. Noi francesi non siamo così formali come voi americani, e non avrò alcuna difficoltà a farvi intrufolare dentro, come se foste una mia vecchia conoscenza.»

Così dicendo, mi prese il braccio e l'accompagnai a casa. L'abitazione era molto bella e, ritengo, arredata con buon gusto. Tuttavia, su quest'ultimo punto, sono ben poco qualificato per giudicare, poiché si era appena fatto buio quando arrivammo; e, nelle più belle case americane di rado le luci, durante l'estate, fanno la loro apparizione in questo momento, il più piacevole della giornata. Circa un'ora dopo il mio arrivo, a dire il vero, una sola lampada velata venne accesa nel salone principale; e perciò potei vedere che era arredato con straordinario buon gusto, anzi con sontuosità; mentre altre due stanze della casa, nelle quali si riunì la maggior parte della compagnia, rimasero per tutta la serata in una piacevolissima penombra. Questa è un'usanza indovinata, perché offre agli ospiti la possibilità di scegliere tra la luce e l'ombra, e che i nostri amici oltreoceano farebbero bene ad adottare subito.

La serata così trascorsa fu indiscutibilmente la più deliziosa della mia vita. Madame Lalande non aveva sopravvalutato le abilità musicali dei suoi amici; e io non avevo mai sentito cantare così bene come qui in alcun circolo privato, all'infuori di Vienna. Gli esecutori strumentali erano molti e di talento superiore, le cantanti erano soprattutto donne e nessuna di loro cantava men che bene. Alla fine, al richiamo perentorio di «Madame Lalande», ella si alzò immediatamente, senza affettazione o esitazione, dalla *chaise longue* sulla quale era seduta accanto a me e, accompagnata da uno o due gentiluomini e dalla sua amica dell'opera, andò al pianoforte che era nel salone principale. L'avrei accompagnata anch'io, ma capii che, viste le circostanze con cui ero stato introdotto nella casa, avrei fatto meglio a restare inosservato lì dov'ero. Venni così privato del piacere di vederla, se non di sentirla, cantare.

L'impressione che produsse sugli ospiti sembrò elettrica – ma l'effetto su di me fu ancora maggiore – non saprei descriverlo in modo adeguato. Venne in parte suscitato dal sentimento d'amore del quale ero imbevuto, ma soprattutto dalla mia convinzione dell'estrema sensibilità di colei che cantava. Nessuna arte riesce a dare a un'aria o a un recitativo un'espressività più appassionata della sua. Il modo in cui cantò le romanze dell'*Otello*, il tono che diede alle parole «Sul mio sasso» nei *Capuleti*, mi suonano ancora nella mente. I suoi bassi erano assolutamente mirabili. La sua voce abbracciava tre ottave complete, andando dal re di contralto al re di soprano leggero; e, sebbene fosse potente abbastanza da riempire il San Carlo, eseguì con la più minuziosa precisione ogni passaggio difficile di composizione vocale: scale ascendenti e discendenti, *fiorituri*. Nel finale della *Sonnambula* portò a un effetto straordinario le parole:

Ah! non giunge uman pensiero
Al contento ond'io son piena.

dove, a imitazione della Malibran, modificò la frase originale di Bellini, facendo scendere la voce fino al sol in chiave di tenore, e qui, con rapido passaggio, riprese il sol sopra la tripla sbarra, saltando due ottave.

Dopo questi miracoli di esecuzione vocale ella si alzò dal pianoforte e riprese posto accanto a me; e allora le espressi, con parole di profondo entusiasmo, il piacere che la sua esibizione mi aveva provocato. Della mia sorpresa non feci parola, anche se era più che genuina, poiché una sorta di debolezza, o piuttosto una specie di tremula indecisione della sua voce nella conversazione corrente, mi aveva preparato ad aspettarmi che, nel canto, ella non dovesse possedere alcuna particolare abilità.

Allora conversammo a lungo, seriamente, senza interruzione e senza riserve. Mi fece raccontare molti episodi della mia vita precedente e ascoltò attentamente, senza neanche respirare, ogni parola del mio racconto. Non le nascosi nulla, sentivo di avere il diritto di non nascondere nulla al suo affetto pieno di fiducia. Incoraggiato dal suo candore sull'argomento delicato dell'età, entrai, con perfetta franchezza, non soltanto nei dettagli dei miei molti piccoli difetti, ma le feci addirittura una piena confessione delle debolezze morali e perfino di quelle fisiche, il cui svelamento, richiedendo un più alto grado di coraggio, è una prova tanto più sincera di amore. Accennai alle mie ragazzate di collegio, alle mie stravaganze, alle mie baldorie, ai miei debiti, alle mie avventure amorose. Mi spinsi fino a parlare di una leggera tosse etica che, una volta, mi aveva causato dei problemi, di un attacco di gotta ereditaria e, per concludere, della spiacevole e fastidiosa debolezza della vista che fino ad allora avevo accuratamente tenuta nascosta.

«Su quest'ultimo punto», disse Madame Lalande ridendo, «senza dubbio non avete avuto giudizio a confessarlo, perché senza la vostra confessione sono sicura che nessuno avrebbe potuto accusarvi di un simile crimine.» «A proposito», continuò, «non vi ricorda qualcosa» e a questo punto mi sembrò che un rossore, persino attraverso l'oscurità della stanza, affiorasse chiaramente sulla sua guancia: «non vi ricorda qualcosa, *mon cher ami*, questo occhialetto che pende ora dal mio occhio?».

Mentre parlava girava tra le dita lo stesso occhialetto che mi aveva così terribilmente confuso all'opera.

«Benissimo, ahimè! Certo che ricordo!» Esclamai premendo appassionatamente la mano delicata che mi porgeva le lenti perché le esaminassi. Era un gingillo complicato, magnifico, cesellato e filigranato riccamente, che riluceva di pietre che, persino con scarsa luce, non potei non accorgermi che erano di grande valore.

«*Eh, bien! mon ami!*» Riprese lei con un certo *empressement*, che mi sorprese abbastanza. «*Eh bien! Mon ami*, mi avete ardententemente chiesto un favore che vi è piaciuto chiamare inestimabile. Avete chiesto la mia mano per domani. Se dovessi cedere alle vostre suppliche e, lo posso aggiungere, alle arringhe del mio stesso cuore, non avrei forse il diritto di chiedervi un piccolo, piccolissimo favore in cambio?»

«Dite!», esclamai con un'energia tale da attrarre quasi su di noi l'attenzione degli invitati, e la cui presenza soltanto mi impedì di gettarmi impetuosamente ai suoi piedi: «dite, mia adorata, mia Eugénie – dite – ma ahimè! Ve l'ho già concesso prima che lo diciate».

«Allora, *mon ami*, dovreste superare», disse, «per amore di Eugénie che voi amate, la piccola debolezza che avete confessato or ora – questa debolezza più morale che fisica – e che, ve lo posso assicurare, davvero non si addice alla nobiltà della vostra vera natura – ed è così in contraddizione con il candore del vostro carattere – e che, se lasciate che continui a condizionarvi, prima o poi vi caccerà in qualche imbarazzo estremamente sgradevole. Per amor mio dovrete vincere questa affettazione che vi porta, come voi stesso confessate, a negare, in modo tacito o implicito, la vostra debolezza di vista. Poiché, virtualmente, è come se negaste questa debolezza, rifiutando di ricorrere ai mezzi usuali di correggerla. Intendetemi dunque, io desidero che voi portiate gli occhiali: ah, zitto! – avete già consentito a portarli, *per amor mio*. Accettate questo gingillino che ora ho in mano, e che, sebbene di straordinario aiuto alla vista, in realtà come gioiello non ha valore immenso. Vedete, con una minima modifica, così – o così – può esere adattato agli occhi sotto forma di occhiali, o messo nel taschino del panciotto come un monocolo. Ma è nel primo modo, e abitualmente, che voi lo porterete, *per amor mio*.»

Questa richiesta – lo devo confessare? – mi confuse non poco. Ma la condizione a cui era legata poneva ogni esitazione come un argomento del tutto fuori questione.

«Sarà fatto!» Gridai con tutto l'entusiasmo che riuscii a raccogliere in quel momento. «Sarà fatto, accetto con gioia. Per amor vostro sacrifico ogni sentimento. Da questa sera porterò questo occhialetto, *come* occhialetto, e sul mio cuore; ma la prima alba di quel giorno che mi concederà la gioia di chiamarvi moglie lo metterò sul mio naso, e lì continuerò a portarlo da allora in avanti nel modo meno romantico, e meno alla moda, ma certamente più utile, come voi desiderate.»

La nostra conversazione volse allora ai dettagli dei preparativi per l'indomani. Appresi dalla mia promessa sposa che Talbot era appena arrivato in città. Dovevo vederlo immediatamente e procurarmi una carrozza. La *soirée* difficilmente sarebbe finita prima delle due, e per quell'ora la vettura doveva trovarsi davanti alla porta, in modo che, nella confusione creatasi per la partenza degli ospiti, Madame Lalande avrebbe potuto facilmente entrarvi inosservata. Ed allora saremmo andati nella casa di un pastore, che ci aspettava; lì ci saremmo sposati, avremmo lasciato Talbot, ed avremmo proseguito per un breve viaggio nell'Est; lasciando il bel mondo rimasto a casa a fare tutti i commenti possibili.

Avendo concertato tutto ciò, presi subito congedo e andai in cerca di Talbot, ma strada facendo non potei trattenermi dall'entrare in un albergo per poter esaminare la miniatura, e lo feci con il possente aiuto degli occhiali. Il volto era di una bellezza sorprendente! Quegli occhi grandi, luminosi – quel fiero naso greco! – quei lussureggianti riccioli neri! «Ah!» dissi io, esultando dentro di me, «questa è davvero l'immagine parlante della mia amata!» Girai sul retro, e scoprii le parole: «Eugénie Lalande, di ventisette anni e sette mesi».

Trovai Talbot a casa e lo misi subito al corrente della mia buona ventura. Egli manifestò eccessivo stupore, naturalmente, ma si congratulò con me in modo molto cordiale, e mi offrì tutto l'aiuto che poteva. Per dirla in breve, i preparativi vennero compiuti alla lettera e alle due di mattina, dieci minuti esatti dopo la cerimonia, mi trovavo in una carrozza coperta con Madame Lalande – dovrei dire la signora Simpson – e ci stavano allontanando a gran velocità dalla città, in direzione nord-nord-est, mezzo-nord.

Poiché dovevamo stare in piedi tutta la notte, Talbot aveva stabilito che avremmo fatto la nostra prima sosta a C., un villaggio a circa venti miglia dalla città, dove avremmo fatto la prima colazione e ci saremmo riposati un po', prima di procedere per la nostra strada. Perciò alle quattro precise la carrozza si fermò alla porta della locanda principale. Aiutai la mia adorata moglie a scendere, e ordinai immediatamente la colazione. Nel frattempo ci fecero accomodare in un salottino, dove ci sedemmo.

Era quasi, anche se non completamente, giorno; e mentre contemplavo, rapito, l'angelo che era al mio fianco mi venne, del tutto all'improvviso, l'idea singolare che quello era in realtà il primo momento, da quando avevo fatto la conoscenza della celebrata bellezza di Madame Lalande, in cui avevo il piacere di poter vedere da vicino, alla luce del giorno, quella stessa bellezza.

«E ora, *mon ami*» disse, prendendomi la mano, e interrompendo così il flusso delle mie riflessioni: «e ora, *mon cher ami*, dato che siamo indissolubilmente uniti, dato che ho ceduto alle vostre suppliche appassionate, ed ho ottemperato alla mia parte del nostro accordo, ritengo che non abbiate dimenticato che anche voi avete un piccolo favore da concedermi, una piccola promessa che è vostra intenzione mantenere. Ah! Vediamo! Fatemi ricordare! Sì, ricordo fin troppo facilmente le parole precise della cara promessa che l'altra sera avete fatto ad Eugénie! Ascoltatemi! Avete detto questo: "È fatto! Accetto con gioia! Sacrifico ogni mia suscettibilità per amor vostro. Da questa sera porterò questo occhialetto, *come* occhialetto, e sul mio cuore; ma la prima alba di quel giorno che mi concederà il privilegio di chiamarvi moglie, lo metterò sul... sul mio naso, e lì continuerò a portarlo da allora in avanti, nel modo meno romantico, e meno alla moda, ma certamente più utile, come voi desiderate". Queste furono le parole esatte, mio adorato marito, non è forse vero?»

«Sì», dissi. «Avete un'ottima memoria; e certamente, mia bellissima Eugénie, da parte mia non c'è alcuna intenzione di sottrarmi all'adempimento della banale promessa che esse sottintendono. Vedete! Guardatemi! Mi stanno abbastanza bene, no?» E perciò, sistemate le lenti come se fossero dei normali occhiali, le misi con fare circospetto nella posizione adatta; mentre Madame Simpson, aggiustandosi il copricapo e piegando le braccia, si sedette sulla sedia dritta come un fuso, in una posizione quantomai tesa e affettata e, a dire la verità, anche piuttosto poco dignitosa.

«Oh, mio Dio!», esclamai quasi nello stesso istante in cui la montatura degli occhiali si era poggiata sul mio naso. «Bontà divina! Ma cosa hanno mai queste lenti?» E, togliendomele rapidamente, le strofinai accuratamente con un fazzoletto di seta, e quindi me le sistemai di nuovo.

Ma, se la prima volta era accaduto qualcosa che mi aveva sorpreso, la seconda questa sorpresa crebbe fino a diventare stupore; ed era stupore profondo – estremo – posso ben dire che fu terribile. In nome di tutti i diavoli, che cosa poteva significare? Potevo credere ai miei occhi? *Potevo*? Quello era il problema. Quello era... Quello era... Quello era *rossetto*? E quelle erano, quelle sul viso di Eugénie Lalande erano... erano *rughe*? E oh, per Giove e per tutti gli dèi e le dee, piccoli e grandi! Che cosa – che cosa – che cosa – *che cosa* era successo ai suoi denti? Scaraventai con violenza gli occhiali a terra, e balzando in piedi, mi piantai nel mezzo della stanza, di fronte alla signora Simpson, con le mani puntate sui fianchi, sogghignando e con la bava alla bocca, ma, allo stesso tempo, incapace di parlare per la rabbia ed il terrore.

Dunque, ho già detto che Madame Eugénie Lalande – cioè Simpson – parlava l'inglese ben poco meglio di quanto lo scrivesse; e per questo motivo, molto accortamente, non provava mai a parlarlo in circostanze normali. Ma la rabbia può portare una signora a qualsiasi estremo; e proprio in questo caso portò la signora Simpson al tentativo singolarissimo di provare a sostenere una conversazione in una lingua che nemmeno capiva.

«Ebbe', Monsieur», disse, dopo avermi esaminato per qualche minuto con grande e visibile stupore. «Ebbe', Monsieur? Ebbe' alorra? Che ci è alorra? Avvete forse il balo di Saint Vitusse? Se non piaccio voi, per cosa comprare i maiale ne il sacco?»

«Maledetta!», dissi, prendendo fiato: «voi... voi infame vecchia strega!»

«Strega?... Vecchia? Io non così *tanto* vecchia, dopo tutto! Io non un giorno di più de otanta-duo.»

«Ottantadue!» Gridai, barcollando all'indietro fino alla parete. «Ottantadue centomila babbuini! Ma la miniatura diceva ventisette anni e sette mesi!»

«Certo – È poprio così! Poprio vero! Ma i ritratto è stato cinquanta cinque anni fa, quando io ho andata sposa mio segondo marido, Monsieur Lalande. E alora i ritratto me fato fare da mia figlia del mio primo marido, Monsieur Moissart!»

«Moissart!» Dissi io.

«Sì, Moissart», disse ella, scimmiottando la mia pronuncia che, a dire il vero, non era delle migliori: «E con ciò? Che sapete *voi* de Moissart?»

«Niente, vecchio spauracchio! Non so assolutamente niente di lui; solo che una volta avevo un antenato di quel nome.»

«Chel nome? E que avet da dire su chel nome? È un *otimmo* nome, come Voissart – anche chello è un otimmo nome. Mia figlia, Mademoiselle Moissart, lei sposa co Monsieur Voissart; e i nome entrabi nome *molti* rispettaaabili.»

«Moissart?», esclamai, «e Voissart. Ma cosa mai volete dire?»

«Que voglio dire – voglio dire Moissart e Voissart; e volio anche dire Croissart e Froissart, se così mi va di dire. La figlia di mia figlia, Mademoiselle Voissart, lei sposa co Monsieur Croissart, e poi, la nippote de mia figlia, Mademoiselle Croissart, lei sposa co Monsieur Froissart, e suppongo che voi dit che chesto non è nome *moto* rispettaaabile.»

«Froissart!» dissi io, sentendomi venir meno, «be' non vorrete certo dire Moissart, e Voissart, e Croissart, e Froissart?»

«Sì», risposte stirandosi all'indietro sulla sedia, e allungando del tutto le gambe; «sì, Moissart, e Voissart, e Croissart, e Froissart. Ma Monsieur Froissart era un *moto* grande di quelli che voi chiamate sciocchi – un moto grande assino come voi – perché ha lasciò *la belle France* per ha venuto a chesta stupîde Amérique – e qan venne qui avuto un figlio *moto, moto* stupide, così mi hanno detto, che io non ancora avuto le plaisir de incontrarmi co lui – né io, né la mia compagna, Madame Stephanie Lalande. Il suo nome è Napoleone Bonaparte Froissart, e suppongo che voi che *chello*, anche non è nome *moto* rispettaaabile.»

Forse la lunghezza o forse la natura di questo discorso ebbero l'effetto di suscitare nella signora Simpson uno stato di grande passione: e quando ebbe finito, con grande fatica saltò su dalla sedia come se fosse stregata, facendo cadere sul pavimento un'infinità di cianfrusaglie. Non appena fu in piedi, digrignò le gengive, brandì le braccia, si arrotolò su le maniche, mi tirò un pugno in faccia, e concluse lo spettacolo strappandosi via il copricapo dalla testa, insieme a una immensa parrucca di capelli neri dei più belli e costosi, che aveva gettato a terra con un urlo, per poi camminarci e ballarci sopra un fandango, in totale estasi ed agonia di rabbia.

Nel frattempo sprofondai atterrito sulla sedia che lei aveva lasciato libera. «Moissart e Voissart!», ripetei pensoso, mentre si tagliava una delle sue ali da piccione, «e Croissart e Froissart!» Mentre lei completava l'altra. «Moissart e Voissart e Napoleone Bonaparte Froissart! Ma, tu ineffabile vecchio serpente, sono *io* – sono *io* – mi senti? – sono *io*.» Gridai a questo punto con quanto fiato avevo in gola. «Sono i-o-o-o! *Io* sono Napoleone Bonaparte Froissart! E, se non ho sposato la nonna della mia nonna, possa andare al diavolo per sempre!»

Madame Eugénie Lalande, *quasi*[4] Simpson – precedentemente Moissart – era, stando ai fatti, la mia trisavola. In gioventù era stata bella, e perfino a ottantadue anni manteneva l'altezza maestosa, il profilo del capo degno di una scultura, i begli occhi e il naso greco della sua giovinezza. Con il loro aiuto, con cosmetici per rendere bianca la pelle, con il rossetto, con capelli finti, denti falsi e *imbottiture* posticce, come anche con l'aiuto delle più abili modiste di Parigi, era riuscita a mantenere una posizione

[4] In italiano nel testo (*N.d.T.*).

rispettabile tra le bellezze *en peu passées* della metropoli francese. E anzi, riguardo a ciò, potrebbe essere considerata come poco meno della celebrata Ninon de l'Enclos.

Era immensamente ricca, ed essendo rimasta vedova per la seconda volta e senza figli, si ricordò della mia esistenza in America e, con l'intenzione di nominarmi suo erede, venne in visita negli Stati Uniti in compagnia di una lontana parente, molto bella, del suo secondo marito – una certa Madame Stephanie Lalande.

All'Opera l'attenzione della mia trisavola venne suscitata dal mio osservarla; e, avendomi guardato attentamente attraverso il suo occhialetto, ella fu colpita da una certa somiglianza che le era familiare. Perciò, interessata, e sapendo che l'erede che cercava era proprio in quella città, assunse da parte sua informazioni su di me. Il gentiluomo che l'accompagnava mi conosceva e le aveva detto chi ero. Le informazioni così raccolte la indussero a rinnovare il suo esame minuzioso; e proprio questo esame minuzioso mi incoraggiò a tal punto da farmi comportare in quel modo assurdo che vi ho già descritto nei dettagli. Nondimeno ricambiò il mio saluto avendo avuto l'impressione che, per qualche caso bizzarro, io avessi scoperto la sua identità. Quando, ingannato dalla mia vista debole e dalle arti del trucco riguardo all'età e alle attrattive della strana dama, io avevo chiesto in modo così entusiastico a Talbot chi fosse, egli aveva creduto che mi riferissi alla bellezza più giovane, ovviamente; e perciò mi informò, dicendomi la perfetta verità, che ella era «la celebrata vedova Madame Lalande».

La mattina seguente la mia trisavola incontrò per strada Talbot, una sua vecchia conoscenza di Parigi; e la conversazione, del tutto naturalmente, volse su di me. Vennero quindi spiegati i miei problemi di vista; poiché in effetti erano risaputi, nonostante io fossi completamente all'oscuro della loro notorietà, e la mia buona anziana parente scoprì, con sua grande dispiacere, che si era ingannata nel pensare che io fossi a conoscenza della sua identità, e che mi ero messo in ridicolo dimostrando apertamente il mio amore in un teatro, e verso una donna anziana e sconosciuta. A mo' di punizione per questa mia imprudenza, architettò un piano con Talbot. Egli rimase deliberatamente lontano da me per evitare di presentarmi. Le mie indagini per strada sulla «bella vedova Madame Lalande» si riteneva che fossero riferite alla dama più giovane, naturalmente; e perciò si spiegherà facilmente la conversazione con i tre gentiluomini che io incontrai poco dopo aver lasciato l'albergo di Talbot, così come la loro allusione a Ninon de l'Enclos. Non avevo avuto alcuna opportunità di vedere da vicino Madame Lalande durante il giorno e, alla sua *soireée* musicale la mia sciocca debolezza nel rifiutare l'aiuto degli occhiali mi impedì in modo efficace di scoprire la sua età. Quando «Madame Lalande» venne chiamata a cantare, si intendeva la dama più giovane; e in effetti fu lei che si alzò per ubbidire alla chiamata. La mia trisavola, per favorire l'inganno, si alzò nello stesso momento e la accompagnò al piano nel salone principale. Se avessi deciso di accompagnarla fin là era sua intenzione suggerire che, per decoro, io rimanessi dove ero; ma i miei stessi propositi prudenti non resero necessario tutto questo. Le canzoni che avevo tanto ammirato, e che così mi confermavano l'impressione di giovinezza della mia signora, erano state eseguite da Madame Stephanie Lalande. L'occhialetto venne regalato per aggiungere un biasimo alla burla – un pungolo all'epigramma dell'inganno. Il presentarlo permetteva un'opportunità per la predica sull'affettazione, con la quale fui edificato in special modo. È quasi superfluo aggiungere che le lenti dello strumento, così come le adoperava la vecchia dama, erano state da lei sostituite con un paio più adatte alla mia età. In effetti mi andavano a pennello.

Il sacerdote che aveva fatto finta di legare il nodo fatale era un buontempone amico di Talbot, e nient'affatto un prete. Tuttavia era un cocchiere eccellente, e, essendosi tolto la tonaca per mettersi un tabarro, guidò il ronzino che aveva portato via dalla città «la coppia felice». Talbot aveva preso posto al suo fianco; così i due furfanti si godettero tutta la scena e, attraverso una finestra semiaperta che dava sulla saletta nel retro della locanda continuarono a divertirsi, con ghigni, assistendo al *denouement* del dramma. Credo proprio che dovrò sfidarli a duello.

Ad ogni modo, *non* sono il marito della mia trisavola, e il constatarlo mi dà sollievo infinito; – ma *sono* il marito di Madame Lalande – di Madame Stephanie Lalande – con la quale la mia buona vecchia parente, oltre a nominarmi suo unico erede alla sua morte – se mai questo accadrà – si è presa la briga di combinarmi un matrimonio. In conclusione: ho smesso per sempre con i *billets doux*, e non mi si incontrerà più senza occhiali.

Il duca de l'Omelette

E subito entrò in un clima più fresco

COWPER

Keats fu stroncato da una critica. Chi fu che morì per «L'Andromache?» [1]. Anime pavide! De l'Omelette morì per colpa di un piccione. *L'histoire en est brève*. Assistimi, spirito di Apicio! Una gabbia dorata aveva trasportato il piccolo giramondo alato, acceso d'amore, struggente, svogliato, dalla sua casa nel lontano Perù fino alla *Chaussée D'Antin*. Dalla sua regale padrona, la Bellissima, al Duca de l'Omelette, cinque pari dell'impero trasportarono il felice pennuto.

Quella sera, il duca avrebbe cenato solo. Nell'intimità del suo studio, se ne stava languidamente disteso su quell'ottomana per la quale aveva sacrificato la sua lealtà strappandola al suo re durante un'asta – la famosa ottomana di Cadêt.

Nasconde il volto nel cuscino. La pendola rintocca! Incapace di frenare le sue emozioni, Sua Grazia inghiotte un'oliva. In questo momento la porta si schiude delicatamente al suono di una dolce musica, ed ecco! Il più delicato degli uccelli è davanti al più innamorato degli uomini! Ma quale inesprimibile sgomento oscura il volto del duca?

«*Horreur! – chien! – Baptiste! – l'oiseau! ah, Bon Dieu! cet oiseau modeste que tu as deshabillé de ses plumes, et que tu as servi sans papier!*» Superfluo aggiungere altro – il duca spirò in un parossismo di disgusto.***

«Ah! ah! ah!», disse Sua Grazia il terzo giorno dopo il suo decesso.

«Eh! eh! eh!», replicò debolmente il Diavolo, ergendosi con *hauteur*.

«Diamine, senza dubbio sta scherzando», ribatté De L'Omelette. «Ho peccato – *c'est vrai* – ma signor mio, rifletta un momento! – Lei non penserà davvero di mettere in atto una tale – una tale barbara minaccia.»

«Non penserò *cosa*?», esclamò Sua Maestà, «avanti signore, si spogli!»

«Spogliarmi, figuriamoci! Davvero una bella idea! No, signore, io *non* mi spoglierò. Chi è lei perché io, Duca de L'Omelette, Principe de Fois-Gras, appena entrato nella maggiore età, autore della *Mazurchiade* e Membro dell'Accademia, debba togliermi al suo comando i più deliziosi pantaloni mai usciti dalle mani di Bourdon, la più raffinata *robe de chambre* mai fatta da Rombêrt – per non parlare dei miei bigodini – e per tacere del disagio che mi procurerebbe sfilarmi i guanti?»

«Chi sono io! Ah, giusto! Io sono Baal-Zebub, Principe delle Mosche. Ti ho appena prelevato da una bara di palissandro intarsiata d'avorio. Eri stranamente profumato, e l'etichetta corrispondeva alla bolla di carico. Ti ha spedito Belial – il mio Ispettore dei Cimiteri. Quei pantaloni che tu dici opera di Bourdon son un paio di mutande di ottimo lino, e la tua *robe-de-chambre* è un sudario bello grande.»

[1] Montfleury. L'autore del *Parnasse Réformé* gli fa dire nell'Ade: «*L'homme donc qui voudrait savoir ce dont je suis mort, qu'il ne demande pas si'l fût de fievre ou de podagre ou d'autre chose mais qu'il entende que ce fût de l'Andromache*».

«Signore!», replicò il duca, «non mi lascerò insultare impunemente! – alla prima occasione, signore, vendicherò questa offesa – avrà mie notizie, signore! Nel frattempo, *au revoir*!» E il duca, con un inchino, si stava allontandando dalla Satanica presenza quando fu fermato e riportato indietro da un gentiluomo di servizio. A quel punto, Sua Grazia si stropicciò gli occhi, sbadigliò, scrollò le spalle, e si mise a riflettere. Accertatosi della propria identità, girò lo sguardo attorno per vedere dove si trovava.

L'appartamento era superbo. Perfino De L'Omelette lo dichiarò *bien comme il faut*. Non tanto per la lunghezza e la larghezza – ma l'altezza – ah, quella era davvero terrificante! – Non c'era soffitto – sicuramente non c'era – ma una densa massa turbinante di nuvole color fuoco. Guardando in su Sua Grazia si sentì preso dalle vertigini. Dall'alto, infatti, pendeva una catena di un metallo sconosciuto, rosso-sangue, la cui cima si perdeva, come la città di Boston, *parmi les nues*. All'estremità più vicina era appesa una grande lampada. Il duca vide che era un rubino; dal quale però si sprigionava una luce così intensa, così immobile e terribile quale mai era stata adorata in Persia – mai Gheber aveva immaginato – mai musulmano aveva sognato quando, drogato dall'oppio, si era accostato barcollando a un campo di papaveri, dando le spalle ai fiori e rivolgendo il viso al Dio Apollo. Il duca borbottò fra i denti un'imprecazione, decisamente di consenso. Gli angoli della sala si arrotondavano a formare delle nicchie; tre delle quali, occupate da statue di proporzioni gigantesche. Di una bellezza greca, una deformità egiziana e, *tout ensemble*, francesi. Nella quarta nicchia, la statua era velata; e *non* gigantesca. Ma si scorgeva una caviglia slanciata, un piede con un sandalo. De L'Omelette si portò la mano al cuore, chiuse gli occhi, li alzò e colse – arrossendo – lo sguardo di Sua Satanica maestà.

Ma i quadri! – Kupris! Astarte! Astoreth! – mille, e tutti uguali! E su di essi si era posato l'occhio di Raffaello! Sì, Raffaello era stato qui; non aveva egli forse dipinto la...? E non era stato, di conseguenza, dannato? I quadri! – I quadri! Oh voluttà! Oh amore! – chi, guardando quelle bellezze proibite, potrà mai avere occhi per i delicati disegni delle cornici dorate che trapuntavano come stelle le pareti di zirconio e di porfido?

Ma il duca si sente mancare il cuore. Non però, come voi credete, smarrito davanti a tanta magnificenza, né ebbro per l'estatico respiro di quegli innumerevoli censori. *C'est vrai que de toutes ces choses il a pensé beaucoup – mais!!* Il Duca De L'Omelette è terrorizzato; nel sinistro panorama che si intravede da un'unica finestra senza tende, infatti, ecco! Si scorge il bagliore del più spettrale dei roghi!

Le pauvre Duc! Non poteva non pensare che le stupende, voluttuose, incessanti melodie che si riversavano nella sala, filtrate e trasmutate dall'alchimia delle vetrate magiche, erano i lamenti e i gemiti dei disperati e dei dannati! E laggiù – là – sull'ottomana! Chi poteva essere? – lui, *le petit-maître* – no, la Divinità – che sedeva quasi scolpito nel marmo, *et qui sourit*, col suo volto pallido, *si amérement*?

Mais il faut agir – vale a dire, un francese non perde mai del tutto i sensi. Inoltre, Sua Grazia odiava le scenate – De L'Omelette è di nuovo se stesso. C'erano dei fioretti su un tavolo – anche delle lame acuminate. Il duca aveva studiato con B. –; *il avait tué ses six hommes*. Dunque, adesso, *il peut s'echapper*. Misura due lame e, con inimitabile eleganza, offre la scelta a Sua Maestà. *Horreur*! Sua Maestà non tira di scherma!

Mais il joue! – che felice pensiero! – ma Sua Grazia ha sempre avuto ottima memoria. Aveva sfogliato il *Diable* dell'Abbé Gualtier. E c'era scritto «*que le Diable n'os pas refuser un jeu d'écarté*» [1].

Ma le probabilità – le probabilità! Disperate, è vero; ma certo non più disperate del duca stesso. Inoltre non era forse addentro ai segreti? – Non aveva dato un'occhiata a Père le Brun? – non era forse socio del Club Vingt-un? «*Si je perde*», si disse, «*je serais deux fois perdu* – sarò doppiamente dannato – *voilà tout*! (e Sua Maestà si strinse nelle spalle). *Si je gagne, je reviendrai à mes ortolans – que le cartes soyant préparées!*»

Sua Grazia era all'erta, attentissimo – Sua Maestà pienamente fiducioso. Uno spettatore avrebbe pensato a Francis e Charles. Sua Grazia pensava alla partita. Sua Maestà non pensava; mescolò le carte; il duca tagliò.

Le carte sono distribuite. Si scopre la briscola – è – è – il re! No – era la regina. Sua Maestà maledì quel suo abbigliamento mascolino. De L'Omelette si portò la mano al cuore.

Giocano. Il duca conta. La mano è finita. Sua Maestà conta lentamente con gravità, sorride, beve un sorso di vino. Il duca fa scivolare una carta. «*C'est à vous à aire*», disse Sua Maestà tagliando. Sua Grazia s'inchinò, servì, e si alzò dal tavolo *en presentat le Roi*.

Sua Maestà apparve amareggiato.

Se Alessandro non fosse stato Alessandro, avrebbe voluto essere Diogene; e, nel prender congedo, il duca assicurò al suo avversario «*que s'il n'eût été De L'Omelette il n'aurait point d'objection d'être le Diable*» [2].

[1] ... che il Diavolo non rifiuta mai una mano di *écarté* (*N.d.T.*).

[2] ... che, se non fosse stato De L'Omelette, non avrebbe avuto obiezioni ad essere il Diavolo (*N.d.T.*).

Una settimana con tre domeniche

«Vecchio selvaggio malvagio, testa di legno, cocciuto, arrugginito, scorbutico, ammuffito, retrogrado!», dissi un pomeriggio, fra me e me, all'indirizzo del mio prozio Rumgudgeon – agitandogli il pugno sotto il naso, con la fantasia.

Solo con la fantasia. Il fatto è che in quel momento *esisteva* una piccola, trascurabile differenza fra quanto mi andavo dicendo e quando avevo il coraggio di dire – fra quanto facevo, e quanto avevo una mezza voglia di fare.

Quando aprii la porta del soggiorno, quella vecchia tartaruga se ne stava seduto con i piedi appoggiati al caminetto, e un boccale di porto nella zampa, sforzandosi strenuamente di mettere in atto il vecchio adagio

> Vuota il bicchier ch'è pieno!
> Empi il bicchier ch'è vuoto!

«*Caro* zio», dissi chiudendo con garbo la porta e accostandomi a lui col più blando dei sorrisi, «sei sempre così gentile e premuroso, e mi hai dimostrato la tua benevolenza in tanti – *tantissimi* modi che – che sento è sufficiente che io ti sottoponga ancora una volta questa piccola questione perché tu mi dia il tuo pieno consenso.»

«Hem!», disse, «bravo ragazzo! Continua!»

«Sono certo, carissimo zio (maledetta vecchia canaglia!) che in realtà tu non intendi opporti seriamente alla mia unione con Kate. Stai solo scherzando, lo so – ah! ah! ah! – a volte, sei *proprio* divertente.»

«Ah! ah! ah!», disse, «è così! Accidenti a te! Proprio così!»

«Ma certo – naturale! Lo *sapevo* che scherzavi. Ora, zio, tutto quello che in questo momento Kate e io desideriamo, è un tuo consiglio – circa il *periodo* – *capisci* zio – in breve, quando è più comodo per te che si faccia – si faccia il matrimonio, capisci?»

«Smettila, scioperato! – che vorresti dire! – meglio lasciar perdere, e aspettare.»

«Ah! ah! ah! – eh! eh! eh! – ih! ih! ih! – oh! oh! oh! – uh! uh! uh! – o questa è buona – oh, fantastica! – *davvero* divertente! Ma tutto quello che vogliamo *adesso* zio, sai, è che tu ci indichi la data precisa.»

«Ah! Precisa?»

«Sì, zio, – voglio dire, se non ti dispiace.»

«Non ti andrebbe bene, Bobby, se rimanessi nel vago – diciamo, entro un anno o giù di lì, per esempio? – *Devo* proprio dirti una data esatta?»

«Sì, zio, per *favore* – esatta.»

«E va bene, allora, Bobby, ragazzo mio – sei un bel tipo, vero? – dato che *insisti* per una data esatta – d'accordo, una volta tanto ti accontenterò.»

«Caro zio!»

«Hush, signore!» (facendomi cenno di abbassare il tono) – «Una volta tanto ti accontenterò. Avrai il mio consenso – e il *gruzzolo*, non ci scordiamo il gruzzolo – vediamo! Diciamo – oggi è domenica, vero? – Dunque, allora, ti sposerai esattamente – *esattamente*, bada bene! – *Nella settimana che avrà tre domeniche*! Hai capito, signorino? *Perché* te ne stai lì a bocca aperta? Te l'ho detto, avrai Kate e il suo gruzzolo nella settimana con tre domeniche – ma non *prima* – mio giovane scavezzacollo – non prima, dovesse costarmi la vita! Mi conosci – *sono un uomo di parola* – e adesso, fila!» Tracannò il suo bicchiere di porto mentre mi precipitavo, disperato, fuori dalla stanza.

Il mio prozio Rumgudgeon era proprio «un distinto, anziano gentiluomo inglese» ma, a differenza della canzone, aveva i suoi punti deboli. Un tizio piccolo, corpulento, pomposo, collerico, semisferico, col naso rosso, la zucca dura, carico di soldi e con uno spiccato senso della propria importanza. Pur avendo il cuore migliore di questo mondo riusciva, col suo predominante spirito di *contraddizione*, a crearsi la fama di burbero spilorcio fra coloro che non lo conoscevano a fondo. Come molte bravissime persone, sembrava animato da un desidero di *irritare* la gente che, a prima vista, si poteva facilmente scambiare per cattiveria. A qualsiasi richiesta, la sua prima risposta era «No!»; ma alla lunga – molto, molto alla lunga – erano ben poche le richieste che rifiutava. Difendeva a spada tratta ogni attacco alla borsa; ma, alla fine, la cifra che si riusciva a estorcergli era direttamente proporzionale alla durata dell'assedio e alla tenacia della resistenza. In fatto di carità nessuno dava più generosamente, o con più malagrazia, di lui.

Per le belle arti, e specialmente per le belle lettere, nutriva un profondo disprezzo. Sotto questo aspetto, era stato ispirato da Casimir Perier, di cui citava abitualmente, con uno stranissimo accento, la pungente domanda «*A quoi un poète est-il bon?*» come il *non plus ultra* dell'acume logico. Pertanto, il mio *penchant* per le Muse aveva suscitato il suo più totale malcontento. Un giorno, avendogli io chiesto una nuova copia di Orazio, affermò che la traduzione di «*Poeta nascitur non fit*» era «un cattivo poeta buono a nulla» [1] – osservazione che avevo accolto con profondo sdegno. Inoltre, la sua ripugnanza verso «le discipline umanistiche» si era recentemente acuita a causa di un'accidentale inclinazione verso ciò che egli supponeva fosse la scienza naturale. Qualcuno l'aveva abbordato per la strada scambiandolo nientedimeno che per il dottor Dubble L. Dee, il tipo che teneva conferenze sulla medicina dei ciarlatani. Questo l'aveva fatto partire per la tangente; e, proprio all'epoca della presente storia, il mio prozio Rumgudgeon era accessibile e pacifico solo quando si toccavano quegli argomenti che, per caso, coincidevano con le idee che, in quel momento, sosteneva a spada tratta. Su tutto il resto, si spanciava dalle risate, e le sue opinioni politiche erano elementari e irremovibili. Concordava, con Horseley, «che tutto quello che la gente deve fare con le leggi è obbedire ad esse».

Ero vissuto con l'anziano signore tutta la mia vita. Morendo, i miei genitori mi avevano lasciato a lui come preziosa eredità. Credo che quella vecchia canaglia mi amasse come un figlio – quasi, se non altrettanto,

[1] «A nasty poet for nothing fit», gioco di parole intraducibile. Traduzione esatta: Poeta si nasce, non si diventa (*N.d.T.*).

quanto amava Kate – ma, tutto sommato, mi aveva fatto fare una vita da cane. Da quando avevo un anno fino ai cinque anni, mi gratificava regolarmente di sferzate. Dai cinque ai quindici, ogni sessanta minuti mi aveva minacciato di spedirmi al correzionale. Dai quindici ai venti, non era passato un giorno che non avesse minacciato di diseredarmi. Ero un discolo, d'accordo – ma faceva parte della mia natura – era un mio credo. In Kate, tuttavia avevo un'amica sicura, e lo sapevo. Era una brava ragazza e mi aveva detto con molta dolcezza che avrei potuto averla (gruzzolo compreso) se fossi riuscito a strappare il consenso al prozio Rumgudgeon. Povera figlia! – aveva appena quindici anni e, senza quel consenso, la sua piccola parte di denaro non sarebbe saltata fuori fino a quando cinque incommensurabili estati «avessero trascinato lentamente la loro lunghezza» [2]. Che fare, dunque? A 15 anni, o anche a 21, (poiché avevo ormai superato la mia quinta olimpiade) un futuro di cinque anni equivale a uno di 500. Invano assillammo l'anziano signore. Era una *pièce de résistance* (come direbbero Ude e Carene) che sembrava fatta apposta per la sua mente perversa. Perfino Giobbe si sarebbe indignato nel vedere il comportamento da gatto sornione che teneva con noi due poveri topolini. In cuor suo, la nostra unione era quanto di più ardentemente desiderava. L'aveva già decisa da sempre. Anzi, avrebbe sborsato di tasca sua diecimila sterline (il gruzzolo di Kate apparteneva *esclusivamente a lei*) per riuscire a escogitare una scusa che gli consentisse di esaudire il nostro più che naturale desiderio. Ma eravamo stati così imprudenti da sollevare *noi* l'argomento. Date le circostanze, quindi, credo sinceramente che non sarebbe riuscito a non opporsi.

Ho già detto che aveva i suoi punti deboli; ma, a questo proposito, non crediate che io mi riferisca alla sua testardaggine: che era uno dei suoi cavalli di battaglia – «*assurement ce n'était pas sa foible*». Parlando di punti deboli, alludo a una *bizzarra* superstizione da donnicciola che lo ossessionava. Era un patito di sogni, presagi, *et id genus omne* di tiritere. Era anche esasperatamente scrupoloso su piccole questioni d'onore e, a modo suo, era senza dubbio un uomo di parola. Questa, anzi, era una delle cose di cui si faceva vanto. Non aveva il minimo scrupolo a sacrificare lo *spirito* delle sue promesse, ma la *lettera* di quelle promesse era un vincolo inviolabile. Ora, fu proprio quest'ultimo aspetto del suo carattere che, grazie alla furberia di Kate, ci permise un bel giorno, poco dopo il nostro colloquio in sala da pranzo, di acquisire un insperato vantaggio; avendo così, come i bardi e gli oratori dei nostri giorni, esaurito in *prolegomena* tutto il tempo e quasi tutto lo spazio a mia disposizione, riassumerò in poche parole quello che è il nocciolo della storia.

Accadde – o così volle il destino che accadesse – che fra le conoscenze della mia fidanzata nel settore marittimo ci fossero due signori i quali avevano appena rimesso piede in Inghilterra dopo un anno di assenza, che ciascuno dei due aveva trascorso all'estero. Secondo un piano concertato in precedenza mia cugina e io, insieme a questi due signori, andammo a far visita allo zio Rumgudgeon nel pomeriggio di domenica, 10 ottobre – esattamente tre settimane dopo la fatidica decisione che aveva così crudelmente frustrato le nostre speranze. Per circa mezz'ora si parlò del più e

[2] Alexander Pope: *Essay on Criticism* (*N.d.T.*).

del meno; ma alla fine riuscimmo, senza averne l'aria, a indirizzare la conversazione nel modo seguente:

Capitano Pratt: «Bene, sono stato via giusto un anno. Parola mia, fa giusto un anno domani – vediamo! Proprio così! Oggi è il 10 ottobre. Lei ricorderà, signor Rumgudgeon che l'anno scorso, proprio in questo stesso giorno, venni a salutarla prima di partire. A proposito, *sembra* proprio una coincidenza, non è vero – che il nostro amico, il qui presente capitano Smitherton, sia stato anche lui assente per un anno – un anno oggi!»

Smitherton: «Già! Un anno preciso. Lei ricorderà, signor Rumgudgeon, che l'anno scorso, in questo stesso giorno, venni con il capitano Pratt a prendere rispettosamente congedo da lei».

Zio: «Sì, sì. Sì, lo ricordo benissimo – davvero molto strano! Siete stati assenti tutti e due per un anno. Una coincidenza davvero strana! Proprio quello che il dottor Dubble L. Dee definirebbe uno straordinario concorso di eventi. Il Dottor Dub...».

Kate (interrompendolo): «Certo, papà, è *proprio* molto strano; ma il capitano Pratt e il capitano Smitherton non hanno percorso la stessa rotta, e questo fa differenza, sai».

Zio: «Non so niente del genere, piccola impertinente. Come potrei? Anzi, credo che questo renda la cosa ancor più straordinaria, il dottor Dubble L. Dee...».

Kate: «Ma papà, il capitano Pratt ha doppiato il Capo Horn e il capitano Smitherton il Capo di Buona Speranza».

Zio: «Esattamente! – Uno è andato verso est e l'altro verso ovest, sciocchina, ed entrambi hanno fatto il giro del mondo. A proposito, il dottor Dubble L. Dee...».

Io (in fretta): «Capitano Pratt, deve venire da noi domani sera – lei e Smitherton – così ci racconterà tutto del suo viaggio, e faremo una mano di whist, e...».

Pratt: «Whist, ragazzo mio – lei dimentica. Domani è domenica. Un'altra sera...».

Kate: «Oh, no vergogna! Robert non è sconsiderato *fino* a questo punto. *Oggi* è domenica».

Zio: «Certo – certo!»

Pratt: «Chiedo scusa ad entrambi – ma non posso sbagliarmi. So che domani è domenica perché...».

Smitherton (molto stupito): «Ma *dove* avete la testa, tutti quanti? Non era *ieri*, domenica, vorrei proprio sapere?»

Tutti: «Ieri? Ma che dice? *Lei* sta dando i numeri!»

Zio: «Domenica è oggi, vi dico – volete che non lo sappia?»

Smitherton: «Siete *tutti* matti – nessuno eccettuato. Sono sicurissimo che domenica era ieri, sicuro com'è vero che sto seduto su questa sedia».

Kate (alzandosi di scatto): «Capisco – adesso capisco. Papà, questo è il tuo castigo per – per tu sai cosa. Lasciatemi parlare e vi spiegherò tutto in un minuto. È semplicissimo. Il capitano Smitherton dice che ieri era domenica; è vero, ha ragione. Mio cugino Bobby, lo zio, ed io, diciamo che oggi è domenica: è vero, abbiamo ragione. Il capitano Pratt sostiene che domani sarà domenica: è vero, ha ragione anche lui. Il fatto è che abbiamo ragione tutti, e così *questa è una settimana con tre domeniche*».

Smitherton (dopo un breve silenzio): «Incidentalmente, Pratt, Kate ci ha battuto su tutta la linea. Che sciocchi siamo noi due! Signor Rumgudgeon, il fatto è questo: come lei sa, la terra ha una circonferenza di 24.000

miglia. Ora, il globo ruota – gira – compie delle rivoluzioni sul proprio asse per tutte queste 24.000 miglia, da ovest ad est, esattamente in 24 ore. Capisce, signor Rumgudgeon?»

Zio: «Certo – certo il dottor Dub –».

Smitherton (abbassando la voce): «Bene, signore; questo significa una velocità di 1000 miglia l'ora. Supponiamo che io navighi da questo punto per 1000 miglia verso est. Ovviamente, mi troverò in anticipo esattamente di un'ora rispetto a quella in cui il sole sorge qui a Londra. Vedo l'alba un'ora prima di voi. Avanzando di altre 1000 miglia nella stessa direzione, anticipo il sorgere del sole di due ore – altre 1000, e lo anticipo di tre, e così via, fino a fare il giro completo del mondo; e poi faccio ritorno qui quando, avendo percorso 24.000 miglia verso est, sono in anticipo di ben 24 ore rispetto all'ora in cui il sole sorge a Londra; vale a dire, sono in *in anticipo* di un giorno rispetto a voi. Capito?»

Zio: «Ma il dottor Dubble L. Dee –».

Smitherton (a voce molto alta): «Viceversa, il capitano Pratt, partendo da questo punto, dopo avere percorso 1000 miglia verso ovest, era in ritardo di un'ora rispetto a Londra: e dopo 24.000 miglia lo era di 24 ore, cioè di un giorno. Quindi, per me domenica era ieri – per lei, lo è oggi – e per il capitano Pratt, lo sarà domani. E quel che più conta, signor Rumgudgeon, è che *chiaramente* abbiamo *ragione tutti*; in quanto non esiste giustificazione filosofica perché l'idea di uno di noi debba prevalere su quella degli altri».

Zio: «Perbacco! – bene, Kate – bene, Bobby – questo è il mio castigo, come dite. Ma sono un uomo di parola – *badate bene*! Sarà tua, ragazzo (gruzzolo e tutto), quando vuoi. Incastrato, per Giove! Una settimana di tre domeniche! Andrò a chiedere il parere di Dubble L. Dee su *questa* faccenda».

Il diavolo nel campanile

Che ora è?

Vecchio adagio

In linea di massima, tutti sanno che il luogo più bello del mondo è – o, purtroppo, *era*, il distretto olandese di Vondervotteimittis. Dato che, però, si trova a una certa distanza dalle principali arterie di traffico, in posizione piuttosto fuori mano, ci sarà forse qualcuno fra i miei lettori che non l'ha mai visto. A *loro* beneficio, quindi, sarà opportuno che ne dica qualcosa. E ciò è, in effetti, tanto più necessario in quanto, nella speranza di suscitare la simpatia del pubblico nei confronti dei suoi abitanti, mi propongo qui di narrare i funesti eventi che si sono recentemente verificati entro i suoi confini. Nessuno che mi conosca dubiterà che farò del mio meglio per adempiere a questo dovere che mi sono imposto, con tutta quella rigorosa imparzialità, quella prudente disamina dei fatti, quella diligente collazione con le autorità, che sempre dovrebbero distinguere chiunque aspiri al nostro titolo storico.

Grazie all'aiuto congiunto di medaglie, manoscritti e iscrizioni, posso affermare con sicurezza che il distretto di Vondervotteimittis è rimasto, fin dalle origini, esattamente nelle stesse condizioni che attualmente conserva. Sulla data di queste origini, però, non posso purtroppo che parlare con quella imprecisa precisione che i matematici sono talvolta costretti ad accettare a proposito di certe formule algebriche. Per quanto concerne l'epoca delle sue origini posso quindi affermare che essa non può certamente essere inferiore a una qualsiasi quantità attribuibile.

Passando all'etimologia del nome Vondervotteimittis devo confessare, con dispiacere, di saperne altrettanto poco. Fra una miriade di opinioni su questo delicato punto – alcune acute, altre dòtte, altre ancora né l'una né l'altra cosa – non potrei sceglierne una che si potesse ritenere soddisfacente. Forse la teoria di Grogswigg – che più o meno coincide con quella di Kroutaplenttey – è da preferire, sia pure con riserva. Essa è così formulata: «*Vondervotteimittis. – Vonder, lege Donder – Vitteimittis, quasi und Bleitziz – Bleitziz obsol: pro Blitzen*».

A dire il vero, questa etimologia è ancora avallata dalle evidenti tracce di fluido elettrico in cima alla torre campanaria del Palazzo del Municipio. Preferisco però non pronunciarmi su un argomento di tale importanza, e devo rimandare il lettore che voglia saperne di più alle «*Oratiunculae de Rebus Praeter-Veteris*», del Dundergutz. Come pure al «*De Derivationibus*» del Blunderbuzzard, pgg. 27--5010, Folio, ed. Gotica, caratteri Rosso e Nero, Testatina e Senza Cifrario; in esso, vedi anche note a margine nell'autografo di Stuffundpuff, con le sottonote illustrative di Gruntundguzzel.

Malgrado le tenebre che così avvolgono sia la data di fondazione di Vondervotteimittis che l'etimologia del toponimo, non c'è alcun dubbio, come ho già detto, che essa fosse sempre stata quale oggi la vediamo. Il più vecchio fra gli anziani del distretto non rammenta la minima differenza nell'aspetto di una sua qualsiasi parte; anzi, la sola ipotesi di una tale evenienza è considerata un'offesa. Il villaggio sorge in una valle perfettamente circolare, con una circonferenza di circa un quarto di miglio, interamente racchiusa fra dolci colline, sulla cui sommità la gente non si è ancora avventurata. Per l'eccellente motivo, dicono, che non ritengono ci sia niente dall'altra parte. Ai margini della vallata (piatta e interamente pavimentata di piastrelle) si stende una fila ininterrotta di sessanta casette. Dando le spalle alle colline, esse guardano necessariamente al centro della spianata, che dista esattamente 60 iarde dalla porta d'ingresso di ciascuna di esse. Ogni casa ha davanti un piccolo giardino, con un sentiero circolare, una meridiana e 24 cavoli. Gli edifici sono così identici fra loro che è impossibile distinguere l'uno dall'altro. A causa della sua antichità, lo stile architettonico è piuttosto bizzarro, ma non per questo meno straordinariamente pittoresco. Le costruzioni sono realizzate con mattoni in cotto, rossi, col bordo nero, così che le mura sembrano delle enormi scacchiere. Gli spioventi del tetto sono rivolti sul davanti e, su grondaie e porte d'ingresso, corrono dei cornicioni grandi come il resto dell'edificio. Le finestre sono strette e profonde, con minuscoli vetri ed enormi telai. I tetti sono ricoperti da una quantità di tegole con grandi anse arricciate. Le parti in legno sono tutte di colore scuro, fittamente intagliate con motivi quasi uguali; da tempi immemorabili, infatti, gli intagliatori di Vondervotteimittis non sono mai stati capaci di scolpire più di due oggetti – un orologio e un cavolo. Che però riproducono magistralmente, inframezzandoli con estrema fantasia ogniqualvolta trovano un piccolo spazio per il loro scalpello.

Le abitazioni sono praticamente uguali sia all'esterno che all'interno, con un tipo di arredo uniforme. Pavimenti di mattonelle quadrate, tavoli e seggiole di legno scuro, con sottili zampe arcuate e piedini da animale. Le mensole dei caminetti sono larghe e alte, scolpite sul davanti con gli immancabili orologi e cavoli, e per di più, al centro del piano nella mensola, un orologio vero, con un sonoro ticchettio, bilanciato da un vaso da fiori contenente un cavolo, alle due estremità. Fra i vasi e l'orologio, un omino di porcellana con una grossa pancia che ha un gran foro circolare al centro, attraverso cui si vede il quadrante di un orologio.

I caminetti sono profondi e spaziosi, con gli alari dall'aspetto deforme e minaccioso. Sul fuoco, sempre acceso, bolle una grossa pentola colma di salsicce e crauti, tenuta costantemente d'occhio dalla solerte massaia; una donnetta grassa e anziana, con gli occhi azzurri e le guance rubizze, con il capo coperto da una grande cuffia a pan di zucchero ornata di nastri gialli e rossi. Ella indossa un abito di misto-lana arancione, molto ampio sul dietro, con la vita alta – e molto corto, che non scende oltre la metà delle gambe. Gambe che, come le caviglie sono piuttosto tozze, ricoperte, però, da un bel paio di calze verdi. Le scarpe – di pelle rosa – sono legate con un fiocco di nastri gialli, annodato così da somigliare a un cavolo. Nella mano sinistra tiene un orologio a cipollone e, nella destra, un mestolo per girare le salsicce e i crauti. Accanto alla donna, un gattone grasso e ben pasciuto, con una sveglia-giocattolo dorata che i «ragazzi» gli hanno legato alla coda per gioco.

I ragazzi, sono tutti e tre in giardino a sorvegliare il maiale. Sono alti due piedi, portano un cappello a tricorno sulle ventitré e indossano panciotti scarlatti lunghi fino alla coscia, pantaloni al ginocchio, di camoscio, calzerotti di lana rossa, scarpe pesanti con la fibbia d'argento e lunghe palandrane con grossi bottoni di madreperla. Ciascuno di loro ha in bocca la pipa e, nella mano destra, un piccolo orologio rotondo. Uno sbuffo di pipa e un'occhiata, un'occhiata e uno sbuffo di pipa. Il maiale – pigro e obeso – è occupato a raccogliere le foglie che cadono dai cavoli e a dare ogni tanto un calcio, con la zampa posteriore, alla sveglia dorata che i monelli hanno legato al *suo* codino, per farlo apparire bello come il gatto.

Sulla porta d'ingresso, in una sedia a braccioli con lo schienale alto e il sedile di cuoio, le zampe storte e i piedini da animale come il tavolo, sta seduto il padrone di casa in persona. Un anziano signore, straordinariamente pingue, con grossi occhi rotondi e un'imponente pappagorgia. Il suo abbigliamento è simile a quello dei ragazzi – e non c'è altro da aggiungere. L'unica differenza sta nel fatto che la sua pipa è un po' più grande e manda più fumo. Anche lui ha un orologio, ma lo tiene nel taschino. A dire il vero, ha qualcosa di più importante dell'orologio di cui occuparsi – e fra poco vi dirò di che si tratta. Siede con la gamba destra accavallata sulla sinistra, con l'aria grave e almeno un occhio risolutamente inchiodato su un oggetto straordinario al centro della spianata.

Oggetto che si trova nella torre campanaria del Municipio. I consiglieri municipali sono tutti omini rotondi, melliflui e intelligenti, con grossi occhi tondi e grasse pappagorge, che sfoggiano palandrane molto più lunghe e fibbie delle scarpe molto più grandi di quelle dei comuni cittadini di Vondervotteimittis. Dall'epoca del mio soggiorno nel distretto, hanno tenuto molte sedute speciali e hanno adottato tre importanti risoluzioni:

«Che è sbagliato alterare il buon vecchio corso delle cose»;

«Che la vita è intollerabile fuori da Vondervotteimittis»; e

«Che noi restiamo fedeli ai nostri orologi e ai nostri cavoli».

Al di sopra della sala delle riunioni, si erge la torre campanaria e, nella torre campanaria c'è il campanile, e nel campanile – da tempi immemorabili orgoglio e vanto del villaggio – c'è il grande orologio del comune di Vondervotteimittis. Ed è questo l'oggetto su cui puntano lo sguardo gli anziani signori seduti nelle sedie a braccioli di pelle.

Il grande orologio ha sette quadranti – uno per ciascuno dei sette lati del campanile – così che si può facilmente leggere l'ora da qualsiasi direzione. Sono dei grandi quadranti bianchi, con pesanti lancette nere. C'è un campanaro, il cui unico compito è quello di occuparsi dell'orologio; impiego che è un'autentica sinecura poiché non risulta che l'orologio di Vondervotteimittis si sia mai guastato. Fino a poco tempo fa, la sola ipotesi che ciò potesse accadere era considerata un'eresia. Dalla più remota antichità di cui si abbia notizia negli archivi, il grande orologio ha scandito regolarmente le ore con i suoi rintocchi. Come, del resto, succedeva per tutti gli orologi e pendole del comune. Mai ci fu località migliore per segnare l'ora esatta. Quando il grosso batacchio riteneva opportuno annunciare «le dodici!», tutti i suoi obbedienti seguaci alzavano simultaneamente la voce a fargli eco. In breve, i buoni cittadini amavano i loro crauti ma erano fieri dei loro orologi.

Chiunque abbia un lavoro che è una sinecura suscita più o meno rispetto e, dal momento che l'incarico di campanaro di Vondervotteimittis era la più perfetta delle sinecure, egli è l'uomo più rispettato del mondo. È il più grande dignitario del comune e perfino i maiali lo guardano con reverenza. La sua palandrana è *immensamente* più lunga – la sua pipa, le sue fibbie, i suoi occhi e la sua pancia, *immensamente* più grandi di quelli di ogni altro anziano signore del villaggio; in quanto al suo mento, non è solo doppio ma triplo.

Ho così illustrato la felice situazione di Vondervotteimittis; peccato che un quadro così idilliaco dovesse subire un capovolgimento!

Gli abitanti più saggi citano un antico adagio secondo cui «da oltre le colline non può venire nulla di buono», e quelle parole ebbero veramente l'aria di essere profetiche. Mancavano cinque minuti al mezzodì, l'altro ieri, quando un oggetto molto strano comparve sulla cima delle colline, a est. Evento che, naturalmente, attirò la generale attenzione; e tutti gli anziani signori seduti nelle sedie a braccioli di pelle, girarono un occhio con sguardo smarrito sul fenomeno, sempre tenendo l'altro fisso sull'orologio del campanile.

Quando mancavano ormai solo tre minuti a mezzogiorno, si vide che lo strano oggetto in questione era un omino piccolissimo, dall'aspetto forestiero. Scendeva velocemente dalle alture così che ben presto tutti poterono scorgerlo distintamente. Era in verità il più azzimato minuscolo personaggio che mai si fosse visto a Vondervotteimittis. Aveva il viso color tabacco, un lungo naso ricurvo, occhi simili a due piselli, la bocca larga e denti perfetti, che sembrava ansioso di mettere in mostra con un sorriso che andava da un orecchio all'altro. Fra baffoni e favoriti, del suo viso altro non si vedeva. Era a capo scoperto, con i capelli ordinatamente avvolti sui bigodini di carta. Indossava un abito attillatissimo a coda di rondine (da una delle cui tasche ciondolava un fazzolettone bianco), pantaloni al ginocchio, neri, di cashmere, calze nere, e tozze scarpette scollate con grossi fiocchi di seta nera. Sotto un braccio teneva un grosso *chapeau-de-bras*, e sotto l'altro un violino, grande quasi cinque volte più di lui. Nella mano sinistra, una tabacchiera d'oro da cui, saltellando giù per la collina con le più stravaganti giravolte, prendeva incessantemente tabacco con aria quanto mai compiaciuta. Dio mi aiuti! – ecco davvero uno spettacolo per gli onesti cittadini di Vondervotteimittis!

A dirla in parole povere, malgrado il suo sorriso quel tizio aveva una faccia spavalda e sinistra; e mentre capriolava fino al centro del villaggio, la forma tozza delle scarpine scollate suscitò non pochi sospetti; molti di coloro che quel giorno lo videro, avrebbero pagato per dare una sbirciata sotto il fazzolettone bianco di batista che pendeva così vistosamente dalla tasca del suo abito a coda di rondine. Ma quel che più suscitò la giusta indignazione della gente era il fatto che quell'impudente zerbinotto, tra un fandango qui e una piroetta là, sembrava non avere nemmeno la più pallida idea di come *andare a tempo* nei suoi passi di danza.

Gli onesti cittadini, però, quasi non avevano ancora aperto completamente gli occhi che, proprio quando mancava mezzo minuto a mezzogiorno, quella canaglia balzò, come ho detto, proprio in mezzo a loro; uno *chassez* qui, un *balancez* là e poi, dopo una *pirouette* e un *pas-de-zephyr*, volò come un piccione dentro il campanile del Municipio dove il campanaro, attonito per lo stupore, stava fumando con aria dignitosa e sgomenta. Ma l'ometto lo afferrò subito per il naso, torcendolo e tirandolo, gli calcò sulla testa il grosso *chapeau-de-bras* allungandoglielo fin sugli occhi e sulla bocca; poi, alzando l'ingombrante violino, lo percosse con esso tanto a lungo e con tanto violenza che, un po' perché il campanaro era grasso, un po' perché il violino era così cavo, avreste giurato che nel campanile della torre di Vondervotteimittis ci fosse un reggimento di tamburi che, con suono di contrabbasso, accompagnavano la parata per il diavolo.

Chissà a quale disperata vendetta avrebbe spronato gli abitanti quell'aggressione senza scrupoli, se non fosse stato per il fatto importante che adesso mancava solo mezzo minuto a mezzogiorno. La campana stava per rintoccare ed era una questione di assoluta ed essenziale necessità che tutti controllassero attentamente il proprio orologio. Ovviamente però, proprio in quel momento, l'intruso stava proditoriamente armeggiando con l'orologio. Ma erano cominciati i rintocchi, e la gente era troppo occupata per seguire le sue manovre poiché tutti dovevano contare i tocchi via via che risuonavano.

«Uno!», disse l'orologio.

«Von!», fece coro ogni anziano signore di Vondervotteimittis seduto su ogni sedia a braccioli di pelle. «Von!», disse il suo orologio; «von», disse l'orologio della sua signora; «von!», dissero gli orologi dei ragazzi e le piccole sveglie dorate appese alla coda del maiale e del gatto.

«Due!», continuò la campana; e

«Doo!», ripeterono tutti gli orologi.

«Tre! Quattro! Cinque! Sei! Sette! Otto! Nove! Dieci!», disse la campana.

«Dree! Vour! Fibe! Sax! Seben! Aight! Noin! Den!», risposero gli altri.

«Undici!», annunciò l'orologio grande.

«Eleben!», confermarono quelli piccoli.

«Dodici!», disse la campana.

«Dvelf!», risposero, pienamente soddisfatti, abbassando la voce.

«Und dvelf it iss!», esclamarono tutti i piccoli anziani signori, alzando gli occhi. Ma la grande campana non aveva ancora finito.

«*Tredici!*», disse.

«Der Teufel!!», esclamarono con voce strozzata i piccoli anziani signori, impallidendo, lasciando cadere la pipa e tirando giù la gamba destra dal ginocchio sinistro.

«Der Teufel!», gemettero, «Dirteen! Dirteen! – mein Gott, le tredici!!»

Come descrivere la terribile scena che seguì? Tutta Vondervotteimittis precipitò di colpo in un pietoso stato di agitazione.

«Che è successo alla mia pancia?», tuonarono tutti i ragazzi – «è da un'ora che ho fame!»

«Che è successo ai miei crauti?», gridarono le gentili signore – «da un'ora sono ridotti in poltiglia!»

«Che è successo alla mia pipa?», sbraitarono tutti i piccoli, anziani signori. «Donder e Blitzen! [1] È spenta da un'ora!», e le riempirono di nuovo, furibondi, prima di tornare a sprofondarsi nelle loro poltrone, tirandone boccate così in fretta e con tanta rabbia che l'intera vallata si riempì immediatametne di un'impenetrabile coltre di fumo.

Frattanto, i cavoli erano diventati tutti rossi in faccia, e sembrava che il demonio in persona si fosse impadronito di tutto ciò che aveva la forma di un orologio. Quelli intagliati sui mobili cominciarono a ballare, come stregati, mentre quelli sui caminetti, perduto ormai ogni controllo, continuavano a battere le tredici e il pendolo saltellava e si contorceva in modo orrendo a vedersi. Ma la cosa peggiore era che gatti e maiali, non riuscendo più a sopportare il comportamento delle sveglie appese alla

[1] Tuoni e fulmini! (*N.d.T.*).

coda, cominciarono a correre di qua e di là, graffiando e dando musate, squittendo e miagolando, soffiando e grugnendo, saltando in faccia alle persone, intrufolandosi sotto le gonne, creando, insomma, il più tremendo frastuono e il più abominevole parapiglia che mai persona ragionevole possa immaginare. A render la situazione ancor più angosciosa, quella scapestrata piccola canaglia sul campanile si stava evidentemente dando un gran daffare. Ogni tanto, si riusciva a intravederlo attraverso il fumo. Eccolo lì, nel campanile, seduto sopra il campanaro steso supino a terra. Quel farabutto teneva la corda della campana fra i denti e seguitava ad agitarla muovendo la testa, provocando un tale rumore assordante che ancora mi risuona nelle orecchie solo a pensarci. In grembo teneva il grosso violino che andava grattando con entrambe le mani, in maniera totalmente stonata e fuori tempo, facendo platealmente finta, quel babbeo! di suonare «Judy O'Flannagan e Paddy O'Rafferty».

Di fronte a un così deplorevole stato di cose, me ne andai disgustato e ora rivolgo un appello a tutti gli amanti della puntualità e dei crauti cotti al punto giusto. Rechiamoci tutti insieme al distretto di Vondervotteimittis per riportare le cose come stavano, cacciando quell'ometto dal campanile.

Come trattare una celebrità

Tutti si mossero
in punta di piedi, sconcertati e sbigottiti.
Bishop Hall's Satires

Io sono – cioè, *ero* – un grand'uomo; ma non sono né l'autore di Junius né l'uomo mascherato; credo, infatti, di chiamarmi Robert Jones e di essere nato in qualche parte della città di Fum-Fudge.

Il primo gesto della mia vita fu di afferrarmi il naso con entrambe le mani. Mi vide mia madre, e mi definì un genio – mio padre pianse di gioia e mi regalò un trattato di Nosologia. Che lessi da cima a fondo prima ancora di indossare i calzoncini.

Cominciai allora a tastare il terreno in quel settore della scienza e ben presto arrivai a comprendere che, purché abbia un naso sufficientemente cospicuo, un uomo, solo seguendolo, può raggiungere la Notorietà. Ma la mia attenzione non si limitò alle sole teorie. Ogni mattina davo un paio di tirate alla mia proboscide e inghiottivo una mezza dozzina di sorsi d'acqua.

Quando raggiunsi la maggiore età, mio padre mi chiese un giorno di andare con lui nello studio.

«Figliolo», mi disse dopo che ci fummo seduti, «qual è lo scopo principale della tua vita?»

«Padre mio», risposi, «è lo studio della Nosologia.»

«E dimmi Robert», mi domandò, «cos'è la Nosologia?»

«La scienza dei Nasi, signore», risposi.

«E mi sapresti dire», continuò, «qual è il significato di un naso?»

«Un naso, padre mio», risposi molto addolcito, «è stato variamente definito da un migliaio di autori diversi.» (A questo punto tirai fuori l'orologio). «Adesso è mezzogiorno, o giù di lì – faremo in tempo a elencarli tutti prima di mezzanotte. Cominciamo, allora: – il naso, secondo Bartholinus, è quella protuberanza, quel bernoccolo – quell'escrescenza – che...»

«Basta così, Robert», interruppe il vecchio signore. «Sono sbalordito per la vastità delle tue conoscenze in merito – lo sono veramente – te lo giuro.» (Chiudendo gli occhi si pose una mano sul cuore). «Vieni qui!» (e mi prese per un braccio). «La tua educazione può ora ritenersi compiuta – è tempo che ti faccia largo da solo nella vita – e la cosa migliore che tu possa fare è semplicemente seguire il tuo naso – così – così – così» (e mi gettò a calci giù per le scale e fuori dell'uscio). «Perciò, esci di casa mia, e che Dio t'assista!»

Poiché sentivo dentro di me il divino *afflatus*, considerai l'incidente più che altro come una fortuna. Risolsi di farmi guidare dal consiglio paterno. Decisi di seguire il mio naso. Lo tirai un paio di volte e scrissi, sui due piedi, un trattatello di Nosologia.

Tutta Fum-Fudge fu in subbuglio.

«Un genio straordinario!», disse il *Quarterly*.

«Un fisiologo eccezionale!», disse il *Westminster*.

«Un ragazzo intelligente!», disse il *Foreign*.
«Ottimo scrittore!», disse l'*Edinburgh*.
«Un pensatore profondo!», disse il *Dublin*.
«Un grand'uomo!», disse *Bentley*.
«Un animo divino!», disse *Fraser*.
«Uno di noi!», disse *Blackwood*.
«Chi sarà?», disse la signora Bas-Bleu.
«Cosa sarà?», disse la grossa signorina Bas-Bleu.
«Dove sarà?», disse la piccola signorina Bas-Bleu. Ma ignorai tutte quelle persone – semplicemente entrai nella bottega di un artista.

La Duchessa di Dio-mi-protegga posava per il suo ritratto; il Marchese di Tizio-e-Caio reggeva il barboncino della Duchessa; il Conte Questo-e-Quello giocherellava con i suoi sali; e Sua Altezza Reale di Non-mi-toccate si chinava sullo schienale della sua sedia.

Mi accostai all'artista e arricciai il naso.
«Bello!», sospirò Sua Grazia.
«Santo Cielo!», disse il Marchese con la sua pronuncia blesa.
«Scandaloso!», gemette il Conte.
«Abominevole!», brontolò Sua Altezza Reale.
«Cosa ne chiede in cambio?», domandò l'artista.
«Per il suo *naso*!», gridò Sua Grazia.
«Mille sterline», risposi mettendomi a sedere.
«Mille sterline?», chiese l'artista, meditabondo.
«Mille sterline», ripetei.
«Bello!», esclamò, rapito.
«Mille sterline», ribadii.
«Lei lo garantisce?», domandò girando il naso verso la luce.
«Assolutamente», risposi, soffiandolo fragorosamente.
«È *proprio* autentico?», si informò, toccandolo con reverenza.
«Humph!», dissi, torcendolo da una parte.
«*Non ne* sono state fatte delle copie?», domandò, osservandolo attraverso un microscopio.
«Nessuna», risposi, arricciandolo.
«*Admirable*!», esclamò, colto in contropiede dalla bellezza della manovra.
«Mille sterline», dissi.
«*Mille* sterline?», mi fece eco.
«Esattamente».
«Mille *sterline*», ripeté.
«Proprio così», risposi.
«Le avrà», disse. «Che *stupendo* esemplare!» Mi compilò all'istante un assegno e tracciò uno schizzo del naso. Affittai un alloggio in Jermyn Street e inviai a Sua Maestà una copia della 99*a*. edizione della *Nosologia* con una riproduzione della proboscide. – Quel libertino da strapazzo del Principe di Galles mi invitò a cena.

Eravamo tutte celebrità, e tutte *récherchés*.

C'era un platonico moderno. Citò Porfirio, Giamblico, Plotino, Proclo, Jerocle, Massimo Tirio e Siriano.

C'era uno studioso di perfettibilità umana. Citò Turgot, Price, Priestley, Condorcet, De Staël e «L'ambizioso Studente Egrotante».

C'era Sir Positive Paradox. Osservò che tutti gli sciocchi erano dei filosofi, e tutti i filosofi degli sciocchi.

C'era Aestheticus Ethix. Parlò di fuoco, di unità, e di atomi; dell'anima biparte e pre-esistente, di affinità e discordia; di intelligenza primitiva e di omeomeria.

C'era Theologos Theology. Parlò di Eusebio e Ariano; dell'eresia e del Concilio di Nicea; di Puseysmo e consustanzialismo; di Homousios e Homouiosios.

C'era Fricassée, dal Rocher de Caucale. Accennò a Mouriton di lingua rossa; ai cavolfiori con salsa *velouté*; al vitello *à la* St. Menehoult; la marinata *à la* St. Florentin; e alle gelatine d'arancio *en mosaïques*.

C'era Bibulus O'Bumper. Parlò brevemente di Latour e Markbrunnen; di Mosseux e Chambertin; di Richbourg e St. George; di Grave, di Sauterne, di Lafitte e St. Peray. Crollò il capo e proposito del Clos de Vougeot e ci spiegò, a occhi chiusi, la differenza tra Sherry e Amontillado.

C'era il signor Tintontintino, di Firenze. Discusse di Cimabue, Arpino, Carpaccio e Agostino – della cupezza del Caravaggio, la piacevolezza di Albano, dei colori del Tiziano, delle donne di Rubens e delle amenità di Jan Steen.

C'era il Presidente della Fum-Fudge University. Era del parere che la Luna fosse chiamata Bendis nella Tracia, Bubastis in Egitto, Diana a Roma e Artemide in Grecia.

C'era un Gran Turco, da Istanbul. Non poteva fare a meno di pensare che gli angeli fossero cavalli, galli e tori; che qualcuno nel sesto cielo avesse 70.000 teste; e che la terra fosse sorretta da una vacca azzurra con un numero incalcolabile di corna verdi.

C'era Delphinus Polyglott. Ci raccontò cosa ne era stato delle 83 tragedie di Eschilo andate perdute; delle 54 orazioni di Iseus; dei 391 discorsi di Lisia; dei 180 trattati di Teofrasto; dell'ottavo libro delle sezioni coniche di Apollonio; degli inni e ditirambi di Pindaro; e delle 45 tragedie di Omero il Giovane.

C'era Ferdinand Fitz Fossilus Feltspar. Ci ragguagliò esaurientemente circa i fuochi interni e le formazioni del Terziario; gli aeriformi, fluidiformi e solidiformi; su quarzo e marna; su schisto e tormalina; gesso e breccia; talco e calcio; su blenda e orneblenda; ardesia e puddinga; cianite e lepidolite; su ematite e tremolite; su antimonio e calcedonio; sul manganese e su quel che volete.

C'ero io. Parlai di me; di me, di me, di me; di nosologia, del mio trattatello, e di me. Arricciai il naso e parlai di me.

«Uomo davvero geniale!», disse il principe.

«Superbo!», dissero gli ospiti – e il mattino dopo venne a trovarmi Sua Grazia di Dio-mi-protegga. «Vorrebbe andare ad Almack, carino?», mi disse vellicandomi sotto il mento.

«Sul mio onore», risposi.

«Naso e tutto?», chiese.

«Com'è vero che vivo», replicai

«Allora eccole il mio biglietto, vita mia. Posso annunciare che ci *sarà*?»

«Cara Duchessa, con tutto il cuore.»

«Pshaw, no! – ma con tutto il naso?»

«Fino all'ultimo pezzetto, amor mio», dissi – Così, mi torsi un paio di volte il naso e mi trovai ad Almack.

I saloni erano talmente affollati che quasi non si respirava.

«Sta arrivando!», annunciò qualcuno sulla scala.

«Sta arrivando!», annunciò qualcuno, più in alto.

«Sta arrivando!», annunciò qualcuno ancora più in su.

«È arrivato!», esclamò la Duchessa. «È arrivato, il mio tesoro!» e, prendendomi saldamente entrambe le mani, mi baciò tre volte sul naso.

La cosa suscitò immediatamente scalpore.

«*Diavolo*!», gridò il conte Capricornutti.

«*Dios guarda*!», borbottò Don Stiletto.

«*Mille Tonnerres*!», sbaritò il principe de Grenouille.

«*Thousand Teufel*!», ringhiò l'Elettore di Bluddennuff.

Intollerabile. Mi adirai. Apostrofai bruscamente Bluddennuff.

«Signore» gli dissi, «lei è uno scimmione.»

«Signore», replicò dopo un attimo di silenzio, «*Donner und Blitzen*!».

Era quel che bastava. Ci scambiammo i biglietti. A Chalkfarm, il mattino seguente, gli feci saltare il naso con un colpo di pistola – poi, andai dai miei amici.

«*Bête*!», disse il primo.

«Sciocco!», disse il secondo.

«Stupido!», disse il terzo.

«Somaro!», disse il quarto.

«Imbecille!», disse il quinto.

«Balordo!», disse il sesto.

«Levati dai piedi!», disse il settimo.

Allora mi sentii mortificato, così andai da mio padre.

«Padre», chiesi, «qual è lo scopo principale della mia esistenza?»

«Figlio mio», rispose, «è ancora lo studio della Nosologia; ma, colpendo l'Elettore al naso, ti sei spinto troppo oltre. Hai un bel naso, è vero; ma adesso Bluddennuff non ce l'ha affatto. Tutti ti condannano, e lui è diventato l'eroe del giorno. Riconosco che a Fum-Fudge la fama va di pari passo con la proboscide – ma, santo cielo! Non si può competere con un uomo famoso, totalmente privo di proboscide!»

LE AVVENTURE DI ARTHUR GORDON PYM

Nella pagina precedente: Félix Vallotton, *Ritratto di Edgar Allan Poe*, 1894.

Titolo originale: «The narrative of Arthur Gordon Pym of Nantucket»
Traduzione di Enzo Giachino

La relazione di Arthur Gordon Pym da Nantucket

che contiene

i particolari dell'ammutinamento e del feroce massacro, che avvenne a bordo del brigantino americano Grampus, *in rotta verso i mari del Sud e della susseguente cattura del vascello per opera dei sopravvissuti; il loro naufragio e gli orribili patimenti che soffrirono per la fame; il loro salvataggio da parte della goletta britannica* Jane Guy; *la breve crociera di quest'ultima nell'Oceano Antartico; la sua cattura e la carneficina dell'intero equipaggio in un gruppo di isole all'84º parallelo di latitudine sud, insieme con molte altre incredibili avventure e scoperte compiute più a sud, in seguito a quel calamitoso disastro.*

AVVERTIMENTO

Or sono pochi mesi, al mio ritorno negli Stati Uniti, dopo la straordinaria serie di avventure nei mari del Sud e altrove, di cui si offre una narrazione nelle pagine seguenti, il caso mi pose in contatto con parecchi gentiluomini di Richmond, nella Virginia, i quali manifestarono un profondo interesse per tutto ciò che si riferisce alle regioni che avevo visitato, e costantemente mi spronavano a offrirne al pubblico una relazione, quasi fosse questo un mio preciso dovere. Io avevo tuttavia parecchie buone ragioni per declinare l'invito: alcune strettamente personali, che non concernono che me; altre di natura diversa.

Una delle considerazioni che mi sconsigliava di scrivere era che, non avendo tenuto alcun diario durante la maggior parte del viaggio, temevo che non sarei stato in grado di scrivere, basandomi esclusivamente sulla memoria, una relazione così particolareggiata e aderente ai fatti da avere l'aspetto di quella verità che realmente possiederebbe sfrondata delle naturali ed inevitabili esagerazioni cui tutti siamo inclini, quando riferiamo eventi che hanno lasciato un'impressione così profonda nella nostra immaginazione.

Un altro motivo era che gli incidenti che avrei dovuto narrare erano di natura così meravigliosa che, non essendo suffragati da altre asserzioni tranne la mia – eccettuata la testimonianza di un solo individuo, un meticcio, – io non potevo sperare di ottenere credenza che presso i familiari e gli amici, che hanno avuto motivo, durante l'intero corso della vita, di prestar fede alle mie affermazioni, mentre il pubblico, in generale, avrebbe considerato ciò che io avrei riferito come null'altro se non una serie di impudenti e ingegnose favole. Tuttavia la causa principale che mi impedì di ottemperare a quei consigli fu la sfiducia nelle mie capacità di scrittore.

Tra quei gentiluomini della Virginia, che manifestarono un vivo interesse alla mia narrazione, soprattutto nei confronti di quella parte che narra le avventure nell'Oceano Antartico, vi era un certo signor Poe, direttore, sino a qualche tempo addietro, del *Southern Literary Magazine*, una rivista mensile pubblicata dal signor Thomas W. White nella città di Richmond. Egli non si stancava di esortarmi a preparare immediatamente una relazione completa di ciò che avevo veduto e sofferto e di fidare nell'acutezza e nel comune buon senso del pubblico, insistendo, non senza ragione, che per quanto rozza potesse risultare la stesura del libro, la sua stessa eventuale ineleganza sarebbe stata nuova prova della veridicità di quanto veniva riferito.

Tuttavia, malgrado questa osservazione, io non mi decidevo mai a seguire i suoi consigli. Egli allora (vedendo che non riusciva a smuovermi) propose che gli permettessi di stendere, in parole sue, una narrazione della prima parte delle mie avventure, basandosi sui fatti che gli avrei fornito io stesso, e di pubblicarla sul *Southern Messenger*, sotto forma di narrazione romanzesca. A questa proposta, non avendo nessuna specifica obiezione, acconsentii, esigendo solo che conservasse il mio vero nome. In due numeri successivi del *Messenger*, gennaio e febbraio 1837, apparvero due puntate del cosiddetto romanzo, e per esser più sicuri che venisse considerata opera di fantasia, nel sommario della rivista, accanto al titolo del racconto, figurò il nome del signor Poe.

Il modo con cui venne accolto questo sotterfugio mi indusse infine a sobbarcarmi alla fatica di narrare e pubblicare le mie avventure, perché m'accorsi che, malgrado l'aria romanzesca che era stata così ingegnosamente conferita a quella parte del mio racconto che apparve sul *Messenger* (pure senza mutare o alterare un solo fatto), il pubblico non s'era mostrato per nulla disposto ad accettare la narrazione come un romanzo, e il signor P. ricevette parecchie lettere, che chiaramente manifestavano una convinzione del tutto opposta. Dal che conclusi che i dati di fatto della mia narrazionc si sarebbero rivelati di tal natura da recare implicita la prova della loro autenticità, e che di conseguenza non dovevo affatto temere l'incredulità del pubblico.

Da quanto è stato riferito, sarà facile capire quale parte di ciò che segue sia mia fatica personale, e così pure convincersi che nelle poche prime pagine scritte dal signor Poe non è stato alterato fatto veruno. Anche a quei lettori che non abbiano visto il *Messenger* sarà superfluo indicare il punto dove termina la parte scritta da lui e dove comincia la mia, perché risulterà evidente dalla differenza dei due stili.

A. G. Pym

New York, luglio 1838

CAPITOLO PRIMO

Mi chiamo Arthur Gordon Pym. Mio padre era un rispettabile commerciante in articoli marittimi a Nantucket, dove io nacqui. Il mio nonno materno faceva il notaio e aveva una buona clientela. Fortunato in tutto, aveva speculato con profitto sui fondi di quella che era un tempo chiamata la *Edgarton New Bank*. Con questi e altri mezzi era riuscito a metter da parte un discreto capitale. Era attaccato a me, credo, più che a qualsiasi altra persona al mondo, tanto che tutto faceva pensare che alla sua morte io avrei ereditato buona parte della sua sostanza. A sei anni mi mandò a scuola dal vecchio signor Ricketts, un gentiluomo con un braccio solo e modi piuttosto eccentrici – e noto a quasi tutti quelli che siano vissuti a New Bedford. Rimasi nella sua scuola finché non compii i sedici anni, dopo di che mi iscrissi all'Accademia del Signor E. Roland, che si trovava sulla collina. In questa Accademia divenni intimo amico del figlio del signor Barnard, un capitano marittimo che di solito navigava per la ditta Lloyd e Vredenburgh. Anche il signor Barnard è ben noto a New Bedford e, son sicuro, conta molti parenti a Edgarton. Suo figlio si chiamava Augustus e aveva circa due anni più di me. Aveva già compiuto un viaggio con suo padre sulla baleniera *John Donaldson* e non faceva che parlare di una delle sue avventure nel Pacifico meridionale. Io ero solito recarmi frequentemente a casa sua e starci tutto il giorno, e talvolta anche la notte. Si dormiva allora nello stesso letto e quasi sempre capitava che egli mi tenesse sveglio sino all'alba, narrandomi storie sugli indigeni dell'isola di Tinian e su altri posti che aveva visitato nei suoi viaggi. Finì che non potei non interessarmi a ciò che diceva e, poco alla volta, sentii nascere in me un grande desiderio di navigare. Possedevo una barca a vela chiamata *Ariel*, che valeva circa settantacinque dollari. Aveva una specie di mezzo ponte o di cabina ed era armata come una corvetta; ho dimenticato quale ne fosse il tonnellaggio ma ricordo che avrebbe potuto portare dieci persone, abbastanza comodamente. Con questa barca avevamo l'abitudine di compiere alcune delle più pazze diavolerie che si possano immaginare, e quando adesso ci penso non riesco a capacitarmi d'essere ancora vivo.

Mi limiterò a narrare una di queste avventure, come introduzione a un racconto ben più lungo e importante. Una sera c'era stata una festa a casa del signor Barnard, e tanto Augustus che io, verso la fine, eravamo piuttosto brilli. Come sovente capitava in simili casi, preferii condividere il suo letto che recarmi a casa mia. Augustus si addormentò subito, mi parve, molto tranquillamente (era quasi l'una quando gli invitati se n'erano andati), e senza aver detto una sola parola sul suo argomento preferito. Poteva esser trascorsa mezz'ora da quando c'eravamo coricati, e io mi stavo assopendo, a mia volta, quando egli improvvisamente si alzò e bestemmiando orribilmente dichiarò che non si sarebbe rassegnato a dormire per nessun Arthur Pym della cristianità, quando da sud-ovest spirava una brezza così invitante. Io rimasi di stucco, perché non capivo che intenzioni avesse, ed ero portato a credere che i vini e i liquori bevuti l'avessero fatto uscire un poco di senno. Egli continuò a parlare molto tranquillo, dicendo che capiva benissimo che io lo credevo ubriaco, mentre invece non era stato mai più lucido in tutta la sua vita. Solo che era stanco, soggiunse, di starsene a letto a dormire come un cane, in una notte tanto bella, così che aveva deciso di alzarsi, vestirsi e fare una gita in barca. Ancora adesso non riesco a capire che cosa passò in me allora, ma le parole non gli erano uscite di bocca che io mi sentii corso da un brivido di entusiasmo e ritenni la sua folle proposta una delle cose più intelligenti e ragionevoli che si potessero fare. Fuori imperversava quasi una burrasca, e faceva tremendamente freddo, perché ci trovavamo verso la fine di ottobre. Tuttavia balzai dal letto in una specie di estasi, e gli dichiarai che non mi sentivo affatto meno coraggioso di lui, e che come lui ero stanco di restarmene a cuccia come un cane, ed ero pronto a condividere tutte le gite di piacere che potesse mai organizzare qualsiasi Augustus Barnard di Nantucket.

In un battibaleno fummo vestiti e già correvamo verso la barca. Ormeggiata presso il cantiere della *Pankey e Co.*, essa cozzava col bordo contro le travi scabre della vecchia gettata in rovina. Augustus vi saltò dentro e si mise subito ad aggottare, perché era quasi piena a metà d'acqua. Fatto questo, issammo fiocco e vela maestra e, facendole portare in pieno, ci avventurammo, arditi, verso l'aperto mare.

Come ho già detto il vento soffiava veemente da sud-ovest. La notte era limpida e fredda. Augustus reggeva il timone e io mi sedetti presso l'albero maestro, sul ponte della cabina. Si filava a una notevole velocità, e né l'uno né l'altro avevamo scambiato parola da quando c'eravamo staccati dalla gettata. A questo punto io chiesi al mio compagno quale direzione intendesse seguire, e a che ora pensava saremmo potuti probabilmente ritornare. Lui fischiettò per alcuni minuti, poi dichiarò irritato: «Io, per me, continuo a navigare; tu, se lo preferisci, puoi benissimo tornartene a casa». Quando volsi gli occhi su lui, mi accorsi immediatamente che, malgrado l'indifferenza che ostentava, nel suo intimo era fortemente agitato. Riuscivo a scorgerlo bene nel lume della luna: il volto era più pallido del marmo, e la mano gli tremava tanto che doveva faticare non poco per tener salda la barra del timone. M'accorsi che c'era qualcosa che non andava e mi allarmai seriamente. In quel tempo non m'intendevo molto del governo di una barca, così che dipendevo veramente dalle abilità nautiche del mio compagno. Si aggiunga che il vento era ancora rinfrescato e che noi stavamo rapidamente allontanandoci da terra. Ma mi vergognavo a manifestare alcuna trepidazione e per circa mezz'ora mantenni un silenzio assoluto. Tuttavia, dopo qualche tempo, non riuscendo più a reggere a quell'ansia, suggerii ad Augustus che forse sarebbe stato meglio tornare. Come già prima gli occorse circa un minuto perché si decidesse a rispondermi o a badare al mio consiglio. «Tra poco», dichiarò in fine. «Abbiamo tutto il tempo che si vuole... a casa più tardi... quando ci farà comodo.» M'ero aspettato una risposta simile, ma v'era qualcosa nel tono di quelle parole che mi riempì di un indescrivibile senso di terrore. Tornai a fissare attentamente il mio compagno. Aveva le labbra assolutamente bianche e le ginocchia gli tremavano tanto che non sembrava più in grado di reggersi in piedi. «Nel nome di Dio, Augustus», urlai allora, completamente atterrito, «cos'hai? di che si tratta? Che cosa intendi fare?».

«Fare?!», egli balbettò, in apparenza con la massima sorpresa. Poi, lasciata la barra, cadde bocconi sul fondo della barca, «fare?... ma niente... non c'è niente da fare... stiamo tornando... tornando... non vedi?».

Improvvisamente un lampo mi rivelò l'orrenda verità. Balzai su lui e lo sollevai. Era ubriaco, nel modo più completo, tanto da non esser più in grado né di stare in piedi, né di parlare o vedere. Volgeva su me occhi vitrei, e quando, al colmo della disperazione, lo lasciai andare, rotolò giù come un tronco nell'acqua del fondo, dalla quale lo avevo sollevato. Era evidente che, durante la sera, aveva bevuto assai più di quanto avessi pensato, e che la sua proposta a letto era stata il risultato d'una forma di ubriachezza altamente concentrata – una condizione che, come la pazzia, frequentemente permette alla vittima di assumere l'aria di una persona lucida e perfettamente a posto. Più tardi l'aria gelata della notte aveva sortito il suo solito effetto – l'energia mentale aveva cominciato a cedere sotto la sua influenza – e senza dubbio la confusa percezione che egli ormai aveva dalla nostra pericolosissima situazione non era servita che ad accelerare la catastrofe. Ormai era completamente insensibile e tutto lasciava pensare che tale sarebbe rimasto per parecchie ore.

È quasi impossibile immaginare l'intensità del mio terrore. I fumi del vino recentemente bevuto avevano cominciato a svaporare, lasciandomi doppiamente timido e irresoluto. Sapevo che, per conto mio, non ero assolutamente in grado di governare la barca, e che un vento violentissimo e un forte riflusso cospiravano a spingerci verso la nostra fine. Alle nostre spalle si stava addensando un uragano, a bordo non avevamo né bussola né provviste ed era evidente che, se avessimo mantenuto quella rotta, prima che spuntasse l'alba non saremmo più stati in vista della terra. Questi pensieri, con una folla di altri ugualmente allarmanti, mi balenarono per la mente con sconcertante rapidità, e per alcuni istanti mi paralizzarono a tal punto da togliermi la possibilità di compiere uno sforzo qualsiasi. La barca solcava le acque a una velocità terrificante, fiocco e maestra portavano in pieno senza neppure un terzaruolo, sì che la prua era quasi completamente sommersa dalla spuma. Era un vero miracolo che non scuffiasse, perché Augustus, come ho già detto, aveva mollato il timone, e, nel mio stato d'agitazione, non avevo neppure pensato di impugnare io la barra. Per buona fortuna tuttavia la barca tenne il vento e, poco alla volta, io recuperai una certa presenza di spirito. Ma il vento aumentava in modo sempre più terribile, e tutte le volte che la barca, dopo essersi tuffata, si risollevava, il mare alle spalle investiva e spazzava il cassero, riempiendola d'acqua. Ero così completamente gelato in tutte le membra da non sentir quasi più nulla. Alla fine, col coraggio della disperazione, balzai sulla vela maestra e disarmai tutto. Come era da aspettarsi, la vela volò fuoribordo e, essendosi inzuppata, sradicò di schianto l'albero maestro. Fu solo questo incidente che ci salvò da rovina immediata. Non avendo che il fiocco fui in grado di bordeggiare, e se talvolta imbarcavo un'ondata, non mi trovavo più sotto il terrore d'una morte immediata. Impugnai dunque la barra e respirai con maggiore libertà, essendomi accorto che c'era ancora qualche possibilità di salvezza. Augustus giaceva sempre immobile nel fondo della barca e siccome correva pericolo di annegare da un momento all'altro (perché dov'era caduto vi era quasi un piede di acqua), cercai e infine riuscii a sollevarlo un poco e lo mantenni seduto passandogli un giro di corda attorno alla vita e fissandone l'altra estremità a un anello sul ponte della cabina. Disposto tutto il meglio che mi fu possibile, dato il mio stato d'animo e il gelo che mi irrigidiva, mi raccomandai a Dio e decisi che avrei sopportato qualunque evento con tutta la forza morale di cui disponevo.

Avevo appena avuto il tempo di formulare questa risoluzione quando improvvisamente un acuto strido, un confuso urlìo, come uscito dalle gole di centomila diavoli, parve invadere l'intera atmosfera attorno e sopra la nostra barca. Finché avrò vita non riuscirò mai a dimenticare l'agonia di terrore che esperimentai in quel momento. Mi si rizzarono i capelli, sentii il sangue congelarsi nelle vene, il mio cuore cessò completamente di battere e quando senza perdere neppure un istante sollevai gli occhi, per scoprire la causa del mio spavento, precipitai anch'io a testa in giù nell'interno della barca e giacqui insensibile sul corpo del mio compagno.

Quando rinvenni mi trovavo nella cabina del *Penguin*, una grossa baleniera diretta a Nantucket. Mi circondavano parecchie persone curve su me, e Augustus, più pallido della morte, mi massaggiava le mani. Quando vide che schiudevo gli occhi, si abbandonò a tali esclamazioni di gratitudine e gioia da far ridere e piangere i presenti, gente tutt'altro che tenera. Il mistero della nostra sopravvivenza ci fu presto svelato. Eravamo stati investiti dalla baleniera, che navigava di bolina stretta e bordeggiava verso Nantucket, sfruttando tutte le vele che avevano avuto il coraggio di issare, e di conseguenza correndo in direzione quasi perpendicolare alla nostra. Parecchi uomini erano di vedetta a prua, ma non avevano visto la nostra barca se non quando era ormai impossibile evitare lo scontro e i loro gridi di avvertimento, lanciati non appena ci avevano scorti, erano appunto l'urlio che tanto mi aveva allarmato. Il grande legno, mi si disse, era passato senza difficoltà su noi, come la nostra barchetta sarebbe passata su una piuma, senza avvertire il minimo incaglio. Dal ponte del vascello investito non era giunto alcun grido e tra il ruggito del vento e del mare non era stato possibile percepire che un leggero stridore, nel momento in cui la fragile imbarcazione inghiottita si era soffregata contro la chiglia della nave investitrice, e questo era stato tutto. Pensando che la nostra barca (la quale, come si ricorderà, era disalberata) fosse qualche inutile rottame alla deriva, il capitano (Capitano E.T.V. Block di New London) aveva intenzione di proseguire senza starci a pensar su più che tanto. Per fortuna due marinai di vedetta giurarono di aver visto qualcuno al timone e insistevano che forse sarebbe stato ancora possibile salvarlo. Ne seguì una discussione durante la quale Block, vivamente irritato, finì per dichiarare che non era il suo mestiere quello di star sempre a badare ai gusci di noce che incontrava, che il suo bastimento non avrebbe certo virato di bordo per una sciocchezza simile, e che se qualcuno era stato travolto nessuno ne aveva colpa, e tanto meno lui, e che quel tale poteva annegare e andare al diavolo, e altre frasi dello stesso genere. Ma Henderson, il secondo, a questo punto si fece avanti, giustamente indignato, al pari dell'equipaggio, da frasi siffatte, che rivelavano una atroce crudeltà. Visto che gli uomini dell'equipaggio lo sostenevano parlò chiaramente, spiattellando al capitano che lo considerava degno di pendere da una forca, e che l'avrebbe disobbedito anche se dovesse venir impiccato, nel preciso momento in cui metteva piede a terra. Poi si avviò verso poppa, scostando Block (che impallidì visibilmente, ma non disse più nulla) e, afferrando il timone, impartì a chiara voce l'ordine: *Barra di sottovento!* Gli uomini volarono ai loro posti e il bastimento virò di bordo. Tutto questo aveva richiesto circa cinque minuti, tanto che si pensava fosse ormai quasi impossibile salvar qualcuno, dato e non concesso che a bordo della barca si trovasse effettivamente qualcuno. Eppure, come il lettore già sa, tanto Augustus che io venimmo salvati, e il nostro salvataggio pare fosse dovuto a quei casi di incredibile fortuna che le anime sagge e timorate attribuiscono a uno speciale intervento della Divina Provvidenza.

Mentre la baleniera era in panna il secondo fece abbassare il caicco e vi saltò dentro con due uomini, quelli stessi, credo, che avevano dichiarato di avermi scorto al timone. Si erano appena staccati a sottovento dalla murata (la luna splendeva sempre limpida) quando questa ebbe un lungo e greve rullio sopravvento e Henderson, in quel preciso momento, alzandosi nel suo sedile urlò alla ciurma di forzare addietro. Non diceva altro, non faceva che ripetere impaziente: *forzate addietro, forzate addietro!* I marinai forzarono quanto più potevano, ma ormai il bastimento aveva completamente voltato di fianco e già si muoveva di prua, sebbene tutti i marinai a bordo compissero violenti sforzi per ridurre le vele. Allora, sebbene fosse cosa pericolosa, il secondo si afferrò alle grandi reggisartie, non appena queste si trovarono alla sua portata. Un altro violento colpo di rollio adesso portò la murata di tribordo fuor dell'acqua, sin quasi alla chiglia, e in quel preciso momento risultò ovvia la causa della sua ansietà. Videro infatti un uomo che, attaccato nel modo più singolare al fondo lucido e brillante del *Penguin,* che era rivestito e ribadito di rame, a ogni movimento dello scafo, vi picchiava violentemente contro. Dopo parecchi inutili sforzi, compiuti durante le rullate del bastimento e col rischio imminente di far colare a fondo il caicco venni finalmente liberato dalla mia pericolosa posizione e issato a bordo, perché quel corpo visto dal secondo era precisamente il mio. Pare che una delle caviglie dell'armatura, fuoruscita dal rame, mi avesse fermato, mentre passavo sotto il bastimento, e mi avesse fissato in modo così straordinario al suo fondo. La testa del bullone aveva perforato il colletto del mio giaccone verde di lana e mi s'era infilata nella nuca, venendo ad incastrarsi tra due muscoli, proprio sotto l'orecchio destro. Venni subito messo a letto, sebbene sembrassi ormai morto. A bordo non v'erano medici, ma il capitano mi trattò con ogni riguardo, forse, penso, per fare ammenda davanti all'equipaggio del suo atroce comportamento durante la prima parte dell'avventura.

Nel frattempo Henderson si era di nuovo staccato dal bastimento, sebbene il vento ormai volgesse in uragano. Non erano trascorsi molti minuti, quando si imbatté in alcuni frammenti della nostra barca, e poco dopo uno degli uomini che si trovavano con lui asserì che riusciva a percepire un grido di aiuto, lanciato a intervalli tra la furia della tempesta. Questo indusse i tenaci marinai a perseverare nella loro ricerca per più di mezz'ora, nonostante i ripetuti ordini di tornare a bordo impartiti dal capitano Block e sebbene ogni momento trascorso in così fragile scialuppa fosse gravido di imminenti e mortali pericoli. Infatti non si riusciva quasi a immaginare come avesse fatto un caicco così fragile a restare in acqua senza esser subito fatto in mille pezzi. Era però stato costruito per la pesca alle balene e, come ho avuto più tardi motivo di credere, era fornito di camere d'aria, alla maniera delle barche di salvataggio usate lungo le coste del Galles.

Dopo aver cercato invano, per il periodo di tempo che ho detto, avevano ormai deciso di tornare al bastimento, quando, proprio in quell'istante, percepirono un debole grido da un oggetto scuro che passò rapidamente davanti a loro. Lo inseguirono e non tardarono a raggiungerlo. Videro che era l'intero ponte della cabina dell'*Ariel*. Accanto vi era Augustus che si dibatteva debolmente e sembrava moribondo. Quando gli furono accosto, si accorsero che era attaccato per mezzo di una fune a quelle tavole galleggianti. Si ricorderà che io stesso gli avevo passato una fune attorno alla vita, fissandola a un anello per impedirgli di cadere. Questa mia precauzione, evidentemente, era stata proprio ciò che l'aveva salvato. L'*Ariel* era di costruzione leggera e, quando era affondato, s'era naturalmente sfasciato. Il ponte della cabina, come era prevedibile, era stato sollevato dall'impeto dell'acqua che entrava e completamente staccato dallo scafo. Aveva quindi galleggiato (con altri frammenti) e Augustus, che vi era legato, era stato portato a galla, così scampando a una morte terribile.

Occorse più di un'ora, dacché era stato issato a bordo del *Penguin*, perché fosse in grado di dare informazioni sul suo conto o di capire la natura dell'incidente occorso alla nostra barca. Finalmente si destò del tutto e parlò a lungo delle impressioni che aveva avuto, mentre si trovava in acqua. Non appena riavutosi, si era trovato sott'acqua, che roteava con inconcepibile velocità, mentre una corda gli s'era attorcigliata due o tre volte intorno al collo. L'istante dopo si era sentito spinto rapidamente in alto, ma, andando a cozzare violentemente con la testa contro un oggetto duro, aveva nuovamente perso la conoscenza. Una seconda volta rinvenuto s'era trovato in possesso delle sue facoltà mentali, le quali tuttavia erano ancora assai confuse e annebbiate. Comunque a questo punto era riuscito a capire che c'era stato qualche incidente e che lui si trovava in acqua, sebbene ne emergesse con la bocca e potesse respirare abbastanza liberamente. Con ogni probabilità in questo momento il rottame correva rapido alla deriva, spinto dal vento, e si trascinava dietro il poveretto, che galleggiava sul dorso. Naturalmente, finché fosse stato in grado di mantenere questa posizione, gli sarebbe stato quasi impossibile annegare. Poco dopo una ondata lo sbatté attraverso il ponte ed egli cercò di mantenersi là sopra, lanciando di tanto in tanto un grido di aiuto. Poco prima che venisse scoperto dal signor Henderson era stato obbligato, per eccessiva stanchezza, ad allentare la presa ed era ricaduto in mare, e si era dato per perduto. Durante tutto questo tempo non aveva il più tenue ricordo dell'*Ariel*, né di quanto si riferiva alle cause del disastro. Un vago senso di terrore e disperazione si era impadronito delle sue facoltà mentali. Quando finalmente era stato raccolto, l'intelletto gli si era come annebbiato e, infatti, trascorse una buona ora a bordo del *Penguin*, prima che fosse in grado di rendersi conto della sua situazione. In quanto a me, venni richiamato in vita da una condizione assai prossima alla morte (dopo che ogni altro mezzo era stato tentato invano per tre ore e mezza) da una serie di vigorose frizioni con stracci di flanella inzuppati in olio bollente, procedimento che era stato suggerito da Augustus. La ferita al collo, sebbene d'aspetto impressionante, non era molto seria e non tardai a guarirne.

Il *Penguin* entrò in porto verso le nove del mattino, dopo aver affrontato uno dei più tremendi fortunali che mai siano stati registrati nei pressi di Nantucket. Tanto Augustus che io riuscimmo a trovarci a casa del signor Barnard in tempo per la colazione, che per fortuna, dopo la festa della sera precedente, era stata servita un po' più tardi del solito. Penso che a tavola fossero tutti piuttosto stanchi per notare l'aria esausta che avevamo noi due, e che naturalmente un esame attento avrebbe immediatamente rivelato. Tuttavia gli studenti sanno compiere dei miracoli, quando si tratta di ingannare, e io credo veramente che nessuno dei nostri amici a Nantucket abbia mai avuto il minimo sospetto che la terribile storia narrata da alcuni marinai della città, di aver speronato una barca in mare e aver mandato ai pesci dai trenta ai quaranta disgraziati, avesse qualche rapporto sia con l'*Ariel* che col mio compagno e con me. Noi due più tardi parlammo frequentemente di quell'episodio, e mai senza venir colti da un brivido. Una volta, infatti, Augustus francamente mi confessò che, in vita sua, non aveva mai esperimentato un così terribile senso di sgomento, come quella notte quando, a bordo della barchetta, aveva avuto improvviso sentore della propria ubriachezza, che stava per sommergerlo.

CAPITOLO SECONDO

In nessun caso, che si riferisca a malanni e pericoli, siamo in grado di trarre le conclusioni, avverse o favorevoli, con completa sicurezza, anche di fronte ai dati di fatto più semplici. Si potrebbe supporre che un'avventura, come quella che ho poco fa descritto, sarebbe riuscita a raffreddare la mia incipiente passione per il mare. Invece non sperimentai mai più ardente desiderio di affrontare i pericoli connessi con una vita marinara quanto durante la settimana che seguì il nostro miracoloso salvataggio. Questo breve periodo parve sufficiente a cancellare dalla memoria tutte le ombre e a far convergere la più vivida luce su tutti i piacevoli ed eccitanti aspetti, su tutto il pittoresco del recente pericoloso episodio. Le mie conversazioni con Augustus diventavano ogni giorno più frequenti e io ero sempre più interessato e ansioso. Possedeva un modo di narrare le sue avventure marine (più di metà delle quali, sospetto adesso, inventate di sana pianta) ben adatto ad aver successo con una persona che possedeva il mio entusiastico temperamento e la mia immaginazione piuttosto cupa sebbene ardente. È strano anche che egli riuscisse a meglio destare il mio entusiasmo per quella vita quando descriveva le sofferenze più terribili, gli attimi disperati. Per il lato piacevole delle sue descrizioni io avvertivo ben scarsa simpatia. La mia immaginazione amava attardarsi tra naufragi e atroci privazioni, scene di morte o prigionia tra orde barbare, evocava un'intera esistenza trascorsa tra lacrime e dolori, su qualche grigio e desolato scoglio, in un oceano vergine e sconosciuto. Siffatte visioni o desideri – perché esse assurgono allo stato di veri desideri – sono comuni, mi hanno assicurato più tardi, a tutta la numerosa razza dei giovani melanconici. Al tempo di cui parlo, io le consideravo solo come profetici lampi di un destino, che mi sentivo in certa misura designato a vivere. Augustus partecipava completamente del mio stato d'animo. È probabile infatti che la nostra intima comunione si fosse risolta in un parziale scambio di nature.

Circa diciotto mesi dopo il naufragio dell'*Ariel*, la ditta Lloyd e Vredenburgh (una casa che aveva certi rapporti d'affari, credo, con gli Enderby di Liverpool) mise in riparazione il brigantino *Grampus*, armandolo per la pesca della balena. Si trattava di un vecchio legno, scarsamente in grado di tenere il mare, anche dopo che fosse stato fatto tutto il possibile per rimetterlo in ordine. Non riesco a capire perché fosse stato scelto quello, a preferenza di altri buoni vascelli, che appartenevano agli stessi armatori, ma così avevano deciso. Il signor Barnard ne ebbe il comando e Augustus si sarebbe imbarcato con lui. Mentre stavano facendo gli ultimi preparativi, egli frequentemente richiamava la mia attenzione sulla splendida occasione che mi veniva offerta di soddisfare il mio desiderio di viaggiare. Io non ero affatto sordo ai suoi inviti, ma il problema non poteva venir risolto facilmente. Mio padre non si opponeva in modo deciso, ma mia madre, al solo sentir parlare della cosa, veniva colta da attacchi isterici e, cosa più grave, mio nonno, dal quale tanto mi attendevo, aveva solennemente promesso che non m'avrebbe lasciato uno scellino, se avessi mai ardito anche solo menzionare la cosa in sua presenza. Queste difficoltà tuttavia, invece di attenuare i miei desideri, non servivano che a rinfocolarli. Infine decisi di partire in ogni caso e, avendo manifestato la mia intenzione ad Augustus, ci mettemmo a studiare un piano, per porre in atto i nostri propositi. Nel frattempo cessai di parlare coi miei parenti di quel viaggio e attendendo, apparentemente, ai miei soliti studi, tutti pensarono che avessi ormai rinunziato all'idea. In seguito ho avuto più volte occasione di esaminare la mia condotta in questo frangente con un senso di dolore non meno che di sorpresa. La raffinata ipocrisia a cui ricorsi per mandare a buon effetto il mio piano – un'ipocrisia che pervadeva ogni parola e ogni azione della mia vita e per un periodo di tempo così lungo – mi risultò tollerabile, soltanto in virtù della violenta e ardente aspettazione con cui anticipavo l'esaudimento delle mie avventurose visioni, così a lungo vagheggiate.

Per secondare i miei piani strategici, dovetti necessariamente affidare molte cose alla cura di Augustus, che era occupato per la maggior parte del giorno a bordo del *Grampus*, dovendo badare, per conto di suo padre, ad alcune sistemazioni nella cabina e nella cala. Comunque, ogni sera non mancavamo di trovarci per un breve colloquio e per parlare delle nostre speranze. Dopo aver trascorso circa un mese in questo modo, senza essere riusciti a immaginare un piano che ci paresse promettente, egli mi disse infine di aver trovato ciò che faceva per noi. Io avevo un parente che viveva a New Bedford, un certo signor Ross, in casa del quale ero solito trascorrere due o tre settimane di fila. Il brigantino avrebbe dovuto salpare verso la metà di giugno (1827) e noi decidemmo che, un giorno o due prima, mio padre avrebbe ricevuto un biglietto dal signor Ross, che mi invitava ad andare a casa sua a trascorrere una quindicina di giorni con Robert e Emmet (i suoi figli). Augustus si sarebbe incaricato lui stesso di scrivere la lettera e di farla recapitare. Dopo che avessi fatto finta di partire per New Bedford, mi sarei presentato al mio compagno, che avrebbe pensato a trovarmi un nascondiglio a bordo del *Grampus*. Questo nascondiglio, mi assicurò, l'avrebbe preparato in modo che potessi starci comodamente per parecchi giorni, durante i quali non avrei dovuto farmi vedere. Quando poi il brigantino si fosse allontanato tanto da escludere in modo assoluto ogni possibilità di tornare in porto, io allora sarei stato ufficialmente installato e ammesso a tutti i comodi del quadrato e il padre, per conto suo, si sarebbe limitato a ridere allegramente della burla. Avremmo poi incrociato quanti vascelli volevamo, per mezzo dei quali mandare a casa una lettera, che informasse i miei genitori della mia avventura.

Finalmente giunse la metà di giugno e tutto era pronto. La lettera venne scritta e recapitata, e un lunedì mattina io uscii di casa, lasciando credere a tutti che avrei preso il postale per New Bedford. In realtà mi recai subito da Augustus, che mi attendeva all'angolo di una strada. Secondo il nostro progetto primitivo io mi sarei tenuto nascosto sino a quando non fosse calata la notte e solo allora sarei salito clandestinamente sul brigantino. Essendo, però, favoriti da una densa nebbia, decidemmo di non perdere tempo. Augustus mi precedeva verso il molo, io lo seguivo a breve distanza, ravvolto in uno spesso gabbano da marinaio, che lui mi aveva portato, in modo che non fosse facile riconoscermi. Proprio mentre stavamo svoltando il secondo angolo, dopo esser passati davanti al pozzo del signor Edmund, in chi mai vado a incocciare se non nel vecchio signor Peterson, mio nonno, che mi si ferma dinanzi e mi squadra con la massima attenzione?

«Sull'anima mia, Gordon», mi disse infine, dopo una lunga pausa; «ma cosa vuol dire? A chi hai portato via quel lurido gabbano?»

«Signore, risposi io, assumendo come meglio potevo, date le esigenze del momento, un'aria di offeso stupore, e parlando nel modo più villano che seppi, «vi sbagliate alquanto, perché anzitutto, in primo luogo, non è che io mi chiamo Gordon, e poi voi farete meglio, mascalzone che non siete altro, a non dire che il mio gabbano nuovo è lurido!».

Dovetti compiere degli sforzi per non schiantare dalle risa a vedere in che modo il vecchio signore accolse la mia villana risposta. Indietreggiò di due o tre passi, impallidì dapprima e poi avvampò d'ira, sollevò gli occhiali e li rimise a posto, infine mi corse incontro con l'ombrello in resta. Ma si fermò di colpo, nella sua corsa, come colpito da un improvviso ricordo e, subito dopo, fatto dietrofront si allontanò zoppicando per la strada, tutto scosso da impeti d'ira e borbottando tra i denti: «Non vanno... questi occhiali nuovi... credevo che fosse Gordon... mascalzone di un vecchio pirata farabutto...».

Dopo essercela scapolata per un pelo, procedemmo con maggior attenzione e arrivammo sani e salvi alla nostra meta. A bordo non vi erano che due o tre marinai, verso prua, intenti a qualche lavoro intorno ai boccaporti della cambusa. Come noi sapevamo, il capitano Barnard era occupato negli uffici di Lloyd e Vredenburgh, dove sarebbe rimasto sino a tarda sera, così che avevamo ben poco da temere da parte sua. Augustus salì per primo a bordo, poco dopo io lo seguii, senza venir notato dai marinai che lavoravano. Andammo subito nel quadrato, dove non v'era nessuno. Tutto era sistemato con la massima comodità possibile, cosa piuttosto insolita per una baleniera. Vi erano quattro ottime cabine, con cuccette ampie e comode. Notai anche una grossa stufa e un tappeto assai spesso e pregiato, che copriva il pavimento sia del quadrato che delle cabine. Il soffitto si trovava a un'altezza di sette piedi; insomma, tutto mi sembrava assai più spazioso ed elegante di quanto mi sarei immaginato. Tuttavia Augustus non mi lasciò molto tempo per osservare quelle meraviglie, insistendo sulla necessità che io mi nascondessi il più rapidamente possibile. Mi condusse pertanto nella sua cabina, che si trovava a tribordo, a ridosso della paratìa. Appena entrati chiuse la porta e tirò il chiavistello. Mi pareva di non aver mai visto prima una cameretta più accogliente di quella in cui mi trovavo allora. Lunga circa dieci piedi, aveva una sola cuccetta che, come ho già detto, era ampia e comoda. Nella parte più vicina alla paratìa vi era uno spazio di circa quattro piedi quadrati, che conteneva un tavolo, una sedia, e, appesi, degli scaffali di libri, in genere libri di viaggi e avventure. Vi erano anche tante piccole comodità nella cabina, tra le quali non dovrei dimenticare una specie di armadio o ghiacciaia, dove Augustus mi indicò una quantità di leccornìe, sia cibi che bevande.

Dopo di che egli spinse con le nocche delle dita contro un certo punto del tappeto, in un angolo dello spazio poco prima menzionato, informandomi che una parte del pavimento, della larghezza di circa sedici pollici quadrati, era stata accuratamente segata e poi rimessa a posto. Come egli spinse, questa parte si sollevò sufficientemente per permettergli di insinuarvi sotto le dita. In questo modo aprì la ribalta della botola (nel punto in cui era stato fissato il tappeto per mezzo di bullette) e io m'accorsi che dava nella cala poppiera. Poi con un fiammifero accese una candela che sistemò in una lanterna cieca, e si infilò in quell'apertura dicendomi di seguirlo. Io gli ubbidii, e egli allora ribaltò la portella, assicurandola all'apertura con un chiodo piantato sul lato inferiore, mentre naturalmente il tappeto riprendeva la posizione primitiva sul pavimento e ogni traccia dell'apertura restava nascosta.

La lanterna emanava raggi così fiochi che solo con estrema difficoltà riuscii a tentoni a trovare una strada, tra la confusa congerie di oggetti che mi circondavano in ogni dove. Poco alla volta tuttavia gli occhi mi si abituarono a quella tenebra e io potei procedere con minor difficoltà, tenendomi stretto alle falde della giacca del mio amico. Il quale, dopo essersi infilato e aver girovagato tra innumeri passaggi, mi condusse infine davanti a una cassa con rinforzi in ferro, come quelle che vengono talvolta usate per imballare del vasellame costoso. Era alta quasi quattro piedi, lunga ben sei, ma molto stretta. Sulla sua sommità si trovavano due grossi barili da olio, vuoti, e sopra ancora una notevole quantità di stuoie di paglia che raggiungeva il soffitto. In ogni altra direzione era incastrato, così fittamente quanto era possibile, e sino a toccare il soffitto, un completo caos di quasi ogni specie di attrezzi marittimi, insieme con un eterogeneo campionario di gabbie, panieri, barili e balle, tanto che sembrava un vero miracolo che fossimo riusciti a rintracciare il passaggio che guidava sino alla mia cassa. Venni a sapere più tardi che Augustus, aiutato da un solo individuo, che non sarebbe partito col brigantino, di proposito aveva stivato in quel modo la cala, allo scopo di offrirmi un nascondiglio completamente sicuro.

Quindi il mio amico mi fece vedere che uno dei lati della cassa poteva essere rimosso a volontà. Infatti lo fece scivolare di fianco e mi mostrò l'interno, che mi divertì molto. Il fondo, coperto da un materasso preso da una delle cuccette della cabina, conteneva quasi ogni articolo di conforto che si era potuto sistemare in così breve spazio, concedendomi al tempo stesso posto sufficiente per stare comodo, sia seduto che completamente disteso. Tra le altre cose vi erano libri, penna, inchiostro e calamaio, tre coperte, una grossa brocca piena d'acqua, un caratello di gallette, tre o quattro immense mortadelle, un enorme prosciutto, una coscia di montone arrostito, e sei o sette bottiglie di cordiali e liquori. Io senz'altro mi installai nel mio piccolo appartamento, e con un senso di soddisfazione maggiore, ne sono sicuro, di quello provato da qualsiasi monarca nell'atto di entrare in un palazzo nuovo. Augustus mi indicò il modo per fissare la parete mobile della cassa, e poi, accostando la candela al ponte, mi mostrò una funicella nera, stesa per terra. Mi informò che questa, partendo dal mio nascondiglio, seguiva tutte le necessarie circonvoluzioni tra gli oggetti della stiva, e finiva a un chiodo, che era piantato nel ponte della cala, immediatamente sotto la botola che dava nella sua cabina.

Per mezzo di questa funicella sarei stato facilmente in grado di ritrovare la mia strada anche senza la sua guida, nell'evenienza che qualche imprevisto caso dovesse rendere necessario un simile passo da parte mia. Dopo di che si congedò, lasciandomi la lanterna, insieme a una certa quantità di candele e fiammiferi, e promettendo di venirmi a visitare tutte le volte che gli fosse possibile, senza correre il rischio di venire scoperto. Questo accadeva il 17 giugno.

Io rimasi tre giorni e tre notti (almeno, da quanto potei giudicare) nel mio nascondiglio, senza mai uscirne se non due volte allo scopo di sgranchirmi le membra, mettendomi in piedi tra due gabbie, che si trovavano proprio davanti all'apertura della cassa. Durante questo periodo non vidi mai una volta Augustus, ma questo non mi causò alcuna apprensione, perché sapevo che il brigantino sarebbe partito da un momento all'altro e, nel trambusto, egli non avrebbe facilmente potuto trovare un momento propizio per scendere fino a me. Infine udii che la botola veniva aperta e chiusa, e poco dopo egli mi chiamò sottovoce, chiedendomi se tutto andava bene e se avevo bisogno di qualcosa.

«Nulla», risposi io; «sto benissimo qui. Quando salperemo?»

«Fra meno di mezz'ora», mi rispose. «Sono venuto a informartene, temendo che tu fossi un po' preoccupato per la mia assenza. Per qualche giorno ancora non avrò la possibilità di venirti a trovare, magari per tre o quattro giorni. A bordo tutto va benissimo. Dopo essere salito e aver chiuso la botola segui la funicella e vieni dove è piantato il chiodo. Vi troverai il mio orologio, che ti potrà essere utile, dato che non puoi regolarti sul sole. Penso che non sai nemmeno da quanto tempo sei sepolto. Sono appena tre giorni, oggi ne abbiamo 20. Te lo porterei io stesso l'orologio, ma ho paura che notino la mia assenza!». Dopo di che risalì sopracoperta.

Circa un'ora dopo che si era ritirato avvertii chiaramente il moto del brigantino e mi congratulai con me stesso perché finalmente il viaggio era cominciato. Soddisfatto da questa idea, decisi di eliminare dalla mente ogni preoccupazione e di attendere il corso degli eventi, finché non mi fosse permesso di scambiare quella cassa con la sistemazione più spaziosa, ma difficilmente più comoda, del quadrato.

La prima cosa cui pensai fu di andare a prendere l'orologio. Lasciata la candela accesa avanzai a tastoni nel buio, seguendo la funicella nelle sue innumerevoli giravolte, durante alcune delle quali scoprii che, dopo essermi allontanato notevolmente, mi ritrovavo alla distanza di un piede o due da una posizione precedentemente occupata. Finalmente raggiunsi il chiodo e, essendomi impadronito dell'oggetto per cui m'ero messo in viaggio, ritornai sano e salvo alla mia cassa. Dopo di che diedi uno sguardo ai libri, che così provvidenzialmente mi erano stati forniti, e scelsi il volume che narra la spedizione di Lewis e Clark alle foci del Columbia. Con questa lettura mi svagai per un certo tempo, poi, sentendomi insonnolito, spensi con attenzione la candela e ben presto mi trovai immerso in un profondo sonno.

Quando mi svegliai, mi sentivo stranamente confuso, e trascorse del tempo prima che riuscissi a ricordare le varie circostanze della mia situazione. Poco alla volta tuttavia mi sovvenni di tutto. Accesi la luce per guardare l'orologio, ma lo trovai scarico, e di conseguenza non fui in grado di determinare quanto a lungo avessi dormito. Sentivo le membra tutte irrigidite e dovetti sgranchirle stando in piedi tra le due gabbie. Poco dopo, avvertendo un violento appetito, mi ricordai della coscia di montone, di cui avevo mangiato qualche fetta proprio prima di addormentarmi, e che avevo trovata eccellente. Ma quale non fu la mia sorpresa nell'accorgermi che era completamente putrefatta! Questa circostanza mi causò una grande inquietudine, perché, connettendola col disordine mentale che avevo avvertito nello svegliarmi, cominciai a pensare che dovevo aver dormito per un tempo lunghissimo. L'atmosfera viziata della cala poteva naturalmente aver qualcosa a vedere con questo fatto e avrebbe potuto, in ultimo, causare risultati quanto mai gravi. Soffrivo di un tremendo mal di capo e mi pareva di respirare con difficoltà: per farla breve mi sentivo colto da una folla di tetri pensieri. Tuttavia non potevo avventurarmi a causare allarmi aprendo la botola, o in qualche altro modo, così che, dopo aver caricato l'orologio, cercai di consolarmi quanto meglio mi fu possibile.

Durante le successive tediose ventiquattro ore nessuno venne a recarmi conforto e non potei fare a meno di accusare Augustus della più grave mancanza di attenzione. Ciò che più mi allarmava era il fatto che l'acqua nella brocca era ormai ridotta a circa mezza pinta e io soffrivo d'una sete tremenda, avendo mangiato molta mortadella, dal momento che avevo trovato il montone putrefatto. Ero molto preoccupato, non riuscivo più ad interessarmi ai libri. Mi sentivo anche invaso da un forte desiderio di dormire, e tuttavia tremavo al pensiero di cedere a quel bisogno, temendo che nella cala chiusa potesse esservi qualche influsso pernicioso, simile a quello dei fumi del carbone. Nel frattempo il rullìo del vascello mi lasciava capire che ormai ci trovavamo in pieno oceano e un sordo rombo, che perveniva alle mie orecchie, come da una distanza immensa, mi convinse che stavamo attraversando una burrasca di non comune violenza. Non riuscivo a immaginare quale ragione impedisse ad Augustus di venirmi a trovare. Senza dubbio eravamo ormai così lontani dalla costa che io avrei potuto liberamente mostrarmi sopracoperta. Poteva essergli capitato qualche incidente, ma non riuscivo a immaginarne nessuno in grado di spiegare come mai mi lasciasse così a lungo chiuso laggiù, a meno che non fosse improvvisamente morto, o fosse caduto in mare, idea sulla quale non potevo soffermarmi neppure un istante col pensiero. Che fossimo stati ritardati da venti contrari e ci trovassimo ancora assai vicini a Nantucket? Ma ben presto dovetti rinunziare a questa supposizione, perché, se tale fosse stato il caso, il brigantino avrebbe dovuto sovente virare di bordo e dalla sua continua inclinazione a babordo ben capivo che aveva sempre navigato col vento costantemente a tribordo. Inoltre, anche se ci fossimo ancora trovati nella prossimità dell'isola, perché mai Augustus non sarebbe potuto venire da me, a informarmi della situazione? Così rimuginando sulle difficoltà e i pericoli della mia sventurata condizione, decisi di attendere altre ventiquattr'ore: se non avessi in quelle ricevuto alcun soccorso, mi sarei diretto verso la botola e avrei cercato di parlamentare col mio amico, o almeno di respirare una boccata d'aria attraverso l'apertura e di procurarmi un po' d'acqua dalla cabina. Mentre ero occupato con questi pensieri, nonostante ogni sforzo in senso contrario, caddi in uno stato di sonno profondo, che era piuttosto un torpore. Feci dei sogni terribili. Ero vittima delle più orripilanti calamità. Tra le altre torture, mi trovavo soffocato a morte da enormi guanciali che su me schiacciavano demoni dall'aspetto quanto mai sinistro e pauroso. Serpenti immensi mi stringevano tra le loro spire e mi spiavano avidi in volto con occhi terribilmente scintillanti. Poi deserti illimitati, dall'aspetto più desolato e terrificante che si possa immaginare, mi si stendevano innanzi, a perdita d'occhio. Tronchi terribilmente alti di alberi, grigi e senza foglie, sorgevano in interminabile successione sin dove poteva giungere la vista. Le loro radici si perdevano in diffuse paludi, dove appariva un'acqua sinistra, nerissima, immota, spaventosa. Quegli strani alberi sembravano dotati di una vitalità umana, e parevano agitare a destra e a sinistra braccia scheletriche, mentre lanciavano grida di implorazione alle silenti acque, in accenti striduli e aspri, che rivelavano la più disperata e straziante agonia. Poi la scena mutava e io mi trovavo tutto nudo e solo tra le ardenti sabbie del Sahara. Ai miei piedi stava accovacciato un terribile leone. Improvvisamente i suoi occhi feroci si schiudevano e mi fissavano. Con un balzo convulso si rizzava in piedi e digrignava le terribili zanne. Un istante dopo dalla sua rossa gola erompeva un ruggito, che faceva pensare a un tuono del firmamento, e io venivo sbattuto violentemente per terra, ero sul punto di soffocare. In quel parossismo di terrore, riuscii infine parzialmente a svegliarmi. E m'accorsi che il mio sogno non era solo un sogno. Adesso, almeno, mi trovavo in possesso dei miei sensi. Le zampe di qualche immenso mostro reale mi premevano grevi il petto, ne sentivo il caldo ansito alle orecchie, le bianche zanne terribili balenavano nell'oscurità.

Se la vita di mille persone fosse dipesa dal moto di un arto, dalla pronunzia di una sillaba, non sarei stato in grado di compiere quel movimento, di pronunziare quella sillaba. L'animale, quale fosse, restava sempre nella stessa posizione, senza tentar nessuna violenza, mentre io giacevo indifeso alla sua completa mercé. Sentii che la forza del corpo e della mente mi abbandonavano rapidamente; in breve: stavo morendo, morendo di paura. Il cervello mi si annebbiava, ero colto da nausee mortali, mi veniva meno la vista, al punto che le luminose pupille su me fisse stavano offuscandosi. Compiendo infine uno sforzo tremendo, riuscii a esalare una lieve supplica a Dio e mi rassegnai a morire. Il suono della mia voce parve destare tutta la furia latente dell'animale. Si precipitò disteso sul mio corpo ma quale non fu il mio stupore quando, con un lungo e basso guaito, prese a leccarmi viso e mani con passione, con le più stravaganti prove di affetto e di gioia! Io ero stupito, non riuscivo a raccapezzarmi, ma non avevo dimenticato il particolare guaito del mio terranova, Tigre, né lo strano modo che aveva di farmi festa. Era lui. Il sangue con impeto mi rifluì alle tempie; mi sentii invaso da un travolgente senso di liberazione, che mi dava quasi il capogiro; mi pareva di rinascere. Rapido mi rizzai a sedere, dal materasso su cui ero steso, e, abbracciando il collo del mio fedele compagno e amico, sfogai la lunga oppressione del mio cuore in un diluvio di lacrime appassionate.

Come già al precedente risveglio, i miei ricordi erano quanto mai indistinti e confusi. Per un lungo tempo mi fu quasi impossibile connettere le idee, ma lentamente, gradualmente le mie facoltà razionali tornarono a funzionare e io richiamai alla memoria parecchi particolari della mia condizione. In quanto alla presenza di Tigre, mi fu impossibile spiegarla e, dopo essermi stancato con mille diverse congetture, dovetti starmene contento del fatto che mi fosse accanto, a condividere la mia desolata solitudine e a confortarmi con le sue carezze. La maggior parte delle persone amano i loro cani, ma per Tigre io nutrivo un affetto ben più ardente del solito e, per dire la verità, nessuna creatura n'era mai stata più degna. Da sette anni il mio compagno inseparabile, in numerosissimi casi aveva dato prova di possedere tutte le nobili qualità che possono renderci caro un animale. Quand'era cucciolo l'avevo salvato dalle grinfie di un monellaccio di Nantucket, che gli aveva legato una corda al collo e voleva annegarlo; tre anni più tardi il cane, ormai cresciuto, aveva più che ripagato il suo debito, salvandomi dal bastone di un grassatore.

Quando presi l'orologio e l'accostai all'orecchio mi accorsi che era di nuovo scarico, ma questo non mi sorprese affatto, essendo convinto, nello stato particolare in cui mi trovavo, che, come prima, anche questa volta avevo dormito molto a lungo; quanto a lungo mi era naturalmente impossibile precisare. Ardevo di febbre, soffrivo la sete in modo quasi intollerabile. A tastoni cercai nella cassa quel poco di acqua che mi restava, poiché mi trovavo al buio, in quanto la candela si era completamente consumata nella lanterna e non riuscivo a rintracciare la scatola di fiammiferi. Tuttavia, quando rinvenni la brocca, m'accorsi che era vuota; senza dubbio Tigre era stato spinto a berla, così come aveva divorato i resti del montone, il cui osso, ben spolpato, si trovava davanti alla cassa. Nulla mi importava che avesse divorato la carne guasta, ma mi sentii mancare al pensiero di trovarmi completamente senz'acqua. Ero estremamente debole, tanto che al minimo movimento o sforzo, tremavo tutto come per un accesso di terzana. Come se questo non bastasse il brigantino beccheggiava e rullava con estrema violenza, e i barili da olio, che si trovavano sulla mia cassa, correvano ogni istante il pericolo di cadere, così che avrebbero bloccato la porta, impedendomi di uscire e di entrare. Mi sentivo anche estremamente travagliato dal mal di mare. Considerato tutto questo, decisi di recarmi senz'altro presso la botola, per ottenere immediatamente soccorso, prima di trovarmi in condizioni di non poter più far nulla. Pervenuto a questa decisione nuovamente tastai in giro per cercare i fiammiferi e le candele. I fiammiferi li trovai con non molta fatica, ma non scovando le candele con la rapidità che mi aspettavo (non ricordavo con precisione l'angolo in cui le avevo sistemate), rinunziai per il momento a cercarle e dopo aver ordinato a Tigre di starsene tranquillo, mi misi senz'altro in cammino verso la botola.

In questo tentativo la mia estrema debolezza si rivelò in modo allarmante. Era solo con la massima difficoltà che riuscivo a trascinarmi, e molto frequentemente le gambe mi cedevano di colpo e allora, cadendo bocconi col viso per terra, restavo alcuni momenti quasi privo di sensi. Ma, se pur con estrema lentezza, tuttavia avanzavo, temendo ogni momento di svenire tra gli stretti e intricati meandri della cala, nel qual caso non avrei potuto aspettarmi se non la morte. Infine, facendo un balzo in avanti, con tutta l'energia di cui potevo disporre, andai a cozzare violentemente contro l'acuto spigolo di una cassa rivestita di ferro. Questo colpo non mi intontì se non per pochi momenti, ma, con mio inesprimibile dolore, mi rese manifesto che il rapido e violento rullio del vascello aveva smosso questa cassa, che ora bloccava completamente il cammino e mi impediva di avanzare. Per quanti sforzi compissi non riuscivo a spostarla di un pollice, perché si trovava strettamente incastrata tra le altre casse e le attrezzature marine. Pertanto, nonostante mi sentissi debole, dovevo lasciare la guida della funicella e cercare un nuovo passaggio, oppure arrampicarmi sopra l'ostacolo, per ritrovare, oltre quello, la guida del cordino. La prima alternativa presentava troppe difficoltà e pericoli per poterci pensare senza un brivido. Nello stato di debolezza fisica e mentale in cui mi trovavo mi sarei certo smarrito nel tentativo e sarei miseramente morto tra il sinistro e disgustoso labirinto della cala. Perciò, senza esitare, decisi di far ricorso a quanta forza e fermezza d'animo mi restavano, per cercare di arrampicarmi, come meglio avrei potuto, su quella cassa.

Quando mi alzai per compiere ciò che avevo divisato, m'accorsi che l'impresa era anche più difficile di quanto il mio timore m'avesse indotto a immaginare. Da un lato e dall'altro dello stretto passaggio s'innalzava una parete ininterrotta, costituita dal materiale più disparato e greve, che il minimo errore da parte mia avrebbe potuto farmi precipitare sulla testa o, quand'anche una cosa simile non fosse occorsa, avrebbe bloccato in modo definitivo il passaggio, precludendomi ogni possibilità di ritorno, così come già mi era preclusa la possibilità di avanzare. La cassa poi era lunga, massiccia e non offriva il minimo appiglio per tentarne la scalata. Invano cercai, con ogni mezzo a mia disposizione, di raggiungere la cima, sperando così di essere poi in grado di arrampicarmi sulla cassa. Ma fossi pure riuscito ad aggrapparmi alla sommità, tuttavia è sicuro che le mie forze si sarebbero rivelate inadeguate allo sforzo necessario per issarmi sopra e, tutto considerato, fu assai meglio che non riuscirci. Infine, in un disperato sforzo, compiuto per spostare la cassa, avvertii una forte vibrazione nel lato che dava verso me. Passai rapido la mano sulle commessure delle tavole e m'avvidi che una di queste cedeva. Con il temperino, che fortunatamente avevo in tasca, dopo grandi sforzi riuscii a staccarla completamente e, infilatomi nell'apertura, scoprii con mia enorme gioia che l'altro lato non presentava ostacoli di sorta, in altre parole che la cassa mancava del coperchio, perché era attraverso il fondo che m'ero aperto un passaggio. Dopo di che non incontrai più serie difficoltà nel seguire la funicella, fino a che non raggiunsi il chiodo. Col cuore che palpitava violento mi alzai e spinsi leggermente con le dita la ribalta della botola. Ma questa non si sollevò con la prontezza che mi ero aspettato, così che tornai a spingerla con forza maggiore pur temendo che in cabina vi fosse qualcun altro, invece di Augustus. Ma la ribalta, con mio grande stupore, rimase immobile e io cominciai ad allarmarmi, perché ricordavo che, in precedenza, si poteva aprirla quasi senza sforzo. Spinsi allora violentemente, e quella rimase sempre salda; con tutta la mia forza, e quella si ostinò a non cedere; con rabbia, con furia, con disperazione, e tutto fu inutile. Era evidente, data questa resistenza, che la botola era stata scoperta e la ribalta inchiodata, o che sopra di essa era stato collocato qualche peso che era assolutamente inutile pensare di rimuovere.

Avvertii un senso di orrore e disperazione. Invano cercai di immaginare quali potessero essere i motivi, per cui mi trovavo chiuso in quella tomba. Non riuscivo a seguire alcun ragionamento filato e, lasciandomi cadere per terra, mi abbandonai senza ritegno al più completo sconforto, mentre la fantasia evocava tremende morti per sete, fame, asfissia e io avevo l'impressione di essere sepolto vivo. Infine mi ritornò in parte una certa presenza di spirito. Mi alzai e, tastando con le dita, cercai di trovare la fessura della ribalta. Avendola trovata la esaminai attentamente, per scoprire se trapelasse qualche filo di luce, ma non riuscii a scorgere nulla. Infine infilai la lama più sottile del mio temperino, fin quando non incontrai un qualche ostacolo solido. Grattando con la lama su di esso capii che si trattava di una solida massa di ferro; dal moto ondeggiante impartito alla lama, quando ne seguiva i contorni, conclusi non potesse esser altro che una catena. L'unica cosa ormai che mi restava da fare era di ritornare alla mia cassa e, colà giunto, rassegnarmi al mio melanconico destino, o cercare di tranquillizzare a tal punto la mente da poter immaginare qualche piano di salvezza. Immediatamente mi accinsi all'impresa e, dopo innumerevoli difficoltà, riuscii infine a tornare al punto di partenza. Quando, completamente esausto, mi lasciai cadere sul materasso, Tigre si buttò lungo disteso accanto a me, e pareva, con le sue carezze, voler consolarmi nei miei affanni ed esortarmi a sopportarli con fermezza.

La stranezza del suo comportamento finalmente riuscì ad attirare la mia distratta attenzione. Infatti, dopo avermi lambito la faccia e le mani per alcuni minuti, improvvisamente si fermava ed emetteva un lungo gemito. Ogni volta che protendevo le mie mani verso lui, invariabilmente lo trovavo disteso supino per terra, con le zampe sollevate. Questo comportamento, frequentemente ripetuto, mi parve strano, e io non riuscivo in alcun modo a trovarne una spiegazione plausibile. Siccome il cane aveva tutta l'aria di non star bene, conclusi che doveva avere qualche ferita e, prendendogli le zampe in mano, le esaminai una dopo l'altra, ma non trovai nulla. Allora pensai che avesse fame e gli diedi un grosso pezzo di prosciutto che egli divorò con avidità – riprendendo, subito dopo, le sue strane manovre. Mi dissi che anche lui, al pari di me, doveva esser travagliato dalla sete ed ero sul punto di accettare per valida questa supposizione, quando mi ricordai che, finora, mi ero limitato a esaminargli le zampe e che poteva essere stato ferito in qualche altra parte del corpo o della testa. Questa gliela tastai attentamente, senza trovare nulla. Ma, passandogli la mano sul dorso, m'avvidi che i peli erano leggermente sollevati lungo la schiena. Seguendo questa linea con le dita scoprii una funicella che, m'avvidi, gli circondava l'intero corpo. Dopo più attento esame incontrai qualcosa che aveva l'aria di un pezzetto di carta, fissato dalla funicella in modo tale da venirsi a trovare direttamente sotto la spalla sinistra dell'animale.

CAPITOLO TERZO

Improvvisamente mi balenò in mente il pensiero che quel foglietto di carta poteva essere una comunicazione di Augustus, il quale, per qualche imprevedibile caso, non essendo in grado di farmi uscire dalla prigione, era ricorso a questo metodo per mettermi al corrente della situazione. Tremante di ansietà, mi misi nuovamente alla ricerca dei miei fiammiferi di fosforo e delle candele. Ricordavo, molto vagamente, di averli messi da parte con molta cura, proprio prima di addormentarmi e infatti, all'atto di iniziare il mio ultimo viaggio verso la botola, ero perfettamente in grado di ricordare il punto esatto dove li avevo depositati. Ma adesso inutilmente sollecitavo la memoria e trascorsi, pertanto, un'ora intera in un'inutile ed esasperante ricerca. Raramente credo d'aver passato momenti così ansiosi ed esasperanti. Infine, mentre tastavo in giro, con la testa vicina alla zavorra, presso l'apertura della cassa, percepii un debole barlume di luce nella direzione del ridotto dei marinai. Profondamente sorpreso cercai di avviarmi verso quel luogo, che sembrava distare solo pochi piedi da dove mi trovavo. Ma mi ero appena mosso quando non riuscii più a scorgere barlume alcuno, e per rivederlo fui obbligato a muovermi a tastoni per la cassa, finché non ebbi ripreso esattamente la posizione di prima. Allora, muovendo cauto la testa a destra e a sinistra, m'accorsi che, procedendo lentamente con grande attenzione nella direzione opposta a quella che avevo dapprima seguìto, sarei stato capace di accostarmi alla luce, mantenendola sempre nel mio campo visivo. Poco dopo fui in grado di raggiungerla (essendomi infilato tra innumerevoli e stretti meandri) e m'accorsi che questo barlume procedeva da frammenti dei miei fiammiferi, che si trovavano in un barile vuoto buttato per terra. Stavo chiedendomi come mai fossero andati a finire lì, quando la mano mi cadde su due o tre pezzi di candela, che erano stati evidentemente masticati e cincischiati dal cane. Conclusi senz'altro che Tigre doveva aver divorato l'intera mia provvista di candele, così che non mi sarebbe stato possibile leggere il biglietto di Augustus. I piccoli resti di cera erano così mescolati con i rifiuti del barile, che disperai di poterli usare anche parzialmente e li lasciai stare dove si trovavano. Il fosforo, di cui v'era appena qualche particola, lo raccolsi il meglio possibile, e con esso, dopo molte difficoltà, ritornai nella cassa, dove Tigre era rimasto ad attendermi.

Che cosa, in tali frangenti, avrei dovuto fare non ero in grado di dire. La cala era così completamente buia che non riuscivo neppure a vedermi la mano, per quanto l'accostassi al volto. Riuscivo a malapena a discernere quel bianco foglietto di carta, e neppure quando lo fissavo direttamente. Se volgevo nella sua direzione la parte esteriore della retina, e più precisamente, se l'esaminavo un po' di sbieco, m'accorgevo che diveniva in certa misura percettibile. Da questo sarà facile farsi un'idea della tenebra assoluta che regnava nella mia prigione, così che il biglietto del mio amico, se si trattava veramente di un suo biglietto, sembrava non avrebbe potuto che procurarmi nuovi guai, turbando senza nessuna utilità pratica il mio cervello, già indebolito e agitato. Invano fantasticai sul modo di procurarmi un po' di luce – gli espedienti che mi si presentavano erano simili a quelli che verrebbero in mente a persona immersa nel torbido sonno prodotto dall'oppio: tutti gli appaiono, a turno, i più ragionevoli e i più assurdi del mondo, a seconda che in lui prevalgano le facoltà raziocinanti o immaginative. Infine mi venne un'idea, che mi parve razionale e mi fece chiedere stupito, e a ragione, come mai non ci avessi pensato prima. Disposi il foglietto di carta sulla copertina di un libro e, raccogliendo i frammenti degli zolfanelli che avevo portato dal barile, li disposi tutti sulla carta. Dopo di che vi passai sopra il palmo della mano, rapidamente ma risolutamente. Subito si diffuse una chiara luce per l'intera superficie e se sopra essa fosse stata scritta qualche parola, l'avrei potuto leggere senza la minima difficoltà. Ma non vi scorsi neppure una sillaba, nulla se non il desolante biancore della carta; l'illuminazione scomparve in pochi secondi e con essa si spense ogni speranza nel mio cuore.

Ho già dichiarato, più di una volta, che da qualche tempo il mio intelletto si trovava in una condizione che rasentava quasi l'idiozia. Vi erano naturalmente fuggevoli intervalli di perfetta lucidità di mente, di tratto in tratto anche di energia, ma erano assai poco frequenti. Si deve ricordare che da molti giorni ero obbligato a inalare la quasi pestilenziale atmosfera della chiusa cala di una baleniera, e che per gran parte di quel tempo mi ero dovuto accontentare di una quantità assolutamente insufficiente d'acqua. Nelle ultime quattordici o quindici ore non ne avevo più bevuto una goccia, così come non avevo chiuso occhio. Cibi salati, dei tipi che più provocano la sete, erano stati il mio alimento principale, l'unico anzi, dopo la perdita del montone, quando si eccettuino le gallette, che mi erano completamente inutili dato che, così asciutte e dure, non potevo inghiottirle con la gola secca che avevo. Adesso ero travagliato da una forte febbre e in ogni senso stavo malissimo. Questo potrà spiegare come mai dovessi trascorrere parecchie miserabili ore di sconforto, dopo il mio fallimento col fosforo, prima che mi venisse in mente che mi ero limitato a esaminare un lato solo del foglietto. Non tenterò neppure di descrivere il mio parossismo d'ira (credo infatti che la rabbia fosse il sentimento che predominava in me) quando improvvisamente capii quale madornale errore avessi mai commesso. Errore che, in sé e per sé non sarebbe stato poi così grave, se non l'avesse reso quasi irrimediabile la mia stolta ira: nella delusione di non trovare nessuna parola sul foglietto di carta l'avevo infantilmente ridotto in tanti pezzi e buttato via, non sapevo nemmeno dove, con precisione.

Per la parte più ardua di questo problema venni soccorso dalla sagacia di Tigre. Dopo aver trovato, in seguito a una lunga ricerca, un minuscolo pezzo del biglietto, lo feci annusare al cane, cercando di fargli capire che doveva portarmene il resto. Con mia grande sorpresa (perché io non gli avevo mai insegnato nessuno di quegli esercizi per cui la loro razza è nota), egli parve intendere subito la mia richiesta e, dopo aver rovistato per pochi secondi, ne trovò un altro pezzo. Quando me lo portò, si soffermò un poco, soffregandomi il naso sulla mano, come attendesse la mia approvazione di quanto aveva fatto. Io allora lo accarezzai sulla testa ed egli immediatamente si allontanò. Trascorsero alcuni minuti prima che tornasse, ma questa volta mi portò una lunga striscia, che vidi essere tutta la parte che ancora mancava, perché, evidentemente, io l'avevo strappato solo in tre pezzi. Per fortuna non ebbi difficoltà nel trovare i pochi frammenti di fosforo che eran rimasti, guidato dall'indistinto baluginare delle due o tre particole cadute. Il precedente insuccesso m'aveva insegnato la necessità di andare cauto, e adesso mi concentrai per riflettere su ciò che avrei dovuto fare. Era molto probabile, mi dissi, che alcune parole fossero scritte su quel lato della carta che non avevo esaminato, – ma quale era il lato in questione? Riaccostare i frammenti e ricostruire il biglietto non offriva nessuna indicazione su questo rispetto, per quanto mi assicurasse che le parole, se mai ve ne fossero, si sarebbero trovate tutte da un lato, nella successione logica in cui erano state scritte. Era assolutamente indispensabile individuare con precisione il lato giusto, dato che il restante fosforo non m'avrebbe messo in grado di compiere un terzo esperimento, qualora fosse fallito quello che stavo per compiere. Disposi dunque il foglio su un libro, come prima, e rimasi seduto per alcuni minuti, considerando il problema sotto ogni suo aspetto. Finalmente pensai che poteva darsi che il lato scritto presentasse qualche leggerissima inuguaglianza, che un tatto delicato sarebbe forse riuscito ad avvertire. Decisi di fare l'esperimento e passai il dito molto attentamente sul lato che avevo sottomano. Non riuscii ad avvertire nulla e allora voltai il foglio e lo sistemai nuovamente sul libro. Di nuovo vi passai sopra il dito con estrema attenzione e improvvisamente scorsi un leggerissimo ma tuttavia percepibile bagliore, che seguiva il dito, a mano a mano che procedeva. Capii che questo bagliore doveva esser prodotto da alcune minutissime particole del fosforo, col quale avevo coperto il foglio nel mio precedente tentativo. Era dunque sull'altra facciata, quella sotto, che avrei trovato il messaggio, se dopo attento esame fossi infine riuscito a decifrare un messaggio qualsiasi. Voltai il foglio e sistemai tutto come nel tentativo precedente. Dopo aver soffregato il fosforo, si diffuse, come prima, una certa luminosità, e questa volta potei scorgere parecchie righe in un carattere grosso e apparentemente scritte in inchiostro rosso. Il brillìo, sebbene abbastanza intenso, non fu che momentaneo. Tuttavia, se non fossi stato così eccitato, avrei avuto tutto il tempo necessario per leggere le tre frasi – ve n'erano infatti tre sole, – che avevo sotto gli occhi. Invece, nella mia ansietà di leggere subito tutto, non riuscii che a decifrare le sette ultime parole, che erano: «*sangue: resta nascosto, ne va della tua vita*».

Fossi stato in grado di conoscere il pieno significato del messaggio, che il mio amico aveva così cercato di trasmettermi, quell'avvertimento, m'avesse pur rivelato una storia di qualche terribile catastrofe, sono fermamente convinto non avrebbe potuto destare in me un decimo di quel lancinante e indefinito terrore, che mi ispirarono le frammentarie frasi che lessi. E poi «*sangue*», quella parola tra tutte, così gravida, in ogni tempo, di dolori e terrori, quale nuovo valore non acquistò, come gelida e greve mi cadde (così avulsa da ogni precedente parola che potesse spiegarla, chiarirla) con le sue due sole sillabe, nella profonda tenebra della mia prigione, come gelida e greve penetrò nei più segreti recessi dell'anima!

Augustus aveva indubbiamente buone ragioni per consigliarmi di restar nascosto, e io mi persi in mille supposizioni per immaginare quali potessero essere, ma non riuscivo a trovare alcuna soddisfacente soluzione del problema. Poco dopo essere tornato dal mio viaggio alla botola, e prima di rivolgere la mia attenzione in altra direzione a causa dello strano comportamento di Tigre, ero giunto alla decisione di farmi sentire in ogni caso da quelli che si trovavano a bordo e, se non fossi riuscito, a cercare di aprirmi un passaggio attraverso il ponte di stiva. Mi sentivo quasi sicuro, se ridotto agli estremi, di poter attuare uno di questi due progetti, e ciò mi aveva infuso il coraggio (che altrimenti non avrei mai avuto) di sopportare le pene della mia situazione. Ma le poche parole che ero stato in grado di leggere m'avevano privato di queste estreme risorse e adesso per la prima volta avvertivo tutta la tragicità del mio destino. In un parossismo di disperazione mi buttai nuovamente sul materasso dove, per circa un giorno e una notte, rimasi immerso in una specie di torpore, interrotto solo da momentanei sprazzi di intelligenza, nei quali riacquistavo il senso della mia situazione.

Infine mi alzai un'altra volta e mi immersi nella considerazione degli orrori che d'ogni parte mi assediavano. Per altre ventiquattro ore sarei forse riuscito a sopravvivere senza acqua, per un periodo più lungo era impossibile. Durante la prima parte della mia segregazione mi ero liberamente servito dei cordiali che Augustus mi aveva lasciato, ma essi non facevano che aumentare la febbre, senza in alcun modo mitigare la sete. Ormai non mi restava che un quarto di pinta di una forte acquavite di pesche, che m'aveva sempre rivoltato lo stomaco. Le mortadelle erano già completamente consumate, del prosciutto non rimaneva che un pezzetto di cotica e tutti i biscotti, tranne poche briciole, erano stati mangiati da Tigre. Come se questo non bastasse m'accorsi che il mal di capo aumentava ad ogni istante, e con esso una specie di delirio, che mi aveva più o meno tormentato sin dal mio primo sonno. Durante le ultime ore avevo dovuto compiere dei veri sforzi per riuscire a respirare, e ora ogni tentativo del genere era accompagnato dalle più dolorose e spasmodiche contrazioni della cassa toracica. Ma vi era ancora un'altra e ben diversa fonte di inquietudine, e così grave che il lancinante terrore che destava in me era stato ciò che soprattutto mi aveva scosso dallo stupore, che m'aveva prosternato sul materasso. Si trattava dello strano contegno del cane.

Già avevo osservato un'alterazione nel suo comportamento l'ultima volta che avevo soffregato il fosforo sul pezzo di carta. Proprio mentre lo strofinavo egli m'aveva battuto col naso contro la mano, con un leggero ringhio, ma io ero troppo eccitato in quel momento per badarci più di tanto. Subito dopo, come forse si ricorderà, mi ero lasciato cadere sul materasso e m'ero immerso in una specie di letargo. Adesso cominciai a udire uno strano sibilo proprio vicino alle orecchie e m'accorsi che proveniva da Tigre, il quale ansimava e soffiava evidentemente in uno stato di grande eccitazione, mentre gli occhi gli lampeggiavano feroci nella tenebra. Io gli parlai ed egli mi rispose con un lungo e cupo ringhio e poi rimase tranquillo. Poco dopo caddi di nuovo in un coma, dal quale venni destato in modo simile. Questo si ripeté tre o quattro volte finché, a lungo andare, il contegno del cane mi ispirò una così viva paura, che mi destai completamente. Adesso si era steso accanto alla porta della cassa e ringhiava paurosamente, sebbene non molto forte, e digrignava i denti come in preda a forti convulsioni. Capii subito che la mancanza dell'acqua e l'atmosfera fetida della cala l'avevano fatto impazzire, ma non sapevo quali decisioni avrei dovuto prendere in proposito. Non potevo sopportare il pensiero di ucciderlo, eppure questa decisione mi sembrava assolutamente necessaria per la mia personale incolumità. Riuscivo distintamente a percepire i suoi occhi fissati su me con un'espressione di mortale odio, e m'aspettavo da un momento all'altro di vedermelo balzare contro. Infine non ebbi più la forza di tollerare la mia terribile situazione e decisi, in ogni caso, di allontanarmi dalla cassa e di sopprimerlo, se la sua opposizione m'avesse obbligato a fare così. Per uscire dovevo valicare il suo corpo ed egli già pareva aver previsto le mie intenzioni perché si alzò sulle zampe anteriori (come m'accorsi dalla mutata posizione degli occhi) e mi mostrò l'intera chiostra delle bianche zanne, che si potevano discernere facilmente. Presi quanto restava di quella cotica e la bottiglia che conteneva il liquore, me li fissai alla persona, insieme con un grosso coltello da cucina che Augustus mi aveva lasciato, poi ravvolgendomi quanto più stretto mi fu possibile nel tabarro, mossi verso l'apertura della cassa. Ma al mio primo movimento il cane, con un violento ringhio, già mi era balzato alla gola. Il peso del suo corpo mi cadde in pieno sulla spalla destra e mi sbatté violentemente a sinistra, mentre l'animale infuriato mi oltrepassava con un balzo. Ero caduto in ginocchio, con la testa sepolta tra le coperte, e queste mi protessero contro un secondo e furibondo assalto, durante il quale sentii le zanne aguzze stringere violentemente le coperte di lana che m'avvolgevano il collo, ma per fortuna non riuscirono a trapassarle completamente. Mi trovavo adesso sotto il cane e in pochi momenti sarei stato completamente alla sua mercé. La disperazione allora m'infuse vigore: mi alzai arditamente in piedi, con uno scossone allontanai da me la bestia a viva forza e mi trascinai dietro le coperte del materasso. Queste adesso gli buttai addosso e, prima che fosse riuscito a liberarsene io ero già uscito dalla cassa e avevo chiuso la porta, impedendogli in tal modo di inseguirmi. In questa lotta tuttavia m'era caduto il pezzo di cotica, così che ora m'accorsi che tutte le mie provviste erano ridotte a quel po' di liquore. A questa constatazione mi sentii invaso da uno di quegli accessi di perversità, che si potrebbe supporre dominino un bambino viziato in circostanze affini, e sollevando la bottiglia alle labbra la scolai sino all'ultima goccia e poi la sbattei furiosamente per terra.

L'eco della bottiglia spezzata non si era ancora spenta, quando udii il mio nome, pronunziato con voce ansiosa ma fioca, e che mi veniva dalla direzione del ridotto dell'equipaggio. Una cosa del genere mi giunse così inaspettata, e così intensa fu l'emozione destata in me da quelle parole, che io tentai invano di rispondere. Ero stato colto da afasia e rabbrividivo di terrore, per tema che il mio amico, credendomi morto, se ne andasse, senza neppur tentare di raggiungermi. Fermo tra le gabbie, vicino alla porta della cassa, tremavo convulso e ansimavo, ma invano cercavo di emettere qualche suono. Se la vita di mille mondi fosse dipesa da una singola sillaba, non sarei stato in grado di pronunciarla. Avvertii un leggero movimento, che ora si faceva udire tra le casse, un po' davanti a me. Poi il suono divenne meno distinto, sempre meno distinto, sempre più fioco e lontano. Potrò mai dimenticare quel che provai in quell'istante? Se ne andava, il mio amico, il mio compagno, dal quale avevo ben diritto di aspettarmi tanto... se ne andava... m'avrebbe abbandonato, se n'era andato! M'avrebbe lasciato morire miseramente, m'avrebbe lasciato spirare in quell'orribile e disgustosa segreta, mentre una parola, una sola sillaba mi avrebbe salvato, e tuttavia quella sola sillaba non ero in grado di pronunciarla! Sono sicuro che provai, allora, tutte le pene dell'agonia, centuplicate. Il cervello mi turbinava e caddi, affranto e sfinito, contro la porta della cassa.

Nel cadere il coltellaccio da cucina scivolò dalla cintura dei pantaloni e sbatté per terra con fracasso. Nessun accordo della più dolce melodia avrebbe risuonato così gradito alle mie orecchie! Con la più intensa ansietà tesi l'orecchio, per poter capire l'effetto che quel rumore aveva avuto su Augustus, perché sapevo che la persona che m'aveva chiamato per nome non poteva essere che lui. Per alcuni momenti tutto rimase silenzioso. Infine udii di nuovo la parola «*Arthur!*», ripetuta sottovoce e con tono pieno di esitazione. La speranza, che tornava a fiorire, mi sciolse improvvisamente il nodo che m'impacciava la lingua, e io urlai con quanta voce avevo:

«Augustus, o Augustus!»

«Zitto, per l'amor di Dio, sta' zitto!», egli rispose con voce che vibrava di paura; «sarò subito da te, non appena riesco ad attraversare la cala».

Per lungo tempo l'udii muoversi tra le casse, e ogni momento mi sembrava un'eternità. Infine sentii la sua mano posarsi sulla mia spalla, mentre al tempo stesso m'accostava una bottiglia d'acqua alle labbra. Solo quelli che sono stati salvati all'ultimo istante dalle fauci della tomba, o che hanno conosciuto l'insostenibile tormento della sete, in circostanze gravi come le mie in quella sinistra prigione, possono farsi un'idea dell'indicibile gioia che mi procurò un lungo sorso della più straordinaria delle voluttà di questa terra.

Quando ebbi in qualche misura soddisfatto la sete, Augustus trasse di tasca tre o quattro patate lesse, che io divorai famelico. Egli aveva recato seco una lanterna cieca e i grati raggi mi procurarono quasi lo stesso conforto che il cibo e la bevanda. Ma non vedevo l'ora di apprendere la causa della sua protratta assenza, ed egli si accinse a narrarmi ciò che era accaduto a bordo, durante la mia prigionia.

CAPITOLO QUARTO

Il brigantino era salpato, come avevo supposto, circa un'ora dopo che lui m'aveva portato l'orologio. Questo accadeva il 20 giugno. Si ricorderà che, a quella data, io mi trovavo nella cala già da tre giorni, durante il quale tempo a bordo c'era stato un tale andirivieni di persone, e un movimento così incessante specialmente nel quadrato e nelle cabine, che egli non aveva avuto la minima possibilità di venirmi a trovare, senza il rischio di far scoprire la botola segreta. Quando infine era venuto, io gli avevo dichiarato che stavo benissimo, e perciò, durante i due giorni successivi, egli non avvertì nessuna apprensione sul conto mio, sebbene spiasse sempre l'occasione propizia per poter scendere da me. Ma dovette attendere quattro giorni. Parecchie volte, durante questo periodo, era stato sul punto di informare suo padre di questa avventura, per potermi far salire subito sopra, ma ci trovavamo ancora troppo vicini a Nantucket, e, da alcune frasi che erano sfuggite al capitano Barnard, temeva che avrebbe immeditamente fatto dietrofront, nel caso in cui mi avesse scoperto a bordo. Inoltre, dopo averci riflettuto sopra, così mi disse, Augustus non riusciva a immaginare che io potessi avere immediatamente bisogno di qualcosa, o che, in questo caso, non avrei pensato di farmi sentire attraverso la botola. Tutto considerato, perciò, decise di lasciarmi stare, finché non avesse avuto la possibilità di visitarmi inosservato. Come ho già detto, questo non accadde che il quarto giorno dacché mi aveva consegnato l'orologio, e il settimo giorno da quando ero entrato nella cala. Egli allora scese, senza portare con sé né acqua né cibo, avendo l'intenzione di limitarsi a richiamare la mia attenzione, perché mi recassi presso la botola, dove mi avrebbe fornito altre provviste prese in cabina. Quando scese con questo proposito, trovò che io mi ero addormentato, perché sembra che russassi molto fortemente. Da vari calcoli fatti più tardi a tal riguardo, questo doveva essere il sonno in cui piombai, subito dopo il mio ritorno dalla botola con l'orologio, sonno che, di conseguenza, deve essere durato ben più di tre giorni e tre notti consecutive. Più tardi ho avuto modo, sia per esperienza diretta che per dichiarazioni di altri, di venire a conoscere il forte effetto soporifico delle emanazioni di olio di pesce stantio, in un luogo chiuso, e quando penso alle condizioni della cala, in cui mi trovavo imprigionato, e al lungo periodo durante il quale il brigantino era stato usato come baleniera, mi stupisce più il fatto di esser riuscito a svegliarmi, una volta addormentato, che non di avere dormito ininterrottamente per tutto quel tempo.

Augustus dapprima mi chiamò a voce bassa e senza chiudere la botola, ma io non gli risposi. Allora egli tirò a sé la ribalta e mi chiamò più forte, finalmente ad alta voce, ma io continuai a russare. In questo momento non sapeva proprio cosa fare. Gli sarebbe occorso del tempo per attraversare la cala sino alla mia cassa, e intanto la sua assenza sarebbe stata notata dal capitano Barnard, che aveva sempre bisogno di lui, per fargli ordinare e copiare documenti concernenti il viaggio. Dopo averci pensato un poco decise pertanto di salire e di attendere un'occasione più propizia. Si sentiva tanto più indotto a questa soluzione, in quanto il mio sonno gli appariva assai tranquillo, ed egli non poteva supporre che io avessi sofferto per via dalla mia clausura. Aveva appena deciso in questo senso, quando la sua attenzione fu attratta da un inconsueto frastuono, che pareva provenire dalla cabina del capitano. Saltò fuori dalla botola il più rapidamente possibile, la chiuse e spalancò la porta della sua cabina. Ma aveva appena messo il piede sulla soglia che una pistola gli balenò sotto gli occhi e al tempo stesso si sentì sbattuto per terra da un colpo di manovella.

Una robusta mano lo manteneva fermo per terra, stringendogli fortemente la gola; tuttavia egli era in grado di vedere ciò che avveniva attorno a lui. Suo padre era stato legato mani e piedi ed era steso lungo i gradini della scala, con la testa all'ingiù; da una profonda ferita sulla fronte spicciava ininterrottamente un rivolo di sangue. Non diceva una parola e pareva moribondo. Curvo su lui il secondo lo squadrava con un'espressione di diabolico scherno, e attentamente gli frugava le tasche, dalle quali infine estrasse un grosso portafoglio e un cronometro. Sette membri dell'equipaggio (tra i quali si trovava il cuoco, un negro) stavano frugando nelle cabine di babordo in cerca di armi e non tardarono a equipaggiarsi di moschetti e munizioni. Oltre ad Augustus e al capitano Barnard nella cabina si trovavano nove uomini, che erano la feccia dell'equipaggio. I farabutti, in seguito, salirono sopra coperta, portando seco il mio amico, dopo avergli immobilizzato le mani dietro la schiena. Si diressero verso il castello, che era chiuso e guardato da due degli ammutinati armati d'ascia, mentre altri due stavano presso il boccaporto principale. Il secondo ordinò ad alta voce: «Mi sentite, laggiù? E adesso salite, uno alla volta... Attenti a quello che vi dico, uno alla volta, e senza protestare!». Passò un po' di tempo prima che spuntasse qualcuno. Finalmente un inglese, che si era imbarcato come mozzo, salì piangendo pietosamente e supplicò umile il secondo di risparmiargli la vita. Come risposta ricevette un colpo d'ascia sulla fronte. Il povero infelice cadde sul ponte senza un gemito, il cuoco negro lo sollevò tra le braccia, come avrebbe fatto con un bambino, e lo buttò indifferente in mare. Udito il colpo e il tonfo del cadavere, gli uomini sotto non volevano più saperne di salire né per minacce né per promesse, finché gli ammutinati non decisero di affumicarli. Allora quelli tentarono un'irruzione e, per un momento, parve fosse possibile riconquistare il brigantino. Tuttavia gli ammutinati riuscirono a chiudere completamente il cassero, prima che ne fossero usciti più di sei. Questi, trovandosi così inferiori di numero e senza armi, si sottomisero dopo una breve lotta. Il secondo rivolse loro parole gentili, senza dubbio nell'intento di indurre anche gli altri a capitolare, perché potevano sentire benissimo tutto ciò che veniva detto sopracoperta. Il risultato diede ragione alla sua sagacia come alla sua diabolica perfidia. Tutti quelli che si trovavano nel cassero manifestarono la loro intenzione di sottomettersi e, salendo uno alla volta, vennero legati e buttati per terra supini, insieme ai primi sei. I membri dell'equipaggio, che non avevano preso parte all'ammutinamento, ammontavano a ventisette.

Seguì una spaventosa carneficina. I marinai legati venivano spinti sino al passavanti, dove il cuoco, armato d'ascia, colpiva sulla testa ogni vittima, a mano a mano che gli arrivava a portata. In questo modo vennero massacrati ventidue marinai. Augustus già si era rassegnato, e aspettava che da un momento all'altro giungesse il suo turno. Ma quegli assassini, a un tratto, parvero stanchi, o quasi disgustati essi stessi del loro sanguinario lavoro, perché i quattro restanti prigionieri, insieme col mio amico che era stato buttato sopracoperta tra gli altri, vennero risparmiati, mentre il secondo mandava qualcuno a prendere del rum e quelle belve si abbandonavano a un'orgia sfrenata, che durò sino al tramonto. A questo punto cominciarono a discutere sulla sorte dei sopravvissuti, che si trovavano a pochi passi di distanza e potevano sentire ogni parola che veniva pronunciata. Alcuni degli ammutinati erano stati ammansiti dal liquore, perché si udirono parecchie voci parlare in favore dei prigionieri proponendo che venissero liberati, a patto che si unissero con gli ammutinati, condividendone ogni profitto. Invece il cuoco negro (che sotto ogni rispetto era un autentico demonio e sembrava esercitare un'influenza uguale se non maggiore di quella del secondo) non voleva nemmeno sentire proposte del genere, e si alzò parecchie volte con l'intenzione di riprendere la sua fatica interrotta. Fortunatamente era ormai così ubriaco, che i suoi compagni meno sanguinari, tra i quali un mastro delle gomene, chiamato Dirk Peters, riuscirono facilmente a frenarlo. Questo Peters era il figlio di un pellerossa della tribù degli *Upsaroka*, che vivono nelle gole delle Colline Nere, presso la sorgente del Missouri. Suo padre era mercante di pellicce, credo, o almeno era in rapporto con le stazioni di commercio indiane sul fiume Lewis. Peters era uno degli uomini d'aspetto più feroce che abbia mai visto. Basso di statura, non più di quattro piedi e otto pollici, ma con membra di struttura veramente erculea. Le mani, specialmente, così spesse e larghe da non aver quasi forma umana. Braccia e gambe erano arcuate nel modo più strano, e sembrava non potessero neppure piegarsi. Anche il capo era deforme, di grandezza enorme, con una intaccatura alla sommità (quale si riscontra nella testa di molti negri) e completamente calvo. Per nascondere questo suo difetto, che non derivava da vecchiaia, era solito portare una parrucca, che si fabbricava lui stesso con il primo pezzo di pelliccia che gli capitasse sotto mano, pelle di un cane barbone o di orso grigio. Al tempo cui mi riferisco aveva sulla testa un pezzo di pelliccia d'orso, che metteva in risalto la naturale ferocia della sua fisionomia assai simile a quella degli *Upsaroka*. La bocca gli andava quasi da un orecchio all'altro, le labbra erano sottili e sembravano, come altre parti del suo corpo, prive di elasticità, in modo che la loro espressione predominante non mutava mai per nessuna emozione. La quale espressione predominante è facile immaginarla, quando si consideri che aveva denti molto lunghi, che spuntavano in fuori e non erano mai neppure parzialmente coperti dalle labbra. Chi fosse passato accanto a quest'uomo e gli avesse lanciato un rapido sguardo, avrebbe potuto immaginarlo preda d'un riso convulso, ma un secondo sguardo faceva capire con un brivido che, se questo suo ghigno indicava allegria, doveva trattarsi di un'allegria ben demoniaca. Sul suo conto i marinai di Nantucket amavano narrare molti aneddoti curiosi. Che valevano a dimostrare la prodigiosa forza di quell'uomo, quando era eccitato, ma avevano fatto sorgere seri dubbi sulla sua sanità mentale. Però, a bordo del *Grampus*, al tempo dell'ammutinamento, era considerato più che altro come un oggetto di derisione. Mi sono diffuso un po' a lungo sul conto di questo Dirk Peters perché, malgrado la sua apparenza così feroce, egli fu colui che si adoprò per salvare la vita di Augustus e perché avrò frequenti occasioni di menzionarlo, nel corso della mia narrazione – una narrazione, permettete ve lo dichiari subito, che verso la fine riferirà fatti di natura così fuori della comune esperienza umana e perciò così fuori dei limiti dell'umana credibilità, che io, pur continuando a stenderla, non nutro alcuna fiducia di venir creduto in tutto, e mi limito a sperare nel tempo e nel progresso scientifico, che valgano un giorno a confermare le più importanti e le più improbabili delle mie affermazioni.

Dopo molte incertezze e due o tre violente dispute si decise infine che tutti i prigionieri (ad eccezione di Augustus, che Peters insisteva scherzosamente nel voler nominare suo segretario) sarebbero stati messi nella più piccola delle scialuppe da pesca e lasciati andare alla deriva. Il secondo scese allora nella cabina per vedere se il capitano Barnard fosse ancora vivo. Come si ricorderà, gli ammutinati, salendo sopracoperta, l'avevano abbandonato sulla scala. Poco dopo i due comparvero, col capitano pallido come un morto, ma tuttavia un po' rimesso dalla sua ferita. Egli parlò agli uomini con voce fioca, li pregò di non abbandonarlo in mezzo al mare, ma di tornare a compiere il loro dovere, promettendo di sbarcarli dove desiderassero e di non compiere alcun passo per consegnarli alla giustizia. Tanto sarebbe valso parlare al vento. Due ammutinati lo afferrarono per le braccia, e, fattagli scavalcare la pavesata del brigantino, lo lasciarono cadere nella barca che era stata abbassata, quando il secondo era sceso sottocoperta. I quattro uomini che si trovavano sul ponte vennero allora slegati e ricevettero l'ordine di seguire il capitano, cosa che essi fecero senza tentare alcuna resistenza. Il solo Augustus era rimasto nella sua penosa posizione, sebbene si dimenasse e supplicasse che gli concedessero almeno la triste soddisfazione di salutare suo padre. Una manciata di gallette e un orcio d'acqua vennero calati in barca, ma non fu concesso né albero, né vela, né remo, né bussola. La barca venne rimorchiata a poppa per pochi momenti, durante i quali gli ammutinati tennero un altro consulto, e finalmente la corda fu tagliata. Ormai era scesa la notte, non si vedeva né luna né stelle, il mare era mosso, con onde corte, sebbene non soffiasse molto vento. La barca quasi immediatamente scomparve alla vista, e si poteva certo nutrire ben scarsa speranza sulla sorte dei disgraziati che vi si trovavano sopra. Questo però era accaduto a 35° 30' di latitudine nord e 61° 20' di longitudine ovest, cioè a non grande distanza dalle Bermude. Augustus perciò cercò di consolarsi con l'idea che la barca avrebbe forse potuto toccar terra, o per lo meno accostarsi di tanto da venire avvistata da qualcuno dei vascelli che navigavano lungo quelle coste.

Vennero allora issate tutte le vele e il brigantino proseguì nella rotta prestabilita, puntando a sud-ovest, perché gli ammutinati avevano intenzione di compiere una qualche spedizione piratesca nella quale, a giudicare da quanto si poteva capire, intendevano intercettare un vascello che dalle Isole di Capo Verde era diretto a Portorico. Nessuno faceva attenzione ad Augustus, che era stato slegato e a cui si permetteva di gironzolare sopra coperta, nel tratto anteriore alla scala delle cabine. Dirk Peters lo trattava con una certa gentilezza e una volta lo salvò dalle brutalità del cuoco. La sua situazione continuava tuttavia a essere quanto mai precaria, perché gli ammutinati erano sempre ubriachi e non si poteva fare assegnamento sul loro buon umore e sulla loro indifferenza nei suoi confronti. E tuttavia la sua inquietudine sul conto mio era forse il risultato più doloroso della sua nuova situazione, e veramente io non ebbi mai motivo di dubitare della sincerità della sua amicizia. Parecchie volte era stato sul punto di informare gli ammutinati della mia presenza a bordo, ma non riusciva a decidersi, in parte per il ricordo delle atrocità cui già aveva assistito, in parte per la speranza di poter presto recarmi aiuto. A questo fine egli stava sempre in attesa del momento opportuno, ma, malgrado la più costante attenzione, eran trascorsi ormai tre giorni da che la barca era stata abbandonata alla deriva e non era riuscito a far nulla. Finalmente, la sera del terzo giorno, il brigantino venne pesantemente investito da levante e tutti furono chiamati sopracoperta per diminuire la vela. Durante la confusione che ne seguì riuscì a infilarsi sottocoperta senza venir osservato e a penetrare nella sua cabina. Ma quale non fu il suo sgomento e il suo orrore nello scoprire che quest'ultima era stata trasformata in un deposito di provviste varie e attrezzi marittimi, e che una vecchia catena di parecchie tese, che si trovava sotto la scala, era stata rimossa per far posto a una cassa, e adesso si trovava direttamente sopra la ribalta della botola. Rimuoverla senza farsi scoprire era impossibile, così che tornò sopracoperta quanto più in fretta poté. Mentre saliva il secondo lo afferrò per la gola e, chiedendogli cosa diavolo mai fosse andato a fare in cabina, stava già per sbatterlo in mare oltre la murata di babordo, quando la sua vita venne nuovamente salvata dall'intervento di Dirk Peters. Però gli misero le manette (a bordo ve n'erano parecchie paia) e gli legarono saldamente i piedi. Poi venne portato nel ridotto per i marinai e sbattuto in una cuccetta inferiore, accanto alla paratìa del cassero, dichiarandogli che non gli avrebbero più lasciato mettere piede sopracoperta, prima che il brigantino non fosse più un brigantino. Fu così che si espresse il cuoco, che lo scaraventò sulla cuccetta, ed è quasi impossibile dire quale potesse essere il preciso significato della frase. Ma fu proprio questa punizione che si risolse nella mia salvezza, come vi narrerò ora.

CAPITOLO QUINTO

Per alcuni minuti dopo che il cuoco ebbe lasciato il cassero, Augustus si abbandonò alla disperazione, persuaso che non sarebbe uscito vivo da quel posto. Perciò decise che avrebbe informato il primo uomo che fosse sceso della mia situazione, ritenendo fosse meglio mettermi alla mercé degli ammutinati che lasciarmi morire di sete nella cala. Erano ormai trascorsi dieci giorni da quando vi ero entrato, e il mio orcio d'acqua non sarebbe bastato neppure per quattro. Mentre stava dibattendo tra sé e sé su questo problema, improvvisamente gli balenò l'idea che forse era possibile mettersi in comunicazione con me attraverso la cala principale. In ogni altra circostanza le difficoltà e il rischio dell'impresa gli avrebbero sconsigliato anche solo di pensare qualcosa del genere, ma adesso aveva scarse probabilità di salvarsi e, conseguentemente, ben poco da perdere. Perciò si applicò in pieno alla riuscita del disegno.

Anzitutto pensò alle manette. A prima vista non trovò alcun mezzo di rimuoverle e temette che questo impaccio avrebbe fatto fallire tutto. Ma, dopo averle esaminate con attenzione, s'accorse che con lieve fatica avrebbe potuto infilare o sfilare le mani dai ferri con una semplice leggera pressione, essendo questo tipo di manette del tutto inefficace con dei giovani, le cui ossa più piccole cedono ancora facilmente alla pressione. Dopo di che si slegò i piedi, lasciando la corda in siffatta maniera che non fosse difficile sistemarla nel caso che qualcuno scendesse, infine si mise a esaminare la paratìa all'altezza della cuccetta. La partizione era costituita da tavole di abete, spesse un pollice, ed egli s'accorse che sarebbe stato tutt'altro che impossibile tagliarle, in modo da poterci passare. A questo punto udì una voce sulla scaletta del cassero e aveva appena avuto il tempo di infilare la destra nelle manette, la sinistra non l'aveva tirata fuori, e di stringersi la corda alle caviglie in un nodo scorsoio, quando comparve Dirk Peters, seguito da Tigre, che immediatamente balzò sulla cuccetta e gli si stese accanto. Il cane era stato portato a bordo da Augustus, che conosceva il mio affetto per quell'animale, e pensava che sarei stato contento di averlo con me durante il viaggio. Dopo che mi aveva condotto nella stiva si era subito recato a casa mia a prelevarlo, ma non aveva pensato di informarmene, quando m'aveva consegnato l'orologio. Dopo l'ammutinamento, finché non era ricomparso con Dirk Peters, Augustus non l'aveva più visto e l'aveva ormai considerato perduto, persuaso che qualcuno di quelle belve umane che costituivano la banda del secondo, l'avesse buttato in mare. Seppe più tardi che il cane era andato a nascondersi in un buco sotto una baleniera, dal quale, non avendo spazio per girarsi, non era più potuto uscire. Peters infine l'aveva tratto fuori e, per una sorta di generosità che il mio amico ben era in grado di apprezzare, glielo aveva portato in cuccetta a tenergli compagnia, lasciandogli al tempo stesso un po' di carne salata, delle patate e una brocca d'acqua. Dopo di che era risalito sopracoperta, promettendo che, il giorno seguente, gli avrebbe portato qualche altra provvista.

Quello se n'era appena andato quando Augustus estrasse ambedue le mani dalle manette e si slegò i piedi. Poscia ribaltò l'estremità del materasso sul quale era steso e, col suo coltello a serramanico (quei farabutti non s'erano neanche degnati di frugargli nelle tasche) cominciò vigorosamente a tagliare una delle tavole di partizione, mantenendosi il più possibile all'altezza del piano della cuccetta. Aveva deciso di praticare il taglio in quel punto perché, se fosse stato interrotto, avrebbe potuto facilmente celare ciò che stava facendo, semplicemente lasciando cadere l'estremità del materasso nella sua consueta posizione. Tuttavia, per il resto di quel giorno, non fu più disturbato così che alla sera aveva completamente reciso la tavola. A questo punto si deve osservare che nessuno della ciurma dormiva più nel cassero perché, dopo l'ammutinamento, vivevano tutti nel quadrato, e non s'occupavano che di trincare e rimpinzarsi con le provvigioni del capitano Barnard, senza occuparsi delle manovre se non lo stretto indispensabile. Queste abitudini si rivelarono fortunate, tanto per me che per Augustus, perché se la situazione fosse stata diversa, egli non sarebbe stato assolutamente in grado di raggiungermi. Invece poté lavorare tranquillo e attuare il suo disegno. Tuttavia era quasi l'alba quando ebbe ultimato anche il secondo taglio della tavola (che praticò a un piede circa sopra il primo) aprendo così un passaggio che gli permetteva di infilarsi facilmente per raggiungere il falso ponte. Una volta là avanzò con poche difficoltà sino al boccaporto principale sottocoperta, sebbene dovesse scalare una fila di barili da olio che, accatastati gli uni sugli altri toccavano quasi il ponte superiore, lasciandogli uno spazio appena sufficiente per infilarsi strisciando. Quando raggiunse il boccaporto s'avvide che Tigre l'aveva seguito sino a quel punto, insinuandosi tra due file di barili. Ma era ormai troppo tardi per tentare di raggiungermi prima dell'alba, dato che la principale difficoltà sarebbe stata quella di aprirsi un cammino tra tutta la roba stivata nella cala inferiore. Decise pertanto di tornare e di attendere sino alla notte successiva. Volle però aprire il boccaporto, per poter procedere più spedito quando fosse tornato. Ma l'aveva appena schiuso che Tigre balzò avido verso la stretta apertura, annusò l'aria per un momento, poi emise un sommesso guaito, al tempo stesso raspando come fosse ansioso di rimuovere il coperchio con le sue zampe. Da come si comportava era evidente che s'era accorto della mia presenza nella cala, e Augustus pensò che forse l'animale sarebbe riuscito a raggiungermi, se solo l'avesse lasciato libero. Fu a questo punto che gli venne l'idea di mandarmi un biglietto, dato che, nelle attuali circostanze, era quanto mai importante che io non compissi nessun tentativo per uscire, e, da parte sua, lui non poteva essere completamente sicuro che, il giorno dopo, sarebbe stato in grado di venire da me, come aveva intenzione di fare. Gli eventi successivi provarono quanto felice fosse stata la sua idea, perché, se non avessi ricevuto quel biglietto, senza dubbio avrei cercato di compiere qualcosa, qualche tentativo disperato magari, pur di farmi sentire dall'equipaggio, e di conseguenza tutti e due avremmo corso rischi mortali.

Avendo deciso di scrivere, la difficoltà era adesso di procurarsi quanto occorreva. Un vecchio stuzzicadenti si trasformò facilmente in penna, sebbene Augustus dovesse lavorare al tasto, perché nel sottoponte era buio come in un forno. La carta la ottenne in quantità sufficiente dal retro di una lettera – un duplicato della pretesa lettera del signor Ross –. Questa, anzi, era la stesura originale, ma parendogli che la grafia non fosse imitata abbastanza bene, Augustus ne aveva poi scritta un'altra, e, per fortuna, aveva cacciata la prima nella tasca della giacca, dove adesso se l'era trovata, così a proposito. Mancava solo l'inchiostro, ma fu facile procurarsi l'equivalente, praticando col temperino un piccolo taglio sulla punta di un dito, proprio sotto l'unghia, perché da ferite del genere il sangue esce in abbondanza. Così facendo del suo meglio, dato il buio e le circostanze, scrisse il biglitto. In questo riferiva brevemente della rivolta scoppiata a bordo, del capitano Barnard abbandonato in alto mare e mi assicurava che io potevo aspettarmi un aiuto immediato, per quanto concerneva le provvigioni, ma che non dovevo in nessun modo farmi scoprire. E concludeva: «*Ho scarabocchiato questo col sangue: resta nascosto, ne va della tua vita*». Legato poi il bigliettino al cane, lo calò per il boccaporto ed egli tornò, il più rapidamente possibile, nel cassero, dove non ebbe motivo di credere che alcuno si fosse accorto della sua assenza. Per nascondere il buco nella tavola piantò il coltello proprio sopra di essa e vi appese una giacchetta da marinaio, che trovò nella cuccetta. Dopo di che infilò nuovamente le mani nelle manette e strinse la corda alle caviglie.

Aveva da poco messo tutto in ordine, quando scese Dirk Peters che, completamente ubriaco, ma di ottimo umore, gli portava il vitto per il giorno. Si trattava di una dozzina di grosse patate arrostite, e di una brocca d'acqua. Sedette per qualche tempo sul baule presso la cuccetta e parlò liberamente del secondo e della situazione generale sul brigantino. Il suo comportamento era eccessivamente capriccioso, persino grottesco, tanto che, a un certo punto, Augustus fu piuttosto allarmato da così strana condotta. Infine quello risalì sopracoperta, borbottando che, l'indomani, gli avrebbe portato qualcosa di buono da mangiare. Durante il giorno, due dell'equipaggio (due ramponieri) scesero sotto, insieme al cuoco, tutti e tre completamente ubriachi. Come Peters, essi non si fecero scrupolo di parlare liberamente dei loro progetti. Pareva che, a bordo, non andassero molto d'accordo sullo scopo finale del viaggio, concordando solo nel progetto di attaccare il vascello che proveniva dalle Isole di Capo Verde e che essi si aspettavano di incrociare da un momento all'altro. Da quanto si poteva capire la rivolta non era scoppiata solo per avidità di bottino; la causa principale era forse stata un risentimento personale del secondo contro il capitano Barnard. Adesso si sarebbe detto che, tra la ciurma, vi fossero due partiti predominanti: uno capeggiato dal secondo, l'altro dal cuoco. Ora, gli uni volevano impadronirsi del primo vascello adatto che si presentasse loro, equipaggiarlo in qualcuna delle Antille, per iniziare una crociera di piraterìe. Gli altri, invece, che erano i più forti, tra i quali si trovava anche Dirk Peters, avevano intenzione di continuare la rotta prestabilita verso il Pacifico meridionale. Colà giunti, sarebbero andati a caccia di balene, o avrebbero fatto altro, a seconda delle circostanze. Le parole di Peters, che aveva frequentemente viaggiato in quei posti, esercitavano un notevole influsso sugli ammutinati, che pencolavano, incerti, tra vaghi programmi di profitto e piacere. Egli parlava con calore di quel mondo così nuovo, delle delizie che offrivano le innumerevoli isole del Pacifico, della perfetta sicurezza e libertà da ogni costrizione che vi avrebbero trovato, ma, più particolarmente, del clima felice, delle abbondanti risorse naturali e della voluttuosa bellezza delle donne. Per il momento nulla era stato deciso, ma le descrizioni del meticcio esercitavano una forte influenza sulle ardenti immaginazioni dei marinai, e tutto lasciava credere che i suoi desideri avrebbero finito per prevalere.

I tre uomini se ne andarono dopo circa un'ora e, durante tutta quella giornata, nessuno scese nel cassero. Augustus se ne stette tranquillo sin quasi verso notte. Allora si liberò di corda e ferri e si preparò per il suo tentativo. In una delle cuccette trovò una bottiglia, che riempì con l'acqua dell'orcio lasciato da Peters, al tempo stesso cacciandosi in tasca alcune patate cotte. Con sua grande gioia trovò una lanterna, con un piccolo pezzo di candela di sego. Questa era in grado di accenderla quando avesse voluto, perché aveva in tasca una scatola di fiammiferi. Quando fu completamente buio s'infilò nel buco della partizione, avendo preso la precauzione di sistemare le coperte in modo da lasciar pensare che sotto vi fosse un uomo che dormiva. Quando fu passato appese, come prima, la giacchetta al coltello per nascondere l'apertura; questa manovra risultò facile perché non sistemò il pezzo di tavola tagliata se non più tardi. Adesso si trovava sul falso ponte, dove avanzò arrampicandosi sui barili da olio, finché non raggiunse il boccaporto principale. Una volta là accese il pezzo di candela e si calò avanzando con estrema difficoltà nel compatto stivaggio della cala. Ma subito si allarmò per l'insopportabile fetore, l'irrespirabilità dell'atmosfera. Non poteva immaginarsi che io fossi sopravvissuto così a lungo nella mia prigione, respirando un'aria tanto viziata. Mi chiamò per nome ripetute volte, ma io non rispondevo e le sue apprensioni parvero così ricevere conferma. Il brigantino adesso rullava violentemente e, di conseguenza, vi era un tale chiasso che era perfettamente inutile tendere l'orecchio nella speranza di cogliere un suono così fioco come quello di persona che respiri o anche russi. Aprì la lanterna e la sollevava quanto più in alto poteva, in ogni posto adatto, in modo che se fossi stato ancora in vita, osservando la luce, potessi rendermi conto che stava per arrivare un soccorso. Ma da me non gli perveniva nessuna voce e ormai più che supporre che fossi morto, cominciava a esserne quasi certo. Decise tuttavia di aprirsi un passaggio, per poco che gli fosse possibile, sino alla cassa, in modo da poter verificare, senza ombra di dubbio, le sue supposizioni. Avanzò per qualche tempo in un pietoso stato di ansietà, finché non trovò il cammino completamente bloccato, sì da non poter procedere oltre per la strada che aveva scelto. A questo punto, vinto dallo sconforto, si lasciò cadere tra le casse e disperato pianse come un bambino. In questo momento udì lo scroscio della bottiglia, che avevo sbattuto per terra. Fu veramente una fortuna che accadesse questo, perché da tale incidente, così insignificante, dipese il mio destino. Tuttavia trascorsero parecchi anni [1] prima che venissi a conoscenza della cosa. Una naturale vergogna, il rimorso per la sua debolezza e indecisione impedirono ad Augustus di farmi subito certe confidenze, che solo un'intimità più profonda e senza riserve indusse più tardi a rivelarmi. Trovando che era impossibile procedere oltre, per via degli ostacoli che non riusciva a superare, aveva deciso di interrompere le sue ricerche e di tornare senz'altro nel cassero. Prima di condannarlo severamente per questo, si dovrebbero prendere in considerazione le tremende circostanze in cui si trovava. La notte stava passando rapida, da un momento all'altro potevano scoprire la sua assenza, che avrebbero, senza fallo, notata, se non fosse riuscito a ritornare prima dell'alba. La candela stava per finire nella lanterna, e egli avrebbe incontrato le massime difficoltà, se

[1] Così nell'originale. In realtà Augustus muore dopo pochi mesi (*N.d.R.*).

avesse dovuto, al buio, tornare al boccaporto. A questo s'aggiunga che aveva parecchie buone ragioni per credermi morto e che, in questo caso, giungere sino alla cassa non m'avrebbe recato alcun beneficio, mentre lui si sarebbe esposto senza scopo a pericoli gravissimi e forse mortali. Mi aveva chiamato per nome parecchie volte, e io non gli avevo mai risposto. Erano ormai trascorsi undici giorni e undici notti dacché ero rimasto senz'altra acqua, se non quella che mi aveva lasciato nella brocca, provvista che non era affatto probabile io avessi usato con parsimonia al principio della mia prigionia, poiché tutto mi induceva a credere che sarei stato prontamente liberato. Inoltre l'atmosfera della cala, a lui che veniva dall'aria relativamente pura del cassero, doveva sembrare pestilenziale, ben più intollerabile di quanto non fosse sembrata a me, non appena ero entrato, perché allora i boccaporti erano stati tenuti costantemente aperti per parecchi mesi di seguito. A queste considerazioni si aggiunga il ricordo delle scene sanguinarie e terrificanti, cui aveva recentemente assistito, la sua prigionia, le privazioni, il fatto che fosse sfuggito per miracolo a una morte atroce, che la sua vita dipendesse da un imponderabile capriccio – circostanze tutte, queste, tali da prostrare ogni energia morale –, e il lettore facilmente comprenderà, come io compresi, che la sua apparente defezione, il suo tradimento, dovevano far pena più che destar rancore. Lo scroscio della bottiglia infranta egli l'udì distintamente; ma non era affatto sicuro che quel rumore provenisse dalla cala. Tuttavia bastò quel dubbio per spingerlo a perseverare. Si arrampicò sin quasi al falso ponte, aggrappandosi alle merci stivate e poi, attendendo un momento di relativa calma, mi chiamò per nome con quanta voce aveva, senza badare per il momento al pericolo di poter essere udito dall'equipaggio. Si ricorderà che in questa occasione, la sua voce giunse fino a me, ma che io rimasi così sconvolto dalla violenta agitazione che si era impadronita di me, che non fui in grado di rispondere. Sicuro ormai che le sue più tragiche previsioni fossero vere, egli scese con l'intenzione di tornare nel cassero, senza perder altro tempo. Nella fretta fece cadere alcune piccole casse, e si ricorderà che io sentii quel rumore. S'era già notevolmente allontanato, quando la caduta del coltello lo fece di bel nuovo esitare. Ritornò sui suoi passi e, salendo una seconda volta sulle casse, durante una pausa di relativo silenzio urlò il mio nome, forte come prima. Questa volta riuscii a rispondergli. Colmo di gioia nello scoprire che ero ancora vivo, decise di superare ogni difficoltà e pericolo pur di raggiungermi. Essendo uscito, con la massima celerità possibile, da quel labirinto di casse nel quale si trovava imprigionato, imbroccò infine un passaggio che prometteva meglio e, finalmente, dopo innumeri sforzi, arrivò presso la mia cassa, completamente esausto.

CAPITOLO SESTO

Mentre si era vicini alla cassa Augustus si limitò a riferirmi le vicende più importanti e fu solo più tardi che entrò in maggiori particolari. Temeva che scoprissero la sua assenza, io ardevo dall'impazienza di abbandonare la mia detestata prigione. Decidemmo pertanto di tornare subito presso il buco della paratia, presso la quale io mi sarei fermato, mentre egli sarebbe andato avanti in ricognizione. Abbandonare Tigre nella cassa era una cosa cui nessuno di noi due poteva rassegnarsi, e tuttavia non sapevamo come fare altrimenti. Adesso sembrava perfettamente tranquillo; anche accostando l'orecchio alla cassa non si riusciva a percepirne neppure il respiro, tanto che io mi convinsi che fosse morto e perciò decisi di aprire la porta. Lo trovammo lungo e disteso per terra, immerso evidentemente in un profondo torpore, ma ancora vivo. Non c'era tempo da perdere, eppure io non avevo il coraggio di abbandonare un animale che, per ben due volte ormai, mi aveva salvato la vita, senza neppur tentare di portargli aiuto. Pertanto ce lo trascinammo dietro il meglio che si poté, sebbene con grande difficoltà e fatica; parecchie volte Augustus dovette arrampicarsi sulle merci che ci ostacolavano il cammino, reggendo tra le braccia il cane, cosa che la mia estrema debolezza mi rendeva impossibile. Finalmente riuscimmo a raggiungere il buco, Augustus vi si infilò e, dopo lui, spingemmo dentro Tigre. Fu subito evidente che nulla era occorso durante l'assenza, e noi non mancammo di rendere sincere grazie a Dio, perché ci aveva preservato da così imminente pericolo. Si stabilì che, per il momento, io sarei rimasto vicino all'apertura, attraverso la quale il mio compagno poteva facilmente passarmi parte del suo vitto giornaliero, mentre io avrei avuto il vantaggio di respirare un'atmosfera relativamente pura.

A delucidare alcune parti di questa narrazione, nelle quali ho parlato dello stivaggio del brigantino, e che possono apparire poco chiare a certi lettori, che abbiano per caso visto come si stiva a regola d'arte, devo precisare che il modo come s'era provvisto, a bordo del *Grampus*, a questa operazione così importante, testimoniava assai sfavorevolmente sul conto del capitano Barnard, che non era affatto il marinaio abile ed esperto, che la natura pericolosa delle sue mansioni avrebbe richiesto. Uno stivaggio non può essere compiuto alla carlona e, anche limitandomi alla mia personale esperienza, so che molte delle più gravi sciagure marine sono state originate da negligenza o ignoranza a questo riguardo. Le navi costiere, che necessariamente caricano e scaricano merci in disordinata furia, sono sovente vittime di gravi disgrazie, per la mancanza di debita attenzione data allo stivaggio. La cosa più importante è di fare in modo che le merci o la zavorra non possano mai spostarsi, neppure durante il più violento rullìo del bastimento. A questo scopo si deve fare estrema attenzione non solo alla merce che si carica, ma alla natura di detta merce, e al fatto che lo stivaggio sia completo oppure soltanto parziale. Nella maggior parte dei casi lo stivaggio è compiuto per mezzo di compressori. Così, quando si carica del tabacco o della farina, la merce viene compressa con tanta forza nella cala del vascello che i barili o i sacchi, quando vengono scaricati, appaiono completamente appiattiti e richiedono un certo tempo prima di riprendere la loro forma originaria. Questa compressione tuttavia viene praticata principalmente allo scopo di sfruttare meglio lo spazio della cala, perché quando si fa un carico completo di derrate come farina o tabacco, non si può correre il pericolo che la merce si sposti, o almeno che si sposti in modo tale da creare dei guai seri. Vi sono anzi stati casi in cui questa compressione ha dato origine a lamentevoli conseguenze, derivate da una causa ben diversa dal pericolo che può rappresentare uno spostamento del carico. Un carico di cotone, per esempio, fortemente compresso, mentre si trovava in certe condizioni, è riuscito, per l'espansione della sua massa, a spaccare in due un vascello in alto mare. Non c'è dubbio che lo stesso risultato si verificherebbe anche nel caso del tabacco, dato che esso è sottoposto ai naturali effetti della fermentazione, non fosse altro che per i vuoti che si formano nel carico come conseguenza della forma tonda dei barili.

Ma è quando si tratta di un carico parziale che si deve temere il pericolo dello spostamento della merce e si dovrebbero prendere tutte le precauzioni necessarie per evitare una tale calamità. Solo quelli che hanno incontrato una violenta burrasca, o meglio che hanno esperimentato il rullìo di un vascello in una improvvisa bonaccia dopo una burrasca, possono farsi un'idea della tremenda forza dei colpi che si ricevono e di conseguenza del terribile impeto impartito a tutti gli oggetti che si trovano sul vascello e che non siano stati saldamente fissati. È allora che appare evidente la necessità di un assestamento meticoloso e sistematico di un carico parziale. Quando si sta in panna (specialmente se con vele basse in avanti) un vascello che non abbia la forma perfettamente modellata si trova facilmente piegato su uno dei fianchi. Questo accade in media ogni quindici o venti minuti, ma non presenta alcun serio pericolo se la merce è stata stivata con la debita cura. Se invece non si è badato a ciò, al primo di questi sbandamenti l'intero carico si precipita contro il fianco del vascello che si è coricato sull'acqua, e così, impedendogli di ricuperare il suo equilibrio, come indubbiamente avverrebbe, in pochi minuti lo fa riempir d'acqua e colare a picco. Non si esagera forse nell'affermare che almeno una buona metà dei vascelli, che si sono inabissati durante una violenta burrasca, hanno subìto questa sorte per uno spostamento del carico o della zavorra.

Quando si tratta di un carico parziale di qualsiasi genere, questo, dopo essere stato sistemato quanto più compattamente è possibile, dovrebbe essere coperto con uno strato di robuste tavole mobili, che si estendano per tutta la superficie del vascello. Queste tavole dovrebbero poi essere fissate per mezzo di puntelli che, facendo forza contro la travatura del ponte superiore, tengano tutto a posto. Quando il carico è costituito da grano o da merce, si dovrebbero prendere ancora altre precauzioni. Una cala colma di grano alla partenza, giunta a destinazione sarà solo piena per tre quarti e questo sebbene il grano, misurato staio per staio dal destinatario, supererà di gran lunga, per via dell'inturgidimento, la quantità che è stata spedita. Questo fenomeno deriva dal fatto che, durante il viaggio, il grano si assesta e questo assestamento è tanto più notevole quanto più grosso è stato il mare. Perciò il grano buttato alla rinfusa in una cala, anche se assicurato con tavole e puntelli, potrà tuttavia assestarsi tanto, durante un lungo passaggio, da provocare le più terribili disgrazie. Per prevenirle si dovrebbe ricorrere ad ogni metodo escogitabile per assestare il carico il meglio possibile, prima di partire, e per ottenere questo fine esistono parecchi accorgimenti, tra i quali si può menzionare l'uso di infilare dei cunei fra il grano. Anche dopo che si è fatto tutto questo e che si sono prese cure estreme per assicurare le tavole mobili, nessun marinaio che conosca il suo mestiere si sentirà completamente al sicuro, se deve superare una burrasca di qualche violenza con la stiva carica di grano, specialmente se si tratti di un carico incompleto. E tuttavia vi sono centinaia di vascelli costieri, da noi, e probabilmente un numero anche maggiore in Europa, che salpano giornalmente con carichi incompleti anche della natura più pericolosa, senza aver preso nessuna precauzione. C'è veramente da stupire che i disastri non siano molto più numerosi. Una lamentevole disgrazia, dovuta a una sbadataggine del genere, occorse, a mia conoscenza, al capitano Joel Rice della goletta *Firefly*, che nel 1825 partì da Richmond, nella Virginia, per Madera, con un carico di granturco. Il capitano aveva già compiuto parecchi viaggi senza subire alcun serio incidente, sebbene avesse l'abitudine di non prendersi assolutamente cura dello stivaggio e si limitasse ad assestarlo nel modo più semplice.

Ma non aveva mai viaggiato prima con un carico di granaglie, e in questa occasione fece buttare il granturco alla rinfusa nella cala, senza preoccuparsi del fatto che ne fosse riempita solo a metà. Durante la prima parte del viaggio non incontrò altro che brezze leggere, ma, quando si trovava a un giorno di distanza da Madera, fu investito da un vento violento che soffiava da N-NE e lo obbligò a mettersi in panna. Contenne il vento con una semplice mezzana a due mani di terzaruolo e la goletta resse bene, date le condizioni, senza imbarcare una goccia d'acqua. Al calar della sera la burrasca diminuì d'intensità e il vascello rullò più instabile di prima, ma tuttavia navigò abbastanza bene, finché una violenta ondata non lo fece piegare completamente sul fianco di tribordo. Si udì allora il granturco spostarsi in massa e con tanto impeto da far esplodere il boccaporto principale. Il vascello colò a picco come una pietra. Questo accadde a breve distanza da una paranza di Madera, che raccolse uno della ciurma (l'unico che riuscì a salvarsi) e che superò la bufera perfettamente sicura, come infatti anche un caicco, ben governato, avrebbe potuto fare.

Lo stivaggio a bordo del *Grampus* era stato compiuto molto male, se si può definire stivaggio ciò che era poco meglio di una disordinata mescolanza di barili per olio [1] e attrezzi di navigazione. Ho già parlato di come si trovavano gli oggetti nella cala. Nel falso ponte, come ho già detto, vi era spazio sufficiente per il mio corpo tra le botti da olio e il ponte superiore, inoltre era stata lasciata libera certa area attorno al boccaporto principale, così come nella cala vi erano parecchi spazi vuoti. Vicino al buco praticato da Augustus attraverso la paratìa, vi era posto per una botte, e in questo vano io riuscii per il momento a sistemarmi abbastanza bene.

Quando il mio amico fu ritornato sano e salvo nella cuccetta ed ebbe messo a posto manette e corda, era ormai giorno fatto. Ce l'eravamo scapolata per un pelo, a dire la verità, perché aveva appena finito di sistemare tutto, quando il secondo scese sotto con Dick Peters e il cuoco. Chiacchierarono per un po' di tempo del vascello che doveva giungere da Capo Verde e parevano ansiosi di vederlo apparire. Infine il cuoco si accostò alla cuccetta dove giaceva Augustus e vi si sedette, dal lato della testa. Io potevo vedere e udire tutto dal mio nascondiglio, perché il pezzo di tavola non era stato rimesso a posto, e avevo timore che da un momento all'altro quel negro sarebbe caduto contro la giacchetta appesa per nascondere l'apertura e avrebbe così scoperto tutto. Nel qual caso, senza dubbio, ci avrebbe spacciati su due piedi. Anche questa volta la nostra buona fortuna ci assisté e, sebbene fosse frequentemente spinto dal rullìo contro la giacca, non vi si appoggiò mai con tanta forza da provocare la scoperta. Il fondo della giacchetta era stato accuratamente fissato alla cuccetta, così da impedire che, dondolando, venisse a scoprire il buco. Durante tutto questo tempo Tigre se ne stava disteso ai piedi di Augustus, e sembrava aver recuperato in parte le sue facoltà, perché potevo vederlo che, di tanto in tanto, apriva gli occhi e inalava lunghe boccate d'aria.

Dopo pochi minuti il secondo e il cuoco salirono sopracoperta, lasciando solo Dirk Peters il quale, non appena quei due si furono allontanati, si avvicinò e si sedette nel posto occupato poco prima dal secondo. Cominciò a parlare cordialmente con Augustus, e potemmo vedere che la sua apparente ubria-

[1] Le baleniere, di solito, sono fornite di serbatoi in ferro per l'olio; non sono mai riuscito a sapere perché il *Grampus* ne fosse sprovvisto.

chezza, che aveva esibito alla presenza degli altri due, era in gran parte finta. Rispose a tutte le domande del mio compagno con perfetta libertà, gli disse che non nutriva alcun dubbio sulla sorte di suo padre, che con ogni probabilità era stato raccolto da qualche vascello, dato che, poco prima del tramonto del giorno in cui era stato abbandonato alla deriva, aveva potuto contare non meno di cinque vele in vista, e disse altre parole di conforto, che provocarono in me sia sorpresa che piacere. Infatti cominciai a nutrire la speranza che, con l'aiuto di Peters, forse saremmo riusciti a tornare padroni del vascello, e non appena si presentò l'occasione propizia io esposi questa mia idea ad Augustus. Egli ritenne la cosa possibile, ma insisté sulla necessità della più grande cautela, dato che il contegno del meticcio pareva esclusivamente dominato dai più mutevoli capricci, e infatti era difficile dire se fosse veramente sano di mente. Circa un'ora dopo, Peters salì sopra coperta e non ritornò che verso mezzogiorno, quando portò ad Augustus un'abbondante razione di bue salato e un po' di pudding. Non appena fummo soli anch'io me ne cibai abbondantemente, senza neanche preoccuparmi di ripassare per il buco. Durante il giorno nessuno scese nel cassero, e alla notte mi stesi nella cuccetta di Augustus, dove dormii tranquillo e mi riposai profondamente sin verso l'alba e venni svegliato non appena si udì qualche rumore sopra coperta. Allora mi cacciai nel mio nascondiglio il più rapidamente possibile. Quando fu giorno fatto ci accorgemmo che Tigre aveva ricuperato quasi interamente le sue forze e non dava nessun segno di idrofobia, bevendo con avidità quel po' d'acqua che gli davamo. Durante il giorno recuperò tutta la forza e l'appetito di una volta. Senza dubbio la stranezza del suo comportamento era stata originata dall'aria malsana della cala e non aveva alcun rapporto con l'idrofobia. Io non sapevo come manifestare la mia gioia, perché avevo insistito per portarlo con me dalla cassa. Quel giorno era il 30 giugno, il tredicesimo dacché il *Grampus* era salpato da Nantucket.

Il 2 luglio il secondo scese sottocoperta, ubriaco come al solito e straordinariamente di buon umore. Si accostò alla cuccetta di Augustus e, dandogli un colpo sulla schiena gli chiese se ora se la sentiva di comportarsi bene nel caso fosse stato messo in libertà, e se avesse promesso di non tentare di tornare nelle cabine. Naturalmente il mio amico rispose affermativamente a questa domanda e allora il mascalzone lo liberò dalle manette, dopo avergli fatto bere un sorso di rum da una fiasca che estrasse dalla tasca della giacca. Ambedue poi salirono sopracoperta e io non rividi Augustus per circa tre ore. Tornò con la buona notizia che aveva ottenuto il permesso di aggirarsi per il brigantino come gli piaceva, in avanti dell'albero maestro, e che avrebbe dovuto dormire, come al solito, nel cassero. Egli mi portò anche un ottimo pranzo e una notevole provvista d'acqua. Il brigantino continuava a incrociare in attesa del vascello da Capo Verde e, poiché era spuntata una vela sull'orizzonte, tutti pensavano che si trattasse appunto del vascello in questione. Siccome gli eventi dei successivi otto giorni furono di scarsa importanza, e non hanno alcun diretto rapporto con gli episodi più importanti della mia avventura, ne riferirò adesso sotto forma di annotazioni giornaliere, dato che non intendo ometterli completamente.

3 luglio. Augustus mi portò tre coperte, con le quali potei prepararmi una cuccetta assai comoda nel mio nascondiglio. Durante il giorno non scese nessuno, tranne il mio compagno. Tigre si stese, come al solito, sulla cuccetta, proprio vicino all'apertura e dormì profondamente non essendosi ancora completamente rimesso dal suo malessere. Verso sera un colpo di vento colpì il brigantino, prima che avessero tempo di ammainare le vele, e per poco non lo capovolse. Tuttavia quel vento scomparve immediatamente e il vascello non subì altro danno se non uno strappo alla piccola vela di gabbia. Dirk Peters, durante tutto questo giorno, trattò Augustus con molta gentilezza e s'intrattenne a lungo con lui, a proposito del Pacifico e delle isole che aveva visitato in quei paraggi. Gli chiese se non l'avrebbe allettato recarsi con gli ammutinati a compiere un viaggio di esplorazione e di piacere in quelle regioni, al tempo stesso informandolo che gli altri gradualmente si accostavano al partito del secondo. Augustus pensò che la cosa migliore fosse rispondere che sarebbe stato ben lieto di partecipare a tale avventura, dato che non poteva fare nulla di meglio, e che tutto sarebbe stato preferibile a una carriera da pirata.

4 luglio. Il vascello avvistato non era che un piccolo brigantino da Liverpool, quindi lo si lasciò passare senza molestia. Augustus trascorse la maggior parte del tempo sopracoperta, allo scopo di raccogliere quante più informazioni fosse possibile sulle intenzioni degli ammutinati. Questi si abbandonavano a frequenti e violente dispute, durante una delle quali un ramponiere, Jim Bonner, venne buttato in mare. Il partito del secondo guadagnava terreno. Jim Bonner era del partito del cuoco, di cui faceva parte anche Peters.

5 luglio. All'alba si levò una forte brezza da ovest, che verso mezzogiorno rinfrescò in fortunale, tanto che il brigantino non poteva portare altro se non la carbonera e il trinchetto. Mentre si ammainava la piccola vela di gabbia, Simms, un marinaio semplice, lui pure del partito del cuoco, cadde in mare perché molto ubriaco e annegò, senza che alcuno si sognasse di tentar di salvarlo. Le persone a bordo erano ormai ridotte a tredici e precisamente: Dirk Peters; Seymour, il cuoco negro; ... Jones; ... Greely; Hartman Rogers; William Allen, che costituiscono il partito del cuoco; il secondo, di cui non seppi mai il nome; Absalom Hicks; ... Wilson; John Hunt e Richard Parker del partito del secondo; infine Augustus e io.

6 luglio. La burrasca infuriò tutto il giorno, con violente raffiche, accompagnate da pioggia. Il brigantino imbarcò molta acqua attraverso le commessure, tanto che si dovette azionare continuamente una delle pompe. Anche Augustus fu obbligato a prendere il suo turno. Verso il crepuscolo incrociammo un grosso vascello, ma nessuno l'avvistò, se non quando fu a portata di voce. Si suppose che questo bastimento fosse precisamente quello che gli ammutinati avrebbero voluto catturare. Il secondo lo chiamò col portavoce, ma la risposta si perse tra i ruggiti della burrasca. Alle undici si imbarcò un'ondata di traverso, che spazzò via una buona parte della murata di babordo, senza contare altri danni di minore importanza. Verso il mattino il tempo si calmò, all'alba non c'era quasi più vento.

7 luglio. Tutta la giornata si ebbe un mare molto pesante, durante il quale il brigantino, che era leggero, rullò in modo allarmante e molti oggetti si svincolarono nella cala, come io potei distintamente udire dal mio nascondiglio. Soffrii violentemente di mal di mare. Peters quel giorno ebbe una lunga conversazione con Augustus, e gli disse che due dei suoi, Greely e Allen, erano passati al partito del secondo e avevano deciso di diventare anche loro pirati. Rivolse parecchie domande ad Augustus, che questi non riuscì a capire bene. A un certo punto della sera l'acqua aumentò nella stiva, e non si poteva fare quasi nulla per mettervi riparo, dato che il brigantino aveva sostenuto gravi sforzi e l'acqua entrava per le commessure della chiglia. Si sfilacciò, allora, una vela che venne usata per tamponare la poppa. In questo modo si riuscì a diminuire l'afflusso dell'acqua.

8 luglio. All'alba si levò una brezza leggera da est; il secondo fece puntare a sud-ovest, con l'intenzione di raggiungere qualcuna delle Antille, per mettere in atto i suoi disegni di pirateria. Né Peters né il cuoco sollevarono alcuna obiezione, almeno in presenza di Augustus. Ogni idea di impadronirsi del vascello proveniente da Capo Verde venne abbandonata. Si riuscì ad aver ragione dell'infiltrazione d'acqua, facendo funzionare una sola pompa, ogni tre quarti d'ora. La vela fu ritirata da sotto la poppa. Durante il giorno furono avvistate due piccole golette.

9 luglio. Bel tempo. Tutti occupati a riparare la murata. Peters ebbe di nuovo una lunga conversazione con Augustus e gli parlò più chiaramente di prima. Dichiarò che nulla avrebbe potuto indurlo a ubbidire al secondo e accennò persino alla sua intenzione di impadronirsi del brigantino. Chiese al mio amico se avrebbe potuto contare sul suo aiuto, in un caso siffatto, e Augustus rispose di sì senza alcuna esitazione. Peters allora disse che avrebbe sondato gli altri della sua fazione su quell'argomento e se ne andò. Durante il resto del giorno Augustus non ebbe più la possibilità di parlargli a quattrocchi.

CAPITOLO SETTIMO

10 luglio. Avvistato un brigantino da Rio diretto a Norfolk. Cielo coperto, con leggero vento intermittente da ovest. In quel giorno morì Hartman Rogers che l'8 era stato colto da spasimi, dopo aver bevuto un bicchiere di grog. Apparteneva al partito del cuoco ed era uno su cui Peters faceva grande assegnamento. Peters disse ad Augustus che credeva che il secondo l'avesse avvelenato, e che si aspettava che, se non fosse stato con gli occhi bene aperti, presto sarebbe giunto il suo turno. Ormai la fazione del cuoco contava solo più lui e Jones, mentre dall'altra parte erano in cinque. Fece qualche accenno a Jones sull'intenzione di togliere il comando al secondo, ma la sua proposta fu ricevuta piuttosto freddamente, e lui non volle insistere né parlarne al cuoco. Ben presto si vide quanto fosse stato accorto nel mostrarsi così prudente, perché nel pomeriggio il cuoco manifestò l'idea di passare dalla parte del secondo e poco dopo mise in atto la sua intenzione, mentre Jones colse la prima occasione propizia per abbaruffarsi con Peters e accennò che avrebbe informato il secondo dei suoi propositi. Evidentemente non c'era più tempo da perdere e Peters si dichiarò deciso a cercare in tutti i modi di impadronirsi del vascello, purché potesse contare su Augustus. Il mio amico tornò ad assicurargli che sarebbe sempre stato disposto a secondare qualsiasi disegno che mirasse a quello scopo e, pensando che l'occasione fosse propizia, gli rivelò la mia presenza a bordo. Il meticcio si mostrò non meno stupito che lieto della cosa, dato che non poteva più fare alcun affidamento su Jones, che egli considerava già come passato al secondo. I due scesero immediatamente e Augustus mi chiamò per nome e mi presentò a Peters. Si stabilì che avremmo tentato di riprendere il vascello alla prima occasione favorevole, escludendo senz'altro Jones dai nostri conciliaboli. Nel caso di successo avremmo diretto il brigantino verso il più vicino porto e l'avremmo consegnato alle autorità. La diserzione dei suoi seguaci aveva frustrato il disegno di Peters di recarsi nel Pacifico, perché si trattava di un'avventura che sarebbe stato impossibile compiere senza un equipaggio, ed egli sperava o di venir assolto al processo, affermando la sua pazzia (che egli giurò solennemente era stata la causa che l'aveva spinto a partecipare all'ammutinamento) o, se dichiarato colpevole, di ottenere un condono, in base alle deposizioni mie e di Augustus. Il nostro concilio venne improvvisamente interrotto dal grido: «Tutti alla vele», – e Peters e Augustus corsero sopracoperta.

Come al solito, erano quasi tutti completamente ubriachi e, prima che si riuscisse a serrar le vele, una violenta raffica fece piegare il vascello su un fianco. Tuttavia, poggiando, il brigantino seppe raddrizzarsi, ma non prima d'aver imbarcato una buona quantità d'acqua. Si era appena riusciti a mettere tutto in ordine, quando un altro colpo di vento investì il vascello, e subito dopo un terzo, ma questi non causarono danno alcuno. Tutto lasciava pensare che stesse per scatenarsi una burrasca di vento, che infatti, poco dopo, ci investì con grande furia, giungendo da nord e da ovest. Si serrò tutto, quanto più fu possibile, e noi, come al solito, navigammo alla cappa, con mezzana a metà ammainata. Al calar della notte il vento rinfrescò, il mare era molto grosso. Peters ritornò nel cassero con Augustus e tutti e tre riprendemmo le nostre discussioni.

Fummo d'accordo che nessuna occasione poteva, meglio dell'attuale, essere propizia ai nostri progetti, dato che nessuno si sarebbe atteso una rivolta in un momento come questo. Siccome il brigantino navigava alla cappa, non sarebbe stato necessario compiere alcuna manovra, finché il tempo non fosse tornato sereno, e allora, se il nostro tentativo fosse riuscito, avremmo potuto liberare uno o forse anche due prigionieri, che ci aiutassero a condurlo in porto. La difficoltà maggiore era costituita dalla grande sproporzione delle forze. Noi eravamo solo in tre, mentre nel quadrato erano in nove. Inoltre tutte le armi a bordo si trovavano in loro possesso, ad eccezione di un paio di piccole pistole che Peters aveva nascosto su di sé, e di un coltellaccio da marinaio che portava sempre infilato nella cintola dei pantaloni. Da certi indizi – come per esempio che non si potesse più trovare né un'ascia né una manovella nei loro posti soliti – temevamo anche che il secondo avesse dei sospetti, almeno sul conto di Peters, e che avrebbe colto la prima occasione per liberarsene. Era chiaro, insomma, che qualunque cosa avessimo deciso di fare, non sarebbe stata compiuta in poco tempo. Tuttavia le probabilità di riuscita erano così scarse, che era indispensabile cercar di procedere con la massima cautela possibile.

Peters voleva salire sopra coperta, entrare in conversazione con l'uomo di quarto (Allen) e continuare a discorrere con lui, finché non si presentasse l'occasione di buttarlo agevolmente in mare, senza far chiasso. Augustus e io saremmo allora saliti, avremmo cercato di provvederci di qualche specie d'arma sul ponte e poi ci saremmo tutti insieme slanciati per assicurarci la fuga, prima che gli altri avessero il tempo di opporsi. Io fui contrario a questo progetto, perché non potevo pensare che il secondo (che era un individuo molto astuto in tutto ciò che non concernesse i suoi superstiziosi pregiudizi) si sarebbe lasciato intrappolare così facilmente. Bastava il fatto che aveva collocato un uomo di quarto sul ponte a dimostrare che stava all'erta, perché non è uso, se non sui vascelli dove vige la più stretta disciplina, mettere un uomo di quarto sul ponte, quando il bastimento è alla cappa, durante un fortunale. Siccome mi rivolgo principalmente, se non esclusivamente a persone che non sono mai state sul mare, può essere opportuno descrivere le precise condizioni di un vascello in tali circostanze. Un vascello si mette alla cappa o in panna per vari motivi e questa operazione si effettua in varie maniere. Quando il tempo è abbastanza tranquillo una nave si mette in panna semplicemente per fermarsi e attendere un altro bastimento, o per qualche motivo del genere. Se il vascello, che vuol mettersi in panna, ha tutte le vele spiegate, la manovra generalmente si compie disponendo le vele a capanna, in modo che le forze opposte si elidano e la nave si fermi. Ma noi adesso parliamo di un bastimento che vuol mettersi in panna durante un fortunale. A questa misura si ricorre quando il vento è in testa e troppo violento perché sia possibile mantenere una vela senza correre il pericolo di ribaltare; qualche volta anche quando il vento è moderato, ma il mare troppo grosso perché un vascello possa correre avanti. Se si naviga col vento in poppa, con un mare molto grosso, generalmente si incorre in guai, perché il vascello imbarca acqua a poppa, e subisce dei violenti colpi di beccheggio. Quindi non si ricorre a questa manovra se non raramente, e solo allorché sia assolutamente indispensabile. Quando un vascello fa acqua, si cerca di navigare anche con mare molto grosso, perché, se si mettesse in panna, le sue commessure verrebbero certamente allentate dagli sforzi violenti cui sarebbe sottoposto, cosa che non avviene invece quando naviga. A volte anche è necessario correre dinanzi al vento, sia quando le raffiche sono così violente che lacererebbero la vela necessaria per virare di bordo, sia quando, per difetto di costruzione o altre cause ancora, non si possa effettuare tale manovra.

In una burrasca i vascelli si mettono in panna in diversi modi, a seconda della loro particolare costruzione. Alcuni si mettono in panna con la semplice vela di trinchetto e credo che questa sia appunto la vela che viene più frequentemente usata allo scopo. I grossi vascelli a vele latine hanno vele apposite, di sostegno. Ma talvolta si adopera il fiocco da solo; talvolta fiocco e trinchetto, o il trinchetto con due mani di terzaruolo; non di rado vele di poppavia. Sovente accade che le piccole vele di gabbia servano meglio di qualsiasi altro tipo. Il *Grampus*, di solito, veniva messo in panna con una vela di trinchetto a due terzaruoli.

Quando si mette in panna un vascello lo si appoggia al vento, in modo che la vela quando cappata, cioè disposta in diagonale su di esso, porti in pieno. Fatto questo, la prua viene a trovarsi di pochi gradi sotto il punto da cui soffia il vento e, naturalmente, riceve l'urto del mare da sopravvento. In questa situazione un buon vascello riesce a superare anche una burrasca violenta, senza imbarcare una goccia d'acqua, e senza che la ciurma debba occuparsi d'altro. Il timone generalmente viene legato, ma la cosa non è indispensabile (se non per il chiasso che fa, quando è lasciato sciolto) perché il timone non ha più nessuna influenza su un vascello in panna. Anzi, sarebbe meglio lasciare libero il timone, anziché fissarlo, perché, se non ha gioco e non può muoversi viene sovente spezzato da un mare grosso. Finché le vele reggono, un vascello ben costruito mantiene il suo equilibrio e sostiene qualsiasi mare, come se fosse dotato di vita e ragione. Invece, se la violenza del vento dovesse lacerare la vela (cosa che, in circostanze ordinarie, accade solo nel caso di un violentissimo uragano) allora ci si trova in pericolo imminente. Il vascello sbanda e, offrendo il fianco ai marosi, si trova completamente alla loro mercé. L'unica risorsa in questi casi è mettersi a correre col vento di poppa, finché non sia possibile issare un'altra vela. Alcuni vascelli infine riescono a mettersi in panna senza nessuna vela e questi devono temere i colpi di mare.

Ma poniamo termine a questa digressione. Il secondo non aveva mai avuto l'abitudine di stabilire un uomo di quarto, quando il vascello era in panna durante una bufera di vento; il fatto che adesso ne avesse piazzato uno, unito all'altra circostanza che le asce e le manovelle fossero scomparse, ci convinse che la ciurma era troppo all'erta perché fosse possibile coglierla di sorpresa, come aveva consigliato Peters. Tuttavia si doveva certo fare qualcosa, e al più presto, perché si poteva star sicuri che, avendo cominciato a dubitare di Peters, l'avrebbero sacrificato alla prima occasione favorevole, – occasione che avrebbero, senza dubbio, trovata o creata, non appena la burrasca si fosse placata.

Augustus allora suggerì che se Peters, con qualsiasi pretesto, fosse riuscito a rimuovere quel pezzo di catena che si trovava sopra la ribalta della botola nella cabina, noi saremmo forse stati in grado di coglierli di sorpresa; ma una breve riflessione ci convinse che il vascello rullava e beccheggiava troppo violentemente perché un tentativo del genere potesse riuscire.

Per buona fortuna io finalmente ebbi l'idea di sfruttare i superstiziosi terrori e la coscienza colpevole del secondo. Si ricorderà che uno della ciurma, Hartman Rogers, era morto quel mattino stesso, essendo stato colto, due giorni prima, da spasimi viscerali, dopo aver bevuto un po' di rum e acqua. Peters ci aveva espresso la sua opinione che questo infelice fosse stato avvelenato dal secondo, e aveva buoni motivi per crederlo, ci dichiarò, motivi inconfutabili, che però non volle mai dirci. Questo strano rifiuto del resto, era ben in accordo con altri lati del suo strano carattere. Ma fossero o non fossero migliori dei nostri i motivi che aveva lui di sospettare del secondo, non gli fu molto difficile farci condividere i suoi sospetti, e decidemmo di agire in conseguenza.

Rogers era morto verso le undici del mattino, tra violente convulsioni, e il suo cadavere, pochi minuti dopo, presentava lo spettacolo più orribile e ripugnante che abbia mai visto. Lo stomaco gli si era gonfiato a dismisura, come quello di un uomo che sia annegato e sia rimasto parecchie settimane in acqua. Le mani erano nelle stesse condizioni, mentre il volto, contratto e raggrinzito, era pallido come gesso, tranne per due o tre chiazze di un rosso vivo, simili a quelle prodotte dalla risipola. Una di queste macchie gli attraversava diagonalmente la faccia e gli passava su un occhio, come un nastro di velluto rosso. In questa repellente condizione il cadavere, verso mezzogiorno, era stato portato dalla cabina per venir buttato in mare, ma il secondo, come lo vide (ed era la prima volta), forse turbato dal rimorso per il delitto commesso, o atterrito da così orribile spettacolo, ordinò agli uomini di cucire il cadavere nella sua amaca e di seppellirlo secondo i consueti riti funebri. Dopo di che era sceso sottocoperta, come per evitare di dover vedere un'altra volta la sua vittima. Mentre la ciurma stava eseguendo gli ordini ricevuti, era sopraggiunta con gran furia la burrasca, tanto che per il momento s'era dovuto tralasciare ogni cosa, e il cadavere era stato spazzato tra gli ombrinali di babordo, dove ballonzolava e dondolava a ogni violento rullio del brigantino. Accordatici finalmente su un piano, ci occupammo di metterlo in esecuzione il più presto possibile. Peters salì sopracoperta e, come aveva preveduto, venne immediatamente accostato da Allen, che si sarebbe detto fosse di stazione sul ponte più per sorvegliare il cassero che per qualsiasi altro motivo. Tuttavia il destino di questo mascalzone si decise in silenzio e con estrema rapidità, perché Peters, accostandosi con fare indifferente, come se volesse parlargli, di colpo lo afferrò per la gola e, senza lasciargli lanciare un solo grido, lo sbatté oltre la murata. Dopo di che ci chiamò e noi salimmo subito. La prima cosa che si fece fu di guardarci in giro, per trovare qualcosa con cui armarci. Ma si doveva procedere con estrema cautela, perché era impossibile restare anche solo un istante sopracoperta senza afferrarsi a qualcosa, e violente ondate spazzavano la coperta a colpo di beccheggio. Era anche indispensabile lavorare il più in fretta possibile, perché, da un momento all'altro, ci aspettavamo che il secondo salisse sul ponte per far azionare le pompe, dato che evidentemente il brigantino imbarcava acqua molto rapidamente. Dopo esserci guardati in giro alcun tempo, non riuscimmo a trovare nulla di meglio adatto al nostro scopo che i due manici delle pompe: io ne presi uno e Augustus l'altro. Armatici così togliemmo la camicia al cadavere, che buttammo in mare. Peters e io scendemmo poi sotto coperta, lasciando Augustus di guardia sul ponte, ed egli si piazzò esattamente nel posto occupato da Allen, voltando la schiena alla tuga della cabina, in modo che se qualcuno fosse spuntato dalla scaletta, avrebbe potuto scambiarlo per l'uomo di quarto.

Non appena sottocoperta mi accinsi a camuffarmi in modo da poter passare per il cadavere di Rogers. Ci fu di grande aiuto la camicia che avevamo tolta al cadavere, perché era di forma e colore caratteristico, e facile a riconoscersi, una specie di blusa in maglia azzurra, con grosse strisce bianche trasversali, che il defunto portava sopra gli altri indumenti. Dopo averla indossata mi fabbricai un finto stomaco, per imitare l'orribile deformazione del cadavere. La cosa non fu difficile, riempiendo la maglia con lenzuola. Per far sembrar gonfie le mani, infilai un paio di guanti bianchi di lana e li riempii con tutti gli stracci che mi venne fatto di trovare. Peters infine mi truccò la faccia, cospargendola dapprima con del gesso bianco e poi macchiandola qua e là con del sangue che fece sprizzare da un taglio a un dito. Non dimenticò neppure la macchia trasversale sull'occhio, che mi conferì un aspetto quanto mai ributtante.

CAPITOLO OTTAVO

Quando mi guardai in un frammento di specchio appeso in cabina, alla fioca luce di una lanterna cieca, rimasi così impressionato da un vago senso di terrore, sia per il mio aspetto che per il ricordo della tremenda realtà che rappresentavo, che mi sentii colto da un violento tremito e dovetti farmi forza per condurre a termine il mio còmpito. Tuttavia era necessario agire con decisione e Peters e io salimmo sopracoperta.

Trovammo tutto a posto e, scivolando lungo la murata, ci avvicinammo alla tuga della cabina. La porta era chiusa solo parzialmente: col piazzare ceppi di legno sul gradino superiore si erano prese le necessarie precauzioni per impedire che potesse venire improvvisamente serrata dal di fuori. Non ci fu difficile scorgere in pieno l'interno della cabina attraverso le fessure dove s'incardinava la porta. Ci accorgemmo adesso che avevamo fatto bene a non cercare di coglierli di sorpresa, perché era evidente che stavano all'erta. Uno solo era addormentato, steso ai piedi della scaletta con un moschetto accanto. Gli altri sedevano su materassi tolti dalle cuccette e buttati per terra. Erano tutti ingaggiati in un'animata conversazione e, sebbene si fossero abbandonati a frequenti libagioni, come testimoniavano due brocche vuote e tazze di latta che si trovavano in giro, erano molto meno ubriachi del solito. Erano tutti armati di pugnali, due o tre avevano pistole, inoltre numerosi moschetti si trovavano in una cuccetta a portata di mano.

Per qualche tempo prestammo ascolto alla loro conversazione prima che fossimo in grado di formulare un piano di azione, non avendo ancora stabilito nulla di preciso, se non che quando li avessimo attaccati, avremmo cercato di paralizzare le loro reazioni, ricorrendo allo spettro di Rogers. Essi stavano discutendo i loro progetti di piraterie, e l'unica cosa che si poté capire con precisione dai loro discorsi fu che avevano l'intenzione di unirsi con la ciurma del brigantino *Hornet*, e possibilmente d'impadronirsi anche di quel brigantino, prima di intraprendere qualche assalto su larga scala. Ma i particolari ci sfuggirono.

Uno degli uomini accennò a Peters, e il secondo gli rispose a bassa voce alcune parole che non si poterono comprendere. In seguito aggiunse più forte, che non riusciva veramente a capire come mai andasse sempre nel cassero a chiacchierare col figlio del capitano, e che pensava che, quanto più presto quei due fossero stati sbattuti in mare, tanto meglio sarebbe stato per tutti.

Nessuno disse nulla a questa frase, ma noi avvertimmo che l'accenno era stato accolto con favore da tutta la ciurma, e in modo speciale da Jones. In questo momento io ero tremendamente agitato, tanto più che m'ero accorto come né Augustus né Peters non avevano ancora formulato alcun piano d'azione. Comunque decisi per conto mio che avrei venduto cara la vita e non mi sarei lasciato vincere da nessun sentimento di timore o trepidazione.

Il tremendo rumore prodotto dal vento che ruggiva tra il sartiame e dai cavalloni che spazzavano il ponte, ci impediva di udire ciò che stavano dicendo, se non nelle pause di calma improvvisa. Durante una di queste sentimmo chiaramente che il secondo ordinava a uno dei suoi uomini di recarsi nel cassero a ordinare a quei cani dannati di venire in cabina, dove avrebbe potuto tenerli d'occhio, perché tanti segreti a bordo del brigantino non gli garbavano affatto. Per nostra fortuna il vascello in quel momento beccheggiava così violentemente che l'ordine non poté venire eseguito subito. Il cuoco si alzò dal materasso per venirci a cercare, quando una tremenda sbandata, che io pensai avrebbe spazzato via gli alberi, lo fece cadere a testa prona contro una porta delle cabine di babordo che si spalancò, ciò che aumentò ancora la confusione mentre nessuno del nostro gruppo venne rovesciato e così avemmo il tempo di ritirarci precipitosamente nel cassero, per abbozzare, frettolosamente, un piano d'azione, prima che il messaggero facesse la sua comparsa, o meglio prima che spuntasse con la testa dalla tuga, dato che non si prese la briga di salir sopracoperta. Dalla sua posizione non era in grado di accorgersi che Allen era scomparso: pertanto, urlando come si rivolgesse a lui, gli ripeté gli ordini del secondo. Con voce contraffatta Peters rispose – Signorsì, – e il cuoco immediatamente scese, senza il minimo sospetto.

Allora i miei due compagni avanzarono arditamente e scesero in cabina. Peters richiuse la porta, così come l'aveva trovata. Il secondo li ricevette con falsa cordialità e informò Augustus che, siccome negli ultimi giorni si era comportato così bene, avrebbe potuto dormire anche lui in cabina e considerarsi uno degli altri. Poi gli versò un mezzo bicchiere di rum e lo obbligò a berlo. Io vidi e sentii tutto, perché avevo seguìto i miei amici e m'ero accostato alla cabina, riprendendo, non appena la porta era stata chiusa, il mio vecchio posto di osservazione. Avevo portato con me i due manici della pompa, uno dei quali nascosi vicino alla tuga, per potermene servire, quando fosse giunto il momento opportuno.

M'ero sistemato il meglio che potevo, per essere in grado di scorgere con precisione tutto ciò che si svolgeva là dentro, e cercai di farmi coraggio per osar di scendere tra gli ammutinati, non appena Peters m'avesse fatto il segnale convenuto. Non gli fu difficile portare il discorso sui sanguinosi episodi dell'ammutinamento e, gradualmente, indusse gli uomini a parlare delle mille superstizioni, che sono così universalmente diffuse tra i marinai. Io non riuscivo a intendere tutto ciò che veniva detto, ma dai loro volti potevo chiaramente notare l'effetto che quella conversazione aveva sui presenti. Il secondo era evidentemente molto agitato, tanto che quando uno menzionò il terribile aspetto che aveva il cadavere di Rogers, pensai che fosse sul punto di svenire. Peters adesso gli chiese se non pensava che fosse meglio far buttare subito in mare quel cadavere, dato che era uno spettacolo orribile vederlo sbattere a destra e a sinistra tra gli ombrinali. A questo suggerimento il mascalzone aprì la bocca, come gli mancasse il fiato, poi volse lentamente il capo e guardò i compagni, quasi per implorare che qualcuno si recasse sopracoperta a compiere la paurosa bisogna. Ma nessuno si mosse, ed era palese che tutti si trovavano al massimo grado di nervosismo. A questo punto Peters mi fece il segno convenuto. Immediatamente spalancai la porta della tuga e, scendendo senza mormorar sillaba, ristetti immobile in mezzo alla ciurma.

Il tremendo effetto prodotto da questa subitanea apparizione non deve stupire, quando si ricordino le circostanze particolari. Abitualmente, in casi di simile natura, la mente dello spettatore conserva qualche ombra di dubbio sulla realtà della visione che gli è apparsa dinanzi agli occhi, si ostina, sino all'ultimo, a sperare di essere vittima di un qualche inganno e che l'apparizione non sia effettivamente un'ombra emersa dal regno d'oltretomba. Non si esagera forse nell'affermare che tale dubbio tenace si è potuto sempre riscontrare davanti a ciascuna di queste apparizioni, e che il tremendo orrore che talvolta è stato generato si deve attribuire, anche nei casi più convincenti e terrificanti, piuttosto a una specie di anticipato terrore per il timore che l'apparizione *possa essere vera*, che non a un'assoluta fede nella sua realtà. Ma nel caso attuale si vedrà subito che le menti degli ammutinati non potevano avere il minimo appiglio, il quale permettesse di intrattenere qualche dubbio che l'apparizione di Rogers non fosse veramente una visitazione del suo disgustoso cadavere, o almeno la sua immagine spiritistica. Il fatto che il brigantino fosse del tutto isolato, assolutamente inaccessibile a causa della bufera, riduceva le apparenti possibilità di inganno a limiti così stretti e definiti, che essi dovettero considerarsi in grado di esaminarle tutte sull'istante. Ormai era da ventiquattro giorni che ci trovavamo in mare, e non avevamo scambiato che comunicazioni verbali coi pochi vascelli incontrati. Inoltre, l'intera ciurma, almeno tutti quelli che si poteva avere la più remota ragione di pensare si trovassero a bordo, erano riuniti nella cabina, ad eccezione di Allen che montava di guardia, e la sua statura gigantesca (misurava sei piedi e sei pollici) era troppo nota a tutti, per poter, anche solo un istante, lasciar pensare che fosse lui l'apparizione davanti ai loro occhi. Si aggiunga a queste considerazioni la natura terrificante della burrasca e della conversazione intavolata da Peters, la profonda impressione che lo stato ripugnante del cadavere aveva destato in tutti, la perfezione del mio travestimento, l'incerta e baluginante luce nella quale mi contemplavano, sotto la lanterna della cabina che ondeggiando violentemente a destra e a sinistra, mi illuminava e mi lasciava in ombra, a intermittenza, e non ci sarà più motivo di stupirsi se il nostro inganno aveva prodotto una impressione anche più violenta di quella che avevamo previsto. Il compagno balzò dal materasso su cui stava steso e, senza mormorare sillaba, cadde fulminato sul pavimento della cabina; un violento rullio del brigantino lo fece rotolare a sottovento, come un ciocco. Dei restanti sette non ve ne furono che tre che serbarono una qualche presenza di spirito. Gli altri quattro rimasero per qualche tempo come radicati al pavimento, il più miserando spettacolo di orrore e completa disperazione che mai sia stato offerto ai miei occhi. L'unica opposizione ci venne dal cuoco, da John Hunt e Richard Parker, ma si trattava di un'opposizione debole e irresoluta. I due primi vennero spacciati da Peters, mentre io abbattevo Parker dandogli un colpo in testa col manico della pompa che avevo portato con me. Nel frattempo Augustus si impadronì di uno dei moschetti che si trovavano per terra e uccise un altro ammutinato (... Wilson), trapassandogli il petto. Ormai non ne restavano che tre, che si erano infine destati da quella specie di torpore e cominciavano a dubitare d'essere stati ingannati. Lottarono, infatti, con grande decisione e violenza e, non ci fosse stata l'immensa forza muscolare di Peters, sarebbero forse riusciti ad aver la meglio su noi. Questi tre erano: ... Jones, ... Greely e Absalom Hicks. Jones aveva sbattuto Augustus per terra, l'aveva ripetutamente pugnalato al braccio destro e senza dubbio l'avrebbe presto finito (poiché Peters e io eravamo ancora occupati coi nostri avversari) non fosse stato a causa del tempestivo aiuto di un amico, sul quale nessuno di noi aveva contato. Questo amico non era altri che Tigre. Con un sordo ringhio balzò infatti in cabina nel momento più critico per Augustus e, avventandosi contro Jones, lo inchiodò in un istante sul pavimento. Il mio amico tuttavia era stato troppo seriamente ferito per poterci offrire il minimo aiuto e io ero impacciato dal mio travestimento, in modo che non riuscivo che a fare ben poco. Il cane non mollava la presa e stringeva sempre fra le zanne la gola di Jones. Peters, per conto suo, era ben più che in grado di combattere contemporaneamente i due avversari che restavano, e senza dubbio sarebbe riuscito a farli fuori più rapidamente, non fosse stato per lo spazio ristretto nel quale doveva lottare e i tremendi colpi del vascello. Infine riuscì ad afferrare un pesante sgabello, uno dei tanti che si trovavano per terra, e con questo spaccò la testa di Greely, che stava per spararmi una fucilata. Subito dopo il rullìo del vascello lo portò in contatto con Hicks: lo afferrò per la gola e, con la sua enorme forza, lo strangolò sull'istante. Così, in minor tempo di quanto mi sia occorso per narrarlo, noi ci trovammo padroni del brigantino.

L'unico dei nostri avversari ancora in vita era Richard Parker. Questi, come forse si ricorderà, era stato sbattuto per terra da me quando, all'inizio dell'attacco, gli avevo appioppato un colpo sulla testa col manico della pompa. Adesso giaceva immobile presso la porta sfondata della cabina, ma quando Peters lo toccò con un piede, ci supplicò di aver pietà di lui. La testa non presentava che una leggera abrasione, il colpo non l'aveva ferito seriamente, ma solo intontito. A questo punto si alzò in piedi e, per il momento, ci limitammo a legargli le mani dietro la schiena. Il cane continuava a ringhiare su Jones, ma quando lo esaminammo ci accorgemmo che era morto; il sangue gli colava a fiotti da una profonda lacerazione alla gola, prodotta senza dubbio dalle terribili zanne dell'animale.

Era ormai l'una del mattino e il vento continuava a soffiare con estrema violenza. Il brigantino faticava sempre moltissimo, tanto che divenne indispensabile far qualcosa allo scopo di alleviarne gli sforzi. Quasi a ogni colpo di rullìo la nave imbarcava ondate da sottovento, e alcune di queste avevano in parte allagato la cabina durante la lotta, dato che, scendendo, avevo lasciato la porta socchiusa. L'intera murata di babordo era stata spazzata via, così pure la cambusa e il caicco del cassero. I crepitii, gli scricchiolii dell'albero maestro facevano capire che non avrebbe più resistito a lungo. Per lasciare maggior spazio nella cala inferiore, il piede di quest'albero era stato fissato tra due ponti (sistema molto riprovevole, cui a volte ricorrono certi costruttori ignoranti), in modo che correva imminente pericolo di venire divelto. Ma, a coronare tutte le nostre difficoltà, sondammo l'arcipompa e vi trovammo non meno di sette piedi d'acqua.

Lasciati i cadaveri in cabina, ci mettemmo immediatamente ad azionare le pompe. Parker venne naturalmente slegato, perché ci desse una mano.

Ad Augustus fasciammo il braccio il meglio possibile e lui fece quanto poteva, che non era molto. Tuttavia ci accorgemmo che, azionando continuamente una pompa, riuscivamo a impedire all'acqua di crescere. Siccome non eravamo che in quattro si trattava di un lavoro ben duro, ma noi cercammo di farci coraggio attendendo l'alba, quando avremmo cercato di alleggerire il brigantino recidendo l'albero maestro.

In tal modo si trascorse una notte terribilmente preoccupata e spossante; quando il giorno infine spuntò, la burrasca non s'era per nulla mitigata, né mostrava segni di volersi placare. Trascinammo allora i cadaveri sopra coperta e li buttammo in mare. Poi pensammo a liberarci dell'albero maestro. Compiute le preparazioni necessarie Peters lo tagliò (con le asce trovate in cabina) mentre noi badavamo ai tiranti e alle drizze. A questo punto il brigantino diede una violenta rullata a sottovento e venne impartito l'ordine di tagliare i sostegni: l'enorme massa di legno e sartiame cadde allora in mare, e sbarazzò il brigantino senza causare il minimo danno. Subito si vide che il vascello faceva meno fatica di prima, ma la nostra situazione restava sempre quanto mai pericolosa e, malgrado ogni sforzo, non si riusciva a far diminuire l'acqua se non azionando ambedue le pompe. Lo scarso aiuto che Augustus poteva dare in verità non ammontava quasi a nulla. Ad aumentare la nostra preoccupazione, un mare grosso, colpendo il brigantino da sopravvento, lo fece sbandare di parecchi gradi; prima che il vascello potesse riacquistare la sua posizione giusta, un'altra ondata lo investì e lo piegò su un fianco. La zavorra scivolò in massa sul lato di sottovento (già da qualche tempo lo stivaggio sballottava da una parte all'altra) e per alcuni momenti tutti fummo persuasi che nulla più avrebbe impedito al brigantino di capovolgersi. Poco dopo tuttavia il vascello si riassestò alla men peggio, sebbene la zavorra continuasse a restare a babordo, causando una tale inclinazione che era inutile pensare di usare le pompe, che del resto non avremmo potuto azionare molto più a lungo, dato che, dopo tanto lavoro, avevamo le mani tutte piagate e orribilmente sanguinanti.

Contrariamente al consiglio di Parker, ci accingemmo allora a tagliare anche l'albero di trinchetto e, dopo qualche difficoltà, data la posizione in cui ci trovavamo, ci riuscimmo. Cascando in mare l'albero trascinò seco il bompresso, in modo che il brigantino si trovò ridotto allo stato di un pontone.

Sino a questo punto avevamo avuto motivo di rallegrarci di essere riusciti a salvare la scialuppa, che non aveva ricevuto alcun danno da nessuno di quei violenti marosi che ci avevano investiti. Ma il relativo piacere non durò a lungo perché essendo scomparso l'albero di trinchetto, e con esso, naturalmente, il trinchetto, per mezzo del quale il brigantino si manteneva in equilibrio, ogni maroso adesso si frangeva direttamente su noi, e in cinque minuti il ponte si trovò spazzato da un capo all'altro, scialuppa e murata di tribordo furono portate via, persino l'arganello fatto a pezzi. Sarebbe stato veramente impossibile trovarci in condizioni più pietose.

A mezzogiorno parve quasi che la burrasca stesse per calmarsi, ma subimmo presto una grave delusione perché la bonaccia di pochi minuti fu seguita da raddoppiata violenza. Dopo le quattro pomeridiane era completamente impossibile resistere alla furia del vento; quando scese la notte io non conservavo più ombra di speranza che il brigantino avrebbe retto fino al giorno successivo.

Verso mezzanotte l'acqua era salita al falso ponte. Il timone venne ben presto divelto, l'ondata che lo portò via sollevò la poppa netta fuori dall'acqua e la lasciò ricadere con un tale colpo che si sarebbe detto avesse cozzato in una secca. Noi avevamo tutti calcolato che il timone non avrebbe mai avuto nulla da temere, dato che era insolitamente robusto e assicurato come non ne ho mai visto un altro. Lungo il filo principale della parte mobile correva una fila di robusti arpioni di ferro, un'altra serie simile si trovava sulla poppa. In questi arpioni passava una spessa verga di ferro battuto e il timone, pur muovendosi liberamente su questa verga, restava attaccato al palo di poppa. La tremenda violenza del maroso che lo divelse può essere valutata dal fatto che gli arpioni infissi e ribaditi al palo di poppa, in tutta la sua lunghezza, furono dal primo all'ultimo estratti dal solido legno.

Avevamo appena avuto il tempo di trarre un respiro, dopo la violenza di questo colpo, quando una delle più tremende ondate che abbia mai veduto venne a infrangersi sul ponte, spazzando via la tuga, sfondando i boccaporti e colmando d'acqua il brigantino sino all'ultimo pollice.

CAPITOLO NONO

Per fortuna, poco prima che scendesse la notte, noi quattro c'eravamo legati saldamente ai frammenti dell'arganello, appiattendoci quanto più possibile sul ponte. Fu questa precauzione che ci salvò dalla morte. Così come ci trovavamo, restammo tutti e quattro più o meno storditi da un immenso volume d'acqua che ci cadde addosso e dal quale non emergemmo se non quando eravamo ormai sul punto di venir meno. Non appena fummo in grado di tornare a respirare lanciai un grido ai miei compagni. Mi rispose il solo Augustus:

«È finita per noi, e possa Dio aver pietà delle anime nostre».

Poco dopo anche gli altri due furono in grado di parlare e ci esortarono a farci coraggio, perché non erano ancora perdute tutte le speranze, essendo impossibile, data la natura del carico, che il brigantino affondasse, ed essendoci ogni probabilità che la burrasca si sarebbe spenta al mattino. Queste parole mi infusero nuova vita: per strano che possa sembrare, sebbene fosse ovvio che un vascello carico di barili vuoti non poteva affondare, sino a quel momento ero rimasto così confuso e stordito, che non avevo pensato a questo fatto, e il pericolo che, per qualche tempo, avevo paventato come il più imminente era stato proprio quello di affondare. Via via che le speranze si ravvivarono in me, approfittai di ogni occasione propizia per rinforzare le corde che mi tenevano attaccato ai frammenti dell'arganello, e ben presto scoprì che anche i miei compagni erano occupati in simile guisa. La notte non avrebbe potuto essere più nera: gli orribili e assordanti ululati e la confusione che ci circondavano sorpassavano ogni possibilità di descrizione. Il nostro ponte si trovava a livello del mare, o meglio, era circondato da una torreggiante muraglia di spuma, una parte della quale si rovesciava a ogni istante su noi. Non si esagera nel dire che le teste non erano completamente fuori dall'acqua che un secondo su tre. Sebbene fossimo così vicini l'uno all'altro, non riuscivamo a vederci o a scorgere alcuna parte del brigantino, sul quale venivamo così furiosamente sbattuti. A intervalli ci lanciavamo una voce, cercando in questo modo di mantener viva la speranza e di infondere consolazione e incoraggiamento a coloro di noi che più ne avevano bisogno. Le condizioni particolarmente precarie di Augustus avevano destato la nostra speciale sollecitudine, e siccome, dato il suo braccio destro straziato, gli sarebbe stato impossibile assicurare le corde abbastanza solidamente, si temeva, ad ogni movimento, di scoprire che era stato spazzato via dal ponte. Tuttavia non c'era neppure da pensare di portargli alcun soccorso. Per fortuna la sua posizione era più sicura di quella di ognuno di noi perché la parte superiore del suo corpo si trovava sotto un frammento dell'arganello e le onde non lo potevano investire direttamente. Si fosse trovato in posto diverso (e in quello era stato spinto dal caso, dopo essersi legato in un punto molto esposto alle onde) senza dubbio sarebbe perito prima del mattino. Dato che il brigantino era così violentemente inclinato, noi eravamo meno esposti al pericolo di venir spazzati via di quanto lo saremmo stati in una situazione diversa. Come ho già detto lo scafo inclinava a babordo e circa metà del ponte era costantemente immersa nell'acqua. Perciò le onde che ci colpivano da tribordo venivano a infrangersi contro il fianco del vascello e su di noi, distesi bocconi, arrivavano solo in parte, mentre quelle che venivano da babordo, colpendoci alle spalle, non avevano molta presa su di noi a causa della nostra posizione e non possedevano la violenza necessaria per portarci via.

In questa terribile situazione rimanemmo fino allo spuntar dell'alba, quando la luce ci rivelò più chiaramente gli orrori che ci circondavano. Il brigantino era ridotto ormai a un tronco, che rullava alla mercé di ogni onda; la burrasca stava se mai aumentando di intensità e si era trasformata in un vero e proprio uragano, ed era difficile immaginare in che avremmo potuto riporre le nostre speranze. Per parecchie ore restammo in silenzio, aspettando da un momento all'altro che le corde che ci legavano si spezzassero, che i resti dell'arganello venissero spazzati via, o che qualcuna di quelle violente onde che ci ruggivano intorno e ci piombavano addosso sommergesse la carcassa così a lungo da farci annegare prima di poter riemergere. Per la misericordia di Dio fummo tuttavia salvati da questi imminenti pericoli e, verso mezzogiorno, venimmo rallegrati dalla benedetta luce del sole. Poco dopo riuscimmo a notare una sensibile diminuzione nella forza del vento e Augustus, per la prima volta dalle ultime ore della sera precedente, fece udire la sua voce per chiedere a

Peters, che gli era più vicino, s'egli pensava che avessimo ancora qualche possibilità di salvarci. Siccome questa domanda non ricevette alcuna risposta, noi concludemmo che il meticcio era annegato al suo posto, ma, con nostra grande gioia, egli non tardò a parlare, sebbene con voce molto fioca, dicendo che si trovava straziato da atroci pene, perché la corda che gli attraversava lo stomaco si era tanto tesa che quasi lo tagliava e, se non fosse riuscito ad allentarla, temeva che sarebbe morto, perché non se la sentiva di sopportare più a lungo tanti spasimi. Tali parole ci afflissero vivamente, perché era del tutto inutile pensare di aiutarlo in qualche modo, finché il mare continuava a investirci come adesso. Lo esortammo pertanto a sopportare le sue nuove sofferenze con fermezza e gli promettemmo di cogliere la prima occasione che si presentasse per recargli aiuto. Egli rispose che ben presto sarebbe stato troppo tardi, che egli avrebbe cessato di soffrire prima che noi fossimo stati in grado di soccorrerlo, poi, dopo aver esalato ancora qualche gemito, rimase silenzioso, e noi pensammo che fosse morto.

Col calar della sera il mare si era tanto placato che appena un'ondata ogni cinque minuti veniva a frangersi contro il relitto da sopravvento, e anche il vento si era calmato, sebbene soffiasse ancora burrasca forte. Da ore non avevo più sentito parlare alcuno dei miei compagni, e adesso chiamai Augustus, che mi rispose, seppur con voce molto fioca, tanto che non potei capire ciò che diceva. Poi chiamai Peters e Parker, ma nessuno dei due diede segno di vita.

Poco dopo caddi in uno stato di semincoscienza, durante il quale mi fluttuarono per la mente immagini di cose piacevolissime, come alberi verdi, campi di grano maturo che ondeggiavano al vento, teorie di fanciulle che danzavano, schiere di cavalleggeri ed altre simili fantasie. Mi ricordo adesso che in tutto ciò che sfilò davanti all'occhio della mente l'elemento fondamentale era costituito dal moto. Infatti non vidi nessun oggetto immobile come una casa, una montagna o cose del genere, ma mulini a vento, bastimenti, immensi uccelli, palloni aerostatici, gente a cavallo, vetture che correvano pazzamente e altre cose mobili, che mi si presentavano in interminabile successione. Quando emersi da questo stato il sole, almeno da quanto potevo giudicare, si trovava già da un'ora sull'orizzonte. Provai serie difficoltà nel richiamare alla mente le varie circostanze connesse con la mia situazione e per qualche tempo rimasi fermamente convinto di trovarmi ancora nella cala del brigantino, vicino alla cassa, e che il corpo di Parker fosse quello di Tigre.

Quando finalmente ebbi recuperato in pieno la mia coscienza, mi accorsi che ormai non soffiava che un vento moderato, che il mare era relativamente calmo tanto che le ondate non investivano il brigantino che a mezza nave. Il mio braccio destro si era staccato dalle corde che lo legavano e si era tutto sbucciato al gomito, il braccio sinistro era completamente intorpidito e la mano e il polso gonfiati enormemente per la pressione della corda, che aveva impedito la circolazione dalla spalla in giù. Soffrivo anche atroci pene a causa di un'altra corda che mi attraversava la vita e che adesso mi stringeva in modo insopportabile. Volgendo gli occhi verso i miei compagni vidi che Peters era ancora vivo, sebbene una grossa corda lo stringesse così fortemente alle reni da dar quasi l'impressione d'averlo tagliato in due. Non appena cominciai a muovermi, mi fece un debole gesto con la mano, indicando la corda. Augustus non dava alcun segno di vita ed era piegato in due sopra un frammento dell'arganello. Parker, nel vedermi compiere qualche movimento, mi chiese se non avessi la forza di liberarlo dalla sua posizione dicendomi che, se fossi riuscito a raccogliere tutte le mie energie e a liberarlo, forse sarebbe stato possibile ancora salvarci, ma che altrimenti saremmo morti. Io gli risposi di non perdersi d'animo, ché avrei cercato di far del mio meglio. Tastandomi nella tasca dei pantaloni, estrassi il mio temperino e, dopo parecchi inutili tentativi, riuscii infine ad aprirlo. Allora con la sinistra cercai di liberare la destra e infine tagliai le altre corde che mi legavano. Ma, come cercai di muovermi, m'accorsi che le gambe non mi obbedivano, che non riuscivo ad alzarmi, né a spostare il braccio destro in alcuna direzione. Quando ne informai Parker, egli mi consigliò di starmene tranquillo pochi minuti, reggendomi all'arganello con la mano sinistra, finché il sangue non avesse ripreso a circolare. Feci come m'aveva consigliato e l'intorpidimento scomparve, tanto che riuscii a muovere una gamba, poi l'altra, e poco alla volta recuperai l'uso parziale del braccio destro. Allora con cautela strisciai verso Parker, senza rizzarmi in piedi, e ben presto tagliai le corde che lo legavano, e anche lui, dopo un breve riposo, recuperò l'uso parziale delle membra. Senza perdere altro tempo, ci accingemmo a tagliare la corda che stringeva Peters. Dopo aver passato la cinghia dei pantaloni di lana e due camicie, era penetrata nell'inguine, tanto che, quando tagliammo la corda, il sangue uscì abbondante. Ma non appena fu liberato si mise a parlare e parve avvertire un sollievo immediato – era in grado di muoversi molto più liberamente di quanto non avessimo potuto Parker e io, – e questo senza dubbio era dovuto a quella specie di salasso che gli era stato fatto.

In quanto ad Augustus non nutrivamo molte speranze che si sarebbe ripreso, perché non dava più segno alcuno di vita, ma, quando ci fummo accostati, ci accorgemmo che era semplicemente svenuto per la perdita di sangue, dato che le bende avvolte attorno al braccio ferito erano state portate via dall'acqua, mentre nessuna delle corde che lo tenevano legato all'arganello era così tesa d'aver potuto causare la sua morte. Una volta liberato e allontanato dai rottami dell'arganello, lo disponemmo in un posto sicuro e asciutto a sopravvento, con la testa un po' più bassa del corpo, e tutti e tre ci mettemmo d'impegno a strofinargli le membra. Dopo circa mezz'ora rinvenne, ma non fu che il mattino dopo che diede segno di riconoscere qualcuno di noi o ebbe l'energia necessaria per parlare. Quando ci fummo completamente sciolti dalle nostre corde era ormai scesa la notte e il cielo cominciò a rannuvolarsi tanto che fummo colti da terrore al pensiero di dover affrontare una nuova burrasca, perché in questo caso nulla ci avrebbe protetto e, deboli quali si era, saremmo indubbiamente periti. Per buona fortuna il tempo continuò a essere relativamente calmo durante la notte, il mare si placò col passare del tempo, tanto che cominciammo a nutrire speranza che forse saremmo riusciti a salvarci. Una brezza leggera continuava a soffiare da nord-ovest ma non faceva affatto freddo. Augustus venne accuratamente assicurato a sopravvento, in modo da impedire che il rullìo del vascello lo facesse cadere in mare, dato che era ancora così debole che non sarebbe stato in grado di reggersi con le sue sole forze. Per conto nostro, non dovemmo ricorrere a misure simili. Ci sedemmo l'uno accanto all'altro, reggendoci ai pezzi di corda che pendevano dall'arganello e studiando in che modo avremmo potuto salvarci da così disperata situazione. Di un tal conforto ci era toglierci i vestiti e strizzarli accuratamente. Quando li infilavamo, dopo averli strizzati ci parevano caldi, si provava un senso di benessere, e questo servì a rinvigorirci non poco. Facemmo lo stesso per Augustus, gli strizzammo i vestiti e anche lui nel rimetterli provò lo stesso senso di conforto.

Ma la nostra sofferenza maggiore era causata, adesso, dalla fame e dalla sete, e quando consideravamo la nostra situazione al riguardo ci sentivamo mancare il cuore ed eravamo portati a rimpiangere d'aver sfuggito i meno tremendi perigli del mare. Cercammo tuttavia di consolarci con la speranza di poter essere presto raccolti da qualche vascello, e ci incoraggiavamo vicendevolmente a sopportare con fermezza i mali che potevano toccarci.

Spuntò infine l'alba del 14, tempo sempre chiaro e bello, brezza leggera continua, che soffiava da nord-ovest. Il mare era ormai completamente calmo e siccome, per qualche motivo che non eravamo in grado di capire, il brigantino non sbandava più come prima, il ponte era relativamente asciutto e noi potevamo muoverci abbastanza liberamente. Da più di tre giorni e tre notti ormai eravamo senza cibo né bevanda, tanto che divenne assolutamente necessario compiere qualche tentativo per riuscire a pescar qualcosa sottocoperta. Siccome il brigantino era completamente pieno d'acqua, ci accingemmo a questo lavoro senza entusiasmo e ben poca speranza di riuscita. Piantando alcuni chiodi, strappati ai resti della tuga, con due pezzi di legno disposti in croce, e legati alla cima di una corda, fabbricammo una specie di draga, che buttammo nel quadrato, tirandola a destra e a sinistra nella tenue speranza di poter così afferrare qualcosa, che si potesse mangiare o almeno ci potesse essere utile per procurarci qualche cibo. Trascorremmo la maggior parte del mattino in questo lavoro, senza alcun risultato apprezzabile, riuscendo a pescare poche lenzuola, che si impigliavano facilmente nei chiodi. Per dire il vero il nostro congegno era così rudimentale, che era impossibile aspettarsi risultati migliori.

Provammo allora a pescare nel cassero, ma ugualmente invano, ed eravamo sull'orlo della disperazione quando Peters propose che gli legassimo una corda al corpo, e che lui avrebbe cercato di andar a pescare qualcosa, tuffandosi nella cabina. Questa proposta venne salutata con tutta la gioia che poteva nascere da un ritorno di speranza. Egli senz'altro si spogliò dei suoi vestiti, tenendo solo i pantaloni, poi si legò alla vita una robusta corda, che si fece passare sulle spalle, in modo da assicurarla bene. L'impresa cui si accingeva era assai difficile e pericolosa; non potendo certo aspettarsi di trovare molto o anche solo qualcosa nel salone vero e proprio, era necessario che, dopo essersi lasciato andare a fondo, si voltasse a destra e, sempre sott'acqua, percorresse uno stretto corridoio di dieci o dodici piedi, per giungere infine alla dispensa e poi ritornare, sempre senza trarre il respiro.

Quando tutto fu pronto, Peters si calò nella cabina, scendendo per la scaletta, fin quando l'acqua non gli raggiunse il mento. Di là si tuffò a testa avanti, voltando a destra, e cercando di dirigersi verso la dispensa. Nel primo tentativo, tuttavia, non ebbe molto successo. Infatti, dopo meno di mezzo minuto dacché era sceso, sentimmo alcuni strattoni alla corda (il segnale convenuto, quando voleva esser tirato su). Pertanto lo tirammo su, ma con così poca attenzione da farlo urtare contro la scaletta. Egli non portò nulla, essendo stato incapace di penetrare per più di un breve tratto nel corridoio, dato il costante sforzo che doveva compiere per non andare a galleggiare contro il soffitto. Quando uscì fuori si sentiva stanco, e dovette riposare quindici minuti buoni, prima che fosse in grado di tentare una seconda volta.

Il secondo tentativo ebbe risultati anche peggiori, perché egli rimase a lungo sott'acqua senza dare il segnale, tanto che, cominciando ad allarmarci, decidemmo di tirarlo fuori e lo trovammo sul punto di soffocare. Egli ci disse che aveva dato due o tre strattoni alla corda, senza che noi ce ne accorgessimo. Questo era probabilmente dovuto al fatto che una parte della corda si era impigliata nella ringhiera al fondo della scaletta. Questa ringhiera infatti era di tale impaccio che decidemmo di eliminarla, prima di ripetere i tentativi. Siccome era impossibile staccarla se non usando la nostra forza, scendemmo tutti in acqua quanto ce lo permetteva la scaletta, e poi compiendo uno sforzo in comune riuscimmo a romperla.

Il terzo tentativo si risolse in un fallimento, come i due precedenti, tanto che risultò ormai evidente che non saremmo riusciti a nulla in questo modo, senza l'aiuto di un qualche peso col quale il nuotatore potesse mantenersi vicino al pavimento, durante le ricerche. Per lungo tempo cercammo invano qualcosa che potesse rispondere a questo scopo, infine con nostra grande gioia, scoprimmo una delle reggisartie a sopravvento del trinchetto, già tanto staccata che non incontrammo difficoltà alcuna nel rimuoverla del tutto. Come se la fu sicuramente legata a una delle caviglie, Peters si tuffò per la quarta volta e infine riuscì a raggiungere la porta della dispensa. Ma, con suo inesprimibile dolore, la trovò chiusa a chiave e fu obbligato a tornare, senza essere riuscito a entrare, dato che, nonostante ogni suo sforzo, non riusciva a restar sott'acqua più di un minuto al massimo. La nostra situazione adesso era veramente tragica e Augustus e io non riuscimmo a frenare uno scoppio di lacrime, quando pensammo alle mille difficoltà che ci circondavano e alle scarse probabilità di salvezza che ancora sussistevano. Ma questa debolezza non durò a lungo. Buttatici in ginocchio, ci rivolgemmo a Dio, implorando il suo aiuto nei mille pericoli che ci circondavano e ci alzammo con rinnovata speranza e vigore per pensare a ciò che si poteva ancora umanamente tentare per riuscire a salvarci.

CAPITOLO DECIMO

Poco tempo dopo accadde un fatto che per l'estrema gioia e poi l'estremo orrore che destò in noi, io sono portato a considerare come il più emozionante di quanti mi siano occorsi nei nove successivi lunghi anni, densi degli eventi più strabilianti e, in molti casi, della più stupefacente e inconcepibile natura. Eravamo sdraiati presso la scaletta e si stava dibattendo sulla possibilità di compiere un altro tentativo per penetrare nella cambusa, quando, guardando Augustus che si trovava di fronte a me, m'accorsi che era impallidito improvvisamente e le labbra gli tremavano nel modo più singolare e inesplicabile. Grandemente allarmato gli rivolsi la parola, ma egli non rispose, e io cominciavo a pensare che fosse stato colto da qualche improvviso malore, quando notai la direzione dei suoi occhi, fissi, evidentemente, su qualche oggetto alle mie spalle. Voltai la testa e non potrò mai dimenticare la gioia estatica che pervase ogni fibra del mio corpo, quando scoprii un grosso brigantino che si dirigeva verso di noi e non distava più di un paio di miglia. Balzai in piedi, come se la pallottola di un moschetto m'avesse improvvisamente colpito al cuore, e tendendo le braccia in direzione del vascello rimasi immobile in questa posa, incapace di pronunciare alcuna sillaba. Peters e Parker furono parimenti commossi, sebbene in modi diversi. Il primo si mise a ballare per il ponte come un matto, prorompendo nelle più stravaganti rodomontate intercalate da urli e imprecazioni, mentre il secondo scoppiò in singhiozzi e per molti minuti continuò a piangere come un bambino.

Il vascello che avevamo scorto era un grosso brigantino ibrido di costruzione olandese, tutto dipinto di nero, con una vistosa polena dorata. Evidentemente aveva sofferto assai per il tempo cattivo, e noi supponemmo che fosse stato travagliato da quella burrasca, che era stata così disastrosa per noi, perché aveva perduto l'albero di parrocchetto e così pure parte della murata di tribordo. Quando lo scorgemmo distava, come vi ho già detto, circa due miglia a sopravvento ed era diretto verso di noi. In quel momento soffiava una brezza assai leggera, e ciò che grandemente ci stupì fu che il vascello in questione non avesse issato altre vele se non la vela di trinchetto e la maestra, oltre a un fiocco volante. Naturalmente avanzava con grande lentezza e la nostra impazienza stava per trasformarsi in frenesia. Si dirigeva anche in modo molto strano e, malgrado l'eccitazione del momento, nessuno di noi mancò di notarlo. Straorzava in modo così repentino e brusco che una volta o due pensammo che era impossibile che ci avesse visto, oppure che, visto il relitto, non avendo scorto persone a bordo, fosse sul punto di virare e di mettersi su un'altra rotta. In ciascuna di queste occasioni ci mettemmo a urlare e gridare con quanta voce si aveva, e allora l'ignoto vascello sembrava mutare per un momento le sue intenzioni e dirigersi nuovamente verso noi. Questo strano modo di comportarsi si ripeté due o tre volte, tanto che infine non riuscimmo a spiegarcelo in altro modo se non supponendo che il timoniere fosse ubriaco fradicio.

A bordo non vedemmo nessuno, finché il legno non fu a circa un quarto di miglio da noi. Scorgemmo allora tre marinai, che dal vestito giudicammo fossero olandesi. Due di questi erano stesi su alcune vecchie vele vicino al cassero; il terzo, che sembrava ci contemplasse con grande curiosità, era affacciato a tribordo, assai vicino al bompresso. Si trattava di un individuo alto e robusto, dalla carnagione molto scura. Dal suo modo di fare si sarebbe detto volesse consigliarci di portare pazienza, e con la testa accennava allegramente sebbene in modo piuttosto strano, e aveva la bocca dischiusa in un largo sorriso, tanto da mostrare la più smagliante chiostra di denti che abbia mai visto. Quando il vascello fu più vicino scorgemmo un cappuccio di flanella rossa cadergli dalla testa nell'acqua, senza che egli vi facesse caso, intento com'era a farci i suoi strani cenni e a rivolgerci il suo perpetuo sorriso. Riferisco queste cose, nelle loro minute circostanze, e le riferisco, è bene tener presente, esattamente come *ci apparvero*.

Il vascello si avvicinò lentamente, secondo una rotta più diretta e, – non riesco ancora a parlare con calma di questo episodio, – e i nostri cuori ci balzavano violentemente in petto e noi esalavamo la nostra estasi appassionata in urli e ringraziamenti a Dio, che in modo così inaspettato e magnifico ci aveva inviato quel soccorso, ormai a portata di mano, quando improvvisamente, sull'oceano, ci giunse dallo strano vascello (ormai vicinissimo) un fetore, una puzza, quale l'intero mondo non saprebbe definire, che nessuno riuscirebbe a concepire, infernale, soffocante, insostenibile, inimmaginabile. Anelando per respirare mi rivolsi ai miei compagni e li vidi più pallidi di statue di marmo. Ma ormai non avevamo più tempo di rivolgerci domande, fare congetture; il vascello non distava da noi che cinquanta piedi e sembrava avesse l'intenzione di accostarci da prua, per farci salire a bordo senza dover mettere in mare la scialuppa. Noi ci precipitammo verso quella parte, ma improvvisamente un colpo di mare lo allontanò di cinque o sei punti dalla rotta che seguiva. Quando ci passò alla distanza di circa venti piedi, potemmo scorgere in pieno il suo ponte. Saprò mai dimenticare l'innominabile orrore di quello spettacolo? Venticinque o trenta cadaveri umani, tra cui quelli di parecchie donne, giacevano sparsi tra il cassero e la cucina, ormai nell'ultimo e più disgustoso stato di putrefazione. Era evidente che su quel fatale vascello non c'era anima viva. Eppure non potevamo fare a meno di urlare ai morti, invocando aiuto. Sì, a lungo urlammo, e ad alta voce, nell'agonia del momento, perché quelle silenti immagini disgustose si fermassero per noi, non ci abbandonassero, non volessero lasciarci diventare simili a loro, ci accogliessero nella loro gentil compagnia. Farneticavamo d'orrore e di disperazione, completamente impazziti per l'angoscia della nostra tremenda situazione.

Al nostro primo violento urlo di terrore un grido rispose, un grido dal bompresso, così simile all'urlo di voce umana che anche l'orecchio più sottile difficilmente ne avrebbe colto la differenza. In questo istante un altro improvviso colpo di mare espose per un momento il cassero e subito scorgemmo l'origine di quel grido. L'alta figura massiccia, sempre piegata sulla murata, continuava a dondolare la testa a destra e a sinistra, ma adesso ci voltava il viso che ci restava nascosto. Le braccia erano protese oltre la murata, le palme delle mani penzolavano al di fuori. Aveva le ginocchia posate sopra una grossa gomena accuratamente tesa dal piede del bompresso sino a una delle teste di gatto. Sulla schiena in parte denudata da uno strappo della camicia, era appollaiato un enorme gabbiano che divorava quella orribile carne, il becco e gli artigli profondamente affondati nella cassa toracica, le piume bianche tutte chiazzate di sangue. Come il brigantino si spostò un altro poco, sempre più accostandosi a noi, l'uccello, evidentemente con molta difficoltà, estrasse la testa invermigliata e, dopo averci fissato un momento, come stupefatto si alzò lentamente dal cadavere che stava sbranando e, volando direttamente sopra il nostro ponte, si soffermò alcun tempo, con nel becco un pezzo di sostanza raggrumata, che sembrava fegato. L'orrendo boccone cadde infine con improvviso tonfo, davanti ai piedi di Parker. Possa Iddio perdonarmi, ma per la prima volta in quell'istante mi attraversò la mente, rapido come un lampo, un pensiero che non oso menzionare, e m'accorsi d'aver mosso un passo verso quella chiazza di sangue. Alzai lo sguardo e gli occhi di Augustus incontrarono i miei con uno sguardo così intenso e pieno di significato che io ritornai in me. Avanzai rapido e, con un profondo brivido, feci cadere la cosa tremenda in mare.

Il cadavere, da cui quel pezzo di carne era stato strappato, poggiava su una gomena, e veniva facilmente spinto a destra e a sinistra dagli sforzi del carnivoro uccello. Era stato appunto questo moto che, a tutta prima, ci aveva fatto credere che si trattasse di una persona viva. Quando poi il gabbiano la liberò del suo peso, la carcassa compì un giro su se stessa e cadde supina, rivelando completamente il volto. Nessuno mai poté scorgere oggetto così orripilante. Scomparsi gli occhi, scomparsa tutta la carne attorno alla bocca, che rivelava in pieno la chiostra dei denti. Questo dunque era il sorriso, che ci aveva così rallegrato e riempito di speranza! questo il... ma basta! Il brigantino, come ho già detto, ci passò a poppa e si allontanò, con moto lento ma costante, a sottovento. Con il vascello e la sua terribile ciurma scomparvero le nostre liete visioni di liberazione e di gioia. Data la lentezza con cui si allontanava, con ogni probabilità saremmo riusciti a salire a bordo, non fosse stato per l'improvvisa delusione e la terrificante scoperta fatta, che prostrarono ogni nostra facoltà mentale e fisica. Avevamo visto e sentito, ma non potevamo né pensare né agire, finché, ahimè, fu troppo tardi. Quanto profondamente i nostri intelletti fossero rimasti sconvolti da questo incidente può venire valutato dal fatto che, quando il vascello si fu allontanato, tanto che ormai non potevamo più scorgere se non metà dello scafo, prendemmo in seria considerazione la proposta di raggiungerlo a nuoto.

Da quel tempo ho a lungo, ma invano, cercato di procurarmi qualche informazione sul tremendo mistero che avvolgeva il fato di quell'ignoto vascello. La costruzione e l'aspetto generale, come ho già detto, ci aveva portato a credere che si trattasse di un mercantile olandese, e i vestiti della ciurma confermavano questa nostra supposizione. Avremmo potuto facilmente leggere il nome sulla poppa e raccogliere altri dati, che sarebbero stati in grado di delucidare quel mistero, ma l'immenso eccitamento del momento ci rese incapaci di compiere alcunché del genere. Dal colore zafferano dei cadaveri che non erano completamente imputriditi concludemmo che tutta la ciurma doveva essere morta di febbre gialla, o di qualche altra malattia virulenta del genere. Se tale fu il caso (e non saprei veramente che altro immaginare) la morte, a giudicare dalla posizione dei cadaveri, doveva averli colti con tremenda velocità e violenza, in modo del tutto diverso da quello che generalmente caratterizza anche le più letali pestilenze note all'umanità. Potrebbe darsi anche che qualche veleno, per caso introdotto in alcune delle provvigioni, avesse causato il disastro, o forse l'aver mangiato qualche specie ignota di pesce velenoso, di qualche altro animale o uccello marino. Ma è perfettamente inutile abbandonarsi a congetture, intorno a un caso che era, e senza dubbio resterà sempre avvolto nel più tremendo e insondabile dei misteri.

CAPITOLO UNDICESIMO

Trascorremmo la restante parte del giorno in uno stato di istupidito letargo, lasciando errare lo sguardo dietro il vascello che si allontanava, finché la tenebra, nascondendocelo alla vista, in una certa misura ci fece rientrare in noi. Allora tornammo ad avvertire gli strazi della fame e della sete, che annullarono ogni altra preoccupazione o considerazione. Tuttavia nulla poteva venir tentato fino al mattino, così che, dopo esserci fissati per il meglio che fu possibile, cercammo di prendere un po' di riposo. In questo io riuscii oltre ogni mia aspettativa, dormendo finché i miei compagni, che non erano stati così fortunati, mi svegliarono all'alba per rinnovare i tentativi di estrarre qualche provvista dalla cambusa.

Regnava adesso calma piatta, il mare liscio come poche volte l'ho visto, temperatura calda e piacevole. Il brigantino era ormai scomparso. Cominciammo le nostre operazioni staccando con una certa difficoltà un'altra delle catene reggisartie e legandole ambedue ai piedi di Peters. Egli cercò nuovamente di raggiungere la porta della cambusa, sperando che forse sarebbe riuscito a forzarla e ad aprirla, se avesse potuto arrivarci in tempo relativamente breve, cosa che non disperava di poter fare, in quanto lo scafo era molto più stabile di prima.

Riuscì infatti ad arrivare abbastanza in fretta presso la porta. Allora, slegandosi dalla caviglia una delle catene, compì ogni sforzo per aprirsi un passaggio, ma non riuscì a nulla, perché l'intelaiatura era assai più robusta di quanto si fosse aspettato. Era ormai completamente esausto per la lunga immersione, così che fu assolutamente necessario che qualcun altro lo rimpiazzasse. Immediatamente si offrì Parker, che, dopo aver compiuto tre inutili tentativi, s'accorse che non sarebbe mai neppure riuscito a raggiungere la porta. Le condizioni di Augustus, con il suo braccio ferito, gli impedivano nel modo più assoluto di tentare di scendere, dato che non sarebbe stato in grado di forzare la porta, quand'anche l'avesse raggiunta, di modo che toccò a me tentare di far qualcosa per la nostra comune salvezza.

Peters aveva abbandonato una delle catene nel corridoio e io, dopo essermi tuffato, m'accorsi che non avevo il peso necessario per toccare il fondo. Decisi pertanto di non tentare, quella prima volta, di far altro se non di recuperare la seconda catena. Mentre brancicavo per terra lungo il corridoio, avvertii sotto la mano qualcosa di duro, che afferrai immediatamente, senza avere il tempo di capire di che cosa si trattasse, tornando subito a galla per salire sopracoperta. Avevo pescato una bottiglia, ed è facile immaginare la nostra gioia quando ci accorgemmo che era piena di vino di Porto. Dopo aver ringraziato Dio per questo suo opportuno soccorso, che tanto ci rallegrava, la sturammo immediatamente col mio temperino e ognuno ne bevve un piccolo sorso, derivandone il più indescrivibile conforto dal calore, dalla forza e dall'energia che quella goccia di vino aveva infuso in noi. Dopo di che turammo accuratamente la bottiglia e con un fazzoletto la appendemmo in modo da essere sicuri che non si potesse rompere.

Riposatomi un tantino dopo questa fortunata scoperta, mi tuffai una seconda volta e trovai la catena con la quale ascesi immediatamente. Me la legai, mi tuffai una terza volta, ma capii subito che nessuno sforzo in quella situazione, mi avrebbe mai permesso di forzare la porta della cambusa. Pertanto tornai sopra pieno di disperazione.

Ormai sembrava impossibile nutrire altre speranze e io potevo capire, dall'aspetto dei miei compagni, che si erano rassegnati all'idea di morire. Il vino aveva evidentemente prodotto in loro una specie di delirio, che forse io avevo evitato, con le immersioni compiute dopo aver bevuto. Parlavano in modo incoerente di cose che non avevano nulla a che vedere con la nostra situazione, e Peters non si stancava di rivolgermi domande su Nantucket. Augustus anche, ricordo, mi si accostò con un'aria seria e mi pregò di prestargli il mio pettine tascabile, perché aveva i capelli pieni di scaglie di pesce, che desiderava rimuovere prima di sbarcare. Parker sembrava un po' meno turbato e mi esortò e tuffarmi nella cabina, per portare su qualsiasi oggetto che mi fosse capitato sottomano. Accondiscesi alla sua proposta e, dopo essere stato immerso un minuto intero, portai a galla una valigetta di cuoio, che apparteneva al capitano Barnard. L'aprimmo immediatamente, con la tenue speranza che potesse contenere qualcosa da mangiare, ma non ci trovammo che una scatola di rasoi e due camicie di lino. Una seconda volta mi tuffai, ma tornai senza nulla. Quando emersi con la testa dall'acqua udii un rumore sul ponte e, salendo, m'accorsi che i miei compagni avevano egoisticamente sfruttato la mia assenza per bere il resto del vino, lasciando poi cadere la bottiglia, quando avevano tentato di rimetterla a posto prima che li vedessi. Li rimproverai allora di questa mancanza di cuore e Augustus scoppiò a piangere. Gli altri due cercarono di volgere in burletta la cosa, come si trattasse di uno scherzo, ma io mi auguro di non dover mai più assistere a risate del genere: il volto era contorto e sconvolto da smorfie paurose. Infatti era ormai evidente che lo stimolo alcoolico, agendo su degli stomachi vuoti, aveva avuto effetto immediato e violento e che tutti si trovavano completamente ubriachi. Con grande difficoltà riuscii a persuaderli a stendersi sul ponte: quelli piombarono subito in un sonno profondo e si misero a russare sonoramente.

Allora mi trovai, in un certo senso, tutto solo sul brigantino e le mie riflessioni, per dire la verità, furono di natura piuttosto melanconica. Il futuro nulla pareva più offrirci, se non una lenta morte per fame, a meno che non ci uccidesse la prossima burrasca che ci avesse colti, perché nello stato d'esaurimento in cui ci trovavamo, non avremmo certo potuto sopravvivere.

Il morso della fame, che adesso avvertivo, era quasi insopportabile e capii che sarei stato capace di tutto, pur di calmarlo. Con il temperino tagliai un piccolo pezzo dal cuoio della valigia e cercai di mangiarlo, ma non fui in grado di inghiottirne neppure un boccone, sebbene mi paresse che un qualche lieve sollievo alle mie sofferenze potessi ottenerlo, masticando quei pezzettini di cuoio per poi sputarli via. Verso sera i miei compagni si svegliarono uno dopo l'altro, ognuno in un indescrivibile stato di debolezza e di delirio, prodotti dal vino, i fumi del quale erano ormai svaporati. Tremavano violentemente, come colti da un tremendo accesso febbrile, ed esalavano i più lamentevoli gemiti, invocando un sorso d'acqua. La loro condizione mi afflisse sinceramente, anche se dovevo rallegrarmi della fortunata concatenazione di eventi, che mi aveva impedito di bere troppo vino e, conseguentemente, di condividere le loro sensazioni così melanconiche e dolorose. Tuttavia la loro condotta mi procurò grande inquietudine e timore perché era evidente che, finché non fossero intervenuti mutamenti favorevoli, non m'avrebbero potuto offrire alcuna assistenza nei tentativi che intendevo compiere per la comune salvezza. Non avevo ancora abbandonato ogni idea di poter trovare qualcosa nel quadrato, ma non avrei potuto rinnovare le immersioni finché uno di loro non fosse stato in grado di aiutarmi, reggendo il capo della corda che legava colui che si tuffava. Sembrava che Parker fosse un po' più in sé degli altri, e io cercai con ogni mezzo in mio potere di destarlo completamente. Pensando che un tuffo nell'acqua marina avrebbe sortito risultati benefici riuscii a legargli la corda intorno al corpo e poi, conducendolo verso la scaletta (egli lasciava fare, completamente passivo) lo spinsi dentro con un urtone e lo tirai immediatamente su. Non tardai a congratularmi d'aver compiuto questo esperimento, perché mi parve molto rinfrescato e rinvigorito e quando uscì mi chiese, in tono perfettamente calmo e ragionevole, perché mai avessi fatto così. Come gli ebbi spiegato il fine che mi ero proposto, egli mi espresse la sua gratitudine e disse che dopo l'immersione si sentiva assai meglio, e in seguito si mise a discorrere assennatamente della nostra situazione. Decidemmo allora di sottoporre anche Augustus e Peters alla stessa cura e ambedue provarono immediato beneficio dal trattamento che avevano ricevuto. Questa idea di un improvviso tuffo nell'acqua mi era stata suggerita dall'aver letto in qualche opera di medicina, degli ottimi effetti che una doccia ottiene con un paziente che soffra di *delirium tremens*.

Accorgendomi che ormai potevo aver fiducia nei miei compagni, che erano in grado di reggere il capo della fune, mi tuffai altre tre o quattro volte, sebbene ormai fosse completamente buio e lo scafo non più tanto tranquillo per via di un leggero mare lungo che giungeva da nord. Durante questi tentativi riuscii a pescare due coltellacci, un orcio di tre galloni, purtroppo vuoto, e una coperta, ma nulla che potesse servirci da cibo. Dopo aver recuperato questi oggetti continuai i miei sforzi finché non mi sentii completamente esausto, ma non trovai altro. Durante la notte Parker e Peters rinnovarono i tentativi, senza alcun successo, e infine smisero, persuasi che, così facendo, non avrebbero sortito altro effetto se non di stancarsi inutilmente.

Passammo il resto di quella notte in uno stato di così intensa angoscia mentale e fisica da non potersi immaginare. Finalmente spuntò l'alba del 16 e noi scrutammo ansiosi l'orizzonte, sperando di trovare qualcosa, ma inutilmente. Il mare era sempre tranquillo, tranne per quelle onde lunghe da nord, che già avevamo avuto la vigilia. Era ormai da cinque giorni che non assaggiavamo né cibo né bevanda, ad eccezione di quella bottiglia di porto, ed era evidente che non avremmo potuto continuare molto più a lungo, se non fossimo stati in grado di procurarci qualcosa. Non avevo mai visto prima, e non desidero mai più vedere un'altra volta, esseri umani così completamente emaciati come Peters e Augustus. Li avessi incontrati in tali condizioni a riva, non avrei avuto il minimo dubbio di non averli mai visti prima. Il loro aspetto era completamente mutato, così che non riuscivo a credere che fossero gli stessi individui coi quali mi ero intrattenuto anche solo pochi giorni prima. Parker, sebbene anche lui assai malconcio, e così debole da non riuscire a sollevare la testa dal petto, non si trovava nelle condizioni degli altri due. Soffriva con grande pazienza, non si lamentava mai, e cercava di infondere in noi una qualche speranza, ricorrendo a ogni mezzo immaginabile. In quanto a me, sebbene all'inizio del viaggio mi fossi trovato in condizioni tutt'altro che buone, e fossi sempre stato di costituzione delicata, soffrivo assai meno degli altri ed ero meno dimagrito. Ero rimasto padrone, in grado sorprendente, delle mie facoltà mentali, mentre gli altri apparivano completamente prostrati, sembravano ritornati a una specie di seconda infanzia, si rivolgevano dei sorrisi da scemi e borbottavano le più strampalate sciocchezze. Tuttavia, a intervalli, sembrava che improvvisamente si rianimassero, come richiamati alla coscienza delle loro condizioni, e allora balzavano in piedi in un momentaneo lampo di vigore, e per breve tempo parlavano della loro situazione in modo completamente razionale, sebbene sempre disperato. Tuttavia è più che possibile che i miei compagni avessero della loro condizione la stessa opinione che io avevo della mia e che, senza accorgermene, abbia anch'io compiuto le loro stesse sciocchezze, – essendo questa una cosa che non sono mai stato in grado di appurare.

Verso mezzogiorno Parker dichiarò d'avvistare terra a babordo e fu con la massima difficoltà che riuscii a impedirgli di tuffarsi in mare, avendo l'intenzione di raggiungerla a nuoto. Peters e Augustus prestarono scarsa attenzione a ciò che egli diceva, essendo evidentemente immersi in cupe meditazioni. Quando guardai nella direzione che egli indicava non riuscii a scorgere neppure un sospetto di terra, infatti ero ben conscio che ci trovavamo troppo lontani da qualsiasi terra, per poterci abbandonare a speranze del genere. Tuttavia mi ci volle del bello e del buono per convincere Parker del suo errore. Egli allora scoppiò in singhiozzi piangendo come un bambino, e continuò a urlare e singhiozzare per due o tre ore, finché non cadde, completamente esausto, in un sonno profondo.

Peters e Augustus compirono allora parecchi inutili tentativi di inghiottire qualche pezzetto di cuoio. Io consigliai loro di masticarlo e sputarlo via, ma essi erano troppo sfibrati per poter seguire il mio suggerimento. Di tratto in tratto continuavo a masticarne qualche pezzetto e, così facendo, ne derivavo un qualche sollievo; il mio tormento più insostenibile era la sete e riuscivo a non bere un sorso d'acqua marina soltanto ricordando le orribili conseguenze toccate ad altri, che, trovandosi nelle nostre medesime condizioni, ne avevano bevuto.

Il giorno trascorse in questo modo, quando improvvisamente scoprii una vela in direzione di levante, a babordo della prua. Sembrava trattarsi di un grosso bastimento, che seguiva una rotta perpendicolare alla nostra e si trovava allora probabilmente alla distanza di dodici o quindici miglia. Nessuno dei miei compagni l'aveva ancora avvistata e io, per il momento, evitai di informarli, temendo che dovessimo nuovamente subire una qualche delusione. Finalmente, come si fu ancora accostata, vidi chiaramente che si dirigeva verso di noi, con le vele leggere spiegate al vento. Allora non seppi continuare a tacere e la indicai ai miei compagni di pena. Essi immediatamente balzarono in piedi, abbandonandosi di nuovo alle più stravaganti dimostrazioni di gioia: piangevano, ridevano come degli idioti, facevano dei salti, picchiavano i piedi sul ponte, si strappavano i capelli e alternavano preghiere e bestemmie. Rimasi tanto colpito dal loro contegno, così come da ciò che ormai consideravo certa salvezza, che non potei non partecipare alle loro folli manifestazioni e sfogai gli impulsi della mia gratitudine e gioia rotolandomi sul ponte, battendo le mani, urlando, e compiendo altri simili atti, finché improvvisamente non rientrai in me e di bel nuovo mi trovai immerso nella più estrema miseria e disperazione, accorgendomi che il vascello ormai ci presentava la poppa e, invertita la rotta, si muoveva in una direzione quasi opposta a quella che seguiva quando l'avevo, per la prima volta, avvistato.

Mi occorse un certo tempo prima di riuscire a persuadere i miei poveri compagni di questa tragica catastrofe delle nostre speranze. Essi rispondevano a tutte le mie affermazioni con degli sguardi e dei gesti che volevano farmi capire che non si sarebbero lasciati ingannare dalle mie menzogne. Ma fu il comportamento di Augustus quello che più mi colpì. Malgrado tutto ciò che potevo dire o fare in contrario, egli continuava a sostenere che il vascello stava avvicinandosi e si preparava a salirvi a bordo. Sosteneva che alcune alghe marine, che galleggiavano presso il brigantino, erano la scialuppa di quel bastimento e voleva saltarvi dentro, urlando e gemendo nel modo più straziante che si potesse immaginare, tanto che dovetti usare la forza per impedirgli di porre in atto il suo proposito.

Quando infine ci fummo un po' calmati, continuammo a osservare il bastimento finché non scomparve del tutto nella foschia portata da una brezza leggera. Non appena fu scomparso, Parker si voltò improvvisamente verso di me, con un'espressione sul volto che mi fece rabbrividire. C'era un'aria di sicurezza che non avevo mai notato, e prima ancora che aprisse le labbra il mio cuore già presagiva ciò che m'avrebbe detto. Infatti, in poche parole propose che uno di noi dovesse sacrificarsi perché gli altri potessero sopravvivere.

CAPITOLO DODICESIMO

Già da un po' di tempo mi ero soffermato a considerare la possibilità di ridurci a tale orribile ed estrema condizione e avevo segretamente deciso di sopportare la morte in ogni sua forma, in qualsiasi circostanza piuttosto che ricorrere ad una scelta simile. Né quella mia decisione era stata in alcun grado indebolita dalla presente intensità di fame che mi straziava. La proposta non era stata udita né da Peters né da Augustus. Pertanto trassi Parker in disparte e, rivolgendo mentalmente una preghiera a Dio, che mi infondesse la capacità di dissuaderlo da così orrendo proposito, discussi a lungo con lui e a lungo lo supplicai, pregandolo, nel nome di tutto ciò che considerava sacro, e adducendo ogni possibile argomento che la terribile situazione poteva permettere, perché volesse abbandonare tale idea e neppure menzionarla a nessuno degli altri due.

Egli prestò ascolto a tutto ciò che gli dissi, senza neppur tentare di ribattere alcuno dei miei argomenti, tanto che cominciavo a sperare d'essere riuscito a dissuaderlo. Ma avevo appena cessato di parlare, quand'egli mi rispose che sapeva benissimo come tutto ciò che avevo detto era vero, e che ricorrere a tale metodo era la più orribile alternativa che potesse presentarsi al cuore di un uomo, ma che egli ormai aveva resistito quanto gli era umanamente consentito, che non era necessario che tutti dovessero morire, quando era possibile e anzi probabile che la morte di uno salvasse la vita di tutti gli altri, soggiungendo infine che potevo risparmiarmi la fatica di tentare di smuoverlo dai suoi propositi, perché era giunto a questa conclusione anche prima che fosse comparso il vascello, e solo la vista di quelle vele gli aveva impedito di manifestare allora la sua intenzione.

A questo punto lo supplicai che, se proprio non voleva desistere dal suo proposito, almeno lo procrastinasse di un giorno, durante il quale avremmo forse potuto ricevere soccorso da qualche altro vascello, ripetendo tutti gli argomenti che riuscivo a trovare e che pensavo avrebbero potuto sortire qualche effetto su una natura rozza come la sua. Ma egli mi rispose che la sua pazienza era ormai allo stremo, che non sarebbe riuscito a vivere un'altra ora senza un qualche nutrimento e che perciò, se avesse atteso anche un solo giorno, la sua proposta, almeno per quanto lo concerneva personalmente, sarebbe giunta troppo tardi.

Visto che era irremovibile e a nulla riuscivo con le buone, assunsi allora un tono diverso, dicendogli di porre mente al fatto che io avevo sofferto meno degli altri per le calamità che ci erano toccate, che di conseguenza la mia salute e la mia vigoria erano in quel momento ben superiori alla sua o a quella di Peters o di Augustus, in breve che ero in grado di poter imporre la mia volontà con la forza, se fosse stato necessario, e che se egli avesse mai cercato in alcun modo di informare gli altri dei suoi nefandi propositi cannibaleschi, non avrei esitato un momento a buttarlo a mare. A queste parole egli mi saltò alla gola e, estraendo un pugnale, compì parecchi inutili tentativi di piantarmelo nello stomaco. Atrocità che non fu in grado di compiere, esclusivamente per la sua eccessiva debolezza. Io allora, sconvolto dall'ira, lo trassi sino all'orlo del ponte, con ogni intenzione di buttarlo in mare. Ma tale fine gli fu risparmiata dall'intervento di Peters che, a questo punto, si accostò e ci separò, chiedendoci quale fosse il motivo della disputa. E Parker, prima che avessi avuto modo di prevenirlo, glielo espose.

L'effetto delle sue parole fu anche più terribile di quanto avessi potuto prevedere. Tanto Augustus che Peters, i quali, sembra, da lungo intrattenevano segretamente quella stessa nefanda idea, che Parker si era limitato a essere il primo a formulare, gli diedero pienamente ragione e insistettero perché venisse posta in atto immediatamente. Io avevo immaginato che almeno uno dei due avrebbe posseduto ancora sufficiente integrità mentale da prendere le mie parti e aiutarmi a ostacolare il tentativo di tradurre in atto così tremendo proposito, e speravo che, con il suo aiuto, sarei riuscito a impormi. Ma, deluso in questa mia aspettativa, mi fu giocoforza badare alla mia salvezza, dato che un'ulteriore resistenza da parte mia con ogni possibilità avrebbe potuto essere considerata, da uomini che si trovavano in così terribili frangenti, come una scusa sufficiente per rifiutarmi uguali probabilità di salvezza, nella tragedia che, ben sapevo, si sarebbe rapidamente attuata.

Mi dichiarai, pertanto, disposto ad accettare anch'io la proposta, chiedendo soltanto la dilazione di circa un'ora, nella speranza che sollevandosi il velo di nebbia che ci avvolgeva fossimo in grado di sincerarci che all'orizzonte non si scorgeva più il vascello avvistato il giorno avanti. Con grande difficoltà li indussi infine a promettermi di attendere quel tempo e, come avevo previsto, la nebbia (per una brezza che si mise rapidamente a soffiare) si sollevò prima che quell'ora fosse trascorsa. Non scorgendo vascello alcuno, ci preparammo a tirare a sorte.

È con estrema riluttanza che m'accingo a narrare la feroce scena che seguì, una scena che, in tutti i suoi minuti particolari, nessun evento successivo è mai stato in grado di cancellare, sia pur parzialmente, dalla mia memoria, e il cui tremendo ricordo amareggerà ogni futuro momento della mia esistenza. Mi sia, pertanto, permesso di accennare a questa parte del racconto con la massima rapidità consentita dalla natura degli eventi che sto per descrivere. L'unico metodo che potemmo immaginare per questa terribile lotteria, alla quale ognuno di noi doveva partecipare, fu di tirare a sorte le paglie. A tale scopo preparammo quattro minuscole schegge di legno, e fu convenuto che le avrei tenute in mano io. Mi ritirai pertanto su una delle estremità del ponte, mentre i miei poveri compagni attendevano silenziosi all'altro lato, dandomi la schiena. La più straziante ansietà che io sopportai, in qualsiasi fase di questo terribile dramma, mi colse mentre ero occupato a sistemare le schegge. Ben poche sono le situazioni in cui un uomo possa trovarsi, senza sentire un profondo interesse per la conservazione della propria esistenza, interesse che aumenta a mano a mano che diviene più fragile il filo da cui tale esistenza dipende. Ma ora che la natura precisa, ineluttabile, severa dell'affare nel quale mi trovavo ingaggiato (così diverso dal tumultuoso pericolo della burrasca o dal lento e progressivo orrore della fame) mi permise di riflettere alle poche probabilità che avevo di evitare la più terribile delle morti per il più spaventoso degli scopi, ogni particella di quella energia, che così a lungo mi aveva sorretto, si allontanò, come una piuma rapita dal vento, lasciandomi inerme alla mercé del più abietto e pauroso terrore. A tutta prima non riuscii neppure a trovare la forza sufficiente per staccare e mettere insieme quei piccoli frammenti di legno, dato che le mie dita si rifiutavano di compiere il loro dovere e le ginocchia battevano violentemente l'una contro l'altra. La mente mi corse rapida per mille assurdi progetti, che mi permettessero di esimermi da quel tremendo gioco. Pensai di buttarmi in ginocchio davanti ai miei compagni e di supplicarli che mi lasciassero fuori; oppure di precipitarmi improvvisamente su loro e, uccidendone uno, rendere così inutile la macabra lotteria; in breve pensai a tutto, tranne che ad eseguire quanto dovevo. Infine, dopo aver sprecato un lungo tempo in questa imbelle indecisione, venni richiamato alla realtà della situazione dalla voce di Parker, che mi esortava a sollevarli al più presto dalla terribile inquietudine che li travagliava. Neppure allora ebbi la forza di disporre immediatamente le schegge di legno, ma pensai a qualche trucco col quale ingannare qualcuno dei miei compagni di pena e fargli estrarre la scheggia più corta, dato che si era deciso che chi avesse estratto la più breve delle quattro sarebbe morto per la comune salvezza. Ma chi pensi di condannarmi per questa apparente crudeltà cerchi prima di immaginare se stesso in una situazione simile alla mia.

Finalmente, essendo impossibile tardare oltre, col cuore che quasi mi balzava dal petto, avanzai verso il cassero, dove i miei compagni erano rimasti in attesa. Porsi la mano dove erano le schegge e Peters ne estrasse subito una. Era libero: la sua, ad ogni modo, non era la più corta, e io mi ritrovavo con una probabilità in meno. Mi feci forza e presentai le schegge ad Augustus. Anch'egli ne tirò subito una, e anche lui era libero. Adesso le mie probabilità di vita e morte erano esattamente pari. In questo momento mi sentii il cuore invaso dalla ferocia di una tigre e avvertii, nei confronti di Parker, un mio simile, un mio compagno di pena, l'odio più intenso e diabolico. Ma questo sentimento non durò a lungo: con un brivido convulso, chiudendo gli occhi, gli porsi le due schegge che rimanevano. Trascorsero cinque minuti buoni prima che egli avesse la forza di estrarne una, durante il quale periodo di spasimante sospensione, neppure un istante aprii gli occhi. Finalmente quello estrasse rapido una delle due schegge. Ormai la decisione era stata presa, ma io ignoravo se favorevole o avversa. Nessuno parlava, e tuttavia io non osavo uscire da quell'incertezza, guardando la scheggia che mi era rimasta. Peters infine mi prese per mano, mi obbligò a guardare e immediatamente mi accorsi, dall'aspetto di Parker, che io ero salvo e lui il condannato. Ansimante, col cuore in gola, caddi inerte sul ponte.

Rinvenni in tempo per assistere alla consumazione della tragedia, che si era risolta nella morte di colui che ne era stato il primo responsabile. Non oppose alcuna resistenza e, pugnalato alla schiena da Peters, spirò sull'istante. Non occorre m'attardi sul pauroso pasto che seguì. Spettacoli simili possono essere immaginati, ma nessuna parola avrà mai la forza di trasmettere tutto l'orrore della realtà. Basti dire che, avendo in qualche misura appagato la terribile sete che ci ardeva bevendo il sangue della vittima, e avendo per comune consenso staccato mani piedi e testa, buttandoli in mare con le viscere, divorammo il resto del corpo durante i quattro per sempre memorabili giorni del 17, 18, 19 e 20 del mese.

Il 19 cadde un violento acquazzone, che durò quindici o venti minuti, e noi riuscimmo a raccogliere un po' d'acqua per mezzo di un lenzuolo che era stato con la draga pescato in cabina, poco dopo la burrasca. La quantità che riuscimmo a raccogliere non ammontava a più di mezzo gallone, ma anche questa scarsa provvista ci impartì un po' di forza e speranza.

Il 21 ci trovammo nuovamente ridotti alla estrema miseria. Il tempo si manteneva caldo e piacevole, con fugaci nebbie e leggere brezze, che generalmente soffiavano da nord verso ovest.

Il 22, mentre ce ne stavamo seduti gli uni accanto agli altri, cupamente riandando le nostre lamentevoli condizioni, improvvisamente mi balenò per la mente un'idea, che accese in me un vivido raggio di speranza. Ricordai che, quando avevamo tagliato l'albero di trinchetto, Peters, che si trovava presso i raggisartie a sopravvento, m'aveva passato l'ascia, dicendomi di collocarla, se possibile, in un posto sicuro e che pochi momenti prima che l'ultima violenta ondata investisse il brigantino e lo riempisse d'acqua, io avevo portato quest'ascia nel cassero e l'avevo buttata in una delle cuccette di babordo. Ora mi venne in mente che, se avessi potuto recuperare quell'ascia, forse saremmo stati in grado di praticare un'apertura sul ponte in direzione della cambusa, e avremmo così potuto facilmente procurarci qualche provvista.

Quando comunicai questo disegno ai miei compagni, essi emisero un fievole grido di gioia, e tutti ci avviammo subito verso il cassero. Era assai più difficile scendere qui che non nella cabina, per via dell'apertura assai più piccola. Si ricorderà, inoltre, che l'intera struttura attorno alla tuga della cabina era stata spazzata via, mentre l'ingresso al cassero, essendo un semplice boccaporto di circa tre piedi quadrati, era rimasto intatto. Tuttavia non esitai a tentare e, dopo che mi venne, come prima, fissata una corda al corpo, mi tuffai arditamente, scendendo coi piedi avanti, e mi avviai rapido verso la cuccia, e in quella prima immersione riuscii a recuperare l'ascia. Questo ritrovamento venne salutato con grida di entusiastica gioia, e la facilità con cui l'ascia era stata recuperata venne considerata come di buon auspicio per l'esito finale delle nostre peripezie.

Cominciammo subito a tagliare il ponte, con tutta l'energia di una rinnovata speranza, dandoci il turno Peters e io, perché il braccio ferito di Augustus gli impediva di porgerci alcun aiuto. Siccome eravamo così deboli da riuscire a stento a tenerci in piedi, e di conseguenza non potevamo lavorare che un minuto o due senza riposare, divenne ben presto evidente che ci sarebbero occorse delle lunghe ore per compiere il lavoro, e precisamente per praticare un'apertura larga tanto da permetterci di raggiungere la cambusa. Questa considerazione tuttavia non ci scoraggiò e, lavorando tutta la notte al lume della luna, riuscimmo a ultimare il lavoro all'alba del 23.

Peters si offrì di scendere e, lui, adesso, avendo preso le precauzioni di prima, si lasciò andar giù e ben presto tornò portando un piccolo vaso che, con nostra grande gioia, trovammo pieno di olive. Avendole divise tra noi e avendole mangiate con grandissima avidità, lo assistemmo nella sua seconda immersione. Questa volta ottenne un successo superiore ad ogni nostra aspettativa, perché tornò subito con un grosso prosciutto e una bottiglia di Madera. Del vino non bevemmo che un piccolo sorso, avendo imparato per esperienza a conoscere le perniciose conseguenze che derivano dal berne troppo. Il prosciutto, tranne circa due libbre intorno all'osso, non era più commestibile, essendo stato completamente rovinato dall'acqua di mare. La parte buona la dividemmo in tre. Peters e Augustus, che non erano in grado di moderare il loro appetito, divorarono la loro porzione sull'istante; io fui più cauto e non ne mangiai che un poco, temendo la sete che avrebbe potuto procurarmi. A questo punto ci riposammo alquanto, perché le nostre fatiche erano state eccessivamente dure.

A mezzogiorno, sentendoci un poco rimessi in forze, riprendemmo la nostra pesca delle provviste. Peters e io scendevamo a turno e così continuammo, con maggiore o minore successo sino al tramonto. Durante questo periodo si ebbe la fortuna di ricuperare altri piccoli vasi di olive, un altro prosciutto, una damigiana che conteneva circa tre galloni di eccellente Madera del Capo e, ciò che ci procurò gioia anche maggiore, una piccola tartaruga delle Galapagos, parecchie delle quali il capitano Barnard, poco prima di salpare, aveva preso a bordo del *Grampus* dalla goletta *Mary Pitts*, che rientrava allora dalla pesca delle balene nel Pacifico.

Nel corso di questa mia narrazione avrò frequente occasione di menzionare questa specie di tartarughe. Come la maggior parte dei miei lettori sanno, esse si trovano principalmente in un gruppo di isole chiamate Galapagos, le quali derivano appunto il loro nome da quest'animale, dato che in spagnolo *galapago* significa tartaruga d'acqua dolce. Per le caratteristiche della loro forma e del comportamento sono state spesso chiamate tartarughe-elefante, e sovente se ne trovano di enormi. Io stesso ne ho viste parecchie che pesavano dalle mille e due alle millecinquecento libbre, sebbene non ricordi alcun viaggiatore che dichiari di averne mai trovate che pesassero più di ottocento libbre. Il loro aspetto è singolare e anche repellente. Camminano a passi lenti, misurati e pesanti, sollevando il corpo da terra di circa un piede. Hanno un collo lungo e stranamente esile; diciotto pollici o due piedi è la lunghezza media, e io ne uccisi una che misurava, dalla spalla all'estremità della testa, non meno di tre piedi e dieci pollici. La testa ha un'impressionante rassomiglianza con quella di un serpente. Possono vivere senza cibo per un tempo quasi incredibile; in certi casi se ne sono trovate alcune che, dopo essere rimaste nella cala di un vascello per ben due anni, senza nutrimento di alcun genere, erano ancora grasse, in ottime condizioni, come fossero state catturate allora. Sotto un certo rispetto questi straordinari animali presentano una strana rassomiglianza coi dromedari e i cammelli. In una sacca, che si trova alla base del collo, recano sempre una provvista di acqua. In certi casi, avendole uccise dopo un anno intero, durante il quale non avevano mangiato nulla, si è trovato nelle loro borse non meno di tre galloni di acqua, perfettamente pura e fresca. Si nutrono principalmente di prezzemolo selvatico, sedano, portulaca, cali spinoso e fichi d'India, i quali ultimi sono loro di gran giovamento e si trovano di solito in grande abbondanza sulle colline che circondano le spiagge frequentate da questi animali. Esse forniscono un cibo eccellente e altamente nutritivo e non ho dubbio che migliaia di marinai, ingaggiati nella pesca della balena e in altre consimili imprese nel Pacifico, debbano la vita a queste tartarughe.

Quella che avemmo la buona fortuna di pescare nella cambusa non era molto grossa, pesando probabilmente sessantacinque o settanta libbre. Era una femmina in ottime condizioni, essendo straordinariamente grassa e contenendo nella sua sacca più di un quarto di gallone di acqua limpida e fresca. Questa fu veramente una manna; inginocchiatici, tutti d'accordo rendemmo fervide grazie a Dio, che ci aveva inviato così tempestivamente soccorso.

Fu solo con grande difficoltà che riuscimmo a far passare l'animale per l'apertura, dato che si dibatteva con violenza e che questi animali posseggono una forza prodigiosa. Stava già per scivolare dalle mani di Peters e per tuffarsi in acqua, quando Augustus, passandole un nodo scorsoio al collo, riuscì a trattenerla finché io non ebbi il tempo di balzare nel buco accanto a Peters per aiutarlo a spingerla fuori.

L'acqua la estraemmo accuratamente dalla sacca, facendola colare nell'orcio che, come si ricorderà, avevamo dianzi estratto dalla cabina. Fatto questo rompemmo il collo di una bottiglia, in modo da formare con il tappo una specie di bicchiere, che non conteneva neppure un ottavo di pinta. Poi ognuno di noi ne bevve un bicchiere, e decidemmo di limitarci a questa razione giornaliera, fin quando sarebbe durata.

Durante gli ultimi due o tre giorni il tempo si era sempre mantenuto secco e bello e tanto le lenzuola, pescate in cabina, che i nostri vestiti si erano completamente asciugati, di modo che trascorremmo quella notte (del 23) in relativo benessere, godendoci un tranquillo riposo dopo esserci abbondantemente nutriti di prosciutto e aver bevuto qualche sorso di vino. Timorosi di perdere parte delle nostre provviste durante la notte, nel caso che si levasse una brezza, le assicurammo il meglio che si poté con delle corde ai frammenti dell'arganello. In quanto alla tartaruga che desideravamo conservare viva il più a lungo possibile, la ribaltammo sul dorso e poi la legammo con ogni cura.

CAPITOLO TREDICESIMO

24 luglio. Quella mattina ci svegliammo straordinariamente rianimati e rinvigoriti. Malgrado la pericolosa situazione in cui ci trovavamo, ignari della nostra posizione, sebbene senza dubbio a grande distanza da terra, con cibo che ci sarebbe bastato appena una quindicina di giorni, anche a servircene con la massima parsimonia, e quasi del tutto senz'acqua, alla mercé di ogni vento e di ogni colpo di mare, sul più perduto relitto che immaginar si possa, tuttavia la ben più terribile angoscia e i pericoli dai quali ultimamente eravamo sfuggiti in modo così provvidenziale, ci indussero a considerare le nostre attuali sofferenze come poco più di un ordinario disagio, così relativi son sempre il bene e il male.

All'alba ci preparavamo a rinnovare i nostri tentativi di estrarre qualcosa dalla cambusa, quando sopravvenne un violento acquazzone, accompagnato da fulmini, e noi allora ad altro non badammo che a raccogliere acqua per mezzo del lenzuolo, già prima usato a questo scopo. L'unico mezzo a nostra disposizione era di tendere il lenzuolo, mettendovi nel mezzo uno dei bulloni dei reggisartie. L'acqua, così radunata nel centro, veniva poi versata nel nostro orcio. Eravamo quasi riusciti a riempirlo, quando una violenta raffica, cogliendoci improvvisamente da nord, ci obbligò a desistere, perché lo scafo si mise a rullare con tanta violenza che era impossibile mantenersi in piedi. Ci recammo allora a prua e, essendoci legati con cura ai frammenti dell'arganello, come già si era fatto prima, attendemmo gli eventi con ben maggior calma di quanto si sarebbe potuto immaginare, date le circostanze. Verso mezzogiorno il vento rinfrescò in una brezza, che sarebbe occorso ridurre a due terzaruoli, e di notte si trasformò in una burrasca forte, accompagnata da un mare molto grosso. Ormai ammaestrati dall'esperienza sul modo migliore di sistemare le nostre legature, superammo questa notte così dolorosa in discreta sicurezza, sebbene completamente bagnati, quasi a ogni istante, dal mare, e timorosi, a volte, di venire spazzati via. Fortunatamente il tempo era così caldo che le ondate risultavano abbastanza gradite.

25 luglio. Al mattino la burrasca si era calmata e ridotta a una brezza da appena dieci nodi, e anche il mare si era relativamente calmato, tanto che fummo in grado di restare all'asciutto sopra coperta. Con nostro grande dolore tuttavia trovammo che due giare di olive, così come il prosciutto erano stati spazzati via dal mare, malgrado le cure che avevamo preso per assicurarli bene. Decidemmo di non uccidere ancora la tartaruga e ci accontentammo, per il momento, di sfamarci con poche olive e di bere una misura di acqua, la quale ultima mescolammo a metà col vino, derivandone grande benessere ed energia, senza correre il pericolo di quella fastidiosa ubriachezza, che ci aveva colto dopo aver bevuto il porto puro. Il mare continuava a essere troppo mosso, perché si potesse pensare a rinnovare i tentativi di pescare provviste nella cambusa. Durante il giorno affiorarono parecchi oggetti, che, nelle nostre condizioni, non c'erano di alcuna utilità e che vennero immediatamente portati via dal mare. Osservammo che lo scafo, adesso, sbandava anche più di prima, così che era impossibile rimanere sul ponte se non assicurandoci all'arganello. Di conseguenza trascorremmo un giorno melanconico e piuttosto penoso. A mezzogiorno il sole apparve quasi verticale e noi capimmo che eravamo stati spinti, da una lunga successione di venti, che spiravano sempre da nord e da nord-ovest, sino nelle vicinanze dell'equatore. Verso sera scorgemmo numerosi squali e fummo allarmati dall'audacia di uno di essi, immenso, che puntava su noi. Una volta, quando un colpo di mare sommerse completamente il ponte sott'acqua, quel mostro nuotando si avvicinò a noi, arrestandosi per qualche momento sopra il boccaporto e colpendo Peters violentemente con la coda. Un nuovo colpo di mare lo spinse fuoribordo, con nostro immenso sollievo. Con mare meno grosso avremmo potuto facilmente catturarlo.

26 luglio. Al mattino, il vento essendosi grandemente calmato, e il mare non più così grosso, decidemmo di rinnovare le nostre ricerche nella cambusa. Dopo lunghe e dure fatiche, durate l'intera giornata, ci accorgemmo che nulla più potevamo aspettarci da quella parte perché, durante la notte, le pareti della stanza erano state sfondate e il contenuto era caduto nella stiva. Come è facile immaginare, questa scoperta ci colmò di disperazione.

27 luglio. Mare quasi calmo, con brezza moderata, sempre da nord e da ovest. Il sole, violento nel pomeriggio, ci permise di far asciugare bene i vestiti. Ci fu di grande sollievo alla sete e, in genere, di grande conforto bagnarci in mare, sebbene dovessimo sempre fare grande attenzione per via degli squali, parecchi dei quali continuarono tutto il giorno a nuotare attorno al nostro scafo.

28 luglio. Sempre bel tempo. Il brigantino prese a sbandare in modo così allarmante, che noi tememmo che alla fine potesse capovolgersi. Ci preparammo il meglio possibile a questa eventualità, legando la tartaruga, il vaso dell'acqua, i due restanti vasi di olive quanto più possibile a sopravvento, fuori della murata, proprio sotto i reggisartie. Mare calmo durante tutto il giorno, con poco o punto vento.

29 luglio. Sempre lo stesso tempo, il braccio ferito di Augustus cominciò a rivelare sintomi di cancrena. Si lamentava di sentirsi intorpidito, arso dalla sete, ma non accusava nessun dolore acuto. Nulla si poteva fare per dargli sollievo oltre a massaggiare le ferite con un po' di aceto delle olive, e pareva che egli ne derivasse ben scarso beneficio. Facemmo quant'era in nostro potere per recargli qualche sollievo e gli triplicammo la razione d'acqua.

30 luglio. Giorno eccessivamente caldo, senza vento. Un enorme squalo si mantenne accanto allo scafo durante l'intero pomeriggio. Compimmo parecchi inutili tentativi di catturarlo mediante un nodo scorsoio. Augustus molto peggiorato, evidentemente prossimo alla fine, sia per mancanza di nutrimento adatto, che per effetto delle sue ferite, non fece che pregare che lo liberassimo dalle sue sofferenze, null'altro più augurandosi se non di morir presto. Alla sera mangiammo le ultime olive e trovammo l'acqua nell'orcio così putrida, che non fummo in grado di berla senza mescolarvi del vino. Decidemmo di uccidere la tartaruga il giorno dopo.

31 luglio. Dopo una notte eccessivamente inquieta e faticosa, data la posizione dello scafo, ci disponemmo a uccidere e a trinciare la tartaruga. Ci accorgemmo che era molto più piccola di quanto si era supposto, sebbene in ottime condizioni: la carne, complessivamente, non ammontava a più di dieci libbre. Volendo conservarne una parte, quanto più a lungo fosse possibile, la tagliammo in fette sottili e ne riempimmo i tre vasi di olive e una bottiglia di vino (recipienti tutti che avevamo conservato), versandoci sopra l'aceto delle olive. In questo modo riuscimmo a metter da parte circa tre libbre di tartaruga, con l'intenzione di non toccarle finché non avessimo consumato il resto. Decidemmo di limitarci a circa quattro once di carne al giorno, in modo che ci potesse durare tredici giorni. Verso il tramonto sopravvenne un violento acquazzone con tuoni e lampi, ma durò tanto poco che non riuscimmo che a raccogliere mezza pinta d'acqua. Quest'acqua, per comune consenso, venne data tutta ad Augustus, che sembrava ormai giunto allo stremo. Bevve l'acqua direttamente dal lenzuolo, a mano a mano che si raccoglieva (era steso sul ponte e noi reggevamo il lenzuolo in modo che l'acqua gli colasse in bocca) perché ormai non avevamo più nessun recipiente libero, a meno che non si decidesse di versare il vino dalla damigiana o l'acqua putrida dall'orcio. Avremmo fatto ricorso all'uno o all'altro di questi espedienti, se l'acquazzone fosse durato.

Il malato parve derivare ben scarso beneficio dalle sorsate d'acqua. Il braccio era completamente nero dal polso alla spalla, i piedi gelati come pezzi di ghiaccio. Ci attendevamo di vederlo spirare da un momento all'altro. Era terribilmente emaciato, tanto che, sebbene pesasse centoventisette libbre quando era partito da Nantucket, adesso non ne pesava più di *quaranta o cinquanta al massimo*. Aveva gli occhi così infossati che si riusciva a malapena a scorgerli, e la pelle delle guance pendeva così floscia che solo a prezzo di grandi difficoltà riusciva a masticare qualche boccone e a bere qualche sorsata d'acqua.

1 agosto. Sempre lo stesso tempo tranquillo, con un sole terribilmente caldo. Soffrimmo in modo eccessivo la sete, perché l'acqua raccolta nell'orcio era diventata putrida e formicolava di vermi. Riuscimmo tuttavia a ingoiarne una parte, mescolandola col vino, ma ciò non valse che a mitigare appena la sete. Maggior sollievo si provava bagnandosi nel mare, ma non potevamo ricorrere a questo espediente se non a lunghi intervalli, data la continua presenza degli squali. Ci accorgemmo ormai, senza possibilità di illusioni, che Augustus non si sarebbe salvato, che era ormai prossimo a morire. E non eravamo in grado di far nulla per mitigare le sue sofferenze, che apparivano acerbe. Verso mezzogiorno spirò fra violente convulsioni; da parecchie ore non aveva più proferito sillaba. La sua morte ci riempì dei più cupi presentimenti ed ebbe un così violento effetto su noi, che rimanemmo immobili tutto il giorno accanto al cadavere, e non osavamo più rivolgerci la parola, se non sussurrando. Solo alquanto dopo che fu calata la notte riuscimmo ad avere il coraggio di alzarci in piedi per buttare il cadavere in mare. Era ormai ripugnante in modo da non si dire, e così putrefatto che quando Peters cercò di sollevarlo, una gamba si staccò dal cadavere. Quando quella massa di carne fradicia scivolò in mare, lungo il fianco del vascello, l'alone fosforescente che la circondò ci rivelò chiaramente sette o otto grossi squali, che si strappavano la preda facendo scricchiolare le feroci mascelle. Quel rumore, che si sarebbe potuto udire dalla distanza di un miglio, era così tremendo, che ci agghiacciò fino al midollo.

2 agosto. Calma piatta come al solito e temperatura opprimente. L'alba ci trovò in uno stato di miserevole abbattimento e di prostrazione fisica. L'acqua nell'orcio era ormai assolutamente inutile, una massa gelatinosa, un fango solcato da vermi d'aspetto repellente. Vuotammo l'orcio e lo lavammo accuratamente nel mare e poi ci versammo un po' d'aceto dalle bottiglie dove avevamo messo in conserva la carne della tartaruga. Non eravamo quasi più in grado di sopportare la sete, e cercammo inutilmente di mitigarla bevendo vino, che sembrava aggiungere alimento alla fiamma che ci consumava e produsse in noi una paurosa ubriachezza. Più tardi cercammo di alleviare le nostre sofferenze mescolando al vino acqua di mare, ma questo produsse immediatamente vomiti così violenti, che dovemmo rinunziarvi. Durante tutto il giorno spiammo ansiosi la possibilità di bagnarci, ma inutilmente, perché lo scafo era ormai ovunque circondato da squali, senza dubbio gli stessi mostri che avevano divorato la sera prima il nostro infelice compagno e si aspettavano, da un momento all'altro, un nuovo banchetto del genere. Questa circostanza produsse in noi il più vivo rimpianto e ci colmò di amari e malinconici presentimenti. Avevamo provato un vero sollievo a bagnarci; vedercene privati in un modo così tremendo era più di quanto ci sentivamo di sopportare. Né d'altra parte eravamo completamente al riparo da un pericolo immediato, perché, fossimo scivolati o avessimo compiuto un movimento sbagliato, ci saremmo immediatamente trovati fra le fauci di quei voraci pesci, che frequentemente si slanciavano su noi nuotando sotto vento. Era inutile gridare o cercare di compiere qualche gesto per allarmarli. Uno dei più grossi, anche quando fu ferito dall'ascia di Peters, continuò i suoi tentativi per raggiungerci. Verso il tramonto apparve una nube, ma, con nostro estremo dolore, ci passò sopra senza scaricarsi. Credo sia impossibile immaginare quanto patimmo, in quel periodo, a causa della sete. La notte non riuscimmo a dormire, sia a causa della sete che per paura degli squali.

3 agosto. Nessuna speranza di salvezza, il brigantino sbandava sempre più, tanto che era impossibile stare in piedi sul ponte. Ci occupammo di mettere al sicuro il vino e la carne di tartaruga in modo da non doverli perdere nel caso che lo scafo si ribaltasse. Estraemmo due robusti arpioni dai reggisartie e con l'ascia li piantammo nello scafo sopravvento, alla distanza di un paio di piedi dall'acqua, punto che non era molto lontano dalla chiglia, dato che eravamo quasi completamente piegati su un fianco. A questi arpioni assicurammo ora le nostre provvigioni, che si trovarono assai più al sicuro che non nella loro precedente posizione, sotto i reggisartie. Tutto il giorno continuò la nostra agonia, per via della sete, senza la possibilità di bagnarci, a motivo degli squali che non ci lasciavano un *istante. Ci fu impossibile chiudere occhio*.

4 agosto. Poco prima dell'alba ci accorgemmo che il brigantino stava per capovolgersi e ci tenemmo pronti, per non venire buttati in mare da un momento all'altro. All'inizio il movimento fu lento e graduale, e noi cercammo di arrampicarci per il fianco sovrapposto, avendo preso la precauzione di attaccare delle corde agli arpioni, cui avevamo assicurato le nostre provvigioni. Ma non avevamo preso in debita considerazione l'accelerazione del movimento, che improvvisamente divenne così violento da non permetterci di procedere di pari passo, e prima ancora che ci accorgessimo di ciò che stava capitando, ci trovammo scagliati violentemente in mare, a dibatterci parecchie braccia sotto la superficie, con l'enorme scafo capovolto proprio su di noi.

Nel cadere in mare avevo dovuto lasciare andare la corda cui ero attaccato. Accortomi che mi trovavo completamente sotto il vascello, e sentendomi venir meno le forze, non compii quasi alcuno sforzo per salvarmi e in pochi secondi mi rassegnai a morire. Ma mi ero ingannato, non avendo preso in considerazione il naturale contraccolpo dello scafo verso sopravvento. Il turbinio dell'acqua verso l'alto, che il vascello aveva prodotto nel voltarsi parzialmente all'indietro, mi portò alla superficie con violenza anche maggiore di quella che mi aveva spinto sott'acqua. Quando emersi mi trovai a circa venti iarde dallo scafo, almeno a quanto potevo giudicare. Lo scafo fluttuava con la chiglia capovolta, rullava violentemente da un lato all'altro, e il mare attorno era molto agitato in ogni direzione e sconvolto da pericolosi vortici. Di Peters manco l'ombra. Un barile da olio fluttuava a pochi piedi da me e vari altri oggetti del brigantino erano sparsi ovunque.

La mia principale preoccupazione erano gli squali, che sapevo trovarsi nelle vicinanze. Per spaventarli, e se possibile impedire che mi si accostassero, mi misi a picchiare vigorosamente sull'acqua con mani e piedi, mentre mi dirigevo verso lo scafo, circondandomi così di un orlo di schiuma. Non dubito che fu questo espediente, per semplice che appaia, che mi salvò la vita, perché il mare tutto attorno al brigantino, proprio prima che si capovolgesse, brulicava a tal punto di questi mostri che, durante quel breve tragitto, devo essere stato e certamente fui in contatto con molti di essi. Per un incredibile favore della fortuna, raggiunsi tuttavia il vascello sano e salvo, sebbene così terribilmente indebolito dal violento sforzo compiuto, che non sarei mai riuscito ad arrampicarmi, non fosse stato per l'opportuna assistenza di Peters, che in quel momento, con mia grande gioia, comparve improvvisamente (essendosi arrampicato sulla chiglia dal lato opposto dello scafo) e mi buttò la cima di una delle corde, che avevamo fissato agli arpioni.

Mi ero appena salvato da questo pericolo, quando la nostra attenzione fu rivolta a un altro, che incombeva imminente, quello cioè di morir di fame. Malgrado tutte le precauzioni per assicurarle, le nostre provvigioni erano state spazzate completamente via e, non potendo nutrire, né l'uno né l'altro, la più remota speranza di essere in grado di procurarci altro, ci abbandonammo ambedue alla disperazione, piangendo come bambini, senza neppure tentare di consolarci a vicenda. È quasi impossibile spiegarsi una siffatta debolezza, e quelli che non si sono mai trovati in una situazione consimile senza dubbio la riterranno innaturale. Ma si deve tener presente che le nostre menti erano così sconvolte dalla lunga serie di privazioni e terrori che avevamo sofferto, che in quel momento non potevamo più venir considerati esseri del tutto ragionevoli. Quando mi trovai in seguito tra pericoli quasi uguali, se non addirittura maggiori, seppi soffocare con forza i malanni della mia situazione e

Peters, come si vedrà, diede prova di uno stoicismo incredibile quasi quanto l'infantile sconforto e la debolezza di questi momenti: la diversa reazione si spiega pensando alla diversa condizione dello spirito.

Il capovolgimento del vascello, nonostante la perdita del vino e della tartaruga, non sarebbe riuscito infatti a rendere la nostra situazione più deplorevole di prima, se non per la scomparsa delle coperte che, sino ad allora, ci avevano permesso di raccogliere un po' di pioggia, e dell'orcio nel quale la conservavamo, perché trovammo tutta la carena, da due o tre piedi sotto l'incurvatura sino alla chiglia, *fittamente coperta di muscoli, che si rivelarono cibo eccellente e altamente nutritivo*. Così, sotto due importanti riguardi, il disastro, che avevamo tanto paventato, si risolse in un nostro profitto, anziché in un danno, perché mise a nostra disposizione una riserva di cibo che non avremmo potuto esaurire, servendocene moderatamente, durante un mese intero, e aveva grandemente contribuito alla nostra comodità per quanto concerne la posizione, perché ci trovavamo molto più a nostro agio e correvamo pericoli assai minori di prima.

Però la difficoltà di procurarsi dell'acqua ci fece dimenticare tutti i benefici di questo cambiamento di posizione. Onde essere in grado di sfruttare, per quanto possibile, qualsiasi acquazzone, ci togliemmo le camicie, con l'intento di servircene come ci eravamo serviti delle lenzuola, ben sapendo, però, che in questo modo, anche nelle circostanze più favorevoli, non saremmo riusciti a procurarcene che qualche scarso bicchiere. Ma durante tutto il giorno non apparve la minima nube e i tormenti della sete furono quasi insostenibili. Scesa la notte Peters riuscì a dormire un'ora di un sonno assai disturbato, ma le mie aspre sofferenze non mi permisero di chiuder occhio neppure un secondo.

5 agosto. Oggi una brezza gentile ci spinse attraverso una vasta distesa d'alghe marine, tra le quali si ebbe la fortuna di trovare undici piccoli granchi, che ci fornirono un cibo delizioso. Siccome i loro gusci erano piuttosto teneri li mangiammo interi e trovammo che questo cibo irritava la nostra sete assai meno dei muscoli. Non scorgendo tra quelle alghe traccia di squali ci avventurammo a bagnarci e rimanemmo in acqua quattro o cinque ore, durante le quali avvertimmo una notevole diminuzione dell'arsura che ci tormentava. Alla sera eravamo assai rinfrescati e trascorremmo la notte più comodamente della precedente, riuscendo ambedue a dormire per qualche tempo.

6 agosto. Quel giorno si ebbe la benedizione di una pioggia abbastanza fitta e continua, che durò da mezzogiorno fin verso sera. Amaramente si rimpianse la perdita dell'orcio e della damigiana, perché sebbene i mezzi a nostra disposizione fossero scarsi, avremmo potuto raccogliere tanta acqua da riempirne l'uno o l'altro recipiente, se non tutti e due. Nelle condizioni in cui eravamo cercammo di soddisfare l'arsura lasciando che le camicie si saturassero d'acqua e poi strizzandole accuratamente, in modo da farci colare in bocca il liquido delizioso. In questo modo trascorremo l'intera giornata.

7 agosto. Proprio all'alba, ambedue nello stesso istante, scoprimmo a levante una vela, che *evidentemente si dirigeva verso di noi*. Salutammo la splendida visione con un lungo, sebbene fievole urlo di rapimento, e cominciammo subito a fare tutte le segnalazioni che potevamo, sventolando le camicie in aria, balzando in alto quanto il nostro stato di debolezza ce lo permetteva, e anche urlando con quanta voce si aveva, sebbene il vascello non potesse distare meno di quindici miglia. Tuttavia questo continuò ad avvicinarsi al nostro scafo, e noi capimmo che, se non cambiava rotta, si sarebbe dovuto necessariamente avvicinare tanto da avvistarci. Circa un'ora dacché avevamo per la prima volta visto quella vela, eravamo in grado di individuare distintamente la gente sopraccoperta. Era una goletta lunga, bassa di scafo, dalle gabbie inclinate all'indietro, una palla nera sulla vela di trinchetto e con equipaggio apparentemente al completo. A un tratto ci allarmammo: non potevamo credere che ormai non ci avessero visti e si temeva avessero l'intenzione di lasciarci morire dove eravamo, – atto feroce di barbarie che, per incredibile che possa sembrare, è stato ripetutamente perpetrato sul mare in circostanze assai simili alle nostre, e da parte di esseri che erano considerati come appartenenti alla razza umana[1]. In questo caso, tuttavia, per misericordia di Dio, eravamo destinati a essere felicemente ingannati, perché, poco dopo, notammo una subitanea commozione sul ponte dell'ignoto vascello, che subito issò la bandiera inglese e, contenuto il vento, si diresse verso di noi. Mezz'ora dopo ci trovavamo in una sua cabina. Si trattava del *Jane Guy*, di Liverpool, comandato dal capitano Guy, in rotta verso i mari del Sud e il Pacifico, per la pesca della balena e commerci vari.

CAPITOLO QUATTORDICESIMO

La *Jane Guy* era una bella goletta della stazza di centottanta tonnellate. Aveva la prua ben affilata e, con vento moderato, era il più veloce vascello che abbia mai visto. Però il mare grosso non lo reggeva molto bene e il suo tiraggio d'acqua era eccessivo, per il servizio cui era destinata. Per questo particolare servizio è preferibile un vascello più grosso, con un tiraggio d'acqua relativamente inferiore, – diciamo un vascello dalle trecento alle trecentocinquanta tonnellate. Dovrebbe essere attrezzato a palo e, sotto ogni altro aspet-

[1] Il caso del brigantino *Polly* di Boston torna così a proposito e, sotto molti aspetti, è così simile al nostro, che non posso non ricordarlo. Questo vascello, della stazza di centotrenta tonnellate, salpò con un carico di merci e provvigioni di vario genere diretto a Santa Croix, il 12 dicembre 1811, sotto il comando del capitano Casneau. A bordo, oltre al capitano si trovavano otto persone, il comandante in seconda, quattro marinai, il cuoco e un certo signor Hunt, con una sua giovane schiava negra. Il 15, avendo superato le secche di Georges, ebbe una falla per via di una burrasca che soffiava da sud-est e si capovolse. Ma, avendo perduto gli alberi, riuscì a raddrizzarsi. I naufraghi rimasero in questa situazione, senza fuoco e con scarsissime provvigioni, per ben *centonovantun giorni* (dal 15 dicembre al 20 giugno), quando il capitano Casneau e Samuel Badger, i soli sopravvissuti, furono tratti in salvo dal *Fame* di Hull, Capitano Featherstone, che tornava da Rio de Janeiro. Quando furono raccolti si trovavano al 28° di latitudine nord, 13° di longitudine ovest, cioè erano *andati alla deriva per circa duemila miglia*! Il 9 luglio il *Fame* incrociò il brigantino *Dromeo*, Capitano Perkins, che sbarcò i due sopravvissuti a Kennebeck. La narrazione, da cui deriviamo queste informazioni conclude con le seguenti parole:

«È più che naturale chiedersi come potessero percorrere così vasta distanza, attraverso una delle parti più frequentate dell'Atlantico, senza mai venire avvistati. In realtà furono avvistati da più di una dozzina di legni, uno dei quali si accostò tanto che essi poterono distintamente scorgere la gente a bordo, che li osservava dalle murate e dal sartiame. Ma con indicibile disperazione di quegli infelici, che morivano di fame e di freddo, quelli, soffocata ogni voce di pietà, aumentarono le vele e li abbandonarono crudelmente al loro destino».

to, costruito diversamente da quelli usati di solito nei mari del Sud. Inoltre è indispensabile che sia armato bene. Occorrerebbero, diciamo, dalle dieci alle dodici carronate da dodici, e due o tre da dodici prolungate, spingarde di bronzo e casse impermeabili per le armi a ogni gabbia. Ancore e cavi dovrebbero essere ben più robusti di quanto sia richiesto in altri servizi e, soprattutto, l'equipaggio occorrerebbe fosse numeroso e ben allenato, non inferiore, per un vascello quale ho descritto, a cinquanta o sessanta marinai in piena efficienza. La *Jane Guy* non contava che trentacinque uomini oltre al capitano e al secondo, e non era armata o equipaggiata come potrebbe desiderare chi ben conosca le difficoltà e le mille insidie di un viaggio in quei paraggi.

Il capitano Guy era un gentiluomo di grande urbanità di modi e di notevole esperienza nei commerci col Sud, ai quali aveva dedicato la maggior parte della sua vita. Tuttavia difettava di energia e, di conseguenza, di quello spirito intraprendente, che, in un posto come il suo, è un requisito indispensabile. Era comproprietario del vascello sul quale viaggiava e possedeva poteri discrezionali per incrociare nei mari del Sud, trasportando qualsiasi merce gli capitasse. A bordo aveva, come d'uso in viaggi siffatti, perline di vetro, specchi, acciarini, asce, accette, seghe, azze, pialle, scalpelli, sgorbie, trivelli, succhielli, lime, pialle a doppio manico, raspe, martelli, chiodi, forbici, coltelli, rasoi, aghi, filo, stoviglie, cotonine, chincaglieria e altra roba del genere.

La goletta era salpata da Liverpool il 10 luglio, aveva traversato il tropico del Cancro il 25 al 20° di longitudine ovest, e aveva raggiunto Sal, una delle isole del Capo Verde, il 29, dove aveva imbarcato sale e altre provvigioni necessarie per il viaggio. Il 3 agosto era salpata da Capo Verde e si era diretta a sud-ovest, spingendosi verso le coste del Brasile, in modo da attraversare l'Equatore tra il 28° e il 3° di longitudine ovest. Questa è la rotta abitualmente seguìta dai vascelli che dall'Europa si dirigono verso il Capo di Buona Speranza, e che di lì risalgono verso l'India. Seguendo questa rotta riescono a evitare le bonacce e le forti correnti contrarie che abitualmente predominano sulle coste della Guinea, sì che, alla fine, questa è la rotta più breve dato che non mancano in seguito venti occidentali che portano al Capo. L'intenzione del capitano Guy, non so bene per quale motivo, era di fare la prima sosta nella Terra di Kerguelen. Il giorno in cui venimmo raccolti la goletta si trovava al largo del Capo di St. Roque, al 31° di longitudine ovest, così che, evidentemente, noi eravamo andati alla deriva, da nord a sud, *per non meno di 25 gradi*!

A bordo del *Jane Guy* venimmo trattati con tutta la gentilezza che la nostra pietosa condizione richiedeva. In circa quindici giorni, durante i quali continuammo a dirigerci verso sud-est con brezze moderate e tempo bello, tanto Peters che io ci rimettemmo completamente, annullando gli effetti delle nostre privazioni e tremende torture, sì che si cominciò a ricordare ciò che avevamo trascorso piuttosto come un pauroso sogno, dal quale per fortuna ci eravamo svegliati, che non come eventi reali. Ho scoperto, in seguito, che questa specie di parziale oblio viene generalmente prodotto da un improvviso passaggio sia dalla gioia al dolore, che dal dolore alla gioia, un certo oblio essendo proporzionale all'intensità e subitaneità del mutamento. Così, nel mio caso speciale, trovo adesso impossibile rievocare con precisione l'intensità delle miserie che soffrii durante i giorni trascorsi sul pontone. I vari episodi riesco a ricordarli, ma non le reazioni che tali episodi destarono al momento in cui occorsero. L'unica cosa che ricordo è che, quando avvennero, io pensai che la natura umana non avrebbe potuto sopportare nulla di più straziante.

Continuammo il viaggio per alcune settimane senza incidenti di maggior momento che non fosse l'occasionale incontro con qualche baleniera e, più frequentemente, con qualche balena nera o balena bruna, che viene così chiamata per distinguerla dalla spermaceti. Queste tuttavia si trovano, con frequenza, a sud del venticinquesimo parallelo. Il 16 settembre, trovandoci in prossimità del Capo di Buona Speranza, la goletta incontrò la prima burrasca un po' violenta, da quando era salpata da Liverpool. In questi paraggi, ma più frequentemente a sud e a est del promontorio (noi ci trovavamo a ovest) i naviganti devono sovente lottare contro burrasche che calano dal nord con violenza e furia terribile. Queste originano sempre un mare molto mosso, e una delle particolarità più pericolose è costituita da bruschi scarti di vento, fenomeno che di solito avviene quando più infuria la burrasca. Poco prima l'uragano soffiava da nord o da nord-est; un momento dopo da quella direzione non spira più un alito di vento, e l'uragano improvvisamente, con una violenza quasi inconcepibile soffia da sud-ovest. Una schiarita in direzione sud è il sicuro segno premonitore di mutamento, in modo che i vascelli riescono così a prendere le debite precauzioni.

Erano circa le sei del mattino quando fummo investiti da un groppo chiaro, che, come al solito, giunse da nord. Alle otto la velocità del vento, notevolmente aumentata, ci scatenò contro uno dei mari più violenti che abbia mai visto. Tutto era stato serrato il meglio possibile, ma la goletta era quanto mai travagliata e dava prova delle sue cattive qualità nautiche. A ogni tuffo cozzava violentemente con la prua; non aveva ancora fatto a tempo a emergere faticosamente che un nuovo colpo di mare l'investiva. Poco prima del tramonto la schiarita, che avevamo atteso tutto il giorno, apparve a sud-ovest e un'ora dopo la piccola vela di testa fileggiava in ralinga. Due minuti dopo, nonostante ogni precauzione, venimmo sbattuti su un fianco, come per magia, e un maroso di selvaggia schiuma si scagliò su noi. Il colpo da sud-ovest, per nostra somma fortuna, non si mostrò altro che una raffica e il vascello subito dopo si raddrizzò, senza aver perso neanche un pennone. Per alcune ore fummo travagliati da un mare molto grosso, ma verso il mattino eravamo suppergiù nelle stesse condizioni di prima della burrasca. Il capitano Guy ritenne di averla scampata quasi per miracolo.

Il 13 ottobre ci trovavamo in vista dell'isola Principe Edoardo, 46° 53' latitudine sud, 37° 46' longitudine est. Due giorni più tardi eravamo vicini all'isola Possession, e poco dopo doppiavamo le isole di Crozet 42° 59' latitudine sud, 48° longitudine est. Il 18 raggiungemmo l'isola di Kerguelen o della Desolazione nell'Oceano Indiano meridionale, e ci ancorammo a Christmas Harbor, in quattro braccia d'acqua.

Quest'isola, o meglio, questo gruppo di isole si trova a circa 800 leghe a sud-est del Capo di Buona Speranza. Venne scoperta nel 1772 dal barone di Kergulen o Kerguelen, un francese il quale, ritenendo che quella terra facesse parte di un esteso continente meridionale, al suo ritorno in patria ne riferì in tal senso, destando grande curiosità. Il Governo s'interessò alla cosa e l'anno seguente rinviò il barone allo scopo di esaminare la sua scoperta con occhio più critico e fu allora che venne scoperto l'errore commesso. Nel 1777 il capitano Cook capitò in quello stesso arcipelago e all'isola principale impartì il ben meritato nome di Desolazione. Tuttavia chi ci approdi per la prima volta potrebbe essere indotto a pensare altrimenti, perché i fianchi della maggior parte delle colline, da settembre a marzo, sono vestiti d'una verzura quanto mai lussureggiante. Questo aspetto illusorio è prodotto da una pianticella che rassomiglia alla sassifraga e cresce abbondante, in grosse chiazze su una specie di fragile muschio. Oltre a questa pianta non si scorge quasi altro segno di vegetazione su tutta l'isola, se si eccettua una grossolana erba selvatica, vicino al porto, alcuni licheni e un arbusto che rassomiglia al cavolo giunto a maturità, d'un sapore acre e amarognolo.

Il paese è d'aspetto collinoso e sebbene nessuna delle colline sia elevata, le loro sommità sono perennemente coperte di neve. Vi sono parecchi porti, fra i quali il più comodo è Christmas Harbor. È il primo che s'incontra lungo il fianco nord-est dell'isola, dopo aver passato il Capo François, che segna l'estremità settentrionale e, per la sua forma particolare, serve a indicare il porto. La sua punta protesa termina infatti con un'alta roccia perforata, che viene a formare un arco naturale. L'ingresso si trova a 48° 40' latitudine sud, 69° 6' longitudine est. Attraversato questo punto, si può trovare un ottimo ancoraggio, al riparo di numerose piccole isole, che costituiscono un baluardo sufficiente contro tutti i venti orientali. Procedendo a oriente da questo ancoraggio si arriva nella Wasp Bay, alla sommità del porto. Si tratta di un piccolo bacino completamente serrato, nel quale si può entrare su quattro braccia d'acqua e trovare ancoraggio dalle dieci alle tre braccia, con un fondo di argilla compatta. Un bastimento potrebbe starsene tutto l'anno con la grande àncora di posta, senza correre pericolo alcuno. All'ingresso della Wasp Bay, a occidente si trova un ruscello di eccellente acqua potabile, che è facile attingere.

Sull'isola di Kerguelen si possono anche trovare foche da pelliccia e da setola e abbondano gli elefanti marini. I pennuti sono in gran numero, soprattutto i pinguini, di cui esistono quattro specie differenti. Vi è anzitutto il pinguino reale, così chiamato per la grossezza e la bellezza delle piume. La parte superiore del corpo è generalmente grigia, talvolta lilla; la parte inferiore del bianco più immacolato; testa e piedi di un nero brillante. La sua principale attrattiva tuttavia consiste nelle due strisce dorate che dalla testa scendono al petto. Ha un becco lungo, rosa o di un vivace scarlatto. Questi uccelli camminano diritti, con un'andatura maestosa. Portano la testa eretta, lasciando pendere le ali come due braccia, e siccome la coda si parte dal corpo sulla stessa linea delle gambe, rassomigliano in modo impressionante a una figura umana, tanto che potrebbero ingannare chi li osservasse di sfuggita o verso il crepuscolo. I pinguini reali che incontrammo sulla terra di Kerguelen erano poco più grossi di un'oca. Le altre specie sono i *maccaroni*, i *jackass* e i *rookery*. Questi sono molto più piccoli, meno belli di piume, e diversi sotto ogni altro aspetto.

Oltre ai pinguini si trovano molti altri uccelli, tra i quali si possono menzionare il pellicano delle Antille, la procellaria azzurra, l'arzagola, l'anatra, la gallina di Port Egmont, il cormorano, il piccione del Capo, la rondine marina o starna, il gabbiano, la procellaria gigante e, infine, l'àlbatro.

La procellaria gigante è grossa come un àlbatro ed è carnivora. Viene frequentemente chiamata frangi-ossa o aquila pescatrice. Non sono affatto timide e, se cucinate a dovere, si lasciano mangiare. Quando volano talvolta rasentano la superficie del mare, tenendo le ali spiegate e veleggiano senza apparentemente muoverle né compiere sforzo alcuno.

L'àlbatro è uno degli uccelli più grossi e rapaci dei mari del Sud. Appartiene alla famiglia dei gabbiani e preda volando, senza mai accostarsi a terra se non al tempo della cova. Tra questi uccelli e i pinguini esiste la più strana simbiosi. I loro nidi sono costruiti con la maggiore regolarità immaginabile, secondo uno schema concertato in comune tra le due specie: il nido dell'àlbatro si trova sempre al centro di un piccolo quadrato, formato da quattro nidi di pinguini. I naviganti si sono trovati d'accordo nel battezzare un complesso di questi nidi una *rookery*. Queste *rookery* sono state sovente descritte, ma, nel caso che i miei lettori non ne abbiano ancora sentito parlare, siccome non avrò più in seguito occasione di trattare di pinguini e àlbatri ritengo opportune alcune informazioni sul loro modo di costruire i nidi e di vivere. Quando arriva la stagione dell'incubazione gli uccelli si riuniscono in vasto numero e per alcuni giorni sembrano deliberare sul metodo da seguire. Infine si mettono al lavoro. Viene scelta una distesa di terreno unito, di estensione adatta, abitualmente dai tre ai quattro iugeri e situata il più possibile vicino al mare, ma tuttavia al riparo dalle onde. Nello scegliere il posto le loro preferenze vanno all'estensione più piana e che sia meno coperta di pietre. Scelto il terreno, gli uccelli procedono d'amore e d'accordo, apparentemente seguendo uno schema prestabilito, e si mettono a tracciare con matematica precisione un quadrato o altro parallelogramma che meglio si adatti alla natura del terreno, e di estensione sufficiente ad accomodare tutti gli uccelli riuniti e non più, quasi vogliano impedire che possano in futuro sistemarsi degli estranei, che non hanno partecipato ai lavori. Uno dei lati della zona così segnata si stende parallelo all'orlo dell'acqua ed è lasciato aperto per l'entrata e l'uscita.

Stabiliti i limiti della *rookery* la colonia adesso si accinge a liberare il terreno da ogni sorta di rifiuti, raccogliendo le pietre una dopo l'altra e portando il tutto al di là del perimetro esterno, ma assai vicino, in modo da formare un muro sui tre lati che danno verso la terraferma. Lungo questo muro, nel lato interno, viene costruita una strada piana e ben levigata, della larghezza dai sei agli otto piedi, che circonda tutto l'accampamento e serve per il passaggio generale.

Fatto questo, si accingono a dividere l'intera area in piccoli quadrati, esattamente uguali di superficie, tracciando degli stretti sentieri molto levigati, che si intersecano ad angolo retto per l'intera estensione della *rookery*. A ogni intersezione di questi sentieri si costruisce il nido di un àlbatro; il nido di un pinguino si trova al centro di ciascun quadrato, in modo che ogni pinguino si trova circondato da quattro albatri, ogni albatro da un numero uguale di pinguini. Il nido del pinguino consiste di una tana poco profonda scavata nella terra, appena sufficiente a impedire che il loro unico uovo possa rotolare per il declivio. L'albatro invece è un po' più complicato: con terra, alghe, conchiglie erige un monticello alto circa un piede e del diametro di due. Alla sommità costruisce il suo nido.

Gli uccelli fanno attenzione a non lasciare mai vuoto il nido, neppure per un istante, durante l'intero periodo d'incubazione, e anzi finché i nidiaci non siano ormai così cresciuti da poter badare a se stessi. Mentre il maschio si trova assente sul mare in cerca di cibo, la femmina resta a covare, ed è solo al ritorno del compagno che osa allontanarsi. Le uova non sono mai lasciate completamente scoperte: mentre un uccello lascia il nido, l'altro si accovaccia accanto. Questa precauzione è resa necessaria dalla tendenza al furto che prevale nella *rookery*, dove gli abitanti non si fanno scrupolo di rubarsi le uova non appena se ne presenti il destro.

Sebbene vi siano alcune di queste *rookery*, abitate esclusivamente da pinguini e albatri, tuttavia, nella maggior parte di esse, si incontra una quantità di uccelli oceanici, che godono tutti i privilegi della comune cittadinanza e sistemano i loro nidi qua e là, ovunque riescano a trovare un posto adatto, senza però mai usurpare i posti riservati alle specie più grosse. L'aspetto di questi accampamenti, visti da lontano, è veramente singolare. L'intero spazio atmosferico sulla colonia è come oscurato da un immenso numero di àlbatri (mescolati con altri uccelli delle minori tribù) che continuamente vi planano sopra, sia che si dirigano verso l'oceano, sia che tornino al nido. Allo stesso tempo si può osservare una folla di pinguini che si spostano lungo gli stretti vicoli divisori, mentre con quel loro buffo e caratteristico portamento militare, camminano lungo il comune passaggio, che contorna l'asilo. Insomma, la si esamini come si vuole la *rookery*, nulla può essere più stupefacente dello spirito di riflessione che viene mostrato da questi esseri pennuti, nulla meglio calcolato per far riflettere ogni assennato intelletto umano.

La mattina del nostro arrivo a Christmas Harbor il comandante in seconda, signor Patterson, prese la scialuppa e (sebbene non fosse ancora stagione) andò a caccia di foche, sbarcando il capitano e un suo giovane parente su una punta di quella sterile terra, dal lato di ponente, avendo essi da sbrigare, nell'interno dell'isola, qualche affare, la cui natura non fui in grado di stabilire. Il capitano Guy prese con sé una bottiglia, in cui si trovava una lettera sigillata e si diresse da dove era sbarcato verso uno dei più alti picchi dell'isola. Come il capitano si fu allontanato, partimmo (Peters e io ci trovavamo nella barca del secondo) e iniziammo l'esplorazione delle coste, in cerca di foche. Questa occupazione ci impegnò per circa tre settimane: esaminammo con gran cura ogni angolo e insenatura non solo della Terra di Kerguelen ma delle numerose e minuscole isole che si trovano nelle vicinanze. Le nostre fatiche tuttavia non furono coronate da notevoli successi. Scorgemmo numerose foche da pelliccia ma erano eccessivamente timide e, nonostante ogni nostro sforzo, non riuscimmo a mettere insieme che trecentocinquanta pelli in tutto. Abbondanti pure gli elefanti marini, specialmente sulla costa occidentale dell'isola principale, ma di questi non riuscimmo a ucciderne che venti, e con la massima difficoltà. Sulle isole minori scoprimmo una notevole quantità di foche dal pelo setoloso, ma non le molestammo. Tornammo sulla goletta l'11 novembre e vi trovammo il capitano Guy e il nipote, che descrissero l'interno dell'isola come uno dei più desolati e aridi luoghi del mondo. Avevano trascorso due notti sull'isola, a causa di un equivoco col secondo comandante, che doveva mandare il caicco della goletta, per ricondurli a bordo.

CAPITOLO QUINDICESIMO

Il 12 salpammo da Christmas Harbor, ritornando verso ovest, e lasciammo a babordo l'isola di Marion, dell'arcipelago di Krozet. In seguito doppiammo l'Isola del Principe Edoardo, lasciando anche quella a sinistra, poi, puntando più verso nord, in quindici giorni raggiungemmo le isole Tristan d'Acunha [1], a 37° 8' latitudine sud, 12° 8' longitudine ovest.

Questo gruppo molto conosciuto, e che è formato da tre isole rotonde, fu scoperto dai portoghesi e visitato in seguito dagli olandesi nel 1643 e dai francesi nel 1767. Le tre isole formano un triangolo e distano l'una dall'altra circa dieci miglia, con dei canali spaziosi e sicuri tra esse. Tutte e tre sono molto elevate, specialmente l'isola chiamata propriamente Tristan d'Acunha, la maggiore del gruppo, con uno sviluppo costiero di 15 miglia e così elevata che, col bel tempo, può essere scorta alla distanza di ottanta o novanta miglia. Verso il nord dell'isola sorge una collina di più di mille piedi, perpendicolare al mare. A questa altezza si estende sin verso il centro dell'isola una specie di altopiano, dal quale s'innalza una maestosa punta conica, che ricorda quella di Teneriffa. La parte inferiore di questo cono è rivestita di alberi di discreta grossezza, la parte superiore è costituita di nude rocce, abitualmente nascoste tra le nubi e coperte di neve durante la maggior parte dell'anno. Attorno a quest'isola non vi sono né banchi né altri pericoli, perché le coste sono ben nette e l'acqua profonda. Sulla costa nord-occidentale si trova una baia, con una spiaggia di sabbia nera, dove si può facilmente sbarcare, purché il vento soffi da sud. È facile procacciarsi ottima acqua e si possono anche pescare all'amo merluzzi e altri pesci.

Dopo questa, come superficie, viene l'isola che si trova più a occidente del gruppo, quella chiamata l'Inaccessibile. La sua posizione precisa è 37° 17' latitudine sud, 12° 24' longitudine ovest. Ha una circonferenza di sette o otto miglia e presenta in ogni suo lato un aspetto scosceso, inespugnabile. La sommità è piatta, l'intera regione sterile, non producendo altro che pochi e stentati cespugli. L'isola Nightingale, la più piccola e la più meridionale, si trova a 37° 26' latitudine sud, 12° 12' longitudine ovest. Dalla sua estremità meridionale si diparte un'alta scogliera di isolotti rocciosi; altri di simile aspetto si possono scorgere anche a nord-est. Il terreno è irregolare e sterile, solcato in parte da una profonda vallata.

Le spiagge di queste isole, durante la stagione, abbondano di leoni marini, elefanti marini, foche da setola e pelliccia, e di una grande varietà di uccelli oceanici. Nelle loro vicinanze si trova anche grande abbondanza di balene. Data la facilità con cui una volta si riuscivano a catturare questi vari animali, il gruppo, da quando è stato scoperto, è sempre stato molto visitato. Gli olandesi e i francesi vi sbarcarono frequentemente sin dai tempi più antichi. Nel 1790 il capitano Patten del vascello *Industry* di Filadelfia, attraccò a Tristan d'Acunha e vi rimase sette mesi (dall'agosto 1790 all'aprile 1791) allo scopo di raccogliere pelli di foca. In quei mesi riuscì a metterne insieme non meno di cinquemila e seicento e dichiarò che non gli sarebbe stato difficile in tre settimane riempire d'olio un grande vascello. Al suo arrivo non aveva trovato quadrupedi, a eccezione di poche capre selvatiche, mentre l'isola adesso abbonda di tutti i più utili animali domestici, che sono stati importati dai successivi navigatori.

Credo che, non molto dopo la visita del capitano Patten, il capitano Colquhoun, del brigantino americano *Betsey* toccò la maggiore di queste isole per

[1] Così nell'originale. Il navigatore portoghese da cui le isole prendono il nome è Tristão da Cunha (*N.d.R.*).

approvvigionamenti. Vi piantò cipolle, patate, cavoli e molte altre verdure, che adesso si trovano tutte in grande abbondanza.

Nel 1811 Tristan fu visitata da un certo Haywood, capitano del *Nereus*. Vi trovò tre americani, che dimoravano su quelle isole per preparare pelli di foca e olio. Uno di questi si chiamava Jonathan Lambert e si considerava il sovrano del paese. Aveva dissodato e coltivato circa sessanta iugeri di terra e cercava di farci crescere piante di caffè e canne da zucchero, che gli erano state fornite dal ministro americano a Rio de Janeiro. Questa colonia tuttavia fu, più tardi, abbandonata e nel 1817 le isole caddero sotto il dominio del governo inglese, che a occuparle mandò un distaccamento dal Capo di Buona Speranza. Neppure essi vi rimasero a lungo, ma quando il distaccamento lasciò il paese, che cessò di essere possedimento britannico, due o tre famiglie di inglesi vi rimasero per conto loro. Il 25 marzo 1824 il *Berwick* del capitano Jeffrey, diretto da Londra verso la Terra di Van Diemen, arrivò in questo posto, dove trovò un inglese chiamato Glass, che era stato caporale d'artiglieria nell'esercito inglese. Egli pretendeva di essere il governatore delle isole e aveva sotto di sé ventun uomini e tre donne. Egli decantò la salubrità del clima e la fertilità del suolo. La popolazione si occupava soprattutto di raccogliere pelli di foca e olio di elefanti marini, che venivano smerciati al Capo di Buona Speranza, col piccolo brigantino di Glass. Quando noi arrivammo il governatore vi risiedeva tuttora e la sua piccola comunità si era nel frattempo moltiplicata, perché a Tristan si contavano ben cinquantasei persone, mentre una piccola colonia di sette si era stabilita sull'isola Nightingale. Con estrema facilità ci procurammo tutti i generi di vettovagliamento che ci occorrevano: v'era infatti abbondanza di pecore, maiali, bovi, conigli, pollame, capre, pesce di molte qualità e verdure. Essendoci ancorati vicino all'isola maggiore, in diciotto braccia d'acqua, caricammo tutto ciò che ci occorreva con grande comodità. Il capitano Guy acquistò da Glass anche cinquecento pelli di foca e una certa quantità di avorio. Vi restammo una settimana, durante la quale i venti spirarono in prevalenza da nord e da ovest e il tempo era piuttosto nebbioso. Il 5 novembre salpammo in direzione sud-ovest con l'intenzione di compiere una minuta ispezione del gruppo di isole chiamate le Auroras, sulla cui esistenza correvano le più disparate opinioni.

Si dice che queste isole siano state scoperte nientemeno che nel 1762, dal comandante del vascello *Aurora*. Nel 1790 il capitano Manuel de Oyarvido, del vascello *Princess*, che apparteneva alla Compagnia Reale delle Filippine, dichiarò di aver attraversato l'arcipelago. Nel 1794 la corvetta spagnola *Atrevida* salpò con l'intento di precisarne l'esatta posizione e un rapporto su questa spedizione, pubblicato dalla Real Società Idrografica di Madrid nell'anno 1809, riferisce quanto segue: «La corvetta *Atrevida*, dal 21 al 27 di gennaio, compì nelle immediate vicinanze tutti i necessari rilievi, misurando a cronometro la differenza di longitudine tra queste isole e il porto di Soledad nelle Malvine. Le isole sono tre e si trovano quasi sullo stesso meridiano; la centrale è piuttosto bassa, le altre due possono venir scorte a nove leghe di distanza». I rilievi compiuti a bordo dell'*Atrevida* così precisano la posizione di ciascuna isola. La più settentrionale si trova a 52° 37' 24" latitudine sud, 47° 43' 15" longitudine ovest; quella di mezzo a 53° 2' 40" latitudine sud, 47°, 55' 16" longitudine ovest; la più meridionale a 53° 15' 22" latitudine sud, 47° 57' 15" longitudine ovest.

Il 27 gennaio 1820 il capitano James Weddell della marina britannica salpò da Staten Land, anche lui alla ricerca delle Auroras. Riferisce che, avendo compiuto le più accurate ricerche ed essendo passato non solo sui punti indicati dal comandante della *Atrevida*, ma avendone esaminato le vicinanze, non riuscì a scoprire traccia alcuna di terra. Queste contraddittorie dichiarazioni hanno indotto altri navigatori ad andare alla ricerca delle isole e, strano a dirsi, mentre alcuni hanno solcato il mare esattamente dove dovrebbero trovarsi, senza riuscire a vederle, vi sono stati non pochi che hanno dichiarato positivamente di averle viste e anzi di essersi accostati alle loro spiagge. L'intenzione del capitano Guy era di compiere ogni tentativo per risolvere una buona volta un problema che si presentava così bizzarro e controverso [2].

Noi continuammo nella rotta tra sud e ovest, con tempo variabile, fino al 20 del mese, quando infine si raggiunse il tanto controverso luogo, a 53° 15' latitudine sud e 47° 58' longitudine ovest, e si fu così vicini al punto dove, secondo le varie indicazioni, dovrebbe trovarsi l'isola più meridionale del gruppo. Non scorgendo segno alcuno di terra continuammo in direzione ovest seguendo il 53° parallelo di latitudine sud, sino a raggiungere il 50° di longitudine ovest. Allora ci spingemmo a nord sino al 52° parallelo di latitudine sud, poi virammo verso est e seguimmo il nostro parallelo con doppie misurazioni mattino e sera, misurando le altitudini del meridiano sui pianeti e la luna. Dopo aver così proceduto verso est sino al meridiano della costa occidentale della Georgia, seguimmo quel meridiano finché ci trovammo nella latitudine da cui eravamo partiti. Allora seguimmo rotte diagonali per l'intera porzione di mare così circoscritta, mantenendo costantemente una scolta sulla coffa, e rinnovando con la massima cura le nostre misurazioni per un periodo di tre settimane, durante le quali il tempo si mantenne sempre sereno, senza traccia di foschia. Naturalmente dovemmo concludere che, quali che fossero le isole che potevano essere esistite in quei paraggi in un tempo precedente, oggi non ne rimaneva più traccia alcuna. Da quando sono tornato ho scoperto che la stessa zona venne percorsa con cura uguale nel 1822 dal capitano Johnson, con la goletta americana *Henry*, e dal capitano Morrell con la goletta *Wasp*, ottenendo nei due casi lo stesso nostro risultato.

CAPITOLO SEDICESIMO

La prima intenzione del capitano Guy, dopo essersi sincerato che le Auroras non esistevano, era di procedere attraverso lo stretto di Magellano e di là risalire la costa occidentale della Patagonia; ma informazioni ricevute a Tristan d'Acunha lo indussero a deviare verso sud, nella speranza di scoprire qualcuna di quelle piccole isole, che si dice si trovino a 60° latitudine sud, 40° 20' longitudine ovest. Se non avesse scoperto alcuna terra, aveva l'intenzione, nel caso che il tempo si mostrasse favorevole, di spingersi verso il polo. Pertanto il 13 dicembre salpammo in quella direzione. Il 18 si era nei pressi

[2] Tra i vascelli che, in vari tempi, hanno dichiarato di aver visto le Auroras possiamo ricordare il *San Miguel* nel 1769, l'*Aurora* nel 1774, il brigantino *Pearl* nel 1779, e il *Dolores* nel 1790. Sono tutti d'accordo nel dare come latitudine media il 53° parallelo sud.

del punto indicato dal Glass e incrociammo per tre giorni in quei paraggi, senza trovare traccia delle isole da lui menzionate. Il 21, il tempo essendo straordinariamente mite, riprendemmo il viaggio in direzione sud, con l'intenzione di procedere il più avanti possibile. Ma prima di iniziare questa parte della mia narrazione, nell'interesse di quei lettori che non siano al corrente delle scoperte compiute in queste regioni, sarà opportuno dare una breve descrizione dei pochissimi tentativi compiuti per raggiungere il polo sud.

Quello del capitano Cook fu il primo, di cui si abbia precisa notizia. Nel 1772 salpò verso sud sul *Resolution*, accompagnato dal luogotenente Furneaux sull'*Adventure*. In dicembre si trovò al 59° parallelo latitudine sud, 26° 57' di longitudine est. Qui egli incontrò stretti campi di ghiaccio, spessi dagli otto ai dieci pollici, che si estendevano da nord-ovest a sud-est. Questo ghiaccio si presentava in grossi blocchi, così strettamente connessi tra loro che i vascelli dovettero penare non poco per aprirsi un passaggio. A questo punto il capitano Cook dal vasto numero di uccelli che vedeva e da altre indicazioni, arguì di trovarsi assai vicino a terra. Continuò a procedere verso sud con un tempo eccessivamente freddo, finché non raggiunse il 64° parallelo a 38° 14' di longitudine est. Qui, per cinque giorni, trovò tempo mite, con brezze moderate; il termometro segnava 36 gradi. Nel gennaio 1773 le navi attraversarono il Circolo Polare Antartico, ma non riuscirono a penetrare molto oltre perché raggiunto il 67° 15' di latitudine si videro il cammino sbarrato da un'immensa massa di ghiaccio, che si estendeva per tutto l'orizzonte meridionale, fin dove l'occhio poteva arrivare. Erano blocchi di varia forma e spessore; alcuni banchi si estendevano per miglia, sempre compatti, ed emergevano sul livello delle acque di anche diciotto o venti piedi. Poiché la stagione era avanzata e non si poteva sperare di doppiare questi impedimenti, il capitano Cook, sebbene a malincuore, invertì rotta e tornò verso il nord.

Nel novembre successivo rinnovò le sue esplorazioni nel Circolo Antartico. A 59° 40' di latitudine incontrò una forte corrente verso sud. Nel dicembre, quando i vascelli si trovarono a 67° 31' di latitudine, 142° 54' di longitudine ovest il tempo era freddissimo, con violente bufere e nebbia. Anche qui grande quantità di uccelli, àlbatri, pinguini, specialmente procellarie. A 70° 23' di latitudine incontrarono alcune grosse isole di ghiaccio, e poco dopo notarono che le nubi in direzione sud erano bianche come la neve, sicuro indizio che la banchisa era prossima. A 71° 10' di latitudine 106° 54' di longitudine ovest, i navigatori vennero come prima arrestati da un'immensa distesa di ghiaccio, che occupava l'intero orizzonte meridionale. L'orlo settentrionale di questa banchisa era tutto rotto e frastagliato, i blocchi così fermamente calettati da rendere impossibile ogni tentativo di passare, tanto più che si estendevano per circa un miglio verso sud. Oltre quest'orlo la superficie ghiacciata, per un certo tratto, era relativamente piana, e veniva limitata, in lontananza, da gigantesche catene di montagne di ghiaccio, torreggianti le une sulle altre. Il capitano Cook concluse che questa vasta banchisa si estendeva sino al polo sud o era unita con qualche continente. Il signor J. N. Reynolds, al cui interesse e alla cui perseveranza si deve, se si è infine organizzata, una spedizione nazionale che avrà in parte lo scopo di esplorare queste regioni, così parla del tentativo compiuto dalla *Resolution*: «Non siamo affatto sorpresi che il capitano Cook non fosse in grado di superare il 71° 10' e anzi ci meraviglia che sia riuscito a raggiungere quel punto a 106° 54' di longitudine ovest. La terra di Palmer si trova a sud delle Shetland, a 64° di latitudine e si estende verso sud e ovest, in zone che nessun esploratore ha ancora mai raggiunto. Cook puntava verso questa terra, quando si trovò bloccato dal ghiaccio; cosa che, noi sappiamo, accade sempre in quel punto, specie in stagione così poco avanzata come il 6 gennaio, e non saremmo affatto sorpresi se una parte delle montagne ghiacciate da lui descritte fosse direttamente collegata con la Terra di Palmer o con qualche altra terra, situata più a sud-ovest».

Nel 1803 i Capitani Kreutzenstern e Lisiausky vennero incaricati da Alessandro di Russia di compiere la circumnavigazione del globo. Nel tentativo di spingersi verso sud non riuscirono a superare il 59° 58' di latitudine e il 79° 15' di longitudine ovest. Colà s'imbatterono in forti correnti che li spingevano verso est. Notarono grande abbondanza di balene, ma non trovarono ghiaccio. In rapporto a questo viaggio il signor Reynolds osserva che se Kreutzenstern avesse raggiunto quella latitudine in stagione meno avanzata, avrebbe certo incontrato ghiacci. Siccome vi giunse in marzo, i venti, soffiando, come di regola, quasi costantemente da sud-ovest, aiutati dalle correnti avevano spinto i banchi verso quella regione ghiacciata che a nord è limitata dalla Georgia, a est dalle Sandwich e dalle Orkneys meridionali e a sud-ovest dalle Shetland meridionali.

Nel 1822 il capitano James Weddell della marina inglese riuscì, con due piccoli vascelli, a spingersi più a sud di qualsiasi altro precedente esploratore e senza incontrare difficoltà straordinarie. Egli riferisce che, sebbene *prima* di raggiungere il 72° parallelo, si trovasse frequentemente imprigionato dal ghiaccio, dopo che l'ebbe superato non ne trovò più traccia, e arrivando a 74° 15' di latitudine non vide più banchise, ma solo tre isolotti di ghiaccio. È piuttosto strano il fatto che, sebbene potesse scorgere vasti stormi di uccelli e altri indizi di terra vicina, sebbene, a sud delle Shetland, avvistasse coste sconosciute, che si spingevano verso sud, Weddell continuasse a negare che nelle regioni polari antartiche potessero trovarsi delle terre.

L'11 gennaio 1823 il capitano Benjamin Morrell della goletta americana *Wasp* salpò dalla Terra di Kerguelen, con l'intenzione di spingersi a sud quanto più gli fosse possibile. Il primo febbraio si trovò a 64° 52' di latitudine sud, 118° 27' di longitudine est. A tale data leggiamo sul suo giornale: «I venti ben presto rinfrescarono in una brezza da undici nodi e noi approfittammo di questa occasione per spingerci a ovest. Tuttavia, essendo convinti che quanto più ci fossimo spinti a sud, oltre il 64° di latitudine, tanto meno avremmo dovuto temere i ghiacci, puntammo leggermente verso sud, finché non si fu superato il Circolo Antartico, a 69° 15' di latitudine est. In quella latitudine non si trovavano banchise ma solo ben poche isolette di ghiaccio».

In data 14 marzo, leggiamo: «Il mare era ormai completamente libero dal ghiaccio, tranne per una dozzina di isolotti. Al tempo stesso la temperatura dell'aria e dell'acqua era di almeno 13° superiore a quella che avevamo incontrato tra il 60° e il 62° parallelo. Ci trovammo ora a 70° 14' di latitudine sud e la temperatura dell'aria era di 47°, quella dell'acqua di 44°. Calcolai la variazione in 14° 27' verso est per azimuth... Mi sono trovato parecchie volte a navigare entro il Circolo Antartico in diversi meridiani e ho sempre trovato che la temperatura, sia dell'aria che dell'acqua, diventa più mite quanto più si avanza oltre il 65° di latitudine sud e che la variazione decresce nella stessa proporzione. Invece a nord di questa latitudine, diciamo tra il 60° e il 65° parallelo, era sovente assai difficile trovare un passaggio per il vascello, tra le immense e quasi innumerevoli isole di ghiaccio, alcune delle quali avevano una circonferenza di un miglio e anche due, e superavano i cinquecento piedi di altezza sul livello del mare».

Avendo quasi esaurita la riserva di combustibile e acqua, trovandosi senza strumenti adatti e in stagione avanzata, il capitano Morrell fu allora obbligato a tornare, senza tentare di spingersi oltre in direzione ovest, sebbene il mare si aprisse libero dinanzi a lui. Egli era del parere che, se tali imperiose necessità non l'avessero obbligato a tornare, sarebbe riuscito a raggiungere se non proprio il polo, almeno l'85° parallelo. Io ho riferito le sue opinioni sull'argomento con una certa minuzia, in modo che il lettore possa vedere quanto esse dovessero ricevere conferma dalla mia esperienza personale.

Nel 1831 il capitano Briscoe, al servizio degli Enderby di Londra, proprietari di baleniere, salpò sul brigantino *Lively* verso i mari del Sud, accompagnato dal cutter *Tula*. Il 28 febbraio, trovandosi a 60° 30' di latitudine sud, 47° 13' di longitudine est, avvistò terra e «scorse chiaramente attraverso la neve i neri picchi di una catena di montagne, in direzione est-sud-est». Egli rimase in quei paraggi tutto il mese successivo, ma non fu in grado di avvicinarsi a meno di dieci leghe dalla costa, perché il mare fu sempre molto mosso. Accorgendosi che era impossibile compiere altre scoperte durante quella stagione, ritornò a nord per svernare nella Terra di Van Diemen.

Al principio del 1832 si spinse nuovamente verso sud, e il 4 febbraio avvistò terra a sud-est, a 67° 15' di latitudine sud, a 69° 29' di longitudine ovest. Non tardò ad accorgersi che si trattava di un'isola, vicino all'estrema punta della terra precedentemente scoperta. Il 21 dello stesso mese riuscì a sbarcare su quest'ultima e ne prese possesso nel nome di Guglielmo IV, battezzandola Isola Adelaide, in onore della regina inglese. Quando questi particolari vennero trasmessi alla Reale Società Geografica di Londra, se ne desunse «che doveva esistere una terra ininterrotta tra il 47° 30' di latitudine est sino al 69° 29' di longitudine ovest, tra il 66° e il 67° parallelo». A proposito di queste conclusioni il signor Reynolds osserva: «Noi non possiamo affatto accettare una conclusione che non è per nulla suffragata dalle scoperte di Briscoe. Fu entro questi limiti che Weddell fece rotta verso sud, seguendo un meridiano all'est della Georgia, delle Sandwich, delle Orkney meridionali e delle Shetland». La mia personale esperienza, come si vedrà, adduce nuove prove che dimostrano l'erroneità delle conclusioni cui pervenne la Società.

Questi i principali tentativi compiuti per spingersi quanto più fosse possibile a sud, e si vedrà che, prima del viaggio della *Jane*, il Circolo Antartico non era mai stato attraversato per circa 300° di longitudine. Avevamo dunque vaste possibilità di scoperte davanti a noi e fu col più vivo interesse che udii il capitano Guy esprimere la sua intenzione di spingersi arditamente verso il sud.

CAPITOLO DICIASSETTESIMO

Dopo aver rinunziato a cercare le isole di Glass navigammo verso sud per quattro giorni, senza incontrare traccia di ghiaccio. Il 26, a mezzogiorno, ci trovavamo a 63° 23' di latitudine sud, 41° 25' longitudine ovest. Scoprimmo numerose grosse isole di ghiaccio e una banchisa, tuttavia di non grande estensione. I venti generalmente soffiavano da sud-est o da nord-est, ma erano molto deboli. Ogni volta che soffiavano da ovest, il che accadeva di rado, incontravamo raffiche di pioggia. Ogni giorno nevicava, ora più ora meno. Il 27 il termometro segnava 35°.

1 gennaio 1828. Quel giorno ci trovammo completamente imprigionati dal ghiaccio e la nostra prospettiva era tutt'altro che allegra. Durante l'intero mattino si fu esposti a una violenta burrasca da nord-est, che scagliò grossi blocchi di ghiaccio galleggiante contro il timone e la poppa, con tale violenza che si tremava tutti, paventandone le possibili conseguenze. Verso sera, mentre la burrasca continuava a imperversare, la banchiglia che c'era dinanzi si spezzò e noi, issando tutte le vele, fummo in grado di forzarci un passaggio attraverso i banchi minori e di raggiungere il mare libero che si apriva oltre quella. Quando ci avvicinammo a questo punto, diminuimmo gradualmente la vela ed essendo infine giunti ci mettemmo in panna, con la mezzana a un solo terzaruolo.

2 gennaio. Tempo discreto. A mezzogiorno ci trovavamo a 69° 10' di latitudine sud, 42° 20' di longitudine ovest, dunque oltre il Circolo Antartico. Verso il sud si poteva scorgere pochissimo ghiaccio, sebbene alle spalle ne avessimo lasciati dei banchi considerevoli. Quel giorno si fabbricò una specie di sonda, usando un grosso recipiente di ferro, della capacità di 20 galloni e una fune di duecento braccia. Trovammo che la corrente portava verso sud, alla velocità di circa un quarto di miglio per ora. La temperatura dell'aria era di 33°. Qui trovammo che la variazione era di 14° 28' verso est, per azimut.

5 gennaio. Continuammo a procedere verso il sud, senza incontrare ostacoli considerevoli. Al mattino però, trovandoci a 73° 15' di latitudine est, 42° 10' di longitudine ovest, fummo di nuovo fermati da una immensa banchiglia compatta. Tuttavia si scorgeva una grande distesa di mare libero più a sud: così confidammo che, con ogni probabilità, saremmo stati in grado di raggiungerlo. Costeggiando verso l'orlo della banchiglia si pervenne infine a un passaggio della larghezza di circa un miglio, nel quale riuscimmo a infilarci verso il tramonto. Il mare nel quale ci trovavamo adesso era fitto di isole di ghiaccio, ma non v'era banchiglia e noi continuammo ad avanzare arditamente come prima. Il freddo non sembrava aumentare, sebbene molto di frequente nevicasse e, di tratto in tratto, si fosse investiti da bufere di grandine di notevole violenza. Immensi stormi di àlbatri sorvolarono il brigantino, andando da sud-est verso nord-ovest.

7 gennaio. Il mare era sempre abbastanza aperto, così che non incontrammo serie difficoltà nel mantenere la nostra rotta. A ovest scorgemmo alcuni iceberg di incredibile grandezza, e nel pomeriggio passammo molto vicino a uno, la cui sommità non poteva essere inferiore alle quattrocento braccia sul livello del mare. La sua circonferenza, alla base, era probabilmente tre quarti di lega, e dai crepacci che si notavano nei fianchi sgorgavano ruscelletti d'acqua. Riuscimmo a scorgere quest'isola per due giorni interi, poi la perdemmo di vista solo perché calò la nebbia.

10 gennaio. Quel giorno, di buon'ora, avemmo la disgrazia di perdere un uomo che cadde in mare. Era un americano, chiamato Peter Vredenburgh, nativo di New York, e uno dei marinai più abili che si trovassero a bordo della goletta. Nel passare sul bompresso scivolò, cadde tra due blocchi di ghiaccio e non emerse più. A mezzogiorno ci trovavamo a 78° 30' di latitudine, 40° 15' di longitudine ovest. Il freddo era ormai eccessivo e noi eravamo continuamente esposti a raffiche di grandine, che giungevano da nord-est. In quella direzione vedemmo pure altri immensi iceberg e l'intero orizzonte a oriente era occupato da banchiglie, dove il ghiaccio si accumulava, uno strato sopra l'altro. Verso sera ci galleggiò accanto qualche tronco che andava alla deriva e incontrammo moltissimi uccelli, tra i quali si notavano procellarie, àlbatri e un grosso uccello dalle piume di un brillante azzurro. La variazione per azimut in questo punto era minore di quanto non fosse stata prima che attraversassimo il Circolo Polare Antartico.

12 gennaio. Di nuovo ci parve dubbia la possibilità di spingerci più a sud, perché in direzione del polo null'altro si poteva scorgere se non una banchiglia apparentemente sconfinata, a ridosso di irte e scheggiate montagne di ghiaccio, che sorgevano precipiti le une sulle altre. Costeggiammo in direzione ovest sino al 14, nella speranza di trovare un passaggio.

14 gennaio. Quel mattino raggiungemmo l'estremità occidentale della banchiglia, che ci aveva impedito di avanzare e, avendola doppiata, si pervenne nel mare aperto dove non si trovava traccia alcuna di ghiaccio. Lanciata la sonda di duecento braccia trovammo una corrente che si dirigeva verso sud, alla velocità di mezzo miglio all'ora. La temperatura dell'aria era 47°, quella dell'acqua 34°. Continuammo a procedere verso sud, senza incontrare alcun ostacolo notevole, fino al 16, quando a mezzogiorno ci trovammo a 81° 21' di latitudine e 42° di longitudine ovest. Qui nuovamente lanciammo la sonda e trovammo una corrente che si muoveva sempre in direzione sud, alla velocità di tre quarti di miglio per ora. La variazione per azimut era diminuita, la temperatura dell'aria mite e piacevole, mentre il termometro raggiungeva i 51°. Durante questo tempo non si incontrò neppure un pezzo di ghiaccio.

Tutta la ciurma era ormai sicura che avremmo raggiunto il polo.

17 gennaio. Quella fu una giornata piena di incidenti. Innumeri stormi di uccelli ci sorvolarono, provenendo da sud, e parecchi vennero uccisi dalla ciurma. Uno di essi, una specie di pellicano, si rivelò cibo eccellente. Verso mezzogiorno l'uomo di scolta segnalò a babordo una piccola banchiglia, sulla quale sembrava si trovasse un grosso animale. Siccome faceva bello e il mare era quasi calmo, il capitano Guy ordinò che venissero calate in mare due scialuppe, per vedere di che si trattava. Dirk Peters e io accompagnammo il secondo sulla barca più grossa. Accostata la banchiglia, vedemmo che su di essa si trovava una gigantesca creatura, una specie di orso artico, ma ben più grosso di quanto non siano in genere questi animali. Poiché s'era bene armati, non esitammo ad attaccarlo, gli sparammo contro parecchi colpi in rapida successione, e la maggior parte delle pallottole colsero nel segno, gli entrarono nella testa e nel corpo. Ma il mostro per nulla allarmato, si tuffò in acqua e con le mascelle aperte nuotò verso la barca dove ci trovavamo Peters e io. Data la confusione che nacque tra noi a questo imprevisto sviluppo dell'avventura, nessuno era pronto a sparare un secondo colpo, e l'orso aveva già issato metà della sua vasta corporatura attraverso la falchetta e afferrato uno degli uomini alla nuca, prima che avessimo divisato qualche mezzo per respingerlo. In questo frangente solo la prontezza e l'agilità di Peters ci salvarono da sicura morte. Balzando infatti sulla schiena dell'enorme animale gli piantò la lama del coltello nel collo, raggiungendo il midollo spinale. La belva cadde in mare fulminata, travolgendo Peters nella sua caduta. Quest'ultimo si riebbe subito e noi gli buttammo una corda, che egli assicurò alla carcassa, prima di risalire sulla barca. Così tornammo in trionfo alla goletta, trascinandoci dietro il nostro trofeo. Questo orso misurava ben quindici piedi nella sua lunghezza massima. Aveva un vello perfettamente bianco, piuttosto grossolano e fittamente arricciato. Gli occhi erano di un rosso sangue, più grossi di quelli dell'orso artico. Anche il muso era più rotondo, e rassomigliava assai a quello di un mastino. La carne era tenera, ma sapeva di selvatico e di pesce, sebbene i marinai la divorassero con avidità e se ne dichiarassero pienamente soddisfatti.

C'eravamo appena accostati alla nave con la nostra preda, quando l'uomo di scolta lanciò il gioioso grido: «*Terra a tribordo!*». Tutti si tennero all'erta e la brezza, che soffiava convenientemente dal nord-est, ben presto ci avvicinò alla costa. Non si trattava che di un isolotto roccioso, di circa una lega di perimetro e completamente privo di vegetazione, se si eccettua una specie di fico d'India. Nell'accostarlo da nord si scorge uno strano promontorio roccioso, che penetra nel mare e fa pensare a delle balle di cotone ben legate. A ovest di questo promontorio si apre una piccola baia, al fondo della quale le nostre barche riuscirono ad approdare convenientemente.

Non occorse molto tempo per esplorare ogni porzione dell'isola e, con una sola eccezione, non scoprimmo nulla degno della nostra attenzione. All'estremità meridionale, sulla riva e mezzo sepolto tra il pietrame, trovammo un pezzo di legno, che sembrava essere stato la prua di una canoa. Evidentemente qualcuno aveva cercato di intagliarvi una qualche figura e il capitano Guy si illuse di riconoscervi l'immagine di una tartaruga, ma tale rassomiglianza non mi convinse molto. Oltre a questa prua, se si trattava effettivamente di una prua, non trovammo altri segni, dai quali si potesse arguire che una creatura umana fosse mai passata per quella regione. Nei pressi della costa scoprimmo piccoli banchi di ghiaccio, ma quasi insignificanti. La posizione esatta di questo isolotto (che il capitano Guy battezzò Isolotto di Bennet, dal nome del comproprietario della goletta) è 82° 50' di latitudine sud, 42° 20' di longitudine ovest.

Nel nostro viaggio verso sud avevamo ormai superato di ben otto gradi qualsiasi precedente navigatore, e il mare continuava a stendersi libero dinanzi a noi. Trovammo anche che la variazione decresceva uniformemente, a mano a mano che si procedeva e, cosa anche più sorprendente, che la temperatura dell'aria e in ultimo anche dell'acqua andava elevandosi. Il tempo poteva dirsi piacevole. Avevamo una stabile leggera brezza, che spirava sempre da qualche punto settentrionale. Il cielo era straordinariamente limpido; di tratto in tratto si scorgeva un leggero vapore a sud, che tuttavia era sempre di breve durata. Due sole erano le nostre preoccupazioni: eravamo ormai a corto di combustibile e tra l'equipaggio s'erano manifestati sintomi di scorbuto. Bastò questo ad allarmare il capitano Guy, che cominciava a pensare di invertire presto la rotta e ne parlava sovente. Per parte mia, persuaso che, perseverando, presto saremmo arrivati a una qualche terra, che avevo ogni motivo di credere, da quanto si poteva arguire, non sarebbe stata sterile come quelle che si incontrano nelle alte latitudini artiche, cercavo in ogni modo di dimostrargli quanto fosse consigliabile continuare nella stessa direzione, almeno per pochi giorni ancora. Un'occasione così favorevole di risolvere il grande problema del continente antartico non era mai stata offerta prima ad anima viva, e io confesso che mi sentivo ardere di sdegno alle timide intempestive parole del nostro comandante. Credo infatti che ciò che non potei astenermi dal dirgli a questo proposito riuscì in effetti a persuaderlo e a farlo continuare su quella rotta. Pertanto, mentre non posso non lamentare gli infelicissimi e luttuosi eventi che direttamente originarono dal mio consiglio, provo tuttavia una qualche modesta soddisfazione al pensiero d'essere stato, in certa misura, la causa di una scoperta, che ha svelato agli occhi della scienza uno dei misteri più appassionanti, che abbiano mai fermato la sua attenzione.

CAPITOLO DICIOTTESIMO

18 gennaio. Il mattino [1] continuammo in direzione sud, con tempo favorevole come prima. Mare liscio come olio, aria sufficientemente tiepida, brezze da nord, la temperatura dell'acqua 53°. Tornammo a mettere in azione il nostro scandaglio, con centocinquanta braccia di corda e trovammo che la corrente portava verso il polo, alla velocità di un miglio all'ora. Questa costante tendenza verso il sud, sia dei venti che delle correnti, diede origine a discussioni, anche ad allarme tra la ciurma, e io m'accorsi che il capitano Guy ne era rimasto alquanto impressionato. Ma siccome era sensibilissimo al ridicolo, scherzando riuscii a disperdere le sue apprensioni. La variazione era ormai quasi insignificante. Durante il giorno avvistammo parecchie grosse balene della specie franca e numerosi stormi di àlbatri. Raccogliemmo anche un ramo, carico di bacche rosse, come quelle del biancospino, e la carcassa di un animale terrestre molto strano. Lungo tre piedi, alto appena sei pollici, con quattro gambe fortissime, aveva piedi armati di lunghi artigli di un brillante scarlatto, che facevano pensare al corallo. Il corpo era coperto da un pelame liscio, serico, bianchissimo. La coda terminava a punta come quella di un ratto ed era lunga circa un piede e mezzo. La testa rassomigliava a quella di un gatto, ad eccezione delle orecchie, che erano pendule come quelle di un cane. I denti erano dello stesso brillante scarlatto degli artigli.

19 gennaio. A 83° 20' di latitudine, 43° 5' di longitudine ovest, (con mare d'un colore straordinariamente scuro) avvistammo nuovamente terra che, dopo attento esame, risultò appartenere a un arcipelago di isole assai grosse. La riva era precipite, l'interno sembrava assai ricco d'alberi, circostanza, questa, che ci fece molto piacere. Circa quattro ore dopo averla avvistata, buttammo l'àncora in dieci braccia d'acqua, con fondo sabbioso, a una lega dalla

[1] I termini *mattino* e *sera*, che ho usato per evitare confusioni nella narrazione, non devono naturalmente venire intesi nel loro senso letterale. Da molto tempo, ormai, non esisteva più notte, perché si era sempre illuminati dalla luce del giorno. Le date si riferiscono al tempo nautico, e i rilievi alle indicazioni della bussola. Vorrei anche osservare che nella prima parte di questo diario non posso pretendere di riferire con accuratezza date e gradi di latitudine o longitudine, non avendo tenuto regolarmente il giornale se non in un tempo successivo a quello cui si riferiscono queste pagine. In molti casi mi sono completamente fidato della memoria.

costa, perché una forte risacca che qua e là creava mulinelli, non ci permetteva di accostarci maggiormente. Allora vennero calate in mare le due scialuppe più grosse e un gruppo di marinai bene armati (tra i quali eravamo Peters e io) ricevette l'ordine di andare a cercare un eventuale passaggio nella scogliera, che sembrava circondare l'isola intera. Dopo averla costeggiata per qualche tempo scoprimmo infine un varco, nel quale stavamo per entrare quando scorgemmo quattro grosse canoe staccarsi dalla riva, piene di uomini che sembravano bene armati. Attendemmo che quelli si accostassero. Avanzavano con grande rapidità e si trovarono ben presto a portata di voce. Il capitano Guy allora issò un fazzoletto bianco sulla punta di un remo e i selvaggi si fermarono di colpo e commentarono immediatamente la nostra apparizione con lunghe discussioni, interrotte da qualche urlo, durante le quali potevamo distinguere le parole *Anamù-mù* e *Lama-Lama!* Continuarono a discutere per circa mezz'ora, durante la quale avemmo la possibilità di osservarli con nostro comodo.

Nelle quattro canoe, che potevano essere lunghe cinquanta piedi e larghe cinque, si trovavano centodieci selvaggi in tutto. Alti più o meno come gli europei, ma più muscolosi e solidi, avevano la pelle completamente nera e capelli folti, lunghi e ricciuti. Vestivano pelli di uno sconosciuto animale nero, dai folti peli serici, adattate al corpo con una certa abilità, la parte vellosa verso l'interno, tranne per i risvolti al collo, ai polsi e alle caviglie. Le armi consistevano principalmente in mazze di un legno nero, che sembrava molto pesante. Tuttavia si potevano scorgere alcune lance, con la punta di selce, e alcune fionde. Il fondo delle canoe era pieno di pietre, nere, poco più grosse di un uovo.

Quando ebbero conclusa la loro arringa (ché altro non doveva essere quel loro lungo vociferare) uno che sembrava il capo, si rizzò in piedi sulla prua della canoa e a segni ci fece capire che desiderava che noi accostassimo le nostre barche. Noi facemmo finta di non intendere quel gesto, ritenendo politica più saggia mantenere, per quanto possibile, un certo intervallo tra noi, dato che essi ci erano quattro volte superiori di numero. Quando capì il motivo del nostro rifiuto, il capo ordinò alle tre altre canoe di allontanarsi e con la sua venne verso di noi. Non appena si fu accostato balzò a bordo della più grossa delle nostre barche, sedette accanto al capitano Guy e, indicando la goletta, badava a ripetere: *Anamù-mù! Lama-Lama!* Allora noi tornammo verso il nostro vascello, seguiti a breve distanza dalle quattro canoe.

Quando si giunse vicino alla goletta il capo diede segni di estrema sorpresa e piacere, battendo le mani, dandosi dei gran colpi sulle cosce e sul petto e abbandonandosi a violente risate. I suoi seguaci parteciparono a questa sua allegria e, per alcuni minuti, il chiasso fu tale da risultare assordante. Ritornata infine la calma, il capitano Guy, come necessaria precauzione, fece issare a bordo le scialuppe, lasciando intendere al capo (che venimmo a sapere si chiamava Tu-Uit) che non avremmo potuto accogliere a bordo più di venti uomini per volta. Egli parve accettare di buon grado queste nostre disposizioni e impartì alcuni ordini alle canoe, poi una si accostò, mentre le altre rimasero alla distanza di cinquanta iarde. Venti selvaggi salirono allora a bordo e cominciarono a gironzolare in ogni parte del ponte, arrampicandosi per il sartiame, cacciandosi ovunque ed esaminando ogni oggetto con la massima attenzione.

Era evidente che, prima di allora, non avevano visto mai nessun bianco e, anzi, che sembravano allarmati dal colore della nostra pelle. Credevano che la *Jane* fosse una creatura viva e sembrava temessero di ferirla con la punta delle loro lance, che con attenzione tenevano rivolte verso l'alto. La nostra ciurma si divertì un mondo alla reazione di Tu-Uit in una speciale circostanza. Il cuoco stava spezzando un po' di legna vicino alla cucina e per caso picchiò l'ascia sul ponte, facendovi un taglio di una certa profondità. Il capo si accostò di corsa e, allontanando il cuoco con una certa violenza, cominciò a lamentarsi e a gemere, come per manifestare la simpatia che provava per le sofferenze della goletta, accarezzando e lisciando la ferita con la mano e lavandola con l'acqua di un secchiello che si trovava vicino. Questo rivelava un grado di ignoranza al quale non eravamo preparati, e per parte mia non potei non trovarci una certa affettazione.

Quando i visitatori ebbero soddisfatto, il meglio che potevano, la loro curiosità riguardo alla parte superiore, vennero ammessi sotto coperta, dove il loro stupore superò ogni limite, e sembrava così profondo da non potersi più esprimere a parole. Erravano infatti in silenzio, interrotto solo da poche sommesse esclamazioni. Le armi li fecero riflettere a lungo, soprattutto quando si permise loro di maneggiarle ed esaminarle a piacere. Non credo possedessero il minimo sospetto sull'uso cui erano destinate, e probabilmente le scambiarono per idoli, notando la cura che noi ne avevamo e l'attenzione con cui si osservava ogni loro movimento mentre le maneggiavano. Davanti ai grossi cannoni il loro sbalordimento raddoppiò. Vi si accostarono con ogni segno della più profonda reverenza e timore, ma non osarono esaminarli con attenzione. Nella cabina si trovavano due grossi specchi e questi portarono la loro meraviglia al massimo. Tu-Uit fu il primo ad accostarsi, e già si trovava nel mezzo della cabina con il viso rivolto verso l'uno e la schiena verso l'altro, prima che fosse in grado di capire di che si trattava. Quando infine sollevò gli occhi e vide la sua immagine riflessa nello specchio, per un istante pensai che il selvaggio fosse sul punto di impazzire. Ma quando fece dietro-front per ritirarsi e si scoprì una seconda volta nell'altro specchio, veramente temei che sarebbe spirato sul posto. Nessuno riuscì a persuaderlo a lanciare una nuova occhiata. Si buttò per terra e, nascondendo il volto tra le mani, rimase immobile, tanto che fummo costretti a trascinarlo sopra coperta.

Tutti i selvaggi vennero ammessi a bordo in questo modo, venti alla volta, mentre Tu-Uit ebbe il permesso di rimanerci durante l'intero periodo. Non notammo alcuna inclinazione al furto e, dopo la loro partenza, non dovemmo lamentare la scomparsa di nulla. Durante l'intera permanenza a bordo diedero prova di un'indole quanto mai amichevole. Vi erano tuttavia alcuni particolari nel loro comportamento, che trovammo impossibile spiegare. Per esempio non fummo in grado di farli accostare a parecchi oggetti assolutamente innocui come le vele, un uovo, un libro aperto o un recipiente di farina. Cercammo di sapere se possedessero articoli che fosse possibile commerciare, ma fu estremamente difficile farci capire. Tuttavia scoprimmo, cosa che ci stupì grandemente, che le isole abbondavano di quelle grosse tartarughe delle Galapagos, una delle quali avevamo visto nella canoa di Tu-Uit. Vedemmo anche una *biche de mer* tra le mani di uno dei selvaggi, che se la divorava con grande avidità. Queste anomalie, perché tali ci parvero, tenuta presente la latitudine, indussero il capitano Guy a desiderare di compiere una completa esplorazione del paese, nella speranza di poter trarre qualcosa di utile dalla sua scoperta. Da parte mia, per ansioso che fossi di saperne qualcosa di più su queste isole, non vedevo l'ora di proseguire il viaggio verso sud, senza ulteriore indugio. Si godeva di un tempo bello, ma nessuno poteva prevedere quanto a lungo sarebbe durato. Ora, trovandoci già all'84° parallelo, con un mare aperto davanti a noi, una corrente abbastanza forte che ci spingeva a sud, e prosperi venti, fremevo d'impazienza all'idea che ci si dovesse fermare più di quanto fosse assolutamente necessario per la salute della ciurma e per imbarcare l'adeguata provvista di combustibile e di provvigioni fresche. Feci osservare al capitano che avremmo potuto facilmente esplorare questo arcipelago al nostro ritorno, e anzi, svernarvi nel caso che ci fossimo trovati bloccati dal ghiaccio. Infine egli mi diede ragione (perché in qualche modo, che io stesso non riuscivo a spiegarmi, esercitavo una notevole influenza su lui) e venne deciso che, anche nel caso che trovassimo della *biche de mer*, non vi saremmo rimasti che una settimana, e poi avremmo proseguito verso sud, finché ci fosse stato possibile. Pertanto compimmo i necessari preparativi e sotto la guida di Tu-Uit, facemmo superare alla *Jane* la scogliera, andando ad ancorarci a un miglio dalla riva, in un'ottima baia completamente chiusa dalla terra, che si trovava sulla costa sud-orientale dell'isola in dieci tese d'acqua, con fondo di sabbia nera. Al termine di questa baia si trovavano tre ottime sorgenti d'acqua dolce (così ci dissero), e nelle vicinanze si notava abbondanza di legname. Le quattro canoe, ci seguirono, mantenendosi tuttavia a rispettosa distanza. Tu-Uit, per conto suo, rimase a bordo e, quando ci fummo ancorati, ci invitò ad accompagnarlo a riva, a visitare il suo villaggio nell'entroterra. Il capitano Guy acconsentì e, dopo che dieci selvaggi vennero trattenuti a bordo come ostaggi, un gruppo di noi, dodici in tutto, si preparò a seguire il capo. Si ebbe cura di armarci bene, senza tuttavia mostrare alcun timore. Sulla goletta si misero in posizione i cannoni, vennero sollevate le reti di bastingaggio, insomma fu presa ogni precauzione per evitare qualsiasi sorpresa. Il comandante in seconda ricevette l'ordine di non accogliere nessuno a bordo durante la nostra assenza e, nel caso non fossimo ritornati entro dodici ore, di mandarci a cercare sull'isola con una scialuppa armata di spingarda.

A ogni passo che muovevamo nell'interno, sempre più si rafforzava in noi la convinzione di trovarci in un paese essenzialmente diverso da quanti fossero fino allora stati visitati da uomini civilizzati. Non si scorgeva nulla di cui, prima d'allora, si avesse avuto notizia. Gli alberi non rassomigliavano a nessuno che crescesse nella zona torrida, nella temperata o nella zona artica, ed erano completamente diversi da quelli delle regioni meridionali attraversate sino allora. Le stesse rocce sembravano insolite sia nella loro conformazione che nel colore e nella stratificazione, e persino i corsi d'acqua, per incredibile che la cosa possa sembrare, avevano così poco in comune con quelli degli altri climi, che non avevamo il coraggio di berne, e infatti solo con difficoltà ci persuadevamo che le loro qualità fossero completamente naturali. Al primo piccolo ruscello che attraversava il nostro sentiero, Tu-Uit e il suo seguito si fermarono a bere. Dato il carattere singolare dell'acqua, noi rifiutammo di assaggiarla, temendo fosse contaminata; e non fu se non molto più tardi che venimmo a capire che questo era l'aspetto dei fiumi in tutto l'arcipelago. Non è facile dare un'idea precisa della natura di questo liquido; almeno, non si può darla in poche parole. Sebbene scorresse rapida per tutti i declivi come acqua comune, tuttavia, tranne quando precipitava in cascata, non possedeva l'aspetto ordinario della *limpidezza*. E tuttavia, ben esaminata, era perfettamente limpida, come qualunque acqua calcarea, la differenza limitandosi unicamente al suo aspetto. A prima vista, specialmente quando fluiva per un leggero pendio, per la sua consistenza faceva pensare a una densa infusione di gomma arabica in acqua semplice. Ma questa era soltanto la meno notevole delle sue qualità straordinarie. Non era incolore, né di colore uniforme, e offriva agli occhi ogni possibile varietà di sfumature purpuree, come una seta cangiante. Questa variazione di tinte era prodotta da un fenomeno, che destò profondo stupore in tutti noi, così come lo specchio l'aveva destato in Tu-Uit. Dopo averne raccolto un bacile, e averla lasciata tranquilla, ci accorgemmo che l'intera massa del liquido era costituita da un numero di venature distinte, ognuna dotata di una sfumatura sua propria, e che queste venature non si fondevano tra loro, che anzi la loro coesione, perfetta per quanto concerne le molecole di una singola venatura, non era tale nel confronto delle altre venature. Dopo aver tagliato con la lama di un coltello le vene, l'acqua si richiudeva immediatamente; estratta la lama, le tracce del suo passaggio scomparivano immediatamente. Se invece la lama veniva passata accuratamente tra due vene, si riusciva a ottenere una perfetta separazione, che la forza coesiva non riusciva subito ad annullare. Il fenomeno di quest'acqua costituì la prima precisa manifestazione di quella vasta serie di apparenti miracoli, nella quale avrei dovuto un giorno trovarmi impigliato.

CAPITOLO DICIANNOVESIMO

Per raggiungere il villaggio, che si trovava a più di nove miglia di cammino, attraverso una regione assai accidentata, ci vollero circa tre ore. Mentre si procedeva, il seguito di Tu-Uit (i centodieci selvaggi delle canoe), veniva di tratto in tratto rafforzato da minori distaccamenti, dai due ai sei o sette uomini, che si univano a noi come per caso, a varie svolte della strada. C'era in questo qualcosa di così sistematico, che io non potei vincere un senso di diffidenza, tanto che comunicai le mie apprensioni al capitano Guy. Ma, essendo ormai troppo tardi per retrocedere, concludemmo che il miglior partito era di dar prova di perfetta fiducia nella buona fede del capo. Pertanto proseguimmo, tenendo sempre attentamente d'occhio le manovre dei selvaggi, e senza mai permetter loro di separarci l'uno dall'altro, insinuandosi in mezzo. In questo modo, dopo aver traversato un burrone scosceso, raggiungemmo infine ciò che ci dissero era l'unico gruppo di abitazioni che si trovasse sull'isola. Quando fummo in vista di esse il capo lanciò un urlo e frequentemente ripeté la parola *Klock-Klock*, che supponemmo fosse il nome di quel villaggio, o forse il nome generico per villaggio.

Le abitazioni, quanto mai miserevoli, e diverse anche da quelle delle più umili razze selvagge che sian note agli uomini, erano di costruzione uniforme. Alcune di queste (che, come scoprimmo più tardi, appartenevano agli *Uampù* o *Yampù*, cioè agli ottimati del paese) consistevano di un albero tagliato a quattro piedi circa dalla radice coperto alla meglio da una grossa pelle nera, che pendeva liberamente verso terra. I selvaggi si accoccolavano sotto questo riparo. Altre abitazioni consistevano di rozzi rami, con le foglie secche ancora attaccate, poggiate a un angolo di quarantacinque gradi contro una parete d'argilla, costruita irregolarmente e dell'altezza di cinque o sei piedi. Altre abitazioni ancora erano semplici tane scavate perpendicolarmente nella terra e coperte da rami consimili, i quali venivano sollevati quando l'abitante doveva entrare, e rimessi a posto quando era entrato. Alcune poche erano state costruite alla biforcazione di un albero, e i rami superiori erano parzialmente tagliati a una certa altezza, in modo da piegarsi sopra i rami inferiori, per offrire un miglior riparo dalle intemperie. Tuttavia la maggior parte delle abitazioni era rappresentata da piccole caverne poco profonde, scavate sul fianco di un precipizio scosceso di pietra nera, che rassomigliava all'argilla per sodare i panni e circondava il villaggio da tre lati. Alla porta di ciascuna di queste primitive caverne si trovava una piccola pietra, che l'inquilino disponeva con cura davanti all'ingresso quando abbandonava la sua abitazione, a quale scopo non fui mai in grado di capire, dato che la pietra non poteva chiudere più di un terzo dell'apertura.

Questo villaggio, se villaggio si poteva chiamare, si trovava in una vallata di una qualche profondità, e non era accessibile che dal sud, perché i fianchi scoscesi, di cui ho già parlato, lo chiudevano da ogni altra parte. Nel mezzo della vallata scorreva un chiassoso ruscello della stessa acqua magica che ho già tentato di descrivere. Vicino alle abitazioni trovammo parecchi inconsueti animali, che parevano tutti completamente domestici. I più grossi rassomigliavano ai nostri maiali, sia nella struttura del corpo che nel grugno, ma avevano una coda a ciuffo e gambe snelle come quelle di un'antilope. Erano stranamente impacciati nel camminare e non ne vedemmo mai nessuno che cercasse di correre. Notammo anche parecchi altri animali, molto simili d'aspetto, ma di corpo più lungo, e tutti coperti di un pelame nero. Vi era pure una grande varietà di volatili domestici, che sembravano costituire il principale alimento degli indigeni. Con nostro grande stupore tra questi volatili trovammo alcuni àlbatri neri, che parevano completamente addomesticati e periodicamente si recavano al mare in cerca di cibo, ma tornavano sempre al villaggio come a casa loro, e usavano la vicina spiaggia meridionale per i loro nidi. Colà si univano, come al solito, coi loro amici, i pinguini, che però non li seguivano mai nel villaggio. Tra gli altri volatili domestici vi erano delle anatre, che differivano assai poco dalla specie così detta oca d'America, oche di Scozia, e un grosso uccello simile assai al bozzagro, ma non carnivoro. Di pesce sembrava vi fosse grande abbondanza. Durante la nostra visita trovammo grande quantità di salmoni secchi, merluzzi, delfini azzurri, sgombri, salmoni neri, razze, gronghi, elefanti di mare, muggini, sogliole, scari, triglie, baccalà, passerini, barracude e infinite altre varietà. Notammo anche che la maggior parte di questi pesci erano simili a quelli che si trovano nei paraggi delle Auckland, al 51° di latitudine sud. Grande abbondanza anche di tartarughe galapago. Incontrammo ben pochi animali selvaggi, nessuno di grosse dimensioni o di una specie che ci fosse nota. Due o tre serpenti, di aspetto piuttosto terrificante, ci attraversarono il sentiero, ma gli indigeni non vi fecero quasi caso, e noi pensammo che non fossero velenosi.

Mentre ci accostavamo al villaggio con il capo e i suoi seguaci, una vasta folla di gente uscì per incontrarci, lanciando forti urla, tra le quali non riuscivamo che a distinguere i sempiterni *Anamù-mù!* e *Lama-Lama!* Fummo assai sorpresi nel notare che, con pochissime eccezioni, questi indigeni erano completamente nudi, le pelli essendo usate soltanto dagli uomini delle canoe. Anche le armi sembravano tutte in possesso di questi ultimi, perché non ne scorgemmo alcuna in mano agli abitanti del villaggio. Moltissime le donne e i bambini, e le prime non completamente prive di ciò che si potrebbe definire bellezza fisica. Erette, alte, ben formate, con una grazia e una scioltezza di portamento, quali non si riscontrano sovente fra i popoli civili. Però le loro labbra, come quelle degli uomini, erano spesse, massicce, così che anche quando ridevano non mostravano mai i denti. I loro capelli erano più fini di quelli degli uomini. Tra questi indigeni nudi se ne potevano trovare dieci o dodici, che erano vestiti come il seguito del capo, con abiti di pelle nera e armati di lance e gravi mazze. Questi sembravano godere di grande autorità sugli altri e chi si rivolgeva loro usava sempre il titolo *Uampù*. Essi erano anche i proprietari dei palazzi di pelli nere. L'abitazione del capo si trovava al centro del villaggio ed era molto più grossa e, in un certo senso, meglio costruita delle altre. L'albero che ne costituiva il sostegno principale era stato tagliato a una altezza di dodici piedi circa dalla radice; sotto il taglio avevano lasciato parecchi rami i quali servivano a stendere meglio le pelli, in modo da impedire che pendessero attorno al tronco. La copertura costituita da quattro grandissime pelli tenute insieme con punteruoli di legno, era assicurata al terreno con dei picchetti.

Il suolo poi era coperto da una grande quantità di foglie secche, che fungevano da tappeto.

Venimmo condotti a questo palazzo con grande solennità, e dietro di noi entrarono tutti gli indigeni che ci poterono seguire. Tu-Uit si assise allora sulle foglie e a gesti ci fece capire che dovevamo imitarlo. Noi gli ubbidimmo e ci trovammo così in una situazione particolarmente scomoda, per non dire critica. Eravamo, cioè, seduti per terra, dodici in tutto, circondati da almeno quaranta selvaggi che, accoccolati intorno a noi, nel caso fosse sopravvenuto qualche incidente, avrebbero potuto facilmente impedirci di far uso delle armi, anzi persino di alzarci in piedi. Né questa calca si limitava all'interno della tenda; fuori vi erano probabilmente tutti gli abitanti dell'isola, e ciò che impediva a questa folla di schiacciarci erano solo gli sforzi incessanti e gli urli del capo. La nostra maggior sicurezza comunque consisteva nella presenza del capo, che si trovava in mezzo a noi, e, dato che non c'era altro modo di superare quella difficile situazione, decidemmo di serrarci intorno a lui, pronti a sacrificarlo al primo segno di ostilità.

Dopo qualche tumulto si ruscì a stabilire una certa calma e allora il capo ci tenne un discorso di notevole lunghezza, che rassomigliava assai da vicino a quello che ci era stato rivolto dalle canoe, tranne per il fatto che adesso si insisteva piuttosto su *Anamù-mù* che non su *Lama-Lama!* Noi restammo in profondo silenzio finché l'arringa non fu terminata; dopo di che il capitano Guy rispose promettendo al capo eterna amicizia e sincera alleanza, e concludendo le sue parole con l'offerta di parecchie collane di perline azzurre e di coltelli. Davanti alle collane il monarca, con nostra viva sorpresa, arricciò il naso in segno di disprezzo, mentre parve gradire vivamente il coltello, tanto da ordinare che venisse subito servito il pranzo. Questo fu recato nella tenda sopra le teste dei presenti e consisteva nelle palpitanti viscere di una specie di animale ignoto, probabilmente uno di quei maiali dalle zampe esili che avevamo osservato entrando nel villaggio. Accorgendosi che non sapevamo come comportarci di fronte a quella vivanda, cominciò per primo, quasi per darci l'esempio e si mise a divorare una iarda dopo l'altra di quell'appetitoso cibo, finché noi non fummo assolutamente più in grado di resistere a quello spettacolo e rivelammo con così chiari segni la rivolta dei nostri stomaci che Sua Maestà provò stupore solo inferiore a quello provocato in lui dagli specchi.

Ma c'era impossibile partecipare al banchetto, e cercammo di fargli capire che non avevamo appetito, perché avevamo pranzato poco prima con abbondanza.

Quando il monarca ebbe terminato il suo pasto, cominciammo una specie di interrogatorio, ricorrendo a ogni più ingegnoso espediente che potessimo immaginare, con l'intenzione di scoprire quali fossero i principali prodotti della terra, e se da alcuno di essi si potesse trarre un qualche profitto. Infine egli parve intendere vagamente ciò che cercavamo di dirgli, e si offrì di accompagnarci in una parte della costa, dove ci assicurò che si poteva trovare grande abbondanza di *biche de mer* (e per spiegarsi indicò un esemplare dell'animale). Noi fummo lieti di poter così sfuggire alla calca e manifestammo il vivo desiderio di muoverci subito. Pertanto uscimmo dalla tenda e, accompagnati dall'intera popolazione del villaggio, seguimmo il capo verso l'estremità sud-orientale dell'isola, non lontano dalla baia dove il nostro vascello era ancorato. Attendemmo là circa un'ora, finché alcuni selvaggi non condussero le quattro canoe dove ci eravamo fermati. Quando poi fummo saliti tutti su una di quelle, ci portammo remando lungo l'orlo della scogliera già menzionata e di un'altra anche più lontana, dove scoprimmo una quantità di *biche de mer* assai maggiore di quella che i più vecchi nostri marinai avessero mai visto in questi arcipelaghi delle latitudini meridionali, celeberrimi per questa pesca. Rimanemmo tra gli scogli il tempo strettamente indispensabile per capire che avremmo potuto facilmente riempire una dozzina di vascelli con quell'animale, poi fummo condotti presso la goletta e ci separammo dal capo, dopo aver ottenuto da lui la promessa che, nel corso di ventiquattro ore, ci avrebbe portato tutte le anatre e le tartarughe galapago che le sue canoe potessero contenere. Durante l'intera avventura non notammo nulla nell'aspetto degli indigeni che potesse dar origine al minimo sospetto, con l'unica eccezione del modo sistematico con cui il loro gruppo si era rafforzato, durante il percorso dalla riva al villaggio.

CAPITOLO VENTESIMO

Il capo mantenne la parola data e noi ci trovammo ben presto forniti con abbondanza di provviste fresche. Le tartarughe erano tra le migliori che avessimo mai assaggiato e le anatre superavano la più prelibata selvaggina, straordinariamente tenere, succose e saporite. Oltre a questo i selvaggi, non appena riuscimmo a far loro capire i nostri desideri, ci portarono anche in abbondanza del sedano bruno, della coclearia e un'intera canoa di pesce, fresco e secco. Il sedano fu una vera manna e la coclearia di incalcolabile beneficio nel guarire i marinai che avevano mostrato sintomi di scorbuto. In breve tempo non ci fu più un solo malato a bordo. Non ci mancavano neppure altre provvigioni fresche, tra le quali possiamo menzionare una specie di mollusco, che come forma rassomigliava ai muscoli, ma aveva il gusto delle ostriche. Abbondavano granchi e gamberi, uova di àlbatri e altri uccelli, tutti col guscio scuro. Imbarcammo anche una considerevole provvigione di carne di quella specie di maiale che ho menzionato prima. La maggior parte degli uomini lo giudicarono cibo ghiotto, io invece trovai che sapeva di pesce e, insomma, era poco appetitoso. In cambio di tutto questo offrimmo agli indigeni perline azzurre, gingilli di rame, chiodi, coltelli e pezzi di stoffa rossa, ed essi se ne mostravano pienamente soddisfatti. Stabilimmo una specie di mercato regolare sulla riva, a portata dei cannoni della goletta, e i nostri scambi apparentemente si svolgevano con la massima buona fede e con un ordine, che la condotta al villaggio di *Klock-Klock* non ci aveva lasciato sperare.

Le cose continuarono a procedere amichevolmente per parecchi giorni, durante i quali gruppi di indigeni venivano frequentemente a visitare la goletta e gruppi dei nostri uomini si recavano a riva, compiendo lunghe escursioni nell'interno, senza mai venire molestati in alcun modo. Vista la facilità con cui si poteva caricare la nave di *biche de mer*, date le disposizioni amichevoli degli isolani e la prontezza che dimostravano nell'aiutarci a raccoglierne, il capitano Guy decise di intavolare negoziati con Tu-Uit per erigere baracche adatte nelle quali preparare quella merce, e per ottenere i servizi del capo e della tribù, in modo che fosse possibile raccoglierne quanto più si poteva, mentre egli avrebbe approfittato del tempo clemente per continuare il suo viaggio in direzione sud. Informato di questo progetto, il capo parve dispostissimo a un accordo. Si giunse così a un contratto soddisfacente per i due contraenti, secondo il quale si disponeva che, dopo aver compiuto i necessari preparativi, come la scelta del terreno adatto, l'erezione di una parte degli edifici e il compimento di altri lavori, per i quali sarebbe stata necessaria l'intera ciurma, la goletta avrebbe proseguito il suo viaggio, lasciando sull'isola tre marinai a sopraintendere all'esecuzione del progetto e ad istruire gli indigeni sul modo di far seccare la *biche de mer*.

In quanto alle condizioni, queste vennero stabilite in rapporto al lavoro che gli indigeni avrebbero compiuto nella nostra assenza.

Avrebbero cioè ricevuto una determinata quantità di perline azzurre, coltelli, stoffa rossa e così via per ogni *picul* di *biche de mer*, che avremmo trovati pronti al nostro ritorno.

Il lettore desidererà forse maggiori informazioni su questo importante articolo di commercio e sui metodi di prepararlo, e io non so trovare momento più adatto di questo per favorirlo. Le seguenti notizie compendiose sull'argomento sono prese da una relazione moderna di un viaggio compiuto nei mari del Sud:

> Si tratta di quel mollusco dei mari indiani, che è conosciuto in commercio col nome francese di *bouche de mer* (un buon boccone dal mare). Se non mi sbaglio di grosso, il celebre Cuvier lo chiama *gasteropoda pulmonifera*. Lo si trova in abbondanza sulle coste delle isole del Pacifico e viene raccolto specialmente per i mercati cinesi, dove si vende ad alto prezzo, talvolta a un prezzo non inferiore a quello dei famosissimi nidi commestibili, che sono probabilmente costruiti con una sostanza gelatinosa raccolta da una specie di rondine dal corpo di questi medesimi molluschi. I quali non posseggono conchiglia né gambe né alcun'altra parte prominente, se non un organo assorbente e un organo escretorio, che si trovano alle due estremità, ma con i loro anelli elastici come i bruchi e i vermi, strisciano nelle acque poco profonde dove, quando queste si ritirano, vengono scorti da una specie di rondine che, infilando il suo becco aguzzo nel molle animale, ne estrae una sostanza gommosa e filamentosa, la quale, seccando, viene a costituire le solide pareti dei nidi, Donde il nome di *gasteropoda pulmonifera*.
>
> Questo mollusco è oblungo e di varia grossezza, andando da tre a diciotto pollici di lunghezza, e io ne ho visto alcuni che non erano meno di due piedi. Sono quasi rotondi, un po' appiattiti sul lato che si trova contro il fondo del mare, e d'uno spessore che varia da uno a otto pollici. Strisciano nelle secche in certe stagioni dell'anno, probabilmente al tempo della riproduzione, dato che allora li troviamo sovente in coppia. Quando il sole esercita la sua forza maggiore sull'acqua e viene a intiepidirla, essi si accostano a riva e sovente risalgono in insenature così poco profonde che, al ritrarsi della marea, si trovano all'asciutto ed esposti al calore del sole. Ma essi non producono i loro piccoli in questi bassifondi, perché non si riesce mai a trovarne dei piccoli, e gli esemplari pienamente cresciuti si sono sempre visti arrivare

dalle profondità del mare. Si nutrono principalmente di quella classe di zoofiti, che producono il corallo.

La *biche de mer* viene generalmente pescata in acque profonde dai tre ai quattro piedi. I molluschi, dopo che sono stati portati a riva, vengono spaccati a una estremità con un coltello, che pratica un'incisione di un pollice o poco più, secondo la grossezza del mollusco. Attraverso questa apertura si fanno fuoriuscire mediante pressione le interiora, che sono assai simili a quelle degli altri piccoli abitatori del mare. Il mollusco viene poi lavato e in seguito fatto bollire, né troppo né troppo poco. Successivamente sono sepolti nella terra per quattro ore, poi fatti nuovamente bollire per breve tempo, infine seccati sia al fuoco che al sole. Quelli seccati mediante esposizione al sole sono i più pregiati, ma nel tempo che occorre per farne seccare al sole un solo *picul* (133 libbre e 1/3) se ne possono far seccare alla fiamma ben trenta *picul*. Una volta che sono debitamente seccati, possono venir conservati in luogo asciutto per due o tre anni, senza alcun pericolo, ma dovrebbero venire esaminati ogni tanto, diciamo quattro volte all'anno, per vedere se non sia comparsa una certa umidità che potrebbe guastarli.

I cinesi, come già si è detto, considerano la *biche de mer* una grande ghiottoneria e credono che rinforzi e nutra notevolmente il sistema e rinnovi le stanche forze delle persone che si sono abbandonate agli eccessi della voluttà. La prima qualità raggiunge un prezzo assai elevato a Canton, dato che si vende a novanta dollari il *picul*; la seconda qualità a settantacinque, la terza a cinquanta, la quarta a trenta, la quinta a venti, la sesta a dodici, la settima a otto e l'ottava a quattro dollari. Tuttavia piccole partite sono sovente vendute più care a Manila, Singapore e Batavia.

Concluso l'accordo ci accingemmo a sbarcare subito tutto ciò che era necessario per dissodare il terreno ad erigere gli edifici. Venne scelta a questo scopo una distesa pianeggiante, vicina alla riva orientale della baia, dove si trovavano in abbondanza legno e acqua, e a conveniente distanza dalle scogliere principali dove si sarebbe pescata la *biche de mer*. Ci accingemmo tutti al lavoro, pieni di buona volontà, e ben presto, con grande stupore dei selvaggi, avevamo abbattuto un sufficiente numero di alberi adatti al nostro proposito, e li avevamo rapidamente ordinati per costituire la travatura delle case, che in due o tre giorni erano ormai a tal punto che potevamo con piena sicurezza affidare il resto del lavoro ai tre uomini, che avevamo intenzione di lasciare a riva. Questi erano John Carson, Alfred Harris e... Peterson (tutti londinesi, credo), che si erano offerti volontari per questo lavoro.

Verso la fine del mese ogni cosa era pronta per la nostra partenza. Tuttavia avevamo accettato di recarci a far una visita ufficiale di congedo prima di partire e Tu-Uit insisteva tanto che mantenessimo questa nostra promessa, che non ritenemmo consigliabile correre il rischio di offenderlo con un rifiuto. Credo che nessuno ormai intrattenesse il minimo dubbio sulla buona fede dei selvaggi. Essi si erano sempre comportati col massimo decoro, ci avevano aiutato con alacrità in tutti i nostri lavori, offrendoci frequentemente le loro merci senza esigere alcun pagamento, e non avevano mai rubato un solo oggetto, sebbene l'alto valore che essi attribuivano alle merci che noi possedevamo risultasse evidente dalle stravaganti manifestazioni di gioia cui si abbandonavano quando le regalavamo loro. Le donne, specialmente, erano quanto mai accondiscendenti sotto ogni rispetto e, tutto considerato, saremmo stati gli esseri umani più sospettosi di questo mondo, se avessimo intrattenuto anche un solo dubbio nei confronti di gente che si comportava così bene. Ma bastò poco a provare che questa apparente gentilezza era soltanto il risultato di un preciso schema preparato per la nostra rovina, e che gli isolani, verso i quali nutrivamo così esagerati sentimenti di stima, erano tra i più barbari, astuti e sanguinari assassini, che abbiano mai contaminato la faccia del mondo.

Fu il primo febbraio che ci recammo a riva con lo scopo di compiere la nostra visita di congedo. Sebbene, come già si è detto, non nutrissimo il minimo sospetto, tuttavia non tralasciammo di prendere tutte le debite precauzioni. Sulla goletta rimasero sei uomini, con l'istruzione di non permettere a nessun selvaggio di avvicinarsi durante la nostra assenza, sotto nessun pretesto, e di restare costantemente sopra coperta. Vennero sollevate le reti di bastingaggio, i cannoni ebbero una carica doppia di pallini a mitraglia, e le spingarde scatole con palle di moschettone. La goletta, con l'àncora a picco, si trovava a circa un miglio dalla spiaggia, e nessuna canoa si sarebbe potuta accostare da nessuna direzione, senza essere vista e trovarsi completamente esposta al fuoco delle nostre spingarde.

Lasciati i sei uomini a bordo, il gruppo che doveva sbarcare consisteva in tutto di trentadue persone. Eravamo armati sino ai denti, avendo con noi moschetti, pistole, pugnali, oltre a un lungo coltello da marinaio che ciascuno di noi portava e rassomigliava non poco al *bowie-knife* che adesso è così di moda nei nostri Stati del sud e dell'ovest. Un centinaio di guerrieri vestiti di pelli nere ci vennere incontro all'approdo, con lo scopo di accompagnarci al villaggio. Notammo tuttavia con qualche sorpresa che erano completamente inermi e, avendone chiesto spiegazione a Tu-Uit, egli si limitò a risponderci che *Matte non ui pa pa si*, intendendo dire che non c'era bisogno di armi, quando si è tra fratelli. Noi accettammo questa giustificazione e ci avviammo verso il villaggio.

Avevamo ormai superato la fonte e il ruscelletto, di cui ho dianzi parlato, e stavamo adesso infilandoci in una stretta gola, che procedeva attraverso una catena di colline di steatite, tra le quali era situato il villaggio. Questa gola era molto rocciosa e accidentata, tanto che a stento eravamo riusciti a superarla, durante la nostra prima visita a *Klock-Klock*. Questo burrone poteva esser lungo un miglio e mezzo o probabilmente due miglia. Avanzava con mille giravolte attraverso le colline (molto probabilmente, in qualche remoto periodo era stato il letto di un torrente) e in nessun punto avanzava in linea retta per più di venti iarde. I fianchi di questo burrone si elevavano perpendicolari per un'altezza di settanta o ottanta piedi, penso, e correvano lungo l'intera gola. In alcuni punti raggiungevano notevoli altezze, immergendo la sottostante valle in un'ombra così densa, che ben pochi raggi di luce riuscivano a penetrarne il fondo. La larghezza media era di circa quaranta piedi, ma in alcuni tratti si restringeva tanto da lasciar avanzare cinque o sei persone in fila. Insomma, in tutto il mondo sarebbe stato difficile trovare altro posto più adatto di questo a tendere un'imboscata, tanto che fu più che naturale che noi, sul punto di entrarvi, esaminassimo le armi, per rassicurarci che fossero in ordine. Quando adesso penso alla nostra incredibile follia, il maggior motivo di stupore mi sembra consista nel fatto che noi osassimo, quali si fossero le circostanze, metterci così completamente alla mercé di ignoti selvaggi, tanto da permettere loro, nell'attraversare la vallata, di camminare davanti e dietro noi. Eppure proprio questo fu l'ordine di marcia che ciecamente seguimmo, fidando scioccamente nella forza della nostra schiera, nel fatto che Tu-Uit e i suoi fossero inermi, nella efficacia delle nostre armi da fuoco (il cui effetto restava tuttora ignoto agli indigeni), ma soprattutto in quella pretesa amicizia, che quegli infami selvaggi ci avevano sempre mostrato. Cinque o sei ci precedevano, come per indicarci il cammino, e facevano gran mostra di rimuovere dal sentiero le pietre più grosse e altri impedimenti. Poi veniva il nostro gruppo. Camminavamo stretti l'uno all'altro, non curandoci d'altro se non di evitare di venire separati. Alle nostre spalle seguiva il gruppo principale dei selvaggi, che mantenevano un ordine e una correttezza del tutto insoliti.

Dirk Peters, un individuo chiamato Wilson Allen ed io ci trovavamo alla destra dei nostri compagni e, pur camminando, stavamo esaminando le strane stratificazioni della scoscesa parete che dominava il sentiero. Una fessura in quella parete friabile attrasse la nostra attenzione. Era abbastanza larga da permettere a una persona di entrarvi senza difficoltà e si addentrava nella collina per circa diciotto o venti piedi in linea retta, piegando in seguito a sinistra. L'altezza di questa apertura, almeno sino al punto che potevamo vedere, era di sessanta o settanta piedi. Vi erano due o tre grami cespugli, che crescevano dai crepacci, e producevano una specie di nocciola, che io ebbi in quel momento la curiosità di esaminare, tanto che vi penetrai rapidamente raccogliendo in una manciata cinque o sei nocciole. Quando mi voltai mi accorsi che Peters e Allen mi avevano seguìto. Li pregai di andarsene perché non vi era spazio sufficiente al passaggio di due persone, promettendo che avrei dato loro alcune delle mie nocciole. Pertanto si voltarono verso l'uscita e Allen stava per emergere dalla fessura, quando improvvisamente avvertii una scossa, che non rassomigliava a nulla di quanto avessi mai avvertito prima e che mi fece vagamente pensare, se in quel momento riuscii a pensare a cosa alcuna, che le fondamenta stesse della terra fossero di botto crollate e fosse giunta la fine del mondo.

CAPITOLO VENTUNESIMO

Non appena rinvenni dal mio smarrimento, mi trovai quasi soffocato ad annaspare nella tenebra più assoluta, tra una gran massa di terriccio, che cadeva greve su di me da ogni parte e minacciava di seppellirmi. Orribilmente allarmato a questa idea, cercai di rizzarmi in piedi e infine vi riuscii. Dopo di che rimasi immobile per un po' di tempo, cercando di capire ciò che mi fosse successo e dove mai mi trovassi. Ben presto udii un profondo gemito, vicino all'orecchio, e poi la voce soffocata di Peters, che invocava aiuto nel nome del Cielo. Avanzai faticosamente di due o tre passi e caddi sulla testa e le spalle del mio compagno che, ben presto capii, era immerso, schiacciato fino alla cintola da quella massa di terriccio e cercava disperatamente di liberarsene. Con tutta l'energia di cui disponevo rimossi la terra che l'imprigionava e riuscii a liberarlo.

Non appena ci fummo sufficientemente riavuti dal terrore e dalla sorpresa, tanto da essere in grado di discutere in modo sensato, giungemmo ambedue alla conclusione che le pareti della fessura, nella quale ci eravamo avventurati, per qualche sconvolgimento della natura, o probabilmente per il loro stesso peso, erano franate dall'alto e che di conseguenza noi eravamo perduti, sepolti vivi. Per lungo tempo ci abbandonammo vilmente alla più disperata angoscia, quale non può essere neppure immaginata da chi non si sia trovato in una situazione simile. Credo fermamente che nessun incidente, che possa occorrere nel corso di una vita umana, sia meglio di questo atto a ispirare la massima angoscia mentale e fisica quanto un caso come il nostro e cioè di trovarsi sepolti vivi. L'oscurità della tenebra che avvolge la vittima, la tremenda oppressione dei polmoni, i soffocanti vapori dalla terra umida cospirano con la sinistra considerazione che si è ormai oltre i più remoti confini della speranza, che il nostro è il fato dei *morti*, in modo che il cuore umano si gonfia di tale terrore e disperazione, quali non possono venir sopportati, anzi neppure concepiti.

Finalmente Peters propose che cercassimo di stabilire con precisione la portata della nostra calamità, avanzando a tastoni per la nostra prigione, dato che era forse possibile, osservò, che si potesse ancora trovare qualche apertura dalla quale sfuggire. Io m'afferrai avido a questa speranza e, richiamando ogni mia energia, cercai di aprirmi un cammino attraverso il terriccio che mi circondava. Avevo appena fatto un passo, quando un barlume di luce baluginò, fioco ma sufficiente a convincermi che, in ogni caso, non saremmo morti immediatamente per mancanza d'aria. Allora ci rincuorammo abbastanza e ci incoraggiammo a sperare per il meglio. Avendo superato il mucchio di terra, che ci impediva di procedere oltre in direzione della luce, trovammo meno difficile avanzare e subito avvertimmo un tal quale sollievo da quella eccessiva oppressione ai polmoni, che ci aveva tormentato. Poco dopo fummo in grado di scorgere vagamente gli oggetti che ci circondavano e scoprimmo d'esser vicini all'estremità della fessura che si estendeva in linea retta, là dove piegava a sinistra. Alcuni altri sforzi e raggiungemmo la svolta dove, con nostra inesprimibile gioia, riuscimmo a scorgere una lunga spaccatura, che si perdeva in alto e ascendeva a un angolo di circa quarantacinque gradi, sebbene talvolta fosse molto più scoscesa. Noi non riuscivamo a seguire con gli occhi l'intera fessura, ma siccome ne pioveva una notevole quantità di luce, non dubitavamo che, allorché ne avessimo raggiunta la sommità (se pure fossimo stati capaci di tanto) avremmo trovato un varco che ci avrebbe permesso di uscire all'aria aperta.

A questo punto ricordai che nella fessura eravamo entrati in tre e che mancava il nostro compagno Allen. Decidemmo di tornare immediatamente sui nostri passi per andarlo a cercare. Dopo un estenuante lavoro assai pericoloso per la possibilità che altro terriccio franasse su noi e ci seppellisse, Peters infine gridò che era riuscito ad afferrare un piede del nostro compagno, il quale si trovava interamente sepolto sotto i detriti, in modo che sarebbe stato impossibile tirarlo fuori. Non tardai a sincerarmi che ciò che mi aveva riferito corrispondeva a verità e che naturalmente l'infelice era da tempo morto soffocato. Perciò con cuore greve lasciammo il cadavere al suo destino e nuovamente ci avviammo verso la svolta.

L'ampiezza della fessura era a malapena sufficiente a lasciarci passare, e, dopo due o tre inutili tentativi per arrampicarci, riprendemmo di nuovo a disperare. Ho già detto prima che la catena di colline, attraverso le quali correva la vallata principale, era costituita da una specie di roccia friabile, che rassomigliava alla steatite. Le pareti di questa fessura, per cui cercavamo ora di arrampicarci, erano della stessa pietra, e così viscide e scivolose, essendo bagnate, che era quanto mai difficile far presa su di esse, anche nelle parti meno precipiti. Là dove la fessura s'innalzava quasi perpendicolare, le difficoltà, naturalmente, aumentavano di gran lunga e infatti, per qualche tempo, ci parvero insormontabili. Tuttavia, col coraggio della disperazione, a forza di intagliare scalini nella pietra friabile e di issarci a rischio della vita, su piccole sporgenze di una pietra schistosa un po' più dura, che di tratto in tratto spuntava dalla massa generale, riuscimmo infine a raggiungere una piattaforma, dalla quale si poteva scorgere una striscia di cielo azzurro all'estremità d'un crepaccio fitto d'alberi. Quando poi lanciammo con maggior calma uno sguardo alla fessura per la quale eravamo saliti, capimmo dall'aspetto delle sue pareti, che era di formazione recente e concludemmo che lo sconvolgimento, quale si fosse, che ci aveva così inaspettatamente sepolti, aveva al tempo stesso aperto questa via alla nostra salvezza. Completamente esausti per gli sforzi compiuti, fatti così deboli da non esser quasi in grado di stare in piedi o di pronunziar parola, Peters propose di cercare di farci aiutare dai nostri compagni, sparando qualche colpo con le pistole che avevamo sempre con noi, mentre i moschetti e i pugnali li avevamo perduti tra il terriccio che aveva invaso il fondo della spaccatura. Gli eventi successivi dimostrarono che, se avessimo sparato, avremmo dovuto amaramente pentircene. Per fortuna un vago sospetto di qualche tradimento si era ormai insinuato nella mia mente, così che decidemmo di non far sapere ai selvaggi dove ci trovassimo.

Dopo aver riposato per circa un'ora riprendemmo lentamente l'ascesa e non avevamo percorso molto cammino quando udimmo una successione di urli spaventosi. Alla fine raggiungemmo ciò che poteva esser chiamata la superficie del terreno, perché il nostro cammino, sino a quel punto, e cioè da quando avevamo abbandonato la piattaforma, si era svolto sotto una specie di volta di alte rocce e di fronde, che si trovavano a grande altezza su noi. Con molta cautela ci accostammo a una stretta apertura, attraverso la quale si poteva scorgere senza impedimenti la circostante regione e il tremendo segreto di quella convulsione terrestre si svelò immediatamente alla nostra vista.

Il punto dal quale guardavamo non era lontano dalla sommità del maggior picco di quella serie di colline di steatite. La vallata nella quale il gruppo dei nostri compagni si era avventurato correva a circa cinquanta piedi alla nostra sinistra. Per almeno cento iarde, il canale o letto di questa vallata era interamente coperto dalle caotiche rovine di più di un milione di tonnellate di terra e pietre, che artificialmente vi erano state fatte cadere dentro. Il mezzo cui si era ricorso per far precipitare questa vasta massa era altrettanto semplice quanto evidente, perché rimanevano tuttora indiscutibili tracce di quel criminoso lavoro. In parecchi punti lungo la sommità del fianco orientale della vallata (noi ci trovavamo adesso sul fianco occidentale) si potevano scorgere pioli di legno che erano stati piantati nel terreno. In questi punti la terra non aveva ceduto, ma lungo l'intera estensione del fianco scosceso, da cui era precipitata la massa di terra risultava chiaro, per via dei segni lasciati nel terreno, e che rassomigliavano a quelli di un piccone, che pioli simili a quelli che ancora rimanevano erano stati piantati, a non più di una iarda di distanza l'uno dall'altro, per una lunghezza di forse trecento piedi, a circa dieci piedi dall'orlo del precipizio. Robuste corde di liane erano attaccate ai pioli che ancora restavano infitti, ed era evidente che corde simili erano state attaccate a ciascuno degli altri pioli. Ho già parlato della singolare stratificazione di queste colline di steatite e la descrizione, data poco fa, della stretta e profonda fessura, attraverso la quale eravamo riusciti a sfuggire dalla nostra tomba, è in grado di offrire un'idea anche più chiara della natura loro. Si trattava di terreno che qualsiasi convulsione naturale, o un anche modesto sforzo artificiale, avrebbe spezzato, secondo strati perpendicolari, paralleli l'uno all'altro. I selvaggi avevano approfittato di questa stratificazione per conseguire i loro perfidi scopi. Non vi può essere dubbio che, con quella fila ininterrotta di pioli, erano riusciti a produrre una parziale spaccatura del terreno probabilmente alla profondità di uno o due piedi e, facendo tirare da un indigeno l'estremità di ciascuna corda (le corde erano attaccate alla sommità dei pioli e così lunghe da arrivare oltre l'orlo del precipizio) avevano potuto ottenere la concomitante forza di molte leve, capaci di far precipitare, a un dato segnale, un'intera parete della collina nell'abisso, che si spalancava al disotto. Sul destino dei nostri poveri compagni non potevano esserci più dubbi. Noi soli eravamo sfuggiti alla furia di quella generale ecatombe. Eravamo gli unici due bianchi ancora vivi sull'isola.

CAPITOLO VENTIDUESIMO

La nostra sistemazione, così come ci appariva allora, era poco meno disastrosa di quanto eravamo convinti di restare per sempre sepolti vivi. Davanti a noi non si apriva altra prospettiva se non quella di essere messi a morte dai selvaggi, o di trascinare una misera esistenza come loro schiavi. Senza dubbio, avremmo potuto nasconderci per un po' tra le colline, come fossero delle fortezze, e nel burrone dal quale eravamo appena emersi, ma saremmo morti di freddo e fame durante il lungo inverno polare o, in fine, saremmo stati scoperti mentre cercavamo di trovare soccorso.

L'intero paese attorno a noi pareva formicolare di selvaggi, alcuni dei quali, come vedemmo, erano giunti in folti gruppi dalle isole a sud sopra delle zattere piatte, senza dubbio allo scopo di prestare il loro aiuto alla cattura e al saccheggio della *Jane*. Il vascello se ne stava tuttora tranquillo all'àncora e i marinai a bordo sembravano inconsci del pericolo che li sovrastava. Quanto avremmo voluto, in quel momento, trovarci tra loro, sia per aiutarli a fuggire, sia per perire in loro compagnia, nel tentativo di difenderci! Ma non vedemmo alcuna possibilità di avvertirli del loro pericolo, senza provocare la nostra immediata morte, mentre la speranza di poterli validamente soccorrere restava quanto mai remota. Un colpo di pistola sarebbe bastato a far capire che era successa qualche disgrazia, ma il colpo non avrebbe in alcun modo potuto informarli che la loro unica prospettiva di salvezza risiedeva nell'immediata fuga dal porto, non poteva informarli che nessun principio d'onore li obbligava più a restare, perché i loro compagni erano morti tutti. Udito il colpo non si sarebbero trovati meglio in grado di affrontare il nemico, che adesso si preparava ad attaccarli, di quanto già non fossero o mai fossero stati. Da quel colpo pertanto non poteva nascere alcun bene e solo un terribile male e, dopo averci ben pensato sopra, decidemmo di non farne di nulla.

Il nostro successivo pensiero fu quello di tentare di correre verso il vascello, saltare su una delle quattro canoe che si trovavano nella baia, e cercare di aprirci un passaggio per salire a bordo. Ma ci fu subito evidente come questo piano fosse assolutamente inattuabile. Il paese, come ho già detto, formicolava letteralmente di indigeni, che si celavano tra i cespugli e nei recessi delle colline, per non essere visti dalla goletta. Nelle nostre immediate vicinanze, e disposti in modo da bloccare l'unico sentiero per il quale potessimo sperare di giungere a riva nel punto adatto, si trovava l'intera squadra dei guerrieri in pelli nere, comandati da Tu-Uit in persona, i quali evidentemente attendevano solo qualche rinforzo per iniziare l'assalto alla *Jane*. Anche le canoe, che si trovavano a capo della baia, erano piene di selvaggi, inermi, è vero, ma senza dubbio con armi a portata di mano. Perciò ci vedevamo costretti, quanto a malincuore è inutile dire, a restare nel nostro nascondiglio, semplici spettatori del conflitto che non tardò a scatenarsi.

Circa mezz'ora dopo scorgemmo infatti dalle sessanta alle settanta zattere o barconi con bilancia, riempirsi di selvaggi e poi doppiare la punta meridionale del porto. Sembrava non avessero altre armi tranne corte mazze e mucchi di pietre, che si trovavano sul fondo delle zattere. Subito dopo un altro distaccamento, anche maggiore, si accostò dalla direzione opposta, armato nella stessa maniera. A questo punto anche le quattro canoe si colmarono rapidamente di indigeni, che emersero dai cespugli ai piedi della baia, e si affrettarono a raggiungere le altre imbarcazioni. Così, in minor tempo di quanto non sia occorso a dirlo, e come per magia, la *Jane* si trovò circondata da una moltitudine immensa di forsennati, evidentemente decisi a tutto pur di catturarla.

Che vi sarebbero riusciti non fu dubbio un istante. I sei uomini rimasti a bordo, per quanto risolutamente potessero combattere per difenderla, non erano affatto in grado di maneggiare i cannoni, o di sostenere una lotta così ineguale. Anzi non riuscivo neanche a immaginare che avrebbero offerto resistenza alcuna, ma in questo mi ingannai, perché li vidi subito mollare il cavo e girare a tribordo, in modo da portare tutta la bordata sulle canoe, che ormai si trovavano a portata delle pistole, mentre le zattere erano ancora a un quarto di miglio, sopravvento. Per qualche causa ignota, ma molto probabilmente per l'agitazione dei nostri poveri amici, che si trovavano di colpo in una situazione disperata, la scarica fu un completo fallimento. Neppure una canoa venne colpita, neppure un selvaggio ferito: il tiro fu corto e le pallottole passarono di rimbalzo sulla testa degli assalitori. L'unico effetto prodotto fu lo stupore che colse i selvaggi all'inaspettato scoppio e a tutto quel fumo, stupore così violento che, per alcuni istanti, pensai quasi che avrebbero rinunziato completamente ai loro propositi e sarebbero tornati a riva, come senza dubbio sarebbe avvenuto, se i nostri compagni avessero fatto seguire alla bordata una buona scarica di fucileria, la quale, data la prossimità delle canoe, non avrebbe mancato di ottenere un qualche effetto, sufficiente almeno ad arrestare l'avanzata da quel lato, finché non si fosse potuto sparare una bordata anche contro le zattere. Ma, in luogo di far così, i marinai corsero a babordo per far fuoco contro le zattere e permisero ai selvaggi delle canoe di riaversi dalla paura, di guardarsi in giro e accorgersi che nessuno era stato ferito.

La scarica a babordo ebbe risultati terrificanti. La doppia mitraglia dei grossi cannoni fece completamente a pezzi sette o otto zattere, e uccise sul colpo dai trenta ai quaranta selvaggi, mentre almeno un centinaio di essi, la maggior parte dei quali terribilmente feriti, venivano scaraventati in mare. I restanti, così atterriti da aver perso l'uso dell'intelletto, iniziarono una precipitosa ritirata, senza neppur badare a raccogliere i compagni colpiti, che nuotavano in giro, urlando, piangendo e invocando aiuto. Questo grande successo tuttavia giunse troppo tardi per la salvezza della nostra povera gente. I selvaggi delle canoe si trovavano ormai a bordo della goletta, in più di centocinquanta, la maggior parte di essi essendo riusciti ad arrampicarsi su per i reggisartie e a superare le pavesate, prima che fosse stato possibile far entrare in azione i cannoni di babordo. Nulla allora fu in grado di resistere al loro bestiale furore. I nostri uomini furono atterrati in un attimo, travolti, calpestati, fatti in mille pezzi.

Visto questo, i selvaggi sulle zattere riuscirono a dominare la loro paura e si precipitarono in frotte a predare. In cinque minuti la *Jane* presentava uno spettacolo ben miserando e vi regnava il più sanguinoso scompiglio. I ponti vennero spaccati, fatti a pezzi, divelti; gomene, vele, tutti gli attrezzi di manovra sopraccoperta furono distrutti come per magia, mentre a forza di spingerla a nuoto da poppa, di esercitare pressioni sui lati, di rimorchiarla con le canoe, gli sciagurati riuscirono (fatto scivolare il cavo) a portare la nave a riva, per rimetterla ai buoni uffici di Tu-Uit che, durante l'intero combattimento, aveva mantenuto, da esperto generale, il suo posto al sicuro tra le colline, per poter dominare tutta la scena; ma adesso che la vittoria era stata conseguita con sua piena soddisfazione, s'era degnato di precipitarsi giù con i suoi guerrieri in pelli nere e di partecipare anche lui al saccheggio.

La discesa a riva di Tu-Uit ci permise di abbandonare il nostro nascondiglio e di ispezionare la collina nelle prossimità del burrone. A circa cinquanta iarde dalla sua apertura trovammo una piccola fonte di acqua, con la quale potemmo calmare l'ardente sete che ci bruciava. Non molto lontano dalla sorgente trovammo parecchi cespugli di quelle nocciole già menzionate. Assaggiatele, trovammo che erano abbastanza gradevoli; come sapore ricordavano abbastanza le comuni nocciole inglesi. Ne raccogliemmo quanto ne potevano contenere i cappelli e le depositammo entro il crepaccio, tornando poi a coglierne altre. Mentre eravamo così occupati un fruscìo tra i cespugli ci allarmò, e pensavamo di ritornare cauti nel nostro nascondiglio, quando un grosso uccello nero della specie dei tarabusi si alzò lento e impacciato dai cespugli. Io ne rimasi così stupito che non seppi far nulla, ma Peters ebbe sufficiente presenza di spirito da corrergli sopra, prima che riuscisse a librarsi in volo, e da afferrarlo per il collo. Mentre tentava di liberarsi emise urli tremendi, e noi già pensavamo di lasciarlo libero, temendo che tutto quel chiasso potesse attirare l'attenzione dei selvaggi, che forse ancora si nascondevano nelle vicinanze, quando una buona coltellata lo fece cadere per terra, e noi lo trasportammo nel crepaccio, rallegrandoci, in ogni caso, per aver ottenuto in tal modo una provvista di carne, che ci sarebbe durata una buona settimana.

Tornammo a uscire per meglio ispezionare il posto e ci avventurammo un bel po' giù per il declivio meridionale della collina, senza trovare altro che potesse servirci da cibo. Raccogliemmo perciò una certa quantità di legna secca e tornammo, vedendo che due o tre grossi gruppi di indigeni stavano avviandosi verso il villaggio, carichi del bottino fatto sul vascello, e noi temevamo potessero scoprirci, mentre passavano da quelle parti.

Subito dopo ci occupammo di rendere il nostro nascondiglio quanto più sicuro fosse possibile, e a questo scopo disponemmo dei rami sull'apertura che ho già prima descritto, quella attraverso cui avevamo visto la chiazza di cielo azzurro quando avevamo raggiunto la piattaforma nell'interno della fenditura. Lasciammo libero solo uno spiraglio, quanto ci bastava per poter scorgere la baia, senza il rischio di farci scoprire da sotto. Fatto questo ci congratulammo della sicurezza della nostra posizione, perché, fin quando fossimo rimasti entro la fessura e non ci fossimo avventurati per la collina, nessuno al mondo avrebbe potuto scoprirci. Non potevamo scorgere traccia alcuna che ci lasciasse supporre che i selvaggi si fossero mai spinti entro quella cavità, e infatti, quando riflettemmo meglio sulla probabilità che la fessura attraverso la quale eravamo giunti, fosse stata creata allora dalla caduta della opposta sommità e non esistesse alcuna altra via di approccio, non ci rallegrammo tanto al pensiero di trovarci al sicuro da ogni possibile molestia, quanto cominciammo a temere che non ci fosse alcun modo per poterne scendere. Decidemmo pertanto di esplorare la vetta della collina, non appena ne avessimo avuto la possibilità. Nel frattempo stavamo a osservare dal nostro spiraglio le azioni dei selvaggi.

Essi avevano ormai ridotto il vascello a una completa rovina e si preparavano a dargli fuoco. Poco dopo vedemmo ascendere dal boccaporto centrale ampie volute di fumo, cui seguì una densa massa di fiamme che sprizzò dal cassero. L'attrezzatura, gli alberi, quanto rimaneva delle vele si incendiarono immediatamente e il fuoco si diffuse rapido per i ponti. Tuttavia moltissimi selvaggi continuavano a restare accosto al vascello, picchiando con grosse pietre, asce, palle di cannone su chiavarde, bulloni, e altre parti in rame o in ferro. A riva, nelle canoe, sulle zattere, insomma nelle immediate vicinanze della goletta si potevano contare non meno di diecimila indigeni, oltre alle frotte di quelli che, carichi di bottino, si avviavano verso l'entroterra o partivano per le isole vicine. Noi prevedemmo una imminente catastrofe e non restammo delusi. Vi fu dapprima una violenta scossa (che avvertimmo distintamente nel nostro nascondiglio, come avessimo ricevuto una scarica elettrica), ma non fu seguita da alcun visibile segno di esplosione. I selvaggi ne rimasero evidentemente stupiti e sospesero per un attimo le loro occupazioni e gli urli. Stavano già per ricominciare, quando improvvisamente una massa di fumo si sprigionò dai ponti, creando una specie di nera e greve nube temporalesca; poi, come dalle sue viscere, sprizzarono alte lingue di vivida fiamma, che parvero raggiungere l'altezza di un quarto di miglio, infine si ebbe un'improvvisa espansione circolare della fiamma e, in un attimo, l'intera atmosfera fu magicamente solcata da un selvaggio caos di schegge lignee, di frammenti di metallo e di membra umane. Allora si udì uno scoppio tremendo, che buttò per terra anche noi, mentre le colline se ne rimandavano il fragore e una densa pioggia di minuscoli brandelli cadeva intorno per un largo raggio.

La strage che compì tra i selvaggi superò di gran lunga le nostre più vive speranze ed essi infatti raccolsero in pieno i frutti del loro tradimento. Forse in quell'esplosione ne morì un migliaio, mentre un numero uguale fu mutilato in modo irrimediabile. L'intera superficie della baia era letteralmente coperta di disgraziati che si dibattevano e annegavano, e a riva le cose erano andate anche peggio. Tutti sembravano completamente atterriti dalla subitaneità e vastità del disastro e non badavano neppur più a soccorrersi. Infine notammo un totale cambiamento nel loro comportamento. Parvero infatti destarsi dal profondo stupore e, travolti dalla più violenta eccitazione, correvano selvaggiamente in giro e si avvicinavano e fuggivano da un certo punto sulla spiaggia, con la più strana espressione di orrore, rabbia e intensa curiosità dipinta sul volto, mentre con quanta voce avevano in gola urlavano: «*Tekeli-li! Tekeli-li!*».

Poco dopo vedemmo una grossa schiera inoltrarsi tra le colline, dalle quali tornarono ben presto recando dei pali. Portarono questi nel punto dove era più fitta la folla, la quale allora si sciolse, lasciandoci vedere la causa di tanta eccitazione. Scorgemmo qualcosa di bianco disteso per terra, ma non riuscimmo a capire subito che mai fosse. Infine vedemmo che era la carcassa di quello strano animale dai denti e dagli artigli scarlatti, che la goletta aveva raccolto in mare il 18 gennaio. Il capitano Guy ne aveva fatto conservare il corpo, per impagliarne la pelle e portarla in Inghilterra. Ricordo che aveva impartito alcuni ordini proprio prima di recarsi a terra e l'aveva fatta portare nella cabina e chiudere in uno degli armadi. Ora l'esplosione l'aveva sbattuta a riva, ma perché avesse prodotto tanta eccitazione tra i selvaggi era più di quanto fossi in grado di capire. Sebbene si affollassero attorno e vicino alla carcassa, nessuno pareva aver il coraggio di avvicinarsi maggiormente. Dopo un poco gli uomini piantarono in giro i pali che avevan recato; non appena ebbero compiuto questo lavoro, tutta la vasta folla corse verso l'interno dell'isola, urlando ad alta voce: «*Tekeli-li! Tekeli-li*».

CAPITOLO VENTITREESIMO

Durante i sei o sette giorni successivi rimanemmo nel nostro nascondiglio sulla collina, uscendone solo di tratto in tratto e con la massima cautela, per procurarci un po' d'acqua e nocciole. Sulla piattaforma avevamo costruito una specie di tettoia; sotto avevamo preparato un letto di foglie secche e disposto tre grosse pietre piatte, che ci servivano al tempo stesso da focolare e da tavolo. Si riusciva ad accendere il fuoco senza difficoltà, strofinando insieme due pezzi di legno secco, uno dolce, l'altro duro. L'uccello, che avevamo avuto la buona fortuna di prendere, si rivelò cibo assai saporito, anche se un po' coriaceo. Non si trattava di un uccello marino, ma di una specie di tarabuso con le piume d'un nero lucido screziato di grigio e ali piuttosto ridotte in rapporto al corpo. In seguito vedemmo altri uccelli dello stesso genere nelle vicinanze del burrone; parevano ricercare il compagno che avevamo preso, ma non si posarono mai e quindi non fummo in grado di catturarne nessuno.

Per tutto il tempo in cui questo uccello durò non soffrimmo della nostra situazione. Ma ormai l'avevamo mangiato tutto e fu assolutamente necessario guardarci intorno per cercare provviste. Le nocciole da sole non bastavano a soddisfare la fame e inoltre ci procuravano severe coliche intestinali e, se ne mangiavamo troppe, anche violenti mal di capo. Avevamo scorto parecchie grosse tartarughe vicino alla spiaggia, sul lato orientale della collina, e ci accorgemmo che sarebbe stato facile catturarle, qualora fossimo riusciti ad accostarle senza farci scorgere dagli indigeni. Decidemmo pertanto di cercare di scendere dalla collina.

Provammo dapprima il declivio meridionale, che sembrava offrire difficoltà minori, ma non avevamo ancora percorso cento iarde che (come avevamo previsto, osservando i luoghi dalla vetta) trovammo il percorso sbarrato da un ramo del burrone, in cui erano periti i nostri compagni. Allora ne seguimmo l'orlo per circa un quarto di miglio, ma venimmo nuovamente fermati da un precipizio di incredibile profondità e, non riuscendo a procedere oltre in quella direzione, fummo obbligati a tornare indietro, costeggiando il burrone principale.

Ci spingemmo quindi verso oriente, ma i risultati non furono migliori. Dopo esser faticosamente discesi per circa un'ora, correndo il rischio di romperci l'osso del collo, scoprimmo che non avevamo fatto altro se non calarci in un vasto pozzo di granito nero, con il fondo coperto da una polvere finissima, e dal quale non si poteva uscire se non risalendo l'aspro pendio per cui eravamo scesi. Tornammo dunque sui nostri passi, e si provò il fianco settentrionale della collina. Qui fummo obbligati a procedere con la massima cautela, perché la minima distrazione ci avrebbe esposto in pieno alla vista del villaggio. Decidemmo pertanto di strisciare a quattro zampe, e qualche volta eravamo obbligati a stenderci piatti per terra e a tirarci in avanti, aggrappandoci ai cespugli. In questo modo non eravamo avanzati di molto, quando arrivammo davanti a un crepaccio assai più profondo di quanti si fossero mai visti, e che dava direttamente nel burrone principale. Così i nostri timori furono confermati in pieno: ci trovavamo completamente isolati, senza possibilità alcuna di scendere nel mondo sottostante. Sebbene esausti da tanti sforzi, facemmo del nostro meglio per tornare inosservati alla nostra piattaforma e, buttatici sul letto di foglie secche, dormimmo profondamente per alcune ore.

Per parecchi giorni dopo questi inutili tentativi, fummo occupati a esplorare ogni parte della vetta della collina, per raccogliere precise informazioni sulle sue risorse. Ci accorgemmo che non ci avrebbe offerto alcun cibo, a eccezione di quelle nocciole tutt'altro che salubri e di una specie di coclearia, che cresceva in un piccolo tratto di non più di quattro metri quadrati, e che non avremmo tardato a consumare. Il quindici febbraio, se non mi sbaglio, non ne restava più una foglia e anche le nocciole cominciavano a scarseggiare, tanto che difficilmente la nostra situazione avrebbe potuto essere più miserevole[1]. Il 16 tornammo a ispezionare i muri della nostra prigione, nella speranza di trovare qualche via d'uscita, ma non avemmo fortuna. Scendemmo anche nel burrone che era stato colmato, con la tenue aspettazione di scoprire qualche apertura che desse nel burrone principale, ma restammo delusi, sebbene avessimo trovato un moschetto che ci portammo via.

Il 17 si partì con l'intenzione di esaminare più attentamente quel vallone di granito nero, nel quale ci eravamo inoltrati durante la nostra prima ricerca. Ricordavamo che una delle fessure nei fianchi di quel vallone non era stata esaminata con la debita attenzione, ed eravamo desiderosi di esplorarla meglio, sebbene nutrissimo scarsa speranza di potervi scorgere alcuna via d'uscita.

Non incontrammo serie difficoltà nell'ispezionare, come prima, il fondo del vallone ed eravamo adesso abbastanza calmi per esaminare tutto con una certa attenzione. Si trattava invero di uno dei posti più strani che si possano immaginare e non riuscivamo a persuaderci che fosse opera esclusiva della natura. Questo avvallamento, dalla sua estremità occidentale alla orientale, era lungo circa cinquecento iarde, quando se ne seguissero tutte le sinuosità; la distanza da est a ovest in linea retta non era più di quaranta o cinquanta iarde (almeno a quanto mi parve, perché non possedevamo i mezzi necessari per una misurazione esatta). All'inizio della discesa, e cioè per circa cento piedi dalla sommità della collina, i fianchi di questo abisso rassomigliavano poco l'uno all'altro e, apparentemente, non avevano mai combaciato, perché una delle pareti era di steatite e l'altra invece di granito granulato con particelle di un qualche metallo. La distanza media o intervallo tra le due pareti, a questo punto, era probabilmente di sessanta piedi, ma non si poteva riscontrare alcuna regolarità di formazione. Però, oltrepassato il limite di cui si è parlato, l'intervallo si contraeva rapidamente e i fianchi cominciavano a procedere paralleli, sebbene per qualche poco ancora restassero dissimili nella loro costituzione e nella forma della superficie. Giungendo a circa cinquanta piedi del fondo, si delineava un paesaggio perfettamente regolare. Qui le pareti erano totalmente uniformi per qualità, colore e direzione laterale, del momento che il materiale che le formava era un granito molto nero e scintillante, mentre la distanza delle due pareti, in tutti i punti posti uno di fronte all'altro, era esattamente di 20 iarde. La precisa con-

[1] Quello fu un giorno memorabile perché notammo, verso sud, parecchie di quelle larghe spirali di vapore grigiastro, di cui ho già parlato in precedenza.

figurazione di questo crepaccio verrà compresa meglio per mezzo dei disegni tracciati sul posto, perché per fortuna avevo con me un libretto di appunti e una matita, che conservai con grande cura durante una lunga serie di successive avventure, e ai quali sono debitore di annotazioni su molti argomenti, che altrimenti mi sarebbero completamente sfuggiti dalla memoria.

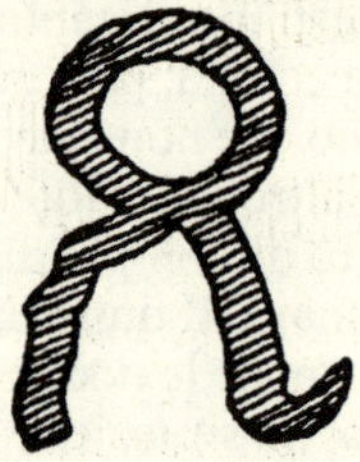

Figura 1

Questa figura (fig. 1) presenta il profilo del vallone, senza le cavità minori che si trovavano in abbondanza lungo i fianchi e a ognuna delle quali corrispondeva una protuberanza nella parete opposta. Il fondo era coperto, per la profondità di tre o quattro pollici, da una polvere quasi impalpabile, sotto la quale trovammo lo stesso granito nero delle pareti. All'estremità inferiore destra si noterà la presenza di una piccola apertura; questa è la fessura cui già si è alluso e che avevamo appunto intenzione di esaminare con maggior cura durante la seconda visita. Vi entrammo perciò arditamente, tagliando una certa quantità di rovi che ostruivano il passaggio e rimovendo un notevole mucchio di selci aguzze, che rassomigliavano per la forma a punte di frecce. Incoraggiati a continuare nelle nostre fatiche dalla fioca luce che si vedeva trapelare all'altra estremità, riuscimmo a procedere per circa trenta piedi e trovammo che l'apertura costituiva un arco basso e regolare, che aveva al fondo la stessa polvere impalpabile del crepaccio principale. Ormai eravamo illuminati da una luce viva e, dopo aver svoltato un breve angolo, ci trovammo in un altro profondo burrone, simile a quello che avevamo lasciato, ma di forma longitudinale. Eccone il suo disegno generale (vedi fig. 2).

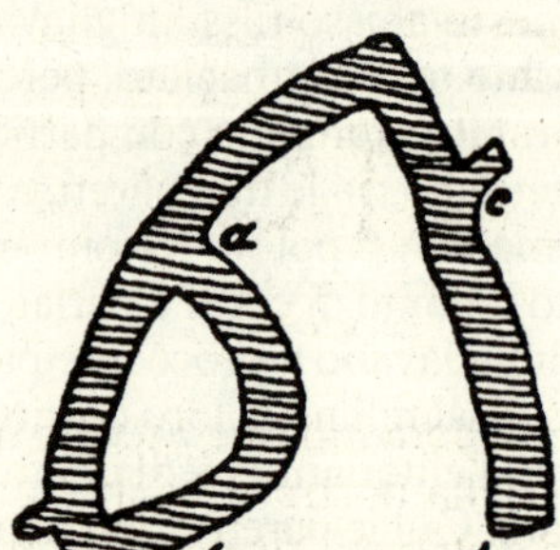

Figura 2

La lunghezza totale di questo burrone, che cominciava all'apertura *a* e procedeva attorno alla curva *b* sino all'estremità *d*, era di circa centocinquanta iarde. Nel punto *c* scoprimmo una piccola apertura, simile a quella che ci aveva condotto dal primo in questo nuovo baratro, e anche questa era ostruita in simile guisa con rovi e una quantità di selci bianche a punta di freccia. Riuscimmo a penetrare anche in questo passaggio, che era di circa quaranta piedi e pervenimmo in un terzo burrone. Anche questo era del tutto simile al primo, tranne nella sua forma longitudinale che era suppergiù così (vedi fig. 3).

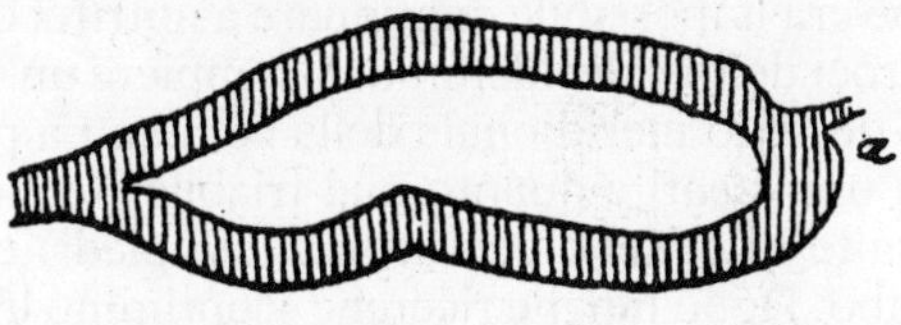

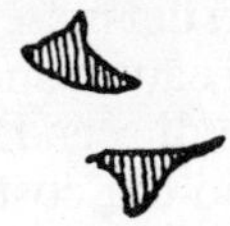

Figura 3 *Figura 5*

La lunghezza totale del terzo burrone era di trecentoventi iarde. Nel punto *a* vi era un'apertura, larga circa sei piedi, che penetrava per quindici nella roccia, terminando in un letto di marna, non essendovi al di là altro burrone, come ci aspettavamo. Eravamo sul punto di lasciare questa fessura, nella quale penetrava pochissima luce quando Peters richiamò la mia attenzione su una serie di segni di aspetto assai singolare, che si trovavano sulla superficie di marna che costituiva il fondo di quel vicolo cieco. Con un leggerissimo sforzo dell'immaginazione il più a sinistra o il più settentrionale di questi segni avrebbe potuto essere preso per la rappresentazione intenzionale, sebbene assai grossolana, di una figura umana in piedi con le braccia protese. Il resto dei segni recava una vaga rassomiglianza con caratteri alfabetici e Peters si sentiva portato ad accettare l'oziosa supposizione che fossero effettivamente tali. Io riuscii a persuaderlo del suo errore facendogli notare sul pavimento di quella apertura parecchie larghe falde di marna che giacevano tra la polvere ed evidentemente si erano staccate per qualche convulsione naturale dalla superficie dove si trovavano quelle incisioni e che avevano dei rilievi che combaciavano esattamente con le incisioni, rivelando così che si trattava di un semplice scherzo della natura. La figura 4 offre una copia accurata di quei segni.

Figura 4

Dopo esserci pienamente convinti che questi strani burroni non ci offrivano alcuna via di uscita dalla nostra prigione, riprendemmo la strada del ritorno, e piuttosto delusi e stanchi, risalimmo verso la sommità della collina. Durante le successive ventiquattro ore non accadde nulla degno di ricordo, se non che, nell'esaminare il terreno a oriente del terzo burrone, scoprimmo due buchi triangolari di grande profondità, anche questi con le pareti in granito nero. In questi buchi non pensammo valesse la pena di scendere, dato che avevano l'aspetto di semplici pozzi naturali, senza alcuna via di uscita. Erano tutti e due di circa venti iarde di circonferenza, e la loro forma, così come la posizione rispetto al terzo burrone, è data nella figura 5.

CAPITOLO VENTIQUATTRESIMO

Il venti del mese, visto che era impossibile continuare a nutrirci di nocciole, che ci causavano i più atroci dolori, decidemmo di compiere un disperato tentativo di scendere per il declivio meridionale della collina. La parete del precipizio era costituita da una steatite quanto mai friabile, sebbene fosse quasi perpendicolare (un salto di almeno centocinquanta piedi) e in molti punti addirittura a strapiombo. Dopo lunghe ricerche scoprimmo una stretta cornice di circa venti piedi sotto l'orlo del precipizio, e su questa Peters riuscì a balzare, con l'aiuto che io potevo offrirgli per mezzo dei nostri fazzoletti legati insieme. Con un po' più di difficoltà riuscii anch'io a scendere e allora vedemmo che forse non era impossibile calarci giù per tutta la parete, seguendo quel metodo che avevamo praticato, quando c'eravamo arrampicati dal crepaccio, dove ci aveva sepolti la frana della collina, e precisamente intagliando coi nostri coltelli degli scalini nella parete di pietra. È ben difficile che il lettore riesca a immaginare quanto fosse pericoloso questo nostro tentativo. Però, siccome non c'era da scegliere, decidemmo di provare.

Sulla cornice dove c'eravamo fermati crescevano alcuni cespugli di nocciole e a uno di questi fissammo la nostra corda di fazzoletti. L'altra estremità era legata al polso di Peters, che io calai lentamente oltre la cornice per tutta la lunghezza della corda. A questo punto egli si accinse a scavare un grosso buco nella pietra (almeno otto o dieci pollici) tagliando obliquamente la pietra al di sopra per l'altezza di un piede o poco più, in modo da poter piantare, col calcio della pistola, un piolo abbastanza resistente. In seguito io lo tirai su di circa quattro piedi, ed egli scavò un altro buco, simile a quello di sotto, piantando anche qui un piolo e ottenendo in questo modo un punto d'appoggio tanto per le mani che per i piedi. Allora sciolsi i fazzoletti dal cespuglio ed egli ne annodò un'estremità al piolo del buco superiore, lasciandosi poi scivolare per circa tre piedi sotto la stazione precedente, e cioè di quanto glielo permetteva la lunghezza della corda. Qui egli scavò un altro buco e piantò un nuovo piolo. Allora si issò in modo da posare i piedi nell'ultimo buco scavato, afferrandosi con le mani al piolo che si trovava nel foro superiore. Adesso era necessario slegare i fazzoletti dal piolo superiore per fissarli al secondo, e a questo punto ci accorgemmo dell'errore commesso nello scavare i buchi a una tale distanza l'uno dall'altro. Tuttavia, dopo due o tre pericolosi e inutili tentativi per raggiungere il nodo (doveva sostenersi con la sola sinistra mentre con la destra cercava di sciogliere il nodo) risolse il problema tagliando la corda e lasciandone sei pollici circa attaccati al piolo. Legati infine i fazzoletti al secondo piolo, egli scese un po' sotto il terzo, facendo attenzione a non calarsi troppo in giù. Grazie a questo procedimento (che non avrei mai saputo inventare da solo e fu tutto merito dell'ingegnosità e del coraggio di Peters) il mio compagno, valendosi anche di alcune sporgenze naturali, riuscì a raggiungere il fondo senza incidenti.

Mi occorse un po' di tempo prima che sentissi il coraggio necessario per imitarlo, ma infine decisi di tentare. Prima di scendere Peters si era tolto la camicia e questa, con la mia, costituì la corda necessaria all'avventura. Dopo aver buttato giù il moschetto trovato nel burrone, legai questa corda ai cespugli e mi lasciai calare rapidamente, cercando, col vigore dei miei movimenti, di dominare la trepidazione, che non riuscivo a vincere diversamente. In questo modo scesi abbastanza bene per i primi quattro o cinque scalini, ma a un tratto mi accorsi che l'immaginazione si era improvvisamente accesa al pensiero del pauroso abisso che si spalancava sotto di me e all'idea di quanto fossero precari i pioli piantati nella steatite, che costituivano il mio unico sostegno. Inutilmente cercai di bandire queste riflessioni, di mantenere gli occhi costantemente fissi sulla levigata superficie della parete che avevo davanti. Quanto più ardentemente cercavo di *non pensare*, tanto più vivida diveniva la mia immaginazione, tanto più orribilmente precisa. Infine giunsi a quella crisi, così pericolosa in casi simili, in cui cominciamo a figurarci le sensazioni della caduta, ad avvertire il senso di nausea, il capogiro, l'ultima resistenza, quella specie di svenimento e l'orrore del tonfo a capofitto. Ed ecco m'accorsi che la fantasia creava la realtà, che tutti gli immaginati orrori si affollavano su di me. Sentii le ginocchia battere violentemente l'una contro l'altra, mentre le dita gradualmente, ma inevitabilmente, allentavano la presa. Udivo una specie di tintinnìo nelle orecchie e mi dissi: – Questa è la campana che suona la mia morte! –. Adesso ardevo dalla voglia di guardare in basso. Non potevo, non volevo più limitarmi a fissare la parete e con una violenta, indefinibile emozione, di orrore e al tempo stesso di sollievo, volsi gli occhi verso il fondo dell'abisso. Per un momento le dita si avvinghiarono convulse sul loro sostegno, e con quel movimento l'estrema idea di riuscire ancora a salvarmi balenò fioca come un'ombra attraverso la mente. Il momento dopo l'anima intera fu pervasa dal *desiderio di cadere*, un desiderio, uno spasimo, una passione ormai incontrollabili. Lasciai andare il piolo e, volgendomi a metà dal precipizio, rimasi un istante sospeso contro il suo nudo fianco. Mi sentii girare la testa, una voce acuta, fantastica mi urlò nelle orecchie, una figura scura infernale, impalpabile mi apparve immediatamente sotto. Sospirando, col cuore che stava per scoppiarmi, mi lasciai andare e caddi fra le sue braccia.

Ero svenuto, e Peters era riuscito a raccogliermi mentre cadevo. Da dove si trovava, in fondo all'abisso, aveva osservato le mie azioni e, essendosi reso conto dell'imminente pericolo che correvo, aveva cercato di infondermi coraggio in ogni modo che sapeva, sebbene la confusione della mia mente fosse così grande da impedirmi di udire ciò che egli diceva o, anzi, persino di esser conscio che qualcuno m'aveva rivolto la parola. Infine, vedendomi barcollare, si era affrettato a salire per porgermi aiuto ed era giunto appena in tempo a salvarmi. Fossi caduto con tutto il mio peso, la corda di stoffa si sarebbe senza dubbio spezzata e io sarei precipitato nell'abisso. Invece egli fece in modo di reggermi e mi lasciò pendere senza pericolo, finché non rinvenni. Questo accadde circa quindici minuti dopo. Quando tornai in me, il mio terrore era completamente svanito, io mi sentivo come un essere nuovo, e, con un po' di aiuto da parte del mio compagno, seppi raggiungere il fondo sano e salvo.

Ci trovavamo ora non molto lontani dal crepaccio che era divenuto la tomba dei nostri amici, a sud del punto dove il fianco della collina era smottato. Il posto appariva stranamente desolato, e il suo aspetto mi richiamò alla memoria le descrizioni di quelle sinistre regioni, popolate dalle rovine dell'antica Babilonia. Per non parlare della vetta fatta precipitare, che formava una specie di caotica barriera verso nord: la superficie del terreno in ogni direzione era cosparsa di grossi tumuli, che parevano i ruderi di qualche gigantesca costruzione, anche se, a ben osservarli, non si potesse scorgere segno alcuno di lavoro umano. C'era una gran quantità di scorie e di grossi e informi blocchi di granito nero mescolati con altri di marna [1], gli uni e gli altri granulati di un qualche metallo. Per l'intera distesa desolata che si apriva dinanzi nessuna traccia di vegetazione; ma vedemmo parecchi enormi scorpioni e vari rettili, che non si trovano altrove a quelle latitudini.

Siccome il nostro più immediato scopo era di procurarci del cibo, decidemmo di dirigerci verso la costa, che non distava più di mezzo miglio, nella speranza di catturare qualcuna delle numerose tartarughe, che avevamo notato dal nostro nascondiglio a sommo della collina. Avevamo percorso circa cento iarde, procedendo cauti fra gli enormi massi e tumuli quando, svoltato un angolo, cinque selvaggi, balzando da una piccola caverna, ci saltarono addosso e atterrarono Peters con una bastonata. Come lo videro cadere tutti si precipitarono su si lui, per immobilizzarlo, lasciando a me il tempo di riavermi dal mio stupore. Avevo sempre il moschetto, ma ne avevo talmente rovinata la canna, nel gettarlo al fondo del precipizio, che lo buttai via come inutile, preferendo fidare nelle pistole, che avevo sempre avuto cura di mantenere in perfetto stato. Con queste avanzai sugli assalitori, scaricandole una dopo l'altra in rapida successione. Due selvaggi caddero; un terzo che stava in quel momento per trafiggere Peters con la lancia, balzò in piedi, senza aver potuto porre in atto il suo proposito. Il mio compagno riuscì così a liberarsi e tutto allora fu facile. Anche lui aveva le pistole, ma, prudentemente, si era astenuto dall'usarle, fidando nella sua forza eccezionale, che di gran lunga eccedeva quella di ogni altra persona che abbia mai conosciuto. Strappata la clava a uno dei selvaggi che era caduto, spaccò la testa ai tre che rimanevano, uccidendoli uno dopo l'altro, con un colpo per uno. Restammo così padroni del campo.

Tutto ciò si era svolto con tale rapidità che non riuscivamo quasi a credere che fosse vero e ci eravamo fermati a contemplare i cadaveri in una specie di stupido intontimento, quando dovemmo rientrare in noi al rumore degli urli, che ci giungevano da lontano. Era evidente che i selvaggi erano stati allarmati dagli spari e che ormai ci avrebbero scoperti. Per tornare sulla collina sarebbe stato necessario avanzare nella direzione da cui provenivano gli urli e, quand'anche fossimo riusciti a raggiungere la base, non saremmo mai stati in grado di risalire il fianco scosceso senza esser visti. La nostra situazione era quanto mai pericolosa, e noi non sapevamo da che parte scappare, quando uno dei selvaggi, che avevo colpito e ritenevo morto, balzò rapido in piedi e cercò di fuggire. Riuscimmo a catturarlo prima che si fosse allontanato di molto e stavamo per ammazzarlo, quando Peters suggerì che forse sarebbe stato più utile obbligarlo ad accompagnarci nel nostro tentativo di fuga. Perciò lo trascinammo con noi, facendogli capire che sarebbe stato senz'altro ucciso, se avesse opposto la minima resistenza. Pochi minuti dopo s'era rassegnato e ci correva accanto mentre fuggivamo tra le rocce, verso la riva.

Sino a questo punto le ineguaglianze del terreno che stavamo attraversando ci avevano quasi sempre nascosto il mare; quando riuscimmo a vederlo apertamente, distava forse duecento iarde. Ma, appena messo piede sulla spiaggia, quale non fu il nostro sgomento nello scorgere un'immensa folla di

[1] Anche la marna era nera; infatti su quell'isola non trovammo assolutamente nulla, che fosse di tinta chiara.

indigeni, che scendevano dal villaggio e da ogni altra parte dell'isola e si dirigevano verso di noi, gesticolando selvaggiamente e urlando come bestie feroci? Eravamo sul punto di retrocedere e di cercare un nascondiglio tra le anfrattuosità del deserto attraversato, quando io scoprii le prue di due canoe, che spuntavano da dietro un grosso scoglio proteso nell'acqua. Verso quelle pertanto corremmo, quanto più rapidamente possibile e, raggiuntele, trovammo che erano abbandonate e non contenevano altro se non tre grosse tartarughe *galapagos* e le solite pagaie per sessanta rematori. Balzammo in una canoa, obbligando il nostro prigioniero a salire a bordo con noi e vogammo al largo con tutta la forza di cui disponevamo.

Tuttavia non ci eravamo ancora allontanati cinquanta iarde dalla riva, quando riacquistammo la calma sufficiente per capire la pericolosa svista in cui eravamo incorsi, lasciando l'altra canoa ai selvaggi, che ormai si trovavano a una distanza appena doppia della nostra e rapidamente avanzavano per inseguirci. Non avevamo tempo da perdere. Era una ben debole speranza la nostra, ma era l'unica che ci restasse. Era dubbio infatti se, anche col massimo sforzo, saremmo riusciti a tornare in tempo utile per impedir loro di impadronirsi della canoa, ma una tenue possibilità c'era pur sempre. Se fossimo riusciti, avremmo forse potuto salvarci, mentre il rinunziare a quel tentativo voleva dire rassegnarsi all'inevitabile macello.

La canoa era fabbricata con la poppa e la prua uguali, sì che, invece di voltarla, ci limitammo a cambiar di posizione noi. Non appena se ne accorsero, i selvaggi raddoppiarono gli urli e la velocità e si avvicinarono con incredibile furia. Noi si remava con tutta l'energia della disperazione e arrivammo al punto conteso mentre vi giungeva il primo degli indigeni. Questi pagò cara la sua maggior agilità, perché Peters gli trapassò la testa con un colpo di pistola. L'avanguardia del primo gruppo era forse a una distanza di venti o trenta passi quando noi afferrammo la canoa. A tutta prima cercammo di portarla al largo, in modo che i selvaggi non potessero raggiungerla; visto però, che era troppo solidamente arenata, e non c'era tempo da perdere, Peters con due o tre decisi colpi assestati col calcio del moschetto riuscì a sfondare una gran parte della prua e di uno dei fianchi. Dopo di che ci allontanammo. Due indigeni avevano già afferrato la nostra barca e si rifiutavano ostinatamente di lasciarci andare, tanto che fummo obbligati a liberarcene coi pugnali. Finalmente eravamo liberi e ci dirigevamo con grande rapidità verso il mare. Il gruppo principale dei selvaggi, raggiunta la canoa rotta emise un tremendo ruggito di rabbia e di comprensibile delusione. Infatti, da quanto si era visto, questi sciagurati sembravano la razza più malvagia, ipocrita, vendicativa, sanguinaria e bestiale che mai sia comparsa sulla faccia del mondo. Era evidente che, fossimo caduti nelle loro mani, non saremmo stati risparmiati. Cercarono, scioccamente, di seguirci con la canoa rotta, ma, accorgendosi che non ci riuscivano, esternarono nuovamente la loro rabbia con una serie di spaventosi urli e poi corsero verso le colline.

Eravamo riusciti a sfuggire al pericolo immediato, è vero, ma la nostra situazione era tutt'altro che lieta. Sapevamo che i selvaggi possedevano non meno di quattro canoe di quel tipo e ignoravamo che due di queste (come ci disse, più tardi, il nostro prigioniero) erano state fatte a pezzi dall'esplosione della *Jane Guy*. Prevedevamo perciò che saremmo stati inseguiti, non appena i nostri nemici avessero potuto raggiungere la baia (distante forse tre miglia), dove generalmente tenevano le barche.

Per paura di questo, compimmo ogni sforzo per lasciarci l'isola alle spalle e solcammo rapidi il mare, obbligando il prigioniero a remare anche lui. Mezz'ora dopo, quando c'eravamo distanziati probabilmente cinque o sei miglia a sud, vedemmo emergere dalla baia una grossa flottiglia di barconi e zattere, con le quali quegli sciagurati intendevano inseguirci. Ma, disperando di poterci raggiungere, non tardarono a tornarsene indietro.

CAPITOLO VENTICINQUESIMO

Ci trovammo così nell'ampio e desolato Oceano Antartico, a più di 84° di latitudine in una fragile canoa, con non altra provvista se non tre tartarughe. Inoltre non si poteva ritenere lontano il lungo inverno polare, in modo che ci risultò chiaro che avremmo dovuto deliberare con cura sulla rotta da seguire. All'orizzonte si vedevano sei o sette isole, che appartenevano allo stesso gruppo, e distavano l'una dall'altra cinque o sei leghe, ma non avevamo la minima intenzione di avventurarci su alcuna di esse. Nel viaggio la *Jane Guy* aveva gradualmente lasciato alle spalle le più rigide regioni glaciali, e questo fatto, sebbene in contraddizione con l'opinione generale sull'Antartico, era un fatto che l'esperienza non ci permetteva di negare. Perciò tentar di tornare sarebbe stato una follia, specialmente in stagione così avanzata. Ne seguiva che una sola direzione poteva offrirci una qualche speranza e pertanto decidemmo di puntare arditamente verso sud, dove, con ogni probabilità, avremmo potuto scoprire altre terre e tutto lasciava pensare che avremmo trovato un clima più mite.

Sinora avevamo potuto constatare che anche l'Antartico, così come l'Oceano Artico, era singolarmente immune da violente bufere e grosse mareggiate, ma la nostra canoa era assai fragile, sebbene piuttosto capace, in modo che ci occupammo subito di rinforzarla, quanto potevano permettercelo gli scarsi mezzi a nostra disposizione. Il materiale usato per costruire la barca non era altro se non corteccia, la corteccia di un albero sconosciuto. Le costole erano di un vimine assai rotondo, bene adatto a quello scopo. Da poppa a prua misurava cinquanta piedi; era larga dai quattro ai sei e profonda quattro piedi e mezzo. Queste barche infatti differivano assai nella forma da quelle di tutti gli altri abitanti dell'oceano meridionale, note ai popoli civilizzati. Neanche per un momento pensammo che fossero opera degli ignoranti isolani che le possedevano, e alcuni giorni dopo, interrogando il nostro prigioniero, scoprimmo infatti che erano state fabbricate dagli indigeni di un arcipelago, che si trovava a sud-ovest dell'isola dove le avevamo rinvenute, e che erano cadute per caso nelle mani di quei selvaggi. Ma ciò che si poteva fare per rinforzare la nostra barca era, a dir la verità, assai modesto. Scoprimmo parecchie grosse fessure alle due estremità e riuscimmo a turarle con lembi dei nostri giubbotti di lana. Con le pagaie inutili, di cui vi era grande abbondanza, costruimmo una specie di armatura a prua, in modo da frangere la violenza delle ondate che potevano minacciare di riempire la barca da quella parte. Altre due pagaie le usammo come alberi, piantandole l'una di fronte all'altra, sulle due pavesate, in modo da risolvere il problema del pennone. A tali alberi attaccammo una vela, fabbricata con le nostre camicie, e fu un lavoro piuttosto difficile, perché non riuscimmo a ottenere alcun aiuto dal nostro prigioniero, sebbene si fosse mostrato abbastanza diligente in ogni altra faccenda. La vista della tela sembrava esercitare uno stranissimo effetto su di lui. Non si riusciva neanche a fargliela toccare e quando cercavamo di forzarlo, era scosso da lunghi brividi e si metteva a urlare: *Tekeli-li!*

Avendo compiuto questi preparativi, per quanto concerne la sicurezza della canoa, ci dirigemmo verso sud-sud-est finché non si fu doppiata la più meridionale delle isole. Fatto questo puntammo arditamente verso sud. Il tempo era tutt'altro che spiacevole. Dal nord spirava una brezza costante e dolcissima, il mare era placido, la luce solare non tramontava mai. Ghiaccio non se ne vedeva: *infatti superato il parallelo dell'isolotto di Bennet non ne trovammo più traccia alcuna*. L'acqua era troppo calda perché il ghiaccio potesse conservarsi. Uccisa la più grossa delle nostre tartarughe, e ottenuto così non solo cibo ma una copiosa provvista d'acqua, continuammo per la nostra rotta, senza incidenti di sorta, per forse sette o otto giorni, spingendoci molto a sud, perché il vento spirava sempre favorevole e una fortissima corrente ci trasportava nella direzione che ci eravamo proposti.

1 marzo[1]. Molti fenomeni insoliti ci fecero capire che stavamo entrando in una regione ricca di novità e meraviglie. All'orizzonte meridionale appariva costantemente un'alta cortina di vapore grigio chiaro; di tratto in tratto ne emergevano aguzze lingue, ora da est verso ovest, ora da ovest verso est, che poi subito scomparivano nella massa eguale e uniforme. Insomma si doveva pensare alle mirabolanti variazioni di un'aurora boreale. L'altezza media di quel vapore, come ci appariva dalle nostre posizioni, era di circa venticinque gradi. La temperatura del mare sembrava aumentare a ogni istante e si poteva notare un mutamento assai evidente nel suo colore.

2 marzo. Quel giorno avendo ripetutamente interrogato il nostro prigioniero riuscimmo a conoscere parecchi particolari sull'isola dell'ecatombe, i suoi abitanti, gli usi e i costumi; ma come posso *adesso* intrattenerne il lettore? Mi si permetta, tuttavia, da ricordare che venimmo a sapere che l'arcipelago è costituito di otto isole, governate da un re comune, chiamato *Tsalemon* o *Psalemoun*, che risiede in una delle isole più piccole; che le pelli nere che costituivano il vestito dei guerrieri venivano da un animale di ampia mole, che si trovava solo in una vallata vicino alla corte del re; che gli abitanti dell'arcipelago non sapevano fabbricare altre barche tranne quegli zatteroni dal fondo piatto; che le quattro canoe erano le uniche che essi possedessero ed erano venute in loro possesso, per puro caso, da una grossa isola che si trovava a sud-ovest; che lui si chiamava Nu-Nu e non aveva mai sentito parlare dell'isolotto di Bennet e che l'isola da cui ci eravamo allontanati aveva nome *Tsalal*. L'inizio delle parole *Tsalemon* e *Tsalal* veniva pronunziato con un lungo fischio, che noi non fummo mai in grado di imitare, neppure dopo parecchi tentativi, e che era esattamente simile al fischio di quel tarabuso nero, che avevamo mangiato sulla sommità della collina.

3 marzo. Il calore dell'acqua era ormai veramente notevole e il suo colore subiva un rapido cambiamento, non essendo più trasparente ma opalescente e denso come latte. Nelle nostre immediate vicinanze era generalmente

[1] Per ovvie ragioni non pretendo di essere esattissimo in queste mie date, che ricavo dai miei appunti. Ricorro a questo sistema solo per rendere più perspicua la mia narrazione.

tranquillo, mai così mosso da presentare il minimo pericolo per la canoa, ma noi eravamo frequentemente sorpresi nello scorgere, a destra e a sinistra, a distanze variabili, improvvisi ed estesi sconvolgimenti della superficie. Infine notammo che questi erano sempre preceduti da quei turbolenti guizzi dei vapori a sud.

4 marzo. Oggi, con l'intento di ampliare la superficie della vela, dato che la brezza che spirava da nord stava notevolmente diminuendo, estrassi di tasca un fazzoletto bianco. Nu-nu era seduto al mio fianco e il fazzoletto per caso gli strisciò contro il viso, al che egli fu colto da improvvise convulsioni. Rimase in seguito immerso in uno stato di stupore e sonnolenza, durante il quale mormorava sottovoce: *Tekeli-li! Tekeli-li!*

5 marzo. Il vento era cessato completamente, ma era evidente che noi continuavamo a correre verso sud, spinti da una forte corrente. A questo punto avremmo invero dovuto provare un certo allarme, a vedere la piega che prendevano gli eventi, mentre invece non ne avvertivamo neppur l'ombra. La fisionomia di Peters non tradiva nessuna ansia, sebbene a volte assumesse un'espressione che non ero in grado di capire. Era evidente che l'inverno polare si avvicinava, ma che si avvicinava senza i concomitanti terrori. Mi sentivo *intorpidito* di corpo e spirito, avevo la sensazione di vivere in sogno e questo era tutto.

6 marzo. Il vapore, che si era ormai elevato di parecchi gradi sull'orizzonte, stava gradualmente perdendo il suo grigiore. L'acqua era così calda che non si poteva più toccarla e anche più lattiginosa di prima. In quel giorno, proprio accanto alla canoa, si produsse una violenta agitazione dell'acqua. Anche questa fu accompagnata dai soliti turbolenti guizzi del vapore alla sua sommità, e da una momentanea apertura alla sua base. Un'impalpabile polvere bianca, che sembrava cenere, ma non era, cadde sulla canoa e su un'ampia distesa di acqua, mentre i guizzi del vapore lentamente svanivano e il mare riassumeva la sua calma usuale. A questo punto Nu-Nu si buttò bocconi al fondo della barca e non fummo più in grado di smuoverlo di là.

7 marzo. Quel giorno interrogammo Nu-Nu sui motivi che avevano indotto gli indigeni a uccidere i nostri compagni, ma sembrava troppo sconvolto dal terrore per essere in grado di darci una risposta ragionevole. Si ostinava a restare steso sul fondo della barca e, avendo noi rinnovato la domanda, egli si limitò a compiere dei gesti idioti, come sollevare con l'indice il labbro superiore mostrandoci la chiostra dei denti, che erano completamente neri. Prima di allora non avevamo mai visto i denti di un abitante di Tsalal.

8 marzo. Quel giorno, accanto alla nostra barca, passò uno di quei bianchi animali, la cui apparizione sulla riva di Tsalal aveva provocato così violente emozioni tra i selvaggi. Avrei voluto catturarlo, ma improvvisamente mi sentii colto da una strana indolenza e lo lasciai stare. Il calore dell'acqua aumentava sempre, tanto che ormai non si riusciva a tenervi immersa la mano. Peters non parlava quasi più e io non sapevo che pensare della sua apatia. Nu-Nu si limitava a respirare e null'altro.

9 marzo. Tutta quella polvere cinerea continuava a caderci intorno, in vasta quantità. La cortina di vapori a sud era salita prodigiosamente sull'orizzonte e cominciava ad assumere forma più distinta. Non potrei paragonarla ad altro se non a un'illimitata cataratta, che silenziosa cade nel mare da un immenso e altissimo baluardo dei cieli. La gigantesca cortina avvolgeva l'intera estensione dell'orizzonte meridionale. Ma non si percepiva rumore alcuno.

21 marzo. Un'improvvisa tenebra si diffuse su di noi, ma dalle lattee profondità l'oceano emanava una bagliore luminoso, che lambiva i fianchi della barca. Eravamo completamente avvolti e come soffocati da quella bianca pioggia cinerea che cadeva su di noi e sulla canoa e fondeva non appena toccava l'acqua. Il sommo della cataratta era completamente perduto nell'imprecisione della lontananza. E tuttavia risultava evidente che noi ci avvicinavamo a essa con velocità folle. A intervalli si aprivano ampie fessure che subito si richiudevano, attraverso le quali si scorgeva un caotico fluttuare di immagini indistinte e ci giungeva il soffio di vasti venti silenziosi, che venivano a solcare l'oceano ardente.

22 marzo. La tenebra era notevolmente aumentata, mitigata solo dalla fosforescenza dell'acqua, su cui si rifletteva la bianca cortina spiegata davanti a noi. Giganteschi uccelli d'un livido biancore volavano incessanti da dietro la cortina e ripetevano l'eterno *Tekeli-li*, a mano a mano che si allontanavano dalla nostra vista. A questo punto Nu-Nu si mosse un poco al fondo della barca, e quando lo toccammo ci accorgemmo che era morto. Ma noi già precipitavamo nell'amplesso della cataratta, dove si spalancò un abisso, pronto a riceverci. Ed ecco sorgere sulla nostra rotta un'ammantata figura umana, di proporzioni ben più vaste di qualunque abitante della terra. E la pelle di questa figura aveva il colore delle nevi immacolate.

NOTA

Le circostanze della recente improvvisa e dolorosa scomparsa di Mr Pym sono ben note al pubblico, che ne è stato informato dalla stampa quotidiana. Si deve temere che gli ultimi capitoli, che avrebbero completato questa narrazione ed egli aveva trattenuto presso di sé per un'ultima revisione, mentre le precedenti pagine erano in corso di stampa, siano andati irrevocabilmente perduti nell'incidente che ha causato la morte del loro autore. Tuttavia può darsi che le cose non stiano così, e se si riuscirà a ricuperare quei fogli, essi pure verranno offerti al pubblico.

Nulla si è lasciato intentato per colmare la lacuna. La persona, che è stata ricordata nella prefazione, e che, da quanto viene dichiarato in quel punto, si potrebbe supporre in grado di colmare questa lacuna, ha declinato l'incarico – e questo per plausibili motivi quali la generale imprecisione dei particolari che gli sono stati comunicati e la scarsa fiducia che nutre nella veridicità dell'ultima parte della narrazione. Peters, dal quale si potrebbe forse ottenere qualche informazione, è tuttora in vita e dimora nell'Illinois, ma per il momento non è stato rintracciato. Può darsi che in seguito si sia più fortunati, ed egli senza dubbio sarà in grado di fornire gli elementi necessari per condurre a termine il racconto di Mr Pym.

La perdita degli ultimi due o tre capitoli (perché infatti non ve ne erano che due o tre) è tanto più dolorosa in quanto senza dubbio essi avrebbero fornito informazioni sul Polo o almeno sulle regioni nelle immediate vicinanze e anche perché le dichiarazioni dell'autore riguardo a queste regioni avrebbero potuto essere convalidate o infirmate dalla spedizione che il Governo sta allestendo per un viaggio nell'Oceano Antartico.

Su un punto di questa narrazione si possono fare alcuni rilievi, e lo scrittore di questa appendice sarebbe molto lieto se le sue osservazioni valessero a conferire un qualche credito alle pagine così singolari, che sono qui offerte al pubblico. Alludiamo ai burroni trovati nell'isola di Tsalal e al complesso delle figure riportate alle pagine 195-197.

Mr Pym ha offerto le figure di quei burroni senza fare commenti e parla delle incisioni trovate all'estremità del più meridionale di questi burroni come se non avessero che una ben vaga rassomiglianza coi caratteri alfabetici, lasciando capire che *non* li considerava tali. Questa affermazione è presentata in modo così semplice e convalidata da una dimostrazione che sembra così irrefutabile, e cioè che i frammenti di marna trovati nella polvere combaciavano perfettamente con le incisioni sulla parete, che è giocoforza ritenere che in quel punto lo scrittore sia in perfetta buona fede, e nessun lettore potrà certo pensare altrimenti. Ma siccome le circostanze relative a *tutte* le figure sono quanto mai strane (specialmente se messe in correlazione con certe dichiarazioni che si incontrano in altri punti della narrazione) sarà forse opportuno dedicare alcune poche parole a quelle figure, tanto più perché le circostanze in questione sono senza dubbio sfuggite all'attenzione del signor Poe.

Le figure 1, 2, 3, 5 quando unite tra loro, nel preciso ordine in cui si presentavano i burroni, e private di quelle minori diramazioni laterali o corridoi (che si ricorderà, servivano appunto di passaggio tra un burrone e l'altro ed erano di carattere totalmente diverso) costituiscono una radice verbale etiopica, la radice etiopica ጸለመ፡ che vuol dire «essere oscuro» e dalla quale derivano tutte le espressioni che designano ombra e tenebra.

In quanto alla incisione «sinistra o più settentrionale» della figura 4, è più che probabile che l'opinione di Peters fosse corretta e che quei geroglifici siano veramente opera di un uomo, che intendeva in tal modo rappresentare una forma umana. Il lettore può consultare il disegno e decidere, per conto suo, se accettare o no la somiglianza proposta; ma il resto dell'incisione viene fortemente a confermare le opinioni di Peters. La linea superiore è evidentemente la radice verbale arabica ابيض «essere bianco», dalla quale derivano tutte le espressioni che si riferiscono a luminosità e biancore. La riga inferiore non è così facile da decifrare. I caratteri sono piuttosto frammentari e staccati; tuttavia non si può dubitare che, nel loro stato originale, essi costituivano la parola egiziana ΠⲁϢΥΡΗⲤ «la regione del sud». Si deve osservare che queste tre interpretazioni confermano l'opinione di Peters, in rapporto al disegno più settentrionale. Il braccio è steso infatti verso sud.

Conclusioni siffatte aprono uno sterminato campo a speculazioni e ad affascinanti congetture. Esse dovrebbero forse venir considerate in relazione con alcuni dei più imprecisi episodi della narrazione, sebbene questa catena di rapporti non sia mai completamente perspicua. *Tekeli-li* fu il grido degli atterriti indigeni di Tsalal, quando scoprirono la carcassa dell'animale bianco raccolto in mare. Questa fu pure la sgomenta esclamazione dell'indigeno prigioniero, quando si trovò davanti alla stoffa *bianca* posseduta da Mr Pym. Questo era anche il grido dei veloci e giganteschi uccelli *bianchi*, che emergevano dalla vaporosa cortina *bianca* del Sud. A Tsalal non si trovava nulla di *bianco*, mentre non si trovò altro nel susseguente viaggio verso le regioni più meridionali. Non è impossibile che una più accurata indagine filologica riveli che esiste un qualche rapporto tra il nome dell'isola, Tsalal, e i burroni o caratteri etiopici, così misteriosamente tracciati sulle loro pareti.

«*Questo l'ho inciso sulla montagna, è la mia vendetta sulla polvere della roccia.*»

POESIE
E SAGGI SULLA POESIA

Nella pagina precedente: A. Martini, *Il corvo*, 1906.

Poesie (Titolo originale: «Poems»); *Filosofia della composizione* (Titolo originale: «The Philosophy of Composition»); *Il principio poetico* (Titolo originale: «The Poetic Principle»); *Il fondamento logico del verso* (Titolo originale: «The Rationale of Verse»).
Traduzioni di Tommaso Pisanti

Prefazione alle poesie (1845)

Queste mie inezie sono qui raccolte e ripubblicate allo scopo, soprattutto, di salvarle dai tanti «miglioramenti» cui sono andate soggette mentre vagavano, qua e là, «in giro per la stampa». È mio ansioso desiderio, naturalmente, che quel che ho scritto circoli così come l'ho scritto, se circolazione deve avere. A difesa, tuttavia, del mio gusto mi corre l'obbligo di aggiungere che nulla vi è in questo volume che sia di molto valore per il pubblico o molto onorevole per me stesso. Avvenimenti al di fuori di ogni mio controllo mi hanno sempre impedito di fare un serio sforzo in quello che, in più felici circostanze, sarebbe stato il campo di mia elezione. Per me la poesia non è stata un proponimento, ma una passione; e le passioni dovrebbero sempre essere rispettate; esse non devono — esse non possono essere suscitate a volontà, con l'occhio rivolto a meschine ricompense, o agli encomi, ancor più meschini, dell'umanità.

E.A.P.

Tamerlane

Kind solace in a dying hour!
  Such, father, is not (now) my theme –
I will not madly deem that power
  Of Earth may shrive me of the sin
  Unearthly pride hath revell'd –
  I have no time to dote or dream:
You call it hope – that fire of fire!
It is but agony of desire:
If I *can* hope – O God! I can –
  Its fount is holier – more divine –
I would not call thee fool, old man,
  But such is not a gift of thine.

Know thou the secret of a spirit
  Bow'd from its wild pride into shame.
O yearning heart! I did inherit
  Thy withering portion with the fame,
The searing glory which hath shone
Amid the Jewels of my throne,
Halo of Hell! and with a pain
Not Hell shall make me fear again –
O craving heart, for the lost flowers
And sunshine of my summer hours!
The undying voice of that dead time,
With its interminable chime,
Rings, in the spirit of a spell
Upon the emptiness – a knell.

I have not always been as now:
The fever'd diadem on my brow
  I claim'd and won usurpingly –
Hath not the same fierce heirdom given
  Rome to the Caesar – this to me?
  The heritage of a kingly mind,
And a proud spirit which hath striven
  Triumphantly with human kind.

On mountain soil I first drew life:
  The mists of the Taglay have shed
Nightly their dews upon my head,
And, I believe, the winged strife
And tumult of the headlong air
Have nestled in my very hair.

So late from Heaven – that dew – it fell
  ('Mid dreams of an unholy night)
Upon me with the touch of Hell,
  While the red flashing of the light
From clouds that hung, like banners, o'er,

Tamerlano

Dolce sollievo nell'ora in cui si muore! [1]
Ma non di questo, padre, ora tratterò con te [2] –
né riterrò, stoltamente, che da un potere
terrestre possa mai lavarsi il peccato
cui l'indusse un orgoglio che va oltre l'umano. –
Non ho io tempo per sogni o per fole:
e tu parli di speranza – quel fuoco d'ogni fuoco!
Non è che tormentosa brama:
e se sperare m'è dato – m'è dato, o Dio! –
da più sacra fonte mi proviene, più divina.
Non vorrei chiamarti stolto, vecchio:
ma questo non è dono che derivi da te.

Tu apprendi il segreto d'uno spirito
atterrato dal suo stesso immane orgoglio.
O cuore avido! – da te io ereditai anche,
con la fama, la tua parte più peritura,
quel che appassisce e muore, divorante
vampa fra le gemme del mio trono,
alone d'Inferno! E con tale strazio, insieme,
che dall'Inferno stesso di più non avrò a temerne.
O cuore che ti struggi ora per i perduti fiori,
per il fulgore di quelle mie ore d'estate!
L'immortale voce di quel morto tempo,
col suo incessante, tinnulo scampanio
ancora per me risuona, soffio d'un incanto,
nel vuoto e nel deserto! Ma è ora un rintocco.

Non sempre fui quel che sono:
il febbrile diadema sulla mia fronte
io lo pretesi un tempo e l'usurpai –
e non fu forse lo stesso fiero retaggio
che diede Roma a un Cesare? Questo valse per me.
Il retaggio di una tempra regale
e d'uno spirito indomito, altèro, che lotta –
trionfandone infine – contro il genere umano.

La mia prima vita fu tra gli aspri monti:
le nebbie del Taglay [3] cosparsero
il mio capo di notturne rugiade,
e l'alata contesa, com'io credo,
e il tumulto e l'assalto dei venti
tra le mie chiome ebbero il nido.

Tardi – quella rugiada – calò dal cielo
(fra sogni di una notte dissacrata!)
su di me col tocco dell'Inferno,
mentre il rosso baleno della luce,
dalle nuvole svettanti come stendardi,

Appeared to my half-closing eye
The pageantry of monarchy;
And the deep trumpet-thunder's roar
Came hurriedly upon me, telling
Of human battle, where my voice,
My own voice, silly child! – was swelling
(O! how my spirit would rejoice,
And leap within me at the cry)
The battle-cry of Victory!

The rain came down upon my head
Unshelter'd – and the heavy wind
Rendered me mad and deaf and blind.
It was but man, I thought, who shed
Laurels upon me: and the rush –
The torrent of the chilly air
Gurgled within my ear the crush
Of empires – with the captive's prayer –
The hum of suitors – and the tone
Of flattery 'round a sovereign's throne.

My passions, from that hapless hour,
Usurp'd a tyranny which men
Have deem'd, since I have reach'd to power,
My innate nature – be it so:
But, father, there liv'd one who, then,
Then – in my boyhood – when their fire
Burn'd with a still intenser glow
(For passion must, with youth, expire)
E'en *then* who knew this iron heart
In woman's weakness had a part.

I have no words – alas! – to tell
The loveliness of loving well!
Nor would I now attempt to trace
The more than beauty of a face
Whose lineaments, upon my mind,
Are – shadows on th' unstable wind:
Thus I remember having dwelt
Some page of early lore upon,
With loitering eye, till I have felt
The letters – with their meaning – melt
To fantasies – with none.

O, she was worthy of all love!
Love – as in infancy was mine –
'Twas such as angel minds above
Might envy; her young heart the shrine
On which my every hope and thought
Were incense – then a goodly gift,
For they were childish and upright –
Pure – as her young example taught:

rivelava al mio occhio socchiuso
la magnificenza del regale potere;
e come una tromba l'alto rombo del tuono
a me si volgeva con furia, contandomi
d'umane battaglie e d'eserciti, dove
la mia voce, la mia voce sovrastava
(oh, come si beava il mio cuore di fanciullo
insensato, ed in me balzava esultante
della vittoria al grido e al clamore!).

La pioggia batteva sul mio capo
indifeso – e l'impetuoso vento
mi rendeva folle e sordo e cieco.
Solo uomini, pensavo, quelli che gli allori
spargevano su di me: e la foga,
il torrente della gelida aria
gorgogliava al mio orecchio scrosci e urti
d'imperi – con lamenti di prigionieri –
ronzio di supplicanti – e lusinghe
di cortigiani intorno ad un trono.

Le mie passioni da quell'infausta ora
su di me usurparono una tirannia che molti
poi attribuirono alla mia innata natura,
poi che strinsi il potere! E sia pur così!
Ma, o padre, là viveva una fanciulla che allora –
allora – nella prima età – quando il loro
fuoco bruciava con più intensa fiamma
(giacché con giovinezza anche la passione muore),
già sapeva che questo ferreo cuore era partecipe
del fragile incanto di una donna.

Oh, non ho parole per dirti
della fascinosa bellezza di un amore!
Né ora vorrei neanche tentar di tracciare
la superiore beltà d'un volto
i cui lineamenti, nella mia mente,
son come le ombre sul vento mutevole:
a quel modo stesso ricordo che indugiai,
talvolta, su pagine d'antica sapienza,
con occhio stregato, finché le loro lettere –
e i significati – si riconfondevano
in fantasie prive d'ogni senso.

Oh, lei era ben degna di un amore!
Un amore – come il mio di fanciullo –
che tale era che agli angeli del cielo
destava invidia;[4] e il suo giovane cuore un'ara
era per me, e incenso ogni mia speranza,
ogni pensiero – innocenti doni, allora –
giacché s'offrivano schietti e fanciulleschi, –
e puri – come il suo stesso esempio m'indicava:

  Why did I leave it, and, adrift,
  Trust to the fire within, for light?

We grew in age – and love – together –
  Roaming the forest, and the wild;
My breast her shield in wintry weather –
  And, when the friendly sunshine smil'd,
And she would mark the opening skies,
I saw no Heaven – but in her eyes.

Young Love's first lesson is – the heart,
  For 'mid that sunshine, and those smiles,
When, from our little cares apart,
  And laughing at her girlish wiles,
I'd throw me on her throbbing breast,
  And pour my spirit out in tears –
There was no need to speak the rest –
  No need to quiet any fears
Of her – who ask'd no reason why,
But turn'd on me her quiet eye!

Yet *more* than worthy of the love
My spirit struggled with, and strove,
When, on the mountain peak, alone,
Ambition lent it a new tone –
I had no being – but in thee:
  The world, and all it did contain
In the earth – the air – the sea –
  Its joy – its little lot of pain
That was new pleasure – the ideal,
  Dim, vanities of dreams by night –
And dimmer nothings which were real –
  (Shadows – and a more shadowy light!)
Parted upon their misty wings,
  And, so, confusedly, became
  Thine image and – a name – a name!
Two separate – yet most intimate things.

I was ambitious – have you known
  The passion, father? You have not:
A cottager, I mark'd a throne
Of half the world as all my own,
  And murmur'd at such lowly lot –
But, just like any other dream,
  Upon the vapor of the dew
My own had past, did not the beam
  Of beauty which did while it thro'
The minute – the hour – the day – oppress
My mind with double loveliness.

We walk'd together on the crown
Of a high mountain which look'd down

oh, perché li abbandonai, perché, disviandomi,
m'affidai, invece, al fuoco che m'ardeva dentro?

Insieme crescemmo negli anni – nell'amore,
vagando per i boschi e per i luoghi più selvatici;
il mio petto fu per lei scudo in avversa stagione;
e quando ci sorrideva e rifulgeva il sole
ed ella osservava i cieli illimitati,
altro cielo *io* non vedevo che nei suoi occhi.[5]

Primo maestro d'Amore è il cuore;
e allorché fra quei soli e quei sorrisi,
immemori noi d'ogni altra cura,
io ridendo alle sue malizie di fanciulla
m'accostavo al suo petto in tumulto
e il mio ardore riversavo in pianto,
non altro avevo io a dire e ad aggiungere –
nessun timore avevo da quietare in lei –
in lei che mai ragioni non chiedeva,
ma solo volgeva a me il suo occhio tranquillo!

Più che degna dell'amore col quale
il mio spirito lottava e si struggeva –
allorquando, vagando io solo sulla vetta,
l'Ambizione gli dava altra tempra,
più dura – io non avevo vita che nella tua:
l'intero mondo e tutto quanto è in esso
in terra – nell'aria – nel mare –
ogni allegrezza – quel suo tanto di pena
che era poi un nuovo piacere – e le parvenze
labili e immaginarie dei notturni sogni,
e le ancor più vaghe, fosche parvenze che invece
erano reali (ombre: e la luce stessa un'ombra!),
tutte fuggivano sulle loro ali di nebbia,
e confusamente, in tal modo, divenivano la tua
immagine stessa e un nome – un solo nome!
Due separate sostanze insieme congiunte.

Io ero ambizioso. Hai tu conosciuto
la passione, padre? Tu non l'hai conosciuta.
Pastore, sognavo di regnar su una metà almeno
del mondo, non tolleravo quel mio basso
destino. – Ma come già ogni altro sogno,
nei rugiadosi vapori del mattino anche il mio
sarebbe svanito, se di bellezza il raggio,
che di continuo l'abitava – in ogni attimo –
in ogni ora e giorno – non avesse
in me la mente dominato con duplice incanto.

Insieme, si giungeva alla corona d'un alto
monte, che dalle sue orgogliose torri

Afar from its proud natural towers
  Of rock and forest, on the hills –
The dwindled hills! begirt with bowers
  And shouting with a thousand rills.

I spoke to her of power and pride,
  But mystically – in such guise
That she might deem it nought beside
  The moment's converse; in her eyes
I read, perhaps too carelessly –
  A mingled feeling with my own –
The flush on her bright cheek, to me
  Seem'd to become a queenly throne
Too well that I should let it be
  Light in the wilderness alone.

I wrapp'd myself in grandeur then
  And donn'd a visionary crown –
  Yet it was not that Fantasy
  Had thrown her mantle over me –
But that, among the rabble – men,
  Lion ambition is chain'd down –
And crouches to a keeper's hand –
Not so in deserts where the grand –
The wild – the terrible conspire
With their own breath to fan his fire.

Look 'round thee now on Samarcand! –
  Is she not queen of Earth? her pride
Above all cities? in her hand
  Their destinies? in all beside
Of glory which the world hath known
Stands she not nobly and alone?
Falling – her veriest stepping-stone
Shall form the pedestal of a throne –
And who her sovereign? Timour – he
Whom the astonished people saw
Striding o'er empires haughtily
  A diadem'd outlaw!

O, human love! thou spirit given,
On Earth, of all we hope in Heaven!
Which fall'st into the soul like rain
Upon the Siroc-wither'd plain,
And, failing in thy power to bless,
But leav'st the heart a wilderness!
Idea! which bindest life around
With music of so strange a sound
And beauty of so wild a birth –
Farewell! for I have won the Earth.

di roccia e d'alberi in giù guardava
ai più umili colli – agli umili colli
più in basso, ai loro ombrosi recessi,
risonanti, da ogni parte, di mille torrenti.

Parlavo a lei di potere e d'orgoglio,
ma misticamente – e in un tale modo
ch'ella stimasse poco o nulla tutto questo
al confronto con quel nostro incontrarci,
con quel nostro presente: leggevo nei suoi occhi,
illudendomi forse, un sentire consono al mio. –
Il bel colore alle sue fulgide guance
troppo mi pareva degno d'una regina
perché lasciassi che così solitario
risplendesse in quel deserto.[6]

M'avvolgevo fra grandi, maestosi pensieri,
mi calavo sul capo un'immaginaria corona;
ma non che fossi all'illusione in preda,
che Fantasia m'avesse gettato il suo manto.
Accade, in una moltitudine d'uomini,
che Ambizione è un leone in catene
e serve, obbediente, alla mano che lo regge. –
Ma non così avviene in quei più deserti luoghi,
dove grandiosità di natura – selvatichezza –
e orrore – tutti insieme cospirano
a soffiar sul suo fuoco ruggente.

Guarda a te d'intorno ora in Samarcanda![7] –
Non è regina del mondo? Non è la prima
fra tutte le città? Non ne regge i destini
con la sua ferma mano? In tutta l'immensa gloria
che il mondo conobbe non sta nobile e sola?
Se mai cadesse, il suo estremo gradino
già offrirebbe il piedistallo ad un trono! –
E chi n'è il sovrano? Timur[8] – colui
che la gente attonita vide procedere
a gran passi, altèro sopra agli imperi,
un bandito col diadema sulla fronte!

O umano amore! Tu che già possiedi
in terra quel che speriamo di trovar nel cielo!
Tu che cali sull'anima come la pioggia
sul piano che lo scirocco ha disseccato:
e se venisse meno il tuo benefico potere,
il cuore lasceresti più arido d'un deserto!
Sei tu, o idea, che aduni insieme la vita
con una musica di così strana armonia,
con la tua bellezza d'ascosa origine!
Addio! Ora ho conquistato la terra.

When Hope, the eagle that tower'd, could see
  No cliff beyond him in the sky,
His pinions were bent droopingly –
  And homeward turn'd his soften'd eye.
'Twas sunset: when the sun will part
There comes a sullenness of heart
To him who still would look upon
The glory of the summer sun.
That soul will hate the ev'ning mist
So often lovely, and will list
To the sound of the coming darkness (known
To those whose spirits harken) as one
Who, in a dream of night, *would* fly
But *cannot* from a danger nigh.

What tho' the moon – the white moon
Shed all the splendor of her noon,
Her smile is chilly – and *her* beam,
In that time of dreariness, will seem
(So like you gather in your breath)
A portrait taken after death.
And boyhood is a summer sun
Whose waning is the dreariest one –
For all we live to know is known
And all we seek to keep hath flown –
Let life, then, as the day-flower, fall
With the noon-day beauty – which is all.

I reach'd my home – my home no more –
  For all had flown who made it so.
I pass'd from out its mossy door,
  And, tho' my tread was soft and low,
A voice came from the threshold stone
Of one whom I had earlier known –
  O, I defy thee, Hell, to show
  On beds of fire that burn below,
  An humbler heart – a deeper wo.

Father, I firmly do believe –
  I *know* – for Death who comes for me
  From regions of the blest afar,
Where there is nothing to deceive,
  Hath left his iron gate ajar,
  And rays of truth you cannot see
Are flashing thro' Eternity –
I do believe that Eblis hath
A snare in every human path –
Else how, when in the holy grove
I wandered of the idol, Love,
Who daily scents his snowy wings
With incense of burnt offerings
From the most unpolluted things,

Quando la Speme, come aquila torreggiante,
non più vide altre rupi nel cielo, oltre a sé,
le ali ripiegò volando più in basso
e volse l'occhio addolcito al suo nido.
Era il tramonto; e quando il sole è svanito,
un'imbronciata tristezza discende su colui
che ancora col suo occhio ricerca
la piena gloria del sole d'estate.
Colui odierà, certo, le incerte nebbie
della sera, pur così amabili, e ascolterà
il suono della tenebra che sopravviene
(noto a quelli che sanno avvertirlo)
come uno che in un greve sogno, a notte,
fuggir vorrebbe a un imminente danno, e non può.

A che vale se la luna – la bianca luna
diffonde la pienezza del suo meriggio?
Il *suo* sorriso è gelido [9] – e il *suo* raggio
in quel desolato tempo m'apparirà
(così simile a quello che già può cogliersi in vita)
come un ritratto eseguito dopo morte.
Oh, la fanciullezza è un sole d'estate
che, dileguando, per sempre ci lascia inconsolati,
ché non più ci alletta alcuna cosa nuova,
e quel che vorremmo è intanto già volato via. –
E allora cada la vita stessa, come cade
il fiore nella luce del meriggio – che è tutto.[10]

Ricercai il mio nido – ma non più tale per me,
poiché tutto era svanito quel che lo rendeva tale.
Passai innanzi alla porta muscosa,
e benché soffice fosse e lieve il mio passo,
una voce s'alzò dalla soglia di pietra,
una voce da me già udita altra volta. –
Oh, io ti sfido, o Inferno, a mostrarmi
sui tuoi letti di fuoco laggiù nell'abisso
un più umile cuore, una più dura pena.

Padre, cred'io fermamente, – io *so* –
giacché Morte che per me ora arriva
dalle regioni lontane dei beati
(dove l'inganno più non esiste)
lasciò socchiusa un poco la sua ferrea porta
e raggi del vero che a voi restano ignoti
di lì lampeggiano in un'aria d'eterno –
io credo che da Eblis [11] fu posta
una serpe su ogni umano sentiero:
in qual modo, altrimenti quand'io erravo
per il sacro bosco dell'idolo, d'Amore,
che giorno dopo giorno profuma le sue
ali di neve con l'incenso delle offerte
che s'alza da quanto v'è di più incontaminato

Whose pleasant bowers are yet so riven
Above with trellis'd rays from Heaven
No mote may shun – no tiniest fly –
The light'ning of his eagle eye –
How was it that Ambition crept,
  Unseen, amid the revels there,
Till growing bold, he laughed and leapt
  In the tangles of Love's very hair?

(*1827-1828/45*)

Song

I saw thee on thy bridal day –
  When a burning blush came o'er thee,
Though happiness around thee lay,
  The world all love before thee:

And in thine eye a kindling light
  (Whatever it might be)
Was all on Earth my aching sight
  Of Loveliness could see.

That blush, perhaps, was maiden shame –
  As such it well may pass –
Though its glow hath raised a fiercer flame
  In the breast of him, alas!

Who saw thee on that bridal day,
  When that deep blush *would* come o'er thee,
Though happiness around thee lay,
  The world all love before thee.

(*1827-1845*)

Dreams

Oh! that my young life were a lasting dream!
My spirit not awak'ning till the beam
Of an Eternity should bring the morrow:
Yes! tho' that long dream were of hopeless sorrow,
'Twere better than the dull reality
Of waking life to him whose heart shall be,
And hath been ever, on the chilly earth
A chaos of deep passion from his birth!

But should it be – that dream eternally
Continuing – as dreams have been to me
In my young boyhood – should it thus be given,
'Twere folly still to hope for higher Heaven!
For I have revell'd, when the sun was bright
In the summer's sky; in dreamy fields of light,
And left unheedingly my very heart

e nei cui ameni recessi così frugano
dall'alto gli intricati raggi celesti
che né fuscello né minuscolo insetto
sfugge al lampo d'aquila del suo occhio –
come dunque fu che Ambizione s'insinuò
non vista, in quei festini d'allora,
finché facendosi ardita, balzò ridendo
tra i riccioli della chioma stessa d'Amore?

Canto

Ti vidi nel tuo giorno nuziale [12]
e t'invase una vampata di rossore,
quantunque felicità ti brillasse d'intorno
e il mondo fosse tutto amore innanzi a te. [13]

E il baleno che s'accese nei tuoi occhi
(quale ch'esso fosse per me),
fu quanto alla Beltà di più conforme
potesse svelarsi alla mia vista dolente.

Fu quel rossore, credo, pudore di fanciulla –
e ben si comprende che così fosse.
Ma un più fiero incendio quel baleno
sollevò – ahimè! – nel petto di colui

che ti vide nel tuo giorno nuziale,
allorché ti sorprese quell'acceso rossore,
quantunque felicità ti brillasse d'intorno
e il mondo fosse tutto amore innanzi a te.

Sogni

Oh, fosse un lungo sogno questo mio tempo
giovanile! [14] Se più non mi destassi finché il raggio
di un'Eternità non mi recasse il mattino!
Foss'anche un sogno pieno d'affanni,
pur sempre più l'amerei che quest'oscuro
mio vivere diurno: e per uno, poi, il cui cuore
sempre fu invece, su questa terra di gelo,
e fin dal suo nascere, ardente groviglio e caos!

Ma pur se un tal sogno d'eterna durata –
come per me fanciullo furono i sogni –
ancora mi fosse concesso – ora follia
sarebbe sperare in un più alto cielo!
Giacché io mi beai, mentre splendeva a me il sole
in estivi cieli, di sogni di vivida luce
e, incurante, lasciai che il mio cuore vagasse

In climes of mine imagining – apart
From mine own home with beings that have been
Of mine own thought – what more could I have seen?

'Taws once and *only* once and the wild hour
From my remembrance shall not pass – some power
Or spell had bound me – 'twas the chilly wind
Came o'er me in the night and left behind
Its image on my spirit, or the moon
Shone on my slumbers in her lofty noon
Too coldly – or the stars – howe'er it was
That dream was as that night wind – let it pass.

I have been happy – tho' but in a dream.
I have been happy – and I love the theme –
Dreams! in their vivid colouring of life –
As in that fleeting, shadowy, misty strife
Of semblance with reality which brings
To the delirious eye more lovely things
Of Paradise and Love – and all our own!
Than young Hope in his sunniest hour hath known.
(*1827-1828*)

Spirits of the Dead

I.
Thy soul shall find itself alone
'Mid dark thoughts of the gray tomb-stone –
Not one, of all the crowd, to pry
Into thine hour of secrecy:

II.
Be silent in that solitude,
  Which is not loneliness – for then
The spirits of the dead who stood
  In life before thee are again
In death around thee – and their will
Shall overshadow thee: be still.

III.
The night – tho' clear – shall frown –
And the stars shall look not down,
From their high thrones in the heaven,
With light like Hope to mortals given –
But their red orbs, without beam,
To thy weariness shall seem
As a burning and a fever
Which would cling to thee for ever.

IV.
Now are thoughts thou shalt not banish –
Now are visions ne'er to vanish –

nelle remote regioni del mio immaginare –
lontano, con strani esseri foggiati
dal pensiero. – Che altro avrei visto, altrimenti?

Fu *solo* una volta, e mai più svanirà da me
quell'attimo indicibile – fu per magia
che m'aveva avvinto [15] – e un gelido vento
m'investì nella notte – e m'impresse, ritirandosi,
la sua immagine. – O fu la luna, che si posò
sul mio sonno dal suo alto meriggio? Troppo fredda,
fredda. – O le stelle? Come che fosse, fu il sogno
simile a quel vento notturno. – Ma non più, ora.

Fui felice allora – benché solo in un sogno.
Fui felice allora – e ora m'è caro indugiarvi.
Sogni! Coi loro vividi colori di vita
come in quell'umbratile, nebuloso contrastare
fra realtà e parvenze, che all'occhio delirante
più dilettose immagini arreca d'amore e paradiso
– e tutte nostre! – che non quelle che la giovane
speranza conobbe nella sua ora più solare.

Spiriti dei morti

I.
Starà la tua anima disperata e sola
fra i bui pensieri d'una grigia lapide –
Non uno, in tanta folla, verrà a spiarti
in quella tua più segreta ora.

II.
Non dir nulla in quella solitudine
che non è però desolazione – perché, allora,
gli spiriti di quelli che in vita
ti precedettero incontrerai, nella morte,
di nuovo intorno a te – ed il loro volere
porrà in ombra il tuo: ma tu, non dir parola.

III.
La notte t'apparirà accigliata e greve –
e le stelle non più occhieggeranno
dai loro alti troni celesti, con luce
di vaghe speranze offerte ai mortali –
ma le loro rosse sfere, prive d'ogni raggio,
al tuo languente occhio si mostreranno
come incendio e ardore
che per sempre t'investiranno.

IV.
Avrai pensieri che non potrai bandire –
visioni che mai più svaniranno –

From thy spirit shall they pass
No more – like dew-drops from the grass.

V.
The breeze – the breath of God – is still –
And the mist upon the hill
Shadowy – shadowy – yet unbroken,
Is a symbol and a token –
How it hangs upon the trees,
A mystery of mysteries!
(*1827*)

Evening Star

'Twas noontide of summer,
  And mid-time of night;
And stars, in their orbits,
  Shone pale, thro' the light
Of the brighter, cold moon,
  'Mid planets her slaves,
Herself in the Heavens,
  Her beam on the waves.
  I gaz'd awhile
  On her cold smile;
Too cold – too cold for me –
  There pass'd, as a shroud,
  A fleecy cloud,
And I turn'd away to thee,
  Proud Evening Star,
  In thy glory afar,
And dearer thy beam shall be;
  For joy to my heart
  Is the proud part
Thou bearest in Heav'n at night,
  And more I admire
  Thy distant fire,
Than that colder, lowly light.
(*1827*)

Imitation

A dark unfathom'd tide
Of interminable pride –
A mystery, and a dream,
Should my early life seem;
I say that dream was fraught
With a wild, and waking thought
Of beings that have been,
Which my spirit hath not seen.
Had I let them pass me by,
With a dreaming eye!

che mai più da te saran disgiunte –
come le gocce di rugiada dall'erba.

V.
La brezza – l'alito di Dio – è caduta –
e la nebbia sulla collina –
un'ombra – un'ombra che non si squarcia,
è un simbolo, è un segno –
già per come incombe sugli alberi,
mistero dei misteri! [16]

La stella della sera

L'estate era al suo meriggio,
e la notte al suo colmo;
e ogni stella, nella sua propria orbita,
brillava pallida, pur nella luce
della luna, che più lucente e più fredda,
dominava tra gli schiavi pianeti,
nei cieli signora assoluta –
e, col suo raggio, sulle onde.
Per un poco io fissai
il suo freddo sorriso;
oh, troppo freddo – troppo freddo per me!
Passò, come un sudario,
una nuvola lanuginosa,
e io allora mi volsi a te,
orgogliosa stella della sera, [17]
alla tua remota fiamma,
più caro avendo il tuo raggio;
giacché più m'allieta
l'orgogliosa parte
che in cielo svolgi a notte,
e di più io ammiro
il tuo fuoco distante
che non quella più fredda, consueta luce.

Imitazione [18]

Un cupo insondabile mare
di sconfinato orgoglio –
mistero e sogno
m'appare quella mia prima età;
un sogno, dico, che un estroso pensiero
popolò di strani esseri mai vissuti,
che il mio spirito non ha mai veduto.
Oh, li avessi lasciati passare,
col mio occhio sognante!
Nessuno al mondo erediti

Let none of earth inherit
That vision of my spirit;
Those thoughts I would control,
As a spell upon his soul:
For that bright hope at last
And that light time have past,
And my worldly rest hath gone
With a sigh as it pass'd on:
I care not tho' it perish
With a thought I then did cherish.
(*1827*)

[*Stanzas*]

> «How often we forget all time, when lone
> Admiring Nature's universal throne;
> Her woods – her wilds – her mountains – the intense
> Reply of HERS to OUR intelligence!»

1.
In youth have I known one with whom the Earth
In secret communing held – as he with it,
In day light, and in beauty from his birth:
Whose fervid, flick'ring torch of life was lit
From the sun and stars, whence he had drawn forth
A passionate light – such for his spirit was fit –
And yet that spirit knew – not in the hour
Of its own fervor – what had o'er it power.

2.
Perhaps it may be that my mind is wrought
To a fever by the moon beam that hangs o'er,
But I will half believe that wild light fraught
With more of sov'reignty than ancient lore
Hath ever told – or is it of a thought
The unembodied essence, and no more
That with a quick'ning spell doth o'er us pass
As dew of the night-time, o'er the summer grass?

3.
Doth o'er us pass, when, as th'expanding eye
To the loved object – so the tear to the lid
Will start, which lately slept in apathy?
And yet it need not be – (that object) hid
From us in life – but common – which doth lie
Each hour before us – but then only bid
With a strange sound, as of a harp-string broken
T'awake us – 'T is a symbol and a token.

4.
Of what in other worlds shall be – and giv'n

quella mia visione d'allora;
quei pensieri io controllerei,
come per magia, nella sua mente:
giacché quella fulgente speranza
e quel lieto tempo sono svaniti,
e per me ogni umano conforto
con essi andò via con un sospiro:
ma non m'importa che siano periti,
benché così cari li avessi allora.

[*Stanze*] [19]

«Come spesso ci dimentichiamo del tempo stesso, allorché in solitudine / ammiriamo l'universale trono della Natura: / le sue foreste, i suoi impervi luoghi, le sue montagne – l'intenso / corrispondersi tra il *suo* e il *nostro* intendimento.»

1.
In giovinezza, conobbi uno col quale la Terra
era in occulta comunione – ed egli con lei,
nella piena luce del giorno e nel suo incanto:
la cui fervente, balenante torcia di vita s'accese
al sole ed alle stelle, da cui aveva egli tratto
un passionato ardore – al suo spirito confacente: –
benché ignorasse poi – nel momento stesso
del più alto fervore – la natura di quel potere.

2.
Forse è spinta la mia mente a tal punto
di febbre dalla luna che incombe di lassù,
ma io credo piuttosto ch'abbia in sé, quella luce,
un più sovrano potere di quel che non sostenessero
gli antichi saggi – o forse è solo d'un pensiero
l'incorporea essenza, e non altro che questo,
che come un incantesimo balena su di noi,
rugiada notturna sull'erba dell'estate?

3.
Balena su di noi allorché, come l'occhio s'apre
all'oggetto amato, così la lacrima s'accosta
alla palpebra che giaceva in apatico sopore?
E neanche occorre che quell'oggetto per noi
resti celato – ben può essere un comune oggetto,
disteso innanzi a noi – che proprio allora
a noi anzi s'annuncia, con strano suono di corda
che si rompa, e ci ridesta: – un simbolo, un segno.[20]

4.
Di quel che è forse in altri mondi – e dal Dio

In beauty by our God, to those alone
Who otherwise would fall from life and Heav'n
Drawn by their heart's passion, and that tone,
That high tone of the spirit which hath striv'n
Tho' not with Faith – with godliness – whose throne
With desp'rate energy't hath beaten down;
Wearing its own deep feeling as a crown.
(*1817*)

A Dream

In visions of the dark night
  I have dreamed of joy departed –
But a waking dream of life and light
  Hath left me broken-hearted.

Ah! what is not a dream by day
  To him whose eyes are cast
On things around him with a ray
  Turned back upon the past?

That holy dream – that holy dream.
  While all the world were chiding,
Hath cheered me as a lovely beam
  A lonely spirit guiding.

What though that light, thro' storm and night.
  So trembled from afar –
What could there be more purely bright
  In Truth's day-star?
(*1827-1845*)

[*The Happiest Day*]

The happiest day – the happiest hour
  My sear'd and blithed heart hath known,
The highest hope of pride, and power,
  I feel hath flown.

Of power! said I? Yes, such I ween
  But they have vanish'd long alas!
The visions of my youth have been –
  But let them pass.

And, pride, what have I now with thee?
  Another brow may ev'n inherit
The venom thou hast pour'd on me –
  Be still, my spirit.

The happiest day – the happiest hour
  Mine eyes shall see – have ever seen

concesso, con la Beltà, a coloro soltanto
che, altrimenti, dalla vita cadrebbero e dal Cielo,
sospinti dal passionale ardore [21] e da forte tempra,
dalla tempra d'uno spirito che non con la fede
ha lottato, ma col divino – il cui trono
con disperata energia ha scrollato e scosso:
d'un tale alto sentire compiacendosi come d'una corona.

Un sogno

In visioni di notturna tenebra
spesso ho sognato di svanite gioie –
mentre un sogno, da sveglio, di vita e di luce [22]
m'ha lasciato col cuore implacato.

Ah, che cosa non è sogno in chiaro giorno
per colui il cui sguardo si posa
su quanto a lui è d'intorno con un raggio
che, a ritroso, si volge al tempo che non è più?

Quel sogno beato – quel sogno beato,
mentre il mondo intero m'era avverso,
m'ha rallegrato come un raggio cortese
che sa guidare un animo scontroso.

E benché quella luce in tempestose notti
così tremolasse di lontano –
che mai può aversi di più splendente e puro
nella diurna stella del Vero?

[*Il giorno più felice*] [23]

Il giorno più felice – l'ora più felice
questo mio inaridito cuore ha già conosciuto;
ogni più alta speranza di trionfo e d'orgoglio
sento ch'è fuggita via.

Trionfo? Oh sì, così fantasticavo;
ma da gran tempo svanirono ormai
le visioni di quel mio giovanile tempo –
e sia pur così.

E quanto a te, orgoglio, che dirti?
Erediti pure un'altra fronte
quel veleno [24] che approntasti per me –
Ora acquetati, o mio spirito.

Il giorno più felice – l'ora più felice –
che quest'occhi avrebbero visto – hanno già visto,

The brightest glance of pride and power
  I feel have been: –

But were that hope of pride and power
  Now offer'd, with the pain
Ev'n *then* I felt – that brightest hour
  I would not live again:

For on its wing was dark alloy
  And as it flutter'd – fell
An essence – powerful to destroy
  A soul that knew it well.

(*1827*)

The Lake — To —

In spring of youth it was my lot
To haunt of the wide world a spot
The which I could not love the less –
So lovely was the loneliness
Of a wild lake, with black rock bound,
And the tall pines that towered around.

But when the Night had thrown her pall
Upon that spot, as upon all,
And the mystic wind went by
Murmuring in melody –
Then – ah then I would awake
To the terror of the lone lake.

Yet that terror was not fright,
But a tremulous delight –
A feeling not the jewelled mine
Could teach or bribe me to define –
Nor Love – although the Love were thine.

Death was in that poisonous wave,
And in its gulf a fitting grave
For him who thence could solace bring
To his lone imagining –
Whose solitary soul could make
An Eden of that dim lake.

(*1827-1845*)

Sonnet — To Science

Science! true daughter of Old Time thou art!
  Who alterest all things with thy peering eyes.
Why preyest thou thus upon the poet's heart,
  Vulture, whose wings are dull realities?

il rifulgente sguardo di trionfo e d'orgoglio
sento che è spento ormai.

Ma mi fosse pur riofferta quella speranza
di trionfo e d'orgoglio, e con la pena
che *allora* avvertivo – quella fulgente ora
io non vorrei riviverla:

giacché oscure scorie erano su quelle ali
e, al loro agitarsi, una maligna essenza
ne pioveva – fatale per un'anima
che già l'ha conosciuta.

Il lago

Nel fiorir di giovinezza, ebbi in sorte
d'abitar del vasto mondo un luogo
che non poteva ch'essermi caro e diletto –
tanto m'era dolce d'un ermo lago
la selvaggia bellezza, cinto di nere rocce,
con alti pini torreggianti intorno.

Ma poi che Notte, come su tutto,
aveva lì disteso il suo manto,
e il mistico vento e melodioso
passava sussurrando – oh, allora,
con un sussulto io mi destavo
al terror di quel solitario lago.

Pure, non mi dava spavento quel terrore,
ma anzi un trepido diletto –
un diletto che né miniere di gemme
né lusinghe o donativi mai potrebbero
indurmi a definir qual era –
e neanche Amore – foss'anche l'Amor tuo.

Morte abitava in quelle acque attossicate,
e una tomba nel profondo gorgo
era disposta per chi sapesse ricavarne
un sollievo al suo immaginare:
il cui solingo spirito sapesse fare
un Eden di quell'oscuro lago. [25]

Sonetto alla Scienza [26]

Scienza, vera figlia ti mostri del Tempo annoso,
tu che ogni cosa trasmuti col penetrante occhio!
Ma dimmi, perché al poeta così dilani il cuore,
avvoltoio dalle ali grevi e opache?

How should he love thee? or how deem thee wise,
  Who wouldst not leave him in his wandering
To seek for treasure in the jewelled skies,
  Albeit he soared with an undaunted wing?
Hast thou not dragged Diana from her car?
  And driven the Hamadryad from the wood
To seek a shelter in some happier star?
  Hast thou not torn the Naiad from her flood,
The Elfin from the green grass, and from me
The summer dream beneath the tamarind tree?
(*1829-1843*)

Al Aaraaf

I.
O! nothing earthly save the ray
(Thrown back from flowers) of Beauty's eye,
As in those gardens where the day
Springs from the gems of Circassy –
O! nothing earthly save the thrill
Of melody in woodland rill –
Or (music of the passion-hearted)
Joy's voice so peacefully departed
That like the murmur in the shell,
Its echo dwelleth and will dwell –
Oh, nothing of the dross of ours –
Yet all the beauty – all the flowers
That list our Love, and deck our bowers –
Adorn yon world afar, afar –
The wandering star.

'Twas a sweet time for Nesace – for there
Her world lay lolling on the golden air,
Near four bright suns – a temporary rest –
An oasis in desert of the blest.
Away – away – 'mid seas of rays that roll
Empyrean splendor o'er th' unchained soul –
The soul that scarce (the billows are so dense)
Can struggle to its destin'd eminence –
To distant spheres, from time to time, she rode,
And late to ours, the favor'd one of God –
But, now, the ruler of an anchor'd realm,
She throws aside the sceptre – leaves the helm,
And, amid incense and high spiritual hymns,
Laves in quadruple light her angel limbs.

Now happiest, loveliest in yon lovely Earth,
Whence sprang the «Idea of Beauty» into birth,
(Falling in wreaths thro' many a startled star,
Like woman's hair 'mid pearls, until, afar,
It lit on hills Achaian, and there dwelt)
She look'd into Infinity – and knelt.

Come potrebbe egli amarti? E giudicarti savia,
se mai volesti che libero n'andasse errando
a cercar tesori per i cieli gemmati?
Pure, si librava con intrepide ali.
Non hai tu sbalzato Diana dal suo carro?
E scacciato l'Amadriade dal bosco,
che in più felice stella trovò riparo?
Non hai tu strappato la Naiade ai suoi flutti,
l'Elfo ai verdi prati e me stesso infine
al mio sogno estivo all'ombra del tamarindo?

Al Aaraaf [27]

I.
Oh, nulla di terreno eccetto il fulgido
raggio (riflesso dai fiori) dell'occhio
di Beltà, come in quei giardini dove
il giorno nasce dalle gemme di Circassìa. [28]
Oh, nulla di terreno eccetto il tremolio
melodioso di un ruscello tra le fronde –
o (musica di più appassionati cuori)
una voce d'allegrezza così piana e soave
che simile al sussurrio di una conchiglia
la sua eco non lascia né più lascerà.
Oh, nulla vi è lì del nostro vivere gramo –
ma solo la beltà e i fiori che per noi
distinguono Amore e fan lieti i nostri giardini
e anche adornano quel mondo remoto,
remoto – quella stella errabonda.

Era un dolce tempo per Nesace [29] – ché il suo mondo
lì oscillava nell'aria dorata,
presso a quattro ardenti soli [30] – una sosta –
un'oasi nei deserti spazi dei beati.
Lontano – tra mari di raggi che riversano
luce d'empireo sull'anima disciolta –
sull'anima che s'affanna tra i flutti
(tanto son densi) a raggiungere il suo luogo –
lontano, verso sfere remote, spesso si mosse,
e di recente alla nostra, favorita da Dio:
ma ora, reggitrice di un regno ancorato,
getta lo scettro – lascia il timone,
e tra gli incensi e i risuonanti inni,
lava in quadruplice luce le sue angeliche membra.

Ora lieta e raggiante, in quella terra amena
donde la stessa «idea di beltà» nacque alla vita,
(cadendo, fiorita, tra molte attonite stelle,
come una chioma di fanciulla tra le perle,
finché ebbe a posarsi sui colli d'Acaia), [31]
ella volse l'occhio all'immenso, piegò le ginocchia.

Rich clouds, for canopies, about her curled –
Fit emblems of the model of her world –
Seen but in beauty – not impeding sight
Of other beauty glittering thro' the light –
A wreath that twined each starry form around,
And all the opal'd air in color bound.

All hurriedly she knelt upon a bed
Of flowers: of lilies such as rear'd the head
On the fair Capo Deucato, and sprang
So eagerly around about to hang
Upon the flying footsteps of – deep pride –
Of her who lov'd a mortal – and so died.
The Sephalica, budding with young bees,
Uprear'd its purple stem around her knees:
And gemmy flower, of Trebizond misnam'd –
Inmate of highest stars, where erst it sham'd
All other loveliness: its honied dew
(The fabled nectar that the heathen knew)
Deliriously sweet, was dropp'd from Heaven,
And fell on gardens of the unforgiven
In Trebizond – and on a sunny flower
So like its own above that, to this hour,
It still remaineth, torturing the bee
With madness, and unwonted reverie:
In Heaven, and all its environs, the leaf
And blossom of the fairy plant, in grief
Disconsolate linger – grief that hangs her head,
Repenting follies that full long have fled,
Heaving her white breast to the balmy air,
Like guilty beauty, chasten'd, and more fair:
Nyctanthes too, as sacred as the light
She fears to perfume, perfuming the night:
And Clytia pondering between many a sun,
While pettish tears adown her petals run:
And that aspiring flower that sprang on Earth –
And died, ere scarce exalted into birth,
Bursting its odorous heart in spirit to wing
Its way to Heaven, from garden of a king:
And Valisnerian lotus thither flown
From struggling with the waters of the Rhone:
And thy most lovely purple perfume, Zante!
Isola d'oro! – Fior di Levante!
And the Nelumbo bud that floats for ever
With Indian Cupid down the holy river –
Fair flowers, and fairy! to whose care is given
To bear the Goddess' song, in odors, up to Heaven:

«Spirit! that dwellest where,
  In the deep sky,
The terrible and fair,
  In beauty vie!

Folte nuvole le fecero corteggio,
emblemi del suo mondo originario –
di pura bellezza – e che anche lasciavano
intravvedere altre bellezze scintillanti
nella luce – ghirlanda che intorno s'avvolgeva
a ciascuna stella, nell'aria d'opale.

Piegò le ginocchia su un letto di gigli:
simili a quelli che alzarono il capo
sul bel promontorio Deucàto[32], per lungo tratto,
a seguire ansiosi i fuggitivi passi
di colei che amò un mortale – e ne morì.
(Fu un profondo orgoglio nel suo amore.)
Il fior che nutre le sue giovani api[33]
d'intorno la cingeva coi purpurei steli;
e il gemmeo fiore che da Trebisonda
mal derivò il suo proprio nome –
amico alle più lontane stelle, dove oscurò
ogni altra bellezza: la sua rugiada di miele
(il mitico nettare che i pagani conobbero)
dolce fino al delirio, discese dal cielo
e cadde sui giardini degl'imperdonati
in Trebisonda[34] – e anche su un altro fiore,
il fiore solare, così simile ad esso,
che ancora oggi rimane e tormenta le api
e le esalta alla follia ed a sogni inconsueti;
in cielo, nei celesti spazi, foglie e fiore
di quella fatata pianta, in sconsolato dolore,
chinano il capo in pentimento di trascorse follie,
il bianco petto gonfiando nell'aria balsamica,
come rea bellezza, cui dà più fascino la colpa;
e anche la nittante, che dà profumo alla notte,[35]
sacra come la luce da cui essa rifugge;
e la clizia, pensosa tra i molti soli,[36]
mentre dispettose lacrime distillano
dai suoi petali; e quell'altro, l'ambizioso fiore
che interra s'aprì e venne a morte
appena nato alla luce spargendo il cuore odoroso
dal giardino di un re;[37] e il fiore del loto,
che lottò con le acque del Rodano;[38]
e il tuo fiore gentile e purpureo, Zacinto![39]
Isola d'oro! – Fior di Levante!
E il nelumbo, che fluttuando discende
col Cupìdo dell'India giù per le sacre correnti.[40] –
O bei fiori fatati! Cui è affidato di recare
fino al cielo, col profumo, il canto della dea:

«Spirito, che dimori
nel cielo profondo,
dove paurose forme e leggiadre
gareggiano in bellezza!

Beyond the line of blue –
  The boundary of the star
Which turneth at the view
  Of thy barrier and thy bar –
Of the barrier overgone
  By the comets who were cast
From their pride, and from their throne
  To be drudges till the last –
To be carriers of fire
  (The red fire of their heart)
With speed that may not tire
  And with pain that shall not part –
Who livest – *that* we know –
  In Eternity – we feel –
But the shadow of whose brow
  What spirit shall reveal?
Tho' the beings whom thy Nesace,
  Thy messenger hath known
Have dream'd for thy Infinity
  A model of their own –
Thy will is done, Oh, God!
  The star hath ridden high
Thro' many a tempest, but she rode
  Beneath thy burning eye;
And here, in thought, to thee –
  In thought that can alone
Ascend thy empire and so be
  A partner of thy throne –
By winged Fantasy,
  My embassy is given,
Till secrecy shall knowledge be
  In the environs of Heaven».

She ceas'd – and buried then her burning cheek
Abash'd, amid the lilies there, to seek
A shelter from the fervour of His eye;
For the stars trembled at the Deity.
She stirr'd not – breath'd not – for a voice was there
How solemnly pervading the calm air!
A sound of silence on the startled ear
Which dreamy poets name «the music of the sphere».
Ours is a world of words: Quiet we call
«Silence» – which is the merest word of all.
All Nature speaks, and ev'n ideal things
Flap shadowy sounds from visionary wings –
But ah! not so when, thus, in realms on high
The eternal voice of God is passing by,
And the red winds are withering in the sky!

«What tho' in worlds which sightless cycles run,
Link'd to a little system, and one sun –

Oltre la linea d'azzurro –
confine della stella
che alla vista si volge
della tua barriera,
di quel limite cui solo vanno oltre
le comete rimosse
dai loro troni gloriosi
per esser schiave per sempre,
portatrici di fuoco
(il rosso fuoco del cuore) [41]
con celere moto che non le stanca
e una pena che non cessa –
Spirito che vivi – ben *lo* sappiamo –
nell'eterno – ben lo sentiamo
l'ombra del cui ciglio
chi mai rivelerà?
Sebbene gli esseri che la tua Nesace,
tua messaggera, ha già conosciuto
abbiano la tua infinità foggiato
se stessi assumendo a modello,[42]
il tuo volere si adempia, o Dio!
La mia stella vagò nell'alto
attraverso molte tempeste,
ma le fu di guida
il tuo occhio affocato;
e ora qui, in pensiero –
pensiero che solo può
ascendere al tuo impero
e associarsi al tuo trono –
con l'alata fantasia
a te consegno il mio messaggio,
finché il segreto non sia conosciuto
nelle supreme regioni».

Tacque e nascose la guancia infiammata,
confusa, tra i gigli che lì erano, a cercare
un riparo dall'ardore dell'occhio divino:
poiché tremano le stelle innanzi al Dio.
Non si mosse Nesace, trattenne il respiro –
giacché un suono s'espandeva solenne
nell'aria tranquilla! Un suono di silenzio
che sorprende l'orecchio e che i poeti chiamano,
sognando, «la musica delle sfere»; mentre un mondo
di parole è il nostro, e vana fra tutte è «silenzio». [43]
L'intera Natura parla, ed anche le idee producono
ombrosi suoni con le loro ali visionarie –
ma non in tal modo, certo, come quando
per gli alti reami passa lavoce eterna del Dio,
e i rossi venti languono nel cielo!

«Che importa se in mondi d'invisibili orbite,
legati a un ristretto sistema, a un unico sole –

Where all my love is folly and the crowd
Still think my terrors but the thunder cloud,
The storm, the earthquake, and the ocean-wrath –
(Ah! will they cross me in my angrier path?)
What tho' in worlds which own a single sun
The sands of Time grow dimmer as they run,
Yet thine is my resplendency, so given
To bear my secrets thro' the upper Heaven.
Leave tenantless thy crystal home, and fly,
With all thy train, athwart the moony sky –
Apart – like fire-flies in Sicilian night,
And wing to other worlds another light!
Divulge the secrets of thy embassy
To the proud orbs that twinkle – and so be
To ev'ry heart a barrier and a ban
Lest the stars totter in the guilt of man!»

Up rose the maiden in the yellow night,
The single-mooned eve! – on Earth we plight
Our faith to one love – and one moon adore –
The birth-place of young Beauty had to more.
As sprang that yellow star from downy hours
Up rose the maiden from her shrine of flowers,
And bent o'er sheeny mountain and dim plain
Her way – but left not yet her Therasaean reign.

II.

High on a mountain of enamell'd head –
Such as the drowsy shepherd on his bed
Of giant pasturage lying at his ease,
Raising his heavy eyelid, starts and sees,
With many a mutter'd «hope to be forgiven»
What time the moon is quadrated in Heaven –
Of rosy head, that towering far away
Into the sunlit ether, caught the ray
Of sunken suns at eve – at noon of night,
While the moon danc'd with the fair stranger light –
Uprear'd upon such height arose a pile
Of gorgeous columns on th'unburthen'd air,
Flashing from Parian marble that twin smile
Far down upon the wave that sparkled there,
And nursled the young mountain in its lair.
Of molten stars their pavement, such as fall
Thro' the ebon air, besilvering the pall
Of their own dissolution, while they die –
Adorning then the dwellings of the sky.
A dome, by linked light from Heaven let down,
Sat gently on these columns as a crown –
A window of one circular diamond, there,
Look'd out above into the purple air.
And rays from God shot down that meteor chain

dove follia si ritiene il mio amore
e solo terrore il tuono, gli uragani, la terra
che trema e si scuote e le furie degli oceani?
(Ah, potrebbero mai limitarmi nell'ira?)
Sebbene in tali mondi d'un singolo sole
più opaca e più cupa scorra la sabbia del Tempo,
pur sempre tu vi risplenderai del mio fulgore,
tu che porti per l'alto cielo il mio segreto.
Lascia ora la tua dimora di cristallo, e vola,
col tuo seguito, per l'obliquo cielo lunare –
come lucciole in una notte di Sicilia,[44]
e reca ad altri mondi una diversa luce!
Divulga i segreti del tuo messaggio
alle superbe sfere sfavillanti – e sii
ad ognuno monito di discrimine
perché gli astri non tremino per la colpa dell'uomo!»

Nella gialla luce s'alzò la fanciulla,
e brillava nella sera un'unica luna! –
Qui in terra a un solo amore giuriamo fede –
adoriamo una sola luna; e non ne aveva di più
quel luogo dove nacque Beltà. Come la gialla
stella si levò dalle ore assonnate,
così balzò la fanciulla dal fiorito giaciglio,
e si volse a montagne lucenti, a valli in penombra –
ma non lasciando ancora il suo terasio regno.[45]

II.
Alto su un monte dalla vetta smaltata –
simile a quella che il pastore intravvede,
mentre giace assonnato[46] alla pastura
e con stento solleva lo sguardo annebbiato,
mormorando più volte un «Dio mi perdoni»,
nell'ora in cui la luna è al primo quarto –
su un monte dalla vetta rosata,
che nell'acceso etere accolse già il raggio
di tanti soli al tramonto – nell'alta notte,
mentre danzava la luna con quel lume straniero –
su un tale monte rifulse un fascio
di bianche colonne nell'aria tenue,
dal marmo pario[47] sfolgorando con gemino sorriso
giù sull'onda che lì scintillava
e nutriva il giovane monte nelle sue grotte.
Di stelle fuse era la base, quali cadono
per l'aria d'ebano e inargentano, morendo,
il funebre drappo del loro dissolvimento,
così adornando le dimore del cielo.
Una cupola, con catene di luce calata dal cielo,
su queste colonne si posò come corona –
Una finestra – un cerchio di diamante – s'aprì
in alto, nell'aria di porpora, e raggi divini
colpivano quella meteorica catena

And hallow'd all the beauty twice again,
Save when, between th' Empyrean and that ring,
Some eager spirit flapp'd dusky wing.
But on the pillars Seraph eyes have seen
The dimness of this world: that greyish green
That Nature loves the best for Beauty's grave
Lurk'd in each cornice, round each architrave –
And every sculptur'd cherub thereabout
That from his marble dwelling peeréd out,
Seem'd earthly in the shadow of his niche –
Achaian statues in a world so rich?
Friezes from Tadmor and Persepolis –
From Balbec, and the stilly, clear abyss
Of beautiful Gomorrha! O, the wave
Is now upon thee – but too late to save!

Sound loves to revel in a summer night:
Witness the murmur of the grey twilight
That stole upon the ear, in Eyraco,
Of many a wild star-gazer long ago –
That stealeth ever on the ear of him
Who, musing, gazeth on the distance dim.
And sees the darkness coming as a cloud –
Is not its form – its voice – most palpable and loud?

But what is this? – it cometh – and it brings
A music with it – 'tis the rush of wings –
A pause – and then a sweeping, falling strain
And Nesace is in her halls again.
From the wild energy of wanton haste
Her cheeks were flushing, and lips apart;
And zone that clung around her gentle waist
Had burst beneath the heaving of her heart.
Within the centre of that hall to breathe
She paus'd and panted, Zanthe! all beneath,
The fairy light that kiss'd her golden hair
And long'd to rest, yet could but sparkle there!

Young flowers were whispering in melody
To happy flowers that night – and tree to tree;
Fountains were gushing music as they fell
In many a star-lit grove, or moon-lit dell;
Yet silence came upon material things –
Fair flowers, bright waterfalls and angel wings –
And sound alone that from the spirit sprang
Bore burthen to the charm the maiden sang:

«'Neath blue-bell or streamer –
Or tufted wild spray
That keeps, from the dreamer,

e consacravano doppiamente quella bellezza,
eccetto quando, tra l'Empireo e quel cerchio,
passava uno spirito con le sue scure ali.
Ma, sui loro pilastri, i serafini hanno già visto
la tristezza opaca del nostro mondo;
quel verde-grigio che la Natura predilige
come tomba della beltà s'annidava in ciascuna
cornice, d'intorno ad ogni architrave –
ed ogni scolpito cherubino, che là
spiava dalla sua dimora marmorea,
sembrava terrestre all'ombra della sua nicchia –
statue achee in un mondo così ricco?
Fregi da Tadmor e da Persepolis –
da Baalbek [48], e dal silente abisso
della bella Gomorra! Oh, ora l'onda
ti ricopre – ma troppo tardi per salvarti! [49]

Suoni esultano in un'estiva notte:
e ne è prova il sussurro del grigio crepuscolo
che in Eyraco [50] sorprese un tempo l'orecchio
d'alcuni più ardenti astrologi caldei –
e che pur sempre l'orecchio sorprende di colui
che, pensoso, volge l'occhio a un'oscura distanza,
e vede la tenebra avanzar com'una nuvola: –
e non è quel suono manifesto e palpabile? [51]

Ma che è ciò che ora avviene? – S'avanza –
e porta una musica con sé – un rombo d'ali –
una pausa – e poi un alto e svanente suono,
e Nesace è nelle sue sale ritornata.
Per l'energia della sua corsa infrenata
ha le guance arrossate, le labbra anelanti;
e la zona che le cinge l'agile fianco
s'è infranta al pulsare del cuore.
Al centro ristette di quella sala lucente
e «Zanthe!», chiamò ansante, sotto la magica
luce che baciava la sua chioma dorata
e ne traeva bagliori, pur amando indugiarvi.

Giovani fiori – e albero con albero, tra loro
bisbigliavano, quella notte, in dolce melodia: [52]
dalle fontane musica si versava, mentre cadevano
tra boschetti sotto alle stelle, tra piccole valli
rischiarate di luna; pure v'era silenzio
su tutte le cose – sui bei fiori, sulle acque
cascanti, sulle angeliche ali –
e solo un più sottile, impalpabile suono
s'accompagnò al canto della fanciulla:

«Sotto campanule o liane –
o il selvatico ciuffo
che il sognatore ripara

The moonbeam away –
Bright beings! that ponder,
With half closing eyes,
On the stars which your wonder
Hath drawn from the skies,
Till they glance thro' the shade, and
Come down to your brow
Like – eyes of the maiden
Who calls on you now –
Arise! from your dreaming
In violet bowers,
To duty beseeming
These star-litten hours –
And shake from your tresses
Encumber'd with dew
The breath of those kisses
That cumber them too –
(O! how, without you, Love!
Could angels be blest?)
Those kisses of true love
That lull'd ye to rest!
Up! – shake from your wing
Each hindering thing:
The dew of the night –
It would weigh down your flight;
And true love caresses –
O! leave them apart!
They are light on the tresses,
But lead on the heart.

Ligeia! Ligeia!
My beautiful one!
Whose harshest idea
Will to melody run.
O! is it thy will
On the breezes to toss?
Or, capriciously still,
Like the lone Albatross,
Incumbent on night
(As she on the air)
To keep watch with delight
On the harmony there?

Ligeia! wherever
Thy image may be,
No magic shall sever
Thy music from thee.
Thou hast bound many eyes
In a dreamy sleep –
But the strains still arise
Which *thy* vigilance keep –
The sound of the rain

dal raggio di luna [53] –
felici spiriti, che meditate,
socchiusi gli occhi
sugli astri che il vostro stupore
distoglie dai cieli,
finché balenando per l'ombra
sul vostro ciglio si posano –
come sugli occhi della fanciulla
che ora v'invoca: –
sorgete dal vostro sognare
in recessi di viola,
dedicando al dovere
queste ore accese di stelle –
e dalle trecce scuotete,
bagnate di rugiada,
il soffio dei baci
che lievi le ingombrano
(e come senza te, Amore,
sarebbero gli angeli beati? –)
quei baci d'amor più profondo
che vi cullarono al riposo!
Orsù, dalle ali scuotete
tutto quel che le impaccia:
la rugiada della notte
graverebbe il vostro volo;
e le carezze dell'amore –
oh, lasciatele da parte!
Son esse leggere sulle chiome,
ma piombo sul cuore.

Ligeia! Ligeia!
mia sola beltà [54]!
Di cui il pensiero più aspro
è la più dolce melodia!
Oh, è tuo volere
di danzar sulle brezze?
O estrosamente tranquilla,
come solitario àlbatro,
che s'appoggiaalla notte
(come quella sull'aria) [55]
preferisci vegliare, trarre diletto
dall'universale armonia?

Ligeia! dovunque splenda
immagine di te,
non v'è sortilegio che possa
separar la tua musica da te.
Molti occhi hai tu legato
nel sonno e nel sogno –
ma i suoni ancora si levano
che *tu* vigile governi –
il tinnir della pioggia

Which leaps down to the flower,
And dances again
In the rhythm of the shower –
The murmur that springs
From the growing of grass
Are the music of things –
But are modell'd, alas! –
Away, then my dearest,
O! hie thee away
To springs that lie clearest
Beneath the moon-ray –
To lone lake that smiles,
In its dream of deep rest,
At the many star-isles
That enjewel its breast –
Where wild flowers, creeping,
Have mingled their shade,
On its margin is sleeping
Full many a maid –
Some have legt the cool glade, and
Have slept with the bee –
Arouse them, my maiden,
On moorland and lea –
Go! breathe on their slumber,
All softly in ear,
The musical number
They slumber'd to hear –
For what can awaken
An angel so soon
Whose sleep hath been taken
Beneath the cold moon,
As the spell which no slumber
Of witchery may test,
The rhythmical number
Which lull'd him to rest?».

Spirits in wing, and angels to the view,
A thousand seraphs burst th'Empyrean thro',
Young dreams still hovering on their drowsy flight –
Seraphs in all but «Knowledge», the keen light
That fell, refracted, thro' thy bounds, afar,
O Death! from eye of God upon that star:
Sweet was that error – sweeter still that death –
Sweet was that error – ev'n with *us* the breath
Of Science dims the mirror of our joy –
To them 'twere the Simoon, and would destroy –
For what (to them) availeth it to know
That Truth is Falsehood – or that Bliss is Woe?
Sweet was their death – with them to die was rife
With the last ecstasy of satiate life –
Beyond that death no immortality
But sleep that pondereth and is not «to be» –

che sul fiore rimbalza,
e poi danza con più foga
nello scroscio dell'acquazzone –
il brusio che s'alza
dal crescere dell'erba –
è la musica delle cose –
ma è solo una copia ahimè! [56] –
Orsù, mia carissima,
oh, affrettati, ti prego,
alle sorgenti così chiare
nell'incanto lunare –
al lago solingo che sorride
nel suo pacato sogno,
alle isole stellanti
che ne ingemmano il seno –
dove selvaggi fiori, strisciando,
hanno frammisto le loro ombre,
mentre fanciulle, sul suo margine,
nel sonno chinano il capo –
alcune lasciarono la fresca radura,
e con le api hanno dormito –.
Ridestale, mia fanciulla,
sulla brughiera e sui prati!
Affrettati! Soffia sul loro sonno,
dolcemente all'orecchio,
quel musicale verso
che le addusse al sopore:
giacché, che può mai ridestare
così prontamente un angelo,
il cui sonno ebbe avvio
sotto alla fredda luna,
se non quell'incanto stesso
che a nessuna magia può confrontarsi,
il musicale verso
che lo cullò al riposo?».

Spiriti alati, angeli all'aspetto,
mille serafini [57] irruppero per l'empireo cielo,
e giovani sogni ancora aleggiavano sul loro volo
assonnato: serafini in tutto, ma non per la «scienza»,
l'aguzza luce che cadde, riflessa, lontano,
o Morte, dall'occhio del Dio su quella stella;
un dolce errore; più dolce ancora quella morte –
un dolce errore – ma anche tra *noi* il soffio
della Scienza oscura lo specchio della gioia. –
Per essi, sarebbe un simùn [58] distruggitore: –
giacché che giova ad essi il conoscere
che il vero è il falso, o che felicità
è dolore? E dolce era il loro morire:
che era per essi estasi d'una saziata vita.
Né v'era alcuna immortalità oltre quel morire,
ma solo un sonno pensoso che non è «essere» [59] –

And there – oh! may my weary spirit dwell –
Apart from Heaven's Eternity – and yet how far from Hell!
What guilty spirit, in what shrubbery dim,
Heard not the stirring summons of that hymn?
But two: they fell: for Heaven no grace imparts
To those who hear not for their beating hearts.
A maiden-angel and her seraph-lover –
O! where (and ye may seek the wide skies over)
Was Love, the blind, near sober Duty known?
Unguided Love hath fallen – 'mid «tears of perfect moan».

He was a goodly spirit – he who fell:
A wanderer by moss-y-mantled well –
A gazer on the lights that shine above –
A dreamer in the moonbeam by his love:
What wonder? for each star is eye-like there,
And looks so sweetly down on Beauty's hair –
And they, and ev'ry mossy spring were holy
To his love-haunted heart and melancholy.
The night had found (to him a night of wo)
Upon a mountain crag, young Angelo –
Beetling it bends athwart the solemn sky,
And scowls on starry worlds that down beneath it lie.
Here sate he with his love – his dark eye bent
With eagle gaze along the firmament:
Now turn'd it upon her – but ever then
It trembled to the orb of EARTH again.
«Ianthe, dearest, see! how dim that ray!
How lovely 'tis to look so far away!
She seem'd not thus upon that autumn eve
I left her gorgeous halls – nor mourn'd to leave.
That eve – that eve – I should remember well –
The sun-ray dropp'd, in Lemnos, with a spell
On th'Arabesque carving of a gilded hall
Wherein I sate, and on the draperied wall –
And on my eye-lids – O the heavy light!
How drowsily it weigh'd them into night!
On flowers, before, and mist, and love they ran
With Persian Saadi in his Gulistan:
But O, that light! – I slumber'd – Death, the while,
Stole o'er my senses in that lovely isle
So softly that no single silken hair
Awoke that slept – or knew that he was there.

«The last spot of Earth's orb I trod upon
Was a proud temple call'd the Parthenon –
More beauty clung around her column'd wall
Than ev'n thy glowing bosom beats withal,
And when old Time my wing did disenthral
Thence sprang I – as the eagle from his tower,
And years I left behind me in an hour.
What time upon her airy bounds I hung

E là possa il mio stanco spirito dimorare –
lontano da celeste eternità – ma pur quando lontano da Inferno![60]
Quale spirito, in quell'oscura boscaglia,
non udì l'incitante richiamo dell'inno?
Due soltanto; e caddero; ché non assegna grazia
il cielo a chi non ode a causa dei palpiti del cuore:
un angelo-fanciulla e il suo serafino-amante –
Oh, quando (pur cercando nel largo spazio dei cieli),
fu Amore, che è cieco, vicino al grave Dovere?
Cadde Amore infrenato – fra «lacrime di perfetto compianto».[61]

Un leggiadro spirito fu quello che cadde:
viandante presso fonti ammantate di muschio –
un contemplante di astri accesi nei cieli –
sognante al raggio di luna presso chi s'ama.
E qual meraviglia, se è lì un occhio ogni stella,
e così dolcemente fissa di Beltà la chioma?
E le stelle ed ogni più muscosa sorgente erano
sacre al suo cuore amoroso e melanconico.
La notte (per lui infausta notte!) sorpreso aveva
il giovane Angelo sulla balza di un monte[62] –
e declinava per il cielo severo,
guardando, torva, ai mondi stellari al di sotto.
Qui sedeva egli col suo amore – il nero occhio
come d'aquila, scrutante in quell'immenso:
poi lo rivolse a lei – ma poi, ancora,
con tremore, all'orbe della TERRA.
«Ianthe, carissima, guarda, com'è fosco quel raggio![63]
Com'è dolce ora volger l'occhio così lontano!
Non così m'appariva in quella sera d'autunno,
quando lasciai le sue sale fastose –
né mi spiacque – quella sera – quella sera –
che il sole calava su Lemno – ben dovrei ricordarlo –
incantesimo sugli arabeschi di una sala dorata,
là dove sedevo, e sul muro coperto di drappi –
e sulle mie palpebre. – Oh, greve luce!
Come in quella notte le gravò il sonno!
Scorrevano sui fiori, dapprima, sulla nebbia,
sull'amore, col persiano Saadi e il suo Gulistan:[64]
ma, oh, quella luce! M'ero assopito – e Morte
oppresse i miei sensi in quell'amabile isola,
così soavemente, che non un serico capello
si destò – o s'avvide che essa era là.

L'ultimo luogo che calcai in terra
fu presso un tempio superbo, che chiaman Partenone[65] –
più beltà rivestiva quel muro di colonne
di quanta non vibri nel tuo seno splendente,[66]
e quando l'annoso Tempo liberò le mie ali,
di là io balzai – come aquila dalla sua torre,
e in un'ora lasciai anni dietro a me.
E come m'aggiravo per i campi dell'aria,

One half the garden of her globe was flung
Unrolling as a chart unto my view –
Tenantless cities of the desert too!
Ianthe, beauty crowded on me then,
And half I wish'd to be again of men.»

«My Angelo! and why of them to be?
A brighter dwelling-place is here for thee –
And greener fields than in yon world above,
And woman's loveliness – and passionate love.»

«But, list, Ianthe! when the air so soft
Fail'd, as my pennon'd spirit leapt aloft,
Perhaps my brain grew dizzy – but the world
I left so late was into chaos hurl'd –
Sprang from her station, on the winds apart,
And roll'd, a flame, the fiery Heaven athwart.
Methought, my sweet one, then I ceased to soar
And fell – not swiftly as I rose before,
But with a downward, tremulous motion thro'
Light, brazen rays, this golden star unto!
Nor long the measure of my falling hours,
For nearest of all was thine to ours –
Dread star! that came, amid a night of mirth,
A red Daedalion on the timid Earth.»

«We came – and to thy Earth – but not to us
Be given our lady's bidding to discuss:
We came, my love; around, above, below,
Gay fire-fly of the night we come and go,
Nor ask a reason save the angel-nod
She grants to us, as granted by her God –
But, Angelo, than thine grey Time unfurl'd
Never his fairy wing o'er fairier world!
Dim was its little disk, and angel eyes
Alone could see the phantom in the skies,
When first Al Aaraaf knew her course to be
Headlong thitherward o'er the starry sea –
But when its glory swell'd upon the sky.
As glowing Beauty's bust beneath man's eye,
We paus'd before the heritage of men,
And thy star trembled – as doth Beauty then!»

Thus, in discourse, the lovers whiled away
The night that waned and waned and brought no day.
They fell: for Heaven to them no hope imparts
Who hear not for the beating of their hearts.

(*1829-1845*)

una metà del fiorito giardino del suo globo
come mappa si svolgeva alla mia vista –
con molte, anche, spettrali città del deserto!
O Ianthe, bellezza mi cinse d'ogni parte
allora, e quasi desiderai d'essere ancora fra gli umani.»

«Oh, Angelo! E perché ritrovarsi fra essi?
È qui per te più lucente dimora –
e campi più verdi che in quel tuo mondo,
e tenerezza di donna, ardore d'amore.»

«Ma ascolta, Ianthe! Quando l'aria, così lieve,
venne a mancare, mentre il mio alato spirito
si slanciava nell'alto, la mia mente fu come
attonita – ma il mondo ch'io avevo lasciato,
di recente, fu sbalzato in caos –
smosso dal suo luogo, lontano, sui venti,
e rotolò, in fiamme, per l'infuocato cielo.
Allora m'avvidi che non più mi libravo,
e caddi – più lento di come prima m'ero levato,
con tremulo moto, in basso, attraverso la luce,
per i bronzei raggi, verso quest'aurea stella!
Né fu lungo quel cadere, giacché più vicino
d'ogni astro era la tua alla nostra stella –
terrifica stella! Che irruppe, in una lieta
notte, rosso Dedalo, sulla pavida Terra.»

«Sì, venimmo alla tua Terra – ma non a noi
sia dato di discutere il volere della nostra
signora; venimmo, amor mio; d'intorno, di sopra,
in ogni dove, liete lucciole notturne,
andiamo e passiamo, né domandiamo ragioni,
ma solo il suo cenno, che a lei concede il Dio. –
Ma, o Angelo, sopra un mondo più bello del tuo
mai il grigio Tempo distese le sue ali!
Era opaco il suo piccolo disco, e occhi d'angeli
soltanto ne scrutarono il fantasma nei cieli,
quando conobbe Al Aaraaf che lì era volto
il suo corso, per il gran mare stellato. –
Ma quando la sua luce rifulse nel cielo,
come statua di beltà sotto occhio umano,
sostammo innanzi a quell'umano retaggio,
e tremò la tua stella – come la Beltà stessa!»

Così discorrendo, gli amanti prolungavano quella
notte, che impallidiva, impallidiva e non recava
il giorno. Caddero: ché non dà speranza il cielo
a quelli che non odono a causa dei palpiti del cuore.

Romance

Romance, who loves to nod and sing
With drowsy head and folded wing,
Among the green leaves as they shake
Far down within some shadowy lake,
To me a painted paroquet
Hath been – a most familiar bird –
Taught me my alphabet to say –
To lisp my very earliest word
While in the wild wood I did lie,
A child – with a most knowing eye.

Of late, eternal Condor years
So shake the very Heaven on high
With tumult as they thunder by,
I have no time for idle cares
Through gazing on the unquiet sky.
And when an hour with calmer wings
Its down upon my spirit flings –
That little time with lyre and rhyme
To while away – forbidden things!
My heart would feel to be a crime
Unless it trembled with the strings.

(*1829-1845*)

To —

The bowers whereat, in dreams, I see
  The wantonest singing birds,
Are lips – and all thy melody
  Of lip-begotten words –
Thine eyes, in Heaven of heart enshrined
  Then desolately fall,
O God! on my funereal mind
  Like starlight on a pall –

Thy heart – *thy* heart! – I wake and sigh,
  And sleep to dream till day
Of the truth that gold can never buy –
  Of the baubles that it may.

(*1829-1845*)

To the River

Fair river! in thy bright, clear flow
  Of crystal, wandering water,
Thou art an emblem of the glow
  Of beauty – the unhidden heart –

Romanza

Romanza[67], che ami annuire e cantare
col capo assonnato e le ali ripiegate,
tra verdi fronde, quali agita
nel suo fondo un ombroso lago,
fu per me un variopinto pappagallo
– oh, a me familiare uccello –
che m'apprese a dir l'alfabeto
e a balbettar le prime parole,
quando nel bosco selvaggio io giacevo,
fanciullo – dall'occhio sagace.

Ma da un pezzo, del Condor gli eterni anni[68]
così scuotono il cielo stesso là in alto,
con tumulto di tuoni mentre passano,
che non ho io più tempo per oziose cure,
mentre che spio l'inquieto cielo.
E quando un'ora con più lievi ali
getta su me le sue morbide piume,
dissipar quel breve tempo con lira e rime
(vietate cose!) – delittuoso parrebbe al mio cuore:
a meno che con le corde non vibri anch'esso.

A —

I recessi ombrosi dove in sogno io vedo
i più vaghi uccelli canori,
son come labbra – e tutta la tua melodia
di parole cui il labbro dà forma.[69] –
I tuoi occhi, gemme nel cielo del cuore,
desolati si posano allora,
o Dio!, sulla mia mente funerea –
luce di stelle su un nero drappo.[70]

Il tuo cuore – il tuo cuore! Mi ridesto
e sospiro, e dormo per sognare
di quella verità che l'oro non può mai comprare[71] –
e di quelle futilità che sempre può, invece.

Al fiume

Bel fiume! Nel tuo limpido flutto
di lucido cristallo, acqua errabonda,[72]
tu sei emblema d'una fulgente
beltà – cuore non disvelato –

The playful maziness of art
In old Alberto's daughter;

But when within thy wave she looks –
Which glistens then, and trembles –
Why, then the prettiest of brooks
Her worshipper resembles;
For in his heart, as in thy stream,
Her image deeply lies –
His heart which trembles at the beam
Of her soul-searching eyes.

(*1829-1845*)

To —

I heed not that my earthly lot
Hath – little of Earth in it –
That years of love have been forgot
In the hatred of a minute: –
I mourn not that the desolate
Are happier, sweet, than I,
But that *you* sorrow for *my* fate
– Who am a passer by.

(*1828-1849*)

Fairy-Land

Dim vales – and shadowy floods –
And cloudy-looking woods,
Whose forms we can't discover
For the tears that drip all over.
Huge moons there wax and wane –
Again – again – again –
Every moment of the night –
Forever changing places –
And they put out the star-light
With the breath from their pale faces.
About twelve by the moon-dial
One more filmy than the rest
(A kind which, upon trial,
They have found to be the best)
Comes down – still down – and down
With its centre on the crown
Of a mountain's eminence,
While its wide circumference
In easy drapery falls
Over hamlets, over halls,
Wherever they may be –
O'er the strange woods – o'er the sea –
Over spirits on the wing –

piacevole intrico dell'arte
nella figlia del vecchio Alberto;[73]

ma quando la tua onda ella contempla –
che scintilla allora e tremola,
oh, allora il più leggiadro rivo
si fa simile a colui che l'adora:
ché nel cuore di lui, come nel tuo scorrere,
l'immagine di colei è radicata:
in quel cuore che tremola al raggio
di occhi che gli cercano l'anima.

A —

Non m'importa che la mia terrena sorte
ben poco abbia di terreno in sé –
che anni d'amore così siano cancellati
nell'astio di un momento: –
a me non duole, o cara, che altri infelici,
di me siano più felici,
ma che *tu* abbia a soffrire per il *mio* destino,
che è solo quello d'un fuggitivo.[74]

Fantasticheria [75]

Nebbiose valli, rivi d'ombra
e selve simili a nuvole,
le cui forme nessuno più distingue
per le lacrime che vi gocciolano intorno.
Enormi lune si gonfiano e spariscono,
ancora – ancora – ancora
in ogni momento della notte –
sempre e sempre mutando luogo.
E soffiano così sulla luce delle stelle
col respiro dei loro pallidi volti.
A metà della notte, sul quadrante della luna,
una fra esse, delle altre più leggera,
(e d'una specie che, a severa sentenza,
fu giudicata la migliore),
giù discende – giù, giù – più giù ancora –
e il suo centro sulla corona si posa
della cima d'un monte,[76]
mentre ricade l'ampio circolo,
con largo drappeggio,
sopra borghi e castelli –
dovunque s'alzino torri –
su strane foreste – sul mare –
sugli spiriti alati – si stende

Over every drowsy thing –
And buries them up quite
In a labyrinth of light –
And then, how deep! – O, deep!
Is the passion of their sleep.
In the morning they arise,
And their moony covering
Is soaring in the skies,
With the tempests as they toss,
Like – almost any thing –
Or a yellow Albatross.
They use that moon no more
For the same end as before –
Videlicet a tent –
Which I think extravagant:
Its atomies, however,
Into a shower dissever,
Of which those butterflies,
Of Earth, who seek the skies,
And so come down again
(Never-contented things!)
Have brought a specimen
Upon their quivering wings.
(*1829-1845*)

[*Alone*]

From childhood's hour I have not been
As others were – I have not seen
As others saw – I could not bring
My passions from a common spring –
From the same source I have not taken
My sorrow – I could not awaken
My heart to joy at the same tone –
And all I lov'd – *I* lov'd alone –
Then – in my childhood – in the dawn
Of a most stormy life – was drawn
From ev'ry depth of good and ill
The mystery which binds me still –
From the torrent, or the fountain –
From the red cliff of the mountain –
From the sun that 'round me roll'd
In its autumn tint of gold –
From the lightning in the sky
As it pass'd me flying by–
From the thunder, and the storm –
And the cloud that took the form
(When the rest of Heaven was blue)
Of a demon in my view –
(*1829*)

su ogni cosa che dorme
e tutte le sommerge
in labirinti di luce.
Ed è allora che si fa profonda – profonda!
la passione in esse del sonno.
Al mattino si ridestano,
il loro velo di luna s'innalza,
aleggia nei cieli,
va con le tempeste che tutto scuotono,
simile, quasi, ad ogni altra cosa –
o forse a un giallo àlbatro.
Non più di quella luna si servono
per lo stesso scopo di prima –
come, ad esempio, a farsene una tenda –
una tenda un po' stravagante:
i suoi atomi, infine,
si dissociano in pioggia.
E quelle farfalle che sulla terra
vedi alzarsi a cercare i cieli
e poi ridiscendere
(ogni volta insoddisfatte!)
ne hanno solo una stilla recato
sulle loro ali tremolanti.

[*Solo*] [77]

Fanciullo, io già non ero
come altri erano, né vedevo
come gli altri vedevano. Mai
derivai da una comune fonte
le mie passioni – né mai,
da quella stessa, i miei aspri affanni.
Né il tripudio al mio cuore
io ridestavo in accordo con altri.
Tutto quel che amai, *io* l'amai da solo.
Allora – in quell'età – nell'alba
d'una procellosa vita – fu derivato
da ogni più oscuro abisso di bene e male
il mistero che ancora m'avvince –
dai torrenti e dalle sorgenti –
dalla rossa roccia dei monti –
dal sole che d'intorno mi ruotava
nelle sue dorate tinte autunnali –
dal celeste baleno
che daccanto mi guizzava –
dal tuono e dalla tempesta –
e dalla nuvola che forma assumeva
(mentre era azzurro tutto l'altro cielo)
di un dèmone alla mia vista [78] –

Elizabeth

Elizabeth – it surely is most fit
(Logic and common usage so commanding)
In thy own book that *first* thy name be writ,
Zeno and other sages notwithstanding;
And *I* have other reasons for so doing
Besides my innate love of contradiction;
Each poet – *if* a poet – in pursuing
The muses thro' their bowers of Truth or Fiction,
Has studied very little of his part,
Read nothing, written less – in short's a fool
Endued with neither soul, nor sense, nor art,
Being ignorant of one important rule,
Employed in even the theses of the school –
Called – I forget the heathenish Greek name –
(Called any thing, its meaning is the same)
«Always write *first* things uppermost in the heart».

(*1829 c.*)

An Acrostic

Elizabeth it is in vain you say
«Love not» – thou sayest it in so sweet a way;
In vain those words from thee or L.E.L.
Zantippe's talents had enforced so well:
Ah! if that language from thy heart arise,
Breathe it less gently forth – and veil thine eyes.
Endymion, recollect, when Luna tried
To cure his love – was cured of all beside –
His folly – pride – and passion – for he died.

(*1829?*)

To Helen

Helen, thy beauty is to me
  Like those Nicean barks of yore,
That gently, o'er a perfumed sea,
  The weary, way – worn wanderer bore
  To his own native shore.

On desperate seas long wont to roam,
  Thy hyacinth hair, thy classic face,
Thy Naiad airs have brought me home
  To the glory that was Greece,
And the grandeur that was Rome.

Lo! in yon brilliant window-niche
  How statue-like I see thee stand,
  The agate lamp within thy hand

Elizabeth

Elizabeth [79] – a me par giusto sommamente
(logica e comun senso così ordinando)
che nel tuo libro per primo si scriva il tuo nome,
checché ne pensino Zenone ed altri saggi; [80]
ed io ho poi altri motivi per così fare,
oltre al mio innato gusto per la contraddizione:
ciascun poeta – *se* poeta – nel suo tener dietro
alle vaganti Muse, per i recessi del Vero e del Finto,
ha ben poco studiato la sua parte,
letto quasi nulla, scritto ancor meno – è, in breve,
uno sciocco senz'anima, senza sensi e senza l'arte,
se mostra d'ignorare una norma così importante,
perfino adoperata nei compiti scolastici [81] –
che si chiama – il nome greco non ricordo
(ma quale che sia, il senso suo non muta):
«Sempre scriver prima quel che nel cuore hai più in alto».

Acrostico

Elizabeth, vano è del tutto che tu dica
«Oh, non amare» – se poi lo dici in quel dolce modo:
invano quelle parole da te dette o da L.E.L.[82]
così rafforzavano i talenti di Santippe: [83]
ah, se quel linguaggio ti zampilla dal cuore,
esprimilo meno amabilmente – e velando i tuoi occhi.
Endimione, ricordati, quando la Luna volle
curarne l'amore, per sempre restò curato d'ogni cosa –
follia, fierezza, passioni – giacché ne morì.[84]

A Elena

Elena, la tua bellezza [85] è per me
come quei navigli nicèi [86] d'un tempo
che, mollemente, sull'odorato mare,
riportavano il pellegrino stanco d'errare
alla sua sponda natìa.[87]

Da tempo avvezzo a disperati mari,
la tua chioma di giacinto,[88] il tuo classico volto,
la grazia di Naiade riportano me anche in patria,
a quella gloria che fu la Grecia,
a quella maestà che fu Roma.

Là, nel rilucente vano della finestra,
come statua eretta io ti vedo,
con in mano la tua lampada d'agata! [89]

Ah, Psyche, from the regions which
  Are Holy-Land!

(*1831-1843*)

Israfel

«And the angel Israfel, whose heart-strings are a lute, and who has the sweetest voice of all God's creatures.» *Koran*

In Heaven a spirit doth dwell
  «Whose heart-strings are a lute»;
None sings so wildly well
As the angel Israfel,
And the giddy stars (so legends tell)
Ceasing their hymns, attend the spell
  Of his voice, all mute.

Tottering above
  In her highest noon,
  The enamoured moon
Blushes with love,
  While, to listen, the red levin
  (With the rapid Pleiads, even,
  Which were seven),
  Pauses in Heaven.

And they say (the starry choir
  And the other listening things)
That Israfeli's fire
Is owing to that lyre
  By which he sits and sings –
The trembling living wire
Of those unusual strings.

But the skies that angel trod,
  Where deep thoughts are a duty –
Where Love's a grown-up God –
  Where the Houri glances are
Imbued with all the beauty
  Which we worship in a star.

Therefore, thou art not wrong,
  Israfeli, who despisest
An unimpassioned song;
To thee the laurels belong,
  Best bard, because the wisest!
Merrily live, and long!

The ecstasies above
  With thy burning measures suit –

Ah, Psyche, qui venuta dalle regioni
che son Terra-Santa!

Israfel

«E l'angelo Israfel, le corde del cui cuore sono un liuto, è ha voce dolcissima fra tutti gli esseri creati da Dio.»
Corano[90]

In cielo dimora uno spirito:
e «le corde del suo core sono un liuto».
Nessuno vi è che canti così selvaggio e dolce
come l'angelo Israfel,
e gli astri vorticanti interrompono
(così dicono le leggende) i loro inni,
muti e attoniti alla sua voce.

Lassù tremolante
nel suo eccelso zenith,
la luna innamorata
arrossisce d'amore,
e intanto, ad ascoltare, il rosso bagliore
con le Pleiadi veloci
(in numero di sette),[91]
s'arresta nel cielo.

Insieme proclamano (le stelle in coro
e tutto il cielo in ascolto)
che la fiamma d'Israfel
da quella lira s'espande
cui egli siede e canta dappresso:
dagli animati fili
di quelle corde inusitate.

Calcò quell'angelo i sereni cieli,
dove spontanei sorgono i pensieri profondi,
dove non è mai Amore capriccioso iddio,
dove i teneri occhi delle Urì[92]
di tutto il fulgore s'imbevono
che noi adoriamo in una stella.

Per questo, tu certo non erri,
o Israfel, che disprezzi
un canto che non abbia un'anima;
a te tocca la gloria del lauro,
a te, il miglior bardo e il più saggio!

Ai tuoi ardenti ritmi
accorda il cielo le sue estasi –

Thy grief, thy joy, thy hate, thy love,
  With the fervor of thy lute –
  Well may the stars be mute!

Yes, Heaven is thine; but this
  Is a world of sweets and sours;
  Our flowers are merely – flowers,
And the shadow of thy perfect bliss
  Is the sunshine of ours.

If I could dwell
here Israfel
  Hath dwelt, and he where I,
He might not sing so wildly well
  A mortal melody,
While a bolder note than this might swell
  From my lyre within the sky.

(*1831-1845*)

The Sleeper

At midnight, in the month of June,
I stand beneath the mystic moon.
An opiate vapor, dewy, dim,
Exhales from out her golden rim,
And, softly dripping, drop by drop,
Upon the quiet mountain top,
Steals drowsily and musically
Into the universal valley.
The rosemary nods upon the grave;
The lily lolls upon the wave;
Wrapping the fog about its breast,
The ruin moulders into rest;
Looking like Lethe, see! the lake
A conscious slumber seems to take,
And would not, for the world, awake,
All Beauty sleeps! – and lo! where lies
Irenë, with her Destinies!

Oh, lady, bright! can it be right –
This window open to the night?
The wanton airs, from the tree-top,
Laughingly through the lattice drop –
The bodiless airs, a wizard rout,
Flit through thy chamber in and out,
And wave the curtain canopy
So fitfully – so fearfully –
Above the closed and fringed lid
'Neath which thy slumb' ring soul lies hid,
That, o'er the floor and down the wall,
Like ghosts the shadows rise and fall!
Oh, lady dear, hast thou no fear?

pena, allegrezza, odio, amore,
al fervore del tuo liuto:
oh, ben possono star mute le stelle!

Il cielo è tuo; ed è il nostro,
invece, un mondo dolce-amaro;
i fiori, quaggiù, non son che fiori,
e l'ombra della tua beata sorte
è il nostro più splendente meriggio.

Potessi io dimorare
dove Israfel ha dimorato,
e fosse egli qui dov'io sono,
più non potrebbe, certo, così cantare,
selvaggio e dolce, una sua terrena melodia:
mentre un più alto canto che non sia questo,
dalla mia lira si leverebbe in cielo.

La Dama che dorme [93]

A mezzanotte – nel mese di giugno –
sto sotto la mistica luna.
Un oppiato vapore, livido, rugiadoso
si diffonde dai suoi orli dorati,
distilla gocciole che cadono lievi
sulla placida cima del monte;
e musicale e assonnato s'insinua
nella Valle Universale.
Sonnecchia sulla tomba il rosmarino;
il giglio si china sull'onda;
cingendosi di nebbia il petto,
il rudere si sgretola nella quiete;
ma guarda! Il lago, simile al Lete,[94]
par che voglia ora cedere al sonno
e non più ridestarsi per il mondo.
Dorme ogni bellezza! – Ed ecco! Là giace
Irene, con i suoi destini!

O bella signora, è bene
che sia così aperta alla notte quella finestra?
Le scherzose aure, dalle cime degli alberi,
ridendo s'insinuano per la grata –
aure incorporee, estrosa folla stregonesca,
che di là e di qua svolano per la tua stanza
e agitano le cortine al tuo baldacchino
con moto eguale, lugubremente,
sopra alle chiuse palpebre orlate di ciglia
sotto cui giace nel sonno la tua anima ascosa;
sì che per le pareti e lungo il pavimento
s'alzano e calano le ombre come spettri.
O dolce signora, nessun timore tu provi?

Why and what art thou dreaming here?
Sure thou art come o'er far-off seas,
A wonder to these garden trees!
Strange is thy pallor! strange thy dress!
Strange, above all, thy length of tress,
And this all solemn silentness!

The lady sleeps! Oh, may her sleep,
Which is enduring, so be deep!
Heaven have her in its sacred keep!
This chamber changed for one more holy,
This bed for one more melancholy,
I pray to God that she may lie
Forever with unopened eye,
While the pale sheeted ghosts go by!

My love, she sleeps! Oh, may her sleep,
As it is lasting, so be deep!
Soft may the worms about her creep!
Far in the forest, dim and old,
For her may some tall vault unfold –
Some vault that oft hath flung its black
And winged panels fluttering back,
Triumphant, o'er the crested palls,
Of her grand family funerals –
Some sepulchre, remote, alone,
Against whose portal she hath thrown,
In childhood, many an idle stone –
Some tomb from out whose sounding door
She ne'er shall force an echo more,
Thrilling to think, poor child of sin!
It was the dead who groaned within.

(*1831-1845*)

The Valley of Unrest

Once it smiled a silent dell
Where the people did not dwell;
They had gone unto the wars,
Trusting to the mild-eyed stars,
Nightly, from their azure towers,
To keep watch above the flowers,
In the midst of which all day
The red sun-light lazily lay.
Now each visitor shall confess
The sad valley's restlessness.
Nothing there is motionless,
Nothing save the airs that brood
Over the magic solitude.
Ah, by no wind are stirred those trees
That palpitate like the chill seas
Around the misty Hebrides!

Perché qui giaci e sogni?
Certo venisti da remoti mari,
meraviglia recando a queste fronde!
Strano è il tuo pallore, strana la veste!
Strane, ancor più, le tue trecce lunghe,
e questo silenzio così solenne!

Dorme la bella Dama. Oh, sia il tuo sonno,
così com'è ostinato, altrettanto profondo!
Il cielo l'abbia in sua sacra custodia!
Questa stanza mutata in una più santa,
questo letto in uno più mesto,
io prego ch'ella qui giaccia per sempre,
serrati per sempre i begli occhi,
mentre bianchi fantasmi le passano daccanto!

Dorme, l'amor mio. Oh, quel sonno
pertinace sia altrettanto profondo!
Le siano lievi i vermi d'intorno!
Lontano, nell'antica oscura selva,
per lei si dischiuda qualche alta volta,
un nobile sepolcro, che abbia spesso dispiegato
i suoi neri, alati e fluttuanti cortinaggi,
quasi in trionfo, sugli stemmati drappi,
nei funebri riti resi al suo alto lignaggio:
un solitario, remoto sepolcro,
alla cui porta ella un tempo, fanciulla,
scagliava i suoi ciottoli per gioco,
dalla cui porta mai più un'eco farà risuonare,
con un brivido pensando – figlia del peccato! –
che fossero i morti a gemere la dentro.

La valle dell'inquietudine [95]

Un tempo sorrideva silenziosa
una piccola valle dove più nessuno abitava:
la gente era partita per le guerre,
affidando ai miti occhi delle stelle, a notte,
dalle alte torri azzurre, la custodia
di quei fiori, sopra i quali, per tutto il giorno,
pigramente indugiava la rossa luce del sole.
Ora invece al viandante che di lì passasse
si mostrerebbe il triste stato di quella valle.
Nulla è ora lì che stia senza un moto:
nulla, tranne l'aria che immobile sovrasta
su quella magica solitudine.
Oh, non un soffio più sommuove quelle fronde,
che ora palpitano come gelide onde
d'intorno alle nebbiose, lontane Ebridi! [96]
Oh, non un vento sospinge quelle nuvole,

Ah, by no wind those clouds are driven,
That rustle through the unquiet Heaven
Uneasily, from morn till even,
Over the violets there that lie
In myriad types of the human eye –
Over the lilies there that wave
And weep above a nameless grave!
They wave: – from out their fragrant tops
Eternal dews come down in drops.
They weep: – from off their delicate stems
Perennial tears descend in gems.
(*1831-1845*)

The City in the Sea

Lo! Death has reared himself a throne
In a strange city lying alone
Far down within the dim West
Where the good and the bad and the worst and the best
Have gone to their eternal rest.
There shrines and palaces and towers
(Time-eaten towers that tremble not!)
Resemble nothing that is ours.
Around, by lifting winds forgot,
Resignedly beneath the sky
The melancholy waters lie.

No rays from the holy heaven come down
On the long night-time of that town;
But light from out the lurid sea
Streams up the turrets silently –
Gleams up the pinnacles far and free
Up domes – up spires – up kingly halls –
Up fanes – up Babylon-like walls –
Up shadowy long-forgotten bowers
Of sculptured ivy and stone flowers –
Up many and many a marvellous shrine
Whose wreathed friezes intertwine
The viol, the violet, and the vine.

Resignedly beneath the sky
The melancholy waters lie.
So blend the turrets and shadows there
That all seem pendulous in air,
While from a proud tower in the town
Death looks gigantically down.

There open fanes and gaping graves
Yawn level with the luminous waves;
But not the riches there that lie
In each idol's diamond eye –
Not the gaily-jewelled dead

che con gravezza si spostano nel cielo inquieto,
dal chiaro mattino fino a sera,
sui fitti campi delle viole non còlte –
miriadi d'occhi umani d'ogni foggia –
e sui gigli che ondeggiano e gemono
sopra una tomba che non ha nome!
Ondeggiano: dalle cime profumate
rugiade cadono in gocciole immortali.
Gemono: dagli steli delicati
discendono gemme d'eterne lacrime.

La città nel mare

Ecco! Morte a se stessa ha innalzato
un trono in una strana città solitaria,[97]
laggiù nel nebuloso Occidente,[98]
dove buoni e perversi, i peggiori ed i migliori
discesero nel loro perenne riposo.
Là palazzi e santuari e alte torri
(torri addentate dal tempo, che non tremano!)
a null'altro somigliano che sia nostro.
D'intorno, dimenticate da ogni vento,
sotto al cielo rassegnate,
ristagnano le acque malinconiche.

Non un raggio discende dal sacro cielo
sulla lunga notte di quella città;[99]
ma un chiarore dal livido mare
discorre in silenzio su per le torri –
balugina, più lontano, sugli alti pinnacoli,
su cupole e guglie – sulle sale regali –
sui templi – su babiloniche mura –
su ombrosi padiglioni abbandonati,
con l'edera scolpita e i fiori di pietra –
su molti e molti mirabili altari,
sui cui inghirlandati fregi
le viole s'intrecciano con la vite.

Rassegnate sotto al cielo
ristagnano le acque malinconiche.
E in tal modo torri ed ombre lì si confondono,
che tutto è lì come pèndulo nell'aria,
mentre che da una superba torre della città
Morte giganteggia e guarda in giù.

Templi disserrati, tombe scoperchiate
sbadigliano al livello di quel baluginio di onde;
ma né le ricchezze che là scintillano
nell'occhio di diamante di ciascun idolo –
né i morti gaiamente ingioiellati

Tempt the waters from their bed;
For no ripples curl, alas!
Along that wilderness of glass –
No swellings tell that winds may be
Upon some far-off happier sea –
No heavings hint that winds have been
On seas less hideously serene.

But lo, a stir is in the air!
The wave – there is a movement there!
As if the towers had thrust aside,
In slightly sinking, the dull tide –
As if their tops had feebly given
A void within the filmy Heaven.
The waves have now a redder glow –
The hours are breathing faint and low –
And when, amid no earthly moans,
Down, down that town shall settle hence,
Hell, rising from a thousand thrones,
Shall do it reverence.

(*1831-1845*)

A Paean

How shall the burial rite be read?
  The solemn song be sung?
The requiem for the loveliest dead,
  That ever died so young?

Her friends are gazing on her,
  And on her gaudy bier,
And weep! – oh! to dishonor
  Her beauty with a tear!

They loved her for her wealth –
  And they hated her for her pride –
But she grew in feeble health,
  And they *love* her – that she died.

They tell me (while they speak
  Of her «costly broider'd pall»)
That my voice is growing weak –
  That I should not sing at all –

Or that my tone should be
  Tun'd to such solemn song
So mournfully – so mournfully,
  That the dead may feel no wrong.

But she is gone above,
  With young Hope at her side,

tentano le acque a uscir dal loro letto;
giacché nessun moto increspa, ahimè,
quel deserto di cristallo –
nessun'onda si gonfia ad annunciare
che un vento s'è forse levato
su qualche remoto, più felice mare –
né flutto dice che venti si siano levati
su mari meno orridamente calmi.

Ma ecco, un fremito è nell'aria!
L'onda – laggiù, un movimento!
quasi avessero le torri spinto da parte,
avessero spinto da un lato le pigre correnti –
o che le loro cime un labile vuoto
avessero lasciato nel cielo velato.
Un bagliore più rosso ora accende le onde –
più rado e più fievole il respiro delle ore –
e quando, infine, fra non terrestri gemiti,
più giù, più giù quella città si poserà,
l'Inferno, insorgendo da mille troni,
le farà riverenza.

Peana [100]

Come sarà letto il funereo rito?
E intonato il solenne canto?
Il requiem per la morta più amabile
che mai sia morta così fanciulla?

Gli amici hanno a lei gli occhi rivolti
e alla bara sfarzosa,
e piangono! – Oh, disonorare
con una lacrima la beltà di lei!

Essi l'amarono per la sua ricchezza –
e per il suo orgoglio l'odiarono.
Ma ella crebbe debole, fragile,
ed essi *l'amano* perché morì.

Mi dicono (mentre bisbigliano
del suo «manto ricamato e costoso»)
che la mia voce è ora più flebile –
che non dovrei cantare anch'io.

O che dovrebbe il mio tono
al solenne canto armonizzarsi
così dolentemente – dolentemente,
che non ne riceva offesa la morta.

Ma essa è andata lassù,
con la giovane Speranza al suo fianco,

And I am drunk with love
  Of the dead, who is my bride.

Of the dead – dead – who lies
  All motionless,
With the death upon her eyes,
  And the life upon each tress.

In June she died – in June
  Of life – beloved, and fair;
But she did not die too soon,
  Nor with too calm an air.

From more than friends on earth,
  Helen, thy soul is riven,
To join the all-hallowed mirth
  Of more than thrones in heaven –

Therefore, to thee this night
  I will no requiem raise,
But waft thee on thy flight,
  With a Paean of old days.

(*1831-1836*)

To One in Paradise

Thou wast that all to me, love,
  For which my soul did pine –
A green isle in the sea, love,
  A fountain and a shrine,
All wreathed with fairy fruits and flowers,
  And all the flowers were mine.

Ah, dream too bright to last!
  Ah, starry Hope! that didst arise
But to be overcast!
  A voice from out the Future cries,
«On! on!» – but o'er the Past
  (Dim gulf!) my spirit hovering lies
Mute, motionless, aghast!

For, alas! alas! with me
  The light of Life is o'er!
  No more – no more – no more –
(Such language holds the solemn sea
  To the sands upon the shore)
Shall bloom the thunder-blasted tree,
  Or the stricken eagle soar!

And all my days are trances,
  And all my nightly dreams

e io son ebbro d'amore
per lei morta, che è mia sposa.

Per la morta – morta – che giace
là, immobile e sola,
con la morte sugli occhi serrati
e la vita sulle tenere trecce.

Di giugno morì – nel giugno
della vita – bella e amata;
ma non morì così presto,
né con così sereno aspetto.

Da gente che è in terra più che diabolica
la tua anima, Elena, [101] si distaccò,
per unirsi alla beata allegrezza
di schiere più che angeliche in cielo.

Per questo, a te, questa notte,
io non canterò un requiem,
ma nel tuo elevarti vorrò seguirti
con un peana d'antichi giorni.

A una in Paradiso [102]

Eri per me quel tutto, amore,
per cui si struggeva la mia anima –
una verde isola nel mare, amore,
una fonte limpida, un'ara
di magici frutti e fiori adornata:
e tutti erano miei quei fiori.

Ah, sogno splendido e breve!
Stellata speranza, appena apparsa
e subito sopraffatta!
Una voce dal Futuro mi grida
«Avanti, avanti!» – ma è sul Passato
(oscuro gurgite!) che la mia anima aleggia
tacita, immobile, sgomenta!

Perché mai più, oh mai più per me
risplenderà quella luce di Vita!
Mai più – mai più – mai più –
(è quel che il mare ripete
alle sabbie del lido) – mai più
rifiorirà un albero percosso dal fulmine,
né potrà più elevarsi un'aquila ferita.

Vivo, trasognato, giorni estatici,
e tutte le mie notturne visioni

Are where thy grey eye glances,
  And where thy footstep gleams –
In what ethereal dances,
By what eternal streams.

(*1833-1849*)

Hymn

At morn – at noon – at twilight dim –
Maria! thou hast heard my hymn!
In joy and woe – in good and ill –
Mother of God, be with me still!
When the Hours flew brightly by,
And not a cloud obscured the sky,
My soul, lest it should truant be,
Thy grace did guide to thine and thee;
Now, when storms of Fate o'ercast
Darkly my Present and my Past,
Let my Future radiant shine
With sweet hopes of thee and thine!

(*1833-1849*)

Serenade

So sweet the hour – so calm the time,
I feel it more than half a crime
When Nature sleeps and stars are mute,
To mar the silence ev'n with lute.
At rest on ocean's brilliant dies
An image of Elysium lies:
Seven Pleiades entranced in Heaven
Form in the deep another seven:
Endymion nodding from above
Sees in the sea a second love:
Within the valleys dim and brown,
And on the spectral mountain's crown
The wearied light is lying down:
And earth, and stars, and sea, and sky
Are redolent of sleep, as I
Am redolent of thee and thine
Enthralling love, my Adeline.
But list, O list! – so soft and low
Thy lover's voice tonight shall flow
That, scarce awake, thy soul shall deem
My words the music of a dream.
Thus, while no single sound too rude,
Upon thy slumber shall intrude,
Our thoughts, our souls – O God above!
In every deed shall mingle, love.

(*1833*)

mi riportano ai tuoi grigi occhi di luce,
a là dove tu stessa ti porti e risplendi,
oh, in quali eteree danze,
lungo rivi che scorrono perenni.

Inno

Al mattino, al meriggio, al fosco crepuscolo –
tu hai udito il mio inno, Maria! [103]
In affanno e letizia – nel bene e nel male –
tu, madre di Dio, ancora rimani con me! [104]
Quando più liete per me scorrevan le Ore,
e non una nuvola oscurava il mio cielo,
la tua grazia trepida guidava a te
l'anima mia perché non si smarrisse;
e ora che il Destino per me più addensa
le sue tempeste e in me confonde presente
e passato, fa' che almeno risplenda il futuro
e per me irraggi dolce speranza di te!

Serenata [105]

Così dolce l'ora – così pacato il tempo,
sento che più che un crimine sarebbe,
quando Natura dorme e son mute le stelle,
il silenzio violarne sia pur col suono d'un liuto.
Serena sul balenar d'Oceano
si posa un'immagine d'Elisio:
le sette Pleiadi estatiche in cielo
altre sette ne accendono nelle acque più profonde;
Endimione dall'alto annuendo
scorge nel mare un secondo amore; [106]
nelle valli opache e brune
e sulla spettrale vetta del monte
più stanca la luce s'adagia e distende; [107]
e terra e stelle e mare e cielo
hanno profumo di sonno, così come in me
è profumo di te e del tuo amore
che m'esalta, o mia Adelina.
Ma ascolta, ascolta! Soffice, in un soffio,
la voce di chi t'ama fluttuerà nella notte,
così che tu, appena ridesta, crederai
che siano le mie parole musica d'un sogno.
E mentre nessun suono un po' più aspro
s'insinuerà, in tal modo, nel tuo sonno,
i nostri pensieri, le nostre anime – o Dio!
in ogni atto, amore, si congiungeranno.

To —

Sleep on, sleep on, another hour –
  I would not break so calm a sleep,
To wake to sunshine and to show'r,
  To smile and weep.

Sleep on, sleep on, like sculptured thing,
  Majestic, beautiful art thou;
Sure seraph fans thee with his wing
  And fans thy brow –

We would not deem thee child of earth,
  For, O, angelic is thy form!
But that in heav'n thou had'st thy birth,
  Where comes no storm

To mar the bright, the perfect flow'r,
  But all is beautiful and still –
And golden sands proclaim the hour
  Which brings no ill.

Sleep on, sleep on, some fairy dream
  Perchance is woven in thy sleep –
But, O, thy spirit, calm, serene,
  Must wake to weep.

(*1833*)

Fanny

The dying swan by northern lakes
  Sings its wild death song, sweet and clear,
And as the solemn music breaks
  O'er hill and glen dissolves in air;
Thus musical thy soft voice came,
  Thus trembled on thy tongue my name.

Like sunburst through the ebon cloud,
  Which veils the solemn midnight sky,
Piercing cold evening's sable shroud,
  Thus came the first glance of that eye;
But like the adamantine rock,
My spirit met and braved the shock.

Let memory the boy recall
  Who laid his heart upon thy shrine,
When far away his footsteps fall,
  Think that he deem'd thy charms divine;
A victim on love's altar slain,
By witching eyes which looked disdain.

(*1833*)

A —[108]

Dormi, oh dormi per un poco ancora!
Perché cessare un così placido sonno?
Per ridestarti al sole e a piovasco,
al sorriso e al pianto?

Dormi, dormi, come scolpita immagine,
così colma di beltà, di maestà;
i serafini con l'ali ti fan vento,
fan vento alla tua fronte.

Non vorremmo pensarti creatura terrestre,
perché è angelica, oh angelica la tua forma! –
ma che in cielo, piuttosto, avesti origine,
dove mai tempesta

s'abbatté sul bel fiore perfetto,
ma tutto è calma e beltà –
e sabbie dorate proclamano ore
che mai non recano alcun male.

Dormi, dormi, forse un sogno fatato passa
sul tuo sonno e con esso s'intreccia.
Ma, oh, il tuo chiaro, sereno spirito
pur dovrà svegliarsi al pianto.

Fanny[109]

Il cigno morente in qualche nordico lago
intona il suo canto di morte, sottile e dolce,
e come quella musica irrompe nell'aria,
già si dissolve per il colle e la valle;
così musicale a me pervenne la tua voce,
così tremolò sulla tua lingua il mio nome.

Come sprazzo di sole per una nuvola d'ebano,
che vela il solenne cielo della notte
e fora il freddo sudario della nera sera
così a me pervenne il primo dardo di quell'occhio;
ma, simile a una roccia d'adamante,
il mio spirito l'incontrò e ne sostenne il colpo.

Oh, richiami la tua memoria quel ragazzo
che il suo cuore posò sulla tua ara,
e quando i suoi passi più remoti risuoneranno,
pensa ch'egli giudicò divini i tuoi incanti:
una vittima sull'altare d'amore trafitta
da occhi streganti che gl'indicavano disdegno.

The Coliseum

Type of the antique Rome! Rich reliquary
Of lofty contemplation left to Time
By buried centuries of pomp and power!
At length – at length – after so many days
Of weary pilgrimage and burning thirst,
(Thirst for the springs of lore that in thee lie),
I kneel, an altered and an humble man,
Amid thy shadows, and so drink within
My very soul thy grandeur, gloom, and glory!

Vastness! and Age! and Memories of Eld!
Silence! and Desolation! and dim Night!
I feel ye now – I feel ye in your strength –
O spells more sure than e'er Judaean king
Taught in the gardens of Gethsemane!
O charms more potent than the rapt Chaldee
Ever drew down from out the quiet stars!

Here, where a hero fell, a column falls!
Here, where the mimic eagle glared in gold,
A midnight vigil holds the swarthy bat!
Here, where the dames of Rome their gilded hair
Waved to the wind, now wave the reed and thistle!
Here, where on golden throne the monarch lolled,
Glides, spectre-like, unto his marble home,
Lit by the wan light of the horned moon,
The swift and silent lizard of the stones!

But stay! these walls – these ivy-clad arcades –
These mouldering plinths – these sad and blackened shafts –
These vague entablatures – this crumbling frieze –
These shattered cornices – this wreck – this ruin –
These stones – alas! these gray stones – are they all –
All of the famed, and the colossal left
By the corrosive Hours to Fate and me?

«Not all» – the Echoes answer me – «not all!
Prophetic sounds and loud, arise forever
From us, and from all Ruin, unto the wise,
As melody from Memnon to the Sun.
We rule the hearts of mightiest men – we rule
With a despotic sway all giant minds.
We are not impotent – we pallid stones.
Not all our power is gone – not all our fame –
Not all the magic of our high renown –
Not all the wonder that encircles us –
Not all the mysteries that in us lie –
Not all the memories that hang upon
And cling around about us as a garment,

Il Colosseo [110]

Dell'antica Roma perfetto simbolo! Reliquario
di solenni pensieri al Tempo erede affidati
da sepolti secoli di potenza e di pompa! [111]
Ora infine, dopo i tanti giorni del mio
gravoso pellegrinare e di bruciante sete
(per le fonti ed acque di sapienza in te riposte),
con umiltà m'inginocchio, trasmutato,
tra le tue ombre, e nell'animo m'abbevero
alla tua tenebra e alla tua gloria!

Vastità! Una lunga età! E memorie d'allora!
Silenzio, Desolazione, oscura Notte!
Io vi sento – sento la forza che è in voi!
O incantesimi più certi di quanti un re giudeo
mai rivelò nei giardini del Getsemani! [112]
O incanti più possenti di quanti il rapito Caldeo
mai derivò dalle sue placide stelle!

Qui dove cadde un eroe, una colonna rovina!
Qui dove splendé nell'oro un'aquila mimetica,
vigila notturno il bruno pipistrello!
Qui dove le romane matrone al vento scioglievano
le chiome dorate, ora s'agitano le canne e il cardo!
Qui dove sull'aureo trono s'appoggiava il monarca,
ora guizza e fugge spettrale, in marmorea reggia,
nel pallido chiarore d'un arco di luna,
la veloce e tacita lucertola delle pietre!

Ma qui sosta! Le mura – gli archi rivestiti d'edera,
questi plinti sbriciolati – gli anneriti fusti –
le infrante cornici – quest'immensa rovina –
queste pietre – grigie pietre – è tutto quello
ch'è rimasto – il famoso, colossale retaggio
che le corrosive Ore lasciarono al Fato ed a me?

«Non tutto» – gli Echi rispondono – «non tutto!
Profetiche voci s'elevano pur sempre da noi,
per chi è saggio, da ogni rovina che qui vedi –
come musica di Mémnone al sole. [113]
Dei più potenti governiamo i cuori –
con dispotico cenno ogni più nobile spirito.
Non siamo al tutto vani – noi pallidi sassi.
Non svanì ogni nostro potere, ogni fama di noi –
né ogni nostra magia, ogni rinomanza –
né quell'attonito stupor che ci recinge –
né quel mistero stesso che giace in noi –
e non le memorie che qui aleggiano,
che d'intorno ci avvolgono e cingono

Clothing us in a robe of more than glory.»
(*1833-1843*)

To F— s S. O— d.

Thou wouldst be loved? – then let thy heart
From its present pathway part not!
Being everything which now thou art,
Be nothing which thou art not.
So with the world thy gentle ways,
Thy grace, thy more than beauty,
Shall be an endless theme of praise,
And love – a simple duty.
(*1833?-1845*)

To F—

Beloved! amid the earnest woes
That crowd around my earthly path –
(Drear path, alas! where grows
Not even one lonely rose) –
My soul at least a solace hath
In dreams of thee, and therein knows
An Eden of bland repose.

And thus thy memory is to me
Like some enchanted far-off isle
In some tumultuous sea –
Some ocean throbbing far and free
With storms – but where meanwhile
Serenest skies continually
Just o'er that one bright islands mile.
(*1835-1845*)

Bridal Ballad

The ring is on my hand,
And the wreath is on my brow;
Satins and jewels grand
Are all at my command,
And I am happy now.

And my lord he loves me well;
But, when first he breathed his vow,
I felt my bosom swell –
For the words rang as a knell,
And the voice seemed *his* who fell
In the battle down the dell,
And who is happy now.

But he spoke to re-assure me,

in un ammanto che più vale d'ogni gloria.»

A F— s S. O— d.[114]

Vorresti essere amata? E tu fa' che il tuo cuore
non si discosti dal sentiero di ora!
Essendo ogni cosa che ora tu sei,
non esser mai altro che non sei.
Così i tuoi cortesi modi di vita,
la tua grazia, la tua più che bellezza
saranno un tema d'elogio senza fine,
e l'amore – non altro che un puro dovere.

A F—

O mia amata, fra i dolenti affanni
così folti sul mio terrestre sentiero –
triste, ahimè! – dove mai non cresce
un fiore, mai alcuna rosa solitaria –
trova sollievo almeno l'anima mia
in molti sogni di te: e conosce allora
un Eden di blando riposo.

Così, dal ricordo di te si distilla
in me un'isola d'incanto, lontana,
in mezzo a un tumultuante mare –
fremente oceano e immenso, esposto
a ogni tempesta – nel mentre che, intanto,
i più sereni cieli, continuamente,
solo sorridono su quell'isola fulgente.

Ballata nuziale

L'anello ho al mio dito,
la ghirlanda ho sulla fronte;
i gioielli più lucenti e i rasi
più fini sono tutti per me:
e io son felice ora.[115].

Ben mi ama il mio signore;
ma poi ch'ebbe pronunciato il suo voto,
io sentii agitarsi il mio cuore,
perché cóme rintocchi caddero le parole,
e mi parve la sua voce quella
di *chi* cadde in battaglia giù nella valle,
e che è felice ora.

Mi rassicurò, mi diede fidanza,

And he kissed my pallid brow,
While a reverie came o'er me,
And to the church-yard bore me,
And I sighed to him before me,
(Thinking him dead D'Elormie),
«Oh, I am happy now!»

And thus the words were spoken;
And this the plighted vow;
And, though my faith be broken,
And, though my heart be broken,
Here is a ring, as token
That I am happy now! –
Behold the golden token
That *proves* me happy now!

Would God I could awaken!
For I dream I know not how,
And my soul is sorely shaken
Lest an evil step be taken, –
Lest the dead who is forsaken
May not be happy now.

(*1836-1849*)

To Zante

Fair isle, that from the fairest of all flowers,
Thy gentlest of all gentle names dost take!
How many memories of what radiant hours
At sight of thee and thine at once awake!
How many scenes of what departed bliss!
How many thoughts of what entombed hopes!
How many visions of a maiden that is
No more – no more upon thy verdant slopes!
No more! alas, that magical sad sound
Transforming all! Thy charms shall please *no more* –
Thy memory *no more*! Accursed ground
Henceforth I hold thy flower-enamelled shore,
O hyacinthine isle! O purple Zante!
«Isola d'oro! Fior di Levante!»

(*1836*)

The Haunted Palace

In the greenest of our valleys
By good angels tenanted.
Once a fair and stately palace –
Radiant palace – reared its head.
In the monarch Thought's dominion –
It stood there!

mi baciò sulla pallida fronte,
ma una visione ecco m'apparve
e fra le tombe ancora m'addusse.
E io a lui dissi sospirando
(credendo che fosse il morto D'Elorme):[116]
«Oh, io son felice ora!».

Così parlai e così dissi,
fu questo il voto che promisi;
e benché abbia infranto quella fede,
benché sia schiantato il mio cuore,
ecco l'anello vi porto come segno
che io son felice ora!
Miratelo, il segno d'oro:
è la *prova* ch'io son felice ora!

Ma voglia Dio che mi risvegli!
Ché ancora son nel sogno, non so come,
e scossa e confusa è la mia anima:
teme che un mal passo si sia fatto,
teme che il morto trascurato
più non sia felice ora.

A Zante[117]

O bella isola, che dal più bel fiore
prendi il tuo nome, fra tutti il più gentile!
Quante memorie di raggianti ore
da te si ridestano al tuo solo apparire!
E parvenze di quale perduta felicità!
E pensieri di quali speranze sepolte!
E visioni di una fanciulla, sui tuoi verdi
pendii, che non è più, che non è più!
Non più! Ahimè, quel magico e triste suono
che tutto trasmuta! *Non più* loderò i tuoi incanti,
non più il ricordo di te! Un esecrato suolo
d'ora in avanti riterrò il tuo lido fiorito,
o isola giacintea! O purpurea Zante!
«Isola d'oro! Fior di Levante!»

Il Palazzo stregato[118]

Nella più verde delle nostre valli,
abitata da angeli buoni,
una volta un bel maestoso palazzo –
un radioso palazzo – alzava la sua fronte.
Nel dominio di Re Pensiero –
là s'ergeva l'alta mole!

Never seraph spread a pinion
  Over fabric half so fair!

Banners yellow, glorious, golden,
  On its roof did float and flow –
(This – all this – was in the olden
  Time long ago,)
And every gentle air that dallied,
  In that sweet day,
Along the ramparts plumed and pallid,
  A wingèd odor went away.

Wanderers in that happy valley,
Through two luminous windows, saw
Spirits moving musically,
  To a lute's well-tunèd law,
Round about a throne where, sitting,
  Porphyrogene,
In state his glory well befitting
  The ruler of the realm was seen.

And all with pearl and ruby glowing
  Was the fair palace door,
Through which came flowing, flowing, flowing,
  And sparkling evermore,
A troop of Echoes whose sweet duty
  Was but to sing,
In voices of surpassing beauty,
  The wit and wisdom of their king.

But evil things, in robes of sorrow,
  Assailed the monarch's high estate.
(Ah, let us mourn! – for never morrow
  Shall dawn upon him, desolate!)
And round about his home the glory
  That blushed and bloomed,
Is but a dim-remembered story
  Of the old-time entombed.

And travellers, now, within that valley,
  Through the encrimsoned windows see
Vast forms that move fantastically
  To a discordant melody,
While, like a ghastly rapid river,
  Through the pale door
A hideous throng rush out forever
  And laugh – but smile no more.

(*1838-1848*)

Mai distese un serafino la sua ala
su dimora che solo metà avesse di quel fulgore!

Gialli, fiammanti, dorati pennoni
sul suo tetto ondeggiavano e fluttuavano –
(ma questo – tutto questo – fu in un lontano
passato, molto tempo fa);
e da ogni mite soffio che lì scherzava,
in quei dolci giorni,
lungo i bastioni pallidi e piumati,
proveniva un alato profumo.

I viandanti in quella felice valle
scorgevano, attraverso due vetrate luminose,
spiriti muoversi con musicale armonia,
obbedienti ai ritmi di un liuto
e intorno girando ad un trono, sul quale
sedeva Porfirogenito,[119]
nel fasto conveniente alla sua gloria,
di quel reame reggitore e signore.

E tutta luceva di perle e rubini
la porta del bel palazzo,
da dove fluiva, fluiva, fluiva,
e sempre più sfavillando,
una turba di Echi, cui non era
altra cura che di cantare
in voci d'insuperabile bellezza,
la sagacia e la saggezza del loro re.

Ma spiriti malvagi, in vesti luttuose,
assalirono di quel monarca l'alto dominio,
(ah, piangiamo!, ché mai più un domani
per lui albeggerà, desolato!)
E ora d'intorno al palazzo, quella gloria
che fiammeggiava e fioriva allora
non è che una storia oscuramente ricordata,
di quel vecchio tempo sepolto.

E chi passa ora in quella valle
scorge, attraverso le rosseggianti vetrate,
immani forme fantasticamente agitarsi
ad una discordante melodia,
mentre, come un vorticoso spettrale fiume
per la pallida porta, ad uscir per sempre
si precipita un'orrida folla,
che ride, sghignazza – ma più non sorride.

Sonnet — Silence

There are some qualities – some incorporate things,
  That have a double life, which thus is made
A type of that twin entity which springs
  From matter and light, evinced in solid and shade.
There is a two-fold *Silence* – sea and shore –
  Body and Soul. One dwells in lonely places,
  Newly with grass o'ergrown; some solemn graces,
Some human memories and tearful lore,
Render him terrorless: his name's «No more».
He is the corporate Silence: dread him not!
  No power hath he of evil in himself;
But should some urgent fate (untimely lot!).
  Bring thee to meet his shadow (nameless elf,
That haunteth the lone regions where hath trod
No foot of man), commend thyself to God!

(*1839-1845*)

The Conqueror Worm

Lo! 'tis a gala night
  Within the lonesome latter years!
An angel throng, bewinged, bedight
  In veils, and drowned in tears,
Sit in a theatre, to see
  A play of hopes and fears,
While the orchestra breathes fitfully
  The music of the spheres.

Mimes, in the form of God on high,
  Mutter and mumble low,
And hither and thither fly –
  Mere puppets they, who come and go
At bidding of vast formless things
  That shift the scenery to and fro,
Flapping from out their Condor wings
  Invisible Wo!

That motley drama – oh, be sure
  It shall not be forgot!
With its Phantom chased for evermore,
  By a crowd that seize it not,
Through a circle that ever returneth in
  To the self-same spot.
And much of Madness, and more of Sin,
And Horror the soul of the plot.

But see, amid the mimic rout
  A crawling shape intrude!

Silenzio

Vi sono qualità – incorporee essenze,
cui è data come una duplice vita, che è poi
emblema della doppia entità che sempre scocca
da materia e luce, in solida forma e in ombra.
Vi è un silenzio che è duplice – mare e riva –
corpo e anima. Abita l'uno in solitari luoghi,
ricoperti d'erba recente: qualche solenne grazia,
umane memorie e una lacrimata sapienza
gli han tolto ogni terrore. Il suo nome è *Mai più*.
È quello il silenzio corporeo: non devi paventarlo!
Non ha potere in se stesso di nuocere.
Ma se mai un incalzante fato (intempestiva
sorte!) ti portasse a incontrar la sua ombra
(un elfo è, senza nome e frequenta solinghe plaghe,
mai calpestate dal piede di un uomo),
oh, allora, raccomandati a Dio! [120]

Il Verme Trionfante [121]

Guardate! È serata di gala
in questi desolati recenti anni!
Una schiera d'angeli alati, avvolti
nei veli, inzuppati di lacrime,
siede a teatro ed assiste
a un dramma di speranze e timori,
mentre l'orchestra sospira, a sussulti,
la musica delle sfere.

Mimi, a immagine del Dio di lassù, [122]
bisbigliano e parlottano sottovoce,
e di qua, di là volteggiando abilmente –
marionette che vanno e che vengono,
al cenno d'immani esseri informi,
che muovono in su e in giù gli scenari,
scuotendo dalle loro ali di condor [123]
l'invisibile Sventura!

Quel dramma variopinto – oh, siatene certi –
non sarà dimenticato!
Col suo Fantasma tallonato senza posa
da una turba che non riesce ad acciuffarlo,
attraverso un girotondo che sempre ritorna
allo stesso identico punto,
e con gli ingredienti di Follia, di Peccato
e d'Orrore ad animar l'intera vicenda.

Ma fate attenzione! Tra la calca dei mimi
s'insinua un mostro che striscia!

A blood-red thing that writhes from out
  The scenic solitude!
It writhes! – it writhes! – with mortal pangs
  The mimes become its food,
And seraphs sob at vermin fangs
  In human gore imbued.

Out – out are the lights – out all!
  And, over each quivering form,
The curtain, a funeral pall,
  Comes down with the rush of a storm.
While the angels, all pallid and wan,
  Uprising, unveiling, affirm
That the play is the tragedy, «Man»
  And its hero the Conqueror Worm.

(*1842-1849*)

Lenore

Ah, broken is the golden bowl! – the spirit flown forever!
Let the bell toll! – a saintly soul floats on the Stygian river: –
And, Guy De Vere, hast *thou* no tear? – weep now or never more!
See! on yon drear and rigid bier low lies thy love, Lenore!
Come, let the burial rite be read – the funeral song be sung! –
An anthem for the queenliest dead that ever died so young –
A dirge for her, the doubly dead in that she died so young.

«Wretches! ye loved her for her wealth and ye hated her for her pride;
And, when she fell in feeble health, ye blessed her – that she died: –
How *shall* the ritual then be read – the requiem how be sung
By you – by yours, the evil eye – by yours the slanderous tongue
That did to death the innocence that died and died so young?»

Peccavimus: – yet rave not thus! but let a Sabbath song
Go up to God so solemnly the dead may feel no wrong!
The sweet Lenore hath gone before, with Hope that flew beside,
Leaving thee wild for the dear child that should have been thy bride –
For her, the fair and debonair, that now so lowly lies,
The life upon her yellow hair, but not within her eyes –
The life still there upon her hair, the death upon her eyes.

«Avaunt! – avaunt! to friends from fiends the indignant ghost is riven –
From Hell unto a high estate within the utmost Heaven –
From moan and groan to a golden throne beside the King of Heaven: –
Let *no* bell toll, then, lest her soul, amid its hallowed mirth
Should catch the note as it doth float up from the damned Earth!
And I – tonight my heart is light: – no dirge will I upraise,

Rosseggia di sangue, s'attorce e si snoda,
viene avanti dal deserto della scena!
S'attorce! – s'attorce! Tra fitte mortali
i mimi gli fanno da pasto,
e i serafini piangono per quel sangue marcito,
di cui s'imbeve il dente del mostro.

Spenti – ora i lumi sono spenti!
E sopra a ogni sbigottita forma
s'abbassa il sipario, drappo funereo,
come una raffica di tempesta,
mentre gli angeli, pallidi e ansanti,
levandosi e svelandosi, annunciano
che quel dramma s'intitola «L'uomo»,
e che l'eroe n'è il Verme Trionfante.

Lenora [124]

Quell'aurea coppa s'è infranta! – fuggito lo spirito per sempre!
Rintocchi di campana! – un'anima santa discende allo Stige.
E tu, Guy De Vere,[125] non hai tu lacrime? – Ora piangi o mai più!
Guardala! in quella bara rigida e mesta giace Lenora, il tuo amore!
Vieni, si dia ora lettura del rituale dei morti – si canti l'inno funereo!
Un lamento per lei, la più regale fra quante così fanciulle morte travolse –
un canto per lei morta due volte perché morta così fanciulla.

«Sciagurati! Voi solo l'amaste per le sue ricchezze e l'odiaste per il suo orgoglio;
e quando il male la colpì, voi l'elogiaste perché era presso a morire: –
come ora leggerete il rituale? – come il requiem ora direte,
voi, col vostro occhio maligno, con la vostra lingua calunniatrice,
che l'innocenza traeste a morte, che era colei che ora è morta e morta così fanciulla?»

Peccavimus:[126] ma non inveite in tal modo! Fate che il cantico del Sabbath
salga così solenne a Dio che non senta la morta alcuna offesa!
T'ha preceduto, la dolce Lenora, con la Speranza che al fianco le volava,
così lasciandoti sconvolto per la cara fanciulla ch'esser doveva la tua sposa –
per lei, bella e nobile, che ora giace così umilmente e ha la vita ancora nei biondi capelli, ma la morte negli occhi serrati –

«Indietro! – Indietro! L'indignato fantasma è strappato ai demoni –
dall'Inferno s'è levato in più una alta condizione, nel più alto dei cieli –
da pianti e gemiti a un aureo trono accanto al celeste Re: –
nessun funereo rintocco, perciò, di campana! Perché la sua anima, nella sua santa allegrezza,
non colga quel suono, mentre in alto si leva dalla Terra esecrata!
Ed io – più lieve è il mio cuore stanotte – non canterò nessun inno funereo,

But waft the angel on her flight with a Paean of old days!»
(*1844-1849*)

Dream-Land

By a route obscure and lonely,
Haunted by ill angels only,
Where an Eidolon, named Night,
On a black throne reigns upright,
I have reached these lands but newly
From an ultimate dim Thule –
From a wild weird clime that lieth, sublime,
  Out of Space – out of Time.

Bottomless vales and boundless floods,
And chasms, and caves, and Titan woods,
With forms that no man can discover
For the dews that drip all over;
Mountains toppling evermore
Into seas without a shore;
Seas that restlessly aspire,
Surging, unto skies of fire;
Lakes that endlessly outspread
Their lone waters – lone and dead, –
Their still waters – still and chilly
With the snows of the lolling lily.

By the lakes that thus outspread
Their lone waters, lone and dead, –
Their sad waters, sad and chilly
With the snows of the lolling lily, –
By the mountains – near the river
Murmuring lowly, murmuring ever, –
By the grey woods, – by the swamp
Where the toad and the newt encamp, –
By the dismal tarns and pools
  Where dwell the Ghouls, –
By each spot the most unholy –
In each nook most melancholy, –
There the traveller meets aghast
Sheeted Memories of the Past –
Shrouded forms that start and sigh
As they pass the wanderer by –
White-robed forms of friends long given,
In agony, to the Earth – and Heaven.

For the heart whose woes are legion
'Tis a peaceful, soothing region –
For the spirit that walks in shadow
O! it is an Eldorado!

ma il mio angelo sosterrò nel suo volo con un peana d'antichi giorni!»

Terra di sogno

Per un ermo ed oscuro cammino
che solo è battuto da angeli malvagi –
dove un Eidolon [127] regna, che ha nome Notte,
assiso altero su un nero trono,
son ritornato, non è molto, a questi luoghi,
da un'ultima e tetra Thule [128] –
da una strana, selvaggia contrada
che, altissima, si stende
fuori di Spazio – fuor dal Tempo.

Valli senza fondo, sconfinate acque,
voragini e caverne, titaniche foreste
e forme che a nessuno mai si disvelano
per le rugiade che vi gocciolano intorno,
montagne che strapiombano per sempre
dentro mari senza lidi;
mari anelanti senza mai sosta,
che si slanciano verso cieli di fuoco;
laghi che continuamente distendono
le loro solitarie acque – deserte e morte –
le loro immobili acque – immobili e gelide
per le nevi del giglio che vi si specchia.

Presso quei laghi che così distendono
le loro solitarie acque – solitarie e morte –
le loro tristi acque, tristi e gelide
per le nevi del giglio che vi si specchia –
presso quelle montagne – presso il fiume
che sussurra sommesso, sussurra in eterno –
presso quei grigi boschi – presso la palude
dove s'accampano il rospo e il ramarro –
presso stagni e lugubri laghetti
dove dimorano i vampiri [129] –
presso ogni più sconsacrato luogo –
in ogni più mesto recesso
incontra il viandante, con sgomento,
segrete memorie del passato –
forme in funerei ammanti che gemono
e sospirano mentre gli passano accanto –
ombre d'antichi amici in bianche stole,
da gran tempo consegnati alla terra ed al cielo.

Ma per colui i cui affanni son legione
è questa una placida, amabile contrada –
per colui che solitario erra nell'ombra, [130]
oh, è questo un Eldorado!

But the traveller, travelling through it,
May not – dare not openly view it;
Never its mysteries are exposed
To the weak human eye unclosed;
So wills its King, who hath forbid
The uplifting of the fringed lid;
And thus the sad Soul that here passes
Beholds it but through darkened glasses.

By a route obscure and lonely,
Haunted by ill angels only,
Where an Eidolon, name NIGHT,
On a black throne reigns upright,
I have wandered home but newly
From this ultimate dim Thule.

(*1844-1849*)

Eulalie

I dwelt alone
In a world of moan,
And my soul was a stagnant tide
Till the fair and gentle Eulalie became my blushing bride –
Till the yellow-haired young Eulalie became my smiling bride.

Ah, less, less bright
The stars of the night
Than the eyes of the radiant girl,
And never a flake
That the vapor can make
With the moon-tints of purple and pearl
Can vie with the modest Eulalie's most unregarded curl –
Can compare with the bright-eyed Eulalie's most humble
and careless curl.

Now Doubt – now Pain
Come never again,
For her soul gives me sigh for sigh
And all day long
Shines bright and strong
Astarté within the sky,
While ever to her dear Eulalie upturns her matron eye –
While ever to her young Eulalie upturns her violet eye.

(*1844-1845*)

The Raven

Once upon a midnight dreary, while I pondered, weak and weary,
Over many a quaint and curious volume of forgotten lore –
While I nodded, nearly napping, suddenly there came a tapping,

E il viandante che talvolta vi passa
non può, né osa, apertamente osservarla:
sempre restano perciò irrilevati i suoi
misteri all'occhio umano che non si serri;
tale è del monarca il volere, che non consente
di sollevar le frangiate palpebre.
Il dolente che qui s'attarda solo può guardare
attraverso annebbiati vetri.[131]

Per un ermo ed oscuro cammino –
che solo è battuto da angeli malvagi –
dove regna un Eidolon che ha per nome NOTTE,
assiro altero su un nero trono,
ho vagato ed errato, qui ritornando infine
da quella mia ultima e tetra Thule.

Eulalia [132]

Io vivevo tutto solo
in un mondo di dolore,
e la mia anima ristagnava immobile,
finché la bella e gentile Eulalia non diventò mia timida sposa –
finché la giovane e bionda Eulalia non diventò la mia lieta sposa.

Oh, meno – assai meno lucenti
gli occhi della notte
che gli occhi della mia raggiante fanciulla!
E non v'è un fiocco
da vapori foggiato nel cielo
con tinte lunari di porpora e perle
che possa gareggiar col più negletto ricciolo della mia modesta Eulalia –
che possa compararsi al più umile, al più trascurato
ricciolo di Eulalia dagli occhi lucenti.

Ora il dubbio – ora la pena
da me più non ritornano,
ché la sua anima a me risponde con sospiro a sospiro
e lungo i miei giorni
risplende brillante e vivida
Astarte su nel cielo,
mentre sempre a lei la cara Eulalia leva il suo occhio di sposa –
mentre sempre a lei la giovane Eulalia leva il suo occhio di viola.

Il Corvo [133]

Una volta, in una tetra mezzanotte, mentre meditavo, stanco e sconsolato,
su molti strani e astrusi volumi d'obliata sapienza,
mentre, sonnecchiando, già il capo mi si chinava, mi riscosse d'improvviso
un battito leggero,

As of some one gently rapping, rapping at my chamber door –
«'Tis some visitor,» I muttered, «tapping at my chamber door –
    Only this and nothing more.»

Ah, distinctly I remember it was in the bleak December;
And each separate dyning ember wrought its ghost upon the floor.
Eagerly I wished the morrow; – vainly I had sought to borrow
From my books surcease of sorrow – sorrow for the lost Lenore –
For the rare and radiant maiden whom the angels name Lenore –
    Nameless *here* for evermore.

And the silken, sad, uncertain rustling of each purple curtain
Thrilled me – filled me with fantastic terrors never felt before;
So that now, to still the beating of my heart, I stood repeating
«'Tis some visiter entreating entrance at my chamber door –
Some late visiter entreating entrance at my chamber door; –
    This it is and nothing more.»

Presently my soul grew stronger; hesitating then no longer,
«Sir», said I, «or Madam, truly your forgiveness I implore;
But the fact is I was napping, and so gently you came rapping,
And so faintly you came tapping, tapping at my chamber door,
That I scarce was sure I heard you» – here I opened wide the door; –
    Darkness there and nothing more.

Deep into that darkness peering, long I stood there wondering,
  fearing,
Doubting, dreaming dreams no mortal ever dared to dream before;
But the silence was unbroken, and the stillness gave no token,
And the only word there spoken was the whispered word, «Lenore?»
This I whispered, and an echo murmured back the word, «Lenore!»
    Merely this and nothing more.

Back into the chamber turning, all my soul within me burning,
Soon again I heard a tapping somewhat louder than before.
«Surely», said I, «surely that is something at my window lattice;
Let me see, then, what thereat is, and this mystery explore –
Let my heart be still a moment and this mystery explore –
    «'Tis the wind and nothing more!»

Open here I flung the shutter, when, with many a flirt and flutter,
In there stepped a stately Raven of the saintly days of yore;
Not the least obeisance made he; not a minute stopped or stayed he;
But, with mien of lord or lady, perched above my chamber door –
Perched upon a bust of Pallas just above my chamber door –
    Perched, and sat, and nothing more.

Then this ebony bird beguiling my sad fancy into smiling,

come d'uno che bussasse sommesso alla porta della mia stanza.
«È un visitatore», borbottai, «che bussa alla porta della mia stanza –
solo questo e nulla più.»

Ah, distintamente ricordo che si era in un desolato dicembre,
e che ogni stizzo morente disegnava, dal camino, un suo spettro sul mio pavimento.
Sospiravo ansioso il mattino; – giacché invano avevo chiesto
ai miei libri di lenire il mio dolore – il dolore per la perduta Lenora –
per la rara e radiosa fanciulla cui gli angeli dan nome Lenora –
ma che *qui* non avrà un nome mai più.

Il serico, triste fruscio dei drappeggi purpurei
mi suscitava un brivido – m'accendeva d'immaginari terrori mai prima avvertiti;
sicché infine, per placare il pulsare del cuore, m'alzai ripetendo:
«È un visitatore che insiste alla porta della mia stanza –
qualcuno che s'attarda e insiste alla mia porta; –
solo questo e nulla più.»

Allora ripresi coraggio; e senza più esitare,
«Signore», dissi, «o signora, umilmente vi chiedo perdono;
ma è ch'io sonnecchiavo, e così sommesso fu il vostro bussare,
così fu leggero quel vostro battito, battito alla mia porta,
che appena ero certo d'averlo io
inteso» – e tutta apersi la mia porta; –
solo tenebre e nulla più.

Scrutai a lungo in quelle tenebre, sostai a lungo con stupore e timore,
dubbioso, sognando sogni che mai un mortale osò prima sognare;
ma il silenzio era assoluto, e la muta aria, non dava alcun segno,
e una sola parola fu detta, fu bisbigliata: «Lenora!».
Fui io stesso a pronunciarla, e un'eco mi rimandò quella parola: «Lenora!».
Solo questo e nulla più.

Rientrai nella mia stanza, col cuore infiammato.
E di nuovo udii bussare, un po' più forte udii bussare.
«Certo», mi dissi, «c'è qualcosa alla finestra;
m'accerterò, dunque, esplorerò questo mistero; –
con cautela esplorerò questo mistero
sarà il vento e nulla più!»

Aprii la finestra: ed allora con strepito d'ali
entrò nella stanza un maestoso corvo dei sacrali giorni d'un tempo;
non fece alcun cenno d'ossequio, non un attimo s'arrestò o indugiò;
ma con portamento d'un gran signore o di dama si posò sulla mia porta –
si posò sul busto d'una Minerva, sopra la porta della mia stanza –
lassù si posò e nulla più.

Inducendo allora quest'uccello d'ebano un po' al sorriso i miei tristi pensieri,

By the grave and stern decorum of the countenance it wore,
«Though thy crest be shorn and shaven, thou» I said, «art sure no craven,
Ghastly grim and ancient Raven wandering from the Nightly shore –
Tell me what thy lordly name is on the Night's Plutonian shore!»
Quoth the Raven «Nevermore».

Much I marvelled this ungainly fowl to hear discourse so plainly,
Though its answer little meaning – little relevancy bore;
For we cannot help agreeing that no living human being
Ever yet was blessed with seeing bird above his chamber door –
Bird or beast upon the sculptured bust above his chamber door,
With such name as «Nevermore».

But the Raven, sitting lonely on the placid bust, spoke only
That one word, as if his soul in that one word he did outpour.
Nothing farther then he uttered – not a feather then flown before –
Till I scarcely more than muttered «Other friends have flown before –
On the morrow *he* will leave me, as my Hopes have flown before».
Then the bird said «Nevermore».

Startled at the stillness broken by reply so aptly spoken,
«Doubtless», said I, «what it utters is its only stock and store
Caught from some unhappy master whom unmerciful Disaster
Followed fast and followed faster till his songs one burden bore –
Till the dirges of his Hope that melancholy burden bore
Of 'Never – nevermore'».

But the Raven still beguiling my sad fancy into smiling,
Straight I wheeled a cushioned seat in front of bird, and bust and door;
Then, upon the velvet sinking, I betook myself to linking
Fancy unto fancy, thinking what this ominous bird of yore –
What this grim, ungainly, ghastly, gaunt, and ominous bird of yore
Meant in croaking «Nevermore».

This I sat engaged in guessing, but no syllabe expressing
To the fowl whose fiery eyes now burned into my bosom's core;
This and more I sat divining, with my head at ease reclining
On the cushion's velvet lining that the lamp-light gloated o'er,
But whose velvet-violet lining with the lamp-light gloating o'er,
She shall press, ah, nevermore!

Then, methought, the air grew denser, perfumes from an unseen censer

con il grave e severo contegno che si dava,
«Per quanto», io dissi, «la tua cresta sia rasa e tagliata,
tu non sei certo né vile né spregevole,
orrido, cupo e antico corvo, qui giunto dalle rive della Notte;
dimmi qual nobile nome è il tuo sulle plutonie rive della Notte!» [134]
Disse il corvo: «Mai più». [135]

Molto fui stupito a udir parlare così distintamente quel goffo uccello,
quantunque non avesse molto senso, scarsa attinenza avesse anzi la sua risposta;
poiché certo ognuno converrà che a nessuna vivente persona
toccò mai di vedere un uccello sulla porta della sua stanza –
uccello o altro animale posato sul busto scultoreo sopra la porta della sua stanza,
e con un tale nome, «Mai più».

Ma il corvo, solitario sedendo sul placido busto, altro non disse
che quella sola parola, quasi che tutta la sua anima in quella sola parola avesse profuso.
Né altro più aggiunse – né piuma più scosse –
finché non diss'io in un soffio: «Altri amici già volaron via –
e domani anch'*egli* andrà via, come le speranze che già tutte volaron via».
Disse allora l'uccello: «Mai più».

Attonito per quell'appropriata risposta che così infrangeva il silenzio,
«Senza dubbio», io ripresi, «è quel che dice tutto quel che sa,
appreso da un qualche infelice padrone che la Sventura
strinse dappresso, sempre più, e più, finché ogni suo canto non si ridusse che a quel ritornello –
finché gli inni della sua mesta speranza non si ridussero che a quell'unico malinconico
"Mai – mai più"».

E mentre il corvo ancora m'induceva al sorriso i tristi pensieri,
io sospinsi la mia poltrona fino alla porta, innanzi al busto e innanzi a quell'uccello;
quindi, affondato nel velluto, mi diedi a collegare
pensiero a pensiero, domandandomi che cosa mai quel sinistro uccello d'altri tempi –
che cosa mai questo cupo, goffo, avido, infausto e sinistro uccello d'altri tempi
volesse dire, gracchiando «Mai più».

Così io sedevo, immerso in congetture, e non più mi volgevo
all'uccello, i cui fieri occhi ora nel petto mi bruciavano;
così io sedevo, su questo e su altro ancora pronosticando, chinata la testa
sul velluto del cuscino, su cui la lampada fissava il suo occhio di luce,
sul tessuto di viola che la lampada fissava col suo occhio di luce,
e che *lei* non toccherà mai più!

Poi, così mi parve, diventò l'aria più densa, quasi fosse profumata da un invisibile incensiere

Swung by seraphin whose foot-falls tinkled on the tufted floor.
«Wretch», I cried, «thy God hath lent thee – by these angels he hath sent thee
Respite – respite and nepenthe from thy memories of Lenore;
Quaff, oh quaff this kind nepenthe and forget this lost Lenore!»
Quoth the Raven «Nevermore».

«Prophet!» said I, «thing of evil! – prophet still, if bird or devil! –
Whether Tempter sent, or whether tempest tossed thee here ashore,
Desolate yet all undaunted, on this desert land enchanted –
On this home by Horror haunted – tell me truly, I implore –
Is there – *is* there balm in Gilead? – tell me – tell me, I implore!»
Quoth the Raven «Nevermore».

«Prophet!» said I, «thing of evil! – prophet still, if bird or devil!
By that Heaven that bends above us – by that God we both adore –
Tell this soul with sorrow laden if, within the distant Aidenn,
It shall clasp a sainted maiden whom the angels name Lenore –
Clasp a rare and radiant maiden whom the angels name Lenore».
Quoth the Raven «Nevermore».

«Be that word our sign of parting, bird or fiend!» I shrieked, upstarting –
«Get thee back into the tempest and the Night's Plutonian shore!
Leave no black plume as a token of that lie thy soul hath spoken!
Leave my loneliness unbroken! – quit the bust above my door!
Take thy beak from out my heart, and take thy form from off my door!»
Quoth the Raven «Nevermore».

And the Raven, never flitting, still is sitting, *still* is sitting
On the pallid bust of Pallas just above my chamber door;
And his eyes have all the seeming of a demon's that is dreaming.
And the lamp-light o'er him streaming throws his shadow on the floor;
And my soul from out that shadow that lies floating on the floor
Shall be lifted – nevermore!

(*1844-1849*)

A Valentine

For her this rhyme is penned, whose luminous eyes
Brightly expressive as the twins of Læda,
Shall find her own sweet name, that, nestling lies
Upon the page, enwrapped from every reader.
Search narrowly the lines! – they hold a treasure

da serafini agitato, col tintinnio dei loro passi che sfioravano il tappeto.
«Ah, misero», gridai, «t'offre Iddio per mano di questi angeli, ti offre Iddio
un sollievo – sollievo e nepente [136] per il ricordo della tua Lenora;
sorseggia, oh sorseggia questo dolce nepente e dimentica questa tua
perduta Lenora!»
Disse il corvo: «Mai più».

«Profeta!», io dissi, «mostro del male! – profeta pur sempre, uccello o
demonio! –
sia che il Maligno stesso t'abbia mandato o la tempesta qui gettato sulla
riva,
afflitto ma non domato, su questa deserta terra stregata –
su questa casa visitata dall'Orrore – dimmi ora, io t'imploro –
vi è – vi *è* un balsamo in Gilead? [137] Dimmelo – dimmelo, io t'imploro!»
Disse il corvo: «Mai più».

«Profeta», io dissi, «mostro del male! – profeta pur sempre, uccello o
demonio!
Per quel cielo che su noi s'incurva – per quel Dio che entrambi
adoriamo [138]
di' a quest'anima oppressa se mai nel remoto Eden
abbraccerà più mai una fanciulla beata che gli angeli chiaman Lenora –
abbraccerà più mai quella rara e radiosa fanciulla che gli angeli chiaman
Lenora.»
Disse il corvo: «Mai più».

«E sia questa tua parola per noi ora segno d'addio, uccello o demonio!»
gridai e balzai in piedi.
Ritorna alle tue tempeste e alle plutonie rive della Notte!
Non lasciarmi nessuna tua nera piuma a significar la tua menzogna!
La mia solitudine lascia a me intoccata, e tu lascia il busto sopra la mia
porta!
Porta via il tuo becco, dal mio cuore, porta via la tua figura da quella mia
porta!
Disse il corvo: «Mai più».

E mai più volando via di lì, il corvo ancora lì posa, *ancora*
lì siede, sul pallido busto di Pallade, sopra la porta della mia stanza;
e sembrano i suoi gli occhi d'un demonio che sogni;
e la luce della lampada che l'investe ne getta l'ombra sul pavimento;
e la mia anima da quell'ombra che fluttua e tremola sul pavimento
non sarà sollevata – mai più!

Una valentina [139]

È scritta questa rima per colei i cui occhi
lucenti ed espressivi come i gemelli di Leda, [140]
troveranno il suo stesso dolce nome annidato
sulla pagina, celato ad ogni lettore.
Osservate i versi attentamente! Vi è in essi

Divine – a talisman – an amulet
That must be worn *at heart*. Search well the measure –
The words – the syllables! Do not forget
The trivialest point, or you may lose your labor!
And yet there is in this no Gordian knot
Which one might not undo without a sabre,
If one could merely comprehend the plot.
Enwritten upon the leaf where now are peering
Eyes scintillating soul, there lie *perdus*
Three eloquent words oft uttered in the hearing
Of poets, by poets – as the name is a poet's, too.
Its letters, although naturally lying
Like the knight Pinto – Mendez Ferdinando –
Still form a synonym for Truth – Cease trying!
You will not read the riddle, though you do the best you *can* do.

(*1846-1849*)

To Miss Louise Olivia Hunter

Though I turn, I fly not –
I cannot depart;
I would try, but try not
To release my heart.
And my hopes are dying
While, on dreams relying.
I am spelled by art.

Thus, the bright snake coiling
'Neath the forest tree
Wins the bird, beguiling
To come down and see:
Like that bird the lover
Round his fate will hover
Till the blow is over
And he sinks – like me.

(*February 14, 1847*)

To M.L.S. —

Of all who hail thy presence as the morning –
Of all to whom thine absence is the night –
The blotting utterly from out high heaven
The sacred sun – of all who, weeping, bless thee
Hourly for hope – for life – ah! above all,
For the resurrection of deep-buried faith
In Truth – in Virtue – in Humanity –
Of all who, on Despair's unhallowed bed
Lying down to die, have suddenly arisen
At thy soft-murmured words, «Let there be light!»
At the soft-murmured words that were fulfilled

un tesoro divino – un talismano – un amuleto –
che si deve portare *sul cuore*. Osservate poi
il metro – le parole – le sillabe!
Nulla si tralasci, o sarà vana la fatica!
E non v'è, nondimeno, nessun nodo gordiano
che senza una spada non potreste disciogliere,
se solo n'afferraste il soggetto.
Tracciate sul foglio, scrutate da occhi
in cui l'anima balena, s'ascondono, *perdues*,[141]
tre parole eloquenti, spesso dette e spesso udite
da un poeta a un poeta – e d'un poeta è anche il nome.
Le sue lettere, benché ingannino, ovviamente,
come il Cavalier Pinto – Mendez Ferdinando –[142]
sono, invece, sinonimo del Vero. – Ora basta!
Pur facendo del vostro meglio, non sciogliereste l'indovinello.

A Louise Olivia Hunter[143]

Per quanto mi volga, non fuggo –
non so distaccarmi;
vorrei tentare, ma non tento
di rilasciare il mio cuore.
E le mie speranze ormai son morte
intanto che, nei sogni fidando,
ancora resto allettato.

Così il guizzante serpe che si torce
sotto l'albero nel bosco
travolge l'uccello mentre suadente
l'induce a scendere di poco;
simile a quell'uccello è l'amante,
che intorno al suo fato volteggia
finché il colpo è inferto
ed egli cade – com'io cado.

A M. L. S. —[144]

Per quanti in te salutano il mattino, se tu appari,
per quanti è come nera notte la tua assenza –
quasi che del tutto si cancellasse dall'alto cielo
il sacro sole – fra quanti caramente in ogni ora
t'elogiano per le speranze, la vita e oh, ancor più,
per il risorgere in essi d'una già sepolta fede
nel Vero – nella Virtù – nell'Umanità –
fra quanti giacenti nel triste letto d'afflizione
già vicini a morire, si levarono d'un tratto
alle tue parole soavemente mormorate «Vi sia la luce!»,[145]
alle tue parole soavemente mormorate che s'adempiono

In the seraphic glancing of thine eyes –
Of all who owe thee most – whose gratitude
Nearest resembles worship – oh, remember
The truest – the most fervently devoted,
And think that these weak lines are written by him –
By him who, as he pens them, thrills to think
His spirit is communing with an angel's.

(*1847*)

To —

Not long ago, the writer of these lines,
In the mad pride of intellectuality,
Maintained the «power of words» – denied that ever
A thought arose within the human brain
Beyond the utterance of the human tongue;
And now, as if in mockery of that boast,
Two words – two foreign soft dissyllables –
Italian tones made only to be murmured
By angels dreaming in the moonlit «dew
That hangs like chains of pearl on Hermon hill» –
Have stirred from out the abysses of his heart,
Unthought-like thoughts that are the souls of thought,
Richer, far wilder, far diviner visions
Than even the seraph harper, Israfel,
Who has «the sweetest voice of all God's creatures»,
Could hope to utter. And I! my spells are broken.
The pen falls powerless from my shivering hand.
With thy dear name as text, though bidden by thee,
I cannot write – I cannot speak or think,
Alas, I cannot feel; for 'tis not feeling.
This standing motionless upon the golden
Threshold of the wide-open gate of dreams,
Gazing, entranced, adown the gorgeous vista,
And thrilling as I see upon the right,
Upon the left, and all the way along
Amid empurpled vapors, far away
To where the prospect terminates – *thee only*.

(*1847*)

Ulalume — A Ballad

The skies they were ashen and sober;
  The leaves they were crisped and sere –
  The leaves they were withering and sere:
It was night, in the lonesome October
  Of my most immemorial year:
It was hard by the dim lake of Auber,
  In the misty mid-region of Weir: –
It was down by the dank tarn of Auber,
  In the ghoul-haunted woodland of Weir.

nel serafico balenar del tuo sguardo –
fra quanti, a te più grati, più son disposti
a riverente adorazione, oh, ricorda il più sincero,
il più fervente, il più devoto, e pensa
che da lui questi gracili versi furono scritti –
da lui che, tracciandoli, già trema nel pensare
che s'accomuna il suo spirito a quello d'un angelo.

A — [146]

Or non è molto, chi scrive queste righe,[147]
nel suo folle orgoglio d'intellettualità,
sosteneva il «potere delle parole» – negando
che mai pensiero in cervello umano possa nascere
di là dall'espressione dell'umana lingua;
ed ora, quasi a beffarlo per quel vanto,
due sole parole – due dolci disillabi stranieri –
italiani suoni [148] – di quelli che solo bisbigliano
gli angeli sognanti alla luna, nella «rugiada
che perlacea catena, avvolge il colle Hermon» –
hanno tratto dagli oscuri abissi del suo cuore
pensieri non-pensati, anime di pensiero,
più ricche visioni, più selvagge e più estatiche
di quelle che l'angelo arpista, Israfel,
cui «fra tutti diede Iddio voce blanda e soave»,
non potrebbe dire mai. E io! Ogni risorsa è svanita.
Cade la penna inerte dalla mia mano che trema.
Col tuo caro nome come testo, pur da te richiesto,
nulla riesco a scrivere – a dire, a pensare,
a sentire, ahimè; giacché non è sentire
questo mio immobile soffermarmi sulla dorata
soglia dell'aurea porta dei sogni, mentre
ne ammiro, estasiato, la fuggente prospettiva,
ed esaltandomi nel veder, sia dal destro lato
o da quello a sinistra, e lungo tutto il cammino,
tra vapori purpurei, fin dove in lontananza
quel prospetto s'arresta – *te sola.*

Ulalume [149]

I cieli erano cinerei e mesti;
le foglie, increspate e vizze –
le foglie, disseccate e vizze;
era notte in quel solitario Ottobre
del mio anno più immemoriale;
e questo fu presso al fosco lago di Auber,
nella nebbiosa media regione di Weir [150] –
e questo fu presso all'umido stagno di Auber,
nelle selve di Weir popolate di vampiri.

Here once, through an alley Titanic,
  Of cypress, I roamed with my Soul –
Of cypress, with Psyche, my Soul.
These were days when my heart was volcanic
  As the scoriac rivers that roll –
  As the lavas that restlessly roll
Their sulphurous currents down Yaanek,
  In the ultimate climes of the Pole –
That groan as they roll down Mount Yaanek,
  In the realms of the Boreal Pole.

Our talk had been serious and sober,
  But our thoughts they were palsied and sere –
  Our memories were treacherous and sere;
For we knew not the month was October,
  And we marked not the night of the year –
  (Ah, night of all nights in the year!)
We noted not the dim lake of Auber,
  (Though once we had journeyed down here)
We remembered not the dank tarn of Auber,
  Nor the ghoul-haunted woodland of Weir.

And now, as the night was senescent,
  And star-dials pointed to morn –
  As the star-dials hinted of morn –
At the end of our path a liquescent
  And nebulous lustre was born,
Out of which a miraculous crescent
  Arose with a duplicate horn –
Astarte's bediamonded crescent,
  Distinct with its duplicate horn.

And I said – «She is warmer than Dian;
  She rolls through an ether of sighs –
  She revels in a region of sighs.
She has seen that the tears are not dry on
  These cheeks where the worm never dies,
And has come past the stars of the Lion,
  To point us the path to the skies –
  To the Lethean peace of the skies –
Come up, in despite of the Lion,
  To shine on us with her bright eyes –
Come up, through the lair of the Lion,
  With love in her luminous eyes».

But Psyche, uplifting her finger,
  Said – «Sadly this star I mistrust –
  Her pallor I strangely mistrust –
Ah, hasten! – ah, let us not linger!
  Ah, fly! – let us fly! – for we must».
In terror she spoke; letting sink her
  Wings till they trailed in the dust –

Qui una volta per un titanico viale
di cipressi io vagavo con la mia Anima –
di cipressi, con Psyche, la mia Anima.[151]
In quei giorni il mio cuore era vulcanico
come i fiumi rotolanti di scorie –
come le lave rotolanti senza posa
in sulfuree correnti giù per lo Yaanek,[152]
nelle regioni ultime del Polo –
gementi e rotolanti giù per il monte Yaanek
nei reami del regno boreale.

Tra noi scambiammo parole austere, sommesse,
ma i pensieri, erano torpidi e vizzi –
i ricordi, erano infidi e vizzi –
giacché neanche sapevamo che era d'ottobre,
né considerammo quale notte fosse dell'anno –
(Ah, notte fra tutte le notti dell'anno!)[153]
né ponemmo mente al fosco lago di Auber –
(benché già un tempo qui fossimo venuti) –
né più ricordavamo l'umido stagno di Auber,
né le selve di Weir popolate di vampiri.

E come la notte, già senescente, si sfaceva,
e i quadranti delle stelle indicavano il giorno –
e i quadranti delle stelle segnavano il giorno –
in fondo al nostro viale apparve d'un tratto
un liquescente e nebuloso chiarore,
e un prodigioso arco di luna
s'innalzò da esso con duplice corno –
l'arco di Astarte, tutto di diamanti,[154]
sfavillante nel suo duplice corno.

E io dissi: «È più ardente di Diana:[155]
e va roteando per un etere di sospiri –
esulta in una regione di sospiri:
ha veduto che non s'è disseccato il pianto
su queste guance, dove mai non muore il verme,
ed è venuta, sfidando le stelle del Leone,
a indicarci il sentiero dai cieli –
alla letèa pace dei cieli –
è venuta, a dispetto del Leone,
per brillar su di noi coi suoi occhi fulgenti,
portando amore negli occhi lucenti».

Ma Psyche, levando il suo dito,
disse: «Di quella stella io molto diffido –
del suo strano pallore diffido –
Oh, affrettati! Non indugiamo di più!
Oh, fuggi via! Fuggiamo! Così dobbiamo!».
Parlava atterrita; e le ali pendenti
lasciava che strisciassero nella polvere –

In agony sobbed; letting sink her
  Plumes till they trailed in the dust –
  Till they sorrowfully trailed in the dust.

I replied – «This is nothing but dreaming.
  Let us on, by this tremulous light!
  Let us bathe in this crystalline light!
Its Sibylic splendor is beaming
  With Hope and in Beauty to-night –
  See! – it flickers up the sky through the night!
Ah, we safely may trust to its gleaming
  And be sure it will lead us aright –
We surely may trust to a gleaming
  That cannot but guide us aright
Since it flickers up to Heaven through the night».

Thus I pacified Psyche and kissed her,
  And tempted her out of her gloom –
  And conquered her scruples and gloom;
And we passed to the end of the vista –
  But were stopped by the door of a tomb –
  By the door of a legended tomb: –
And I said – «What is written, sweet sister,
  On the door of this legended tomb?»
  She replied – «Ulalume – Ulalume! –
  'Tis the vault of thy lost Ulalume!»

Then my heart it grew ashen and sober
  As the leaves that were crisped and sere –
  As the leaves that were withering and sere –
And I cried – «It was surely October,
  On *this* very night of last year,
  That I journeyed – I journeyed down here! –
  That I brought a dread burden down here –
  On this night, of all nights in the year,
  Ah, what demon hath tempted me here?
Well I know, now, this dim lake of Auber –
  This misty mid region of Weir: –
Well I know, now, this dank tarn of Auber –
  This ghoul-haunted woodland of Weir».

Said we, then – the two, then – «Ah, can it
  Have been that the woodlandish ghouls –
  The pitiful, the merciful ghouls,
To bar up our way and to ban it
  From the secret that lies in these wolds –
  From the thing that lies hidden in these wolds –
Have drawn up the spectre of a planet
  From the limbo of lunary souls –
This sinfully scintillant planet

Con angoscia singhiozzava; e le piume pendenti
lasciava che strisciassero nella polvere –
che strisciassero tristemente nella polvere.

Io replicai: «Questo non è che un sogno:
procediamo lungo quel tremulo chiarore!
Immergiamoci in questa vitrea luce! [156]
Il suo sibillino splendore s'irraggia
di speranza e beltà nella notte –
E ora guarda! Nella notte al cielo s'eleva!
Ah, del suo bagliore potremo fidarci:
esso ci guiderà al giusto cammino –
del suo fermo bagliore potremo fidarci:
ché non può che guidarci al giusto cammino,
se al cielo s'eleva attraverso la notte».

Così consolai Psyche e la baciai,
e fuori l'indussi dai suoi cupi pensieri –
così vinsi i suoi timori e i cupi pensieri;
e giungemmo nel fondo di quel viale –
ma ci arrestò la porta di un sepolcro –
la porta d'un sepolcro e il nome che lì era;
e io dissi: «Che è scritto, dolce sorella,
sulla porta di questo sepolcro?».
Essa rispose: «Ulalume – Ulalume! –
quest'è la tomba della tua perduta Ulalume!».

Allora il mio cuore diventò cinereo e mesto
come le foglie ch'erano increspate e vizze –
come le foglie ch'erano disseccate e vizze –
Ed io gridai: «Certamente fu d'Ottobre,
in *questa* stessa notte d'un anno svanito
che io venni – che io venni già qui –
in questa notte, fra tutte le notti dell'anno;
ah, quale dèmone mi ha ricondotto fin qui?
Ben riconosco ora il fosco lago di Auber –
questa nebbiosa media regione di Weir –
ben riconosco ora quest'umido lago di Auber –
queste selve di Weir popolate di vampiri».

Allora dicemmo – dicemmo noi due: «Ah, forse
quei vampiri delle selve di Weir –
quei pietosi, benevoli vampiri,
per sbarrare a noi il cammino e deviarlo
dal segreto che si cela in queste selve –
da ciò che in queste selve è riposto e nascosto –
hanno lassù tratto lo spettro d'un pianeta,
dal limbo evocato delle anime lunari –
questo pianeta che cupamente scintilla,

From the Hell of the planetary souls?»
(*1847-1849*)

An Enigma

«Seldom we find», says Solomon Don Dunce,
«Half an idea in the profoundest sonnet.
Through all the flimsy things we see at once
As easily as through a Naples bonnet –
Trash of all trash! – how *can* a lady don it?
Yet heavier far than your Petrarchan stuff –
Owl-downy nonsense that the faintest puff
Twirls into trunk-paper the while you con it.»
And, veritably, Sol is right enough.
The general tuckermanities are arrant
Bubbles – ephemeral and *so* transparent –
But *this* is, now, – you may depend upon it –
Stable, opaque, immortal – all by dint
Of the dear names that lie concealed within't.
(*1847*)

The Bells

1.
Hear the sledges with the bells –
Silver bells!
What a world of merriment their melody foretells!
How they tinkle, tinkle, tinkle.
In the icy air of night!
While the stars that oversprinkle
All the Heavens, seem to twinkle
With a crystalline delight;
Keeping time, time, time,
In a sort of Runic rhyme.
To the tintinnabulation that so musically wells
From the bells, bells, bells, bells,
Bells, bells, bells –
From the jingling and the tinkling of the bells.

2.
Hear the mellow wedding bells –
Golden bells!
What a world of happiness their harmony foretells!
Through the balmy air of night
How they ring out their delight! –
From the molten-golden notes
And all in tune
What a liquid ditty floats
To the turtle – dove that listens while she gloats
On the moon!
Oh, from out the sounding cells

dall'Inferno evocato delle anime planetarie?».[157]

Enigma [158]

«Di rado troviamo», dice Salomone Allocco, [159]
«una mezza idea nel più profondo sonetto.
Attraverso i suoi sottili espedienti scorgiamo
agevolmente, come in un berretto di Napoli – [160]
ciarpame! robaccia! – come può portarlo una signora?
E più pesa, però, della vostra stoffa petrarchesca –
piumate assurdità che un lieve soffio disperde
e ammucchia in cartacce sol che l'esaminiate.»
E Salomone ha invero ragione.
I soliti versi tuckermaniani [161] son bubbole
notorie – effimere e *così* trasparenti –
ma *questa* mia, ora – potete esserne certa –
è solida, nitida, immortale – e tutto questo
a causa dei cari nomi che vi son celati.

Le campane [162]

1.
Odi le slitte con le campane –
argenteee campane!
Quale mondo d'allegria predice la loro melodia!
Come tintinnano tinnule tinnule
nell'aria ghiaccia della notte!
Mentre in tutti i cieli le stelle
par che irraggino scintille
con cristallino diletto;
e battono il tempo, il tempo, il tempo
in una specie di ritmo runico,[163]
al tintinnio che musicalmente zampilla[164]
dalle campane, campane, campane, campane,
campane, campane, campane –
dal tinnìo e tintinnio delle campane.

2.
Odi le tenere campane nuziali –
auree campane!
Quale mondo felice predice la loro armonia!
Per l'odorosa aria della notte
come martellano il loro diletto! –
Dalle note d'oro fuso
e in un accordo che è perfetto,
quale liquido ritornello per l'aria
va fluttuando e fino alla tortora arriva che ascolta
e ha l'occhio fisso alla luna!
Oh, dalle celle risuonanti

What a gush of euphony voluminously wells!
How it swells!
How it dwells
On the Future! – how it tells
Of the rapture that impels
To the swinging and the ringing
Of the bells, bells, bells! –
Of the bells, bells, bells, bells,
Bells, bells, bells –
To the rhyming and the chiming of the bells!

3.
Hear the loud alarum bells –
Brazen bells!
What a tale of terror, now, their turbulency tells!
In the startled ear of night
How they scream out their affright!
Too much horrified to speak,
They can only shriek, shriek,
Out of tune,
In a clamorous appealing to the mercy of the fire –
In a mad expostulation with the deaf and frantic fire,
Leaping higher, higher, higher,
With a desperate desire
And a resolute endeavor
Now – now to sit, or never,
By the side of the place-faced moon.
Oh, the bells, bells, bells!
What a tale their terror tells
Of despair!
How they clang and clash and roar!
What a horror they outpour
In the bosom of the palpitating air!
Yet the ear, it fully knows,
By the twanging
And the clanging
How the danger ebbs and flows: –
Yes, the ear distinctly tells,
In the jangling
And the wrangling,
How the danger sinks and swells,
By the sinking or the swelling in the anger of the bells –
Of the bells –
Of the bells, bells, bells, bells,
Bells, bells, bells –
In the clamor and the clangor of the bells.

4.
Hear the tolling of the bells –
Iron bells!
What a world of solemn thought their monody compels!
In the silence of the night

qual volume e fiotto d'eufonia!
Si dilata, s'espande!
Come insiste
sul futuro! – Come esprime
l'eccitato incanto che muove
al dondolio e a quel lieto stormire
delle campane, campane, campane! –
delle campane, campane, campane, campane,
campane, campane, campane –
a quel rimato scampanar delle campane!

3.
Odi l'allarme delle campane –
bronzee campane!
Qual racconto di terrore diffonde il loro tumulto!
All'orecchio sbigottito della Notte
come urlano il loro spavento!
Sconvolte, avvilite,
solo strillano, strillano,
non più in accordo fra loro
e s'appellano clamorose del fuoco alla mercé,
con pazze rimostranze al fuoco strambo e sordo,
che più alto divampa, più in alto,
con brama disperata
e sforzo risoluto
ora – ora o più mai
d'arrivare al fianco della pallida luna.
Oh le campane, campane, campane!
Quale cupo, disperato racconto
ora narrano!
Con che strepito, clangore, fragore!
Quale orrore diffondono intorno,
nel vibrante seno dell'aria!
Ma l'orecchio ben conosce,
dal rimbombo,
dal clangore,
come sale e decresce la minaccia: –
sì, l'orecchio ben discerne
nel discorde stridio,
in quel fitto arruffio
come ora sale ed or s'abbassa la minaccia,
dal crescere e scemar dell'ira stessa alle campane –
alle campane –
alle campane, campane, campane, campane,
campane, campane, campane –
nel clamore e nel clangor delle campane.

4.
Odi delle campane i funerei rintocchi –
  ferree campane!
Qual mondo solenne impone la loro monodia!
Nel notturno silenzio

How we shiver with affright
At the melancholy meaning of the tone!
For every sound that floats
From the rust within their throats
Is a groan.
And the people – ah, the people
They that dwell up in the steeple
All alone,
And who, tolling, tolling, tolling,
In that muffled monotone,
Feel a glory in so rolling
On the human heart a stone –
They are neither man nor woman –
They neither brute nor human,
They are Ghouls: –
And their king it is who tolls: –
And he rolls, rolls, rolls, rolls
A Pæan from the bells!
And his merry bosom swells
With the Pæan of the bells!
And he dances and he yells;
Keeping time, time, time,
In a sort of Runic rhyme,
To the Pæan of the bells –
Of the bells: –
Keeping time, time, time,
In a sort of Runic rhyme,
To the throbbing of the bells –
Of the bells, bells, bells –
To the sobbing of the bells: –
Keeping time, time, time
As he knells, knells, knells,
In a happy Runic rhyme,
To the rolling of the bells –
Of the bells, bells, bells: –
To the tolling of the bells –
Of the bells, bells, bells, bells,
Bells, bells, bells –
To the moaning and the groaning of the bells.

(*July 1849*)

To Helen

I saw thee once – once only – years ago:
I must not say *how* many – but *not* many.
It was a July midnight; and from out
A full-orbed moon, than, like thine own soul, soaring,
Sought a precipitate pathway up through heaven.
There fell a silvery-silken veil of light,
With quietude, and sultriness, and slumber,
Upon the upturn'd faces of a thousand

quale brivido ci spaura
al triste annunzio di quel battito!
Giacché ogni suono che s'effonde
da quelle gole rugginose
è ora un gemito.
E quella turba – quella turba
che s'accalca là in cima al campanile,
tutta sola lassù in alto
e che batte, batte, batte,
con quei toni soffocati,
e si gloria che un gran masso al cuore umano
lancia e rotola di lassù –
no, non son uomini né donne –
non sono umane forme né d'animali –
ma son vampiri!
È il re stesso che martella –
che rulla, rulla, rulla,
un peana con le campane!
E s'esalta il suo cuore burlone
di quel peana con le campane!
Così danza egli e strepita;
e batte il tempo, il tempo, il tempo,
in una specie di ritmo runico,
a quel peana delle campane –
delle campane; –
e batte il tempo, il tempo, il tempo,
in una specie di ritmo runico,
a quel fitto batter di campane –
delle campane, campane, campane –
a quel singhiozzar delle campane: –
e batte il tempo, il tempo, il tempo,
mentre picchia, picchia, picchia,
in felice rima runica,
al rullar delle campane –
delle campane, campane, campane: –
a quel gemere di campane: –
delle campane, campane, campane, campane,
campane, campane, campane –
a quel piangere e gemer delle campane.

A Elena

Ti vidi una volta, una sola volta – anni fa: [165]
non voglio dir *quanti* – non molti, tuttavia.
Era notte, di luglio; e dalla grande luna piena
che, come la tua anima, ricercava, elevandosi,
un suo erto sentiero per l'arco del cielo,
piovve un serico argenteo velo di luce,
con sé recando requie, greve afa e sopore,
sui sollevati visi d'almeno mille rose

Roses that grew in an enchanted garden,
Where no wind dared to stir, unless on tiptoe –
Fell on the upturn'd faces of these roses
That gave out, in return for the love-light,
Their odorous souls in an ecstatic death –
Fell on the upturn'd faces of these roses
That smiled and died in this parterre, enchanted
By thee, and by the poetry of thy presence.

Clad all in white, upon a violet bank
I saw thee half reclining; while the moon
Fell on the upturn'd faces of the roses,
And on thine own, upturn'd – alas, in sorrow!

Was it not Fate, that, on this July midnight –
Was it not Fate, (whose name is also Sorrow),
That bade me pause before that garden-gate,
To breathe the incense of those slumbering roses?
No footstep stirred: the hated world all slept,
Save only thee and me. (Oh, Heaven! – oh, God!
How my heart beats in coupling those two words!)
Save only thee and me. I paused – I looked –
And in an instant all things disappeared.

(Ah, bear in mind this garden was enchanted!)
The pearly lustre of the moon went out:
The mossy banks and the meandering paths,
The happy flowers and the repining trees,
Were seen no more: the very roses' odors
Died in the arms of the adoring airs.
All – all expired save thee – save less than thou:
Save only the divine light in thine eyes –
Save but the soul in thine uplifted eyes.
I saw but them – they were the world to me.
I saw but them – saw only them for hours –
Saw only them until the moon went down.
What wild heart-histories seemed to lie enwritten
Upon those crystalline, celestial spheres!
How dark a wo! yet how sublime a hope!
How silently serene a sea of pride!
How daring an ambition! yet how deep –
How fathomless a capacity for love!

But now, at length, dear Dian sank from sight,
Into a western couch of thunder-cloud;
And thou, a ghost, amid the entombing trees
Didst glide away. *Only thine eyes remained*.
They *would not* go – they never yet have gone.
Lighting my lonely pathway home that night,
They have not left me (as my hopes have) since.
They follow me – they lead me through the years.
They are my ministers – yet I their slave.

che s'affollavano in un incantato giardino,
che nessun vento – se non in punta di piedi – osava agitare. –
E cadde su quei visi di rose levati al cielo,
che in cambio restituirono, per l'amorosa luce,
le loro anime stesse odorose, in estatica morte. –
Cadde su quei visi di rose levati al cielo,
che sorridendo morirono, in quel chiuso giardino,
da te incantati, da quella poesia che tu eri.

In bianca veste, sopra una sponda di viole,
ti vidi reclina, mentre che quella luce lunare
cadeva sui visi sollevati delle rose,
e sul tuo, sul tuo viso – ahimè, dolente!

Non fu il Destino che, in quella notte di luglio,
non fu forse il Destino (e Dolore è l'altro suo nome),
che m'arrestò, davanti a quel giardino,
a respirar l'incenso di quelle rose addormentate?
Non un passo nel silenzio: dormiva l'odiato mondo,
tranne io e te (Oh, come ora,
come il cuore mi batte a dir queste due parole!),
tranne io e te. M'arrestai, guardai –
e ogni cosa in un attimo disparve.

(Oh, ricorda ch'era un magico giardino!)
Si spense il perlaceo lume della luna:
non più vidi sponde muscose, tortuosi sentieri,
i lieti fiori e gli alberi gementi;
e moriva quel profumo stesso delle rose
tra le braccia dell'aria innamorata.
Tutto svaniva fuor che tu sola – una parte anzi di te:
fuor che quella divina luce nei tuoi occhi –
fuor che la tua anima nei tuoi occhi alzati al cielo.
Quelli io vedevo e non altro – l'intero mondo per me.
Quelli io vedevo e non altro – e così per molte ore –
quelli solo io vedevo – finché la luna non tramontò.
Quali selvagge storie del cuore erano inscritte
in quelle celestiali sfere di cristallo!
Quale fosco dolore! E sublime speranza!
Quale tacito e pacato mare d'orgoglio!
Quale audace ambizione! E che profonda –
insondabile capacità d'amore!

Ma disparve infine Diana alla mia vista,
velata in un giaciglio di scure nuvole a ponente;
e tu – uno spettro – tra i sepolcrali alberi
ti dileguasti. *Solo i tuoi occhi rimasero*.
Essi non vollero andar via – mai più disparvero.
Quella notte illuminando il mio solingo cammino,
non più poi mi lasciarono (come invece, ahimè,
le speranze!). Ovunque mi seguono, mi guidano
negli anni. Sono i miei ministri – ma io il loro schiavo.

Their office is to illumine and enkindle –
My duty, *to be saved* by their bright light,
And purified in their electric fire,
And sanctified in their Elysian fire.
They fill my soul with Beauty (which is Hope),
And are far up in Heaven – the stars I kneel to
In the sad, silent watches of my night:
While even in the meridian glare of day
I see them still – two sweetly scintillant
Venuses, unextinguished by the sun!

(*1848-1849*)

A Dream Within a Dream

Take this kiss upon the brow!
And, in parting from you now,
Thus much let me avow –
You are not wrong, who deem
That my days have been a dream;
Yet if hope has flown away
In a night, or in a day,
In a vision, or in none,
Is it therefore the less *gone*?
All that we see or seem
Is but a dream within a dream.

I stand amid the roar
Of a surf-tormented shore,
And I hold within my hand
Grains of the golden sand –
How few! yet how they creep
Through my fingers to the deep,
While I weep – while I weep!
O God! can I not grasp
Them with a tighter clasp?
O God! can I not save
One from the pitiless wave?
Is *all* that we see or seem
But a dream within a dream?

(*1849*)

For Annie

Thank Heaven! the crisis –
  The danger is past,
And the lingering illness
  Is over at last –
And the fever called «Living»
  Is conquered at last.

Sadly, I know

Loro compito è d'illuminarmi, d'infiammarmi,
e mio dovere *è d'esser salvato* da quella luce,
in quel loro elettrico fuoco purificato,
in quel loro elisio fuoco santificato.
Mi colmano l'anima di beltà, di speranza –
su nel cielo – le stelle a cui mi prostro
nelle tristi, mute veglie delle mie notti;
e nel meridiano splendore del giorno
ancora io le vedo – due fulgenti e dolci
Veneri, che il sole non può oscurare.

Un sogno dentro a un sogno [166]

Questo mio bacio accogli sulla fronte!
E, da te ora separandomi,
lascia ch'io ti dica
che non sbagli se pensi
che tutti furono un sogno i miei giorni;
e, tuttavia, se la speranza volò via
in una notte o in un giorno,
in una visione o in nient'altro,
è forse per questo meno *svanita*?
Tutto quel che vediamo, quel che sembriamo
non è che un sogno dentro a un sogno.

Sto nel fragore
di un lido tormentato dalla risacca,
stringo in una mano
granelli di sabbia dorata.
Soltanto pochi! E pur come scivolano via,
per le mie dita, e ricadono nel mare!
Ed io piango – io piango!
O Dio! Non potrò trattenerli con una stretta più salda?
O Dio! Mai potrò salvarne
almeno *uno*, dall'onda spietata?
Tutto quel che vediamo, quel che sembriamo
non è che un sogno dentro a un sogno?

Per Annie [167]

Grazie al cielo, la crisi –
il pericolo è passato,
e il male lento e infido
s'è dileguato infine –
e la febbre che si chiama «Vita»
è sconfitta infine.[168]

Tristemente, lo so,

I am shorn of my strength,
And no muscle I move
As I lie at full length –
But no matter! – I feel
I am better at length.

And I rest so composedly,
Now, in my bed,
That any beholder
Might fancy me dead –
Might start at beholding me,
Thinking me dead.

The moaning and groaning,
The sighing and sobbing,
Are quieted now,
With that horrible throbbing
At heart: – ah, that horrible,
Horrible throbbing!

The sickness – the nausea –
The pitiless pain –
Have ceased, with the fever
That maddened my brain –
With the fever called «Living»
That burned in my brain.

And oh! of all tortures
That torture the worst
Has abated – the terrible
Torture of thirst
For the naphthaline river
Of Passion accurst: –
I have drank of a water
That quenches all thirst: –

Of a water that flows,
With a lullaby sound,
From a spring but a very few
Feet under ground –
From a cavern not very far
Down under ground.

And ah! let it never
Be foolishly said
That my room it is gloomy
And narrow my bed;
For man never slept
In a different bed –
And, to *sleep*, you must slumber
In just such a bed.

son svuotato d'ogni forza,
e neppure un muscolo so muovere
mentre giaccio disteso.
Ma che importa? – Sento
nel fondo di star meglio.

Così composto sul mio letto
ora io riposo,
che qualcuno, vedendomi,
potrebbe immaginarmi già morto –
e trasalir nel vedermi,
pensando ch'io sia morto.

Lamenti e gemiti,
sospiri e singhiozzi
ora si son quetati
e, con essi, quell'orribile
palpitar del cuore: – ah, l'orribile,
orribile palpitare.

Malessere e nausea –
ogni più crudele pena –
tutto cessò con quella febbre
che mi rendeva folle,
con quella febbre chiamata «Vita»,
una fiamma nel cervello.

Di tutti i tormenti
quel tormento s'è dissolto,
di tutti il peggiore – quel vorace
tormento del voler bere
al bituminoso fiume [169]
dell'insana Passione: –
ma ho bevuto un'acqua, invece,
che m'ha spento ogni sete. [170]

È un'acqua che fluisce
con suono di nenia
da una fonte che appena
è sotto alla terra –
da una grotta di poco profonda,
scavando sotto la terra.

E da nessuno, ah, ora si dica
da nessuno, stoltamente,
che vivo in una buia stanza
e che angusto è il mio letto;
perché nessuno mai dormì
in un letto da questo diverso:
e per *dormire,* dovreste provare
proprio in un letto come questo.

My tantalized spirit
  Here blandly reposes,
Forgetting, or never
  Regretting its roses –
Its old agitations
  Of myrtles and roses:

For now, while so quietly
  Lying, it fancies
A holier odor
  About it, of pansies –
A rosemary odor,
  Commingled with pansies –
With rue and the beautiful
  Puritan pansies.

And so it lies happily,
  Bathing in many
A dream of the truth
  And the beauty of Annie –
Drowned in a bath
  Of the tresses of Annie.

She tenderly kissed me.
  She fondly caressed,
And then I fell gently
  To sleep on her breast –
Deeply to sleep
  From the heaven of her breast.

When the light was extinguished,
  She covered me warm,
And she prayed to the angels
  To keep me from harm –
To the queen of the angels
  To shield me from harm.

And I lie so composedly,
  Now, in my bed,
(Knowing her love)
  That you fancy me dead –
And I rest so contentedly,
  Now in my bed,
(With her love at my breast)
  That you fancy me dead –
That you shudder to look at me;
  Thinking me dead: –

But my heart is brighter
  Than all of the many
Stars in the sky,
  For it sparkles with Annie –

Il mio torturato spirito
qui riposa blandamente,
nell'oblio, e più non rimpiange
le sue rose d'un tempo –
quel suo antico agitarsi
per i mirti e per le rose: [171]

perché immagina intorno a sé,
mentre così tranquillo giace,
un più sacro profumo
di viole del pensiero,
un profumo di rosmarino
alle viole [172] commisto –
alla ruta e alle belle
viole puritane.[173]

E così giace felice,
immerso in molti
sogni della costanza
e della bellezza di Annie –
nella liquida luce
delle trecce di Annie.

Con tenerezza mi baciò,
con amore mi carezzò,
e poi dolcemente mi posai
a dormir sul suo seno –
in un sonno profondo
nel cielo del suo seno.

Dopo che fu spento ogni lume,
lei calda mi ricoperse,
e pregò gli angeli intanto
d'allontanarmi dal male –
la regina degli angeli [174] pregava
di proteggermi dal male.

E così composto sul mio letto
ora io giaccio
(il suo amore ora conosco),
che potreste immaginarmi già morto –
e così beatamente riposo
ora nel mio letto
(con l'amor suo al mio petto),
che potreste immaginarmi già morto –
e abbrividir nel guardarmi,
al pensiero ch'io sia morto.

Ma è il mio cuore più smagliante
di tutte le innumerabili
stelle del cielo:
perché risplende con Annie –

It glows with the light
  Of the love of my Annie –
With the thought of the light
  Of the eyes of my Annie.

(*1849*)

Eldorado

  Gaily bedight,
  A gallant knight,
In sunshine and in shadow,
  Had journeyed long,
  Singing a song,
In search of Eldorado.

  But he grew old –
  This knight so bold –
And o'er his heart a shadow
  Fell, as he found
  No spot of ground
That looked like Eldorado.

  And, as his strength
  Failed him at length
He met a pilgrim shadow –
  «Shadow», said he,
  «Where can it be –
This land of Eldorado?»

  «Over the Mountains
  Of the Moon,
Down the Valley of the Shadow,
  Ride, boldly ride»,
  The shade replied –
«If you seek for Eldorado!»

(*1849*)

To My Mother

Because I feel that, in the Heavens above,
  The angels, whispering to one another,
Can find, among their burning terms of love,
  None so devotional as that of «Mother»,
Therefore by that dear name I long have called you –
  You who are more than mother unto me.
And fill my heart of hearts, where Death installed you
  In setting my Virginia's spirit free.
My mother – my own mother, who died early,
  Was but the mother of myself; but you
Are mother to the one I loved so dearly,
  And thus are dearer than the mother I knew

arde nella luce
dell'amore di Annie,
del pensiero della luce
che è negli occhi della mia Annie.

Eldorado

Col suo gaio cimiero,
un ardito cavaliere,
sotto il sole e in fitta ombra,
già da tempo andava errando
– e cantava una canzone –
ricercando l'Eldorado.[175]

Ma diventò vecchio intanto –
questo prode cavaliere –
e gli calò sul cuore
un'ombra, ché non trovava
mai terra o luogo
somigliante all'Eldorado.

E quando le forze
l'abbandonarono infine,
incontrò un'ombra pellegrina –
«Ombra», egli chiese,
«dove mai si troverà
questa terra d'Eldorado?»

«Oltre ai Monti
della Luna,[176]
giù nella Valle delle Tenebre,[177]
cavalca, cavalca intrepido»,
così l'ombra gli rispose –
«se vai in cerca d'Eldorado!»

A mia madre[178]

Poiché io ben sento che negli alti cieli
gli angeli, bisbigliando l'uno all'altro,
parola non trovano, fra i loro ardenti accenti,
che più sia devota di quella di «madre»
io già da tempo a te ho dato quel caro nome –
a te che più che madre mi sei e che mi ricolmi
il cuore, dove Morte t'installò, lo spirito
liberando, al contempo, della mia Virginia.
La mia propria madre, che così presto mi lasciò,[179]
non fu che di me solo madre; ma tu sei madre
di colei che io così caramente ho amato:
sicché a me più cara tu sei dell'altra

By that infinity with which my wife
  Was dearer to my soul than its soul-life.

(*1849*)

Annabel Lee

It was many and many a year ago,
  In a kingdom by the sea,
That a maiden there lived whom you may know
  By the name of Annabel Lee: –
And this maiden she lived with no other thought
  Than to love and be loved by me.

I was a child and *she* was a child,
  In this kingdom by the sea;
But we loved with a love that was more than love –
  I and my Annabel Lee –
With a love that the winged seraphs in Heaven
  Coveted her and me.

And this was the reason that, long ago,
  In this kingdom by the sea,
A wind blew out of a cloud, chilling
  My beautiful Annabel Lee:
So that her high-born kinsmen came
  And bore her away from me,
To shut her up in a sepulchre,
  In this kingdom by the sea.

The angels, not half so happy in Heaven,
  Went envying her and me –
Yes! – that was the reason (as all men know,
  In this kingdom by the sea)
That the wind came out of the cloud by night,
  Chilling and killing my Annabel Lee.

But our love it was stronger by far than the love
  Of those who were older than we –
  Of many far wiser than we –
And neither the angels in Heaven above,
  Nor the demons down under the sea,
Can ever dissever my soul from the soul
  Of the beautiful Annabel Lee: –

For the moon never beams, without bringing me dreams
  Of the beautiful Annabel Lee;
And the stars never rise, but I feel the bright eyes
  Of the beautiful Annabel Lee: –
And so, all the night-tide, I lie down by the side
Of my darling – my darling – my life and my bride.
  In her sepulchre there by the sea –
  In her tomb by the sounding sea.

(*May 1849*)

per quell'infinita via per cui la mia sposa
fu alla mia anima più cara che la vita stessa.

Annabel Lee [180]

Or sono molti e molti anni
che in un regno in riva al mare
viveva una fanciulla che col nome
chiamerete di Annabel Lee;
e viveva questa fanciulla con non altro pensiero
che d'amarmi e d'essere amata da me.

Io ero un bimbo e *lei* una bimba,
in questo regno in riva al mare:
ma ci amavamo d'un amore ch'era più che amore –
io e la mia Annabel Lee –
d'un amore che gli alati serafini in cielo
invidiavano a lei ed a me.

E fu per questo che – oh, molto tempo fa –
in questo regno in riva al mare
un vento soffiò da una nube, raggelando
la mia bella Annabel Lee;
così che vennero i suoi nobili parenti [181]
e la portarono da me lontano,
per rinchiuderla in un sepolcro,
in questo regno in riva al mare.

Gli angeli, non così felici in cielo come noi,
a lei e a me portarono invidia –
oh sì! E fu per questo (e tutti ben lo sanno
in questo regno in riva al mare)
che quel vento irruppe una notte dalla nube
raggelando e uccidendo la mia Annabel Lee.

Ma molto era più forte il nostro amore
che l'amor d'altri di noi più grandi –
che l'amor d'altri di noi più savi –
e né gli angeli lassù nel cielo
né i demoni dentro il profondo mare
mai potran separare la mia anima dall'anima
della bella Annabel Lee: –

giacché mai raggia la luna che non mi porti sogni
della bella Annabel Lee;
e mai stella si leva ch'io non *senta* i fulgenti occhi
della bella Annabel Lee: –
e così, nelle notti, al fianco io giaccio
del mio amore – mio amore – mia vita e mia sposa,
nel suo sepolcro lì in riva al mare,
nella sua tomba in riva al risonante mare.[182]

Note

[1] Tamerlano, il grande, spietato ed effimero conquistatore mongolo (1336-1405), colpì potentemente l'immaginazione romantica. E qui il personaggio è rivisitato in chiave di contrasti e chiaroscuri byroniani (assai scarso, resta ancora, invece, l'influsso del potente *Tamburlaine* dell'elisabettiano Marlowe). Tra le varie leggende che ben presto si diffusero, prese corpo quella degli umili natali, della «low birth» di Tamerlano: da pastore a signore di un vasto dominio. Nel *Tamerlane* di Nicholas Rowe (1702), il potente sovrano era presentato come umano e «liberale» (alla Guglielmo d'Orange), in contrasto con Bayazet, il sultano turco «assolutista» (nel quale era tipizzato Luigi XIV, il re di Francia). Un più potente recente *Tamerlane* (1811) era quello del Lewis (l'autore del *Monaco*), rappresentato anche a Richmond (nel 1822). Ma Poe introduce una dialettica di ambizione-amore, in cui proietta entusiasmi e delusioni in relazione col giovanile amore per Elmira Royster, che diventerà invece, di lì a poco, la signora Shelton. Poe ritornò più volte sul suo poemetto. Pubblicato nel 1827 in più ampia redazione (di 406 versi), fu poi ridotto ai 243 della redazione del 1829; dilatato ancora (1831), sarà infine ricondotto (1845), con alcune correzioni, alla redazione del 1829.

[2] La situazione richiama quella del byroniano *Manfred* (III, I, 66-78 e 154-158). Tamerlano morente si rivolge a un frate.

[3] Il poeta adopera, con approssimazione, uno dei nomi turchi per indicare la grande catena del Pamir (*Bulyt-tagh*: «montagne di nuvole»).

[4] Il motivo dell'invidia degli angeli (va qui subito ricordata, naturalmente, la forte suggestione esercitata su Poe dal Moore di *Lalla Rookh* e di *Loves of the Angels*) sarà poi pienamente sviluppato in *Annabel Lee*.

[5] Byron, *The Dream*: «He had no breath, no being, but in hers» («non aveva respiro, non aveva vita se non in quella di lei»).

[6] Un passaggio-spia, qui, in cui si fondono (e si precisano) i due principali motivi del poemetto: l'ambizione-amore (si v. R. WILBUR, *Poe: Complete Poems*, New York 1959, p. 119).

[7] La capitale del vasto impero di Tamerlano.

[8] È il nome turco di Tamerlano.

[9] Questo della «freddezza» della luce lunare è un altro fondamentale *topos* nella poesia di Poe. Lo si ritroverà in *La stella della sera*, in *Al Aaraaf*, in *Ulalume*.

[10] Non «*ripeness is all*» («la maturità è tutto»: *Re Lear*, V, II, 11), ma «noon-day beauty» («la bellezza del meriggio») «è tutto».

[11] Più precisamente, *Iblis*: è, nel Corano, lo spirito del male, nemico dell'uomo, sinonimo di Satana.

[12] Vi è certamente riferimento a Elmira Royster, «fidanzata» di Poe e che sposò il ricco Alexander B. Shelton. Il matrimonio fu celebrato il 6 dicembre 1828. Poe non era a Richmond; ma pare che fosse ritornato in segreto – secondo una testimonianza forse un po' romanzata – per rivedere Elmira (si v. E. M. ALFRIEND, in «Literary Era», ag. 1901, cit. in *Collected Works of Edgar Allan Poe*, vol. I, *Poems*, ed. by T.O. Mabbott, Cambridge, Mass., 1969, p. 65).

[13] «The world was all before them» («Il mondo era tutto innanzi a loro»: MILTON, *Paradise Lost*, XII, 646).

[14] Si tratta, certamente, di uno dei primi *poems*, con influssi byroniani ancora marcati.

[15] Alcuni hanno pensato (come R. WILBUR, *op. cit.*, pp. 119-120) a una reale esperienza mistica da parte di Poe. Per K. CAMPBELL (*The Poems of Edgar Allan Poe*, Boston 1917) è da pensare, invece, piuttosto a un'intensità di concentrazione poetica.

[16] Gli influssi romantico-byroniani si sono condensati, in queste strofe, in termini ormai «tipicamente» poeschi.

[17] È il pianeta Venere: e ricomparirà con la sua luminosità in altre poesie (in *Eulalia*, in *Ulalume*).

[18] Imitazione, cioè, del *Sogno* (The Dream) scritto da Byron per Mary Chaworth. Ma, ne

è derivato, in realtà, uno dei componimenti più sobriamente e squisitamente poeschi. Sarà poi variamente rielaborato.

[19] Poe non diede alcun titolo a questi versi; *Stanzas* è il titolo dato da E. C. STEDMAN e G. E. WOODBERRY (*The Works of Edgar Allan Poe*, Chicago 1894-95). La citazione è, con qualche imprecisione, da Byron, *The Island*, II, XVI, 13-16.

[20] «A simbol and a token»: anche in *Spiriti dei morti*, v. 26.

[21] Anche in *Al Aaraaf* la passione è considerata come deformante e rovinosa: un motivo, anzi, che è lì centrale e fondamentale.

[22] Il Mabbott (*op. cit.*, p. 80) indica in *The Troubadour* (1825; I, v. 138) di Letitia E. Landon, poetessa inglese allora molto nota, e apprezzata dal Poe, la fonte per l'espressione «sogno di vita e di luce» (*dream of life and light*).

[23] Anche questo *poem* restò senza titolo. Fu probabilmente riveduto da William Henry Poe, il fratello di Edgar (si v. H. ALLEN e T. O. MABBOTT, *Poe's Brother: The Poems of William Henry Leonard Poe*, New York 1926).

[24] Può esservi qui riferimento al contrasto con John Allan, il padre adottivo di Poe. Ma il «veleno» può anche riferirsi alle amarezze derivanti dall'amore per Elmira, o anche a una più generica «infelicità» del poeta.

[25] Come il colle leopardiano, così questo lago di Poe vive ormai di una sua, benché più misurata, assolutezza di poesia. Né potevano mancare i tentativi per identificarlo. Il Dismal Swamp (oggi lago Drummond), nei pressi di Norfolk in Virginia, era al centro di fosche leggende: e si raccontava che gli spiriti di due giovani amanti ne frequentassero le rive. E *The Lake of Dismal Swamp* è il titolo di una ballata di Thomas Moore, l'autore delle *Irish Melodies* e di altre tipiche raccolte «romantiche», che esercitarono tuttavia su Poe una forte suggestione.

[26] Il contrasto poesia-scienza, il rimpianto per gli «ameni inganni» distrutti dal progredire stesso, implacabile, della «ragione» sono motivi largamente circolanti e avvertiti nell'età romantica (Keats, Leopardi). Poe vi aggiunge il suo «platonico» ardore. Lo spunto è stato indicato in un brano degli *Études de la Nature* di Bernardin de Saint-Pierre (*Studies of Nature* nella traduzione inglese di H. Hunter [1808], vol. II, p. 248). Poe non amò mai molto la forma del sonetto, com'è dichiarato apertamente in *An Enigma*. Qui il sonetto fa da proemio al poema *Al Aaraaf* (anche Byron aveva premesso un sonetto al *Prisoner of Chillon*). I sonetti di Poe saranno in tutto cinque: due di schema shakespeariano (tre quartine + un distico finale) e tre di tradizione petrarchesca (due quartine + due terzine).

[27] È il più ampio e arduo dei *poems* di Poe. Vi è, certamente, un eccesso d'accumulo diffusivo e spesso di «vaporosità», ma con squarci di vibrante ardore «platonico» e verbale-musicale e con spaziose aperture e prospettive cosmiche e, si direbbe, fanta-astronomiche. All'influsso byroniano è subentrato quello di Milton, di Blake, di Shelley. Al Aaraaf è la sede dell'idea stessa della Bellezza, dell'assolutezza, dove anche la passione è già contaminazione ed è severamente punita. Il nome è arabo (*Al A'râf*, in trascrizione moderna) e indica, nel Corano, una sorta di limbo fra Paradiso e Inferno, dove «gli uomini non soffrono punizione alcuna» – annotò lo stesso Poe – «ma neanche possiedono quella calma e sempre eguale felicità che si suppone essere caratteristica del gaudio celeste». Il poeta colloca tale «limbo» in una luminosissima stella: quella che, scoperta nel 1572 dall'astronomo danese Tycho Brahe, «apparve all'improvviso nei cieli» – annota ancora il Poe – «e, dopo aver raggiunto in pochi giorni una lucentezza pari a quella di Giove, disparve senza che sia stata, da allora, più avvistata». – Nella prima parte del poema la stella, la «wandering star», governata da Nesace, una giovane dea circonfusa di raggi, è ancorata tra quattro splendenti astri. Nesace rivolge poi, tra i fiori, la sua preghiera allo Spirito, che le ordina di visitare altri mondi, di recare in altre sfere il suo messaggio d'armonia. Nella seconda parte, Nesace è nel suo fantastico palazzo, e invoca Ligeia, cioè la musica, l'armonia della natura. E insieme a lei accorrono gli spiriti alati, tranne due: Ianthe e Angelo (cioè lo spirito di Michelangelo), che, perduti nel loro amore, non hanno risposto al richiamo. E saranno esclusi dalla beatitudine, perché in essi la passione ha oscurato l'«idea», e «il cielo non concede speranza a quelli che non odono a causa dei palpiti dei loro cuori».

[28] Regione del Caucaso. *Circasso* divenne un *topos* per indicare fulgore di pietre preziose e un tipo di bellezza femminile.

[29] Nesace potrebbe significare «signora dell'isola» (*nésos*: isola). O è una «variazione» di Nausicaa, la mitica fanciulla omerica? (*Odiss.*, XI).

[30] Il rettangolo formato dalle quattro stelle della costellazione di Cassiopea, nella quale Tycho Brahe vide apparire la nuova ed effimera stella (*De nova stella*, Copenaghen 1573).

[31] L'Achaia è la Grecia: la terra dapprima toccata dalla Bellezza. Vien da pensare, nello stesso quadro di ardente rivisitazione dei miti classici, al Foscolo delle *Grazie*.

[32] È il capo Deucaton, nell'isola di Leucade, dalla cui rupe, secondo l'antica leggenda, la poetessa Saffo si gettò nel mare perché respinta dal bel Faone da lei amato (Ovidio, Epistola

XV delle *Heroides*: tradotta in inglese dal Pope). Sulla leggenda si era anche diffuso Thomas Moore nel suo *Evenings in Greece*.

33 È l'*azalea pontica*: e «l'ape che se ne nutre» – annota Poe – «resta inebriata». Poe attingeva dal Tournefort, il grande botanico francese, tradotto anche in inglese, e dal Moore di *Lalla Rookh* (1817).

34 Resta oscuro questo riferimento agli «imperdonati» (*unforgiven*). Trebisonda era famosa nell'antichità per la bellezza dei suoi giardini. Il Mabbott (*op. cit.*, p. 117) vede negli «imperdonati» un'associazione con Mitridate, re del Ponto, implacabile e «imperdonato» nemico dei Romani.

35 Così afferma anche il Moore, in *Lalla Rookh*: «Sparge il suo intenso profumo dopo il tramonto del sole».

36 «È il *chrysanthemum peruvianum*» – annota Poe – «o, usando un termine più comune, il girasole», citando Bernardin de Saint-Pierre.

37 Poe stesso annota, citando ancora Bernardin de Saint-Pierre, che «viene coltivata nel giardino del re a Parigi una specie di aloe serpentino senza spine, il cui grande e bel fiore esala un forte odor di vaniglia, durante il tempo in cui resta aperto, il quale è assai breve. Non sboccia che verso il mese di luglio; è allora che lo si vede aprire i suoi petali grado a grado, distenderli, avvizzire e morire».

38 «Si trova nel Rodano un bel giglio della specie vallisneria. Il suo stelo si stende fino alla lunghezza di tre o quattro piedi, mantenendo così il suo capo sopra l'acqua durante le piene del fiume» (E. A. Poe).

39 Il giacinto è tra i fiori più suggestivamente cari a Poe. Si v. anche il sonetto *A Zante*. I riferimenti all'isola di Zacinto, con gli appellativi in italiano, furono certamente suggeriti dall'*Itinéraire de Paris à Jerusalem* di Chateaubriand tradotto in inglese da F. Shoberl (1813), col titolo *Travels in Greece, Palestine, Egypt, and Barbary*.

40 «È una fantasia degli Indiani che Cupido sia stato dapprima visto fluttuare in uno di questi fiori giù per il fiume Gange — e che egli ancora ami quella culla della sua infanzia» (E. A. Poe).

41 Appare qui il motivo della passione che sconvolge e offusca. E le comete sono angeli caduti, puniti per aver portato passione nei loro cuori.

42 Allusione alla tendenza antropomorfica, che il poeta giudica limitata e inadeguata.

43 La «musica delle sfere» della tradizione orfico-pitagorica (anche in Dante: *Parad.*, I, vv. 76-78).

44 «Io ho spesso notato un particolare movimento delle lucciole: esse si adunano in massa e volano via, da uno stesso centro, nella direzione di innumerevoli raggi» (E. A. Poe).

45 «Therasaea, o Therasea, l'isola menzionata da Seneca, la quale, in un momento, sorse dal mare innanzi agli occhi degli attoniti marinai» (E. A. Poe). Seneca ne parla nelle *Quaestiones naturales* (VI, XXI).

46 Quella del pastore assonnato («drowsy shepherd») è immagine che deriva dalle *Stagioni del Thomson (Summer*, vv. 284-285).

47 Il marmo ricavato dall'isola di Paro: il marmo del Partenone.

48 Luoghi di celebri rovine. Tadmor (o Tamar), costruita dal re Salomone (*I Re*, 9, 18) diventerà poi Palmira, che sarà distrutta dai Romani dell'imperatore Aureliano nel 272 d.C., per soffocare la rivolta della regina Zenobia. Persepoli, capitale dell'antico impero persiano, fu distrutta da Alessandro Magno nel 330 a.C. Baalbek (chiamata Heliopolis dai Greci e dai Romani) fu famosa per il culto del Sole.

49 «Ula Desguisi è il nome turco; ma, sulle sue spiagge, il nome usato è Bahar Loth, o Almotanah. Indubbiamente, furono più di due città che s'inabissarono nel "mar morto". Nella valle di Siddim ve n'erano cinque: Adrah, Zeboin, Zoar, Sodom, e Gomorra. Stefano di Bisanzio ne ricorda otto, e Strabone tredici (inabissate): ma quest'ultima è tesi del tutto improponibile» (E. A. Poe).

50 È l'odierno Iraq, il territorio dell'antica Caldea.

51 «Io ho spesso pensato di poter udire distintamente il suono dell'oscurità mentre si diffonde sull'orizzonte» (E. A. Poe).

52 «Le fate usano i fiori come loro scrittura», *Le allegre comari di Windsor* (E. A. Poe). (Il riferimento è, precisamente, all'Atto V, sc. V, v. 77).

53 Si credeva che i raggi lunari contenessero influssi malefici.

54 Ligeia rappresenta certamente, pur nella sua suggestiva misteriosità, l'armonia, la musica più alta delle cose. È il nome di una ninfa in Virgilio (*Georg.*, IV, 336), e significa, in greco, «dalla voce sottile». E, nell'omonimo racconto, Ligeia ha voce che è come «melody more than mortal», «melodia più che mortale».

55 «Si dice che l'albatro dorma librato sulle sue ali» (E. A. Poe).

[56] Con preciso riferimento alla teoria platonica della realtà come «copia» e mimesi delle idee.
[57] I serafini non rappresentano, naturalmente, in Poe una precisa gerarchia angelica (come nel *Paradiso* di Dante): sono, genericamente, angeli alti e «nobili».
[58] Il *simùn*, l'arido vento del deserto.
[59] Riferimento al famoso dilemma di Amleto (III, I).
[60] «Secondo gli Arabi, esiste una regione mediana fra il Cielo e l'Inferno, dove gli uomini non soffrono punizione alcuna, ma neanche possiedono quella calma e sempre eguale felicità che essi suppongono essere caratteristica del gaudio celeste» (E. A. Poe). E. Poe cita, subito dopo, alcuni versi del poeta mistico spagnolo Luis Ponce de León (1527-1591): «Un no rompido sueño – / un dia puro – alegre – libre – / quiero: – / libre de amor – de zelo – / de odio – de esperanza – de rezelo».
[61] È un verso di Milton (*Epitaffio per la marchesa di Winchester*, v. 55).
[62] È lo spirito, ritornato in nuova giovinezza, del grande Michelangelo, morto a Roma il 18 febbraio 1564. Ma Poe «finge» che egli sia morto a Lemno, nel mar Egeo, e che dopo aver vagato e visto il Partenone, sia giunto sulla stella.
[63] Il nome Ianthe si ricollega, chiaramente al giacinto. «To Ianthe» (la giovanissima Charlotte Harley) Byron aveva dedicato il *Childe Harold's Pilgrimage*.
[64] Saadi: il famoso poeta persiano (nato a Shiraz intorno al 1184, morto quasi centenario). Del suo *Gulistan* (Il giardino delle rose) era uscita una nuova traduzione in inglese nel 1823, a cura di J. Ross, alcuni anni prima che Poe scrivesse *Al Aaraaf*.
[65] «Esso era intero nel 1687» (E. A. Poe). In quell'anno, infatti il Partenone restò gravemente danneggiato, durante l'assedio di Atene da parte dei Veneziani, per l'esplosione delle polveri che i Turchi avevano depositato nel tempio.
[66] «'Shadowing more beauty in their airy brows / Than have the white breasts of the Queen of Love' – *Marlowe*» (E. A. Poe): cioè, «Tenendo ascose più bellezze nelle loro aeree ciglia / di quante non ne contiene il bianco seno della Regina d'Amore» (*Doctor Faustus*, I, 150 sgg.).
[67] *Romance* fu dapprima pubblicata nel 1829 (in *Al Aaraaf, Tamerlane, and Minor Poems*), col titolo di *Preface*: apparve poi ampliata nei *Poems* (1831) e infine nell'attuale forma nel 1845 (in *The Raven and Other Poems*). *Romance* ha, in inglese, una più vasta e sottile gamma di sfumature semantiche rispetto all'italiano *Romanza*: indica tutto ciò che è animazione d'estro, d'immaginazione, di libertà creativa: un mondo che va esaltato e «salvato» e che Poe qui identifica, con geniale intuizione metaforico-analogica, con un variopinto pappagallo.
[68] Il condor è un grosso uccello rapace, con apertura d'ali fino a tre metri. Vive sulle Ande. La sua immagine evoca qui tempestose vicende e un agitato scorrere d'anni, in vigoroso contrappunto con lo smagliante mondo che s'associa col pappagallo.
[69] È dedicata, secondo il Campbell (*op. cit.*, p. 194), a Elmira Royster, che sposò nel 1828 Alexander B. Shelton, lasciando in grande amarezza il poeta. Elmira resterà vedova (e ricca) nel 1844 e Poe la incontrerà nuovamente nell'ultimo periodo della sua vita.
[70] L'immagine della luce stellare su un drappo funereo è anche in *Al Aaraaf*.
[71] Un accenno alla ricchezza dello Shelton?
[72] Secondo il Mabbott (*op. cit.*, p. 133) potrebbe qui trattarsi del nostro fiume Po, sulla scia delle byroniane *Stanzas to the Po*.
[73] Vi sarebbe qui riferimento (cfr. T. O. MABBOTT, *op. cit.*, p. 135) al vecchio maestro Alberto innamorato della giovane vedova (in Boccaccio, *Decameron*, novella decima della prima giornata).
[74] Pubblicato nel 1829 con titolo *To M* [–] il componimento fu poi ridotto, con efficacissima concentrazione, a una sola strofa. Forse, almeno in quest'ultima redazione, è dedicato alla poetessa Frances Sargent Osgood (1811-1850).
[75] L'influsso del Moore è evidente; ma sono altrettanto evidenti le qualità poesche di musicale «levità» (R. WILBUR, *op. cit.*, p. 132). Nell'edizione del 1831 precedevano varie altre strofe, e l'inizio era: «Sit down beside me, Isabel, / *here*, dearest, where the moonbeam fell» («Siedi presso di me Isabella, / *qui*, mia dolcissima, dove cadde il raggio della luna»).
[76] La vetta del monte è «corona» (*crown*) anche in *Tamerlane* (v. 139).
[77] Questo finissimo *poem* fu scritto, senza titolo, e firmato «E. A. Poe», nell'album di Lucy Holmes, più tardi signora Balderston. Fu ritrovato e pubblicato da E. L. Didier, col titolo *Alone*, nel 1875.
[78] In quel «dèmone» sembra riassumersi la stessa fondamentale «cifra» biografico-stilistica di Poe.
[79] È un acrostico, nel quale le iniziali dei singoli versi formano (nel testo originale s'intende) il nome «Elizabeth Rebecca»: la cugina di Poe (cioè Elizabeth Rebecca Herring, poi signora Tutt), sul cui album il poeta scrisse i versi, intorno al 1829.
[80] Il poeta stesso annota: «It was a saying of this philosopher 'that one's own name should

never appear in one's own book'», «vi era», cioè, «un detto attribuito a questo filosofo [Zenone], secondo il quale 'il proprio nome non dovrebbe mai comparire in un proprio libro'». Ma è ignota la fonte da cui Poe trasse tale «detto».

[81] È la prolessi, cioè anticipazione di un concetto o di un costrutto sintattico.

[82] È, come il precedente, anche questo un acrostico per Elizabeth R. Herring. Le iniziali L.E.L. sono quelle di Letitia Elizabeth Landon, poetessa inglese (1802-1838), allora molto nota, e ammirata, con eccessiva indulgenza, anche da Poe.

[83] La bisbetica moglie di Socrate.

[84] Il mito del pastore Endimione amato da Diana (la luna) è qui volutamente modificato da Poe: Endimione non morì ma fu immerso nel sonno in una grotta del monte Latmos, dove la Luna, di notte, veniva a baciarlo. Cfr. anche *Serenade*.

[85] *To Helen* è stata spesso giudicata come la più perfetta lirica di Poe. Pubblicata già nella raccolta del 1831, restò continuamente al centro delle attenzioni del poeta. Il ricordo della signora Jane Stith Stanard, la giovane madre d'un compagno di scuola, della quale s'era profondamente infatuato il giovanissimo Poe, si trasfigura – foscolianamente, si direbbe – in un grande e concentrato mito di bellezza. La signora Stanard morì nel 1824.

[86] *Nike* era la dea della vitoria, e *nicean* potrebbe benissimo significare «vittoriosi», riferito ai «navigli» (*barks*). Ma l'uso della maiuscola fa piuttosto pensare alla città di Nicea, nell'Asia minore, città famosa e sontuosa. Ma prevalente è, soprattutto, la risonanza fonica dell'aggettivo (si v. E. D. SNYDER, «Poe's Nicean Barks», in *Classical Journal,* XLVIII [1953], pp. 159-169).

[87] Nel «pellegrino stanco» alcuni hanno visto Diòniso, il dio errabondo, col suo corteo di satiri e di ninfe (e *Nicean* potrebbe riferirsi, in tal caso, all'isola di Nisa, dove Dioniso fu allevato); altri vi vedono il poeta Catullo, che lietamente ritorna alla sua Sirmione (*Carm.*, 4, 31 e 46). Ma i più pensano, naturalmente, a Ulisse, ricondotto in patria, mentre dorme, da una nave dei Feaci (*Odiss.*, XIII): per cui *Nicean* starebbe per *Phaeacian.* Ma vi è soprattutto, come si diceva, una «contaminatio» d'associazioni in chiave ritmico-evocativa.

[88] Milton aveva attribuito «hyacinthin locks («giacintei riccioli») persino ad Adamo (*Parad. Lost.*, IV, 301). Lo stilema è anche in Sidney, in Pope, in Byron.

[89] Dalla nitidezza mitico-classica si passa alle «ombre» e ai chiaroscuri poeschi dell'ultima strofa. Ma la «lampada» richiama ancora, con intensità associativa, il mito di Psyche e di Eros.

[90] Quello dell'«esotismo» orientaleggiante è un motivo spesso presente nella poesia di Poe (con anticipazioni, anche qui, di situazioni che diventeranno tipiche poi del decadentismo). Il Corano era stato tradotto in inglese da George Sale nel 1734. Naturalmente, v'è, parallelamente, l'influsso del Moore: nel quale gli sfondi orientaleggianti restano però soltanto, quasi sempre, genericamente «romantici».

[91] Non sempre le Pleiadi erano sette: secondo il mito, una di esse amò un mortale, e scomparve dal cielo (Ovidio, *Fasti* IV, 170 sgg.).

[92] *Hûri*: le «bianche» fanciulle «dagli occhi neri» del paradiso musulmano.

[93] Il *poem* fu pubblicato, col titolo *Irene*, nel 1831. Radicalmente riveduto, prese poi il titolo *The Sleeper* nel 1841 (sul *Saturday Chronicle* di Filadelfia, il 22 maggio di quell'anno). Quello della «morte di una bella donna» è motivo, come si sa, fondamentale nella poesia di Poe. Motivi spesso genericamente romantici acquistano, ancora una volta, una loro nuova e «strana magia».

[94] Il fiume dell'Ade, le cui acque provocano l'oblio della vita.

[95] Anche questo *poem*, pubblicato dapprima (1831) col titolo *The Vallery Nis*, assunse solo più tardi (nel 1845) la sua forma definitiva.

[96] Potrebbe esservi qui una suggestione di luoghi e leggende scozzesi, collegata al breve fanciullesco periodo di residenza, con la famiglia Allan, a Irvine, nello Ayrshire. Ma «stormy Hebrides» è già stilema letterario nel *Lycidas* di Milton, senza dire poi, soprattutto, di Wordsworth («the farthest Hebrides», in *Solitary Reaper* [La mietitrice solitaria]).

[97] Anche questo *poem* subì vari rifacimenti e rielaborazioni. Nella prima redazione (1831) aveva per titolo *The Doomed City* (La città dannata), diventato poi (1836, sul *Southern Literary Messenger*, *The City of Sin* (La città del peccato). Poe rifiltra attraverso una sua peculiare, *morbid* suggestività il tema biblico e insieme romantico delle città condannate (Sodoma, Gomorra) anzi «dannate», distrutte e sepolte sotto le acque.

[98] L'occidente è, emblematicamente, il «luogo» del tramonto, del declino.

[99] Qualcuno ha pensato alla dantesca Città di Dite (*Inf.*, VIII, 68 sgg.): si v. H. M. BELDEN, in *American Literature*, VII (1935), pp. 332-334. La *Commedia*, nella traduzione del Cary aveva buona circolazione anche in America (si veda, per tali aspetti, T. PISANTI, *Dantismo americano*, Napoli 1979).

[100] Benché sia stato spesso considerato come una prima redazione di *Lenore*, in realtà *A Paean* si presenta, per la netta diversità dell'impianto strutturale (e strofico-metrico) come un *poem* a sé.

[101] Il richiamo a Elena potrebbe far pensare alla signora Stanard, morta nel 1824. Cfr. *To Helen*.

[102] Dapprima pubblicato senza titolo (1834) e poi col titolo *To Ianthe in Heaven* (A Ianthe in cielo) e *To One Beloved*, il *poem* fu anche inserito da Poe nel racconto *The Visionary* (diventato poi *The Assignation*) e con un interessante riferimento – a parte, s'intende, gli spunti byroniani – al dolore di Orfeo per la perduta Euridice nell'*Orfeo* del Poliziano: «un brano – dice l'io narrante – che nessun uomo può leggere senza un brivido e nessuna fanciulla senza un sospiro».

[103] *Hymn* nacque come preghiera detta da Morella, la protagonista dell'omonimo racconto: preghiera che Poe eliminò poi dalla successiva redazione del racconto, pubblicandola a parte (nel 1845), col titolo di *Catholic Hymn* (ma l'aggettivo «Catholic» fu poi cancellato dallo stesso Poe nella copia Lorimer Graham di *The Raven and Other Poems*).

[104] Influsso dantesco o byroniano (*Don Juan*, III, st. 101 sgg.).

[105] Pubblicata sul *Baltimore Saturday Visiter* del 20 aprile 1833 e non inclusa in successive raccolte, *Serenade* fu riscoperta e pubblicata da J. C. French nel 1918. Non è identificata l'Adelina cui il poeta si rivolge.

[106] Cioè la luna che vi si riflette. Il mito di Diana (la Luna) innamorata di Endimione è anche presente in *An Acrostic*.

[107] Vi è qui l'eco della celebre «sera» del poeta greco Alcmane, i cui primi versi Poe usa anche come «motto» per il racconto *Silence – a Fable*.

[108] Pubblicato con la firma «Tamerlane» sul *Baltimore Saturday Visiter* dell'11 maggio 1833, il *poem* fu riscoperto dal French nel 1918 e senz'altro attribuito al Poe.

[109] Come il precedente componimento, anche questo, pubblicato sul *Baltimore Saturday Visiter* (del 18 maggio 1833) e firmato «Tamerlane», fu riscoperto dal French.

[110] Questo *poem* in *blank verse* (verso più raramente usato dal Poe) fu composto, con qualche accentuazione enfatica, per il concorso bandito nel 1833 dal *Baltimore Saturday Visiter* sia per una poesia che per un racconto. Poe partecipò ad entrambe le «sezioni», ma vinse, com'è noto, col racconto *Manoscritto trovato in una bottiglia*.

[111] Un'eco proveniente dalla famosa *Elegy* del Gray («the pomp of power»).

[112] Allusione al re Salomone, ma con una «contaminatio» con la scena evangelica di Gesù nell'orto di Getsemani.

[113] Con riferimento alla leggenda di Memnone, figlio dell'Aurora, la cui statua, colpita dal sole sorgente, emetteva un suono d'arpa, quasi a salutare la madre.

[114] Poe «adattava» spesso per donne diverse i *poems* che scriveva. Questo, scritto dapprima per la cugina Elizabeth Rebecca Herring, fu poi dedicato alla poetessa Frances Sargent Osgood, che il poeta conobbe nel 1845 dopo averne ammirato e lodato i versi. Ebbe così inizio un'affettuosa amicizia, con vari incontri e reciproco scambio di versi. La Osgood, moglie del pittore Samuel Osgood, viveva separata dal marito. Morì nel 1850, un anno dopo la morte di Poe, i suoi *Poems* furono pubblicati a cura di Rufus W. Griswold, lo stesso che curò anche la prima edizione delle *Works* di Poe.

[115] È l'unica poesia – fu osservato dal Quinn (*op. cit.*, p. 260), in cui l'io narrante è una donna. Le ballate romantiche, qui rifiltrate attraverso la peculiare sensibilità poesca, hanno spesso presentato amori contrastati e «apparizioni» di primi amori.

[116] Il cognome francese dà un tocco, un po' convenzionale, d'atmosfera aristocratico-romanzesca.

[117] È certamente da escludere ogni possibilità d'ispirazione proveniente dal famoso sonetto foscoliano. Gli spunti provengono dall'*Itinéraire* di Chateaubriand (cfr. nota 39). «Je souriais à ses noms d'Isola d'oro, de Fior di Levante. Ce nom de fleur me rappelle que l'hyacinthe était originaire de l'île de Zante, et que cette île reçut son nom de la plante qu'elle avait portée.» La «fanciulla» ricordata è probabilmente Elmira.

[118] Il *poem*, uno dei più indicativi di Poe, è anche citato, com'è noto, nell'«esemplare» racconto *The Fall of the House of the Usher* (La rovina della casa degli Usher). È stato spesso letto anche in chiave simbolico-allegorica: il palazzo sarebbe la mente umana stessa, le due finestre sarebbero gli occhi, ecc.

[119] Cioè «nato dalla porpora»: Costantino VII, imperatore d'Oriente (911-959).

[120] È, tra i *poems*, uno dei più rigorosi, ardui e penetranti. Poe fu sempre profondamente attratto e insieme «atterrito» dalla vastità cosmica, dalla «musica delle sfere», dal silenzio come «voce di Dio». Il Quinn (*op. cit.*, p. 294) vede qui un contrasto tra il silenzio che «aleggia su quei luoghi dove riposano esseri umani che abbiamo amato e quell'ombra violenta che il silenzio fa cadere sul nostro animo e che alimenta in noi un senso di terrore». Il componimento è una variazione dello schema del sonetto italiano: con 15 versi anziché 14.

[121] Pubblicato nel 1843 sul *Graham's Magazine*, il *poem* fu anche inserito nel racconto *Ligeia* (1845). È tra i più significativamente poeschi: e con in più un vivace senso ironico-sarcastico.

[122] *Genesi*, I, 27: «E Dio creò l'uomo a sua immagine».

[123] Ritorna l'immagine del condor, il grande uccello delle Ande (cfr. *Romance* e la nota 68).

[124] *Lenore* ebbe il suo primo «nucleo» in *A Paean* (si v. la nota 100). Apparve poi in nuova struttura strofica (di tipo «pindarico»), nel 1843, e infine nelle ampie strofe dai versi lunghi con rime interne.

[125] Anche qui (cfr. *Ballata nuziale*) il cognome convenzionalmente francese dà un tocco di freddezza «aristocratica».

[126] *Salmi*, CVI, C: «Peccavimus cum patribus nostris: iniuste egimus, iniquitatem fecimus».

[127] *Eidolon*: nel senso di abnorme forma fantomatica.

[128] Virgilio indica Thule (*Georg.*, I, 30) come isola remota a Nord (*ultima Thule*). Fu talvolta identificata con l'Islanda.

[129] I vampiri (*ghouls*) compaiono anche in *Ulalume* e in *The Bells*.

[130] *Salmi*, XXIII, 4: «Nam, si ambulavero in medio umbrae mortis...» («Yea, though I walk through the shadow of death...», nella *Authorized Version*).

[131] San Paolo, *Ad Cor.* I, XIII, 12: «Videmus nunc per speculum in aenigmate: tunc autem facie ad faciem» («For now we see through a glass, darkly; but then face to face»).

[132] Questo più sereno *poem* fu, quasi certamente, dedicato da Poe a Virginia, la moglie-fanciulla. Eulalia è «colei che parla dolcemente» e Astarte è la dea fenicia dell'amore: e s'identifica, nel cielo, con il luminoso pianeta Venere.

[133] È il più famoso dei *poems* di Poe, quello che gli diede il «successo»: fino a farlo additare come «Mr. Corvo». Poe lo scelse anche come «esempio» di poesia nel suo saggio *Philosophy of Composition*. Ma al di là dell'indubbia efficacia di costruzione «virtuosistica», questo sinistro, solenne e insieme un po' goffo corvo come protagonista non è soltanto una felice intuizione: è anche un autentico «correlativo», si può dire, per tutto l'inquieto «messaggio» di Poe. E le strofe ampie e discorsive del poemetto introducono, nella poesia, a nuove forme e indicazioni. Anche i capelli di Ligeia, nel racconto omonimo, sono «blacker than the raven wings of the midnight», «più neri delle ali del corvo a mezzanotte».

[134] Orazio, *Carm.*, I, 4, 16 sgg.: «Ian te premet Nox fabulaeque Manes / et domus exilis Plutonia».

[135] Il famoso «Nevermore» («mai più») è in realtà alquanto diffuso nella poesia inglese (da Shelley a Tennyson).

[136] Il nepente, la bevanda offerta da Elena ai suoi ospiti (in *Odiss.*, IV, 219-220), scaccia ogni affanno e trasmette un senso di profonda serenità. Ne accenna anche Spenser (*The Fairie Queen*, IV, III, st. 43).

[137] In *Geremia*, VIII, 12: «Non c'è dunque balsamo in Gilead?».

[138] Dante, *Inf.*, I, 129-130: «E io a lui: "Poeta, io ti riecheggio / per quello Dio che tu non conoscesti"»; e, nella traduzione del Cary: «Bard! by that God, whom thou didst not adore, / I do beseech thee...».

[139] Le *valentines* sono i biglietti con frasi augurali, versi, disegni, ecc. che, seguendo un'antica tradizione, la gente, e soprattutto gli innamorati, si scambiano nel «Valentine's Day», nel giorno di San Valentino, il 14 febbraio. Poe scrisse questa *Valentina* nel 1849 per Frances Sargent Osgood: il nome si ricava leggendo, nel testo inglese, la prima lettera del primo verso, poi la seconda del secondo, e così via.

[140] Cioè, Castore e Polluce, mutati nella costellazione dei Gemelli.

[141] *Perdues*: nel senso di «nascoste».

[142] Ferdinando Mendez Pinto (1509-1583), viaggiatore noto per la sua tendenza ai resoconti fantasiosi e «inverosimili».

[143] Questo breve e così nitido *poem* è stato riscoperto e pubblicato dal Mabbott (*op. cit.*, pp. 396 sgg.). Miss Hunter, allieva del Rutgers Female Institute ed entusiasta delle poesie della Osgood, partecipò a una gara di composizione poetica nell'ambito dell'Istituto. Della commissione faceva parte E. A. Poe, che lesse il componimento della vincitrice: la giovane Louise Olivia, appunto.

[144] Profondamente religiosa e dedita a opere caritativo-sociali, la signora Marie Louise Shew frequentò la casa dei Poe a Fordham durante la malattia di Virginia, ed ebbe poi cura anche di Edgar piombato in uno stato di grave prostrazione dopo la morte della moglie. Poe le inviò questi versi per il «Valentine's Day» del 1847.

[145] Il *fiat lux* di *Gen.*, I, 3.

[146] Anche questi versi sono dedicati alla signora Shew.

[147] Si tratta, ancora, di *blank verse*, una forma metrica assai raramente usata da Poe; sarà usata, dopo, soltanto nella seconda *To Helen*, ed era stata usata, molti anni prima, in *The Coliseum*.

[148] Le «due» parole italiane potrebbero essere *ti amo*, e simili. Nella redazione manoscritta era detto «two gentle sounds».

[149] Pubblicata la prima volta nel dicembre 1847 sulla *American Whig Review*, da molti considerata il capolavoro poetico di Poe, *Ulalume* è, certo, tra le composizioni più articolate

e «significanti» del poeta americano. Quanto al titolo (da collegare col verbo latino *ululare*, con *lumen* [luce] o con la parola turca *ulu* [morto]?), nessuna spiegazione è del tutto soddisfacente. Ma a imporsi è ancora una volta l'effetto fonico, la «musica» delle parole.

[150] Si è collegato il nome che Poe ha dato al suo spettrale lago con quello del musicista francese Daniel-François Auber, del quale si rappresentava a New York *Le Lac des Fées* proprio nel periodo in cui Poe andava componendo il suo *poem*. Quanto allo «stagno di Weir», v'è forse collegamento con il pittore Robert W. Weir (1803-1889), paesaggista della «Hudson River School».

[151] Psyche è l'Anima ed è, contemporaneamente, la fascinosa fanciulla che, nel racconto di Apuleio, diventa la sposa di Cupido, il dio dell'Amore. Non è semplicemente un «doppio», una proiezione, ma è anche «figura».

[152] Si è spesso identificato tale fantastico monte Yaanek col monte Erebus, scoperto nel 1840, che è però nell'Antartide. Forse è da pensare anche qui a suggestioni d'etimologie arabe o turche.

[153] È la notte di Halloween (il 31 ottobre), che è oggi, nei paesi anglosassoni, una chiassosa festa, ma che è collegata ad antichissime credenze druidiche e a rituali magici e necromantici.

[154] Astarte, la dea fenicia dell'Amore, è qui identificata con Venere e col suo luminoso pianeta (come già in *Eulalie*).

[155] Diana, la casta dea della caccia, è anche la «fredda» dea lunare.

[156] «Crystalline light»: v'è forse riferimento – come nel *Paradiso* di Dante – con la teoria tolemaica dei nove cieli, l'ultimo dei quali è appunto il «cielo cristallino» o «primo mobile».

[157] Quest'ultima strofa non compare nell'ed. delle opere di Poe curata dal Griswold (1850-56). Appare invece nell'ed. delle poesie curata da J. H. Whitty (1911). Il Mabbott l'ha ricavata infine da una copia manoscritta del *poem* (per Susan Ingram, datata 10 settembre 1849), ora conservata nella Pierpont Morgan Library di New York.

[158] Sarah Anna Lewis («Estelle», «Stella»), di Baltimore, ma sposata con un avvocato di New York ammiratore anche lui di Poe, conobbe il poeta nel 1845 e gli fu vicina poi nel periodo di grande prostrazione che seguì alla morte di Virginia nel 1847. Poe l'aiutò nei suoi tentativi poetici. Il suo nome si ricava, in questo *Enigma* a lei dedicato, leggendo, nel testo inglese, la prima lettera del primo verso, poi la seconda del secondo verso, e così via (così come per la Osgood in *A Valentine*). Sia Poe che la suocera – la signora Clemm – abitarono per qualche tempo nella casa dei Lewis a Brooklyn.

[159] *Dunce* significa, appunto «allocco», «stupido», ecc. E Salomon Don Dunce «dev'essere il poeta stesso, savio da un lato ma tanto stupido, dall'altro, da scrivere ancora sonetti» (Mabbott).

[160] Si tratta del caratteristico copricapo a rete, ornato di perline e pendagli.

[161] Henry Theodore Tuckerman (1813-1871) fu autore di sonetti e di versi che Poe giudicò negativamente. Nel testo del *poem* quale fu pubblicato sulla *Union Magazine of Literature and Art* (marzo 1848) vi è, al posto di «tuckermanities», «petrarchanities».

[162] *The Bells* è diventato uno dei più popolari componimenti poetici in lingua inglese proprio per la straordinaria ricchezza linguistico-onomatopeica e musicale-iterativa (che solo per approssimazione è possibile, ovviamente, trasferire in altra lingua). Ma al di là dell'incalzante «virtuosismo», i temi fondamentalmente poeschi non mancano d'apparire: vi sono anzi svolti con una sorta di puntuale emblematicità. *The Bells* nacque come poesia di sole due strofe e di soli 18 versi, dietro suggerimento, pare, della signora Shew – e s'ampliò poi «come graduale sviluppo di un'idea poetica», com'era detto nel giornale (il *Sartain's Union Magazine*) su cui apparve, poco più d'una settimana dopo la morte di Poe.

[163] Le rune, le lettere dell'antico alfabeto nordico, erano anche adoperate come segni magici. E il Gray, l'autore della *Elegy*, aveva scritto (in *Discent of Odin*): «runic rhyme... that wakes the dead» («ritmo runico... che risveglia i morti»).

[164] Il latino *tintinnabulum* (sonaglio) è quasi certamente alla base dell'ardito *tintinnabulation* del v. 11.

[165] Poe conobbe la poetessa Sarah Helen Power, vedova Whitman nel 1845 a Providence, dove s'era recato per una «lecture» che vi teneva la Osgood. Tre anni dopo, la Whitman dedicò a Poe, vedovo anche lui, una «valentina» che così cominciava: «Oh, thou grim and ancient Raven, / from the Night's Plutonian shore, / oft, in dreams, thy ghastly pinions / wave and flutter round my door» («O tu, bruno e antico Corvo, che dal plutonio lido della Notte, / spesso, nei sogni, le tue ali spettrali / agiti e fai ondeggiare d'intorno alla mia porta»). Poe rispose inviandole la sua prima *To Helen* e poi questo *poem* in *blank verse* filtrato, si direbbe, attraverso un'indugiante vaporosità (ma già nutrita di «veleni» decadenti) cara, come sembra, alla Whitman. Preso da entusiasmo, Poe propose il matrimonio; ma tutto finì allorché si presentò poi in pesante stato di ubriachezza. La Whitman visse fino al 1878 (era nata nel 1803) e difenderà il ricordo di Poe, contro i malevoli colpi o le «esagerazioni» del Griswold, nel suo libro *Edgar Poe and His Critics* (1860).

[166] Il rapporto vita-sogno, consistenza-apparenza, realtà-nebulosità, così tormentosamente poesco, è spesso privilegiato dal poeta, anche in un più generale quadro di sensibilità e d'influssi culturali: dalla *Vida es sueño* a Shelley, a Novalis e ai romantici tedeschi. Il *poem*, che rielabora e fissa definitivamente alcuni precedenti motivi, è dedicato alla signora Nancy Locke Heywood, sposata Richmond, che Poe chiamerà «Annie». L'aveva conosciuta, nel luglio del 1848, a Lowell, nel Massachusetts, dove il poeta s'era recato a tenere una «lecture».

[167] Annie è la signora Richmond, cui il poeta dedica anche *Un sogno dentro a un sogno*.

[168] «Febbre della Vita» (*life's fitful fever*) è in Shakespeare (*Macbeth*, III, II, 22). Ma la situazione sembra qui attraversata, si direbbe, da una sensibilità di tipo schopenhaueriano e con un'ansia d'assolutezza che attinge anche all'evangelica acqua «che non dà più sete». Ed è qui poi anche il più interessante nucleo di tutto il *poem*, ciò che lo pone al di fuori di ogni generico romantico «languore» e che può giustificare anche un certo troppo «clinico» indugio da parte del poeta sui propri mali: i quali diventano per lui una fastidiosa parte del più generale «male» stesso della vita da cui sente d'andar «guarendo».

[169] Nel testo, «naphtaline river»: un incrocio fra immagini di infernali fiumi in fiamme (come il dantesco Flegetonte) e di aridi luoghi fiammeggianti di nafta e di petrolio. E il termine «tecnico» è interessante spia sulla capacità, in Poe, di associare agl'impeti «platonici» il rigore d'una precisione «scientifica» e talvolta perfino «meccanica».

[170] *Giov.*, IV, 14: «Gesù rispose e disse: "Chiunque beve quest'acqua avrà sete di nuovo, ma chi berrà l'acqua che io gli darò non avrà più sete in eterno"».

[171] Cioè i simboli dell'amore e della poesia.

[172] Amleto offre a Ofelia rosmarino (simbolo di rinascita) e viole del pensiero (*pansies*): *Hamlet*, IV, 5, 175 sgg.

[173] Annie era del Massachusetts, del New England «puritano».

[174] «Regina angelorum». Cfr. *Inno*, dedicato alla Vergine Maria.

[175] Era il tempo del *gold-rush*, della corsa all'oro verso l'Ovest. Ma il favoloso El Dorado (che gli Americani scrivevano *Eldorado*), il mitico paese dell'oro e della ricchezza si configura per Poe, in questo intenso-struggente *poem* – tra gli ultimi del poeta –, come l'utopico stesso «paese dell'anima» che tutti affannosamente ricerchiamo.

[176] I «Montes Lunae» dell'antichità, molto vagamente indicati, in cui si pensava che il Nilo avesse le sue misteriose sorgenti.

[177] *Salmi*, XXIII, 4.

[178] Questo «tributo dedicato a una suocera» fu scritto per la signora Maria Poe Clemm, zia e suocera di Poe e pubblicato su *Flag of Our Union* del 7 luglio 1849. Maria Poe, sorella di David Poe (il padre di Edgar), nata a Baltimore nel 1790, aveva sposato William Clemm, nel 1817; ebbe tre figli (Henry, Virginia Maria e Virginia Eliza, la moglie-bambina di Poe) e restò vedova nel 1826. Edgar mostrò sempre nei suoi riguardi viva riconoscenza e considerazione; ma v'erano certamente in lei, accanto a qualità di premurosa affettuosità, anche aspetti d'invadente protettività. Maria Clemm morì nel 1871.

[179] Elizabeth Arnold, attrice di teatro, morta quando Poe era un bambino di neanche tre anni.

[180] *Annabel Lee*, apparsa sul *New-York Tribune* del 9 ottobre 1849, due giorni dopo la tragica e sconcertante morte di Poe a Baltimore, rinnovò col suo pathos e con la suggestività della «texture» verbale-musicale il «successo» del *Corvo*: ma sulla base, certo, di una più concentrata essenzialità e fusione di risultanze (benché non sia assente anche qui una ricerca di «effetti»). Chi è Annabel Lee? Gli elementi personali sono trascesi, ovviamente, dalle esigenze associative e ritmico-poetiche: il che non impedisce, tuttavia (così come per la Silvia e la Nerina leopardiane) i tentativi d'«identificazione». Annabel è dunque Virginia, la moglie-bambina? Così sostenne anche la Osgood: mentre sia la Whitman che la signora Lewis vedevano se stesse come «fonte d'ispirazione». Senza dire di Elmira Royster, l'antica «fiamma» di Poe, ora ricca vedova Shelton, che Poe reincontrò proprio nell'ultimo periodo della sua vita e alla quale riparlò di matrimonio (ma ora forse interessatamente, inseguendo il progetto del fantomatico *The Stylus*, il «suo» giornale). E si è anche pensato ad Annie, cioè la signora Richmond.

[181] Secondo la Osgood i «nobili parenti» erano gli angeli.

[182] «Risonante mare» è omerico di origine: ma diventato poi un *topos*. Milton (*Lycidas*, v. 154) ha «sounding sea». In ital., Monti (in *Iliade*, I, 44): «del risonante mar lungo la riva». «Risonante» non compare però nel testo pubblicato sul *Southern Literary Messenger* del novembre 1849.

Filosofia della composizione

Charles Dickens, in una sua nota che ho ora qui dinanzi a me, alludendo a un'analisi che io una volta feci dei meccanismi di *Barnaby Rudge* [1], così dice: «Ad ogni modo, vi siete mai accorti che Godwin scrisse a ritroso il suo *Caleb Williams*? [2] Dapprima egli coinvolse il suo eroe in tutto un groviglio di difficoltà, formando così il secondo volume; e poi, a formare il primo, escogitò qualche maniera per dar conto di quanto aveva combinato».

Non posso credere che sia stato questo il *preciso* modo di procedere da parte di Godwin – e in verità ciò che egli stesso dichiara non va perfettamente d'accordo con l'idea che ne ha Dickens. Ma l'autore di *Caleb Williams* era troppo buon artista per non rendersi conto del vantaggio che sarebbe potuto derivare da un procedimento non troppo dissimile. Niente è più evidente del fatto che ogni intreccio degno del nome debba essere elaborato fino al suo *dénouement* prima ancora, si può dire, che si cominci a buttar giù qualcosa con la penna. Solo tenendo costantemente bene in vista il finale *dénouement* si può dare a un intreccio il suo indispensabile aspetto di coerenza, o di connessione causale, facendo in modo che gli episodi e, soprattutto, il *tono* generale, tendano a sviluppare in ogni punto l'intenzione originaria.

Vi è, io credo, un errore fondamentale nel modo usuale di costruire un racconto. O è la storia ad offrire uno spunto, o è, a farlo, un qualsiasi avvenimento del giorno; o, alla meglio, l'autore stesso si rimbocca le maniche per mettere insieme episodi che facciano colpo al fine di stabilire almeno una base per la sua narrazione, proponendosi in genere, di riempire poi con descrizioni, dialoghi, e commenti le lacune, nei fatti e nelle azioni, che via via si rendano palesi, di pagina in pagina.

Quanto a me, preferisco invece iniziare pensando subito a un *effetto*. Tenendo *sempre* ben presente l'originalità – giacché tradisce se stesso chi s'arrischia a rinunciare a una fonte d'interesse così ovvia e così facilmente attingibile – io sto innanzi tutto a chiedermi: «Fra gli innumerevoli effetti, o impressioni, cui è suscettibile il cuore, o l'intelletto, o (più in generale) l'animo umano, quale dovrò scegliere, nel mio caso presente?». E avendone scelto uno che sia, in primo luogo, *nuovo* e, inoltre, ben *vivace*, passo a considerare se esso possa essere meglio sviluppato mediante episodi in azione o mediante un *tono* complessivo – e se per mezzo di ordinari episodi e di un particolare tono, o, piuttosto, mediante la singolarità degli episodi e, insieme, del tono – cercando poi intorno a me (o

[1] Romanzo di Dickens (1841), in cui il protagonista possiede un corvo (*N.d.T.*).
[2] Romanzo «ideologico» (1794) del filosofo e scrittore inglese William Godwin (1756-1836) (*N.d.T.*).

meglio dentro di me) quelle combinazioni di episodi e di tono che meglio potranno essermi d'aiuto nella costruzione dell'effetto.

Ho spesso pensato a quale interessante articolo di rivista potrebbe essere scritto da un autore che volesse – cioè che potesse – raccontare, passo passo, i procedimenti attraverso i quali una qualsiasi delle sue composizioni abbia raggiunto la sua definitiva realizzazione. Non saprei dire perché finora un tale articolo non sia mai venuto alla luce: ma, probabilmente, sarà stata la vanità degli autori alla base di una tale omissione, più che ogni altra eventuale ragione. Gli scrittori, per la maggior parte – e in modo speciale i poeti – preferiscono dare a intendere che essi compongono in uno stato di splendida frenesia – di estatica intuizione – e rabbrividirebbero all'idea di un pubblico che desse un'occhiata, dietro la scena, alle elaborate e ondeggianti crudezze del loro pensiero – ai veri propositi colti solo all'ultimo momento – agli innumerevoli balenamenti di un'idea che non ha raggiunto la maturità di una visione piena – alle fantasie maturate invece appieno ma lasciate cadere, per disperazione, come intrattabili – alle caute scelte e ai cauti rifiuti – alle penose cancellature e interpolazioni: – insomma, alle ruote e alle finte ali, ai macchinari per i cambiamenti di scena, alle scale e alle trappole diaboliche, alle piume di gallo, al cerone rosso e alle pezze nere, che novantanove volte su cento costituiscono l'armamentario dell'*histrio* letterario.

D'altra parte, so bene come non sia affatto consueto che un autore sia perfettamente in grado di ripercorrere tutti i passi attraverso i quali egli ha, eventualmente, conseguito i suoi risultati. In genere, le suggestioni, essendo sorte alla rinfusa, sono allo stesso modo, cioè confusamente, perseguite e dimenticate.

Per conto mio, non condivido per nulla la ripugnanza cui ho sopra accennato, e non ho mai avuto la minima difficoltà a richiamare alla mente il progressivo svolgimento di una qualsiasi mia composizione; e poiché l'interesse di un'analisi o ricostruzione, come quelle che ho indicato come mio *desideratum*, è del tutto indipendente da ogni interesse, reale o fantastico, per la cosa analizzata, non sarà considerata un'offesa al decoro da parte mia se rivelerò ora il *modus operandi* con cui fu composto uno dei miei lavori. Scelgo *Il Corvo*, come più generalmente conosciuto. Ed è mia intenzione di rendere manifesto come nessuna parte di questa poesia sia da riferire al caso o all'intuizione, e che l'opera procedette, passo dopo passo, verso il suo compimento con la precisione e la rigorosa consequenzialità di un problema matematico.

Tralascerò intanto, come irrilevante per il poemetto *in sé*, la circostanza – o, diciamo pure, la necessità, che fece nascere in me, innanzi tutto, l'intenzione di comporre *una* poesia che s'adattasse al tempo stesso sia al gusto popolare che a quello critico.

Cominceremo, dunque, da una tale intenzione.

La prima delle considerazioni riguardò l'estensione. Se un'opera letteraria, quale che sia, è troppo lunga per essere letta in una sola seduta, siamo già costretti a rinunciare all'effetto, immensamente importante, che deriva dall'unità d'impressione – perché, se occorrono, invece, due sedute, ecco che interverranno le faccende del mondo, e ogni cosa che abbia a che fare con la totalità andrà ben presto distrutta. Ma poiché, *ceteris paribus*, nessun poeta può permettersi di fare a meno di *qualsiasi cosa* che possa essere di aiuto al suo progetto, non resta che valutare se mai vi sia, nell'estensione, un qualche vantaggio che possa controbilanciare la perdita dell'unità che essa comporta. E qui io dico subito di no. Quello che chiamiamo una poesia lunga è solo una sequela, di fatto, di poesie brevi – vale a dire, di brevi effetti poetici. Né c'è bisogno di dimostrare che una poesia è tale solo per la sua capacità di eccitare intensamente l'anima, elevandola; ed ogni intenso eccitamento è, per sua intrinseca necessità, breve. Per questo motivo, almeno metà del *Paradiso perduto* è essenzialmente prosa – è una successione di eccitamenti poetici inframmezzati, *inevitabilmente*, da altrettante depressioni: dato che, appunto, il tutto viene privato, a causa dell'estrema lunghezza, di quell'importantissimo elemento artistico che è la totalità, o unità, d'effetto.

Appare allora evidente che vi è un ben preciso limite, per quanto attiene alla lunghezza, per tutte quante le opere letterarie – il limite, cui ho accennato, di una sola seduta – e che, sebbene in certi tipi di componimenti in prosa (che non richiedono unità), come il *Robinson Crusoe*, esso possa anche essere oltrepassato, non può mai essere vantaggiosamente oltrepassato in una poesia. Entro un tale limite, l'estensione di una poesia può essere messa in rapporto matematico finanche con il suo valore, cioè con l'eccitamento e l'elevazione da essa prodotti – o, in altre parole ancora, con il grado di vero effetto poetico che essa è capace di produrre; poiché è evidente che la brevità dev'essere in ragione diretta dell'intensità d'effetto che s'intende produrre: con la premessa, ovviamente, che un certo grado di durata è requisito assoluto per produrre, comunque, un qualche effetto.

Tenendo ben presenti queste considerazioni, come pure quel grado di eccitamento che ritenevo non troppo al di sopra del gusto popolare e al tempo stesso non al di sotto di quello dei critici, trovai subito quella che pensavo fosse la *lunghezza* giusta per la poesia che intendevo comporre: – la lunghezza di un centinaio di versi. La poesia ne conta, infatti, cento e otto.

Pensai, subito dopo, a quanto si riferisse alla scelta di un'impressione, di un effetto da produrre: e qui posso altrettanto affermare che, lungo tutta la mia costruzione, tenni fermamente presente il progetto di rendere l'opera *universalmente* apprezzabile. Sarei portato troppo lontano dal mio più immediato argomento se dovessi ora dimostrare un punto sul quale ho ripetutamente insistito e che, insieme all'altro della poesia, non ha il minimo bisogno di essere dimostrato: il punto, voglio dire, che riguarda l'affermazione secondo cui è la Bellezza il solo legittimo territorio della poesia. Dirò tuttavia qualche parola al riguardo, a delucidazione del mio vero pensiero, dato che alcuni miei amici hanno mostrato una certa tendenza a fraintenderlo. Quel piacere che sia al tempo stesso il più intenso, il più esaltante e il più puro, lo si trova, io credo, nella contemplazione del bello. Infatti, quando gli uomini parlano di Bellezza, intendono, precisamente, non una qualità, come spesso si suppone, ma un effetto: – essi si riferiscono, in breve, proprio a quell'intensa e pura elevazione dell'*anima* – non dell'intelletto, o del cuore – di cui ho sopra ragionato – e che si prova in conseguenza della contemplazione del «bello». Ora io designo la Bellezza come il territorio proprio della poesia semplicemente perché è un'ovvia regola dell'Arte che gli effetti dovrebbero esser fatti scaturire da cause dirette e che gli obiettivi dovrebbero essere raggiunti attraverso i mezzi che siano meglio adatti a un tale scopo: – nessuno essendo stato finora così sprovveduto da negare che la particolare elevazione sopra indicata è *più agevolmente* raggiungibile nella poesia. Ora l'obiettivo-Verità, o appagamento dell'intelletto, e l'obiettivo-Passione, o eccitamento del cuore, benché raggiungibili, in una certa misura, in poesia, molto più agevolmente si possono raggiungere nella prosa. La Verità, di fatto, richiede una precisione, e la Passione una *familiarità* (i veri appassionati mi capiranno) che sono assolutamente in contrasto con quell'idea di Bellezza che, come io sostengo, è eccitamento ed elevazione piacevole dell'anima. Non ne consegue affatto però, da tutto quanto si è fin qui detto, che passione e verità non possano essere introdotte (e, anche, vantaggiosamente introdotte) in una poesia, giacché potranno servire anzi a meglio elucidare il tutto e ad agevolare per contrasto, come le dissonanze nella musica, l'effetto generale. Ma il vero artista cercherà sempre, innanzi tutto, di porle in acconcia subordinazione rispetto al fine principale e, in secondo luogo, di velarle, per quanto possibile, con quella Bellezza che è la sola vera atmosfera ed essenza della poesia.

Considerata dunque la Bellezza come mio specifico territorio, il mio successivo problema fu quello di stabilire il *tono* della sua più alta manifestazione: – e ogni esperienza ha dimostrato che tale tono è quello della *tristezza*. Ogni genere di bellezza, nel suo supremo conseguimento, invariabilmente muove alle lacrime l'anima sensibile. La malinconia è perciò, di tutti i toni poetici, il più legittimo.

Determinati in tal modo la lunghezza, il territorio e il tono, mi affidai all'ordinaria induzione, proponendomi di trovare qualcosa di artisticamente «piccante» che potesse servirmi come nota-chiave nella costruzione della mia poesia – quale perno sul quale potesse ruotare l'intera struttura. Nel ripensare attentamente a tutti i consueti effetti artistici – o, più propriamente, *trovate*, nel senso teatrale –, non mancai di rilevare ben presto come nessuno fosse stato così universalmente adoperato quanto il *refrain*, il ritornello. L'universalità del suo uso fu sufficiente ad assicurarmi della sua intrinseca validità, e mi risparmiò la necessità di sottoporlo a una particolare analisi. Lo riconsiderai, tuttavia, in vista di possibili miglioramenti, e vidi subito che era rimasto allo stato primitivo. Nel suo più comune uso, il *refrain*, o ritornello, è non solo limitato alla poesia lirica, ma dipende anche, per il suo effetto, dalla forza della ripetitività – sia nel suono che nel suo contenuto di pensiero. Il piacere deriva lì soltanto dal senso di identità, dal senso di ripetizione. Io decisi di diversificarlo e di accrescerne, in tal modo, l'effetto, tenendomi stretto, in generale, alla uniformità del suono, mentre variavo continuamente quella del contenuto di pensiero: vale a dire che stabilii di produrre continuamente nuovi effetti col variare l'*applicazione* del *refrain* pur lasciando per lo più invariato il *refrain* stesso.

Fissati questi punti, passai a meditare sulla *natura* del mio *refrain*. Poiché la sua applicazione doveva essere continuamente variata, era evidente che il *refrain* dovesse essere breve, giacché sarebbero insorte insormontabili difficoltà nelle frequenti variazioni d'applicazione in una frase di una certa lunghezza. La facilità delle variazioni sarebbe stata in rapporto, ovviamente, con la brevità della frase. E ciò mi condusse in un baleno a volgermi a una parola sola come al migliore dei ritornelli.

Sorse a questo punto il problema del *carattere* che questa parola dovesse avere. Essendomi deciso fin dal principio per un *refrain*, ne derivava, come corollario, la divisione in strofe della mia poesia: dato che era il *refrain* stesso a costituire la chiusa di ciascuna strofa. Né v'era dubbio che una tale chiusa, per aver forza ed efficacia, dovesse essere sonora e capace di prolungata accentuazione: e considerazioni di questo genere mi condussero, inevitabilmente, a pensare all'*o* lunga, come alla vocale più sonora, e a collegarla con la *r*, cioè con la consonante più prolungabile.

Essendo stato così determinato il suono del *refrain*, fu necessario poi scegliere una parola che contenesse in sé un tale suono e che, al tempo stesso, si attenesse il più pienamente possibile a quella malinconia che doveva costituire, secondo quanto avevo prestabilito, il *tono* della poesia. E, in una tale ricerca, sarebbe stato assolutamente impossibile tralasciare una parola come *Nevermore* [3]. Essa fu, infatti, proprio la prima che mi si presentò alla mente.

Il successivo *desideratum* fu di fissare un pretesto per il continuo uso della parola *Nevermore*. Riflettendo sulla difficoltà che subito mi si presentò nell'inventare una ragione abbastanza plausibile per la sua continua ripetizione, non mancai di accorgermi che la difficoltà nasceva unicamente dal presupposto che dovesse essere, a pronunciare così spesso quella parola e così monotonamente, un personaggio *umano*; non mancai di accorgermi, in breve, che l'intralcio sorgeva dalla difficoltà di conciliare quella uniformità con l'uso della ragione da parte di chi doveva stare a ripetere quella parola. E a questo punto mi venne immediatamente l'idea di un essere non fornito di ragione, ma capace di parlare; e, molto naturalmente, fu dapprima un pappagallo a presentarsi nella mia mente: che fu subito però sostituito con un Corvo, come animale ugualmente capace di parlare, ma infinitamente più aderente al tono che mi ero prefissato.

Ero così arrivato, ora, a concepire un Corvo – l'uccello del malaugurio – che monotonamente ripeteva quell'unica parola, *Nevermore*, alla fine di ciascuna strofa, in una poesia di tono melanconico, e per una lunghezza di un centinaio di versi. E ora, senza mai perdere di vista l'obiettivo della *eccellenza*, e della perfezione in ogni punto, mi chiesi: «Di tutti gli argomenti malinconici, secondo l'idea umana *universale*, qual è il più malinconico?». «La morte», fu l'ovvia risposta. «E quando», mi dissi, «è questo argomento malinconicissimo maggiormente poetico?» Da quanto ho già ampiamente spiegato, la risposta era, anche qui, ovvia: «Quando essa, la Morte, si allea più strettamente con la Bellezza. La morte quindi di una bella donna è indiscutibilmente l'argomento più poetico che vi sia al mondo. Altrettanto fuor di dubbio, le labbra più adatte per un tale argomento non potranno essere che quelle di un amante in lutto per la sua amata».

A questo punto dovevo unire le due idee, quella di un amante che lamentasse la morte della sua donna, e quella di un Corvo che continuamente ripetesse la parola *Nevermore*. Avrei dovuto combinarle tenendo sempre ben presente il mio progetto di variare, ogni volta, l'*applicazione* della parola ripetuta; ma il solo modo intelligibile per una tale combinazione era quello di immaginare che il Corvo usasse quella parola come risposta alle domande dell'amante. Ed è qui che vidi subito l'opportunità che mi si offriva di ottenere l'effetto da me tanto ricercato – cioè, l'effetto della *variazione d'applicazione*. Capii che potevo far proporre la prima domanda dall'amante (la prima delle domande cui il Corvo avrebbe risposto col suo *Nevermore*), e che avrei potuto pensare questa prima domanda come qualcosa di più convenzionale, la seconda un po' meno e la terza ancor meno, e così via, finché alla fine l'amante, scosso da quella sua iniziale *nonchalence* – per via del carattere stesso malinconico di quel

[3] Cioè, «mai più» (*N.d.T.*).

Nevermore, della sua frequente ripetizione e della considerazione della sinistra fama dell'uccello che la pronuncia – sarà spinto verso un senso di superstizione e paura, e proporrà, freneticamente, domande d'altro carattere – domande di cui ha appassionatamente a cuore la soluzione e che farà in parte per superstizione e in parte per quella sorta di disperazione che prova piacere nell'autotorturarsi. E le porrà, tali domande, non certo perché creda alla natura profetica o demoniaca dell'uccello (che, come la ragione lo rassicura, non fa che ripetere una lezione meccanicamente appresa), ma perché prova un parossistico piacere nel formulare le sue domande in modo da ricevere dall'«atteso» *Nevermore* il dolore più delizioso proprio perché più insopportabile.

Rendendomi conto dell'opportunità che così mi si offriva – o, più esattamente, che così mi forzava a dar *quello* sviluppo alla mia costruzione, fissai per prima cosa, nella mia mente, il *climax*, vale a dire la domanda conclusiva: la domanda a cui per l'ultima volta il *Nevermore* sarebbe stato di risposta e avrebbe recato con sé il massimo di dolore e disperazione che si possa concepire.

Si può dire che la mia poesia abbia avuto qui il suo inizio, cioè alla fine, da dove ogni opera d'arte dovrebbe iniziare: giacché fu qui, fu a questo punto delle mie preliminari riflessioni che cominciai ad accostare la penna alla carta e a comporre questa strofa:

'Prophet,' said I, 'thing of evil! prophet still if bird or devil!
By that heaven that bends above us – by that God we both adore,
Tell this soul with sorrow laden, if within the distant Aidenn,
It shall clasp a sainted maiden whom the angels name Lenore –
Clasp a rare radiant maiden whom the angels name Lenore'.
Quoth the Raven 'Nevermore.' [4]

Composi questa strofa, a questo punto, innanzi tutto perché, una volta fissato il *climax*, potessi più a mio agio variare e graduare, in relazione con la loro serietà e il loro peso, le precedenti domande dell'amante; e, in secondo luogo, perché potessi definitivamente stabilire il ritmo, il metro, la lunghezza e l'impianto generale della strofa, nonché graduare le strofe che dovevano precederla, di modo che nessuna di esse la superasse per effetto ritmico.

Quand'anche fossi stato capace di costruire, nel comporre il resto, strofe di maggior vigore, le avrei, senza scrupolo, indebolite di proposito, per evitare ogni interferenza rispetto all'effetto culminante.

E posso ora aggiungere alcune altre parole per quel che concerne anche la versificazione. Cercavo anzitutto, com'è mio solito, l'originalità. Fino a che punto questa sia stata tanto trascurata nella versificazione, è una delle cose più inesplicabili che vi siano. Pur ammettendo che vi è scarsa possibilità di variazioni per ciò che riguarda il ritmo, è però evidente che restano poi infinite le possibili varietà di metro e strofe. E, tuttavia, *per secoli, nessuno ha mai fatto, né è mai sembrato che pensasse di fare, qualcosa di originale nella versificazione*.

[4] «"Profeta!", io dissi, "mostro del male! – profeta pur sempre, uccello o demonio!"/Per quel cielo che su noi s'incurva – per quel Dio che entrambi adoriamo –/di' a quest'anima oppressa, di', se nel remoto Eden,/abbraccerà più mai quella celeste fanciulla che gli angeli chiaman Lenora –/abbraccerà più mai quella rara e radiosa fanciulla che gli angeli chiaman Lenora"/Disse il Corvo: "Mai più"» (*N.d.T.*).

Il fatto è che l'originalità (a meno che non si tratti di ingegni di forza veramente non comune) non è affatto questione d'impulso o d'intuizione, come alcuni suppongono. Per trovarla, bisogna, in generale, faticosamente ricercarla, e per quanto essa rappresenti un valore, in effetti, della più elevata specie, richiede, a volerla conseguire, non tanto immediatezza intuitiva quanto il suo contrario.

Naturalmente, non pretendo nessuna originalità né per il ritmo né per il metro del mio *Corvo*. Il primo è trocaico, il secondo è l'ottametro acatalettico, in alternanza con l'ettametro catalettico ripetuto nel *refrain* del quinto verso, e terminante con un tetrametro catalettico. A dirlo meno pedantescamente, i piedi da me usati lungo tutta la poesia (i trochei) sono costituiti da una sillaba lunga seguita da una breve: il primo verso della strofa è formato da otto trochei e il secondo da sette trochei e mezzo (in effetti, due terzi); il terzo è di otto, il quarto è di sette trochei e mezzo, il quinto lo stesso, il sesto ha tre trochei e mezzo. Ora, ognuno di questi versi, singolarmente preso, è stato, certo, già adoperato prima; ma ciò che fa l'originalità del *Corvo* è la loro *combinazione all'interno della strofa*; e niente che si avvicini neanche lontanamente a questo è stato mai tentato. L'effetto di tale «originalità di combinazione» è poi accresciuto da altri effetti inediti, derivanti da un'estensione dell'applicazione dei princìpi della rima e dell'allitterazione.

Il punto che dovette da me essere esaminato subito dopo fu il modo di mettere insieme l'amante e il Corvo: – e il primo aspetto del problema riguardò il *luogo*. Per il quale il suggerimento più naturale poteva sembrare che fosse quello di una foresta, o di una campagna. Ma a me è sembrato che una stretta *delimitazione dello spazio* sia assolutamente necessaria all'effetto di un episodio isolato: essa ha la stessa funzione della cornice in un quadro. Essa possiede un indiscutibile, superiore potere nel tener concentrata l'attenzione e, ovviamente, non dev'essere confusa con una semplice unità di luogo.

Decisi pertanto di collocare l'amante nella sua stanza – in una stanza resa a lui sacra dalle memorie di colei che l'aveva frequentata. La stanza è presentata come riccamente arredata: – e questo semplicemente per star dietro alle idee che ho prima illustrato a proposito della Bellezza come sola vera istanza poetica.

Essendo così determinato il *luogo*, dovevo ora introdurre l'uccello: – e l'idea di introdurlo attraverso la finestra fu, devo dire, inevitabile. L'idea di far supporre all'amante, in un primo tempo, che lo sbattere delle ali dell'uccello contro l'imposta fosse come un picchiare alla porta, ebbe origine dal mio desiderio di prolungare la scena, accrescendo così la curiosità del lettore, e dal mio voler introdurre l'effetto incidentale derivante dall'amante che spalanca la porta e trova tutto buio, fino a lasciarsi andare a fantasticare che a bussare potesse essere stato lo spirito della sua amata.

Descrissi la notte come tempestosa, innanzi tutto per spiegare come il Corvo cercasse di entrare, e in secondo luogo per gli effetti di contrasto con l'atmosfera di serenità all'interno della stanza.

Ho fatto posare l'uccello sul busto di Pallade anche qui per l'effetto di contrasto tra il marmo e le nere penne del Corvo, restando inteso che il busto mi fu assolutamente *suggerito* dall'uccello: busto che fu da me scelto, primo, perché ben collegato con le consuetudini di studio dell'amante, e, poi, per la sonorità della parola stessa: Pallade.

Verso la metà della mia poesia mi valsi, ancora una volta, della efficacia del contrasto, sempre in vista dello spessore da dare all'effetto finale. Per esempio, ho dato all'ingresso del Corvo un'aria fantastica, spinta quasi fino al ridicolo, per quanto fosse ammissibile. Entra, il Corvo, «con grande sbatter d'ali».

> Not the *least obeisance made he* – not a moment stopped or stayed he,
> But, *with mien of lord or lady*, perched above my chamber door [5].

Nelle due strofe che seguono, il disegno è sviluppato in modo ancor più evidente:

> Then this ebony bird beguiling my sad fancy into smiling
> By the grave and stern decorum of the countenance it wore,
> «Though thy crest be shorn and shaven thou», I said, «art sure no craven,
> Ghastly grim and ancient Raven wandering from the nightly shore –
> Tell me what thy lordly name is on the Night's Plutonian shore?»
> Quoth the Raven «Nevermore.»
>
> Much I marvelled this *ungainly fowl* to hear discourse so plainly
> Though its answer little meaning – little relevancy bore;
> For we cannot help agreeing that no living human being
> *Ever yet was blessed with seeing bird above his chamber door –*
> *Bird or beast upon the sculptured bust above his chamber door,*
> With such name as «Nevermore.» [6]

Essendo così assicurato l'effetto del *dénouement* finale, lasciai subito cadere il tono fantastico per un tono di massima, profonda serietà: tono che prende inizio nella strofa immediatamente seguente all'ultima citata, con il verso:

> But the Raven, sitting lonely on the placid bust, spoke only, etc.[7].

Da questo momento in poi l'amante non scherza più, né vede più nulla neanche di fantastico nel contegno del Corvo. Parla di esso come di un «cupo, goffo, orrido, infausto e sinistro uccello d'altri tempi», e sente i suoi «occhi di fiamma» bruciargli «fin dentro il petto». Questo ribaltamento di pensiero, di fantasia, da parte dell'amante è inteso a produrne uno simile anche nel lettore, a creare uno stato d'animo adeguato al *dénouement*: che è ora perseguito quanto più rapidamente e *direttamente* possibile.

Con il conclusivo *dénouement* – col Corvo che risponde *Nevermore* alla finale domanda dell'amante che chiede se incontrerà la sua amata in un altro mondo, il poemetto, nella sua ovvia fase di semplice narrazione, può dirsi compiuto.

[5] «Non *fece alcun segno d'ossequio*; neppure un attimo si arrestò o indugiò; /ma *con contegno di gran signore o dama* si posò sulla porta della mia stanza» (*N.d.T.*).

[6] «Inducendo allora quest'uccello d'ebano un po' al sorriso i miei tristi pensieri,/ con quel *grave e severo contegno che si dava*,/"Per quanto", io dissi, "la tua *cresta sia rasa e tagliata*, non sei tu certo né vile né spregevole,/orrido, cupo e antico corvo, qui giunto dalle rive della Notte;/dimmi, quale nobile nome è il tuo sulle plutonie rive della Notte?"/Disse il Corvo: "Mai più". // Molto fui stupito a udir parlare così distintamente quel *goffo uccello*,/quantunque non avesse molto senso, scarsa attinenza avesse anzi la sua risposta;/poiché certo ognuno converrà che a nessun essere vivente *toccò mai la ventura di vedere un uccello sulla porta della sua stanza –/ uccello o altro animale posato su un busto scultoreo, sopra la porta della sua stanza*,/e con un tale nome, "Mai più"» (*N.d.T.*).

[7] «Ma il Corvo, solitario sedendo sul placido busto, altro non disse, ecc.» (*N.d.T.*).

Fin qui, ogni cosa è nei limiti, in fin dei conti, del probabile, del reale. Un corvo che ha imparato meccanicamente una sola parola («*Nevermore*»), sfuggito alla custodia del suo padrone, è spinto, a mezzanotte, dalla violenza di una tempesta a cercare di entrare da una finestra da cui brilla ancora una luce: – è la stanza di uno studioso occupato in parte a meditare su un grosso volume e in parte a sognare di una donna amata e defunta. La finestra viene spalancata dallo sbattere delle ali dell'uccello, l'uccello stesso va a posarsi nel luogo più conveniente fuori dall'immediata portata dello studioso, che, divertito dal fatto e dalla stranezza del contegno del visitatore, gli chiede, scherzosamente e senza attendersi, s'intende, nessuna risposta, il suo nome. Il corvo, interpellato, risponde con la sua abituale parola: *Nevermore*. E la parola trova immediata risonanza nel cuore malinconico dello studioso, il quale esprimendo ad alta voce certi suoi pensieri suggeriti dalle circostanze, è nuovamente sconcertato dalla ripetizione del *Nevermore* da parte dell'uccello.

Lo studioso ha afferrato ora la situazione, ma è spinto, come ho poc'anzi spiegato, dall'umana ansia di autotortura, e in parte dalla superstizione, a porre all'uccello domande tali che porteranno a lui, all'amante, il massimo della voluttà del dolore attraverso la già prevista risposta del *Nevermore*. Nell'indulgere a questa autotortura, fino al parossismo, la narrazione trova, in quella che ho chiamato la sua prima ovvia fase, una naturale conclusione, senza che mai si siano oltrepassati, ripeto, i limiti del reale.

Ma in argomenti di tal genere, per quanto trattati con abilità e con il più vivido corredo di particolari, c'è sempre qualcosa di duro e di spoglio che ripugna all'occhio dell'artista.

Due requisiti sono invariabilmente richiesti: una certa complessità o, più propriamente, una certa adattabilità; e, in secondo luogo, un certo grado di suggestività, una certa linea di significati sotterranei, benché indefiniti. È questa, anzi, che dà, particolarmente, a un'opera d'arte tanta di quella *ricchezza* (per usare un termine corrente, ma efficace) che troppo affrettatamente ci piace confondere con l'*ideale*. Mentre, invece, è l'*eccesso* di significato dichiarato, quando lo si rende come corrente di superficie anziché come sotterranea corrente rispetto al tema, che trasforma in prosa (e della più pedestre specie) la cosiddetta poesia dei cosiddetti trascendentalisti [8].

Attenendomi a tali idee, aggiunsi le due strofe conclusive, facendo in modo che la loro suggestività pervadesse tutta la narrazione che le precede.

La sotterranea corrente di significato è resa dapprima evidente nei seguenti versi:

> «"Take thy beak from out my *heart*, and take thy form from off my door!"
> Quoth the Raven: "Nevermore!"» [9]

Si osserverà che le parole «from my heart» («dal mio cuore») introducendo la prima espressione metaforica nel poemetto. Esse, con la risposta *Nevermore*, dispongono la mente a cercare una morale in tutto quanto è stato prima narrato.

[8] Il riferimento polemico è, soprattutto, rivolto a Ralph W. Emerson (1803-1882) (*N.d.T.*).

[9] «"Porta via il tuo becco dal mio *cuore*, porta via la tua forma dalla mia porta!"/Disse il Corvo: "Mai più"» (*N.d.T.*).

Il lettore comincia ora a riguardare il Corvo come qualcosa di emblematico: ma non sarà prima dell'ultimo verso dell'ultima strofa che si permetterà, al proposito di renderlo emblematico di un «triste ricordo che non avrà mai fine», di apparire ben chiaro ed evidente:

> And the Raven, never flitting, still is sitting, still is sitting,
> On the pallid bust of Pallas, just above my chamber door;
> And his eyes have all the seeming of a demon's that is dreaming,
> And the lamplight o'er him streaming throws his shadow on the floor;
> And my soul *from out that shadow* that lies floating on the floor
> Shall be lifted – nevermore [10].

[10] «E il Corvo, mai più di lì svolando via, ancora lì posa, *ancora* lì siede,/sul pallido busto di Pallade, sopra la porta della mia stanza;/e sembrano i suoi gli occhi di un demonio che sogni;/e la luce della lampada che l'investe ne getta l'ombra sul pavimento;/e la mia anima *da quell'ombra* che fluttua e tremola sul pavimento/non sarà sollevata –/Mai più!» (*N.d.T.*).

Il principio poetico

Parlando del principio poetico, non pretendo di essere né esauriente né profondo. E discutendo, così, alla buona, della natura di quella che definiamo Poesia, la mia intenzione è soprattutto quella di citare e di analizzare alcune poesie «minori», inglesi o americane, che meglio rispondono intanto al mio gusto, o che abbiano lasciato sulla mia immaginazione una più netta impressione. Per poesie «minori» intendo – è bene chiarirlo subito – poesie «brevi». E consentitemi qui di dire altresì qualche parola su un principio particolare che, a ragione o a torto, ha sempre esercitato la sua influenza sulla valutazione critica, da parte mia, di una poesia. Io sostengo che non esiste poesia lunga. Sono dell'avviso che la formula «poesia lunga» non sia che una piena contraddizione in termini.

Non ho bisogno di osservare che una poesia merita il nome di poesia soltanto nella misura in cui riesce ad eccitare attraverso un'esaltazione dell'animo. Il valore della poesia va pertanto commisurato in rapporto all'entità di un tale esaltante eccitamento. Senonché, ogni eccitamento è, per necessità psicologica, transitorio. Il grado di eccitamento che dà a una poesia, come s'è detto, il diritto di chiamarsi tale, non può mai sostenersi da cima a fondo, e sempre intatto, in un testo che sia di notevole lunghezza. Dopo una mezz'ora, al massimo, ricade e vien meno. Ne segue un ribaltamento in senso opposto; e a questo punto, la poesia cessa di essere tale, non lo è più, in realtà. Molti, senza dubbio, hanno trovato difficile conciliare l'asserzione critica, secondo la quale un poema come *Il Paradiso perduto* va venerato dall'inizio alla fine, con l'impossibilità assoluta di mantenere, nel corso della lettura, il grado di entusiasmo che la suddetta asserzione richiederebbe. Un'opera grande che si può in realtà considerare poetica solo allorché, perdendo di vista quel requisito fondamentale di ogni opera d'arte che è l'«unità», la si affronti non altrimenti che come una serie di poesie brevi. Se, per preservarne l'unità, cioé, la totalità d'effetto o impressione d'insieme – la si leggesse tutta in una volta, come sarebbe sempre necessario, non ne risulterebbe che un continuo alternarsi di eccitamento e di depressione. Ad un passo che ci appare autenticamente poetico seguirebbe, inevitabilmente, un passo piatto e prolisso che nessun pregiudizio critico potrebbe costringerci ad ammirare; ma se, arrivati all'ultima pagina, riprendiamo a rileggere il poema, saltando magari il primo libro, cioè cominciando dal secondo, ci sorprenderemo con noi stessi nel trovare ora ammirevole quello che prima avevamo condannato, e condannabile quello che precedentemente avevamo tanto ammirato. Ne consegue che l'effetto ultimo, definitivo e assoluto non esiste neanche nel migliore poema epico che vi sia sotto il sole. E proprio questo è il punto fondamentale.

Per quanto concerne l'*Iliade*, abbiamo, se non vere prove, almeno ottime ragioni per ritenere che fosse concepita come una serie di poesie; ma se le attribuiamo invece un'intenzione epica, posso solo dire che l'opera si basa su un'imperfetta consapevolezza dell'arte. E di tali supposti antichi modelli l'epica moderna non è, per di più, che una pedissequa e cieca imitazione.

Ma è finita l'epoca, ormai, di tali deformazioni artistiche. Se, in una qualche epoca, il poema lungo è stato mai realmente popolare – del che io dubito – è tuttavia evidente che nessun poema lungo potrà mai esserlo nuovamente.

Che la lunghezza di un'opera di poesia sia, *ceteris paribus*, il metro di misura della intrinseca sua qualità, sembra indubbiamente, a formularla così, un'affermazione abbastanza assurda: dobbiamo comunque esserne-debitori alle varie riviste e gazzette letterarie.

Certo, a considerare in astratto, non potrebbe esservi nulla, nella semplice *dimensione*, non vi può essere nulla nella pura *mole*, per quanto attiene a un libro, che abbia così continuamente suscitato l'ammirazione di questi tristi libelli!

Una montagna, certamente, riesce a trasmetterci con la sola sensazione della sua fisica grandiosità un'idea di sublimità. Ma nessun uomo può mai essere in *tal* modo colpito dall'imponenza materiale, poniamo, della *Colombiade* [1]. Perfino le suddette riviste non ci hanno mai dato insegnamenti in tal senso. *Finora*, almeno, non ci hanno ancora *ingiunto* di valutare Lamartine a metri cubi o Pollock a chili: e tuttavia che altro dobbiamo *dedurre* da quel loro continuo blaterare di «sforzo continuato»? Se, a furia di «sforzi continuati» qualche modesto signore ha portato a termine un suo poema epico, lodiamolo pure, francamente, per lo sforzo (ammesso che vi sia in ciò qualcosa da lodare), ma guardiamoci dal lodare il poema in ragione di quello sforzo. È da sperare che, nel futuro, il buonsenso vorrà giudicare un'opera d'arte dall'impressione che essa suscita – dall'effetto che essa produce – piuttosto che per il tempo impiegato per produrre quell'effetto, o per la quantità di «sforzo continuato» che è stato richiesto per realizzarlo. Il fatto è che una cosa è la perseveranza, e tutt'altra cosa è la genialità: e tutte le riviste esistenti al mondo non potranno mai riuscire a confondere le due cose. Un po' alla volta, questa mia affermazione, insieme alle molte altre che ho appena scaricato, sarà accettata come di per se stessa evidente. Nel frattempo, benché condannate in genere come falsità, esse non riceveranno nessun serio danno per quanto concerne la loro verità.

D'altra parte, è chiaro che una poesia può inutilmente essere breve. Una brevità indebita degenera nell'epigrammatismo. Una poesia *molto* breve, mentre può produrre talora effetti di vivacità e brillantezza, non ne produrrà mai di profondi e durevoli. Per questi occorre una ben ferma pressione dello stampo sulla cera. De Béranger [2] ha composto moltissime cose, acute e commoventi; ma, in genere, troppo leggere per imprimersi profondamente nella mente dei lettori; e così, come tante altre piume lievi della fantasia, esse sono state soffiate in alto solo per essere poi ricondotte giù dal vento.

Un notevole esempio di rovinoso effetto prodotto da una brevità indebita, tanto da tener lontana l'attenzione del pubblico, è offerto da questa squisita e breve «Serenata»:

[1] Turgido e prolisso poema epico (1807) dell'americano Joel Barlow (1754-1812) (*N.d.T.*).

[2] Pierre-Jean de Béranger (Parigi, 1780-1857) (*N.d.T.*).

I arise from dreams of thee
 In the first sweet sleep of night
When the winds are breathing low,
 And the stars are shining bright,
I arise from dreams of thee,
 And a spirit in my feet
Has led me – who knows how? –
 To thy chamber-window, sweet.

The wandering airs they faint
 On the dark, the silent stream –
The champak odors fail
 Like sweet thoughts in a dream;
The nightingale's complaint,
 It dies upon her heart,
As I must die on thine,
 Oh, beloved as thou art;

O, lift me from the grass:
 I die, I faint, I fail!
Let they love in kisses rain
 On my lips and eyelid pale.
My cheek is cold and white, alas!
 My heart loud and fast:
Oh! press it close to thine again,
 Where it will break at last! [3]

Pochissimi, credo, conoscono questi versi – eppure, il loro autore è nientemeno che Shelley [4]. La loro appassionata e tuttavia delicata ed eterea immaginazione sarà apprezzata da tutti: ma da nessuno così appieno come da chi si sia ridestato dai dolci sogni della persona amata, per immergersi nell'aria profumata di una notte meridionale di mezza estate.

E ad una delle più belle poesie di Willis [5] – la migliore, a mio parere, che egli abbia mai scritto – non è stato riconosciuto il dovuto merito sempre a causa del medesimo difetto di indebita brevità, sia nel giudizio dei critici che in quello dei comuni lettori.

The shadows lay along Broadway,
 'Twas near the twilight-tide –
And slowly there a lady fair
 Was walking in her pride.
Alone walk'd she; but, viewlessly,
 Walk'd spirits at her side.

Peace charm'd the street beneath her feet,
 And Honor charm'd the air;
And all astir looked kind on her,
 And call'd her good as fair –

[3] «Mi desto da sogni di te/nel primo dolce sonno della notte/quando i venti soffiano lievi,/e le stelle splendono luminose,/mi desto da sogni di te, e uno spirito diede ali al mio correre,/mi ha condotto – chi sa come? –/alla tua finestra, o cara.// Le vaganti arie si perdono/nella scura, tacita corrente,/profumi di magnolia svaniscono/come dolci pensieri in un sogno:/il lamento dell'usignolo/muore sul suo cuore,/com'io morirò sul tuo,/o mia adorata!// Oh, sollevami dall'erba:/muoio, svengo, mi perdo!/Lascia che il tuo amore piova baci/sulle mie labbra e sulle pallide palpebre./Fredda e bianca la mia guancia, ahimè!,/batte forte e rapido il mio cuore:/oh, premilo al tuo nuovamente,/dove si spezzerà alfine!» (*N.d.T.*).

[4] P. B. Shelley: *Lines to an Indian Air* (*N.d.T.*).

[5] Nathaniel Parker Willis (1806-1867), allora famoso poeta e letterato americano. Scrisse anche tragedie, cronache di viaggi, saggi, *short stories*, e il romanzo *Paul Fane* (1857) (*N.d.T.*).

For all God ever gave to her
  She kept with chary care

She kept with care her beauties rare
  From lovers warm and true –
For her heart was cold to all but gold,
  And the rich came not to woo –
But honored well are charms to sell
  If priests the selling do.

Now walking there was one more fair –
  A slight girl, lily-pale;
And she had unseen company
  To make the spirit quail –
Twixt Want and Scorn she walk'd forlorn,
  And nothing could avail.

No mercy now can clear her brow
  For this world's peace to pray;
For, as love 's wild prayer dissolved in air,
  Her woman's heart gave way! –
But the sin forgiven by Christ in Heaven
  By man is cursed alway! [6]

Difficilmente riconosceremmo in una tale poesia il Willis che ha scritto tanti generici «versi di società». Questi versi, invece, non solo sono ricchi di idealismo, ma anche di energia; e spira da essi una serietà e una genuinità di sentimenti che invano cercheremmo nelle altre opere di questo autore.

Mentre la mania dell'epica – l'idea, cioè, che per riuscire in poesia sia indispensabile la prolissità – è andata gradualmente declinando, in questi ultimi anni, nella mente della gente, grazie alla sua stessa assurdità, la vediamo tuttavia sostituita da un'eresia troppo evidentemente falsa per essere tollerata troppo a lungo, ma che, pur nel breve periodo che è durata, possiamo dire che abbia contribuito a corrompere la nostra produzione poetica ancor più di tutti gli altri nemici messi insieme. Mi riferisco all'eresia del *didascalico*. Si è stabilito, in modo tacito o dichiarato, che il fine ultimo della poesia è la «verità». Ogni poesia, ci si dice, dovrebbe inculcare una morale; e da questa morale si giudicheranno altresì i meriti poetici di un'opera. E proprio noi americani siamo stati, in particolar modo, i sostenitori di una tale felice idea; e ancor più in particolare, siamo stati noi di Boston a svilupparla pienamente. Ci siamo messi in testa che scrivere una poesia solo per amore della poesia, e ricono-

[6] «Le ombre si stendevano lungo Broadway,/era quasi il crepuscolo –/e lentamente una bella signora/camminava nel suo altero fulgore./Sola camminava; ma invisibilmente,/spiriti camminavano al suo fianco.//La Pace incantava la strada sui suoi passi,/e l'Onore incantava l'aria;/e ogni cosa la guardava con dolcezza/e sembrava chiamarla cortese e bella –/giacché ciò che Dio le aveva donato/ella custodiva con gelosa cura.//Con cura custodiva le sue rare bellezze –/da ogni passione lontana e sincerità d'amanti,/giacché il suo cuore era freddo a tutto fuorché all'oro,/e non venivano i ricchi a corteggiarla – ma onorate sono le grazie che si vendono/se sono i preti a promuovere le vendite.//Camminava ora lì una anche più bella,/un'esile fanciulla, del pallore d'un giglio:/e aveva compagni non visibili/che angosciavano il suo spirito – Tra miseria e disprezzo procedeva da sola,/trascurata, e nulla poteva consolarla.//Nessuna pietà può ora rasserenarle la fronte/pregare per la sua pace terrena;/giacché come selvaggia preghiera d'amore dissolta nell'aria,/cede il suo cuore di donna! – Ma il peccato perdonato da Cristo in cielo/è dall'uomo sempre maledetto!» (*N.d.T.*).

scere di non aver avuto altro scopo che questo, sarebbe come dichiararci radicalmente privi di vera dignità e forza poetica. Ma la verità è che se solo volessimo guardare un po' dentro di noi scopriremmo subito che non vi è nulla, sotto il sole, né *può* esservi nulla che sia più degno, più supremamente nobile della poesia – della poesia in sé e per sé, della poesia che sia poesia e nulla più, della poesia scritta solo per essere poesia.

Pur con tutto il più profondo rispetto per il «vero» che mai abbia abitato un cuore umano, io vorrei tuttavia limitare in qualche misura i modi con cui esso viene inculcato. Limitarli per renderli più efficaci. Non vorrei, certo, indebolirli per poi disperderli. Le esigenze della verità sono austere; essa non ha simpatia per il mirto. Tutto *ciò* che è così indispensabile al canto è precisamente *ciò* con cui essa non ha nulla a che fare. Intrecciarle intorno gemme e fiori significa solo far di essa un artificioso paradosso. A dar forza alla verità c'è bisogno di un linguaggio asciutto, senza fiorettature. Bisogna che si sia lineari, precisi, lucidi. Bisogna che si sia freddi, calmi, imperturbabili. In una parola, bisogna che si sia in uno stato d'animo che è, per quanto possibile, l'esatto opposto di quello poetico. Dev'essere proprio cieco chi non sa percepire le radicali e abissali differenze che vi sono tra il modo con cui opera la verità e quello con cui opera la poesia.

Dev'essere proprio un dottrinario folle e irrecuperabile chi, a dispetto di queste differenze, persisterà nel tentativo di conciliare l'olio e l'acqua, l'uno all'altra avverso, della Poesia e della Verità.

A voler dividere l'universo spirituale nelle sue tre più immediate e ovvie partizioni, potremmo distinguere un Puro Intelletto, il Gusto e il Senso Morale. Colloco il Gusto nel mezzo perché è propria questa la posizione che esso occupa nello spirito. Esso è in stretto collegamento con entrambi gli estremi; ma dal Senso Morale è separato da una così sottile differenza che Aristotele non esitò a collocare alcune delle sue operazioni tra le virtù stesse. È facile riscontrare, comunque, che le *funzioni* del trio suddetto sono fra loro abbastanza distinte. E come l'Intelletto ha a che fare con la Verità, così il Gusto ci dà notizie del Bello, mentre il Senso Morale si occupa del Dovere. Di quest'ultimo, poi, mentre la Coscienza ce ne indica l'obbligatorietà, e la Ragione la convenienza, il Gusto si accontenta di rivelarci il fascino: col muovere guerra al Vizio solo in ragione della sua deformità, della sua mancanza di proporzione, della sua avversità a tutto ciò che sia conveniente, appropriato, armonioso – cioè, in una parola, alla Bellezza.

Il senso del Bello è così, chiaramente, da considerare come un istinto immortale, profondamente radicato nello spirito umano. È un tale senso che governa per il suo diletto le varie forme, i suoni, gli odori e le sensazioni fra cui vive. E come il giglio si riflette nel lago, o gli occhi di Amarillide in uno specchio, così avviene che già la semplice ripetizione, orale o scritta, di queste forme, di questi suoni, di questi odori e di queste sensazioni, è una sorgente duplicata di diletto. Ma una semplice ripetizione non è poesia. Chi si limiterà semplicemente a cantare, sia pure con ardente fervore, o con la più vivida capacità descrittiva di paesaggi, di suoni, e di odori e colori e sensazioni, che lo renda partecipe dell'intera umanità, ebbene, costui – io sostengo – non avrà ancora dimostrato di aver titolo divino di poeta. Vi è ancora qualcosa, al di là, che non è stato capace di raggiungere. Resta ancora in noi una sete inestinguibile, e per calmarla egli non ha saputo ancora mostrarci le cristalline sorgenti. È questa una sete che è propria dell'immortalità dell'uomo, che è, insieme, frutto e indicazione della sua perennità. È l'anelito della farfalla verso la stella. Non è semplice apprezzamento della Bellezza che ci è dinanzi: – è frenetico sforzo di voler raggiungere la Bellezza al di sopra di noi, la Bellezza celeste. Ispirati come da una estatica prescienza della luce che sia al di là della morte, noi lottiamo, attraverso le multiformi combinazioni tra le cose e i pensieri del Tempo, per conseguire almeno una parte di quella Grazia i cui elementi appartengono, forse, solo all'eternità. E così, quando, dalla poesia, o dalla musica, che è quella che più ci rapisce tra le arti poetiche, noi ci sentiamo commossi fino alle lacrime, allora non per un eccesso di piacere – come sostiene l'abate Gravina [7] – ma per un certo inesistente, inquietante rammarico di non poter cogliere *ora*, mentre siamo qui sulla terra, una volta per sempre, quelle gioie divine e rapinose di cui *attraverso* la poesia o la musica non afferriamo che brevi e indistinti balenamenti.

La lotta per comprendere la suprema Grazia, una lotta intrapresa solo da spiriti convenientemente dotati per questo, ha donato al mondo *tutto quanto* esso stesso è stato in grado di capire e, insieme, di *sentire* come poetico.

Il Sentimento Poetico può, naturalmente, esprimersi nelle più varie forme – nella Pittura, nella Scultura, nell'Architettura, nella Danza; in particolar modo, nella Musica e, in modo del tutto singolare, e in ampio modo, nella composizione di giardini artistici. Il nostro assunto si riferisce però, ora, soltanto alla considerazione delle sue manifestazioni verbali. E qui mi si consenta di parlare brevemente del ritmo. Ben consapevole della certezza che la Musica, nei suoi vari aspetti di metro, di ritmo e di rima è di così grande momento nella poesia che nessuno può mai sensatamente metterla da parte, e che è ausilio di così vitale importanza che solo uno sciocco può rifiutarne l'apporto, non indugerò ora a dimostrarne l'assoluta essenzialità. È forse nella Musica che lo spirito s'accosta maggiormente all'alto conseguimento per il quale lotta e si batte, quando è ispirato dal Sentimento Poetico: il conseguimento di una superna Bellezza. *Può*, certo, accadere che qui, nella Musica, questo sublime fine sia di tanto in tanto raggiunto *di fatto*.

Spesso ci accade di sentire, con un brivido di diletto, che da un'arpa terrena si distaccano note che *non possono* che essere state familiari agli angeli di lassù. E così non vi è dubbio che nell'unione della Poesia con la Musica, proprio nel senso più corrente, si troverà il terreno più umorosamente adatto per l'espressione poetica. Gli antichi bardi e i Minnesinger [8] avevano vantaggi che noi non abbiamo, e Thomas Moore, cantando le sue proprie composizioni, agiva nel modo più legittimo perfezionandole come poesie [9].

Per ricapitolare, dunque: io definirei la Poesia verbale come «creazione armonica della Bellezza». Di cui il Gusto è il giudice unico. Con l'Intelletto

[7] Gian Vincenzo Gravina (1664-1718), l'autore della *Ragion poetica* (1708) (*N.d.T.*).

[8] Propriamente, *Minnesänger*: i poeti della lirica «cortese» nella letteratura medievale tedesca (*N.d.T.*).

[9] Thomas Moore (1779-1852): l'allora famosissimo poeta e musicista irlandese, amico di Byron. (*N.d.T.*).

e la Coscienza ha solo rapporti collaterali; e, se non incidentalmente, non ha rapporto affatto con Dovere e Verità.

Qualche parola ancora, comunque, di chiarimento. *Quel* piacere che è, come ho detto, al tempo stesso il più puro, il più elevato e il più intenso, deriva, io sostengo, dalla contemplazione del Bello. È solo nella contemplazione della Bellezza che avvertiamo come possibile il conseguimento di quella piacevole elevazione e di quell'*eccitamento dello spirito* in cui riconosciamo i tratti del Sentimento Poetico e che così agevolmente è distinguibile dalla Verità, che è invece soddisfacimento della Ragione, o dalla Passione che è eccitamento del cuore. Dico dunque, pertanto – e includendo nel termine anche l'idea del sublime – che la Bellezza è il dominio proprio della poesia, semplicemente perché è ovvia regola dell'Arte che gli effetti debbano essere fatti derivare, quanto più direttamente sia possibile, dalle loro cause; e nessuno è stato finora così debole di mente da negare che la peculiare elevazione di cui si discute la si possa conseguire, quanto più direttamente è possibile nella poesia. Ma questo non significa, ad ogni modo, che gli incitamenti della passione, o i precetti del dovere, o anche le lezioni della verità, non possano essere vantaggiosamente introdotte in una poesia. Anzi: possono ben contribuire, incidentalmente e in vari altri modi, ai fini generali di un'opera. Ma il vero artista starà sempre attento a sfumarli e assoggettarli a quella Bellezza che è pur sempre l'atmosfera e l'essenza vera della poesia.

Penso di non poter meglio introdurre questi pochi testi poetici che sottoporrò alla vostra attenzione che citando il proemio dell'*Orfano* di Longfellow:

The day is done, and the darkness
  Falls from the wings of Night,
As a feather is wafted downward
  From an Eagle in his flight.

I see the lights of the village
  Gleam through the rain and the mist.
And a feeling of sadness comes o'er me,
  That my soul cannot resist;

A feeling of sadness and longing,
  That is not akin to pain,
And resembles sorrow only
  As the mist resembles the rain.

Come, read to me some poem,
  Some simple and heartfelt lay,
That shall soothe this restless feeling,
  And banish the thoughts of day.

Not from the grand old masters,
  Not from the bards sublime,
Whose distant foot-steps echo
  Through the corridors of time.

For, like strains of martial music,
  The mighty thoughts suggest
Life's endless toil and endeavor;
  And to-night I long for rest.

Read from some humbler poet,

Whose songs gushed from his heart,
And showers from the clouds of summer,
Or tears from the eyelids start;

Who through long days of labour,
And nights devoid of ease,
Still heard in his soul the music
Of wonderful melodies.

Such songs have power to quiet
The restless pulse of care,
And come like the benediction
That follows after prayer.

Then read from the treasured volume
The poem of the choice,
And lend to the rhyme of poet
The beauty of thy voice.

And the night shall be filled with music,
And the cares, that infest the day,
Shall fold their tents, like the Arabs,
And as silently steal away [10].

Anche se non rivelano alata immaginazione, si tratta di versi giustamente ammirati per la delicatezza dell'espressione. Vi sono immagini veramente efficaci. Non può esservi nulla di meglio che

...the bards sublime,
Whose distant footsteps echo
Through the corridors of time [11].

Molto efficace è anche l'idea che è al centro dell'ultima quartina. Ma la poesia è, nel complesso, da ammirare soprattutto per la graziosa *insouciance* del suo metro, che così bene s'accorda con il carattere dei sentimenti; e, in particolare, per la generale *scorrevolezza* del tono. Tale «scorrevolezza» e naturalezza dello stile letterario, le si è sempre tradizionalmente considerate come facili solo in apparenza, ma in realtà di difficile conseguimento. Ma non è così: la naturalezza è difficile solo per chi non dovrebbe mai avervi a che fare, solo per chi è artificioso e innaturale. Essa è il risultato solo di chi scrive con l'esatto intendimento, o anzi istinto, che

[10] «Il giorno è finito, e le ombre/cadono dalle ali della notte/come piuma che lentamente cade/da un'aquila nel suo volo.//Vedo le luci del villaggio/brillare tra pioggia e nebbia,/e un senso di tristezza m'invade,/cui l'anima non sa resistere://una percezione di tristezza e desiderio,/ che non è al dolore simile,/e alla pena solo somiglia/ come fra loro nebbia e pioggia.//Vieni, leggimi una poesia,/qualche canto semplice e schietto,/che calmi questa inquietudine in me,/e bandisca i pensieri del giorno.//Ma non dei grandi antichi maestri,/non di un sublime bardo,/i cui remoti passi echeggiano/lungo i corridoi del tempo. //Giacché, come accenti di guerresca musica/suggeriscono quei forti pensieri/l'infinito travaglio, la lotta del vivere;/e stasera io anelo al riposo.//Leggimi un più oscuro poeta,/i cui canti sgorgarono dal cuore,/come le piogge dalle nuvole estive,/o le lacrime dal ciglio;//un poeta che attraverso la fatica di giorni/e notti senza quiete,/udì ancora nell'anima la musica/di meravigliose melodie.//Sono questi i canti che han potere/di calmare l'inquieto pulsare degli affanni,/e a noi vengono come benedizione/che segue alla preghiera.//Leggi dunque dal tesoro/del tuo libro il canto da te scelto,/e presta alla rima del poeta/la bellezza della tua voce.//E la notte s'empirà di musica,/e gli affanni, tormento del giorno,/piegheran, come gli Arabi, le loro tende,/e così silenziosamente, ispariranno» (*N.d.T.*).

[11] «...i bardi sublimi,/i cui remoti passi echeggiano/lungo i corridoi del tempo» (*N.d.T.*).

il *tono*, in una composizione, dovrebbe sempre essere quello che tutti gli esseri umani vorrebbero usare: e con le opportune variazioni, s'intende, secondo i casi. Lo scrittore che, secondo la maniera della *North American Review*, dovrebbe *sempre* esser «tranquillo», finirebbe necessariamente, con l'apparire, *spesso*, semplicemente sciocco e insipido; e non ha maggior diritto ad essere considerato «facile» o «naturale» di quanto non ne abbia un cockney [12] ad essere definito elegante o una Bella addormentata che fosse modellata in cera.

Tra le poesie minori di Bryant [13] nessuna mi ha così colpito quanto quella che s'intitola «Giugno». Ne cito solo una parte:

There, through the long, long summer hours,
  The golden light should die,
And thick, young herbs and groups of flowers
  Stand in their beauty by.
The oriole should build and tell
His love-tale, close beside my cell;
  The idle butterfly
Should rest him there, and there be heard
The housewife-bee and humming-bird.

And what, if cheerful shouts, at noon,
  Come, from the village sent,
Or songs of maids, beneath the moon,
  With fairy laughter blent?
And what if, in the evening light,
Betrothèd lovers walk in sight
  Of my low monument?
I would the lovely scene around
Might know no sadder sight nor sound.

I know, I know I should not see
  The season's glorious show,
Nor would its brightness shine for me,
  Nor its wild music flow;
But if, around my place of sleep,
The friends I love should come to weep,
  They might not haste to go.
Soft airs, and song, and light, and bloom
Should keep them, lingering by my tomb.

These to their soften'd hearts should bear
  The thought of what has been,
And speak of one who cannot share
  The gladness of the scene;
Whose part in all the pomp that fills
The circuit of the summer hills,
  Is – that his grave is green;
And deeply would their hearts rejoice
To hear again his living voice [14].

[12] Cioè, un londinese col suo particolare accento vernacolare! (*N.d.T.*).
[13] William Cullen Bryant (1794-1878) (*N.d.T.*).
[14] «Lì, nelle lunghe, lunghe ore estive,/si poserebbe la luce dorata,/tra folte, giovani erbe e fiori,/raccolte nella loro bellezza.//Lì il rigogolo costruirebbe il suo nido,/e canterebbe il suo amore, accanto alla mia tomba;/e la pigra farfalla/ lì riposerebbe, e lì si udrebbero ronzare l'ape massaia e il colibrì.// E che importa se liete grida, nel meriggio,/lì giungono dal villaggio,/o canti di fanciulle, sotto la luna,/confusi a dolci risa di fate?/E se nella luce della sera,/i fidanzati passeggiano accanto/alla mia povera tomba?/Vorrei che il dolce scenario intorno/non avesse mai vista o suono più tristi.// Oh, ben so che non vedrei

Il flusso del ritmo è qui persino voluttuoso. Nulla potrebbe esservi di più melodioso. Una poesia, questa, che mi ha sempre particolarmente colpito. L'intensa malinconia che sembra quasi sospinta a salire alla superfice fra tutte le allegre immagini con cui il poeta parla della sua tomba, scuote profondamente la nostra anima: e in tale scuotimento è la più vera elevazione poetica. L'impressione che ne rimane è quella di una gradevole tristezza. E se negli altri componementi che vi presenterò vi sarà, al più o al meno, qualcosa di simile a questo tono, lasciate che vi ricordi che una tale tinta di tristezza è inseparabilmente collegata (né sappiamo come e perché), con le più alte manifestazioni del Bello autentico. E, tuttavia, vi circola

A feeling of sadness and longing,
That is not akin to pain,
And resembles sorrow only
As the mist resembles the rain [15].

La tinta di cui parlo è chiaramente percettibile finanche in una poesia così brillantemente spiritosa come «Il brindisi» di Eward C. Pinkney [16]:

I fill this cup to one made up
Of loveliness alone,
A woman, of her gentle sex
The seeming paragon;
To whom the better elements
And kindly stars have given
A form so fair, that, like the air,
'Tis less of earth than heaven.

Her every tone is music's own,
Like those of morning birds,
And something more than melody
Dwell ever in her words.
The coinage of her heart are tey,
And from her lips each clows
As one may see the burden'd bee
Forth issue from the rose.

Affection are as thoughts to her,
The measures of her hours;
Her feelings have the fragrancy,
The freshness of young flowers;
And lovely passions, changing oft,
So fill her, she appears
The image of themselves by turns, –
The idol of past years!

io/ quella splendida gloria dell'estate,/né per me brillerebbe la sua luce,/né fluirebbe quella musica selvaggia;/ma se lì, intorno al mio riposo,/venissero a gemere gli amici che amo,/essi non s'affretterebbero, così, a ripartire,/e le soavi arie, e i canti, la luce e i fiori/li intratterrebbero, là, presso la mia tomba.// Riporterebbero essi ai loro cuori inteneriti/il pensiero di quel che è stato,/e parlerebbero di chi non può partecipare/all'incanto della scena;/ e che in tutta quella pompa che riempie/il cerchio delle colline d'estate,/non ha che una verde tomba;/e profondamente gioirebbero/i loro cuori/nell'udire ancora la sua voce» (*N.d.T.*).

[15] Una percezione di tristezza e desiderio,/che non è al dolore simile,/e alla pena solo somiglia/come fra loro nebbia e pioggia» (*N.d.T.*).

[16] Autore americano (1802-1828). Nei suoi *Poems* (1825) si avverte spesso l'influsso di Byron e di Thomas Moore (*N.d.T.*).

Of her bright face one glance will trace
  A picture on the brain,
And of her voice in echoing hearts
  A sound must long remain;
But memory, such as mine of her,
  So very much endears,
When death is nigh my latest sigh
  Will not be life's, but hers.

I fill this cup to one made up
  Of loveliness alone,
A woman of her gentle sex
  The seeming paragon –

Her health! and would on earth there stood,
  Some more of such a frame,
That life might be all poetry,
  And weariness a name [17].

La sfortuna di Pinkney fu quella di essere nato troppo a sud. Fosse nato nella Nuova Inghilterra, è probabile che sarebbe stato classificato al primo posto fra i lirici d'America da quella magnanima cricca che ha così lungamente presieduto ai destini della Letteratura Americana, dirigendo la così chiamata *North American Review*. La poesia che ho ora citato è particolarmente bella; ma per quanto concerne l'esaltazione poetica da essa prodotta, dobbiamo soprattutto ricercarla nella nostra simpatia per l'entusiasmo del poeta. Gli perdoniamo le iperboli per l'evidente serietà con cui sono presentate.

Non è, ad ogni modo, mia intenzione di dilungarmi sul valore delle poesie che vado leggendo. Valore che s'imporrà, semmai, da solo. Boccalini [18], nei suoi *Ragguagli dal Parnaso*, ci racconta di Zoilo che presentò una volta ad Apollo una critica molto caustica di un libro particolarmente pregevole. Il dio lo interrogò allora sulle bellezze dell'opera. Ma Zoilo rispose che si era occupato solo dei difetti. A queste parole, Apollo, consegnandogli un sacco di grano non setacciato, gli ingiunse di prendersi, come ricompensa, *tutta la pula*.

Questa favola dà una buona risposta, una buona frecciata ai critici. Ma io non sono affatto sicuro che il dio avesse ragione. Non sono affatto sicuro che i veri limiti dei compiti che spettano al critico non siano stati qui grossolanamente fraintesi. La perfezione, soprattutto in una poesia, dovrebbe essere intesa come una sorta di assioma, che ha bisogno soltanto d'essere formulato correttamente perché si *dimostri* vero di per se stesso. *Non* è perfezione quella che richiede, invece, di essere

[17] «Brindo a colei che è fatta/di sola grazia,/una donna, del suo gentil sesso/esempio compiuto/cui gli elementi migliori/e le stelle cortesi diedero/forma così bella che, come l'aria, è più celeste che terrena.// Ogni accento in lei è già una musica,/come quelli degli uccelli al mattino,/ma qualcosa che è più d'una musica/è sempre nelle sue parole./È il cuore che le detta in lei,/e ognuna dal suo labbro fluisce/come il volo lento dell'ape/che vedi dalla rosa staccarsi.//Gli affetti in lei son come pensieri,/misura delle sue ore;/hanno i suoi sentimenti/la fresca fragranza di giovani fiori;/e le amabili passioni, spesso/cangianti, così la nutrono,/che ne è ella come l'immagine stessa,/l'idolo di anni passati! Un solo sguardo inciderà di quel fulgido volto/un ricordo nella mente,/e della sua voce l'eco persisterà/come suono che echeggi nei cuori;/ma la memoria che io ne serbo/così la rende a me cara/che anche in morte sarà il mio sospiro/non per la vita, ma per lei.//Brindo a colei che è fatta/di sola grazia, una donna, del suo gentil sesso/esempio compiuto –//A lei evviva! Vi fossero qui sulla terra/altre di tal forma,/sarebbe la vita tutta poesia,/e il tedio solo un nome» (*N.d.T.*).

[18] Traiano Boccalini (1556-1613) (*N.d.T.*).

dimostrata come tale: cosicché, stare a indicare troppo dettagliatamente i pregi di un'opera d'arte è già come ammettere che *non* si tratta interamente di pregi.

Tra le *Melodie* di Thomas Moore, ve n'è una la cui eccellenza poetica sembra, stranamente, essere stata trascurata. Alludo ai versi che cominciano: «Vieni, riposa su questo petto». L'intensa energia che ne emana non è superata da null'altro che Byron abbia scritto. In due di questi versi si esprime un sentimento che incarna quel *tutto in tutto*, quella fusione che è propria della divina passione d'Amore: un sentimento che ha, certo, trovato eco in tanti animi appassionati, più di qualsiasi altro sentimento che sia mai stato espresso in parole.

Come, rest in this bosom, my own stricken deer,
Though the herd have fled from thee, thy home is still here;
Here still is the smile, that no cloud can o'ercast,
And a heart and a hand all thy own to the last.

Oh! what was love made for, if't is not the same
Through joy and through torment, through glory and shame?

I know not, I ask not, if guilt's in that heart,
I but know that I love thee, whatever thou art.

Thou hast call'd me thy Angel in moments of bliss,
And thy Angel I'll be, mid the horrors of this, –
Through the furnace, unshrinking, thy steps to pursue,
And shield thee, and save thee, – or perish there too! [19]

È stato di moda, in questi ultimi tempi, negare a Moore forza d'immaginazione, mentre gli si concede quella della fantasia (una distinzione che risale a Coleridge, che meglio di chiunque altro comprese le forti qualità di Moore) [20]. Il fatto è che la fantasia è talmente predominante, in questo poeta, su tutte le altre sue facoltà e sulla fantasia di ogni altro uomo, che ha finito col suggerire, molto naturalmente, l'idea che egli sia *soltanto* un fantasioso.

Non vi è mai stato errore più grande. Non si è mai fatto un torto più grossolano alla fama di un vero poeta. Nell'intero svolgimento della letteratura in lingua inglese non riesco a richiamare alla mente nessuna poesia più profondamente, più magicamente ricca di *immaginazione*, nel senso migliore, di quella che inizia: «Vorrei trovarmi presso quel fosco lago». Versi di cui è autore, appunto, Thomas Moore. Mi duole di non riuscire a ricordarli.

Fu insomma, Thomas Moore, uno dei più nobili e – a proposito di fantasia – uno dei più singolarmente dotati di fantasia fra tutti i poeti moderni. La sua «Bella Ines» ha sempre esercitato su di me non so quale inesprimibile fascino:

[19] «Vieni, posa su questo petto, mio daino ferito,/benché il branco t'abbia abbandonato, la tua casa è ancora qui; ancora qui è il sorriso che nessuna nube può offuscare,/ed un cuore e una mano per sempre tuoi.// Oh, perché mai fu creato l'amore, se non per esser sempre uguale, in gioia e tormento, gloria e vergogna?/Non so, e non chiedo, se vi è colpa nel tuo cuore,/so soltanto che ti amo, comunque tu sia.// Mi hai chiamato il tuo Angelo nelle ore felici,/e il tuo Angelo sarò in queste di angosce,/fra i tormenti, intrepido a seguire i tuoi passi,/e a proteggerti e a salvarti, – o con te a perire!» (*N.d.T.*).

[20] Il vero potere creativo è, per Coleridge, nell'*immaginazione* (*imagination*). Nella tradizione critica italiana, il culmine è indicato invece, per lo più, nella *fantasia* (*N.d.T.*).

O saw ye not fair Ines?
She's gone into the West,
To dazzle when the sun is down,
And rob the world of rest:
She took our daylight with her,
The smiles that we love best,
With morning blushes on her cheek,
And pearls upon her breast.

O turn again, fair Ines,
Before the fall of night,
For fear the moon should shine alone,
And stars unrivall'd bright;
And blessed will the lover be
That walks beneath their light
And breathes the love against thy cheek
I dare not even write!

Would I had been, fair Ines,
That gallant cavalier,
Who rode so gaily by thy side,
And whisper'd thee so near!
Were there no bonny dames at home,
Or no true lovers here,
That he should cross the seats to win
The dearest of the dear?

I saw thee, lovely Ines,
Descend along the shore,
With bands of noble gentlemen,
And banners wav'd before;
And gentle youth and maidens gay,
And snowy plumes they wore;
It would have been a beautcous dream,
– if it had been no more!

Alas, alas, fair Ines,
She went away with song,
With Music waiting on her steps,
And shouting of the throng;
But some were sad and felt no mirth,
But only Music's wrong,
In sounds that sang: Farewell, Farewell,
To her you've loved so long.

Farewell, farewell, fair Ines,
That vessel never bore
So fair a lady on its deck
Nor danced so light before, –
Alas for pleasure on the sea,
And sorrow on the shore!
The smile that blest one lover's heart
Has broken many more! [21]

[21] «Oh, non vedeste voi la bella Ines?/Se n'è andata nel West,/ad abbagliare quando il sole è tramontato,/e a rubare al mondo il suo riposo:/ha portato con sé la luce del giorno,/e i sorrisi che così amiamo,/col rossore del mattino sulle guance,/e perle sul suo petto.//Oh, ritorna, bella Ines,/prima che cada la notte,/o altrimenti la luna sarà sola,/e le stelle brilleranno senza rivali;/e sarà beato l'amante/che cammina nella loro luce/e respira amore sulla tua guancia,/di cui nemmeno oso scrivere!//Fossi stato io, bella Ines/quel valoroso cavaliere,/che cavalcava gaiamente al tuo fianco,/e bisbigliava a te così vicino!/Non c'eran dame leggiadre nella sua terra,/non c'erano qui sinceri amanti,/che dovess'egli attraversare i mari/e conquistare la più cara delle care?//Ti vidi, graziosa Ines,/scendere lungo il lido,/con un

«La casa stregata», dello stesso autore, è una delle poesie più vere che siano mai state scritte – una delle più *vere*, una delle più indiscutibili, una delle più perfettamente artistiche, sia dal punto di vista tematico che della esecuzione. Ed è, per di più, piena di energia ideale: *immaginativa*, per l'appunto. Mi dispiace che la sua lunghezza non la renda adatta ai fini di questo nostro discorso. Al suo posto, mi sia consentito di offrirvi «Il ponte dei sospiri», un'altra poesia universalmente ammirata.

One more Unfortunate,
Weary of breath,
Rashly importunate,
Gone to her death!

Take her up tenderly,
Lift her with care; –
Fashion'd so slenderly,
Young, and so fair!

Look at her garments
Clinging like cerements;
Whilst the wave constantly
Drips from her clothing;
Take her up instantly,
Loving, not loathing –

Touch her not scornfully,
Think of her mournfully,
Gently and humanly;
Not of the stains of her,
All that remains of her
Now, is pure womanly.

Make no deep scrutiny
Into her mutiny
Rash and undutiful;
Past all dishonour,
Death has left on her
Only the beautiful.

Still, for all slips of hers,
One of Eve's family –
Wipe those poor lips of hers
Oozing so clammily.

Loop up her tresses
Escaped from the comb,
Her fair auburn tresses;
Whilst wonderment guesses
Were was her home?

Who was her father?
Who was her mother?

corteo di nobili signori/e vessilli dispiegati innanzi a te,/e giovani cortesi e gaie fanciulle,/che portavano nivee piume;/sarebbe stato uno splendido sogno,/se non fosse stato nulla di più!/Ahimè, ahimè, bella Ines:/se ne andò con i canti,/con la musica che accompagnava i suoi passi,/e fra le grida della folla;/ma alcuni eran tristi e non sentivan gioia,/ma solo l'offesa della musica,/con suoni che dicevano: Addio, addio,/a colei che così a lungo avete amato.//Addio, addio, bella Ines,/ quella nave mai portò/donna così bella sul suo ponte/ né mai danzò così leggera -/ahimè, per il piacer lì sul mare,/e per il duolo lì sul lido!/Quel sorriso che beato fece il cuore di un solo amante/molti altri ne ha spezzato!» (*N.d.T.*).

Had she a sister?
Had she a brother?
Or was there a dearer one
Still, and a nearer one
Yet, than all other?

Alas! for the rarity
Of Christian charity
Under the sun!
Oh! it was pitiful!
Near a whole city full,
Home she had none.

Sisterly, brotherly,
Fatherly, motherly,
Feelings had changed:
Love, by harsh evidence,
Thrown from its eminence:
Even God's providence
Seeming estranged.

Where the lamps quiver
So far in the river,
With many a light
From window and casement
From garret to basement,
She stood, with amazement,
Houseless by night.

The bleak wind of March
Made her tremble and shiver;
But not the dark arch,
Or the black flowing river:
Mad from life's history,
Glad to death's mystery,
Swift to be hurl'd –
Anywhere, anywhere
Out of the world!

In she plunged boldly,
No matter how coldly
The rough river ran, –
Over the brink of it,
Picture it – think of it,
Dissolute man!
Lave in it, drink of it
Then, if you can!

Take her up tenderly,
Lift her with care;
Fashion'd so slenderly,
Young, and so fair!

Ere her limbs frigidly
Stiffen too rigidly
Decently, – kindly, –
Smooth, and compose them:
And her eyes, close them,
Staring so blindly!

Dreadfully staring
Through muddy impurity,
As when with the daring

Last look of despairing
Fixed on futurity.

Perishing gloomily,
Spurred by contumely,
Cold inhumanity,
Burning insanity,
Into her rest, –
Cross her hands humbly,
As if praying dumbly,
Over her breast!

Owning her weakness,
Her evil behavior
And learing, with meekness,
Her sins to her Savior! [22]

In questa poesia il vigore non è meno rilevante del pathos. La versificazione, anche se spinge il fantasioso al limite del fantastico, è tuttavia mirabilmente aderente a quella selvaggia follia che costituisce il tema della poesia.

Tra le poesie minori di Lord Byron, ve n'è una che non ha mai ricevuto dalla critica le lodi che indubbiamente essa meriterebbe:

Though the day of my destiny's over,
  And the star of my fate hath declined,
Thy soft heart refused to discover
  The faults which so many could find;
Though thy soul with my grief was acquainted,
  It shrunk not to share it with me,
And the love which my spirit hath painted
  It never hath found but in *thee*.

[22] «Un'altra sventurata,/stanca della vita,/crudelmente ostinata,/andata alla morte!// Prendetela con dolcezza,/sollevatela con cura;/è così esile,/così giovane e bella!//Guardate le sue vesti/che la cingono come un sudario;/mentre l'onda ancora/ gocciola da quell'abito;/ prendetela subito,/con tenerezza, non con ripugnanza.//Non toccatela con disprezzo,/pensate a lei con molta tristezza,/gentilmente e umanamente;/non pensate alle sue colpe,/tutto quel che resta di lei/è ora il puro femminile.//Non indagate troppo/ sulla sua ribellione/dura e indebita;/finito ogni disonore,/Morte ha lasciato in lei /solo la bellezza.//Malgrado tutte le sue cadute,/è pur della famiglia di Eva.../Asciugate quelle povere labbra/che gocciolano così viscide.//Annodatele le trecce/sfuggite dal pettine,/le sue belle trecce castane:/mentre lo stupore sta a chiedersi/dove fosse la sua dimora.//Chi fu suo padre?/Chi fu sua madre?/Aveva una sorella?/Aveva un fratello?/O vi era uno più caro/e uno più vicino a lei/di ogni altro ancora?//Ahimè, com'era rara,/la carità cristiana/sotto il sole!/Oh, caso pietoso!/In una così popolosa città/ella non aveva una dimora.//Affetti di sorelle, di fratelli,/di padri, di madri,/tutto era mutato:/l'amore, per dura prova,/era caduto dalla sua altezza:/perfino la provvidenza di Dio/sembrava estraniarsi.//Dove le lampade tremolano/là, lontano sul fiume,/con molte luci/da finestre e vetrate,/dalle soffitte ai seminterrati,/ella era lì, con stupore,/senza dimora nella notte.//Il freddo vento di marzo/la faceva tremare e rabbrividire;/ma non il cupo arco,/né il nero fiume fluente:/pazza per il procedere della vita,/felice del mistero della morte,/pronta nel suo lanciarsi.../Dovunque, dovunque,/fuori del mondo!//Si gettò arditamente,/senza badare a come freddo/correva il fiume tempestoso,/oltre il margine./Immagina, pensa,/tu, uomo dissoluto!/E lavati in esso, bevi di quel fiume,/allora, se mai puoi!//Prendetela con dolcezza,/sollevatela con cura;/è così esile,/così giovane e bella!// Prima che le sue membra freddamente/siano dure e rigide,/decorosamente, gentilmente,/ stendetele e componetele;/e i suoi occhi, chiudeteli,/così fissi e ciechi!//Orribilmente fissi,/attraverso la fangosa impurità,/come quando con l'ardito/estremo sguardo disperato/fissarono un vago futuro.//Morendo oscuramente,/spinta dall'ingiuria,/dalla fredda inumanità,/da ardente follia,/al suo riposo: – incrociate umilmente le sue mani,/come in muta preghiera,/sopra il suo seno!//Riconoscendo la sua debolezza,/il suo cattivo comportamento,/e rimettendo umilmente/i suoi peccati al suo Salvatore!» (*N.d.T.*).

Then when nature around me is smiling,
  The last smile which answers to mine,
I do not believe it beguiling,
  Because it reminds me of thine;
And when winds are at war with the ocean,
  As the breasts I believed in with me,
If their billows excite an emotion,
  It is that they bear me from *thee*.

Though the rock of my last hope is shivered,
  And its fragments are sunk in the wave,
Though I feel that my soul is delivered
  To pain – it shall not be its slave.
There is many a pang, to pursue me:
  They may crush, but they shall not contemn –
They may torture, but shall not subdue me –
  'Tis of *thee* that I think – not of them.

Though human, thou didst not deceive me;
  Though woman, thou didst not forsake;
Though loved, thou foreborest to grieve me;
  Though slandered, thou never couldest shake; –
Though trusted, thou didst not disclaim me;
  Though parted, it was not to fly;
Though watchful, 't was not to defame me,
  Nor mute, that the world might belie.

Yet I blame not the world, nor despise it,
  Nor the war of the many with one –
If my soul was not fitted to prize it,
  'T was folly not sooner to shun:
And if dearly that error hath cost me,
  And more than I once could foresee,
I have found that whatever it lost me,
  I could not deprive me of *thee*

From the wreck of the past, which hath perished,
  Thus much I at least may recall,
It hath taught me that which I most cherished
  Deserved to be dearest of all:
In the desert a fountain is springing,
  In the wide waste there still is a tree,
And a bird in the solitude singing,
  Which speaks to my spirit of *thee* [23].

[23] «Benché il tempo del mio destino sia compiuto,/e la stella del mio fato sia tramontata,/il tuo tenero cuore non volle vedere in me/le colpe che molti seppero trovarvi;/benché conoscesse la tua anima il mio dolore,/essa non rifiutò di dividerlo con me,/e l'amore che il mio spirito immaginava,/non l'ha mai trovato che in *te*.//Cosicché, quando la natura intorno a me sorride,/l'ultimo sorriso che risponde al mio,/io non lo giudico ingannevole,/perché mi ricorda esattamente il tuo;/e quando i venti fan guerra all'oceano,/come con me gli affetti in cui credevo,/se i loro flutti suscitano in me emozioni,/è solo perché mi portano lontano da *te*.//Benché il granito della mia speranza sia infranto,/e i suoi frammenti siano affondati nelle onde,/benché io senta cha la mia anima è votata/al dolore, non sarà essa sua schiava./ Molti sono i tormenti che mi perseguono:/posson schiacciarmi, ma non disprezzarmi,/posson torturarmi, ma non soggiogarmi: – perché è a te ch'io penso – non a loro./Benché terrena, non m'ingannasti;/benché donna, non mi lasciasti;/benché amata, evitasti d'addolorarmi;/benché calunniata, non mai tremasti;/benché creduta, mai mi disconoscesti;/benché divisa, non fu mai per fuggire;/benché vigile, non fu per diffamarmi,/né fosti muta perché il mondo potesse smentirti.//Tuttavia, io non condanno né disprezzo il mondo,/né la guerra dei molti contro uno:/se non poteva la mia anima apprezzarlo,/follia fu non evitarlo prima;/e se caro m'è costato quest'errore,/e più di quanto potessi prevedere,/io trovo che qualunque cosa m'abbia

Per quanto il ritmo sia qui tra i più ardui, la versificazione non potrebbe, penso, in nessun modo essere migliore. Mai *tema* più nobile tentò la penna di un poeta. Si tratta di un'elevata idea: secondo la quale nessuno può credersi in diritto di lamentarsi del suo destino finché ha con sé, pur nelle sue avversità, l'incrollabile amore di una donna.

Di Alfred Tennyson [24], che io considero, a voler essere proprio sinceri, il poeta più nobile che vi sia mai stato, non ho qui il tempo, tuttavia, che di citare un brevissimo esempio. Lo definisco, e lo stimo, come il più nobile dei poeti, *non* perché le impressioni che egli ci dà siano, in *ogni* circostanza, le più profonde, *né* perché l'eccitamento poetico che egli introduce sia, in *ogni* circostanza, il più intenso, ma perché esso *è*, in ogni circostanza, sempre il più etereo: cioè, in altre parole, il più puro e quello che più ci eleva. E non vi è poeta che così poco appartenga alla terra, che sia così poco *terreno*. Vi leggerò un passo tratto dal suo ultimo poemetto, *La Principessa*:

> Tears, idle tears, I know not what they mean,
> Tears from the depth of some divine despair
> Rise in the heart, and gather to the eyes,
> In looking on the happy Autumn-fields,
> And thinking of the days that are no more.
>
> Fresh as the first beam glittering on a sail,
> That brings our friends up from the underworld,
> Sad as the last which reddens over one
> That sinks with all we love below the verge;
> So sad, so fresh, the days that are no more.
>
> Ah, sad and strange as in dark summer dawns
> The earliest pipe of half-awaken'd birds
> To dying ears, when unto dying eyes
> The casement slowly grows a glimmering square;
> So sad, so strange, the days that are no more.
>
> Dear as remember'd kisses after death,
> And sweet as those by hopeless fancy feign'd
> On lips that are for others; deep as love,
> Deep as first love, and wild with all regret;
> O Death in Life the days that are no more [25].

Così, benché in maniera affrettata e così imperfetta, ho cercato di espri-

tolto,/non poté mai privarmi di *te*.//Dal naufragio di un passato che perì,/questo posso almeno rievocare: che quel che io più amavo,/meritava d'esser quel che più m'era caro./Nel deserto ancora sgorga una sorgente,/nella vasta desolazione ancora v'è un albero,/e un uccello che canta in solitudine,/che racconta al mio spirito di *te*» (*N.d.T.*)

[24] Il «Poeta Laureato» dell'età vittoriana (1809-1892) (*N.d.T.*).

[25] «Lacrime, vane lacrime, io non so quel che significano,/lacrime dal profondo di qualche divina disperazione/nascono nel cuore e affiorano negli occhi,/guardando ai felici campi d'autunno,/e pensando ai giorni che non sono più.//Dolci come il primo raggio che brilla su una vela,/che ci riporta gli amici da un altro emisfero,/tristi come l'ultimo raggio che arrossa la vela/che svanisce all'orizzonte con tutti quelli che amiamo;/così tristi, così dolci i giorni che non sono più.//Ah, tristi e strani come in oscure albe estive/il primo pigolio di uccelli appena desti/alle orecchie di chi muore, quando agli occhi morenti/mostra la finestra un riquadro che lento s'illumina;/così tristi, così strani i giorni che non sono più.//Cari come baci ricordati dopo morte,/e dolci come quelli che un cuore senza speranza/immagina/su labbra che sono per altri; profondi come l'amore,/profondi come il primo amore,/e violenti di rimpianti:/o morte nella vita, i giorni che non sono più» (*N.d.T.*).

mervi il mio concetto di «principio poetico». Il mio proposito è stato di suggerire che mentre questo principio non è altro, strettamente parlando, che l'Umana Aspirazione a una Sovrannaturale Bellezza, la sua manifestazione avviene sempre attraverso *un esaltante eccitamento dello spirito*, del tutto indipendente dalla Passione, che è intossicazione del cuore, o dalla Verità, che è appagamento della ragione. Perché la Passione, ahimè, tende a degradare piuttosto che ad esaltare l'anima. L'Amore invece, l'Amore, il vero, il divino Eros, l'Eros Uranio distinto dalla Venere Dionea, è certamente il più puro e il più vero di tutti i temi poetici. Quanto alla Verità, se, certo, ogni volta che conseguiamo una verità, siamo spinti a percepire un'armonia rimasta fino ad allora impercettibile, è allora che sperimentiamo d'improvviso, anche l'autentico effetto poetico. Ma è un effetto riferibile soltanto all'armonia, e non, neanche in minima parte, alla verità: la quale è servita solo a rendere manifesta l'armonia.

Conseguiremo, comunque, subito un chiaro concetto della vera natura della poesia con la semplice indicazione di alcuni di quegli elementi capaci di suscitare nel poeta stesso un autentico sentimento poetico. Il poeta riconosce l'ambrosia che nutre la sua anima negli astri lucenti del cielo, nelle volute di un fiore, nell'addensarsi di una boscaglia, nell'ondeggiare di un campo di grano, nella flessuosità di alti alberi orientali, nell'azzurra lontananza dei monti, nell'accalcarsi delle nuvole, nel brillio di un ruscello seminascosto, nel luccichio di argentei fiumi, nella quiete di solitari laghi, nel fondo di pozzi segreti, in cui si specchiano le stelle. E la coglie nel canto degli uccelli, in un'arpa eolia, nei sospiri del vento notturno, nella voce dolente della foresta, nella risacca che geme sul lido, nel fresco respiro dei boschi, nella fragranza di una viola, nel voluttuoso profumo del giacinto, nell'olezzo suggestivo che gli perviene, a sera, da isole remote, sconosciute, su cupi oceani, sconfinati e inesplorati. La riconosce in ogni pensiero più nobile, in ogni non mondano impulso, in ogni santa tensione, in ogni azione cavalleresca, generosa e disinteressata. La percepisce nella bellezza di una donna, nella grazia del suo incedere, nel lustrore dei suoi occhi, nella melodia della sua voce, nel suo dolce sorridere, nei suoi sospiri, nell'armonia e nel fruscio delle sue vesti. L'avverte nelle sue tenerezze avvincenti, nei suoi ardenti entusiasmi, nella sua gentile pietà, nel suo mite e paziente tollerare; ma soprattutto – ah, soprattutto! – l'adora inginocchiandosi, nella fedeltà, nella purezza, nella forza, nell'assoluta, divina maestà dell'*amore* per lei.

Permettetemi di concludere con la lettura di un'ultima breve poesia, di natura molto diversa da tutte quelle che ho prima citato. È una poesia di Motherwell[26], s'intitola «Il canto del cavaliere». Con le nostre idee moderne e lucide e razionali sull'assurdità e l'empietà della guerra, noi non possediamo più, certo, lo stato d'animo più adatto per simpatizzare con i sentimenti espressi dalla poesia e per apprezzarne, quindi, le ferme qualità. Per farlo, dovremmo identificarci, nella fantasia, con l'anima dell'antico cavaliere.

Then mounte, then mounte, brave gallants, all,
    And don your helmes amaine:
Deathe's couriers, Fame and Honour, call
    Us to the field againe.

[26] William Motherwell (1797-1835), scozzese, autore di ballate romantiche e di poemetti lirico-narrativi (*N.d.T.*).

Ne shrewish teares shall fill our eye
  When the sword-hilt's in our hand, –
Heart-whole we'll part, and no whit sighe
  For the fayrest of the land:
Let piping swaine, and craven wight,
  Thus weep and puling erye,
Our business is like ment to fight,
  And hero-like to die! [27]

[27] «Su, a cavallo, a cavallo, coraggiosi cavalieri,/e mettete subito i vostri elmi!/I corrieri della morte, Fama e Onore,/ci chiamano ancora in campo.//Lacrime meschine non bagneranno i nostri occhi/quando impugneremo l'elsa della spada;/con cuore saldo partiremo e senza un briciolo di sospiro/per le più belle donne della nostra terra;/lasciamo ai villani zufolanti e ai codardi/di piangere e gemere e gridare:/il nostro compito è di combattere da uomini,/e di morire da eroi!» (*N.d.T.*).

Il fondamento logico del verso

La parola «verso» non è qui usata nel suo stretto o originario significato, ma come il termine più adatto per esprimere, in generale e senza nulla di pedantesco, tutto ciò che concerne la considerazione del ritmo, della rima, del metro e della versificazione.

Non c'è forse, nessun argomento letterario che sia stato più persistentemente discusso, e, certo, nessuno ve n'è sul quale si possa senz'altro dire che esiste una così grande trascuratezza, e anzi mistificazione e completa ignoranza.

Se l'argomento fosse veramente difficile, o s'aggirasse per le nebulose regioni della metafisica, dove i vapori del dubbio possono assumere qualsiasi forma a seconda della volontà o della fantasia di chi li osserva, avremmo meno ragioni per meravigliarci di tutte queste contraddizioni e perplessità. Ma in realtà si tratta di cosa estremamente semplice; per un decimo, l'argomento può essere di carattere etico; nove decimi, tuttavia, appartengono alla matematica. Il tutto è però compreso nei limiti del più comune buon senso.

Ma infine, se è così – ci si chiederà – come può essere nato un tale fraintendimento? È concepibile che un migliaio di dotti, di profondi eruditi, investigando per secoli su un argomento così semplice non siano riusciti a far piena luce su di esso o, almeno per quanto sarebbe possibile farla? Confesso che non è facile rispondere a questi quesiti. In ogni modo, una risposta soddisfacente potrebbe richiedere più fatica di quella che richiederebbe, se correttamente esaminata, l'intera *vexata quaestio* cui essi si riferiscono. Tuttavia, non c'è difficoltà o rischio nell'insinuare che «un migliaio di dotti, di profondi eruditi» *possono* aver sbagliato: anzitutto perché erano dotti ed eruditi; poi, perché erano profondi, e, in terzo luogo, perché erano un migliaio – l'impotenza della dottrina e la profondità essendo state così moltiplicate per mille. Avanzo seriamente queste considerazioni perché, in primo luogo, c'è qualcosa nella «dottrina» che potrebbe spingerci al cieco culto dei baconiani «idola theatri» – alla irrazionale deferenza verso l'antichità; in secondo luogo, la vera «profondità» è raramente profonda, ed è nella natura della verità in generale, come di alcuni metalli preziosi in particolare, di essere tanto più ricchi quanto più stanno in superficie; in terzo luogo, può sempre bastare una semplice sovrabbondanza di parole per oscurare anche l'argomento più chiaro.

Nella chimica, il modo migliore per separare due sostanze consiste nell'aggiungerne una terza; nella speculazione, spesso, un fatto s'accorda a un fatto e una tesi a una tesi, finché un nuovo e ben significativo fatto o tesi rimescolano ogni cosa. In un caso su cento un punto è strenuamente dibattuto perché oscuro; nei rimanenti novantanove è oscuro perché strenuamente dibattuto. Quando un argomento di discussione si pone in tali termini, il modo più agevole per esaminarlo è di dimenticare che sono state già tentate, al riguardo, precedenti ricerche.

Ma, in realtà, mentre si è scritto molto sui ritmi greci e latini, e persino su quelli ebraici, si sono fatti pochi sforzi per esaminare quelli propri di qualcuna delle lingue moderne. Per quanto riguarda l'inglese si può dire che, in confronto, non si sia fatto nulla. Si può dire, in verità, che non esista un trattato sui nostri versi. Certo, nelle nostre più diffuse grammatiche e nelle nostre opere sulla retorica o sulla prosodia in generale, si possono trovare occasionali capitoli intitolati «Versificazione»; ma sono, in ogni caso assolutamente inadeguati. Essi non pretendono di fare delle analisi, non offrono nulla di sistematico, non tentano di formulare nemmeno delle regole: ogni cosa dipende dall'«autorità». Essi si limitano, in sostanza, alla semplice esemplificazione delle supposte varietà dei piedi e dei versi inglesi: benché in nessuna delle opere a me familiari questi piedi siano correttamente segnati o questi versi precisati nella loro vera essenza.

Ciò che si è sopra detto, è tutto, se si tralascia l'occasionale intrusione di qualche pedagogicismo, come questo, preso a prestito dalle Prosodie Greche: «Quando manca una sillaba, il verso si dice catalettico; quando la misura è esatta, il verso è acatalettico; quando si ha una sillaba in più diventa ipermetrico». Ora, che un verso sia chiamato catalettico o acatalettico è, probabilmente, cosa di non fondamentale importanza, ed è anche possibile che lo studioso sappia con prontezza decidere quando la «a» dovrebbe essere impiegata e quando omessa, pur senza sapere, nello stesso tempo, *tutto* ciò che varrebbe la pena di conoscere circa la struttura del verso.

Un difetto principale di tutti i nostri trattati (se trattati possono essere chiamati) sta nel limitare l'argomento alla semplice *Versificazione*, mentre il vero problema in discussione è il *Verso* in generale, con il significato che a tale parola si è dato all'inizio di questo saggio. E non mi consta che almeno una delle nostre grammatiche definisca con soddisfacente esattezza il termine stesso di *versificazione*. «La versificazione», recita un testo che ho qui innanzi, la cui accuratezza è di molto superiore all'usuale, (è la *Grammatica inglese* di Goold Brown) «è l'arte di ordinare parole in versi di corrispondente lunghezza, in modo che si produca armonia con il regolare alternarsi di sillabe di differente quantità.» L'inizio di questa definizione potrebbe, in verità, adattarsi all'arte della versificazione, ma non certo alla versificazione stessa. La versificazione non è l'arte di ordinare, ecc., ma l'ordine in atto – distinzione troppo ovvia, mi pare, per aver bisogno di commento. Questo errore è identico a quello cui si è permesso troppo a lungo di disonorare la pagina iniziale di ognuna delle nostre grammatiche scolastiche. Alludo alle definizioni della stessa grammatica inglese. «La grammatica inglese», si legge, «è l'arte di parlare e scrivere correttamente la lingua inglese.» Questa fraseologia, o qualcosa di più o meno simile, è usata, credo, da Bacon, Miller, Fisk, Greenleaf, Ingersoll, Kirkland, Cooper, Flint, Pue, Comly e molti altri. Si presume che questi signori l'abbiano ricavata, senza discuterla, da Murray, che la prese da Lily (l'opera del quale era *«quam solam Regia Majestas in omnibus scholis docendam praecipit»* [1]), e se ne appropriò senza alcun complimento, ma con alcune trascurabili modificazioni, tratte dalla grammatica latina di Leonicenus. Si può dimostrare, tuttavia, che tale definizione, accolta con tanto compiacimento, non è, e non può essere, una appropriata defini-

[1] Cioè, «la sola che la Regia Maestà ordina che si debba insegnare in tutte le scuole» (*N.d.T.*).

zione della grammatica inglese. Una definizione è quella che descrive il suo oggetto così da distinguerlo da ogni altro; e non è definizione di nessuna cosa in modo particolare se i suoi termini possono essere applicati a qualche cosa d'altro. Ma se si chiede: «Qual è il proposito – il fine – lo scopo della grammatica inglese?» la nostra ovvia risposta è: «L'arte di parlare e scrivere correttamente la lingua inglese» – cioè finiamo con l'usare proprio le stesse parole adoperate come definizione della summenzionata grammatica inglese. Ma il fine che si deve raggiungere con qualche mezzo non è, sicuramente, il mezzo stesso. La grammatica inglese e il suo fine sono due cose sufficientemente distinte, e non si possono scambiare l'una con l'altra più ragionevolmente di quanto si possa scambiare un amo da pesca con un pesce. Perciò la definizione da applicare nel secondo caso *non può* essere vera nel primo. La grammatica in generale è l'analisi della lingua; e la grammatica inglese lo è della lingua inglese.

Ma tornando alla versificazione, così come è stata definita nel passo sopra citato, «essa è l'arte», si legge, «di ordinare parole in versi di *corrispondente lunghezza*». Ma non è così; la corrispondenza nella lunghezza dei versi non è per nulla essenziale. Le odi pindariche sono, non c'è dubbio, esempi di versificazione; eppure esse sono note per l'estrema diversità per quanto riguarda la lunghezza dei loro versi. Si legge, inoltre, che l'ordine ha per fine quello di produrre «*armonia* con la regolare alternanza», ecc. Ma l'*armonia* non è il solo fine – e non è nemmeno il principale. Nella costruzione del verso non si dovrebbe mai trascurare la *melodia*; eppure questo è un punto che tutte le nostre prosodie hanno, chissà perché, evitato di toccare. Alcune giuste regole su questo argomento dovrebbero entrare a far parte di tutti i sistemi concernenti il ritmo.

«Così da produrre armonia», dice la definizione, «con il *regolare alternarsi*», ecc. Una regolare alternanza, così descritta, non fa parte di nessun principio della versificazione. L'ordinamento degli spondei e dei dattili, per esempio, nell'esametro greco, è un ordinamento che può dirsi *casuale*. O, diciamo, è arbitrario. Senza interferire con il verso in generale, un dattilo può essere sostituito con uno spondeo, o viceversa, in ogni punto tranne che nell'ultimo e nel penultimo piede, il primo dei quali è sempre uno spondeo e il secondo quasi sempre un dattilo. Qui, è chiaro, non si ha nessuna «regolare alternanza di sillabe di differente quantità».

«Così da produrre armonia», continua la definizione, «con il regolare alternarsi *sillabe di differente quantità*»; in altri termini, con l'alternanza di sillabe lunghe e brevi: poiché nel verso tutte le sillabe sono necessariamente o lunghe o brevi. Ma io non solo nego che debba esservi *regolarità* nella successione dei piedi e, di conseguenza, delle sillabe, ma anche metto in dubbio l'essenzialità di qualsiasi *alternanza*, regolare o irregolare, di sillabe lunghe o brevi. Il nostro autore, va rilevato, è impegnato in una definizione della versificazione in generale, non della versificazione inglese in particolare. Ma i metri greci e latini abbondano di spondei e di pirrichi – i primi formati di due sillabe lunghe, i secondi di due brevi; e vi sono numerosissimi esempi di molti spondei e di molti pirrichi che si susseguono l'uno dopo l'altro. Ecco un passo di Silio Italico[2]:

Fallis te mensas inter quod credis inermem

[2] L'autore (25-101 d. C.) del poema epico latino *Punica*, sulla seconda guerra punica (*N.d.T.*).

Tot bellis quæsita viro, tot cædibus armat
Majestas eterna ducem: si admoveris ora
Cannas et Trebium ante oculos Trasymenaque busta,
Et Pauli stare ingentem miraberis umbram.

Applicando le elisioni richieste dalle prosodie classiche scandiremo così questi esametri:

Fāllīs | tē mēn | sās īn | tēr qūod | crēdĭs ĭn | ērmēm |
Tōt bēl | līs qūæ | sītă vĭ | rō tōt | cædĭbŭs | ārmāt |
Mājēs | tās ē | tērnă dŭ | cēm s'ăd | mōvĕrĭs | ōrā |
Cānnās | ēt Trĕbĭ' | ānt'ŏcŭ | lōs Trăsy | mēnăqŭe | būstā |
Et Pāu | lī stā | r'īngēn | tēm mī | rābĕrĭs | ūmbrām |

Si osserverà che nel primo e nell'ultimo di questi versi abbiamo soltanto due sillabe brevi su tredici, con una ininterrotta successione di non meno di nove sillabe lunghe. Ma come dobbiamo conciliare tutto questo con la definizione della versificazione come «l'arte di ordinare parole in versi di lunghezza corrispondente, in modo da produrre armonia con il *regolare alternarsi di sillabe di differente quantità*»?

Si potrebbe insistere tuttavia e sostenere che il nostro prosodista *intendeva* parlare solo dei metri inglesi e che con l'omettere ogni considerazione circa lo spondeo e il pirrichio, egli ha implicitamente dichiarato la loro esclusione dai nostri ritmi. Un grammatico non è mai scusabile in base alle buone intenzioni. Noi richiediamo da lui, se mai da alcuno sia da richiedere una rigorosa precisione di stile. Ma concediamo pure l'intenzione. Ammettiamo che il nostro autore, sulla scia di tutti coloro che hanno scritto sulla Prosodia Inglese, definendo la versificazione in generale abbia inteso dare una definizione di quella inglese. Tutti questi prosodisti, diremo, rigettano lo spondeo e il pirrichio. Tuttavia ammettono tutti il giambo che consiste di una sillaba breve seguita da una lunga; il trocheo che è l'inverso del giambo; il dattilo, formato di una sillaba lunga seguita da due brevi; e l'anapesto, che è di due brevi seguite da una lunga. Lo spondeo, come subito dimostrerò, è a torto rifiutato. Il pirrichio invece è giustamente lasciato cadere. La sua esistenza sia nel verso antico che in quello moderno è solamente chimerica, e l'insistere su una cosa futile e così sconcertante come un piede di *due sillabe brevi*, offre, forse, la prova migliore della meschina irragionevolezza e della soggezione all'autorità che caratterizzano la nostra Prosodia. Intanto, il dattilo e l'anapesto sono sufficienti per sostenere la mia affermazione sull'alternanza, ecc., senza altri riferimenti a piedi che si suppone esistano solo nei metri greci e latini: poiché un anapesto e un dattilo possono trovarsi in uno stesso verso; quando s'intende si avrà una ininterrotta successione di quattro sillabe brevi. L'incontro di questi due piedi, certamente, è un caso non previsto nella definizione che si è ora esaminata, poiché questa definizione, richiedendo una *regolare alternanza di sillabe di differente quantità*, insiste su una successione regolare di *piedi* simili. Ma ecco un esempio:

Sīng tŏ mĕ | Isăbĕlle.

Questo è il verso iniziale di una ballata *breve* che ora ho innanzi e che continua nello stesso ritmo particolarmente bello. Per di più i versi inglesi sono spesso ben costruiti con una regolare successione di sillabe *tutte della stessa quantità*: per esempio, i primi versi della seguente quartina di Arthur C. Coxe[3]:

March! march! march!
Making sounds as they tread
Ho! ho! how they step,
Going down to the dead!

Il primo verso, in corsivo, è formato di tre cesure. La cesura, di cui dirò molte cose più in là, è rigettata dalle prosodie inglesi ed è abbastanza grossolanamente snaturata in quelle classiche. Essa è un piede perfetto – il più importante in ogni verso – e consiste di un'unica sillaba *lunga; ma la lunghezza di tale sillaba varia*.

Si è così dimostrato che *non vi è un solo* punto della definizione in discussione che non includa un errore. E invano si vorrà cercare, nei trattati sull'argomento, questo qualcosa di più soddisfacente o di più intelligibile.

Un fallimento così generale e così totale può essere spiegato soltanto sulla base di un equivoco di fondo. Infatti, i prosodisti inglesi hanno seguito in modo cieco e pedissequo i pedanti. E questi ultimi, come *les moutons de Panurge*[4], sono stati occupati a capitombolare senza sosta nei fossi, per l'ottima ragione che i loro maestri avevano fatto altrettanto, L'*Iliade*, considerata come punto di partenza fu collocata al posto della Natura e del fondamentale buon senso. Su questo poema, invece che sui fatti e sulle deduzioni dai fatti, o da leggi naturali, furono costruiti sistemi di metri, piedi, ritmi e regole – regole che si contraddicono l'una con l'altra ogni cinque minuti, e tali che per quasi tutte si possono trovare due volte tante eccezioni quanti esempi. Se si ha desiderio di sentirsi del tutto confusi, per vedere a quale buio l'infatuazione per quella che viene definita la «dottrina classica» può condurre un topo di biblioteca, si sfogli per un po' qualcuna delle opere tedesche sulle prosodie greche. L'unica cosa chiara che vi sia lì è un sovrano disprezzo per il principio leibniziano di «ragion sufficiente».

Non è necessario, anzi sarebbe futile spostare l'attenzione dal vero argomento che è in discussione verso ulteriori riferimenti a queste opere. Io non riesco a richiamare alla mente, in questo momento, un solo punto di essenziale e chiara informazione che si possa ricavare da opere del genere; quindi le lascerò volentieri, aggiungendo semplicemente quest'unica osservazione: che, usando fra i numerosi piedi «antichi» soltanto lo spondeo, il trocheo, il giambo, l'anapesto, il dattilo e la cesura, io mi impegno a scandire *correttamente* qualsiasi verso di Orazio, o qualsiasi vero verso che l'umana capacità di escogitazione possa concepire, e questo eccesso di piedi chimerici è il meno che possa provenire da una tale supererogazione scolastica. *Ex uno disce omnia*. Il fatto è che la *Quantità* è qualcosa per la cui investigazione si può fare a meno della cianfrusaglia offerta dalla pura dottrina. Il suo apprezzamento è universale. Non appartiene in particolare a nessuna regione, razza ed età. I greci ascoltavano melodia e armonia con orecchi esattamente simili a quelli che noi adoperiamo per il medesimo scopo; e io non subirei nessuna condanna per eresia se affermassi che un

[3] Vescovo-poeta americano (1818-1896), autore di *Christian Ballads* (1840) (*N.d.T.*).
[4] Con allusione al celebre episodio dei «montoni di Panurgo», nel libro IV del *Gargantua et Pantagruel* di Rabelais (*N.d.T.*).

pendolo ad Atene avrebbe vibrato in modo molto simile a quello in cui vibra un pendolo nella città di Penn [5].

Il *verso* trae origine dall'umano senso di godimento per l'*uguaglianza*, per l'appropriatezza. E a questo stesso godimento sono da riportare tutte le caratteristiche del verso – ritmo, metro, stanza, rima, allitterazione, ritornello e altri analoghi effetti. Poiché ci sono lettori che confondono di solito ritmo e metro, sarà bene dire qui che il primo riguarda il *carattere* dei piedi (cioè l'ordine delle sillabe) mentre il secondo ne considera il numero. Così, per «*ritmo* dattilico» intendiamo una serie di dattili, e per «*esametro* dattilico» un verso formato da sei di questi piedi.

Ma torniamo all'*uguaglianza*. Questa idea comprende quelle di somiglianza, proporzione, identità, ripetizione e appropriatezza. Potrebbe anche non essere affatto difficile esaminare l'idea di uguaglianza e mostrare come e perché l'umana natura trovi in essa un suo godimento; ma tale indagine sarebbe, per il fine che qui ci proponiamo, un sovrappiù. È sufficiente che sia innegabile il *fatto* – il fatto che l'uomo trovi godimento nella percezione dell'uguaglianza. Esaminiamo un cristallo. Siamo subito interessati dall'uguaglianza fra i lati e fra gli angoli di una delle sue facce: ci piace l'uguaglianza dei lati, e quella degli angoli rende doppio il piacere. Se ci volgiamo poi a guardare una seconda faccia del tutto simile alla prima, questo piacere sembra elevarsi al quadrato; passando ad una terza, sembra persino elevarsi al cubo, e così via. Non dubito infatti che, se si potesse misurarlo, si troverebbe che il piacere ha esattamente le proporzioni matematiche da me suggerite; cioè, fino a un certo punto: oltre al quale si avrebbe una diminuzione in proporzioni simili.

La percezione di piacere nell'uguaglianza dei *suoni* è il principio della *Musica*. Gli orecchi inesperti riescono ad apprezzare solamente uguaglianze semplici, quali si trovano nelle arie delle ballate. Nel raffrontare un singolo suono con un altro essi sono troppo impegnati per essere capaci di raffrontare l'uguaglianza che vi è fra questi due singoli suoni, presi insieme, e altri due simili, ugualmente presi insieme. Gli orecchi esperti, invece, sanno apprezzare entrambe le uguaglianze nello stesso istante – benché sia assurdo supporre che siano entrambe udite nello stesso istante. Una è udita e apprezzata direttamente; l'altra è udita con la memoria. E il primo istante è assimilato e confuso nel secondo, in un unico apprezzamento. In tal modo, il gusto musicale altamente coltivato non solo gode di queste doppie uguaglianze, apprezzate nello stesso istante, ma, per mezzo della memoria, percepisce con piacere quelle uguaglianze i cui membri cadono a intervalli così grandi che il gusto non coltivato non riesce neanche a coglierli. Che quest'ultimo possa poi convenientemente stimare o valutare quella che è chiamata musica *scientifica*, è naturalmente impossibile. Ma la musica *scientifica* non ha alcun diritto a un'intrinseca eccellenza – essa è adatta soltanto agli orecchi «scientifici». Nei suoi eccessi essa segna il trionfo del lato *fisico* sullo *spirito* della musica. Il sentimento è sopraffatto dal senso. Tutto sommato, i sostenitori di una melodia e armonia più semplici hanno decisamente ragione; benché su questo soggetto siano state addotte poche vere argomentazioni.

Nel *verso*, che non può essere meglio definito che come una *musica* inferiore o meno efficace, ci sono, per fortuna, scarse possibilità di perplessità. Neppure la Scienza e neanche la Pedanteria possono guastare di

[5] Filadelfia, la capitale della Pennsylvania (*N.d.T.*).

molto il suo carattere rigorosamente semplice. I rudimenti del verso possono, forse, essere trovati nello *spondeo*. Il primo germe di un pensiero che si senta soddisfatto dell'uguaglianza del suono dovrebbe essere, appunto, nella strutturazione di parole di due sillabe, ugualmente accentate. A rafforzare questa idea, sta il fatto che gli spondei abbondano massimamente nelle lingue più antiche. Possiamo facilmente supporre che il secondo passo sia stato quello della comparazione, vale a dire dell'unione di due spondei – di due parole cioè, composte ciascuna da uno spondeo. Il terzo passo si sarebbe prodotto con la giustapposizione di tre di queste parole. A questo punto la sensazione di monotonia avrebbe indotto a un'ulteriore considerazione: e così sarebbe nato ciò che Leigh Hunt[6] s'affanna ad esaminare sotto il titolo: *Il principio della varietà nell'uniformità*. Naturalmente non c'è alcun principio in tale tesi – né ve ne è uno nel sostenerla. Il principio è la «Uniformità»; la «Varietà» è solo la naturale salvaguardia del principio di autodistruzione di se stessi. «Uniformità» è, inoltre, proprio la parola peggiore che si poteva scegliere per esprimere l'idea *generale* alla quale essa mira.

Avendo dunque la percezione di monotonia portato al tentativo di trovarvi un qualche mitigamento, il primo pensiero in tale nuova direzione sarebbe stato quello di riunire due o più parole formate ciascuna di due sillabe differentemente accentate (vale a dire, di una breve e di una lunga), ma aventi lo stesso ordine in ogni parola, – in altri termini, di riunire due o più giambi, o due e più trochei. E qui consentite che m'interrompa per dire che sono state scritte più pietose sciocchezze sull'argomento delle sillabe *lunghe* e *brevi* che su qualsiasi altro argomento al mondo. In generale, una sillaba è lunga o breve secondo che sia di più difficile o di facile enunciazione. Le sillabe *naturalmente* lunghe sono quelle fitte di consonanti – le sillabe *naturalmente* brevi quelle che tali non sono; tutto il resto è solo artificio e gergo. Nelle prosodie latine si trova la regola che stabilisce che «una vocale davanti a due consonanti è lunga». Questa regola è dedotta dall'autorità – cioè, dall'osservazione che nei poemi antichi le vocali così collocate sono sempre, per le leggi della scansione, in sillabe lunghe. La filosofia della regola resta valida e sta semplicemente nella difficoltà fisica di dar voce a tali sillabe – di compiere, cioè, con la lingua, i movimenti necessari a pronunciarle. Naturalmente, non è la *vocale* che è lunga (benché la regola dica così), ma la sillaba di cui la vocale fa parte. Si noterà che la lunghezza di una sillaba, dipendendo dalla sua facilità o difficoltà di enunciazione, deve avere grandi variazioni nelle diverse sillabe; ma ai fini del verso noi supponiamo una sillaba lunga uguale a due brevi: – e nella lettura correggiamo le naturali deviazioni da tale principio relativo. Quanto più strettamente le sillabe lunghe si pongono in tale rapporto con le brevi, tanto migliore, *ceteris paribus*, sarà il verso: ma se il rapporto non esiste per se stesso, noi ci sforziamo di crearlo con l'enfasi, che può, naturalmente, rendere ogni sillaba lunga quanto si vuole: – o, con un piccolo sforzo, possiamo pronunciare con innaturale brevità una sillaba che è per sua natura troppo lunga. Le sillabe *accentate* sono naturalmente sempre lunghe – ma, quando non sono fitte di consonanti, devono essere classificate fra le *innaturalmente* lunghe. L'abitudine ci ha insegnato ad accentarle – vale a dire, a indugiare su di esse; ma nessuna invalicabile difficoltà di pronuncia ci obbliga a farlo. Infine, ogni sillaba lunga deve

[6] Scrittore e critico inglese (1784-1859), direttore dell'influente *The Examiner* (*N.d.T.*).

occupare spontaneamente, o deve essere *costretta* ad occupare, nella pronuncia, precisamente il tempo richiesto per due sillabe brevi. L'unica eccezione a questa regola si ha nella cesura – di cui dirò di più fra poco.

Il successo dell'esperimento con i trochei o i giambi (l'uno avrebbe suggerito l'altro) deve aver portato ad altri tentativi con i dattili o gli anapesti – dattili o anapesti naturali – *parole* dattiliche o anapestiche. E così un certo grado di complessità è stato ormai raggiunto. Sarà da apprezzare anzitutto, l'uguaglianza fra i diversi dattili, o anapesti, e, in secondo luogo, quella fra la sillaba lunga e le due brevi. Ma qui si potrebbe dire che poi si è proseguito così di passo in passo, continuando questa *routine*, finché l'utilizzazione di tutti i piedi delle prosodie greche non fu esaurita. Tuttavia, non è così, giacché questi altri piedi non esistono che nel cervello degli scoliasti. Non c'è alcun bisogno di immaginare uomini che inventano cose del genere, ed è follia spiegare come e perché le inventarono, finché non si sia dimostrato che esse furono veramente inventate. Ogni altro «piede» oltre quelli che ho specificato è, se non impossibile, una semplice combinazione di questi altri; e benché questa affermazione sia rigorosamente vera, ad evitare fraintendimenti la esporrò, ora, in forma alquanto diversa. Dirò, quindi, che al presente non sono a conoscenza di alcun *ritmo* – né credo se ne possa costruire alcuno – che, in ultima analisi, non si mostri interamente costituito dei piedi che ho nominato; o esistenti nella loro peculiare e ovvia condizione, o intrecciati tra loro secondo semplici leggi naturali che cercherò di esporre in seguito.

Siamo così arrivati ad immaginare uomini che costruiscono serie illimitate di parole spondaiche, giambiche, trocaiche, dattiliche o anapestiche. *Nell'estendere* tali serie, essi sarebbero stati poi arrestati dalla percezione della monotonia. Una successione di spondei sarebbe stata *immediatamente* sgradita; una di giambi e trochei, date le variazioni incluse nei piedi stessi, avrebbe cominciato ad esserlo dopo un tempo maggiore, e una di dattili e anapesti, dopo un tempo ancora maggiore; ma persino l'ultima, se molto estesa, deve aver finito per non piacere. Sarebbe così sorta subito l'idea, prima, di accorciare, e poi, di precisare la lunghezza di una serie. Ed ecco nascere così la *riga*, cioè il verso in senso proprio [7]. Se si pone sempre a fondamento dell'intero processo il principio di uguaglianza, naturalmente i versi sarebbero stati costruiti, in un primo momento, uguali nel numero dei piedi; in un secondo, ci sarebbe stata una variazione nel semplice numero: un verso sarebbe stato lungo il doppio di un altro; quindi uno sarebbe stato in modo meno evidente multiplo dell'altro; infine, sarebbero state adottate proporzioni ancora meno perspicue; – tuttavia ci sarebbe stata sempre *proporzione*, cioè, una condizione di uguaglianza.

Una volta introdotti i versi, la necessità di definirli in modo distinto all'orecchio (non esistendo ancora il verso scritto) avrebbe condotto a un esame delle possibilità delle loro sillabe finali, e così sarebbe nata l'idea di uguaglianza nel suono delle sillabe finali – in altre parole, della *rima*. Dapprima questa sarebbe stata usata solamente nei ritmi giambici, anapestici e spondaici), a meno che questi ultimi non fossero già stati messi da

[7] Il verso, dal latino *vertere*, girare, è così chiamato in ragione del giro o ripresa della serie dei piedi. Così un verso è, propriamente, una *riga*. Tuttavia ho preferito usare in tale senso solo la seconda parola, prendendo la prima nell'ampia accezione che le ho dato all'inizio di questo scritto (*N.d.A.*).

parte prima, a causa appunto della loro monotonia), perché in questi ritmi la sillaba conclusiva, essendo lunga, avrebbe meglio sostenuto il necessario protrarsi della voce. Non sarebbe passato tuttavia molto tempo che l'effetto riscontrato, sia piacevole che utile, sarebbe stato applicato anche agli altri due ritmi. Ma poiché il fulcro della rima deve essere nella sillaba accentata, il tentativo di creare rima nei due ritmi restanti, il trocaico e il dattilico, avrebbe portato necessariamente a rime doppie e triple, come, per es., *beauty* con *duty* (trochei) e *beautiful* con *dutiful* (dattili).

Va osservato, che, suggerendo questi sviluppi, io non indico per essi alcuna data, né insisto sul loro ordine. Si può supporre che la rima sia di origine più moderna: anche se questo fosse provato, le mie affermazioni non ne resterebbero scosse. Posso dire tuttavia, di passaggio, che parecchi esempi di rima si trovano nelle *Nuvole* di Aristofane, e talvolta anche nei poeti romani. C'è anzi un antico ed efficace genere di rima che non è mai passato ai moderni: la rima fra l'ultima e la penultima sillaba. Per esempio:

> Parturiunt montes; nascetur ridi*culus mus*.

E ancora:

> Litoreis ingens inventa sub ilici*bus sus*.

Le chiuse del verso ebraico (per quanto si può capire) non mostrano alcun segno di rima; ma può una persona ragionevole dubitare che essa esistesse di fatto? Che gli uomini abbiano poi così ostinatamente e ciecamente insistito, *in generale*, finanche ai giorni nostri, nel confinare la rima alla fine dei versi, quando il suo effetto sarebbe anche meglio applicabile altrove, sottolinea, a mio parere, il senso di una *necessità* nella connessione della chiusa con la rima, – suggerisce come l'origine della rima stia proprio in una *necessità* che univa la rima stessa con la fine del verso – mostra che il rapporto non ebbe origine né per semplice caso né per pura fantasia: – indica, insomma, proprio la necessità che io ho suggerito (quella di un qualche modo di definire i versi all'orecchio) come la vera origine della rima. E se si ammette questo, si spinge l'origine della rima molto lontano nella notte dei tempi: ben oltre l'origine del verso scritto.

Ma riassumiamo. La complessità che ora ho supposto infine raggiunta è ben considerevole. Vari modi e sistemi di «uguagliamento» sono apprezzati nello stesso tempo (o quasi) nei loro rispettivi valori e nel valore di ciascun sistema in riferimento a tutti gli altri. Come punto massimo di complessità, siamo arrivati a versi di dattili naturali con tre rime, che hanno un loro rapporto di proporzione e di uguaglianza con altri versi di dattili naturali, anch'essi con tre rime. Per esempio:

> Virginal Lilian, rigidly, humblily dutiful;
> Saintlily, lowlily,
> Thrillingly, holily
> Beautiful!

Qui possiamo apprezzare, in primo luogo, l'assoluta uguaglianza fra la sillaba lunga di ciascun dattilo e le due brevi; in secondo luogo, l'assoluta uguaglianza di ciascun dattilo con ogni altro – in altri termini, l'uguaglianza di tutti i dattili; terzo, l'assoluta uguaglianza fra i due versi al centro; quarto, l'assoluta uguaglianza fra il primo e gli altri tre presi insieme; quinto, l'assoluta uguaglianza fra le due ultime sillabe delle parole corrispondenti («dutiful» e «beautiful»); sesto, l'assoluta uguaglianza fra le due ultime sillabe delle parole corrispondenti («lowlily» e «holily»); settimo, l'uguaglianza approssimativa fra la prima sillaba di «lowlily» e la prima di «holily»; ottavo, l'uguaglianza proporzionale (di cinque a uno) fra il primo verso e ognuno dei suoi membri, i dattili; nono, l'uguaglianza proporzionale (di due a uno) fra ciascuno dei versi al centro e i suoi membri, i dattili; decimo, l'uguaglianza proporzionale fra il primo verso e ciascuno dei due al centro – di cinque a due; undicesimo, l'uguaglianza proporzionale fra il primo e l'ultimo verso – di cinque a uno; dodicesimo, l'uguaglianza proporzionale fra ciascuno dei versi al centro e l'ultimo – di due a uno; infine, l'uguaglianza proporzionale, per quanto riguarda il numero, fra tutti i versi presi insieme e ogni singolo verso – di quattro a uno.

La considerazione di quest'ultima uguaglianza avrebbe fatto nascere immediatamente l'idea della *stanza* [8] – cioè, della disposizione dei versi in masse uguali o evidentemente proporzionali –. Nella sua forma primitiva (che fu anche la migliore), la stanza avrebbe avuto, molto probabilmente, una sua assoluta unità. In altri termini, la rimozione di uno solo dei suoi versi l'avrebbe resa imperfetta; come nel caso sopra riportato, in cui se si togliesse, per esempio, l'ultimo verso, si lascerebbe senza più rima il «dutiful» della prima. La stanza moderna è eccessivamente libera – e, quando ciò accade, inevitabilmente inefficace.

Ora, benché sembri che in questa mia sistemazione dei vari sistemi di uguaglianza vi sia un'infinita complessità – tanto che è difficile pensare che la mente possa di tutte aver cognizione nel breve periodo che s'impiega per la lettura o la recitazione di una stanza –, tuttavia, di fatto, le difficoltà appaiono soltanto quando siamo noi a volerle. Chiunque sia appassionato di esperimenti mentali può soddisfare la propria curiosità con la prova che, mentre ascolta dei versi, egli in realtà (benché in maniera all'apparenza inconscia, a causa del rapido succedersi delle sensazioni) riconosce ed apprezza immediatamente (più o meno intensamente secondo che il suo orecchio sia più o meno esercitato) ognuna delle singole uguaglianze da me specificate e tutte insieme le uguaglianze. Il piacere ricevuto o che si può ricevere ha quel progressivo aumento (e quasi in quelle stesse proporzioni matematiche) che io ho suggerito nel caso del cristallo.

Si sarà osservato che io parlo di una uguaglianza semplicemente approssimativa fra la prima sillaba di «dutiful» e la prima di «beautiful»; e qualcuno potrebbe chiedere perché non possiamo immaginare che le primitive rime abbiano avuto una uguaglianza di suono assoluta anziché approssimativa. Ma l'assoluta uguaglianza avrebbe comportato l'uso di parole identiche; ed è appunto l'identità ripetuta o monotonia – sia quella del senso che quella del suono – che avrebbe causato il rifiuto istantaneo di queste rime.

La ristrettezza dei limiti entro i quali un verso che sia composto soltanto di piedi naturali deve necessariamente essere stato confinato, avrebbe portato, dopo un *brevissimo* intervallo, a sperimentare e ad adottare, immediatamente, dei piedi artificiali – vale a dire, dei piedi non costituiti ciascuno di una singola parola, ma di due o anche di tre parole, o di parti di parole. Tali piedi sarebbero stati mischiati con quelli naturali. Per esempio:

[8] La stanza è spesso, volgarmente e con grossolana improprietà, chiamata *verso* (*N.d.A.*).

ă brēath | căn māke | thĕm ăs | ă brēath | hăs māde.

Questo è un verso giambico nel quale ogni giambo è formato di due parole. Ancora:

Thĕ ūn | ĭmā | gĭnā | blĕ mīght | ŏf Jōve.

Questo è un verso giambico nel quale il primo piede è formato di una parola e di parte di un'altra parola; il secondo e il terzo, di parti prese dal corpo o dall'interno di una parola; il quarto, di una parte e di una parola intera; il quinto, di due parole intere. Non vi è in nessuno dei due versi alcun piede *naturale*. Ancora:

Cān ĭt bĕ | fānciĕd thăt | Dēĭty | ēvĕr vĭn | dīctĭvely
Māde ĭn hĭs | īmăge ă | mānnĭkĭn | mērely tŏ | māddĕn ĭt?

Questi sono due versi dattilici nei quali troviamo piedi naturali («Deity», «mannikin»), piedi composti di due parole («fancied that», «image a», «merely to», «madden it»), piedi composti di tre parole («can it be», «made in his»), un piede composto di parte di una parola («dictively») e uno composto di una parola e di parte di una parola («ever vin»).

E ora, con lo svolgimento che abbiamo supposto, siamo andati così lontano da esaurire tutte le caratteristiche *essenziali* del verso. Ciò che segue può, rigorosamente parlando, essere considerato un semplice abbellimento: – ma anche in questo abbellimento, sarebbe stato, l'elementare senso dell'*uguaglianza* a dare l'incessante impulso. Per esempio, mentre semplicemente cercavano un ulteriore assestamento in tal senso, gli uomini, col tempo, sarebbero arrivati a pensare al *refrain*, o ritornello, in cui si ripete, alla chiusa delle diverse stanze di una poesia, la stessa parola o frase; e l'*allitterazione*, che nelle sue forme più semplici è la *ripetizione* di una stessa consonante all'inizio di varie parole. Questo effetto sarebbe quindi stato esteso, così da inglobare ripetizioni sia di vocali che di consonanti, sia nel corpo che all'inizio delle parole; e, in un periodo successivo, avrebbe invaso il territorio stesso della rima, attraverso l'introduzione di una generale somiglianza di suono fra interi piedi compresi nel corpo di un verso: – tutte modifiche che ho esemplificato col verso che ho citato sopra:

*M*ade in his *im*age a *mannikin m*erely to *madden it*.

Un ulteriore progresso avrebbe perfezionato anche il *refrain*, attenuandone la monotonia col variare leggermente la frase ad ogni ripetizione, o (come io stesso ho tentato di fare nel *Corvo*) [9] col mantenere la frase variandone l'applicazione – benché in quest'ultimo caso non si abbia *esclusivamente* un effetto ritmico. Alla fine i poeti, stanchi di seguire l'esempio – e di seguirlo tanto più rigorosamente quanto meno lo vedevano accompagnato dalla Ragione – si sarebbero avventurati così oltre da usare la rima anche in altri punti anziché solo alla fine dei versi. Dapprima l'avrebbero posta nel mezzo di un verso; poi in qualche punto dove la ripetizione sarebbe stata meno scontata; più tardi ancora, allarmati dalla loro stessa audacia, avrebbero disfatto tutto il loro lavoro tagliando a metà i versi. E

[9] Si veda, per questo, il saggio *Filosofia della composizione* (*N.d.T.*).

qui sta la doviziosa sorgente dell'infinito numero di «metri brevi», che più che dare distinzione alla poesia moderna non fanno altro che deturparla. Si richiederebbe, infatti, in chi compone dei versi, un ben alto grado sia di perfezione che di coraggio perché egli si mostrasse capace di collocare le sue rime – e lasciarle lì ferme – nella loro posizione indiscutibilmente migliore, quella, cioè, di non usuali e *non previsti* intervalli.

A causa dell'insipienza di alcune persone, o (se attitudine è una parola conveniente) a causa della loro attitudine a fraintendere – penso necessario aggiungere qui qualcosa: primo, che io credo che gli «sviluppi» di cui ho sopra accennato siano più o meno, se non esattamente, quelli che *ebbero luogo* nel graduale crearsi di ciò che ora chiamiamo verso; secondo: che, benché sia convinto di questo, non considero né i fatti da me presunti, né la mia fede in essi, parte integrante delle sostanziali proposte di questo saggio; terzo, che ai fini di questo saggio non ha alcuna importanza se i suddetti sviluppi ebbero luogo o no nell'ordine che ho loro assegnato, o se non vi furono affatto: poiché, nel fornire uno schema generale di ciò che essi *potrebbero* essere stati, e a cui *devono* aver rassomigliato, il mio intendimento era semplicemente quello di aiutare le «persone» di cui ho parlato a intendere più agevolmente ciò che ho, del resto, ancora da dire sull'argomento del Verso.

C'è un punto che, nel riassumere tali sviluppi ho voluto di proposito tralasciare, poiché questo punto, essendo il più importante di tutti, a causa degli innumerevoli errori che di solito si commettono nell'esaminarlo, mi avrebbe portato a trattare di tutta una serie di dettagli non del tutto convenienti ai fini di una sintesi.

Ogni lettore di poesia avrà certo osservato come accada raramente che anche un solo verso proceda uniformemente con una successione di piedi assolutamente uguali, come io ho ipotizzato; cioè, con una successione o di soli giambi, o di soli trochei, o dattili, o anapesti o spondei. Anche nei versi più musicali troviamo che la successione s'interrompe. I pentametri giambici di Pope, per esempio, si mostreranno all'esame frequentemente [10] variati da trochei all'inizio, o (come sembra) da anapesti nel corpo del verso:

Ŏh thoū whătē | vĕr tī | tlĕ plēase | thĭne ēar |
Dĕan Drā | pĭĕr Bīck | ĕrstāff | ŏr Gūl | ĭvēr |
Whēthĕr | thŏu choōse | Cĕrvān | tĕs' sē | rĭoŭs aīr |
Ŏr laūgh | ănd shāke | ĭn Rāb | ĕlăis' ēạ | sy chāir. |

Se qualcuno fosse così sprovveduto da ricorrere alle prosodie per la soluzione di questa difficoltà, la troverebbe *risolta*, come al solito, in una *regola*, che stabilisce il fatto (o ciò che la regola suppone che sia il fatto), ma senza il minimo tentativo di farne un'analisi *ragionata*. «Con la *sineresi* delle due sillabe brevi», insegnano i libri, «un anapesto può talvolta trovarsi al posto di un giambo, o un dattilo, di un trocheo... All'inizio di un verso un trocheo è spesso usato al posto di un giambo.»

In più chiaro linguaggio, *sineresi* sta per *fusione* – ma *non* ci dovrebbe essere alcuna fusione; né *mai* si usa un anapesto al posto di un giambo, o un dattilo al posto di un trocheo. Questi piedi differiscono per il tempo; e *mai* piedi che differiscono in tal modo potrebbero essere legittimamente

[10] Alexander Pope (1688-1744), il celebre poeta neoclassico inglese (*N.d.T.*).

usati nello stesso verso. Un anapesto è uguale a quattro sillabe brevi – un giambo, invece, a tre soltanto. Dattili e trochei sono in identico rapporto. Il principio di *uguaglianza* nel verso ammette, è vero, delle variazioni in certi punti, per attenuare la monotonia, come ho già indicato, ma è il *tempo* che, essendo fondamentale, non può e non deve *mai* essere, assolutamente, manomesso.

Per chiarire, diremo che, in ulteriori sforzi per attenuare la monotonia, oltre quelli ai quali mi sono già riferito, gli uomini videro presto che non c'era alcuna assoluta necessità di attenersi all'esatto numero delle sillabe, una volta che il tempo richiesto per l'intero piede fosse mantenuto intatto. Essi videro, per esempio, che in un verso come

ŏr laūgh | ănd shāke | ĭn Rāb | ĕlăis' ēa | sy chāir, |

il pareggiamento delle tre sillabe *elais' ea* con le due sillabe che compongono ciascuno degli altri piedi, poteva essere facilmente effettuato pronunciando le due sillabe *elais'* con un tempo doppiamente veloce. Pronunciando ciascuna delle due sillabe *e* e *lais'* con una rapidità doppia rispetto a quella impiegata per la sillaba *sy*, o per la sillaba *in*, o per qualsiasi altra sillaba, essi potevano portarle, prese insieme, alla lunghezza, cioè al tempo, di ogni sillaba breve. Tale considerazione li rese capaci di realizzare la gradevole variazione di tre sillabe in luogo delle due uniformi. E l'obiettivo fu la variazione: variazione all'orecchio. Allora, ha senso supporre che questo obiettivo sia annullato dalla *fusione* delle sue sillabe così da renderle, in effetti, una sola. Naturalmente, non dovrebbe trattarsi di vera fusione. Ogni sillaba deve essere pronunciata il più distintamente possibile (altrimenti la variazione si perde), ma con una rapidità doppia rispetto a quella con cui è enunciata la sillaba ordinaria. È evidente che le sillabe *elais' ea* non compongono un *anapesto* e i segni (ă ă ā) della loro accentazione sono sbagliati. Il piede potrebbe essere scritto così (ā ă ă), per esprimere con le mezzelune invertite un tempo doppiamente rapido, e potrebbe essere chiamato un giambo bastardo.

Ecco un verso trocaico:

Sēe thĕ dēlĭcăte | fōotĕd | rēin-deĕr. |

Le prosodie – quelle più serie, almeno – affermerebbero qui che *delicate* è un dattilo usato al posto di un trocheo, e, a giustificazione, si richiamerebbero a quella che esse chiamano la loro «regola». Altre, variando la balordaggine, insisterebbero per un degno aggiustamento da letto di Procuste: *del'cate*: un aggiustamento raccomandato per tutte le parole come *silvery*,, *murmuring*, ecc. che, si dice, dovrebbero essere non solo pronunciate ma anche scritte *silv'ry*, *murm'ring*, e così via, ogni volta che si trovano in trocaiche difficoltà. Io devo dire che «delicate», così come sopra considerato, non è né un dattilo né è equivalente a un dattilo; e suggerirei per esso questa l'accentuazione: ā ă ă. Penso sia bene chiamarla un trocheo bastardo; e che tutte le parole, in ogni modo, dovrebbero essere scritte e pronunciate *per intero*, e, quanto più è possibile, secondo la loro propria natura.

Circa undici anni fa apparve nell'*American Monthly Magazine* (allora diretto credo, da Hoffman e Benjamin) una recensione delle poesie di

Willis [11], e l'autore esibiva la sua valentia, o debolezza, nello sforzo di dimostrare che il poeta era o assurdamente affettato o grossolanamente ignorante delle leggi del verso; e l'accusa era tutta fondata sul fatto che Willis aveva fatto uso occasionale proprio di questa parola «delicate», e di altre simili nella «*misura eroica*, che, come tutti sanno, si compone di piedi di due sillabe». Willis ha spesso, per esempio, versi come questi:

That binds him to a woman's *delicate* love –
In the gay sunshine, *reverent* in the storm –
With its *invisible* fingers my loose hair.

Qui, naturalmente, i piedi *licate love*, *verent in*, e *sible fin* sono giambi bastardi; non sono anapesti; e non sono usati in modo improprio. Al contrario, il loro uso da parte di Willis è soltanto uno degli innumerevoli esempi che egli ha dato di acuta sensibilità in tutte quelle questioni di gusto che si potrebbero classificare sotto il titolo generale di *abbellimenti fantasiosi*.

È, allo stesso modo, circa undici anni fa, se non vado errato, che l'inglese Horne [12], l'autore di *Orion*, uno dei più nobili poemi epici in ogni lingua, pensò necessaria di scrivere per il suo *Chaucer modernizzato* una lunghissima e chiaramente molto elaborata prefazione, la maggior parte della quale si occupava dell'esame del piede apparentemente anomalo di cui abbiamo parlato. Horne approva Chaucer per il frequente uso che ne fa, sostenendo che egli è superiore, proprio *in ragione* di questo, a tutti i verseggiatori inglesi; e, respingendo con sdegno la diffusa idea di quelli che costruiscono i versi sulle dita e che la sillaba superflua sia una grossonalità ed un errore, con molto spirito di cavalleria si batte poi in sua difesa ritenendola una «grazia». Non vi è alcun dubbio ch'essa *sia* una grazia; e ciò che mi spiace è che l'autore del poema lungo più felicemente verseggiato che esista si sia trovato nella necessità di discutere questa grazia semplicemente come una grazia, in quaranta o cinquanta pagine malsicure soltanto a causa della sua incapacità a dimostrare *come* e *perché* essa sia una grazia: in tal modo la questione sarebbe stata chiusa in un batter d'occhio.

Sul trocheo usato al posto di un giambo, come vediamo all'inizio di questo verso,

Whēthĕr thou choose Cervantes' serious air,

non c'è necessità di dire molto. Esso conduce alla tesi che in tutti i ritmi i piedi prevalenti o distintivi possono essere variati a volontà, e quasi a caso, con *l'occasionale* introduzione di piedi equivalenti – cioè, di piedi nei quali la somma dei tempi sillabici sia uguale alla somma dei tempi sillabici dei piedi distintivi. Così il trocheo *whēthĕr* è uguale, nella somma dei tempi delle due sillabe, al giambo *thŏu chōose*, nella somma dei tempi delle due sillabe, essendo ciascun piede, nel tempo, uguale a tre sillabe brevi. I buoni verseggiatori che siano anche buoni poeti, si sforzano di attenuare la monotonia di una serie di piedi usando piedi equivalenti soltanto a rari intervalli, e in quei punti del loro argomento che sembrano accordarsi con il carattere *inaspettato* della variazione. Non si vede affatto una tale atten-

[11] Nathaniel Parker Willis (1806-1867), poeta americano molto noto nel suo tempo (*N.d.T.*).
[12] Richard Henry Horne (1803-1884). *Orion* fu pubblicato nel 1843.

zione nel verso sopra citato: benché Pope abbia alcuni ottimi esempi di effetto duplicato. Quanto alla veemenza, se essa deve essere espressa con energia, non sono sicuro che si sbaglierebbe usando *due consecutivi* piedi equivalenti – benché non possa dire di aver mai visto attuato un tale uso, fatta eccezione per il seguente passo, che sta in *Al Aaraaf*, un poema fanciullesco, che io stesso scrissi quando ero poco più che ragazzo. Descrivo ad un certo punto l'improvviso e rapido apparire di una stella:

Dim was its little disk, and angel eyes
Alone could see the phantom in the skies,
Whĕn fīrst thĕ phāntŏm's cōurse wăs foūnd tŏ bē
***Hēadlŏng hīthĕr*ward o'er the starry sea.**

Nel «proposito generale», di cui sopra, parlo di un'*occasionale* introduzione di piedi equivalenti. Accade talvolta che dei verseggiatori inabili, senza sapere ciò che fanno, o perché lo fanno, introducano un tale numero di «variazioni» da superare quello dei piedi «distintivi»; e allora l'orecchio è subito contrariato dal *buoleversement* del ritmo. Troppi trochei, per esempio, inseriti in un ritmogiambico, lo convertirebbero in trocaico. Voglio rilevare qui che, in ogni caso, il ritmo stabilito dovrebbe essere iniziato e continuato *senza* variazioni, finché l'orecchio abbia avuto tutto il tempo di comprendere di quale ritmo si tratti. In violazione di una regola così evidentemente fondata sul senso comune, molti dei nostri poeti, perfino i migliori, non si fanno scrupolo di cominciare un ritmo giambico con un trocheo, o viceversa; o un ritmo dattilico con un anapesto, o viceversa; e così via.

Un errore alquanto meno riprovevole, ma tuttavia evidente, è quello di cominciare un ritmo non con un piede diverso ed equivalente, ma con un piede «bastardo» del ritmo stabilito. Per esempio:

Māny ă | thōught wīll | cōme tŏ | mēmŏry. |

Qui *many* è ciò che io ho spiegato essere un trocheo bastardo, e per essere bene inteso dovrebbe venire accentato con mezzelune invertite. Esso va respinto solamente a causa della sua posizione di piede d'*apertura* di un ritmo trocaico. *Memory*, accentato allo stesso modo, è anch'esso un trocheo bastardo ma *non* riprovevole, benché in nessun modo richiesto.

Un'ulteriore illustrazione di questo punto mi permetterà di fare un altro importante passo avanti.

Uno dei migliori poeti, Christopher Pease Cranch [13], comincia così una sua bellissima poesia:

Many are the thoughts that come to me
 In my lonely musing;
And they drift so strange and swift
 There's no time for choosing
Which to follow; for to leave
 Any, seems a losing.

«Una perdita» (*a losing*) per Cranch, naturalmente – ma questo *en passant*. Qui l'intenzione è trocaica, benché questo non sia visibile, come dovrebbe, dal piede iniziale, – o magari dal verso d'apertura. Leggendo

[13] Poeta americano, associato al gruppo dei trascendentalisti (1813-1892) (*N.d.T.*).

l'intera stanza, tuttavia, avvertiamo il ritmo trocaico come schema generale; e perciò, dopo qualche riflessione, dividiamo così il primo verso:

Many are the | thōughts thăt | cōme tŏ | mē. |

Così scandito, il verso sembrerà musicale. E infatti lo è – e molto. Ed è perché non c'è fine agli esempi proprio di tali versi di musicalità apparentemente incomprensibile, che Coleridge pensò giusto costruire quel suo assurdo *sistema* ch'egli chiama «scansione per accenti» – come se «scansione per accenti» fosse qualcosa di più di una frase. Là dove *Christabel* è veramente *non aspra* può essere scandita secondo le vere *leggi* (non secondo le supposte *regole*) del verso così agevolmente come il più semplice pentametro di Pope; e dove è irregolare (*passim*), queste stesse leggi metteranno in grado ogni persona di buon senso di mostrare *perché* è irregolare e di indicare, istantaneamente, il rimedio per le irregolarità stesse.

A legge e rilegge un certo verso e lo dichiara sbagliato nel ritmo – non musicale. *B*, tuttavia, lo legge ad *A* e *A* è subito colpito dalla perfezione del ritmo e si meraviglia della sua ottusità nel non averlo «afferrato» prima. Dopo di che ammette che il verso è musicale. *B*, trionfante, asserisce che, certo, il verso è musicale – perché è opera di Coleridge, e che è *A* che *non* è musicale, stando l'errore nella sua lettura sbagliata. Ora, qui *A* ha ragione e *B* torto. È infatti sbagliato quel ritmo (in un punto o in un altro, con maggiore o minore evidenza) che un *qualsiasi* lettore *possa*, inavvertitamente, leggere impropriamente. È compito del poeta costruire i suoi versi in modo tale che la sua intenzione debba essere *subito* afferrata. Anche quando due uomini intendono una frase esattamente allo stesso modo differiscono, e spesso profondamente, nei modi di enunciarla. Chiunque si sia curato di esaminare l'argomento dell'enfasi (con cui io qui non intendo *l'accento* su particolari sillabe, ma l'indugio su intere parole), deve essersi reso conto che quasi tutti la usano nella maniera più arbitraria. Ci sono, per esempio, molte categorie di persone che persistono nel pronunciare con enfasi i monosillabi. Non c'è uniformità nell'enfasi, perché la cosa stessa – l'idea di enfasi – non è riconducibile a nessuna legge naturale, o almeno a nessuna legge ben afferrabile e perciò uniforme. Al di là di uno strettissimo e vago limite, tutto diventa questione di convenzione. E se vi è differenza nell'enfasi anche quando siamo d'accordo sul significato, si pensi quanto più profondamente si differisce quando non si è d'accordo neanche su questo. In ogni modo, a prescindere anche dalla considerazione di tali differenze, non è chiaro che, correndo di qua e indugiando di là, qualsiasi serie di parole può essere costretta in un qualsivoglia ritmo? Ma dobbiamo dedurre da questo che ogni serie di parole è ritmica, nel significato razionale del termine? Giacché è precisamente a questa deduzione che la *reductio ad absurdum* porterà, infine, tutte le indicazioni di Coleridge. Su cento lettori di *Christabel*, cinquanta non coglieranno un bel nulla del ritmo di quel poemetto, mentre quarantanove dei rimanenti, sia pure con qualche difficoltà, crederanno di averlo compreso, dopo la quarta o la quinta lettura. Il solo fra tutti i cento che lo comprenderà o l'ammirerà a prima vista dovrà essere una persona straordinariamente perspicace: – ed io sono troppo modesto per presumere, anche per un solo istante, d'essere io quella perspicacissima persona.

Per illustrare ciò che qui vengo sostenendo, non posso far di meglio che citare una poesia:

Pease porridge hot-pease porridge cold –
Pease porridge in the pot-nine days old.

Ora, quelli fra i miei lettori che non hanno mai *ascoltato* questa poesia nel modo cantilenante in cui la recita una balia, troveranno il suo ritmo oscuro quanto lo è una nota esplicativa; quelli invece che l'*hanno* ascoltato, la divideranno come segue, la dichiareranno musicale e si stupiranno che vi possa essere qualche dubbio in proposito:

Pease | porridge | hot | pease | porridge | cold |
Pease | porridge | in the | pot | nine | days | old. |

La caratteristica fondamentale in questa specie di ritmo è che esso impone al poeta di viaggiare sempre in compagnia delle sue composizioni, così da essere pronto, all'occorrenza, avvalendosi di una ben conosciuta licenza poetica, che è quella di leggere ad alta voce i propri claudicanti versi.

Nel verso di Cranch,

Many are the | thoughts that | come to | me, |

l'errore generale di cui parlo è, ovviamente, molto parzialmente esemplificato, e lo scopo principale per il quale lo cito sta ancora più avanti in questo nostro discorso.

Le due divisioni, *thoughts that* e *come to*, sono trochei ordinari. Dell'ultima divisione, *me*, parleremo in seguito. La prima divisione, «mány are the», dalle prosodie greche sarebbe accentata così: «māny ăre thĕ», e sarebbe chiamata ἀστρολόγος. I testi latini chiamerebbero il piede *Paeon primus*, e sia gli uni che gli altri, greci e latini, giurerebbero che esso è composto di un trocheo e di ciò ch'essi chiamano un pirrichio – cioè, un piede di due sillabe *brevi*; il che *non può essere*, come subito dimostrerò.

Ma vi è ora un'evidente difficoltà. L'*astrologos*, secondo quanto insegnano le stesse prosodie, è uguale a *cinque* sillabe brevi, e il trocheo a *tre* – eppure, nel verso citato, questi due piedi sono uguali. Essi occupano *esattamente* lo stesso tempo. Infatti, tutta la musica del verso dipende dal far loro impiegare lo stesso tempo. Le prosodie hanno dunque offerto quella dimostrazione che tutti i matematici non sono mai riusciti a ottenere: che tre e cinque siano la stessa cosa.

Dopo ciò che ho già detto circa il trocheo e il giambo bastardi, nessuno può tuttavia avere alcuna difficoltà a capire che *many are the* presenta le stesse caratteristiche. Esso è semplicemente una variazione più audace del solito nella *routine* dei trochei e introduce nel trocheo bastardo una sillaba in più. Ma questa sillaba non è *breve*. Non è breve, nel senso in cui «breve» è applicato alla sillaba finale del trocheo ordinario, là dove la parola significa semplicemente *metà di una lunga*.

In questo caso (della sillaba in più), la «breve», se è usata, deve essere usata nel senso di *un sesto di una lunga*. E tutte e tre le sillabe finali possono essere chiamate brevi soltanto dando al termine lo stesso significato. Tutte e tre insieme sono uguali soltanto a una sillaba *breve* (di cui prendono il posto) del trocheo ordinario. Ne consegue che non c'è alcun senso nell'accentare così (˘) queste sillabe. Dobbiamo escogitare per esse qualche nuova caratteristica che indichi il sesto di una lunga. Prendiamo (‹), la mezzaluna posta con la curva verso sinistra. L'intero piede (māny ăre thĕ) potrebbe essere chiamato un *trocheo veloce*.

Veniamo ora alla divisione finale, (*me*), del verso di Cranch. È chiaro che questo piede, breve come sembra, è del tutto uguale nel tempo a ognuno dei precedenti. Esso è infatti la cesura – il piede che, all'inizio di questo saggio, ho indicato come il più importante in ogni verso. La sua principale funzione è quella di pausa o conclusione; e qui – alla fine di un verso – il suo uso è facile, perché non c'è nessun rischio di fraintenderne il valore. Ci fermeremo su di essa, per un'evidente necessità, giusto il tempo che abbiamo impiegato a pronunciare i piedi precedenti, siano essi giambi, trochei, dattili o anapesti. Essa è perciò un *piede variabile* e, con qualche cura, può essere introdotta nel corpo di un verso, come in una piccola poesia di grande bellezza della Welby[14]:

I have | a lit | tle step | son | of on | ly three | years old. |

Qui indugiamo sulla cesura, *son*, giusto il tempo che impieghiamo a pronunciare i giambi che la precedono e la seguono. Il suo valore in questo verso è perciò di tre sillabe brevi. Nel seguente verso dattilico il suo valore è di quattro sillabe brevi.

Pale as a | lily was | Emily | Gray. |

Ho accentato la cesura con una linea punteggiata (....) allo scopo di esprimere questa variabilità di valore.

Ho poco fa osservato che non può esservi nessun piede di due sillabe brevi. Ciò da cui partiamo, all'inizio di ogni idea sull'argomento del verso, è la quantità, la *lunghezza*. Così, quando pronunciamo una sillaba indipendente, essa è, ovviamente, lunga. Se ne pronunciamo due, indugiando in modo uguale su entrambe, esprimiamo l'uguaglianza nella enumerazione, o lunghezza, e abbiamo diritto a definirle come due sillabe lunghe. Se indugiamo su una più che sull'altra, abbiamo anche il diritto di dire che una è breve, perché è breve in relazione all'altra. Ma se indugiamo su entrambe in modo uguale e con rapidità, dicendo a noi stessi: «qui ci sono due sillabe brevi», qualcuno potrebbe ben porci il quesito: «e in relazione a che cosa sono brevi?». La brevità è soltanto la negazione della lunghezza. Quindi dire che due sillabe, collocate indipendentemente da ogni altra sillaba, sono brevi, significa semplicemente dire che esse non hanno alcuna vera lunghezza: come enunciare, in altri termini, che esse non sono sillabe, che anzi non esistono affatto. E se, continuando, aggiungiamo qualcosa circa la loro uguaglianza, vuol dire che ci stiamo solo imbrogliando nell'idea di una equazione identica, in cui x essendo uguale a x, niente è dimostrato che sia uguale a zero. In breve, non possiamo formarci alcuna idea di un pirrichio come di un piede indipendente. È una pura chimera, nata dalla folle fantasia di qualche pedante.

Da ciò che ho detto circa il pareggiamento dei diversi piedi di un *verso*, non si deve dedurre che esista qualche *necessità* di uguaglianza nel tempo fra i ritmi di *diversi* versi. Una poesia, o persino una stanza, può comin-

[14] Amelia B. C. Welby (1819-1852), autrice di *Poems* (1845) (*N.d.T.*).

ciare con giambi, nel primo verso, e continuare con anapesti nel secondo, o anche con dattili, che s'accordano però meno, come nell'inizio di un graziosissimo esempio offerto da Mary A.S. Aldrich.

The wa | ter li | ly sleeps | in pride | ......
Dōwn ĭn thĕ | dēpths ŏf thĕ | āzūre | lake. |

Qui *azure* è uno spondeo, equivalente a un dattilo; *lake*, una cesura.

Continuerò meglio citando i versi iniziali della *Sposa di Abydos*, di Byron:

Know ye the land where the cypress and myrtle
Are emblems of deeds are that done in their clime –
Where the rage of the vulture, the love of the turtle
Now melt into softness, now madden to crime?
Know ye the land of the cedar and vine,
Where the flowers ever blossom, the beams ever shine,
And the light wings of Zephyr, oppressed with perfume,
Wax faint o'er the gardens of Gul in their bloom?
Where the citron and olive are fairest of fruit
And the voice of the nightingale never is mute;
...
Where the virgins are soft as the roses they twine,
And all save the spirit of man is divine?
'Tis the land of East – 'tis the clime of the Sun –
Can he smile on such deeds as his children have done?
Oh, wild as the accents of lovers' farewell
Are the hearts that they bear and the tales that they tell!

Ora, il flusso di questi versi (i loro tempi) è molto morbido e musicale. Esso è stato spesso ammirato, e giustamente – giacché è raro trovare, nel suo genere, una versificazione che sia migliore. E quando il verso piace all'orecchio, è sciocco stare a rilevarvi degli errori solo perché esso non si presta ad essere scandito. Tuttavia ho udito alcuni, che si professavano persone colte, non farsi scrupolo di criticare questi versi di Byron proprio per la ragione che essi sono musicali a dispetto di *ogni legge*. Altri signori, *non* persone colte, criticavano per lo stesso motivo ogni legge, e non si pensò né da una parte né dall'altra che la legge sulla quale si stava a disputare potesse forse non essere affatto una legge: ma una specie di asino di legge con pelle di leone.

Le Grammatiche dicevano qualcosa sui versi dattilici, e si vide facilmente che *questi* versi erano almeno intesi come dattilici. Perciò il primo fu diviso così:

Knōw yĕ thĕ | lānd whĕre thĕ | cyprĕss ănd | myrtlĕ |

Il piede finale appariva come un mistero; ma le Prosodie dicevano qualcosa sulla «misura» dattilica, richiedendo di tanto in tanto una doppia rima; e il tribunale d'inchiesta fu contento di fermarsi alla doppia rima, senza intendere esattamente che cosa una doppia rima avesse a che fare con la questione di un piede irregolare. Lasciando il primo verso, il secondo fu scandito così:

Arē ĕmblĕms | ōf dĕeds thăt | āre dŏne ĭn | thēir clĭme. |

Si vede subito, però che *questo* non andava, che era in contrasto con l'intera enfasi della lettura. Non si poteva supporre che Byron, o chiunque altro che conservasse l'uso della propria ragione, avesse inteso porre l'accento su monosillabi come «are» e «their», né che «their clime» in corrispondenza con «to crime» nel verso successivo potesse essere piegato in qualcosa che fosse una «doppia rima», così da ricondurre il tutto nelle categorie delle grammatiche. Ma di più le grammatiche stesse non dicevano. Perciò gli inquirenti, nonostante il senso di armonia che intanto avvertivano nei versi quando li consideravano senza alcun riferimento alla scansione, ripiegarono sull'idea che quell'«Are» fosse un errore, – un di più per il quale il poeta doveva essere mandato al diavolo – e, messolo appunto da parte, scandirono così il resto del verso:

—— ēmblĕms ŏf | dēeds thăt ăre | dōne ĭn thĕir | clīme. |

Questo andava bene, ad ogni modo ma le grammatiche non ammettevano un piede di una sola sillaba; e, inoltre, il ritmo era dattilico. Nella disperazione, si esplorano ben bene i libri, e alla fine gli inquirenti ottengono in premio una piena soluzione dell'enigma offerta dall'acuta e profonda «Osservazione» che ho citato all'inizio di questo saggio: – «Quando manca una sillaba, il verso si dice catalettico; quando la misura è esatta, il verso è acatalettico; quando c'è una sillaba in più, diventa ipermetrico». Questo è sufficiente. Si proclama che il verso anomalo è catalettico al principio e ipermetrico alla fine – e così via, e così via; poiché presto si scopre che quasi tutti gli altri versi si trovano in una simile situazione, e che ciò che fluisce così dolcemente all'orecchio, benché si presenti così grosso all'occhio, non è, infine, che una semplice mescolanza di catalettico, acatalettico e ipermetrico – per non dire di peggio.

Ora, se questo tribunale d'inchiesta avesse posseduto anche solo l'ombra di una *filosofia* del Verso, non avrebbe fatto alcuna fatica a riconciliare l'olio e l'acqua dell'occhio e dell'orecchio, semplicemente scandendo il brano senza riferimento ai versi e senza interruzione; in tal modo:

Know ye the | land where the | cypress and | myrtle Are | emblems of | deeds that are | done in their | clime Where the | rage of the | vulture the | love of the | turtle Now | melt into | softness now | madden to | *crime* | Know ye the | land of the | cedar and | vine Where the | flowers ever | blossom the | beams ever | shine Where the | light wings of | Zephyr op | pressed by per | *fume Wax* | faint o'er the | gardens of | Gul in their | bloom Where the | citron and | olive are | fairest of | fruit And the | voice of the | nightingale | never is | mute Where the | virgins are | soft as the | roses they | *twine And* | all save the | spirit of | man is di | vine 'Tis the | land of the | East 'tis the | clime of the | Sun Can he | smile on such | deeds as his | children have | *done Oh* | wild as the | accents of | lovers' fare | well Are the | hearts that they | bear and the | tales that they | *tell.*

Qui, «crime» e «tell» (in corsivo) sono cesure, che hanno ciascuna il valore di un dattilo, quattro sillabe brevi; mentre *fume Wax*, *twine And* e *done Oh* sono spondei, che, naturalmente essendo composti di due sillabe lunghe, sono anche uguali a quattro brevi, e sono il naturale equivalente del dattilo. La precisione dell'orecchio ha condotto Byron a una successione di piedi che, con due minuscole eccezioni per quanto riguarda la melodia, sono assolutamente esatti – avvenimento molto raro, questo, in ritmi dattilici o anapestici. Le eccezioni stanno nello spondeo *twine And* e nel dattilo *smile on such*. Entrambi i piedi sono falsi in quanto a melodia. In *twine and* per tener su il ritmo dobbiamo forzare *And* a una lunghezza che non ha naturalmente. Ci si impone di sacrificare o la lunghezza propria della sillaba, com'è richiesta dalla sua posizione di membro di uno spondeo, o l'abituale accentazione che la parola ha nella conversazione. Non c'è e non dovrebbe esservi alcuna esitazione. Quanto a noi, rinunciamo subito al suono per il senso; e il ritmo è imperfetto. In questo caso, l'imperfezione è leggera; nemmeno una persona su diecimila potrebbe, ad orecchio, avvertire l'inesattezza. Ma la *perfezione* del Verso, per quanto riguarda la melodia, sta nel non richiedere *mai* un sacrificio come quello che qui sarebbe richiesto. Il flusso ritmico deve accordarsi *interamente* con quello della lettura. Questa perfezione non è stata, s'intende, mai raggiunta – ma è indiscutibilmente raggiungibile. *Smile on such*, il dattilo, è scorretto, perché *such*, dato il carattere delle due consonanti *ch*, non può essere *facilmente* pronunciato nel tempo ordinario di una sillaba breve, quale esso è, considerando la sua posizione. Quasi ogni lettore sarà capace di cogliere questa leggera difficoltà; e tuttavia l'errore non è per nulla così importante come quello dell'*And* nello spondeo. Con una certa abilità *possiamo* pronunciare *such* nel tempo giusto; ma il tentativo di rimediare alla deficienza ritmica dell'*And* allungandolo, non fa che rendere più grave, col richiamarvi sopra l'attenzione, l'offesa all'enunciazione naturale.

Tuttavia, il mio principale scopo nel citare questi versi è di mostrare che, a dispetto di tutte le prosodie, la lunghezza di un verso è cosa del tutto arbitraria. Noi potremmo dividere nel modo seguente l'inizio della poesia di Byron:

Know ye the | land where the |

o così:

Know ye the | land where the | cypress and |

o così:

Know ye the | land where the | cypress and | myrtle are |

o così:

Know ye the | land where the | cypress and | myrtle are | emblems of |

In breve, possiamo dividerlo come vogliamo, e i versi andranno bene – purché si abbiano almeno *due* piedi in ogni verso. Come nella matematica si richiedono due unità per formare un numero, così il ritmo (dal greco ἀριθμός, numero) richiede per la sua formazione almeno due piedi. Non v'è dubbio che vediamo spesso versi come questi:

Know ye the –
Land where the –

cioè versi di un piede; e le nostre prosodie li ammettono, ma impropriamente: poiché il buon senso richiederebbe che ogni ovvia divisione di una poesia, quale il verso è, dovrebbe includere tutto quanto è necessario per la sua comprensione; ma in un verso di un piede non ci può essere alcun apprezzamento del *ritmo*, perché esso si basa sull'uguaglianza fra *due* o più battute. I versi falsi, consistenti talvolta di una sola cesura, che si vedono in certe parodie di odi pindariche, sono «ritmici», naturalmente, solo in relazione con qualche altro verso; ed è questa mancanza di un ritmo indipendente che li rende adatti soltanto ai loro fini di carattere parodico. Il loro effetto è quello dell'incongruenza (il principio dell'allegrezza) poiché essi introducono nell'armonia del verso la «grevità» della prosa.

Il mio secondo obiettivo nel citare i versi di Byron era quello di mostrare come sia spesso assurdo citare dall'intera poesia un singolo verso con lo scopo di illustrarne la perfezione o l'imperfezione del ritmo. Se considerassimo isolatamente il verso:

> Know ye the land where the cypress and myrtle,

potremmo con ragione condannarlo come difettoso nel piede finale, che è uguale soltanto a tre, invece che a quattro, sillabe brevi.

Nel piede «*flowers ever*» troveremo un altro esempio del principio del giambo bastardo, del trocheo bastardo e del trocheo veloce, come mi sono sforzato di descriverli più sopra. Tutte le Prosodie del Verso inglese insisterebbero per una elisione in «*flowers*», così: «*flow'rs*»; ma questa è un'assurdità. Nel trocheo veloce «*many are the*» del verso *trocaico* di Cranch, fu necessario uguagliare il tempo delle tre sillabe «*any, are, the*» a quello della sillaba *breve* di cui prendono il posto. Di conseguenza ognuna di quelle sillabe è uguale a un terzo di una sillaba breve – cioè a un *sesto di una lunga*. Ma nel ritmo dattilico di Byron dobbiamo uguagliare il tempo delle tre sillabe «*ers, ev, er*» a quello della sillaba *lunga* di cui prendono il posto, o (che è lo stesso) delle *due brevi*. Perciò, il valore di ognuna delle sillabe «*ers, ev, er*» è di *un terzo di una lunga*. Noi le enunciamo solo con la metà della celerità che usiamo nell'enunciare le tre sillabe finali del trocheo veloce: che è un piede raro. Il «*flowers ever*» invece è comune nel ritmo dattilico quanto il trocheo *bastardo* nel trocaico, o il giambo bastardo nel giambico. Potremmo accentarlo con il segno della mezzaluna a destra e chiamarlo un *dattilo bastardo*. Un *anapesto bastardo*, di cui non sarà necessario ora spiegare la natura, si avrà, naturalmente, di tanto in tanto, in un ritmo anapestico.

Ad evitare possibilità di confusione, che facilmente potrebbe introdursi in un saggio come questo per un troppo improvviso e radicale rovesciamento dei convenzionalismi ai quali il lettore è stato abituato, ho pensato bene di suggerire per i segni di accento del trocheo bastardo, del giambo bastardo, e così via, certi caratteri che, variando soltanto la direzione dell'usuale accento breve (˘), significassero, com'è di fatto, che i piedi stessi non sono piedi *nuovi*, in senso proprio, ma semplici modificazioni dei piedi dai quali, rispettivamente, derivano i loro nomi. Così un giambo bastardo è nella sua essenza – vale a dire, nel suo tempo – un giambo. La variazione sta soltanto nella *distribuzione* di questo tempo. Per esempio, il tempo occupato dalla sillaba breve (o *metà di una lunga* nel giambo ordinario, nel bastardo è esteso in parti uguali su due sillabe, che di conseguenza sono *un quarto di una lunga*.

Ma questo fatto – il fatto che l'essenza, o l'intero tempo, del piede resta invariato – è certo ormai così chiaro al lettore che penso di potermi ora avventurarmi a proporre una accentazione rispondente al vero fine – cioè a quello che dovrebbe essere il vero fine – di ogni accentazione: il fine di rivelare all'occhio l'esatto valore di ogni sillaba nel Verso.

Ho già mostrato che l'enunciazione, o la *lunghezza*, è il punto dal quale partiamo. In altri termini, cominciamo con una *sillaba lunga*. Questa, quindi, è la nostra unità; e non sarà affatto necessario accentarla. Una sillaba non accentata, in un sistema di accentazione, andrebbe sempre considerata come una sillaba lunga. Così, uno spondeo sarà senza accento. In un giambo, la prima sillaba essendo «*breve*» o *metà* della lunga, dovrebbe essere accentata con un piccolo 2, posto *sotto* la sillaba; l'ultima sillaba, essendo lunga, dovrebbe essere senza accento. Il tutto risulterebbe così:

(control).
2

In un trocheo questi accenti sarebbero semplicemente capovolti, così:

(manly).
2

In un dattilo, ognuna delle due sillabe finali, essendo metà della lunga, dovrebbe altresì essere accentata con un piccolo 2 sotto la sillaba; e, lasciando senza accento la prima sillaba, il tutto risulterebbe così:

(happiness).
2 2

In un anapesto, dovremmo capovolgere il dattilo, così:

(in the land).
2 2

Nel dattilo bastardo, ognuna delle tre sillabe finali essendo un *terzo* della lunga, dovrebbe essere accentata con un piccolo 3 sotto la sillaba; l'intero piede si presenterebbe così:

(flowers ever).
3 3 3

Nell'anapesto bastardo bisognerebbe capovolgere il dattilo bastardo, così:

(in the rebound).
3 3 3

Nel giambo bastardo, ognuna delle due sillabe iniziali, essendo un *quarto* della lunga, dovrebbe essere accentata, al di sotto, con un piccolo 4; ecco come sarebbe l'intero piede:

(in the rain).
4 4

Nel trocheo bastardo andrebbe capovolto il giambo bastardo, così:

(many a).
4 4

Nel trocheo veloce, ognuna delle tre sillabe finali essendo un *sesto* della lunga, dovrebbe essere accentata sotto con un piccolo 6; l'intero piede sarebbe così:

(many are the).
6 6 6

Il giambo veloce non è ancora stato creato, e molto probabilmente non lo sarà mai, poiché sarebbe inutile, goffo e soggetto anche a molti fraintendimenti, come ho già detto del trocheo veloce; ma se dovesse apparire dovremmo accentarlo capovolgendo il trocheo veloce. La cesura, essendo variabile nella lunghezza, ma sempre *più lunga* di una «lunga» dovrebbe essere accentata *sopra* con un numero che esprimesse la lunghezza o il valore del piede distintivo del ritmo nel quale l'incontriamo. Così una cesura in un ritmo spondaico sarebbe accentata con un piccolo 2 sopra la sillaba, o, meglio piede. In un ritmo dattilico o anapestico, potremmo accentarla anche con un 2, sopra il piede. In un ritmo giambico, tuttavia, essa deve essere accentata, sopra, con $1^1/_2$, poiché tale è il valore del giambo. Nel ritmo trocaico, dovremmo assegnare naturalmente, la stessa accentazione. Al più complesso $1^1/_2$, tuttavia, sarebbe opportuno sostituire l'espressione più semplice: $^3/_2$, che sarebbe la stessa cosa.

Con questo sistema di accentazione i versi di Cranch, che ho sopra citato, sarebbero scritti come segue:

$^3/_2$
Many are the | thoughts that | come to | me
6 6 6 2 2
In my | lonely | musing, |
2 2

$^3/_2$
And they | drift so | strange and | swift
2 2 2
There's no | time for | choosing |
2 2 2
$^3/_2$
Which to | follow, | for to | leave
2 2 2
Any | seems a | losing. |
2 2 2

Con il sistema solito sarebbero, invece accentati così:

Māny arĕ thĕ | thōughts thăt | cōme tŏ | mē
In my | lōnely | mūsĭng, |
And thĕy | drĭft sō | strānge ănd | swĭft |
Thēre's nŏ | tīme fŏr | choōsĭng |
Whĭch tŏ | fōllŏw, | fōr tŏ | lēave
Any | sēems ă | lōsĭng. |

Devo qui osservare che io non affermo in nessun modo che questa sia la *scansione* «ordinaria». Al contrario, non ho ancora mai incontrato qualcuno che avesse la più pallida comprensione della vera scansione di questi versi, o di altri come questi. Ma ammettendo che questo sia il modo in cui le nostre prosodie dividerebbero i piedi, esse accentuerebbero le sillabe proprio come sopra ho indicato.

Ora lasciate a qualsiasi persona ragionevole confrontare i due modi. Il primo vantaggio che si può scorgere nel mio modo è quello della semplicità – del tempo, della fatica e dell'inchiostro risparmiati: anche contando le frazioni come *due* accenti, si troveranno nella stanza solo *ventisei* accenti. Nell'accentazione comune ve ne sono *quarantuno*. Ma poniamo che tutto questo sia un'inezia (e così *non* è), e passiamo ai punti fondamentali. L'accentazione comune è quella esatta solo in particolare, in generale o sotto qualsiasi aspetto? È coerente con se stessa? Offre all'ignorante o all'uomo colto una giusta concezione del ritmo dei versi? Ad ognuna di queste domande si deve rispondere in modo negativo. Essendo le mezzelune esattamente simili, si deve intendere che esprimano, tutte, una stessa e identica cosa; e così tutte le prosodie le hanno sempre intese e hanno voluto che fossero intese. Esse, infatti, significano: «breve»; ma questa parola ha ogni specie di significati. Essa serve a rappresentare (è lasciato al lettore indovinare *quando*) talvolta la metà, talvolta un terzo, un quarto o un sesto di una «lunga»; mentre nei libri la stessa «lunga» è lasciata non precisata e non definita. Ma qualcuno potrebbe dire che l'accento orizzontale esprime già chiaramente e senza variazioni, le sillabe che si intendono lunghe.

No, esso non esprime nulla del genere. L'accento orizzontale è posto sia sopra la cesura (ovunque, come nelle Prosodie latine, la cesura sia riconosciuta) che sopra l'ordinaria sillaba lunga, ed implica qualsiasi cosa e ogni cosa, allo stesso modo della mezzaluna. Ma ammettiamo pure che esso esprima l'ordinaria sillaba lunga (lasciando fuori causa la cesura): e non ho io espresso la stessa cosa senza far uso di nessun particolare segno? In breve, mentre le Prosodie con un certo numero di accenti non esprimono assolutamente *nulla*, io, usandone appena una metà, ho espresso ogni cosa che, in un sistema di accentazione, richiederebbe d'essere espressa.

Se si dà uno sguardo al mio *modo* per quanto riguarda i versi di Cranch, si vedrà che esso esprime non solo l'esatto tipo di relazione che hanno fra loro le sillabe e i piedi in quei particolari versi, ma anche il loro preciso valore in rapporto a tutti gli altri piedi o sillabe esistenti o concepibili in ogni sistema di ritmo che esista o che sia concepibile.

Il fine di ciò che chiamiamo *scansione* è la chiara indicazione del flusso ritmico. La scansione con accenti o linee perpendicolari fra i piedi – cioè, la scansione soltanto *secondo* la voce – è scansione rivolta *al* solo orecchio; ottima, a suo modo. La scansione scritta si rivolge all'orecchio per mezzo dell'occhio.

Il fine è, sia nell'uno che nell'altro caso, quello di indicare distintamente il flusso ritmico, musicale o di lettura. Non *può* esserci nessun altro fine.

La scansione e il flusso della lettura dovrebbero andare, pertanto, di pari passo. La prima dovrebbe accordarsi con il secondo; ed è buona o cattiva secondo che lo rappresenti ed esprima in maniera fedele o in maniera alterata. Se con la scansione scritta di un verso non ci mettiamo in grado di percepirne il ritmo o la musica, bisogna allora dedurre che o il verso è senza ritmo o che la scansione è falsa. Si applichi tutto questo ai versi inglesi che ho citato, qua e là nel corso di questo mio saggio, e si troverà che la scansione esprime esattamente il ritmo, in tal modo realizzando interamente il solo fine per il quale la si richiede. Ma applichiamo la scansione *delle scuole* al verso greco e al verso latino, e qual è il risultato? Che il verso è una cosa e la scansione, assolutamente, un'altra cosa. Il verso antico, *letto* ad alta voce, è generalmente musicale, talvolta *estremamente* musicale. *Scandendolo* secondo le leggi prosodiche, non riusciremmo assolutamente ad intenderlo.

Nel caso del verso inglese, quanto più enfaticamente indugiamo sulla divisione fra i vari piedi tanto più distinta si fa la nostra percezione del genere di ritmo stabilito. Nel caso di quello greco e latino, più indugiamo e tanto *meno* si fa distinta la percezione.

Chiarisco con un esempio:

Mæcenas, atavis edite regibus,
O, et præsidium et dulce decus meum,

Sunt quos curriculo pulverem Olympicum
Collegisse juvat, metaque fervidis
Evitata rotis, palmaque nobilis
Terrarum dominos evehit ad Deos.

A *leggere* questi versi, non vi è forse nemmeno una persona su mille che non ne colga e non ne apprezzi subito, pur ignorando il latino, il flusso e la musica. Un prosodista, tuttavia, informa il pubblico che la *scansione* va fatta così:

Mæce | nas ata | vis | edite | regibus |
O et | præsidi' | et | dulce de | cus meum |
Sunt quos | curricu | lo | pulver' O | lympicum |
Colle | gisse ju | vat | metaque | fervidis |
Evi | tata ro | tis | palmaque | nobilis |
Terra | rum domi | nos | evehit | ad Deos. |

Certo non nego che si può ottenere dai versi un *certo genere* di musica se li si legge secondo questa scansione, ma vorrei richiamare l'attenzione sul fatto che questa scansione e quel certo genere di musica che da essa fluisce, sono in netto contrasto non solo con il flusso della lettura che chiunque darebbe spontaneamente a quei versi, ma anche con il flusso di lettura universalmente dato loro, e mai negato nemmeno dal più ostinato e più stupido degli eruditi.

E ora dobbiamo rivolgerci queste domande: «Perché esiste tale divergenza fra il verso moderno con la sua scansione, e il verso antico con la sua?». «Perché nel primo caso troviamo accordo e rappresentazione, mentre nel secondo mancano l'uno e l'altra?» O, per arrivare al punto: «Come dobbiamo riconciliare il verso antico con la sua scansione scolastica?». Potremmo giungere a conciliazioni assolutamente necessarie immaginando errata la scansione scolastica ed esatto il verso antico, o sostenendo che il verso antico è errato perché la scansione scolastica non può essere messa in dubbio?

Se dovessimo adottare questo secondo modo di correggere la difficoltà, potremmo almeno, in una certa misura, semplificare una tale esigenza di correzione formulandola così: poiché i pedanti non hanno occhi, gli antichi poeti non avevano orecchi.

«Ma», – dicono i signori senz'occhi – «la scansione scolastica, benché non ci sia stata certamente trasmessa come un sistema in sé compiuto dagli stessi poeti antichi (i signori senza orecchi), è tuttavia dedotta da precise indicazioni riscontrabili con un accurato esame degli antichi poemi.»

E illustriamo questa forte posizione con un esempio tratto da un poeta americano (che deve essere poeta di qualche valore, per soddisfare al nostro scopo). Prendiamo Alfred B. Street [15], di cui ricordo questi due versi:

His sinuous path, by blazes, wound
Among trunks grouped in myriads round.

Il *senso* di questi versi non mi riguarda. Quando un poeta è in uno stato

[15] Avvocato-poeta (1811-1881), particolarmente apprezzato ai suoi tempi (*N.d.T.*).

di «splendida frenesia», può immaginare sia una grande foresta sia una più piccola; e «by blazes» *non* è inteso con la serietà di un giuramento. A me importa il ritmo, che è giambico. Supponiamo ora che fra mille anni, quando la lingua americana sarà morta, un erudito prosodista volesse ricostruire, da un accurato esame dei nostri migliori poeti, il sistema di scansione della nostra poesia. E supponiamo che questo prosodista si preoccupi così poco della generalità e immutabilità delle leggi naturali da partire dal presupposto che, poiché vivevamo mille anni prima di lui e usavamo le macchine a vapore invece di palloni mesmerici, noi dobbiamo perciò aver avuto un modo *molto* singolare di pronunciare le nostre vocali e di dar forma americana ai nostri versi. E supponiamo che con queste e altre importanti opinioni, ben archiviate nel suo cervello, arrivasse al verso:

Among | trunks grouped | in my | riads round.

Trovando lì un ritmo ovviamente giambico, egli lo dividerebbe come sopra; e osservando che «trunks» costituisce il primo membro di un giambo, lo chiamerebbero breve, come il poeta, il signor Street, l'aveva inteso. Inoltre, supponiamo che, anziché ammettere la possibilità che il signor Street (che ormai sarebbe chiamato semplicemente Street; così come ora diciamo Omero) possa aver avuto l'abitudine di scrivere con non molta accuratezza – come fanno i poeti dell'età del prosodista, e come faranno sempre tutti i poeti (a causa della loro genialità), – il dotto studioso costruisca una «regola», e la collochi in un libro, per stabilire che, nel verso americano, la vocale *u quando si trovava tra nove consonanti*, era breve; che cosa in tal caso dovrebbero giustamente non solo pensare ma anche dire di quel dotto studioso le persone intelligenti del suo tempo? Beh, che è proprio uno sciocco!

Ho voluto prospettare un caso-limite: ma esso batte alla radice. Le «regole» sono fondate sull'«autorità»; e questa «autorità» – può qualcuno dirci che cosa significhi, o suggerirci che cosa essa *non* debba significare? Non appare evidente che lo «studioso» di cui si è parlato potrebbe facilmente aver dedotto dall'autorità sia un sistema totalmente errato che un sistema parzialmente vero? Dedurre dall'autorità una prosodia valida dei metri antichi sarebbe stato, certo, non impossibile; e se il lavoro *non* è stato compiuto è per il fatto che esso richiede un tipo di logica assolutamente estranea al cervello di un topo di biblioteca. Un serio esame mostrerà che le pochissime regole che non hanno tante eccezioni per quanti sono gli esempi addotti, sono quelle che, per caso, hanno il loro fondamento non nell'autorità ma nelle onniprevalenti leggi della sillabazione; come, per esempio, la regola che dichiara che una vocale davanti a due consonanti è lunga.

In breve, la grossolana confusione e le contraddizioni della prosodia scolastica, come la sua chiara inapplicabilità al flusso di lettura dei ritmi che essa pretende di illustrare, sono, penso da attribuirsi: primo, alla assoluta mancanza di un principio naturale capace di orientare ricerche compiute, d'altronde, da uomini inadeguati; secondo, alla omissione dell'ovvia considerazione che i poemi antichi, innalzati a norma, erano opera di uomini che scrivevano anch'essi in modo approssimativo e con un *sistema* niente affatto rigoroso: così come noi stessi facciamo.

Se Orazio vivesse oggi, scandirebbe nel seguente modo la sua prima ode, e sgranerebbe gli occhi davanti ai prosodisti che venissero a sostenere che egli non avrebbe avuto nessun diritto di fare una simile scansione:

```
Mæcenas | atavis | edite | regibus | .
   2 2     2 2     2 2     2 2
O et præ | sidium et | dulce de | cus meum |
 2  2        3 3  3       2  2      22
Sunt quos cur | riculo | pulverem O | lympicum |
     2   2        22         3  3 3      2   2
Collegisse | juvat | metaque | fervidis |
  3 3 3                2  2       2 2
Evitata | rotis | palmaque | nobilis |
 3  3 3              2  2       22
Terrarum | dominos | evehit | ad Deos. |
   2 2        2  2     22        22
```

Leggendo con questa scansione il flusso è conservato; e più indugiamo sulle divisioni, più il ritmo fissato diventa evidente. Inoltre, i piedi hanno tutti lo stesso tempo; mentre nella scansione scolastica, i trochei – quelli considerati tali – sono assurdamente usati come equivalenti degli spondei e dei dattili. I libri dichiarano, per esempio che *Colle* che inizia il quarto verso, è un trocheo, e sembrano magnificamente ignorare che porre un trocheo in opposizione a un piede più lungo significa violare l'inviolabile principio di ogni musica: *il tempo*.

Si potrebbe sostenere, tuttavia, da parte di «alcune persone», che io non ho nessun diritto di formare un dattilo con sillabe chiaramente lunghe come *sunt, quos, cur*. Certo, non ce l'ho. Infatti non lo faccio *mai*. E neanche Orazio avrebbe dovuto farlo. Ma egli lo faceva. Bryant e Longfellow fanno lo stesso ogni giorno, Ed è semplicemente perché questi signori, di tanto in tanto, dimenticano se stessi a tal punto che sarebbe penoso se qualche futuro prosodista volesse insistere nel voler costringere *Thanatopsis* o lo *Spanish Student* [16] in un guazzabuglio di trochei e dattili.

Qualche altro potrebbe anche dire che, per la parola *decus*, io non sono riuscito meglio dei libri nel far concordare il flusso della scansione con quello della lettura, e che *decus* non era pronunciata proprio deccus. Rispondo che non vi può essere dubbio che, in questo caso, la parola era pronunciata proprio decus. Si deve osservare che la flessione latina, cioè la variazione di una parola attraverso la sua sillaba finale, costringeva i romani – *deve* averli costretti – a prestare attenzione più alla fine che all'inizio di una parola; un'attenzione certo maggiore di quella che noi prestiamo alla fine delle nostre parole. La fine della parola latina stabiliva quella relazione di una parola con le altre parole che noi stabiliamo con le preposizioni o con i verbi ausiliari. Perciò sarà sembrato infinitamente meno strano a loro di quanto non sembri a noi indugiare talvolta in modo insolito, per un qualsiasi motivo, su una sillaba finale. Nel verso, questa licenza – che è così poco una licenza – sarebbe stata perciò frequentemente ammessa. Queste idee rivelano il segreto di versi come:

[16] Rispettivamente, appunto, opere di William C. Bryant (1794-1878) e di Henry W. Longflellow (1807-1882) (*N.d.T.*).

Litoreis ingens inventa sub ilici*bus sus*,

e

parturiunt montes; nascetur ridicu*lus mus*,

che ho citato, poco fa, parlando della rima.

Per quanto riguarda le elisioni prosodiche, come quella di *rem* davanti a *O*, in *pulverem Olympicum*, è veramente difficile capire come un'idea così sconcertantemente sciocca possa essere entrata in un cervello, e sia pure nel cervello di un pedante. Se mi fosse chiesto perché i libri elidono una *vocale* davanti a un'altra, potrei così rispondere: «Forse, è perché i libri ritengono che, siccome un cattivo lettore fa sempre scivolare una vocale in un'altra, tanto varrebbe stamparle con la scivolata già *bella* e *indicata*. Ma nel caso della *m* finale, che fra tutte le consonanti è quella di più agevole pronuncia (come l'infantile *mamma* può testimoniare), ed è quella che meno può ingannare l'orecchio con qualche sistema di scivolamento –, nel caso della *m* sarei portato a rispondere che per quanto ne so io, i prosodisti fecero questo perché gli andava di farlo, e desideravano vedere quanto tutto ciò sarebbe apparso buffo dopo che era stato fatto. Il lettore perspicace capirà che, per la grande facilità con cui può essere enunciato, *l'em* si adatta mirabilmente a formare una delle veloci sillabe brevi del dattilo bastardo (*pulverem O*); ma poiché i libri non avevano alcuna idea del dattilo bastardo, lo eliminarono subito – tagliandogli la coda!

Consentitemi di dare un esempio della vera scansione di un'altra misura oraziana, che comprende un esempio di giusta elisione:

Integer | vitæ | scelerisque | purus |
2 2 3 3 3
Non eget | Mauri | jaculis ne | que arcu |
2 2 3 3 3
Nec vene | natis | gravida sa | gittis |
2 2 3 3 3
Fusce pha | retrâ.
2 2

Qui, la regolare ricorrenza del dattilo bastardo dà grande animazione al ritmo. La *e* davanti alla *a* in *que arcu* è tagliata via quasi per una pura necessità – cioè, scorre si può dire *nell'a,* in modo da preservare lo spondeo. Ma perfino questa licenza sarebbe stata meglio evitarla. Se avessi ancora spazio, niente mi piacerebbe di più che continuare con la scansione di *tutti* i ritmi antichi e mostrare quanto facilmente con l'aiuto del buon senso si possa immediatamente segnalare la musica di ognuno di essi. Ma ho già oltrepassato i limiti e devo ora concludere. Non potrei, tuttavia, del tutto tralasciare l'esametro eroico.

Ho preso l'avvio dagli «sviluppi» suggerendo che fu lo spondeo il primo passo nella formazione del verso. Ma l'innata monotonia dello spondeo ne ha causato la scomparsa, come base del ritmo, da tutta la poesia moderna. Possiamo dire, infatti, che il verso eroico francese – il più decisamente monotono dei versi esistenti – è, a tutti gli effetti, spondaico – e semmai i francesi dovessero prenderlo in esame, senza dubbio lo dichiarerebbero giambico. Si deve osservare che la lingua francese è stranamente singolare per questo: – *che è senza accentazione, e di conseguenza senza verso*. Il genio della gente più che la struttura della lingua mostra che le parole sono enunciate, per lo più, con un indugio uniforme su ciascuna sillaba.

Per esempio *noi* diciamo: «*syllabification*». Un francese direbbe: syl-la-bi-fi-ca-ti-on, non indugiando in modo particolare su nessuna sillaba. Qui presento ancora un caso-limite per essere ben compreso; ma il fatto è in generale così come lo presento – cioè, in confronto, i francesi *non* hanno nessuna accentazione. E senza accentazione non vi può essere nulla che sia degno del nome di verso. Per cui i francesi non hanno un verso degno del nome – questo è il fatto, posto in semplici ed elementari termini. Il loro ritmo giambico sovrabbonda talmente di piedi assolutamente spondaici, che ciò mi autorizza a chiamare spondaico il suo fondamento; ma il francese è la *sola* lingua moderna che abbia un ritmo con tale base; e persino nel francese, come ho detto, non è comunque intenzionale.

Tuttavia, ammettendo la validità del mio suggerimento secondo cui lo spondeo costituì il primo accostamento al verso, dovremmo aspettarci di trovare: primo, che gli spondei naturali (le parole che formano, ciascuna, proprio uno spondeo) abbondano di più nelle lingue più antiche; secondo, che gli spondei costituiscono il fondamento dei più antichi ritmi. In entrambi i casi le premesse sono confermate.

Quanto all'esametro greco, il suo fondamento intenzionale è senz'altro spondaico. I dattili sono la *variazione* del tema. Si osserverà che non c'è assoluta certezza circa i *loro* punti di interposizione. Il penultimo piede, è vero, è usualmente un dattilo, ma non invariabilmente; mentre invece l'ultimo è sempre uno spondeo ed è su quello che si *sofferma* l'orecchio. E anche il fatto che il penultimo è usualmente un dattilo può chiaramente essere riferito alla necessità di concludere con un ben *marcato* spondeo. A rafforzare ancora più questa idea, dovremmo riscontrare se il penultimo spondeo è molto frequente nel verso più antico; e, infatti, lo troviamo più frequente nell'esametro greco che in quello latino. Ma oltre a ciò, nell'esametro greco gli spondei non solo prevalgono sui dattili, ma si presentano con un'estensione che, per effetto della monotonia, finisce col diventare poi spiacevole agli orecchi moderni. Ciò che soprattutto i moderni apprezzano e ammirano nell'esametro greco è la *melodia dei numerosi suoni vocalici*. Gli esametri latini *in verità* piacciono a pochi dei moderni – benché siano in tanti a pretendere di andare in estasi nel leggerli. Negli esametri di Silio Italico, citati parecchie pagine indietro, la preponderanza dello spondeo è solidamente manifesta.

Oltre agli spondei naturali nel greco e nel latino, altri ne sorsero, e numerosi, di artificiali, a causa della tendenza che ha la flessione a riportare la piena accentazione sulle sillabe finali; e la preponderanza dello spondeo è ancora più assicurata dalla relativa scarsa frequenza di piccole preposizioni, che noi usiamo al posto dei casi, e anche dall'assenza dei verbi ausiliari coi quali *noi* abbiamo necessità di integrare il significato di quelli principali. Questi sono i monosillabi, l'abbondanza dei quali serve a caratterizzare il genio poetico di una lingua come agile e vivace, o dattilica.

Ora senza prestare troppa attenzione a questi fatti, Philip Sidney, il professor Longfellow e innumerevoli altri più o meno moderni, si sono dati da fare per costruire quelli che essi suppongono siano «esametri inglesi su modello greco». La sola difficoltà che ne derivò fu che (anche tralasciando di prendere in considerazione le melodiose masse di vocali) questi signori non potettero mai ottenere che i loro esametri *suonassero* come greci. *Sembrano* greci? – Questo dovrebbe essere stato il quesito; e la risposta avrebbe potuto portare alla soluzione dell'enigma. Se si colloca un esemplare degli antichi esametri accanto a un esemplare (in caratteri simili) degli esametri del professor Longfellow o del professor Felton, o tutte le rane professionali messe insieme che hanno la vergognosa abitudine di comporre «sul modello greco», si vedrà che i secondi (gli esametri, non i professori) sono in media cerca un terzo più lunghi, *all'occhio*, dei primi. La differenza è data dall'abbondanza dei dattili. Ed è il maggior numero di spondei nel greco rispetto all'inglese – nella lingua antica rispetto alla moderna – che ha fatto sì che questi emeriti studiosi, mentre brancolavano nel buio in cerca dell'esametro greco, che è un ritmo spondaico variato di tanto in tanto da dattili, inciampassero a durevole vergogna della loro dottrina, su qualcosa che, a causa della sua lunghezza potremmo ben definire un esametro feltoniano: che è un ritmo dattilico, interrotto raramente da spondei artificiali che non sono affatto spondei, i quali vengono curiosamente tirati dentro per i calcagni nei punti più impropri e inopportuni. Ecco un esempio di esametro *costruito* da Longfellow:

Also the | church with | in was a | dorned for | this was the | season
In which the | young their | parents' | hope and the | loved ones of | Heaven |
Should at the | foot of the | altar re | new the | vows of their | baptism |
Therefore each | nook and | corner was | swept and | cleaned and the | dust was |
Blown from the | walls and | ceiling and | from the | oil-painted | benches |

Longfellow è uomo di buona immaginazione: ma *può* egli immaginare che qualcuno che abbia chiara consapevolezza del rischio di uno spasmo mascellare farebbe mai lo sforzo di torcere la bocca nella maniera necessaria per l'emissione di spondei come «par*ents*» e «from the», o di dattili come «cleaned and the» e «loved ones of»? «Baptism» non è per nulla un cattivo spondeo: forse perché è in certo modo un dattilo. Di tutti gli altri, comunque, provo terribilmente vergogna.

Ma questi piedi – dattili e spondei, insieme – dovrebbero essere disposti immediatamente nella loro propria posizione:

«Also, the church within was adorned; for this was the season in which the young, their parents' hope, and the loved ones of Heaven, should, at the foot of the altar, renew the vows of their baptism. Therefore each nook and corner was swept and cleaned; and the dust was blown from the wales and ceiling, and from the oil-painted benches.»

Ecco! Questa sarebbe prosa rispettabile; e non incorrerà mai nel pericolo di veder rovinata la propria natura da qualcuno che la scambi per poesia. Ma anche quando lasciassimo passare come greci questi esametri moderni, e semplicemente li considerassimo nel loro particolare carattere di esametri longfellowniani o feltoniani, o professorali, dovremmo tuttavia condannarli per essere stati costruiti con radicale fraintendimento della filosofia del verso. Come ho osservato, è lo spondeo il *tema* del verso greco. La maggior parte degli esametri antichi *comincia* con spondei, per la ragione che lo spondeo è il tema, e l'orecchio ne è riempito come da un ritornello. Ora, gli esametri dattilici del Felton hanno, allo stesso modo, i dattili per tema e molti di essi incominciano con dattili – il che se non è molto greco, è tuttavia molto appropriato; ma, ahimè, il solo punto in cui *sono* proprio greci è precisamente quello in cui non dovrebbero essere che feltoniani. Essi *finiscono* sempre con quello che è inteso come uno spondeo. Per essere coerentemente goffi, dovrebbero invece finire con un dattilo.

Tuttavia, ciò non significa che io sia del tutto incline ad ammettere che in inglese *non si possano* comporre degli esametri veramente greci. Penso anzi che potrei fare io stesso in inglese qualcosa al riguardo. Per esempio:

Do tell! | when may we | hope to make | men of sense | out of the | Pundits |
Born and brought | up with their | snouts deep | down in the | mud of the | Frog pond? |
Why ask? | who ever | yet saw | money made | out of a | fat old |
Jew, or | downright | upright | nutmegs | out of a | pine-knot? |

Qui è preservata la giusta predominanza dello spondeo. Alcuni dattili non sono così buoni come avrei desiderato – ma nell'insieme, il ritmo è molto decoroso – senza dire poi del suo eccellente significato.

POLIZIANO, UNA TRAGEDIA INCOMPIUTA

Premessa di Riccardo Reim

Nella pagina precedente: Antonio Pellico, *Ritratto di E. A. Poe*.

Titolo originale: «Politian, an Unfinished Tragedy»
Traduzione di Riccardo Reim

Premessa

Il Politian, «unfinished tragedy» *in* blank verse [1] *(unica proposta teatrale di Edgar Allan Poe), viene iniziato dallo scrittore americano nei primi mesi del 1835, vale a dire in uno dei periodi più intensi della sua attività. In quegli anni il giovane Poe viveva a Baltimora, riscuotendo i suoi primi successi di una certa risonanza come poeta e come narratore: alcuni suoi racconti e poesie erano apparsi su diversi giornali (*Southern Literary Messenger, Godey's Lady's Book, Saturday Courier*) conoscendo una buona accoglienza; anzi, il racconto* MS found in a bottle *(uscito sul* Baltimore Saturday Visiter *del 17 ottobre 1833) gli aveva addirittura fruttato un premio di cinquanta dollari* [2].

La pièce, come gran parte delle opere di Poe, trae ispirazione da un clamoroso fatto di cronaca nera risalente a dieci anni prima, la cosiddetta «Kentucky tragedy», una vicenda, come scrisse la stampa, «di onore e di sangue», che scosse profondamente l'opinione pubblica e di cui i giornali del tempo si occuparono a lungo con dovizia di particolari. In breve, ecco i fatti: una ragazza appartenente alla buona borghesia, Anne Cook, viene sedotta da un uomo politico piuttosto in vista, Salomon P. Sharp, che la abbandona allorché la ragazza gli confessa di essere incinta. Anne perde il bambino e accetta, dopo alcuni mesi, di sposare il giovane Jeroboam O. Beauchamp, a condizione che costui vendichi il suo onore. Beauchamp sfida Sharp a duello, ma questi ammette la propria colpa e rifiuta di battersi, finché la notte del 6 novembre 1825 Beauchamp, esasperato, penetra nella sua casa e lo uccide. Subito dopo, i due sposi tentano il suicidio: Beauchamp, sfuggito alla morte, viene condannato all'impiccagione che sarà eseguita il 7 luglio 1826.

Un fatto, come si vede, che ben si presta al gusto morboso e romantico di Poe, al quale il destino impose, fin dai primi anni, un'angosciosa dimestichezza con la morte; la morte di persone care, nelle quali lo scrittore ravvisava il supremo ideale terreno della bellezza: la madre, il primo amore, la madre d'adozione, la moglie bambina. Nel suo saggio The Philosophy of Composition [3] *egli afferma più volte, in sede teorica, che la morte di una bella donna, con l'incommensurabile dolore che ne consegue, è il tema supremo per un poeta. Nell'autore di* Annabel Lee, Berenice, Eleonora, Morella, Ligeia, *la stretta dipendenza tra biografia e creazione è così evidente che devono rassegnarsi a constatarne l'esistenza anche coloro che*

[1] Il *blank verse* (verso sciolto) viene usato assai raramente da Poe. Anche in questo il *Politian* costituisce un'eccezione nel corpus dello scrittore americano.

[2] Anche la poesia *The Coliseum* (che poi, con leggere modifiche, andrà a costituire la scena XI del *Politian*) vinse un piccolo premio. Venne pubblicata sul *Baltimore Saturday Visiter* del 26 ottobre 1833.

[3] Il saggio venne pubblicato sul *Graham's Lady's and Gentleman's Magazine* dell'aprile 1864.

non sono disposti a seguire Marie Bonaparte nel labirinto della sua interpretazione psicoanalitica [4].

Tredici anni dopo, nel 1848, in Eureka, A Prose Poem [5], *Poe scriverà: «Nella costruzione di un intreccio, nella finzione letteraria, dobbiamo mirare a combinare gli avvenimenti in modo tale che noi stessi non saremmo capaci di decidere, per ciascuno di essi, se questo dipende da un altro o ne è la causa. Naturalmente, in questo senso una perfezione d'intreccio è di fatto praticamente irraggiungibile, ma solo perché è modellato da un'intelligenza finita. Gli intrecci di Dio sono perfetti; e l'universo è un intreccio di Dio». L'universo, certo; ma anche la vita è dunque «perfetta», proprio perché Dio ne è l'autore, e il macabro e sanguinoso «intreccio» della «Kentucky tragedy», nella sua terribile «perfezione» non poteva non attrarre il giovane Poe, «*proud spirit*»* [6] *misticheggiante (a suo modo, sia chiaro) con la testa colma di echi, stilemi e gesti byroniani. Egli vi architetta sopra la trama della sua tragedia, proiettandola però lontano nel tempo e nello spazio (la corte italiana rinascimentale), incentrandola sulla contraddittoria e sfumatissima figura del protagonista la cui ambiguità è già indicata dal nome (Poliziano, direttamente ispirato al poeta italiano del '400, investito però di un titolo inglese, Conte di Leicester)* [7] *e proponendo temi, psicologie e forme di ispirazione elisabettiana e, come si accennava, byroniana.*

Non c'è dubbio che il Politian *va considerato un'opera «minore», tuttavia occupa un posto importante nella carriera letteraria di Poe. Il «genio matematico» dello scrittore (come lo definirà Paul Valéry)* [8] *tentando di «completarsi nella propria arte», si cimenta col mezzo teatrale, traendone un bilancio non troppo lusinghiero. I lunghi monologhi, lo scarso dinamismo scenico, la quasi totale mancanza di azione, testimoniano la poca dimestichezza dell'autore con il palcoscenico: si avverte dietro ogni battuta la fatica di far «muovere» quelle sue creature. Va detto, anche, che il* blank verse *non si rivela molto congeniale al talento poetico di Poe, più portato verso una musicalità rotonda e piena, spesso tornita dalla rima: «la musica è come l'idea della poesia. L'indeterminatezza dell'esaltazione suscitata da una dolce aria, che dev'essere rigorosamente indefinita, è precisamente quello a cui dobbiamo mirare in poesia»* [9]. *«Una dolce aria», dunque, e «*strictly indefinite*»: sarà questo che talvolta lo porterà a considerare grandi poesie i componimenti di Tennyson e di Thomas Moore: imponendosi il decasillabo non rimato, l'autore di* The Raven *e di* To Zante *vi si trova a disagio, comportandosi da sperimentatore scaltrissimo e di consumata perizia, ma palesemente nostalgico delle sue suggestioni ritmiche, delle risonanti iterazioni, dei «cullanti»* refrain.

Lo stesso Poe, d'altra parte, non si mostrò mai troppo soddisfatto della

[4] Marie Bonaparte, *Edgar Poe*. Avant-propos de Freud. Paris, 1933.
[5] New York, 1848.
[6] Cfr. E. A. Poe, *Tamerlane*, v. 33.
[7] C'è una curiosa coincidenza che vale la pena di sottolineare, anche soltanto a titolo di curiosità: sia Angelo Poliziano (1454-1494) che E. A. Poe (1809-1849) morirono a quarant'anni.
[8] Paul Valéry, pref. a C. Baudelaire, *Eureka, de E. A. Poe*, Paris, 1921.
[9] «The Philosophy of Composition», su *Graham's Lady's and Gentleman's Magazine*, aprile 1864.

sua opera; anzi, dopo averne pubblicate cinque scene sul Southern Literary Messenger *nel 1835-'36 (riapparvero dieci anni più tardi – senza la sua approvazione – in* The Raven and Other Poems *per «aumentare la consistenza del volume»), non acconsentirà mai a stamparne la restante parte manoscritta.*

Il Politian*, comunque, nonostante sia monco della scena finale e privo del lavoro di rifinitura, si presenta come una* contaminatio *spesso assai felice e riuscita: oltre all'impronta nettamente byroniana del protagonista (*The Bride of Abydos *e, in particolare,* Manfred*), in esso si ritrovano evidenti riferimenti e richiami a Webster (*The Duchess of Malfi, The White Devil*), e, soprattutto per il personaggio di Lalage, alla* Maid's Tragedy *di Beaumont & Fletcher. Poe percorre con assoluta libertà, riuscendo a fonderle insieme, le più svariate distanze di spazio e di tempo: l'Italia del Rinascimento, l'800 americano della «Kentucky tragedy», l'Inghilterra del* XV *secolo, mescolando abilmente melodramma,* gothic story *e dramma elisabettiano. Il risultato è un* pastiche *che a tratti sprigiona il fascino dei suoi migliori componimenti, malato, ambiguo, allucinato:*

And – he – shall – die! – Alas!
Castiglione die? Who spoke the words?
Where am I? – what was it he said? – Politian!
Tou *art* not gone – thou art not *gone*, Politian!
I *feel* thou art not gone – yet dare not look,
Lest I behold thee not; thou *couldst* not go
With those words upon thy lips – O, speak to me!
And let me hear thy voice – one word – one word,
To say thou art not gone, – one little sentence,
To say how thou dost scorn – how thou dost hate
My womanly weakness. Ha! ha! thou *art* not gone –
O speak to me! *I knew* thou wouldst not go!
I knew thou wouldst not, couldst not, *durst* not go.
Villain, thou art not gone – thou mockest me!
And thus I clutch thee – thus! – He is gone, he is gone –
Gone, gone. Wehre am I? – 'tis well – 'tis well!
So that the blade be keen – the blow be sure,
'Tis well, 'tis *very* well – alas! alas! [10].

Parole concitate, affannose, smozzicate, senza respiro, dal ritmo martellante e come frenetico. Le pronuncia Lalage, la fanciulla perseguitata, la vergine funesta che la tomba chiama prematuramente, inesorabile, da cui sprigiona un senso di paurosa fatalità e che pure vagheggia un sogno d'amore e una «nuova terra» in cui fuggire, che come l'angelo Israfel «ha nel cuore le corde di un liuto» [11]*: anch'essa (come Berenice, Eleonora, Ligeia) è un sogno, una visione, una bianca statua di sale che sembra riverberi l'algida luce della materia in decomposizione; vero* deus ex machina *dell'equazione Amore-Morte, da cui è esclusa la carne, dove l'unico sogno malato resta la Bellezza*:

Son coeur est un luth suspendu;
sitôt qu'on le touche il résonne [12].

RICCARDO REIM

[10] *Politian*, scena VII, vv. 88-105.
[11] Vedi E. A. Poe, *Israfel* (1821), v. 2.
[12] «Il suo cuore è un liuto sospeso; / appena lo si tocca, suona.» Sono due versi di De Béranger, che Poe premette al racconto «The Fall of the House of Husher», apparso sul *Burton's Gentleman's Magazine* del settembre 1839.

NOTIZIA SUL «POLITIAN»

Il manoscritto del *Politian* è conservato alla Pierpont Morgan Library, e non presenta divisione in atti, ma soltanto in scene. Eccellente e ricchissima di notizie intorno all'opera è l'edizione (su cui è stata condotta la presente traduzione) curata da Thomas Ollive Mabbot: *Politian, an Unfinished Tragedy*, Edited from the Original Sources, including the Autograph MS. in the Pierpont Morgan Library, with Notes and Commentary, by Thomas Ollive Mabbot, Menasha, Wis. 1923, più volte ristampata.

Quasi del tutto ignorato in Italia, il *Politian* ebbe una prima, parziale traduzione a cura di Federico Oliviero (*Le poesie di Edgar Allan Poe*, Bari, Laterza, 1912), riguardante solo cinque delle undici scene originali, per di più non riportate tutte integralmente e con errori di numerazione: la scena I della traduzione italiana corrisponde alla scena III dell'originale; la scena II alla scena IV; la scena III alla scena VI, la scena IV alla scena VII, la scena V alla scena IX.

Il *Politian* venne rappresentato per la prima volta il 19 gennaio 1933, nell'Università di Charlottesville, in un allestimento dei Virginia Players.

PERSONAGGI

Lalage, *fanciulla orfana (Di Broglio suo tutore)*
Alessandra, *nipote di Di Broglio e promessa sposa di Castiglione*
Giacinta, *cameriera di Lalage*
Duca Di Broglio
Castiglione, *suo figlio ed erede*
Poliziano [1]
Baldassarre, *suo amico*
Un monaco
Ugo, Benito, Rupert — *servi del Palazzo Di Broglio*

[1] Nel manoscritto, accanto al nome del protagonista, si legge (cancellata) l'annotazione: «a young and noble Roman».

SCENA PRIMA [2]

Sala del palazzo Di Broglio. Tracce di una lunga orgia. Sulla tavola apparecchiata, candele consumate fino al moccolo. In terra e sulla tavola sono sparsi delle maschere, un liuto, una pantofola femminile, carte e cocci di bottiglia.
Entra Benito, incrociando Ugo ubriaco.

UGO: Oh, Benito, sei tu? (*Singulto.*) Sono andati via?

BENITO: A questa domanda, Ugo, è difficile rispondere, te lo giuro. Le bottiglie sono vuote? – E allora se ne sono andati. Posso dirti qualcosa di più preciso a proposito del Conte San Ozzo, che mi ha fatto inciampare poco fa, mentre salivo le scale per venire qui. Se n'è andato, di sicuro, e anche piuttosto lontano.

UGO: È andato via quel bravo? (*Singulto.*) Dove se n'è andato il gioioso cantastorie? Sua Eccellenza è partito, dicevi? I suonatori se ne sono andati? (*Singulto.*) Che il demonio se li porti! Mi sento tutto intontito perché sono senza sonno.

BENITO (*osservandolo attentamente*): Hai ragione. Hai proprio ragione, Ugo, a dire di essere intontito e di non farcela a connettere.

UGO: Va all'inferno! Non dicevo questo. E se l'ho detto, (*singulto*) ho detto una bugia.

BENITO: Non c'è dubbio che tu abbia detto una bugia, caro il mio Ugo, visto che per tua stessa ammissione sei uno dei bugiardi più famosi. (*Ugo siede e si mesce del vino. Entra Rupert.*) Messer Rupert! Allora, che ne avete fatto del Conte?

RUPERT: Che ne vuoi fare di un ubriaco? L'ho tirato fuori da sotto il tavolo dov'era sdraiato e l'ho portato di peso a letto.

BENITO: Secondo te, caro Rupert, il Duca Di Broglio sarà al corrente di questi imprevedibili bagordi di suo figlio? È peccato per un uomo così lodevole, ma non è peccato per un gentiluomo tanto giovane.
Finora non avevo fatto caso al suo cambiamento. Si è come intristito, adesso!

UGO: Perché è ubriaco, Benito. Vero, Rupert? Certi si intristiscono quando bevono un po'. Oh, io da ubriaco (*singulto*) non mi intristisco davvero.

RUPERT (*a Benito*): Tu dici che il Conte di Castiglione è cambiato... Sembra anche a me. Non molto tempo fa l'ho sentito bestemmiare volgarmente. Lui, un gentiluomo nell'animo come nelle azioni.

[2] Questa prima scena, nella quale attraverso un dialogo fra personaggi di secondo piano lo spettatore viene informato dell'antefatto, si richiama palesemente al dramma elisabettiano, di cui Poe ricalca, non senza ironia, il modello.

BENITO: Oh, io non gli credo più: povera Monna Lalage, tanto bella e gentile!

RUPERT: Per essere sinceri, Benito, il suo modo di comportarsi l'ha reso odioso ai miei occhi. Farabutto! Farabutto! E quella fanciulla che avrebbe dovuto sposare, di cui ora suo padre è il tutore. Non sbaglio quando dico che quella che io chiamo la sua rovina – le sue volgarità, la passione del gioco e tutti gli altri vizi – risalgono al tempo in cui sedusse e abbandonò quella fanciulla.

BENITO: Può darsi! Il peccato pesa sulla sua anima e lo spinge ad azioni del genere. Si dice che il Duca abbia intenzione di perdonare a suo figlio, ma è infuriato contro di lei e la tratta così duramente da umiliarla fino a farle mordere la polvere.

RUPERT: Sta sempre sola nella sua stanza, con le mani serrate. Me lo dice Giacinta.

BENITO: Nobile donna! Ieri sera l'ho veduta attraverso la grata della finestra, mentre piangeva in ginocchio, invocando fra i singhiozzi il nome di Castiglione, che ancora ama!

RUPERT: Come credi che reagirà a queste nozze che, se non sbaglio, si faranno tra una settimana?

BENITO: Già! È vero. Mancano otto giorni alle nozze di Castiglione con sua cugina Alessandra, la più cara amica della bella Lalage prima di questa sfortunata circostanza. Non riesco a sopportare il pensiero della disperazione di Lalage, così giovane.

UGO: Niente male, questo vino! Signori, adesso perché vi accanite contro il mio padrone? Magnifico (*singulto*) vino! Chi è Monna Lalage? Lo sa Dio! Io, no – una sup- (*singulto*) -erba sconosciuta che suonava la chitarra! Ottimo vino! E bisognerebbe domare l'orgoglio. Il Conte è un libertino – o lo era – di sicuro. Comunque si sta convertendo [3] e beve solo (*singulto*) il miglior vino che ci sia.

RUPERT: Andiamo a letto! Il Signore è ubriaco. (*A Benito*) Forza, andiamo a dormire.

(*Via Rupert e Benito.*)

UGO (*alzandosi*): Cos'è che dicono? A letto? È così tardi? È finito tutto? Benone! Vado subito a letto. (*Entra Giacinta.*) Ah! Benedetti i miei occhi! Giacinta, sei tu?

GIACINTA: Certo! Lo sono, eppure non lo sono, Ugo! Sciogli questo indovinello! L'altra notte ero Giacinta e adesso, se non vi spiace Messer Ugo, sono Monna Giacinta!

UGO: Cara mia! Ho tanta (*singulto*) paura (*singulto*) che tu abbia alzato il gomito – proprio, mia bella dama!

GIACINTA: Bella, sì – potete dirlo, Messer Ugo! Sia come sia, il Conte di Castiglione dice che sono bella – vecchia lurida carcassa, guarda qui! (*Gli mostra dei gioielli.*)

UGO: (*Singulto.*) Dove? Giacinta! (*Singulto.*) Come? Giacinta! Non mi dirai che il mio padrone, il Conte, ti ha dato questi gioielli? Farò uno sproposito! Sono disperato!

GIACINTA: E se così fosse, Ugo, amico mio? Se così fosse?

UGO: Guarda! Giurerei di aver già visto quell'anello al medio – anulare – no, mignolo – del Conte. È finita, (*singulto*) Giacinta! Sono disperato! Farò uno sproposito! Sono disperato!

[3] Cita, molto liberamente, dalla Bibbia. Cfr. *Proverbi*.

GIACINTA: Sei ubriaco!
UGO: Sgozzerò...
GIACINTA: La tua gola! Oh, Cielo!
UGO: Voi tutti, sgozzerò. Me ne vado, adesso, Giacinta. (*Si allontana.*)
GIACINTA (*trattenendolo*): Fermati! Stupido piagnone! Non vuoi vedere i gioielli? Guarda qua! Questa spilla, queste perle, questi rubini – Non vedi?
UGO (*urtato*): Vedo.
GIACINTA: «Vedo! Vedo!» Non ti si cava altro da quella bocca a ciabatta, nient'altro che «Vedo! Vedo!»? Non sono per niente sicura che vedi – e se vedi, certamente vedi doppio. Ecco qui una croce, una croce di rubini. *Villano rifatto*, dico a te! Una croce di rubini. Hai sentito? Una croce che nessuno pagherà mai meno di cinquemila corone, neppure uno zecchino di meno!
UGO: Vedo! (*Singulto.*) Sì, vedo tutto.
GIACINTA: Vedi tutto, proprio! No, *non* vedi tutto. Dio, dammi la pazienza! Tu *non* vedi un bel nulla. (*Prendendolo in giro*) Non vedi che sono la più ricca damigella di Roma, ora che possiedo questi gioielli, la più ricca figlia di locandiere? Dico: non vedi che la mia padrona, Lalage, che me li regalò – dico: me li regalò spontaneamente, come dono di nozze – tutti i gioielli, dico, nessuno escluso – è diventata matta sul serio?
UGO: Monna Lalage ti ha regalato questi gioielli? E l'anello, (*singulto*) come hai fatto a prenderlo?
GIACINTA: Il tuo padrone, il Conte Castiglione, lo diede a lei l'anno scorso come pegno del suo amore – e lei l'ha dato a me. Non vedi?
UGO: Giacinta! (*Con un'occhiata lasciva.*)
GIACINTA: Ugo! (*Ricambia l'espressione.*)
UGO: Ma come, Giacinta cara?
GIACINTA: Non vedi?
UGO: Che sciocchezze, cara Giacinta. Lasciami guardare di nuovo (*singulto*) i gioielli.
GIACINTA: Non vedi?
UGO: Forza! Fammi guardare!
GIACINTA: Ecco! (*Glieli mostra.*)
UGO: Dolce, cara Giacinta! Monna Giacinta!
GIACINTA: Oh, vedo! (*Mette in mostra i gioielli ed esce, seguita da Ugo che la divora con gli occhi.*)

SCENA SECONDA

Spogliatoio di Castiglione.
Castiglione in vestaglia, e San Ozzo[4].

SAN OZZO: Scherzo magnifico! Proprio stupendo! Ah, ah, ah, ah – fantastico! Morirò, Castiglione, morirò! Ah! ah! ah! ah! Oh, morirò dal gran ridere. Morirò, morirò.
CASTIGLIONE (*corrucciato*): Non volevo fare uno scherzo.
SAN OZZO: No, oh, no! Non volevi fare uno scherzo! Tu? Ah! ah! ah! ah!

[4] Il personaggio di San Ozzo funge, col suo umorismo macabro, da contrappunto grottesco al dramma di Castiglione.

Morirò, morirò! È proprio una cosa seria – parola mia – ubriacarsi. Molto seria – stupenda! Così, finalmente ti sei dato alla penitenza. Bravo! Come mai, Castiglione? Ho un rosario, a casa: te lo farò avere – e una corona di «paternoster» – tutto, avrai – e, come tocco finale, un saio. Lo adoperai in una mascherata – lo avrai! lo avrai! Andrò a casa e in un batter d'occhio ti invierò un barile di cenere di prim'ordine!

CASTIGLIONE: San Ozzo! Sei finito! (*Esita.*)

SAN OZZO: Signore!

CASTIGLIONE: Non sto scherzando.

SAN OZZO: Lo so, eccome!

CASTIGLIONE: E allora perché mi annoi con questi scherzi da villano? Ho male alla testa, e per di più non mi sento bene, nel corpo come nello spirito. Quando hai visto per l'ultima volta Monna... Lalage?

SAN OZZO: Undici mesi fa. Cosa mai ti fece innamorare di quella creatura lì?

CASTIGLIONE (*con fierezza*): San Ozzo!

SAN OZZO (*calmo*): Signore?

CASTIGLIONE (*dopo una pausa*): Nulla. Quando dicevi di avere visto Monna Lalage l'ultima volta?

SAN OZZO: Non la vedo da undici mesi, Messer Conte. Il Duca tuo padre, lo sai bene, la tiene prigioniera, e, detto fra noi, fa bene a tenercela! Ah! ah! Mi capisci?

CASTIGLIONE: No, San Ozzo! Non capisco!

SAN OZZO: Bene, bene! Non ha importanza. (*Canta:*)

Gli uccelli con belle piume
e l'occhio lascivo
si chiudono in gabbia,
si chiudono in gabbia,
si chiudono in gabbia tutto l'anno
se non si vuole che prendano il volo.

CASTIGLIONE: Le fai torto, San Ozzo! – un torto spudorato. Mai un cuore di donna racchiuse un'anima più pura [5]! Se mai donna fu perduta per una causa a lei estranea, quella è Lalage! Se mai solenni giuramenti infranti con malvagità dannarono un uomo, quel maledetto furfante sono io. Come poteva mai pensare lei, così giovane, appassionata e bella, – lei che è la personificazione della verità – come poteva mai immaginare la mia atroce perfidia? Oh, se potessi non essere Castiglione, ma un contadino qualunque, dietro l'aratro in un umile campicello, per provare il sapore dell'onestà!

SAN OZZO: Bello, bellissimo! Mai sentito un discorso più bello in vita mia. Davvero, hai ragione: onestà, ci vuole! Onestà, povertà e soddisfazione sincera, con le ineffabili estasi di pezzetti di burro, panpepato, latte e acqua!

CASTIGLIONE (*tentando di frenare un sorriso*): Sei uno stupido, San Ozzo!

SAN OZZO: Hai di nuovo ragione! Signor mio, me ne torno a casa prima di venire contagiato dalla tua saggezza! Buona giornata! Ma quando ti faranno cardinale cercherò la tua protezione. Intanto, ne approfitto per mandarti il saio e la cenere. (*Exit.*)

[5] Cfr. Beaumont & Fletcher, *The Maid's Tragedy*.

CASTIGLIONE: Via! Diavolo d'un uomo! Ah! ah! mi fa ridere mio malgrado: non si può stare in collera con lui tutta la vita. E tutto sommato, non vedo perché dovrei addolorarmi per una sciocchezza simile, per un fatto così banale. Sposarla – no! Castiglione sposare una sgualdrina! Mai, mai! Cosa direbbero i miei amici? Cosa penserebbe San Ozzo? Non ho il diritto – anche se volessi – di gettare una simile infamia sulla mia famiglia – la stirpe dei Di Broglio, l'orgogliosa e antica stirpe dei Di Broglio! Nessun diritto, no. E non sono forse legato dal più sacro dei vincoli d'onore a mia cugina Alessandra? L'onore è tutto! Non posso mettere a repentaglio in tal modo il mio onore! E Lalage è di modeste origini. Non posso buttare via il mio onore – il mio onore – il mio onore. Ahi! Ahi! – È solo mal di testa. Questi rimorsi di coscienza non sono che le conseguenze dei bagordi della notte scorsa. Sii uomo! Uomo! Sii uomo, Castiglione! Un bicchiere di vino mi rimetterà in forma. Ugo – mi senti? – del vino! (*Entra Ugo con un fagotto e una cesta piena di bottiglie.*) Che diavolo hai in mano?

UGO (*esitando*): Mio Signore!

CASTIGLIONE: Dico, cos'è quello? Dov'è il vino?

UGO: Il vino? Mio Signore – eccolo il vino, mio Signore. Una dozzina di bottiglie, mio Signore.

CASTIGLIONE: Una dozzina di idioti. Portami un bicchiere di vino!

UGO: Una dozzina di bottiglie, se vi piace, Signore – del miglior Salerno [6], omaggio di Sua Eminenza il Conte San Ozzo.

CASTIGLIONE: Sono davvero obbligato verso – come dici – (*sorridendo*) Sua Eminenza. Stappa una bottiglia, Ugo, fammi sentire com'è.

UGO: Signore no, non potete prenderlo.

CASTIGLIONE: Come dici? Non posso prenderlo? Che significa?

UGO: Neppure una goccia, neppure una goccia, Signore.

CASTIGLIONE: Testa d'asino, e perché?

UGO: Ecco, Signore, perché – il servo che l'ha portato ha detto che non dovete prendere il vino, ma solo scegliere.

CASTIGLIONE: Che dice quell'imbecille?

UGO: Giù nella sala, Signore, c'è un altro regalo per voi. E dovete fare una scelta fra quello e il vino.

CASTIGLIONE: Testa dura! E perché non porti su l'altro regalo?

UGO: Eh, Signore?

CASTIGLIONE: Zappaterra! Testa di legno! Perché non porti su l'altro regalo e me lo fai vedere?

UGO: Non posso.

CASTIGLIONE: Disgraziato! Non puoi? Ti faccio vedere io se non puoi! (*Infuriato*) Portalo di sopra, farabutto! Ma che cos'hai lì sulla spalla?

UGO: Signore? È un saio. (*Butta a terra il fagotto.*) E di là c'è uno spaventoso barile di cenere. Non ce la faccio a sollevarlo.

CASTIGLIONE: Uno spaventoso barile di cenere! Che sciocco è San Ozzo. Ah! ah! ah! ah! mi fa troppo male all'anima. Un barile di cenere! Non posso pigliarmela se mi farà morire – scegliere fra il vino e la cenere! – Ugo, porta un messaggio al Conte. Ah! ah! ah! ah! Dì al Conte che mi tengo il vino, e lui si tenga la cenere. Aspetta! Digli che ho riflettuto – ho riflettuto su quello che mi ha detto – sa lui cosa – e che ci vedremo

[6] Nel manoscritto, in cui si riscontrano diverse sviste e numerosi errori di punteggiatura, si legge «Saler*mo*».

alla mascherata per scolarci una bottiglia, io, lui e il buffone. (*Via Ugo.*) Ah! ah! ah! Un barile di cenere! Solo a pensarci! Ah! ah! ah! *Non si può* essere in collera con lui! Dopo tutto, San Ozzo è un uomo a posto! (*Exit.*)

SCENA TERZA

Sala da pranzo.
Alessandra e Castiglione.

ALESSANDRA: Sei triste, Castiglione.

CASTIGLIONE: Io, triste? Oh no: io sono il più felice degli uomini, il più felice di Roma! Ancora qualche giorno Alessandra, lo sai, e tu sarai mia. Oh, sono tanto felice!

ALESSANDRA: Mi sembra che tu abbia un modo tutto tuo di mostrare questa felicità! Cosa ti angustia, cugino? Perché quel sospiro così profondo?

CASTIGLIONE: Ho sospirato? Non ci ho fatto caso. È un vezzo, un vezzo sciocco, stupidissimo, che mi viene nei momenti di *gran* felicità. Ho sospirato? (*Sospira.*)

ALESSANDRA: Sì. Non stai bene? Mi spiace dirlo, ma in questi ultimi tempi hai ecceduto troppo, Castiglione. Notti bianche e vino... ti condurranno alla rovina! il tuo sguardo è spento – sei cambiato. Notti bianche e vino: nulla consuma di più.

CASTIGLIONE (*meditabondo*): Nulla, cugina mia, nulla. Neppure un tremendo dolore può rovinare quanto le veglie orgiastiche e il vino. Riparerò.

ALESSANDRA: Devi farlo! E cerca di abbandonare anche quella tua compagnia di dissoluti – gente di basso ceto, che non si addice all'erede del vecchio Di Broglio e allo sposo di Alessandra.

CASTIGLIONE: Li abbandonerò.

ALESSANDRA: Dovrai farlo. Devi farlo. E abbi più cura dei tuoi abiti e degli ornamenti – troppo semplici per il tuo rango e l'eleganza del tuo ceto. L'apparenza è molto [7].

CASTIGLIONE: Ci penserò.

ALESSANDRA: Bene. E cerca, mio Signore, di avere un degno portamento. Ti occorre molta dignità.

CASTIGLIONE: Davvero. Mi occorre molta, molta dignità.

ALESSANDRA (*altera*): Ti stai prendendo gioco di me.

CASTIGLIONE (*soprappensiero*): Dolce, cara Lalage!

ALESSANDRA: Che sento! Io gli parlo – lui parla di Lalage! Conte! (*Mettendogli una mano sulla spalla.*) Cosa state sognando? Voi non state bene! Cosa vi affligge, mio Signore?

CASTIGLIONE (*trasalendo*): Cugina! Bella cugina! Signora! Perdonate – non sto troppo bene a dire il vero. Togliete quella mano dalla mia spalla, se non vi spiace. L'aria e così pesante, qui! Signora – il Duca!
(*Entra Di Broglio.*)

DI BROGLIO: Ho notizie per te, figlio mio! Ehi! Che succede? (*Osservando Alessandra.*) Col broncio? Dalle un bacio, Castiglione! Dico, baciala, cane! e fatela finita immediatamente. Ho notizie per voi due. Poliziano è

[7] Cfr. Shakespeare, *Hamlet*, atto I, sc. III.

atteso a Roma da un'ora all'altra: Poliziano, Conte di Leicester! Presenzierà allo sposalizio. È la prima volta che viene in visita alla città imperiale.

ALESSANDRA: Come? Poliziano di Gran Bretagna, Conte di Leicester?

DI BROGLIO: Proprio lui, mia cara. Sarà qui per le nozze. È giovane d'età, ma vecchio per la fama. Io non l'ho mai visto, ma lo descrivono come un prodigio, senza pari nelle arti come nelle armi, nello sfarzo come nella parola. Lo avremo come nostro ospite al matrimonio.

ALESSANDRA: Ho sentito tanto parlare di questo Poliziano. Un tipo allegro, incostante e spensierato, non è così? Poco portato alla meditazione.

DI BROGLIO: Tutto il contrario, mia cara. Non c'è ramo della filosofia, si dice, che non abbia praticato, sia pure il più astruso: sapiente come pochi altri.

ALESSANDRA: Che strano! Ho conosciuto persone che hanno veduto e frequentato Poliziano. Parlano di lui come di uno nato per le follie, che ha bevuto fino in fondo nella coppa del piacere.

CASTIGLIONE: Ridicolo! Io posso dirlo, perché ho visto e conosco bene Poliziano: non è né dotto né allegro. È un sognatore, al di sopra di ogni passione umana!

DI BROGLIO: Figlioli, non siamo d'accordo. Usciamo a goderci l'aria profumata del giardino. Ma ho sognato oppure ho davvero sentito che Poliziano è un uomo *malinconico*?

SCENA QUARTA

Appartamento femminile: una finestra aperta si affaccia sul giardino. Lalage, vestita a lutto e con l'aria affranta, legge, seduta a un tavolo su cui si trovano alcuni libri e un piccolo specchio. Sul fondo, Giacinta, con aria assente, si appoggia a una seggiola.

LALAGE [8]: Giacinta! Sei tu?

GIACINTA (*stizzita*): Sì, Signora, sono qui.

LALAGE: Non mi ero accorta che stessi aspettando, Giacinta. Siedi, non crearti imbarazzo per me. Siedi pure: io non sono che un'umile, umilissima creatura.

GIACINTA (*a parte*): Ci risiamo! (*Si siede sulla sedia, di lato, poggiando i gomiti sulla spalliera e guardando la sua padrona con aria di disapprovazione, mentre Lalage continua a leggere.*)

LALAGE [9]: «In altro clima» dice «germogliò un fiore d'oro lucente, ma in

[8] Il personaggio di Lalage è quasi totalmente derivato da quello di Aspasia, la sventurata fanciulla della *Maid's Tragedy* di Beaumont & Fletcher.

[9] Le citazioni e i rimandi a testi famosi posti in bocca a Lalage narrano tutti di fanciulle altrettanto ingannate e infelici. La prima citazione è tratta, con molta libertà, dal *Comus*, un «masque» di John Milton, mentre per i versi letti subito dopo, cfr. *Odissea*, IV, 566 – 8. La terza citazione è tratta dalla seconda scena del IV atto di *The Duchess of Malfi* di John Webster, una delle più fosche tragedie del teatro elisabettiano, ricca di effetti macabri e raccapriccianti: vengono riportate (in modo inesatto) due brevi battute tra Ferdinando, uno dei fratelli che ha tramato l'uccisione della Duchessa vedova, e Bosola, il machiavellico sicario. Infine, la «regina d'Egitto» a cui Lalage allude in chiusura di battuta è, con ogni probabilità la Cleopatra di *All for Love* di John Dryden (atto V, finale). Anche qui, Poe non cita con esattezza: nel dramma di Dryden, ad esempio, Iras e Charmion muoiono subito dopo la loro regina, facendosi pungere anch'esse dagli aspidi.

questa terra no!» (*Si ferma, sfoglia alcune pagine, quindi continua*:) «Lì non vi sono inverno, e neve, e tempesta: l'oceano soltanto porta, per rinfrescare gli uomini, il soffio penetrante del vento dell'ovest». Bello! oh, bellissimo! proprio il paradiso che la mia anima in delirio sogna! Oh, felice paese! (*Pausa.*) Morì! Morì, la fanciulla! Oh, ancor più felice fanciulla, che ti fu concesso di morire! Giacinta! (*Giacinta non risponde e Lalage subito riprende*:) Un altro racconto, sempre sullo stesso argomento: narra di una bella donna d'oltremare! Così Ferdinando dice nel dramma: «È morta nel fiore dell'età» e Bosola risponde: «Non lo credo. La sua felicità sembrava schiacciata sotto il fardello degli anni». Ah, sventurata fanciulla! Giacinta! (*Di nuovo nessuna risposta.*) Ecco un'altra storia simile – oh, molto simile per il caso disperato, ma ancora più crudele: di quella regina d'Egitto, capace di conquistare facilmente mille e mille cuori, ma che, alla fine, perse il proprio. Morì. Così finisce la sua storia, mentre le ancelle piangono prostrate su di lei – due soavi fanciulle dai nomi gentili: Iras e Charmion! Arcobaleno e Colomba! Giacinta!

GIACINTA (*con rabbia*): Che c'è Signora?

LALAGE: Mia buona Giacinta, vorresti essere tanto gentile da scendere giù in biblioteca a prendermi i Vangeli?

GIACINTA: Ahi. (*Exit.*)

LALAGE: L'unico ristoro per l'animo ferito in Galaad [10] è lì! Lì si troverà la rugiada nella notte del mio spasimo amaro. «Rugiada ancor più dolce di quella che come collane di perle scende sui colli di Ermon.» [11] (*Rientra Giacinta e getta un libro sul tavolo.*)

GIACINTA: È questo il libro, Signora? (*A parte.*) Che seccante.

LALAGE (*con stupore*): Giacinta, che dici mai? Ho forse fatto qualcosa che ti ha offesa o addolorata? Mi dispiace, perché tu mi hai servito per tanto tempo, e sei sempre stata onesta e rispettosa. (*Riprende a leggere.*)

GIACINTA (*a parte*): Non ha altri gioielli, non credo – no, no – me li ha dati tutti.

LALAGE: Come dici, Giacinta? È da tempo, mi pare, da un bel po', che non mi parli del tuo matrimonio. Come sta quel bravo Ugo? A quando le nozze? Posso fare qualcosa? Non c'è nient'altro di cui hai bisogno, Giacinta?

GIACINTA: Non c'è nient'altro! (*A parte.*) Questa è per me. Sono sicura, Signora, che non occorre rinfacciarmi quei gioielli a ogni momento.

LALAGE: I gioielli! Giacinta – sul serio, Giacinta, non pensavo ai gioielli.

GIACINTA: Oh, adesso forse no, ma poco fa avrei giurato di sì! E poi, Ugo dice che l'anello è tutto stucco, perché di sicuro il Conte di Castiglione non andrebbe mai a regalare un anello a una come voi. E nel migliore dei casi sono certa, Signora, che voi non potete mettere quei gioielli, *ora*. Ma io ci avrei giurato. (*Exit.*)

LALAGE (*scoppia in lacrime, chinando il capo sul tavolo. Dopo una breve pausa, lo solleva*): Misera Lalage! A questo siamo arrivati! Dalla tua serva! – Ma coraggio! è solo una vipera che hai nutrito per farti mordere fin nel fondo dell'anima. (*Prende lo specchio.*) Ah! ecco infine un amico

[10] Galaad: regione a est del Giordano, a nord del fiume Jabboc. La citazione si riferisce a *Geremia*, 8, 222: «Non v'è più medicina in Galaad? Non v'è più alcun medico?». Cfr. anche *The Raven*, 89: «C'è un balsamo, un balsamo in Galaad?».

[11] Ermon: monte situato all'estremo nord della Palestina. Vedi *Samuele*, 2; *Ecclesiastici*, 4.

– troppo amico un tempo – un amico che non mente mai. Specchio bello e sincero! raccontami ora (tu che puoi), una storia – una bella storia – e non preoccuparti se sarà piena di dolore. Va bene così. Narra di occhi incavati, di guance emaciate, di Bellezza insidiata dal tempo – ricordo della Gioia scomparsa – e la Speranza, quell'angelo della Speranza, rinchiusa da tempo nell'urna, nella tomba – con voce sommessa ma udibile, triste e solenne, sussurrami ora di sepolcri spalancati anzitempo per vergini perdute. Specchio bello e sincero! Tu non menti! Non hai niente da guadagnare, tu, né cuori da spezzare. Castiglione mentiva dicendo di amarmi – tu no, tu dici la verità, mentre lui è bugiardo! bugiardo! bugiardo! (*Mentre parla entra un monaco e si avvicina inosservato.*)

MONACO: Dolce fanciulla, il cielo è il tuo rifugio. Pensa alle cose eterne! Dedica la tua anima alla penitenza e prega!

LALAGE (*alzandosi di scatto*): *Non ce la faccio* a pregare! La mia anima lotta con Dio. Il terribile frastuono dell'allegria scuote tutti i miei sensi. – Va! non ce la faccio a pregare! Le dolci note che arrivano là dal giardino mi disturbano – va! La tua presenza mi affligge – va! la tua tonaca mi riempie di terrore – il tuo crocifisso d'ebano mi suscita orrore e sgomento!

MONACO: Pensa alla tua anima preziosa!

LALAGE: Penso ai giorni della mia infanzia! – a mio padre, a mia madre in Paradiso! Alla nostra casa serena, al fiumicello che vi scorreva accanto! Alle mie piccole sorelle, penso! penso a loro! A me! al mio amore sincero e fiducioso – penso ai suoi giuramenti – alla mia disgrazia – penso alla mia indescrivibile miseria! – Vattene via! Anzi, fermati! fermati! Cosa dicevi a proposito della preghiera e della penitenza? Non parlavi di fede e di giuramenti davanti al trono di Dio?

MONACO: Sì.

LALAGE: Bene. C'è un giuramento da fare: un giuramento che esige di essere mantenuto, sacro e urgente. Un voto solenne.

MONACO: Figliola, questo zelo è cosa degna!

LALAGE: No, prete, questo zelo non è affatto cosa degna! Hai un crocifisso? Un crocifisso per compiere, per fermare questo voto sacro? (*Il monaco le porge il suo.*) Non quello, oh, no! – no! no! no! (*Tremando.*) – Non quello! Non quello! Ascoltami, sant'uomo! Il tuo abito e il tuo crocifisso mi fanno paura! Va via! Ho io il crocifisso che mi sembra adatto alla circostanza – al giuramento – al significato del gesto e... sul libro delle azioni i conti tornerebbero esatti, prete! (*Sfodera un pugnale con l'elsa a forma di croce, sollevandolo in alto.*) Guarda la croce con cui si scrive in cielo un giuramento come il mio!

MONACO: Figliola, quel che dici è follia e conduce solo al peccato – le tue labbra livide – i tuoi occhi feroci – non sfidare l'ira divina! Fermati, prima che sia troppo tardi, non precipitarti! Oh, non giurare, non giurare!

LALAGE: Ho giurato!

SCENA QUINTA

Stanza del palazzo Di Broglio.
Di Broglio e Castiglione.

CASTIGLIONE: Non c'è dubbio.

DI BROGLIO: Cos'hai da ridere?

CASTIGLIONE: Proprio non mi riconosco. Aspetta. Non fu ieri che discutevamo del Conte inglese? il Conte Poliziano? Sì ieri, con Alessandra. Ricordi? Passeggiavamo in giardino.

DI BROGLIO: Ricordo benissimo. E allora?

CASTIGLIONE: Niente. Proprio niente.

DI BROGLIO: Proprio niente! È piuttosto strano che tu rida per niente.

CASTIGLIONE: Strano, sì! Davvero strano!

DI BROGLIO: Senti, Castiglione, sii gentile e dì subito, Signor mio, quello che intendi. Di cosa stai parlando?

CASTIGLIONE: I nostri pareri su di lui – non è vero? erano discordi.

DI BROGLIO: Su di lui? Lui chi?

CASTIGLIONE: Signore, come chi? il Conte Poliziano.

DI BROGLIO: Già! Il Conte di Leicester! Sì! Lui, dici? Certo, i nostri pareri erano discordi. Il Conte conosciuto da te, dicevi, non era né colto né allegro.

CASTIGLIONE: Ah! ah! Sul serio?

DI BROGLIO: Certamente. E io, caro Signore, sapevo bene che ti sbagliavi – infatti non coincideva per niente con la descrizione del Conte, che il mondo intero, a una voce, riconosce come una persona allegra – non insistere più, figliolo.

CASTIGLIONE: È strano, proprio bizzarro! Non credevo fosse possibile che qualcuno potesse mutare a tal punto in così breve tempo! A dire il vero, più o meno un'ora fa, mentre me ne andavo a passeggio con il Conte di San Ozzo, lo abbiamo incontrato, proprio lui, il Conte – col suo amico Baldassarre – appena giunti a Roma. Ah! ah! È proprio cambiato. Mi ha fatto un tale resoconto del viaggio da farmi scoppiare dal gran ridere – tante ne ha sapute raccontare sui suoi capricci, le sue voglie durante il tragitto – tanta originalità, e spirito, e comunicativa – certi scoppi di allegria quasi selvaggia manifestati con una tale carica di buonumore, in contrasto con l'aspetto piuttosto triste del suo amico che – per la verità – sembrava la serietà in persona.

DI BROGLIO: Non te l'avevo detto?

CASTIGLIONE: Sì, però è strano! Eppure, anche se strano, è vero. Vuol dire che mi sbagliavo. Ho sempre pensato che il Conte fosse un tipo malinconico.

DI BROGLIO: Visto? Non insistere più. Ma chi arriva? Non sarà mica il Conte?

CASTIGLIONE: Il Conte! No, non è lui. Eppure sì – eccolo che arriva, sostenendosi al braccio del suo amico Baldassarre! Ah, Signore, benvenuto! (*Entrano Poliziano e Baldassarre.*) Mio Signore! Lasciati dare per la seconda volta il benvenuto a Roma. Vostra Grazia, il Duca di Broglio. Padre, il Conte Poliziano, Conte di Leicester di Gran Bretagna (*Poliziano fa un lieve inchino*) e questo è il suo amico Baldassarre, Duca di Surrey. Il Conte ha alcune lettere per Vostra Grazia.

DI BROGLIO: Ah, bene! Conte Poliziano, benvenuto a Roma nel nostro palazzo e anche voi, nobilissimo Duca! Lieto di conoscervi! Ero buon amico di vostro padre, Messer Poliziano! Castiglione, fa venire tua cugina e presenta al nobile Conte la tua promessa sposa! Mio Signore giungete in un momento assai propizio: le nozze...

POLIZIANO: Signore, toccando quelle lettere di cui ha detto vostro figlio – (è vostro figlio, vero?), non sapevo, toccandole, che vi riguardassero, Signore. Visto che sono per voi, il mio amico Baldassarre le farà avere a Vostra Grazia. Io preferirei ritirarmi.

DI BROGLIO: Ritirarvi? Così presto?

CASTIGLIONE: Benito! Rupert! Gli appartamenti di Sua Grazia – mostrateli a Sua Grazia; non si sente bene!
(*Entra Benito.*)

BENITO: Da questa parte, mio Signore. (*Esce seguito da Poliziano.*)

DI BROGLIO: Ha voluto ritirarsi! Sta male!

BALDASSARRE: Non vi dispiacete, Signore, ma temo che sia così – Sua Grazia non si sente bene. L'aria umida della sera, la spossatezza dovuta al lungo viaggio, il... Veramente, sarebbe meglio che seguissi il mio Signore: deve star male. Tornerò subito.

DI BROGLIO: Tornate presto! Tutto questo è molto strano! Castiglione! Figlio mio, vieni qui, vorrei parlarti. Ti sei sbagliato di certo dicendo quel che hai detto sul Conte – proprio allegro! Chi di noi sosteneva che Poliziano è un uomo malinconico [12]?
(*Escono.*)

SCENA SESTA [13]

Sala di palazzo.
Poliziano e Baldassarre.

BALDASSARRE: Poliziano, alzati, ora! Non devi, proprio non devi abbandonarti così. Sii te stesso. Scuoti via queste assurde idee che ti assalgono e torna alla vita, perché adesso stai morendo!

POLIZIANO: No, questa non è vita, Baldassarre!

BALDASSARRE: Poliziano, come mi addolora vederti così.

POLIZIANO: E io, Baldassarre, amico mio, sono addolorato di procurarti questa pena! Su, mio Signore, ordina ciò che vuoi che io faccia. Al tuo comando mi scrollerò di dosso la natura che ho ereditato dai miei antenati succhiandola col latte materno e non sarò più Poliziano, ma un altro. Ordina, mio Signore!

BALDASSARRE: Andiamocene verso i campi; verso il Senato oppure verso i campi.

POLIZIANO: Ohimè! ohimè! Un diabolico folletto mi seguirebbe lì pure! Un folletto mi ha seguito fin lì! Un... Sento una voce!

BALDASSARRE: Io non l'ho sentita. Sento solo la tua voce e l'eco della tua voce.

POLIZIANO: Allora ho solo sognato.

[12] Verso identico a quello che chiude la sc. III.
[13] In parte ispirata, molto probabilmente, al dialogo tra Antonio e Ventidio nel I atto di *All for Love* di Dryden.

BALDASSARRE: Non lasciarti andare ai sogni: a te si addicono il campo di battaglia e la corte. La fama ti attende, la gloria ti vuole. E non potrai certo udire lo squillo del suo segnale correndo dietro a suoni immaginari e a voci di fantasmi.
POLIZIANO: Ma *è* la voce di un fantasma. Dunque non l'hai sentita?
BALDASSARRE: No.
POLIZIANO: Non hai sentito? Non parlare più dei tuoi campi e delle tue corti con Poliziano, Baldassarre. Oh, la terra brulicante, con le sue vuote e pompose vanità mi fa star male, male, male da morire! Ancora per poco, sopportami. Siamo stati ragazzi insieme – compagni di scuola – e amici, adesso – ma non sarà per molto – perché qui, nella città eterna, tu mi renderai un gentile servizio, e una Potenza – un'altissima, benevola e suprema Potenza, ti assolverà da ogni altro obbligo verso questo tuo povero amico.
BALDASSARRE: Il tuo è un enigma spaventoso che *non voglio* decifrare.
POLIZIANO: Ma ora, Baldassarre, il Fato sta per compiersi, il respiro delle ore si abbassa e i granelli del tempo da sabbia si tramutano in oro, accecandomi. Ahimè! Ahimè! *Non posso* morire mentre ancora nel cuore ho il gusto della bellezza che si accese dentro me come un fuoco. L'aria mi sembra più soave di prima – sublimi melodie trascorrono nel vento – una dolcezza insolita pervade la terra – un alone di più sacra luce circonda la luna che campeggia placida in cielo. Ascolta Baldassarre! Ascolta! Non puoi dire di non sentire nulla, *adesso*!
BALDASSARRE: Per la verità, nulla.
POLIZIANO: Nulla! Ascolta! ascolta! Il suono più lieve e soave che mai orecchio abbia udito! La voce di una fanciulla! e la nota di dolore che c'è in quella melodia mi incanta, Baldassarre, come un sortilegio! Di nuovo! Ecco, di nuovo! Come penetra solenne nel tabernacolo del mio cuore – voce così eloquente non udii mai; eppure, ascoltare quelle note toccanti come mi avrebbe sollevato nei giorni andati!
BALDASSARRE: Ora la sento anch'io. Aspetta! Se non sbaglio, la voce proviene da dietro quella grata laggiù che, come si vede bene dal vano della finestra, fa parte del palazzo del Duca. Chi canta si trova senza dubbio sotto il tetto di Sua Eccellenza – magari è proprio quell'Alessandra cui accennava, la promessa sposa di Castiglione, suo figlio ed erede.
POLIZIANO: Taci! Ecco che riprende!
VOCE (*debolissima*):

«E il tuo cuore è come pietra,
che mi lascia così,
dopo averti amato tanto
nella gioia e nel dolore?
E il tuo cuore è come pietra,
che mi lascia così?
Dimmi di no – dimmi di no!» [14].

BALDASSARRE: È una canzone inglese. L'ho sentita spesso nell'allegra Inghilterra – ma mai così accorata –. Ascolta! Ascolta! Eccola di nuovo!
VOCE (*più forte*):

«È come pietra,
che mi lascia così,
dopo averti amato tanto

[14] Probabilmente derivato da *A Suit to his Unkind Mistress* di Thomas Wyatt.

nella gioia e nel dolore?
E il tuo cuore è come pietra,
che mi lascia così?
Dimmi di no – dimmi di no!».

BALDASSARRE: È svanita, e tutto è immobile.

POLIZIANO: *Non è* tutto immobile.

BALDASSARRE: Andiamo.

POLIZIANO: Andiamo, Baldassarre, andiamo?

BALDASSARRE: Si sta facendo tardi: il Duca ci aspetta, sei atteso nella sala – Cosa ti angustia, Poliziano?

VOCE (*ben distinta*):
«Dopo averti amato tanto
nella gioia e nel dolore?
E il tuo cuore è come pietra?
Dimmi di no – dimmi di no!».

BALDASSARRE: Andiamo, Poliziano, è ora. Lascia stare queste pazzie. Ricordati, ti prego, che da ultimo il tuo comportamento verso il Duca è stato sgarbato. Alzati, e pensaci bene!

POLIZIANO: Pensarci bene? Certamente. Va avanti. Ci penserò bene. (*Si allontana.*) Andiamo. Credimi, darei tutte le terre della mia contea per guardare il viso di colei che si nasconde laggiù, dietro la grata. «Vedere quel volto velato e ascoltare ancora quella voce ormai muta.»

BALDASSARRE: Mio Signore, ti prego, vieni con me –. Il Duca potrebbe offendersi. Andiamo, ti prego.

VOCE (*ora alta*):
«Dimmi di no – dimmi di no!».

POLIZIANO (*a parte*): È strano! molto strano! Sembra quasi che la voce canti insieme ai miei desideri, chiedendomi di restare! (*Si avvicina alla finestra.*) Dolce voce, farò quanto dici e resterò. Per il Cielo, Baldassarre, sia Immaginazione o Destino, io non verrò! Presenta le mie scuse al Duca, ma questa sera non sarò lì.

BALDASSARRE: Come vuoi, mio Signore. Buona notte, Poliziano.

POLIZIANO: Buona notte, amico mio, buona notte.

SCENA SETTIMA

Giardini di palazzo. Chiaro di luna.
Lalage e Poliziano.

LALAGE: E tu, Poliziano, parli d'amore a me? A Lalage, tu parli d'amore? Ahimè! quanta pena! È uno scherzo tanto crudele, tanto crudele!

POLIZIANO: Non piangere, non singhiozzare così! Le tue lacrime amare mi fanno impazzire. Non tormentarti, Lalage! Io so – so tutto e *ancora* ti parlo d'amore. Guardami, splendente e bella Lalage! – volgi lo sguardo verso di me! Mi domandi se posso parlare d'amore sapendo quel che so e vedendo quel che ho visto. Questo mi chiedi – e questo ti rispondo – col ginocchio piegato, questo posso risponderti. (*Inginocchiandosi.*) Dolce Lalage, *ti amo – ti amo – ti amo*; nel bene e nel male, nella gioia e nel dolore, io *ti amo*. Neppure una madre col primogenito in grembo trepida di così intenso amore come io per te. Su nessun sacro altare, in qualsiasi tempo e luogo, arse mai lampada più pura di quella che ora arde nel mio animo per te. Se ti amo? (*Alzandosi.*) Anche per le tue pene, ti amo – anche per le tue pene. Per la tua bellezza e le tue pene.

LALAGE: Ahimè, Conte valoroso, dimentichi te stesso per ricordarti di me! Come può, nelle sale del palazzo dei tuoi avi, fra le vergini immacolate e pure della tua nobilissima casata, come può trovare rifugio la disonorata Lalage? Essere tua sposa, dopo un passato di colpa. Il mio nome avvizzito, disseccato, come potrà innestarsi fra i rami ancestrali del tuo casato, stare accanto alla tua gloria?

POLIZIANO: Non parlarmi di gloria! Odio – disprezzo questa parola; aborrisco questa menzogna che non dà requie. Forse tu non sei Lalage, e io Poliziano? Non ti amo, forse? Non sei forse bella? Che altro occorre? Ah! la gloria! – No, non parliamo di gloria, ora! Per tutto quello che ho di più sacro e solenne – per tutti i miei desideri presenti e le mie future paure, per tutto ciò che disprezzo sulla terra e spero di trovare nel cielo non c'è niente che mi darebbe maggior gloria della tua causa, per la quale mi farei beffe della gloria stessa calpestandola sotto i piedi. Cosa importa – cosa importa mia dolcissima, mia cara, se insieme scendiamo nella polvere [15], senza onori, senza fama – scendiamo insieme – insieme – e poi, poi, forse...

LALAGE: Perché ti fermi, Poliziano?

POLIZIANO: E poi, forse, *risorgeremo*, Lalage, insieme, per vagare nelle tranquille e stellate dimore dei beati, e ancora...

LALAGE: Perché ti fermi, Poliziano?

POLIZIANO: E saremo ancora *insieme – insieme.*

LALAGE: Conte di Leicester! Davvero tu *mi ami*, e nel più profondo del cuore sento che mi ami sinceramente.

POLIZIANO: Oh, Lalage! (*Gettandosi in ginocchio.*) E tu *mi ami*?

LALAGE: Ssst! Silenzio! M'è parso di scorgere un'ombra nel buio, in quella macchia d'alberi laggiù – una figura spettrale, altera, lenta e silenziosa, come l'ombra truce della coscienza, silenziosa e solenne. (*Va verso il lato opposto, poi torna indietro.*) Mi sono sbagliata – non era che un grosso ramo che ondeggiava al vento d'autunno [16]. Poliziano!

POLIZIANO: Mia Lalage – amor mio! Perché sei sconvolta? Perché impallidisci? Né la coscienza, né tantomeno un'ombra della coscienza – come tu dici – dovrebbe scuotere così un animo saldo. Ma il vento notturno è gelido e questi tristi rami gettano ovunque un'ombra di malinconia.

LALAGE: Poliziano, tu mi parli d'amore! Conosci quella terra dove s'intrecciano lingue diverse? Una terra scoperta da poco – miracolosamente trovata da un navigatore genovese [17] – a mille e mille leghe nell'occidente d'oro, una terra di fiaba, ricca di fiori, frutta, sole, laghi cristallini, foreste con alte cupole verdi, montagne intorno alle cui cime maestose spaziano i venti incontaminati del cielo, di cui basta respirare l'aria per gustare subito la Felicità e domani, nei giorni futuri, la Libertà [18]?

[15] Cfr. *Giobbe*, 7,20: «Ecco, presto scenderò nella polvere».

[16] Cfr. *The Raven*, 36.

[17] Nel manoscritto del *Politian* non viene specificato il secolo in cui è ambientata l'azione, ma quest'allusione di Lalage la pone senz'altro dopo il 1492. C'è un'altra osservazione da fare: Agnolo Poliziano, il poeta quattrocentesco a cui si ispira, non soltanto nel nome, la figura del protagonista (e che Poe ammirava incondizionatamente), morì nel 1494. Tenendo conto che nel dramma Poliziano ripete spesso di sentirsi vicino alla morte, il 1493 rimane l'anno più probabile.

[18] Non si interpreti questa battuta di Lalage come uno slancio patriottico di quell'odiatore

POLIZIANO: Oh, vuoi tu, mia Lalage – vuoi fuggire verso quel Paradiso – vuoi fuggire verso quella terra con me? Lì non vi saranno più né dolore, né pena, ma tutto sarà Amore. E la vita allora sarà mia, perché io vivrò per te e nei tuoi occhi – e tu non piangerai mai più; le Gioie splendenti saranno le tue ancelle, l'angelo della Speranza il tuo vigile custode; e io starò in ginocchio davanti a te per adorarti, chiamandoti mia cara, mia dolce, mia bella, mio amore, mia sposa, mio tutto. Oh, Lalage, vuoi – vuoi fuggire con me verso quella terra?

LALAGE: C'è un'azione da compiere prima... Castiglione vive!

POLIZIANO: E morirà! (*Exit.*)

LALAGE (*dopo una pausa*): E – morirà! – Ahimè! Castiglione morirà? Chi ha detto queste parole? Dove sono? – Che cosa ha detto? – Poliziano! *Non sei* andato via – non sei *andato via*, Poliziano! *Sento* che non te ne sei andato – eppure, non ho il coraggio di guardare, per paura che tu non ci sia più; non *potresti* andartene con quelle parole sulle labbra. – Oh, parlami! Fammi udire la tua voce – una parola – una parola per dirmi che non te ne sei andato – una piccola frase, per dirmi che disprezzi – che non sopporti la mia debolezza di donna. Ah! ah! *non sei* andato via – Oh, parlami! *Sapevo* che non te ne saresti andato! Sapevo che non l'avresti fatto, non avresti potuto, non avresti *osato* andartene. Furfante, *non sei* andato via – ti prendi gioco di me! E io ti tengo – così! – in una morsa! È andato via, è andato via. Via, via. Dove sono? – Così va bene! – così va bene! – Se la lama è affilata a dovere, il colpo è sicuro. Bene così, *molto* bene – ahimè! ahimè! (*Exit.*)

SCENA OTTAVA

Strada vicino al palazzo. Rintocchi di campana e brusìo di voci lontane. Diverse persone attraversano rapidamente il palcoscenico. Benito entra con passo frettoloso, seguito da Rupert.

RUPERT: Benito, aspetta! Stasera, hai detto? Le nozze sono stasera?

BENITO: Stasera, credo.

(*Escono. Entra Giacinta vestita bizzarramente, recando una cappelliera bassa. Entra sulle prime con passo veloce, poi più esitante, finché si ferma al centro del palcoscenico, contemplando smarrita i gioielli sulla sua mano senza guanto. Dopo un po', posa la scatola e guarda un orologio che le pende al fianco.*)

GIACINTA: Non è tardi, no! Non è tardi. – Che fretta c'è? Direi che c'è ancora abbastanza tempo. Vediamo! Le nozze saranno stasera e adesso siamo ancora a metà giornata –. Se mi metto a fare i calcoli, posso dire, al minuto, quante ore mancano al tramonto – una, due, tre, quattro, cinque, sei! sei ore! Ce la faccio benissimo a sbrigare tutte le faccende in due ore, a dir tanto! Che bisogno c'è dell'orologio? – Belli, questi guanti! – Davvero, non mi ammazzerò per la fretta –. Me la piglierò comoda. (*Si siede su una sporgenza e, con noncuranza, si diverte a prendere a calci la cappelliera. Benito riattraversa rapidamente il palco-*

dell'America che fu Edgar Allan Poe: l'America di cui qui si parla è la Terra Promessa, un'America che, nel giovane scrittore, riesce ancora a proporsi con una forza di meraviglia, di speranza, di utopia.

scenico, con un fagotto in mano.) Benito, ehi, Benito! Benito, dico a te! Non mi senti? Nemmeno mi risponde, quel servo sfrontato! Che miserabile! Non si degna nemmeno di darmi un'occhiata, mentre me ne sto qui su questo sedile come una dama! Io *sono* una gran dama, lo sento! Anche se, tutto sommato, fra dame e dame c'è una certa differenza – buzzurro, idiota, farabutto! – Per esempio, fra Lalage, la mia padrona precedente e Monna Alessandra, la mia nobile padrona di adesso! – Credo di aver cambiato in meglio – anzi, ne sono sicura. E poi, come si poteva rimanere con lei da quando circolano certe chiacchiere sul suo conto? Non aveva sangue nobile – niente, nemmeno una goccia! Era talmente modesta che la si poteva scambiare per una contadina. Io *odio* tutti i miserabili! – Nonostante questo, quando parlava con qualcuno, lo trattava con una superiorità da non dire! E poi, posso garantirlo, non aveva buonsenso – altrimenti – ora – dimmi un po', Giacinta: ti pare che la tua padrona abbia mostrato buon senso e furbizia regalandoti tutti questi gioielli, oppure no? (*Rupert ripercorre rapidamente il palcoscenico senza far caso a Giacinta.*) Quell'uomo è uno scemo, altrimenti non andrebbe così di fretta – si sarebbe fermato. Se non fosse stato scemo, si sarebbe fermato, avrebbe fatto un profondo inchino togliendosi il cappello e dicendo: «Sono terribilmente felice di incontrarvi, Monna Giacinta!». – Meno male che io mi rendo conto che certi sono scemi di natura – certa gente ha proprio una tendenza alla stupidità – come quel somaro lì, Ugo, che pensa di essere mio, ma figurarsi! – non potrei! Potrebbe benissimo essere nato senza testa, per quello che gli serve! Eh? E questo cos'è? Ah, è il foglio che mi ha dato la padrona con l'elenco di quello che vuole –. Dieci metri di taffetà, sedici di broccato in oro, dieci di velluto di Genova – uno, due, tre (*contando, strappa un pezzo di carta a ogni numero, posandoli a uno a uno in terra, con aria svagata*) quattro, cinque, sei, sette – così! – e otto, nove, dieci metri – non me ne scorderò, adesso – metri – dieci metri di velluto di Genova –. Devo cercare di procurarmi un vestito di velluto di Genova – mi si addice. Così sarò tale e quale alla mia padrona, quando indossa quel vestito! In questo momento mi pare di vederla – oh! è una dama che merita di essere servita – ha un'aria tanto nobile e raffinata, e una dignità – una dignità (*Si alza e si muove con aria pomposa.*) E una voce! Cielo, che voce! «Giacinta, portami questo! Capito? Giacinta, portami quello! – E dì al Conte Castiglione che venga qui.» E io rispondo: «Sì, Signora!» e m'inchino con grazia e umiltà, così! Ah, non ce n'è fra mille di serve che sappiano fare un bell'inchino rispettoso come me. Ma quando sarò una vera dama – quando sposerò lo speziale – allora, oh! tutto sarà differente – differente davvero! Reciterò alla perfezione la parte della mia signora, eccome! Sarò dignitosissima e parlerò in questo tono: «Ugo, tu farabutto! (Ugo sarà un mio servo) Ugo, tu furfante! (*Durante questo monologo, Ugo entra senza essere visto e, per lo stupore, inciampa nella cappelliera rimanendovi col piede incastrato dentro, come paralizzato*) – Guarda qui, disgraziato! Buono a nulla, fannullone, sfaticato! cosa fai qui? Via, brutto, stupido, babbeo, lurido, scemo e idiota! Vattene all'istante – vattene vipera! Fuori, somaro! Via, vagabondo!». E *poi*, se non sparisce in un attimo, mi volterò e gli darò uno... – (*Si gira e vede Ugo.*) Chi è? È lui! Dio Mio! È proprio lui! – Mi volterò e gli darò – (*Lo colpisce.*) Bene, sempre così! – così – così – così

gli darò – così – così – così! Miserabile! che ci fai col piede dentro quella cappelliera? Così, farò – così!
(*Ugo esce, seguito da Giacinta che gli tira dietro la cappelliera.*)

SCENA NONA

Zona suburbana.
Poliziano solo.

POLIZIANO: Questo sfinimento mi consuma sempre più. Mi sento debole, come se fossi malato – morire non servirà a nulla, senza prima aver vissuto! Fermati, Azrael [19]! – trattieni ancora un momento la tua mano! Abbi pietà di me, principe della Potenza, delle Tenebre e del Sepolcro! Morire, ora, mentre la mia speranza celestiale è ancora in boccio! Concedimi di vivere, ancora per un attimo – un attimo solo: sono io a pregarti di farmi vivere – io che fino a poco fa ti chiedevo di morire! (*Entra Baldassarre.*) Cosa ha detto il Conte?

BALDASSARRE: Che non vedendo alcuna contesa o ostilità col Conte Poliziano, declina la tua sfida.

POLIZIANO: *Come* dici? Quale risposta mi porti, Baldassarre? Di che profumo è carico lo zefiro che viene da quei pergolati laggiù! mai un occhio umano vide giorno più bello, più degno della terra italiana... *Che cosa* ha detto il Conte?

BALDASSARRE: Che lui, Castiglione, siccome non scorge nessuna ostilità, nessun motivo di contesa tra Vostra Signoria e lui, non può accettare alcuna sfida.

POLIZIANO: È vero. Verissimo. Quando mai – quando mai hai veduto, Baldassarre, nell'Inghilterra fredda e inospitale da cui veniamo, un cielo così terso, così sgombro dalla più piccola nube? – E cosa ti ha detto?

BALDASSARRE: Mio Signore, nulla più di quanto ti ho riferito: il Conte Castiglione non si batterà perché non vede alcun motivo di contesa.

POLIZIANO: Vero, verissimo. Tu mi sei amico, Baldassarre, e io non lo dimentico – fammi un favore: torna indietro e di' a quell'individuo che io, il Conte di Leicester, lo considero un farabutto. Devi dirgli questo – basterà per creare un motivo di tentazione.

BALDASSARRE: Mio Signore! Amico mio!

POLIZIANO (*a parte*): Eccolo – eccolo. Lui in persona! (*A voce alta:*) Hai ragione. Capisco quello che vorresti dire – non mandare il messaggio – Bene! voglio rifletterci su – non lo manderò. Ma ora ti prego di lasciarmi: sta per arrivare qualcuno con cui devo risolvere una faccenda molto privata.

BALDASSARRE: Vado. Allora ci vediamo domani? In Vaticano.

POLIZIANO: In Vaticano.
(*Via Baldassarre, entra Castiglione.*)

CASTIGLIONE: È qui il Conte di Leicester?

POLIZIANO: *Sono io* il Conte di Leicester, e sono qui, come vedi.

CASTIGLIONE: Mio Signore, senza dubbio dev'esserci stato uno strano, singolare errore – un equivoco: e per questo, accecato dall'ira, hai affidato a Baldassarre, Duca di Surrey, un messaggio contenente parole irripeti-

[19] Azrael: nome dato dagli ebrei all'angelo della morte.

bili contro di me, Castiglione. In questa faccenda nulla è a tuo favore, poiché io non ti ho fatto offesa alcuna. Ah – non ho ragione, forse? Si tratta di uno sbaglio? Certo, ognuno ne compie, talvolta.

POLIZIANO: Scansati, furfante, e smettila con le tue chiacchiere.

CASTIGLIONE: Scansati! Furfante a me? In guardia, orgoglioso Conte! (*Si tira indietro.*)

POLIZIANO (*tirandosi indietro*): Così, sulla tomba dell'espiazione, su quel sepolcro prematuramente aperto, ti sacrificherò nel nome di Lalage!

CASTIGLIONE (*getta la spada e si rifugia in un angolo del palcoscenico*): Oh! Lalage! Ferma, arresta la tua mano benedetta. *Avanti.* Ferma, fermati, ti dico. Non combatterò con te. Non oso.

POLIZIANO: Non combatterai con me, hai detto, Conte? Il mio gesto dev'essere impedito in questo modo? Bene! *Non osi,* dunque? Ah!

CASTIGLIONE: Non oso... Non oso... Ferma la tua mano – quel nome amato, così spontaneo sulle tue labbra. Non mi batterò –. Non posso – non oso.

POLIZIANO: Ora ti prendo in parola, per l'anima mia! Vigliacco! Ti credo!

CASTIGLIONE: Vigliacco! Ah! Non posso sopportarlo! (*Afferra la spada lanciandosi contro Poliziano, ma prima di raggiungerlo cambia intenzione e cade in ginocchio ai piedi del Conte.*) Ahimè! È vero, mio Signore, è vero! In questo frangente sono il più grande dei vigliacchi. Pietà di me!

POLIZIANO (*veramente impietosito*): Ahimè! Provo davvero pietà per te.

CASTIGLIONE: E per Lalage.

POLIZIANO: Farabutto! Alzati e preparati a morire!

CASTIGLIONE: Non occorre che mi alzi... Lascia che muoia così, in ginocchio. Sarebbe molto più degno, per me, morire in questa profonda umiliazione. Non alzerò la mano contro di te nella lotta, Conte di Leicester. (*Si scopre il petto.*) Colpisci nel segno. Non ci sarà ostacolo alla tua lama. *Non* opporrò resistenza.

POLIZIANO: Per la Morte e l'Inferno! Sono tentato, tremendamente tentato di prenderti in parola. Ma ascoltami! Non pensare di scamparla così. Preparati a essere insultato pubblicamente per le strade, davanti ai cittadini. Come uno spettro vendicatore ti seguirò – ti seguirò fino alla morte. Ti schernirò, farabutto, ti coprirò di vergogna davanti a tutti quelli che ti sono più cari, davanti a tutta Roma. Capito? Ti chiamerò *vigliacco – Non vuoi* batterti con me? ti sbagli! Dovrai farlo! (*Exit.*)

CASTIGLIONE: Ecco la giustizia! La giusta e meritata vendetta del Cielo!

SCENA DECIMA

Sala del palazzo di Di Broglio.
Ugo e San Ozzo.

...[20]

SAN OZZO: Giusto, perbacco! Gli sta davvero bene se lo fa! Sì, proprio bene – se lo fa. Chiaro, giusto, a posto e via dicendo – dannazione! tu, *ignoramus,* sta in guardia! Cosa vuoi dire? Sei proprio deciso a fare tutto il giorno questa strana commedia? Avanti, dillo!

[20] La scena, molto probabilmente, è monca della battuta iniziale. Come nella scena VIII anche qui Poe introduce alcune gags che avrebbero la funzione di isolare il dramma dei protagonisti.

UGO: Non vi dirò niente di tutto questo per la migliore ragione del mondo. Innanzitutto, Signore, non ho sentito una sola parola di Vostro Onore. Secondo, Signore, non posso parlare affatto: è proprio strano che non riusciate a capire che sono morto!

SAN OZZO: Proprio strano: non capisco che sei morto! Vedo, vedo! Avevo già sentito dire che idee del genere avevano colpito il cervello umano, ma non mi potevo capacitare che fosse vero. Ah! ah! ho capito! (*A parte.*) Voglio vedere il Conte – ma non mi riceverà: ha i suoi guai, per via di questa faccenda di Poliziano che ieri mattina sulla pubblica piazza l'ha insultato chiamandolo vigliacco, deciso com'è a dimenticare chi è il Conte e anche chi è lui stesso. Scommetto che riesco a mandare questo babbeo dal Conte per dirgli che è morto – così il gioco è fatto. (*A voce alta*) Bene, bene. Dunque sei morto, no? Su, su, Ugo! Dimmi la verità: è proprio un fatto assodato e tu sei morto davvero?

UGO: Non proprio, Signore, non proprio morto: ma avendo commesso, come si dice, «*felo de se*», ecco, sono «defunto».

SAN OZZO: Ah! Certo, è proprio così! Povera anima, è andata! Ma adesso che ci penso, Ugo, «defunto» non è la parola esatta. Che ne dici? «Defunto» non è il termine esatto per definire precisamente il tuo caso. Forse «spacciato» è la parola che suona meglio.

UGO: Signore, sono proprio spacciato.

SAN OZZO: Ah, magnifico! Allora dirò al tuo padrone che sei spacciato. – Oppure, aspetta, metti che io dica – mi pare che sarebbe più dignitoso dire «Messer Conte, il vostro degno servitore Ugo, non essendo morto, e neppure defunto, e nemmeno spacciato, ma – sfortunatamente – essendosi spianata la strada da solo avendo commesso quel "*felo de se*" che sapete, si è dipartito or ora da questa vita».

UGO: Ditelo! Ditelo ancora, Signore! Perché adesso, a pensarci bene, mi pare proprio di essermi – dipartito dalla vita.

SAN OZZO: Sicuro che lo dirò! Andrò a informare il Conte – ma non c'è poi tanta fretta – anzi, no, non devo farlo: sarebbe contro tutte le regole dell'etichetta. È una faccenda, Ugo, che richiede una certa considerazione: molto, molto importante. Non credi (e qui, ammettilo, mi affido al tuo buon senso) non pensi, Signor mio, che sarebbe più adatto, più dignitoso, capisci – mi sto spiegando? – più delicato, più idoneo e tutto il resto – che sia tu in persona a dare questa notizia al Conte? Ah? mi segui! Meglio così, non è vero?

UGO: Certo, certo!

SAN OZZO: Senza dubbio è così – hai ragione tu. Alzati, senza esitare! – Forza, tirati su.

UGO: Alzarmi? Impossibile, Signore. Sono morto da un'ora e, come vedete, sono già irrigidito.

SAN OZZO: Già, vedo. È vero, sei un po' rigido. Mi spiace davvero, signor mio, ma non credi, con uno sforzo disperato, di poter riuscire a fare un piccolo movimento? Lascia che ti dia una mano! Ahimè! Non ce la farò mai, che Dio mi benedica! Insomma, forse non ti rendi conto che la giornata è piuttosto afosa e che un cadavere in un clima afoso non si conserva a lungo – chiaro? Ho un naso delicato, io, e a dirla schietta, puzzi, Signor mio, puzzi! Forza, sbrigati. Proprio non posso e non voglio essere responsabile delle conseguenze di una più lunga permanenza. Signor mio, potresti cascare giù in pezzi!

UGO: Buon Dio, è vero! Vi prego, Signore, datemi una mano!

SAN OZZO: Ah, così va bene! Proprio bene! Caro Signore, sono ben felice di vederti in piedi; un po' anchilosato, magari, ma non fa niente: non guasta in un cadavere. Ora, Signor mio, un po' di più questa gamba – ecco – un po' più avanti – ecco. Perfetto così! Stupendo! – E adesso, la gamba sinistra – hai del genio, Ugo, nel mettere avanti la gamba – cerca di fare un passo. – Superlativo! Questo sì che si chiama camminare! Magnifico! – un po' più avanti, Signor mio! Addio! Ricordati di riferire al Conte tutto quello che ti ho detto: ti sei dipartito da questa vita; sei morto, defunto, spacciato e tutto il resto, ah! ah! ah! ah!

SCENA UNDICESIMA

Interno del Colosseo.
Poliziano entra dal fondo. Chiaro di luna.

POLIZIANO[21]: È qui, nel Colosseo, che dobbiamo incontrarci. Immagine della Roma più vera – ricca reliquia di nobile contemplazione, affidata al tempo da secoli sepolti di fasto e di potenza! Infine! Infine, dopo giorni e giorni di faticoso pellegrinare e di bruciante arsura (sete per le fonti di sapere del tuo grembo), io mi ritrovo qui fra le tue ombre, mutato e umile, irrorandomi fino in fondo all'anima della tua grandezza, della tua solennità, della tua gloria! Ma lei non giunge, e lo spirito di questo luogo mi opprime! Spazio! e Tempo! Memorie dell'Antico Silenzio! Desolazione e Notte fonda, deserti vestiboli e navate popolate di fantasmi – sento la vostra presenza, ora – la sento in tutta la sua forza! Oh, sortilegio più potente di quello che mai re Giudeo evocò negli orti di Getsemani, più possente ancora di quello che mai trassero dalle stelle, rapiti, i Caldei! Lei non giunge ancora e la luna è già alta in cielo! Qui, dove cadde un eroe, crolla una colonna, qui dove rifulgeva l'aquila imperiale d'oro lucente, ora una segreta sentinella imprigiona il nero pipistrello, qui dove le matrone romane scioglievano le bionde chiome, ora si dondolano al vento la canna e il cardo; qui dove Cesare sedé su una lettiga d'avorio, ora la turpe vipera si adagia sazia su un letto di muschio; qui dove sull'aureo trono era sprofondato il sovrano, fra queste mura marmoree illuminate da una pallida falce di luna, striscia come un fantasma rapido e silenzioso il ramarro dei sassi. Queste mura cadenti, questi archi in rovina, questi plinti erosi, queste sagome annerite, queste incerte iscrizioni, questo fregio infranto, queste cornici sgretolate, questo disfacimento, queste macerie, ahimè! queste pietre grigie. dell'antica grandezza e maestà ecco tutto ciò che l'opera del tempo corruttore ha lasciato al Fato e a me. Non tutto, l'eco risponde, non tutto: voci possenti e profetiche si levano in eterno per il saggio, da noi e da ogni rovina, per lanciarsi verso il sole come dal granito di Mémnon[22]. Noi governiamo il cuore dei potenti! Come ordine di de-

[21] Il monologo è praticamente costituito da una versione leggermente modificata della poesia «The Coliseum», apparsa sul *Baltimore Saturday Visiter* il 26 ottobre 1833, fruttando al suo autore anche un piccolo premio in denaro. La poesia verrà ristampata nel 1845 in *The Raven and Other Poems*.

[22] Mémnon: personaggio mitologico, re d'Abidio, figlio di Titòne e di Aurora, combatté nella guerra di Troia come alleato di Priamo e venne ucciso da Achille. In sua memoria venne eretto un *Colosso* (tuttora visibile a Tebe, presso il tempio di Amenofi III) del quale si

spota, noi comandiamo alle più alte menti! Non conosciamo sconforto, noi squallide pietre; non tutto il nostro potere è svanito, non tutta la fama, non tutto l'incanto del nostro gran nome, non tutto l'assorto stupore che ci circonda, non tutto il mistero in noi racchiuso, non tutte le memorie a noi legate, avvolte intorno a noi come una veste preziosa che ci adorna di qualcosa di più della gloria.

(*Entra Lalage, con foga.*)

LALAGE: È qui! Eccomi. E l'ora della vendetta è giunta. Ora o mai più! Sì! Il prete adesso è vicino all'altare – il prete col suo piviale! E accanto a lui – bellissima – la sposa, la sposa nell'abito nuziale! Al suo fianco lo sposo! – Dove sei?

POLIZIANO: È vero! Dove sono? Non dove dovrei essere. Per Dio che è in cielo, funesterò le nozze se lo sposo morrà ai piedi dell'altare[23]! (*Exit.*)

LALAGE: Via – via – Addio! Addio Castiglione, e addio speranza mia nel Paradiso! (*Exit.*)

favoleggiava che ogni giorno, al sorgere del sole, mandasse, con un misterioso suono, il saluto mattutino alla madre Aurora. Da questo suono venivano ricavati degli oracoli.

[23] Con ogni probabilità, Poe intendeva concludere il dramma con l'uccisione di Castiglione sull'altare: idea forse derivata dall'*Hernani* di Victor Hugo, rappresentato a Parigi pochi anni prima (Comédie, 25 febbraio 1830) con una grandissima eco per le polemiche furiose che suscitò fra gli spettatori e sulla stampa a causa del suo acceso romanticismo.

Indice

RACCONTI FANTASTICI E GROTTESCHI

LE AVVENTURE DI GORDON PYM

I Mammut

1. **Italo Svevo**, *Tutti i romanzi e i racconti*, edizioni integrali
2. **Le mille e una notte**, traduzione di Armando Dominicis, edizione integrale
3. **Franz Kafka**, *Tutti i romanzi, i racconti, pensieri e aforismi*, introduzioni di Italo Alighiero Chiusano e Giulio Raio, edizioni integrali
   America – Il processo – Il castello – Racconti pubblicati dall'autore – Racconti pubblicati frammentariamente – Racconti postumi – Considerazioni sul peccato, il dolore, la speranza e la vera via – Gli otto quaderni in ottavo – Frammenti da quaderni e fogli sparsi – Paralipomeni
4. **Giorgio Vasari**, *Le vite dei più eccellenti pittori, scultori e architetti*, introduzione di Maurizio Marini, edizione integrale
6. **James J. Frazer**, *Il ramo d'oro. Studio sulla magia e la religione*, introduzione di Alfonso M. di Nola, edizione integrale
7. **Edgar Allan Poe**, *Tutti i racconti, le poesie e "Gordon Pym"*, introduzione di Tommaso Pisanti, edizioni integrali
   Racconti del mistero, dell'incubo e del terrore – Racconti fantastici e grotteschi – "Gordon Pym" – Poesie e Saggi sulla poesia
8. **Hermann Hesse**, *Romanzi e racconti*, edizioni integrali
   Hermann Lauscher – Peter Camenzind – Gertrud – Rosshalde – Knulp – Demian – Klein e Wagner – L'ultima estate di Klingsor e otto racconti lunghi
9. **Sigmund Freud**, *Opere 1886/1921*, edizioni integrali
10. **Federico García Lorca**, *Tutte le poesie e tutto il teatro*, a cura di Claudio Rendina e Elena Clementelli, edizioni integrali
11. **Dante Alighieri,** *Tutte le opere*, introduzione di Italo Borzi, commenti a cura di Giovanni Fallani, Nicola Maggi e Silvio Zennaro, edizioni integrali
   Divina Commedia – Vita Nuova – Rime – Convivio – De vulgari eloquentia – Monarchia – Egloghe – Epistole – Quaestio de aqua et de terra
14. **I grandi romanzi gotici**, a cura di Riccardo Reim, edizioni integrali
   Il castello di Otranto – Il monaco – L'italiano o il confessionale dei Penitenti Neri – Frankenstein – Melmoth, l'uomo errante – Il vampiro
15. **Alexandre Dumas**, *I tre moschettieri – Vent'anni dopo*, introduzione di Francesco Perfetti, edizioni integrali
16. **Alexandre Dumas**, *Il Visconte di Bragelonne*, introduzione di Francesco Perfetti, edizione integrale
18. **Friedrich Wilhelm Nietzsche**, *Opere 1870/1881*, introduzione di Fabrizio Desideri, edizioni integrali
19. **Friedrich Wilhelm Nietzsche**, *Opere 1882/1895*, introduzione di Fabrizio Desideri, edizioni integrali
   I due volumi delle opere di F. W. Nietzsche sono disponibili anche in cofanetto.
20. **Charles Darwin**, *L'origine delle specie*, *L'origine dell'uomo e altri scritti sull'evoluzione*, introduzioni di Pino Cacucci, Giuseppe Montalenti, Pietro Omodeo, Luca Pavolini, edizioni integrali

Viaggio di un naturalista intorno al mondo – L'origine delle specie – L'origine dell'uomo – Autobiografia

22. **Storie di Vampiri**, a cura di Gianni Pilo e Sebastiano Fusco
23. **Luigi Pirandello**, *I romanzi, le novelle e il teatro*, a cura di Sergio Campailla, edizioni integrali
24. **Hans Christian Andersen**, *Tutte le fiabe*, edizione integrale
25. **Fëdor M. Dostoevskij**, *I fratelli Karamazov*, edizione integrale
26. **Oscar Wilde**, *Tutte le opere*, edizioni integrali
28. **Virginia Woolf**, *Tutti i romanzi*, edizioni integrali
29. **Jacob e Wilhelm Grimm**, *Tutte le fiabe*, edizione integrale
33. **Victor Hugo**, *I miserabili*, a cura di Riccardo Reim, edizione integrale
34. **Adam Smith**, *La ricchezza delle nazioni*, introduzione di Alessandro Roncaglia, contributi critici di Lucio Colletti, Claudio Napoleoni e Paolo Sylos Labini, edizione integrale
41. **Lev N. Tolstoj**, *Guerra e pace*, introduzione di Eraldo Affinati, edizione integrale
44. **Karl Marx**, *Il capitale*, a cura di Eugenio Sbardella, edizione integrale
47. **Lev N. Tolstoj**, *Anna Karenina*, edizione integrale
55. **Jane Austen**, *Tutti i romanzi*, a cura di Ornella De Zordo, edizioni integrali
    L'Abbazia di Northanger – Ragione e sentimento – Orgoglio e pregiudizio – Mansfield Park – Emma – Persuasione
60. **Giacomo Leopardi**, *Tutte le poesie, tutte le prose e lo Zibaldone*, a cura di Lucio Felici e Emanuele Trevi, edizioni integrali
    Canti – Paralipomeni della Batracomiomachia – Poesie varie – Versi puerili – Traduzioni poetiche – Argomenti e abbozzi di poesie – Operette morali – Pensieri – Dissertazioni filosofiche – Saggi e Discorsi – Volgarizzamenti in prosa – Memorie e Disegni letterari – Epistolario – Zibaldone
61. *I tragici greci. Eschilo, Sofocle, Euripide*, cura e traduzione di Enzo Mandruzzato, Filippo Maria Pontani, Leone Traverso, Manara Valgimigli, edizioni integrali
63. **Alexandre Dumas**, *Il Conte di Montecristo*, edizione integrale
68. **Charles Baudelaire**, *Tutte le poesie e i capolavori in prosa*, a cura di Massimo Colesanti, testo francese a fronte, edizioni integrali
    I Fiori del Male – I relitti – Poesie diverse – Amoenitates belgicae – Lo Spleen di Parigi – Paradisi artificiali – La Fanfarlo – Scritti intimi
72. **Giovanni Pascoli**, *Tutte le poesie*, a cura di Arnaldo Colasanti, edizioni integrali
    Myricae – Primi poemetti – Nuovi poemetti – Canti di Castelvecchio – Odi e Inni – Poemi conviviali – Poemi italici – Le canzoni di Re Enzio – Poemi del Risorgimento – Inno a Roma, Inno a Torino – Poesie varie – Poesie latine
73. **Arthur Conan Doyle**, *Tutto Sherlock Holmes*, traduzione di Nicoletta Rosati Bizzotto, edizioni integrali
    Uno studio in rosso – Il segno dei quattro – Le avventure di Sherlock Holmes – Le memorie di Sherlock Holmes – Il mastino dei Baskerville – Il ritorno di Sherlock Holmes – La Valle della Paura – L'ultimo saluto – Il taccuino di Sherlock Holmes
74. **William Shakespeare**, *Tutto il teatro*, introduzione di Tommaso Pisanti, edizioni integrali
75. **Platone**, *Tutte le opere*, a cura di Enrico V. Maltese, testo greco a fronte, edizioni integrali

76. **Fëdor M. Dostoevskij**, *Grandi romanzi*, edizioni integrali
Le notti bianche – Delitto e castigo – Il giocatore – L'idiota – I demoni
77. **Marcel Proust**, *Alla ricerca del tempo perduto*, a cura di Paolo Pinto e Giuseppe Grasso, edizione integrale
Dalla parte di Swann – All'ombra delle fanciulle in fiore – I Guermantes – Sodoma e Gomorra – La Prigioniera – Albertine scomparsa – Il Tempo ritrovato
80. **Aristofane**, *Le Commedie*, a cura di Benedetto Marzullo, testo greco rinnovato a fronte, edizioni integrali
Acarnesi – Cavalieri – Nuvole – Vespe – Pace – Uccelli – Tesmoforiazuse – Lisistrata – Rane – Ecclesiazuse – Pluto
83. **Miguel de Cervantes Saavedra**, *Don Chisciotte della Mancha*, cura e traduzione di Barbara Troiano e Giorgio Di Dio, introduzione di Alessandra Riccio, edizione integrale
84. **Giuseppe Verdi**, *Tutti i libretti d'opera*, a cura di Piero Mioli
85. **Howard Phillips Lovecraft**, *Tutti i romanzi e i racconti*, a cura di Gianni Pilo e Sebastiano Fusco, edizioni integrali
86. **Donatien-Alphonse-François de Sade**, *I romanzi maledetti*, a cura di Paolo Guzzi, Gianni Nicoletti, Flaviarosa Nicoletti Rossini e Claudio Rendina, edizioni integrali
Le sventure della virtù – Justine ovvero le disgrazie della virtù – La nuova Justine ovvero le sciagure della virtù – Juliette ovvero le prosperità del vizio – Le 120 giornate di Sodoma ovvero la scuola del libertinaggio
88. **Emilio Salgari**, *Tutte le avventure di Sandokan*, a cura di Sergio Campailla, edizioni integrali
Le Tigri di Mompracem – I misteri della jungla nera – I pirati della Malesia – Le due Tigri – Il Re del Mare – Alla conquista di un impero – Sandokan alla riscossa – La riconquista di Mompracem – Il Bramino dell'Assam – La caduta di un impero – La rivincita di Yanez